W0058445

SCIENCE FICTION

Herausgegeben
von Wolfgang Jeschke

DAVID BRIN

Die Clans von Stratos

Roman

Aus dem Amerikanischen von
CHRISTINE STRÜH

Deutsche Erstausgabe

WILHELM HEYNE VERLAG
MÜNCHEN

HEYNE SCIENCE FICTION & FANTASY
Band 06/5931

Besuchen Sie uns im Internet:
http://www.heyne.de

Titel der amerikanischen Originalausgabe
GLORY SEASON
Deutsche Übersetzung von Christine Strüh
Das Umschlagbild ist von Attila Boros

Umwelthinweis:
Dieses Buch wurde auf chlor- und
säurefreiem Papier gedruckt

Redaktion: Wolfgang Jeschke
Copyright © 1993 by David Brin
Amerikanische Erstausgabe 1993 as a Bantam Spectra Book,
published by Bantam Doubleday Dell Publishing Group, Inc.,
New York
Mit freundlicher Genehmigung des Autors
und Paul & Peter Fritz, Literarische Agentur, Zürich
(# 48719)
Copyright © 1998 der deutschen Ausgabe und der Übersetzung
by Wilhelm Heyne Verlag GmbH & Co. KG, München
Printed in Germany Mai 1998
Umschlaggestaltung: Atelier Ingrid Schütz, München
Technische Betreuung: M. Spinola
Satz: Schaber Datentechnik, Wels
Druck und Bindung: Presse-Druck, Augsburg

ISBN 3-453-13327-7

□

Wir wollen, daß den Frauen jeder Weg offensteht ... Wenn dies geschähe ... würden
wir Kristallisationprozesse erleben, die reiner, vielfältiger und schöner sind als alles
bisher Dagewesene. Wir glauben, daß die
göttliche Energie die Natur in einem nie
dagewesenen Maße durchdränge und daraus nicht etwa Konflikt, sondern vielmehr
eine wahrhaft hinreißende Harmonie der
Sphären erwachsen würde.

MARGARET FULLER

Inhalt

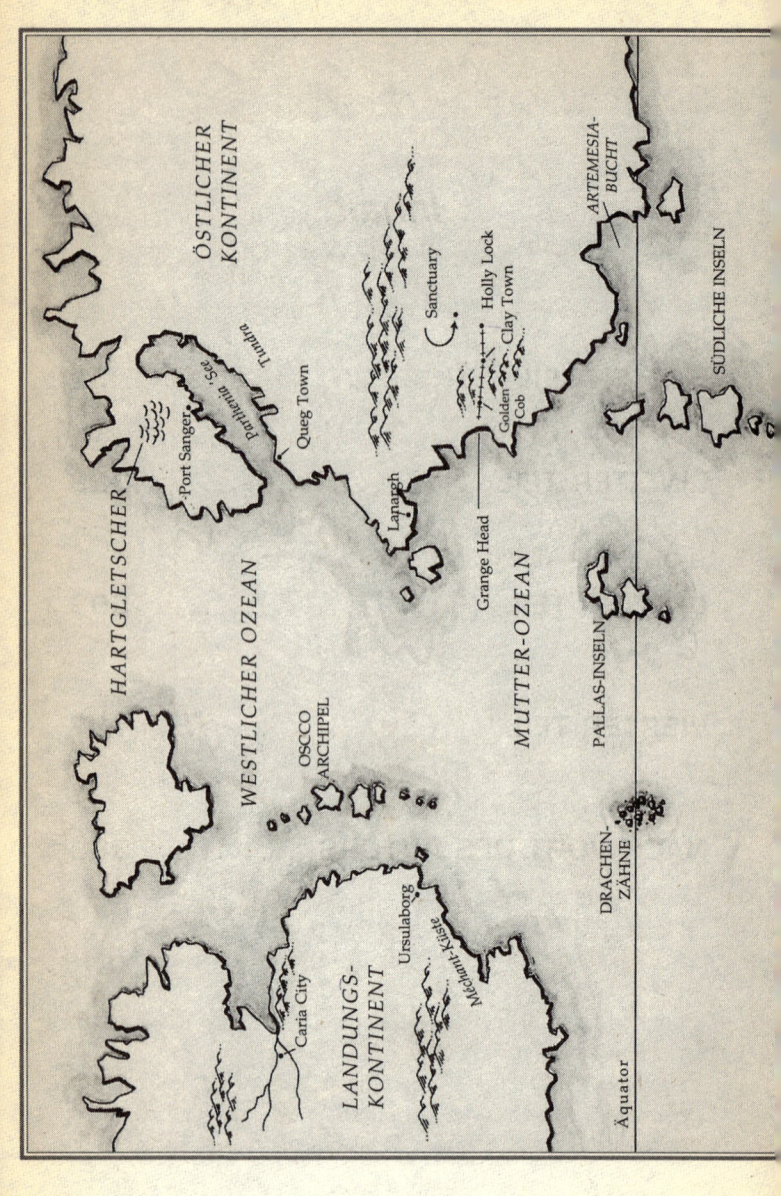

Sechsundzwanzig Monate vor ihrem zweiten Geburtstag begriff Maia den wahren Unterschied zwischen Winter und Sommer.

Es war nicht einfach das Wetter, auch nicht die Gewitter, die sich in der heißen Jahreszeit mit Blitz und Donner zwischen den großen Schiffen im Hafen entluden. Auch nicht das blendende Licht des Wengelsterns, das sich von dem der anderen Himmelskörper so stark unterschied.

Nein, der wahre Unterschied war viel persönlicher.

»Ich kann nicht mehr mit dir spielen«, hatte ihre Halbschwester Sylvina eines Tages halb im Scherz gesagt. »Weil du einen *Vater* hast!«

»S-stimmt gar n-nicht!« stammelte Maia, vor Aufregung wieder einmal stotternd, denn sie wußte, daß das Wort Vater irgendwie schmutzig war. Sylvies Bemerkung tat ihr weh, als bliese ein bitterkalter Gletscherwind durch die Kinderkrippe.

»Stimmt wohl! Du hast einen Vater, du dreckige Var!«

»Dann … dann bist du auch eine Var!«

Sylvie lachte laut. »Ha! Ich bin eine reine Lamai, genau wie meine Schwestern, wie meine Mütter und Großmütter! Aber du bist ein *Sommer*kind. Deshalb bist du ein-*maalig*. Var!«

Wut und Verzweiflung schnürten Maia die Kehle zu, und sie konnte nur stumm zusehen, wie Sylvina ihre hellbraunen Locken zurückwarf und zu einer Gruppe von Kindern davonstolzierte, die im Alter verschieden, im Aussehen jedoch vollkommen identisch waren. Ein unausgesprochenes Trennungszeremoniell hatte stattgefunden, hatte den Raum aufgeteilt. In der besseren Hälfte das Raums, drüben beim glühenden Herdfeuer, war jedes Mädchen eine kleinere, perfekte Kopie einer Lamai-Mutter. Das gleiche helle Haar, das gleiche ausgeprägte Kinn. Die gleiche typische Haltung mit trotzig erhobenem Kopf.

Hier auf der anderen Seite wurden wie immer die beiden Knaben in ihrer Ecke unterrichtet; sie merkten nichts von den Veränderungen, die sie ohnehin kaum betrafen. So blieben acht Mädchen wie Maia übrig, verstreut in der Nähe der eisbedeckten Fenster. Manche waren hell, manche dunkel, einige breiter, einige dünner. Eine hatte Sommersprossen, eine andere Locken. Was sie miteinander verband, war ihre Unterschiedlichkeit.

Bedeutet das, einen *Vater* zu haben? überlegte Maia. Jeder wußte, daß Sommerkinder seltener waren als Winterkinder. Früher war sie stolz darauf gewesen, bis ihr irgendwann dämmerte, daß es doch nicht unbedingt erstrebenswert war, etwas ›Besonderes‹ zu sein.

Dunkel erinnerte sie sich noch an die Sommergewitter, den Geruch der statischen Elektrizität und das Trommeln des Regens auf den Dächern von Port Sanger. Wenn die Wolken aufrissen, tanzten schimmernde Himmelsschleier wie schwebende Riesen über ferne Tundrahänge, weit vor den verschlossenen Stadttoren. Jetzt traten Winterkonstellationen an die Stelle der Farbenspiele des Sommers und zogen glitzernd über das ruhige, frostbedeckte Wasser. Maia wußte schon, daß der Wechsel der Jahreszeiten damit zu tun hatte, wie Stratos seine Sonne umkreiste. Doch sie hatte noch nicht herausgefunden, wie dies alles damit zusammenhing, daß Kinder entweder anders oder gleich geboren wurden.

Moment mal!

Einer plötzlichen Eingebung folgend, lief Maia zu dem Schrank, in dem die Spielsachen aufbewahrt wurden. Mit beiden Händen packte sie einen angeschlagenen Handspiegel und trug ihn dorthin, wo ein anderes dunkelhaariges Mädchen in ihrem Alter saß und mit Soldaten spielte, ihnen Schwerter zurechtsteckte und die langen Haare bürstete. Maia hielt sich den Spiegel vor und verglich ihr Gesicht mit dem des anderen Kindes.

»Ich sehe aus wie du!« verkündete sie. Sie drehte sich um und rief Sylvana zu: »Ich *kann* keine Var sein. *Leie* sieht aus wie ich!«

Doch das triumphierende Gefühl schwand, als die anderen anfingen zu lachen, nicht nur die hellhaarigen, sondern alle Kinder im Raum. Maia blickte Leie stirnrunzeln an. »A-aber du siehst wirklich aus wie ich. Sieh doch!«

Der Singsang »Va-ar! Va-ar!« trieb Maia das Blut ins Gesicht, aber Leie achtete weder darauf noch auf den Spiegel, sondern packte Maia am Arm und zerrte so daran, daß das Mädchen unsanft neben ihr auf dem Boden landete. Dann legte Leie einen Spielzeugsoldaten auf Maias Schoß, beugte sich zu ihr und flüsterte: »Benimm dich doch nicht so blöd! Du und ich, wir hatten denselben *Vater!* Eines Tages gehen wir an Bord seines Schiffs. Wir werden segeln, werden Wale sehen und auf ihnen reiten. Das machen Sommerkinder, wenn sie groß sind.«

Nach dieser überraschenden Erklärung machte sich Leie zufrieden wieder daran, einem Holzsoldaten die blonden Haare zu bürsten.

Maia behielt die zweite Holzfigur in der einen, den Spiegel in der anderen Hand und dachte nach. Obwohl Leie einen so selbstbewußten Eindruck machte, klang ihre Geschichte genauso dumm wie das, was Maia gesagt hatte. Doch irgend etwas an der Einstellung des anderen Mädchens gefiel ihr … aus ihrem Mund klangen schlechte Neuigkeiten gut.

Grund genug, Freundinnen zu werden. Das war noch besser als die Tatsache, daß sie sich ähnelten wie zwei Sterne am Himmel.

ERSTER TEIL

Unterschätzt niemals die Reise, auf der wir uns befinden, oder das, was wir damit wissentlich aufgeben. Gebt von Anfang an zu, meine Schwestern, daß die uns von der Natur zugedachten Partner ihren Nutzen und das Zusammenleben mit ihnen seine angenehmen Momente hatten. Männliche Stärke und männliche Leidenschaft haben gelegentlich kostbare, schöne Dinge geschaffen.

Doch wurde diese Kraft nicht selbst in den besten Zeiten größtenteils dazu verwendet, uns und unsere Kinder gegen andere Männer zu verteidigen? Sind die angenehmeren Momente diesen Preis wert?

Mutter Natur arbeitet nach einer bestimmten Logik, nach strengen Regeln, die nützlich gewesen sein mögen, solange wir noch Tiere waren. Doch nun haben sie ausgedient. Nun durchschauen wir ihre Werkzeuge, ihre Kunst bis in den letzten Winkel. Nun fordern die Frauen – manche zumindest – einen besseren Weg.

So haben wir vereint diese Welt gesucht, weit jenseits der hemmenden Einflüsse des Hominidenphylum. Diese Gründerinnengeneration steht nun vor der Herausforderung, die Grundlagen der Menschheit zu verbessern.

– Auszug aus der
Ansprache zum Landungstag, *von Lysos*

Kapitel 1

Flache Sonnenstrahlen fielen über den Tisch neben Maias Bett, so daß der einen Meter lange, üppige braune Zopf schimmerte. Sie hatte ihn gerade abgeschnitten, über den wackligen Nachttisch gelegt und an beiden Enden mit einem blauen Band umwickelt.

Stellarmuschelblau, die Farbe des Abschieds. Neben dem Zopf steckte eine Schere mit einer Spitze in der rauhen Tischplatte, wie eine auf einem Fuß balancierende Tänzerin. Schlaftrunken blinzelte Maia die Gegenstände in dem trapezförmigen Sonnenfleck an und bemühte sich, sie von den schicksalsschweren Symbolen ihrer Träume zu trennen.

Und plötzlich fiel es ihr wieder ein.

»*Lysos*«, rief Maia atemlos und warf die Decken von sich. »Leie hat es wirklich getan!«

Ein Frösteln zog die zweite Erkenntnis nach sich: Ihre Schwester hatte das Fenster offengelassen! Der Westwind vom Hartgletscher wehte die graubraunen Vorhänge in das winzige Zimmer und trieb Staubbällchen über den Dielenboden, die sich an Maias vollgepackter Reisetasche verfingen. Als sie aufsprang und die Läden schloß, sah Maia, wie die Morgenröte die Dächer der schloßähnlichen Clanhäuser von Port Sanger färbte. Mit dem Wind kam das Kreischen der Möwen und der Geruch ferner Eisberge, aber die Begeisterung für Morgenstunden war ein Laster, das Maia nicht mit ihrer Zwillingsschwester teilte.

»Uff.« Maia schlug sich die Hand vor die Stirn. »War es wirklich meine Idee, gestern abend zu arbeiten?«

Gestern war es ihr noch vollkommen vernünftig vorgekommen. »*Wir müssen auf dem laufenden sein, ehe wir uns auf den Weg machen*«, hatte Maia argumentiert, als sie sich und ihre Schwester für eine letzte Schicht als Bedienung im Clan-Gästehaus einschrieb. »*Vielleicht erfahren wir etwas Nützliches, und ein bißchen zusätzliches Geld würde auch nicht schaden.*«

Die Männer des Holzfrachters *Tapfere Seeschwalbe* waren tatsächlich sehr redselig und voll des süßen lamaianischen Weins. Doch die Matrosen würdigten die beiden jungen Sommerlinge – zwei Variantengören – keines Blickes, denn es trieben sich genug rundliche Lamai herum, alle anziehend identisch, gut gekleidet und wohlerzogen. Die jungen Lamai hatten die Seeleute verwöhnt, sie umschmeichelt und sich von Maia und Leie mit einem Fingerschnippen bis weit nach Mitternacht immer neue Krüge mit dem berauschenden Getränk bringen lassen.

Das offene Fenster war wahrscheinlich Leies Rache.

Na ja, dachte Maia. *Ihre Ideen sind auch nicht immer die besten.* Aber wichtig war, daß die beiden Zwillingsschwestern einen Plan hatten, an dem sie in ihrem kleinen Dachzimmer nun schon seit Jahren geduldig schmiedeten. Ihr Leben lang hatten sie gewußt, daß dieser Tag kommen würde. *Aber wer weiß, wie viele langweilige Arbeitsstellen wir hinter uns bringen müssen, bis wir unsere Nische gefunden haben.*

Gerade als Maia wieder unter die Decke schlüpfen wollte, schlug die Glocke auf dem Nordturm und weckte die Bewohner dieser schäbigen Ecke des Lamai-Anwesens. In den besseren Quartieren würden sich die Winterleute noch eine Stunde lang nicht regen, aber Sommerkinder waren es gewohnt, in bitterer Kälte aufzustehen – angesichts ihres Namens eigentlich eine gemeine Ironie. Seufzend begann Maia, ihre neuen Reisekleider überzuziehen. Schwarze Strumpfhosen aus dehnbarem gewebtem Stoff, weiße Bluse und Mieder, Stiefel und Jacke aus robustem, geöltem Leder. Diese Ausrüstung war besser als manches, was andere Clans ihren Vartöchtern beim Abschied mitgaben, das betonten die Lamai-Mütter unablässig. Maia tat ihr Bestes, um sich zu überzeugen, wieviel Glück sie hatte.

Während sie sich anzog, dachte sie an den abgeschnittenen Zopf. Er war länger als ein ausgestreckter Arm, er glänzte, und doch fehlte ihm der ganz besonderer Schimmer, mit dem sich jede reinblütige Lamai von Geburt an brüsten konnte. Der Zopf wirkte so fehl am Platz, daß Maia schauderte – als blickte sie auf Leies abgeschnittene Hand oder ihren Kopf. Unwillkürlich machte sie mit der Hand das Zeichen, das angeblich vor Pech schützte, lachte dann aber nervös über diese schlechte Angewohnheit. Wegen ihres ländlichen Aberglaubes würde sie in den großen Städten des Landungskontinents sicherlich als Bauerntrampel abgestempelt werden.

Wenn man bedachte, um welchen Anlaß es ging, hatte Leie ihren Zopf nicht einmal sonderlich schön zugebunden. In den umliegenden Zimmern waren Mirri, Kirstin und die anderen Sommerfünfer sicher gerade dabei, ihre Zöpfe für die bevorstehende Abschiedszeremonie herzurichten. Die Zwillinge hatten lange darüber diskutiert, ob sie daran teilnehmen sollten, aber jetzt hatte Leie typischerweise impulsiv und auf eigene Faust gehandelt. *Vermutlich denkt sie, damit hat sie gleich einen Vorsprung mit dem Erwachsenwerden. Dabei sagt Großmutter Modine, daß ich als erste aus dem Schoß unserer Geburtsmutter gekommen bin.*

Nachdem Maia nun vollständig angezogen war, blickte sie noch einmal im Zimmer umher, in dem sie gemeinsam mit ihrer Schwester fünf lange Stratosjahre – fünfzehn nach dem alten Kalender – verbracht hatte, zwei Sommerkinder, die von Winterruhm träumten und sich Pläne zuraunten, die sich langsam ausformten, ohne daß sie sich recht daran erinnerten, wer als erste auf die Idee gekommen war. Und nun ... *heute* ... würde das Schiff *Grimmvogel* sie hinwegtragen, nach

Westen, wo klugen jungen Leuten wie ihnen angeblich unzählige Chancen offenstanden.

In dieser Richtung war vor einigen Jahren auch ihr Vaterschiff zuletzt gesichtet worden. »Es kann nicht schaden, die Augen offenzuhalten«, hatte Leie gemeint, aber Maia war skeptisch. Wenn sie je ihrem Genvater begegneten, worüber sollten sie mit ihm reden?

Aus dem Wasserhahn in der Zimmerecke kam immer noch lauwarmes Wasser, was Maia als gutes Omen wertete. *Frühstück kriegen wir auch*, dachte sie, während sie sich das Gesicht wusch. *Falls ich rechtzeitig in der Küche bin, bevor die eingebildeten Winterlinge eintreffen.*

Vor dem winzigen Spiegel – der dem Clan gehörte und den Maia schmerzlich vermissen würde – flocht Maia ihren Zopf nach dem Garbenmuster der Lamatia-Familie, mit großer Hartnäckigkeit und um einiges ordentlicher als Leie. Oben und unten band sie ihn mit blauen Bändern ab, die sie in der Tasche aufbewahrt hatte. Einen Moment lang sah sie in ihre eigenen braunen Augen unter den so unverkennbar nichtlamaianischen Brauen, die ihr unbekannter Vater ihr geschenkt hatte. Während sie die dunkle Iris betrachtete, entdeckte sie zu ihrem Entsetzen etwas, das sie lieber nicht sehen wollte – einen feuchten, ängstlichen Schimmer. Eine Enge. Das Wissen, daß jenseits dieser vertrauten Bucht die weite Welt auf sie wartete. Eine faszinierende Welt, jedoch berüchtigt dafür, wie erbarmungslos sie mit einsamen jungen Vars umging, denen entweder das notwendige Glück oder ein flinker Verstand versagt war. Maia verschränkte die Arme vor der Brust und kämpfte gegen den sich schwach in ihr meldenden Protest.

Wie kann ich diesem Raum verlassen? Wie wollen sie mich dazu zwingen?

Panik überkam sie und hielt sie im Griff wie eine eisige Faust, lähmte sie und raubte ihr den Atem. Ihr Herz schien als einziges noch einer Bewegung fähig, es raste, hilflos und immer schneller … bis Maia den Bann mit einem einzigen Gedanken brach:

Was wäre, wenn Leie jetzt zurückkäme und mich in diesem Zustand vorfände?

Das war schlimmer als alles, was die Welt da draußen zu bieten hatte! Maia lachte ein wenig zittrig, löste sich aus der Erstarrung und hob die Hand, um sich die Augen zu reiben. *Ich bin ja auch nicht ganz allein da draußen. Lysos hilft mir, und ich habe Leie.*

Jetzt endlich wandte sie ihre Aufmerksamkeit der glänzenden Schere auf dem Nachttisch zu. Leie hatte sie dort stecken lassen, sozusagen als Herausforderung. Würde Maia demütig vor der Matriarchin des Clans niederknien, die guten Ratschläge, den Segenskuß und den rituellen Haarschnitt über sich ergehen lassen? Oder würde sie kühn von dannen ziehen, ohne um ein scheinheiliges Lebewohl zu flehen?

Ironischerweise zögerte Maia aus rein praktischen Erwägungen.

Ohne Zopf gibt es kein Frühstück in der Küche.

Sie mußte beide Hände zu Hilfe nehmen, um die Schere aus dem narbigen Holz zu ziehen. Im Morgenlicht, das durch den Fensterladen fiel, drehte sie die Klingen hin und her.

Dann lachte sie. Die Entscheidung war gefallen.

Selbst Winterkinder waren selten absolut identisch. Und um die wenigen Sommerzwillinge wie Maia und Leie auseinanderzuhalten, brauchte man ein aufmerksames Auge. Zum einen waren sie Spiegelzwillinge. Während Maia einen winzigen Leberfleck auf der rechten Wange hatte, war er bei Leie auf der linken. Ihr Scheitel fiel auf entgegengesetzten Seiten. Maia war Rechtshänderin, Leie allerdings behauptete, linkshändig zu sein – wie sie –, wäre ein sicheres Anzeichen, daß ihr eine große Zukunft bevorstand. Dennoch hatte die Priesterin sie genau überprüft. Denn sie besaßen dieselben Gene.

Schon sehr früh waren sie auf den Gedanken gekommen, diesen Umstand zu ihrem Vorteil zu nutzen.

Doch ihr Plan hatte gewisse Grenzen. Bei den Savanten – dem Gelehrtenstand – würden sie wohl kaum mit ihm durchkommen, auch nicht bei den vornehmen Handelshäusern des Landungskontinents, wo die reichen Clans noch immer den Datenzauber des Alten Netzwerks benutzten. Deshalb hatten Maia und Leie beschlossen, eine Zeitlang bei den Matrosen und Fischern auf See zu bleiben, bis sie eine ländliche Siedlung fanden, wo die Mütter leichtgläubig und die männlichen Besucher eher wortkarg waren und nicht soviel klatschten – bärtige Kretins, die auf dem Parthenia-Meer kreuzten.

Lysos möge uns erhören. Rasch zupfte Maia sich am Ohrläppchen, die traditionelle Gebärde, die Glück bringen sollte, und schleppte dann ihr Gepäck weiter die gewundene, von Generationen kleiner und großer Füße ausgetretene Hintertreppe der lamaianischen Sommerkinderkrippe hinunter. An jedem Fensterschlitz strich ein kühler Windstoß über ihren nun nackten Nacken, wodurch sie das unangenehme Gefühl bekam, jemand würde ihr folgen. Die Leinentasche war schwer, und Maia hegte den Verdacht, daß ihre Schwester hinter ihrem Rücken etwas zusätzlich hineingeschmuggelt hatte. Hätten sie die Zöpfe noch eine Stunde behalten, hätten ihre Mütter wahrscheinlich einen Lugar gerufen, der ihnen ihre Habseligkeiten zum Dock trug. Aber Leie behauptete, man würde verweichlicht, wenn man sich auf die Lugars verließ, und damit hatte sie sicher recht. Auf hoher See würde es auch keine von den sanften Riesen geben, die ihnen die Arbeit abnahmen.

Der Sommerhof strafte seinen Namen Lügen, denn er lag stets im Schatten der Türme, in denen hinter Glasfenstern mit seidenen Vorhängen die Winterlinge wohnten. Das düstere Viereck war verlassen, bis auf eine einzelne gebückte Gestalt mit einem Besen, die unter den strengen Steinbildnissen der frühen Lamai-Clanmütter fegte. Die Statuen zeigten allesamt die gleichen herablassend geschürzten Lippen. Maia blieb stehen, um dem graubärtigen Greis Bennett zuzusehen, wie er die herbstlichen Halbblätter zusammenkehrte. Bennett war offiziell kein Mann, sondern ein ›Ruheständler‹, der an Land geholt worden war, als seine Segelgilde sich nicht mehr um ihn kümmern konnte. Andere Matriarchate hatten diesen Brauch längst abgeschafft, doch Lamatia hielt voller Stolz an ihm fest.

Zu Anfang seines Aufenthalts war in Bennetts Augen und in seiner brüchigen Stimme noch ein Fünkchen ehemaligen Feuers zu erkennen gewesen. Zwar hatte man ihm bescheinigt, daß jedes körperliche Zeichen von Männlichkeit verschwunden war, aber offenbar hatte er sie noch gut in Erinnerung. Gelegentlich kniff er die Mädchen in den Hintern, so daß diese vor begeisterter Empörung aufkreischten und die Matronen ihm tadelnde Blicke zuwarfen. Offiziell arbeitete er als Tutor für die wenigen Jungen, aber er wurde rasch zum Liebling aller Kinder, weil er spannende, wunderschön ausgeschmückte Geschichten vom wilden, offenen Meer erzählen konnte. In diesem ersten Jahr hatte Bennett sich ganz besonders um Maia gekümmert und ihr Interesse an Konstellationen und der den Männern vorbehaltenen Kunst der Navigation geweckt.

Nicht, daß sie sich jemals richtig über das Leben, über Gefühle oder andere wichtige Dinge unterhalten hätten, wie das bei zwei Frauen selbstverständlich gewesen wäre. Dennoch dachte Maia gern an diese seltsame Freundschaft zurück, die nicht einmal Leie nachvollziehen konnte. Leider war der Funke in Bennetts alten Augen viel zu früh erloschen. Danach brachte er keine zusammenhängenden Geschichten mehr zustande, sondern verfiel immer öfter in düsteres Schweigen. Zwar schnitzte er weiterhin kunstvolle Flöten, aber er ließ sich nicht mehr herbei, auf ihnen zu spielen.

Nun stützte sich der alte Mann also auf seinen Besen, und Maia beugte sich zu ihm herunter, um seinen wäßrigen Blick auf sich zu ziehen. Vielleicht nahm Maia dies aufgrund ihrer lebhaften Phantasie verstärkt wahr, aber in ihren Augen hatte sein Gesicht einen Ausdruck *aktiver* Leere angenommen, eines ängstlichen, gezwungenen Rückzugs vor der Welt. Passierte das immer bei Männern, die nicht mehr zur See fahren konnten? Oder hatten die Lamai-Mütter etwas mit ihm angestellt, was lästige Verhaltensweisen ausmerzte und sicherstellte, daß er sich endgültig ›im Ruhestand‹ befand? Das alles machte Maia neugierig auf die legendären Reservate, zu denen nur wenige Frauen Zugang hatten und in die sich die meisten Männer zum Sterben zurückzogen.

Vor zwei Jahreszeiten hatte Maia versucht, Bennett noch einmal aus seinem Dämmerzustand herauszureißen. Sie hatte ihn an der Hand genommen und die schmale Wendeltreppe zu der kleinen Kuppel hinaufgeführt, in der das Spiegelteleskop des Clans untergebracht war. Der Anblick des glänzenden Instruments, mit dem sie noch vor wenigen Monaten gemeinsam Stunde um Stunde den Himmel beobachtet hatten, schien den alten Mann zu freuen. Seine schwielige Hand streichelte das Metall mit sinnlicher Zuneigung.

Damals hatte Maia ihm das Outsider-Schiff gezeigt, das erst kurz davor am Himmel von Stratos erschienen war. Überall wurde darüber geredet, sogar in den streng zensierten Telesendungen. Gewiß hatte Bennett doch von diesem Boten gehört, dem ›Peripatetiker‹, der so weit durch den Weltraum gereist war, um die lange Trennung zwischen Stratos und dem Menschenphylum zu beenden?

Allem Anschein nach wußte er jedoch nichts davon. In seiner Verwirrung hielt er das Schiff erst für einen der blinkenden Navigationssatelliten, die den Kapitänen halfen, sich auf dem Meer zu orientieren. Schließlich jedoch begriff er Maias Erklärung – daß das helle Leuchten tatsächlich ein Raumschiff war.

»*Gelee-Kann!*« hatte er plötzlich hervorgestoßen. »*Bie-Kann, Gelee-Kann!*«

»Bie-Kann? Meinst du vielleicht Beacon? Einen Leuchtturm?« Maia deutete zu dem Turm im Hafen von Port Sanger, dessen Lichtstrahl über die Bucht blitzte. Aber der alte Mann schüttelte betrübt den Kopf. »*Former! … Gelee-Kann Former!*« Es folgten noch mehrere Sätze in dem verschwommenen, unsinnigen Männerdialekt. Offensichtlich war sein Verstand durcheinander, so daß ihm noch wichtige Gedanken kamen, er sie aber nicht mehr sinnvoll zusammenfügen konnte. Zu Maias Entsetzen begann Bennett sich nun auch noch mit den Händen auf die Schläfen zu schlagen. Er wollte nicht aufhören, und die Tränen strömten ihm übers Gesicht. »*Kann mich nicht erinnern … kann nicht!*« stöhnte er. »*Former … ist weg … kann nicht …*«

Der Anfall dauerte an, und Maia führte den alten Mann die Treppe hinab zu seiner kleinen Hütte. Dort setzte sie sich neben ihn und sah ihm zu, wie er weiter um sich schlug, monoton vor sich hinbrabbelte, er müsse etwas ›schützen‹, und von Drachen am Himmel faselte. Damals konnte sich Maia nur einen einzigen ›Drachen‹ vorstellen, eine bedrohliche Figur, die im Tempel über dem Altar eingeschnitzt war und die sie als Kind in Angst und Schrecken versetzt hatte, obgleich die Matronen das Untier als *allegorisch* bezeichneten, womit sie meinten, es sei ein Symbol für den Muttergeist des Planeten.

Seit dem Vorfall auf dem Dach hatte Maia nie wieder versucht, sich mit Bennett zu unterhalten … und schämte sich deswegen. »Ist da jemand?« fragte sie jetzt leise und blickte in seine gehetzten Augen. »Irgend jemand?«

Als er keine erkennbare Reaktion zeigte, beugte sie

sich zu ihm und küßte ihn auf seine kratzige Wange. Ob sie je eine andere Beziehung zu einem Mann haben würde als diese verworrene Zuneigung? Für die meisten Sommerfrauen war lebenslange Keuschheit ein Teil des Lebenskampfes, bei dem kaum eine siegreich blieb.

Bennett begann wieder zu fegen. Maia hauchte sich in die Hände, um sie zu wärmen, und wollte gerade gehen, als lautes Glockengebimmel die Stille durchbrach. Aus den engen Korridoren stürzten von allen Seiten lärmende Kinder auf den Hof. Von den ganz Kleinen bis zu den älteren Dreiern und Vierern trugen alle farbenfrohen Tartan und hatten die Haare im typischen Clanstil geflochten. Doch jedes Streben nach geschmackvoller Uniformität war von vornherein zum Scheitern verurteilt, denn anders als normale Kinder verkörperte jedes einzelne Sommerkind ein kunterbuntes Fanal unverwüstlicher Individualität – und jedes war sich seiner Einmaligkeit auf unbehagliche Weise bewußt.

Die Jungen – auf drei Mädchen kam etwa einer – eilten zwar ebenso wie ihre Schwestern zum Unterricht, aber ihr Gang war großspurig, als wollten sie sagen, *ich weiß, wohin ich gehe.* Viele Söhne Lamatias wurden Offiziere, oft sogar Kapitäne.

Und am Ende trottelige Greise, dachte Maia, während der alte Bennett trotz des ganzen Wirbels teilnahmslos weiterfegte. Das jedenfalls hatten Frauen und Männer gemeinsan ... alle wurden alt. In ihrer Weisheit hatte Lysos schon vor langer Zeit verfügt, daß der Rhythmus des Lebens weiterhin ein Ende mit einschließen mußte.

Manche Kinder blieben stehen und glotzten Maia an. Ohne eine Miene zu verziehen, starrte sie zurück. Ganz in Leder gekleidet, mit kurzgeschnittenen Haaren, konnte man sie wahrscheinlich leicht mit einem vor der Taverne gestrandeten Nachtschwärmer verwechseln. Schlank wie sie war, hielten die Kinder sie womöglich für einen Mann!

Auf einmal lachten ein paar von ihnen laut auf. Jemanine und Loiz fielen Maia um den Hals. Und der süße kleine Albert, dem sie sämtliche Konstellationen beigebracht hatte, so daß er sie jetzt besser kannte als die verschachtelten Straßen von Port Sanger. Weitere Kinder gesellten sich zu ihnen, drängten sich um Maia und riefen ihren Namen. Ihre Umarmungen bedeuteten Maia mehr als jeder Segen, den die Mütter ihr geben konnten … obgleich sie diesen Kindern vielleicht das nächste Mal als Rivalin begegnen würde.

Das Bimmeln begann erneut. Ein großer Lugar mit weißem Pelz und schlaffer Schnauze torkelte auf den Hof, eine Messingglocke schwingend, deutlich beunruhigt über diese Störung der Routine. Doch die Kinder nahmen die halslose Kreatur nicht zur Kenntnis, sondern bestürmten Maia mit Fragen: über ihren Zopf, ihre bevorstehende Reise und warum sie die Abschiedszeremonie geschwänzt hatte. Maia spürte ein angenehmes Kribbeln bei dem Gedanken, daß sie das geworden waren, was die Mütter ein »schlechtes Beispiel« nannten.

Dann rauschte eine kleinere, jedoch weitaus angsteinflößendere Gestalt als der aufgeregte Lugar auf den Hof, die Savante Mutter Claire. Den Stachelstock in der Hand, blickte sie wütend auf *diese nichtsnutzigen Varbälger, die doch hinter ihren Pulten sitzen sollten* … Die Kinder flitzten davon, und nur die Allermutigsten wagten es, Maia zum Abschied noch einmal zuzuwinken, ehe sie verschwanden. Der ganz aus der Fassung gebrachte Lugar schwang weiter seine Glocke, bis die Matrone mit einem heftigen Rippenstoß dem Lärmen ein Ende bereitete.

Mutter Claire drehte sich um und musterte Maia prüfend. Noch im Alter verkörperte sie den Inbegriff einer Lamai. Mit ihrer gerunzelten Stirn, den zusammengepreßten Lippen und ihrer strengen Schönheit kannte Maia sie seit jeher als Meisterin des verächtlichen

Blicks, unter dem jedes Kind sich unwillkürlich zusammenduckte. Doch heute ging der taxierende Blick der Direktorin statt in die erwartete Empörung über Maias kurzgeschnittene Haare erstaunlicherweise in ein Lächeln über!

»Gut.« Claire nickte. »Gleich bei der ersten Gelegenheit machst du dein Erbe geltend. Gut gemacht.«

»Ich …«, stotterte Maia kopfschüttelnd. »Ich … verstehe nicht recht.«

Die alte Verachtung war noch da – eine allumfassende Geringschätzung für alles und jeden, der nicht zu den Lamai gehörte. »Ihr hitzköpfigen Gören seid eine Landplage«, meinte Claire. »Manchmal wünschte ich, die Gründerinnen von Stratos wären radikaler gewesen und hätten es lieber ganz ohne euresgleichen versucht.«

Maia schnappte nach Luft. Claires ketzerische Bemerkung war fast *perkinitisch*. Wenn Maia etwas gesagt hätte, was die ersten Mütter auch nur im geringsten angriff, hätte das unweigerlich eine Tracht Prügel zur Folge gehabt.

»Aber Lysos war weise«, fuhr die alte Lehrerin seufzend fort. »Ihr Sommerlinge seid unsere wilde Saat. Unser vom Wind verwehtes Erbe. Wenn du meinen Segen möchtest, dann nimm ihn, Varkind. Schlage Wurzeln an irgendeinem Ort und treibe Blüten, so du kannst.«

Maia spürte, wie ihre Nasenfügel vor Wut bebten. »Ihr werft uns hinaus und gebt uns nichts …«

Claire lachte. »Wir geben euch reichlich. Eine praktische Ausbildung und keine Illusionen, daß die Welt euch einen Gefallen schuldet. Wäre es dir lieber, wir würden euch verhätscheln? Euch chancenlose Arbeitsstellen besorgen, wie das manche Clans für ihre Vars machen? Wenn wir euch einen Test für den Öffentlichen Dienst machen ließen, den eine von hundert Bewerberinnen besteht? Oh, du bist klug genug, du hättest eine Chance, Maia, aber was dann? Willst du nach Caria ziehen und dort dein Leben mit langweiliger Büroarbeit vergeuden? Deinen Lohn zusammensparen, bis du dir eine Wohnung kaufen kannst und eines Tages einen Mikroclan aus nur *einem* Mitglied gründen?

Pah! Du bist vielleicht keine reine Lamai, aber zumindest eine halbe. Suche die richtige Nische für dich und erkämpfe sie dir. Wenn es eine gute Nische ist, dann schreib uns. Vielleicht investiert der Clan in dein Unternehmen.«

Endlich fand Maia die Kraft, das zu sagen, was sie seit Jahren sagen wollte: »Du scheinheiliges Biest ...«

»Sehr gut! Das ist der rechte Geist!« unterbrach Mutter Claire. »Hör weiter auf deine Schwester. Leie weiß, daß es da draußen hart auf hart geht. Jetzt verschwinde. Verschwinde und biete der Welt die Stirn.«

Ohne auf eine Erwiderung zu warten, wandte sie sich ab, führte den friedlichen Lugar an dem einfältig nickenden Greis vorbei und folgte ihren Schutzbefohlenen ins Klassenzimmer, wo offensichtlich eine Abfragestunde stattfand. Der Klang der Stimmen wehte durch die kühle, trockene Luft.

Plötzlich wurde der Hof, der so lange ein großer Teil von Maias Welt gewesen war, eng und fast klaustrophobisch. Die Statuen der alten Lamai schienen kälter und starrer denn je. *Danke, Momma Claire*, dachte sie und rief sich die Abschiedsworte der alten Frau ins Gedächtnis. *Ich werde deinen Rat beherzigen.*

Und wenn Leie und ich jemals unseren eigenen Clan gründen, so lautet die erste Regel: Keine Statuen!

Maia fand Leie, die am Händlereingang lehnte, einen gestohlenen Apfel mampfte und über die dicken Mauern der Lamatia-Feste hinausspähte, über die kopfsteingepflasterten Straßen, die sich bergab schlängelten, vorbei an den vornehmen Clangebäuden von Port Sanger.

In der Ferne nutzte ein Schwarm schimmernder Schwebgleiter die aufsteigenden Luftströmungen, um sich über die Masten zu schwingen, immer auf der Suche nach Abfällen von der Fischereiflotte. Die schwebenden Riesenvögel verliehen dem Morgen festliche Farben, wie die grellen Drachenballons, die die Kinder am Mittwintertag steigen ließen.

Maia betrachtete den fransigen Haarschnitt und die grobe Kleidung ihrer Zwillingsschwester. »Lysos, mach, daß ich nicht auch so aussehe!«

»Dein Gebet ist erhört worden«, antwortete Leie mit einem unbekümmerten Achselzucken. »Du brauchst dir gar keine Hoffnungen zu machen, daß du jemals so gut aussiehst. Fang!«

Maia fing einen zweiten Apfel aus der Luft. Natürlich hatte Leie zwei geklaut, stets um das Wohlergehen ihrer Schwester besorgt. Ihr Plan würde ja nur funktionieren, wenn sie zu zweit waren.

»Sieh mal.« Mit dem Kinn wies Leie auf die Clankapelle mit dem schrägen Dach, in deren Säulengang sich eine Gruppe fünfjähriger Sommermädchen versammelt hatte. Rosin und Kirstin kauten nervös auf den süßen Kuchen herum, sorgsam darauf bedacht, keine Krümel auf ihre geliehenen Festkleider fallen zu lassen. Ihre Zöpfe waren ordentlich mit blauen Bändern gebunden, um im Lauf der Zeremonie von der Clanarchivarin abgeschnitten zu werden. Leie verfocht die zynische Ansicht, daß die pragmatischen Lamai-Mütter das ganze glänzende Haar den Höhlengräbern als Nestmaterial anboten, im Austausch gegen ein paar Liter Zec-Honig.

Die jungen Frauen besaßen alle eine gewisse Familienähnlichkeit, da sie von der gleichen Mutter abstammten wie Maia und Leie. Doch die Halbschwestern waren in dem steten Bewußtsein herangewachsen, was es bedeutete, einmalig zu sein, und sie verstanden es sicher noch ein wenig besser als die Zwillinge.

Sie haben bestimmt noch mehr Angst als ich, dachte Maia mitfühlend.

In den dunklen Nischen der Kapelle erkannte sie etliche ältere Lamai und die Priesterinnen, die vom städtischen Tempel gekommen waren, um die Zeremonie zu leiten. Maia stellte sich vor, wie die Wachskerzen angezündet wurden und mit ihrem Flackerschein die in das steinerne Heiligtum eingeritzten Zeilen aus dem Buch der Gründerinnen erleuchteten, ebenso wie die geheimnisvollen Zeichen des sogenannten »Rätsels von Lysos«, die eine gesamte Kirchenwand bedeckten. Wenn sie die Augen schloß, konnte sie jede Schnitzerei sehen, die rauhe Oberfläche der Säulen spüren, beinahe den Weihrauch riechen.

Maia bereute es nicht, daß sie sich entschieden hatte, Leies Beispiel zu folgen und die ganze Scheinheiligkeit endgültig hinter sich zu lassen. Und doch …

»Diese Einfaltspinsel«, fauchte Leie, die für ihre Gleichaltrigen nur ein verächtliches Schnauben übrig hatte. »Willst du zusehen, wie sie ihre Abschlußprüfung machen?«

Nach kurzem Zögern schüttelte Maia den Kopf. Sie dachte an einen Vers des Dichters Wayfarer …

> *Der Sommer bringt die Sonne,*
> *die sich breitet übers Land.*
> *Doch der Winter, der bleibt lange*
> *für die, die das erkannt.*

»Nein. Machen wir lieber, daß wir wegkommen.«

Die Clanmütter der Lamai hatten ihre Finger im Speditionsgeschäft, in der Hochfinanz und auch in der Regierung des Stadt-Staates. Von den siebzehn größeren und neunzig kleineren Matriarchaten in Port Sanger war Lamatia eines der wichtigsten.

Wenn man über die Märkte ging, wäre man nicht

darauf gekommen. Zwar waren einige Lamai mit rot-
braunen Haaren unterwegs – stolz und gleichförmig
drall in ihren feingewebten Faltenröcken, schritten sie
vor riesigen, livrierten, mit allerlei Paketen beladenen
Lugars einher –, aber zwischen den geschäftigen Ver-
kaufsständen und Lagerhäusern waren Mitglieder der
Adelskaste so rar wie Sommervolk oder die äußerst selten auftauchenden Männer.

Es gab eine Menge untersetzter, hellhäutiger Ortyns,
vor allem dort, wo Waren be- oder entladen wurden.
Bis auf die Narben, die das persönliche Schicksal dem
einzelnen zugefügt hatte, unterschieden sich die Ortyns
mit ihren breiten Boxernasen nicht voneinander. Sie
sprachen kaum, da zwischen ihnen Worte so gut wie
unnötig waren. Natürlich kamen aus diesem Clan nur
sehr wenige Savanten, aber ihre körperliche Stärke und
ihr Talent beim Führen von Lastkarren – vor allem beim
Umgang mit den temperamentvollen Tänzelpferden –
machte sie in ihrer Nische unübertroffen. »Warum Lugars durchfüttern«, lautete ein geflügeltes Wort aus der
Gegend, »wenn man für die Schlepperei auch Ortyns
kriegen kann.«

Eine Gruppe der stämmigen Klonfrauen hatte auf
der Musikerstraße ein Verkehrschaos verursacht; ihr
Wagen legte den gesamten Verkehr lahm, und sechs
identische Frauen mühten sich mit einem Flaschenzug
ab, der am Dachsparren einer Werkstatt befestigt war.
Wie viele Gebäude in diesem Teil der Stadt lehnte sich
auch dieses weit über die Straße, wobei jedes Stock-
werk, von Kragsteinen gestützt, ein Stück weiter vor-
ragte. In manchen Gegenden stießen die Häuser über
den engen Straßen zusammen und bildeten eine Art
Torbogen, der den Blick auf den Himmel versperrte.

Eine Menschenmenge hatte sich versammelt, die fasziniert zu der knarrenden Last hinaufblickte – ein Har-
fenspinett mit kunstvollen Holzintarsien, das vom
Pasarg-Clan der Musikhandwerkerinnen für den Ex-

port in eine der fernen Städte im Westen hergestellt worden war. Vielleicht würde es zusammen mit Maia und Leie auf der *Grimmvogel* reisen … falls die Arbeiterinnen es heil auf die Erde bekamen. Eine Gruppe blasser, langfingriger Pasarg stand auf der Straße, und jedesmal, wenn die Pferde aufstampften und die Last über ihnen ins Schwanken geriet, kreischten sie nervös auf. Wenn das Musikinstrument zerschellte, war möglicherweise der Profit einer ganzen Arbeitssaison verloren.

Für die Schaulustigen war die Aufregung eine willkommene Abwechslung an einem tristen Herbstmorgen. Straßenhändlerinnen strömten herbei und verkauften geröstete Nüsse und Riechstäbchen an die immer dichter werdende Menge. Geldstäbe wechselten in Bündeln die Besitzerin oder wurden als Wechselgeld in Stücke gebrochen.

»Der Winter naht, bereitet euch darauf vor!« rief eine Ovop-Verkäuferin mit ihrem Korb der bitteren empfängnisverhütenden Kräuter. »Die Männer kühlen endlich wieder ab, aber könnt ihr euch selber trauen, wenn der Glorienfrost hereinbricht?«

Andere Händlerinnen trugen Weidenkäfige mit lebenden Vögeln und stratoinischen Zischechsen; einigen von ihnen hatte man beigebracht, populäre Melodien zu trällern. Eine junge Klonfrau aus dem Clan der Charnoss versuchte verzweifelt, eine Herde schlaksiger Lamas an den hohen Rädern des schaukelnden Wagens vorbei zu dirigieren, geriet dabei aber einer politischen Plakatträgerin in die Quere, die für eine Kandidatin bei den bevorstehenden Wahlen warb.

Leie kaufte ein Zuckertörtchen und mischte sich unter die Menge, die die Luft anhielt und dann laut jubelte, als das kunstvoll geschnitzte Spinett mit knapper Not an einer Hauswand vorbeischaukelte, an der es um ein Haar zerschellt wäre. Maia fand es wesentlich interessanter, den Ortyn-Frauen zuzuschauen, die sich hinten auf dem Wagen gemeinsam abmühten, die blockierte Winde wieder in Gang zu setzen. Die Winde war ein seltenes elektrisches Gerät, das mit einer Batterie betrieben wurde. Maia hatte noch nie gesehen, daß Ortyns so etwas benutzten, und sie vermutete stark, daß sie nicht richtig damit umgehen konnten. Keiner der Clans in Port Sanger war auf die Reparatur solcher Maschinen spezialisiert, deshalb überraschte es auch niemanden, als die Ortyns wortlos und ohne sichtbares Zeichen aufgaben. Eine von ihnen packte den Sicherungshebel, während die anderen sich wie in einem choreographierten Tanz umdrehten und ihre schwieligen Hände ausstreckten, um das Seil zu ergreifen. Kein Wort war notwendig, um ihre Bewegungen aufeinander abzustimmen – jede Ortyn schien genau zu wissen, ob und wann ihre Schwester bereit war. Der Schnappriegel löste sich, die Muskeln spannten sich auf den breiten Rücken. Gleichmäßig glitt die Last nach unten und landete mit trügerischer Leichtigkeit auf der Ladefläche des Wagens. Jubel und ein paar enttäuschte Buh-Rufe ertönten, weitere Geldstäbe wechselten die Besitzerin, um Wetten zu begleichen. Maia und ihre Zwillingsschwester hievten ihre Taschen wieder über die Schulter, und Leie aß ihr Törtchen auf, während Maia zu grübeln begann.

Die Ortyns können untereinander fast Gedanken lesen. Wie sollen Leie und ich das je lernen?

Als sie jünger waren, hatten sie und ihre Schwester oft die Sätze der anderen zu Ende gebracht und gewußt, wenn der anderen etwas weh tat. Aber das war bestenfalls ein dünner Draht zueinander gewesen, nichts, was sich mit dem Band vergleichen ließ, das zwischen den Klonfrauen bestand, deren Mütter, Tanten und Großmütter über mehrere Generationen hinweg identische Gene besaßen und im gleichen Umfeld aufgewachsen waren. Außerdem hatte es in letzter Zeit den Anschein, als entwickelten sich die Zwillinge auseinander, statt näher zusammenzuwachsen. Maia hatte das Gefühl, als hätte ihre Schwester mehr von der harten praktischen Veranlagung mitbekommen, die man brauchte, um in dieser Welt zu bestehen.

»Ortyns und Jorusses und Kroebers und die verdammten Sloskies ...«, brummte Leie vor sich hin. »Ich habe die Nase gestrichen voll von dem ganzen Blödsinn! Ich würde einen Drachen auf den Mund küssen, bis ich kotze, wenn ich nur diese ganzen gleichen Gesichter nie wiedersehen müßte.«

Auch Maia verspürte den Drang weiterzuziehen. Aber wie lernte man in einer fremden Stadt eigentlich jemanden kennen? Hier bekam jeder von Geburt an etwas über die verschiedenen Kasten beigebracht. Beispielsweise über die schlanken, kraushaarigen Sheldons, die dunkelhäutige Frauen, die einen ganzen Kopf größer waren als die stämmigen Ortyns. Ihre Nische war das Fallenstellen in den Tundrasümpfen, wo sie allerlei Pelztiere fingen, aber wenn Sheldons ein Alter von etwa Mitte Dreißig erreichten, trugen sie auch oft die Abzeichen des Sicherheitscorps von Port Sanger und übernahmen die Verteidigung der Stadt.

Die langfingrigen Poeskies waren ebenfalls wie geschaffen für ihre Aufgabe – mit sicherem Griff entfernten sie die zarten Farbdrüsen der Sternenschnecken, die sie zuvor geschickt aus ihrem Haus gepult hatten. Sie waren im Farbengeschäft so erfolgreich, daß sich an der Küste des Parthenia-Meers bereits zahlreiche Tochterunternehmen gebildet hatten, überall dort, wo die Fischer die trichterförmigen Schalentiere fingen.

Die Groeskies, nahe Verwandte der Poeskies, nutzten ihre Fingerfertigkeit als erstklassige Mechanikerinnen. Sie waren ein relativ neues Matriarchat, ein Ableger des Sommerbestands, der erst vor wenigen Generationen Wurzeln geschlagen hatte. Obgleich der Clan nur vierzig Frauen umfaßte, hatten sich die rundlichen, flinken ›Grossies‹ bereits einigen Respekt verschafft. Alle Clanmitglieder waren von einer einzigen Halb-Poeskie-Sommerfrau geklont, die sich mit Glück und Begabung ihre Nische erkämpft und dadurch eine Nachkommenschaft gegründet hatte. Dies war der Traum aller Varkinder – sich hochzuarbeiten, erfolgreich zu sein und eine neue Gattung zu etablieren. Doch die Chancen dafür standen eins zu tausend.

Als die Zwillinge an einer Groeskie-Werkstatt vorbeikamen, beobachteten sie, wie Kugellager von den kräftigen, fröhlichen Rotschöpfen in die Achsen eingepaßt wurden. Jede dieser Frauen war Erbin jener klugen Vorfahrin, die sich in Port Sangers rigide gestaffelter Gesellschaft einen Platz ergattert hatte. Leie schubste Maia am Ellbogen. Sie grinste. »Denk dran, wir haben auch unsere Vorteile.«

Maia nickte. »Stimmt.« Aber im stillen fügte sie hinzu: »Hoffentlich.«

Jenseits des Marktbezirks lag ein Laden, der importierte Süßigkeiten aus dem fernen Vorthos verkaufte; auf dem Ladenschild prangte ein sich aufbäumendes Einhorn. Sie wußten, Schokolade war ein Laster, vor dem sie ihre Tochter-Erbinnen warnen mußten, falls sie jemals welche bekommen sollten. Die Ladeninhaberin, eine rehäugige Mizora, stand hoffnungsvoll hinter dem Ladentisch, obgleich ihr klar sein mußte, daß die beiden Mädchen keine Käuferinnen waren. Die Mizora waren im Niedergang begriffen und mußten sich damit zufriedengeben, ihre einst reichen Besitztümer zu verkaufen, um die Seeleute nach Art ihrer Ahnmütter bewirten zu können. Noch immer frisierten sie ihr Haar in dem Stil, der sich für einen großen Clan gehörte, obgleich die meisten von ihnen jetzt kleine Kaufleute waren, weniger erfolgreich als die aufsteigenden Usisi oder Oeshi. Traurig sah die Mizora-Verkäuferin zu, wie Maia und Leie sich abwandten und weiter die mit kleineren Clanfesten gesäumte Straße hinunterschlenderten.

Viele Gebäude trugen Symbole und Wahrzeichen in Form ausgestorbener Tierarten wie Feuerdrachen und Dreihörner – stratoinische Kreaturen, die es nicht geschafft hatten, mit den von der Erde stammenden Lebewesen zurechtzukommen. Lysos und die Gründermütter hatten zwar Wert auf die Erhaltung der eingeborenen Lebensformen gelegt, aber selbst jetzt, Jahrhunderte später, verbreiteten die Telebildschirme gelegentlich noch wehmütige Zeremonien aus dem Großen Tempel im fernen Caria, bei denen eine weitere Gattung auf die Liste derer gesetzt wurde, um die man am Farsun-Tag trauerte.

Maia fragte sich, ob so viele Clans eingeborene Tiere als Symbole wählten, weil sie Schuldgefühle hatten. Oder vielleicht wollten sie eher damit sagen: »*Seht her, wir machen weiter. Wir tragen die Embleme der Vergangenheit, und doch blühen und gedeihen wir.*«

In ein paar Generationen waren die Mizoras vielleicht ebenso selten geworden wie Dreihörner.

Lysos hat nie versprochen, daß sich nichts mehr verändern wird, sondern nur, das Tempo auf ein erträgliches Maß zu reduzieren.

Als sie um eine Ecke bogen, wären die Zwillinge um ein Haar mit einer großen Sheldon zusammengestoßen, die aus einem Oberschichtsviertel den Hügel herabeilte. Ihre Wachuniform war feucht, der Kragen stand offen. »Entschuldigt«, brummte die dunkelhäutige Polizistin und wich den Schwestern aus. Doch ein paar Schritte weiter blieb sie plötzlich stehen und musterte die beiden.

»*Da* seid ihr also. Fast hätte ich euch nicht erkannt!«

»Schönen Morgen, Hauptfrau Jounine«, begrüßte Leie sie mit einem spöttischen Salut. »Du hast uns gesucht?«

Jounines scharfe, für Sheldons so typische Gesichtszüge waren vom jahrelangen Leben in der Stadt weicher geworden. Sie wischte sich mit einen Seidentaschentuch die Stirn. »Ich war spät dran und habe euch nicht mehr in der Lamatia-Clanfeste erwischt. Wißt ihr, daß ihr die Abschiedszeremonie verpaßt habt? Natürlich wißt ihr das. Habt ihr es absichtlich gemacht?«

Maia und Leie tauschten ein Lächeln. Polizeihauptfrau Jounine entging nichts.

»Na, egal!« Die Sheldon-Frau machte eine wegwerfende Handbewegung. »Ich wollte nur fragen, ob ihr euch überlegt habt ...«

»Ob wir uns beim Wachdienst einschreiben wollen?« unterbrach Leie. »Du mußt wohl ...«

»Wir fühlen uns sehr geschmeichelt von deinem Angebot, Hauptfrau«, mischte sich Maia ein. »Aber wir haben Karten ...«

»Da draußen werdet ihr nichts finden« – Jounine gestikulierte in Richtung Meer –, »was sicherer und zuverlässiger ist ...«

»Und langweiliger ...«, brummte Leie.

»... als ein Vertrag mit eurer Geburtsstadt. Eine kluge Entscheidung, das könnt ihr mir glauben!«

Maia kannte die Argumente. Regelmäßige Mahlzeiten und allmählicher Aufstieg, mit der Hoffnung, genug auf die Seite zu legen, daß man sich irgendwann ein Kind leisten konnte. Ein Winterkind – mit dem Lohn einer Soldatin? Mutter Claires zynische Bemerkung über den ›Mikroclan aus einem einzigen Mitglied‹ traf den Nagel auf den Kopf. Manche *klugen Entscheidungen* waren wenig mehr als gemütlich ausgestattete Sackgassen.

»Tausend Dank für das Angebot«, meine Leie, aber der Sarkasmus in ihrer Stimme verfehlte sein Ziel. »Wenn wir je so verzweifelt sind, daß wir in dieses kalte ...«

»Ja, danke«, unterbrach Maia und nahm ihre Schwester beim Arm. »Lysos sei mit dir, Hauptfrau.«

»Nun ... dann haltet euch wenigstens fern von den Pallas-Inseln, ihr beiden! Man hört von Freibeutern, die ...«

Sobald sie um die nächste Ecke gebogen waren, ließen Maia und Leie ihre Taschen fallen und brachen in schallendes Gelächter aus. Die Sheldons waren in den meisten Aspekten ein beeindruckender Clan, aber sie nahmen alles *so* ernst! Maia war sicher, sie würde die Sheldons vermissen.

»Aber es ist schon seltsam«, meinte sie, als sie ihren Weg fortsetzten, »Jounine hat wirklich noch besorgter ausgesehen als sonst.«

»Hmm. Es ist nicht unser Problem, wenn sie die Rekrutierquote nicht erfüllt. Soll sie doch Lugars kaufen.«

»Du weißt doch, daß Lugars nicht gegen Menschen kämpfen können.«

»Dann soll sie Sommervolk anheuern, unten bei den Docks. Da hängt immer eine Menge Varpack herum. Außerdem ist es sowieso eine blöde Idee, den Wachdienst zu vergrößern. Nichts als ein Haufen Schmarotzer, genau wie die Priesterinnen.«

»Hmm«, machte Maia nur. »Vermutlich hast du recht.« Aber der Ausdruck in den Augen der Soldatin war der gleiche gewesen wie der in denen der Mizora-Süßigkeitenverkäuferin. Enttäuschung hatte sie in ihm gelesen. Eine Spur Verwirrung.

Und eine Menge Angst.

Vor einem Monat noch hatten Posten das Getta-Tor bewacht, das Port Sanger vom Hafen trennte.

Maia erinnerte sich noch daran, wie die Pflegemütter die Kinder aus der Lamatia-Krippe aus den höheren Bezirken über die steilen, kopfsteingepflasterten Straßen zu den Zeremonien im städtischen Tempel mitgenommen hatten und dabei ganz in der Nähe des Getta-Tors vorübergekommen waren. In einem Frühsommer war Maia aus der ordentlichen Reihe der Varlinge ausgebrochen und zu der hohen Barrikade gelaufen, in der Hoffnung, einen Blick auf die großen Frachter im Trockendock zu erhaschen. Ihr kleiner Ausflug hatte mit einer tüchtigen Tracht Prügel geendet. Danach hörte sie zwischen ihren Schluchzern eine der Matronen von ferne erklären, daß der Kai für Kinder um diese Jahreszeit nicht sicher war. Dort unten gab es ›brünstige Männer‹.

Später, wenn anstelle der Aurorae am nördlichen Himmel die sanften Konstellationen des Herbstes traten, wurden die Tore geöffnet, so daß die Kinder nach Belieben hindurchlaufen konnten, an den Docks entlang, wo bärtige Männer geheimnisvolle Ladungen löschten oder faszinierende Spiele mit aufziehbaren Scheiben spielten. Maia wußte noch, daß sie damals immer überlegt hatte, ob *diese* Männer sich von der »brünstigen« Sorte unterschieden. Es mußte wohl so sein. Denn sie schienen so sanft und harmlos wir die pelzigen Lugars, denen sie ein wenig ähnelten.

»*Harmlos wie ein Mann, wenn die Sterne strahlen hell*«, so lautete eine Zeile aus einem Kinderreim, dessen Ende lautete:

»*Doch hüte dich, o Frau, wenn der Wengelstern zur Stell'*.«

Als sie das Tor zum letzten Mal durchschritten, wogte eine bunt gemischte Menge um sie her. Anders als in den Bezirken auf dem Hügel stellten die Männer hier eine gewichtige Minderheit, die die Luft mit einer reichhaltigen Mischung von Düften erfüllte, von Gewürzaromen und exotischen Waren bis hin zu ihrem eigenen herzhaften Moschusgeruch. Dies war die ideale Umgebung für eine perkinitische Agitatorin, die hier von einer umgedrehten Kiste herab ihre Reden schwang, während zwei Klonkameradinnen den Passanten Flugblätter in die Hand drückten. Maia erkannte den Gesichtstyp nicht, also mußten die drei Frauen wohl vor kurzem angekommene Missionarinnen sein.

»Schwestern!« rief die Rednerin. »Schwestern, die ihr aus kleineren Clans und Häusern kommt! Gemeinsam seid ihr den Siebzehn Clans, die Port Sanger kontrollieren, bei weitem überlegen. Wenn ihr euch zusammentut, könnt ihr die Übermacht brechen, welche die großen Häuser im Stadtrat aufrechterhalten, ja, in der ganzen Region und selbst in Caria! Gemeinsam können wir die Verschwörung des Schweigens zerschlagen und die lange überfällige Offenbarung der Wahrheit erzwingen ...«

»*Welcher* Wahrheit?« unterbrach ein Zuschauer.

Die Perkinitin warf nur einen kurzen Blick in die Richtung, wo der junge Matrose mit mehreren seiner Kollegen am Zaun lungerte und sich über die Verlegenheit amüsierte, die er mit seiner Frage ausgelöst hatte. Ihrer Ideologie getreu versuchte die Rednerin den Mann einfach zu ignorieren. Nur so zum Spaß mischte sich deshalb Leie ein: »Ja! Welche Wahrheit meinst du, Perkie?«

Mehrere Zuschauer lachten über Leies Zwischenruf, und auch Maia konnte sich ein Grinsen nicht verkneifen. Die Rednerin funkelte Leie wütend an, doch dann entdeckte sie Maia neben ihr. Zur großen Freude der Zwillinge zog sie sofort den falschen Schluß und streckte ihnen ernst und flehend die Hände entgegen.

»Die Wahrheit, daß kleine Clans wie meiner und eurer für gewöhnlich einfach beiseite geschoben werden, nicht nur hier, sondern überall, vor allem in Caria, wo die großen Häuser jetzt sogar unseren Planeten Stück für Stück an die Outsider und ihr maskulinistisches Phylum verkaufen ...«

Maia spitzte die Ohren bei der Erwähnung des fremden Raumschiffs. Leider wurde bald klar, daß die Rednerin keineswegs Neuigkeiten zu bieten hatte, sondern lediglich eine Tirade vom Stapel ließ. Die Ansprache versank rasch in die Platitüden und Klischees, die Maia und ihre Schwester im Lauf der Jahre unzählige Male zu Ohren gekommen waren. Über die Flut billiger Arbeitskräfte, die so viele kleinere Clans zugrunde richtete. Über den viel zu lasch aufrechterhaltenen Codex der Lysos und die Bestimmungen für ›gefährliche Männer‹. Zu all diesen abgedroschenen Anschuldigungen gesellte sich das beliebteste Angstmacherthema des Jahres, nämlich, daß die Weltraumbesucher Vorboten einer Invasion sein könnten, die schlimmer werden würde als der uralte Schrecken des Feindes.

Rasch verblaßte die kurze Freude darüber, daß Maia und Leie zu einem Clan gehörten, weil sie sich so ähnlich sahen. Es war Herbst, und das bedeutete, daß Wahlen ins Haus standen, bei denen Splittergruppen versuchten, wenigstens einen oder auch zwei Minderheitssitze zu ergattern, obgleich Clanfesten wie Lamatia *en masse* abstimmten. Der Perkinismus sprach kleine Matriarchate an, die das Gefühl hatten, daß ihnen bei der Bildung einer Familie Steine in den Weg gelegt wurden. Die Gruppe erhielt wenig Unterstützung von den Vars, denn diese hatten keine Macht und wenig Interesse an den Wahlen.

Die Männer machten sich keine Illusionen, was geschehen würde, falls der Perkinismus in größerem Rahmen auf Stratos Fuß faßte. Sollte diese Möglichkeit jemals wieder in greifbare Nähe rücken, würde Maia möglicherweise etwas Einzigartiges miterleben, nämlich, daß *Männer* vor den Wahlurnen Schlange standen und ein Recht ausübten, das ihnen per Gesetz zwar zustand, von dem sie jedoch ungefähr so selten Gebrauch machten, wie im Sommer der Glorienfrost hereinbrach.

Leie kicherte noch immer leise über das Geschwätz der Perkinitin, aber Maia versetzte ihr einen Rippenstoß. »Komm, wir haben mit unserem letzten Morgen in der Stadt etwas Besseres anzufangen.«

Als die Zwillinge den Hafen erreichten, hatte die aufgehende Sonne den Küstennebel aufgelöst. Die Vormittagshitze hatte auch die meisten Schwebgleiter vertrieben; nur ein paar der schimmernden Kreaturen waren noch als helle eiförmige Blüten oder grelle Gasballons sichtbar, die in unregelmäßiger Formation über den östlichen Himmel schwebten.

Ein Nachzügler war über den Docks geblieben; er sah aus wie eine zarte, aufgeschwemmte Qualle mit herabbaumelnden, schimmernden Fühlern von etwa zwanzig Metern Länge. Also ein Baby. Das Tier klammerte sich an den Hauptmast eines schlanken Frachters, dicht an die segelumwickelten Rahen geschmiegt, und tastete nach den Leckerbissen, die ein paar leichtfüßige Matrosen auf den oberen Spieren auslegten. Die Seeleute lachten, wichen den hin und her schwingenden, klebrigen Saugfüßen aus, rannten wieder herbei, um die schwieligen Tentakeln zu streicheln oder bunte Bänder und Zettelchen an ihnen zu befestigen. Etwa einmal im Jahr fand jemand eine zerrissene Botschaft, die auf diese Art über den Mutter-Ozean getragen worden war.

Es kursierten auch Geschichten über Kabinenjungen, die versuchten, auf einem Schwebgleiter mitzufliegen und weiß-Lysos-wohin geschleppt wurden, vielleicht angespornt von den Legenden über die alten Zeiten, als Zeppeline und Flugzeuge den Himmel bevölkerten und die Männer noch fliegen durften.

Wie um zu beweisen, was für ein schicksalsträchtiger Tag heute war, stupste Leie Maia an und deutete in die entgegengesetzte Richtung, nach Südwesten, jenseits des goldenen Stadttempeldoms. Mit zusammengekniffenen Augen beobachtete Maia ein silbern glänzendes Gebilde, das kurz aufleuchtete, während es zu Boden sank, und erkannte das wöchentliche Luftschiff. Es transportierte Post und Pakete, die für den Seeweg zu kostbar waren, sowie besondere Reisende, deren Clans fast so reich sein mußten wie die Göttin des Planeten, um sich den Fahrpreis leisten zu können. Maia und Leie seufzten, und diesmal dachten sie wirklich genau das gleiche. Ein Wunder müßte geschehen, daß eine von ihnen je so, inmitten der Wolken, reisen könnte.

Vielleicht war es ihren Klonnachkommen vergönnt, falls die launischen Winde des Schicksals entsprechend bliesen. Der Gedanke daran war ein kleiner Trost.

Vielleicht erklärte das, warum hin und wieder ein Junge alles aufs Spiel setzte, nur um auf einem Schwebegleiter fliegen zu können. Von Natur aus konnten Männer keine Klone bekommen. Sie konnten sich nicht kopieren. Bestenfalls erreichten sie die niederere Stufe der Unsterblichkeit, die Vaterschaft. Doch all ihre sehnlichsten Wünsche mußten sich in einem einzigen Leben erfüllen, oder sie blieben ewig ungestillt.

Die Zwillinge schlenderten weiter. Hier unten bei den Lagerhäusern, wo die Fischerboote die Luft mit ihrem feuchten, durchdringenden Gestank erfüllten, gab es wesentlich mehr Sommerleute. Frauen unterschiedlicher Form, Farbe, Größe, oft von einer gewissen Familienähnlichkeit mit einem bekannten Clan – das Haar einer Sheldon, das ausgeprägte Kinn einer Wylee –, Frauen, die die Hälfte oder ein Viertel einer berühmten Muttergattung besaßen, genauso wie die Zwillinge in ihren Gesichtern viel Lamaianisches aufwiesen.

Leider zählte eine teilweise Ähnlichkeit nur sehr wenig. Mit einfarbigen Kilts oder Lederhosen bekleidet, ging jede Sommerperson als Einzelkreatur durchs Leben, ohne ihresgleichen auf der Welt, die meisten dennoch hoch erhobenen Hauptes. Sommerleute waren auf den Kais beschäftigt, scheuerten die Segelschiffe auf den Trockendocks und erledigten die meisten Knochenarbeiten, die die Seefahrt erst ermöglichten, oft mit einer Heiterkeit, deren Anblick herzerfrischend war.

Vor der Zeit von Lysos, auf den Phylumwelten, waren Vars wie wir normal und Klone die Ausnahmen. Jeder Mensch hatte einen Vater ... manche kannten ihn sogar und lebten mit ihm zusammen, während sie aufwuchsen.

Maia stellte sich oft einen dicht bevölkerten Planeten vor, der vor Verschiedenheit nur so brodelte. Die Lamai-Mütter nannten das eine ›ungesunde Fixierung‹, aber die Gedanken kamen öfter, seit immer mehr Nachrichten von dem Outsider-Schiff durchsickerten, zunächst gerüchteweise, dann in knappen, zensierten Teleberichten.

Leben die Menschen auf anderen Welten noch in vorgeschichtlichem Chaos? überlegte Maia. Als würde sie je eine Antwort auf diese Frage bekommen.

Nun, da die Gewitterzeit vorüber war und die Getta-Tore offenstanden, herrschte in der Hafengegend ein lebhaftes, buntes Treiben. Der eine ganze Jahreszeit über beschränkte Handel erblühte von neuem. Menschen wimmelten um die Ladedocks und schiefergedeckten Lagerhallen, die Kapellen und die nun wieder mit Vorhängen versehenen Entspannungshäuser. Und die Kramläden für Schiffszubehör – ein Lieblingsplätzchen der Zwillinge, vollgestopft mit jedem Werkzeug und jeder Rarität, die einer Crew auf hoher See von Nutzen sein mochte. Schon von klein auf hatten die glänzenden Messingarbeiten und der Geruch des Polieröls Maia und Leie in ihren Bann geschlagen, und zum Ärger der Händler hatten sie sich oft stundenlang in den Läden herumgetrieben. Leie faszinierten vor allem die mechanischen Gerätschaften, während Maia sich mehr für Karten, Sextanten und die winzigen Teleskope mit ihren klickenden, fein facettierten Gehäusen interessierte. Und für die Chronometer, von denen manche so alt waren, daß sie einen äußeren Ring trugen, der den stratoinischen Kalender in etwas mehr als drei ›Standard-Erdenjahre‹ einteilte. Nicht einmal Fünferjungen, die sie zu schikanieren versuchten – durchreisende Seeoffiziersanwärter, die oft nicht einmal die blasseste Ahnung von Längenmessung hatten – schafften es, die Zwillinge für längere Zeit fernzuhalten.

Als Maia jetzt in den größten Zubehörladen spähte, zog sie den Blick der Ladeninhaberin auf sich, einer Felic mit gutmütig-derbem Gesicht. Die Klonfrau hatte Maias Haarschnitt und ihre Leinentasche bemerkt, und ihre gewohnheitsmäßig grimmige Grimasse wich ganz langsam einem Lächeln. Mit einer schnellen Geste wünschte sie Maia Glück und gute Reise.

Und garantiert ist sie froh, uns los zu sein. Im Gedanken daran, was für eine Plage sie und ihre Schwester gewesen waren, erwiderte Maia die Geste mit einer übertriebenen Verbeugung, was die Ladeninhaberin mit einem Lachen und erneutem Winken quittierte.

Maia wandte sich ab und fand Leie an einem Kai in der Nähe, wo sie sich mit einer Dockarbeiterin unterhielt, deren hohe Wangenknochen ihre Herkunft vom Westkontinent verrieten. »Nee, nee«, sagte die Frau gerade, als Maia nähertrat. Ohne eine Sekunde beim Knüpfen innezuhalten, fuhr sie fort: »Bisher hab ich nix gehört vom Rat in Caria. Gar nix.«

»Nichts worüber?« fragte Maia.

»Den Outsider«, erklärte Leie. »Die Perkie-Missionarinnen haben mich auf die Idee gebracht, daß es vielleicht etwas Neues gibt. Diese Var hier arbeitet auf einem Schiff mit voller Zutrittserlaubnis.« Leie zeigte auf ein nahebei liegendes Fischerboot mit einer steuerbaren Antenne. Es war durchaus nicht an den Haaren herbeigezogen, daß jemand, der an den Skalen einer solchen Vorrichtung herumspielte, die eine oder andere interessante Nachricht auffing.

»Als würden die Eigentümer mich zu Tee und Tele einladen!« Die Segelmacherin spuckte durch ihre Zahnlücke ins schaumige Wasser, in dem unzählige Fischschuppen trieben.

»Aber hast du nicht irgend etwas mitbekommen? Beispielsweise auf einem inoffiziellen Kanal. Behaupten sie immer noch, daß nur ein Outsider gelandet ist?«

Maia seufzte. Caria war weit weg, und seine Savanten ließen nur äußerst spärliche Berichte durchsickern. Schlimmer noch, die Lamai-Mütter verboten den Sommerkindern häufig, überhaupt Telesendungen anzusehen, damit ihr unstetes Gemüt durch die Sendungen nicht ›verstört‹ wurde. Natürlich stachelte das nur die Neugier der Zwillinge an. Doch Leie trieb den Wissensdurst zu weit, wenn sie jetzt schon einfache Arbeiterinnen ausquetschte. Allem Anschein nach war die Segelmacherin ebenfalls dieser Ansicht. »Warum fragt ihr mich, ihr kleinen Hitzköppe? Warum sollte ich mir die Lügen anhören, die aus dem Kasten der Bootseigentümer kommen?«

»Aber du stammst doch vom Landungskontinent ...«

»Meine Provinz liegt neunzig Kilometer von Caria entfernt! War seit zehn Jahren nich' mehr dort und will's auch nich' wiedersehen, nie mehr! Jetzt verduftet endlich.«

Als sie außer Hörweite waren, schimpfte Maia: »Leie, du mußt dich wirklich mit solchen Sachen ein bißchen zurückhalten. Du kannst den Leuten nicht so auf die Nerven fallen ...«

»So wie du, als wir vier Jahre alt waren? Wer hat denn versucht, sich auf diesem Schoner als blinder Passagier einzuschmuggeln, um rauszukriegen, wie der Kapitän den Standort bestimmt, obwohl der Horizont schlingert? Soweit ich mich erinnere, hat man uns beide dafür bestraft!«

Gegen ihren Willen mußte Maia lächeln. Noch ein Stratosjahr zuvor war Leie diejenige gewesen, die sich alles vorher gründlich überlegt hatte, und Maia hatte die Ideen gehabt, die sie häufig in Schwierigkeiten brachten. *Wir sind uns ähnlich, aber unsere jeweiligen Phasen überschneiden sich. Vielleicht ist das ja ganz gut so. Wenigstens eine von uns sollte immer die Rolle der Vernünftigen übernehmen.*

»Das ist etwas anderes«, entgegnete sie und versuchte, sich nicht vom Thema abbringen zu lassen. »Jetzt ist es das wirkliche Leben.«

»Du meinst, das ist das *Leben?*« konterte Leie achselzuckend. »Dann sieh dir doch die Kretins da drüben an.« Sie machte eine Kopfbewegung zu einem in geometrischem Muster gepflasterten Bereich des Hafendamms, wo einige Seeleute träge herumstanden und eine Anordnung von kleinen schwarzen und weißen Scheiben betrachteten. »Das nennen sie das ›Spiel des Lebens‹, und sie nehmen es verdammt ernst. Wird es dadurch auch Wirklichkeit?«

Maia weigerte sich, das Wortgeplänkel mitzumachen. Wann immer Schiffe im Hafen festmachten, spielten die Männer das uralte Spiel mit einer Leidenschaft, die nur mit dem Interesse am Sex in den aurorischen Monaten vergleichbar war. Die Spieler, Decksmänner von irgendeinem Frachter, trugen grobe, ärmellose Hemden und kleine Metallringe am Bizeps, die ihren Rang bezeichneten. Einige der Zuschauer blickten auf, als die Schwestern vorbeigingen. Zwei der jüngeren lächelten.

Wäre es noch Sommer gewesen, hätte Maia sittsam die Augen niedergeschlagen und sogar Leie wäre vorsichtig gewesen. Aber wenn die Aurorae verblaßten und der Wengelstern verschwand, kühlte das heiße Blut der Männer ab. Sie wurden ruhiger und kameradschaftlicher. So war der Herbst die beste Jahreszeit, um in See zu stechen. Maia und Leie konnten bis zu zwanzig Standardmonate auf dem Ozean verbringen, ehe die Brunst des nächsten Jahres sie wieder an Land trieb. Es war ratsam, bis dahin eine Nische gefunden zu haben, etwas, worin sie gut waren, und ihr Nest anzulegen.

Ohne die Augen niederzuschlagen begegnete Leie den freundlich-anzüglichen Blicken der Matrosen, die Hände in die Hüften gestemmt, als wollte sie die Männer herausfordern, unter Beweis zu stellen, womit sie da prahlten. Ein flachshaariger junger Kerl schien genau das in Erwägung zu ziehen. Aber natürlich würde er, falls er um diese Jahreszeit überhaupt noch einen Rest seiner Libido übrig hatte, diesen gewiß nicht an ein Paar bitterarme Jungfrauen verschwenden! Die Männer lachten, und Leie lachte mit ihnen.

»Komm schon«, sagte sie zu Maia, während sich die Männer wieder ihrem Spiel zuwandten. Leie rückte ihre Tasche zurecht. »Es ist bald Flut. Gehen wir an Bord und schütteln wir den Staub dieser Stadt von den Füßen.«

»Was soll das heißen, ihr lauft nicht aus? Wie lange bleibt ihr noch liegen?«

Maia konnte es nicht glauben. Der alte Proviantmeister kaute auf einem Zahnstocher und kippelte auf seinem Hocker neben dem Laufsteg. Er war unrasiert und trug die üblichen Arbeitsklamotten aus Drillich. Jetzt gab er dem Faßdeckel, auf dem die Rückzahlung lag – und noch etwas zusätzlich als »Abfindung« – einen Stupser.

»Keine Ahnung, kleines Mädchen. Wahrscheinlich 'n Monat. Vielleicht zwei.«

»Einen *Monat!*« Leies Stimme überschlug sich. »Du Ausgeburt von einem Wurmdreck! Das Wetter ist gut. Ihr habt Ladung und zahlende Passagiere. Was soll das heißen?«

»Hab ein besseres Angebot.« Der Zahlmeister zuckte die Achseln. »Einer von den großen Clans hat die Ladung gekauft, nur damit wir bleiben. Anscheinend mögen die unsre Jungs. Hätten gern, daß sie noch 'n bißchen bleiben, denk ich.«

Maia spürte ein Ziehen in der Magengrube. »Vermutlich wollen einige Mütter dieses Jahr früh mit der Winterzucht beginnen«, meinte sie in dem Versuch, die Katastrophe zu verstehen. »Das ist riskant, aber wenn sie Männer erwischen, die noch brünstig sind ...«

»Welcher Clan war das?« unterbrach Leie, die nicht in der Stimmung für vernünftige Erklärungen war. Sie versetzte dem Faß einen Fußtritt, daß die Geldstäbe klapperten. Der grauhaarige Seemann, der ungefähr das Doppelte von Leies fünfzig Kilo auf die Waage brachte, kratzte sich gemütlich den Bart.

»Wartet mal. Waren es die Tildens? Oder Lam ...«

»Lamatia?« rief Leie und fuchtelte so heftig mit den Armen, daß der Zahlmeister sich nun doch von seinem Hocker erhob. »Nur die Ruhe, Mädchen. Kein Grund zur Aufregung ...« Maia packte Leie am Arm, denn diese machte Anstalten, dem Alten seinen Hocker an den Kopf zu werfen. »Das paßt genau!« schrie Leie. »Deshalb haben sie das Gästehaus mehrere Wochen früher als sonst geöffnet, deshalb mußten wir die ganze Nacht für die Kerle Wein anschleppen!«

Manchmal beneidete Maia ihre Schwester darum, daß sie ihren Gefühlen freien Lauf lassen konnte. Ihre eigene Reaktion, nämlich der Rückzug in logische Erklärungen, schien weit weniger befriedigend als Leies Art, alles in Reichweite Befindliche kurz und klein zu schlagen. »Leie«, begann sie mit heiserer, drängender Stimme. »Es kann nicht Lamatia gewesen sein. Sie lassen sich nur mit hochrangigen Gilden ein, nicht mit dem Abschaum, dessen Fahrpreise wir uns leisten können.« Es tat ihr gut zu sehen, wie der Zahlmeister bei dieser Bemerkung zusammenzuckte. »Auf alle Fälle sind wir besser dran, wenn wir mit ehrlichen Männern ins Geschäft kommen. Es gibt noch weitere Schiffe.«

Ihre Schwester fuhr herum. »Ach ja? Erinnerst du dich noch, wieviel Mühe wir uns gegeben haben? Wir haben Bücher gekauft und teure Ferngespräche im Com-Netz geführt, wir haben Erkundungen eingeholt über jeden Hafen, den dieser elende Kahn hier anläuft! Für jeden Aufenthalt hatten wir einen Plan ... wir hatten uns vorgenommen, welche Leute wir besuchen wollten. Wir hatten Fragen ausgeklügelt. Projekte. Und jetzt ist alles umsonst!«

Wie kann es umsonst gewesen sein? fragte sich Maia dumpf. Die ganze Studiererei, das Auswendiglernen, das Einprägen: *Oscco-Inseln, Westmeer ...*

Plötzlich war ihr klar, daß sie beide nicht richtig auf diesen unerwarteten Tiefschlag reagierten.

»Gehen wir«, sagte sie zu ihrer Schwester, raffte das Geld zusammen und bemühte sich, die Besorgnis aus ihrer Stimme zu verbannen – sich selbst und ihrer Zwillingsschwester zuliebe. »Wir finden ein anderes Schiff, Leie. Ein besseres, du wirst schon sehen.«

Das war leichter gesagt als getan. Zwar gab es in Port Sanger eine Menge Segelschiffe, von handgeschnitzten, geometrischen Windflüglern über Sturmjammern bis hin zu Klippern mit wehenden Segeln aus gewebter Tintenfischseide. An den diplomatischen Docks, direkt unterhalb der Hafenfestung lag sogar einer jener seltenen eleganten Kreuzer, dessen Sonnenkollektoren im schrägen Nachmittagslicht schimmerten. Aber mit so offensichtlich teuren Booten gaben sich Maia und Leie gar nicht erst ab, denn ihre Besatzung hätte die Geldstäbe der Mädchen als Fischköder verlacht. Sie versuchten ihr Glück bei den eindrucksvollen Frachtern mit dem Banner der Wolkenwal-Liga oder der Blaureiher-Gesellschaft, also bei Gilden, deren graubärtige Kapitäne des öfteren im Stammsitz der Lamai vorsprachen, um Jungen auf ihre Tauglichkeit für das Seefahrerleben zu testen.

Einer Kinderlegende zufolge hatte es eine Zeit gegeben, in der Jungen wie Albert sich einfach der Gilde ihrer Väter anschlossen. Sogar Sommermädchen wußten schon als Kinder, auf welchem Vaterschiff sie eines Tages wegsegeln würden. Ohne dafür bezahlen zu müssen, wurden sie dorthin gebracht, wo immer die Chancen für junge Vars gerade am günstigsten waren.

> *Klonkind muß zu Haus verweilen,*
> *um die Heimstatt zu bewahren, ganz und gar.*
> *Varkind muß zu Kampf und Siegen eilen,*
> *Halb die Mutter, halb der Mann, wie wahr.*

Laß dich von den Winden treiben,
Winterfrost und Sommerlicht, das lacht.
Nenn die Dinge, die stets bleiben
Unverrückbar, dich zu führen durch die Nacht.

Stratos Mutter, Gründergaben,
Eigne Kunst und fleißge Hand.
Noch ein Segen, an dem Glückliche sich laben,
Vater nimmt dich mit ins ferne Land.

Eine alte Lehrerin, die Savante Judeth – eine Lamai, die ihren Sommerlingsschutzbefohlenen mehr Sympathie als üblich entgegenbrachte, hatte in ihrem Unterricht bestätigt, daß die alten Legenden durchaus einen wahren Kern besaßen. »In jener Zeit hielt jede Segelvereinigung engen Kontakt mit einem bestimmten Haus in Port Sanger, führte Transporte für den Clan aus und war in seinen Gästehäusern stets willkommen, sommers wie winters. Wenn die Varmädchen fünf wurden, holten ihre Väter – oder deren Kameraden – sie zu sich und halfen ihnen, sich in fernen Ländern niederzulassen. Auf ihre Art waren sie für die Väter sehr wertvoll.«

Für Maia hatte das geklungen wie romantisches Gefasel, viel zu kitschig, um wahr zu sein. Aber Leie hatte gefragt: »Warum ist es nicht mehr so?«

Einen Augenblick schwieg Savante Judeth nachdenklich und ein wenig wehmütig – ganz untypisch für eine strenge Lamai.

»Ich wollte, ich wüßte es, Sämling. Vielleicht hat es etwas mit der steigenden Zahl von Sommergeburten zu tun. Als ich jung war, gab es zwar auch schon eine Menge davon. Aber jetzt ist die Quote eins zu vier. So viele Vars.« Die alte Frau schüttelte den Kopf. »Und die Rivalität unter den Clans und auch unter den Gilden ist weit heftiger geworden, es gibt richtige Kämpfe …« Judeth seufzte. »Ich kann nur sagen, früher wußten wir, welche Männer hier wohnen würden, um in der kühlen

Zeit Klonschwangerschaften zu stimulieren und in der kurzen heißen Zeit Söhne zu zeugen. Und natürlich auch euch Sommermädchen. Aber diese Zeiten sind vorbei.«

Zögernd hatte Leie gefragt, ob Judeth Maias und ihren Vater kenne.

»Clevin? O ja. Ich sehe ihn in euren Gesichtern. Er war Navigator auf der *Seelöwe*. Ein feiner Kerl, soweit man das von einem Mann eben sagen kann. Eure Geburtsmutter, Lysos segne sie, schenkte ihre Gunst nie einem anderen. Damals lernte man die Männer kennen. Angenehm war das, auf seltsame Art.«

Und schwer vorstellbar. Ob sie sich als ungehobelte Kerle präsentierten, die sich im Sommer in den Schutz des Gettos zurückzogen und ihre brünstigen Begierden im Entspannungshaus befriedigten, ob sie als wortkarge Gäste in den kühlen Jahreszeiten auftraten, sich wie Katzen räkelten und von den Lamai-Schwestern mit Wein und Schach oder dem Spiel des Lebens die Zeit vertreiben ließen – nach kurzer Zeit waren sie wieder verschwunden. Und mit ihnen verschwanden auch ihre Namen, selbst wenn sie zuvor ihren Samen hinterlassen hatten. Doch ein ganzes Jahr lang, nachdem sie Savante Judeths Geschichte gehört hatte, hielt Maia unter den Masten Ausschau nach dem Banner des Seelöwen und stellte sich vor, wie das sonnenverbrannte Gesicht ihres Vaters aussehen würde, wenn er sie und ihre Zwillingsschwester erblickte.

Dann erfuhr sie, daß die Flossenfüßergilde nicht mehr die Parthenia-See befuhr. Die Vartöchter, die von jenen Männern vor fünf langen Zyklen gezeugt worden waren, waren ganz auf sich allein gestellt.

Auf keinem der besseren Schiffe im Hafen war Platz für die beiden Mädchen. Die meisten waren bereits überfüllt mit Vars – Frauen, die mit harten Augen auf die Zwillinge herabschauten oder über ihre klägliche Bettelei lachten. Kapitäne und Zahlmeister schüttelten den

Kopf oder verlangten mehr Geld, als Maia und Leie ausgeben konnten.

Und da war noch etwas. Maia konnte es nicht recht in Worte fassen. Niemand sprach es laut aus, aber die Atmosphäre im Hafen schien irgendwie … irgendwie hektisch. *Nervös.*

Maia versuchte, es als Auswirkung ihrer eigenen Anspannung abzutun.

Obwohl sie die ganzen Docks abklapperten, fanden die Zwillinge kein geeignetes Schiff, das in früher als zwei Wochen auslaufen sollte. Schließlich gelangten sie vollkommen erschöpft zum linken Ufer des Flusses Stopes, wo Schleppboote und Hanf-Lastkähne an baufälligen Lagerhäusern festgemacht waren. Zwar gehörten diese lokalen Clans, aber entweder hatten diese eine Pechsträhne gehabt, oder Häuser und Boote waren ihnen aus anderen Gründen nicht mehr wichtig genug, um sie instand zu halten. Deprimiert schlug Leie vor, in die Stadt zurückzukehren und für die Nacht eine Unterkunft zu suchen. Bestimmt war der heutige Mißerfolg ein Omen. In zehn oder vielleicht auch erst in zwanzig Tagen würde sich das Glück gewiß wieder wenden.

Doch Maia wollte davon nichts hören. Während Leie oft nach einem Wutausbruch in düstere Hoffnungslosigkeit verfiel, wurde Maia unter schwierigen Bedingungen eher besonders hartnäckig, was allerdings gelegentlich in pure Verbissenheit ausartete. Zwanzig Tage in einem Hotel? Wenn sie statt dessen schon in ferne Länder unterwegs sein konnten? Irgendwohin, wo sie beginnen konnten, ihren geheimen Plan in die Tat umzusetzen?

In einem schmutzigen Gästehaus der Bizmai, einem Clan niederen Ranges, trafen sie die Kapitäne zweier Kohlenfrachter, die am nächsten Morgen mit der Flut nach Süden auslaufen sollten.

Auch die Welt der Männer hatte ihre Hierarchien.

Die Klugen und Erfolgreichen, die sich auch als Erzeuger bewährt hatten, wurden von den wohlhabenden Matriarchaten umworben. Ärmere Müttergeschlechter gaben sich mit den weniger Begabten zufrieden. Die gebückten, blaßhäutigen Bizmai arbeiteten in den nahegelegenen Minen. Ungewaschen und staubig boten sie ihr schales Bier feil, das Maia nicht anrührte. Doch die harten Seeleute ließen es sich schmecken. Die beiden Mädchen fanden die Kapitäne in dem stickigen, dumpfigen Gemeinschaftsraum. Der Kohlenstaub in der Luft reizte Maias Augen so sehr, daß sie für das Gespräch nach draußen auf die ›Veranda‹ gehen mußten, von der man auf einen Sumpf hinausblickte. Dort gab es wahre Schwärme von Kitzelkäfern, die selbstmörderisch um die flackernden Talgkerzen schwirrten, bis sich ihre Flügel entzündeten und die Plagegeister als glühende Funken auf den rußigen Tisch herabstürzten.

»Das hier werden wir garantiert ganz schön vermissen«, meinte Kapitän Ran, schmatzte mit den Lippen und stellte seinen Bierkrug heftig auf den Tisch. »Die Frauen sind echt nett hier. Wenn die heiße Zeit kommt, darf ein hart arbeitender Kerl wie unsereins die Oberstadtweiber ja nicht mal anfassen und sich schon gar nicht näher mit ihr vergnügen. Aber hier sind wir ordentlich auf unsere Kosten gekommen.«

Maia glaubte ihm das gern. Von den Bizmai, die im Gästehaus herumwuselten, hatte die Hälfte den dicken Bauch einer Sommerschwangerschaft. Maia blähte angeekelt die Nasenflügel. Was sollte ein armer Clan wie dieser mit all den Vars anfangen? Konnten sie so viele überhaupt ernähren, kleiden und erziehen? Würden sie es überhaupt versuchen? Sommernachwuchs verhalf einem Haushalt äußerst selten zu Wohlstand. Die meisten dieser Babies würden sie wahrscheinlich auf scheußliche Art loszuwerden versuchen, vielleicht in der Tundra aussetzen … ›Lysos' Händen anvertrauen‹, wie man beschönigend sagte. Zwar gab es Gesetze dagegen, aber welches Gesetz war wichtiger als das Wohl des Clans?

Vielleicht konnten sich die Bizmai die Mühe aber auch sparen. Viele Sommerschwangerschaften endeten von selbst in einer Frühgeburt aufgrund defekter Gene. Jedenfalls hatte Savante Judeth es so erklärt. »*Alle Klone sind sozusagen erprobte Modelle*«, hatte sie einmal erklärt. »*Doch jeder Sommerling ist ein ganz neues Experiment. Und zahllose Experimente gehen schief.*«

Dennoch stieg die Geburtenrate der Vars stetig an, und ›Experimente‹ wie Maia und Leie füllten die weniger noblen Straßen jeder Stadt.

»Das ist einer der Gründe, warum wir diesmal nur 'ne kurze Strecke machen …«, meinte der andere Mann, Kapitän Pegyul. Er war dünner, grauer und anscheinend auch etwas klüger als sein Kollege. »… mit Anthrazit nach Queg Town, Lanargh, Grange Head und Gremlin Town. Vielleicht sind wir keine von den großen, reichen Gilden, aber wir haben auch unsere Ehre. Die Bizmai wollen, daß wir im Mittwinter wieder herkommen. Den Gefallen tun wir ihnen natürlich, nachdem sie jetzt in der heißen Zeit so nett zu uns waren!«

Deshalb behandelte der Bergwerksclan diese Burschen wohl so zuvorkommend. Sehr oft brachten Männer den Frauen, die ihre Sommerkinder trugen, eine gewisse Sentimentalität entgegen – es waren schließlich Kinder, die zur Hälfte ihre eigenen Gene besaßen. Würden diese Idioten in einem halben Jahr überhaupt merken, wie wenige dieser Babies noch lebten?

»Gremlin Town wäre wunderbar«, sagte Leie, trank ihren Krug aus und winkte, um ihn nachfüllen zu lassen. Zwar lag Gremlin Town im Süden und nicht, wie von Leie und Maia ursprünglich angestrebt, in westlicher Richtung, aber sie hatten sich bereits abgesprochen und beschlossen, den Umweg später wieder wettzumachen, wenn sie eine Weile auf See und auch an Land gearbeitet hatten. Auf diese Weise sammelten sie erste Erfahrungen und waren nicht mehr so naiv, wenn sie schließlich nach Oscco kamen.

Der schlankere der beiden Männer rieb sich sein stoppeliges Kinn. »Na gut – solange ihr beiden macht, was man euch sagt.«

»Wir werden hart arbeiten. Mach dir deshalb keine Sorgen, Sir.«

»Und euer Mutterclan hat euch alles Notwendige beigebracht? Wie zum Beispiel Stockfechten?«

Maia war sicher, daß auch Leie merkte, daß der Kapitän sich bemühte, ungezwungen zu wirken, statt sie direkt nach ihren praktischen Fähigkeiten wie Nähen, Schmieden oder sonst einer handwerklichen Tätigkeit zu fragen.

»Wir haben alles gelernt, Sir. Ihr werdet es nicht bereuen, uns an Bord zu nehmen, gleichgültig, welcher von euch uns auch anheuert.«

Die beiden Seemänner blickten sich an. Der Kleinere beugte sich vor. »Oh, ich würde sagen, wie nehmen euch beide.«

Leie blinzelte. »Wie meinst du das?«

»Es ist folgendermaßen«, erklärte der Größere. »Ihr zwei seid Zwillinge. Das ist hübsch, aber es kann zu Schwierigkeiten führen. Wir gabeln unterwegs immer wieder Clanfrauen auf, die von einer Hafenstadt zur anderen reisen. Die könnten euch sehen, wie ihr das Deck schrubbt oder sonst eine körperliche Arbeit verrichtet, und falsche Schlüsse daraus ziehen ...«

Maia und Leie sahen sich an. Ihr geheimer Plan beruhte darauf, genau diese Reaktion zu ihrem Vorteil zu nutzen – die Annahme, daß zwei identische Mädchen wie sie höchstwahrscheinlich Klone waren. Jetzt begriffen sie, daß diese Gabe ironischerweise auch ihre schlechten Seiten hatte.

»Ich bin nicht sicher, ob wir uns trennen wollen«, meinte Leie kopfschüttelnd. »Aber wir könnten unser Aussehen verändern. Ich könnte mir die Haare färben ...«

»Eure Schiffe fahren doch den ganzen Weg an der Küste entlang im Konvoi, nicht wahr?« mischte sich Maia ein. Der Kapitän nickte. »Dann sind wir nicht lange getrennt«, meinte Maia zu Leie. »Und auf diese Weise bekommen wir Empfehlungen von zwei verschiedenen Kapitänen, statt nur von einem.«

»Aber …«

»Mir gefällt es auch nicht, aber sieh es doch mal von der Seite: Für den gleichen Preis machen wir doppelt so viele Erfahrungen. Außerdem werden wir uns in Zukunft vermutlich öfter einmal trennen müssen. Das ist eine gute Übung.«

Der verblüffte Ausdruck im Gesicht ihrer Schwester sprach Bände. Maia freute sich, daß sie Leie verblüfft hatte – das geschah viel zu selten. *Sie hätte nie gedacht, daß ich eine Trennung so leicht hinnehmen würde.*

Tatsächlich freute Maia sich darauf, eine Weile allein zu sein, weg von der bestimmenden Persönlichkeit ihrer Schwester. *Das ist sicher für uns beide ganz gesund.*

Leie verbarg ihre Verlegenheit, indem sie ihren Bierkrug zum Mund hob. Aber schließlich nickte sie und meinte: »Wahrscheinlich spielt es keine Rolle …«

In diesem Moment erhellte ein Blitz ihre Gesichter. Eine funkensprühende Rakete stieg in Spiralen hinter der Hafenfestung in den Himmel, explodierte und tauchte die Docks und Clanfesten in ein Licht, das die Schatten vertiefte und das Licht noch greller erscheinen ließ. Erschrocken blieben die Passanten stehen, während Schattenbilder um sie wirbelten und ein tiefer grollender Ton einsetzte, in die Höhe schrillte und zu einem lauten Heulen wurde, das die Nacht erfüllte.

Maia, ihre Schwester und die beiden Kapitäne sprangen auf. Nur selten bekam man die Sirene von Port Sanger zu Ohren … sie rief die Miliz herbei … und alarmierte die Bürger, sich zur Verteidigung bereit zu machen.

Was sollten unsere Ziele sein, wenn wir eine neue menschliche Rasse erschaffen? Was wünschen wir unseren Nachkommen auf dieser Welt?

Ein langes, glückliches Leben?

Nicht schlecht. Doch trotz der Wunderwerke unserer Technik könnte sich herausstellen, daß gerade dieser Wunsch schwer zu verwirklichen ist. Vor langer Zeit haben Darwin und Malthus auf das grundlegende Paradox des Lebens hingewiesen – daß jede Spezies von Natur aus dazu neigt, sich zu stark zu vermehren – sogar den Garten Eden mit so vielen Nachkommen zu füllen, daß er aufhört, ein Paradies zu sein.

In ihrer Weisheit hat die Natur dieser opportunistischen Tendenz eine Reihe von Hindernissen entgegengesetzt. Raubtiere, Parasiten und die Zufallsmacht des Schicksals hielten den Exzeß in Schranken. Für die Überlebenden, für jede neue Generation gab es eine Belohnung – die Chance auf eine neue Runde im Spiel des Lebens.

Dann kamen wir Menschen. Als geborene Querulanten rotteten wir sämtliche Raubtiere aus, die es auf uns abgesehen hatten, und wir bekämpften die Krankheiten. Mit wachsendem Moralbewußtsein verpflichtete sich die menschliche Gesellschaft schließlich dazu, den mörderischen Konkurrenzkampf zu unterbinden, und garantierte allen ein ›Recht auf Leben und Erfolg‹.

Rückblickend wissen wir, daß auf der armen Mutter Terra trotz bester Absichten schreckliche Fehler gemacht wurden. Ihrer natürlichen Kontrollfunktionen beraubt, wurde sie vom enormen Bevölkerungswachstum unserer

Vorfahren buchstäblich überwältigt. Aber ist die einzige Alternative eine Rückkehr zum Gesetz vom Recht des Stärkeren? Steht uns diese Möglichkeit überhaupt offen?

Es gibt genügend freie Intelligenz in der Galaxis. Macht liegt in unseren Händen, ob wir es wollen oder nicht. Wir können die Naturgesetze beeinflussen, wenn wir es wagen, aber wir dürfen ihre Lektionen nicht ignorieren.

– *aus* Die Apologie, *von Lysos*

Kapitel 2

Ein stechender Brandgeruch. Ein qualmender Aschenebel, der von glimmenden Planken aufstieg. Gehißte Notflaggen am Kreuzmast eines halb zerstörten Schiffes, das sich mühsam in den schützenden Hafen schleppte. All diese Eindrücke wurden um so eindringlicher, als der Vorfall bei Nacht stattfand, beim Licht des größeren Monds, Durga, der seine bleichen Strahlen über das schaumige Wasser von Port Sangers Hafenbucht schickte.

Unter dem grellen Licht der Suchscheinwerfer, die von den hohen Mauern der Festung herabstrahlten, schlingerte ein Frachter, die *Wohlstand*, mühsam auf das sichere Hafenbecken zu, den Angreifer auf den Fersen. Die halbe Stadt war da, um die Szene zu beobachten, einschließlich der Miliz aller größerer Clans. Die Töchter, die sich im kampffähigen Alter befanden, steckten in den ledernen Rüstungen und trugen blankpolierte Fanghellebarden. Ältere Soldatinnen mit Brustharnischen aus glänzendem Metall riefen Gruppen identischer Töchter und Nichten ihre Befehle zu. Nun erschien auch das Lamatia-Kontingent; mit raschen Schritten eilten die Frauen den Hügel herab, mit Helmen, auf denen die Federn des Gaeovogels wippten. Maia erkannte die meisten der Vollklonwinterlinge, ihre Halbschwestern, obwohl sie in fast jeder Hinsicht identisch waren. Die Lamai-Truppen verteilten sich flink auf dem Dach des Familienlagerhauses, ehe von dort eine Abteilung zur Verteidigung der Stadt losgeschickt wurde.

Es war ein fesselnder Anblick; fasziniert beobachteten Maia und ihre Schwester das Geschehen von einer hohen Hafenmauer aus. Seit sie drei gewesen waren, hatte es keinen solchen Alarmzustand mehr gegeben. Allerdings waren die Komandeurinnen der Clankompanien nicht gerade erfreut, als sich herausstellte, daß eine nervöse Wächterin den Tumult ausgelöst hatte, indem sie den falschen Alarmknopf bedient und damit die Raketen in den friedlichen Herbsthimmel geschickt hatte – in einer Situation, in der ein paar Sirenenheuler völlig ausreichend gewesen wären. Eine halbe Stunde verbrachte die entsetzlich verlegene Hauptfrau Jounine damit, sich bei den verärgerten Matronen zu entschuldigen, die um so wütender waren, weil sie sich in Rüstungen zwängen mußten, die für sie in jüngeren, schlankeren Tagen hergestellt worden waren.

Unterdessen warfen Ruderboote Leinen aus, um die schlingernde, qualmende *Wohlstand* in Sicherheit zu ziehen. Maia sah, daß noch immer eimerweise Meerwasser geschöpft wurde, um die glimmenden Überreste des Feuers zu löschen, das um ein Haar der Untergang des Schiffes gewesen wäre. Die Segel waren zerrissen und versengt. Dutzende halb verbrannter Taue schmückten die Takelage und baumelten von Enterhaken, mit denen momentan niemand etwas anfangen konnte.

Das muß ja ein toller Kampf gewesen sein, dachte Maia.

Leie beobachtete das kleinere Schiff, das die *Wohlstand* schleppte, wobei sein winziger Hilfsmotor vor Anstrengung stotterte und spuckte. »Das Freibeuterschiff heißt *Unheil*«, las sie Maia die großen Buchstaben am Bug vor. »Wahrscheinlich haben sie den Namen gewählt, um den Feind gleich das Fürchten zu lehren.« Sie lachte. »Ich wette, nach diesem Vorfall wird der Name geändert.«

Maia konnte ihre Aufregung noch nie so schnell hinunterschlucken wie ihre Schwester, die sich immer rasch wieder als bloße Beobachterin fühlte. Noch vor wenigen Minuten hatte die Stadt sich auf einen Angriff vorbereitet. Es würde eine Weile dauern, ehe Maia ganz verinnerlicht hatte, daß stümperhafte und quasi-legale Piraterie die ganze Panik ausgelöst hatte.

»Die Freibeuter machen keinen sehr glücklichen Eindruck«, bemerkte Maia und deutete auf eine Horde grimmiger Frauen mit roten Kopftüchern, die sich auf dem Deck der *Unheil* scharten. Ihre Anführerin verhandelte mit einer Guardiabeamtin in einer schwankenden Motorbarkasse. Am Bug der *Wohlstand*, wo wohlhabend aussehende, elegante Frauen in verrußter Kleidung sich lauthals beschwerten und gestikulierten, spielte sich eine ähnliche Szene ab. Weiter nach achtern widmeten sich männliche Offiziere und Crewmitglieder der schwierigen Aufgabe, ihre Schiffe in den Hafen zu bringen. Kein Mann sprach ein Wort, bis ihre Fahrzeuge an benachbarten Hafenmauern vertäut waren. Der Kapitän der *Wohlstand* ging auf seinem ramponierten Schiff umher und nahm den Schaden in Augenschein. Seinem verkrampften Kiefer und den gespannten Nackenmuskeln nach zu urteilen, hätte der Mann wahrscheinlich einen Eisennagel durchbeißen können. Kurz darauf gesellte sich der Skipper der *Unheil* zu ihm und streckte ihm nach kurzem Zögern stumm und mitfühlend die Hand entgegen.

Unter den Schaulustigen am Dock machten Gerüchte

die Runde. Leie kletterte von der Hafenmauer, um zu lauschen, aber Maia blieb, wo sie war, und verließ sich lieber auf das, was sie mit eigenen Augen sehen konnte. *Es muß bei dem Kampf einen Unfall gegeben haben*, schloß sie aus den Spuren des Feuers, das sich offenbar von mittschiffs ausgebreitet hatte. Vielleicht war eine Lampe zerbrochen, während die Freibeuter versucht hatten, die Ladung zu stehlen. Dann hatten die männlichen Besatzungen einen Waffenstillstand ausgerufen und sich auf beiden Seiten an die Arbeit gemacht, um die Schiffe zu retten. Doch es sah nach einer ziemlich heiklen Situation aus, die beinahe in einer Katastrophe geendet hätte.

In der Parthenia-See, wo man sich so nahe an den Festen der mächtigen Clans von Port Sanger befand, waren Freibeuter eher ungewöhnlich. Aber dies war nicht der einzig seltsame Aspekt des Vorfalls.

Es ist doch eigentlich eine dumme Idee, einen Schoner zu chartern, um so früh im Herbst auf Beutezug zu gehen, dachte Maia. Da die Gewittersaison gerade erst vorüber war, gab es eine Menge verlockender Fracht. Aber es war auch die Zeit, in der die Männer oft noch überschüssige Brunsthormone hatten, die unter Umständen in schwierigen Situationen zum Ausbruch kamen. Während Maia beobachtete, wie die Seemänner die Fäuste ballten, fragte sie sich, was die jungen Vars in einer Freibeuterbande dazu bewogen hatte, ein solches Risiko einzugehen.

Einer der Männer trat sogar voller Wut gegen das Schott, daß das Holz mit einem lauten Krachen splitterte.

Einmal, bei einem Besuch auf einer Sheldon-Ranch, hatte Maia miterlebt, wie zwei Hengste wegen einer Herde weiblicher Tänzelpferde aufeinander losgingen. Es war ein gnadenloser Kampf gewesen, der Maia zutiefst erschütterte, und die Lektion daraus war offensichtlich. Perkinitische Skandalblättchen veröffentlichten Schauergeschichten über ›Vorfälle‹, bei denen das maskuline Temperament aufflammte und Instinkte ans Tageslicht kamen, die noch aus den Zeiten stammten, als sie auf der Alten Erde wie Tiere gelebt hatten. »*Seid auf der Hut, ihr Frauen*«, lautete eine von den Perkiniten oft zitierte Gedichtzeile. »*Denn ein Mann, der kämpft, kann töten …*«

Vor allem, wenn sein kostbares Schiff gefährdet ist, fügte Maia im stillen hinzu. Das Mißgeschick hätte leicht in etwas weit Schlimmeres ausarten können.

Milizbeamtinnen führten die Freibeuterbande und die Passagiere der *Wohlstand* zur Festung, wo die langwierigen juristischen Verhandlungen ihren Lauf nehmen würden. Maia hörte einen schrillen Schrei von der Anführerin der Freibeuter: »… sie haben das Feuer selbst gelegt, weil wir dabei waren, sie zu besiegen!«

Die Sprecherinnen der Schiffseigentümer, eine Klonfrau des reichen Vunerri-Handelsclans?, widersprach dem Vorwurf heftig. Falls er bewiesen werden konnte, stand für sie mehr auf dem Spiel als die Fracht und eine Geldstrafe zur Reparatur der *Wohlstand*. Möglicherweise würden die Transporte für ihre Familie von sämtlichen Schiffahrtsgilden boykottiert. In solchen Fällen drehte sich die übliche Hierarchie von Stratos bekanntermaßen um, und mächtige Matronen aus großen Häusern flehten niedrigstehende Männer um Milde an.

Aber nie eine Var. Um die soziale Ordnung so weit zu kippen, daß eine sommergeborene Frau über Klonfrauen zu Gericht sitzen konnte, hätte es einer echten Revolution bedurft.

Maia beobachtete, wie der Zug an ihrem Aussichtspunkt vorbeizog, manche hinkend, mit blutenden Wunden von dem Kampf, der zu diesem Debakel geführt hatte. Am Schluß kamen Sanitäterinnen mit Tragen; eine davon war ganz mit einem Tuch bedeckt.

Vielleicht haben die Perkies recht, daß Frauen weniger mordlustig sind, überlegte Maia. *Wir versuchen nur sehr selten, jemanden zu töten.* Dies war einer der Gründe, weshalb Lysos und die Gründerinnen hierher gekommen waren – um eine sanftere, freundlichere Welt zu schaffen. *Aber ich glaube, für die arme Kreatur unter der Decke dort macht das keinen Unterschied.*

Nun kehrte Leie zurück und begann atemlos zu berichten, was sie in der Menge erfahren hatte. Maia hörte zu und machte alle angemessenen Laute des Erstaunens. Einige Namen und Einzelheiten hatte sie rein durch Beobachtung nicht erraten können ... aber manches Gerücht war sicherlich durch die Weitergabe von einem zum anderen verzerrt worden.

Aber waren die Einzelheiten wirklich so wichtig? Was Maia im Gedächtnis blieb, als sie mit der sich auflösenden Menge davongingen, war der Ausdruck auf Hauptfrau Jounines Gesicht, als die Guardiakommandeurin ihre murrenden Schützlinge über die Zugbrücke in die Festung führte.

Dies waren nicht mehr die friedlichen Zeiten, in denen sie aufgewachsen ist. Jetzt geht es härter zu.

Während die beiden Mädchen zu dem Kai schlenderten, wo die Kohlenfrachter *Zeus* und *Wotan* schon beladen und zum Auslaufen bereit lagen, musterte Maia ihre Zwillingsschwester verstohlen. Trotz ihrer typischen, prahlerisch zur Schau getragenen Tapferkeit sah Leie plötzlich ebenso jung und unerfahren aus, wie Maia sich fühlte.

Aber es ist unsere Zeit, überlegte Maia nüchtern. *Wir sollten uns lieber darauf einrichten.*

Die Anziehung des Mondes hatte lediglich einen bescheidenen Effekt auf die riesigen Ozeane von Stratos. Dennoch setzte man traditionsgemäß die Segel lieber bei Durga-Flut. Nach der Aufregung der Nacht war die Abfahrt vor der Morgendämmerung für Maia weit weniger eindrücklich, als sie erwartet hatte. All die Jahre hatte sie sich vorgestellt, wie sie auf Port Sangers

schroffe Gebäude aus rosafarbenem Stein zurück-
blicken würde – auf schloßartige Clanfesten, über den
Hang verstreut wie Adlerhorste –, wie ein Schwall
schwindelerregender Gefühle sie überfluten würde,
während sie das Land ihrer Kindheit verschwinden
sah, vielleicht für immer.

Doch sie hatte gar keine Zeit, um über den denkwür-
digen Moment zu sinnieren. Die Bootsmänner brüllten
barsch ihre Befehle, und mehrere andere ungeschickte
Landratten eilten herbei, um die Taljereeps einzuholen
und die Segel zu setzen. Als Ergänzung zur Dauerbe-
satzung waren neben Maia noch mehr als ein Dutzend
Vars an Bord, ›Passagiere zweiter Klasse‹, die arbeiten
mußten, um zur Bezahlung ihrer Überfahrt beizusteu-
ern. Obwohl man in Lamatia für die Sommerlinge ein
strenges Curriculum durchführte, das auch eine Menge
harte Arbeit und körperliche Ertüchtigung umfaßte,
merkte Maia bald, daß sie hier an die Grenzen ihrer Be-
lastbarkeit stieß.

Wenigstens ließ die beißende Kälte nach, als die
Sonne etwas höher stieg. Bald waren die Ledersachen
abgelegt, und sie arbeitete nur in Lendenschurz und
Mieder. Dank der Schwüle war sie bald schweißgebadet, aber das war ihr wesentlich lieber, als zu frieren.

Als sie endlich einen Moment der Ruhe hatte, um
zurückzuschauen, verschwand die Landzunge von Port
Sanger gerade hinter einer Nebelbank. Die uralte Festung auf dem südlichen Steilufer, zur Zeit von einem
schmalen Baugerüst umgeben, versank im Dunst und
war bald ganz außer Sicht. Wie ein geheimnisvoller
grauer Obelisk ragte der Leuchtturm des Reservats am
anderen Ufer auf, ehe auch ihn niedrige Wolken ein-
hüllten. Übrig blieb der endlose eisfleckige Ozean, der
nun Maias geschrumpfte Welt aus Holzplanken, Tauen
und Kohlenstaub umgab.

Viele Stunden, so erschien es Maia, rannte sie hierhin
und dorthin, wohin die Matrosen sie eben schickten,

lockerte, zog und knotete auf Befehl die groben Taue. Bald waren ihre Handflächen rauh, und ihre Schultern schmerzten, aber sie lernte einiges, beispielsweise, ein Taljereep nicht allein dadurch zu bremsen, daß sie es festhielt. Der Versuch, ein loses Tau nur mit Gewalt zu bändigen, konnte leicht damit enden, daß man in ein Schott oder gar über Bord geschleudert wurde. Durch Beobachtung lernte Maia, erst eine Länge Trosse in einem lockeren Knoten um einen Pfahl zu legen und dann die Spannung des Taus dafür sorgen zu lassen, daß es sich von selbst festzog.

Natürlich war damit das umgekehrte Problem noch nicht gelöst, nämlich, wie man das verdammte Ding wieder aufkriegte, wenn die Matrosen aus irgendeinem Grund einen Durchhang brauchten. Nachdem Maia zweimal um ein Haar quer übers Gesicht gepeitscht worden wäre, nahm sich endlich einer der Matrosen die Zeit und zeigte ihr die sachgerechte Handhabung.

»Erst so und dann so«, erklärte ihr ein drahtiger Mann, der nicht größer war als Maia, ohne jedes Anzeichen von Ungeduld. Ungeschickt versuchte sie die fließenden Bewegungen seiner geübten Hände nachzumachen. »Du wirst's schon schaffen«, meinte der Mann ermutigend, rannte dann aber eiligst davon, da eine andere Landratte sich mit dem Bein in einer Tauschlinge verfangen hatte und über die Seite geschleppt zu werden drohte.

Na ja, ich hab mir eine Ausbildung gewünscht. Jetzt begriff Maia, warum einer bemerkenswerten Anzahl der Männer, die sie in ihrem Leben kennengelernt hatte, ein oder sogar zwei Finger fehlten. Wenn man nicht aufpaßte, konnte sich bei einem Windstoß, der einen beim Knotenschlingen zum falschen Zeitpunkt erwischte, ein Tau so abrupt zusammenziehen, daß ein Körperteil einfach abgeschnürt wurde. Nach dieser Erkenntnis, die ihr ein ausgesprochen unangenehmes Gefühl in der Magengegend verursachte, zwang sich Maia, langsam zu arbeiten und gut zu überlegen, ehe sie irgendeine rasche Bewegung machte. Die Rufe der Bootsmänner jagten ihr zwar Angst ein, aber das war gewiß nicht schlimmer als diese gräßliche Vorstellung.

Die Arbeit wurde dadurch nicht einfacher, daß alles von einer dünnen Schicht Kohlenstaub bedeckt war. Jedesmal, wenn die *Wotan* in den Wind drehte, schickte die Ladung Anthrazit der Bizmai eine schwarze Staubwolke durch die schlecht abgedichteten Frachtluken. Glücklicherweise mußte Maia nicht in die schmutzstarrenden Schoten emporklettern, in denen sich die Matrosen mit regelrecht unheimlicher Behendigkeit umherschwangen, wie Affen, die zu einem Leben in den windigen Baumwipfeln geboren waren.

Wenn ihre Pflichten sie auf die Backbordseite führten, hielt Maia Ausschau nach der *Zeus*, dem Schwesternschiff, das etwa zweihundert Meter ostwärts neben ihnen herlief. Einmal erhaschte sie einen Blick auf eine schmale Gestalt, aber sie traute sich nicht zu winken. Bestimmt war es Leie, die da geschäftig und ein wenig ungeschickt auf dem Deck des anderen Frachters umherhastete.

Schließlich hatten sie die heimtückischen Küstengewässer hinter sich, und der Konvoi lag auf Kurs. Ein Nordwind kam auf, füllte die breiten Segel und brachte zusätzlich auch den Windgenerator auf dem Yachtheck in Gang, der ein schrilles Heulen von sich gab. Nun waren die Maate allem Anschein nach zufrieden, wie alles klappte, und sie riefen eine Pause aus.

Maia sank mittschiffs in sich zusammen; ihre Arme und Beine zitterten und pochten vor Anstrengung. *Gewöhnt euch lieber schnell daran*, sagte sie ihnen. *Abenteuer bestehen zu neunzig Prozent aus Schmerz und Langeweile.* Angeblich ging das Sprichwort weiter: »... und zehn Prozent sind nackte kalte Angst.« Doch Maia hoffte, diesen Teil auslassen zu können.

Eine verkrustete Kelle erschien vor ihr, dargeboten

von einem stockdürren Mann mit einem überschwappenden Eimer. Plötzlich merkte Maia, wie durstig sie war. Dankbar legte sie die Lippen an die Kelle, schlürfte ... und begann heftig zu würgen.

Salzwasser!

Maia spürte die auf sich gerichteten Blicke, als sie zu husten begann, und versuchte verlegen, so zu tun, als wäre nichts. Schließlich hatte sie sich so weit gefaßt, daß sie einen zweiten Schluck hinunterbrachte und sich dabei ins Gedächtnis rief, daß sie jetzt nur noch eine von vielen heimatlosen Sommerlingen war, nicht mehr die Tochter eines reichen Oberstadt-Clans, der seinen eigenen Brunnen besaß. In den ärmeren Stadtteilen holten Vars und selbst die Klonfrauen der unteren Kasten ihr Trinkwasser aus dem Meer, und viele von ihnen lernten nie etwas anderes kennen.

»Gesegnet sei die Stratos-Mutter, die uns so milde Meere geschenkt hat«, lautete ein hämisches Sprichwort, das natürlich zu keiner Liturgie gehörte. Und gesegnet sei Lysos, daß sie uns die entsprechenden Nieren geschenkt hat, damit wir es vertragen. Der Durst gewann die Oberhand über den faden Salzgeschmack, und Maia trank die Schöpfkelle ohne weitere Schwierigkeiten leer. Zu ihrer Überraschung schenkte der alte Mann ihr ein breites Grinsen, bei dem alle seine Zahnlücken zum Vorschein kamen, und zauste ihr die kurzgeschnittenen Haare.

Abwehrend zuckte Maia zurück, rief sich aber gleich zur Ordnung und entspannte sich wieder. Es brauchte mehr als die vorübergehende Hitze harter Arbeit, um in einem Mann sexuelles Verlangen auszulösen. Außerdem müßte sich ein Mann in einer Notlage befinden, um sich mit einer Jungfrau wie ihr abzugeben.

Genaugenommen erinnerte der Greis sie ein wenig an den alten Bennett in der Zeit, als in seinen alten Augen noch Interesse am Leben funkelte. Zögernd erwiderte sie das Lächeln. Der Matrose lachte und ging weiter, um noch anderen Durstigen Wasser zu bringen.

Eine Pfeife ertönte. Damit war die Arbeitspause beendet, aber zumindest kamen die Befehle jetzt in etwas größeren Abständen. Anstelle des hektischen Segelbrassens und -reffens traten jetzt, da sich das träge Schiff durch Flachwassergebiet allmählich ins offene Meer hinaus bewegte, Aufgaben wie Aufräumen und das Verschalken der Luken. Während sie ihre Arbeit erledigte, schaute sich Maia immer wieder verstohlen um, aber sie merkte, daß ihr die Männer viel weniger geheimnisvoll und fremdartig erschienen, als sie es erwartet hatte. Sie wirkten genauso konzentriert und effizient bei der Arbeit wie jede Clanhandwerkerin in ihrer Werkstatt oder ihrem Geschäft. Ihr Lachen war voll und ansteckend, und wenn Maia sich ein wenig Mühe gab, verstand sie sogar den Dialekt, in dem sie miteinander plauderten, sich neckten und Witze machten ... obgleich ihr die meisten Pointen nicht besonders komisch vorkamen.

Obwohl sich die Männer an Land fast wie Schmarotzer benahmen, die gern feierten, spielten oder einfach faulenzten, hatte Maia immer gewußt, daß sie auf See ein anstrengendes und gefährliches Leben führten. Selbst die Besatzung dieses schäbigen Kohlenfrachters brauchte zum Überleben neben ihrer legendären Körperstärke auch ein großes Maß an Klugheit und Umsicht – zwei der besten weiblichen Eigenschaften. Maia hätte gern Fragen zu den verschiedensten Arbeiten gestellt, die hier mit soviel Fleiß verrichtet wurden, aber sie würde damit wohl bis zu einer geeigneten Gelegenheit warten müssen.

Die *Frauen* der Besatzung waren sogar noch interessanter. Schließlich waren die Männer eine andere Rasse – weniger vorhersagbar als Lugars, dafür aber bessere Schwimmer und wesentlich unterhaltsamere Gesprächspartner. Aber gleichgültig, ob im Sommer oder im Winter geboren – Frauen waren Maias Gattung.

Im erhöhten Achterschiff hielten sich die Erste-Klasse-Passagiere auf; deutlich erkennbar an ihrer besseren Kleidung, standen sie meist nur in der Gegend herum; sie brauchten nicht zu arbeiten. Selbst auf einem Schiff wie diesem konnten sich nur wenige Sommerlinge den vollen Fahrpreis leisten, daher lümmelten sich auch ausschließlich Klonfrauen auf dem Balkon, nicht weit von den Kajüten des Kapitäns und seiner Offiziere. Allerdings waren es Winterleute aus ärmeren Clans. Maia entdeckte zwei Otryns, drei Bizmai und mehrere unbekannte Gesichter, die vermutlich aus Städten weiter im Norden stammten und in Port Sanger nur umgestiegen waren.

Die arbeitenden Passagiere andererseits waren allesamt Vars wie sie selbst – Individuen, deren Gesichter so verschieden waren wie die Wolken am Himmel. Sie waren ein seltsames Häufchen, die meisten deutlich älter als Maia. Für manche war dies sicher nur eine von mehreren Etappen auf ihrer Reise über die Ozeane von Stratos, stets auf der Suche nach einem besonderen Ort, wo eine Nische auf sie wartete.

Maia glaubte fester denn je, daß die Trennung von Leie die richtige Entscheidung gewesen war. Die Frauen, die hier schufteten, hätten die Zwillinge womöglich gehaßt, genau wie Kapitän Pegyul es angedeutet hatte. Schon allein fühlte sich Maia auffällig genug, vor allem, als es Zeit zum Mittagessen war.

»Bitteschön, Fräuleinchen«, meinte eine knorrige Frau mittleren Alters, während sie Eintopf aus einem Kessel in einen angeschlagenen Teller schöpfte. »Willste auch noch 'ne Serviette, Süße?« Sie und ihre Kameradinnen grinsten. Natürlich nahm sie Maia auf den Arm. Zwar lagen ein paar verschmierte Lappen herum, aber der Handrücken schien die bevorzugte Methode der Säuberung.

»Nein danke«, antwortete Maia kaum hörbar. Das stieß auf noch mehr Heiterkeit. Aber was hätte sie sonst sagen sollen? Maia spürte, wie sie rot wurde, und sie wünschte, sie wäre mehr wie ihre Lamai-Mütter und Halbschwestern, deren Gesicht nie eine Gefühlsregung zeigte, es sei denn, sie war sorgfältig kalkuliert. Während die Frauen einen Krug Wein herumreichten, zog sich Maia mit ihrem Teller in eine Ecke zurück und versuchte, sich möglichst wenig anmerken zu lassen, wie verlegen sie war.

Niemand beobachtet dich, redete sie sich gut zu. *Und selbst wenn? Niemand hat einen Grund, dich nicht zu mögen.*

Dann hörte sie, wie eine Frau brummte – und zwar nicht besonders leise: »... schlimm genug, daß wir den ganzen Weg nach Gremlin Town diesen verdammten Kohlenstaub einatmen. Muß ich jetzt auch noch den Gestank von einem *Lamai*-Gör an Bord ertragen?« Als Maia aufblickte, erhaschte sie den grimmigen Blick einer verbittert wirkenden Var etwa Mitte acht oder Anfang neun. Ihre hellen Haare und die harten Gesichtszüge mit dem prägnanten Kinn erinnerten Maia an den Chuchyin-Clan, einen Rivalen von Lamatia, der ein Stückchen oberhalb von Port Sanger an der Küste wohnte. War sie eine Halb- oder Viertelschwester der Cuchyin, die eine alte Feindschaft zwischen den beiden Mütterhäusern als Anlaß für eine private Fehde nahm?

»Bleib vor dem Wind, Lamai-Fräulein«, knurrte die Var, und als Maia die Augen senkte, schnaubte sie zufrieden.

Mist! Wie weit muß ich denn noch vor Lamatia fliehen? Maia hatte keinen Vorteil davon, daß sie das Kind ihrer Mutter war, aber sie mußte mit dem Erbe leben, aus einem Clan zu stammen, der für seinen Eigennutz berüchtigt war.

Sie starrte so versunken auf ihren Teller, daß sie heftig zusammenzuckte, als jemand sie anstupste. Blinzelnd wandte sie sich um und begegnete dem Blick zweier blaßgrüner Augen, teilweise überschattet von einem dunkelblauen Tuch, das die Frau um den Kopf geschlungen hatte. Eine zierliche, braungebrannte, schwarzhaarige Frau in kurzer Hose und einem wattierten gesteppten Mieder hielt ihr lächelnd den Weinkrug hin. Als Maia die Hand danach ausstreckte, sagte die Var mit leiser Stimme: »Entspann dich. Das machen sie mit jeder neuen Fünfjährigen.«

Maia nickte ihr dankbar zu. Sie hob den Krug an die Lippen ...

... und krümmte sich hustend zusammen. Das Zeug war scheußlich! Es brannte in der Kehle, und sie konnte nicht aufhören zu röcheln, während sie den Krug rasch an die nächste Var weitergab. Das provozierte natürlich neuerliches Gelächter, aber jetzt war es irgendwie anders. Es hatte einen nachsichtigen, rauhen, aber herzlichen Unterton. *Sie waren alle einmal fünf Jahre alt, und daran denken sie jetzt*, sagte sich Maia. *Ich werde es auch überleben.*

So entspannte sie sich ein wenig und begann, dem Gespräch zuzuhören. Die Frauen verglichen gerade ihre Erfahrungen an den verschiedenen Orten, wo sie gewesen waren, und spekulierten darüber, welche Möglichkeiten ihnen wohl im Süden offenstanden, nachdem die Gewittersaison nun vorüber war und der Handel wieder in Gang kam. Höhnische Bemerkungen über Port Sanger beherrschten die Unterhaltung. Bei der Vorstellung, daß eine ganze Stadt zu den Waffen gerufen worden war, weil ein paar ungeschickte Freibeuter eine Laterne umgeworfen hatten, wollten sie sich ausschütten vor Lachen. Auch Maia konnte sich ein Grinsen über die absurde Situation nicht verbeißen. *Aber für die tote Frau war es bestimmt nicht komisch*, rief sich ein anderer Teil ihrer selbst ganz nüchtern in Erinnerung. Andererseits – hatte nicht jemand geschrieben, die Quintessenz des Humors sei die Tragödie, der man selbst entronnen ist?

Verschiedenen Andeutungen entnahm Maia, daß einige dieser Vars selbst einmal das rote Kopftuch einer Piratin getragen hatten. *Man braucht ja nur ein paar heruntergekommene Sommerlinge um sich zu scharen, die nicht länger auf der verhaßten untersten Sprosse der Gesellschaft bleiben wollen, und einen schwesterlichen Pakt mit ihnen zu schließen. Gemeinsam chartert man dann einen schnellen Schoner ... von Männern, die bereit sind, mit ihrem kostbaren Schiff ein Handelsschiff aufzubringen, längsseits an es heranzufahren, so daß die Piratenbande in diesem kurzen Moment alles aufs Spiel setzen kann – ob sie nun gewinnen oder verlieren.*

Savante Judeth hatte erklärt, warum solche Überfälle, wenn auch ungern, so doch geduldet wurden.

»Früher oder später wäre es ohnehin passiert«, hatte die Lamai-Lehrerin einmal gesagt. »Indem Lysos Gesetze erließ, hat sie verhindert, daß die Piraterie aus dem Ruder läuft. Nennen wir es eine Unterstützung für die Verzweifelten, die Glück haben. Ein Sicherheitsventil sozusagen.«

»Und wenn die Freibeuter zu unverschämt werden?« Mit einem selbstbewußten, fast drohenden Lächeln hatte Judeth die Frage beantwortet: »Wir haben Möglichkeiten, damit fertig zu werden.«

Maia legte keinen großen Wert darauf herauszufinden, was die großen Clans unternahmen, wenn man sie zu sehr provozierte. Gleichzeitig jedoch machte sie sich ihre Gedanken über die geschönten Legenden, die man sich über die allererste Lamai erzählte ... die junge Var, die vor langer Zeit eine kleine Nestanlage in ein Handelsimperium für ihre Klonnachfahren verwandelte. Vielleicht lag irgendwo in der untersten Schublade des allerstaubigsten Clanarchivs ein rotes Kopftuch.

Wie Maia es erwartet hatte, arbeiteten die meisten Vars ihre Schiffspassage ab, waren aber unterwegs, um sich eine dauerhafte Anstellung an Land zu suchen. Einige von ihnen sahen sich jedoch tatsächlich als reguläre Besatzungsmitglieder der *Wotan* an. Maia fand es seltsam genug, daß die Frauen sich zu Vermehrungszwecken mit der anderen ›intelligenten‹ Rasse des Planeten einließen. Aber konnten Frauen und Männer längere Zeit zusammen leben und arbeiten, ohne sich gegenseitig wahnsinnig zu machen? Während sie sich daran machte, mit einer harten Bürste das Geschirr vom Mittagessen abzuwaschen, beobachtete sie ein paar dieser ›weiblichen Matrosen‹. *Worüber reden sie bloß mit den Männern?* fragte sie sich.

Denn reden taten sie, im singenden Dialekt des Meeres. Maia sah, daß die zierliche dunkelhaarige Frau, die so freundlich zu ihr gewesen war, zu diesen professionellen Matrosinnen gehörte. In ihrer linken behandschuhten Hand hielt sie eine Fanghellebarde, ein Übungsmodell mit einem gepolsterten Y-förmigen Gabelgelenk am einen und einem gepolsterten Haken am anderen Ende. Sie scherzte mit zwei ihrer männlichen Kameraden. Anscheinend machte sie ihnen irgendeinen Vorschlag, den sie grinsend annahmen.

Ein Matrose öffnete einen Spind ganz in der Nähe, und ein riesiger Stapel dünner Platten kam zum Vorschein, auf einer Seite weiß, auf der anderen schwarz. Er nahm eins der Vierecke, drehte es um und kontrollierte die acht Paddel an seinen Rändern und Ecken. Maia erkannte eine altmodische aufziehbare Spielfigur, wie sie Matrosen häufig für den als ›Spiel des Lebens‹ bekannten, unter ihnen sehr beliebten Zeitvertreib benutzten. Schon als Kind hatte sie unzählige Wettkämpfe in den Dock-Arenen beobachtet. Die Paddel ›erspürten‹ im Lauf des Spiels den Zustand der benachbarten Plättchen, so daß jede Figur ›wußte‹, ob es zu einem bestimmten Zeitpunkt seine weiße oder seine schwarze Seite zeigen mußte. Ein Viereck allein war in diesem Spiel nutzlos – was also hatte der Mann vor? Warum zog er mit seinem Schlüssel nur ein einziges Plättchen auf?

Wenn es normal programmiert war, bewegte das einfache Gerät sanft seine schräggestellten Lamellen, und zwar immer auf der weißen Seite – außer unter ganz bestimmten Umständen: Drei Fühler mußten innerhalb einer bestimmten Zeit einen Nachbarn zu spüren bekommen. Zwei, vier oder sogar acht Berührungen richteten nichts aus. Genau drei Fühler mußten aktiviert sein, wenn der viereckige Spielstein still liegenbleiben sollte.

Der stämmige Matrose trat nun auf die zierliche Frau zu und legte das Spielzeug vor sie aufs Deck, mit der schwarzen Seite nach oben. Den Fuß leicht auf die Oberfläche gestützt, blockierte er es, bis die Frau ihre Hellebarde in beiden Händen hielt und ihm mit einem kurzen Nicken Spielbereitschaft signalisierte.

Jetzt trat der Matrose zurück, und das Ding begann zu klicken. Bei acht holte die Frau plötzlich aus und klopfte rasch hintereinander dreimal auf verschiedene Stellen des Spielsteins. Einen Sekundenbruchteil später lag er still. Dann begann der Countdown mit dem achtmaligen Klicken von vorn, nur diesmal schneller. Die Frau wiederholte ihr Kunststück, doch jetzt wählte sie drei andere Fühler. Es sah so leicht aus, als würde sie Kitzelkäfer totschlagen. Aber das Spielzeug war so programmiert, daß es sein Tempo steigerte. Schon bald sauste die Spitze ihrer Hellebarde blitzschnell hernieder, und das Klicken war eine Stakkato-Ratsche. Schweiß stand auf der Stirn der zierlichen Frau, während der hölzerne Stock immer schneller tanzte ...

Plötzlich blitzten die Kläppchen mit einem lauten Klick! auf und die Oberfläche war weiß. »Ach!« schrie die Frau. »Achtundzwanzig!« rief ein Matrose, und die Frau lachte verdrossen, während ihre Kameraden sie neckten, weil sie so weit unter ihrem Rekord abgeschnitten hatte.

»Zuviel Schnaps und faul an Land rumliegen!« schimpften sie.

»Das mußt ausgerechnet du sagen!« gab sie zurück, »hast nichts als mit den Bizzie-Huren rumpoussiert!«

Einer der Männer zog das Spielgerät für die nächste Runde auf, aber genau in diesem Moment kam der Zweite Maat vom Quarterdeck, weil er etwas mit der dunkelhaarigen Frau zu besprechen hatte. Sie unterhielten sich ein paar Minuten lang, dann verschwand der Offizier wieder. Die Matrosin fischte eine Pfeife aus ihrem Mieder und blies so schrill darauf, daß die gesamte Besatzung sofort die Ohren spitzte.

»Passagiere zweiter Klasse nach achtern«, rief sie und bedeutete Maia und den anderen Vars, sich steuerbords am Schandeck in einer Reihe aufzustellen.

»Mein Name ist Naroin«, erklärte die zierliche Matrosin der versammelten Besatzung. »Mein Rang lautet Bootsfrau, so, wie Matrose Jim und Matrose Rett Bootsmänner sind, also vergeßt es nicht. Außerdem bin ich noch Schiffsprofos auf diesem Kahn.«

Maia fiel es nicht schwer, das zu glauben. An den Beinen der Frau waren Narben zahlreicher Kämpfe zu sehen, die Nase mußte mindestens zweimal gebrochen sein, und ihre Muskeln wirkten zwar nicht männlich, aber höchst beeindruckend.

»Bestimmt habt ihr gestern abend gesehen, daß die Gerüchte stimmen, die wir immer wieder hören. Dieses Jahr sind die Freibeuter viel weiter im Norden denn je, und sie haben auch viel früher mit ihren Raubzügen begonnen. Wir könnten jederzeit Ziel eines ihrer Angriffe werden.«

Maia fand es etwas übertrieben, aus einem isolierten Vorfall gleich diesen Schluß zu ziehen, und den anderen Vars ging es offensichtlich genauso. Doch Naroin nahm ihre Aufgabe ernst, und das machte sie nun ganz deutlich, während sie die gepolsterte Hellebarde schulterte.

»Der Kapitän hat seine Befehle gegeben. Wir sollen uns bereithalten, für den Fall des Falles. Niemand kriegt uns als Seehundfischsteak serviert. Wenn eine Bande frecher Indis versucht, auf dieses Schiff aufzuspringen …«

»Warum sollte jemand das versuchen?« brummte eine Varfrau, was allgemeines Kichern hervorrief. Es war die Frau mit dem ausgeprägten Kinn, die über die ›Lamai-Gören‹ gelästert hatte.

»Was für perverse Miststücke sollten wohl versuchen, uns wegen einer Ladung *Kohle* zu entern?« fuhr die Halb-Chuchyin fort.

»Du wärst vielleicht überrascht. Der Markt ist eng. Außerdem kann es die Eigentümer schon ruinieren, wenn sie dazu gezwungen werden, den Profit zu teilen …«

Mitten in Naroins Erklärung erklang ein ordinäres Tröten, das wohl einen Furz imitieren sollte. Als die Matrosin aufblickte, öffnete die Chuchyin-Var den Mund ganz ungeniert zu einem Gähnen. Naroin runzelte die Stirn. »Ich brauche die Befehle des Kapitäns Leuten wie dir nicht zu erklären. Eine Crew, die nicht zusammen den Drill mitmacht …«

»Wer braucht denn Drill?« Die große Varfrau ließ die Fingerknöchel knacken und stupste ihre Freundinnen an. Anscheinend waren sie eine enge Reisegruppe. »Warum sollten wir uns wegen lugarfickender Freibeuter aufregen? Wenn sie kommen, schicken wir sie einfach zu ihren Papas zurück.«

Maia spürte, wie ihr das Blut in die Wangen stieg, und sie hoffte inständig, daß niemand es merkte. Die Matrosin lächelte nur. »Na gut, dann nimm dir eine Hellebarde und zeig mir, wie du kämpfst, *falls* es soweit kommt.«

Ein Schnauben war die Antwort. Die Chuchyin-Var spuckte aufs Deck. »Ich seh lieber zu, wenn es dir nichts ausmacht.«

Auf Naroins Unterarmen spannten sich die drahtigen Sehnen. »Hör zu, du Sommer-Arsch. Solange du an Bord bist, befolgst du die Befehle, sonst kannst du sofort dorthin zurückschwimmen, wo du hergekommen bist.«

Die große Frau und ihre Kameradinnen funkelten sie wütend an, und man sah, daß sie auf Konfrontation aus waren.

Doch da fuhr plötzlich eine leise Stimme dazwischen. »Gibt es ein Problem, Schiffsprofos?«

Naroin und die Vars fuhren herum. Kapitän Pegyul stand am Rand des Quarterdecks und kratzte sich seinen Viertagebart. Damals in der Bizmai-Taverne hatte er ganz alltäglich ausgesehen, doch jetzt wirkte er regelrecht imposant in seinem blauen Unterhemd. So zeigten sich die Männer im Hafen nie. Um seinen Arm, der etwa den Umfang von Maias Schenkeln hatte, wanden sich drei Messingreifen, Abzeichen seines Ranges. Zwei weitere Besatzungsmitglieder, noch größer und breitschultriger als der Kapitän, standen mit entblößter Brust hinter ihm, ganz oben auf der Treppe. Trotz ihrer Anspannung war Maia tief beeindruckt. Auf einmal glaubte sie die Geschichten, die ihr immer an den Haaren herbeigezogen erschienen waren ... daß manchmal, in der Hitze des Sommers, ein besonders großer und verrückter Mann einen Lugar absichtlich so lange provozierte, bis dieser einen seiner seltenen, aber schrecklichen Wutanfälle bekam, nur um die Kreatur in einen Zweikampf zu verwickeln und manchmal auch zu besiegen!

»Nein, Sir, es gibt kein Problem«, antwortete Naroin ruhig. »Ich habe den Passagieren zweiter Klasse nur erklärt, daß sie alle üben werden, wie wir die Schiffsladung verteidigen.«

Der Kapitän nickte. »Du hast die Unterstützung deiner Besatzungsgenossen, Schiffsprofos«, meinte er ruhig und wandte sich zum Gehen.

Der Schauer, der Maia über den Rücken lief, kam nicht vom Nordwind. Angeblich waren Männer im allgemeinen vier Fünftel des Jahres harmlos, fast so sanft wie die Lugars das ganze Jahr über. Aber sie waren empfindungsfähige Wesen, in der Lage zu *entscheiden*, ob sie wütend werden wollten, sogar im Winter. Die beiden großen Männer blieben beobachtend stehen, und Maia erkannte in ihren Augen höchste Wachsamkeit. Sie waren stets auf der Hut vor jeder Bedrohung ihres Schiffes, ihrer Welt.

Die Chuchyin tat so, als betrachte sie aufmerksam ihre Fingernägel, aber Maia sah die Schweißperlen auf ihrer Stirn. »Vermutlich könnte ich schon ein bißchen kämpfen«, brummelte sie. »Nur zur Übung.« Noch immer Unbekümmertheit mimend, ging sie zum Waffengestell hinüber. Doch statt zu einer gepolsterten Übungshellebarde zu greifen, packte sie eine Waffe, die für den Kampf gedacht war, hergestellt aus dem harten Yarriholz, Haken und Spitze nur spärlich umhüllt.

Vom Takelwerk hörte man zwei Frauen der Besatzung erschrocken nach Luft schnappen, aber Naroin wich nur zu der breiten, flachen Tür zurück, die den hinteren Laderaum abschloß. Mit ihren nackten Füßen wirbelte sie den Kohlenstaub auf, in dem die Varfrau, die ihr folgte, Sandalenspuren hinterließ. Keine der beiden war bereit einzulenken, und so begannen sie sich zu umkreisen.

Rasch blickte Maia hinüber zu den beiden halbnackten Seemännern, die sich gesetzt hatten und die Szene beobachteten. Aus ihren Augen war jedes Fünkchen Zorn gewichen. Wieder fühlte Maia eine halb angeekelte, halb erregende sexuelle Neugier. Ihre Unwissenheit war vollkommen normal. Nur wenige Clans ließen es zu, daß ihre Töchter ihre Halle der Freuden betraten, wo der Tanz des Werbens, der Annäherung, der Verweigerung und der Annahme zwischen Seemann und zukünftiger Mutter seine Erfüllung fand, die je nach

Jahreszeit unterschiedlich ausfiel. Zu den Plänen, die Maia mit Leie geschmiedet hatte, gehörte auch, daß die beiden sich eine eigene Halle bauen wollten, wo sie endlich erfahren würden, welche Freuden sie erwarteten, wenn sie ihren Körper mit einem dieser riesigen haarigen Wesen vereinten – so sonderbar ihnen allein die Vorstellung jetzt auch vorkommen mochte. Wenn sie daran dachte, bekam Maia Kopfschmerzen.

Unterdessen hatten die Frauen das Vorgeplänkel mit Schwingen und Zücken der Hellebarden hinter sich gebracht. Naroin schien nicht darauf erpicht, in die Offensive zu gehen, vielleicht wegen ihrer gepolsterten, unausgewogenen Waffe. Die Chuchyin-Var ließ ihre Hellebarde großtuerisch in der Hand kreisen. Plötzlich stürzte sie vor und holte zu einem Schlag auf die narbigen Beine ihrer Gegnerin aus …

… und sah sich blitzschnell von eben diesen Beinen umklammert! Naroin hatte den traditionellen Austausch von Scheinmanövern und Abwehrparaden nicht abgewartet, sondern stieß statt dessen ihre unhandliche Hellebarde ins Holz des Decks, benutzte sie als Stab, um über die Waffe ihrer Gegnerin hinwegzuspringen, und landete auf den Schultern der anderen Frau. Die Var geriet ins Stolpern, ließ ihre Hellebarde fallen und wollte die Matrosin packen. Doch ihre Hände wurden mit drahtiger Kraft festgehalten. Die Knie der großen Frau gaben nach, und ihr Gesicht begann sich zwischen den immer fester zudrückenden Schenkeln der zierlichen Matrosin dunkel zu färben.

Als Naroin zurücksprang und die große Varfrau auf dem staubigen Boden zusammensackte, konnte Maia endlich wieder Luft holen. Die dunkelhaarige Matrosin packte die Waffe aus Yarriholz, die ihre Gegnerin hatte fallenlassen, und benutzte die Y-förmige Gabel, um den Hals der Frau gegen die Tür des Laderaums zu pinnen. Dabei schien sie nicht einmal außer Atem.

»Was erwartest du denn, wenn du so auf mich losgehst? Bloßes Holz gegen Polster? Keinerlei Höflichkeit und dann ein Krüppelschlag? Versuch das mal bei den Freibeutern, dann nehmen die nicht bloß deine Ladung oder verkaufen dich als Sklavin. Die schicken dich und jede andere, die ihnen auf so unfaire Weise kommt, sofort auf den Grund des Meeres. Und unsere Männer rühren keinen Finger für dich, verstanden? Eia!«

»Eia!« rief die Frauenbesatzung wie als Echo. »Eia!« Naroin warf die Hellebarde beiseite. Keuchend kroch die Halb-Chuchyin aus der provisorischen Arena, rußbeschmiert von oben bis unten. Ein Blick auf das Quarterdeck zeigte, daß die Männer verschwunden waren, aber aus der ersten Klasse sahen einige Klonfrauen mit amüsierten Gesichtern dem Schauspiel zu.

»Und jetzt?« fragte Naroin und blickte über die Reihe der Vars. Plötzlich wirkte die Matrosin gar nicht mehr so klein.

Ich weiß, was Leie tun würde, dachte Maia. *Sie würde darauf warten, daß andere Naroin weichkriegen, sie würde irgendeine kleine Schwäche herausfinden und sich dann mit aller Kraft darauf stürzen.*

Aber Maia war nicht ihre Schwester. Früher in der Schule war es manchmal vorgekommen, daß sie sich ein Dutzend Kämpfe ansahen, ohne sich danach zu erinnern, wer gewonnen hatte, geschweige denn, wer Punkte für das Parieren eingeheimst hatte. Ihr aufgewühltes Inneres wollte sich am liebsten irgendwo verstecken, doch ihr Verstand sagte: *Bring es hinter dich.* Wenn Naroin auf weibliche Kampftugenden Wert legte, war Maia ein guter Kontrast zu der Chuchyin und hatte eine Überraschung für alle die bereit, die sie ›Fräuleinchen‹ nannten.

Also unterdrückte sie das nervöse Zittern, trat vor, nahm schweigend eine gepolsterte Übungshellebarde aus dem Gestell und stellte sich in die Arena. Ohne auf die glotzenden Klon- und Varfrauen zu achten, scharrte sie dreimal im Staub, wie das Ritual dies vorschrieb, und verbeugte sich. Naroin, die ihre eigene Übungswaffe in die Hand genommen hatte, strahlte wohlwollend angesichts dieser Höflichkeit. Beide Frauen streckten ihre Hellebarden mit dem Hakenende zum ersten, förmlichen Schlag vor …

Jemand spritzte ihr Wasser ins Gesicht. Maia hustete und spuckte. Das Wasser brannte, es war nicht nur salzig, sondern auch noch voller Kohlenstaub. Ganz langsam verwandelte sich ein verschwommener Nebel in ein Gesicht … das eines alten Mannes … des Mannes, der ihr die Haare gezaust hatte. Daran erinnerte sie sich dunkel.

»Na, komm schon. Alles in Ordnung? Nichts gebrochen, oder?«

Er sprach mit einem dicken Männerakzent, aber Maia verstand einigermaßen, was er meinte. »Ich … ich glaube nicht …« Doch als sie sich aufzurappeln versuchte, schoß von einer Stelle direkt unterhalb des Knies ein scharfer Schmerz durch ihr linkes Bein. Ein blutiger Schnitt zog sich halbwegs um die Wade. Maia stöhnte.

»Hmm. Sehn wir mal. Ist gar nicht so schlimm. Ich schmier ein bißchen Salbe drauf, dann heilt es schneller.«

Maia spürte, wie ein Wimmern in ihre Kehle stieg, aber sie schluckte es tapfer hinunter, während der Mann die Salbe aus einer Tonschale auftrug. In Wellen zog sich der Schmerz zurück, wie das Meer, wenn die Ebbe kommt. Ihr rasender Puls beruhigte sich. Als sie sich ihr Bein das nächste Mal ansah, hatte es aufgehört zu bluten.

»Das ist … das ist gut«, seufzte sie.

»Unsere Gilde ist vielleicht klein und ärmlich, aber in unserem Reservat haben wir ein paar ganz schön fixe Jungs.«

»Kann ich mir vorstellen.« In den Jahreszeiten, in

denen die Männer nicht zur See fuhren, werkelten manche in Labors herum, entweder als Gäste in einer Clanfeste oder in ihren eigenen primitiven Klausen. Nur wenige der bärtigen Kesselflicker hatten eine richtige Ausbildung, deshalb blieben die meisten ihrer Erfindungen lediglich schnell überholte Attraktionen. Nur ein Bruchteil davon zog die Aufmerksamkeit der Savanten von Caria auf sich und wurde irgendwann entweder der Öffentlichkeit zugänglich gemacht oder aber verboten. Doch diese Salbe – Maia nahm sich fest vor, eine Probe davon mitzunehmen und herauszufinden, ob jemand die Verkaufsrechte für sie besaß.

Sie stützte sich auf die Ellbogen und blickte sich um. Draußen auf dem Lukendeckel kämpften zwei Paarungen Zweiter-Klasse-Passagiere unter Naroins Anleitung. Mehrere andere lagen genauso auf dem Boden wie Maia und pflegten ihre Wunden und blauen Flecken. Unterdessen hatten sich zwei weibliche Besatzungsmitglieder auf der vorderen Motorhaube niedergelassen: Eine spielte Flöte, die andere sang dazu mit einer leisen, traurigen Altstimme.

Der alte Mann schnalzte besorgt mit der Zunge. »Dieses Jahr treiben sie's wirklich zu weit. Eine Dummheit, Frauen mitzunehmen, die viel zu fertig sind zum Arbeiten. Das ist nicht richtig, finde ich.«

»Wahrscheinlich«, murmelte Maia unverbindlich. Mühsam setzte sie sich auf, hielt sich an der Reling fest, und so gelang es ihr, sich auf ein Bein zu stellen. Ihr war noch immer schwindlig, aber sie fühlte sich seltsam erleichtert. Echter Schmerz war selten so schlimm wie befürchteter.

Komisch – hatte Mutter Claire das nicht einmal über das *Kinderkriegen* gesagt? Maia schauderte.

Eine der trainierenden Vars stieß einen Schrei aus und landete mit einem dumpfen Schlag auf dem Lukendeckel. Inzwischen hatten die beiden musizierenden Frauen eine alte, klagende Melodie angestimmt, die Maia kannte – über eine Wandersfrau, die sich nach Hause sehnt, nach ihrer Liebe, nach all den Heimfreuden, die manchen so ohne weiteres zufallen und anderen nicht.

Maia lehnte sich ans Schandeck und blickte hinaus über das Wasser. Ein Stückchen hinter ihnen pflügte die *Zeus* mit geblähten Segeln durch die kabbelige See. Bis jetzt hatte sie auf dieser Reise mindestens soviel gelernt, wie ihre Schwester es ihr versprochen hatte.

Hoffentlich findet Leie ihre Reise ebenso interessant, ging es Maia sarkastisch durch den Kopf.

Zwei Wochen später, als sie in Queg Town zum ersten Mal an Land gingen, sahen sich die Zwillinge nach ihrer bisher längsten Trennung endlich wieder, und sie reagierten genau gleich. Beide musterten sich von oben bis unten ... und fingen im selben Moment an zu lachen.

Unten an Leies rechtem Bein, an einer Stelle, die genau das Spiegelbild von Maias linker Wade war, hatten sie beide einen Streifen frischer, rosaroter Narbenhaut entdeckt, gut verheilt unter dem Einfluß von Sonne, harter Arbeit und Salzwasser.

Problem Nummer eins: Durch die mangelnde natürliche Kontrolle werden unsere menschlichen Nachkommen die Tendenz aufweisen, sich zu stark zu vermehren, bis Stratos irgendwann überbevölkert ist. Haben wir den ganzen weiten Weg zurückgelegt, nur um die Katastrophe der Erde zu wiederholen?

Eine Lektion haben wir gelernt – jeder Versuch der Geburtenbeschränkung wird scheitern, wenn er allein auf Überzeugungsarbeit beruht. Die Zeiten ändern sich. Die Leidenschaft ändert sich, und selbst die höchsten Moralansprüche verblassen angesichts der natürlichen Instinkte.

Wir könnten die Geburtenregelung genetisch regeln und jeder Frau nur zwei Geburten ermöglichen. Aber dann werden sich diejenigen, die sich einfach darüber hinwegsetzen, schneller vermehren als alle anderen, so daß wir bald wieder dort sind, wo wir angefangen haben. Wie dem auch sei – zu bestimmten Zeiten könnte für unsere Nachfahren eine rasche Vermehrung *notwendig* sein. Wir dürfen ihnen also keinen allzu eingeschränkten Lebensweg aufzwingen.

Unsere größte Hoffnung liegt darin, daß wir Möglichkeiten finden, das Eigeninteresse permanent mit dem Allgemeinwohl zu verbinden.

Das gleiche gilt für das zweite Problem, das unsere Koalition dazu gebracht hat, halbe Lösungen ein für allemal zu vermeiden und mit den faulen Kompromissen des Phylum ein für allemal zu brechen. Das Problem, das uns in diese ferne Welt geführt hat, wo wir eine ultimative Lösung suchen.

Das Problem des Sex.

– *aus* Die Apologie *von Lysos*

Kapitel 3

Lanargh, der zweite Hafen, den sie anliefen, konnte sich nicht mit den Metropolen der Welt messen, die die Küste des Landungskontinents säumten. Dennoch war die Stadt groß genug, um den Zwillingen eine willkommene Abwechslung zu bieten, nachdem sie auf hoher See Woche um Woche damit zugebracht hatten, den Eisbergen auszuweichen.

In Queg Town hatten die Schiffseigner nur wenige Abnehmer für die Kohle aus Port Sanger gefunden. So waren die *Zeus* und die *Wotan* weitergeschlingert, und die Wellen klatschten hoch an ihre verbeulten Flanken. Sobald ein Ausguck eine der schwimmenden Eisinseln entdeckte, wurden die Hilfsmotoren angeworfen, um den Kurs zu korrigieren und der Bedrohung auszuweichen. Dabei erwies sich der Wind als äußerst unsicherer Verbündeter. Die Bootsmänner schrien, und die gesamte Besatzung hievte an den störrischen Segeln. Ein zerklüfteter Eisberg passierte atemberaubend nah an der Steuerbordseite der *Wotan*, und Maia konnte danach mit vor Angst trockenem Mund nur denken, wie dankbar sie war, daß sie im Konvoi fuhren. Falls ein Unglück passierte, war die *Zeus* nahe genug bei ihnen, um helfend eingreifen zu können.

Als sie sich das nächste Mal der Küste näherten, war die Monotonie der Tundra nebelverhangenen Nadelwäldern gewichen, riesigen Redwoods, deren Vorfahren zusammen mit Maias Ahnen die beschwerliche Reise von der Alten Erde nach Stratos gemacht hatten. Die Erdenbäume mochten die neblige Küste, und unter der Pflege der Forstwirtschaftsclans bestanden sie den langsamen stillen Kampf gegen das einheimische Buschwerk. Gewundene Trampelpfade zeigten, wo Holzfäller vor kurzem Stämme aus dem Wald transportiert hatten, die in großen Stapeln zum Markt gefahren wurden.

Als die *Wotan* endlich Port Defiance umsegelte, atmete Maia schneller. Hier überschattete ein berühmter Steindrachen mit breiten Schwingen den Hafensund, Symbol für die beschützende Liebe der Stratos-Mutter. Das Standbild war uralt und erinnerte an den Tag, als ein Schiff mit Landungstruppen des Feindes zurückgeschlagen worden war, in grauer Vorzeit, als Frauen und Männer noch gemeinsam um das Weiterbestehen ihrer Kolonie, um ihr Leben und das ihrer Nachfahren kämpften. Maia wußte wenig über diese vergangene Ära – Geschichte gehörte nicht zum praktisch ausgerichteten Lehrplan der Lamai –, aber die Statue war ein wahrhaft bewegender Anblick.

Dann kamen die berühmten fünf Hügel von Lanargh in Sicht, einer nach dem anderen, mit hellen Steinstufen, Clanfesten und Gärten, die sich kilometerweit an der Küste bis hinein in die grünen Berghänge zogen. Die Zwillinge hatten immer gedacht, Port Sanger wäre eine große, kosmopolitische Stadt, da sein Handel einen weiten Teil der Parthenia-See beherrschte. Doch hier, an einer Achse des riesigen Ozeans, begriff Maia, warum der Name ›Tor zum Osten‹ mehr als berechtigt war.

Nachdem sie an dem ihnen von der Hafenmeisterin zugewiesenen Kai festgemacht hatten, sah die Besatzung dem Kapitän nach, der sich mit den Bizmai-Frachteigentümerinnen auf den Weg machte, um potentielle Kunden zu treffen. Dann wurde Landurlaub ausgerufen, und die Besatzung strömte jubelnd von Bord. Maia fand Leie, die am Fuß das Kais auf sie wartete. »Ich hab dich schon wieder geschlagen!« lachte Maias Zwillingsschwester, obwohl sie genau wußte, daß Maia sich nicht im geringsten darum scherte.

»Komm schon«, entgegnete Maia grinsend. »Sehen wir uns ein bißchen um.«

Über fünfhundert matriarchalische Clans wohnten in der Stadt. Auf den weitläufigen Plätzen und belebten Marktstraßen wimmelte es von gut gekleideten, kunstvoll frisierten, prächtig uniformierten Klonfrauen, die ihre Lasten entweder von gut gepflegten Lastkarren oder auf dem Rücken geduldiger Lugars in livrierten Tuniken befördern ließen. Üppige Düfte fremdländischer Früchte und Gewürze erfüllten die Luft, und die Zwillinge entdeckten Kreaturen, über die sie bisher nur gelesen hatten: rote Heulaffen und flügelschlagende Teichdrachen, die auf den Schultern ihrer Eigentümer ritten, Passanten anzischten und unaufmerksamen Verkäuferinnen Trauben stibitzten.

Die beiden Schwestern schlenderten über Marktplätze und durch schmale Einkaufsgassen, aßen Süßigkeiten von einem Stand mit Konditoreiwaren, lachten über die Faxen einer kleinen Gruppe von Jongleurinnen, wichen den Tiraden einer politischen Kandidatin aus und staunten über die weite, wunderbare Welt. Niemals zuvor war Maia so vielen unbekannten Gesichtern begegnet. Obgleich Port Sanger mehrere tausend Einwohner hatte, hatte sie nie mehr als hundert verschiedene Gesichter auseinanderhalten müssen.

Hier bekamen sie einen Vorgeschmack davon, wie das Leben werden konnte, wenn ihr geheimer Plan funktionierte. Obgleich sie bescheiden gekleidet waren, traten einige Vars, denen sie begegneten, respektvoll zurück und machten ihnen den Weg frei, ganz so, als wären die Zwillinge Wintergeborene. »Ich wußte es!« flüsterte Leie. »Zwillinge sind so selten, daß die Leute sofort den falschen Schluß ziehen. Unser Plan könnte Erfolg haben!«

Maia wußte Leies Begeisterung zu schätzen. Andererseits war ihr klar, daß der Erfolg von unzähligen Kleinigkeiten abhing. Deshalb drängte sie darauf, die freie Zeit nicht mit Spielereien zu verplempern, sondern den Hafen nach nützlichen Informationen zu durchkämmen.

Unglücklicherweise drang hauptsächlich ein Gewirr fremder Sprachen an ihr Ohr. Wenn sich Klonschwestern auf der Straße begegneten, begrüßten sie sich meist in einem krächzenden, unverständlichen Familiendialekt, der seit Generationen von den Stammüttern an ihre Töchter weitergereicht und von diesen verfeinert worden war. Zuerst war Leie frustriert. In der ruhigen Atmosphäre von Port Sanger war die Allgemeinsprache die Norm gewesen.

Doch dann begann sie sich plötzlich dafür zu begeistern. »Wir brauchen auch einen Geheimjargon, wenn wir unseren eigenen Clan gründen.«

Maia erinnerte ihre Schwester nicht daran, daß sie als kleine Mädchen bereits mit Codes, Kryptogrammen und Privatsprachen experimentiert hatten, bis Leie irgendwann die Geduld verloren hatte. Für sich hatte Maia nie aufgehört, Anagramme zu bilden oder in verstreut auf dem Krippenboden herumliegenden Buchstabengruppen Muster zu entdecken. Möglicherweise war es die gleiche Leidenschaft, die ihr Interesse an den Konstellationen geweckt hatte. Die glitzernden Sternbilder kamen ihr immer vor wie ein Privatcode der Schöpferin, jedem zugänglich, der bereit war, ihn zu lernen.

Als sie über den großen Platz vor Lanarghs Stadttempel schlenderten, entdeckten die Zwillinge eine Gruppe knieender Matrosen, die den Segen einer orthodoxen Priesterin in weinrot-gestreiften Gewändern entgegennahmen. Mit erhobenen Armen rief die Priesterin den Geist des Planeten an, Fels und Luft, Wind und Wasser, damit die Männer am Ende ihrer Fahrt sicher im Hafen landeten. Der Sprechgesang endete mit einer beliebten Passage über die Heiligkeit der Kameradschaft in gemeinsam durchlittener Gefahr. Doch der Vortrag der heiligen Frau zeigte, daß auch Kirchenfrauen eine eigene »Sprache« hatten, vor allem, wenn sie aus dem rätselhaften Vierten Buch der Schrift zitierten.

»Sowann ihr Schiff in Zeiternot so rufetan Wasverborgen ist ...«

Kein Wunder, daß das Vierte Buch allgemein als das Rätsel von Lysos bekannt war. Es hatte sogar sein eigenes Alphabet mit achtzehn Buchstaben – eine angenehme Abwechslung für Maia, die sich während des langen wöchentlichen Gottesdienstes in der Lamatia-Kapelle die Zeit damit vertrieb, daß sie sich über die in die Steinmauer eingeritzten kryptischen Worte Gedanken machte.

Leie warf einen Blick auf die Tempeluhr und seufzte. »Uups, tut mir leid. Ich muß wieder an die Arbeit.«

Maia blinzelte erstaunt. »Was? Gleich am ersten Tag?«

»Das ist doch mal wieder echtes Varglück, was? Scheuerdienst mit Mop und Eimer. Unser Chef will, daß die alte *Zeus* mehr Kunden bekommt als eure *Wotan*, auch wenn letztlich alles den gleichen Eigentümerinnen und der gleichen Gilde zufällt.« Sie zog eine Grimasse. »Sind eure Bootsmänner auch so schrecklich?«

So hätte Maia sie nicht beschrieben. ›Unerbittlich‹ wäre ihr als erstes eingefallen. Und daß sie es sofort merkten, wenn jemand unkonzentriert war. Aber sie lernte eine Menge von Naroin und den anderen und wurde jeden Tag stärker. Und sowieso – Leie schwindelte, soviel war klar. Maia wäre jede Wette eingegangen, daß ihre Schwester Strafdienst hatte, wahrscheinlich, weil sie gemault hatte, als sie lieber den Mund hätte halten sollen.

Trotzdem meinte Maia mitfühlend: »Tja, Kohlenschaufeln als Lebensunterhalt. Hmm. Bestimmt wären unsere Mütter stolz auf uns, daß wir ganz unten anfangen.«

»Aber nicht mehr lange!« entgegnete Leie. »Eines Tages segeln wir zurück nach Port Sanger, und zwar mit so vielen Geldstäben in der Tasche, daß wir es aufkaufen können!« Sie lachte, und ihre Fröhlichkeit zwang auch Maia zu einem Lächeln.

Es war ein ganz anderes Gefühl, allein durch die Stadt zu gehen, und das nicht nur, weil niemand mehr ihretwegen Platz machte. Maia hatte Spaß daran gehabt, Leie auf Dinge aufmerksam zu machen und die Sehenswürdigkeiten mit ihr gemeinsam zu bewundern. Außerdem war es tröstlich gewesen zu wissen, daß wenigstens eine Person in diesem Meer von Fremden eine Verbündete war.

Andererseits kamen ihr die Eindrücke jetzt viel intensiver, die Stadt jetzt viel bunter vor. Ihre Wahrnehmung wurde plötzlich schärfer, und sie nahm vor allem auch die Kehrseite des fröhlichen Stadtlebens stärker zur Kenntnis. Schwitzende Vararbeiterinnen, die auf quietschenden Karren Lasten zogen. Bettlerinnen, oftmals verkrüppelt, klapperten mit Almosenbechern, auf denen wächserne Kirchensiegel prangten. Verschlagen aussehende Frauen, die an Häuserecken lungerten und Maia taxierten, als überlegten sie, wie leicht ihre Geldbörse zu erreichen war …

Es war richtig, daß wir getrennte Schiffe genommen haben, dachte Maia. Sie fühlte sich gleichzeitig wachsam und sehr lebendig. *Genau das haben wir gebraucht. Ich habe es gebraucht.*

Sie entdeckte Schilder, die sie nie zuvor gesehen hatte, mit Clannamen, die sie nicht kannte, und Warenangeboten, von denen sie nie gehört hatte. Manche Läden würden von einem Dutzend winziger Unternehmen genutzt, von denen jedes sein eigenes prätentiöses handgemaltes Wappenzeichen aufwies. Die Frauen, die diese Geschäfte führten, hatten sich wegen der Miete zusammengetan, aber jede hoffte für sich, irgendwann den Aufstieg auf die Erfolgsleiter zu schaffen. Das städtische Krankenhaus andererseits machte einen modernen, farblosen Eindruck, und die Gesundheitsexperten in ihren weißen Kitteln brauchten nicht mit ihren familiären Beziehungen für sich zu werben.

Plötzlich erscholl ein Posaunenstoß und lautes Beckenschlagen, und die Menschenmassen teilten sich, um Platz zu machen. Einige lachten über die kleine Parade, die da den Hügel herabmarschierte: Die männlichen Mitglieder eines Geheimbundes defilierten in pompöser Aufmachung mit ihren geheimnisvollen Totemzeichen durch die kopfsteingepflasterten Straßen, unter dem Applaus und ein paar gutmütigen Buhrufen der Menge. Manche der Männer, die im Rhythmus der Trommel ihre kunstvoll geschmückten Modellschiffe und hölzernen Zeppeline auf den Schultern schleppten, wirkten fast verlegen, während andere stolz das Kinn reckten, als wollten sie sagen: »Wagt nur, euch über unser Ritual lustig zu machen!« Nur wenige der Zuschauer zeigten eine unfreundliche Reaktion, beispielsweise eine Gruppe von Frauen, die mit grimmigen Gesichtern stehenblieben und sich demonstrativ weigerten, den Weg freizumachen, so daß die Prozession gezwungen war, einen weiten Bogen zu schlagen.

Perkiniten. Maia ging weiter. *Warum lassen sie die armen Männer nicht in Ruhe und suchen sich einen Gegner, der ihnen gewachsen ist?*

In Lanargh gab es ein so vielfältiges Angebot an Dienstleistungen, daß Maia nur staunen konnte: von Handleserinnen und Berufshexen bis zu angesehenen Phrenologinnen, ausgerüstet mit Tastzirkeln, Schädelmeßbändern und komplizierten Tabellen. Kurz spielte sie mit dem Gedanken, sich untersuchen zu lassen, aber dann betrachtete sie sich die Gerätschaften etwas näher und beschloß, daß an ihrer Schädelform ohnehin nichts zu ändern war.

Durch ein teures Glasfenster beobachtete Maia drei rothaarige Frauen mit hoher Stirn, die, über ledergebundene Mappen gebeugt, mit ihren Kunden verhandelten. Vergoldete Aushängeschilder wiesen darauf hin, daß es sich um die örtliche Niederlassung eines weit verbreiteten Familienunternehmens handelte, das einen kommerziellen Botendienst anbot. Auf einem anderen Schild warben die Rothaarigen für einen Ableger ihrer Branche – ein Unternehmen, das Privatsprachen für aufstrebende Clans entwarf.

»Na, wenn das mal keine gute Nische wäre«, murmelte Maia voller Bewunderung. Auf Stratos hing der persönliche Erfolg oft davon ab, ob man ein Produkt oder eine Dienstleistung entdeckte, auf die sich bisher niemand spezialisiert hatte. Bei dem Sprachunternehmen hätte Maia nur zu gern mitgemacht. Sie seufzte. »Schade, daß fast alles schon besetzt ist.«

»Es *ist* alles besetzt, Schwester. Weißt du das nicht? Das ist eins der prophezeiten Zeichen.«

Rasch wandte Maia sich um und sah sich einer jungen Frau gegenüber, ungefähr in ihrem Alter, etwa gleich groß, in einem Gewand mit den aufgestickten Streifen eines religiösen Ordens, vermutlich also eine Priesterin oder zumindest eine Geweihte. Sie hielt einen Stapel gelber Flugblätter in der Hand und starrte Maia durch dicke Brillengläser an.

»Ähh ... Zeichen wovon, Schwester?« fragte Maia, nachdem sie ihre Überraschung einigermaßen überwunden hatte.

Ein freundliches Lächeln, das die glühende Leidenschaft jedoch nicht verbergen konnte. »Daß wir in die Zeit des Wandels eintreten. Sicher ist dir als einer klugen Fünfjährigen doch schon aufgefallen, wie viele Dinge auf der Kippe stehen? Die Clanmatronen beklagen sich schon lange über die steigende Sommer-Geburtenrate, aber unternehmen sie etwas, um diese Entwicklung aufzuhalten? Eine Kraft, die in Stratos selbst wohnt, will, daß es so kommt, trotz aller unangenehmen Konsequenzen.«

Maia bemühte sich, nicht in ihre normale Reaktion gegenüber einer Kirchenfrau zu verfallen und so schnell wie möglich das Weite zu suchen. »Hmm ... welche unangenehmen Konsequenzen?«

»Für die großen Häuser. Für die Bürokratie in Caria. Und vor allem für die erwähnten Sommerlinge, die keinen Platz mehr auf diesem Planeten haben. Keinen Platz – bis auf einen.«

Aha! dachte Maia. *Soll dies ein Missionierungsversuch werden?* Die Priesterschaft war noch weniger wählerisch als die Stadtgarde von Port Sanger. Wenn sich ein Sommermädchen dort verpflichtete, bekam sie auf Lebenszeit eine Garantie auf regelmäßige Mahlzeiten. Zwar bedeutete das auch, daß man keine Kinder gebären durfte und nie einen eigenen Clan gründen würde – aber wie viele Sommerlinge schafften das schon? Dem Sex mit einem verschwitzten Mann abschwören zu müssen, konnte wohl kaum verhindern, daß man sich für einen solchen Weg entschied. Und schließlich bekam man ganz Stratos als Liebhaber, wenn man das heilige Gewand überstreifte. Und alle Stratoianer als Kinder.

Trotzdem, warum ging diese Frau auf Seelenfang? In Lanargh stolperte man auf Schritt und Tritt über Priesterinnen oder Diakonissen. Immer mehr Frauen wählten heutzutage den Rückzug in die Sicherheit.

»Ich möchte dir nicht zu nahe treten«, sagte Maia und wich einen Schritt zurück. »Aber ich denke nicht, daß mein Platz im Tempel ist.«

Die Priesterin nahm diese Bemerkung gelassen hin. »Mein Kind, das sieht man dir an.«

»Aber ... aber was ...?« Auf einmal hatte Maia ein Flugblatt in der Hand. Rasch las sie die ersten Zeilen.

Die Outsider
Gefahr oder Chance?

Schwestern in Stratos! Inzwischen müßte uns allen klar sein, daß die Savanten und Ratsfrauen von Caria die Wahrheit über das Raumschiff an unserem Himmel vor uns verbergen. In diesem Schiff sollen sich angeblich Gesandte des Hominidenphylum befinden, das unsere Vorfahren vor so langer Zeit verlassen haben. Warum wird die Öffentlichkeit sowenig darüber informiert? Die Savanten und Staatsdienerinnen ergehen sich in Ausflüchten, sprechen von ›linguististischen Einflüssen‹ und langwierigen ›Quarantänemaßnahmen‹, aber es wird selbst für die untersten Schichten immer deutlicher, daß die Großen unserer Nation, jene, die die höchsten Positionen in Rat, Tempel und Universität einnehmen, tief im Herzen einfach feige sind ...

Die langatmige Tirade war schwer verständlich, aber daß es um den Widerstand gegen die traditionellen Autoritäten ging, wurde mehr als deutlich. Verwirrt blickte Maia die junge Frau an, und jetzt merkte sie, daß die vermeintlich religiösen Streifen ihres Gewands mit bunten Fäden durchwirkt waren. »Du bist eine Ketzerin«, hauchte sie erschrocken.

»Gut erkannt. Wo du herkommst, gibt es wohl nicht viele von uns?«

Unwillkürlich lächelte Maia. »Wir leben ein bißchen im Abseits, das stimmt. Wir hatten perkinitische Missionarinnen ...«

»Perkiniten gibt es überall. Vor allem seit das Outsider-Schiff ihnen den passenden Vorwand gegeben hat, um ihre Schauermärchen zu verbreiten. Du kennst sie ja ... Jetzt, da Stratos ein zweites Mal entdeckt worden ist, wird das Phylum ganze Raumflotten voller sabbernder, haariger, unzivilisierter Männer schicken, und es wird noch schlimmer werden als in den alten Zeiten, als der Feind uns angegriffen hat.«

»Tja« – Maia mußte grinsen –, »du stellst ihre Geschichten wahrscheinlich ein wenig überzogen dar, oder?«

»Vielleicht sind eure Perkies ja zahmer als unsere, o Jungfrau aus dem frostigen Norden!« Die Ketzerin lachte sarkastisch. »Jedenfalls ist selbst die Tempelhierarchie ganz außer sich, weil fremde Menschen zu uns eindringen und Stratos womöglich für immer verändern. Es kommt den albernen, blasierten Weibern nicht mal in den Sinn, daß es auch anders herum sein könnte! Jetzt könnte der Augenblick gekommen sein, auf den Lysos von Anfang an hingearbeitet hat!«

Das verwirrte Maia endgültig. »Du glaubst nicht, daß das Raumschiff eine Bedrohung ist?«

»In meinem Orden, bei den Schwestern des Wagemuts, glaubt niemand daran. Ganz früher hätte ein erneuter Kontakt vielleicht schädlich sein könnten. Aber jetzt hat sich unser Lebensstil bewährt und gefestigt. Klar, wir haben Probleme, es gibt Ungerechtigkeit, aber hast du gelesen, was auf der Alten Erde los war, ehe die Gründerinnen weggegangen sind?«

Maia nickte. Es war ein Lieblingsthema in Büchern und in zahlreichen Telesendungen.

»Tierisches Chaos!« Die Frau wurde immer leidenschaftlicher. »Stell dir vor, wie unsicher und voller Gewalt das Leben damals gewesen sein muß, vor allem für Frauen und Kinder. Und dann mach dir klar, *daß es dort wahrscheinlich immer noch so ist!* Das heißt natürlich auf den Welten, die noch nicht zerstört worden sind, vom Feind oder von der Aggression unter den Männern.«

»Aber der Outsider beweist, daß es ein paar Kolonien gibt, die noch ...«

»Genau! Möglicherweise gibt es Dutzende von überlebenden, aber hilfsbedürftigen Welten, die das suchen, was wir zu bieten haben – einen Weg der Rettung.«

Maia war zurückgewichen, bis eine harte Steinmauer ihr den Rücken zerkratzte. Dennoch fühlte sie sich zwischen Flucht und Faszination hin- und hergerissen. »Du glaubst also, wir sollten einen Kontakt anstreben ... und *Missionarinnen* aussenden?«

Die junge Ketzerin, die sich vorgebeugt hatte, als wollte sie Maia auf keinen Fall entfliehen lassen, richtete sich wieder auf und lächelte. »Ich hatte doch recht mit meiner Vermutung, daß du ein kluges Köpfchen bist. Was mich wieder zu meiner ersten Bemerkung zurückbringt, daß es nämlich für alles einen Grund gibt, auch für den Anstieg der Sommergeburten, obwohl es doch so wenige Nischen für sie gibt.« Sie hob warnend den Finger. »Das Schicksal ruft, und nur die kleinmütigen Närrinnen aus Caria stehen uns im Weg!«

In den Augen der Frau funkelte ein Fanatismus, ein Glauben, der alle Gesetze der Logik und alle Hindernisse durchbrach. *Angenommen, du findest dich selbst unwichtig in der Welt, erdrückt von den Mächtigen. Wie kannst du dir wieder wichtig vorkommen? Du brauchst nur eine Verschwörung, in die du hineinpaßt. Eine, in der du deinen rechtmäßigen Platz als Führerin zum Licht einnehmen kannst.*

Aber es gibt es viele Lichter ...

Maia wollte sich kein Urteil über die Ansichten der Frau erlauben. Sie klangen großartig und waren es sicher wert, daß man über sie nachdachte. »Ich werde das hier durchlesen«, versprach sie und hielt das Flugblatt in die Höhe. »Aber ...«

Ihre Stimme erstarb. Die junge Frau starrte auf etwas, das sich hinter Maias Schulter befand, und sagte dann zerstreut: »Gut. Aber ich muß jetzt gehen. Auf zu den Sternen, Schwester.«

»Eia, Schwester«, erwiderte Maia ganz konventionell die ungewöhnlichen Abschiedsworte. Dann beobachtete sie, wie das gestreifte Gewand in der Menge verschwand. Als sie sich umwandte, um nachzusehen, was die Ketzerin vertrieben hatte, erblickte sie vier stämmige Frauen, die sich einen Weg durch die Menge bahnten, wobei sie lässig ihre Stöcke schwangen, die sie gar nicht nötig zu haben schienen … jedenfalls nicht zum Gehen.

Tempelwächterinnen. Nicht alle Priesterinnen waren gleich. Obgleich Ketzerei offiziell nicht als Verbrechen galt, fand die Kirchenhierarchie immer Mittel und Wege, den Ketzerinnen das Leben schwerzumachen, wo diejenigen, die dem klassischen Dogma folgten, auf keinerlei Schwierigkeiten stießen. Von den Randgruppen war nur der Perkinismus stark genug, daß niemand sich traute, seine Anhängerinnen direkt anzupöbeln.

Oh, ich glaube, es gibt doch noch Nischen, dachte Maia, während sie die strengen Frauen betrachtete, vor denen selbst Frauen der Stadtgarde einen Schritt zur Seite wichen. *Mit dem nötigen Mumm findet eine Var immer Arbeit auf dieser Welt.*

Mit diesem Gedanken stopfte sie das Flugblatt in ihre Tasche, um es später Leie zu zeigen. Sie machte einen großen Bogen um die Tempelwächterinnen, orientierte sich neu und eilte dann durch die Menschenmenge auf dem Markt zurück zu den Docks, geführt von ihrem unverkennbaren Aroma.

»Arbeitet jetzt, glotzt später!« fauchte Bootsfrau Naroin am Abend ihres vierten Tages im Hafen.

Maias Aufmerksamkeit war von einer Szene am Fuß des Kais abgelenkt worden. Trotzdem zog sie sich mit einem »Jawollsir« rasch zurück und konzentrierte sich wieder auf das Fließband, das sie immer wieder neu ausrichten mußte, damit die Eimer, in denen die Kohle aus dem Lagerraum des Schiffs gefördert wurde, nicht ins Schaukeln gerieten oder gar umkippten. Manchmal brauchte es ihre ganze Muskelkraft, um die störrische Vorrichtung in die richtige Lage zu bekommen. Selbst wenn alles wieder in Ordnung schien, behielt Maia die Eimer vorsichtshalber im Auge. Schließlich jedoch hob sie noch einmal den Kopf über die Backbordreling.

Die Ankunft eines Autos hatte ihre Aufmerksamkeit erregt, eines Autos, das mit schnurrendem Gasmotor den Uferdamm entlanggefahren kam, direkt auf den Liegeplatz der *Wotan* zu.

Ein Auto, dachte sie. Und das lediglich für einen persönlichen Transport. In ganz Port Sanger hatte es nur zwei Autos gegeben, die ausschließlich für zeremonielle Zwecke oder bei Besuchen von Würdenträgern benutzt wurden. Andere Motorfahrzeuge waren fast ebenso rar gewesen, da die meisten Waren Maias Heimatstadt auf dem Seeweg erreichten und wieder verließen. Doch im kosmopolitischen Lanargh konnte man fast auf jeder Straße gelegentlich einen Motor-Lastwagen zu Gesicht bekommen, jeder mit einer Fahrerin und mehreren Laderinnen ausgestattet. Dazu kam noch eine Wache, die mit einer roten Fahne vorausging, um dafür zu sorgen, daß kein Kind unter die rumpelnden Räder geriet. Es waren beeindruckende Maschinen, allerdings machte ihr Gerumpel Maia immer ein wenig angst.

Schon seit mehreren Tagen kam regelmäßig ein verbeulter, häßlicher Laster zum Kai, um seinen Fallboden mit Kohle von der Parthenia-See vollzupacken. Die Löschmannschaft hatte den Anblick des Fahrzeugs bald gehaßt. *Aber schließlich ist das auch eine Arbeit*, dachte Maia, während sich der Verschlag des Lasters mit Anthrazit füllte, das in einer familienbetriebenen petrochemischen Fabrik verflüssigt und dann anderen

Lanargh-Clans für die Herstellung von Spritzguß zur Verfügung gestellt wurde.

Wieder schweifte ihr Blick zum Ende des Kais. Das Auto hatte geparkt, aber niemand stieg aus. Höchst seltsam.

Maia wandte sich wieder ihrer Arbeit zu und paßte auf, daß die zurückkommenden leeren Eimer nicht vom Lukendeckel des Laderaums zu Fall gebracht wurden. Wenn das Fließband sich verklemmte, würden die schwitzenden Arbeiterinnen dort unten ganz selbstverständlich ihr die Schuld daran geben. »Halt!« schrie Maia, als der Platz für ihren Geschmack zu knapp wurde. Naroin antwortete mit einem Ruf, und die gezähnten Behälter kamen rumpelnd zum Stillstand. Mit gezielten Fußtritten machte Maia zwei Klampen los, schob einen Keil unter den Rahmen des Bandes und tarierte ihn so lange aus, bis ihr die neue Konstruktion genau richtig schien. Schließlich bückte sie sich, um die Klampen wieder festzumachen, und rief dann laut: »Kann weitergehen!« Naroin legte einen Hebel um, und schon strömte der kostbare elektrische Strom aus den Akkumulatoren des Schiffs, und die ramponierte Maschinerie setzte sich ächzend wieder in Gang.

Es war harte Arbeit, aber Maia war froh, an Deck sein zu können. Unter Deck Kohlen in die unersättlichen Eimer zu schaufeln, war für sie die Hölle gewesen. Herumfliegende Dreckpartikel mischten sich mit dem Schweiß, der in rußigen Bächlein über Arme und Rücken floß. Das Zeug war überall, selbst im Mund und in der Unterwäsche. Irgendwann hatte sich Maia dann nach dem Vorbild ihrer Kolleginnen einfach gänzlich ausgezogen.

Eigentlich konnte sie sich nicht beschweren, denn ihre Besatzung war besser dran als die meisten anderen. Die Hälfte der im Hafen liegenden Schiffe benutzten von *Menschenkraft* getriebene Winden zum Entladen, oder die Schauerleute mußten zusammengekrümmt und stöhnend ihre Jutesäcke aus dem Bauch des Schiffes schleppen und sie auf die Pferdewagen plumpsen lassen. Selbst die Frachtschiffe, die mit Strom oder Dampf betriebenes Gerät besaßen, benutzten diesen Antrieb nur sparsam und griffen lieber auf Muskelkraft zurück.

»So schont man die Maschinen«, hatte Naroin erklärt. »Manchmal sind Vararbeitskräfte eben billiger als Ersatzteile.« Dieses Jahr schien dies ganz eindeutig der Fall zu sein.

Nicht daß die Sommerfrauen allein schufteten. Klonfrauen überwachten das Löschen empfindlicher Waren, und Männer waren zur Stelle, sobald ihre speziellen Fähigkeiten benötigt wurden. Dennoch verbrachten die Matrosen die meiste freie Zeit damit, sich um ihre geliebten Schiffe zu kümmern, und etwas anderes hätte auch niemand von ihnen erwartet. Was Männer und Vars miteinander verband, war die Tatsache, daß sie Väter hatten – auch wenn sie selten deren Namen kannten. Beide waren in den Augen arroganter Klonfrauen eine niedrige Lebensform. Doch darüber hinaus gab es keine Gemeinsamkeiten.

Da alles reibungslos zu laufen schien, floh Maia eine Weile vor dem Kohlenstaub und kehrte an die Backbordreling zurück. Sie rieb sich den schmerzenden Nacken, und als sie sich umdrehte, sah sie, daß inzwischen jemand aus dem Auto unten am Kai gestiegen war und auf ihr Schiff zustolzierte. Ein geckenhaft in Spitze gekleideter Mann schlenderte in Richtung *Zeus* und *Wotan*, wobei er immer wieder den schwarzen Staubwolken auswich, die von der Ladefläche des Lasters aufstiegen. Leise vor sich hin pfeifend machte er halt, vorgeblich um die abblätternde Farbe am hinteren Teil der *Wotan* in Augenschein zu nehmen. Dann polierte er mit Hingabe seine Schuhe und blickte mit zusammengekniffenen Augen zum Himmel empor. *So sieht jemand aus, der sich Mühe gibt, nicht verdächtig zu wirken*, bemerkte Maia amüsiert. Dieser Typ war kein Matrose und sicher auch keiner, der es schätzte, wenn man ihn warten ließ.

Tatsächlich erschienen sofort drei Besatzungsmitglieder – ein Mann von Maias, zwei von Leies Schiff –, die übertrieben lässig die Gangway hinunterschritten. Mit demonstrativer Höflichkeit führte der Fremde die Matrosen hinter den Motorlaster, wo noch immer ein Eimer nach dem anderen in den ächzenden Verschlag regnete.

Na, was tun die denn da? überlegte Maia, als die Männer eine Weile außer Sichtweite blieben. *Als würde mich das überhaupt etwas angehen!*

Ein lauter Ruf aus dem Laderaum des Schiffs ließ sie blitzschnell zum Fließband zurücklaufen; erneut mußte sie an ihm herumruckeln, damit die Eimer wieder glatt zu den Kohlebergen unter Deck liefen. Kaum war sie mit ihren Manipulationen am Innenbord einigermaßen fertig, als sie den Ruf der Lastwagenfahrerin hörte, daß der *andere* Ausleger noch einen Schubs brauchte, um den Ladeverschlag gleichmäßig zu füllen. Während sie die vorderen Keile entfernte, dachte Maia mit Freuden an den Moment, wenn der Ladevorgang endlich abgeschlossen war und sie mit einem Freudenschrei über Bord springen konnte. Sogar das schaumige Dockwasser schien jetzt enorm einladend.

Der letzte Keil rührte sich nicht. Seufzend krabbelte Maia unter das Band, um ihm mit ihrem schon reichlich zerschundenen Handballen einen Schlag zu versetzen. »Komm schon, du blöder perverser Klotz!« schimpfte sie. Ihre Hand pochte vor Schmerz. »Beweg dich! Du lugarproduziertes Stück Brennholz ...«

Sie spürte einen kneifenden Schmerz in der Pobacke und sprang auf, wobei sie mit dem Kopf so heftig gegen einen Eimer stieß, daß dieser mit einem tiefen dröhnenden Glockenschlag antwortete.

»Au! Was, zum Teufel ...?«

Mühsam kroch sie unter dem Band hervor, rieb sich mit der einen Hand den Kopf, mit der anderen die Pobacke, und blinzelte verwirrt drei Matrosen an, die grinsend vor ihr standen, gerade außerhalb von Maias Reichweite. Sie erkannte die drei Besatzungsmitglieder, die offenbar frei hatten und so betont lässig zu dem schicken Mann aus der Stadt hinübergeschlendert waren. Zwei von ihnen feixten, der dritte stieß ein hohes Kichern aus.

»Hat …« Maia brachte die Frage kaum über die Lippen. »Hat einer von euch mich gezwickt?«

Der Mann, der am nächsten stand, ein großer, schlaksiger Kerl mit einem Stoppelbart, lachte wieder. »Und von dort, wo's herkam, kannste gern noch mehr kriegen!«

Maia legte den Kopf schief. Bestimmt hatte sie sich verhört. »Wieso sollte ich mir mehr Schmerzen wünschen, als ich schon habe?«

Der eine, der zwar klein, aber muskulös und breitschultrig war, begann wieder zu kichern. »Weh tut's nur beim ersten Mal, Süße … dann vergißt du's!«

»Vergißt alles, bis auf das Vergnügen!« fügte der schlaksige Kerl hinzu. Maia wurde immer konfuser, aber auch immer wütender. Der dritte Mann, der mittelgroß und dunkel war, stieß seine Kumpel in die Seite. »Kommt schon. Man riecht doch, daß sie bloß 'n Fräuleinchen ist. Räumen wir lieber auf und gehn in die *Glocke*.«

Doch die Augen des Kleinen funkelten begierig. »Na, wie wär's, kleine Var? Wir holen noch deine Schwester von unsrem Schiff. Ziehn euch beide schick an. Dann seht ihr aus wie'n netter kleiner Clan, der 'ne Frostparty für uns gibt. Guter Vorschlag? Eure eigene kleine Freudenhalle, gleich hier an Bord!«

So nahe stand er bei ihr, daß Maia ein seltsamer, süßlicher Geruch in die Nase stieg und sie einen mehligen Fleck in seinem Mundwinkel sah. Außerdem erkannte sie jetzt in seiner Haltung und seinem Benehmen einige der Zeichen, auf die zu achten man den Mädchen schon in jungem Alter beibrachte. Sein Blick glitt lüstern über ihren Körper. Er atmete schwer, und sein Grinsen entblößte spuckeglänzende Zähne.

Unverkennbar die Vorboten männlicher Brunst.

Aber es war doch gar nicht mehr Sommer! All die vielen hinweisenden Reize, die bei den Männern den Aurora-Zustand hervorriefen, waren seit Monaten verschwunden. Sicher, bei manchen Männern blieb der Geschlechtstrieb den ganzen Herbst über erhalten, aber so eindeutige Annäherungsversuche … bei einer *Var*? Und dazu einer von Kopf bis Fuß verdreckten? Einer, die nicht eine Spur der Fruchtbarkeitsdüfte vorangegangener Geburten verströmte?

Es war einfach unglaublich. Maia hatte keine Ahnung, wie sie darauf reagieren sollte.

»Was ist denn hier los?« mischte sich eine strenge Stimme ein.

Der schlaksige Matrose glotzte weiter, aber die beiden anderen traten einen Schritt zurück, um für Naroin Platz zu machen. »Ah, Bootsfrau« – der dunkle Mann nickte ihr grüßend zu –, »wir haben frei, deshalb wollten wir …«

»Gerade gehen, damit meine Arbeitskolonne hier auch irgendwann frei kriegen kann, ja?« fragte Naroin, die Fäuste in die Hüften gestemmt, zwar ausgesucht freundlich, aber mit einem scharfen Unterton, den man nicht überhören konnte.

»Genau. Komm schon, Eth. Eth!« Der dunkle Matrose packte seinen Gefährten, der Maia noch immer anstarrte, und zerrte ihn weg. Erst jetzt versuchte Maia, ihren Adrenalinspiegel unter Kontrolle zu bekommen. Ihr Mund war trocken, und das nicht nur vom Kohlenstaub. Langsam ließ das Pochen in ihrer Brust nach.

»Was sollte das denn alles?« fragte sie Naroin.

Die Bootsfrau sah den drei Matrosen nach; die

Schritte der Männer wirkten nicht unsicher oder betrunken. Viel eher hatte ihr Rückzug etwas Katzenhaftes, wenn nicht sogar *anmutig* Drohendes an sich. Naroin warf Maia einen raschen Blick zu.

»Frag mich nicht.«

Ohne ein weiteres Wort duckte sie sich und kroch unter das Band, um sich den widerspenstigen Klotz vorzunehmen, und Maia hatte ein paar Sekunden Zeit, sich zu beruhigen. Es war eine freundliche Geste, aber Maia war etwas aufgefallen: Naroins Antwort klang, als wüßte sie nicht, was los war, denn das war es doch, was man üblicherweise mit dem Satz meinte: »*Frag mich nicht.*«

Aber ihr Ton hatte etwas ganz anderes ausgedrückt. Es war schlicht und einfach ein Befehl gewesen.

Und das weckte Maias Neugier.

Leie war ganz glücklich, als sie mit ihrer Schwester vor der Abenddämmerung über den Markt von Lanargh spazierten, Fischpastete verzehrten, dem verwirrenden Geplapper um sie her lauschten und Vermutungen darüber anstellten, was für Geschäfte, Intrigen und Betrügereien hier wohl vorgehen mochten. »Dieser Umweg ist vielleicht das Beste, was uns passieren konnte!« meinte Leie. »Wenn wir irgendwann das Archipel erreichen, wissen wir viel mehr über die ökonomische Situation. Ich hab mir gedacht ... vielleicht sollten wir uns nächsten Sommer Arbeit in einer dieser Plastikfabriken suchen ...«

Maia ließ ihre Schwester einfach weiterplaudern. Sie fühlte sich nachdenklich und träge. Der Vorfall am Nachmittag hatte sie aufgewühlt. In ihrer Tasche steckte das zerknitterte Flugblatt der Ketzerin, eine Erinnerung daran, daß die emsige Geschäftigkeit um sie her vielleicht nicht ganz ›normal‹ war, nicht einmal für eine große Hafenstadt.

Jetzt, wo Maias Blick dafür geschärft war, sah sie

allenthalben Anzeichen dafür, daß die Wirtschaft unter Druck stand. In der Nähe des Rathauses gab es Anschlagtafeln, auf denen sogar Stellen für ausgebildete Arbeitskräfte zu einem absurd niedrigen Lohn angeboten wurde. Langfristige Arbeitsverträge gab es überhaupt nicht, und der einzige Posten im Öffentlichen Dienst war bei der Stadtgarde. *Genau wie zu Hause*, dachte Maia. *Nur noch extremer*.

Und es gab mehr Männer, als sie je zuvor gesehen hatte. Nicht nur solche, die auf den Spielfeldern am Hafen endlose Turniere im Spiel des Lebens abhielten oder die Zeit zwischen zwei Seereisen vertrödelten, nein, sie bewegten sich energisch und zielstrebig, selbst noch ziemlich weit im Landesinnern. Wenn man über eine der belebten Straßen blickte, konnte man sicher sein, dort mindestens zwei oder drei Männer zu erspähen, die unter den Frauenmassen natürlich auffielen. Wiederum *konnte* der erneut auflebende Warenumschlag die Sache erklären. Aber warum waren es dann zu einem so hohen Prozentsatz *junge* Männer?

Naturgemäß minderte allein der Umstand, daß ein Tier männlichen Geschlechts war, seine Lebenserwartung, und das war bei den Menschen auf Stratos nicht anders. Stürme und Riffe, Eisberge und Materialmängel ließen jedes Jahr viele Schiffe sinken. Nur wenige Männer erlebten das Ruhestandsalter. Aber es gab so unverhältnismäßig *viele* junge Männer auf der Straße. Das machte Maia ganz nervös.

Während die meisten Seeleute einfach herumspazierten, einkauften oder in den eigens für sie eingerichteten Kneipen etwas tranken, gab es jeden Tag neue Gerüchte über Vorfälle wie den, den Maia am Abend zuvor mitbekommen hatte: In einer Gasse war eine blutüberströmte Leiche gefunden worden. Der Mörder hatte in wilder Flucht das Weite gesucht, verfolgt von den Frauen der Stadtgarde.

Maia fiel auf, daß sie nach der Episode am Fließband

auf das träge Lächeln und die halbherzigen Flirtversu-
che, die bei den jungen Männern um diese Jahreszeit
nichts Außergewöhnliches waren, überzogen reagierte.
Dabei ging es hier eher um eine Form von Höflichkeit,
nicht um wirkliches Anmachen. Als ein schlaksiger
Kerl ihr zuzwinkerte, funkelte Maia ihn wütend an,
aber als der junge Mann daraufhin ehrlich verletzt
wirkte, wurde sie sofort verlegen, und ihr schlechtes
Benehmen tat ihr leid.

Muß man sich vor allen Männern fürchten, nur weil ein
paar verrückt geworden sind?

Schließlich machten nicht nur Männer gelegentlich
Schwierigkeiten. Die drei Rassen – Wintervolk, Männer
und Vars – lebten zumeist friedlich zusammen. Aber
die Zwillinge hatten auch schon erlebt, wie pöbelnde
Sommerlinge – die sich zwar in ihrem äußeren Erschei-
nungsbild stark voneinander unterschieden, in ihrer
Armut jedoch gleich waren – kleinere Gruppen von
Klonen aus einem ortsansässigen Clan belästigten. So
artete Frustration manchmal in offene Feindseligkeit
aus.

Sind das wirklich schlechte Vorzeichen? Die Ketzerin
hatte von einer »Zeit des Wandels« gesprochen, ein
Ausdruck, der Maia aus Teledramen und Kitschromanen durchaus geläufig war. Stabilität, das große Geschenk von Lysos und den Gründermüttern, war für
keine Generation eine Selbstverständlichkeit gewesen.
Sogar in den Schriften stand, daß eine perfekte Gesellschaft von Zeit zu Zeit Flexibilität beweisen mußte.

Liegt es nur an Lanargh, oder passiert es auf ganz Stratos?
Maia war wild entschlossen, die Abendnachrichten auf
dem Tele nicht zu verpassen.

Als sie einen Rippenstoß spürte, zuckte sie heftig zusammen. Sie standen auf dem Hauptplatz der Stadt.
Spaziergänger, die sich den Nachmittag unter die schat-
tenspendenden Arkaden zurückgezogen hatten, kamen
jetzt ins Freie, um die letzten Strahlen der tiefstehenden

Sonne zu genießen. Leie deutete über den weitläufigen Platz auf eine Reihe eleganter, mehrstöckiger Häuser. »Da drüben, an der Säule. Ist das nicht deine Bootsfrau, die sich unsichtbar zu machen versucht?«

Tatsächlich erkannte Maia die schmale Gestalt von Naroin, die sich mit einer Schulter an eine Säule lehnte und so tat, als hätte sie nichts zu tun. *Was hat sie vor? Diese Var kann doch gar nicht lange untätig bleiben.*

Als hätte sie ihre Gedanken erraten – was ihr immer noch allzu häufig gelang –, stupste Leie Maia ein zweites Mal. »Wetten, daß deine Bootsfrau die Gruppe da drüben beobachtet?«

»Hm … könnte sein.« Jedenfalls stand Naroin genau richtig, daß sie ein buntes Häufchen prächtig gekleideter Männer und Frauen in einem Straßencafé beobachten konnte. Die Männer sahen nicht aus wie Seeleute, die Frauen wirkten so aufgedonnert, daß Maia an die Freudenclans denken mußte, die sich in den Entspannungshäusern der Aufgabe widmeten, die Verkrampfungen ihrer Kunden zu lindern. Mehrere solcher Häuser säumten den Platz, im Sommer für Klienten vom Hafen, im Winter für solche aus der Oberstadt. Über jedem Eingang prangten farbenfroh bemalte Schilder; auf dem einen war ein Kaninchen, auf dem anderen eine Schneeflocke und auf einem dritten ein grinsender Stier zu sehen, der eine Glocke im Maul hielt. An dem Haus über dem Café waren Dienstboten mit Renovierungsarbeiten beschäftigt: Gerade veränderten sie den Anstrich von warmen Aurora-Farben in die kühlen Schattierungen des kommenden Winters.

Im Herbst überschnitten sich die Klientelen dieser Einrichtungen wie Ebbe und Flut, was auch die gemischte Gruppe im Café erklärte. Maia fragte sich wieder einmal, was Männer und Frauen sich zu sagen hatten.

War der Grund für Naroins Gegenwart ebenfalls Neugier?

Doch das war eher unwahrscheinlich. Vor allem, weil

Maia in der Gruppe plötzlich einen Mann mit einem breitkrempigen Hut entdeckte. »Also, das ist der Knabe?« fragte Leie. »Ich weiß nicht, was er mit Lem und Eth angestellt hat, aber die beiden haben echt Probleme. Glaubst du, deine Bootsfrau hat es auf einen Kampf abgesehen? Der Geck ist ja doppelt so breit wie sie.«

Gleichgültig, was der Anlaß für einen Kampf sein mochte und in welcher Jahreszeit er stattfand – Maia hätte nicht gegen die zierliche Matrosin gewettet. »*Frag mich nicht*«, hatte Naroin gesagt. Das konnte auch bedeuten: *Halt dich da raus.*

Obgleich Maia schrecklich neugierig war und schon eine fast hormonelle Aufregung verspürte, beschloß sie, sich zurückzuhalten. In ihrer momentanen Lage war es ein Gebot der Klugheit, unauffällig zu bleiben. Und doch …

Plötzlich erscholl links von den Zwillingen ein lautes Dröhnen. Der Glockenturm, der über der Piazza emporragte, ließ ein lautes *Dong* ertönen, und die gehämmerten, grünspanbedeckten Kupfertüren öffneten sich rasselnd. Bald würden die berühmten Figuren des Glockenspiels von Lanargh erscheinen und ihren Tanz beginnen – fünf Minuten automatisierter, würdevoller Präzision, beendet vom Einläuten des Dreivierteltags. Die Menschen strömten herbei, um zuzuschauen, wie das kunstvolle, dreihundert Jahre alte Geschenk des Gollancz-Reservats sein Abendritual abhielt, das von den Satelliten-Impulsen der Caria-Universität auf der anderen Seite des Globus gesteuert wurde.

Maia hatte gar nicht bemerkt, daß es schon so spät war. Demnächst war es Zeit für die Nachrichtensendung. »Komm«, drängte sie Leie. »Sonst verpassen wir die Nachrichten.«

Doch Leie schüttelte den Kopf. »Wir haben jede Menge Zeit. Ich möchte nur den ersten Teil des Glockenspiels sehen, danach gehen wir. Versprochen.«

Maia seufzte. Instinktiv wußte sie, wann sie etwas gegen Leies Dickkopf ausrichten konnte und wann es verlorene Liebesmüh war. Glücklicherweise hatten sie eine gute Sicht. Unterdessen hatten sich die Türen ganz geöffnet, und aus dem Portal erschien nun die Bronzefigur eines männlichen Affen, der mit dem typischen Knöchelgang über den Köpfen der Zuschauer entlangschwankte; unter einem Arm hielt er ein zappelndes vierbeiniges Tier, im Mund einen scharfkantigen Stein. Dreimal drehte sich der Affe, als taxierte er die Leute unter sich. Dann erhob sich die Figur auf die Hinterbeine und verwandelte sich wie durch ein Wunder in eine aufrechte menschliche Gestalt, die eine lange Kette trug. Der Stein in seinem Mund hatte sich in die stilisierte phallische Form der Bombe verwandelt.

Leies Augen strahlten; das kunstvolle Spiel der Bronzeplatten sah wirklich hinreißend lebensecht aus und war nicht umsonst eine weltweit bekannte Version der berühmtesten stratoianischen Legende – eine Metapher der Evolution.

Nun öffnete sich eine andere Tür. Ein weiblicher Affe trat hervor, in der Hand das traditionelle Obstbündel. *Gleich wie beim letzten und beim vorletzten Mal*, dachte Maia. *Ganz nett, aber langweilig.*

Einen Moment wandte sie den Blick ab und schaute hinüber zum Café … und stutzte. Nur wenige Sekunden waren vergangen, aber jetzt lagen nur noch ein paar leere Flaschen an der Stelle, wo die Gästegruppe gewesen war. Auch Naroin war verschwunden.

Ach was. Maia schüttelte den Kopf. *Es geht mich doch sowieso nichts an. Außerdem ist es Zeit, in die Oberstadt aufzubrechen.*

Maia zog ihre Schwester am Arm. Leie versuchte, sie abzuschütteln, so fasziniert war sie immer noch vom Tanz der Metallfiguren. Aber jetzt blieb Maia beharrlich. »Den Teil haben wir schon zweimal gesehen! Ich will die Nachrichten nicht schon wieder verpassen!«

Leie stieß einen dramatischen Seufzer aus, und Maia dachte: *Ich wollte, sie würde nicht jedesmal, wenn es mal nach meiner Nase geht, so darauf herumreiten, daß es schon fast aussieht, als täte sie mir einen Gefallen, für den ich mich irgendwann revanchieren muß.*

»Na gut«, meinte Leie mit einem übertriebenen Achselzucken. »Dann sehen wir uns eben die Nachrichten an.«

Hinter ihnen, auf der anderen Seite des kopfsteingepflasterten Platzes, erschien jetzt Mutter Lysos durch eine Tür über den anderen Figuren, im Arm ein Bioskop. Mit gütigem Blick schwang sie die Schriftrolle mit den Gesetzen in der anderen Hand, holte aus und zerschmetterte mit einem mächtigen Schlag für immer die Ketten, welche die Frau an den Willen des Mannes fesselten.

Natürlich hatte sich vor dem hölzernen Amphitheater vier Straßen hügelaufwärts eine lange Schlange gebildet. Maia brummte.

»Sieht aus, als müßten wir eine Weile warten«, sagte Leie. »Na ja.«

So war sie eben, ihre Zwillingsschwester. Hitzköpfig, wenn es um die Fehler anderer ging. Von beinahe fatalistischer Gelassenheit den eigenen gegenüber. Innerlich kochte Maia vor Wut, und sie reckte den Hals, um zu sehen, ob es wenigstens vorwärtsging. Eine Marschallin der Garde stand an der Kasse, um allgemein für Ordnung zu sorgen und sicherzustellen, daß kein Sommerling unter fünf sich ohne schriftliche Erlaubnis einer Clanmutter hier einschlich. Die Frauen an der Tür beugten sich vor, um der von den Lautsprechern übertragenen Rede zu lauschen, und richteten sich wieder auf, um ihren Freundinnen zu berichten, was sie verstanden hatten. Das Gemurmel zunehmend verzerrter und gefilterter Neuigkeiten zog sich durch die Reihen bis hin zu den beiden Schwestern. Genau wie in der

Nacht des Freibeuterüberfalls lauschte Leie begierig und gliederte sich in die Kette ein, ohne darauf zu achten, daß die bruchstückhaften Informationen zum größten Teil bis zur Unkenntlichkeit verstümmelt waren.

»Du hattest recht«, informierte sie Maia. »Es gab einen Bericht über die Outsider.« Sie machte eine Handbewegung zum Himmel. »Aber es gibt noch keine Bilder von dem Besucher, der angeblich gelandet ist.«

Maia seufzte enttäuscht. Bisher hatte sie sich nie Gedanken darüber gemacht, warum der Große Rat mit Nachrichten zu diesem Thema dermaßen geizig war. Wissen und Macht gehörten zusammen, das lehrten die Clanmütter. Aber jetzt überlegte Maia, ob die Ketzerin vielleicht recht hatte. Die Savanten, die Ratsfrauen und die Hohepriesterinnen gaben ihre Informationen so widerwillig preis, als fürchteten sie sich vor der Reaktion der Massen.

Vom Standpunkt einer Klonfrau scheint vielleicht jede Person, die nicht ihre Vollschwester ist, wie ein unberechenbares Risiko. Für uns Vars ist es dasselbe, nur sind wir daran gewöhnt.

Der Mittelmond Athena hing über dem westlichen Horizont, eine schmale Sichel, auf der sich das Mare Virginitatis immer heller abzeichnete, während die Sonne hinter einer Wolkenbank verschwand. Ein klarer Abend senkte sich über Lanargh, die Luft war kühl. Schon kamen die ersten Sterne heraus.

Für Plätze erster und zweiter Klasse gab es getrennte Warteschlangen. Letztere bewegte sich ruckartig auf die Kasse zu, in der mehrere stupsnasige Frauen mit Brille und einem dumpf-skeptischen Gesichtsausdruck die Eintrittskarten ausgaben. *Man sollte doch denken, daß sie bei einem solchen Andrang mehr Theater bauen würden, egal, wieviel hier draußen ein Telegerät kostet. Hat man soviel öffentliches Interesse vielleicht einfach nicht erwartet?*

Als endlich wieder Stehplatz frei wurde und die Zwillinge sich ganz hinten in den nach Schweiß riechenden

Raum drängten, waren die wichtigsten Themen bereits vorbei, und es kam der allabendliche ›Kommentar‹. Die junge Frau auf dem riesigen Wandbildschirm, die das Interview führte, kam Maia natürlich bekannt vor, denn die gleiche Sendung gab es ja auch zu Hause in Port Sanger. Ihr Gast war eine ältere Frau, der Kleidung nach eine Savante von der Universität.

»... *trotz aller entsprechenden Versicherungen – wer garantiert uns denn, daß unsere Outsider-Freunde wirklich so harmlos sind, wie sie behaupten? Wir Stratoiner erinnern uns mit Schrecken an die letzte Gefahr aus dem Weltraum ...*«

Die Interviewerin unterbrach: »*Aber Savante Sydonia, als der Feind kam, hatte er ein gigantisches Raumschiff, so groß wie ein Asteroid! Wir alle können sehen – jedenfalls diejenigen unter uns, die in einer Stadt mit einem Astronomieclub wohnen – daß das Besucherschiff viel zu klein ist, um eine Armee zu transportieren.*«

Maia spürte eine Welle des Glücks. Sie diskutierten doch über die außerplanetarischen Besucher! Die vornehme grauhaarige Savante auf dem Bildschirm nickte. Die Kamera ruhte auf den Weisheitslinien um ihre Augen, allerdings hatte Maia den Verdacht, daß es sich zumindest teilweise um Schminke handelte.

»*Es gibt Risiken, die über eine direkte Invasion hinausgehen. Ernste Gefahrenpotentiale für unsere Gesellschaft. Denk daran, Bewußtsein ist alles! Manchmal ist eine Rasse klüger als ihre einzelnen Mitglieder.*«

Die junge Interviewerin runzelte die Stirn. »*Ich kann dir nicht ganz folgen.*«

»*Es gibt Hinweise – Vorzeichen, wenn du sie so nennen möchtest. Beispielsweise könnte man den Anstieg erwähnen, der in den letzten Jahreszeiten bei ...*«

Ein Ruck ging durch das Bild. Hätte Maia in diesem Moment geblinzelt, wäre es ihr nicht aufgefallen. Studiozensur. Jemand hatte das Interview zusammengeschnitten, bevor es gesendet wurde.

»... wodurch es unmöglich wurde, Schaden, der durch einen neuerlichen Kontakt mit dem Phylum auftreten könnte, gänzlich auszuschließen ... so sehr wir die Angstkampagnen mancher radikaler Gruppierungen auch bedauern ...«

Pieptöne wie dieser waren keine Seltenheit in Sendungen aus Caria. Sie waren sogar so häufig, daß Maia auch diesmal nicht lange darüber nachgedacht hätte, hätte sie die Antwort nicht so brennend interessiert. Jetzt geriet sie ins Grübeln. *Ein Punkt für die Ketzerin. Vars werden so erzogen, daß sie gar nicht mehr erwarten, informiert zu werden. Wir gewöhnen uns daran. Aber sind wir nicht auch Bürgerinnen? Betreffen solche Dinge nicht uns alle?*

Schon daß sie solche Gedanken zuließ, vermittelte Maia ein tollkühnes, rebellisches Gefühl.

»... so müssen wir uns alle gemeinsam anstrengen, die Grundpfeiler dieser guten Welt zu verstärken, die Lysos und die Gründermütter uns hinterlassen haben. Eine Welt, die unsere Töchter natürlich auch vor Prüfungen stellt, sie aber stark macht. Sogar der interstellare Besucher bewundert das, was wir erreicht haben, vor allem unsere für eine Hominiden-Kolonie außergewöhnliche soziale Stabilität.«

Maia horchte auf. Die Savante schien das Gerücht zu bestätigen, daß nun ein außerplanetarischer Besucher auf Stratos gelandet war.

»Deshalb ist es wichtig, alle anderen Aspekte aus der richtigen Perspektive zu betrachten und nicht das wirklich Grundlegende zu vergessen. Das, was wir erreicht haben – diese Welt, diese unsere stolze Kultur – ist es wert, daß wir sie mit aller uns zur Verfügung stehenden Hingabe verteidigen.«

Es war eine aufrüttelnde Rede, leidenschaftlich und eloquent vorgetragen. Vor sich sah Maia viele Köpfe in stummem Einverständnis nicken. Natürlich saßen in den vorderen Reihen die Klonfrauen aus kleineren Familien und auch reiche Vars. Wenn eine Frau sich einen

Platz ganz vorne leisten konnte, hatte sie bereits ein ur-eigenes Interesse am Erhalt der bestehenden sozialen Ordnung. Doch auch viele andere schien die Rede zu bewegen. Selbst Leie, bemerkte Maia bei einem Blick auf ihre Schwester.

Natürlich ging Leie als notorische Optimistin davon aus, daß es nur eine Frage der Zeit war, bis sie und ihre Schwester ihren eigenen Clan gründeten. Eines Tages würden sie die ehrwürdigen Großmütter eines großen Stammes sein. Ein System, in dem man mit den ent-sprechenden Qualitäten von ganz unten nach ganz oben gelangen konnte, mochte vielleicht streng sein – aber durfte man es ungerecht nennen?

Durfte man das? Maia hatte schon vor längerer Zeit aufgegeben, mit Leie darüber zu diskutieren. Sie ge-wann nie bei einem Meinungsaustausch mit ihrer Zwil-lingsschwester.

»... deshalb bitten wir alle Bürger, von den Clanfesten bis in die Reservate, wachsam zu bleiben. Wenn jemand etwas Außergewöhnliches bemerkt, ist es ihre – oder seine – Pflicht, dies sofort zu melden ...«

Der veränderte rote Faden in Savante Sydonias Rede überraschte Maia. »Worauf will sie denn jetzt hinaus? Hab ich verpaßt, wie ...«

Leie brachte sie barsch zum Schweigen.

»... und das Büro der Garde in der nächsten größeren Stadt zu informieren. Oder bei einem der großen Clans vor-zusprechen und den Müttern dort zu erklären, was ihr gese-hen habt. Es sind Belohnungen ausgesetzt bis zu einem Ge-halt dritter Klasse für jede Information, die dem Interesse von Stratos in diesen schweren Zeiten der Gefahr dient.«

Die junge Interviewerin lächelte freundlich. »Vielen Dank, Savante Sydonia vom Youngblood-Clan und der Uni-versität Caria. Nun wenden wir uns der monatlichen Zu-sammenfassung der neuesten Technikbeurteilungen zu. Aus der Patenthalle berichtet für euch Eilene Yarbro ...«

Leie zog Maia am Handgelenk nach draußen.

»Hast du gehört?« fragte sie aufgeregt, als sie ein Stück weit weg an einem von Lanarghs zahllosen Kanälen standen. »Ein Gehalt dritter Klasse ... für ein bißchen Tratschen!«

»Ich hab's gehört, Leie. Ja, es reicht, um in einer billigen Stadt den Grundstein für eine Clanfeste zu legen. Aber ist dir auch aufgefallen, wie vage sie sich ausgedrückt hat? Kommt dir das nicht merkwürdig vor? Beinahe, als wollten die Oberen unbedingt etwas erfahren, hätten aber fürchterlich Angst, daß jemand rauskriegt, was es ist!«

»Hmm«, machte Leie. »Da hast du nicht unrecht. Aber weißt du was?« Ihre Augen leuchteten. »Das bedeutet bestimmt, daß sie untertreiben und eigentlich sogar noch mehr zahlen würden. Ein Gehalt für Information ... und wieviel bekommt man danach, damit man den Mund hält? Garantiert nicht weniger!«

Ja, sie werden einen bezahlen. Beispielsweise, indem man im Dunkeln erwürgt wird. Es gab Legenden über parthenogenetische Clans, deren Töchter ihrem Stamm dadurch zu Ruhm und Reichtum verhalfen, indem sie sich als Mörderinnen verdingten. Nicht alle Märchen, die man kleinen Sommerlingen erzählte, waren völlig an den Haaren herbeigezogen.

Aber das erwähnte Maia nicht. Schließlich waren solche Chancen Leies Lebensinhalt, und ihr Enthusiasmus brachte in Maia eine ähnliche Saite zum Klingen – ein Elan, den sie vielleicht sonst gar nicht zugelassen hätte, weil sie zu schüchtern und zurückhaltend war. Sie war so anders als ihre Schwester, obgleich sie und Leie sich genetisch genauso glichen wie jedes Klonpärchen. Aus dieser Erfahrung heraus war es Maia immer leichtgefallen zu akzeptieren, daß auch Winterleute verschieden sein konnten.

»Wir müssen die Augen offenhalten!« sagte Leie, machte eine ausladende Handbewegung und blickte hinauf zum Firmament.

Während sie sich im Innern des Hauses aufgehalten hatten, waren die Konstellationen erschienen, allumfassende diamantengleich strahlende Himmelsbilder. Das Licht des galaktischen Rades. In genau berechenbaren Intervallen entdeckte Maia die pulsierenden Pünktchen, die weder Sterne noch Planeten waren, sondern Satelliten, unentbehrlich für die Navigatoren auf hoher See. Zwar sah sie keine Spur des interstellaren Raumschiffs, wohl aber die schwarze Dunkelheit der Klaue, von der man bösen kleinen Mädchen erzählte, sie sei die ausgestreckte Hand des Schwarzen Mannes, der die unartigen Kinder zu sich holte. Inzwischen wußte Maia, daß es ein Dunkelnebel war, nach stellaren Maßstäben nicht einmal sehr weit entfernt, der die direkte Sicht auf die Erde und das restliche Menschliche Phylum verdeckte. Für die Gründermütter war das sicher beruhigend gewesen, denn so hatten sie zusätzlichen Schutz vor unerwünschter Einmischung.

Jetzt gehörte all das der Vergangenheit an. Etwas war aus der Klaue hervorgekommen, und Maia hatte den Verdacht, daß nicht einmal die großen Savanten wußten, ob es eine Drohung oder ein Versprechen war. Die dunkle Gestalt ließ sie schaudern, und kindlicher Aberglaube kämpfte mit ihren stolzen, wenn auch begrenzten wissenschaftlichen Kenntnissen.

»Wenn wir nur wüßten, wonach die Savanten suchen«, sagte Leie wehmütig. »Ich würde mir den Kopf kahlrasieren, um das rauszukriegen!«

Nüchtern gesehen war es ziemlich unwahrscheinlich, daß ausgerechnet zwei arme Mädchen an einer Grenzküste über das stolperten, was die großen Matronen von Caria suchten – falls sie überhaupt etwas suchten.

»Die Welt ist groß«, seufzte Maia als Antwort.

Natürlich verstand Leie die Worte ihrer Schwester anders, als sie gemeint waren.

»Ja, das ist sie. Und sie steht uns offen, sie wartet nur darauf, daß wir sie an der Kehle packen!«

Warum gibt es das Geschlecht? – Drei Milliarden Jahre kam das Leben auf der Erde ganz gut ohne es zurecht. Ein Organismus teilte sich und gab so sein Erbe in zwei fast perfekten Kopien weiter.

Dieses ›fast‹ jedoch war der springende Punkt. In der Natur ist wahre Perfektion eine Sackgasse, die letztlich zur Ausrottung führt. Leichte Variationen, hervorgerufen durch natürliche Selektion, führen dazu, daß sich sogar Einzeller an eine sich wandelnde Welt anpassen können. Doch trotz Äonen biochemischer Innovation blieb der Fortschritt auf diesem Gebiet äußerst träge. Das Leben blieb bescheiden und simpel – bis vor einer halben Milliarde Jahren, als es einen Durchbruch erreichte.

Bakterien betrieben bereits einen primitiven Tauschhandel mit genetischer Information. Nun jedoch wurde das Tauschsystem organisiert, was die schematische Variabilität um ein Zehntausendfaches steigerte. Das Geschlecht war geboren, und schon bald erschienen die vielzelligen Organismen – Fische, Bäume, Dinosaurier, Menschen. Alles ein Verdienst des Geschlechts.

Doch müssen wir, nur weil die Natur etwas auf eine bestimmte Art erreicht hat, es ihr unbedingt nachmachen, wenn wir unsere neue Menschheit entwerfen? Die moderne Gen-Kunst kann das Geschlecht noch einmal um ein Tausendfaches verbessern. Innerhalb der allgemeinen Grenzen der Säugetiere können wir mit Farben malen, von denen die arme blinde Biologie bisher nicht die geringste Ahnung hatte.

Wir können aus den Fehlern von Mutter Natur lernen und es besser machen.

– aus Mittel und Wege, *von Lysos*

Kapitel 4

Es regnete kaum. Dennoch verwandelte sich der böige Wind rasch in einen üblen Sturm.

Der Frachter *Wotan* schlingerte durch hohe, rollende Wogen, rutschte halb auf der Seite liegend ihre Abhänge hinunter, querab zu einem Wind, der die Schiffsmasten wie Hebel benutzte, so daß das ohnehin schlecht ausbalancierte Schiff bei jeder neuerlichen und immer heftigeren Bö gefährlich überlag und das Steuerrad nicht mehr reagierte.

Schreiend beschimpfte der Maat seinen Kapitän, er hätte in Lanargh zuwenig Ballast aufgenommen. Vorher hatte er geflucht, weil sie zu schwer beladen waren, um dem plötzlichen Unwetter zu entfliehen. Ohne auf die schrillen Verwünschungen des ersten Offiziers zu achten, schickte der Schiffsprofos einige Matrosen nach oben, um etwas gegen das gefährliche Spiel zu unternehmen, das der Wind mit den Masten trieb. In der eisigen Gischt fröstelnd, schwangen sich die Matrosen barfuß in die fliegenden Segelleinen. Die Beile zwischen die Zähne geklemmt, krochen sie auf allen vieren über die glitschigen Rundhölzer und begannen dort, auf das Takelwerk einzuschlagen, auf zerfetztes Segeltuch, auf alles, was der Sturm zu packen bekommen und damit das Schiff womöglich zum Kentern bringen konnte.

Maia war so entsetzlich übel, daß sie die Leistung der tapferen Seeleute nur verschwommen wahrnahm und die Behendigkeit und Stärke gar nicht recht zu würdigen wußte. Das Salzwasser brannte in ihren Augen wie Nadeln, während sie sich ans Schandeck klammerte und beobachtete, wie die Matrosen hoch oben an den Masten ihr Leben aufs Spiel setzten, einhändig ihre Äxte schwangen und sich gemeinsam um die Rettung aller an Bord bemühten. Nicht nur Männer waren dort oben. Gelegentlich hörte man höhere Stimmen, was zeigte, daß auch weibliche Besatzungsmitglieder dem Sturm trotzten und in die sich aufbäumenden Masten kletterten.

Vars wie Maia. Wie konnten menschliche Wesen so etwas tun? Allein beim Gedanken daran wurde Maia noch flauer im Magen. Und sie schämte sich zutiefst, weil sie eine unfähige Landratte war, die nicht einmal mithelfen konnte.

»Achtung da unten!« brüllte jemand, und Sekundenbruchteile später stürzte aus dem Chaos etwas herunter, ein Wirrwarr aus Seilen und Blöcken prallte am Schandeck ab und rutschte dann ins dunkle, hungrige Wasser. Mit tränentrüben Augen blickte Maia dem Kuddelmuddel nach, das sie um ein Haar mit in die Tiefe gerissen hätte. Aber so sehr sie sich bemühte, sie fand keinen Platz auf Deck, der sicherer war als der hier zwischen den Masten, wo sie sich verzweifelt an die Reling drückte.

Doch eins stand für sie fest: Sie würde nicht zu den anderen Passagieren gehen, die sich unter Deck zusammenkauerten. Hier draußen war man dem Sturm zwar schutzlos ausgeliefert und unablässig mit den hoch aufsteigenden Wellenbergen und endlosen Abgründen des wütenden Ozeans konfrontiert. Aber dort, mitten in dem Malstrom, hatte sie zum letzten Mal die *Zeus* gesichtet. In dieser zerbrechlichen Nußschale befand sich ihre Zwillingsschwester, und wenn Maia auch zu krank und ungeschickt war, um der Besatzung der *Wotan* zu helfen, konnte sie doch wenigstens Wache halten und rufen, wenn sie irgend etwas entdeckte.

Meistens sah sie nur Wasser, schäumende See und mit Gischt erfüllte Luft, die sich nach Kräften mühten, alles Leben an Bord auszurotten. Die grünen Wellenberge, die höher und steiler waren als die Clanfesten von Port Sanger, rollten auf sie zu, und das Schlingern und Stampfen des Schiffes wurde immer heftiger. Als die *Wotan* den nächsten Wellengipfel passierte, legte sie sich weit nach Steuerbord und kippte halsbrecherisch zur Seite, als wollte sie endgültig in die Tiefe stürzen. Das ganze Schiff bebte.

Gerade in diesem Augenblick erfaßte eine Bö die andere Seite, riß gewaltig an den ächzenden Masten und hebelte das Gewicht des Frachters über den Kiel. Unter lautem Protest gab das Schiff nach und taumelte den Wellenberg hinunter. Die Schwerkraft drehte sich und wirkte plötzlich *seitlich*, so daß Maia gegen die Reling gepreßt wurde. Ein Bein rutschte durch und baumelte über dem Wasser. Mit Entsetzen sah sie, wie das graugrüne Meer seine schaumbefleckte Hand nach ihr ausstreckte ...

Die Zeit schien stillzustehen. Einen Moment lang, der ihr wie eine Ewigkeit vorkam, glaubte Maia zu hören, wie das Meer sie beim Namen rief.

Dann wurden die Bewegung des Ozeanungeheuers langsamer, als wäre es von Maias Hilflosigkeit ebenfalls gelähmt ... es hielt inne ... und kam wenige Handbreit vor ihr zum Stillstand. Augenlos starrte es Maia an, wie ein lauerndes Raubtier blickte es ihr direkt in die Seele.

Das nächste Mal ... Oder das übernächste Mal ...

Sie waren auf dem Boden des Wellentals. Maias Herz klopfte laut, während der schlagseitige Frachter sich langsam in die andere Richtung neigte, den hungrigen Fluten entgegen. Erneut rotierte die Schwerkraft in Richtung Deck.

Plötzlich ertönte von unten ein lautes Krachen und Splittern. Ein grausiges Vibrieren, wie zerberstende hölzerne Rippen. Von neuem erschollen Panikschreie.

»... Eia! Die Ladung ist verrutscht! ...«

Ungebeten drängte sich ein Bild vor Maias inneres Auge, ein unerwünschtes Bild ... Tonnenweise Kohle rollte in schwarzen Wellen von einer Seite des Lagerraums auf die andere und schlug gegen das Innere des Schiffsrumpfs, gegen den von außen der Ozean hämmerte. *Die* Wotan *weint*, dachte Maia und lauschte dem schrecklichen Geräusch. Dunkle Gestalten rannten an ihr vorüber und stürzten sich mit Stahlstangen auf die Ladeluke, die wie ein Blatt im Wind davonflog. Ohne auf Hilfe zu warten, eilten sie unter Deck – vermutlich wollten sie versuchen, die Ladung mit bloßen Händen wieder ins Gleichgewicht zu bringen.

Maia lugte über Bord, als die Wogen wieder herangerollt kamen und diesmal fast über das Schandeck schlugen, ehe sie sich noch widerwilliger als vorher wieder zurückzogen. Nur noch wenige solcher Brecher würden ausreichen, um die *Wotan* zum Kentern zu bringen. Die Rufe der Matrosen im Takelwerk wurden schriller und verzweifelter; noch immer hörte man gelegentlich einen Axthieb. Dann schrie jemand laut auf. Ein Beil blitzte im Schein der Notlaterne und purzelte in die tosende See. Von unter Deck kam als Echo das Geschrei derer, die vor einer ähnlich hoffnungslosen Aufgabe standen.

Mit aller Willenskraft überwand Maia ihre Übelkeit, ihre Hände ließen die bebende Reling los und stießen sich ab. »Ich ... ich komme ...«, krächzte sie, obwohl niemand sie hören konnte. Obgleich ihr bewußt war, daß sie dort unten wenig helfen konnte, stolperte Maia über das glitschige Deck auf die dunkle Luke zu.

Im Laderaum war die Hölle los. Mehrere der Trennwände, die die Ladung an Ort und Stelle halten sollten, waren zerborsten, eine davon an der schlimmstmöglichen Stelle, nahe am Bug. So hatte sich das ganze Gewicht plötzlich an Steuerbord aufgetürmt, was erstens die Seitenlage und zweitens die träge Reaktion des Ruders verschlimmerte. Trübe Glühbirnen, gespeist von der Reservebatterie, schwangen hin und her und warfen wild tanzende Schatten. Entschlossen überquerte Maia eine knarrende Laufplanke, die über noch halb mit Kohlen gefüllte Verschläge führte. Schwarzer Staub stieg auf wie Nebel, drang in Maias Kehle, und sie mußte blinzeln – genau das richtige in einem Augenblick, in dem sie hätte besser sehen wollen, nicht schlechter!

Sie stolperte weiter und erreichte endlich den Mittelpunkt des Desasters, wo sich wegen der zersplitterten Bretter die Kohle nach rechts zu riesigen rutschenden Bergen auftürmte. Mehrere Vars hatten sich bereits den Männern angeschlossen, die hier schufteten, um die wild gewordene Ladung unter Kontrolle zu bekommen, indem sie die einzelnen Kohlestückchen über ächzende Holzwände in noch intakte Verschläge schaufelten. Jemand drückte Maia eine Schippe in die Hand, und sie begann zu graben und ihren kleinen Teil zu den ohnehin kläglichen Anstrengungen beizutragen. Durch den erstickenden Dunst sah sie, daß auch ein Trio von Klonfrauen hart arbeitete – Passagiere erster Klasse, deren Clan seinen Töchtern offenbar beigebracht hatte, daß es besser ist, sich die Hände schmutzig zu machen, als zu sterben.

Das sollte ich mir für den Lehrplan unserer Töchter merken, ging es Maia durch den Kopf, doch sie schob den Gedanken beiseite, verbannte ihn in die hinterste Ecke ihres Bewußtseins, zusammen mit dem ständigen Geplapper ihrer Angst. Jetzt war keine Zeit für Furcht, aber auch nicht für Distanz, denn Maia hatte eine Aufgabe vor sich, der sie sich mit aller Kraft widmen mußte.

Immer mehr Helfer trafen mit Eimern ein. Ein Offizier rief und gestikulierte, um eine Menschenkette zu organisieren – Frauen in der Mitte, die Plastikeimer weiterreichten, am einen Ende Männer, die schaufelten und Kohle einfüllten, und am anderen solche, die die Eimer über eine Trennwand in einen Verschlag auskippten. Maias Aufgabe war es, einen Schaufler mit leeren Eimern zu versorgen und die gefüllten weiterzugeben. Obgleich die Verzweiflung ihr ungeahnte Kräfte verlieh und die Gefahrenhormone ihre Übelkeit erfolgreich niederkämpften, fiel es ihr schwer, das hektische Tempo durchzuhalten. Der muskulöse Oberkörper des Seemanns hob und senkte sich wie der eines mächtigen Tiers und verströmte eine so unmittelbare Hitze, daß Maia beinahe befürchtete, er würde die herumfliegenden Kohlen entzünden und sie alle in einem großen Feuerball in die Unterwelt befördern.

Und der Rhythmus beschleunigte sich noch. Peinigende Schmerzen strahlten von Maias Händen über ihre erschöpften Arme bis in ihren Rücken. Alle anderen waren älter, stärker, erfahrener, aber das spielte kaum eine Rolle, denn jedes Leben stand auf dem Spiel. Nur die gemeinsame Bemühung zählte. Als Maia einen Eimer fallen ließ, kam es ihr vor, als bräche die Welt zusammen.

Konzentrier dich, verdammt!

Aber es war nicht das Ende, noch nicht. Niemand schimpfte, und Maia weinte auch nicht, dafür war keine Zeit. Ein anderer Eimer rückte an die Stelle des heruntergefallenen; Maia legte sich erneut ins Zeug und bemühte sich, noch schneller zu arbeiten.

Eimer um Eimer gruben sie sich in den Kohlenberg. Doch trotz aller Anstrengung schien sich die Schlagseite nur noch zu verschlimmern. Der schwarze Haufen türmte sich immer höher am Steuerbordschott, aber schlimmer noch: Nun begann auch noch der Verschlag an der Backbordseite, den sie gefüllt hatten, zu quietschen und zu ächzen, und die Bretter bogen sich gefährlich durch. Wie lange würde die Wand sich noch gegen ein wachsendes Ungleichgewicht aufrechthalten? Jeder Eimer, den sie hineinkippten, trug nur noch zu der Last bei.

Plötzlich erschütterte ein ohrenbetäubendes Krachen das Deck über ihnen. Durch das Dröhnen in ihrem Schädel hörte Maia undeutliche Jubelrufe. Und dann spürte sie, wie der Frachter dem wütenden Griff des Windes entschlüpfte. Mit einem bebenden Seufzen reagierte das Steuer der *Wotan* auf das Ziehen des Steuermanns – das Schiff war frei und drehte sich vor den Sturm.

Im Laderaum stieß eine Var neben Maia einen langen jubelnden Schrei aus, während sich das Schiff allmählich einpendelte. Eine Klonfrau lachte und warf die Schaufel weg. Maia blinzelte, als ihr jemand auf die Schulter schlug. Sie lächelte und ließ den Eimer los, den sie noch immer in der Hand hielt.

»Achtung!« schrie eine laute Stimme und deutete auf den Kohlenberg zu ihrer Rechten. Die Mühe hatte sich ausgezahlt, das war richtig – aber leider zu schnell. Als die Neigung nach Steuerbord zurückging, drückte der Schwung das Schiff in einer Bewegung gegen den Uhrzeigersinn über die Vertikale hinaus. Und der Berg geriet ins Rutschen.

»Raus hier! Raus hier!« schrie ein Offizier, obwohl Besatzung und Passagiere schon zu den Leitern rannten, auf die Holzverschläge kletterten oder einfach kopflos davonstürzten. Alle außer denen, die der Lawine am nächsten waren. Für sie war es zu spät. Maia sah den verständnislosen Gesichtsausdruck des mächtigen Seemanns neben ihr, als die schwarze Woge auf ihn zurollte. Er hatte noch Zeit zu blinzeln, dann erstickte Maia seinen Schreckensschrei, indem sie hochsprang und ihm blitzschnell ihren Eimer über den Kopf stülpte.

Ihr Sprung trug sie nach oben, und die Anthrazit-Flutwelle erfaßte sie nicht sofort. Einen Augenblick war sie durch den breiten Körper des Seemanns geschützt, dann schwamm sie durch einen Hagel spitzer Steine. Verzweifelt versuchte sie, sich nach oben zu krallen, griff nach jedem Halt, und schließlich bekam ihre Hand einen Schaufelstiel zu fassen. Während ihre Beine und ihr Bauch schon feststeckten, konnte sie gerade noch die Schaufel hochstrecken, um mit der Stahlplatte ihr Gesicht zu schützen.

Und mit einem Lärm, der sich anhörte wie das Ende aller Ewigkeit, kam plötzlich Finsternis über sie.

Panik ergriff sie, eine animalische Kraft, die sich krampfhaft dagegen aufbäumte, bei lebendigem Leib begraben zu werden und zu ersticken. Sie war völlig blind, und eine entsetzliche Last drohte sie zu erdrücken. Sie wollte auf den Feind losgehen, der sie von allen Seiten zu attackieren schien. Sie wollte schreien.

Dann war der Anfall vorüber.

Er ging vorüber, weil nichts sich bewegte, so sehr sie sich auch anstrengte. Gar nichts. Nur weil die Panik sich als vollkommen nutzlos erwies, übernahm Maias Körper wieder die bewußte Kontrolle. Bewußtsein war der einzige Teil ihrer Person, der wenigstens so tun konnte, als wäre er bewegungsfähig.

Als Maia mit ihrem ersten klaren Gedanken feststellte, daß sie unter Tonnen steiniger Kohle verschüttet war, erkannte sie, daß es tatsächlich schlimmere Dinge gab als Höhenangst und Seekrankheit. Aber eins überraschte sie ganz besonders.

Ich bin nicht tot.

Noch nicht. In der Finsternis, zerschunden und verängstigt, stets auf dem schmalen Grat zwischen Ohnmacht und Hysterie, hielt sich Maia an diesem Gedanken fest. Der warme, rostige Stahl, der sich gegen ihr Gesicht preßte, war ein erster Anhaltspunkt. Zwar

hatte die Schaufel nicht verhindern können, daß die Lawine Maia unter sich begrub, aber immerhin war durch
sie ein winziger Raum geblieben, in dem abgestandene
Luft war statt Kohle. Vielleicht würde sie also ersticken
und nicht ertrinken. Der Unterschied erschien ihr unbe-
deutend, doch der scharfe Metallgeruch in ihrer Nase
war besser als Kohlenstaub.

Die Zeit verstrich. Sekunden? Sekundenbruchteile?
Bestimmt nicht Minuten. Soviel Luft konnte nicht da
sein.

Das Schiff hatte aufgehört zu schlingern – Stratos sei
Dank! –, denn sonst hätte die hin und her rutschende
Fracht sie längst zu Brei zermalmt. Obwohl die Kohle
jetzt nicht mehr rutschte, fühlte sich jeder Zoll ihres
Körpers von den spitzen Stücken zerkratzt und zerquetscht an. Da sie nichts zu tun hatte, als vergleichende
chende Studien ihrer mißlichen Lage vorzunehmen,
merkte sie, daß sie winzige Unterschiede in der Beschaffenheit der Kohle feststellen konnte. Jedes Stückchen, das sich gegen ihren Körper preßte, hatte einen
eigenen sadistischen Charakter, so individuell, daß sie
ihnen Namen hätte geben können … dieses hier ist die
Nadel; unter ihrer linken Brust steckte der Zwicker –
und so weiter.

Während sich die Bruchteile zu Sekunden zusam-
menfügten, wurde Maia plötzlich bewußt, daß es einen
ganz besonderen, einzigartigen Kontaktpunkt gab –
eine Umklammerung, fest und glatt, rhythmisch
schwächer und stärker werdend, aber stets unnachgiebig. Mit Entsetzen wurde ihr bewußt, daß sich jemand
an ihrem Bein festhielt! Einen Moment lang hoffte sie
schon, daß sie kopfüber in der Lawine steckte und ein
Fuß herausschaute. Vielleicht bedeutete dieser wieder-
kehrende pulsierende Druck, daß Hilfe nahte!

Doch dann dämmerte es ihr. Es war der große Seemann!

Im letzten Moment, während sie in der Kohlenflut

trieb, mußte seine Hand ihren Fuß erhascht haben. Nun klammerte sich dieser Mann, ob noch bei Bewußtsein oder vielleicht schon tot, in ihrem gemeinsamen Grab an das dünne Fädchen menschlichen Kontakts.

Welch eine Ironie. Andererseits war es in diesem Moment auch nicht abstruser als alles andere. Sie war jedenfalls nicht allein.

Leie tat ihr leid. Wie würde sie die Nachricht aufnehmen? *Bestimmt stellt sie sich das Ende viel schrecklicher vor, als es ist. Es gibt wirklich Schlimmeres. Mir fällt zwar gerade nichts ein, aber ich bin ganz sicher, daß es etwas gibt.*

Während sie darüber nachdachte, verstärkte sich der Druck um ihren Knöchel plötzlich, und die Umklammerung wurde so fest, daß Maia aufstöhnte. Sie spürte die krampfartigen Zuckungen des Seemanns, der sie nach unten zog. An hundert neuen Stellen zerkratzte die Kohle ihre Haut, und sie japste verzweifelt. Dann jedoch erschlaffte der Griff mit einer Reihe immer schwächer werdender Konvulsionen.

Schließlich hörte das Pulsieren ganz auf. Maia glaubte, ein fernes Röcheln zu hören.

Siehst du? sagte sie sich, und ihre Augen füllten sich mit Tränen, die die Dunkelheit absolut machten. *Ich hab's dir doch gesagt. Es könnte schlimmer sein.*

Still bereitete sie sich darauf vor, daß sie jetzt an der Reihe war. Die wissenschaftlich-deistische Liturgie ihrer Kindheit kam ihr in den Sinn – Katechismuszeilen, die man in der Lamatia-Feste den Sommerkindern pflichtschuldig bei den wöchentlichen Gottesdiensten beibrachte: über den körperlosen mütterlichen Geist der Welt, gleichzeitig liebevoll und akzeptierend und dennoch streng und unnachgiebig.

Denn welche Hoffnung bleibt dem einzelnen ›Ich‹,
Ein Bewußtsein, kurzlebig, und doch so voller Prahlerei.
Das sich klammert ans Leben, als wäre es ein Besitz?
Etwas, was du behalten kannst?

Sie kannte Trostgebete, Gebete um Demut. Andererseits, überlegte Maia, was bedeuteten der Stratos-Mutter ein paar in der Finsternis gemurmelte Worte, wenn die Seele weiterlebte, nachdem die organische Existenz zu Ende war? Was bedeuteten sie selbst dem seltsamen Donnergott, der alles sah und dem angeblich die Männer insgeheim huldigten? Gewiß würde keiner von beiden es übelnehmen, wenn Maia sich den Atem sparte, um ein paar Augenblicke länger am Leben zu bleiben.

Der Stress sorgte dafür, daß Maia ihre Qual allmählich weniger wahrnahm. Inzwischen hatte der klaustrophobische Druck, der Maia umgab und anfangs mit einer Vielzahl gemeiner Klauen ausgestattet zu sein schien, eine betäubende Wirkung angenommen, als reichte es, langsam aber sicher jedes verbleibende Gefühl aus ihr herauszuquetschen. Die einzige Empfindung, die im Lauf der Zeit stärker wurde, war das, was sie hörte. Dumpfe Schläge und fernes Geklapper.

Ein Herzschlag nach dem anderen. Maia zählte mit, zuerst nur, um die Zeit zu vertreiben. Dann immer ungläubiger, denn die Geräusche wurden nicht schwächer. Versuchsweise öffnete Maia ihren Mund ein Stück weit, so daß sie mit der Zunge und den Lippen spüren konnte, wozu ihr ramponiertes, staubbedecktes Gesicht nicht fähig war – ein leiser kühler Luftzug, der von irgendwo an ihrer Stirn das Schaufelblatt herabströmte!

Aber es war bestimmt mindestens eine ein Meter dicke Kohlenschicht über ihrem Kopf. Höchstwahrscheinlich sogar mehr!

Die Antwort auf dieses Rätsel war nicht leicht, und Maia wollte ihren Kopf nicht allzusehr anstrengen. Selbst als sie über sich Schritte knirschen hörte und das hastige Scharren von Werkzeugen, achtete sie kaum darauf und verharrte im Schutz dumpfer Schicksalsergebenheit. Hoffnung, die ihren Stoffwechsel ankurbelte – das konnte sie jetzt wirklich nicht gebrauchen!

Vielleicht wäre es besser, wenn ich ein bißchen schlafe.

So dämmerte Maia zwischen Schlafen und Wachen, während das gelegentliche Zittern der Schaufel ihr zeigte, wie langsam die Helfer vorankamen. *Als spielte das noch eine Rolle.*

Plötzlich verrutschte die Schaufel, und ihr Blatt, das Maia zuvor geschützt hatte, drohte ihr in den Hals zu stechen. Erschrocken zuckte Maia zurück, und sofort wurde die schwarze Umklammerung der Kohle enger, erdrückender, erstickender denn je. Die Hysterie, die sie mit ihrer resignierten Ergebenheit so lange in Schach gehalten hatte, kehrte zurück und sandte Wellen neu auflebender Erregung durch Maias bewegungsunfähige Arme und Beine. Verzweifelt kämpfte sie die Galle zurück, die ihr in die Kehle stieg.

Doch dann drang mit abruptem, schmerzhaftem Gleißen *Licht* an ihre Augen, unerwartet und ungebeten, und machte mit seiner blendenden Schönheit alle Panik, ja, auch jeden anderen Gedanken zunichte. Ungedämpfter Lärm bestürmte ihre Ohren – Klappern, Schimpfen, heisere Schreie. Maia atmete tief und bebend; verschwommene Umrisse wurden zu Silhouetten und schließlich zu rußverschmierten Gesichtern, hart im Schein der schaukelnden Glühbirnen. Kniend schaufelten Seeleute und Passagiere mit bloßen Händen noch mehr Kohlen von Maias Kopf. Jemand kam mit einem Eimer und einem Lappen und wischte ihr Augen, Nase und Mund sauber. Dann gab sie ihr Wasser zu trinken.

Endlich brachte Maia ein paar erstickte Worte hervor. »M-macht … euch n-nicht s-sov-viel Mühe … m-mit m-mir.« Sie schüttelte den Kopf und zerschnitt sich dabei noch mehr das Gesicht. »D-da … u-unten … ist ein M-mann.«

Kaum ein Krächzen kam aus ihrer Kehle, aber Maias Retter handelten, als hätten sie genau verstanden. Eifrig begannen sie an der Stelle zu graben, die Maia ihnen mit dem Kinn wies. Unterdessen schaufelten ein paar andere weiter um Maia herum. Als sie beinahe frei war, kam unten ein umgekippter Eimer in Sicht, und die Arbeit ging noch schneller vonstatten.

Eigentlich hätte Maia ihnen die Mühe sparen können. Die Hand, die noch immer ihren Knöchel umklammerte, wurde schon kalt, aber sie brachte es nicht übers Herz, es auszusprechen. Es gab doch immer Hoffnung ...

Sie kannte seinen Namen nicht. Er war nicht einmal ein Mitglied ihrer Rasse. Dennoch strömten ihr die Tränen über die Wangen, als sie sein purpurrotes Gesicht mit den hervorquellenden Augen sah. Helfende Hände befreiten ihren Fuß aus der Umklammerung seiner Finger, und in dem Moment, als dieser Kontakt unterbrochen war, wußte sie mit entsetzlicher Gewißheit, daß sie in diesem Leben nie mehr etwas mit diesem Menschen zu tun haben würde.

Seevögel stießen grelle Warnschreie aus, mit denen sie ihr Anrecht auf ihr Territorium, die Nistplätze weit oben in den steilen Klippen über dem Hafen von Grange Head, verteidigten. Die Vögel waren so mit dem Neid auf ihre Nachbarn beschäftigt, daß sie die kleine Gruppe Zweifüßler praktisch ignorierten, die sich mit Hilfe dünner Seile an der Klippe entlanghangelten, abwechselnd gemauserte Federn in große Säcke einsammelten und neue Brutplätze für die diesjährigen Pärchen in den Felsen meißelten. Aus der Ferne, ja, nicht einmal aus der Perspektive der Vögel, hätte man die sonnengebräunten, schmalgliedrigen, schwarzhaarigen Frauen voneinander unterscheiden können, die diese merkwürdige Arbeit verrichteten. Sie sahen alle genau gleich aus.

Träge und ohne großes Interesse beobachtete Maia die Erntefamilie, die dort in schwindelnder Höhe für ihre Federfarm schuftete. Auch das war eine Nische, sicher. Keine, die Maia auch nur ansatzweise lockte, aber wahrscheinlich war sie vom Schicksal nun zu einer ähnlichen Randexistenz verdammt. All die Hoffnungen, all die ehrgeizigen Pläne ihrer Kindheit waren dahin, und ihr Herz war taub vor Schmerz.

Mit einem tiefen Seufzer sah sie sich die Zahlen an, die sie auf ihre Schiefertafel geschrieben hatte. Die Berechnungen bedurften keiner weiteren Überprüfung. Behutsam schob sie die Tafel über den Kartentisch, denn noch immer verursachte ihr jede Bewegung Schmerzen.

»Ich bin fertig, Kapitän Pegyul.«

Der große Seemann mit dem blassen Gesicht blickte von seinen eigenen Zahlen auf und starrte Maia einen Augenblick verdutzt an. Dann kratzte er sich unter seiner verbeulten grünen Kappe. »Ach, laß mir noch 'nen Moment Zeit, ja?«

Naroin, die ganz in der Nähe auf der Reling saß und ihre Pfeife schmauchte, betrachtete Maia kopfschüttelnd. *Laß es die Offiziere nicht merken.* Das hätte sie Maia geraten.

Was stört es mich? antwortete Maia mit einem Achselzucken. Nachdem sie den Navigator und den Zweiten Maat im Sturm verloren hatten und der Erste Maat mit einer Gehirnerschütterung im Bett lag, gab es nur noch eine einzige Person an Bord, die dem Kapitän der *Wotan* beim Steuern des Schiffs helfen konnte. So hatte Maia sich bemüht, ihr Hobby in eine nützliche Fähigkeit zu verwandeln, und rasch gelernt, warum die Tradition verlangte, daß man nicht nur mit einem Auge durch den Sextanten blickte – weil man sonst die Messungen nicht ausreichend überprüfen konnte. In den letzten beiden schrecklichen Wochen, in denen sie versucht hatten, auf ihren ursprünglichen Kurs zurückzufinden, hatte sich dieser Grundsatz immer wieder bewahrheitet. Jeder von ihnen hatte Fehler gemacht, die zu einer Katastrophe hätten führen können, hätte ein anderer sie nicht rechtzeitig bemerkt.

*Aber wir haben es bis hierher geschafft, wir sind am Leben.
Und das ist doch das einzige, was zählt.*

Maia war bereit, dem Wunsch des Kapitäns nachzukommen und diese letzte Übung auszuführen und ihre
technischen Notizen hier im sicheren Hafen zu vergleichen, dessen Position ja bis auf den Zentimeter genau
bekannt war. Es vertrieb ihr die Zeit, während ihre
Wunden heilten und sie, wie die Meßprozedur es verlangte, aufs Meer hinausblickte und dabei hoffte, ein
Segel würde auftauchen, obwohl sie genau wußte, daß
es nie kommen würde.

Der Kapitän warf seinen Stift hin, deckte die Seekarte
wieder auf und betrachtete die Koordinaten des Hafens
von Grange Head. »Teufel noch mal. Du hattest recht.
Ich hab mich mal wieder geirrt, wegen des roten Satelliten im Pflug. Es ist der Fünfpulsar, nicht der Dreier.
Deshalb war meine Länge falsch.«

Naroin zuliebe versuchte Maia, umgänglich zu sein.
»In der Dämmerung macht man solche Fehler leicht,
Kapitän. Die Outsider haben diesen Sommer den neuen
Strobe eingerichtet. Sie wollten der Navigationsbehörde
in Caria einen Gefallen tun, nachdem das alte Fünfer-
licht kaputtgegangen ist.«

»Hmm. Das hast du schon gesagt. Ein neuer Strobe-
Sat. Tolles Ding. Muß wohl schon bekanntgemacht sein.
Das Telegerät in unserem Reservat war bekloppt, aber
das ist ja keine Entschuldigung. Man muß trotzdem auf
dem laufenden bleiben, verdammt.

Aber wir hatten's ja auch lange einfach«, seufzte er.
»Komisch, daß dieses Jahr so spät noch ein Sommer-
sturm gekommen ist.«

Das kannst du laut sagen, dachte Maia. Am nächsten
Tag, als sich der Wind endlich so weit gelegt hatte, daß
man Ausschau halten konnte, hatte man die Auswir-
kungen des Sturms überall auf dem noch kabbeligen
Wasser gesehen. Planken und andere herumtreibende
Trümmer, die man aus dem Wasser fischte, zeigten

ihnen, daß sie durchaus nicht die einzigen waren, die eine dramatische Nacht hinter sich hatten. Der schlimmste Moment für alle jedoch war, als sie bei ihrem verzweifelten Hin- und Herkreuzen ein zerschmettertes Klinkerbrett aus dem Wasser fischten, es umdrehten und dort Teile der Buchstaben Z-E-U entdeckten.

Stumm vor Entsetzen hatten Passagiere und Besatzung eine Weile darauf gestarrt. Auch die nächsten Tage brachten keine neue Hoffnung. Das Funkgerät blieb stumm, und so wurde aus der Sorge schließlich verzweifelte Gewißheit. Für Maia war es eine willkommene Ablenkung von ihren Schmerzen und der nagenden Unruhe, als sie der Besatzung helfen konnte, das angeschlagene Schiff sicher in den Hafen zurückzubringen.

Ich muß an Land gehen. Vielleicht hilft es mir, wenn ich wieder festen Boden unter den Füßen spüre.

»Danke für alles, was du mir beigebracht hast, Kapitän«, sagte sie hölzern. »Aber der Kohlenkahn ist fertig beladen. Ich sollte ihn nicht warten lassen.«

Vorsichtig bückte sie sich, um den Riemen ihrer Tasche überzustreifen, aber Pegyul war schneller und legte ihn ihr behutsam auf die Schulter. »Bist du ganz sicher, daß ich dich nicht überreden kann zu bleiben?«

Maia schüttelte den Kopf. »Wie du selbst gesagt hast, besteht eine geringe Chance, daß meine Schwester irgendwo da draußen noch am Leben ist. Vielleicht schleppen sich die Überlebenden irgendwann in einen Hafen, vielleicht ist sie auch von einem anderen Schiff gerettet worden. Wie dem auch sei, dies war unser Ziel, als der Sturm uns erfaßt hat. Hierher wird sie kommen, wenn sie kann.«

Der Mann machte ein zweifelndes Gesicht. Auch für ihn war der Untergang der *Zeus* ein großer Verlust. »Bei uns bist du immer willkommen. Hier hättest du ein Zuhause bis zum Frühling, und jedes Dreivierteljahr danach.«

Auf seine Art war das ein großherziges Angebot. Andere Frauen – beispielsweise Naroin – hatten diesen Weg eingeschlagen; sie lebten und arbeiteten nun am Rand der Männerwelt. Doch Maia schüttelte den Kopf. »Ich muß hier bleiben, falls Leie auftaucht.«

Sie sah, wie er ihre Entscheidung mit einem Seufzer akzeptierte, und sie überlegte, wie der Mann vor ihr der gleiche sein konnte, den sie damals in Port Sanger so zweidimensional eingeschätzt hatte. Natürlich erkannte sie nach wie vor seine Fehler, aber nun waren sie Teil einer für einen Mann überraschend komplexen Persönlichkeit geworden. Nachdem er ihre Tasche dem Steuermann des wartenden, hoch mit Kohle beladenen Beiboots hinuntergereicht hatte, zog Kapitän Pegyul aus einer seiner Taschen ein kleines Messinggerät.

»Das ist mein zweitbester Sextant«, erklärte er und zeigte Maia, wie man die drei beweglichen Arme auseinanderklappte. Um das Gerät am Arm des Benutzers zu befestigen, gab es zwei Lederriemen. »Ein tragbares Teil. Wollten den Hauptspiegel immer reparieren, siehst du, hier. Ist so 'ne Art Erbstück. Hat sogar ein Skalenfenster fürs Alte Netz, siehst du?«

Voller Bewunderung betrachtete Maia die filigrane Handarbeit. Die alten Skalen würden natürlich nie wieder aufleuchten, aber sie zeigten, daß das Gerät ein Relikt aus einer anderen Zeit war, schon etwas ramponiert und mit den kunstvoll gearbeiteten Geräten aus den modernen Werkstätten nicht zu vergleichen. Trotzdem wirkte der Sextant ehrfurchteinflößend, und er war immer noch funktionstüchtig.

»Das ist sehr schön«, sagte sie. Als sie das Gerät wieder zusammenklappte, sah sie, daß die Hülle die Gravur eines Luftschiffs trug – ein extravagantes, phantasievolles Gebilde, das bestimmt nicht fliegen konnte.

»Es gehört dir.«

Überrascht blickte Maia auf. »Das … das kann ich nicht annehmen.«

Der Kapitän zuckte die Achseln, als versuchte er, diese Geste, die Maia so eindeutig gefühlsbetont erschien, auf eine nüchterne Ebene zu ziehen. »Ich hab gehört, wie du versucht hast, Micah mit dem Eimer zu retten. Das war echt geistesgegenwärtig. Hätte sogar funktionieren können … wenn das Glück es gewollt hätte.«

»Ich habe wirklich nicht …«

»Micah war mein Junge. Ein großer, kräftiger, fröhlicher Kerl. Aber zuviel Ortyn, wenn du verstehst, was ich meine. Hätte sowieso nie gelernt, wie man einen Sextanten richtig benutzt.«

Mit seiner großen, schwieligen Pranke drückte Pegyul das Messinggerät fest in Maias Hand und schloß ihre Finger um die kühle, glatte Scheibe. »Gott mit dir«, sagte er, und seine Stimme zitterte.

Benommen antwortete Maia: »Und Lysos führe dich. Eia.«

Er nickte kurz und wandte sich ab.

Bis obenhin beladen überquerte der Kohlenkahn langsam die glasklare Bucht. Grange Head sah nicht sehr einladend aus, fand Maia. Es gab wenig Industrie; lediglich die Produkte aus den unzähligen Bauernclans wurden hier umgeschlagen. Ihre Festen lagen überall auf der Ebene verstreut, und ihre Erzeugnisse erreichten das Meer auf einer schmalspurigen Solareisenbahn. Da das Sonnenlicht nicht ausreichte, um die vollbeladenen Züge über die steilen Küstenhügel zu heben, hatte man ein kleines Kraftwerk gebaut, das ständigen Bedarf an Kohle aus Port Sanger hatte. Am einzigen Pier gab es für Schiffe wie die alte *Wotan* nicht genug Tiefgang, deshalb wurde ihre Ladung Kahn für Kahn an Land befördert.

Naroin rauchte ihre Pfeife und betrachtete Maia nachdenklich. »Ich wollt's dir schon länger sagen«, meinte sie schließlich. »Nämlich, daß es wirklich toll war, was du da in der Lawine angestellt hast.«

Maia seufzte und wünschte wieder einmal, es wäre ihr rechtzeitig in den Sinn gekommen zu lügen, statt die ganze Geschichte vor ihren Rettern auszuplaudern, während sie noch halb bewußtlos war. Ihre impulsive Geste war nicht so durchdacht gewesen, daß man sie großherzig hätte nennen können – und schon gar nicht heldenhaft. Sie hatte instinktiv gehandelt, weiter nichts. Außerdem hatte sie den armen Kerl nicht einmal retten können.

Doch wie sich zeigte, meinte Naroin gar nicht diesen Teil der Geschichte. »Wie du das mit der Schaufel gemacht hast«, fuhr sie fort, »das war wirklich schlau. Das Schaufelblatt hat eine kleine Höhle gebildet, durch die du atmen konntest. Und als du den Stiel rausgestreckt hast, konnten wir sehen, wo wir graben mußten. Aber verrate mir folgendes – *wußtest* du, daß wir die Schaufelstiele aus hohlen Bambusstäben machen? Hast du erwartet, daß Luft durchströmen würde?«

Maia fragte sich, wo Naroin sich im Sommer aufhielt, damit sie nicht zweimal in derselben Stadt bleiben mußte. »Reines Glück, Bootsfrau. Wenn du mehr darin siehst, bist du auf dem Holzweg. Es war lediglich das Glück der Dummen.«

Naroin zuckte die Achseln. »Ich hab erwartet, daß du das sagen würdest.« Zu Maias Erleichterung ließ sie es dabei bewenden, und Maia verbrachte den Rest der Fahrt schweigend. Als der Kahn an der Hafenmauer entlangtuckerte, auf der eine Reihe handgefertigter hölzerner Kräne zu sehen war, stand Naroin auf und rief: »In Ordnung, Leute, dann mal los! Vielleicht können wir dieses Loch in der Küste vor der Flut hinter uns lassen!«

Maia wartete, bis das Boot sicher angelegt hatte und die anderen an Land geklettert waren, ehe sie selbst mit ihrer Tasche die Gangway überquerte. Das felsenfeste Dock machte ihr zuerst ein flaues Gefühl im Magen, so als wäre das Rollen des Schiffs ein natürlicherer Untergrund als eine Felsoberfläche. Da sie sich ihre Schmerzen nicht anmerken lassen wollte, machte sich Maia mit zusammengebissenen Zähnen und ohne einen Blick zurück auf den Weg in die Stadt. Dank ihrer Sonderzulage konnte sie es sich erlauben, eine Weile auszuruhen und sich zu erholen, ehe sie sich wieder Arbeit suchte. Dennoch würden die kommenden Wochen hart werden. Maia würde aufs Meer hinausstarren, und jedesmal, wenn ein Segel um die zerklüfteten Klippen bog, in vergeblicher Hoffnung die Lupe ihres kleinen Sextanten umklammern; sie würde kämpfen müssen, damit die Trauer sie nicht einschloß wie ein Leichentuch.

»Bis dann, Lamai-Gör!« rief ihr jemand nach – vermutlich die hartgesichtige Var, die sie an jenem ersten Tag auf See so feindselig behandelt hatte. Diesmal klang der Schimpfname nicht beleidigend und war wahrscheinlich sogar ein wenig respektvoll gemeint. Doch Maia hatte nicht die Energie, um entsprechend locker zu antworten, nicht einmal mit der obligatorischen freundlich-obszönen Geste. Sie hatte einfach keine Kraft mehr.

»In früheren Zeiten, in den alten Stämmen, verpflichteten die Männer ihre Frauen und Töchter dazu, einem strengen, männlichen Gott zu dienen. Es war ein rachsüchtiger Gott, der Blitze schleuderte und wohlgeordnete Gesetze erließ, ein Gott, der unermüdlich wütete und donnerte und dann plötzlich in wehmütige, alles verzeihende Sentimentalität verfiel. Es war ein Gott wie die Männer selbst – ein Herr der Extreme. Zänkische Priester legten die endlosen, komplizierten Anordnungen ihres Schöpfers aus. Abstrakte Dispute führten zu Verfolgung und Krieg.

Wir Frauen hätten ihnen den richtigen Weg weisen können«, so fuhr Lysos angeblich fort. »Wenn die Männer nur mit ihren Streitereien aufgehört und uns nach unserer Meinung gefragt hätten. Die Schöpfung selbst hätte ein Geniestreich sein können, die Grundlage aller Gesetze. Aber sich regelmäßig, Tag für Tag, um die Angelegenheiten der Welt kümmern zu müssen, ist eine vertrackte Angelegenheit, eher vergleichbar mit dem vielfältigen Chaos einer Küche als mit der sterilen Präzision eines Navigationsraums oder eines Studierzimmers.«

Immer wieder fuhr ein Windstoß in die Seiten des Buches, das Maia las. An die bröckelnde Steinmauer eines Tempel-Obstgartens gelehnt, von dem aus man über die Ziegeldächer von Grange Head blickte, hob Maia jetzt den Blick und beobachtete, wie niedrige Wolken für kurze Zeit das hellgefleckte, friedliche Meer verdunkelten, in dessen grünen Untiefen silberne Fischschwärme unter den flatternden Schatten der Sturzvögel glitzerten. Die vielfältigen, üppigen Farben vermischten sich mit den Düften, die der feuchte, schwere Wind herantrug, eine reichhaltige Mixtur für die Sinne, gewürzt mit den fruchtbaren Ausdünstungen des Lebens.

Die Schönheit war unnachgiebig, eisern tröstlich. Maia erfaßte ihre Quintessenz – das Leben geht weiter.

Seufzend nahm Maia das schmale Bändchen wieder zur Hand.

»Ein lebendiger Planet ist eine weit komplexere Metapher für das Göttliche als ein Übervater mit einer noch größeren Faust«, ging der Abschnitt weiter. *»Wenn ein allwissender, allmächtiger Papa ein Gebet nicht erhört, muß man das persönlich nehmen. Stößt man lange genug auf nichts als Schweigen, so beginnt man, sich Gedanken über Seine Macht zu machen. Über Seine Gerechtigkeit. Über Seine Existenz.*

Wenn jedoch die Weltmutter nicht antwortet, hat Sie eine einfache Entschuldigung dafür. Sie hat nie behauptet, allmächtig zu sein. So viele Kreaturen hängen an ihrem Schürzensaum, einschließlich der unzähligen Arten, die nicht für sich selbst sprechen können. Zu Ihren älteren Sprößlingen sagt sie: Plündert den Kühlschrank. Geht nach draußen spielen. Sucht euch einen Job.

Oder noch besser – helft mir doch ein bißchen! Wir haben keine Zeit, nutzlos rumzujammern.«

Mit einem erneuten Seufzer klappte Maia das Buch zu. Einen großen Teil des Nachmittags hatte sie bereits damit verbracht, über diesen Aufsatz nachzudenken, den angeblich die Große Gründerin selbst geschrieben hatte. Der Abschnitt gehörte nicht zu den offiziellen Schriften. Doch bei der Arbeit im Tempelgarten ging er ihr nicht mehr aus dem Kopf. Priesterin-Mutter Kalor hatte ihr das Buch geliehen, weil es der traditionelleren Lektüre nicht gelungen war, Maias schmerzendes Herz zu trösten. Gegen alle Erwartung hatte es geholfen. Der Ton war offener und lockerer als in der traditionellen Liturgie und teilweise sogar humorvoll. Zum ersten Mal konnte Maia sich Lysos als eine Frau vorstellen, die sie gern kennengelernt hätte. Nach wochenlanger Depression brachte Maia so ein erstes, zögerndes Lächeln zustande.

Ihre Verletzungen waren schlimmer gewesen, als alle gedacht hatten, die sie vor einigen Wochen den Kohlenkahn der *Wotan* hatten verlassen sehen. Vielleicht fehlte ihr auch der Wille zur Genesung. Als die Geschäftsführerin des kleinen, verdreckten Hotels sie eines Morgens schweißgebadet und fiebernd im Bett gefunden hatte, hatte die Klonfrau nach ihren Schwestern im örtlichen Tempel geschickt, damit sie Maia abholten und gesund pflegten.

»*Es tut uns so leid, jüngere Schwester*«, antworteten die Altardienerinnen jeden Morgen, »*aber wir haben immer noch kein Zeichen von der* Zeus *gesehen. Und keine junge Frau, die dir ähnlich sieht, ist an Land gekommen.*« Die Tempelmutter bezahlte sogar aus eigener Tasche einige Netzrufe nach Lanargh und andere Hafenstädte. Das Schiff, auf dem Leie gewesen war, war als vermißt gemeldet. Seine Gilde hatte einen Antrag bei der Versicherung eingereicht und befand sich offiziell in Trauer.

Maia hatte Mutter Kalor für ihre Freundlichkeit gedankt, war in ihre Zelle gegangen und hatte sich dort schluchzend auf die schmale Pritsche geworfen. Sie hatte gejammert und die Fäuste geballt, sie hatte auf die Matratze eingeschlagen, bis ihre Finger gefühllos wurden. Die meiste Zeit des Tages schlief sie, wälzte sich nachts schlaflos hin und her und verlor jeden Appetit.

Ich wollte sterben, erinnerte sie sich jetzt.

Mutter Kalor schien sich deswegen keine allzu großen Sorgen zu machen. *»Das ist normal. Es geht vorüber. Uns Vars fällt es schwerer loszulassen, wenn wir uns an jemanden binden. Deshalb ist für uns die Trauer härter, als sich eine Klonfrau je wird vorstellen können.*

Es sei denn, eine Klonfrau hat ihre gesamte Familie auf einmal verloren. Die Verzweiflung, die sie dann empfindet, können du oder ich uns nicht vorstellen.«

Aber Maia *konnte* es. In gewisser Hinsicht hatte sie ja eine Familie, einen Clan verloren. Ihr ganzes Leben lang war Leie dagewesen. Manchmal war Maia wütend auf sie gewesen, hatte sich von ihr erdrückt gefühlt, aber Leie war ihre Kameradin gewesen, ihre Verbündete, ihr Spiegelbild. Die Trennung am Tag ihrer Abreise war Maias Idee gewesen, eine Möglichkeit, eigenständige Fertigkeiten zu entwickeln, aber immer hatten sie ein gemeinsames Ziel vor Augen gehabt. Einen gemeinsamen Traum.

Maia hatte sich verflucht. *Es ist meine Schuld*. Wenn sie zusammengeblieben wären, wären sie auch jetzt noch vereint, im Leben oder im Tod.

Die Priesterin hatte all die Dinge gesagt, die von ihr zu erwarten waren. Daß die Überlebenden sich keine Vorwürfe machen dürfen; Leie es gewollt hätte, daß es Maia gutging; das Leben weitergehen mußte. Maia würdigte ihre Anstrengungen, aber gleichzeitig spürte sie Zorn auf diese Frau, weil sie sich einfach in ihr Elend einmischte. Diese Var war auf die sichere und einfache Art ›Mutter‹ geworden.

Endlich hatte Maia begonnen loszulassen, teils schlicht aus Erschöpfung. Ihre Jugend und die gute Ernährung förderten die körperliche Genesung. Theologische Betrachtungen spielten ebenfalls eine Rolle. *Ich habe mich immer gefragt, weshalb die Männer noch an ihrem Donnergott festhalten. An einer allwissenden Gottheit, die alles sieht, was wir tun, die sich um jeden unserer Gedanken kümmert.*

Der alte Bennett hatte ihr von seinem Glauben erzählt, mit dem er sich vollkommen im Einklang mit der Verehrung der Stratos-Mutter glaubte. *Anscheinend wird er innerhalb der Männerreservate weitergereicht und könnte jetzt gar nicht mehr ausgerottet werden, selbst wenn die Savanten, die Ratsfrauen und die Priesterinnen es versuchten.*

Aber wie hatte es angefangen? Unter den Gründermüttern gab es keine Männer, damals, als sich die ersten Dom-Heimatstätten auf dem Landungskontinent entwickelten. Zahlreiche im Labor entwickelte Generationen kamen und gingen, ehe der Große Umbruch geschafft war. *Unsere Vorfahren wußten nichts außer dem, was die Gründermütter ihnen zu erzählen beschlossen.*

Wie also haben diese ersten stratoinischen Männer von Gott erfahren?

Das war mehr als nur ein intellektuelles Spielchen. *Wenn Leie nicht mehr da ist, vielleicht hat sich dann ihre Seele mit dem des Planeten verbunden und ist jetzt Teil des Regenbogens, den ich da draußen sehe.* Die Vorstellung war poetisch und wunderschön. Doch auch an der Idee des alten Bennett, daß es ein Leben nach dem Tod an einem Ort namens Himmel gab, hatte etwas für sich. Dort war eine gewisse Kontinuierlichkeit der eigenen Person sichergestellt, samt Erinnerungen und einem Bewußtsein des Selbst. Laut Bennett konnten die Toten einen hören, wenn man betete.

Leie? Ganz langsam und intensiv ließ sie den Gedanken auf sich wirken. *Kannst du mich hören? Wenn du mich hörst, kannst du mir ein Zeichen geben? Wie ist es im Jenseits?*

Vielleicht gab es eine Antwort im Spiel des Lichts auf dem Wasser oder in den fernen Schreien der Möwen. Doch falls so etwas existierte, war es zu subtil, als daß Maia es hätte erkennen können. Deshalb tröstete sie sich ein wenig, indem sie sich vorstellte, wie ihre Zwillingsschwester auf ein so impertinentes Ansinnen reagiert hätte.

»He, ich bin gerade erst hier angekommen, Dummchen. Außerdem würde es mir den Spaß verderben, wenn ich's dir verrate.«

Mit einem Seufzer wandte Maia sich um und holte eine Baumschere aus der Tasche ihres geborgten Kittels. Während sie sich erholte, bezahlte sie für Kost und Logis, indem sie half, den Obstgarten mit den einheimisch stratoinischen Bäumen zu pflegen, den jeder Tempel als Teil seiner Verpflichtung gegenüber dem Planeten anlegen mußte. Es war eine sanfte, geruhsame Arbeit, die ihre eigenen Lehren in sich zu bergen schien.

»Du und ich, wir sind beide bedrohte Arten, stimmt's?« sagte sie zu einem kleinen, dürren Busch, ehe sie wieder in abstraktes Nachdenken verfiel. Jahrtausendelange Entwicklung hatte die Schirmblätter des Jacarbaums mit chemischen Verteidigungsstoffen ausgestattet, die die einheimischen Pflanzenfresser fernhielten. Gegen Tiere, die von der Alten Erde stammten, waren diese Giftstoffe allerdings wirkungslos: Sie halfen weder gegen Kaninchen noch gegen Rehe oder Vögel. Die fünf Baumarten dieses Gartens waren in einem Katalog aufgelistet, der im fernen Caria geführt wurde.

»Vielleicht gehören wir beide an einen Ort wie diesen«, fügte Maia hinzu, schnippelte ein letztes Mal und trat einen Schritt zurück, um das Ergebnis ihrer Arbeit zu begutachten. Dann wandte sie sich um und betrachtete den Obstgarten, die Blumenbeete, den Tempel mit den Stuckwänden, ihre Zufluchtsstätte. *Kommen dir Zweifel?* fragte sie sich. *Ein bißchen spät, jetzt, wo du bereits angekündigt hast, daß du gehen willst.*

Auf dem Weg zum Gartenschuppen kam sie an der zerfallenen Mauer eines älteren Gebäudes vorüber. Es war ein früherer Tempel, hatte eine der Schwestern ihr erklärt und gemeint, Maia könne bei Mutter Kalor sicher Näheres darüber erfahren. Doch zuerst hatte Maia die Ruinen selbst erforscht und zu ihrem Erstaunen ein ausgewaschenes Flachrelief vorgefunden, unter den wuchernden Efeuranken gerade noch erkennbar. Die Figur, die man noch am deutlichsten sah, war ein Drachen, das beliebteste Symbol für die Geist-Gottheit des Planeten. Schützend breitete er seine Schwingen über eine tumultöse Szene. Aus seinem weit aufgerissenen Maul schossen Flammen auf ein schwebendes, radförmiges Etwas, von dem fast nichts übrig war. Als Maia näher hinschaute, sah sie, daß das, was sie für Feuer gehalten hatte, dünne Linien waren, die von den *Zähnen* des Drachen ausgingen.

Sie schaufelte den Lehm unter der metaphorischen Gestalt weg und entdeckte dort einen wilden Dämonenkampf – einige der wild aufeinander losgehenden Wesen trugen *Hörner* auf dem Kopf, andere hatten *Bärte*. Obgleich das Bild vom Zahn der Zeit zerfressen war, schauderte Maia, so eindrucksvoll war es noch immer.

Später erfuhr sie, daß es ein uraltes Kunstwerk war, aus einer Zeit kurz nach dem Angriff des Feindes, der die Hominiden-Kultur auf Stratos um ein Haar ausgelöscht hätte. Und auf Maias Frage hatte Mutter Kalor ihr erklärt, daß die Hörner der Dämonen allegorisch seien. Der wirkliche Feind habe keine gehabt.

Als sie die bröckelnden Sandsteingesichter gemeinsam noch einmal genauer betrachteten, bemerkten sie, daß nur die Hälfte der Verteidiger einen Bart trugen. Dennoch fragte Maia: »Waren es Ketzer?«

»Die diesen Tempel gebaut haben? Das glaube ich kaum. Im Landesinneren gibt es natürlich Perkiniten und andere Gruppierungen. Aber meines Wissens war Grange Head immer orthodox.«

Mutter Kalor bot Maia an, jederzeit die Tempelarchive zu benutzen, und Maia fand den Gedanken sehr verlockend. Wäre sie aus einem anderen Grund hier gewesen, hätte ihre Neugier vielleicht überwogen. Aber jetzt schien es wenig Sinn zu haben, und der Heilungsprozeß forderte den größten Teil ihrer Energie. Maia gab sich ein Versprechen: Von jetzt an würde sie praktisch denken und von einem Tag zum anderen leben.

Als sie nun den Schuppen erreichte, zog sie ihren Kittel aus und gab die Baumschere der Chefgärtnerin zurück, die an einem Tisch saß und sich um die Setzlinge kümmerte. Das freundliche Lächeln der alten Nonne zeigte Maia, wieviel Frieden dieser Lebensweg einem Menschen schenken konnte. Dieser sanfte Pfad, den man die Zuflucht der Lysos nannte.

Dennoch war die Priesterin-Mutter nicht verletzt, als Maia es ablehnte, das Gewand einer Novizin überzustreifen. In ihren Augen lag genug Anerkennung für die Bemühungen des Tempels darin, daß Maia fähig war weiterzuziehen. »Dein Platz ist mitten im Leben«, hatte Mutter Kalor gesagt. »Ich bin sicher, das Schicksal und die Welt halten eine besondere Rolle für dich bereit.«

Die Freundlichkeit und Ruhe, die Maia hier erfahren hatte, wärmte ihr Herz. *Ich werde diesen Ort nie vergessen.* Es kam ihr vor, als faltete sie einen Merkzettel zusammen und verstaute ihn sicher auf dem Speicher. Gelegentlich würde sie die Erinnerung vielleicht hervorholen und sie betrachten, aber sie würde nicht in diese Welt zurückkehren.

Früher hatte sie, wenn sie einer neuen Idee, einer neuen Person oder Sache begegnete, stets auf die gleiche Weise reagiert: Sie hatte ihrer Zwillingsschwester davon erzählt und dies als unendlich bereichernd empfunden. Aber von nun an würde sie lernen müssen, alles, was ihr in dieser Welt begegnete, allein zu verarbeiten. Noch immer tat sich bei dieser Erkenntnis eine bodenlose Leere in ihr auf, obwohl der Schmerz allmählich nachzulassen begann. Auch das Gefühl des Verlusts würde im Lauf der Zeit weniger bedrohlich werden, aber sie würde das Gefühl der Leere in sich spüren, solange sie lebte, und sie würde es Kindheit nennen.

Denken wir an die Alpträume von Kindern. Oder an eure eigenen Ängste, wenn ihr zum Beispiel eine dunkle Straße entlanggeht. Erfindet ihr Gespenster? Raubtiere? Oder nehmen die meisten üblen Phantome die Gestalt von *Männern* an, die mit bösen Absichten im Schatten lauern? Für Erwachsene und Kinder, für Frauen und Männer, erscheint Angst für gewöhnlich in maskuliner Gestalt.

Oh, natürlich ist das auch bei den Personen, die uns retten, oft genug der Fall. Wir haben nie behauptet, daß alle Männer brutal sind. Im Gegenteil: Die Geschichte berichtet von wunderbaren Menschen männlichen Geschlechts. Aber denkt einmal daran, wieviel Zeit und Energie diese guten Männer aufbringen mußten, nur um sich gegen die schlechten durchzusetzen. Wiegt man beide Seiten gegeneinander auf, was bleibt übrig? Mehr Ärger, als das Gute wert ist.

Dies war die Überlegung, die hinter den frühen parthenogenetischen Experimenten auf Herlandia steckte – der Versuch, die Männlichkeit endgültig auszusondern. Die Versuche schlugen fehl. Die Notwendigkeit einer maskulinen Komponente scheint tief in der Reproduktionschemie der Säugetiere verwurzelt. Nicht einmal mit unseren fortschrittlichsten Techniken können wir sie risikolos überwinden.

Herlandia war eine Enttäuschung, aber wir lernen aus unseren Mißerfolgen. Wenn wir die Männer in unsere neue Welt einbeziehen müssen, sollten wir dafür sorgen, daß sie uns sowenig wie möglich stören.

– *aus* Das Schicksal schmieden, *von Lysos*

Kapitel 5

Die Stimme der Vorleserin war eine der entspanntesten, die Maia jemals gehört hatte.

»»…Und nun, da ihr die Küstenberge hinter euch gelassen habt, ziehen die grasbewachsenen Ebenen des Long Valley an euch vorüber wie purpurrot gesäumte, festlich gestärkte Reifröcke. Ein weites Meer flacher, regloser Wellen. Aus eurem dahineilenden Wagen schweift euer Blick über den Ozean der Prärie, auf der Suche nach etwas, das die wogende Monotonie durchbricht, und hält sich an jedem Pfosten, an jeder Erhebung fest, die man mit viel Phantasie als topographischen Punkt bezeichnen könnte.

Und ihr sucht nicht umsonst! Denn jenseits dieser gloriosen Eintönigkeit erblickt ihr die vereinzelten Säulen aus wind- und wettergegerbtem Stein, grünbewachsene Felsmonolithen, an denen sich das Auge in der Ferne festhalten kann. Das sind die Nadeltürme, Monumente der Kraft und Hartnäckigkeit natürlicher Erosion, die diese Säulen so geformt hat, lange bevor ein menschliches Wesen Stratos' Boden betreten hat …‹«

Schon halb eingelullt von dem Summen der Magnetschienenbahn und der staubigen Eintönigkeit der Prärie, lauschte Maia, wie ihre Reisegenossin, die mit ihr im Gepäckwagen saß, aus einem Buch mit wunderschön gearbeitetem Ledereinband rezitierte. Obgleich die Luft wie ausgedörrt war, schien die Frau nie einen trockenen Mund zu bekommen.

»»Nach neuesten Berichten haben die Herrschenden von Long Valley das Gesetz erlassen, daß auf einigen abgelegenen Nadeln Männerreservate gebaut werden dürfen, und mit der Tradition gebrochen, die Männer in bestimmten Jahreszeiten zu verbannen, einer Tradition, die aus der Zeit der ersten perkinitischen Niederlassungen stammt ...‹«

Die Frau nannte das Buch ihren ›Reiseführer‹. Welchen Zweck erfüllte er? Offenbar sollte er beschreiben, was die Leserin sah. Aber Tizbe Beller hatte die Nase wesentlich öfter im Buch, um aufgeregt irgendwelche Sehenswürdigkeiten anzukündigen, als daß sie durch die verschmierten Fenster auf die vorüberziehenden trostlosen Farmen und Ranches hinaussah. *Verdient sich tatsächlich jemand mit solchen Büchern den Lebensunterhalt?* überlegte Maia. Jedenfalls behauptete ihre Mitreisende, dies sei ein Meisterwerk des Genres. Sicher, Tizbe stammte aus ganz anderen Verhältnissen als Maia – der Lamatia-Clan hatte seinen Sommerkindern die schönen Künste nie nahegebracht.

»›... Zur Zeit sind alle Männer im virilen Alter im heißen Vierteljahr aus dem Tal verbannt und werden bis zum Ende der Brunstzeit ferngehalten ...‹«

Maias Reisegenossin lag auf einem Haufen harter Jutesäcke; ihre blonden Haare waren zu einem einfachen Knoten geschlungen. Tizbes Kleidung, die von ferne einen eher groben Eindruck machte, erwies sich bei näherem Hinsehen als weich und gut verarbeitet, was ganz und gar nicht zu der Behauptung des Mädchens paßte, sie sei bitterarm. Als Maias Assistentin sollte sie eigentlich für die Fahrt zahlen, indem sie auf der Reise nach Holly Lock beim Be- und Entladen half. Bisher war Maia von ihrer Leistung jedoch wenig beeindruckt. *Bilde dir kein vorschnelles Urteil*, dachte sie. *Das würde Mutter Kalor nicht gefallen.*

Ehe sie Grange Head verließ, hatte Maia der orthodoxen Priesterin einen Brief anvertraut, den diese jeder jungen Frau zeigen sollte, die auf der Durchreise war und Maia im geringsten ähnlich sah. Schließlich glaubte die Kirchendoktrin immer noch an Wunder, auch wenn die Welt von Zufällen und molekularen Affinitäten beherrscht wurde.

»*Mußt du denn unbedingt ins Landesinnere reisen, Kind?*« hatte Mutter Kalor gefragt. »*Long Valley ist perkinitisches Territorium. Die Perkiniten sind ein verbissener, fanatischer Verein blasierter Weiber, und sie halten nicht viel von Männern und Vars.*«

»*Schon möglich*«, hatte Maia geantwortet. »*Aber sie stellen Vars für alle möglichen Arbeiten ein.*«

»*Arbeiten, für die sie sich selbst zu fein sind.*«

»*Ich kann eine geregelte Arbeit nicht ausschlagen*«, hatte Maia erwidert, und damit war die Diskussion beendet. Eins war nämlich sicher: Wenn Leie jemals wieder auftauchte, würde sie Maia die Hölle heiß machen, wenn sie während ihrer Trennung auf der faulen Haut gelegen und die Zeit nicht genutzt hatte.

Glücklicherweise hatte gerade ein Eisenbahnclan jemanden gesucht, der gut mit Zahlen umgehen konnte. Die Arbeit verlangte keine Differentialrechnung, sondern lediglich simple Buchführung, aber Maia hatte sich gefreut, wenigstens einen Teil ihrer Bildung nutzen zu können. Auch für Leie mit ihrer Begabung für Maschinen wäre es ein Kinderspiel gewesen. Wenn doch nur ...

Glücklicherweise unterbrach Tizbe Maias trübselige Gedankenspirale.

»Hör dir das an!« Die junge Frau hob den Finger und schlug einen tiefen, etwas pompösen Ton an: »»Von besonderem Interesse für die Reisenden ist das System des Fracht- und Personentransports in Long Valley, das einer Subkultur mit Pionierstandard glänzend angepaßt ist. Die Solareisenbahn, die gemeinsam vom Musseli-, Fontana- und Braket-Clan betrieben wird, bringt die Reisenden ohne größere Verspätungen ans gewünschte Ziel ...‹« Tizbe lachte. »Der Fontana-Zug hatte gestern vier Stunden Verspätung! Und unser Musseli-Vehikel heute ist auch nicht viel besser.«

Maia rang sich ein schiefes Lächeln ab. Doch irgendwie kam ihr Tizbes Verachtung unfair vor. In der kühlen Jahreszeit, wenn die Männer der Eisenbahngilde beim Führen der Maschinen halfen, waren die Züge stets pünktlich. Aber im Sommer wurden die meisten Männer verbannt, und so waren die langgliedrigen Musseli mit ihren etwas flachen Gesichtern knapp an Arbeitskräften. Natürlich hätten sie genausogut weibliche Zugführer einstellen können – durchreisende Vars, sogar einen Stammclan von Spezialistinnen. So wäre das Unternehmen – wie alles andere in Long Valley – gänzlich in Frauenhänden geblieben. Aber die Führerinnen der Region saßen in einer Zwickmühle zwischen ihrer Ideologie eines radikalen Separationismus auf der einen und gewissen biologischen Notwendigkeiten auf der anderen Seite. Um Klontöchter zu bekommen, brauchten sie von Frühling bis Herbst die Gegenwart von Männern, die die lebenswichtige Funktion der »Stimulation« erfüllten. Wenn man eine große Zahl von Männern in den Intervallen zwischen den einzelnen Stimulationen nicht träge herumhängen lassen wollte, mußte man ihnen Arbeit geben. Hier auf der Hochebene nahmen Lokomotiven den gleichen Stellenwert ein wie die Schiffe entlang der Küste: Durch sie blieb eine gewisse Anzahl von Männern immer verfügbar, in kompakten, mobilen und leicht zu handhabenden Gruppen.

Daher rührte das Dilemma. Wenn die für ihre Empfindsamkeit berüchtigten männlichen Zugführer beleidigt waren, weil man in der Sommerzeit Aushilfskräfte einstellte, kamen sie vielleicht im nächsten Jahr nicht mehr zurück. Und das wäre katastrophal gewesen – etwa so, als würde ein Obstgarten nicht befruchtet. Deshalb versuchten die Eisenbahnclans jeden Sommer von neuem, ohne Neueinstellungen über die Runden zu kommen.

Nun, da die jungen Männer aus den Reservaten an der Küste zurückkehrten, kam die Eisenbahngilde zu neuen Kräften. Bald schon würden die Fahrpläne wieder eingehalten werden. Aber Maia machte sich nicht die Mühe, das alles zu erklären. Tizbe schien so selbstgefällig sicher, daß ihr Buch auf alles genau die richtige Antwort wußte.

»»Die drei Eisenbahnclans betreiben konkurrierende Speditionsunternehmen, jeder in Partnerschaft mit einer Männergilde; das Kapital gehört ihnen gemeinsam, gebilligt durch den Erlaß des planetarischen Rats aus dem Jahr …‹«

Ein überraschend enges Zusammenspiel zwischen den Geschlechtern. Doch hatte nicht früher auch Lamatia Jahr für Jahr dieselben Schiffe und Seeleute bei sich begrüßt? Die Gilde des Flossenfüßer-Banners? Hatten sie diesen Männern nicht alle möglichen Rechte zugestanden, vom Handel bis zur Fortpflanzung? Wer wollte da sagen, was normal war und was nicht?

Vielleicht hat die Ketzerin in Lanargh recht. Dies alles könnten Anzeichen dafür sein, daß die Zeiten sich ändern.

Die solar-elektrische Lokomotive sauste dahin, geschwinder als das schnellste Pferd oder Segelschiff. Bei jedem Halt schwärmten die Eisenbahnjungen aus und boten Werkzeuge und Getränke feil, Musseli-Mädchen mit Klemmbrettern und großen Kistenhaken eilten herum, um die Maschinen zu warten und unter den wachsamen Augen älterer Aufseherinnen Frachtgüter zu expedieren. Maia war bereits aufgefallen, daß die orangefarben gekleideten Jungen den Klonmädchen in den braunen Overalls bemerkenswert ähnlich sahen.

Man stelle sich vor: Schwestern kennen ihre Brüder, Mütter ihre Söhne, lange nachdem das Leben sie in Männer verwandelt hat. Maia fielen auf Anhieb jede Menge Vorzüge und Nachteile einer solch engen Beziehung ein. Sie dachte an den süßen kleinen Albert, um den sie sich eine Zeitlang gekümmert und den sie auf das Seemannsleben vorbereitet hatte. Es wäre schön gewesen mitzubekommen, wie er aufwuchs. Der Gedanke erinnerte sie an ihre Kinderträume, daß sie eines Tages ihren eigenen Vater wiederfinden würde. Als bedeute das zufällige Zusammentreffen von Samen und Ei etwas in dieser großen, harten Welt.

Eine Welt, die noch wesentlich stärkere Bande durchtrennen konnte.

Hör auf damit. Maia schüttelte heftig den Kopf. *Laß den Schmerz los. Leie würde das tun.*

Nachdem Tizbe eine Weile stumm dagesessen und gelesen hatte, blickte sie von ihrem Jutesack-Sitz auf. »Oh, das ist wirklich hübsch, Maia. Hier steht: ›Long Valley hat sich viele kuriose Eigenschaften einer Grenzgegend bewahrt. Achte darauf, aus deinem Abteil einen Blick auf die rustikalen kleinen Städtchen zu werfen, jedes mit dem gleichen Kornsilo und den gleichen Solaranlagen …‹«

Da war wieder einmal das Wort *kurios*. Fast herablassend bezog es sich auf alles, was aus der Sicht einer in der Stadt aufgewachsenen Touristin simpel oder unmodern erschien. *Ich frage mich, ob Tizbe mich auch kurios findet.*

»›… zwischen den Städten und kultivierten Regionen achte man auf das einheimische Kuourn-Gras, für die hier noch strengere ökologische Reglementierungen gelten als die, die in Caria erlassen wurden …‹«

Solche Oasen hatten sie schon gesehen – große Seen wogender Stengel mit purpurroten Blüten. Der perkinitische Kult, der dieses Tal beherrschte, verehrte eine Stratos-Mutter, deren Zorn über den Mißbrauch des Planeten nur von ihrem Argwohn gegenüber dem männlichen Geschlecht übertroffen wurde. Doch Maia war sicher, daß der Zutritt zu einem großen Teil der Ebene aus anderen Gründen nicht gestattet war – um Konkurrenz auszuschließen.

Als Long Valley zur Besiedlung freigegeben wurde, waren bestimmt junge Vars aus ganz Stratos herbeigeströmt und hatten sich zu Partnerschaften zusammengetan, um das Land zu kultivieren. Aus solchen Verbindungen wurden mächtige Allianzen zwischen einzelnen Clans, und erfolgreiche Frauen ließen sich nieder, um Töchter aufzuziehen und mit der Ernte Geld zu machen. Was wiederum bedeutete, daß sie sich ins Zeug legen und eine Eisenbahn bauen mußten, damit Überschüsse exportiert und andere Produkte sowie Luxusgüter importiert werden konnten.

Und Männer. Trotz ihrer Schlagworte begann die perkinitische Utopie bald dem Rest von Stratos zu ähneln. Man kann die Biologie nicht endgültig besiegen, man kann höchstens hie und da die Regeln ein wenig verbiegen.

»Oh! Das ist eine gute Stelle, Maia. Wußtest du, daß es mehr als siebenundvierzig einheimische Arten Zahu gibt? Man benutzt es für alles mögliche, beispielsweise ...«

Ein schrilles Pfeifen unterbrach glücklicherweise Tizbes begeisterten Vortrag. Es war das Signal, das zehn Minuten vor dem nächsten Halt ertönte. Maia blickte auf die Karte an der Wand. »Wir sind gleich in Clay Town.«

»Schon?« fragte Tizbe. Maia klappte ihr Hauptbuch auf und fuhr mit der Fingerspitze über die Liste der Frachtbriefe. »Hast du den Pfiff nicht gehört? Komm, du liest die Zahlen, ich hole die Kisten.«

Sie hielt den Finger auf der ersten Zahl, bis Tizbe herübergeschlendert kam. Dann eilte Maia den Gang entlang, der sich zwischen den riesigen Lagerregalen über die ganze Länge des Waggons zog. »Wie lautet die erste Zahl?« rief sie.

Eine lange Pause folgte. »Hmm. Ist es 4176?«

Maia fuhr zusammen. Das war der letzte Eintrag der vorhergehenden Station vor knapp einer Stunde. »Nein, die nächste. Fang dort an, wo links Clay Town steht.«

»Oh! Meinst du 5396?«

»Richtig!« Maia schnappte sich einen Flaschenzug,

der von der Decke herabhing, und suchte die Regale ab. Als sie die richtige Kiste entdeckt hatte, befestigte sie den Lederriemen, zog die Kette fest, holte die Kiste heraus und beförderte sie zur Tür, wo sie sie behutsam herabließ. »Die nächste!«

»Das wäre dann ... hmmm, laß mal sehen ... 6178?«

Maia seufzte und ging zu Tizbe, um nachzuschauen. Glücklicherweise war das Sortiersystem der Musseli nicht schwer zu durchschauen, obwohl Maia sich manchmal des Eindrucks nicht erwehren konnte, daß es eher dazu angetan war, zu verwirren, als Klarheit zu schaffen. »Die nächste?«

»Schon? Jetzt hab ich den Platz verloren ... Ah! Ist es 9254?«

Genaugenommen hätte Maia die Nummern aus dem Buch aufrufen und ihre Assistentin die Schlepperei erledigen sollen. Aber Tizbe hatte furchtbar gejammert, daß ihr die Arbeit ›von Männern und Lugars‹ zugemutet wurde. Außerdem konnte sie mit dem Flaschenzug nicht umgehen und rammte sich umgehend einen Splitter in die Hand. Maia hatte eine Theorie über Tizbe: Bestimmt war sie ein Varkind aus einem Großstadt-Clan, so reich und dekadent, daß dort selbst die Sommerkinder verwöhnt wurden. Man küßte die Mädchen freundlich auf die Stirn und schickte sie weg, ohne ihnen irgend etwas beigebracht zu haben, was ihnen half, längerfristig zu überleben. Vielleicht glaubte Tizbe, mit ihrem Aussehen und ihrem Charme würde sie schon irgendwie durchkommen.

Aber ich frage mich wirklich, warum sie mir bekannt vorkommt.

Trotz oder vielleicht auch dank Tizbes Hilfe, war der Kistenberg vor der Tür noch nicht ganz vollständig, als der zweite Pfiff ertönte. Das Summen der Lokomotive veränderte den Ton, als der Zug zu bremsen begann. Maia beeilte sich, so gut sie konnte. Von der harten Arbeit waren ihre Hände schwielig, trotzdem schnitt ihr die grobe Kette jedesmal in die Finger, wenn der Waggon ruckelte. Beinahe hätte sie die Kontrolle über die letzte, sehr schwere Kiste verloren, aber sie schaffte es gerade noch, sie mit einem dröhnenden Krachen abzusetzen.

Atemlos öffnete Maia die Schiebetüren. Überall neben den Schienen sah sie Brennöfen und Trockenöfen; wie Termitenhügel bestimmten sie das Bild der Gegend und hüllten alles ein mit dem Geruch glasierter, gebackener Erde. »Willkommen in Clay Town, der Attraktion von Argil County«, intonierte Tizbe mit geheucheltem Enthusiasmus. Eine Weile war durch das Fenster nur Rot oder Beige zu sehen, denn draußen wurde stapel- und kistenweise Keramik an ihnen vorübergetragen. Plötzlich jedoch war der rauchige Brennofen-Distrikt verschwunden, und eine Wohngegend kam in Sicht – Reihe um Reihe winziger Häuschen. Hier in Long Valley hatten die wichtigen Matriarchate ihre Festen in der Nähe von Feldern und Weiden errichtet und die Städte kleinen Haushalten überlassen, die manchmal abschätzig Mikrofesten genannt wurden. Aus dem langsamer werdenden Zug sah Maia eine Frau vorbeigehen, ein kleines Mädchen an der Hand, offenbar ihre Klontochter. Anscheinend lebte die Hälfte der Bevölkerung so – einzelne Frauen, wintergeboren, aber mit einer varähnlichen Existenz, mit Jobs, von denen man kaum die Rechnungen bezahlen und gerade ein einziges Winterkind durchbringen konnte, genau wie das ihre Mütter und Großmütter und deren Ahnmütter vor ihnen es auch getan hatten. Ein identisches nächstes Selbst, das alles erbte und weiterführte. Eine dünne, aber ununterbrochene Kette.

Es schien eine einfachere, weniger anmaßende Art der Unsterblichkeit als diejenige, die von den großen Häusern praktiziert wurde. *Es gibt bestimmt Schlechteres*, dachte Maia. Genaugenommen ging von der Mutter und ihrem einzigen Kind, wie sie da gemeinsam entlangspazierten, eine große, angenehme Vertrautheit aus. Seit Maia sich von ihren hochfliegenden Plänen hatte verabschieden müssen, hatte sie begonnen, in bescheideneren Kategorien zu denken. Die Musseli waren freundlich zu ihren Angestellten und behandelten die meisten dieser Einzelfrauen fast wie vollwertige Mitglieder ihrer Gemeinschaft. Vielleicht konnte Maia einen langfristigen Arbeitsvertrag bekommen, wenn sie sich anstrengte. Und wenn sie dann genug gespart hatte, um ein Haus zu bauen ...

Aber selbst wenn sie das alles schaffte, blieb doch immer noch das Problem mit den Männern. Oder mit dem Mann. Die erste Geburt mußte ein Winterkind sein. Es kam selten vor, daß eine Frau, die noch kein Klonmädchen geboren hatte, zu einer anderen Zeit schwanger wurde. Aber das war nicht so leicht. Schließlich konnte sie nicht einfach auf die Straße rennen und rufen: »He, du, ich will ein Kind!«

Na ja, denk jetzt lieber nicht daran. Eins nach dem anderen.

Zischend und quietschend fuhr der Zug in die Station von Clay Town ein. Passagiere stiegen aus. Zwei Wagen hinter ihnen hörte man Gepolter, denn Männer und Lugars schleppten bereits schwere Landmaschinen aus einem Frachtwaggon. Ein Stück näher sah Maia die Musseli-Frachtmeisterin der Stadt, die – das Klemmbrett in der Hand – vor einem riesigen, mit Paketen beladenen Lugar einherschritt. *Lächle*, befahl sich Maia. *Versuch so zu tun, als wärst du älter als fünf.*

»Ist das alles?« fauchte die Frau und deutete auf Maias Kistenberg.

»Ja, Madam. Das ist alles.«

Als Maia den Frachtbrief aushändigte, drängelte sich Tizbe plötzlich an ihr vorbei, leise »Entschuldigung« murmelnd. Die junge blonde Frau trug ihre Reisetasche bei sich. »Ich glaube, ich seh mich mal ein wenig um«, meinte sie leichthin.

»Wir haben nur vierzig Minuten Aufenthalt! Paß auf, daß du dich nicht verläufst!« rief Maia ihr nach, ehe Tizbe um eine Ecke bog und verschwand.

»Hättest du vielleicht auch einen Moment Zeit für mich?«

Maia fuhr herum, sah die Frachtmeisterin und wurde rot. »Entschuldige, Madam. Selbstverständlich.« Damit beugte sie sich über ihr Hauptbuch und kontrollierte die Frachtstücke, während sie sich insgeheim tadelte, daß sie sich wegen dieser dummen Tizbe Sorgen machte.

Sie ist doch bloß irgendeine alberne Var. Eine, die mich überhaupt nichts angeht. Maia, du mußt lernen, die Dinge mehr wie Leie zu betrachten.

Leie hätte sich ganz gewiß nicht um Tizbe gekümmert. Leie hätte gesagt, gut, daß wir sie los sind.

Aber nachdem die Frachtmeisterin einigermaßen zufrieden abgezogen war und noch zehn Minuten bis zur Abfahrt blieben, machte sich Maia dennoch auf die Suche nach ihrer Assistentin. Gerade als sie das Ende des Bahnsteigs erreichte, ohne eine Spur von der blonden Frau entdeckt zu haben, hörte sie aus der Ferne irgendwo jenseits des Brennofenviertels einen Pfiff – der nächste Zug näherte sich Clay Town.

Sie sah einen jungen Mann an einem Hebel, mit dem die nahende Lokomotive automatisch auf eins der drei Gleise geleitet wurde. Ganz in seiner Nähe standen mehrere junge Frauen; kichernd drängelten sie sich auf einem hölzernen Steg vor einem Haus mit roten Vorhängen. Als Maia näher kam, knöpften sich zwei der Frauen gerade ihre Blusen auf, beugten sich zu dem Jungen und wiegten ihren wohlproportionierten Körper. Sein bereits erhitztes Gesicht wurde noch röter. Maia fragte sich, was hier los war.

»Nicht jetzt!« sagte er zu den Frauen. »Geht wieder rein und wartet 'nen Moment.«

Der junge Mann versuchte, sich wieder auf den näherkommenden Zug zu konzentrieren, der noch etwa einen halben Kilometer entfernt war und bereits zu bremsen begann. Die jungen Frauen schienen die Wirkung zu genießen, die sie auf den jungen Mann ausübten. Eine hob die Hand und deutete auf etwas, worauf die anderen in schallendes Gelächter ausbrachen. Die enge Hose des Jungen konnte die Schwellung schlecht verbergen. Er blickte auf, sah, daß Maia die Szene beobachtete, und wandte sich verlegen ab. Das verursachte bei den Frauen einen erneuten Heiterkeitsausbruch.

»He, Garn«, rief eine. »Bist du sicher, daß du den richtigen Hebel hältst?«

»Haut endlich ab!« entgegnete er heiser und bemühte sich, über die Schulter zu sehen, um den Zug im Auge zu behalten. Auf der Stirn des armen Kerls standen dicke Schweißperlen.

»Ach, komm schon«, gurrte eine andere Frau und ließ ihre entblößten Brüste vor ihm hüpfen. »Willst du noch 'nen Schluck?« Sie hielt ihm eine durchsichtige Flasche hin. Statt einer Flüssigkeit enthielt sie ein feines, bläulich schimmerndes Pulver. In einem Mundwinkel des Jungen war ein ähnlich gefärbter Fleck.

»Was geht hier vor?«

Alle Blicke wandten sich zu dem Haus mit den roten Vorhängen. In der Tür standen ein stämmiger älterer Mann und – Tizbe!

Jedoch nicht die Tizbe, die Maia kannte. Maia kniff die Augen zusammen. Ihr erster Eindruck war, daß ihre Assistentin sich in zwanzig Minuten umgezogen und die Haare gefärbt hatte und zehn Jahre älter geworden war!

Lysos, dachte Maia, als ihr klar wurde, wie sie an der Nase herumgeführt worden war. *Leie und ich hatten vor, herumzureisen und uns als Klonfrauen auszugeben. Ich hätte nie damit gerechnet, daß jemand den Trick umgekehrt anwenden würde!*

»Lenken diese Tussis dich ab, Garn?« fragte der stämmige Mann und wischte sich mit dem Handrücken über den Mund. Der junge Mann jedoch schüttelte heftig den Kopf und erwiderte: »N-nein, Jacko, sie haben bloß …«

»Lennie, Rose, bewegt euren Arsch ins Haus!« schimpfte die Frau, die aussah wie Tizbe. »Das Zeug ist nicht dazu da, daß jeder es sieht, und Gratisproben werden schon gar nicht verteilt!«

»Ach, Mirri, wir haben's doch nur probiert …«, jammerte eine der jungen Frauen und wich im letzten Moment einer Ohrfeige aus. Die Flasche wurde ihr aus der Hand gerissen, und sie rannte ins Haus.

Also ist Tizbe gar keine Var, bestätigte sich Maia. *Und eine wie sie wird mit dem Alter immer gemeiner.*

Die ältere Frau wandte sich um und betrachtete Maia mit kalten Augen. »Wer, zum Teufel, bist denn du?«

Maia blinzelte. »Oh … niemand.«

»Dann verschwinde, Niemand. Du hast nichts gesehen …«

»Garn!« schrie der untersetzte Mann. Durch den Tumult und unter dem Einfluß der Hormone hatte der junge Mann den einfahrenden Zug vergessen und lehnte sich auf den Hebel, vielleicht weil die Schwellung in seiner Hose schmerzhaft wurde. Ein dumpfes elektrisches Brummen und Klicken ertönte. Entsetzt riß er den Hebel herum, aber in der Aufregung viel zu weit. Es klickte zweimal, laut und durchdringend. Er zerrte den Hebel zurück …

Ein schrilles Heulen füllte die Luft, als der entsetzte Lokomotivführer die Notbremse zog, aber hilflos zusehen mußte, wie die Schwungkraft die einfahrende Lokomotive auf unsichtbaren Magnetfeldern in ein Gleis leitete, auf dem bereits ein anderer Zug stand.

Der Junge brachte sich auf dem Bahnsteig in Sicherheit. Alle anderen ergriffen die Flucht.

Jetzt wußte Maia, warum ihr Tizbe bekannt vorgekommen war.

Jenseits der Menge der Schaulustigen, die sich eingefunden hatten, um das Unglück zu begaffen, sah sie die Frau, die sie für ihre Assistentin gehalten hatte, wieder, in ein angeregtes Gespräch mit der echten Tizbe vertieft. Eine oder beide hatten sich die Haare gefärbt, aber wenn man sie nebeneinander sah, war es offensichtlich. Sie waren eine ältere und eine jüngere Version ein und desselben Gesichts.

Nun erinnerte sich Maia auch plötzlich wieder daran, wo sie das Gesicht schon einmal gesehen hatte. Mehrere Mitglieder von Tizbes Clan hatten in dem Café am Hauptplatz von Lanargh gesessen, ebenfalls vor einem Haus mit Plüschgardinen. Als sie ein zweites Mal hinschaute, entdeckte Maia das gleiche Emblem über dem Gebäude an den Gleisen – ein grinsender Bulle, der eine Glocke im Maul schwang.

In den meisten Städten gab es solche ›Entspannungshäuser‹ – Unternehmen, die sich der Befriedigung bestimmter menschlicher Bedürfnisse widmeten, vor allem solcher, die im tiefen Winter und im Hochsommer auftraten. ›Sicherheitsventile‹, hatte Savante Judeth die Etablissements genannt. ›Bordelle‹, war Savante Claires Ausdruck gewesen, und sie hatte ihn mit so viel Ingrimm benutzt, daß niemand zu fragen wagte, was das Wort bedeutete.

In der Wirklichkeit machten sie einen ganz normalen und geschäftsmäßigen Eindruck. Für Seeleute, die aus irgendwelchen Gründen keine Einladung in eine Clanfeste bekamen, waren diese Einrichtungen eine echte Alternative, wenn die Aurorae ihr Blut in Wallung brachte. Und tief im Winter, wenn die Männer sich mehr für ihre Spielbretter als für körperliche Freuden interessierten, verspürte auch manch eine gewöhnlich so unterkühlte Lamai-Schwester gelegentlich den Wunsch, ›sich verwöhnen zu lassen‹. Vor allem, wenn der Glorienfrost vom Himmel fiel, machten sie sich auf in die Unterstadt, um einen der eleganten Paläste aufzusuchen, die von den reicheren Stämmen frequentiert wurden.

Natürlich wurden solche profitablen Etablissements von spezialisierten Clans geführt, auch wenn man häufig auf Vararbeitskräfte zurückgriff. Maia und Leie hatten eine solche Karriere nie in Erwägung gezogen, weil sie sich weder für hübsch noch für oberflächlich genug hielten. Dennoch machten sie sich Gedanken, was wohl in solchen Häusern vor sich ging.

Die beiden Tizbe blickten zu ihr herüber. Maia bekam eine Gänsehaut und wandte sich rasch ab. *Was haben solche blasierten Oberschichtsweiber hier draußen im Niemandsland zu suchen?*

Zum Glück war bei dem Unfall niemand ernsthaft verletzt worden, was eigentlich an ein Wunder grenzte, wenn man bedachte, wie heftig die beiden Züge aufeinandergeprallt waren – Metallteile waren zusammengeschoben worden wie Ziehharmonikas. Sanitäterinnen aus der städtischen Klinik behandelten noch immer die Kratzer und Schürfwunden. Der Zugführer des zweiten Zuges rief etwas, deutete erst auf die Lokomotive, dann auf den Jungen, der niedergeschlagen und elend in der Gegend herumstand.

Garns älterer Kollege rief zurück und ballte drohend die Fäuste. Plötzlich packte Jacko den geschädigten Zugführer und schubste ihn, so daß dieser verblüfft zwei Schritte zurücktaumelte. Doch das schien Jacko nur noch mehr in Rage zu bringen. Obgleich er nicht größer war, überragte er plötzlich den Zugführer, denn der wollte geduckt und mit beschwichtigend erhobenen Händen die Flucht ergreifen.

Aber Jacko schlug ihn mitten ins Gesicht.

Die Zuschauer schnappten nach Luft, als der Zugführer zu Boden stürzte. Wimmernd wollte er rückwärts davonkriechen, eine Hand an die blutende Nase gepreßt. Doch Jacko folgte ihm und beugte sich über ihn, offensichtlich ganz wild darauf, die Schlägerei fortzusetzen. Während Maia in das verwirrte Gesicht des Zugführers blickte, spürte sie, daß er verzweifelt versuchte, sich an etwas zu *erinnern*, was er in der Vergangenheit gewußt, aber inzwischen vergessen hatte – nämlich, wie man die Hand zur Faust ballte.

Auf einmal stand die ältere Frau, die Maia zunächst für Tizbe gehalten hatte, neben Jacko und zupfte ihn am Arm. Es sah nach einem aussichtslosen Unterfangen aus, so, als wollte sie ein wildgewordenes Tänzelpferd bändigen. Jacko, der heftig schnaufte, schien sie erst zu bemerken, als sie sein Ohr packte und daran zog. Da zuckte er zusammen, erstarrte und drehte sich um. Allmählich drang ihre gurrende Stimme zu ihm durch, und schließlich nickte er unsicher, ließ sich von ihr am Ellbogen wegziehen und durch die schweigende Menge zu dem Haus mit den roten Vorhängen führen.

Natürlich. Das ist auch eine ihrer Aufgaben. Trotz aller Gesetze und Regeln und Reservate, trotz der gut geführten Gasthallen der großen Clans, gab es in den Küstenstädten immer wieder Schwierigkeiten, wenn es heiß war, wenn die Aurorae tanzten und der helle Wengelstern das Tier im Mann hervorrief. Brünstige Männer, die nicht wußten, wohin sie sich wenden sollten, die sich rauften und so viel Lärm machten, daß sich ein Gewitter geschämt hätte. Freudenclans wußten aus langer Erfahrung, wie man mit solchen Situationen umzugehen hatte. Die Chefin des Hauses schien recht begabt zu sein – ein Glück für den armen Zugführer.

Aber jetzt ist nicht Sommer! dachte Maia, während sie versuchte, ihre verwirrten Gedanken zu ordnen. *Das hätte eigentlich gar nicht passieren dürfen.*

In der sich auflösenden Menschenmenge wandte Maia sich um und blickte an dem Zugwrack vorbei zu Tizbe hinüber – zur echten diesmal –, die ihren Blick erwiderte. Ihre dunklen Augen musterten sie nachdenklich.

Menschen sind nicht wie bestimmte Fischarten oder Pflanzen, für die Sex nur eine von vielen Fortpflanzungsmöglichkeiten ist. Ein Bestandteil des Sperma ist unabdingbar für die Bildung der Plazenta, die das Baby in der Gebärmutter ernährt. Reproduktion ganz ohne Männer – Parthenogenesis – scheint für Säugetiere unmöglich zu sein. Bestenfalls können wir einem Prozeß namens Amazongenesis nacheifern, den einige Kreaturen auf der Erde anwenden. Eine Paarung mit einem Mann ist dann zwar noch immer notwendig, um die Empfängnis auszulösen, aber die daraus entstehenden Sprößlinge sind Klone, genetisch identisch mit ihrer Mutter.

»Fein«, meinten die frühen Separationisten von Herlandia. »Also entwerfen wir Männer, die diesem Zweck dienen, und keine anderen!«

Erinnert ihr euch an die Drohnen von Herlandia? Mickrige, unnütze Wesen, deren Schöpfung nicht einmal grausam genannt werden kann, da sie auf unablässigen Frohsinn programmiert waren; sie wurden gestreichelt wie verwöhnte Schoßhündchen, und waren stets eifrig bemüht, auf jeden Wink oder Zuruf ihre Pflicht zu erfüllen.

Aber sie waren abscheulich! Stolze, anmutige Kreaturen wie Männer – die so voller Wissensdurst und Lebensfreude sein können – in phlegmatische Monster zu verwandeln: Das war einfach abstoßend. Natürlich mißlang das Experiment. Selbst ohne direkte genetische Beteiligung zeugen stumpfsinnige Väter eine stumpfsinnige Rasse.

Außerdem stellt sich die Frage, ob wir Variabilität grundsätzlich ausschließen sollten. Was geschieht, wenn sich die Verhältnisse ändern? Vielleicht brauchen wir dann gelegentlich die Zauberwirkung gewöhnlicher Sexualität, bei der die Gene rücksichtslos durcheinandergewirbelt werden.

Als der Feind in Herlandia einbrach, fand das Experiment ein abruptes, wohlverdientes Ende. Natürlich verteidigten die Frauen dieser Kolonie ihre schöne neue Zivilisation mit unendlichem Einfallsreichtum und unerschütterlicher Tapferkeit. Aber als sie den ganz speziellen Zorn, der Krieger erschafft, am meisten brauchten, da merkten sie, daß sie absichtlich eine seiner wichtigsten Grundlagen über Bord geworfen hatten. Schoßhunde sind keine große Hilfe, wenn Ungeheuer am Himmel lauern.

Dies, meine Schwestern, ist ein weiterer Grund, weshalb wir die männliche Komponente nicht gänzlich preisgeben sollten.

Möglicherweise werden unsere Nachfahren Zeiten erleben, in denen sie dafür Verwendung haben.

Kapitel 6

Als die Reise weiterging, gab es keine Vorlesungen aus dem Reiseführer mehr. Tizbe las ihr Buch schweigend oder starrte aus dem staubigen Fenster hinaus in die monotone Landschaft. Maia fand die Stille entnervend. Noch immer waren ihre Gedanken aufgewühlt von dem, was sie gesehen hatte, und noch mehr von dem, was sie hinter alledem vermutete. Bisher hatte sie sich viele seltsame Vorfälle mit dem Spruch erklärt: »Andere Länder, andere Sitten.« Doch jetzt wußte sie es besser, und sie hatte ein ungutes Gefühl im Magen. *Es ist etwas im Busch. Und ich glaube nicht, daß es mir gefallen wird.*

Zu Hause hatte es für gewöhnlich nur eins gegeben, was sie draufgängerischer machte als Leie – Neugier. Selbst drohende Strafen hinderten Maia höchst selten daran, zu Themen Fragen zu stellen, die ›einen Sommerling nichts angingen‹. Sie hatte sich geschworen, diese Eigenschaft zu unterdrücken, vor allem seit dem verhängnisvollen Sturm. *Jetzt denke ich praktisch. Das muß eine Var tun, wenn sie allein ist.* Aber diesmal hatte sie nicht mehr die Wahl, die Augen zu verschließen. Wie ein fauliger Zahn würde ihr dieses Rätsel keine Ruhe mehr lassen.

Sobald sie sicher war, daß Tizbe es nicht bemerkte, warf Maia verstohlene Blicke auf die Reisetasche aus Teppichstoff, die der jungen Frau gehörte und die ganz bestimmt nicht nur Kleidung enthielt.

Verdammt. Kann ich mir noch mehr Ärger leisten?

Tizbe gähnte, legte ihr Buch beiseite und streckte sich wohlig auf ihrem Sacklager aus, wobei Maia deutlich den dunklen Ansatz ihrer gebleichten Haare erkennen konnte. Nach den Ereignissen in Clay Town wußte sie, daß Tizbe kein verwöhntes Sommermädchen war, das gemütlich nach einer angenehmen Nische Ausschau hielt, sondern ein volles Tochtermitglied eines Stamms mit Beziehungen, die Maias eigenen begrenzten Erfahrungshorizont bei weitem überschritten. Tizbe sah sich nicht nur unverbindlich um. Sie war im Dienst, sie arbeitete für ihr Familienunternehmen.

Stell dir einen reichen, mächtigen Clan vor. Seine Haupteinnahmequelle sind Freudenhäuser. Ein komplexes, einträgliches Unternehmen, das mehr verlangt als nur kräftige Hände und ein hübsches Gesicht.

Obgleich Tizbes Clan in Port Sanger kein Etablissement dieser Art hatte, war Maia gelegentlich ähnlichen Typen begegnet, die in eleganten Gewändern einherstolzierten oder sich von Lugars in Sänften herumtra-

gen ließen, mit den angesehensten Festen in Geschäfts-
beziehung standen und gelegentlich sogar auf einen
Besuch zu den Lamai-Müttern kamen.

Ein spezieller Massageservice von Haus zu Haus? Das
Hauptgeschäft wäre eine perfekte Tarnung für eine zusätzliche Einnahmequelle, beispielsweise einen Kurier
für Nachrichten, die zwischen alliierten Clans übermittelt werden mußten. Aber welche Nachrichten waren
so wertvoll, daß jemand bereit war, entsprechende Ho-
norare zu bezahlen, damit sich das Unternehmen auch
lohnte?

Es müssen jedenfalls ziemlich gefährliche Botschaften sein,
überlegte Maia. *Oder*, fügte sie mit einem Blick auf Tizbes Gepäck hinzu, *oder es werden nicht nur Botschaften
überbracht, sondern auch gefährliche Dinge.*

Die Flasche mit dem blaugrünen Pulver, das glitzerte
und schwappte wie eine Flüssigkeit ... Allem Anschein
nach war es eine Substanz, die man Männern verab-
reichte. Etwas, das bei dem jungen Mann zu einer
äußerst unwillkommenen Erektion geführt hatte und
auch mit der unzeitgemäßen Wut des anderen zu tun
haben mußte. Maia rief sich die Ereignisse auf der
Wotan ins Gedächtnis, als die Matrosen plötzlich die
Nacktheit eines jungen Mädchens erregend fanden, obgleich Herbst war und Maia nur ein Sommerkind, eine
Jungfrau und außerdem völlig verdreckt. Damals war
der geheimnisvolle Kurier ein Mann gewesen, aber
nachdem sie auf See und auf den Schienen nun einige
Erfahrung gewonnen hatte, wußte Maia, daß Frauen
und Männer durchaus fähig waren, auch in komplexen
Unternehmen zusammenzuarbeiten.

Kriminelle Machenschaften eingeschlossen?

Die blonde Frau lag ausgestreckt auf den Jutesäcken,
einen Arm über die Augen gelegt, und schnarchte leise.
Seufzend stand Maia auf. *Ich weiß, ich werde es bereuen.*

Sie machte einen zögernden Schritt. Und noch einen.
Ein Bodenbrett quietschte, und sie zuckte zusammen.

Ganz vorsichtig blickte sie nach unten. Durch den Staub sah man die Nägel, die zeigten, wo sich die tragenden Verstrebungen befanden. Noch behutsamer schlich sie weiter und kauerte schließlich direkt neben der schlafenden Frau.

Die Reisetasche war aus grobem Stoff gewebt, mit einem Muster aus abstrakten, miteinander verschlungenen geometrischen Figuren. Ein leises Summen ließ vermuten, daß irgendwo ein Metallteil im Rhythmus der magnetischen Impulse der Lokomotive vibrierte. Als Maia den Schloßmechanismus untersuchte, entdeckte sie, daß das einfache Schlüsselloch lediglich zur Tarnung diente. Drei kleine Knöpfe ragten an der Seite hervor, und mit einem lautlosen Seufzer erkannte Maia eine äußerst kostspielige technische Vorrichtung. Sicherlich gab es einen Code, nach dem die Knöpfe in einer bestimmten Reihenfolge gedrückt werden mußten; sonst würde ein Alarm losgehen.

Behutsam zog Maia sich zurück und holte ein Stück dünnen, steifen Draht, mit dem gewöhnlich schwere Frachtstücke zusammengebunden wurden. Nachdem sie sich noch einmal vergewissert hatte, daß ihre ›Assistentin‹ schlief, begann sie, den Draht zwischen die Fäden des schweren Gewebes zu stecken. Mit einem Ruck war der Draht durchgestoßen, und Maia spürte einen weichen Widerstand, vermutlich Tizbes Kleider. Als weiteres Herumstochern zu keinen neuen Erkenntnissen führte, zog Maia den Draht wieder heraus und wiederholte den Vorgang an einer anderen Stelle. Mit demselben Ergebnis.

Ich kann mich ja auch irren … in vielerlei Hinsicht. Maia ging in die Hocke und dachte nach. Ihre Vernunft drängte sie, das Unternehmen aufzugeben.

Doch Neugier und Dickköpfigkeit waren stärker. Sie verlagerte ihr Gewicht, um aus einem anderen Winkel an die Tasche heranzukommen …

Wieder knarrte ein Bodenbrett, und es klang wie ein

sterbendes Tier. Maia hielt den Atem an. *Es kann doch gar nicht so laut gewesen sein! Bestimmt kommt es mir nur so vor, weil ich so nervös bin.* Sie musterte Tizbe und überlegte, was sie wohl sagen würde, wenn sie aufwachte und Maia hier sitzen sah. Die junge Klonfrau schmatzte leise im Schlaf und veränderte ihre Lage ein wenig, dann kam sie wieder zur Ruhe und schnarchte etwas lauter. Mit trockenem Mund manövrierte Maia ihr Werkzeug an eine neue Stelle und steckte es wieder durch das Gewebe. Es stieß auf Widerstand, drang schließlich durch und blieb dann mit einem leisen Klimpern stecken.

Aha!

Maia wiederholte das Experiment mehrmals, bis sie sich eine grobe Vorstellung vom Inhalt des Gepäckstücks machen konnte. Für eine Var auf Reisen schien Tizbe bemerkenswert wenige persönliche Dinge bei sich zu tragen – und statt dessen eine Menge schwerer Glasflaschen.

Auf Zehenspitzen schlich Maia zurück, bis sie endlich wieder sicher hinter ihrem Schreibtisch saß. Sie warf den Draht weg. Nachdenklich kaute sie an der Unterlippe. *So, jetzt weißt du, daß Tizbe ein Kurier ist und etwas Geheimnisvolles mit sich herumträgt. Aber du kannst immer noch nicht beweisen, daß etwas Illegales im Gang ist.* Die ganze Leisetreterei, das Geflüster am Hafen, reiche Klonfrauen, die sich als arme Vars ausgaben – das alles konnte durchaus auf ein Verbrechen hindeuten. *Vielleicht gibt es aber auch einen legitimen Grund für die Heimlichtuerei, beispielsweise etwas rein geschäftlicher Natur.*

Ein zweiter Aspekt der Angelegenheiten bereitete Maia noch mehr Kopfzerbrechen. *An dem Chaos in Lanargh war das Pulver möglicherweise zumindest zum Teil schuld. An dem Unfall in Clay Town zweifellos. Kann etwas, das soviel Ärger verursacht, überhaupt legal sein?*

Theoretisch waren alle drei Gesellschaftsschichten

vor dem Gesetz gleichberechtigt. In der Praxis jedoch brauchte man viel Zeit, um sich im Sumpf planetarischer, regionaler und lokaler Gesetzgebung zurechtzufinden, ganz zu schweigen von den Präzedenzfällen und vielfältigen Traditionen, die seit der Gründung und teilweise sogar noch von der Alten Erde weitergereicht worden waren. Große Clans verordneten oft einer oder mehreren Volltöchtern ein Jurastudium, so daß sie Fälle disputieren und bei Wahlen für eine ganze Gruppe Sammelstimmen abgeben konnten. Welche junge Var aber hatte die Möglichkeit, mehr als einen flüchtigen Blick in die staubigen juristischen Wälzer zu werfen, selbst wenn sie ihnen zugänglich waren? Das System schien absichtlich so eingerichtet, daß die unteren Schichten ausgeschlossen wurden. Andererseits – warum machten sich die Klonfrauen soviel Mühe, wo sie den Sommerlingen zahlenmäßig ohnehin bei weitem überlegen waren?

Maia schüttelte den Kopf. Sie brauchte Rat, sie brauchte Informationen, aber woher? In Long Valley gab es nicht einmal eine organisierte Guardia. Wozu auch? Freibeuter und andere küstenspezifische Probleme waren weit weg, und die Männer wurden in der Brunstzeit einfach verbannt.

Doch es gab einen Ort, an dem sie Hilfe suchen konnte. Einen Ort, den eine junge Var wie sie traditionsgemäß sogar aufsuchen *sollte*, wenn sie Probleme hatte, die sie allein nicht bewältigen konnte.

Doch sie beschloß, zuerst noch etwas anderes zu probieren.

Die letzte Station des Zuges an diesem Tag war Holly Lock. Diesmal gab Tizbe nicht einmal vor zu helfen, während Maia Pakete schleppte, mit dem leidigen Buchhaltungssystem der Musseli kämpfte und sich dann der Begutachtung einer haarspalterischen Frachtmeisterin stellen mußte. Mit einem hingeworfenen

»Tschüß, bis dann«, war die blonde junge Frau verschwunden. Als Maia fertig war, sagte sie sich, *gut, daß sie weg ist.* Sollte sich jemand anderes um die geheimnisvollen Flaschen kümmern.

Holly Lock war kaum mehr als eine Ansammlung von Lagerhäusern, Getreidehebern und Viehrutschen auf einer Seite der Schienen und einem kleinen Dörfchen mit winzigen Häusern für alleinstehende Vars und Mikroclans auf der anderen. Es gab nichts, was auch nur dem bescheidenen ›Stadtzentrum‹ von Port Sanger ähnelte, wo wenigstens ein paar Staatsbedienstete ihres Amtes walteten, ohne daß es der Bevölkerung weiter auffiel. Maia schulterte ihre Tasche und blieb vor dem Stationsbüro stehen, wo eine ältere, etwas weniger unfreundlich wirkende Musseli mit einer stämmigen Frau plauderte, deren Haut von der Sonne kupferbraun gebrannt war. Als sie merkte, daß Maia sich unschlüssig umschaute, blickte sie auf und zog eine Augenbraue hoch. »Ja?«

Impulsiv faßte Maia einen Entschluß. »Entschuldige, daß ich euch störe, Madam, aber ...« Sie schluckte. »Kannst du mir sagen, wo ich in der Stadt eine Savante finde? Eine, die Zugang zum Netz hat? Ich brauche dringend eine Konsultation.«

Die beiden Frauen blickten einander an. Die Stationsvorsteherin kicherte. »Eine Savante, sagst du? Eine Sa-van-te? Ich glaube, ich hab schon mal was davon gehört. Sind die nicht was Ähnliches wie Oberschlauberger?« Sie imitierte dabei so sarkastisch den Männerjargon, daß Maia rot wurde.

Aber die Frau mit der sonnengegerbten Haut lächelte, wobei sich um ihre Augen unzählige Fältchen bildeten. »Na, na, Tess. Sie ist doch bloß eine ernsthafte kleine Var. Lysos, kannst du dir überhaupt vorstellen, wieviel sie für eine Konsultation hinlegen müßte? Sie kriegt ja nicht mal den Clantarif. Da muß sie ziemlich dringend einen Rat brauchen.« Sie wandte sich Maia zu. »Wir haben keine eingetragenen Savanten in dieser Gegend des Tals, Fräuleinchen. Aber ich sag dir was: Ich komm auf dem Rückweg zur Mine an der Jopland-Feste vorbei. Ich kann dich mitnehmen.«

»Hmm. Haben die …?«

»Einen Anschluß? – Klar. Die reichsten Mütter in diesem Teil der Welt. Haben die ganze Konsole mit allem Drum und Dran. Aber vielleicht brauchst du das ja auch gar nicht. Ich denke nämlich, dir fehlt im Grunde bloß ein guter mütterlicher Ratschlag. Würde dir auch die Kosten für die Konsultation sparen.«

Mütterlicher Rat war genau das, was man Maia zu suchen beigebracht hatte, falls sie je mit der Welt nicht zurechtkommen würde. Im Idealfall standen die Mütter des größten, angesehensten Clans einer bestimmten Gegend in solchen Fällen nicht nur ihren eigenen Töchtern zur Verfügung, sondern jedem Ratsuchenden – selbst einem Mann oder einer Var, vorausgesetzt, der Bittsteller war ehrlich und brauchte wirklich Hilfe. Im Grunde hatte Maia aber gar keine Lust, ihr Herz einer Truppe ältlicher Klonfrauen auszuschütten, die es gewohnt waren, hier im Niemandsland feudal Hof zu halten. Sicher würden sie Maia nur mit Platitüden überschütten und Sprüche aus dem Buch der Gründermütter zitieren.

Aber die Frau sagt, sie haben eine Konsole.

»In Ordnung«, antwortete sie deshalb und wandte sich wieder an die Stationsvorsteherin. »Ich fürchte, das bedeutet …«

»Erzähl es nicht mir. Sonst bist du womöglich nicht rechtzeitig zurück und verpaßt den Zug um zwei nach sechs. Oh, Mist!« Die Musseli gähnte, um zu zeigen, wie aufgebracht sie war. »Vermutlich wartet schon eine andere Var auf deinen Job. Wenn du wieder da bist, setzen wir dich auf die Warteliste, dann kannst du's irgendwann noch mal probieren.«

Großartig. Damit habe ich sämtliche Sonderrechte ver-

spielt, die mit einer längerfristigen Arbeit einhergehen, und
muß womöglich eine Woche warten, bis der nächste Zug
für mich kommt. Schon jetzt wird es reichlich teuer für
mich.

Doch Maia hatte das Gefühl, daß sie am Ende noch
viel mehr bezahlen würde.

Wir sind aus einem ganz einfachen Grund darauf programmiert, daß wir Sex angenehm finden – weil Tiere, die sich paaren, Nachwuchs zeugen. Diejenigen, die das nicht tun, vermehren sich nicht. Eigenschaften, die der erfolgreichen Reproduktion förderlich sind, werden verstärkt und weitervererbt. So simpel ist das Prinzip der Evolution.

Deshalb ist es sinnlos, darüber zu jammern, daß die Männer zur Aggression neigen. Bei unseren Vorfahren half die Aggressivität den Männern dabei, mehr Nachkommen zu zeugen als ihre Konkurrenten. Ob das ›gut‹ oder ›schlecht‹ war, spielte überhaupt keine Rolle.

Das heißt, so war es, bis wir einen höheren Bewußtseinsstand erreichten, und ab diesem Punkt wurde Gut und Schlecht tatsächlich relevant! Verhaltensweisen, die bei unwissenden Tieren verzeihlich sind, können pervers, ja kriminell sein, wenn ein denkendes Wesen sie an den Tag legt. Daß eine Eigenschaft ›natürlich‹ ist, heißt noch lange nicht, daß sie wünschenswert ist und um jeden Preis beibehalten werden sollte.

Zwar sind die Radikalen von Herlandia zu weit gegangen, aber wir können es bestimmt besser machen als jene kleinmütigen Kompromißler auf Neuterra oder Florentina, die nur auf einen allgemeinen Konsens hin zaghafte, minimale Veränderungen wagten. Beispielsweise könnten wir die männliche Begierde, statt sie ganz abzuschaffen, ausschließlich auf bestimmte Jahreszeiten kanalisieren, wie das bei der Brunst mancher Tiere, etwa der Hirsche oder Elche, der Fall ist. Andere unerwünschte oder gefährliche

Verhaltensweisen könnten isoliert werden, damit unsere Töchter sie nicht mehr jeden Tag des Jahres zu ertragen brauchen.

Mut und Klugheit sind für dieses Unternehmen vonnöten, aber ebenso ein gewisses Mitgefühl für unsere Nachfahren, denen etliche unvermeidliche Kämpfe bevorstehen.

Kapitel 7

Die Sonne stand tief am Himmel, als Maia und die große Frau endlich mit vereinten Kräften den Wagen beladen hatten. Auf dem Weg aus der Stadt machten sie an einer Herberge für Durchreisende halt, und Maia rannte hinein, um ihre Tasche zur Aufbewahrung abzugeben. Nicht, daß sie viel Wertvolles enthalten hätte – nur Kleidung und ein paar Erinnerungsstücke, unter anderem ein Buch über die tägliche Stellung der Himmelskörper, das Leie ihr zum Geburtstag geschenkt hatte, und ein kleiner, geschwärzter Stein. Letzterer war ein Geschenk des alten Bennett – aus der Zeit, bevor das Licht aus seinen Augen verschwunden war. Er hatte geschworen, es sei ein echter Meteorit. Eigentlich wollte Maia ihre Siebensachen nicht zurücklassen, aber es wäre Unsinn gewesen, sie nur für eine Nacht zur Jopland-Feste und wieder zurück zu schleppen. Nachdem Maia noch rasch ein paar Dinge in ihren Jackentaschen verstaut hatte, nahm sie die Quittung der Musseli-Angestellten entgegen und eilte zurück zu ihrer Mitfahrgelegenheit.

Der schwerbeladene Pferdewagen zuckelte langsam über die ungepflasterte Straße nach Norden, durch Schlaglöcher und Rillen, die nach den sommerlichen

Unwettern noch nicht repariert worden waren. Maias Augen juckten von dem Staub, und sie mußte dauernd blinzeln, um nicht alles unscharf zu sehen. »Der Rat von Long Valley läßt sich gehörig Zeit mit den Straßenarbeiten«, beschwerte sich die Eigentümerin des Wagens. »Diese Schnepfen behaupten, es sei kein Geld da, aber vor der Erntezeit finden sie dann plötzlich wieder welches. Hier haben überall die Farmerinnen das Sagen, Fräuleinchen. Wenn du das nie vergißt, dann wirst du einigermaßen zurechtkommen.«

Perkinitische Farmerinnen, ergänzte Maia im stillen. Die Sekte zog vor allem kleinere Clans an, solche, die noch nicht lange vom Status bescheidener Vars aufgestiegen waren. Selbst die wohlhabendsten Clans von Long Valley waren nach Küstenmaßstäben bescheiden, ausgenommen natürlich die Ableger von berühmteren Stämmen anderer Regionen.

Maias Wohltäterin kam aus einem solchen Clan. Sie war eine *Lerner*. Maia kannte die Familie, deren verstreute Zweige sich auf dem Östlichen Kontinent in Festen und kleinen Gemeinschaften überall dort niedergelassen hatten, wo die Metallvorkommen für die großen Bergwerkskonzerne zu geringfügig waren. Bittere Erfahrungen hatten dem Lerner-Clan die Grenzen seines Talents aufgezeigt. Sobald eines ihrer Projekte so groß wurde, daß es Konkurrenz anlockte, verkauften sie und zogen weiter.

Aber es ist trotzdem eine Nische, grübelte Maia. Nur wenigen Vars gelang es, eine eigene Namenslinie zu gründen, vor allem eine so zahlreiche. Maia hatte kein Recht, sich ein Urteil anzumaßen.

Calma Lerner war eine recht freundliche Person. Sie hatte Hände, so groß wie die eines Mannes und fast so hart wie die rötlichen Barren, bei deren Verladung Maia geholfen hatte und die heute mit dem Zug aus dem fernen Grange Head angekommen waren. Diese Legierungen würden mit dem Eisen aus der Gegend gemischt werden, und so entstand nach Rezepten, die seit Generation von Mutter zu Tochter weitergegeben wurden, der einfache, robuste Lerner-Stahl.

Die in Port Sanger ansässigen Lerners waren nicht der Präriesonne ausgesetzt und deshalb wesentlich hellhäutiger. Dennoch kam Calma Maia irgendwie vertraut vor, als könnte sie mit ihr über gemeinsame Bekannte plaudern. Natürlich hatten sie keine, die Vertrautheit war einseitig und Calma würde Maia wahrscheinlich nicht einmal wiedererkennen, wenn sie sich je wieder begegneten. Meistens erinnerten sich die Leute nicht an ein Gesicht, das es nur einmal gab – sofern sie es überhaupt wahrnahmen.

Doch während die gelbbraune Landschaft an ihnen vorüberzog, zeigte Calma durchaus etwas von der Leutseligkeit, für die ihr Clan bekannt war, und ließ sich nach dem Leben auf der endlosen Prärie ausfragen. Calma und ihre Familie bearbeiteten die Erde nördlich von Holly Lock; dort hatte eine Verwerfung ein äußerst seltenes Muttergestein zutage gefördert, das eine vielversprechende Mischung von Elementen enthielt. Als dieser Teil des Tals gerade erst besiedelt wurde, waren drei junge Töchter einer etablierten Lerner-Feste von der Küste hier eingetroffen, um in diesen kargen Flözen Metall zu schürfen und Schmieden aufzubauen. Über vier Generationen hinweg hatte es harte Zeiten gegeben und auch ein paar fette Jahre. In dem winzigen Ablegerclan gab es jetzt sechs Erwachsene und vier Klontöchter unterschiedlichen Alters. Dazu noch einen Sommerjungen sowie etwa ein Dutzend durchreisende Vararbeiterinnen.

Als Calma entdeckte, daß Maia über einige Chemiekenntnisse verfügte, wurde sie noch offenherziger und erzählte überschwenglich von den Freuden und Herausforderungen der Metallurgie hier im Grenzland – wie man den Rohstoff des Planeten so formte und veränderte, daß er den menschlichen Bedürfnissen diente.

»Du kannst dir nicht vorstellen, wie schön das ist«, schwärmte sie und gestikulierte mit ihren kräftigen Armen zum Horizont, wo die Sonne ein Getreidemeer in Brand zu setzen schien. »Für junge Leute mit der richtigen Arbeitseinstellung gibt es hier draußen hervorragende Startbedingungen. Ja. Echt gute Bedingungen.«

Aus Höflichkeit und weil sie ihre Gefährtin sympathisch fand, verkniff sich Maia ein Lachen. Manche Sackgassen waren schwer auszumachen, aber die arme Calma beschrieb eine eindeutige Verliererstraße. »Ich werde es mir durch den Kopf gehen lassen«, antwortete sie vorsichtig und ohne zu zeigen, wie sehr der Vorschlag sie amüsierte.

Plötzlich wurde ihr bewußt, wie sorgfältig sie die Worte der Lerner-Klonfrau speicherte. Ganz gewohnheitsmäßig versuchte sie, sich alles einzuprägen, um es später wiederholen zu können ... für Leie. Sie war machtlos dagegen. Verhaltensmuster, die man das ganze Leben beibehalten hat, sind schwer totzukriegen. Manchmal schwerer als ein Mensch.

»*Man sollte meinen, sie hätten schon genug Wein intus für ein Begräbnis*«, hatte sie sich in dem Winter, als sie vier waren, einmal bei ihrer Schwester beschwert, während sie sich mit dem Sperrad der Kurbel abmühten, um den Speiseaufzug in den Keller hinunterzulassen. »*Meinst du, sie lassen uns noch den ganzen restlichen Abend auf und ab fahren?*«

»*Kann schon sein*«, hatte Leie atemlos erwidert, und ihre Stimme hallte in dem engen Schacht. Mit leisem Klicken registrierte die Winde jeden Zentimeter der Abwärtsfahrt, wie ein Uhrwerk. »*Heute früh lag Glorienfrost auf den Fenstersimsen, und du weißt doch, davon kriegen sie Feierlaune. Ich wette, daß die Lamai mehr im Sinn haben als nur eine Zeremonie, mit der sie die drei toten Großmütter unter die Erde bringen.*«

Maia erinnerte sich noch, wie sie bei Leies unumwundener Ausdrucksweise zusammengezuckt war. Obgleich die Lamai ihre Vartöchter eher kühl behandelten, wurden sie im Alter doch meist etwas weicher und zeigten manchmal sogar echte Zuneigung. Zwei der verstorbenen Omas hätte man schon fast als liebevoll bezeichnen können. Außerdem war es nicht richtig, schlecht über die Toten zu sprechen. *Man sagt, Stratos verwendet alle Atome wieder, die wir ihr zurückgeben, und jedes Teilchen von uns existiert in einem neuen Leben weiter.*

An diesem Tag, nach Maias erster direkter Begegnung mit dem Tod, war ein solch abstrakter Trost reichlich schwach. Die enge Aufzugkabine war stickig und schwankte, als sie an der Kurbel drehten. Das Licht ihrer Laternen glitzerte auf den Steinwänden, wo aus den darüber liegenden, schlampig abgedichteten Küchen das Wasser herablief, und das Echo ihres schweren Atems huschte wie eine gefangene Seele über die Wände der Grube. Als die hölzerne Kabine endlich aufsetzte, stiegen die Schwestern erleichtert aus. In einer Richtung standen versiegelte Tonnen mit Getreide und anderen Vorräten für den Fall einer Belagerung. Auf riesigen Regalen lagerten Fässer und schimmernde, mit Wachs verschlossene Flaschen.

Die handgeschriebene Liste in der Hand, war Leie zu den Weingestellen geschlendert, um die gewünschten Jahrgänge zu holen. Da sie wußte, daß ihre Schwester nichts gegen eine kurzfristige Trennung hatte, ging Maia einen anderen Gang hinunter und ließ das Licht ihrer Laterne über ein Steinportal wandern, das eine Tür aus verstärktem Stahl umgab.

Im Felsgestein um die Tür herum war eine verwirrende Vielzahl von Kerben eingeritzt, manche geschwungen, andere gerade und breit genug, daß man ein Messer darin hätte verbergen können. Einige Erhebungen gaben ein wenig nach, wenn man auf sie drückte, und es ertönten faszinierende Klickgeräusche, die auf einen verborgenen Mechanismus schließen ließen.

Das eine Mal, als Maia eine Lamai nach der Tür gefragt hatte, erntete sie eine Maulschelle, daß ihr die Ohren klangen. Leie dachte sich gern Phantasiegschichten aus über die geheimnisvollen Schätze, die sich hinter dieser Tür verbargen, aber Maia interessierte das Rätsel an sich. Sie schmuggelte Papier und Bleistift mit in den Keller und zeichnete die eingeritzten Formen nach; dann brütete sie stundenlang über mögliche Kombinationen und Geheimcodes. Es mußte eine harte Nuß sein, wenn die Lamai die Varmädchen unbeaufsichtigt in den Keller schickten.

An jenem Tag, nachdem sie die bestellten Flaschen in den Speiseaufzug geladen hatten, trat Leie zu Maia und legte ihr den Arm um die Schulter. »*Laß dich nicht von deinem blöden Puzzle so runterziehen. Vielleicht können wir einen hydraulischen Wagenheber hierher schmuggeln, ein fettiges Einzelteil nach dem anderen. Und dann rums! Kein Rätsel mehr!*«

»*Das ist es nicht*«, entgegnete Maia und schüttelte mutlos den Kopf. »*Ich hab nur an die alten Frauen gedacht, an die Großmütter. Wir haben sie gekannt. Sie waren immer da, solange wir klein waren, wie die Luft und die Sonne. Jetzt liegen sie in der Kapelle, ganz steif und ...*« Sie schauderte. Da sie nun vier Jahre alt waren, hatten sie zum ersten Mal an einem Begräbnis teilgenommen. »*Und all die anderen in der ersten Reihe, die aussahen, als wüßten sie, daß sie auch bald dran sind.*«

Vollblut-Lamai erreichten für gewöhnlich ein reifes Alter von achtundzwanzig oder neunundzwanzig stratoinischen Jahren. Wenn eine von ihnen abtrat, folgte meist innerhalb weniger Wochen eine ganze ›Klasse‹. Demzufolge erwartete niemand, daß dies das letzte Begräbnis der Saison oder auch nur des Monats war.

»*Ich weiß*«, hatte Leie in ungewöhnlich nachdenklichem Ton geantwortet. »*Es hat mir auch angst gemacht.*«

Maia lehnte den Kopf an die Schulter ihrer Schwester, getröstet in dem Bewußtsein, daß jemand verstand, welche Fragen ihre Seele quälten.

Auf dem Rückweg in dem dumpfigen Aufzugschacht versuchte Leie, ihre Stimmung etwas zu heben, indem sie eine Klatschgeschichte erzählte, die sie am Morgen von einem anderen Varmädchen aus der Stadt gehört hatte. Anscheinend hatten mehrere jüngere Schwestern aus dem Saxton-Clan beim Hafen einen Aufstand veranstaltet und junge Matrosen belästigt, bis die Männer vor lauter Verzweiflung die Guardia riefen und …

Ein Schwarm dünngefiederter Putenvögel flatterte über die Straße, so plötzlich, daß das Tänzelpferd wieherte und sich aufbäumte. Beruhigend redete Calma Lerner auf das Tier ein und versuchte es zu zügeln. Die Vögel verschwanden in ein Rohrdickicht, ein Rudel Blaßfüchse dicht hinter ihnen.

Maia blinzelte und hielt ein paar Sekunden die Luft an. Einen Augenblick lang war ihr die Erinnerung lebendiger erschienen als die staubige Gegenwart. Vielleicht erinnerte sie die schwankende Sitzbank an den knarzenden Speiseaufzug. Oder ein anderer unbewußter Reiz, ein Geruch, ein Glitzern in der Dämmerung – irgend etwas Derartiges konnte die unerwünschte Reise in die Vergangenheit herbeigeführt haben.

Seltsam. Nun, da ihr Gedankenfluß unterbrochen war, hatte Maia plötzlich vergessen, welche pikante Tratschgeschichte Leie ihr an jenem Tag hatte angedeihen lassen, während sie in der Holzkabine zwischen dem Keller und der Speisekammer hingen. Sie wußte nur noch, daß sie laut gelacht und sich die Hand vor den Mund geschlagen hatte, damit man sie nicht im ganzen Haus hörte. Noch Stunden danach hatte ihr der Bauch weh getan, sowohl vom Lachen als auch von der Anstrengung, es zurückzuhalten. Leie krümmte sich so vor Lachen, daß sie den Hebel kaum stillhalten konnte.

Eine Weinflasche kippte um, zerbrach, und die blutrote Flüssigkeit ergoß sich auf den hölzernen Fußboden. Die purpurne Pfütze breitete sich aus, und mit hörbarem Platschen fielen Tropfen in die Kellergruft hinunter.

Warum läßt du mich nicht in Ruhe? dachte Maia traurig, schüttelte den Kopf und versuchte, die Tränen zurückzuhalten. Momentan konnte sie Erinnerungen wirklich nicht gebrauchen. Der Schmerz war wie ein bitterer Geschmack in ihrem Mund.

Doch es war nicht mehr so eindeutig. Obgleich die erneute Trauer weh tat, schien die Erinnerung an das gemeinsame Lachen einen tieferen Bereich ihres Innern zu durchfluten, als wollte sie die Wunde mit trauriger Freude durchdringen, mit süßem, wehmütigem Trost. Ganz gegen ihren Willen lächelte Maia.

Vielleicht sind es immer nur Momente, die wir erleben, dachte sie und beschloß, nicht gar zu erbittert Widerstand zu leisten, wenn das nächste Mal eine frohe Erinnerung in ihr aufstieg.

Calma Lerner hatte eine ganze Weile geschwiegen, vielleicht, weil sie bemerkt hatte, wie versunken ihre Reisegefährtin war. Deshalb zuckte Maia erschrocken zusammen, als sie verkündete: »Wir sind gleich da. Bei der Jopland-Feste. Da drüben, hinter dem Obstgarten.«

Während Maia ihren Gedanken nachgehangen hatte, war der Nachmittag verstrichen, und jetzt tauchte auf der gegenüberliegenden Seite eines gurgelnden Baches eine ausgedehnte Obstplantage auf. Maia betrachtete die in regelmäßigen Abständen angepflanzten schlanken Stämme, die ein sich permanent veränderndes Gittermuster bildeten. Als der Wagen über eine Holzbrücke ratterte, schien der kultivierte Wald um Maia herum auf einen Schlag in ausgeklügelte geometrische Formen aufzugehen, eine Kristallstudie in lebendem Holz. Das rasch schwächer werdende Tageslicht intensivierte jeden Blickwinkel, denn an Stelle beobachtender Distanz trat ein Gefühl von Unendlichkeit.

Bald merkte Maia, daß die Bäume mit einer eigenen Beleuchtung ausgestattet waren. Sie blinzelte erstaunt. Das schwache Flackern wirkte zunächst wie eine Dekoration, doch dann wurde Maia plötzlich klar, daß es Leuchtkäfer sein mußten, die die Linien und Schnittpunkte der Plantage mit ihren Paarungsritualen erhellten. Schimmernde Lichtwellen kräuselten sich durch die dichten Alleen. Man konnte sie verfolgen, wie man die parallelen Harmonien einer vierstimmigen Fuge für kurze Zeit voneinander unterscheiden kann ... aber nur, indem man sich vollkommen entspannte.

Später ist das bestimmt ein faszinierender Anblick, dachte Maia und wünschte, sie könnte bleiben und sich für immer in dieser Miniaturgalaxie umhertreiben lassen, in diesem Schwarm von Miniatursternen.

Schließlich verließ die Straße den Wald und ließ das funkelnde Gitterwerk hinter sich. Vor ihnen fiel das beständigere Licht des Mondes auf eine Gruppe hübscher Farmgebäude, unter ihnen ein großes zweistöckiges Haus aus Adobe oder verstärktem Lehm. Antennen reckten sich den wenigen Satelliten entgegen, die hoch am Himmel noch funktionierten.

»Das Heim der Joplands«, erklärte Calma Lerner noch einmal. »Weil es so spät ist, werden sie dich vermutlich in der Scheune unterbringen. So schreiben es die Regeln der Gastfreundschaft vor. Aber wenn du nicht mit den Joplands zurechtkommst, dann mach dir deswegen keine Sorgen. Folge einfach meinen Wagenspuren drei Kilometer nach Südwesten, bieg an der großen Weide rechts ab, geh noch mal zwei Kilometer und dann immer der Nase nach. Die Leute sagen, man riecht die Lerner-Feste, lange bevor man sie erreicht. Hab ich noch nie bemerkt.«

»Danke«, sagte Maia und nickte. »Oh, passiert das leicht? Ich meine, daß man nicht mit den Joplands zurechtkommt.«

Calma zuckte die Achseln. »Früher oder später müssen alle mal nach Jopland, um Rat einzuholen. Da lernt man, die Dinge vorsichtig zu formulieren. Weiter nichts.«

Ohne abzubremsen rumpelte der Wagen durch ein großes Tor in dem Lattenzaun. Maia sprang ab und ging ein paar Meter neben Calma her. »Danke für die Warnung und das Mitnehmen!«

»Keine Ursache. Viel Glück mit deiner Kon-sul-ta-tion!« Die große Frau lachte und winkte Maia zu. Schon bald war der Wagen in einer Staubwolke verschwunden.

Mehrere große Kutschen standen in der Auffahrt vor dem Haus. Eine junge Frau, wahrscheinlich eine Vardienerin, striegelte Pferde an einem Wassertrog. *Das muß der soziale Mittelpunkt des Bezirks sein*, dachte Maia, während sie an die Tür klopfte. Umgehend erschien ein hünenhafter Lugar, bekleidet mit einer grün-gelb gestreiften Weste, die schon bessere Zeiten gesehen hatte. Die weißpelzige Kreatur neigte den leicht angegrauten Kopf und ließ ein fragendes Miauen hören.

»Eine Bürgerin sucht Rat«, sagte Maia langsam und deutlich. »Ich erbitte die Hilfe der weisen Mütter der Jopland-Feste.«

Der Lugar starrte sie ein paar Sekunden lang an, dann gab er ein kehliges Brummen von sich, drehte sich um und winkte Maia, ihm zu folgen.

Während die Wände außen aus Adobe waren, hatte die Villa innen eine prächtige Vertäfelung aus Hartholz, das hier auf der Hochebene nicht heimisch war. Wandleuchter verbreiteten ein bleiches elektrisches Licht, in dem das Wappen über der Haupttreppe aufdringlich hervortrat: ein Pflug, umgeben von Weizengarben. *Wenigstens gibt es keine Statuen*, dachte Maia.

Der Lugar führte sie durch zwei massive Schiebetüren in einen helleren Raum, vermutlich die Empfangshalle. Rauchwolken brannten Maia in den Augen, und zu ihrer Überraschung sah sie *Männer*, ungefähr ein Dutzend, ausgestreckt auf etwas abgenutzten Sofas und Kissen. Sie rauchten langstielige Pfeifen, während vier junge Dienerinnen aus der Küche Krüge mit braunem Bier herbeitrugen. Der Mann, der am nächsten bei der Tür saß, las im Schein einer Lampe ein Buch. Weiter entfernt blickten zwei auf einen flackernden Telebildschirm, auf dem ein Sportwettkampf zu sehen war. In der gegenüberliegenden Ecke brütete eine kleine Gruppe über einem Spiel des Lebens in Kleinformat, mit nur etwa einem Meter Seitenlänge, die gitterartige Oberfläche bedeckt mit winzigen schwarzen, weißen oder purpurroten Vierecken, die unter den konzentrierten Blicken der Spieler klickten und klackten und geheimnisvolle, sich unablässig verändernde Muster auf das Spielbrett zauberten. Die restlichen Männer saßen schweigend da, in Gedanken versunken. Nur wenige von ihnen hatten sich die Mühe gemacht, die Arbeitskleidung abzulegen – die roten, orangefarbenen oder schwarzen einteiligen Uniformen der drei Eisenbahngilden. Maia vermutete, daß sämtliche Männer aus einem Umkreis von sechzig Kilometer sich heute abend in diesem Raum versammelt hatten. *Die Clans beginnen zeitig mit der Winterwerbung*, dachte sie bei sich.

Bei ihrem ersten Rundblick durch den Raum hatte Maia bereits zwei Männer gähnen sehen. Zweifellos hatten sie einen harten Arbeitstag hinter sich. Aber sie schienen nicht eigentlich müde zu sein, sondern eher etwas gelangweilt.

Sieht aus, als wäre ich zu einem schlechten Zeitpunkt gekommen.

Noch war keine erwachsene Frau anwesend. Außer im Sommer hatten die Männer es gewöhnlich am liebsten, wenn der Abend ruhig und entspannt verlief. Deshalb waren die ausgewählten Joplands vermutlich dabei, ihre Farmerkleidung abzulegen und sich mit Gewändern zu schmücken, die, wie die Versandkataloge versprachen, den schlummernden Funken männlichen Verlangens entzünden würden. Maia warf einen Blick auf die vier Dienstmädchen, die leise um die Gäste herumschwebten und sich bemühten, möglichst wenig zu stören. Zwei von ihnen waren zwar unterschiedlich alt, hatten aber identische Gesichter, olivfarbene Haut, einen zierlichen, aber muskulösen Körperbau. Ihr schönster Schmuck war das seidige schwarze Haar, das sie trotz des allgegenwärtigen Staubs der Gegend lang trugen.

Maia kam zu dem Schluß, daß dies Wintertöchter sein mußten, schätzungsweise drei bis vier Jahre alt. Die beiden anderen Mädchen waren älter, nicht so gut gekleidet und eindeutig nicht identisch, also vermutlich Varangestellte.

Als Maia hereinkam, blickten mehrere Männer auf. Die meisten verloren rasch das Interesse und wandten sich wieder ihrer jeweiligen Beschäftigung zu, aber ein junger Kerl, glattrasiert und gepflegter als alle anderen, betrachtete sie eingehend und lächelte sogar, als sich ihre Blicke trafen. Er rutschte auf seinem Stuhl herum, und Maia durchfuhr schon der panische Gedanke, er könnte zu ihr kommen und mit ihr reden wollen! Was sollte sie dann bloß sagen?

Doch in diesem Moment spürte Maia hinter sich einen Luftzug und wußte sofort, daß die Tür aufgegangen war. Der junge Mann sah an ihr vorbei, seufzte und sank in seinen Stuhl zurück. Mit einer seltsamen Mischung aus Erleichterung und Enttäuschung wandte Maia den Kopf, um zu sehen, was diese Reaktion hervorgerufen hatte.

»Wer bist *du* denn und was hast du hier zu suchen?«

Wenn man die kleine, nachlässig gekleidete Frau sah, die jetzt mit verschränkten Armen vor Maia stand, wunderte man sich nicht über den gebieterischen Ton. Offenbar neigten die Joplands dazu, im Alter Fett anzusetzen, auch wenn die breiten Schultern darauf schließen ließen, daß die Frau trotz ihres Alters ungewöhnlich kräftig war. Die hübsche Hautfarbe der beiden jungen Wintermädchen war bei ihr ledrig geworden, aber die schwarzen Haare hatten sich nicht verändert. Das war noch ein Punkt, an dem sich Klonfrauen und Vars unterschieden. Eine Var wußte nie, wie sie aussehen würde, wenn sie älter wurde. Aber Maia fand das nicht unbedingt nachteilig.

»Eine Bürgerin sucht Hilfe«, antwortete sie und verbeugte sich höflich vor der älteren Jopland-Frau. »Ich habe eure Antenne gesehen, o Mutter, und möchte euch bitten, mir dabei zu helfen, die Weisen Frauen von Caria um Rat zu ersuchen.«

Sie hatte nicht vorgehabt, so laut zu sprechen, aber ihre Worte hallten durch den Raum, und plötzlich war es totenstill, obgleich es vorhin schon relativ ruhig gewesen war. Unter den gesenkten Augenlidern der in der Nähe sitzenden Männer spürte man ein plötzlich aufflackerndes Interesse, was die Jopland-Matriarchin zu verärgern schien.

»Oh, mußt du das, Variantentochter? Glaubst du, du hättest etwas zu sagen, was für die Weisen der Hauptstadt von Interesse sein könnte?«

»Ja, Mutter. Und wie ich sehe, ist eure Anlage funktionsfähig.« Sie machte eine Handbewegung in Richtung des uralten Teleapparats. Dem Gesichtsausdruck der Alten nach zu urteilen, hatte Maia ihr gerade einen weiteren Grund verschafft, das Gerät zu hassen, aber es war ein wertvoller Lockvogel, wenn man die Männer an Abenden wie diesem um sich scharen wollte. »Nach dem altehrwürdigen Codex«, beendete Maia ihre Rede, »bitte ich euch, eine Verbindung für mich herzustellen.«

Ein heftiges Stirnrunzeln war die Antwort. Offensichtlich mochte die alte Frau es nicht, wenn eine Göre ohne Rang und Namen den alten Codex zitierte. »Hmm. Du kommst zu einem äußerst ungünstigen Zeitpunkt.« Sie machte eine Pause. »Wir sind nicht verpflichtet, die Kosten zu übernehmen. Ich gehe also davon aus, daß du für sie aufkommen kannst?«

Als Maia nach ihrer Börse griff, zischte die alte Frau aufgebracht: »Nicht hier, du dumme Gans! Kennst du denn kein Schamgefühl?« Verwirrt blinzelte Maia sie an. Gab es etwa eine perkinitische Regel, daß Männer nicht sehen durften, wie eine Frau mit Geld hantierte? »Vergib mir, Mutter.« Sie verbeugte sich erneut.

»Hmm. Nun, dann komm erst mal hier entlang. Und was ist mit dir?« Die alte Frau schnippte vor der Nase des einen Vardienstmädchen mit den Fingern. »Das Glas des Gentleman ist leer!« Mit einem empörten Schnauben wandte sie sich ab, und Maia folgte ihr einen schmalen Korridor entlang.

Im Vorübergehen erhaschte Maia einen Blick in ein Zimmer, in dem etliche junge Frauen mit den Vorbereitungen für den Abend beschäftigt waren. In ihrer Blütezeit zwischen sechs und zwölf Jahren waren die Jopland-Frauen ausgesprochen hübsch, das mußte Maia zugeben. Vor allem, wenn man ausgeprägte Kieferknochen und eine hohe Stirn mochte. Aber der Geschmack von Männern war ohnehin schwer nachvollziehbar, und je weiter sich der Wengelstern zurückzog und die Aurorae verblaßten, desto wählerischer wurden sie.

Die jungen Joplands teilten sich die Spiegel mit einem Paar und einem Trio von Klonfrauen aus anderen Familien: erstere waren groß, mit gekräuseltem Haar, die anderen hatten breite Schultern und Hüften und dazu Brüste, mit denen man Vierlinge hätte ernähren können. Allem Anschein nach teilten sich die Joplands die Ausgaben für die Bewirtung der Männer mit mindestens zwei alliierten Clans. In Anbetracht des mehr als mäßigen Enthusiasmus, den Maia in der Empfangshalle gespürt hatte, mußten sie wahrscheinlich mehrere solcher Abende einplanen, um auch nur ein paar Winterschwangerschaften verzeichnen zu können.

Nach der Größe des Hauses hatte Maia mehr Jopland-Frauen im fruchtbaren Alter erwartet, bis ihr einfiel, daß ihr Gerüchte über einen Bevölkerungsrückgang in Long Valley zu Ohren gekommen waren. *Und das, wo überall sonst die Geburten zunehmen.*

Aber natürlich! Der Boom an der Küste ist hauptsächlich auf den ›Überschuß‹ der Sommergeburten zurückzuführen. Aber diese Oberschichtlerinnen hier sind Perkiniten. Sie schicken die Männer im Sommer weg, um genau diese Schwangerschaften zu vermeiden! Das erklärte, warum sie keine Vartöchter gesehen hatte, also Mädchen oder Frauen, die ihren Jopland-Müttern halbwegs ähnelten.

Gern hätte Maia sich ein wenig Zeit gelassen, denn sie war neugierig, wie diese Grenzland-Frauen etwas zuwege brachten, was selbst den reichen, attraktiven Lamai an der Küste manchmal Probleme bereitete. »*Hier* entlang«, zischte die alte Joplandfrau und unterbrach damit Maias Grübeleien.

»Oh, Verzeihung, Ma'am.« Mit gesenktem Kopf eilte Maia ihrer unwilligen Gastgeberin nach.

Der Kommunikationsraum war winzig, kaum eine Kabine. Eine Konsole in Standardausführung stand auf einem klapprigen Tischchen, ein Kabelbündel führte durch ein Loch in der Wand nach draußen. Nur die Stühle machten einen einigermaßen bequemen Eindruck. Wahrscheinlich waren sie für die Mütter gedacht, wenn sie längere geschäftliche Ferngespräche führen mußten. Doch sie wurden rasch beiseite geschoben, und statt dessen erschien ein Hocker vor dem Tisch. Mit schwieligem Finger bediente die alte Jopland-Frau einen Schalter, und der kleine Bildschirm leuchtete auf.

»Gastgespräch. Berechnung nach Beendigung«, sprach sie in die Maschine und drehte sich dann zu Maia um. »Wenn du die Kosten nicht begleichen kannst, mußt du sie abarbeiten. Hundert pro Monat. Abgemacht?«

Maia spürte, wie die Wut in ihr hochstieg. Das Angebot war haarsträubend. *Das ungehobeltste Sommerkind*

aus Port Sanger hat bessere Manieren als du, ›Mutter‹.
Aber Umgangsformen und Anstand waren nicht das, was man brauchte, wenn man sich hier draußen auf der Prärie eine Nische einrichten wollte. Wieder einmal rief Maia sich ins Gedächtnis, daß sich eine Var kein Urteil erlauben durfte.

»Abgemacht«, stieß sie zwischen zusammengebissenen Zähnen hervor. Die Jopland-Frau lächelte.

Hoffentlich kostet es nicht zuviel! Für Klonfrauen wie diese hier zu arbeiten, wäre bestimmt die sprichwörtliche Hölle.

Maia setzte sich vor die Konsole. Irgendwo hatte sie gehört, daß diese Standardausführung eins von neun photonischen Geräten war, die in den alten Fabriken auf dem Landungskontinent noch in Massenproduktion gefertigt wurden. Zu den anderen gehörten Allzweckmotoren, die für die Solareisenbahnen benutzt wurden, und das Spiel des Lebens in der Ausgabe, die Maia vor ein paar Minuten in der Empfangshalle gesehen hatte. Maia hatte noch nie eine Konsole benutzt. Sie versuchte, sich an die flüchtigen Lektionen von Savante Judeth in Lamatia zu erinnern. *Also … das Ding steht auf Sprechmodus, wenn ich jetzt also meine Bitte in Worte fasse …*

Plötzlich fiel ihr auf, daß sie die Tür gar nicht hatte zugehen hören. Sie drehte sich um, und da lehnte die Jopland-Matriarchin tatsächlich mit verschränkten Armen am Türpfosten.

»Ich erbitte das Höflichkeitsrecht, allein sein zu dürfen«, sagte Maia und haßte die alte Frau, weil sie sie zu dieser Maßnahme zwang. Die Alte schmunzelte nur. »Die Uhr läuft, Fräuleinchen. Viel Spaß.« Klickend fiel die Tür hinter ihr ins Schloß.

Verdammt! Jetzt erst sah Maia den Chronometer in der oberen linken Ecke des Bildschirms. Er ratterte hektisch und zeigte bereits Gesprächskosten von elf Krediten! Nervös sprach Maia in die Maschine. »Äh, ich muß mit jemandem reden … mit einer Weisen … oder vielleicht mit einer Frau von der Guardia …«

Nichts tat sich. Es klappte überhaupt nicht! »O ja! In Caria!«

Auf dem Bildschirm, der bisher leer geblieben war, erschien jetzt endlich ein Muster aus Vierecken. *Eine logische Anordnung*, erkannte Maia. Darüber stand:

Anfragebereich – Caria City
allgemeine Auskunft gesucht
ungenaue Teilangaben
– ›Weise‹ und/oder ›Guardia‹ –
Bitte Klärung – GEGENSTAND DER ANFRAGE? –

Maia beschloß, daß es besser war, ihre Frage nicht in der vorgeschriebenen Höflichkeitsform zu stellen. Was sie dabei an Verarbeitungskosten einsparte, würde sie an Verbindungszeit mehrfach wieder verlieren. Vielleicht würde sich die Maschine herauspicken, was sie brauchte, wenn Maia einfach mit ihr redete?

»Ich bin nicht sicher, aber ich habe seltsame Dinge gesehen, in Lanargh und in Clay Town. Männer, die sich jetzt im Herbst benommen haben, als wäre Sommer. Ich glaube, sie müssen etwas gegessen oder geschnüffelt haben. Etwas, das geheimgehalten werden soll. Irgendein blaues Pulver. In Glasflaschen …«

Der Bildschirm flackerte ein paarmal, die Vierecke ordneten sich neu, und in jedem erschienen ein oder mehrere Wörter von dem, was sie gesagt hatte. Pfeile verbanden die Vierecke immer wieder neu miteinander, während sie sprach. Maia mußte sich konzentrieren, damit das verwirrende Puzzle sie nicht zu sehr in seinen Bann schlug. »… da war eine junge Frau aus einem Freuden-Clan, ich glaube, sie haben als Aushängeschild einen Bullen mit einer Glocke, die er läutet. Die Frau trägt die Flaschen mit sich herum, wie eine Art Kurier …«

Auf einmal klappten die Vierecke sich zusammen, als

hätten sich Maias Gedanken zu ordentlichen Würfeln geformt, die sich in einer Konfiguration von unverfälschter Klarheit zusammenfanden, als logisch konsistentes Ganzes. Doch das Bild blieb nur einen Augenblick erhalten, zu kurz, um es bewußt zu analysieren. Als es verschwand, tat es Maia richtig weh.

Dann erschien statt des Musters ein menschliches Gesicht – eine Frau, die ihre welligen braunen Haare auf einer Seite mit einer eleganten Goldspange hochgesteckt hatte. Sie war hübsch, nicht mehr ganz jung und betrachtete Maia einen langen Augenblick, ehe sie in äußerst kompetentem Ton antwortete.

»Du bist mit dem Amt für Planetarisches Gleichgewicht verbunden. Nenn deinen Namen und deine Herkunft.«

Maia hatte nie etwas von dieser Organisation gehört. Nervös identifizierte sie sich. Für offizielle Zwecke benutzte eine Var als Nachnamen den ihres Mutterclans, obgleich es sich seltsam anfühlte, als sie sagte: »Maia per Lamai.«

»In Ordnung, bitte wiederhole deine Geschichte. Diesmal von Anfang an, wenn es möglich wäre.«

Maia merkte, daß die Gesprächskosten bereits über die Hälfte ihrer mageren Ersparnisse aufgefressen hatten. »Es hat angefangen, als meine Schwester und ich unsere erste Reisearbeit auf den Kohleschleppern *Wotan* und *Zeus* annahmen. Als wir nach Lanargh kamen, habe ich einen elegant gekleideten Mann gesehen, der kein Matrose war. Er hat sich mit dreien unserer Seeleute getroffen, und die haben sich sehr sonderbar benommen, haben mich gekniffen und Sommerzeug gelabert, obwohl schon Herbst war und ich voller Kohlenstaub und sie wirklich kein … na ja, die Männer konnten bestimmt nichts riechen, na ja, du weißt schon, ich bin bloß eine …«

»Eine Jungfrau. Ich verstehe«, sagte die Frau. »Mach weiter.«

»Genaugenommen haben meine Schwester und ich ...« Maia schluckte heftig und setzte alles daran, sich auf die Fakten zu konzentrieren. Lysos verdamme diese Uhr, sie schien immer schneller zu werden! »Wir haben überall in der Stadt Männer gesehen, die sich so benommen haben! Dann habe ich in Grange Head eine Stelle bei der Eisenbahn angenommen und unterwegs das gleiche seltsame Verhalten vor einem Haus in Holly Lock beobachtet, das von demselben Freudenclan betrieben wird, und Tizbe ...«

»Halt ... warte mal!« Die Frau auf dem Bildschirm schüttelte verwirrt den Kopf. »Warum redest du denn so schnell?«

Verzweifelt sah Maia, wie die Uhr ihre letzten Ersparnisse verschluckte. Jetzt war sie dazu verurteilt, einen Monat für die Joplands zu arbeiten. »Ich ... ich kann es mir nicht leisten, länger zu sprechen. Ich hab nicht gewußt, daß es so teuer ist. Tut mir leid.«

Niedergeschlagen griff sie zum Abstellknopf.

»Halt! Was machst du denn?« Die Frau hob die Hand. »Warte doch mal einen Moment.«

Sie drehte sich nach links und verschwand aus Maias Blickfeld. Maia blickte hinauf in die Ecke des Bildschirms, wo das Zählwerk sich noch einen Moment weiter drehte und dann – stillstand! Sie starrte auf das Wunder. Eine Sekunde später bewegten sich die Ziffern wieder und drehten sich zurück, bis alle wieder auf Null standen.

»Ist es so besser?« fragte die Frau, als sie wieder auftauchte. »Kannst du jetzt leichter sprechen?«

»Ich ... wußte nicht, daß so etwas möglich ist.«

»Haben deine Mütter nie erwähnt, daß bei wichtigen Behördengesprächen die Kosten übernommen werden?«

Maia schüttelte den Kopf. »Wahrscheinlich haben sie gedacht, dann würden wir verschwenderisch oder faul.«

Die Frau schnaubte verächtlich. »Na ja, jetzt weißt du es jedenfalls. So. Sind wir jetzt etwas ruhiger? Ja? Dann gehen wir doch noch einmal zurück zu dem Moment, als du zum ersten Mal die Flasche mit dem blauen Pulver gesehen hast.«

Am Ende erkannte Maia, daß sie nicht viel zu bieten hatte.

Ihre Phantasien hatten von einem Desaster – daß ihre Geschichte sich als banal oder dumm herausstellen würde – bis zu wahren Wundern gereicht. *Könnte es etwas von der Art sein, was die Savante in der Fernsehsendung gemeint hat, die wir in Lanargh gesehen haben? Als sie große Belohnungen für ›Informationen‹ versprochen hat?* Dieser Gedanke war Maia mehrmals durch den Kopf gegangen.

Die Wahrheit schien irgendwo in der Mitte zu liegen. Die Frau, die sich als Agentin Foster vorstellte, versprach Maia eine kleine, aber durchaus lohnende Summe, wenn sie in vierzehn Tagen nach Grange Head kommen und ihre Geschichte in allen Einzelheiten einer Richterin vortragen würde, die zu diesem Zeitpunkt dort anwesend sein würde. Auch Maias Reisekosten würden übernommen werden, solange sie nicht zu hoch waren. Agentin Foster rückte zwar keine Erklärungen für das heraus, was Maia beobachtet hatte, aber durch ihr Verhalten und ihre gelassene Aufmerksamkeit gewann Maia den Eindruck, daß ihre Geschichte einer von vielen Hinweisen in einem schon länger laufenden Fall war.

Es scheint sie überhaupt nicht aufzuregen, dachte Maia. Und das, obwohl offensichtlich jemand am sexuellen Zyklus der Jahreszeiten herumpfuschte. Einen Unfall hatte es schon gegeben – was konnte erst geschehen, wenn die Sache ganz außer Kontrolle geriet?

Die Agentin nannte eine Nummer, die Maia benutzen sollte, falls sie noch einmal Kontakt aufnehmen wollte. Dann verabschiedete sie sich und hinterließ auf dem Bildschirm etwas, das Maia auch noch nicht gekannt hatte, nämlich eine Requisition an den Jopland-Clan, ihrem Gast auf Kosten der Kolonie eine Nacht Unterkunft und eine Mahlzeit zu gewähren.

Als Maia zur Tür ging, fand sie dort die Matriarchin. »Hast du deine Konsultation abgeschlossen, Tochter?« erkundigte sie sich eifrig und mit einem breiten Grinsen.

»Ja, ich bin fertig.«

»Gut. Ich werde einen der Dienstboten beauftragen, dir in der Scheune eine Pritsche zu zeigen. Morgen früh besprechen wir dann, wie du deine Schulden abarbeiten kannst.«

Zum ersten Mal seit Wochen machte Maia eine Situation von Herzen Spaß. Leie hätte ihre wahre Freude gehabt.

»Entschuldige, Mutter, aber die Scheune reicht mir nicht. Aber morgen früh bin ich nach einem guten Frühstück gern bereit, mit dir darüber zu diskutieren, welches Transportmittel ihr mir für meine Reise in die Stadt … hmm … leihen wollt.«

Die Jopland-Frau wurde erst blaß, dann lief ihr Gesicht rot an, was bei ihrer dunklen Haut um so drastischer wirkte. Sie schubste Maia beiseite und las hastig den Text auf dem Bildschirm. »Wie hast du das angestellt?« fragte sie, glucksend vor Wut. »Ich warne dich, wenn das irgend so ein Trick aus der Stadt ist …«

»Bei Lysos, nein, bestimmt nicht. Du kannst gern das Amt für Planetarisches Gleichgewicht anrufen, wenn du es dir bestätigen lassen möchtest.«

Maia wußte nicht einmal genau, was die Worte eigentlich bedeuteten, aber sie hatten eine durchschlagende Wirkung. Die alte Frau schwankte wie unter einem Schlag. Erst als es ihr gelungen war, sich einigermaßen zusammenzureißen, brachte sie ein heiseres Flüstern zustande: »Ich bringe dich auf dein Zimmer.«

Draußen auf dem Korridor hörte Maia aus der Ferne

leise Musik und Lachen. Anscheinend war die Party doch noch in Gang gekommen. Als Var war sie es gewohnt, zu solchen Anlässen nicht eingeladen zu werden, und deshalb wunderte sie sich auch nicht, als die Alte sie in die entgegengesetzte Richtung führte. Allerdings fand sie es ein wenig beunruhigend, als sie die Treppe zum Hof hinabstiegen. Zwei Hunde knurrten Maia an, zogen sich aber nach einem scharfen Befehl ihrer Herrin zurück.

»Ich bringe dich nicht zur Scheune, keine Sorge. Aber wir gehen ums Haus herum. Ich möchte nicht, daß sich meine Gäste gestört fühlen.«

Durch die Fenster an der Vorderfront des Hauses hörte Maia schallendes Männergelächter. Ein Stück weiter kamen sie an ein paar schwach beleuchteten Fenstern vorbei, aus denen heisere, keuchende Laute drangen, unverkennbar leidenschaftlicher Natur. *Na ja*, dachte Maia und merkte, wie ihre Ohren heiß wurden, *die Joplands sollten sich glücklich schätzen. Allem Anschein nach hat sich das viele Geld heute gelohnt.* Bestimmt würde mindestens ein Winterkind aus den Bemühungen dieser hart arbeitenden Männer hervorgehen.

Ganz am anderen Ende des Südflügels standen mehrere kleine Hütten, jede mit separatem Eingang und einer kleinen Holzveranda. Es gab weder Schlüssel noch Schlösser. Die Matriarchin stieß die Tür zur letzten davon auf, ging hinein und drehte auf Zehenspitzen eine nackte Glühbirne fest. Trübes Licht verbreitete sich, was auch erklärte, warum es keinen Schalter gab – die Birne würde nie so heiß werden, daß man sie nicht mehr anfassen konnte. In einer Ecke des Zimmers lagen zwei zusammengefaltete Decken auf einer Strohmatratze. Maia zuckte die Achseln. Sie hatte schon schlechtere Schlafplätze gesehen.

»Frühstück beim ersten Hahnenschrei oder gar nicht«, sagte ihre Gastgeberin unfreundlich und verschwand dann ohne ein weiteres Wort. Maia schloß die

Tür und machte sich ihr Bett zurecht. Auf dem wackligen Tisch fand sie einen Krug Wasser, trank mit durstigen Schlucken, wusch sich das Gesicht und drehte dann das Licht aus.

Überall sonst in dem ausgedehnten Farmkomplex waren die Menschen damit beschäftigt, leidenschaftliche, atonale Harmonien hervorzubringen. *Die Musik der Lust*, nannten es die Dichter manchmal. Für Maias Ohren klang es irgendwie ernster.

Natürlich gab es in jeder Jahreszeit unterschiedliche Rhythmen. Im Sommer waren es die Männer, die ihrem Verlangen Ausdruck verliehen, während sich die skeptischen Frauen nur widerwillig überreden ließen. Diese Verhaltensmuster kannte Maia ihr Leben lang. *So wollte es die Natur.*

Nun, genaugenommen wollten es Lysos und die Gründerinnen, überlegte Maia, während sie im Dunkeln lag und lauschte. *Es ist schwer sich vorzustellen, daß es auch anders sein könnte.*

Maia hatte schon oft über Sex nachgedacht – zwei Partner, die aus freiem Willen zusammenfanden, einer, nachdem er um den anderen geworben hatte, der andere, nachdem er umworben worden war. Zum Teil war es ein erhabener Akt, aber er war durchdrungen von der rasenden Sehnsucht, das Leben zu packen und festzuhalten, von der Verzweiflung, daß es einem zu entgleiten droht. Eine Vereinigung mit dem Ziel der Unsterblichkeit, so nannten es manche.

Als Maia noch klein war, spürte sie hormonell bedingtes sexuelles Verlangen höchstens im tiefsten Winter. Doch schon ein Jahr bevor sie Port Sanger verlassen hatte, bemerkte sie bei sich gelegentlich Empfindungen, die sicherlich damit verwandt waren. Eine vage Sehnsucht, ein Gefühl der Leere. Sie hatte den Verdacht, daß Sex eine Rolle dabei spielte, diese Leere zu füllen. Oder jedenfalls teilweise.

Seufzer und leise Schreie. Die Laute waren faszinierend, und doch fragte sich Maia, ob nicht mehr an der Sache war als Spannungsaufbau, Entladung und das Vermischen von Körperflüssigkeiten. Vielleicht eine Vereinigung, die das, was jeder Partner mitbrachte, verstärkte und vergrößerte.

Oder bin ich einfach nur naiv? Nicht einmal Leie hatte sie diesen Gedanken verraten. »*Du möchtest also einen stinkenden, kratzigen Mann als Haustier?*« hätte ihre Zwillingsschwester sie vielleicht geneckt. Auch jetzt hatte Maia keine Ahnung, was sie sich wirklich wünschte, und ob diese Wünsche in der Welt irgendeine Bedeutung hatten.

Es dauerte eine Stunde, vielleicht auch zwei. Dann wurde es ruhiger; der Präriewind übernahm wieder die Herrschaft und raschelte im hohen Schilf jenseits von Haus und Hof. Doch Maia fand keinen Schlaf. Die Ereignisse des Tages hatten sie zutiefst aufgewühlt. Schließlich warf sie mit einem Seufzer die dünnen Decken zurück, ging zur Tür und trat hinaus in die kühle Nachtluft.

Die Gerüche hier draußen waren viel intensiver als im hohen Norden, wo sie aufgewachsen war. Doch sie erkannte sofort einen angenehmen Moschusduft, der aus der gleichen Richtung kam wie ein leises Summen und Brummen. Dort waren die offenen Lugar-Baracken, wo die zottigen, unendlich sanften Kreaturen sich nachts zusammenkuschelten, ganz gleich, bei welcher Temperatur. Ihr Geruch, so hatte Maia einmal gelesen, gehörte zu den zahllosen guten Eigenschaften, die die Gründermütter ihnen mitgegeben hatten. Doch vor allem hatten sie den Lugars eine enorme Körperstärke verliehen, die den Frauen diente und ein Kettenglied der Abhängigkeit zerbrach, mit der die Frauen früher an die Männer gefesselt gewesen waren.

Natürlich war ihr Duft weniger durchdringend als der Schweißgeruch der Seemänner auf der *Wotan*, wenn die unerbittlich harte Arbeit diese typische glänzende Schicht auf ihre Haut zauberte. Schwitzten Männer auch so beim Liebesakt? Der Gedanke verstärkte nur den Konflikt zwischen Anziehung und Abscheu.

Maia schlenderte unter den Sternen dahin und begrüßte ihre Freunde, den Adler und den Hammer, mit einem Lächeln. Die vertrauten Sternbilder zwinkerten ihr freundlich zu. Ohne lange nachzudenken, machte Maia die beiden Lederriemen los und holte den Messingsextanten hervor, den sie am Handgelenk immer bei sich trug. Sie klappte ihn auf, justierte ihn und nahm ein paar Winkelmessungen am Horizont vor, auf Ophir, den Polarstern und den Planeten Amaterasu. Wenn sie jetzt nur noch einen anständigen Chronometer gehabt hätte ...

In einem benachbarten Hof bellten die Hunde. Eine schnelle, geflügelte Gestalt flatterte über Maias Kopf hinweg. Der Wind raschelte in den Bäumen am Fluß, wo die Leuchtkäfer noch immer ihrem Paarungsritual nachgingen – wesentlich ausdauernder als die Menschen! – und mit ihrem rhythmischen Gefunkel ekstatische Wellenfronten entstehen ließen. In Streifen erglühte der Wald und erlosch dann gleichzeitig. *Ob es nach einem bestimmten Muster geschieht?* überlegte Maia, fasziniert von dem Schauspiel unzähliger Einzelinsekten, die jeweils nur auf ihren nächsten Nachbarn reagierten und doch ein Spaktakel von hypnotischer Komplexität entstehen ließen, vergleichbar mit den Himmelskonstellationen, die Maia seit jeher in ihren Bann gezogen hatten, oder mit einem labyrinthischen Puzzle ...

Als sie die Ecke des Gebäudes erreichte, vertiefte sich die Stille, da der Wind einen Augenblick erstarb, und abrupt drang Stimmengemurmel an Maias Ohr.

»... und du weißt nicht, was sie zu den APLAGs gesagt hat?«

»Das ist es ja, was mir solche Sorgen macht! Ich hab

nicht den blassesten Dunst, worüber sie mit denen geredet hat. Aber sie haben die Kosten übernommen, also ist sie ihnen bestimmt nicht bloß auf die Nerven gefallen. Wir haben von unseren Cousinen an der Küste doch schon gehört, daß irgendwelche Polizeiagenten rumgeschnüffelt haben. Irgendwas ist faul an der Sache. Ihr habt uns Diskretion versprochen, absolute Diskretion!«

Die Leuchtkäfer waren vergessen. Maia schlüpfte rasch in den Schatten und spähte zur hinteren Veranda. Sie erkannte die zweite Sprecherin. Es war die Jopland-Mutter, oder eine Jopland-Frau im gleichen Alter. Die andere Person war nicht zu sehen, aber als sie jetzt laut auflachte, wurde Maia mit einem Schock klar, wen sie vor sich hatte.

»Ich glaube kaum, daß sie wegen unseres kleinen Geheimnisses angerufen hat. Ich kenne das Mädchen, und ich wette, sie ist keine Agentin. Die würde nicht mal aus 'nem Sack rausfinden.«

Danke, Tizbe, dachte Maia schaudernd. Auf einmal schien alles einen Sinn zu ergeben. Kein Wunder, daß die Joplands eine gelungene Party gefeiert hatten, nachdem es anfangs so schlecht gelaufen war. Während Maia mit der Behörde in Caria gesprochen hatte, mußte Tizbe mit ihren Flaschen aufgetaucht sein, aus denen der destillierte Sommer quoll. Wieviel waren die Joplands bereit zu zahlen, um auf einfache, wirkungsvolle Weise ihren Geburtenrückgang ins Gegenteil zu verkehren? Um so mehr, als sie überzeugte Perkiniten waren, die Männer nicht einmal *mochten.*

Sie hatten vor, die Regel der Sommerverbannung aufzuheben. Der Rat von Long Valley plante, Reservate einzurichten, wie an der Küste. Aber mit Tizbes Pulver wird es nicht nötig sein, die radikale Doktrin abzuschwächen.

Maia hatte sich gefragt, ob die Droge eine praktische Seite haben könnte. Jetzt kannte sie die Antwort.

Die Vorfälle in Lanargh haben mich beunruhigt, genau

wie das Zugunglück in Clay Town. Aber das ist passiert, weil die Leute mit dem Zeug herumexperimentiert haben, weil es etwas Neues ist. Wenn es aber gezielt eingesetzt wird, um die winterliche Stimulation zu erleichtern, würde das schaden? Von den Männern heute nacht hat sich keiner beklagt.

Selbstverständlich war das Endziel der Perkiniten unerreichbar. Die Perkies mußten verrückt sein, wenn sie davon träumten, die Männer könnten so selten werden wie Jacarbäume, Droge hin oder her. Wenn sie aber eine kurzfristige Lösung gefunden hatten, um zu erreichen, daß es hier in Long Valley nach ihrer Nase ging, war das so schlimm? Selbst konservative Clans wie Lamatia versuchten, ihre männlichen Gäste im Winter entsprechend zu stimulieren, mit Getränken und Lichteffekten, die die sommerlichen Aurorae nachahmen sollten. War das Pulver etwas grundlegend anderes?

Maia wäre am liebsten zu den beiden Frauen gegangen und hätte sich in das Gespräch eingemischt, einfach nur, um Tizbe Bellers Gesicht zu sehen. Vielleicht wäre Tizbe, nachdem sie ihre Überraschung überwunden hätte, bereit gewesen, ihr von Frau zu Frau zu erklären, warum ihnen die Sache so wichtig war und warum man sich in Caria überhaupt darum kümmerte.

Doch die Versuchung verebbte sofort, als Maias frühere Assistentin das nächste Mal den Mund aufmachte.

»Macht euch keine Gedanken wegen der kleinen Varspionin. Ich werde mich um sie kümmern. Die Sache ist aus der Welt, lange bevor das Mädchen Grange Head erreicht.«

Maia wurde flau im Magen. Sie schlich um die Hausecke zurück. Allmählich dämmerte ihr, wie tief sie in Schwierigkeiten steckte.

Mist! Ich kenne hier niemanden. Leie ist nicht mehr da. Und ich stecke in der Klemme, bis zum Hals!

Es bleibt ein großes, unge-
löstes Rätsel, warum die sexuelle Vermehrung unter den
höheren Lebensformen vorherrschend wurde. Der Opti-
mierungstheorie zufolge müßte es anders sein.

Nehmen wir ein Fischweibchen oder eine Echse, ideal an
ihre Umwelt angepaßt, mit einer ausgewogenen inneren
Chemie, Behendigkeit, Tarnung – alles, was nötig ist, um in
ihrem Leben erfolgreich zu bestehen. Trotzdem kann sie
ihre perfekten Eigenschaften nicht vollständig weitergeben.
Nach einer sexuellen Vereinigung erhält der Nachwuchs ein
heilloses Durcheinander – die Hälfte der neu sortierten
Gene stammt von der Mutter, die anderen von irgendwo
anders.

Sex ist der Erzfeind der Perfektion. Parthenogenesis
scheint eine wesentlich bessere Alternative – zumindest
theoretisch. In einer einfachen, statischen Umgebung sind
gut angepaßte Echsen, die identische Töchter produzieren,
gegenüber denen, die allein auf Sex als Fortpflanzungsme-
thode angewiesen sind, immer im Vorteil.

Doch nur wenige komplexe Tierarten vermehren sich
durch Klonen. Und diejenigen, die es tun, leben in stabilen
Wüstengegenden, immer in der Nähe einer verwandten
Art, die sich sexuell reproduziert.

Sex hat sich durchgesetzt, weil die Umgebung in den sel-
tensten Fällen statisch ist. Klima, Konkurrenz, Parasiten –
alles führt zu veränderten Bedingungen. Was in einer Generation ideal war, kann sich schon in der nächsten als fatal
erweisen. Durch Variabilität bekommt der Nachwuchs die

Chance, sich den neuen Gegebenheiten zu stellen. Selbst in Notzeiten gibt es noch welche, die genau das haben, was man braucht, um mit den jeweiligen Herausforderungen fertig zu werden und gleichzeitig zu gedeihen.

Dann hat also jede Methode ihre Vorteile. Klonen bietet Stabilität, durch Klonen werden wünschenswerte Charakteristiken erhalten. Sex dagegen verleiht Anpassungsfähigkeit in Zeiten des Umbruchs. In der Natur existiert für gewöhnlich entweder das eine oder das andere. Nur niedere Lebensformen wie beispielsweise die Blattläuse können zwischen dem einen und dem anderen hin und her pendeln.

So war es jedenfalls bisher. Doch nun halten wir die Werkzeuge der Schöpfung in Händen – sollen wir unseren Nachkommen da nicht die Freiheit der Wahl gewähren? Ihnen zusätzliche Möglichkeiten anbieten? Das Beste von beidem?

Rüsten wir sie so aus, daß sie ihren eigenen Weg wählen können zwischen der Berechenbarkeit und dem Reiz des Neuen. Bereiten wir sie darauf vor, daß sie mit der Gleichheit genausogut zurechtkommen wie mit dem Unerwarteten.

Kapitel 8

Calma hatte recht gehabt. Man konnte sich ganz auf den Geruchssinn verlassen, er führte einen unweigerlich zur Lerner-Feste.

Das war ein Glück. Zwar konnte Maia auch durch eine langsam dichter werdende Wolkendecke anhand der Sterne erkennen, wo Norden war, aber ohne Landkarte oder Ortskenntnisse nutzen Kompaßrichtungen nicht sehr viel. Nur Iris, der kleinste Mond, zeigte Maia den Weg, während sie dem holprigen Pfad über die Wellen der Prärie folgte, bis schließlich eine Abzweigung sie abrupt in ein Labyrinth von kleinen ausgewaschenen Schluchten hinabführte. Ein durchdringender metallischer Geruch kam aus dieser Richtung, also entschied sich Maia mit klopfendem Herzen, ihn einzuschlagen.

Beim Abstieg in den Canyon mußte Maia anfangs mit den Händen ihren Weg ertasten; ihre Finger strichen über eine dicke Humusschicht, die aber bald harten Lehmplatten Platz machte. Maia merkte, daß sie über eine Reihe tiefer Einschnitte im Boden hinabstieg, als wäre Stratos' Haut hier von gigantischen Krallen aufgerissen worden.

Endlich gewöhnten sich ihre Augen an die Dunkelheit, und ihre Pupillen konnten als schmale Schlitze ein Maximum an Licht aufnehmen. Lehm und Sandstein wechselten sich ab, schimmerten und glitzerten leicht oder verschluckten einfach das wenige Mondlicht, das so weit in den Canyon vordrang. Maia vermutete, daß es davon abhing, welche Kombination winziger Seetierchen an der jeweiligen Stelle auf den Meeresgrund gefallen war, als sich die Formationen vor Urzeiten gebildet hatten. Schon bald wichen auch die Ablagerungen dem nackten Felsgestein, entstellt und verzerrt von den kontinentalen Verschiebungen, die stattgefunden hatten, lange bevor der Urmensch auf der weit entfernten Erde umhergewandert war. Das Wechselspiel von hellem und dunklem Gestein erinnerte sie an die hoch aufragenden Felspfeiler, die sie vom Zug aus gesehen hatte – Überbleibsel ehemals stolzer Berge, an denen Regengüsse, Flüsse und der Zahn der Zeit ihre Spuren hinterlassen hatten.

Maia war sich ziemlich sicher, daß Zeit nicht zu den Dingen gehörte, von denen ihr selbst allzuviel zur Verfügung stand. Plante Tizbe, bis zum Morgen zu warten, um sie dann in eine Falle zu locken? Oder würde sie noch in der Nacht in Maias Zimmer kommen, begleitet von einem Dutzend muskulöser Jopland-Frauen? Nachdem sie das Gespräch im Farmhof belauscht hatte, hatte sie beschlossen, lieber nicht zu bleiben, um das herauszufinden.

Die Flucht aus der Jopland-Feste war ganz einfach gewesen. Mit leisen Schritten, um die Hunde nicht auf sich aufmerksam zu machen, war sie den Bach entlanggewandert, der neben der Obstplantage floß, hatte dann die Schuhe an den Schnürsenkeln zusammengebunden um den Hals gelegt und war ungefähr einen Kilometer durchs eiskalte Wasser gewatet, bis das Anwesen außer Sicht war. Danach mußte sie ein paar Minuten pausieren, um ein bißchen Gefühl in ihre halb erfrorenen Füße zu massieren, ehe sie die Schuhe wieder anzog. Fröstelnd hatte sie sich dann einen Weg durch ein Weizenfeld nach dem anderen gebahnt, bis sie endlich auf die Straße kam.

So weit, so gut. Viel schwerer war es, ihre mißliche Lage richtig einzuschätzen und entsprechende Entschlüsse zu fassen. Nachdem sie wochenlang deprimiert und wie in Trance gelebt hatte, war die Wirkung dieses abrupten Adrenalinstoßes gleichzeitig schwindelerregend und belebend. Sie konnte nicht anders, als ihre Situation mit den Abenteuerfilmen zu vergleichen, die sich die Sommerkinder in Lamatia während der Hochsaison ansehen durften, wenn die Mütter keine Zeit hatten, sich mit ihnen zu beschäftigen. Oder die verbotenen Bücher, die Leie sich von jungen Vars aus toleranteren Clans ausgeliehen hatte. In solchen Geschichten gab es gewöhnlich eine wunderschöne, wintergeborene Heldin aus einem emporstrebenden Clan, die sich gegen die gemeinen Intrigen einer dekadenten Familie zur Wehr setzen mußte, deren Macht und Reichtum statt durch ehrlichen Wettbewerb nur noch von subversiven Machenschaften aufrechterhalten wurde. Meistens gab es der Form halber einen Mann oder manchmal auch eine Schiffsladung anständiger Seeleute mit ehrlichen Augen, die ebenfalls von der hinterhältigen Familie betrogen werden sollten. Die Geschichten endeten stets gleich. Nachdem die Männer dank der Klugheit und Tapferkeit der jungen Heldin gerettet worden waren, versprachen sie, den kleinen tugendhaften Clan von nun an jeden Winter zu besuchen, solange die Mütter und Schwestern der Heldin dies wünschten.

Tugend siegte über Korruption. Gedruckt oder auf der Leinwand war das spannend und romantisch. Aber im wirklichen Leben hatte Maia weder Mütter noch Schwestern, an die sie sich wenden konnte. Sie war ein einsames fünfjähriges Sommermädchen ohne einen einzigen Freund auf der ganzen Welt. Sie war Tizbe und ihren Jopland-Kundinnen auf Gnade und Barmherzigkeit ausgeliefert.

Vorausgesetzt, sie kriegen mich, dachte Maia und biß sich auf die Unterlippe, damit sie nicht so zitterte. Es half auch, wenn sie die Fäuste ballte. Trotz war ein gutes Gegenmittel gegen die Angst.

Oh-oh.

Jetzt war sie anscheinend in eine Sackgasse geraten. Der Weg hatte sich auf einem Überhang halbwegs die Canyonwand heruntergeschlängelt, aber als Maia jetzt um eine Ecke bog, sah sie, daß er sich direkt auf einen Abgrund zuschlängelte. Eine wackelige Hängebrücke lag vor ihr, halb im Schatten, halb im Mondlicht, das ihren inzwischen ganz auf die Dunkelheit eingestellten Augen richtig weh tat.

Bestimmt bin ich unterwegs irgendwo falsch abgebogen. Calma kann ihren Wagen unmöglich über dieses Brückchen gefahren haben!

Als sie die spinnennetzartigen Umrisse des Stegs näher betrachtete, sah Maia, daß er sich über eine Schlucht spannte, in der sich große Haufen von Asche und Schlacke türmten. Ausgangspunkt des ganzen Abfalls schien eine Reihe großer, bienenstockähnlicher Gebäude am gegenüberliegenden Abhang zu sein. Hier und dort entdeckte Maia rötlich flackernde Flammen von Kohlefeuern, die für die Nacht mit Asche bedeckt waren, aber offenbar nicht ausgehen sollten.

Eisengießereien! Also war sie doch in der Lerner-Feste angekommen. Sicher hatte Calma eine längere Route gewählt, die eigens für Transporte auf dem Grund des Canyons verlief, und dies war der direktere Weg.

Selbst bei Tageslicht wäre die Überquerung der knarrenden, schwankenden Brücke furchterregend gewesen. Aber Maia hatte keine andere Wahl. *Dabei konnte ich so etwas noch nie sehr gut,* dachte sie und erinnerte sich dabei an Campingausflüge mit anderen Sommerkindern in die Steppe bei Port Sanger. Sie und Leie hatten die Unternehmungen geliebt und sich frohgemut auch mit Stechmücken und bitterer Kälte abgefunden. Aber sie hatten beide nicht viel dafür übrig, auf schaukelnden Baumstämmen oder glitschigen Steinen brausende Bergbäche zu überqueren.

Und die Brücke, die hier vor ihr lag, war ohne Zweifel weit schlimmer. Vorsichtig machte Maia einen Schritt nach vorn und packte das Leitseil, das sich auf Taillenhöhe neben dem Steg über die Schlucht spannte. So arbeitete sie sich Stück für Stück vor, von einer knarrenden Planke auf die nächste, jeden Augenblick darauf gefaßt, daß hinter ihr plötzlich die Rufe ihrer Verfolgerinnen ertönten oder unter ihr ein Seil nachgab. Die schaurige Stille tat nichts, um ihr Unbehagen und das Gefühl vollkommener Einsamkeit zu lindern.

Aber schließlich hatte sie die andere Seite erreicht, lehnte sich an einen der Pfosten und stieß einen zittrigen Seufzer der Erleichterung aus. Von hier oben konnte sie den Pfad überblicken, auf dem sie gekommen war. Keine Spur von einer Suchtruppe, deren Lichter bestimmt kilometerweit zu sehen wären. *Wahr-*

scheinlich übertreibst du mal wieder, dachte sie. *Für die bist du doch bloß eine dumme kleine Var, die ihre Nase in etwas gesteckt hat, was sie nichts angeht. Wenn du eine Weile von der Bildfläche verschwindest, werden sie dich im Handumdrehen wieder vergessen.*

Das klang vernünftig. Andererseits konnte es natürlich auch sein, daß sie zu dumm war, um abzuschätzen, wie tief sie tatsächlich in Schwierigkeiten steckte. Während sie so dastand, merkte Maia, daß der Wind deutlich kälter wurde. Ihre Finger waren klamm, beinahe steif, und alles Anhauchen nutzte nichts. Zitternd rieb sie die Hände aneinander und begann, sich zwischen den Brennöfen und Lagerhäusern nach den Wohngebäuden umzusehen, in denen dieser Zweig des Lerner-Clans lebte und seine Töchter großzog.

Als sie das Wohnhaus entdeckte, war sie tief enttäuscht. Sie hatte sich vorgestellt, die industriellen Lerner-Frauen hätten ein eindrucksvolles Gebäude aus Stahl, Stein oder Glas errichtet. Doch was sie vor sich hatte, war ein einstöckiger Bau aus Lehmziegeln, der sich über einen Viertelhektar erstreckte. Nur wenige Fenster gingen auf den Vorderhof, auf dem Schrott und Gerümpel aller Art herumlagen.

Die Fenster waren dunkel. Ohne das leise Zischen der Hochöfen – und den Gestank – hätte Maia geglaubt, die Siedlung sei verlassen.

Da fiel ihr ein anderes Geräusch auf. Ein ganz leises. Maia drehte sich um, schlich vorsichtig über den Schrottplatz, bis sie an eine Ecke kam und dahinter ein wildes Durcheinander niedriger Bauwerke erblickte, noch baufälliger als das Hauptgebäude. Jedes hatte einen kleinen Schornstein, aus dem ein dünner Rauchschwaden quoll. *Vermutlich Quartiere für die Arbeiterinnen.*

Eine der Hütten stand etwas abseits und schien anders zu sein als die übrigen. Schwaches Licht, das aus einem schmalen Fenster mit halb zugezogenen Vorhängen fiel, erhellte einen gepflegten Kiesweg ... und ein kleines ordentliches Blumenbeet. Als Maia näherkam, hörte sie leise Musik. Und ein äußerst appetitlicher Essensgeruch stieg ihr in die Nase.

Als Maia die Tür erreichte, schlotterte sie so sehr vor Kälte, daß sie ohne jede Hemmung einfach anklopfte.

Seit sie vor nur einem Monat die Arbeit in der Gießerei angenommen hatten, hatten Thalla und Kiel die kleine Hütte am Rand der Arbeitersiedlung buchstäblich auf den Kopf gestellt. »Ihr werdet solche Albernheiten bald wieder sein lassen«, hatten ihre Kolleginnen prophezeit. Aber die beiden jungen Frauen hatten getreulich jeden Tag eine Stunde geopfert, selbst nach den langen, zermürbenden Schichten an den Hochöfen, um ihren Garten zu pflegen und ihr heruntergekommenes Haus instand zu setzen.

In jener Nacht, als Maia an ihre Tür klopfte, öffnete die große, breitschultrige Thalla die Tür. Besorgt zog sie Maia ins Haus, wickelte sie in eine Decke und setzte sie mit einer dampfenden Tasse Tee an das glühende Torffeuer. Kiel mit ihrem fast schwarzen Gesicht und den verblüffend hellen Augen war am nächsten Morgen zu den Lerner-Müttern gegangen und nach kurzer Zeit mit der Nachricht zurückgekehrt, daß Maia bleiben durfte.

Selbstverständlich würde sie arbeiten müssen. »Du fängst auf dem Schrottplatz an«, verkündete Kiel am Morgen nach Maias Flucht aus der Jopland-Feste. »Dann lernst du eine Woche lang, wie du mit uns anderen schaufelst und schöpfst. Calma Lerner sagt, wenn du danach noch hier bist, unterhält sie sich mit dir über eine Lehrstelle, bei der du außerhalb der Arbeitszeit im Labor noch was über Legierungen lernen kannst.«

Die schwarze Frau lachte grimmig. »Eine Lehrstelle. Guter Witz!«

Für einen Schmiedeclan zu arbeiten, war nicht der Lebensweg, den Maia sich ausgesucht hätte. Aber da ihr keine brillante Strategie einfallen wollte, wie sie nach Grange Head kommen konnte, ohne dabei Tizbe und ihrer Gang oder den Joplands über den Weg zu laufen, mußte sie sich damit abfinden. Wenigstens war es ehrbare Arbeit.

»Was ist an einer Lehrstelle auszusetzen?« fragte sie die junge schwarze Frau. »Ich dachte ...«

»Du dachtest, es wäre ein Schritt nach oben, stimmt's?« Kiel machte eine wegwerfende Geste mit ihrer narbigen, schwieligen Hand. »Vielleicht in 'ner schicken Stadt, wo du 'ne Klonjuristin anheuern kannst, die einen Vertrag für dich aufsetzt. Aber hier? Wahrscheinlich weißt du nicht, was hier ›außerhalb der Arbeitszeit‹ bedeutet, oder?«

Maia schüttelte den Kopf.

»Es bedeutet, daß du für die Lehrzeit keinen Lohn bekommst, keine Kost-und-Logis-Punkte. Genaugenommen bezahlst *du* für das Privileg, in ihrem Labor zusätzlich arbeiten zu dürfen. Sie verlangen Geld von dir, weil sie dir was beibringen!«

»Schneller kannst du dir die Schulden gar nicht aufladen«, stimmte Thalla ihr zu. »Höchstens vielleicht beim Glücksspiel.«

Über Schulden redeten Thalla und Kiel beinahe ständig, als hätten sie Angst, schlechte Angewohnheiten anzunehmen, wenn sie das Thema vernachlässigten. Nur wenn man permanent auf der Hut und sparsam war, konnte man sich schützen. Jeden Abend jäteten die beiden jungen Frauen den Garten, fegten den Fußboden, und dann zählten sie ihre Kreditstäbe.

»Man kann tatsächlich was beiseitelegen, auch wenn man Essen und Unterkunft abzieht«, sagte Thalla am zweiten Abend, während sie Maia half, die Stellen abzutupfen, wo die heiße Kohle ihre Haut versengt hatte. Die schwere Lederschürze und die Schutzbrille hatten

schlimmere Verletzungen verhindert, aber die Schutz-
kleidung machte die Arbeit mit den schweren Gießkel-
len voller geschmolzener Hitze noch viel anstrengen-
der. Die Schufterei war noch schlimmer als auf einem
Schiff, und sie verlangte eigentlich die Kraft eines Mannes, die Geduld eines Lugars und die Geschicklichkeit
einer wintergeborenen Klonfrau. Dennoch arbeiteten
ausschließlich Vars an den Hochöfen. Nur Vars, die
dringend Arbeit brauchten, waren bereit, es mit dieser
künstlichen Miniaturhölle aufzunehmen.

»Gibt es dafür nicht ein Gesetz?« fragte Maia und
tunkte ihren Waschlappen in die flache Schüssel mit ra-
tioniertem Wasser. »Ich dachte, die Arbeitgeber müßten
so viel zahlen, daß man etwas auf die hohe Kante legen
kann.«

Thalla zuckte die Achseln. »Klar gibt es ein Gesetz,
seit den Zeiten von Lysos ...«

Bei der Nennung des Namens der Ersten Mutter
hatte Maia schon halb die Hand erhoben, hielt aber
inne, ehe sie das Kreiszeichen machen konnte. Irgendwie hatte sie nicht den Eindruck, als wären Kiel und
Thalla religiös.

»Aber es ist total knapp«, fuhr die stämmige Frau
fort. »Kauf dir ein paar Luxussachen aus dem Firmen-
laden. Verlier beim Spielen ein paar Kredite ... du weißt
ja, wie schnell das geht. Dann hast du Schulden und es
gibt kein Entrinnen bis zum Amnestietag im Spätfrühling! Und was willst du *dann* machen? Ich habe nicht
vor, nach meinem siebten Geburtstag noch hier zu sein.
Ich hab große Pläne, weißt du.«

Maia wies sie lieber nicht darauf hin, daß Kiel und
Thalla trotz ihres Engagements nicht nur für die not-
wendigsten Dinge Geld ausgaben. Sie hatten beispielsweise ein kleines Radio, das manchmal bis mitten in
der Nacht lief, und sie bezahlten die Lerner-Frauen für
den Strom, den sie verbrauchten. Außerdem kauften sie
regelmäßig Blumen und Setzlinge für den Garten.

Andererseits *waren* das vielleicht notwendige Dinge. Während Maia sich langsam dem Trott der harten Arbeitstage in der Gießerei anpaßte, erkannte sie, daß diese kleinen Stückchen Zivilisation, so geringfügig sie auch sein mochten, oft einen entscheidenden Unterschied ausmachten – ob man die Perspektive wahrte oder den Überblick verlor und in das endlose Halbleben hineinschlitterte, das den anderen Vars zum Schicksal geworden zu sein schien. Oh, die Vars arbeiteten hart. Am Feierabend lachten und sangen sie und gaben sich voller Elan ihren Glücksspielen hin. Aber sie hatten kein Ziel vor Augen. Der Beweis dafür lag im Nachbartal, auf der Windseite und außer Sichtweite der Fabrik, wo die Kinderkrippe und die Spielplätze waren. Hier wurden sommer- und wintergeborene Kinder aufgezogen, aber alle waren sie von Lerner-Müttern geboren worden. Seit Menschengedenken war hier keine Varfrau schwanger geworden.

Auch Maia begann, jeden Abend ihre Kredite zu zählen. Manche gab sie für gebrauchte Arbeitskleidung aus, für Seife und andere Notwendigkeiten. Wenn die Stromrechnung kam, bezahlte Maia ein Drittel davon. Übrig blieb nur sehr wenig, und wider alle Erwartung bekam Maia Heimweh nach dem Meer.

Die Polizeiagentin hat mir eine Belohnung versprochen, wenn ich nach Grange Head komme, grübelte sie wehmütig. Selbst eine kleine Entschädigung für ihre Aussage wäre bestimmt mehr gewesen, als sie hier mit ihrer Schufterei beiseitelegen konnte. *Fast eine Woche ist vorbei. Du könntest herausfinden, ob es sicher ist, wenn du dich wieder auf den Weg machst.*

Ihre Mitbewohnerinnen errieten bald, daß Maia sich auf der Flucht vor echten Schwierigkeiten befand. Obgleich die beiden Frauen nicht drängten und Maia auch nicht in die Details gehen wollte, erzählte sie ihnen immerhin, daß die Jopland-Mütter hinter ihr her waren. Das schien ihr Ansehen bei Kiel und Thalla nur zu steigern. Kiel erbot sich, am nächsten Greers-Tag, wenn der Versorgungswagen aus der Stadt eintraf, Erkundigungen einzuziehen. Wenn der Wagen nicht allzuschwer beladen war, konnten Arbeiterinnen, die gerade frei hatten, für einen geringen Preis mitfahren. Kiel hatte sowieso ein paar Einkäufe in der Stadt zu erledigen. »Ich werde mich ein bißchen für dich umsehen, Fräuleinchen, und rausfinden, ob die Luft rein ist.«

»Ich wünschte, du würdest uns verraten, was du mit diesen Weibern zu schaffen hattest«, meinte die schwarze Frau bei ihrer Rückkehr, während sie ihre Einkäufe auf dem wackeligen Tisch ablud und Maia mit großen Augen musterte. »Du hast die Perkies ganz schön auf Trab gebracht. Als es Zeit war für den Zug, hab ich zwei Jopland-Frauen in der Station rumhängen sehen, ungefähr so dezent wie zwei Dampfwalzen. Sie haben so getan, als warteten sie auf jemanden, dabei haben sie Vars beobachtet. Ich hab noch zwei gesehen, die auf Pferden die Straße entlang patrouilliert sind. Die suchen dich immer noch, kleine Vestalin.«

Maia seufzte. Soviel also zu ihren Fluchtplänen. *Merk dir eins. Wenn du dich das nächste Mal mit jemandem einläßt, der stärker ist als du, dann such dir wenigstens einen Ort aus, der mehr als eine Hintertür hat.* Holly Lock war so weit im Niemandsland, wie man es sich nur denken konnte, und die Eisenbahn war das einzige einigermaßen schnelle Transportmittel, mit dem man das Tal verlassen konnte. Selbst wenn sie ein Pferd stahl, würde ihr das nicht viel nützen. Der Tumult würde sie schnell verraten, wahrscheinlich noch ehe sie das Küstengebirge erreichte, von Grange Head ganz zu schweigen.

»Anscheinend hast du doch eine gute Entscheidung getroffen«, meinte Thalla. »Daß du weiter ins Landesinnere gezogen bist, statt dich auf den Weg zur Küste zu machen. In der stinkenden Lerner-Feste sucht dich jedenfalls bestimmt niemand.«

Ganz so sah es aus. Vielleicht hielten Maias Verfolgerinnen es auch einfach nicht für nötig, jede Hütte und jeden Bauernhof zu durchsuchen. Sie brauchten ja nur die Fluchtwege im Auge zu behalten und abzuwarten.

»Haben sie Fragen gestellt? Meinen Steckbrief ausgehängt?« fragte sie Kiel, die nur die Achseln zuckte.

»Also, welche Var würde denn eine andere Var an eine Perkinitin verpfeifen? Die wissen auch, daß sie das gar nicht erst versuchen müssen.«

Für Maias Geschmack klang das ein bißchen zu einfach. Die Feindschaft zwischen Klonfrauen und Vars war in Long Valley ziemlich ausgeprägt. Dennoch hatte sie kein allzu großes Vertrauen in die Solidarität der Vars untereinander. Die anderen Lerner-Arbeiterinnen würden sie ohne weiteres verraten, wenn die Belohnung nur groß genug war. Glücklicherweise schien außer Thalla und Kiel aber niemand ihre Existenz richtig wahrzunehmen. Die berüchtigte Knausrigkeit der Joplands war Maias größte Hoffnung. Und die Tatsache, daß die Lerners keine Perkiniten waren und sich traditionsgemäß aus der Politik heraushielten.

Wir werden sehen, ob ich in einer Woche immer noch oben auf der Liste stehe. Wenn sie das Interesse an mir verlieren, könnte ich versuchen, den Weg Stück für Stück zu Fuß zurückzulegen, bei Nacht wandern und tagsüber für mein Essen arbeiten ...

Der Verlust ihrer Tasche, die sie in Holly Lock aufgegeben hatte, machte Maia schwer zu schaffen. Schließlich waren darin ihre letzten Erinnerungen an Leie. Bei dem Gedanken, sie vielleicht nie mehr zurückzubekommen, fühlte sie sich noch einsamer und trauriger.

Aber wenigstens hatte sie jetzt zwei neue Freundinnen. Natürlich konnten sie Leie nicht ersetzen, aber die schwesterliche Herzlichkeit, die Thalla und Kiel ihr entgegenbrachten, machte ihr den bevorstehenden Abschied schwer. Die Arbeit war hart und die kleine Hütte nicht viel besser als ein Schuppen, aber es war für Maia mehr ein Zuhause als alles andere, seit sie ihre

Dachkammer in Port Sanger verlassen hatte. Es schien eine Ewigkeit her zu sein.

Die Tage vergingen. Der Rhythmus der Brennöfen, der Gestank der Braunkohle, das Rumpeln der Metallwalzen ... sogar die Hitze machte Maia nicht mehr soviel zu schaffen. Der Tag ihrer Verabredung in Grange Head kam und ging, aber sie konnte sich nicht vorstellen, daß die Richterin sie sehr vermißt hatte. Sie hatte der Polizeiagentin in Caria alles gesagt, was sie wußte. Sie hatte ihre Pflicht erfüllt.

Außerdem begann sie sich Gedanken zu machen, während sie Abend für Abend den Gesprächen von Kiel und Thalla lauschte. Was schuldete sie eigentlich dieser Machtstruktur, die einer Var wie ihr sowenig zu bieten hatte, während manche Frauen nur aufgrund dessen, daß sie zu einer anderen Zeit geboren waren, alle Vorteile für sich in Anspruch nehmen konnten? Ihre Hausgenossinnen fanden es nicht ketzerisch, solche Dinge zu hinterfragen, es war sogar ein häufiges Gesprächsthema.

Manchmal stellten sie das Radio nachts auf einen fremden Sender, drehten endlos an den Knöpfen, bis sie blecherne Stimmen vernahmen, seltsam hoch und von magnetischen Störungen verzerrt. »*Niemand kann ernsthaft darauf hoffen, von den korrupten Behörden in Caria Gerechtigkeit zu erlangen, von Staatsdienerinnen, die von den großen Stammesclans des Landungskontinents gekauft werden. Die unterdrückten Klassen müssen den Mut aufbringen, die Dinge selbst in die Hand zu nehmen und endlich eine Veränderung herbeizuführen ...*«

Maia hatte den Verdacht, daß es sich um einen illegalen Sender handelte. Die Worte klangen zornig, ja rebellisch, aber Maias eigene Reaktion war viel überraschender. Sie war überhaupt nicht schockiert. Sie wandte sich lediglich an Kiel und fragte, ob Sommerlinge wie sie auch zu den ›unterdrückten Klassen‹ gehörten.

»Na klar, Kleine. Heutzutage, wo jede Nische von

dem einen oder anderen Clan besetzt ist, was für eine Chance hat da eine arme Var wie unsereins, etwas auf die Beine zu stellen? Aber die Dinge werden sich nur ändern, wenn wir uns zusammentun und die Sache selbst in die Hand nehmen.«

Die Stimme im Radio klang wie ein Echo solcher Empfindungen. »... *Es gibt viele Methoden der Unterdrückung. Wir haben selbst erlebt, wie eine Tradition der Apathie geschaffen wurde, so daß die Wahlbeteiligung der Nichtklone auf dem Ostkontinent letztes Jahr unter sieben Prozent lag, trotz der intensiven Anstrengungen der Radikalen Partei und der Gesellschaft Versprengter Samen ...*«

So hatte die Savante Schwester Claire immer die Varkinder genannt, die jeden Herbst die Lamatia-Feste verließen. *Versprengte Samen.* Theoretisch sollten die Sommerlinge sich auf die Suche nach dem speziellen Lebensweg machen, für den sie geboren waren, für das, wofür sie Talent hatten, um sich dort zu etablieren und zu entfalten. Doch so viele endeten in einer Sackgasse, legten ein Gelübde ab und suchten in der Kirche Zuflucht, oder sie schufteten wie die Lerner-Arbeiterinnen für Unterkunft, Verpflegung und ein paar billige Vergnügungen.

Maia dachte an all das, was sie seit ihrer Abreise aus Port Sanger erlebt hatte. »Manche sagen, es hätte in letzter Zeit viel mehr Sommergeburten gegeben. Deshalb sind wir so viele.«

»Absoluter Propaganda-Schwachsinn«, schimpfte Thalla. »Die beklagen sich doch immer, daß es zu viele Vars und zu wenige freie Nischen gibt. Aber das ist bloß eine Ausrede, um uns weniger bezahlen zu müssen. Selbst wenn du eine Arbeit kriegst, wirst du nie zu Besitz kommen. Und gewöhnlich ist die Arbeit bestenfalls für einen Mann geeignet.«

Das war gleich die Antwort auf Maias nächste Frage, nämlich, ob die Männer ebenfalls zu den ›unterdrückten Klassen‹ zählten. Kiels Argumentation hatte durchaus etwas für sich. Sicher, die Lerners waren gut bei dem, was sie taten. An den Hochöfen und in den Schmieden wußten sie immer schon eine Weile vorher, wo das nächste Problem auftauchen würde, und wenn man einer Lerner-Frau beim Arbeiten zusah, war es, als würde man eine Künstlerin beobachten. Aber hatten sie deshalb das Recht, diese Art von Unternehmen allein für sich zu beanspruchen, überall dort, wo es sinnvoll war, ein kleine Gießerei zu betreiben?

»Die Perkiniten sind die Schlimmsten«, brummte Thalla. »Die hätten am liebsten überhaupt keine Sommerlinge. Wenn sie könnten, würden sie die alten Genlabore wieder öffnen und dafür sorgen, daß es nur noch Wintergören gibt. Nichts als Klonmädchen, das ganze Jahr über.«

Maia schüttelte den Kopf. »Vielleicht kriegen sie ihren Willen, auch ohne die Labore wieder in Betrieb nehmen zu müssen.«

»Wie meinst du das?« fragen die beiden jungen Frauen wie aus einem Mund. Maia blickte auf und merkte erschrocken, daß sie um ein Haar ihr Geheimnis ausgeplaudert hätte.

Welches Geheimnis eigentlich? grübelte sie. *Die Agentin hat mir nie gesagt, ich dürfte nicht darüber sprechen. Außerdem gehören Thalla und Kiel zu meiner Rasse, im Gegensatz zu der Polizeiagentin, dieser Klonfrau irgendwo in Caria.*

»Hmm«, begann sie und senkte die Stimme. »Erinnert ihr euch an die Schwierigkeiten, die ich in der Jopland-Feste hatte?«

»Die Probleme, über die du bis jetzt nie sprechen wolltest?« Thalla beugte sich neugierig vor. »Ich hab zwei und zwei zusammengezählt und mir eine Theorie zurechtgeschustert. Ich würde mal vermuten, du hast dich in die Party reingeschlichen, die sie vor ein paar Wochen veranstaltet haben, um einen Mann zu kriegen, ohne dafür bezahlen zu müssen!« Thalla lachte, bis Kiel ihr mit dem Ellbogen einen Schubs versetzte und sie so zum Schweigen brachte. »Mach weiter, Maia. Erzähl uns davon, wenn du das Gefühl hast, du bist bereit dazu.«

Maia holte tief Luft. »Tja, wie es aussieht, haben zumindest einige Perkiniten eine Möglichkeit gefunden, wie sie das bekommen können, was sie wollen …«

Sie erzählte ihre ganze Geschichte und sah mit wachsender Befriedigung, wie die Augen ihrer Gefährtinnen mit jeder neuen Offenbarung größer wurden. Sie hatten sie für ein süßes, hilfloses junges Ding gehalten, das schwesterlichen Schutz brauchte, nicht für eine Abenteurerin, die schon mehr Aufregung und Gefahr hinter sich hatte, als die meisten in ihrem ganzen Leben. Als Maia fertig war, blickten sich die beiden Frauen an. »Glaubst du, wir sollten …«, setzte Thalla an.

Kiel schüttelte entschieden den Kopf. »Vielleicht irgendwann mal. Wir reden morgen darüber. Jetzt ist es zu spät. Eine Fünfjährige sollte längst im Bett liegen, auch wenn sie sich als geborene Piratin entpuppt hat.« Kiel zerzauste freundlich Maias strubbeligen Haarschopf, als wollte sie auf ihre lässige Art ihren neu entdeckten Respekt zeigen. »Wir sollten alle schlafen gehen«, meinte sie abschließend und schaltete das Radio aus.

Als das Licht erloschen war und sie alle drei auf ihren Feldbetten lagen, blieb Maia noch eine ganze Weile wach und grübelte.

Ich? Eine geborene Piratin?

Warum eigentlich nicht? Ihre zarten Muskeln taten schon viel weniger weh und wurden jeden Tag strammer. Sie war bereits robuster, als sie es sich je hätte träumen lassen. Und jetzt hörte sie auch noch Rebellensender im Radio. Und redete mit heimatlosen, radikalen Vars über Dinge, die eigentlich nur die Polizei angingen.

Was kommt als nächstes? fragte sie sich. *Wenn Leie mich nur sehen könnte.*

Auf einmal war die ganze neue Robustheit kein Bollwerk mehr gegen den Kummer, der sie plötzlich überwältigte. Maia mußte sich zusammenreißen, um nicht laut zu schniefen. *Verdammt*, dachte sie. *Zur Hölle damit!* Die Freundlichkeit ihrer Hausgenossinnen machte sie offenbar verletzlicher, indem sie die seit dem Aufenthalt im Tempel von Grange Head verdrängten Gefühle wieder aufleben ließ. *Vielleicht bin ich allein doch besser dran.*

Aus den benachbarten Hütten erklang das Klappern der Würfel und heiseres Gelächter, manchmal waren auch Brocken eines anzüglichen Liedes zu hören. Aber in ihrer Hütte war es still, bis Thalla zu schnarchen begann, leise und gleichmäßig. Eine Weile später hörte Maia, wie Kiel aufstand. Obwohl Maia die Augen geschlossen hielt, war sie ganz sicher, daß Kiel sie ansah. Dann ertönte das Knarren der Haustür, und Kiel schlüpfte hinaus. Im Halbschlaf überlegte Maia, ob sie wohl zum Klohäuschen ging. Aber am nächsten Morgen war die dunkelhäutige Frau noch immer nicht zurück.

Thalla schien sich keine großen Sorgen zu machen. »Erledigungen in der Stadt«, erklärte sie kurz und bündig. »Am Greers-Tag hat der Wagen bestimmt 'ne große Ladung Stahl, also gibt's keine Passagiere, und wir haben ein paar Investitionen gemacht, um die wir uns kümmern müssen. Damit sich unser Geld nicht einfach hier draußen in Luft auflöst. So was kann passieren, weißt du. Geldstäbe verschwinden einfach. Ich würde sie nicht unter dem Kopfkissen verstecken, wenn ich du wäre.«

Maia blinzelte verwundert und überlegte, woher Thalla das wußte. Hatte sie spioniert? Maia unterdrückte den Drang, zu ihrem Bett zu rennen und nachzusehen, ob noch alles da war, aber dann fiel ihr auf, daß Thalla bereits bei einem ganz anderen Thema war.

Geht mich ja auch nichts an, dachte sie und rümpfte die Nase.

Die Arbeit ging im gleichen stetigen, betäubenden Rhythmus weiter. An ihrem achtzehnten Tag in der Lerner-Feste hatten Maia und ihre Kolleginnen den Auftrag, mit Handkarren unverarbeitetes Eisenerz von einer drei Kilometer entfernten Mine heranzuschleppen; das dortige Bergwerk wurde ausschließlich von einem Clan Albinofrauen betrieben, deren von Natur aus blasse Haut von den rostigen Oxiden schon ganz verfärbt war.

Am nächsten Tag traf eine Karawane riesiger Lastlamas ein, beladen mit Holzkohle zum Veredeln des Metalls. Große hagere Frauen mit tiefliegenden Augen führten die Tiere, beteiligten sich aber nicht am Abladen; anscheinend war das unter ihrer Würde. Maia gesellte sich zu der Gruppe Vars, die einen Sack voll rußiger schwarzer Brocken nach dem anderen zu einem Schuppen bei den Hochöfen schleppten, während eine ältere Lerner-Frau die Fuhrleute mit neu gemünztem Metall bezahlte. Bereits nach wenigen Stunden war die Karawane wieder auf dem Rückweg. Ihre Reise würde sie an den drei fernen Steinpfeilern vorbeiführen, die dem nordöstlichen Horizont seinen unverkennbaren Charakter verliehen, bis hin zu den kaum noch sichtbaren Gipfeln, wo ein anderer Clan eine kleine, aber erfolgreiche Nische füllte – die Frauen fällten Bäume und brannten sie zu ebenholzfarbenen, länglichen Holzkohlebriketts, ein schlichtes ländliches Unternehmen. Es funktionierte, bot aber für Neulinge keinen Unterschlupf.

Als Maia später ihre Haut mit einem Schwamm von den Dreckschichten reinigte, ließ sie geduldig einen weiteren von Calma Lerners täglichen Besuchen über sich ergehen. Die Clanfrau kam jeden Abend kurz vor dem Essen vorbei, mit einer Hartnäckigkeit, die Maia allmählich zu respektieren lernte. Calma wollte sich mit Maias Ablehnung nicht abfinden.

»Sieh mal, ich weiß doch, daß du für ein Sommer-kind eine gute Bildung hast. Stammst vermutlich aus einem erstklassigen Muttergeschlecht. Du solltest was aus deinem Leben machen, wirklich.«

Das habe ich auch vor, antwortete Maia in Gedan-ken. *Sobald ich es riskieren kann, werde ich meine Beine in die Hand nehmen und aus diesem Tal rennen, so schnell ich kann, und nie wieder einem Stück Kohle zu nahe kom-men!*

Aber Calma war eigentlich sehr nett, und Maia wollte sie nicht verletzen. »Ich spare hier nur mein Geld, bis ich weiterziehen kann«, erklärte sie.

Die Lernerfrau schüttelte den Kopf. »Ich dachte, du bist hergekommen wegen dem, über das wir damals auf dem Wagen geredet haben. Du weißt schon, die Metallurgie. Wenn es dir nicht darum geht, warum bist du denn dann hier?«

Dieses Thema wollte Maia lieber nicht vertiefen. Bis-her hatte es keinen Hinweis darauf gegeben, daß Tizbe oder die Joplands hier nach ihr suchten. Wahrscheinlich gingen sie davon aus, daß Maia sich nach Westen, in Richtung Meer durchzuschlagen versuchte. Aber wenn Calma weiter forschte, ja, wenn sie nur weiter darüber plauderten, konnte sich das schnell ändern.

»Hmm. Vielleicht überlege ich es mir noch mal mit der Lehrstelle. Ich bin mir nur noch nicht sicher, wie das ablaufen soll, weißt du.«

Calmas Gesichtsausdruck änderte sich schlagartig, und Maia konnte fast ihre Gedanken lesen.

Aha! Die Kleine versucht also nur, eine gute Verhand-lungsposition rauszuschlagen, sie hofft auf bessere Bedin-gungen. Vielleicht kann ich die Gebühren ein bißchen für sie senken. Und was wäre eine angemessene Gegenleistung? Ein Zeitvertrag?

»Nun«, meinte die ältere Frau schließlich, »wir kön-nen uns darüber unterhalten, sobald du bereit dazu bist.« Was Maia sich sofort übersetzte als: *Laß sie ruhig noch eine Woche am Hochofen schuften. Dann wird sie unser Angebot schon annehmen, wenn wir es ihr ein wenig schmackhaft machen.*

Tatsächlich war Calmas Gesichtsausdruck so leicht zu deuten, daß Maia plötzlich verstand, warum eine so talentierte Familie in der Welt des Handels nur einen so relativ geringen Erfolg hatte. *In einer Partnerschaft mit einem geschäftstüchtigen Clan könnten sie es weit bringen.* Aber manche Familien konnten einfach mit keiner anderen Gruppe eng zusammenarbeiten. Vor allem über mehrere Generationen hinweg, denn so lange hielten viele der Allianzen zwischen den Clans.

Obgleich Maia diese Erkenntnis speicherte, um später bei Bedarf auf sie zurückgreifen zu können, hatte sie nicht mehr das Bedürfnis, solche Informationen mit jemandem zu teilen. Leies Tod hatte eine gähnende Leere in ihr hinterlassen, aber der akute Schmerz wurde von Tag zu Tag geringer. Im Lauf der Zeit begann sie, die Umrisse ihrer Zukunft zu sehen, unverstellt von den unrealistischen Träumen ihrer Kindheit.

Wenn sie klug und zielstrebig war, konnte sie vielleicht werden wie Kiel und Thalla, die sich langsam etwas zusammensparten und nicht Träumen von irgendeiner märchenhaften Nische oder einem hochgesteckten Ziel wie der Gründung eines eigenen Clans nachhingen, sondern nur eine winzige Ritze in der Mauer der stratoinischen Gesellschaft suchten. Einen Platz, an dem sie einigermaßen angenehm und sicher leben konnten. *Das ist nicht schlecht. Manche Leute haben es weitaus schlechter getroffen.*

Um sich am zweiten und dritten Abend, den Kiel abwesend war, die Zeit zu vertreiben, erzählte Thalla Maia von den seltsamen Bräuchen, die in den Hafenstädten der Südlichen Inseln praktiziert wurden. Umgekehrt lauschte die junge Frau mit ähnlichem Erstaunen Maias Berichten über das mondäne Leben in Port Sanger, das für Maia selbst so lange eine Selbstverständlichkeit gewesen war. Dann hörten sie noch eine Weile Radio – einen Musiksender, keine politischen Kommentare –, bis Schlafenszeit war.

Vielleicht sagt mir Kiel, wenn sie zurückkommt, daß die Luft rein ist, dachte Maia, während der Schlaf sie überkam. Sie fühlte keinerlei Bindung zum Lerner-Clan, aber würde sie es schaffen, sich von ihren neuen Freundinnen loszureißen? Der Kameradschaft zuliebe war sie versucht zu bleiben.

Arbeit – und die Erholung von der Arbeit nahmen von der Morgen- bis zur Abenddämmerung beinahe den ganzen nächsten Tag in Anspruch. Zum Abendessen gab es einen duftenden Linsenauflauf mit Zwiebeln; Maia war sicher, daß Thalla das Gericht in Erwartung von Kiels Rückkehr zubereitet hatte. Aber die dunkelhäutige Frau tauchte noch immer nicht auf. Als Maia ihre Besorgnis äußerte, lachte Thalla nur. »Oh, wir haben große Pläne! Manchmal ist sie eine ganze Woche weg, manchmal sogar länger. Die Lerners müssen sich damit abfinden, weil niemand so gut das Eisenblech kaltwalzen kann wie Kiel. Mach dir keine Sorgen, Fräuleinchen. Sie wird schon zurückkommen.«

In Ordnung, ich werde mir keine Sorgen mehr machen. Es fiel ihr sogar überraschend leicht. In wenigen Wochen hatte Maia gelernt, wie man losließ und von einem Tag zum anderen lebte. Nicht einmal die Priesterinnen im Tempel hatten es fertiggebracht, sie das zu lehren. Körperliche Erschöpfung war eine gute Lehrmeisterin, das mußte sie zugeben.

An diesem Abend nahm Maia ihre kleine Öllaterne mit hinaus, als sie in der Dämmerung vor dem Zubettgehen noch einmal zur Toilette ging. Weil sie ihre Ruhe wollte, hatte sie sich angewöhnt zu warten, bis alle anderen Vars fertig waren. Auf dem Weg zum Klohäuschen betrachtete sie gern die Sterne, die bereits fortgeschrittene Winterkonstellationen zeigten. Stratos lief bereits erheblich langsamer auf seiner langen elliptischen Umlaufbahn, obgleich der Beginn der kühlen Jahreszeit eigentlich erst in einigen Wochen bevorstand.

Als Maia um eine Ecke des Labyrinths der Arbeiterhütten bog, sah sie, daß jemand an der windschiefen Tür der Außentoilette lehnte und in die andere Richtung blickte. *Na ja*, dachte sie. *Alle müssen mal.*

Sie trat näher und setzte die Laterne ab. »Ist schon lange besetzt?« fragte sie die Frau vor ihr, die den Kopf schüttelte.

»Es ist niemand drin.«

»Aber warum stehst du dann …«

Maia hielt inne. Irgend etwas stimmte hier nicht. Diese Stimme!

»Warum ich hier stehe und warte?« Die Frau wandte sich um. »Na, auf dich natürlich, meine naseweise kleine Freundin.«

»Tizbe!« japste Maia.

Das Wintermädchen aus dem Freudenclan lächelte und salutierte lässig. »Keine andere als deine treue Gepäckassistentin. Dachte, es wäre an der Zeit, daß wir uns mal unterhalten, *Chefin*.«

Obwohl ihr Herz raste wie wild, war Maia stolz darauf, daß ihre Stimme nicht zitterte. »Dann rede nur«, erwiderte sie und breitete die Hände aus. »Such dir ein Thema aus. Was du willst.«

Tizbe schüttelte den Kopf. »Nicht hier. Ich weiß da ein gutes Plätzchen.«

»In Ordnung. Wo …?«

Maia hielt inne, denn plötzlich merkte sie, daß sich hinter ihr etwas bewegte. Blitzschnell drehte sie sich um, gerade noch rechtzeitig, um zu sehen, wie sich mehrere identische schwarzgekleidete Frauen mit dampfenden Lappen auf sie stürzten.

Joplands, erkannte Maia einen Sekundenbruchteil, ehe die dunklen Frauen über sie herfielen. Es überraschte Maia, wie stark sie geworden war, aber die Farmfrauen waren stärker. Dennoch gelang es Maia, den feuchten

Lappen gerade lang genug zu entwischen, um noch eine weitere Gestalt zu erspähen, die in der Nähe stand.

Mit zusammengepreßten Lippen beobachtete Calma Lerner, wie Maia zu Boden geworfen wurde und man ihr die Lappen vor Mund und Nase hielt. Ein schwarzes Tuch wurde ihr über die Augen gebunden. Ein durchdringender, süßlicher Geruch raubte Maia den Atem, drang in ihr Gehirn vor und machte jeden Gedanken zunichte.

Wie in einem Narkosenebel erwachte sie und sah, daß die Sterne am Himmel umherschwirrten wie muntere Leuchtkäfer. Immerhin fiel ihr auf, daß das nicht richtig war, aber in ihrer Verwirrung kam ihr nicht in den Sinn, daß es eine Frage der Wahrnehmung sein könnte. Es war schwer für sie, sich zu konzentrieren, denn sie lag gefesselt auf einem rumpelnden Pferdewagen.

Die ganze Nacht über wechselte drogenbetäubter Schlaf mit kurzen wachen Momenten, in denen jemand ihren Kopf hob und ihr von einem Tuch Wasser in den Mund tropfen ließ. Maia nuckelte wie ein Baby, als wäre dieser Urreflex der letzte, der ihr geblieben war. Träume brachten ihr Erinnerungen, nach dem Zufallsprinzip aus ihrem Gedächtnis gerissen, durch die wahllosen Ausschmückungen ihres Unterbewußtseins verdreht, aber ausgesprochen realistisch wirkend.

Sie war etwas über drei stratoinische Jahre alt gewesen … neun oder zehn nach dem alten Kalender. Es war Mittwintertag; Lamatias Sommerlinge hatten ihr Essen bekommen und sollten auf ihre Zimmer gehen und dort bleiben, bis der Gong zum Abendessen rief. Aber die Zwillinge hatten andere Pläne. Maia und Leie wußten, daß sich alle Voll-Lamai um Mittag in der großen Halle versammeln würden, um an der Initiationszeremonie teilzunehmen. Seit Wochen schon hatte die Sechsjährigen-Klasse von Lamai aufgeregt darüber spekuliert, wer von ihnen die Reife empfangen würde und wer noch einen, vielleicht sogar zwei Winter würde warten müssen. Unter den doch kaum voneinander unterscheidbaren Klonfrauen hatten diejenigen, die bei der ersten Wintersonnenwende, an der sie als Erwachsene teilnahmen, gleich schwanger wurden, einen Vorteil gegenüber ihren Gleichaltrigen. Ihr Status stieg, und während ihre Generation heranreifte, übernahmen manche sogar eine führende Rolle im Clan.

Maia und Leie waren sich einig, daß sie die Zeremonie nicht verpassen wollten, trotz aller Regeln, nach denen der Ritus für Halbtöchter verboten war. Sie hatten viele Stunden damit verbracht, eine Möglichkeit zu finden, wie sie die Verbote umgehen konnten – zuerst mußten sie durch ihr Schlafzimmerfenster klettern, um eine Dachgaube herum, eine Regenrinne hinunter, eine Wand mit kunstvollen zinnenartigen Ornamenten entlang, durch ein loses Fenster in den Speicher und von dort über eine Strickleiter, die sie vorbereitet hatten, einen versiegelten, nicht mehr benutzten Schornstein hinunter …

Im Traum erlebte Maia jede Phase des Abenteuers so lebendig und hautnah wie damals. Die Angst, in den Tod zu stürzen, war zwar entsetzlich, aber weniger entsetzlich als der Gedanke, erwischt zu werden. Andererseits war erwischt und bestraft zu werden absolut lächerlich angesichts der grausigen Möglichkeit, daß sie und Leie das Ritual nicht *sehen* konnten.

Den geplanten Aussichtspunkt zu erreichen, war der gefährlichste Teil der Unternehmung. Sie mußten sich an der steilen, schräg abfallenden Kuppel der großen Halle entlanghangeln, in deren gebogene Rippen aus Eisenbeton große Linsen aus buntem Glas eingelassen waren. Nachdem Maia und ihre Schwester vorsichtig am Rand entlanggekrochen waren, damit kein Schatten in die Halle fiel, fanden sie schließlich den Mut, den Hals weit genug zu recken, um einen ersten Blick auf die Zeremonie zu erhaschen, die dort unten im Gange war.

Sie sahen auf ein wirbelndes Durcheinander von Licht und Schatten. Durch das Glasdach fiel winterliches Tageslicht, so hell, daß es sich fast mit dem Sommernachtsleuchten vergleichen ließ. Die farbigen Glasplatten warfen gekonnte Imitationen der Aurorae auf die Wände, während die ungetönten so fröhlich glitzerten und blitzten wie der Wengelstern, wenn der kleine strahlende Gefährte der Sonne hoch am Sommerhimmel stand. Ein loderndes Feuer in einer Ecke des Raums verströmte eine Hitze, die die Zwillinge sogar noch an ihrem Ausguck spürten. Man hatte Zusatzstoffe in die Flammen geworfen, um das ganze Spektrum des nördlichen Lichts zu simulieren.

Für dieses Schauspiel hatte sich die Mühe reichlich gelohnt. Aber weder Maia noch Leie hätten den Mut gehabt, das Wagnis allein auf sich zu nehmen.

Es dauerte eine Weile, bis sich die Nervosität, daß jemand zu ihnen heraufschauen könnte, einigermaßen gelegt hatte. Die Mädchen verbrachten mehr Zeit damit, sich anzustoßen und zu kichern, als daß sie wirklich durch die blankpolierten Glaslinsen das Geschehen beobachteten. Aber schließlich merkten sie doch, daß niemand zu einem solchen Zeitpunkt an der Saaldecke interessiert war.

Eine Tanztruppe bewegte sich in einem Wellenmuster vor dem zentralen Podium und schwenkte hauchdünne Tücher, die ebenfalls an das sommerliche Ionenspektakel erinnerten. Man hatte die Truppe vom Oosterwyck-Clan angeheuert, denn die Schönheit und Sinnlichkeit ihrer tänzerischen Darbietungen waren hochberühmt. Ihr Erfolg wurde überall publik gemacht, und nur sehr reiche Clans konnten sich um diese Jahreszeit ihre Dienste leisten.

Aus kleinen Fäßchen quollen Rauchspiralen, deren Aroma die Duftstoffe nachahmte, die einen Mann am wirkungsvollsten erregten. Hinter einem Schleiervorhang sah man die Silhouetten der versammelten Mütter und Vollschwestern der Lamatia-Feste, die diskret hinter den Kulissen saßen und zusahen, um ihre Gäste nicht zu stören.

Maia stieß Leie an und zeigte mit dem Finger. »Da drüben!« Natürlich war es unnötig, daß sie flüsterte, denn da die Musik sie nur als fernes Murmeln erreichte, konnte man davon ausgehen, daß unten niemand etwas von dem hörte, was sie hier oben sprachen. Leie spähte in die angegebene Richtung. »Ja, das sind der Kapitän der Pinguin-Gilde und die beiden jungen Matrosen. Genau wie ich es vorausgesagt habe. Du mußt zahlen!«

»Ich hab nie mit dir gewettet! Jeder weiß doch, daß die Pinguin-Gilde Lamatia wegen des großen Kredits, den die Mütter ihnen letztes Jahr gegeben haben, zu Dank verpflichtet sind.«

Leie ignorierte Maias Bemerkung. »Komm, sehen wir es uns genauer an«, drängelte sie und zog an Maias Arm, wodurch sie auf der schrägen Wand der Kuppe gefährlich ins Schwanken geriet. »He, paß doch auf!«

Aber Leie war schon zu einer Stelle gerobbt, wo ein großes konvexes Glasstück aus dem gewölbten Dach hervortrat. Maia hörte, wie ihre Schwester kurz nach Luft schnappte und dann nervös zu kichern begann.

»Was ist los?« fragte Maia und hangelte sich vorsichtig zu ihr hinüber.

Leie hob die Hand. »Nein, noch nicht! Halt dich gut fest und sorg dafür, daß du sicher stehst. Alles klar? Mach die Augen erst auf, wenn ich's dir sage.«

Es war eins jener Rituale, die einem ganz normal vorkamen, wenn man drei war. Maia spürte, wie ihre Schwester ihren Zopf packte und sie langsam vorwärtsschob, bis ihre Nasenspitze kaltes Glas berührte. »Okay, jetzt kannst du gucken«, sagte Leie mit unterdrücktem Kichern.

Maia öffnete ein Auge einen Spaltbreit und sah zunächst nur verschwommene Formen. Das Glas bestand aus mehreren dünnen Schichten, mit Zwischenräumen, in denen sich Luft befand. Doch als sie den Kopf ein Stückchen zurücknahm, wurde das Bild klar. Zumindest *schien* es klar zu sein, von der Höhe erstaunlich vergrößert. Noch immer kam ihr das, was sie sah, wie ein Durcheinander von leicht unterschiedlicher Fleischfarbe vor – durchsetzt von kurzem schwarzem Fell, unregelmäßig verteilt, aber dort besonders dicht, wo zwei größere Anhängsel mit einem kleineren, rosafarbenen zusammentrafen. Bei letzteren mußte es sich um Beine handeln. Das kleine dazwischen ...

»Oh!« rief sie und fuhr so heftig zurück, daß sie mit den Armen wedeln mußte, um das Gleichgewicht wiederzuerlangen. Leie packte sie und lachte über ihre Verblüffung. Sofort kehrte Maia zu ihrer Aussichtsstelle zurück und versuchte, die Szene wieder richtig ins Bild zu bekommen. »Nein, laß mich jetzt. Ich bin dran!« forderte Leie. Aber Maia rührte sich nicht von der Stelle, und ihre Zwillingsschwester zog sich widerwillig zurück, um sich ein anderes Plätzchen zu suchen, das, wie sie rasch verkündete »sogar noch besser« war. Aber Maia war zu versunken, um darauf zu achten.

So sieht also ein nackter Mann aus, dachte sie. Der Vergrößerungseffekt des Glases war verwirrend, und sie fand es schwierig, ein Gefühl für die Proportionen zu bekommen, geschweige denn das, was sie sah, mit den sterilen Diagrammen in Verbindung zu bringen, die sie in der Schule studiert hatten. *Was machen sie mit dem Ding, wenn sie rumlaufen? Es muß einem doch im Weg sein, wenn es da so runterbaumelt.*

Ihre nächsten Gedanken waren so peinlich, daß Maia sie nicht einmal im Kopf ausformulierte. Faszination besiegte nach hartem Kampf den Abscheu, und Maia beobachtete weiter, in der Hoffnung, daß sie es mitbekommen würde, wenn das Ding sich veränderte. *Wird es wirklich noch größer?*

Eine Hand kam ins Blickfeld und griff an dem Anhängsel vorbei, um einen haarigen Oberschenkel zu kratzen. Maia rückte ein Stück ab, so daß sie auch den Arm, Oberkörper und Kopf des Mannes sehen konnte, der sich auf seinen Seidenkissen zurücklehnte und die Tänzerinnen beobachtete. Jetzt wandte er sich zu einem anderen Mann um, der sich neben ihm räkelte, und sagte etwas. Der andere lachte, richtete sich auf und beugte sich mit einem etwas nüchterneren Gesichtsausdruck nach vorn, als wollte er sich noch konzentrierter der Show widmen. Dicht neben ihnen standen Speisen und Getränke. Der erste Mann nahm ein Weinglas und leerte es. Die hübsch gekleidete Frau, die sofort herbeieilte und das Glas nachfüllte, schien er gar nicht zu bemerken, genausowenig wie die anderen, die ringsum postiert waren und warteten, um bei Bedarf – falls jemand ungestört sein wollte – die trennenden Vorhänge anzubringen.

»Komm, schauen wir uns die Sechser an!« rief Leie. Etwas widerwillig riß Maia sich los und schlängelte sich zu ihrer Schwester hinüber. »Da drüben an der Nordwand«, flüsterte Leie.

Das rosarote Glasstück war wellig und die Vergrößerung nicht so gut wie an der klaren Linse. Deshalb dauerte es eine Weile, bis sie die richtige Position gefunden hatten, aber schließlich entdeckte Maia einen Schwarm von Mädchen, die in hellen, hauchdünnen Gewändern etwas beiseite standen und warteten. Um weniger mädchenhaft zu wirken, trugen sie dicke Schminke im Gesicht, und zweifellos waren sie großzügig parfümiert, um den Geruchssinn der Männer zu täuschen. Naturgemäß fühlten sich Männer mehr zu älteren Frauen hingezogen, die bereits ein- oder zweimal geboren hatten, aber diese Zeremonie war allein für die Sechsjährigen. Es war ihr Ehrentag, und die Mütter hatten keine Kosten und Mühen gescheut.

Maia brauchte sie nicht zu zählen. Sie wußte, es waren dreizehn, eine ganze Klasse Lamai-Winterlinge, allesamt sauber und wunderbar identisch, aber jede für sich voller Hoffnung, gerade sie würde diejenige sein, die erwählt wurde, wenn der Moment kam.

Sie konnten von Glück sagen, wenn zwei oder drei es dieses Jahr schafften. Man erwartete nicht viel von Sechsjährigen. In diesem Alter produzierte der Körper nur mitten im Winter die richtigen chemischen Stoffe für die Vermehrung, ganz gleich, ob ein Mädchen eine bescheidene Var oder eine arrogante Klonin war. Noch mit sieben war die fruchtbare Phase recht kurz. Die meisten Frauen bekamen erst mit acht oder mehr die Reife, auch wenn ihr Clan ihnen vollen Rückhalt gewährte. Dann war die fruchtbare Phase auch lang genug, daß sie sich mit der verbliebenen Sommerleidenschaft der Männer im Herbst überschnitt und auch mit der, die sich im Frühling wieder regte.

Lamatia versprach sich nicht allzuviel von der heutigen Sonnwendfeier, aber sie war trotzdem wichtig. Ein Initiationsritus für die jungen erwachsenen Mitglieder des Clans. Ein Omen für das kommende Jahr.

Jetzt beobachtete Maia, wie die Lamai-Sechser sich unter die tanzenden Oosterwycks mischten und eine nach der anderen mit tadellos geübten Schritten zwischen sie schlüpften. Irgendwie – wahrscheinlich genau nach Plan – schienen die weicheren Bewegungen der dunkelhäutigen Berufstänzerinnen die Aufmerksamkeit der Zuschauer auf die hellhaarigen Anfängerinnen zu lenken. Die Sechsjährigen hatten ihre Bewegungen mit der Lamai-typischen Sorgfalt eingeübt. Die Choreographie des Tanzes sah vor, daß jede gleichviel Zeit zugemessen bekam, wenn sie in vorgegebener Abfolge immer näher an das Publikum heran tanzten, doch Maia fiel auf, wie eifrig jede junge Lamai versuchte, ihre Schwestern auszustechen. Aus irgendeinem Grund wirkten sie dadurch nur noch ähnlicher.

Als Maia sich etwas zurücklehnte, um die Vorgänge in breiterem Rahmen auf sich wirken zu lassen, schoß ihr der Gedanke durch den Kopf, daß die Männer da unten sich jetzt in einer Situation befanden, für die sie noch vor einem halben Jahr wahrscheinlich zu töten bereit gewesen wären, als die Stadttore verschlossen waren und die Patrouillen der Guardia die wenigen von ihnen, die aus den nahegelegenen Reservaten heraus durften, streng im Auge behielten. Im Sommer heulten die Männer vor den Toren, um eingelassen zu werden.

Jetzt, da die Frauen sich auf dem Gipfel ihrer Empfängnisbereitschaft befanden, fläzten sich die Matrosen auf ihre Polster, als wäre ihnen die Gesellschaft eines guten Buches oder einer interessanten Fernsehsendung weit willkommener. Auf dem Rand der Kuppel kauernd beobachtete Maia Dinge, die sie bisher nur aus oberflächlichen Beschreibungen kannte, und plötzlich überkam sie ein großes Staunen, gemischt mit einer erschütternden Einsicht.

Ironie. Dieses Wort hatte sie erst vor kurzem gelernt. Sie mochte seinen Klang und auch, daß es sich weigerte, festgenagelt und definiert zu werden. Man begriff seine Bedeutung nur anhand von Beispielen. Und dies hier war ein gutes Beispiel von Ironie.

Ich frage mich, warum Lysos es so eingerichtet hat ... damit niemand genau das bekommt, was sie oder er will, außer dann, wenn er oder sie es gar nicht will?

»Maia, psst!« Leie winkte von dem klaren, konvexen Glasstück herüber. »Komm, sieh dir das an!«

»Ist einer von ihnen groß geworden?« fragte Maia atemlos, während sie hinübereilte, so hastig, daß sie unterwegs fast abgerutscht wäre. Sie bebte, gleichzeitig vor Ekel und vor Erregung, als sie ihren Kopf neben Leie ans Glas drückte.

Was in Sicht kam, war jedoch nicht das geheimnisvolle Anhängsel. Es war das bärtige Gesicht eines Mannes, den Maia erkannte – der gutaussehende, attraktive Kapitän des Frachters mit dem Namen *Herrscherin*, dessen herzliches Lachen und dröhnende Stimme sie immer so gern hörten, wenn die Mütter ihn und seine Offiziere zum Essen einluden. Die Hälfte der lamaianischen Sommerknaben wollte mit ihm zur See fahren, die Hälfte der Sommermädchen stellte sich vor, er wäre ihr Vater.

Aber die Sechser dort unten suchten keine *Väter* für ihre Kinder. Nicht in dieser Jahreszeit. Der gleiche körperliche Akt war im Winter wertvoller als im Sommer, weil die Vaterschaft nichts damit zu tun hatte.

Was die Sechser suchten, war die *Stimulation*, eine Inseminierung, die die Bildung einer Plazenta in Gang setzen, die Reifung eines Klonkinds auslösen sollte. Und von diesem Kapitän sagte man, er hätte in manchen Jahren sieben, ja manchmal acht und mehr Winterlingen zur Entstehung verholfen, ganz allein! Wie in dem Kinderlied ...

> Beim Sommerpapa
> wenn der Samen
> allzu leicht kommt
> wird's 'ne Var.
>
> Doch im Winter
> was stimuliert wird.
> das ist wertvoll
> ganz und gar!

Mit schmalen, aufmerksamen Augen verfolgte der Kapitän die Bewegungen der Tänzerinnen, die ihn jetzt umschwebten, fast in seiner Reichweite. Sein eingeölter, kräftiger Körper erinnerte Maia nicht so sehr an einen Lugar, als vielmehr an ein Rennpferd, denn er strahlte mehr Kraft aus, als ein menschliches Wesen je verbrauchen konnte. Sein Gesicht, zwar behaart, aber auf maskuline Art sehr intelligent, schien sich ganz auf einen einzigen Gedanken zu konzentrieren und ihm intensiv nachzugehen. Als eine der sechsjährigen Lamai-Mädchen an ihm vorüberwirbelte, kniff er die Augen zusammen, sein Kiefer zuckte, sicher im Ansatz eines Lächelns, eines knospenden Verlangens. Er hob die Hand ...

Und legte sie vor den Mund, um höflich, aber vergeblich – ein Gähnen zu verbergen.

Es dämmerte, ehe das Durcheinander von Träumen und verzerrten Erinnerungen einem benebelten Wirklichkeitsgefühl Platz machte. Welcher Tag begann, hätte Maia allerdings nicht sagen können, denn ihr Körper schmerzte, als hätte sie Nacht um Nacht mit wilden Feinden gekämpft. Erst allmählich begriff sie, daß ihre Arme und Beine mit schwarzen Tüchern gefesselt waren. Sie lag auf der Ladefläche eines rumpelnden Wagens, fest geschnürt wie ein Paket.

Mit tränenden Augen gelang es ihr, den Oberkörper gegen etwas zu stützten, das sich anfühlte wie Getreidesäcke, und sich so weit aufzurichten, daß ihre Augen etwa auf einer Höhe mit den Seitenbrettern des Wagens waren. Über ihr ragten die Rücken von zwei Frauen auf, die den Wagen lenkten. Von hinten sahen sie nicht aus wie Jopland-Frauen. Sie sagten nichts und drehten sich auch nicht nach Maia um.

Den Kopf zu bewegen, war zwar höchst schmerzhaft, aber so konnte sie wenigstens einen Teil der umgebenden Landschaft sehen – eine wellige Hochebene, eine Steppe mit spärlichem Gras, offenbar zu trocken für Ackerbau. Rot- und orangegeränderte Zirruswolken säumten einen dunkelblauen Himmel, an dem noch die Reste nächtlicher Pracht zu sehen waren. Ein leises Krächzen wie von einem großen Vogel drang an Maias Ohr, vielleicht von einem Raben oder dem einheimischen Mawu.

Jetzt fällt es mir wieder ein. Sie haben mir bei der Toilette aufgelauert. Dieser gräßliche Geruch ... Er füllte noch ihre

Nüstern, während die verblassenden Traumreste sich allmählich verflüchtigten. Doch die Gedanken in ihrem benebelten Kopf waren träge, wie dicker Sirup, der aus einem Glas tropft.

Ein Wagen. Sie bringen mich irgendwohin. Nach Norden, wie es aussieht.

Das zu erraten, war anhand des Winkels der aufgehenden Sonne nicht schwer. Um mehr zu sehen, mußte sie sich zum Sitzen aufrichten, was sie nur Stück für Stück bewerkstelligen konnte, da sie sonst ohnmächtig geworden wäre. Als sie endlich ausmachen konnte, was vor ihr lag, bog der Wagen um eine enge Kurve, und ein Turm von monumentalen Ausmaßen kam in Sicht. Wie eine Säule strebte er hoch in den Himmel; dunkle und helle Streifen wechselten sich ab. Zwar war Maia nicht in der Lage, es genau zu bestimmen, aber sie schätzte, daß der Turm über zweihundert Meter hoch und etwa ein Drittel so breit war.

An einigen Stellen war er beschädigt. Ein Gerüst deutete darauf hin, daß vor nicht allzu langer Zeit an dem natürlichen Obelisken gearbeitet worden war; an seinem Fuß lag ein großer Trümmerhaufen. Eine Reihe gewölbter Fenster folgte dem Verlauf eines hellen Steinbands, das sich bis zur halben Höhe emporschlängelte. Eine zweite Reihe kleinerer Öffnungen verlief ein paar Meter weiter unten parallel zur ersten.

Nahe am Fuß des bearbeiteten Felsen kam jetzt eine breite, steile Rampe in Sicht, die zu einem riesigen Portal hinaufführte.

Direkt dorthin wurde Maia gebracht.

Wir hatten Glück, in einem so seltsamen Binärsternsystem, einer Art, wie sie höchst selten besucht wird, eine bewohnbare Welt zu finden. Seine orbitalen Besonderheiten sowie seine Größe und die dichte Atmosphäre müßten unsere Kolonie eigentlich für lange Zeit vor unerwünschten Blicken verborgen halten.

Diese Eigenschaften bedeuten auch, daß genetische Manipulationen vonnöten sind, ehe unsere ersten Siedler die Kuppeln verlassen können. Während wir in so fundamentalen Bereichen wie der Sexualität ehrgeizige Veränderungen vornehmen, werden wir auch die Menschen entsprechend umformen müssen, damit sie in der Luft von Stratos leben und atmen können. Wie auf anderen Kolonialwelten muß die Toleranz für Kohlendioxid und die Gesichtsfeldempfindlichkeit angepaßt werden. Außerdem haben wir, kurz bevor wir das Phylum verlassen haben, neue Entwürfe für verbesserte Nieren, Lebern und Sinnesorgane erarbeitet und werden diese gewiß verwerten.

Die langsame, komplizierte Umlaufbahn des Planeten stellt eine besondere Herausforderung dar, wie beispielsweise eine exzessive Ultraviolettstrahlung, wenn sein kleiner Begleiter, der Waenglers Stern, seinen nächsten Punkt erreicht. Möglicherweise wäre eine jahreszeitliche Variation sinnvoll, denn so wären die Umgebungshinweise für den von uns geplanten zweiphasigen Reproduktionszyklus vorhanden. Doch zuerst einmal müssen wir uns vergewissern, daß die Menschen und Tiere, die wir dort hinbringen, auch robust genug sind, um zu gedeihen.

– Auszug aus der
Ansprache zum Landungstag, *von Lysos*

Kapitel 9

In dem ausgehöhlten Berg war ein weitläufiges Netzwerk von Zimmern und Korridoren angelegt worden. Vielleicht hatten die Bauarbeiterinnen teilweise auch natürliche Höhlen oder Spalten genutzt, aber als sie mit ihren Maschinen und ihrem Sprengstoff wieder abzogen, hatte das endlose Tunnelsystem kaum mehr etwas mit der Natur zu tun. Das Männerreservat war beinahe vollendet gewesen, als die Arbeit abrupt abgebrochen wurde, so daß eine leere, echoerfüllte Hülle zurückblieb.

Maia konnte nur einen kurzen Blick auf das Äußere werfen, als der Wagen eine lange Erdrampe zu einem massiven Holzportal hinaufholperte. Eine der Frauen sprang herunter, um zu klopfen. Tief und dröhnend hallte es von innen wider. Die andere Frau kletterte zu Maia, um ihre Knöchel loszubinden. Durch den Drogennebel sah Maia, daß auch überall neben der Rampe staubige Felstrümmer herumlagen, die offenbar aus den Öffnungen auf halber Höhe des Turms herabgeworfen worden waren. Die obere Fensterreihe bestand aus luftigen Galerien, breit genug, um die Sommerbrise hereinzulassen, wenn das Reservat am dichtesten bevölkert war. Im Vergleich zu ihnen waren die Fenster weiter unten bloße Luken.

In diesem Bauwerk steckte eine Menge Zeit und

Geld. Eine Investition, die eigentlich zu groß war, um sie einfach abzuschreiben.

Das war einer der wenigen klaren Gedanken, die Maia durch den Kopf gingen, während sie vom Wagen gezerrt und in einem Tempo, bei dem ihre wackeligen Beine kaum mithalten konnten, durchs Tor gescheucht wurde. So stolperte Maia hinter den beiden stämmigen hartgesichtigen Frauen her. Ihre Arme waren nach vorn gefesselt, so daß die Frauen sie an einer Leine führen konnten. Die beiden sprachen nicht, sondern nickten nur einer dritten Klonfrau ihrer Art zu, die das äußere Tor verschloß und mit ihnen hineinging. Maia kannte den Namen ihres Clans nicht.

Es war schwer, mehr als einen oberflächlichen Blick auf die Umgebung zu werfen, denn die Frauen zerrten Maia endlose Treppen hinauf, verlassene, leere Korridore entlang, dann durch eine große Halle mit Tischen und Stühlen und einem großen Kamin. Ein Stück weiter im Haupttunnel – der von schwachen Glühbirnen trübe erhellt wurde – kamen sie an einer Innenarena vorbei, in der mehrere hundert Zuschauer Platz gefunden hätten und von der man ein riesiges Gittermuster überblickte.

Nur bruchstückhaft nahm Maia die Gänge wahr, dann wieder Treppen, bis sie endlich eine schwere Holztür mit schweren eisernen Angeln und einem dicken Vorhängeschloß erreichten. Mit einem reichlich deplazierten Stolz bemerkte Maia, daß sämtliche Metallgegenstände, selbst der Schlüssel, den die Wächterin aus ihrer Weste holte, aus den Fabriken der Lerner-Feste stammten.

»Hört mal«, sagte sie zu den Frauen, obwohl ihr Mund trocken war wie Wüstensand, »könnt ihr mir nicht sagen …«

»Du mußt warten, basta«, antwortete eine der untersetzten Klonfrauen barsch und zog die Tür auf. Im selben Moment schubste die zweite Wächterin Maia von hinten, so daß sie in den stockdunklen Raum stolperte. Sie konnte nicht einmal rechtzeitig die Arme ausbreiten, um das Gleichgewicht zu halten, und so strauchelte sie denn auch nach ein paar Metern und fiel auf irgendwelche herumliegenden Bündel aus einem rauhen, kratzigen Material.

»Perverslinge! Verfluchte Miststücke!« schrie sie, am Boden liegend, und ihre Stimme überschlug sich. Mitten in ihr Schimpfen fiel krachend die Tür ins Schloß, und mit einem lauten Klirren wurde der Riegel vorgeschoben. Es war ein deprimierendes Geräusch, das Maia in den Ohren und ihrer ohnehin wunden Seele schmerzte.

Stille und Dunkelheit umgaben sie. Sie versuchte aufzustehen, aber eine Welle von Übelkeit überkam sie, so heftig, daß sie ihr Vorhaben aufgab. Einige Minuten lag sie still da und atmete tief durch. Schließlich ließen das Schwindelgefühl und die Benommenheit etwas nach. Aber als sie sich zum Sitzen aufrichtete, schoß ein stechender Schmerz in ihre Arme und durch beide Seiten. Maia spürte, wie ihr ein Schluchzen in die Kehle stieg, unterdrückte es aber entschlossen. *Diese Genugtuung werde ich ihnen nicht geben!*

Noch vor wenigen Wochen hätte das Gefühl, das ihren Körper jetzt durchströmte, sie in ein zitterndes Häufchen Elend verwandelt. Doch nun fand sie die innere Stärke, sich mit gleicher Heftigkeit zu wehren, der Tyrannei des Schmerzes pure Willenskraft entgegenzusetzen. Mit dem gähnenden Abgrund der Depression fertig zu werden, der sich vor ihr auftat, war allerdings schwieriger. *Später*, dachte sie, und schob die Begegnung mit der Verzweiflung energisch beiseite. Eins nach dem anderen.

Als sich ihre Augen an die Dunkelheit gewöhnt hatten, erkannte Maia die Einzelheiten ihrer Gefängniszelle. Ein einziger Strahl Tageslicht drang durch eine hohe, schmale Öffnung in der Mauer gegenüber der

Tür. An den anderen Wänden stapelten sich Holzkisten, und auf dem Boden lagen in Jute gehüllte Bündel. Die, auf die Maia vorhin gefallen war, schienen Bettzeug oder Vorhangstoff zu enthalten ... ein Glück, denn so hatten sie ihren Sturz abgefedert.

Es sieht aus wie ein Lagerraum, dachte Maia. Die Erbauerinnen hatten bestimmt schon begonnen, hier Vorräte für das geplante Reservat einzulagern, als das Projekt abgeblasen wurde. Versuchten sie jetzt, einen Teil der Verluste wettzumachen, indem sie das Bauwerk in ein Verlies verwandelten? Bis jetzt hatte Maia keine Spur von anderen Insassen entdeckt. Was für ein Witz, wenn das alles nur für sie wäre! Ein riesiges, kostspieliges Gefängnis, nur für ein einziges junges Varmädchen, das zuviel wußte.

Maia hievte sich auf die Knie, schwankte, schaffte es aber schließlich, unbeholfen aufzustehen. Ohne Pause, um den Schwung auszunutzen, begann sie sofort, sich nach einer Möglichkeit umzusehen, wie sie ihre Fesseln loswerden konnte.

Feiner Kristallstaub stieg aus dem frisch bearbeiteten Stein auf und glitzerte in dem schrägen Lichtstrahl, der durch die schmale Fensteröffnung fiel. Eine weißlichgraue Schicht bedeckte alles, sogar die Besenspuren, wo der Boden kürzlich gefegt worden war. Als sie aufschaute, sah Maia ein Seil, das sich über die Mitte der gewölbten Decke spannte und sie an ihren Flaschenzug im Gepäckwagen der Musseli erinnerte. Nur fehlte hier die Winde.

Sie durchsuchte die mit Schablonen beschrifteten Kisten. MÄNNER-KLEIDUNG stand auf einer von ihnen. Eine andere enthielt GESCHIRR und zwei weitere SCHREIBZEUG. Maia hatte Männer nie für sonderlich gebildet gehalten, aber es gab eine ganze Menge Kisten mit dieser Aufschrift.

Sie versuchte nachzudenken. Geschirrscherben konnten nützlich sein, um die Stoffschichten zu durchschneiden, mit denen ihre Unterarme umwickelt waren. Unglücklicherweise waren die Kisten aber fest zugenagelt. Sie spürte ihren tragbaren kleinen Sextanten, der immer noch an ihrem linken Arm befestigt war. Vielleicht waren seine ausklappbaren Teile auch scharf genug, aber er war unter eben jenen Stoffschichten für Maia völlig unerreichbar.

Sie ließ sich auf einer Kiste nieder und beugte sich hinab, um die Fesseln näher in Augenschein zu nehmen. Sie blinzelte und seufzte dann angewidert. »Oh! Da soll mich doch ...«

Direkt unter ihrem Handgelenk, wo es am wenigsten auffiel, waren die Stoffbänder nur mit einem einfachen Knoten zusammengeschlungen.

»Verflucht und zugenäht!« brummte Maia, während sie die Arme hob und versuchte, die herabhängenden Enden mit den Zähnen zu packen. Nach einigem Ziehen und Zerren gab der Knoten nach, und bald konnte sie eine Stoffschicht nach der anderen abwickeln. Immer wieder war sie durch das erneut aufsteigende Schwindelgefühl gezwungen, eine Pause einzulegen und tief durchzuatmen. Als sie endlich fertig war, mußte sie ihre erste Einschätzung der Fesseltechnik revidieren – sie war gar nicht so dumm. Zweifellos hatte man beabsichtigt, daß Maia sich über kurz oder lang selbst befreien würde, aber sie hätte es unmöglich früher bewerkstelligen können, solange die Wächterinnen noch in der Nähe waren.

Endlich schleuderte sie die Fesseln mit einem Fluch von sich. Als die Durchblutung wieder in Gang kam, begannen die Hände schmerzhaft zu kribbeln. Maia massierte sie, streckte sich, wedelte mit den Armen und wanderte in der Zelle herum, um sich ein wenig zu lockern.

Bei der Tür entdeckte sie einen kleinen Tisch, der ihr bislang noch nicht aufgefallen war. Darauf stand ein Krug Wasser und eine angeschlagene Tasse. Sie zwang ihre zitternden Hände, die richtigen Bewegungen auszuführen, goß sich Wasser ein und trank gierig. Als der Krug halb leer war, stellte sie die Tasse ab und wischte sich mit dem Handrücken den Mund ab.

Und zu essen?

Sie fand nichts, aber unter dem Tisch stieß sie auf einen großen Keramiktopf mit einem Deckel, verziert mit glasierten Bildern von Segelschiffen auf hoher See. Maia entfernte den Deckel und kam einem weiteren körperlichen Bedürfnis nach.

Als die dringendsten Sorgen damit erledigt waren, drängten sich andere in den Vordergrund. Verzweiflung, ihre alte Erzfeindin, schien an die Tür zu klopfen und zu fragen: »Jetzt?«

Doch Maia schüttelte entschieden den Kopf. *Ich muß mich beschäftigen. Ich darf nicht nachdenken.*

So machte sie sich an die Arbeit, schob die schweren Kisten zusammen und stapelte sie aufeinander. Bei der Anstrengung wurde ihr wieder schwindlig, und sie mußte sich eine Weile ausruhen. Dann machte sie mit neuen Kräften weiter, und schließlich erhob sich eine provisorische Pyramide vor dem hohen Fenster. Wenn sie auf den letzten Stapel zusammengefalteter Teppiche stieg, waren ihre Augen immerhin auf einer Höhe mit dem schmalen Schlitz, so daß sie auf die endlose Prärie hinaussehen konnte, die direkt unter ihr, am Fuß des Turms begann. Die Fensteröffnung schien reichlich eng zum Hindurchschlüpfen, und selbst wenn sie es schaffte, würde sie ein ganzes Warenlager Teppiche und Vorhänge zusammenbinden müssen, um sich bis auf den Talboden hinabzulassen. Vielleicht war dieser Raum nicht als Gefängniszelle geplant gewesen, aber er war nicht ungeeignet.

Ich hab ja früher immer davon geträumt, endlich einmal ein Männerreservat von innen zu sehen, dachte sie sarkastisch und kletterte wieder von ihrer Pyramide herunter.

Sie zerrte an den Deckeln einiger Kisten herum, aber

sie ließen sich nicht öffnen. Immerhin schaffte sie es, ein paar Teppiche aufzurollen und sich in einer Ecke eine Art Bett zu machen – oder eher ein Nest. Ihr Magen knurrte. Sie trank und benutzte noch einmal den Nachttopf. Abgesehen davon schien es nichts zu geben, was sie tun konnte.

»*Jetzt!*« meldete sich die Stimme der Verzweiflung wieder, nicht bereit, sich weiterhin abspeisen zu lassen, und Maia vergrub das Gesicht in den Händen.

Warum ich? fragte sie sich. Die Einsamkeit, eine weitere Erzfeindin, schien nie zufrieden. Ihre Besuche wurden immer brutaler, seit der gräßliche Sturm die *Wotan* und die *Zeus* endgültig getrennt und Maia und ihre Zwillingschwester auseinandergerissen hatte. Damals hatte Maia geglaubt, schlimmer könnte es nicht kommen. Aber hielt die Welt noch für sie bereit?

Anscheinend eine Menge.

Maia wickelte sich in ein Stück weichen blauen Vorhangstoff, legte sich in ihr Nest und wartete, daß ihre Gefängniswärterinnen mit etwas zu essen kamen … oder ihr weiteres Schicksal verkündeten. *Thalla und Kiel werden sich Sorgen um mich machen,* dachte sie und versuchte, sich das Bild ihrer Freundschaft vor Augen zu rufen. Sie war viel zu niedergeschlagen, um davon zu träumen, daß sich jemand auf die Suche nach ihr machen würde. Der Gedanke, daß jemand auf Stratos ihr Verschwinden merkte, war der einzige Trost, den sie suchte.

Die mürrischen Wärterinnen kamen zurück, als Maia gerade in einen unruhigen Schlaf der Erschöpfung gefallen war. Der Lärm weckte sie, und sie rieb sich die Augen, als eine der Frauen klappernd ein Tablett auf dem wackeligen Tisch abstellte. Maia konnte nicht erkennen, ob es dieselben Frauen waren, die sie von der Lerner-Feste abtransportiert hatten, oder ob die beiden sich mit anderen abwechselten, die genauso aussahen. Die Klonfrauen traten zurück an die Tür und betrachte-

ten Maia mit Augen, die so rund und braun und ah-
nungslos waren wie die eines Rehs.

Sie hatten also Essen gebracht, aber keine großen
Neuigkeiten. Als Maia sie zwischen zwei Löffeln unde-
finierbaren Eintopfs fragte, was aus ihr werden würde,
ließen ihre einsilbigen Antworten erkennen, daß sie es
nicht wußten und ihnen Maias Schicksal außerdem
vollkommen gleichgültig war. Fast als einziges konnte
Maia ihnen ihren Familiennamen aus der Nase ziehen –
Guel –, danach verstummten sie endgültig.

Welches Talent, welche Fähigkeiten hatten die Vorfahren dieser trübsinnigen, finster dreinblickenden Frauen
wohl dazu qualifiziert, einen eigenen parthenogenetischen Clan zu gründen? Welche Nische füllten sie?
Gewiß keine, die Freundlichkeit oder hohe Intelligenz
verlangte. Doch Maia mußte davon ausgehen, daß die
drei Frauen, die sie kennengelernt hatte, Teil eines spezialisierten Stamms mit Tausenden individueller Mitglieder waren, die alle von einer ursprünglichen Guel-
Mutter abstammten, die es hervorragend verstand, …

Hier geriet Maia ins Grübeln. Die es verstand, mit
purer Trübseligkeit ihre Gefangenen wahnsinnig zu
machen? Vielleicht betrieb der Guel-Clan auf allen drei
Kontinenten Gefängnisse für Städte und Gemeinden!
Bisher hatte Maia nichts erfahren, was dies widerlegte,
denn sie war ja zum ersten Mal im Gefängnis.

Sie sah zu, wie die Frauen das Geschirr abräumten,
schwerfällig herumschlurften und sich anknurrten,
während sie mit dem Schlüssel herumhantierten, und
überlegte unterdessen eine andere Theorie: Vielleicht
waren die Guels die Klonnachfahren einer Farmarbeite-
rin, deren Stärke und barsche Gleichgültigkeit ein Clan
von Arbeitgeberinnen irgendwann einmal für nützlich
befunden hatte. Jedenfalls nützlich genug, daß sie die
Nachschubproduktion unterstützten.

Nun, da ihr Hunger gestillt war, erinnerte sich Maia
auch an andere Annehmlichkeiten. »He!« rief sie, rannte

zur Tür und hämmerte dagegen, bis auf der anderen Seite eine mürrische Stimme antwortete. Durch den Spalt neben dem Türrahmen rief sie den Wärterinnen zu, daß sie Seife und einen Waschlappen brauchte. Ach ja – und außerdem einen Vorrat von den getrockneten Takawq-Blättern, die im Long Valley von allen außer den Superreichen als Toilettenpapier benutzt wurden. Als Antwort ertönte ein widerwilliges Brummen, gefolgt vom Klang schwerer, sich zurückziehender Schritte.

Wenn sie es sich recht überlegte, deutete der Mangel an alltäglichen Annehmlichkeiten darauf hin, daß die Frauen, die Maia gefangengenommen hatten, tatsächliche Amateurinnen waren. Es sei denn, es sollte eine Art Folter sein, sie mit solchen kleinen Ärgernissen zu quälen. Vielleicht waren die drei einfach für einen Spezialauftrag angeheuert worden, sozusagen um die Schmutzarbeit zu erledigen. Im Gedanken an die radikalen Vorträge, die Maia in Thallas Radio gehört hatte, schwor sie sich, den Wärterinnen niemals mit dem Respekt zu begegnen, die sie als Var eigentlich jeder Klonfrau gegenüber an den Tag legen mußte, selbst wenn sie aus der untersten Unterschicht stammte.

Sie können mich nicht ewig hier festhalten, oder? überlegte sie traurig.

Doch so sehr sie ihr Gehirn zermarterte – ihr fiel kein Grund ein, was sie daran hindern sollte.

Es gab noch andere schmerzliche Fragen, beispielsweise, warum Calma Lerner sie den Joplands ausgeliefert hatte. *Wieviel haben sie ihr dafür bezahlt? Bestimmt keine Reichtümer.* Maias Herz wurde schwer, wenn sie an Calmas Verrat dachte. Obwohl es zwischen ihnen keinerlei Verpflichtungen gegeben hatte, war Maia ganz sicher gewesen, daß Calma sie mochte.

Sympathie spielt keine Rolle, wenn ein reicher Clan die Hände im Spiel hat.

Ganz gewiß ging es um die Droge, die die Männer außerhalb der Saison brünstig werden ließ. Die Clanmütter von Long Valley hatten sich einen Plan für ihre Anwendung zurechtgelegt und konnten nicht zulassen, daß jemand ihn durcheinanderbrachte. *Perkiniten träumen von einer ordentlichen, überschaubaren Welt, in der alle wissen, wer und was sie sind. Jedes Mädchen ist Mitglied ihres Clans und weiß, was die Zukunft für sie bringen wird. Kein Durcheinander aufgrund vermischter Gene. Keine Vars und möglichst wenige Männer.*

Savante Judeth zufolge hatten die Aristokraten auf der alten Erde die Unterdrückung der niedrigeren Schichten damit gerechtfertigt, daß sie ›von Natur aus anders‹ waren, doch diese Annahme hielt einer näheren Analyse so gut wie niemals stand, schon gar nicht, wenn man Arm und Reich die gleichen Chancen gab. Aber in einer perkinitischen Welt waren Unterdrückung und Vorurteile nicht notwendig. Jede Familie, jede Art sollte ihr eigenes Niveau und ihre eigene Nische finden, auf der Grundlage der Talente, die sich im Lauf der Zeit durchgesetzt hatten. Jeder Clan tat das, was er am besten konnte, was er am *liebsten* tat, in einer unveränderten Atmosphäre von Zuverlässigkeit und gegenseitigem Respekt. Perkinitische Priesterinnen sprachen von einem utopischen Ende von Gewalt, Unsicherheit und Chaos. Eine hierarchische Welt, aber gerecht.

Männer und Vars störten diese Gleichung, auch wenn sie nur Minderheiten waren.

Zu Hause in Port Sanger war der Perkinismus nur eine ketzerische Randerscheinung. Jeden Sommer luden die Clans ausgewählte Seeleute vom Leuchtturm-Reservat zu sich ein, zum einen, um Nachwuchs an Vars und Knaben zu bekommen, hauptsächlich jedoch im Dienste gutnachbarlicher Beziehungen. So blieben die Schiffahrtsgilden zufrieden, und die Männer fühlten sich verpflichtet, ein halbes Jahr später ihr Bestes zu geben. Außerdem war es sogar im Sommer manchmal *angenehm*, Männer um sich zu haben, solange sie sich vernünftig benahmen.

Doch die Meinungen gingen in dieser Sache weit auseinander. Die Perkies aus Long Valley wollten Männer nur sehen, wenn es für die Stimulation neuer Klonschwangerschaften erforderlich war.

Aber die Sommerverbannung raubt den Männern all das, worauf sie sich das ganze Jahr über freuen. Kein Wunder, daß ihnen im Winter die nötige Begeisterung fehlt.

Und es gab für die Männer noch einen anderen Grund, weshalb sie sich in der perkinitischen Gesellschaftsordnung betrogen fühlten – sie bekamen keine Söhne, die sie als Nachwuchs für ihre Gilden brauchten. Man brauchte kein Genie zu sein, um zu sehen, in welche Falle die radikalen Separatisten gegangen waren. *Wenn die Geburtenrate niedrig ist, lockt der Mangel an Arbeitskräften Außenseiterinnen wie mich herbei, die Arbeit suchen, aber gleichzeitig stören wir mit unseren fremden Gesichtern und Stimmen, mit unserer Unberechenbarkeit den Frieden.*

In diesem Teufelskreis konnten die Perkiniten nicht gewinnen, was sich an der Entscheidung zeigte, dieses Reservat zu bauen, in dem die Männer das ganze Jahr über auf dem Festland leben konnten. Ein erster kleiner Anfang. Die Veränderungen würden an Dynamik gewinnen, wenn neue Vars geboren wurden und die perkinitischen Mütter diese allmählich zu schätzen, ja vielleicht sogar ein bißchen zu lieben lernten. Die orthodoxe Kirche würde mehr Mitglieder bekommen, und alles würde sich den Zuständen in den anderen Teilen von Stratos annähern.

Doch dann kamen die Bellers mit ihrem blauen Pulver – und zeigten den Perkiniten einen anderen Ausweg. *Sie brauchen bloß ein paar Dutzend unter Drogen gesetzte Männer. Die benutzt ein Clan nach dem anderen, wie Bienendrohnen, bis sie zusammenbrechen. Vielleicht sterben sie mit einem Lächeln auf den Lippen, aber es ist dennoch grausam – und dumm.*

Maia schauderte bei dem Gedanken, was für eine Art

Männer sich mehr als ein, zwei Wochen mit einer solchen Rolle abfinden würde. Die Sorte, die Varianten niedrigster Qualität zeugte, wenn man einen davon im Sommer mit ins Bett nahm.

Aber die Perkiniten suchten ja auch keine *Väter!* Im Winter war jeder Samen recht. *Es könnte funktionieren,* das wurde Maia jetzt ganz deutlich. Dann gab es keinen Grund mehr, weiterhin die Eisenbahnmänner mit ihrem leicht verletzbaren Stolz einzustellen. Keine Sommerlinge, die Ordnung und Berechenbarkeit störten. Ganz nach Bedarf konnten Klonmädchen produziert und die Population exakt den notwendigen Spezialfähigkeiten angepaßt werden, die ihrerseits natürlich von den reichsten Clans diktiert wurden. Selbst Vararbeiterinnen waren als unterste soziale Schicht ersetzbar. Man brauchte nur diejenigen mit dem stärksten Rücken und dem schwächsten Hirn auszuwählen und sie zu Klonmüttern machen. Eine maßgeschneiderte Arbeiterklasse.

Das hatten die Gründermütter gewiß nicht im Sinn gehabt. Die Priesterinnen von Caria würden diese Entwicklung nicht gutheißen. Männergilden und Zweckgemeinschaften von Vars würden dagegen ankämpfen ... in vorderster Front Radikale wie Thalla und Kiel. Zweifellos wollten die Perkiniten Zeit gewinnen, um vollendete Tatsachen zu schaffen, ehe sie sich aus einer Position der Stärke der unvermeidlichen Opposition stellten.

Früher hatte Maia die Hoffnung gehegt, daß Tizbes Hinterleute sie mit einer strengen Ermahnung und der Auflage, zu schweigen wie ein Grab, gehen lassen würden. Doch je mehr sie über die Konsequenzen nachdachte, desto unwahrscheinlicher erschien ihr diese Möglichkeit.

Das Verstreichen der Zeit verfolgte sie anhand des schmalen Lichtstreifens, der durch das Fenster an der gegenüberliegenden Mauer fiel. Ihre Gefängniswärterinnen kehrten mit einem Abendessen zurück, als der Strahl halb zur Decke emporgestiegen war und eine rosige Färbung annahm. Sie brachten die Takawq-Blätter, hatten die anderen Dinge jedoch vergessen. Als Maia ihre Wünsche wiederholte, hörten sie zwar aufmerksam zu, antworteten aber nur mit einem mürrischen Nicken und verschwanden wieder. Maia blieb allein mit ihrer Einsamkeit und der hereinbrechenden Nacht.

Die erzwungene Passivität brachte alle Schmerzen und Verspannungen zum Vorschein, die sie von der Schufterei an den Hochöfen des Lerner-Clans mitgebracht hatte – ganz zu schweigen von den Nachwirkungen ihrer Gefangennahme, bei der man sie unter Drogen gesetzt, gefesselt und auf einem klapprigen Wagen durch die Gegend kutschiert hatte. Im Lauf des Tages waren ihre Muskeln zunehmend steif geworden, und die Sehnen pochten. Zwar half es, wenn sie sich streckte, aber mit der hereinbrechenden Dunkelheit verfiel sie rasch in einen Dämmerzustand, in dem sich traumloser Schlummer mit einer schalen, von allgegenwärtiger Angst durchzogenen Unruhe abwechselte.

Mitten in der Nacht träumte sie, daß der Wasserhahn in der Ecke ihres Zimmers tropfte. Sie wollte den Kopf unter dem Kissen vergraben, um das Geräusch nicht mehr zu hören. Sie wollte, daß Leie, die näher am Waschbecken lag, aufstand und das Tropfen abstellte. Gerade als sie langsam aufwachte, hörte das Geräusch auf.

Hatte sie es geträumt? »Leie ...?« begann sie, und wollte schon ansetzen, ihrer Zwillingsschwester von dem absurden, scheußlichen Alptraum zu berichten.

Doch dann überfiel sie die Erinnerung, sie schlug den Arm über die Augen und stöhnte laut. Mit aller Kraft wünschte sie sich zurück in den Traum, so sehr er sie auch irritiert hatte. Wieder in der kleinen Dachkammer zu sein, über die sie sich so oft geärgert hatte, wo ihre Schwester, über die sie sich so oft geärgert hatte, wohlbehalten neben ihr im Bett lag. »Oh … Lysos«, seufzte sie und betete verzweifelt, daß sich ihr Wunsch erfüllen möge.

Als die Wärterinnen mit dem Frühstück kamen, hatten sie ein kleines, mit Kordel verschnürtes Bündel dabei. Ehe sie sich ans Essen setzte, öffnete Maia das Päckchen und fand darin alles, worum sie gebeten hatte, einschließlich eines neuen Hemds und einer Hose aus kratzigem, aber sauberen handgesponnenen Stoff. Der verlegene Gesichtsausdruck ihrer Bewacherinnen legte die Vermutung nahe, daß sie die Dinge eigentlich gleich hätten bringen sollen, es ihnen aber entfallen war – falls sie überhaupt so etwas wie ein Gedächtnis hatten. Vielleicht hatten sie von ihrer Herrin eine Strafpredigt bekommen, was die Vermutung nahelegte, daß sie keine professionellen Gefängniswärterinnen waren.

Heute fühlte sich Maia etwas munterer. Bis Mittag hatte sie jeden Winkel ihrer Zelle ausgekundschaftet. Leider gab es keine Geheimgänge, wie sie in Märchenschlössern doch so häufig vorkamen, aber Märchenschlösser waren ja meist auch älter als diese neugebaute Festung mitten in der Steppe.

Jedenfalls neu in einer Hinsicht, aber alt in einer anderen, wie eine Untersuchung der Wände zeigte. Der Stein, der aus der Entfernung aussah wie Lagen einer gigantischen Torte, war aus der Nähe ein komplexes Gebilde mit sehr unterschiedlicher Textur und vielen darin eingebetteten Kristallen. Ein paar kamen Maia vage bekannt vor, von den alten, unscharfen Farbplatten, die die Savante Mutter Claire im Unterricht herumgereicht hatte. Für die Höhere Schule waren sie zu verblichen, jedoch gut genug, um den Sommerkindern einen Eindruck von Geologie zu vermitteln. Unglücklicherweise erkannte Maia von den Mineralien nur das Biotit an seinen grauen Einsprengseln und ansonsten nur noch die dunkle, glänzende Hornblende. Ein Pech, daß es Urgestein war und kein Sediment. Sonst hätte sie zur Ablenkung die Wände nach Fossilien altertümlicher Lebensformen absuchen können, die auf Stratos gelebt hatten, bevor das Ökosystem sich an die Wellen modifizierter terranischer Invasoren anpassen mußte.

Maia machte ein wenig Gymnastik, um einigermaßen fit zu bleiben, wusch sich, versuchte noch einmal vergeblich, ein paar Kisten zu öffnen, und beschloß, nicht darauf zu warten, daß die Wärterinnen freundlicher wurden. Sie mußte die Initiative ergreifen.

»Von jetzt an«, erklärte sie einer der Frauen beim Mittagessen, »werde ich dich Grimm nennen. Und dich«, fuhr sie fort und deutete auf die andere, »du bist Gram.«

Die beiden musterten Maia verwundert und ratlos, was diese köstlich amüsierte. »Natürlich besteht die Möglichkeit, daß ich mir noch andere Namen für euch ausdenke, wenn ihr es euch verdient.«

Als sie das Geschirr wegbrachten, schimpften sie vor sich hin. Später wechselte Maia die Namen, was die Frauen noch mehr verwirrte. *Warum nicht*? dachte Maia. Es ist nur gerecht, wenn sie sich auch unbehaglich fühlen.

Sonnenuntergang, Tag zwei, stellte sie fest und kratzte mit einem Nagel, den sie gefunden hatte, eine zweite Markierung in die Holztür. Der Sonnenfleck an der Wand kroch höher, verblaßte und erlosch. Die Schatten der Kisten und Bündel wurden unheimlicher und angsteinflößender, wenn die Nacht hereinbrach. Am Tag zuvor war Maia noch zu benommen gewesen, um das zu bemerken, aber wenn es ganz dunkel war, verwandelten sich die Dinge um sie herum. Sie sahen plötzlich aus wie Ungeheuer, wie gemeine Monster.

Benimm dich nicht wie ein Baby, schimpfte Maia, als sie merkte, daß sie reagierte wie eine Zweijährige, die noch ins Bett machte. Mit klopfendem Herzen zwang sie sich aufzustehen und auf den schrecklichsten Schattenriß zuzugehen. Es war die windschiefe Pyramide aus Kisten und Teppichen, die sie selbst vor dem kleinen Fenster aufgetürmt hatte. *Siehst du?* sagte sie sich, während sie die kratzige Seite einer Kiste berührte. *Du darfst nicht zulassen, daß dich so was verrückt macht.*

Nervös fingerte sie an ihrem einzigen Besitz herum, ihrem kleinen Sextanten. Durch die steinerne Öffnung waren glitzernde, lockende Sterne zu sehen. Aber im Dunkeln dort hinaufzuklettern ...?

Maia nahm all ihren Mut zusammen. *Piß auf die Welt, sonst pißt sie auf dich.* So hätte es Naroin ausgedrückt, ihre frühere Bootsfrau. Sie mußte es wagen.

Vorsichtig, mit Händen und Füßen Halt suchend, kletterte sie den künstlichen Hügel hinauf. Manchmal, wenn ein Knarren oder abruptes Schwanken ihr Herz schneller schlagen ließen, mußte sie innehalten und sich rasch irgendwo festklammern. Zwar dauerte die Kletterpartie weit länger als bei Tageslicht, aber Maia gab nicht auf, und schließlich konnte sie durch den Spalt nach draußen sehen. Ein Windhauch kühlte ihr Gesicht und brachte den Duft von wildem Gras und Regen mit sich. Unter den Wolkenfetzen konnte Maia gerade eben die vertrauten Konturen der Sappho-Konstellation ausmachen, die über der dunklen Prärie leuchtete.

Okay. Gehen wir jetzt wieder nach unten? schien ihr Körper zu fragen.

Zitternd zwang sich Maia, so lange zu bleiben, daß sie den Sextanten für eine Messung einstellen konnte, obgleich der Horizont nur vage zu erkennen war und sie die Anzeige auf dem Sextanten nicht ablesen konnte. Morgen abend wird es besser klappen, versprach sie sich. Erleichtert, aber auch mit dem Gefühl, ihre Ängste besiegt zu haben, stieg sie wieder nach unten.

Als sie auf ihrem provisorischen Bett lag, erschöpft,

aber in wesentlich besserer Stimmung, hörte sie wieder das klickende Geräusch. Anscheinend war es wirklich, kein Teil ihrer Träume. Noch etwas Beunruhigendes.

Maia bemühte sich, das ferne Geräusch und die drohenden Gestalten, die ihre Phantasie aus den Schatten schuf, so gut es ging zu verdrängen. *Ach, laßt mich doch in Ruhe*, sagte sie, drehte sich um und schlief ein.

»Ich verliere allmählich den Verstand, wenn ich nichts tun kann!« begrüßte Maia am nächsten Morgen ihre Gefängniswärterinnen. Als diese sie verblüfft anblinzelten, fragte sie: »Gibt es denn keine Bücher hier? Irgendwas zu lesen?«

Die Wärterinnen starrten sie an, als hätten sie keine Ahnung, wovon Maia redete. *Wahrscheinlich können sie nicht lesen*, fiel ihr ein. *Und selbst wenn die Architektinnen des Reservats eine Bibliothek eingeplant hatten, mit Regalen und allem, was dazugehört, hätten die Männer Bücher und Platten und Tonbänder selbst dafür mitbringen müssen.*

Deshalb überraschte es sie auch, als Gram (oder war es Grimm?) nach einer Weile zurückkam und vier eselsohrige Bücher aus Papier auf den Tisch legte. In den Augen der untersetzten Frau sah Maia ein flehendes Flackern. *Sei nicht gemein zu uns, dann sind wir auch nicht gemein zu dir*. Maia nahm die Bücher, die vermutlich von den Bauarbeiterinnen hier vergessen worden waren, nickte den Frauen zum Dank zu und belästigte die Aufseherinnen nicht weiter, als sie das Tablett hinaustrugen.

Sie nahm sich vor, das Lesen auf ein Buch pro Tag zu rationieren und beschloß, mit dem Buch anzufangen, das den schauerlichsten Einband trug: Eine junge Frau mit Pfeil und Bogen, die eine Gruppe von Gefährtinnen und Männern durch die rankenüberwucherten Ruinen einer zerstörten Stadt führte. Maia kannte das Genre – Schundromane für Vars –, Bücher, die billig gedruckt und an arme Sommerlinge wie sie verkauft wurden.

Eine recht große Anzahl von Vars liebte Lektüre, in der es um den Zusammenbruch der Zivilisation ging, in dessen Verlauf alle wohlgeordneten Nischen der Gesellschaft durcheinandergewirbelt wurden und eine junge Frau sich durch Geistesgegenwart, Klugheit und Heldentaten zum Status einer Gründermutter emporarbeiten konnte.

In diesem Buch war die Ausgangssituation eine plötzliche Veränderung in der Umlaufbahn von Stratos, wodurch nicht nur die großen Eisflächen des Planeten schmolzen, alle bisher fest etablierten Clans stürzten und der Weg für neue, robustere Typen geebnet wurde, sondern auch auf einen Schlag alle störenden Verhaltensmuster der Männer ausgemerzt wurden, denn jetzt erschienen – dem Zauberstift der Autorin sei Dank! – die Aurorae plötzlich im Winter.

Es war ein echter Schundroman, aber eine wundervolle Ablenkung. Am Ende der Geschichte hatten die junge Protagonistin und ihre Freundinnen alles wunderbar geregelt. Alle waren dazu ausersehen, hübsche identische Töchter auf die Welt zu bringen und glücklich zu leben bis ans Ende ihrer Tage. *Thalla und Kiel hätten ihren Spaß daran,* dachte Maia, als sie das Buch weglegte. Bestimmt hat eine Var der Bautruppe es liegen lassen. Kein wintergeborenes Clanmitglied würde das Szenario zu schätzen wissen, nicht mal in der Phantasie.

Maia ritzte eine weitere Markierung in die Tür. An diesem Abend stieg sie mit wesentlich größerem Selbstvertrauen auf ihre Pyramide. Durch das schmale Fenster beobachtete sie, wie der stetige Westwind träge, rötlich gefärbte Wolken zu den fernen Bergen trieb, wo eine Doppelreihe winziger glitzernder Bälle die schrägen Sonnenstrahlen reflektierte – ein kleiner Schwarm Schwebgleiter auf Reisen, wie sie bald feststellte. Das Gefühl von Freiheit, das von ihnen ausging, tat ihr im Herzen weh, aber sie blieb und blickte hinaus, bis die

Dämmerung die farbenfrohen lebendigen Zeppeline endgültig einhüllte.

Inzwischen waren die Sternbilder am Himmel erschienen. Mit ruhiger Hand hielt Maia den Sextanten, spähte hindurch und merkte sich, wann ein bestimmter Stern den westlichen Horizont berührte. Wenn sie diese Information mit dem Datum verband, konnte sie auch ohne Uhr den Verlauf der Zeit recht genau bestimmen – als hätte sie irgendeine Verwendung dafür! *Vielleicht gelingt es mir, auch eine Länge zu berechnen,* dachte sie. Damit könnte sie herausbekommen, wo das Gefängnis ungefähr lag.

»Was meinst du, Leie?« fragte sie flüsternd ihre Schwester.

In ihrer Phantasie antwortete Leie: »*Ach, Maia. In jeder dummen Kleinigkeit siehst du immer gleich ein Muster. Geh lieber schlafen.*«

Ein guter Rat. Schon bald träumte sie von den Aurorae, die wie hauchdünne Vorhänge über den weißen Gletschern ihrer Heimat schimmerten. Meteoriten fielen von Himmel und bombardierten das Eis in einem Stakkatorhythmus, der sich in den Takt eines sanft fallenden Regens verwandelte.

Das zweite Buch war ein perkinitisches Traktat, was zeigte, daß die Bauarbeiterkolonne gemischt und die Arbeitsverhältnisse deshalb vermutlich etwas angespannt gewesen waren.

»... *dadurch wird offensichtlich, daß der Sitz der menschlichen Seele nur in den Mitochondrien sein kann, die innerhalb jeder Zelle die wirklichen Lebensmotivatoren darstellen. Nun haben selbstverständlich auch die Männer Mitochondrien, die sie von ihren Müttern erben. Aber Spermienköpfe sind zu klein, um welche zu enthalten, deshalb bekommt kein Sommerbaby, weder männlich noch weiblich, etwas vom essentiellen Seelenmaterial durch das männliche Elternteil. Nur die Mutterschaft ist ein wahrhaft kreativer Akt.*

Wir haben bereits gesehen, daß Beständigkeit und Wachstum der Seele auf dem Wunder des Klonens beruht, denn dadurch wird die Seelenessenz mit jeder Regeneration und Erneuerung des Klon selbst noch erhöht. Diese schrittweise Erweiterung ist nur durch Wiederholung möglich. In einem einzigen Lebenszyklus wird die Seele einer Frau kaum geformt, kaum erleuchtet – ein Grund mehr, warum gleiches Wahlrecht für Vars biologisch gesehen keinen Sinn ergibt.

Für einen Mann gibt es natürlich nicht einmal den Ansatz einer Seele. Die wahre Rolle des seelenlosen Mannes kann nur sein, zu dienen und die Empfängnis zu stimulieren ...«

Die Argumentation war für Maias Geschmack zu verschroben, um sie konzentriert nachzuvollziehen, aber die Autorin des Buches schien sagen zu wollen, daß Männer im Grunde genommen Haustiere waren, nützlich, aber gefährlich, wenn man sie frei laufen ließ. Der einzige Fehler, den man vor langer Zeit auf dem von den Perkiniten heißgeliebten Herlandia gemacht hatte, bestand darin, daß man nicht weit genug gegangen war.

Natürlich war das Ketzerei, denn es wurden mehrere der Großen Schwüre in Frage gestellt, die Lysos und die Gründermütter geleistet hatten, als sie sich entschieden, zwar nur wenige Männer zu haben, ihnen aber die Bürger- und Menschenrechte zuzugestehen. Theoretisch konnte sich jeder Mann zu einer persönlichen Macht und einem Status emporarbeiten, der mit der Seniormutter eines großen Clans vergleichbar war. Zwar kannte Maia keine Beispiele, aber es war angeblich möglich.

Die Autorin dieses Traktats jedoch wollte nicht, daß eine niedrige Lebensform die gleichen Bürgerrechte genoß wie sie selbst.

Ein weiterer der Großen Schwüre besagte, daß Ketzerinnen frei sprechen durften, damit die Gesellschaft nicht denkfaul wurde. *Hat sie damit auch so hirnrissiges*

Zeug wie das hier gemeint? fragte sich Maia. Aber sie las weiter, um eine fremde Überzeugung wenigstens verstehen zu lernen. Als sie jedoch an eine Stelle kam, an der vorgeschlagen wurde, man sollte Männer so konzipieren, daß sie wie zufriedene Kühe auf Spezialfarmen gemolken werden konnten, hatte sie die Nase voll. Wütend schleuderte sie das Buch durch ihre Zelle und fing an, wie eine Wilde ihre Übungen zu machen, bis das Pochen ihres Herzens und ihres Atems die Überbleibsel der verhaßten Perkiniten-Stimme endgültig übertönt hatten.

Das Abendessen wurde gebracht. Die Dunkelheit brach herein. Maia hatte sich fest vorgenommen, um Mitternacht auf die seltsamen Geräusche zu lauschen, und legte sich mit geschlossenen Augen auf den Rücken. Als das Klicken begann, horchte sie aufmerksam etwa zehn Sekunden lang, ob sie ein Muster erkennen konnte. Tatsächlich gab es einen Rhythmus aus Klickgeräuschen und Pausen unterschiedlicher Dauer.

Klick, klick, Pause, klick, Pause, Pause, klick, klick, klick …

Vielleicht ging aber auch ihre Phantasie mit ihr durch. Sie hatte einen solchen Code noch nie gehört. Es gab keine eindeutigen Abstände, beispielsweise zwischen Wörtern. Welchen Grund könnte es haben, daß dieses Geräusch jeden Abend um die gleiche Zeit zu hören war?

Vielleicht war die Erklärung eine kaputte Uhr in einer der großen Hallen oder etwas ähnlich Banales. *Ich frage mich, wie der Klang durch die Wände geleitet wird.*

Der Schlaf übermannte sie, ohne daß sie zu einem Ergebnis gekommen war. Sie träumte von Messinguhren, die im gleichmäßigen Rhythmus der Naturgesetze tickten.

Das dritte Buch war sogar noch schlechter als die ersten beiden – eine Liebesgeschichte, die das Leben auf dem alten Homino-Stellaren Phylum beschrieb, ehe

Lysos und die Gründerinnen sich auf den Weg durch die Galaxie gemacht hatten, um das Schicksal neu zu schmieden. Erzählungen über den Lebensstil längst vergangener Zeiten mußten eigentlich interessant und lehrreich sein. Aber Maia hatte als Vierjährige viele Bücher dieser Art gelesen und war meistens enttäuscht worden.

Wie viele solcher Geschichten spielte auch diese auf Florentina, der einzigen Phylumwelt, die die meisten Schulmädchen kannten, da dort die Expedition der Gründermütter begonnen hatte. In der Geschichte gab es sogar einen kurzen Auftritt von Perseph, der wichtigsten Assistentin von Lysos, doch insgesamt wurde der Exodus nur sehr bruchstückhaft erwähnt. Hauptsächlich fand hinter den Kulissen seine Planung statt, während die arme Heldin – eine Art Jedefrau aus Florentina – die Hölle der patriarchalischen Gesellschaft durchlebte, in der die Männer nicht nur zahlreich, sondern auch entsetzlich primitiv waren.

»Ich wollte ihn wirklich nicht ermutigen!« rief Rabaka und bedeckte die blauen Flecken auf der linken Seite des Gesichts, damit ihr Ehemann sie nicht sah. »Ich habe nur gelächelt, weil ...«

»Du hast einen Fremden ANGELÄCHELT?« brüllte er. »Hast du den Verstand verloren? Wir Männer nehmen jede Geste, jeden kleinsten Hinweis als Zeichen, daß ihr willig seid! Kein Wunder, daß er dir gefolgt ist und dich in eine dunkle Gasse gedrängt hat, um dir seinen Willen aufzuzwingen.«

»Aber ich habe mich gewehrt ... Er hat es nicht geschafft ...«

»Das spielt keine Rolle. Jetzt muß ich ihn töten!«

»Nein, bitte ...«

»Du VERTEIDIGST ihn also auch noch?« herrschte Rath sie an, und seine Augen funkelten. »Vielleicht hättest du lieber ihn zum Mann? Vielleicht fühlst du dich gefangen mit

*mir in diesem kleinen Haus, durch unseren Schwur gebun-
den in alle Ewigkeit?«*

»*Nein, Rath*«, *entgegnete Rabaka mit flehender Stimme.
»Ich möchte nur nicht, daß du dich unnötig in Gefahr be-
gibst ...*«

*Doch es war schon zu spät, Raths Zorn ließ sich nicht
mehr aufhalten. Er griff bereits nach der Peitsche, die an der
Wand hing ...*

Maia konnte nur ein halbes Kapitel auf einmal verkraften. Der Stil war entsetzlich, aber etwas anderes
drehte ihr den Magen um. Die ständigen Gewaltszenen
stießen sie ab. *Was für Masochistinnen lesen solches Zeug?*
fragte sie sich.

Wenn das Buch beschreiben sollte, wie unterschiedlich eine andere Gesellschaft war, so war dies in ekel-
erregend plastischer Weise gelungen. Auf Stratos war
es praktisch unerhört, daß ein Mann die Hand gegen
eine Frau erhob. Die Gründerinnen hatten auf chromo-
somaler Ebene eine Aversion dagegen angelegt, die
von einer Generation zur anderen verstärkt wurde. Die
Sommerpaarungen waren die einzige Chance eines
Mannes, seine Gene weiterzugeben, und Clanmütter
hatten ein gutes Gedächtnis, wenn sie in der Aurorae-
Zeit ihre Einladungen verschickten.

Auf Florentina jedoch hatte es eine andere Regelung
gegeben. *Die Ehe.* Ein Mann. Eine Frau. Für immer aneinander gebunden. Anscheinend war den Frauen ein
Leben in Sklaverei lieber, als allein zu bleiben, denn
draußen marschierten massenweise andere Männer
herum, in ständiger Brunst, immer bereit, sich auf sie
zu stürzen. Von den brutalen Konsequenzen, die in
dem historischen Roman Seite um Seite beschrieben
wurden, war Maia am Ende richtig übel.

Natürlich konnte sie nicht wissen, wie exakt diese
Beschreibung der Alten Ordnung in einer Phylumwelt
tatsächlich war, aber sie hatte den Verdacht, daß es zu-

mindest geringfügige Übertreibungen enthielt. Vielleicht war es in Einzelfällen wirklich so zugegangen, aber wenn es den Frauen dauernd so schlecht gegangen wäre, hätten sie ihre Ehemänner und Söhne einfach vergiftet, lange bevor die Genmanipulation mit alternativen Methoden aufwartete.

Dennoch konnte man bei so etwas schon fast wieder religiös werden. *Gesegnet sei die Weisheit von Lysos,* dachte Maia und schlug das Kreiszeichen über der Brust.

An diesem Abend betrieb sie erneut voller Eifer ihr sportliches Training, lief auf der Stelle, machte Liegestützen und Treppentraining mit Hilfe einer Kiste. Bei Einbruch der Dämmerung stieg sie wieder zum Fenster empor und merkte, daß sie sich mit etwas Mühe durch den langen, schmalen Spalt quetschen konnte. Fluchtgedanken wurden wach, bis sie an den Rand kam, von wo aus man direkt ins Tal hinunterblicken konnte ... hundert Meter senkrecht in die Tiefe.

Vielleicht kann ich doch einen Plan aushecken. Eine Möglichkeit finden, wie ich die Kisten aufkriege. Ob sich aus dem Teppichgarn ein Seil drehen läßt? Bestimmt gab es Mittel und Wege, aber sie waren allesamt höchst gefährlich. Sie würde lange darüber nachgrübeln müssen. Aber sie hatte ja Zeit.

Als die Nacht sich übers Land senkte, gab es keine majestätischen Schwebgleiter mehr zu beobachten, doch einige andere Vögel flatterten vorbei und hielten auf ihrem Weg ins Nest lange genug an, um Maia zu necken und dieses alberne flugunfähige menschliche Wesen, das da hilflos in seinem Felsspalt feststeckte, ein bißchen anzukrächzen.

An diesem Abend war Maia zu nervös, um ihren Sextanten hervorzuholen. Sie kletterte wieder in die Zelle hinab, schlief früh ein und hatte die ganze Nacht über sonderbare Träume. Fluchtträume. Träume, in denen sie um ihr Leben rannte. Träume, in denen sie sich hin- und hergerissen fühlte. Wollte sie ihr Leben mit jemandem gemeinsam verbringen oder nicht? Mit Leie? Mit Klontöchtern? Mit einem *Mann?* Bilder der in ihrem Gedächtnis noch immer sehr lebendigen Florentina-Welt erfüllten sie mit einer verwirrenden Mischung aus Abscheu und Faszination.

Später erwachte sie laut stöhnend aus einem Traum, in dem sie bei lebendigem Leib begraben wurde, und fand sich in die rauhen, schweren Vorhänge verheddert, die sie als Laken benutzte. Nur mit einiger Anstrengung gelang es ihr aufzustehen. *Ich hasse diese Zelle*, dachte sie, als sie endlich wieder unbeschwert atmen konnte. Erschöpft ließ sie sich zurücksinken. *Ich frage mich, wie man einen Teppich aufribbelt.*

In dem schmalen Fenster zeigte sich jetzt ein Ausschnitt des Amboß, also war die Nacht halb vorüber. *Diesmal hab ich das Klicken anscheinend verpaßt*, kommentierte ein Teil in ihr. Der Rest kümmerte sie nicht. Als der Schlaf sie wieder übermannte, hatte sie keine Alpträume mehr.

Das beste Buch hatte sie sich allem Anschein nach für zuletzt aufgehoben. Es war auf gutem Papier gedruckt und trug das Imprint eines Verlags in Horn. ›Ein Klassiker der Literatur‹, verkündete ein winziger leuchtender Reklameaufkleber auf dem Einband, wenn man ihn gegen das Licht hielt. Auf dem Deckblatt stand, der Roman sei hundert Jahre alt. Maia hatte nie von ihm gehört, aber das wunderte sie nicht. In der Lamatia-Feste brachte man den Vartöchtern lieber praktische Fähigkeiten bei, auf die schönen Künste wurde nicht viel Wert gelegt.

Der Stil war zweifellos besser als in den anderen Büchern. Anders als die historische Phantasiegeschichte und die Schundromanze war die Handlung diesmal im Alltag von Stratos angelegt. Sie begann mit einer jungen Frau, die in Begleitung einer Klonfreundin im selben Alter auf Reisen war. Die beiden beförderten Handelsverträge von Stadt zu Stadt, schlossen Geschäfte ab und verdienten auf diese Weise Geld für ihre Feste und ihren Clan. Die Autorin schilderte anschaulich die Schwierigkeiten des Lebens auf der Straße, wo die beiden Frauen mit allen möglichen Bürokratinnen und Seniormüttern zurechtkommen mußten, die so amüsant beschrieben waren, daß Maia zum ersten Mal seit geraumer Zeit lächeln mußte. Doch unter allen Begegnungen gärte eine unterschwellige Spannung. Die Dinge waren nicht so, wie sie den beiden Protagonistinnen erschienen. Am Anfang des dritten Kapitels erfuhr Maia ihr Geheimnis.

Die beiden waren keine Klonfrauen. Ihr ›Clan‹ war eine Erfindung. Sie waren ein Varpärchen, zwei Zwillingsschwestern ...

Maia blinzelte, zutiefst erschüttert. *Aber ... das war unsere Idee! Das ist genau das, was Leie und ich geplant hatten!*

Sie starrte auf die Seite, und ihre Empörung wich rasch einem tiefen Schamgefühl. Wie viele Leute haben dieses Buch wohl inzwischen gelesen? Sie blätterte zurück auf die Titelseite und sah dort, daß schon die Auflagen auf Papier in die Hunderttausende gingen. Und das ohne die Ausgaben auf Diskette oder sonstige Auswertungen ...

Wir hätten uns lächerlich gemacht, sobald wir das erste Mal versucht hätten, unseren Plan in die Tat umzusetzen, schoß es Maia voller Entsetzten durch den Kopf. Rückblickend war ihr mit abrupter Deutlichkeit klar, daß andere die gleiche Idee gehabt haben *mußten*, unzählige Male, selbst bevor dieser Roman verfaßt worden war. Wahrscheinlich hingen viele Varzwillinge dieser Phantasie nach. *Ein paar von den Lamai-Müttern haben dieses Buch mit Sicherheit gekannt und hätten uns warnen können!*

Maia hielt inne. *Moment mal!* Sie blätterte noch einmal zurück und sah sich die Namen der beiden Hauptpersonen genauer an ... *Reie und Naia?* Kein Wunder, daß sie ihr so vertraut vorgekommen waren. Ungläubig schüttelte sie den Kopf. *Wir ... wir haben unsere Namen aus einem Roman!*

Maia sah rot vor Wut, als sie daran dachte, was für einen Witz sich Mutter Claire und die anderen mit ihr und ihrer Schwester erlaubt hatten. Wenigstens war Leie die bittere Erkenntnis erspart geblieben, wie dumm sie gewesen waren.

Maia schleuderte auch dieses Buch von sich, warf sich auf das staubige Bett und weinte. Sie kam sich unendlich einsam und verlassen vor.

Zwei Tage lang war sie lustlos und schlief die meiste Zeit über. Das Klicken in der Nacht interessierte sie nicht mehr. Überhaupt war ihr alles gleichgültig.

Doch nach einer Weile gewann die Langeweile sogar über die selbstmitleidige Trübsal die Oberhand. Als Maia es nicht mehr aushielt, bat sie ihre Wärterinnen noch einmal darum, ihr etwas zu bringen, womit sie sich die Zeit vertreiben konnte. Die beiden Klonfrauen sahen einander an und erwiderten, es tue ihnen leid, aber es gebe keine weiteren Bücher.

Maia seufzte und stocherte weiter in ihrem Essen herum. Die Aufseherinnen betrachteten sie mürrisch, offenbar von Maias Laune angesteckt. Sie kümmerte sich nicht darum.

Anfangs stellte sich Maia vor, irgendeine staatliche Autorität wie beispielsweise die Agentin vom Amt für Planetarisches Gleichgewicht, mit der sie gesprochen hatte, würde kommen und sie befreien. Oder die Priesterinnen aus dem Tempel von Grange Head. Oder sogar eine Abordnung der Lamai-Miliz mit federgeschmückten Helmen. Doch inzwischen machte sie sich keine Illusionen mehr über ihre Bedeutung im großen Zusammenhang der Ereignisse. Auch von Tizbe hörte sie nichts. Jetzt erkannte Maia, daß es weder für die Drogenkurierin noch für sonst jemanden Veranlassung gab, hierherzukommen oder sie zu verhören.

Hoffnung hatte keinen Platz in ihrem sich entwickelnden Weltbild. *Selbst die Lerners stehen so hoch über dir, daß sie sich bücken müssen, um auf dich zu spucken.*

Sie dachte an Calma, wie sie im Mondlicht gestanden hatte, während Tizbe und die Joplands Maia gefangengenommen hatten. Bis zu diesem Augenblick war Calma für sie eine anständige Person gewesen – ein wenig unbeholfen und leicht zu durchschauen, aber freundlich. *Jetzt weiß ich es besser ... eine Klonfrau ist eine Klonfrau. Thalla und Kiel haben recht. Das ganze System ist beschissen!*

So etwas zu denken, war ein Sakrileg, aber Maia kümmerte es nicht. Sie vermißte ihre Freundinnen. Obgleich sie die beiden nur wenige Wochen gekannt hatte, würden sie das Gefühl, betrogen worden zu sein, verstehen, genau wie die Trostlosigkeit, die Maia jetzt übermannte, denn sie waren wie Maia mit dem Fluch der Einzigartigkeit belegt.

In ihrer Verzweiflung war Maia jeder Ausweg aus der Niedergeschlagenheit recht, und sie las den eskapistischen Schundroman noch einmal. Diesmal gefiel er ihr wesentlich besser. Vielleicht, weil sie sich mehr mit dem zugrundeliegenden Wunsch, alles zusammenbrechen zu sehen, identifizieren konnte. Aber dann war sie wieder fertig. Die Geschichte ein drittes Mal zu lesen, wäre absurd gewesen. Aber keins der anderen Bücher verdiente es, daß sie auch nur einen zweiten Blick darauf warf.

Lethargisch verbrachte sie den Nachmittag auf ihrer Kistenpyramide und starrte hinaus in die Steppe. In dem Meer aus Gras konnte man sich rasch verirren, wenn man sich nicht auskannte. Hier und da sah Maia Umrisse, wie Spuren längst verschwundener Gebäude.

Aber soweit sie wußte, hatte niemand je auf dieser ver-
dorrten Hochebene gelebt.

Am nächsten Morgen, als die Aufseherinnen Maia
das Frühstück brachten, überreichten sie ihr noch etwas
anderes. Es war eine glänzende Kiste mit einem Griff,
ähnlich wie die harten Koffer, die sehr reiche Frauen
manchmal auf Reisen bei sich trugen. »Im andern
Raum haben wir 'ne Menge davon«, erklärte ihr die
eine der beiden Frauen. »Wir haben gehört, es soll ein
Zeitvertreib sein. Kannste ja mal versuchen.« Die Frau
zuckte die Achseln, als hätte die lange Ansprache ihren
Wortvorrat für diesen Tag aufgebraucht.

Nachdem die beiden gegangen waren, zog Maia den
Koffer an eine Stelle, auf die das Licht vom Fenster fiel,
und öffnete das einfache Schnappschloß. Der Koffer
ließ sich aufklappen, erst einmal, dann beide Hälften
ein zweites Mal. Durch mehrere klug angebrachte
Scharniere ließ sich das Ganze immer weiter ausbreiten, bis Maia eine große, flache Platte aus einem hellen,
mit feinen vertikalen und horizontalen Linien durchzogenen Material vor sich hatte.

Es war das Spiel des Lebens! Maia hatte noch nie ein
solches Spielbrett gesehen. Offenbar ein teures Modell,
zu kostbar, um es mit aufs Meer zu nehmen. Bestimmt
benutzten es die Männer, solange sie sommers im Reservat festsaßen, um sich während der langen Qua-
rantäne die Zeit zu vertreiben.

Sie haben mir das Spiel des Lebens gebracht!

Das war wirklich einmalig. Maia brach in lautes, fast
hysterisches Gelächter aus. Sie lachte und lachte, bis sie
sich schließlich die Tränen aus den Augen wischen
mußte. Aber sie fühlte sich viel besser.

Dann tastete sie an der Vorderleiste nach dem Schalter und knipste das Gerät an.

Warum ist das Verhältnis von Männern zu Frauen in der Natur immer eins zu eins? Wenn der Schoß so wertvoll ist und das Sperma so billig, warum gibt es dann so viele Spermaproduzenten?

Es ist eine Angelegenheit biologischer Ökonomie. Wenn eine Spezies weniger weibliche als männliche Individuen produziert, sind die Töchter fruchtbarer als die Söhne. Jedes Individuum, das die Eigenschaft ererbt, mehr weiblichen als männlichen Nachwuchs zu produzieren, ist im Vorteil, und so verbreitet sich das mutierte Charakteristikum durch den Genpool, bis das Verhältnis wieder ausgeglichen ist.

Dieselbe Logik gilt auch umgekehrt, wenn wir beispielsweise ganz simpel versuchen, ein Geburtenverhältnis einzuprogrammieren, bei der es wenig Männer gibt. Die Anfangsgenerationen würden mit Ruhe und Frieden belohnt, aber die Kräfte der Selektion würden mit zunehmender Häufigkeit die Produktion von Söhnen bevorzugen, wodurch das Programm letztlich annulliert wäre und wir wieder dort landen würden, wo wir angefangen haben. Innerhalb weniger Jahrhunderte wird dieser Planet aussehen wie jeder andere: Es wird nur so wimmeln von Männern und dem mit ihnen einhergehenden Kampf und Streit.

Es gibt jedoch eine Möglichkeit, unsere Nachkommen aus dieser bio-ökonomischen Sackgasse zu befreien. Gebt ihnen die Möglichkeit des Selbstklonens. Reproduktiver Erfolg wird die Frauen belohnen, die es schaffen, auf sexuelle und vor allem auf nicht-sexuelle Weise Nachwuchs zu be-

kommen. Mit der Zeit wird der Wunsch nach selbst-glei-
chen Töchtern den Genpool durchsetzen. Und er wird stabil bleiben und sich selbst immer wieder verstärken.

Die Wahlmöglichkeit des stimulierten Selbstklonens gibt
uns endlich die Chance, eine Welt zu schaffen, in der das
Problem des Männerüberschusses ein für allemal geregelt ist.

Kapitel 10

Die Grundregeln kannte Maia bereits. Der Lamatia-Clan
legte Wert darauf, daß alle seine Töchter, winter- wie
sommergeborene, über die ›sonderbare Spielleiden-
schaft der Männer‹ Bescheid wußten. Solche Kenntnisse
konnten zu jeder Jahreszeit nützlich sein, um die guten
Beziehungen zu einer Männergilde zu erhalten.

Es gab Spiele aller möglichen Machart. Viele – wie
Poker, Dare oder Distaff – waren unter Frauen ebenso
populär wie unter Männern. Und obwohl Schach tradi-
tionell bei Männern beliebter war als bei Frauen, hatten
doch vier Generationen lang Klonfrauen des kleinen in-
tellektuellen Geschlechts der Terrilles die Planetarmei-
sterschaft innegehabt. Wahrscheinlich erklärte das teilweise, warum sich seit etwa einem Jahrhundert immer
mehr Männer dem Spiel des Lebens zuwandten.

Technisch betrachtet war jedes Spiel des Lebens
schon vorüber, ehe es überhaupt begonnen hatte. Zwei
Männer – oder zwei Teams von Männern – saßen sich
an entgegengesetzten Enden eines Spielbretts gegenüber, das aus vierzig bis mehreren hundert sich kreuzenden horizontalen und vertikalen Linien bestand.
Während der entscheidenden Einleitungsphase legte

jede Partei abwechselnd eine Reihe von Spielsteinen in die Vierecke zwischen den Linien – entweder mit der weißen oder mit der schwarzen Seite nach oben –, bis das Brett voll war. In die Spielsteine, manchmal auch in das Brett selbst, waren einfache Regeln einprogrammiert, je nachdem, wie reich die Spieler waren und was für eine Ausführung sie sich leisten konnten.

Als kleines Mädchen hatte Maia fasziniert zugesehen, wie die Matrosen der im Hafen liegenden Schiffe stundenlang altmodische, mit Uhrfedern betriebene Spielsteine aufzogen oder die mit Solarzellen ausgestattete Variante wieder einsammelten, nachdem sie sich auf den Dächern am Pier neu aufgeladen hatten. Manchmal verbrachte ein Team bis zu zehn Minuten zwischen den Zügen mit Strategiedebatten, bis der Schiedsrichter die Zeit für abgelaufen erklärte und anordnete, daß eine weitere Reihe auf ihrer Seite des Spielfelds ausgelegt werden mußte. Danach beobachteten die Spieler kritisch und mit verschränkten Armen, wie der Gegner überlegte und schließlich aktiv wurde, und schnaubten verächtlich, wenn endlich der Gegenzug ausgeführt wurde. So ging es hin und her, und die Teams legten abwechselnd neue schwarze und weiße Reihen aus, bis die Mittellinie erreicht und jedes Viereck belegt war. Dann traten alle zurück. Nun wurde eine altertümliche Beschwörungsformel gesprochen, und der Schiedsrichter berührte mit seinem Stab das Zeitfeld.

Die meisten Frauen fanden die Diskussionen und die übertriebenen Gesten, die bis zu diesem Punkt stattfanden, absolut langweilig. Doch sobald ein größeres Spiel dann endlich in Gang kam, fanden sich auch Zuschauerinnen ein – von armen Vararbeiterinnen bis zu hochnäsigen Clanfrauen, die aus ihren Schlössern von den Hügeln herabgestiegen waren – alle versammelten sich und warteten auf das Klopfen des Schiedsrichterstabes ...

Und dann erwachten die Spielsteine plötzlich zum Leben!

Maia gefiel es am besten, wenn die Spieler die aufziehbaren Spielsteine verwendeten, die, sobald sie den Zustand ihrer Nachbarn fühlten, anfingen zu schnurren und mit jedem Klicken der Stoppuhr ihre Lamellen zu bewegen; aus Schwarz wurde Weiß, aus Weiß wurde Schwarz, oder die Spielfigur rührte sich geheimnisvollerweise überhaupt nicht und behielt bis zur nächsten Runde dieselbe Seite oben.

Der Vorgang verlief nach festen Regeln. In der klassischen Version des Spiels waren sie fast absurd simpel. Ein Viereck mit einem schwarzen Spielstein wurde als ›lebendig‹ definiert. Wies die weiße Seite nach oben, bedeutete es ›nicht lebendig‹. Der Status eines Spielsteins vor einer neuen Runde hing vom Status seines *Nachbarn* in der *vorhergehenden* Runde ab. Ein weißer Stein ›wurde lebendig‹ – und damit in der nächsten Runde schwarz –, wenn genau drei der acht benachbarten Vierecke (einschließlich der Ecken) in der *laufenden* Runde ebenfalls schwarz waren. Wenn ein Feld vor Beginn dieser Runde bereits schwarz war, konnte es in der nächsten Runde schwarz bleiben, vorausgesetzt, es hatte zu diesem Zeitpunkt zwei oder drei lebendige Nachbarn. Waren es mehr oder weniger, drehte es sich zurück und wurde wieder weiß.

Jemand hatte Maia einmal gesagt, der Vorgang sei einem lebenden Ökosystem nachempfunden. »Wenn bei Pflanzen und Tieren die Populationsdichte in der Nachbarschaft zu hoch wird, kommt es oft zu einem Zusammenbruch. Alles stirbt. Und zuwenig Leben in der Umgebung bedeutet genauso den Tod.« Ökologie funktioniert nach dem Prinzip der Mäßigung, schien das Spiel zu sagen.

In Maias Ohren klang das eher nach einer Rationalisierung. Sie war sicher, daß das Spiel seinen Namen den *Mustern* verdankte, die auf dem Spielbrett erschienen, sobald der Schiedsrichter sein Startzeichen gab. Von diesem Moment an blieb zwar jeder Spielstein an seinem Platz, aber durch die abrupten Zustandsveränderungen der einzelnen Vierecke rollten nun in rascher Abfolge weiße oder schwarze Wellen von hypnotisierender Komplexität über das Spielbrett hinweg. Selbst die perkinitischen Missionarinnen, die auf tragbaren Podesten ihre Reden schwangen und alles beschimpften, was irgendwie männlich war, hielten inne und konnten die Augen nicht von den faszinierenden Wellenbewegungen losreißen.

Bestimmte Anfangsmuster schienen eine Eigendynamik zu entwickeln. Ein kompakter ›Gleiter‹ kreuzte, wenn man ihn in Ruhe ließ, von einem Ende des Bretts zum anderen und veränderte sich in einer Vier-Phasen-Abfolge, die sich unterwegs immer von neuem wiederholte. Eine andere Gruppierung pulsierte eher statisch oder sandte Ableger aus, die sich wie Blumen fortpflanzten und ihrerseits Samen trugen.

Manchmal waren diese Muster das einzige Ziel des Spiels. Es gab Muster-Wettbewerbe mit Preisen für das kunstvollste Schlußdesign oder das reinste Bild, das nach zwanzig, fünfzig oder hundert Zeiteinheiten entstanden war. Spielvarianten mit komplizierteren Regeln und vielfarbigen Spielsteinen brachten noch ausgeklügeltere Muster zustande.

Meist jedoch war das Spiel ein Wettkampf zwischen zwei Parteien. Das Ziel war, die Startkonditionen so einzurichten, daß sich die Formationen zugunsten der eigenen Mannschaft entwickelten, was letztlich bedeutete, daß am Ende das Territorium des Gegners verwüstet war, während auf der eigenen Seite noch Oasen des ›Lebens‹ existierten.

Genau wie in der Natur nahm dieser Wettkampf gelegentlich brutale Formen an. Neben Gleitern und anderen eher freundlichen Formen, gab es auch sogenannte ›Freßwellen‹, die andere Muster einfach wegputzten, sich am Rand des Spielbretts brachen und ebenso raubgierig wieder aufs Spielfeld zurückschwappten. Noch ausgeklügeltere Formierungen ließen fast alle Muster ungeschoren, vernichteten aber alle *anderen* Freßwellen, die ihnen begegneten!

Schiffsbesatzungen und Gilden sammelten Techniken, Tricks und Daumenregeln und horteten sie über Generationen hinweg, aber die Strategie, wie man vor dem Spiel die Reihen auslegte, war noch immer eher eine Kunst als eine Wissenschaft. Oft waren am Schluß beide Teams verblüfft, was sie zustande gebracht hatten ... und so rollten fast eine Stunde lang Muster vor und zurück, die keine der beiden Parteien erwartet hatten. Pattsituationen waren häufig. Im Sommer brachen gelegentlich Schlägereien aus, weil sich die Gegner gegenseitig des Mogelns bezichtigten, obwohl sich Maia überhaupt nicht vorstellen konnte, wie man bei diesem Spiel betrügen sollte.

Sie mußte zugeben, daß die grundlegende Einfachheit in Verbindung mit der komplexen, endlosen Variabilität der auftretenden Formen etwas Ästhetisches hatte. Als Kind hatte sie das Spiel faszinierend gefunden, aber irgendwie auch unheimlich. Manchmal hatte sie sogar den Mut aufgebracht, Fragen zu stellen, obwohl es eine Weile dauerte, bis sie die Neckereien und die Demütigungen überwunden hatte, die diese nach sich zogen – mehr von Gleichaltrigen als von Männern. Auf alle Fälle war sie mit vier Jahren zu demselben Schluß gekommen wie so viele andere Frauen auf Stratos.

Wozu das alles?

Sicher, die Formationen waren interessant, aber nur bis zu einem gewissen Punkt. Wurde dieser überschritten, konnte man die Leidenschaft, mit der die Männer sich dem Spiel widmeten, nur noch als symbolisch für den Abgrund sehen, der die Geschlechter voneinander trennte. Bei anderen Zeitvertreiben wie beispielsweise dem Kartenspielen sahen sich die Leute wenigstens gegenseitig an oder sprachen miteinander. Es war schwer zu verstehen, daß man kleine Plättchen – *Gegenstände!* – behandelte, als wären sie tatsächlich lebendig.

Doch hier saß Maia nun, im Gefängnis, ohne jemanden, den sie hätte ansehen *oder* mit dem sie hätte sprechen können, hatte alle verfügbaren Bücher ausgelesen und nichts weiter zu tun, als auf das aufgeklappte Spielbrett zu starren. Sie überlegte. *Ich hab schon das eine oder andere versucht, was Mädchen für gewöhnlich nicht tun. Ich habe mich beispielsweise mit Navigation beschäftigt.*

Doch das war einfach nur ungewöhnlich. Nichts Unerhörtes. Beim Spiel des Lebens war das anders. Falls es auf Stratos Frauen gab, die dieses Spiel jemals wirklich gemeistert hatten, waren sie mit einiger Sicherheit als Sonderlinge abgestempelt worden.

Na ja, lieber sonderbar als wahnsinnig, dachte Maia. Wut und Einsamkeit lauerten, stets bereit, sich auf sie zu stürzen, wie unwillkommene Verwandte, die beim geringsten Anzeichen einer Einladung hereinschneiten und nutzlose, unproduktive Tränen provozierten. *Ich werde verrückt, wenn ich nicht bald eine Beschäftigung finde.*

Das Spielbrett fühlte sich geschmeidig und glatt an. Es gab keine eigentlichen Spielsteine, statt dessen konnte man mit einem elektro-optischen Kontrollknopf in der Maschine selbst die kleinen weißen Felder dazu bringen, daß sie ebenholzschwarz wurden. Sehnsüchtig dachte Maia an das Klicken und Klacken, das sie von früheren Spielen kannte. Dieses System kam ihr dagegen kühl und distanziert vor.

Sehen wir mal, ob ich es hinkriege.

Ein paar kleine Lichter blinkten auf der Anzeige. Maia hatte keine Ahnung, was PROG SPE oder VOR.SPL.SPE. bedeutete. Aber das konnte sie später untersuchen, wenn sie erst einmal das unterste Niveau gemeistert hatte. Sobald sie die Maschine angestellt hatte, wurde die Hälfte der Spielfelder an den vier Seiten des Spielbretts schwarz, so daß ein schwarz-weiß-karierter Rand entstand. Maia erinnerte sich, daß dies eine von mehreren Möglichkeit war, das Problem der Seitenbegrenzung zu lösen – was zu tun war, wenn die Muster den Rand des Spielfelds erreichten.

Im Idealfall gab es gar keinen Rand, sondern eine unendliche Spielfläche, auf der die Muster sich entwickeln und miteinander interagieren konnten. Deshalb fanden die großen Turniere auf gigantischen Spielfeldern statt, und es dauerte Tage, ja manchmal Wochen, um sie aufzustellen. Maia erinnerte sich an das Geheimnis, das ihr der alte Bennett eines Tages in der Lamatia-Feste verraten hatte. Hochentwickelte elektronische Versionen des Lebens-Spiels wie die, die Maia jetzt vor sich hatte, konnten tatsächlich Muster weiter verfolgen, nachdem sie längst ›abgetreten‹ waren, und so tun, als existierten die artifiziellen Einheiten noch viele Spielbrettlängen entfernt einfach weiter – in einer Art imaginärem Raum! Zuerst war Maia überzeugt gewesen, daß der alte Bennett sie auf den Arm nehmen wollte. Doch dann fand sie die Vorstellung höchst spannend und fragte sich, ob sie vielleicht die einzige Frau war, die darüber Bescheid wußte.

Später wurde ihr klar, daß es die Savanten aus Caria natürlich wissen mußten, denn sie kontrollierten schließlich die Fabriken, in denen das Spiel hergestellt wurde, nur hatten sie nicht das geringste Interesse daran. Denn daß eine Maschine weiter so tat, als existierten imaginäre Objekte in einer fiktiven Umgebung, die der Spieler nicht einmal sehen konnte – das war, als multiplizierte man das Irreale mit sich selbst, als handhabe man Kopien von Symbolen, die ihrerseits für irgendwelche Nachbildungen standen, die selbst wiederum Sinnbilder von etwas darstellten ... Wahrscheinlich beschäftigten sich die Mathematikclans an der Universität von Caria mit derartigen Abstraktionen, aber

Maia bezweifelte, daß sie jemals den männlichen Fehler begingen und sie mit der Wirklichkeit verwechselten.

Die Lösung des Randproblems war grundsätzlich anders, wenn die Teams auf einem Feld spielen mußten, dessen Linien sie einfach in den Hafendamm oder die Ladeluke geritzt hatten, und sie aufziehbare oder mit Sonnenenergie betriebene Spielsteine benutzten. Als Teillösung legten die Männer manchmal Reihen unbeweglicher schwarzer oder weißer Spielsteine am Rand des Spielfelds aus, um so die Bewegungen im Feld einzugrenzen. Maia wußte, daß der umgangssprachliche Ausdruck für die schwarz-weiße Abschlußreihe ›Spiegel‹ war, obgleich nur wenige Muster tatsächlich von der festen Grenzlinie in den eigentlichen Spielbereich zurückbefördert wurden. Die meisten wurden einfach absorbiert oder zerstört.

Ein Randmuster machte den Einstieg ins Spiel leichter, da jedes Spielfeld in der ersten Spielreihe direkt unter sich bereits einen oder zwei ›lebende‹ Nachbarn hatte.

Reihe zwei →
Reihe eins →
Grenzlinie (fest) →

Maia zog den dünnen Schreibstift aus seinem Schlitz auf dem Kontrollbrett und berührte damit ein Feld in der ersten Reihe. Es wurde schwarz.

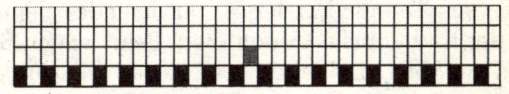

Dieses erste ›lebende‹ Feld hatte zwei schwarze Nachbarn auf der Grenzlinie darunter; sie berührten es an den Ecken. Dann gab Maia ihm einen weiteren schwarzen Nachbarn, an der linken Seite. Nun, mit drei schwarzen – also lebenden – Nachbarn mußte das erste aktivierte Feld eigentlich ›lebendig‹ bleiben … zumindest für die Dauer der zweiten Runde.

Maia seufzte. *In Ordnung. Sehen wir mal, ob mir eine einfache Leiter gelingt.*

Sie arbeitete sich durch die erste Reihe, machte ein paar Spielfelder schwarz, ließ andere weiß und so weiter. Sie fühlte sich noch nicht in der Lage, kompliziertere Startbedingungen zu schaffen, deshalb machte sie nach etwa vierzig Spielfeldern Schluß. Der Rest des Bretts blieb weiß, unberührt.

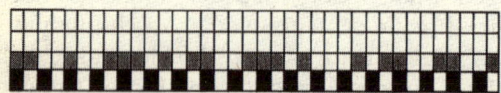

Da Maia die Regeln kannte, konnte sie abschätzen, was mit einem bestimmten Spielfeld in der nächsten Runde passieren würde, indem sie zählte, wie viele schwarze Nachbarn es jetzt im Moment hatte. Das Schicksal von bis zu zwölf Feldern für ein bis zwei Runden zu berechnen, war nicht sonderlich schwierig. Aber dann verlor sie den Überblick. Um herauszufinden, was danach passieren würde, mußte sie das Spiel in Gang setzen.

Als sie das Kontrollbord genauer in Augenschein nahm, entdeckte sie einen Knopf, auf dem ein Mann mit einer Kapuze und einem langen Stab zu sehen war. *Bestimmt das Symbol für den Schiedsrichter*, dachte Maia und drückte den Knopf. Ein leises, pulsierendes Signal ertönte, der traditionelle Countdown. Beim achten Schlag begann das Spiel, und schon bewegte sich eine Welle der Veränderung durch die erste aktivierte Reihe. Die Felder, die über genau die richtige Zahl von Nachbarn verfügten, blitzten auf, dann wurden sie schwarz. Diejenigen, die bereits schwarz waren, blieben es. Diejenigen, die der Prüfung nicht standhielten, wurden oder blieben weiß. Das Karomuster der Grenzlinie blieb unverändert.

Nun gab es sowohl auf der ersten, als auch auf der zweiten aktivierten Reihe schwarze Felder. Auch ein paar Stellen auf der zuvor ganz weißen Fläche hatten jetzt die richtigen Bedingungen, um lebendig zu werden.

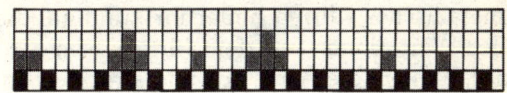

Mit dem nächsten Zeitimpuls starben mehr Felder ab als neue geboren wurden, und erst in der vierten Runde wurden auch einige in der dritten Reihe lebendig. Etwas betrübt erkannte Maia, daß sie mit ihrer ursprünglichen Formation eine Verlierersequenz gewählt hatte. *Was soll's.* Sie wartete, bis auch die letzten Grüppchen dunkler Punkte verschwunden waren und versuchte es sofort noch einmal mit einem neuen Ausgangsmuster.

Diesmal passierte mehr oder weniger dasselbe, nur ganz links bildete sich eine Formation – eine kleine Zellengruppe, die in einem sich wiederholenden Muster aufblinkte und erlosch. *Ach ja,* erinnerte sich Maia. *Das ist eine ›Mikrobe‹.*

Während die Einzelteile der Formation in unterschiedlichem Rhythmus flackerten und jede Einheit in einem anderen Tempo von Schwarz nach Weiß oder wieder zurück flippte, erneuerte sich die Konfiguration als Ganzes immer wieder. Nach zwanzig Zeiteinheiten war der Rest des Spielbretts leer, aber diese kleine Stelle blieb stabil und wiederholte sich hartnäckig. Maia spürte eine Welle der Zufriedenheit, daß sie eine der einfachsten Spielmuster schon beim zweiten Versuch entdeckt hatte. Sie fing noch einmal von vorne an und schuf überall am unteren Rand Mikroben. Wenn man sie sich selbst überließ, würden sie an Ort und Stelle wirbeln, bis die Batterien des Spiels erschöpft waren.

Doch weiter half ihr das Anfängerglück nicht. Fast

die ganze nächste Stunde verbrachte sie mit Experimenten, konnte aber keine andere sich selbst erhaltende Form mehr finden. Es war frustrierend, vor allem, weil ihr auch noch eingefallen war, daß sich ein paar Klassiker absurd einfach herstellen ließen.

Ein metallisches Klirren hinter ihr kündigte die Ankunft der Wärterinnen mit dem Mittagessen an. Maia stand auf, breitete die Arme aus und streckte sich. Erst als sie zum Tisch hinüberging und merkte, wie die beiden stämmigen Frauen sie anstarrten, fiel ihr auf, daß sie vor sich hin summte und das wahrscheinlich schon eine ganze Weile.

Huch! dachte Maia. Andererseits war es nicht verwunderlich, wenn sie froh über jede Ablenkung war. *Mal sehen, ob der Effekt so lange anhält wie bei den Büchern.* Nachdenklich fügte sie hinzu: *Aber glaubt bloß nicht, ihr fetten Guel-Wärterinnen, daß ich mich dadurch einlullen lasse, falls ihr mal in eurer Wachsamkeit nachlaßt oder nicht mehr paarweise erscheint. Eines Tages werdet ihr nachlässig. Ich beobachte euch.*

Nach dem eintönigen Essen kehrte sie absichtlich nicht gleich wieder ans Spielbrett zurück, sondern ging statt dessen in ihren ›Turnraum‹ aus Teppichen und Kisten. Sie rannte auf der Stelle, reckte und streckte sich, machte Liegestützen, Bauchübungen und Klimmzüge und ließ nicht nach, bis ein warmer, angenehmer Schmerz sich von den Schultern bis zu ihren Zehen ausbreitete. Dann zog sie die Kleider aus und wusch sich mit dem Wasser aus dem Krug. Glücklicherweise war im Boden eine Rinne, die das überflüssige Wasser gleich wegtrug.

Während sie sich abtrocknete, betrachtete sie ihren Körper. Nach Monaten harter Arbeit war es nur natürlich, daß sie an Stellen Muskeln bekommen hatte, wo vorher keine gewesen waren. Auch die feinen Narben auf Händen und Unterarmen störten sie nicht – sie alle waren Spuren ehrlicher Arbeit. Aber was sie überraschte, war die Entwicklung ihrer Brüste. Seit der letzten Inspektion waren sie nicht mehr winzig, sondern groß genug, daß sie von den Anstrengungen der letzten Stunde ein bißchen weh taten. Natürlich war allgemein bekannt, daß die Lamai-Mütter ein dominantes Gen für einen gut entwickelten Busen weitergaben und auch die meisten ihrer Vartöchter damit beglückten. Doch ob vorhersehbar oder nicht – es war ein Ereignis. Allerdings hatte Maia nicht erwartet, es im Gefängnis zu feiern.

Genaugenommen hatte sie sich immer vorgestellt, es gemeinsam mit Leie zu begehen.

Energisch schüttelte sie den Kopf. Sie würde sich nicht in die Trostlosigkeit hineinziehen lassen. Zur Ablenkung ging Maia zurück zu ihrem Teppich und setzte sich wieder vor das elektronische Spielgerät.

Wenn bei dem verdammten Ding doch nur eine Spielanleitung wäre oder ein Lernprogramm, überlegte sie. Am Hafen hatte sie des öfteren Männer gesehen, die dicke Handbücher mit sich herumschleppten, über die sie in den Spielpausen brüteten. In der Universität von Caria und den großen Stadtbibliotheken gab es von Anthropologinnen verfaßte Aufsätze zum Thema Spiel des Lebens. Was Maia hier im Gefängnis natürlich alles nichts half.

Die beiden kleinen Lichter zogen wieder ihre Aufmerksamkeit auf sich. PROG SPE, stand auf einem Schildchen. War das vielleicht irgendeine Art von Speicherfunktion? Vermutlich für bereits geplante Programme.

Unter dem anderen Knopf stand VOR.SPL.SPE.

»Voriges Spiel speichern?« Maia hatte angenommen, das Gerät wäre neu, weil die Männer, für die es gedacht gewesen war, nie eingetroffen waren. Aber das Licht blinkte, also war vielleicht doch ein früheres Spiel darauf gespeichert worden.

Ich könnte es nachspielen und dabei den einen oder ande-

ren Hinweis aufschnappen, dachte sie, dann entdeckte sie plötzlich in der Nähe ein kleines Fenster, mit einer Reihe Code-Buchstaben. **VARIATIONS-REGEL: RVRSBL CA 897W** war die geheimnisvolle Inschrift. Maia überlegte. Manchmal änderten Männer die Spielregeln, als wäre das Spiel an sich nicht kompliziert genug. Beispielsweise brauchte dann ein schwarzes Feld *fünf* lebendige Nachbarn, um am Leben zu bleiben. Oder das Programm machte Felder auf der rechten Seite einflußreicher als auf der linken. Es gab unendliche Variationsmöglichkeiten, wodurch den meisten Frauen das Spiel nur noch sinnloser erschien.

Oh, das ist doch idiotisch. Daraus werde ich nie schlau werden. Nach kurzem Zögern drückte Maia impulsiv auf den Knopf, um zu sehen, was die Speicherfunktion enthielt. Augenblicklich wurde das Spielbrett lebendig. Zuerst bewegte sich die Karogrenze von allen Seiten nach innen, bis sie eine wesentlich kleinere Anzahl von Feldern umfaßte. Maia zählte neunundfünfzig Kästchen in der Breite und neunundfünfzig längs. Um den reduzierten Spielplan zog sich nun allerdings eine Grenzlinie, die wesentlich komplizierter war als das einfache Spiegelmuster von vorhin. Das Brett flackerte noch einmal auf, und schon breitete sich in der Zone innerhalb der neuen Grenze das Chaos aus. Schwarze Punkte sprenkelten die ersten neun Reihen, wie Choca-Flocken, die man wahllos über eine Geburtstagstorte gestreut hat.

Lysos! Das überstieg eindeutig Maias Horizont. Die Taste mit der Aufschrift LÖSCHEN winkte verführerisch – aber die Neugier war stärker. Schließlich hatte die Anordnung den vorigen Besitzer des Spiels eine Menge Mühe gekostet. Vielleicht war das Muster wenigstens hübsch anzuschauen.

Seufzend berührte sie das Schiedsrichtersymbol. Die Uhr tickte, acht, sieben, sechs, fünf, vier …

Die Punkte begannen zu tanzen. Wo immer ein offenes Feld die richtige Anzahl von Nachbarn hatte, gab es an dieser Stelle in der nächsten Runde ein schwarzes, das heißt lebendiges Feld. Andere, die schwarz gewesen waren, die programmierten Kriterien aber nicht erfüllten, wurden in der nächsten Runde weiß. Mit jedem Ticken der Uhr änderten sich die Muster in wirbelnden Wellen, manche teilten sich oder zerfielen, wenn sie an die Grenze stießen, während andere zurückwogten und von neuem ihren Beitrag zu dem Getümmel auf dem Spielfeld leisteten. Kurzlebige Formationen entstanden und verschwanden wie Luftblasen von der Oberfläche des Spielplans. Maia konnte nur leise seufzen, wenn wieder eine Welle gegen eine bisher stabile Einheit prallte und sie völlig veränderte. Sie sah Gleiter und bemerkte ihre einfache Form, die eines leicht gequetschten Dreiecks. In einer Ecke erschien eine ›Gleiterkanone‹, die in regelmäßigen Abständen kleine flatternde Pfeile ausstieß und über das Brett sausen ließ. Es gab mehrere spektakuläre Zusammenstöße.

Das Schauspiel war faszinierend. Maia fragte sich, ob es sich als eins von den Programmen entpuppen würde, die sich irgendwann von alleine fortsetzten. Dann blieb das Spielfeld permanent in Bewegung, solange das Gerät eingeschaltet war, und jede Formation war neu und nie zuvor dagewesen.

Doch dann begann das Tempo plötzlich nachzulassen. Rapide schwirrende Einheiten fügten sich zu komplexen, aber statischen Einheiten zusammen, die fünf breite Säulen auf dem Brett entstehen ließen. Während das Tempo weiter zurückging, fügten sie sich zu einer, wie Maia vermutete, endgültigen Formation zusammen.

Sie nahm die Augen keine Sekunde vom Spielbrett. Jeder Schritt ergab sich aus dem vorhergehenden. Dennoch war sie überrascht, als die Muster sich zu einzelnen Buchstaben formten.

Zu Worten.

Die Buchstaben flimmerten, als sähe man sie durch trübes Wasser, denn die Punkte, aus denen sie bestanden, wechselten immer noch blind zwischen Schwarz und Weiß, da sie ja nichts von dem merkten, was zwei Reihen oder Spalten von ihnen entfernt vor sich ging. Nur als Gesamtheit übermittelten sie eine Bedeutung, und diese begann sich auch schon wieder aufzulösen, während die Gesetze der Mathematik die flüchtige Botschaft zurück ins Chaos stürzten. Doch inzwischen war der Schwung dahin. Weiße Felder wurden immer häufiger und verschlangen die kurzlebigen Muster.

In wenigen Sekunden war alles vorüber. Maia starrte auf das weiße Spielbrett, das jetzt leer und nichtssagend vor ihr lag, und versuchte sich zu überzeugen, daß sie es wirklich gesehen hatte: eine Botschaft, erschreckend und unerwartet.

Viele Spezies benutzen Umweltreize, um zu bestimmten Jahreszeiten die Fortpflanzung in Gang zu setzen; der Rest des Jahres verläuft ruhig und friedlich. Die Menschen haben diese uralte Verbindung zum Kalender verloren, mit dem Ergebnis, daß wir ununterbrochen von Sex besessen und seine willigen Sklaven sind.

Die Zeit ist gekommen, unserem Lebensrhythmus die Klugheit zurückzugeben, die Ruhe und Berechenbarkeit des Jahreszyklus wiederherzustellen. Stratos scheint sich mit seinen deutlich unterschiedenen, planetenweiten Jahreszeiten für diesen Zweck geradezu perfekt zu eignen. Das Geburtenverhältnis, das wir vorhersehen – von Klonen und nach alter Art sexuell gezeugtem Nachwuchs – braucht nicht einprogrammiert zu werden. Es wird sich ganz natürlich aus zwei verschiedenen Perioden ergeben, in denen die Befruchtung möglich ist und zwischen denen lange Abschnitte relativer Ruhe liegen.

Wir können uns zahlreiche Umweltreize zunutze machen, um zu gegebener Zeit das Verlangen hervorzurufen. Nehmen wir die phänomenalen, im Hochsommer, wenn der Planet dem winzigen, feurigen Waenglers Stern am nächsten steht, überall sichtbaren Aurorae. Wenn Schimpansenmännchen schon von einem kurzen Aufblitzen der rosaroten Schwellung eines Weibchens erregt werden können, und das sogar aus einiger Entfernung, dann kann es doch wohl nicht allzu schwer sein, eine ähnliche Farbreaktion bei unseren Männern einzuprogrammieren – eine, die von dem überwältigenden Himmelsschauspiel der Aurorae ausgelöst wird. Auf ähnliche Weise wird der außergewöhnliche

Frost im Winter unseren weiblichen Nachkommen Veränderungen signalisieren und sie auf das amazongenetische Klonen einstellen.

Sicher müssen wir uns auf unvorhergesehene Nebeneffekte gefaßt machen, aber diese Möglichkeit sollte uns nicht zurückhalten. Wir ersetzen nur ein ziemlich willkürliches Set von Reizen und Impulsen durch ein anderes. Die neuen Regeln werden sogar flexibler und vielfältiger sein als die monotonen Gelüste von früher.

Eins jedoch wird bleiben. Gleichgültig, welche Veränderungen wir vornehmen, wird das Drama der Geburt und des Lebens eine Frage der freien, vernünftigen Entscheidung sein. Schließlich sind wir keine Tiere. Die Umwelt legt lediglich etwas nahe, sie kann nur provozieren. Aber unsere Nachkommen sind denkende Wesen und werden es bleiben.

Mit unseren Gedanken und Gefühlen, mit unserer Willenskraft werden wir ihren Lebensweg bestimmen.

Kapitel 11

Gegen Mitternacht stiegen die Sternbilder des Winterhimmels über die hohen Berge am östlichen Horizont und warfen ihre glitzernden Strahlen auf die Gletscher in alpinen Schluchten. Der Sommerrausch am Himmel war vorüber und lief aus in einem planetarischen Gleitflug, während Stratos auf seiner elliptischen Bahn der längsten Jahreszeit entgegenstieg. Mehr als zwei Erdenjahre würden vergehen, ehe sich der Planet wieder in den Frühling stürzte. Und bis dahin würden der Pelikan und Euphrosyne, Epone und der Tanzende Delphin regelmäßig zu Gast an der nächtlichen Himmelskuppel sein.

Maia hatte sich oft gefragt, wie es wäre, auf Florentina oder sogar der Alten Erde zu leben. Bestimmt sehr sonderbar, und das nicht nur wegen der primitiven Fortpflanzungsmuster, die dort noch immer existierten. Sie hatte gelesen, daß auf den meisten bewohnbaren Welten die Jahreszeiten von der Achsenneigung und nicht von der orbitalen Position bestimmt wurden. Und der Winter war die Zeit des *schlechten* Wetters.

Hier in der dichten Atmosphäre von Stratos waren die kurzen, wenn auch notwendigen Sommerphasen rasch wieder vergessen, während der Winter für alle eine lange, friedlich überschaubare Zeit darstellte. In periodischen, dicken Fronten kamen die Regenwolken, luden ihre feuchte Last über den Kontinenten ab und saugten sich dann über den Ozeanen wieder voll. In den langen Intervallen zwischen den Stürmen nährte die Sonne sanft gebeugte, lichthungrige Feldfrüchte, und übertrumpfte ihren Gefährten, den Wengelstern, so mächtig, daß der weiße Zwerg nur noch ein schwacher Schimmer am tagblauen Himmel war, zu schwach, um auch nur einen Matrosen auf Landurlaub zu schicken. Nachts blitzten keine Aurorae, sondern es gab verstreute Sternbilder, die ausgelassen über dem rastlosen Luftstrom der Stratosphäre funkelten.

Bald ist Herbstende, dachte Maia, während sie beobachtete, wie die Konstellation Thalia langsam in den Zenith emporstieg. *In Port Sanger werden bestimmt schon die Dekorationen hervorgeholt. Alle Freudenhäuser schließen bis Mittwinter, und die Männer aus den Reservaten schlendern durch die geöffneten Tore und falten aus ihren alten Passierscheinen Papierschwalben. Sie bekommen Süßigkeiten und Apfelwein, Kinder reiten auf ihren Schultern, ziehen sie am Bart und bringen sie zum Lachen.*

Obgleich die Brunstzeit praktisch vorüber gewesen

war, als Maia und Leie zu ihrer unheilvollen Reise aufbrachen, markierte der Herbstend-Tag den wirklichen Beginn der ausgiebigen Friedenszeit des Winters, die fast die Hälfte der langen, ungleichen Jahreszeiten ausmachte, in der die Männer so harmlos waren wie Lugars und das größte Problem darin bestand, wie man sie dazu brachte, von ihren Büchern oder ihrer Schnitzerei oder ihrem Spielbrett aufzublicken. Die halbe Stadtwache löste sich auf und wurde erst im Frühling wieder eingesetzt. Wozu brauchte man Schutzpatrouillen, wenn man auf den Straßen so sicher war wie in den Häusern?

Maia hatte gewußt, daß sie das Herbstende wahrscheinlich nie wieder in Port Sanger feiern würde. Aber sie hatte nicht damit gerechnet, den Festtag im Gefängnis verbringen zu müssen. Würde sie auch noch zur Farsun-Zeit hier sein? Irgendwie bezweifelte sie, daß ihre Gefängniswärterinnen dann ein Fest veranstalten würden – mit heißem Punsch und Glücksbringern für die Passanten. (*Welchen* Passanten?) Wahrscheinlich würde sich auch keine Guel-Wächterin als Frost-Fee verkleiden, ihre Zauberleiter nehmen, ihren Zauberstab schwingen und braven kleinen Mädchen Süßigkeiten und Trillerpfeifen und andere Lärminstrumente schenken.

Nein, verdammt! Bis zum Farsun-Tag bin ich weit weg von hier! Maia unterdrückte das Heimweh, das sie plötzlich überkam.

Schließlich schüttelte sie diese beunruhigenden Gedanken ab und nahm ihren Miniatursextanten zur Hand, um sich auf das nächstliegende Problem zu konzentrieren. Sie wußte weder das Datum noch die genaue Uhrzeit. Ohne akkurate Uhr war es unmöglich, ihre Ost-West-Position zu bestimmen, selbst wenn ihr Sextant einwandfrei funktionierte. Die Längenmessung würde immer schwammig ausfallen.

Aber für die Bestimmung des Breitengrades *braucht man keine genaue Uhrzeit. Man muß nur den Himmel kennen.*

Ich wollte, ich hätte mein Buch, dachte sie und fragte sich wieder einmal, ob die Stationsvorsteherin in Holly Lock die Tasche mit Maias spärlichen Habseligkeiten bereits weggeworfen hatte. Das schmale Bändchen enthielt sämtliche Positionen der Sterne, die für eine Messung wichtig waren. Ohne das Buch mußte Maia sich ganz auf ihr Gedächtnis verlassen.

Sie stützte die Ellbogen auf den Sims der schmalen Öffnung in der Wand und peilte erneut Taranis an, eine kompakte Sterngruppe, von der man behauptete, daß der Feind vor langer Zeit zwei ihrer Planeten zerstört hatte, ehe er sich auf den Weg machte, um Stratos zu unterwerfen. Wenn sie eine Scheibe drehte, bewegte sich das Bild in ihrem Fadenkreuz, bis es sich im winzigen Spiegel des Sextanten mit dem präriescharfen Rand des südlichen Horizonts deckte. Sie senkte das Gerät, um die Skala abzulesen, und kritzelte eine Zahl in ihr Notizbuch.

Wenigstens hatte es eine einfache Lösung für das Problem der Schreibgeräte gegeben. Am Fuß ihrer provisorischen, unbeholfen mit Teppichen belegten Beobachtungspyramide lagen die Überreste einer kaputten Kiste. Kurz nach Sonnenuntergang hatte Maia sich über eine Stunde lang damit abgemüht, die Kiste zum Fenster hinauf zu hieven. Dann hatte sie sie wieder hinuntergeschubst, und eine halbe Sekunde später schlug sie krachend auf dem Steinfußboden auf.

Der Lärm war ohrenbetäubend. Im Handumdrehen standen die Wärterinnen unter der Tür und erkundigten sich, was los sei. Doch Maia hatte die Guels beruhigt und ihnen zugerufen, sie sei bei ihren gymnastischen Übungen gestürzt. »Alles in Ordnung. Danke, daß ihr euch solche Sorgen um mich macht!«

Nach einiger Zeit zogen sich die Guels murrend wieder zurück. Maia wagte es nicht, sich noch einmal auf ihre mangelnde Neugier zu verlassen. Glücklicherweise hatte der Absturz der Kiste bereits mehrere Latten gelöst; Papier und Stifte lagen auf dem Boden verstreut. Inzwischen waren die Sterne am Himmel erschienen. Die nächste Stunde bemühte sich Maia, mit ihren eingerosteten Navigationskünsten den Standort ihres Gefängnisses zu bestimmen.

Nun hob sie ihre Notizen ins schwache Licht von Durga und zählte die Ergebnisse zusammen. *Die Länge ist nicht allzuweit von derjenigen auf der Botschaft entfernt,* dachte sie. *Und die Breite ist beinahe identisch!*

Zuerst war sie überzeugt gewesen, daß die Nachricht, die so überraschend auf dem Spielbrett erschienen war, ein schlechter Witz sein mußte. Jemand in der Fabrik hatte einen Hilferuf einprogrammiert – ähnlich wie Maia und Leie als Kinder vorsichtig Petunüsse geöffnet, alles Eßbare herausgenommen und statt dessen Papierstreifen hineingesteckt hatten, auf denen stand: »Hilfe! Eichhörnchen halten uns auf einem Petubaum gefangen!«

Jetzt wußte sie es besser. Die Botschaft war nicht vor dem Versand eingegeben worden. Wer auch immer sie verschickt hatte, mußte sich zu diesem Zeitpunkt ganz in der Nähe befunden haben. In einem Umkreis von höchstens zehn Kilometern. Doch Maia hatte in der Nähe des riesigen Felsen keine Spur einer Stadt oder Siedlung gesehen. Es war auch höchst zweifelhaft, ob der Boden hier überhaupt geeignet war, um eine menschliche Niederlassung zu versorgen.

Letztlich konnte das nur bedeuten, daß der Absender ebenfalls hier lebte, vielleicht nur wenige Meter entfernt. Maia hatte fast ein schlechtes Gewissen, daß die mißliche Lage eines anderen Menschen sie so sehr freute. *Ich freue mich natürlich nicht, daß du im Gefängnis bist,* wandte sie sich in Gedanken an ihre Mitgefangene. *Aber bei Lysos! Es tut gut, endlich nicht mehr allein zu sein!*

Sie und die andere Gefangene mußten sich in einer ähnlichen Lage befinden – eingesperrt in einem Lagerraum, der nicht als Gefängniszelle gedacht war, sich aber dennoch dazu eignete. Doch ihre Kollegin war einfallsreich gewesen. Sie hatte die männerorientierten Freizeitgeräte im Lagerraum umfunktioniert und daraus sozusagen eine Flaschenpost gemacht.

Maia überlegte, welchen Plan die andere Insassin wohl hatte. Diese elektronischen Spielgeräte waren kostspielig und die Matriarchate von Long Valley keine Geldverschwenderinnen. Früher oder später würden sie die Spiele und anderen Annehmlichkeiten zurückverlangen und weiterverkaufen ... vielleicht an ein Reservat an der Küste oder an eine Seefahrergilde ... und schließlich würden sie jemandem in die Hände fallen, der die einprogrammierte Botschaft lesen konnte. Jeder Matrose würde dann sofort wissen, wo die Gefangene festgehalten wurde.

Selbstverständlich waren das alles nur Vermutungen. Vielleicht würden die perkinitischen Clanmütter erst versuchen, die Verluste in den unvollendeten Reservaten irgendwie wettzumachen, wenn sie erst ganz sicher waren, daß die neue Droge funktionierte. Das konnte einige Zeit dauern. Und nicht nur das. *Selbst wenn die Spielgeräte weggeschickt werden, und selbst wenn die Botschaft nicht gelöscht oder unterwegs von den falschen Leuten gelesen wird ... Selbst wenn jemand den Hilferuf ernst nimmt und ihn meldet, was dann?*

Es war durchaus nicht so, daß die planetarischen Autoritäten über Schwärme mächtiger Flugmaschinen verfügten oder über Armeen, die sie von einem Augenblick zum nächsten rund um die Welt schicken konnten, nur um irgendwelche Ungerechtigkeiten an irgendwelchen abgelegenen Orten zu ahnden. Die Sicherheitskräfte, die Caria besaß, wurden für Notfälle aufgespart. Wenn überhaupt etwas unternommen wurde, so schickte man eher eine einzelne Ermittlerin oder Richterin – erst auf dem Seeweg, dann mit dem Zug und zu Pferde, so daß sie wahrscheinlich fast ein Jahr unterwegs war – falls sie überhaupt je ankam.

Angenommen, wir sind bis dahin noch hier.

Maia war durchaus nicht sicher, ob sie es solange aushalten würde. Die andere Gefangene hatte wesentlich mehr Geduld.

Dennoch ist der Plan besser als alles, was ich mir bisher habe einfallen lassen. Man stelle sich vor – das alles mit einem Spielgerät herauszufinden! Wer konnte so etwas geschafft haben – ohne lebenslange Übung?

Ein Mann? Maia schnaubte verächtlich. Ganz gewiß kein Mann, sondern eine Frau mit den Fähigkeiten einer Savanten.

Ich wollte, ich könnte sie sehen. Mit ihr sprechen. Vielleicht gibt es ja eine Möglichkeit.

Maia vermutete, daß es bald Mitternacht war. Gerade wollte sie den Kopf wieder aus dem Fenster strecken, um den Lauf der Sterne zu kontrollieren, als sie hörte, wie es anfing. Das nächtliche Klopfen.

Hastig holte sie ihr Notizbuch ins Mondlicht und fing an, die Zeichen aufzuschreiben. Ein Schrägstrich für jedes Klicken, ein Gedankenstrich für jede Zeiteinheit einer Pause. Nach etwa zwanzig Sekunden hielt sie inne und nahm die Anfangssequenz in Augenschein.

»Klick, klick, Pause, klick«, las sie langsam vor. »Klick, klick, Pause, Pause ... ja. Ich bin ganz sicher, es ist das gleiche wie neulich!«

Rasch schob Maia das Notizbuch in ihren Gürtel und kletterte von der Kistenpyramide, so hastig, daß die instabile Konstruktion gefährlich ins Wanken geriet. Als sie fast schon unten war, verfing sich ihr Zeh in einer Teppichfalte, und sie stürzte auf Hände und Knie. Ohne auf den Schmerz zu achten, sprang sie sofort wieder auf die Füße.

»Wo kommt es her?« flüsterte sie aufgeregt. Konzentriert in der Dunkelheit umherspähend, folgte sie ihrem Gehör zur östlichen Mauer. Sie kauerte sich nieder und fuhr mit der Hand über den kühlen Stein. Ungeduldig schob sie Bündel und Kisten beiseite, denn das Geräusch lockte sie weiter nach rechts. Als sie hinter einen Stapel steifer Kissen griff, stießen ihre Finger auf etwas, das sich wie eine kleine Metallplatte anfühlte, direkt über dem Fußboden. Jetzt klang das Klicken ganz nah!

Während Maia die Umrisse der Platte abtastete, streifte ihre Hand einen winzigen Knopf, der in der Mitte angebracht war, und plötzlich war die nähere Umgebung von einem grellblauen elektrischen Licht durchflutet. Unwillkürlich schrie Maia auf, taumelte zurück und landete hart auf dem Steinboden. Sechs oder acht Herzschläge lang blieb sie halb betäubt auf dem Boden sitzen und lutschte an ihren kribbelnden Fingerspitzen, bis sie sich endlich so weit erholt hatte, daß sie sich wieder aufrappelte, die Kissen nach allen Seiten wegwarf und die Stelle freiräumte. Jetzt sah sie, daß bei jedem hörbaren Klicken kleinere Funken sprühten und die Platte in der Wand für einen Moment erleuchteten.

Seltsam, daß mir das noch nie aufgefallen ist. Wahrscheinlich, weil ich nur nach Geheimgängen und Falltüren gesucht habe. Was wieder einmal zeigt, daß man aus Phantasiegeschichten nichts Gescheites lernt.

Bisher hatte sie sich nie vorgestellt, daß sie in ihrer Zelle geheime Botschaften empfangen könnte oder daß diese irritierenden Geräusche wirklich einen Code darstellten. Aber was sollte es sonst sein? Würde sich etwas rein Zufälliges wie beispielsweise ein Kurzschluß zwei Nächte hintereinander in identischer Abfolge wiederholen?

Noch immer zitternd nahm sie ihr Notizbuch und einen Stift zur Hand und begann wieder, die Lichtblitze mitzuschreiben. Selbst mit ihren an die Dunkelheit angepaßten Augen konnte Maia kaum sehen, was sie zu Papier brachte. *Darum kümmern wir uns morgen bei Tageslicht,* sagte sie sich, als das Klicken etwa fünf Minuten später aufhörte. *Das Glück wendet sich offensichtlich zu meinen Gunsten.*

Sie wußte, daß es für solch umfassende Schlußfolgerungen eigentlich keine echten Beweise gab. Aber die Hoffnung war wie ein Lebenselixier, jetzt, da sie einmal davon gekostet hatte. Maia wickelte sich in ihre behelfsmäßigen Laken und versuchte, ihre Gedanken so weit zu beruhigen, daß sie einschlafen konnte.

Kein leichtes Unterfangen. Immer wieder verfolgten sie Phantasien und weit hergeholte Befreiungsszenarien: Die Polizeiagentin aus Caria traf in einem riesigen Zeppelin ein und wedelte mit versiegelten Schriftstücken herum. Andere Bilder, die vor ihrem inneren Auge erschienen, waren weniger angenehm. Erinnerungen an Leie holten Maia rasch wieder ein und deprimierten sie von neuem. Wenn sie gelegentlich ins Bewußtsein zurückdriftete, fragte sie sich, ob das Klicken wirklich eine Botschaft enthielt. Und falls es so war – galt sie dann ausgerechnet Maia?

Idiotin, dachte sie im Halbschlaf. *Woher sollte jemand wissen, daß du hier bist?*

Schließlich träumte sie von Lysos.

In fließende Gewänder gehüllt saß die Gründermutter neben einem Haufen von Molekülen, die sie wie Perlen auf eine Halskette oder Holzkugeln auf einen Rechenrahmen auffädelte. Jedesmal, wenn ein neues Teilchen dazukam, klackte die Molekülkette. So reihte Lysos DNS-Folgen zu einer endlosen Kette aneinander und summte dabei leise vor sich hin.

Maia brauchte noch zwei Nächte, um die gesamte Botschaft aufzuschreiben und zu überprüfen, daß sie alles richtig kopiert hatte. Es war eine Geduldsübung, wie Maia sie nicht mehr gekannt hatte, seit sie und Leie versucht hatten, den Code für das Geheimtor im Weinkeller von Lamatia zu knacken. Doch es war unumgänglich, sie brauchte die Zeit. Erst am dritten Tag fühlte sich Maia bereit, die ganze Abfolge auf das Spielbrett zu laden.

Zuerst einmal vergewisserte sie sich, daß das Feld nach den gleichen Spezialregeln präpariert war wie zuvor, als es ihr die ›Flaschenpost‹ übermittelt hatte. In dem kleinen Fenster stand **RVRSBL CA 897W**. Maia hoffte, daß das Programm das nächtliche Klicken entschlüsseln konnte. Erneut verkleinerte sich der Spielbereich auf neunundfünfzig Kästchen auf jeder Seite, umgeben von einer komplexen Grenzreihe.

Okay, legen wir los. Mühselig begann Maia, jedes transkribierte Klicken in ein schwarzes Feld umzusetzen und für jede Sekunde Pause ein Kästchen frei zu lassen. Als sie mit einer Reihe von neunundfünfzig Feldern fertig war, machte sie auf der nächsthöheren weiter, so daß sie die vermutete Botschaft in hin und her laufenden Reihen eingab – wie eine Schlange, die sich an einer Mauer emporwindet. Nach einer Zeit, die ihr wie mehrere Stunden vorkam, hatte sie die gesamte Sequenz in den vorgegebenen Raum eingefügt. Daß sie paßte, konnte kein Zufall sein! Doch das Chaos, das nun entstanden war, enthielt keine sichtbare Bedeutung.

Sie war so erschöpft, daß es ihr fast wie eine Erleichterung erschien, als sie das Schlüsselgerassel an der Tür hörte. Rasch deckte sie das Spielbrett zu, obgleich es wahrscheinlich keine Rolle spielte, ob die Guels es sahen. Maias Muskeln und Gelenke schmerzten, weil sie sich so lange und so angespannt über das Gerät gebeugt hatte. *Hoffentlich lohnt es sich,* dachte sie, während sie unter den ausdruckslosen Blicken ihrer Aufseherinnen ihr Essen verzehrte.

Wenn ich auch nur ein einziges Kästchen falsch belegt habe, kann das alles ruinieren. Was soll ich tun, wenn es nicht funktioniert?

Die Antwort war naheliegend. *Ich werde es noch einmal versuchen. Was sonst?*

Die Wärterinnen trugen das Essenstablett weg und schoben den Riegel vor. Atemlos kehrte Maia zum

Spielbrett zurück und kontrollierte noch einmal ihr Transkript. Sie verschränkte die Arme und zog an beiden Ohrläppchen, was Glück bringen sollte, dann drückte sie den Startknopf.

Schwirrende Zyklone pulsierender Muster erschienen und zeigten ihr sofort, daß sie recht hatte. Das nächtliche Klicken *war* so gemeint gewesen! Der Code enthielt eine Anweisung. Eine komplexe Anordnung von Startbedingungen für dieses seltsame Spiel. Trotz der unterschiedlichen Regeln waren die meisten Muster wiederzuerkennen. Zwei Gleiterkanonen, die flatternde Pfeile über einen Bereich schickten, der mit Mikroben und Freßwellen, Strahlen und Blumen gesprenkelt war. Unmengen anderer Formen fanden sich zusammmen und trennten sich wieder. Eine ›Ökologie‹ breitete sich aus und füllte die gesamten neunundfünfzig mal neunundfünfzig Kästchen. Aufmerksam, den Stift gezückt, beugte sich Maia über das Spielbrett, aber die Muster waren so faszinierend, daß sie es beinahe verpaßt hätte, als die chaotischen Formationen plötzlich zu zwei Reihen pulsierender Buchstaben zusammenfanden.

CY, SAG GRVS IMAT
49° 16' 67° 54'
KEIN HNDL M/ ODO!
VERSCHW FLS NTIG

Wieder löste sich die Botschaft auf, kaum daß sie erkennbare Form angenommen hatte. Eilig kritzelte Maia sie in ihr Notizbuch, ehe sie samt allen anderen ›lebendigen‹ Überbleibseln auf dem Spielfeld endgültig verschwand. Kurz darauf lag das Brett weiß und leer vor ihr, und Maia starrte auf die vierzeilige Botschaft, die sie abgeschrieben hatte. Immer wieder las sie sie durch.

Jetzt gab es keine Zweifel mehr – die Nachricht war eindeutig nicht an Maia gerichtet. Etliche ihrer Lieblingsphantasien lösten sich in Luft auf. Trotzdem gab ihr die Botschaft mehr als genug Spekulationsmöglichkeiten über die Absichten der Absenderin. *Steht ›CY‹ vielleicht für eine Freundin oder Clangenossin der anderen Gefangenen? Ist ›GRVS‹ eine Gruppe oder ein Clan, womöglich einflußreich genug, daß er sie befreien kann?* Wenn Maia ihrer Phantasie freien Lauf ließ, würde sie mit den wildesten Geschichten aufwarten, deshalb zwang sie sich, auf dem Boden der Tatsachen zu bleiben. Die andere Gefangene konnte beispielsweise eine Geschäftskonkurrentin der Perkiniten sein, die von den Joplands und ihren Verbündeten hier festgehalten wurde, um bessere Bedingungen herauszuschlagen.

Die letzte Zeile der Botschaft klang seltsam resigniert. Oder lag Maia falsch mit der Vermutung, daß sie bedeutete: »Verschwindet falls nötig?«

Konnte die Sache etwas mit der Droge zu tun haben, die die Männer im Winter brünstig machte?

Möglicherweise war die andere Gefangene nicht besser als Tizbe oder die Joplands, sondern lediglich eine Konkurrentin. Doch das spielte jetzt kaum eine Rolle. Momentan konnte Maia bei der Wahl ihrer Verbündeten nicht wählerisch sein.

Das Seltsamste an der Botschaft jedoch war, daß sie im Gegensatz zu der früheren nicht an eine zufällige Person gerichtet schien, die sie, wie Maia auf dem Spielbrett, irgendwann zu einem späteren Zeitpunkt entschlüsseln könnte, sondern an jemanden spezielles. Spiele, die möglicherweise weiterverkauft wurden, mit einer ›Flaschenpost‹ auszustatten, war vielleicht nur ein Nebengleis gewesen, ein Versuch, den Plan zu unterstützen. Doch das nächtliche Klicken schien auf etwas Unmittelbareres zu zielen, als wollte die Gefangene ihre Botschaften rascher und direkter senden.

Maia dachte an die Metallplatte in der Wand. Funken in der Nacht.

Bestimmt hat man das Reservat mit Telefonleitungen

ausgestattet oder zumindest mit irgendeinem primitiven Kommunikationssystem, überlegte Maia. Da sie noch nie in einem Reservat gewesen war, gab es eigentlich keinen Grund, weshalb sie das überraschte, trotzdem hatte sie es nicht erwartet. Vielleicht machen die Männer das zur Bedingung, ehe sie einziehen. Wozu sie es wohl brauchen?

Was auch immer der ursprüngliche Zweck dieser Leitung sein mochte, benutzte die andere Gefangene sie jedenfalls ... zum Senden elektrischer Impulse. Aber wohin? Soweit Maia wußte, führten die Leitungen nirgendwohin.

Da kam ihr ein Gedanke. *Benutzt die andere Gefangene den Draht als ... als Antenne? Versucht sie, eine Botschaft per Funk zu schicken?* Theoretisch wußte Maia, daß man Funkwellen erzeugte, indem man Elektronen auf einem Draht hin und her jagte. Aber Com-Anlagen für Haushaltszwecke und auch diejenigen, die man an Bord eines Schiffs benutzte, wurden heutzutage in kaum handflächengroßen Einheiten verkauft. Viele Generationen waren seit der Entstehung der Originale vergangen, und wahrscheinlich wußten nur noch sehr wenige Menschen an der Universität, wie man sie herstellte.

Sie muß eine Savante sein. Sie halten hier eine Savante gefangen!

Maia erinnerte sich an den Abend in Lanargh, als sie und Leie die Nachrichtensendung gesehen und das geheimnisvolle Angebot, daß für Informationen reiche Belohnungen ausgesetzt waren, gehört hatten. Vielleicht ging es hier darum!

Ich muß Verbindung zu ihr aufnehmen. Aber wie?

Sie faßte einen Entschluß. *Ich muß eine Botschaft schicken.*

Keine Frage, sie konnte es nicht so machen wie die Savante, indem sie die Startbedingungen des Spiels umcodierte, so daß nach Tausenden von komplizierten

Abläufen Worte entstanden. Und als sie eine Weile nachgegrübelt hatte, begriff Maia, daß das auch gar nicht notwendig war. Schließlich bestand der Trick bei einer ›Flaschenpost‹ oder einer Funkbotschaft darin, sie so zu verschlüsseln, daß sie nach Möglichkeit nur die richtige Empfängerin entziffern konnte. Aber Maia wollte ja nicht mit jemandem jenseits der Mauern ihres Gefängnisses in Kontakt treten. Sie konnte einfache Druckbuchstaben verwenden.

Mit dem Stift malte sie Kästchen auf dem Spielbrett schwarz, bis zu lesen stand:

MITGEFANGENE!
HABE KLICKEN GEHÖRT
MEIN NAME IST MAIA

Während sie sich ansah, was sie geschrieben hatte, kam ihr eine andere Idee. Die erste Zeile war unnötig, denn der Inhalt war offensichtlich. Was die zweite anging, so wußte die Savante vielleicht nicht, daß man sie auch anderswo in der Zitadelle hörte, wenn sie ihre Botschaften durchgab, aber es war klar, sobald sie Maias Antwort empfing.

Es gab noch einen Grund, die Nachricht zu vereinfachen. Maia mußte ihre Botschaft in Reihen von Punkten und Strichen übersetzen und die Worte so aufdröseln, als klaubte sie die Schichten von einem Kuchen. Drei Zeilen von Buchstaben brauchten einundzwanzig Spielreihen, jede davon neunundfünfzig Kästchen breit, also mußte sie 1239 Felder veranschlagen, die als Impuls oder Pause schwarz beziehungsweise weiß gekennzeichnet werden mußten. Über tausend Felder! Sicher, die andere Gefangene hatte sogar noch mehr geschickt, aber nicht mit so langen Pausen, wie Maias Methode sie verlangte. Wenn sie eine Pause auf fünf Schläge ausdehnte, würde die Empfängerin sich fast sicher verzählen.

Schließlich entschied sie sich für einen wesentlich einfacheren ersten Versuch.

ICH BIN MAIA ICH BIN MAIA ICH BIN MAIA

Dafür brauchte sie, nachdem die Reihen in eine lineare Kette aufgelöst waren, noch immer 413 Schläge. Doch das erschien ihr zu bewältigen zu sein, vor allem, da die Abfolge rhythmisch war.

Jetzt mußte sie die Botschaft nur noch auf den Weg bringen.

Sie hatte in Erwägung gezogen, auf die Wand oder vielleicht gegen die Regenrinne zu klopfen. Aber der Klang würde sicher nicht weit tragen. Und wenn, würden die Wachen aufmerksam werden.

Ich muß es auf die gleiche Weise versuchen. Durch den Draht.

Es gab nur eine Quelle für Elektrizität, und ein einziger Fehler konnte ihren Kontakt zur Außenwelt endgültig abschneiden. Doch Maia zögerte nicht. Vorsichtig drehte sie das Spielbrett um und öffnete das Batteriefach.

Sie beschloß zu warten, bis die mitternächtliche Botschaft vorüber war. Unter einem Stück Vorhangstoff zusammengekauert sah sie zu, wie die Botschaft der Savante einen stoßweisen Funkenwirbel an der Wand hervorrief, und überzeugte sich, daß es die gleiche Nachricht war wie zuvor. Die Abfolge von klickenden Lichtfunken hörte zur üblichen Zeit auf, und Maia saß wieder im trüben Mondlicht, das durch den Fensterschlitz auf den Boden fiel. Da sie das nicht anders erwartet hatte, hatte Maia schon bei besseren Lichtverhältnissen geübt. Dennoch brauchte es mehrere ungeschickte Versuche, um die losen Drähte, die sie aus ihrem Spiel des Lebens herausgezogen hatte, an die Wandplatte zu bringen.

Vor ihr lag die Botschaft, die sie senden wollte. Maia hatte große breite Kästchen benutzt, die man auch bei schwacher Beleuchtung lesen konnte.

Also, dann mal los, dachte sie.

Sie berührte mit einem Draht den Knopf auf der Platte. Nichts geschah. Aber als sie einen Draht an den Knopf und einen anderen an die Platte hielt, sprang ein Funke über. Sie erschrak ein wenig. Doch dann biß sie die Zähne zusammen, beugte sich vor, um ihre Papiere besser sehen zu können, und begann zu klopfen – ein Funken für jedes schwarze Kästchen, eine Pause für jedes weiße.

Sie hatte keine Ahnung, ob sie etwas erreichte, außer daß sie die Batterien verbrauchte. Theoretisch mußte sie die Batterien wieder aufladen können, indem sie das Spielbrett ins Fenster stellte, damit es Sonnenlicht aufnehmen konnte. Möglicherweise jedoch ruinierte sie sie für nichts und wieder nichts.

Es war schwierig, nicht den Überblick zu verlieren, während sie Reihe um Reihe von Hand geschwärzter Kästchen anstarrte. Trotz der Kälte mußte sie nach kurzem die Schweißperlen wegblinzeln, die von ihrer Stirn tropften, und an einem Punkt sah sie, daß sie eine Zeile ausgelassen hatte! Sie konnte es nicht mehr ändern. Bei einem solchen Fehler mußte die Botschaft eigentlich lesbar bleiben, aber sie konnte es sich nicht leisten, noch einen zu machen.

Als sie schließlich das Ende der letzten Reihe erreicht hatte, seufzte sie erleichtert, lehnte sich zurück und streckte sich. Eine längere Pause würde der Empfängerin zu erkennen geben, daß die Übertragung fertig war. Aber wahrscheinlich war die Savante erst einmal überrascht. Deshalb machte sich Maia nach einer Atempause daran, die ganze Übung zu wiederholen.

Ob überhaupt etwas ankommt? überlegte sie. *Das bißchen, was ich über elektrische Spannung wußte, habe ich längst vergessen. Vielleicht brauche ich einen Widerstand oder einen Kondensator. Vielleicht vergeude ich einfach unnötig Elektrizität, ohne daß irgendwo Funken entstehen.*

Klick, klick, Pause, Pause, Pause, klick ... Maia versuchte, sich zu konzentrieren und den stetigen Rhythmus einzuhalten, den die Savante vorgegeben hatte. Dies war besonders wichtig wegen der langen Pausen, die Anfang und Schluß ihrer einfachen Botschaft markierten. Laut mitzusprechen half. In sich konnte sie die Botschaft hören, die sie zu übermitteln versuchte, als wollte ein Teil von ihr sie rein durch Willenskraft senden.

Ich bin Maia ... ich bin Maia ... ich bin Maia ...

Das zweite Mal war es noch schwerer. Ihre Finger waren kurz vor einem Krampf, ihr Nacken schmerzte von dem vielen Vorbeugen, und ihre Augen brannten vom Schweiß. Trotzdem machte sie weiter. Ausruhen war keine lohnende Aussicht, was zählte, war die winzige Chance, mit jemandem reden zu können.

Bitte höre mich ... ich bin Maia ... oh, bitte ...

Als sie mit der zweiten Sendung fertig war, waren ihre Hände zu verkrampft, um den isolierten Draht wieder loszulassen, also blieb sie einfach sitzen, starrte auf die Steinwand und wartete, bis die Steifheit in ihrer Wirbelsäule allmählich nachließ. Einen dritten Versuch würde es nicht geben. Selbst wenn sie und die Batterie das Durchhaltevermögen gehabt hätten, wäre es zu riskant gewesen. Die Wärterinnen hatten sich vielleicht an eine Abfolge von Klickgeräuschen pro Nacht gewöhnt, etwa so, als wäre es eine freundliche Grille. Aber eine zu auffällige Veränderung der täglichen Routine war nicht ratsam.

Als ihr plötzlich ein Funken entgegenschlug, sprang sie auf. Sie brauchte einen Augenblick, um sich zu vergewissern, daß sie nicht mit den Drähten ungeschickt gegen die Platte gekommen war und ihn verursacht hatte, aber nein, der Funke kam aus der Wand! Es folgten noch mehr Funken, und hastig kramte Maia Stift und Papier hervor.

Jeder kleine Funkenbogen erleuchtete die Markierung, mit der Maia ihn registrierte. Wenn es dunkel blieb, machte sie einen Gedankenstrich. Das war leichter als zu senden, obgleich ihr die Augen jetzt noch schlimmer schmerzten. Mit wachsender Aufregung wurde ihr klar, daß es sich nicht um eine Wiederholung, sondern um eine neue Botschaft handelte. Sie hatte tatsächlich Verbindung zu ihrer Mitgefangenen aufgenommen!

Dann hörten die Funken ebenso abrupt auf, wie sie begonnen hatten. Stille kehrte wieder ein, und Maia starrte auf mehrere Blätter, vollgekritzelt mit dem geheimnisvollen Code.

Ihre ohnehin verspannten Muskeln begannen vor Frustration zu zittern: Selbst wenn sie das Spielbrett jetzt unters Fenster trug, gab es dort nicht genug Licht, um es wieder richtig zusammenzusetzen. Nicht vor morgen früh.

Ich kann aber nicht bis morgen warten! Unmöglich! Maia kämpfte heftig gegen eine Welle von Ungeduld, die ihr fast die Luft zum Atmen raubte. *Du kannst tun, was immer du tun mußt,* antwortete sie sich selbst und zwang ihren Körper, sich zu entspannen, einen Muskel nach dem anderen. Schließlich atmete sie wieder ruhig.

Na ja, wenigstens kann ich das hier ein bißchen in Ordnung bringen, dachte sie mit einem Blick auf das gekritzelte Transkript. Sie stand auf, streckte sich ein wenig und kletterte dann vorsichtig auf ihrer Pyramide zum Fensterschlitz empor.

Durga war verschwunden. Ein kleinerer Mond, Aglaia, schien kaum hell genug für Maias Vorhaben. Schritt für Schritt, Zeile um Zeile zeichnete sie auf eine neue Seite für jedes ›Klick‹ ein schwarzes Kästchen. Jede Pause übersetzte sie in ein weißes Feld. Am Ende der ersten Reihe mit neunundfünfzig Kästchen ging sie in die nächste und schlängelte sich wieder .zurück. Wenn sie das Spielgerät morgen wieder betriebsbereit hatte, würde sie sofort die Startbedingungen wieder laden und das Spiel in Gang bringen, um die Botschaft zu entziffern.

Es war eine furchtbare Schufterei. Wenn sie fertig war, konnte sie vielleicht sogar einschlafen.

So konzentriert malte sie Kästchen um Kästchen in lange Reihen, daß sie die Veränderung des Musters erst gar nicht bemerkte. Doch dann fiel es ihr auf: Anders als zuvor schienen die ›Klicks‹ bereits zu Gruppen zusammenzugehören. Blinzelnd rückte Maia ein Stück von ihrem Blatt ab und sah:

... HI MAIA. BIS MRGN. – RENNA ...

Natürlich! Sie hat so geantwortet, wie ich übermittelt habe, ohne Codierung! Ich kann es noch heute nacht lesen!

Jetzt beeilte sich Maia noch mehr. Zwei Reihen später konnte sie die Botschaft entziffern.

... HI MAIA. BIS MRGN. – RENNA ...

Der Wind wurde stärker, fuhr in Maias Zettel, und sie wirbelten von der Pyramide wie Herbstblätter. Alle bis auf die eine Seite, die sie umklammerte und die bald verschmiert war von heißen Tränen der Dankbarkeit.

Manche radikalen Mitglieder unserer Expedition behaupten, daß ich nicht zornig genug bin, um diese Unternehmung zu leiten. Daß ich die Männer nicht genug hasse oder fürchte, um eine Welt zu schaffen, in denen ihre Rolle auf ein Minimum beschränkt wird. Auf diese Vorwürfe antworte ich: Welche Hoffnung hat ein Projekt, das sich auf Haß und Furcht gründet? Ich gebe zu, ja, voller Stolz bezeuge ich hiermit, daß ich in meinem Leben bestimmte Männer gemocht und bewundert habe. Na und? Obgleich wir nur wenige Söhne und Enkel haben werden, sollte die Welt, die wir erschaffen, doch einen Platz für sie bereithalten.

Andere Kritikerinnen meinen, daß mich eigentlich nur die Herausforderung des Selbstklonens und die Erweiterung der menschlichen Reproduktionsmöglichkeiten interessieren. Sie sagen, wenn Männer ohne die Hilfe von Maschinen Kopien ihrer selbst austragen könnten, hätte ich auch ihnen diese Macht zugestanden.

Vielleicht ist das die Wahrheit. Aber andererseits – was ist ein Mann, dem man eine Gebärmutter gegeben hat? Ein Gebärmutter-Mann würde unweigerlich auch andere weibliche Eigenschaften annehmen und schließlich gar nicht mehr als Mann zu erkennen sein. Das wäre keine sehr wünschenswerte oder praktische Neuerung.

Letzten Endes werden wir trotz all unserer klugen Genentwürfe und Pläne für die kulturelle Konditionierung nichts erreichen, wenn wir selbstgefällig oder rigide handeln. Das Erbe, das wir unseren Kindern mitgeben, und die Mythen, die wir ihnen hinterlassen, müssen mit dem Strom des Lebens arbeiten, nicht gegen ihn, sonst sind sie nutzlos. Anpassungsfähigkeit muß mit Stabilität einhergehen, sonst wird der Geist Darwins zurückkehren und uns heimsuchen, wird uns die Strafe für unsere Eitelkeit in die Ohren flüstern.

Wir wünschen unseren Nachkommen Glück. Aber nur ein einziges Kriterium wird auf lange Sicht über unsere Bemühungen urteilen.

Das Überleben.

Kapitel 12

In den folgenden Tagen lernten Maia und ihre neue Freundin, trotz der dicken Mauern, die sie trennten, Kontakt zueinander zu halten. Anfangs fühlte sich Maia dumm und begriffsstutzig, vor allem, als Renna wieder dazu überging, codierte kompaktierte Botschaften zu schicken, die nur mit Hilfe des Spielgeräts entziffert werden konnten.

Natürlich konnte Maia ihr keinen Vorwurf daraus machen, denn die Methode war effizienter, und innerhalb weniger Minuten konnte ein ganzes Spielfeld voller Informationen übermittelt werden. Doch im Vergleich dazu wirkten Maias Antworten dann schrecklich unbeholfen. Selbst wenn sie den ganzen Tag hart arbeitete, brachte sie höchstens eine Textzeile zustande, und nach der Übermittlung war sie erschöpft und frustriert.

... NICHT ... ÄRGERN ... MAIA ...
... ICH ZEIG DIR ANDEREN CODE ...
... FÜR EINFACHE BUCHSTABEN ... WÖRTER ...

Dankbar schrieb sich Maia das System ab, das Renna ihr zusandte; sie nannte es ›Morse‹, und Maia war sicher, schon einmal davon gehört zu haben. Manche Clans benutzten für geschäftliche Zwecke Abwandlungen althergebrachter Schriftsysteme. *Noch ein Fach, das unbedingt in den Lehrplan von Lamatia aufgenommen werden sollte*, dachte Maia grimmig.

O = +++, P = –++–, Q = ++–+

Der Code war eigentlich ganz einfach: Jedes Pluszeichen stand für ein langes Intervall, und jeder Strich für ein kurzes. Das System war längst nicht so zeitraubend, obgleich Maia unbeholfen blieb und des öfteren Fehler beging.

**WENN DU MORSEN KANNST WARUM SPIELCODE BENUTZEN
IST DER NICHT SCHWERER**

Auf diese Frage antwortete Renna:

SCHWERER GENAUER PASS AUF

Und unter Maias staunenden Blicken verwandelte das Spielbrett die Buchstaben ihrer Freundin in leuchtende Muster, fast wie das Feuerwerk am Gründerinnentag.

Rennas nächste Botschaft fand Maia jedoch noch erstaunlicher. Sie war kompakt, aber lang – einunddreißig Reihen, als Maia ihre Schlangenreihe aus schwarzen und weißen Kästchen fertig hatte. Als sie den Startknopf betätigte, setzte sie ein wildes, gieriges ›Ökosystem‹ in Gang, mit sich gegenseitig verschlingenden Pseudo-Einheiten. Nach unzähligen Wendungen löste es sich schließlich in eine Art *Bild* auf ... eine Skizze von Ebenen und fernen Gebirgszügen, durch ein schmales Fenster gesehen. Es war deutlich zu erkennen, daß es sich um einen Blick aus dem Gefängnis handelte – nicht aus Maias Zelle, aber dem ihren sehr ähnlich.

Zur Ergänzung schickte die andere Gefangene noch

**LEBENSPIEL IST UNIVERSELL COMPUTER
KANN MEHR ALS MORSE
UND IST SCHWERER ZU BELAUSCHEN**

Maia war beeindruckt. Trotzdem antwortete sie:

ICH HAB GELAUSCHT. WARUM NICHT ANDERE?

Rennas Erwiderung klang ein wenig verlegen.

BIN NICHT SO SCHLAU WIE GEDACHT

Das Spielbrett begann sich wieder zu bewegen, und schließlich erschien ein schmales Gesicht mit kurzgeschnittenen Haaren; die Augen waren verlegen nach oben verdreht, die Schultern zuckten. Maia kicherte vor Begeisterung, als sie die Karikatur sah.

Glücklicherweise hatte Maia das Spiel bei ihrem ersten Experiment nicht ruiniert. Im Lauf der folgenden Tage zeigte Renna ihr, wie sie die Maschine direkt an die Wandleitung anschließen und Botschaften selbst schicken konnte, ohne die Kabel direkt berühren zu müssen, was ja nicht nur mühsam, sondern auch gefährlich war. Noch immer sandte Renna nachts ihre Starkstrombotschaften aus, indem sie versuchte, mit selbst erzeugten Radiowellen Freunde irgendwo außerhalb der Gefängnismauern zu erreichen. Den Rest der Zeit kommunizierten sie mit schwächeren Spannungen, um die Wachen nicht doch noch auf sich aufmerksam zu machen.

Renna war so nett und herzlich, daß Maia immer mehr das Gefühl hatte, eine warmherzige, fürsorgliche Person, eine Art Mutter in ihrer Nähe zu haben. Schon bald bekam sie Lust, ihre Geschichte zu erzählen. Bald sprudelte alles aus ihr heraus. Die Abreise aus Lamatia. Der Verlust von Leie. Ihre Begegnung mit Tizbe, die zunehmende Verwicklung in Dinge, die für eine junge Var, die gerade erst flügge geworden war und ihren Geburtsclan verlassen hatte, viel zu undurchsichtig waren. Als Maia es so kraß formulierte, wurde ihr schmerzlich klar, wie unfair ihr Schicksal war. Sie hatte nichts getan, womit sie diese Katastrophen verdient hätte. Ihr ganzes Leben lang hatten Mütter und Matriarchinnen ihr gepredigt, daß Tugend und harte Arbeit belohnt wurden. War das etwa ihr Lohn?

Maia entschuldigte sich, daß sie so durch ihre Geschichte gestolpert war, vor allem, als sie beim Übermitteln plötzlich von ihren Gefühlen überwältigt wurden. **FÄLLT MIR SCHWER**, schrieb sie und bemühte sich, ihre Hand einigermaßen ruhig zu halten. Rennas Antwort war beruhigend und verständnisvoll, aber irgendwie auch verwirrend.

**MIT 16 SOLLTEST DU
GLÜCKLICH SEIN
SO EINE SCHANDE**

Maia bekam einen Kloß im Hals, als sie nach so langer Zeit Mitgefühl spürte. Die meisten älteren Menschen vergaßen, daß sie auch einmal unerfahren und hilflos gewesen waren. Maia war dankbar für Rennas Anteilnahme, dafür, daß sie sich gegenseitig ineinander einfühlen konnten.

Oft folgte bei dem Kontakt mit ihrer Mitgefangenen auf eher unbehagliche Momente eine tiefe Einsicht. Es gab Mehrdeutigkeiten und umwerfend komische Mißverständnissen, beispielsweise, als sie sich nicht einigen konnten, welcher Mond deutlich sichtbar am südlichen Himmel hing. Oder wenn Renna Städtenamen oder Zitate aus dem Buch der Gründerinnen falsch buchstabierte. Offensichtlich tat sie das absichtlich, um Maia aufzuheitern. Und es funktionierte. Maia fühlte sich angespornt, ihre Mitgefangene bei ihren beabsichtigten Fehlern zu ertappen, und merkte, daß sie dadurch selbst wesentlich aufmerksamer wurde. Ihre Stimmung verbesserte sich zusehends.

Schon bald merkte sie noch etwas anderes. Verblüfft stellte sie fest, daß sie anfing, gegenüber ihrer neuen Freundin eine besondere Art von Verbundenheit zu empfinden, obgleich sie sich hier im Gefängnis kennengelernt hatten. Schon fast eine Herzenszuneigung.

Wenn man im Winter geboren war, hatte man es leichter. Auch Herzensgefühle waren nach vielen Generationen vorhersagbar.

Beispielsweise machten dreijährige Lamai fast immer eine Phase durch, in der sie sich einer Klonschwester anschlossen, die nur eine Klasse über ihnen war. Sie taten alles, was die Ältere verlangte und grämten sich über das geringste barsche Wort. Später, mit etwa vier Jahren, waren die Winter-Lamai an der Reihe, angebetet zu werden, und zahlten den Jüngeren all die Dinge heim, die sie ein Jahr zuvor selbst hatten einstecken müssen.

Im Winter ihres fünften Lebensjahres begann eine Volltochter des Lamatia-Clans über die Mauern der Feste hinauszublicken; oft entwickelte sie dann eine besessene Zuneigung zu einem Klonmädchen einer Nachbarfeste, gewöhnlich einer Trevor oder einer Wheatley. Doch diese Phase ging schnell vorüber, außerdem waren die Trevors und die Wheatleys Verbündete der Familie. Dann jedoch kam ein schwieriges

Stadium, denn die meisten Lamai-Sechser schienen sich unweigerlich und allen mütterlichen Warnungen zum Trotz auf eine große, stattliche Frau aus dem Yort-Wong-Handelsclan zu fixieren ... was unangenehm war, weil die Yort-Wongs seit Generationen immer wieder mit den Lamai in Auseinandersetzungen verwickelt waren.

Daß sie vorher wußten, was ihnen bevorstand, bewahrte die Lamai-Sechser nicht davor, in dieser schwierigen Herbstzeit zu jammern und zu klagen. Glücklicherweise hatten sie die Initiationszeremonie vor sich, was sie etwas ablenkte. Doch wie konnten die kurzlebigen Zuwendungen eines Mannes die Qualen einer unerwiderten Besessenheit ausgleichen? Selbst die Sechser, die das Glück hatten, für das Stimulieren auserwählt zu werden, gingen aus der unglücklichen Yort-Wong-Episode verändert und härter hervor. Danach trugen die Lamai-Frauen ihre emotionale Unverwundbarkeit wie einen Panzer. Sie machten Geschäfte mit ihren Kunden, sie arbeiteten mit ihren Verbündeten zusammen, sie trafen komplizierte geschäftlich-sexuelle Vereinbarungen mit den Seeleuten. Aber wenn es ums Vergnügen ging, stellten sie Profis ein.

Was Freundschaft und Kameradschaft anbelangte, so hatten sie einander.

Für Maia und Leie war es von Anfang an anders gewesen. Da sie Vars waren, konnten sie ihren Lebenslauf nicht einmal in groben Zügen vorhersehen. Jedenfalls umfaßten Herzensgefühle alles zwischen fast brünstiger körperlicher Leidenschaft bis hin zur durch und durch platonischen Sehnsucht, einfach nur in der Nähe der Auserwählten zu sein. In populären Liedern und romantischen Geschichten wurde immer wieder betont, letzeres wäre edler und erhabener, aber alle – abgesehen von einigen wenigen Ketzerinnen – stimmten darin überein, daß es an Berührungen nichts auszusetzen gab, wenn beide Beteiligten es ernst meinten. Die körperliche Seite des Herzensgefühls zwischen zwei Mitgliedern des weiblichen Geschlechts wurde als sanft und fürsorglich dargestellt und hatte eigentlich überhaupt keine Ähnlichkeit mit *Sex*.

Maias eigene Erfahrung war bis jetzt rein theoretisch, und auf diesem Gebiet war Leie nicht wagemutiger gewesen. Selbstverständlich hatten die Zwillinge Gefühle herzlicher Zuneigung – gegenüber Mitschülerinnen oder Kindern aus der Stadt, mit denen sie sich anfreundeten, auch gegenüber manchen Lehrerinnen – aber es war nichts Frühreifes oder Tiefergehendes gewesen. Seit sie fünf geworden waren, hatten sie einfach keine Zeit mehr dafür gehabt.

Jetzt jedoch fühlte Maia etwas Stärkeres. Zwar wußte sie genau, wie sie dieses Gefühl benennen mußte, aber sie wagte es sich nicht einzugestehen. In Renna hatte sie eine freundliche, liebevolle Seele gefunden, die ein Mädchen nicht als wertlos aburteilte, nur weil es eine bescheidene Vartochter war. Es spielte kaum eine Rolle, daß sie das Objekt ihrer Fixierung noch nie zu Gesicht bekommen hatte. Maia schuf sich in ihrer Phantasie ein Bild von ihr: eine Savante oder höhere Staatsbedienstete aus einer der fernen eleganten Städte des Landungskontinents. Damit erklärte sie sich Rennas steife, aristokratisch wirkende Ausdrucksweise. Ganz bestimmt stammte sie aus einem edlen Clan. Aber als Maia danach fragte, antwortete Renna nur:

**KOMME AUS EINER UHRMACHERFAMILIE
HABE SIE LANGE NICHT GESEHEN
ANSCHEINEND KEIN ZEITGEFÜHL MEHR**

Maia fand es immer schwer zu beurteilen, ob Renna es ernst meinte oder sie nur necken wollte. Aber sie meinte es nie böse. Auch bei dem Thema, wie sie in dieses Gefängnis gekommen war, zeigte sich Renna nicht mitteilsamer.

WAR ALLEIN AUF REISEN
BELLERS HABEN DAS AUSGENUTZT

Bellers! Die Familie, zu der auch Tizbe gehörte! Der Freudenclan, der mit heiklen Transporten und vertraulichen Dienstleistungen ein lohnendes Nebengeschäft betrieb. Also hatten Maia und Renna einen gemeinsamen Feind! Maia versuchte, sich nach ›CY‹ und ›GRVS‹ zu erkundigen, in denen sie Mitglieder von Rennas Clan oder Verbündete vermutete, aber ihre Mitgefangene antwortete nur, es gebe einige Dinge, die Maia nicht zu wissen brauchte.

Doch das hinderte sie nicht daran, des öfteren Fluchtpläne zu schmieden.

Zuerst einmal mußten sie herausfinden, in welchem Verhältnis zueinander ihre Zellen lagen. Maia kletterte in den Fensterschacht und verrenkte sich fast den Hals, sah aber nur eine endlose Reihe von Fensterschlitzen, jeder genau wie der weitere. Vermutlich lagen dahinter andere Lagerräume. Etwa fünf Meter über den Fenstern erstreckte sich eine prächtige, säulenbestandene Veranda, die Maia bei ihrer Ankunft kurz gesehen hatte. Die beiden Gefangenen verglichen die Positionen bestimmter Orientierungspunkte und stellten fest, daß Rennas Fenster direkt um die Ecke lag und nach Osten blickte, während Maias Zelle nach Südosten ausgerichtet war. Wenn sie sich in die andere Richtung wandte, konnte Maia gerade noch die Torrampe ausmachen, einsam und mit Präriestaub bedeckt.

Maia sprudelte vor Ideen. Sie erzählte Renna von ihren Experimenten mit dem aufgeribbelten Teppichgarn und dem Herstellen eines Seils. Renna lobte zwar ihren Enthusiasmus, gab aber zu bedenken, daß man aus dieser Höhe unmöglich ein Seil hinauswerfen konnte, das laienhaft von Hand gedreht war.

Wenn sie sich ihre Arbeit anschaute, mußte sie Renna recht geben. Dennoch fuhr Maia fort, jeden Tag etwas von den groben Fasern loszudröseln und sie zu einem fingerdicken Strang zusammenzudrehen, wobei sie versuchte, aus dem Gedächtnis die Methoden der Matrosen auf der *Wotan* nachzuahmen. *Es ist jedenfalls eine Beschäftigung*, dachte sie. Während Renna weiterhin ihre mitternächtlichen Hilferufe funkte, wollte Maia auch etwas beitragen, selbst wenn sie nur ein Seil flocht.

Natürlich versteckte sie alle verdächtigen Dinge – die auf das Seil und ihren Kontakt zu Renna hinwiesen – vor den Wärterinnen. Bei den Mahlzeiten erzählte sie den Frauen, wie sehr das Spiel des Lebens sie faszinierte und wie dankbar sie war, in diese ausgeklügelte Welt vorgedrungen zu sein. Die glasigen Augen zeigten ihr, was sie erwartet hatte. Alles, was die Guels wollten, war Ruhe und Routine. Und dazu verhalf Maia ihnen gern.

Deshalb war sie überrascht, als sie eines Tages mitten am Nachmittag, lange vor der Essenszeit, das Schlüsselgeklapper hörte. Sie schaffte es gerade noch, eine Decke über ihre Arbeit zu werfen und aufzustehen, bevor die Tür sich öffnete. Die beiden Guel-Wärterinnen, die hereintraten, wirkten angespannt und hektisch. Als eine bekannte Gestalt hinter ihnen hervortrat, verstand Maia auch, warum.

Tizbe Beller! Ihre ehemalige Assistentin aus dem Gepäckwagen sah sich in Maias Zelle um, die Hände auf dem Rücken verschränkt. Ein Ausdruck leicht amüsierten Ekels zog über ihr junges Gesicht, während sie das schweißfleckige Handtuch betrachtete, das neben der rissigen Waschschüssel hing, und den zugedeckten Nachttopf daneben. Sie rümpfte die Nase, als könnte sie den Geruch nicht aushalten. Von einer Var erwartete man nicht einmal, daß sie ihn wahrnahm.

Maia richtete sich auf. *Na los, verspotte mich, Tizbe. Ich habe mich hier drinnen fit gehalten und einigermaßen zivilisiert gelebt. Tauschen wir doch die Plätze, dann sehen wir, ob du es besser machst!*

Offenbar blieb ihr Trotz nicht verborgen. Tizbe blieb spöttisch-amüsiert, aber ihr Gesichtsausdruck änderte sich. »Nun, die Gefangenschaft scheint dir nicht geschadet zu haben, Maia. Jedenfalls nicht dort, worauf es ankommt. Du bist ja regelrecht aufgeblüht!«

»Ach, hau doch ab, geh zurück auf die Alte Erde, Tizbe. Und nimm deine Jopland- und Lerner-Freundinnen mit.«

Die Klonfrau tat schockiert. »Was für eine Ausdrucksweise! Wenn du so weitermachst, bist du bald zu ungehobelt für vornehme Gesellschaft.«

Maia lachte bitter. »Du kannst dir deine vornehme Gesellschaft sonstwohin stecken …«

Aber Tizbe nahm ihr wieder einmal den Wind aus den Segeln, indem sie ein Gähnen unterdrückte und eine abwehrende Handbewegung machte. »Oh, spar dir das bitte für später. Ich habe einen anstrengenden Ritt hinter mir und muß früh wieder aufbrechen. Aber wir werden sehen, vielleicht ziehe ich mich vorher um und schaue noch mal bei dir vorbei, damit ich mich verabschieden kann.«

Zu Maias Entsetzen wandte sie sich zum Gehen. »Aber … bist du nicht gekommen, um …«

Tizbe drehte sich an der Tür um und sah zurück. »Um dich zu verhören? Dich zu foltern? Ach, das wäre wohl genau das Richtige für einen von den Schundromanen, die du so gerne liest, wie man mir berichtet. Schurken müssen immer hämisch grinsen und sich die Hände reiben und Tiraden auf ihre armen Opfer loslassen.

Tut mir leid, daß ich dich enttäuschen muß. Wenn ich Zeit hätte, würde ich gern versuchen, der Rolle gerecht zu werden. Aber mal ehrlich – besitzt du denn überhaupt Informationen, die für mich wichtig sein könnten? Welchen materiellen Wert hätte es für mich, wenn ich noch eine Wagemütler-Spionin ausquetschen müßte?«

Maia starrte sie verständnislos an. »Noch eine was?«

Tizbe griff in ihren Ärmel und zog ein zerfetztes zusammengefaltetes Stück Papier hervor. Nach einem Augenblick erkannte Maia das Flugblatt, das sie in Lanargh von der ernsthaften jungen Ketzerin mit der Brille bekommen hatte. Also waren die Frauen, die sie gefangengenommen hatten, nach Holly Lock gefahren und hatten dort Maias Habseligkeiten durchwühlt. Maia machte sich nicht die Mühe, ihre Wut zu zeigen.

»Die Schwestern des Wagemuts ... du glaubst also, ich bin eine von denen – wegen des *Flugblatts?*«

Tizbe zuckte die Achseln. »Es war allerdings seltsam, daß eine Spionin so eklatantes Beweismaterial mit sich herumschleppt. Wenn wir jedoch deinen Anruf aus Jopland mit in Betracht ziehen, dann reicht das aus, um gewisse Vorkehrungen ratsam erscheinen zu lassen. Du hast dafür gesorgt, daß sich der Blick offizieller Kreise früher hierher gewandt hat, als wir erwartet haben, und dafür wirst du bezahlen.« Sie lächelte. »Doch wir haben die Dinge unter Kontrolle. Wenn es nicht um dringende Geschäfte ginge, hätte ich die weite Reise nicht gemacht.

Doch wie die Dinge stehen, habe ich mich verpflichtet gefühlt, nach dir zu sehen, Maia. Es freut mich, daß du nicht in Selbstmitleid zerfließt, wie ich es erwartet hätte. Vielleicht unterhalten wir uns einmal über deine Zukunft, wenn alles geklärt ist. Möglicherweise gibt es ein Plätzchen für eine Var wie dich ...«

»Bei deiner Verbrecherbande?« unterbrach Maia sie. »Ihr ...« Sie versuchte, sich an die Sätze zu erinnern, die sie in der Lerner-Feste aus Thallas Radio gehört hatte. »Ihr Ausbeuterinnen!«

Grinsend schüttelte Tizbe den Kopf. »Zeigst du also endlich deinen wahren radikalen Kern? Nun, Einsamkeit und Grübelei kann manche Einstellung verändern. Ich werde dir noch ein paar Bücher schicken lassen, damit dir klar wird, wie vernünftig das ist, was wir tun. Daß es zum Guten von Stratos und aller Frauen geschieht.«

»Danke«, entgegnete Maia scharf. »Den *Perkinitischen Weg* kannst du weglassen, den hab ich schon gelesen.«

»Ach ja?« Tizbe zog die Augenbrauen hoch. »Und?«

Maia hoffte, daß ihr Lächeln mitleidig wirkte.

»Ich glaube, Lysos hätte ein krankes Gehirn wie deines gern unter ihrem Mikroskop studiert, um zu sehen, was sie falsch gemacht hat.«

Zum ersten Mal zeigte sich Tizbes Reaktion nicht unter einer kalkulierten Maske. Sie funkelte Maia wütend an. »Genieße deinen Aufenthalt hier, Varkind!«

Die Wärterinnen begleiteten Tizbe hinaus und wichen Maias Blicken aus, während sie die Tür schlossen und mit dem harten, metallischen Klirren von Lerner-Stahl den Riegel vorschoben.

Tizbe interessiert sich nicht im geringsten für mich. Ich bin ihr bloß ein Dorn im Auge, den sie loswerden will.

Es war nur ein weiterer Schlag für Maias Stolz, der ihr bestätigte, wie unwichtig sie in dieser Welt war.

Also war es nicht ich, wegen der sie den langen Weg hierher gemacht hat, sondern etwas ›Dringendes‹.

Und plötzlich fiel es ihr wie Schuppen von den Augen – *es ist Renna!*

Die Möglichkeit, daß ihre Freundin in Gefahr schwebte, versetzte Maia in Angst und Schrecken. Sie rannte zur Wand, wo das Spiel bereits eingesteckt war, aber dann hielt sie inne. Die Entfernung zwischen ihrer und Rennas Zelle war nicht sehr groß. Tizbe konnte schon vor ihrer Tür stehen, ehe Maia eine Warnung übermittelt hatte, und wenn Tizbe das Klicken hörte, würde schnell herauskommen, daß die Gefangenen miteinander kommunizierten. Maia stellte sich vor, wie ihr Leben aussähe, wenn sie wieder ganz allein, von allem abgeschnitten existieren mußte. Eine abgrundtiefe, endlose Leere erfüllte sie, wie damals, als sie begriffen hatte, daß Leie nicht mehr da war.

Vor dem Spielbrett zu sitzen, verstärkte nur das Gefühl der Ohnmacht. Also stand sie auf, kletterte auf ihre Kistenpyramide und kroch in die Fensternische. Dann streckte sie den Kopf über den steinernen Vorsprung hinaus, um zum Tor hinunterzuspähen. Dort sah sie mehrere Gestalten, die sich um eine Gruppe angebundener Pferde kümmerte. Höchstwahrscheinlich Tizbes Eskorte.

Maia stieg wieder herunter. Weil sie nicht nutzlos umherwandern wollte, setzte sie sich lieber und nahm die Arbeit an dem Strick wieder auf. Sie legte ihren Stift jedoch in greifbare Nähe, denn sie hoffte inständig auf das Klicken, das ihr versichern würde, daß Renna wohlbehalten war. Endlos zog sich die Stille dahin. Als die Wärterinnen kamen und das Essen auf den wackeligen Tisch stellten, stand Maia auf, aß wortlos und eilig, ebenso erpicht darauf, die Frauen wieder loszuwerden, wie diese, endlich gehen zu können.

Als sie weg waren, haßte Maia die Einsamkeit jedoch ebensosehr.

Mehrmals unterbrach sie ihre Arbeit, um ans Fenster zu gehen. Als sie zum dritten Mal nachsah, waren die Pferde und die Begleitpersonen verschwunden. Die kalte Panik ließ etwas nach, als Maia niemanden auf der Straße entdecken konnte. Mit hereinbrechender Dunkelheit und empfindlich niedrigeren Temperaturen hatten sich gewiß alle ins Innere des Reservats zurückgezogen, wo leere Hallen mehr als genug Platz für Frauen und Reittiere boten.

Maia kletterte hinunter, und erneut überfielen sie die Sorgen, während ihre Finger unermüdlich Teppichfasern zusammenknüpften. *Tizbe hat gesagt, sie würde morgen wieder abreisen, aber sie hat nicht erwähnt, ob sie …*

Beim ersten Klicken, das von der Wand zu hören war, machte ihr Herz einen Sprung.

Renna! Sie ist also wohlbehalten!

Maia warf ihre Flechtarbeit beiseite und griff nach ihrem Notizbuch. Bald wurde klar, daß Renna kein kunstvoll geplantes Szenario auf dem Spielbrett schickte, sondern eine Reihe eiliger Morsepunkte und -striche. Dann war die Übermittlung beendet. Maia konzentrierte sich, mußte aber bei mehreren Worten und Buchstaben raten. Schließlich schrie sie auf: »Nein!«

MAIA. ANTWORTE NICH. SIE BRING MICH WEG.
WERD DICH NIE VERGESSN. GOTT SCHÜTZE DICH.
RENNA.

Es konnte bitterkalt werden auf der Hochebene, vor allem an Frühwinterabenden, wenn man an einem Abgrund kauerte, dem Wind auf Gnade und Barmherzigkeit ausgeliefert.

In der Fensternische, deren rauhe, kalte Oberfläche Maias Schultern auf beiden Seiten zerkratzte, war kaum Platz, um sich auszustrecken. Sie benutzte ein Brett von einer zerbrochenen Kiste als eine Art Angel, mußte sich aber trotzdem weit hinauslehnen, damit die Schnur richtig hing und ihre Last nicht an der Felswand schrappte. Die Hebelwirkung half, und sie bewegte das Brett behutsam von links nach rechts, immer schneller, bis die Schnur zu schwingen begann wie ein Pendel.

Sie brauchte ihre ganze Konzentration, damit das Frösteln die Bewegung nicht störte. Sie zitterte auch nicht nur vor Kälte. Im Mondlicht wirkte der Erdboden entsetzlich weit entfernt. Selbst wenn sie einen Strick gehabt hätte, der lang genug war – und von jemandem geflochten, die ihr Handwerk verstand, nicht von einer unerfahrenen Fünfjährigen zusammengeschustert – hätte sie sich nicht dazu überwinden können, aus dieser Höhe hinabzuklettern.

Aber sieh dir an, was du statt dessen versuchst!

Nachdem sie Rennas Botschaft empfangen hatte, war Maia zunächst in Panik geraten. Nicht nur, weil sie Monate, vielleicht Jahre der Einsamkeit vor sich sah, nein, es war der Verlust ihrer neuen Freundin, zu einem Zeitpunkt, da sie noch längst nicht über Leies Tod hinweg war. Es fühlte sich an wie ein Schlag in den Magen. Ihr erster Impuls war gewesen, sich unter den Bergen von Vorhangstoff zu verkriechen und sich der Hoffnungslosigkeit zu überlassen. Der Kummer verströmte eine matte, süß-saure Anziehungskraft. Aber wenn sie sich nicht verkroch, mußte sie handeln.

Genau dreißig Sekunden lang kämpfte Maia mit der Versuchung. Dann machte sie sich ans Werk, suchte eine Lösung für ihr Problem und durchdachte jede Möglichkeit noch einmal von vorn, selbst diejenigen, die sie längst verworfen hatte.

Die Tür und die Mauern? Um sie zu durchbrechen, brauchte sie Sprengstoff. In Gedanken ging sie Strategien durch, wie sie die Wärterinnen rufen und dann überwältigen konnte, aber diese Phantasievorstellungen waren ebenso absurd, vor allem heute, wo sie besonders wachsam waren und auch noch Tizbes Leute zur Verstärkung hatten.

Damit blieb nur noch das Fenster. Maia konnte sich mit Müh und Not durchzwängen. Aber wozu sollte das gut sein? Der Boden war unerreichbar. Wenn sie sich nach links drehte, konnte sie weitere Lagerräume erkennen, deren Fensterschlitze sich zu beiden Seiten um den Turm erstreckten. Sie schienen fast so unerreichbar wie der Boden der Prärie. Außerdem – warum sollte sie eine Gefängniszelle gegen eine andere eintauschen?

Verzweifelt blickte sie um sich, und jetzt endlich wandte sie den Blick auch nach oben, zu der Säulenloggia an der großen Veranda, die das Reservat fünf bis sechs Meter über Maias Kopf umspannte.

Wenn doch jemand von dort ein Seil herablassen könnte, phantasierte sie mehr oder weniger ironisch.

Die Verzweiflung führte zu einer Eingebung.

Könnte ich vielleicht eins hinaufwerfen?

Bestenfalls war es ein Risiko. Selbst wenn sie es schaffte, das Seil so zu schwingen, wie sie es sich vorstellte, brauchte sie immer noch etwas, was ihr als Haken diente. Es durfte auch nicht hinderlich sein, wenn sie das Seil die Wand entlang pendeln ließ, es mußte Schwung geben, um hochzufliegen und sich – wenn alles gutging – im Geländer dort oben verhaken.

Über den letzten Nachteil wollte sie lieber nicht nachdenken – daß sie nämlich ihr ganzes Gewicht einer solchen Konstruktion anvertrauen konnte. *Eins nach dem anderen*, dachte sie.

Wieder in ihrer Zelle hatte sie damit angefangen, ihren Vorrat an Notizbüchern auseinanderzureißen, um an die federartigen Klammern zu kommen, die die losen Seiten festhielten. *Vielleicht kann ich ein paar davon so präparieren, daß sie aufspringen, wenn sie an das Geländer prallen...*

Die praktische Umsetzung erwies sich als äußerst schwierig. Zuerst mußte sie die Klammern herausreißen und sie dann mit Hilfe eines Holzstücks in die gewünschte Form biegen. Dann band sie ein paar davon zusammen ans Ende ihres Seils und übte auf dem Fenstersims, bis sie einigermaßen sicher war, daß der Haken zwei von drei Mal fassen würde. Das kurze Stück Seil, das sie zur Probe benutzte, hielt ihr Gewicht tatsächlich aus, aber ihr Leben dieser improvisierten Vorrichtung anzuvertrauen, schien wahnsinnig oder verzweifelt oder eher beides.

Maia band eine Fadenschlinge um die Klammern, so daß sie ein kompaktes Bündel bildeten und nicht klapperten und rasselten, wenn sie das Seil vor und zurück schwang. Im Idealfall sollte es beim Aufprall auf dem Balkon aufspringen und nicht in einem ungünstigen verfrühten Moment. Schließlich kroch sie mit einem Bündel Vorhangstoff zum Auspolstern und einem Brett mit einer Kerbe als Angelrute wieder ins Fenster. Nachdem sie sich niedergelassen hatte, ließ sie das Seil vorsichtig hinab.

Das Ende war kaum zu sehen, wenn es einfach herabhing, aber als Maia das Pendel in Bewegung setzte, konnte sie den provisorischen Greifhaken sehen, wenn er an einem kleinen Schneefleck auf der Prärie vorbeischwang. Bald pendelte er so hoch, daß er den Blick auf eine niedrige weiße Wolkenbank und einen der östlichen Monde verdeckte.

Vor und zurück ... vor und zurück. Obwohl Maia es so eingerichtet hatte, daß das Brett das meiste Gewicht trug, wurden ihre Arme bereits müde, als sie das Seil so weit hatte, daß es horizontal schwang, parallel zu den Fensterschlitzen der Lagerräume. Ihr Herz stockte jedesmal, wenn das Klammerbündel irgendeinen Vorsprung berührte, und sie gezwungen war, sich noch weiter hinauszubeugen, damit es auf dem Weg zurück nicht daran hängenblieb.

»Komm schon, das kannst du noch besser!« Das hatte Leie oft gesagt, damals, als sie viereinhalb waren und nachts aus dem Fenster stiegen, um Mütterstatuen blau anzumalen. Nachdem zum dritten Mal ein steinernes Denkmal im Sommerhof verunstaltet worden war, hatten die Clanmatriarchinnen alle Türen zum Hof verriegelt und Markierstaub um die Monumente gestreut, um Spuren der Übeltäter zu bekommen.

Doch die Vorfälle hörten nicht auf.

»Ich tue mein Bestes!« hatte Maia in der Nacht des letzten Vorstoßes Leie wütend angefaucht. Verzweifelt umklammerte sie das eine Ende eines Seils aus Betttüchern, an dessen anderem Ende ihre Schwester hing. Bei früheren Unternehmungen war es viel leichter gewesen, Leie mitsamt Pinsel und Farbeimer vom Dach herunterzulassen, weil es zinnenartige Ornamente gegeben hatte, deren Hebelwirkung sie ausnutzen konnte. Aber dieses letzte Mal war sie einzig und allein auf ihre präpubertären Muskeln angewiesen, um gegen das unerbittliche Ziehen der Schwerkraft anzukämpfen.

Jetzt, über ein Jahr später, da sie mit einem Gewicht zu kämpfen hatte, das wie ein Fisch an der Angel zappelte, stöhnte Maia wieder: »Ich ... tue ... mein Bestes!« Ihr Atem ging pfeifend, doch sie gab nicht auf, sondern versuchte, dem Pendel, das einfach nicht über die Horizontale hinaus steigen wollte und mit jeder Bewegung nach unten gnadenlos an Maias brennenden Schultern zerrte, mehr Schwung aufzuzwingen.

Als man die Zwillinge am nächsten Tag verhört hatte, hatte Leie beteuert, allein gehandelt zu haben. Sie weigerte sich, Maia zu verpetzen, obwohl jedem klar war, daß sie es ohne Hilfe nie fertiggebracht hätte. Alle wußten, daß Maia es gewesen war, deren Arme nachgegeben hatten, als ein Ziegel zerbrochen war, daß sie losgelassen und Leie daraufhin in einem Gewirr von Farbe, Spurenstaub und Zementbröseln abgestürzt war.

Nachdem sie stoisch ihre Strafe über sich hatte ergehen lassen, brachte Leie das Thema nie wieder zur Sprache, nicht einmal unter vier Augen. Es reichte, daß jeder Bescheid wußte.

Verbissen machte Maia weiter und ignorierte den Schmerz. *Renna*, dachte sie, *Renna, ich komme ...*

Der provisorische Greifhaken erreichte jetzt am höchsten Punkt seiner Laufbahn gerade eben die Balustrade. Doch frustrierenderweise wollte er den vorspringenden Rand nicht überwinden, obwohl er mehrmals hörbar dagegen stieß. Maia versuchte, ihre Angel so zu drehen, daß das Seil im oberen Teil der Bewegung näher an der Wand schwang, aber die Wölbung der Zitadelle machte ihr Vorhaben rasch zunichte.

Offenbar war die Idee ausführbar. Irgendeine Kombination von Drehungen und Beschleunigungen würde funktionieren. Wenn sie sich die Zeit nahm und ein paar Abende nacheinander übte ...

»Nein!« flüsterte sie. »Es muß heute klappen!«

Noch zweimal streifte der Haken den Balkon mit einem leisen, schabenden Geräusch. Es würde nicht mehr lange dauern, ehe sie aufgeben mußte.

Noch ein Schaben. Dann ging der Haken glatt vorbei.

Das war's, dachte sie und wollte sich schon geschlagen geben. *Ich muß mich ausruhen. Vielleicht versuche ich es in ein paar Stunden noch einmal.*

Ihre Schultern wurden taub, und resigniert verlangsamte sie die rhythmischen Pendelbewegungen, um das Seil langsam zur Ruhe kommen zu lassen. Mit dem nächsten Schwung verfehlte das Bündel die Höhe der Balustrade um Haaresbreite. Bei dem darauffolgenden war der höchste Punkt noch ein Stück tiefer.

Im nächsten Zyklus hielt der Haken noch einmal inne ... gerade hoch genug, daß jemand sich rasch über die Balustrade beugen und ihn mit einem raschen Handgriff hätte packen können.

Ihre Verblüffung war unbeschreiblich. Völlig ausgepumpt, vor Kälte zitternd, konnte sie einen Moment lang nur in ihrer Steinnische liegenbleiben und auf die rauhe Wand der Zitadelle hinausstarren, hinauf zu einer dunklen Silhouette, die sich vorbeugte, Maias Seil ergriff, und dabei einen Teil der Winterkonstellationen verdeckte.

Maias erster Gedanke war, daß Tizbe oder die Wächterinnen etwas gehört, nachgeforscht und sie nun auf frischer Tat ertappt hatten. Gleich würden sie kommen, ihr sämtliche Werkzeuge, Kisten, ja sogar die Vorhänge und Decken, aus denen sie das Seil geflochten hatte, wegnehmen und sie so noch endgültiger isolieren denn je zuvor. Doch dann merkte sie, daß die Gestalt auf der Loggia stumm blieb und keine Verstärkung herbeirief, wie man es von einer der Wärterinnen erwartet hätte. Statt dessen begann sie, verstohlene Handzeichen zu geben. Im Dunkeln konnte Maia sie nicht recht erkennen, aber eines wurde ihr klar: Die Person, die ihr dort oben zuwinkte, war genauso daran interessiert, daß niemand sie hörte, wie Maia selbst.

War es Renna? Hoffnung flammte auf, gefolgt von Verwirrung. Die Zelle ihrer Freundin lag ein Stück entfernt und weiter unten. Es sei denn, ihre Mitgefangene hatte in letzter Minute einen einfallsreichen Plan entwickelt ...

Die Schattengestalt bewegte sich rasch an der Balustrade entlang nach Westen und schlang unterwegs Maias Seil um ein paar Säulen. Als sie direkt über Maias Kopf angekommen war, bedeutete die Silhouette ihr mit ein paar Handbewegungen, zu warten, und verschwand. Kurz darauf kehrte sie zurück, und dann schlängelte sich etwas neben dem handgeflochtenen Seil zu Maia herab.

Aha, dachte Maia. *Ihr hat meine Handarbeit wohl nicht gefallen. Na gut, dann benutze ich eben das gekaufte. Ist mir doch egal.*

Genaugenommen war Maia erleichtert. Sie zögerte und überlegte, ob sie in ihre Zelle zurückklettern sollte, um ... ja, wozu? Da unten lagen nur vier Bücher und ein Spiel des Lebens, und beides bedeutete Maia nicht viel. Abgesehen von dem Sextanten, den sie am Handgelenk trug, war sie frei von jeder Tyrannei des Besitzes.

Nachdem sie sich das neue Seil unter die Schultern gebunden hatte, schob sich Maia Stück für Stück vorwärts, bis fast ihr gesamtes Gewicht an dem gespannten Strick hing. In diesem Moment schoß ihr plötzlich der Gedanke durch den Kopf, daß es sich um eine Falle handeln konnte. Vielleicht spielte Tizbe Katz und Maus mit ihr, vielleicht hatte sie es so eingerichtet, daß Maias Sturz in den Tod aussah wie ein Fluchtversuch.

Der Gedanke verschwand, als Maia erkannte, daß sie gar keine Wahl hatte.

Also stemmte sie die Füße gegen die Mauer, streckte die Beine und machte sich bereit zu klettern, während sie sich Hand über Hand an dem Seil hochzog. Doch da spannte sich das Seil, und zu ihrer Verblüffung merkte sie, wie sie hochgezogen wurde, direkt und blitzschnell. *Da oben muß eine ganze Gruppe sein*, überlegte sie. *Oder ein Flaschenzug.*

Während der Balkon rasch näherkam, bemühte sich Maia, ein möglichst gelassenes Gesicht aufzusetzen, denn falls es doch Tizbe und die Wärterinnen waren, die sie da oben erwarteten, wollte sie sich nichts anmerken lassen. *Ich werde mich wehren*, beschloß sie. *Ich reiße mich los und liefere ihnen eine Hetzjagd, die sie so schnell nicht vergessen werden.*

Arme griffen nach ihr und hievten sie über die Balustrade … und mit Maias Fassung war es dahin, als sie sah, wer ihr geholfen hatte.

»Kiel! Thalla!«

Ihre früheren Mitbewohnerinnen aus der Lerner-Feste strahlten, während sie Maia von dem Strick befreiten. In Kiels dunklem Gesicht funkelten die weißen Zähne. »Da staunst du, was?« flüsterte sie. »Aber du hast doch nicht etwa geglaubt, wir würden dich in diesem perkinitischen Loch verschimmeln lassen, oder?«

Maia schüttelte den Kopf, überwältigt, daß die beiden tatsächlich an sie gedacht hatten. »Woher habt ihr gewußt, wo ich …?«

Sie brach ab, als sie merkte, daß sie nicht allein waren. Hinter den beiden Varfrauen stand … ein Mann! In aller Ruhe wand er sich das Seil über die Schulter. Er war bartlos und recht schlank für seine Art und lächelte Maia mit einer Vertrautheit an, die sie ziemlich unverschämt und beunruhigend fand.

Die Anwesenheit eines Mannes erklärte natürlich, warum sie Maia so rasch emporgezogen hatten, obwohl sie nur zu dritt waren, andererseits warf die Tatsache auch eine Menge Fragen auf … was hatte ein Mann so weit im Landesinneren zu suchen, warum mischte er sich in die Angelegenheiten von Frauen ein?

Thalla kicherte leise und klopfte Maia auf die Schulter. »Sagen wir mal, wir haben eine Weile gesucht. Wir erklären es dir später. Jetzt ist es höchste Zeit abzuhauen.« Sie wandte sich ab und wollte vorausgehen, aber Maia blieb stehen und wies kopfschüttelnd in die andere Richtung.

»Noch nicht! Wir müssen noch eine andere Gefangene befreien.«

Thalla und Kiel sahen erst einander, dann den Mann an. »Ich dachte, es gibt nur zwei«, sagte Thalla.

»So ist es auch«, antwortete der Mann. »Maia ...«

»Nein. Kommt, ich weiß, wo sie ist. Renna ...«

»Maia. *Ich* bin Renna.«

Sie hatte sich bereits umgewandt und war ein paar Schritte den dunklen Korridor hinunter gegangen, aber jetzt blieb sie wie angewurzelt stehen. Maia fuhr herum und starrte an Thalla und Kiel vorbei, die vergnügt grinsten. Der Mann ging auf Maia zu, einen sanft ironischen Ausdruck im Gesicht. Dann hob er den Blick und zuckte die Achseln, und plötzlich erkannte sie ihn. Vor Erstaunen blieb ihr der Mund offenstehen.

»Ich hätte etwas sagen sollen«, sagte er mit einem seltsamen Akzent. »Ich hatte ganz vergessen, daß hier die Männer das zweite Geschlecht sind. Tut mir leid, wenn ich dich schockiert habe ...«

Maia blinzelte. Vor Verblüffung konnte sie kaum sprechen. »Du bist ... ein Mann.«

Renna nickte. »Ich habe mich jedenfalls immer so gesehen. Obwohl hier auf ...«

»Kommt! Erklär ihr das später!« zischte Kiel.

Doch Maia rührte sich nicht. »Wovon sprecht ihr denn?« wollte sie wissen. »Wie konntet ihr ...?«

Renna ergriff Maias Hand. »Um die Wahrheit zu sagen, nach deinen Maßstäben bin ich wahrscheinlich nicht mal ein Mensch. Vielleicht hast du schon von mir gehört. In Caria nennen sie mich den Besucher. Oder den Outsider.«

Eine Wolke verzog sich – oder ein Mond wählte genau diesen Moment, um Rennas Gesicht unvermittelt mit Licht zu übergießen und seine seltsamen Proportionen zu zeigen. Sie waren nicht so extrem anders, daß man auf der Straße stehengeblieben wäre, um ihn anzustarren, wenn man ihn in einem Hafencafé hätte sitzen sehen. Doch wenn man darauf achtete, war der Effekt überwältigend: Das lange Kinn, die breite Stirn – irgend etwas vermittelte den Eindruck, daß er aus einer anderen Welt stammte. Nasenflügel, die geschaffen waren, eine andere Luft zu atmen. Eine Körperhaltung, die er sichtlich nicht auf Stratos gelernt hatte. Maia schauderte.

»Jetzt oder nie!« drängte Thalla und zog sie beide hinter sich her, während Kiel die Vorhut übernahm und in den Schatten nach Gefahr Ausschau hielt. Zuerst fiel es Maia schwer, mit ihnen Schritt zu halten, aber bald hatte sie sich an die Gangart gewöhnt, mit der sie an geisterhaft leeren Hallen vorübereilten, vereint von dem Wunsch, diesen Ort totgeborener Stille zu verlassen. *Stimmt genau*, dachte Maia. *Erklärungen können warten*. Für den Augenblick ließ sie die in ihr hochsteigende Freude alle anderen Gefühle verdrängen. Jetzt zählte nur noch die Freiheit!

Später. Später war früh genug, sich über dieses Rätsel den Kopf zu zerbrechen – daß ihre erste Liebe als Erwachsene sich als Abgesandter eines anderen Sterns entpuppt hatte.

ZWEITER
TEIL

Die Gründer dieser Kolonie haben einen exzellenten Ort gewählt, um ihr Utopia zu verbergen. Teilweise von Staubnebeln verborgen, in einem seltsamen Mehrfachsternsystem kreisend, in dem die meisten Forscher erst gar nicht nach bewohnbaren Welten suchen würden ... so schien ihnen Stratos sicherlich ideal, um sich dort mit ihrer Nachkommenschaft vor den Streitereien und Unruhen abzukapseln, die anderswo in der Galaxie wüteten.

Doch schließlich hat der Feind sie gefunden. Und jetzt ich ...

Es zeugt von ihrem unbezwingbaren Streben nach Unabhängigkeit, daß sie niemals versucht haben, um Hilfe zu rufen, als die Flotte des Feindes anrückte. Das Volk von Stratos hat den Feind bekämpft und besiegt. Die Kolonisten haben allen Grund, stolz zu sein. Ohne direkte Unterstützung vom Menschlichen Phylum haben sie einen Überraschungsangriff zurückgeschlagen und die Invasoren vernichtet. Ihr Sieg ist Stoff für zahlreiche Legenden geworden und hat die Sozialstruktur von Stratos verändert, obgleich er sie doch eigentlich zu bestätigen schien.

Sie behaupten, das sanktioniert ihre Abspaltung, da jede Allianz mit fernen Verwandten ja nun unnötig ist.

Bisher habe ich in meinen Gesprächen zwischen Raumschiff und Bodenstation unsere Geschichtsprotokolle unerwähnt gelassen, die von eben jenem Feindschiff sprechen: als Wrack auf der Flucht nach dem Kampf von Taranis, das sich zurückzog, um seine Wunden zu lecken oder zu sterben. Stratos hat den Terror, der die Sterne überzog, nie mit voller Wucht zu spüren bekommen. Auch ohne sein Wissen hat das stratoinische Volk vom Schutz des Phylum profitiert. Kein Teil eines Ganzen kann ohne die anderen überleben.

Ich fürchte, dieses Konzept wird nicht leicht zu vermitteln sein. Für manche Herlandia-Radikalen ist meine Ankunft offenbar traumatischer als der Überfall des Feindes vor so langer Zeit. Ein Affront, der nach Möglichkeit ignoriert werden soll.

Was befürchten die führenden Schichten von neuerlichem Kontakt mit fernen Verwandten?

Endlich sind die Verhandlungen über meine immer wieder aufgeschobene Landung beendet. Man versichert mir, daß Stratos über die notwendigen Vorrichtungen verfügt, um meine Kapsel nach Beendigung des Besuches wieder in die Umlaufbahn zu bringen. Also besteht keine Veranlassung, einen Asteroiden zu autominieren und eine unhandliche Allzweckmaschine zu bauen. Morgen werde ich landen, um die persönlichen Gespräche aufzunehmen.

Ich war vor einer Mission noch nie so nervös. Diese Subspezies hat eine Menge zu bieten. Ihr kühnes Experiment könnte die Menschheit bereichern. Schade, daß sie ausgerechnet von einem männlichen Wanderer entdeckt wurden.

Möglicherweise hätte ich als Frau bessere Aussichten.

Kapitel 13

Schon bald hatte Maia völlig die Orientierung verloren. So schnell und vorsichtig wie möglich setzten sie ihre Flucht durch dunkle Korridore und über unbeleuchtete Treppen fort. Kiel, die sie anführte, eilte meist ein Stück voraus, aber wenn sie mit ihrer kleinen Taschenlampe eine handgefertigte Karte konsultieren mußte, hielt sie oft so unvermittelt an, daß sie jedesmal einen Zusammenstoß provozierte.

»Woher hast du das?« flüsterte Maia einmal und deutete auf das Pergament.

»Eine Freundin hat bei der Baukolonne gearbeitet. Still jetzt.«

Maia nahm es ihr nicht übel. Ein paar barsche Worte waren leicht zu verkraften, wenn sie sich klarmachte, was Kiel und Thalla für sie getan hatten. Maias Herz war zum Bersten voll von Dankbarkeit, daß ihre Freundinnen den ganzen gefährlichen Weg auf sich genommen hatten, um sie zu befreien.

Und Renna, rief sie sich in Erinnerung. Während sie die düsteren Hallen durchquerten, vermied sie es, die Person anzusehen, die sie gerade zum ersten Mal gesehen und die sie doch so gut zu kennen geglaubt hatte. Ein Außerplanetarischer. Vielleicht spürte Renna ihr Unbehagen, denn er blieb stets ein paar Schritte hinter ihr. Maia ärgerte sich über ihn und über sich selbst, daß ihre Gefühle so offensichtlich waren. »Sagt er die Wahrheit?« erkundigte sie sich flüsternd bei Thalla, als Kiel zwischen zwei weitläufigen Schlafsälen wieder einmal ihre Karte zu Rate zog. »Ist er wirklich ... na, du weißt schon.«

Thalla zuckte die Achseln. »Bei Männern kann man nie ganz sicher sein. Die schwafeln doch immer soviel über ihre Reisen. Aber vielleicht ist der hier tatsächlich schon weiter herumgekommen als die meisten.«

Maia hätte Thallas lässige Antwort gern geglaubt. »Du mußt doch etwas vermutet haben, als du den Funkspruch empfangen hast.«

»Welchen Funkspruch?« fragte Thalla. In diesem Augenblick winkte Kiel sie weiter. Nun war Maia doppelt verwirrt, und sie stellte im Gehen weitere geflüsterte Fragen.

»Wenn ihr den Funkspruch nicht gehört habt, wie habt ihr uns dann gefunden?«

»Das war nicht leicht, Fräuleinchen. Am Tag, nachdem sie dich geschnappt haben, sind wir deiner Spur nachgegangen. Es sah aus, als schleppten sie dich nach Osten, aber dann ist eine Truppe Schwestern vom Keally-Clan aufgetaucht und hat uns weggejagt. Also haben wir erst mal 'nen großen Bogen gemacht, aber als wir zurückkamen, war die Fährte kalt. Wie sich herausstellte, haben sie drüben bei Flake Rock die Richtung gewechselt, also ging's doch nicht nach Osten.«

Maia schüttelte den Kopf. Den größten Teil der Reise von der Lerner-Feste war sie bewußtlos oder zumindest benebelt gewesen, und sie hatte keine Ahnung, wie lange sie unterwegs gewesen waren.

Thalla grinste. Das blasse Gesicht der großen Frau war im schwankenden Lichtschein von Kiels Lampe kaum zu erkennen. »Schließlich haben wir davon Wind gekriegt, daß diese Beller-Kreatur mit einer Eskorte ins Landesinnere kommt. Kiel hatte so eine Ahnung, daß sie möglicherweise zu diesem verlassenen Bauplatz hier wollten. Da haben wir ein paar Freundinnen zusammengetrommelt und uns an ihre Fersen geheftet, ohne daß jemand was bemerkt hat. Und jetzt sind wir hier.«

Aus Thallas Mund klang das recht einfach. Aber in Wirklichkeit mußte es sie alle einiges gekostet haben, ganz zu schweigen von den Risiken, die sie damit auf sich nahmen. »Dann seid ihr also nicht nur ... nicht nur seinetwegen gekommen?« Maia machte eine Kopfbewegung nach hinten zu ihrem Nachzügler. Thalla verzog das Gesicht.

»Ein Mann ist doch immer bloß ein Mann, oder nicht? Aber die Perkies werden vor Wut die Wände hochgehen, wenn sie merken, daß er weg ist. Grund genug, ihn mitzunehmen, zumindest bis zur Küste. Da kann er sich dann seinen eigenen Leuten anschließen.«

Thallas Stimme klang angespannt, vielleicht sagte sie nicht die volle Wahrheit. Aber Maia gab sich zufrieden. »Ihr seid also doch meinetwegen gekommen.«

Im Weitergehen drückte Thalla Maias Schulter. »Wozu hat man denn Varkumpels? Wir alle gegen eine lysoslose Welt, Fräuleinchen.«

Das klang wie ein Satz aus Maias Abenteuerbuch über die beherzten Sommerfrauen, die aus den Ruinen eines brüchigen Gestern eine neue Welt schufen. Plötzlich stieß Kiel ein scharfes Zischen aus, knipste die Lampe aus und gab den anderen ein Zeichen, leise zu sein. Auf Zehenspitzen schlossen sie auf. Sie standen an einer Kreuzung, an der ihr düsterer Korridor einen anderen, etwas helleren kreuzte. Vorsichtig lehnte sich Kiel ein Stück weit vor, um erst nach links und dann nach rechts zu spähen. Man hörte, wie sie jäh die Luft anhielt.

»Was ist los?« fragte der Mann, der nun ebenfalls herangekommen war, und seine Stimme klang erschreckend laut. Thalla schnitt ihm mit einer heftigen Handbewegung das Wort ab. Aus der Ferne waren gedämpfte Geräusche zu vernehmen – ein Klirren, ein tiefes Rasseln, Stimmen, die lauter wurden und dann wieder zu einem Murmeln abflauten. Kiel teilte ihnen in Zeichensprache mit, daß auf dem kreuzenden Korridor ein Stück weit weg Menschen zu sehen waren.

Was nun? Maias Kehle war vor Angst wie zugeschnürt. Offensichtlich war Kiels Karte unvollständig. Würden sie einen anderen Ausweg finden? Hatten sie genügend Zeit?

Zu Maias Verblüffung gab Kiel nicht das Zeichen zum Umdrehen. Statt dessen atmete sie tief durch, richtete sich auf und trat kühn auf den Korridor hinaus!

Maia wußte, daß ihre an die Dunkelheit gewöhnten Augen das Licht übertrieben wahrnahmen. Doch als Kiel auf den an sich nur schwach beleuchteten Gang hinaustrat, sah es für sie aus, als ginge ihre Freundin einen Moment lang in Flammen auf. Wie wollte diese leuchtende Gestalt unentdeckt bleiben?

Doch nichts geschah. Lautlos glitt Kiel über den ungeschützten Bereich und verschwand auf der anderen Seite wieder im Schutz der Dunkelheit. Die fernen Stimmen blieben unverändert. Thalla wagte sich als nächste vor und versuchte, Kiels geschmeidigen, lautlosen Schritt nachzuahmen. Die Lichtreflektion auf ihrer weißen Haut schien sie fast noch auffallender zu machen – zwei endlos lange Sekunden verstrichen, dann war auch sie auf der anderen Seite.

Maia blickte zu Renna, der lächelte und sie mit einer Berührung ihres Ellbogens aufforderte, es den beiden anderen Frauen nachzutun. Es war eine freundliche Geste, ein Ausdruck des Vertrauens, aber Maia haßte ihn dafür. Sie konnte ihre beiden Freundinnen gerade noch als verschwommene Gestalten auf der gegenüberliegenden Seite der hellen Kreuzung erkennen. Auch sie warteten. Maias Herz pochte in ihren Ohren, so laut, als hallte es in den Steingängen wider. Doch dann riß sie sich zusammen, blähte entschlossen die Nasenflügel und ging los.

Die Zeit schien stillzustehen, Sekundenbruchteile dehnten sich zu Stunden. Maias Füße bewegten sich nach ihrem eigenen Willen, und so konnte sie nach rechts blicken, in den flackernden Feuerschein … zerbrochene Möbelstücke brannten in einem ausgemeißelten offenen Kamin, daneben tranken als Schattenrisse sichtbare Gestalten aus großen Bechern, vornübergebeugt, stets die Würfel im Blick, die aus einem Becher auf einen Holztisch kullerten. Das Schreien und Johlen der Frauen verursachte Maia eine Gänsehaut.

Die Szenerie brachte Maia so durcheinander, daß sie einen Moment die Orientierung verlor und gegen die Ecke des nächsten Korridors prallte. Thalla packte sie und zerrte sie rasch in die Dunkelheit. Maia rieb sich die Stirn und blinzelte, um ihre Augen wieder ans Dämmerlicht zu gewöhnen.

Dann blickte sie auf. »Renna?« flüsterte sie und spähte in die Dunkelheit.

»Ich bin hier, Maia«, kam die leise Antwort.

Sie wandte sich nach links. Der Mann stand neben Kiel ein Stück weiter den Korridor hinab. Maia hatte nicht einmal bemerkt, wie er herübergekommen war. Verlegen wandte sie den Blick ab. Dieser Mensch hatte so gar keine Ähnlichkeit mit der weisen, älteren Frau, die sie sich vorgestellt hatte. Obgleich er sie nie direkt belogen hatte, fühlte sie sich dennoch irgendwie hintergangen, wenn nicht von ihm, so doch von ihrer eigenen allzu menschlichen Neigung, vorschnelle Schlüsse zu ziehen.

Außer im Zusammenhang mit Schiffen oder der Stimulation geht man einfach davon aus, daß jemand eine Frau ist, bis man eines besseren belehrt wird. Vermutlich ist das nicht sonderlich nett.

Trotzdem … er hätte es mir sagen müssen!

Jetzt übernahmen sie und Thalla die Nachhut, während Renna und Kiel vorpreschten. Zum ersten Mal bemerkte Maia, daß der Mann einen kleinen blauen Beutel am Gürtel trug und etwas auf den Rücken geschnallt hatte. Einen schmalen Kasten aus poliertem Metall.

Ein Spiel des Lebens! Offensichtlich ist er ein echter Mann!

Wie blöd, daß ich mir eine noble Savante vorgestellt habe, die nur dank ihres Einfallsreichtums herausgefunden hat, wie man solch komplizierte Botschaften verschickt. Für einen

Mann, der sein Leben lang dieses Spiel gespielt hat, sind solche Tricks wahrscheinlich nicht schwer.

Jetzt war ihr das alles sonnenklar. Aber allein in ihrer Zelle, mit den nächtlichen Klickgeräuschen als einzigem Kontakt, war der Wunsch die Mutter des Gedankens gewesen. Seltsamerweise spürte sie fast eine Art Trauer – als hätte sie eine Freundin verloren. Dabei stand diese vermeintliche Freundin nur ein paar Meter neben ihr, gesund und munter und momentan auf freiem Fuß. Doch die Renna aus Maias Phantasie war tot, genauso unwiderruflich wie Leie. Die *neue* Renna war weiter nicht als ein letztlich unerwünschter Ersatz.

War das unfair? Maia kannte die Antwort.

Das LEBEN ist unfair. Und? Finde Lysos und mach ihr den Prozeß.

Minuten später führte Kiel die kleine Gruppe an eine schmale Pforte. Sie klopfte zweimal. Die hölzerne Tür öffnete sich, und eine kräftige blonde Frau erschien, in den Händen eine Eisenstange, die sie wie eine Waffe zückte. Die Tür war beschädigt, der Schloßüberwurf verbogen, ein zerbrochenes Vorhängeschloß lag auf dem Boden.

»Hast du sie?« erkundigte sich die Torwächterin. Sie war groß, langgliedrig, hellhaarig und machte einen ziemlich abgebrühten Eindruck. Kiel nickte nur. »Na, dann los«, sagte Thalla und ging voran, eine kurze Treppe hinab. Maia roch die Nachtluft, noch bevor die Kälte ihre Haut berührte. Diese Frische hatte sie am offenen Zellenfenster nie gefühlt. Dann waren sie im Freien, unter den Sternen.

Aus dem Seitentor traten sie auf eine breite Steinterrasse, nur etwa einen Meter über der Ebene. Kiel trat an den Rand, steckte die Finger in den Mund und pfiff den Ruf des Gannenvogels. Aus der Dunkelheit erscholl wie ein Echo das Antworttrillern, gefolgt von Hufgetrappel. Die große Blonde schob die Tür an ihren Platz zurück. Vier Frauen kamen angeritten, jede hielt ein oder zwei weitere Reittiere am Zügel.

Mit raschen Handgriffen band Thalla ein Bündel los, das eins der Tier auf dem Rücken trug, und drückte Maia einen rauhen Wollmantel in die Hand, den diese dankbar überzog. Sie war noch dabei, ihn zuzuknöpfen, als Kiel ihren Arm nahm und zum Rand der Terrasse führte, wo ein Tänzelpferd auf sie wartete. Das Mondlicht schimmerte auf den gestreiften Flanken des Tieres, das schnaubte und stampfte. Unwillkürlich schreckte Maia zurück. Bisher war sie nur auf den zahmen Tieren geritten, die von den erfahrenen Trevor-Cowgirls geführt wurden. Die Lamai engagierten sie zu Frühlingsausflügen, damit ihre Sommerlinge so rasch und billig wie möglich einen weiteren Punkt auf dem Lehrplan zur ›Lebensvorbereitung‹ abhaken konnten, den die Mütter für sie aufgestellt hatten.

»Er beißt schon nicht, Fräuleinchen«, meinte die Frau, die das Tier am Zügel hielt, lachend.

Maias Stolz siegte denn auch über ihre Angst, und sie schaffte es, ohne Zittern die Sattelnase zu ergreifen. Dann steckte sie den linken Fuß in den Steigbügel und schwang sich in den Sattel. Das Pferd tänzelte, als wollte es Maias Gewicht abschätzen. Maia ließ sich die Zügel geben, und ihr Optimismus wuchs, als das Tier auch jetzt nicht durchging. Erleichtert beugte sie sich vor, um ihm den Hals zu tätscheln.

»Was, zum Teufel, ist denn *das?*« erkundigte sich eine barsche Stimme.

Maia wandte sich um und sah, daß Renna, der Mann, voller Entrüstung auf das Tier vor ihm zeigte. Kiel trat neben ihn und legte beschwichtigend die Hand auf seinen Arm.

»Das ist ein Pferd. Bei uns benutzt man Pferde zum Reiten und …«

Renna legte den Kopf schief. »Ich weiß, was ein Pferd ist. Ich meine, was ist das Ding auf seinem Rücken?«

»Auf seinem Rücken? Na ja ... das ist ein Sattel, auf dem reitest du.«

Verwundert schüttelte er den Kopf. »Dieses eckige Ding soll ein Sattel sein? Warum sieht er so anders aus als die anderen?«

Die Frauen prusteten vor Lachen, sogar Maia konnte nicht an sich halten. Die Frage kam so unerwartet und war so vollkommen unangemessen. Vielleicht stammte dieser Mann tatsächlich von einem anderen Stern. Rennas verwirrtes, konsterniertes Gesicht machte alles noch komischer, und Maia preßte sich die Hand vor den Mund.

Auch Kiel versuchte einigermaßen ernst zu bleiben. »Das ist natürlich ein *Männersattel*. Ich weiß, ein Wagen oder eine Sänfte wären dir lieber, aber wir haben einfach keine ...« Sie hielt mitten im Satz inne und starrte Renna an. »Was machst du denn?«

Renna war von der Terrasse gesprungen und griff unter den Bauch des für ihn vorgesehenen Reittieres. »Ich ... ich nehme nur ... ein paar kleine Änderungen vor«, brummte er. »So ist es besser.«

Erstaunt sah Maia, wie der sperrige gepolsterte Sattel zur Seite rutschte und auf den Boden fiel. Dann geschah etwas noch Überraschenderes: Der Mann griff in die Mähne des Pferdes und sprang mit einem Satz auf seinen Rücken, mit gespreizten Beinen – wie eine Frau! Die Umstehenden schnappten vor Erstaunen vernehmlich nach Luft. Maia verspürte unwillkürlich ein Stechen zwischen den Beinen.

»Wie kannst du ...?« begann Thalla.

»Steigbügel wären gut«, unterbrach er sie. »Aber wir können auch abwechselnd ohne Sattel reiten, bis wir etwas Geeignetes auftreiben. Sehen wir jetzt lieber zu, daß wir von hier verschwinden.«

Kiel blinzelte. »Bist du sicher, daß du ...?«

Statt einer Antwort ruckte Renna kurz an den Zügeln, so daß sein Pferd in einen leichten Galopp ver-

340

fiel, und lenkte es dann in die Richtung, in der vor vielen Stunden die Sonne untergegangen war. Zum Meer. Während sie ihm noch nachstarrten, stieß er einen lauten Jubelruf aus, der Maia durch Mark und Bein ging. Der Mann hatte genau das zum Ausdruck gebracht, was auch in ihren eigenen Lungen brannte. Ihr Staunen wandelte sich in reine Freude, und auch sie drückte ihrem Pferd die Fersen in die Flanken. Bereitwillig setzte es sich in Bewegung und folgte Renna. Mit dem Staub, der über die Steppe wirbelte, ließ sie auch die Erinnerung an ihre Gefangenschaft hinter sich.

Die Flüchtlinge nahmen nicht den direkten Weg zum Ausgang von Long Valley, denn dort würden die Perkiniten mit Sicherheit zuerst nach ihnen suchen. Nach dem anfänglichen übermütigen Trab verfiel die Karawane allmählich in eine zügige, aber besonnene Gangart in südsüdwestlicher Richtung.

Etwa eine Stunde nach dem Aufbruch hörten sie hinter sich ein gedämpftes Geräusch, eine Art leises Rasseln. Als sie sich umdrehte, sah Maia die schlanke, mondbeschienene Felsnadel, in der sie gefangengehalten worden war. Aus der Entfernung wirkte sie ganz klein und begann bereits unter dem Horizont zu versinken. Oben an ihrer dunklen Fläche zeigten mehrere kleine Punkte, daß hinter den Fenstern Licht angegangen war.

»Verdammter Monduntergang!« fluchte Kiel und gab ihrem Pferd mit einem Schnalzen zu verstehen, das Tempo zu beschleunigen. »Ich hatte gehofft, wir hätten noch Zeit bis zum Morgen. Kommt, wir machen Spuren.«

Erst nach einer Weile begriff Maia, was sie damit meinte. Die Reitergruppe blieb absichtlich auf offenem Gelände, wo man gut vorankam, die Pferdehufe aber auch eine deutlich sichtbare Fährte hinterließen. »Es gehört zu unserem Plan, daß die Perkies sich so einlullen lassen«, erklärte Thalla im Weiterreiten. »Wir versuchen einen Trick. Mach dir keine Sorgen.«

»Das hatte ich auch nicht vor«, erwiderte Maia. Sie war viel zu glücklich. Nachdem sie die Pferde eine Weile hatten galoppieren lassen, machten sie halt. Die große Blonde richtete sich in den Steigbügeln auf und spähte durch ein Fernrohr nach hinten. »Kein Anzeichen, daß uns schon jemand im Nacken sitzt«, stellte sie fest, während sie das Rohr wieder zusammenschob. Daraufhin ritten sie langsamer, um die Tiere nicht zu ermüden.

Als Thalla Maia eine Weile später fragte, wie sie im Gefängnis behandelt worden sei, sprudelte die ganze Geschichte aus ihr hervor: über ihre Ankunft in der Steinzitadelle, die unsäglichen Kochkünste der Guel-Wärterinnen, wie schrecklich es gewesen war, das Herbstende im Gefängnis zu verbringen, daß sie hoffte, nie mehr das Innere eines Männerreservats zu Gesicht zu bekommen. Sie wußte, daß sie ohne Punkt und Komma plapperte, aber es war ihr gleichgültig, ob Thalla und die anderen sie auslachten. Jeder Mensch würde reden wie ein Wasserfall, wenn sich sein Schicksal so unerwartet wandelte, wenn aus Verzweiflung Abenteuerlust wurde und die Luft der Freiheit die Lungen füllte wie ein Rauschmittel.

Eine Weile ließen sie die Pferde traben, dann wieder in zügigen Schritt verfallen. Bald ging ein kleinerer Mond – Aglaia – auf und gesellte sich zu Durga. Eine Frau begann ein Seemannslied zu summen, eine andere sang den Text mit voller, weicher Altstimme. Eifrig stimmte Maia beim Refrain mit ein.

> *»Oh, blast ihr Winde der westlichen See,*
> *Oh, blast ihr Winde, hei-ho!*
> *Tut denen, die fahren, doch bitte nicht weh,*
> *Und blast ihr Winde, hei-ho!«*

Nachdem er ein paar Strophen zugehört hatte, sang auch Renna mit seiner Tenorstimme den Refrain mit, was bei einer Seemannsballade natürlich besonders gut paßte. Er zwinkerte Maia zu, als sich ihre Blicke trafen, und sie antwortete mit einem schüchternen Lächeln, durchaus nicht unangenehm berührt.

Noch mehr Lieder folgten. Bald war Maia klar, daß die Gruppe nicht homogen war, sondern aus zwei klar getrennten Teilen bestand. Kiel, Thalla und noch eine andere – eine kleine Brünette namens Kau – stammten aus der Stadt und verfügten über eine gewisse Bildung; dabei war Kiel eindeutig die intellektuelle Anführerin. Diese drei stimmten nun eine mitreißende Hymne mit eindeutig politischem Inhalt an.

> *Oh, Töchter des Sturms, tut zusammen euch,*
> *Was steinern schien, es wird bald schwanken!*
> *Wen kümmert's denn noch, wem ihr gleicht,*
> *Wenn die Ordnung gerät ins Wanken.*

Maia erinnerte sich noch an die Melodie, die sie damals in der Lerner-Feste mit ihren Freundinnen heimlich im Radio gehört hatten. Der Text vermittelte eine zornige, wilde Entschlossenheit, die gegenwärtige Ordnung umzustürzen und einen endgültigen Bruch mit der Vergangenheit zu vollziehen. Auch die anderen vier Frauen kannten den Refrain und unterstützten ihre Gefährtinnen. Aber sie wirkten zurückhaltender, als wären sie in manchen Punkten anderer Meinung oder fänden manche anderen Strophen zu harmlos. Als sie wieder an der Reihe waren, wählten sie erneut eher traditionelle Lieder, die Maia aus der Schule und der Kinderkrippe kannte: Abenteuerballaden, Lieder von Zauberlampen und verborgenen Schätzen, vom warmen Herd, den man zurückgelassen hatte, von brachliegenden Talenten, die sich offenbarten, von Wünschen, die Wirklichkeit wurden. Die Melodien waren ruhiger, tröstlicher, auch wenn die Sängerinnen diesen Eindruck nicht unbedingt unterstützten. Soweit Maia ihren Akzent und ihr Aussehen einordnen konnte, stammten die beiden kleineren, rundlicheren von den Südlichen Inseln, der legendären Heimat der Freibeuter und Händler, während die anderen beiden, zu denen auch die große Blonde gehörte, mit dem scharfen, näselnden Tonfall sprachen, der für diesen Teil des Östlichen Kontinents typisch war. Maia erfuhr, daß die Blonde Baltha hieß und die Anführerin der vier war.

Alles in allem waren sie eine robuste, selbstbewußte Vartruppe. Sie schienen keine Angst zu kennen, nicht einmal davor, daß Tizbe Beller und ihre Wachfrauen sie einholten.

Das Singen verstummte vor der nächsten Rast, bei der sie das Zaumzeug kontrollierten und die Pferde tauschten. Nachdem sie sich wieder auf den Weg gemacht hatten, waren zunächst alle eine Weile still und lauschten dem Rhythmus der Pferdehufe – eine leise und wesentlich erdverbundenere Musik als die menschlicher Stimmen. Da sie nun nichts mehr ablenkte, spürte Maia plötzlich die Kälte. Vor allem an den Fingern, weshalb sie sie schließlich in die Taschen des dicken Mantels steckte und die Zügel durch den Stoff hindurch festhielt.

Renna trabte nach vorn, bis er schließlich neben Kiel ritt, was unter den Frauen zu Gemurmel führte. Baltha zeigte offen ihre Mißbilligung.

»Es gehört sich nicht, daß ein Mann so reitet«, sagte sie und beobachtete von hinten, wie Renna sein Pferd zwischen den Beinen hielt. »Es ist irgendwie obszön.«

»Sieht aus, als wüßte er, was er tut«, sagte Thalla. »Aber ich krieg 'ne Gänsehaut. Kann mir gar nicht vorstellen, daß er sich dabei nicht halb verstümmelt.«

Baltha spuckte auf den Boden. »Manche Dinge sollten Männer einfach nicht machen.«

»Richtig«, stimmte eine der untersetzten Südländerfrauen zu. »Pferde sind für Frauen gemacht. Das sieht man doch daran, wie wir gebaut sind. Männer sind anders. So wollte es Lysos.«

Maia schüttelte den Kopf. Sie wußte nicht recht, was sie denken sollte. Später, als sie per Zufall neben Renna zu reiten kam, wandte sich der Mann zu ihr um und meinte leise: »Genaugenommen sind diese Tiere nicht viel anders als die, die ich von der Erde kenne. Hier sind sie ein wenig breiter gebaut und haben diese seltsamen Streifen. Ich glaube, sie haben auch einen dickeren Kopf, aber ich kann mich nicht mehr genau erinnern.«

Verblüfft blinzelte Maia ihn an. »Du bist ... von der Erde? Der echten ...?«

Er nickte, und sein Gesicht wurde wehmütig. »Das ist lange her und weit weg. Ich weiß, du hast wahrscheinlich gedacht, ich komme aus Florentina oder aus einem anderen Sternsystem in der Nähe. Aber das stimmt leider nicht.

Aber ich denke, deine Freundinnen haben unrecht. Die Hälfte aller Welten im Menschlichen Phylum haben eine Art Pferde, und manche sind noch viel seltsamer als eure. Frauen reiten häufiger als Männer, das stimmt schon. Aber daß Männer nicht dafür gebaut sind, höre ich heute zum ersten Mal!« Er lachte. »Wenn ich darüber nachdenke, verstehe ich aber, warum es euch seltsam vorkommt, daß wir uns dabei nicht weh tun.«

»Das hast du alles mitgehört?« fragte Maia. Sie hatte gedacht, er wäre viel zu weit weg gewesen.

Er faßte sich ans Ohr. »Die Atmosphäre hier ist viel dichter als dort, wo ich geboren bin. Sie überträgt den Schall weit besser. Ich kann ein Flüstern aus ziemlich großer Entfernung verstehen, auch wenn das leider bedeutet, daß ich Kopfschmerzen bekomme, wenn jemand schreit. Verrate es aber niemandem, ja?«

Er zwinkerte ihr zum zweiten Mal zu, und Maias Gefühl der Entfremdung löste sich in Luft auf. Im Handumdrehen war er einfach ein harmloser, freundlicher Matrose, der nach einer langen Seereise auf Winterurlaub gekommen war. Daß er ihr ein Geheimnis anvertraute, war ganz natürlich, ein Ausdruck des Vertrauens, denn sie kannten sich ja und hatten schon andere Geheimnisse miteinander geteilt.

Maia sah hinauf zum Sternenzelt. »Zeig mir die Erde«, bat sie.

Renna richtete sich in den Steigbügeln auf und suchte den Himmel mit den Augen ab. Schließlich setzte er sich wieder. »Tut mir leid. Wenn wir gegen Morgen noch wach sind, dann müßte ich den Triffid eigentlich finden. Sol steht in der Nähe seines linken Augenfühlers. Natürlich sind die meisten Sterne des Phylum hinter den Nebeln der Stirn Gottes versteckt – die ihr die Klaue nennt – direkt im Osten des Triffid.«

»Für jemanden, der nicht mal ein Jahr hier ist, weißt du eine Menge über unseren Himmel.«

Renna seufzte, und er wurde ernst. »Eure Jahre hier sind lang.«

Maia hatte das Gefühl, momentan wäre es besser, wenn sie nicht weiter fragte. Rennas Gesicht, das auf den ersten Blick so jung gewirkt hatte, schien jetzt besorgt und müde. *Er ist älter, als er aussieht*, stellte sie fest. *Wie alt muß man wohl sein, um so weit zu reisen wie er? Selbst wenn sie Einfriergeräte in ihren Raumschiffen haben und sich fast mit Lichtgeschwindigkeit fortbewegen, dauert es eine Weile.*

Sie konnte die Schuld für ihre Unwissenheit nicht der selektiven Erziehung in Lamatia zuschieben. Solche Themen waren ihr schon immer viel zu abstrakt gewesen, sie hatten nichts mit ihrem Leben zu tun. Nicht zum ersten Mal fragte sie sich: *Warum haben wir uns aus dem Weltraum zurückgezogen? Hat Lysos das so gewollt? Vielleicht um sicherzugehen, daß uns nicht noch einmal jemand aufspürt?*

Falls es so war, mußte der Schock für die Savanten,

für die Ratsfrauen und Priesterinnen in Caria um so größer gewesen sein, als das Besucherschiff letzten Winter in die Umlaufbahn eintrat. Bestimmt hatte sie das in fürchterliche Verwirrung gestürzt.

Das war es auch, worüber die alte Dame damals in Lanargh gesprochen hat, in den Telenachrichten! Da hatte man Renna sicher schon entführt. Sie haben ihre Fühler ausgestreckt, um ihn zu finden, ohne die Öffentlichkeit in Aufruhr zu versetzen. Auf einmal fiel es Maia wie Schuppen von den Augen.

Sie wußte, woran Leie jetzt denken würde. An die Belohnung!

Bestimmt waren auch Thalla, Kiel und die anderen hinter dem Geld her. Natürlich hatte Thalla gelogen, vorhin auf dem Korridor des Reservats. Sie waren doch nicht wegen Maia gekommen. Jedenfalls nicht allein. Der Hauptgrund mußte die ganze Zeit über Renna gewesen sein, das erklärte auch den Männersattel. Warum sollten sie sonst so etwas mit sich herumschleppen?

Sie machte ihnen keinen Vorwurf. Maia war daran gewöhnt, unwichtig zu sein. Daß ihre Freundinnen auch sie befreit hatten, reichte aus, um Maias Herz mit Dankbarkeit zu erfüllen. Und Thallas Versuch, es vor ihr zu verbergen, war im Grund nett gemeint.

Die Steppe kam zu einem jähen Ende, als sie eine zerklüftete Schluchtenlandschaft erreichten, die Maia an den Canyon erinnerte, in dem der Lerner-Clan nach Erzen grub und sich die Schlacke aus den Hochöfen ergoß. Sie vermutete, daß sie sich momentan ein Stück weiter nördlich und östlich befanden, aber die Konturen waren ähnlich – ausgewaschene Canyons durchzogen die Prärie wie Narben eines alten Kampfes. Vorsichtig stieg die Gruppe in die ersten Auswaschungen hinab, vorbei an den Nestern der Graberkolonien, die vergeblich ihre Drohlaute ausstießen, um Menschen und Pferde zu vertreiben. Als sich die Bemühungen auszuzahlen schienen, da die Eindringlinge weiterzogen, wurden die Schnalzgeräusche regelrecht triumphierend.

In dem verschlungenen Labyrinth hatte jetzt Baltha die Führung übernommen. An manchen Stellen waren nur die oberen sechzig Prozent des Himmels zu sehen, so daß sie selbst mit Hilfe ihrer Öllaternen nur sehr langsam vorankamen.

An einem flachen, gurgelnden Bach hielten sie an; alle stiegen vom Pferd, manche reichlich mühsam. Vor allem Renna stöhnte, rieb sich die Beine und wanderte auf und ab, um sich die Füße zu vertreten. Balthas Gefährtinnen nickten vielsagend. Aber wäre es Maia nicht zu peinlich gewesen, hätte sie es Renna gern nachgetan. Statt dessen streckte sie sich ausgiebig hinter ihrem Pferd. Neben ihr versammelten sich die Anführerinnen um eine Laterne.

»Hier muß es sein«, sagte Kiel und tippte mit dem Finger auf eine lederne Karte, wesentlich dicker als die aus Pergament. Baltha schüttelte den Kopf. »Es kommt noch ein Bach, vielleicht 'nen Kilometer weiter oder so. Ich sag Bescheid.«

»Bist du sicher? Wir wollen es nicht verpassen ...«

»Das werden wir auch nicht«, entgegnete die Blonde schroff. »Steigen wir auf. Wir verschwenden nur Zeit.«

Maia sah, wie sich Thalla und Kiel zweifelnd anblickten, als Baltha gegangen war. »Sie tut ja, als würde sie die Gegend kennen wie ihre Westentasche«, brummte Thalla. »Wie kann das sein? Hier wohnen nur Perkiniten.«

Kiel machte eine warnende Handbewegung. »Eins ist sicher. Das ist keine Perkinitin.«

Thalla zuckte die Achseln, und Kiel rollte die Karte zusammen. »Es gibt Schlimmeres«, entgegnete sie leise. Als die beiden an Maia vorbeikamen, zauste ihr Thalla die Haare. Es hätte herablassend wirken können, wenn man nicht die ehrliche Zuneigung gespürt hätte.

Während das Hochgefühl der gelungenen Flucht allmählich der körperlichen Erschöpfung wich, merkte Maia, daß hier mehr vor sich ging, als sie gedacht hatte. *Ich sollte lieber die Augen offenhalten.*

Eine halbe Stunde später erreichten sie wieder einen Bach unter hoch aufragenden Felswänden. Diesmal gab Baltha das Zeichen, daß alle absteigen und ihre Pferde ins flache Wasser führen sollten, ehe sie sprach.

»Hier trennen wir uns. Riss, Herri, Blene und Kau gehen weiter in Richtung Demeterville, machen Spuren und verwirren die Verfolger. Maia, du kommst mit. Der Rest watet etwa zwei Kilometer bachaufwärts, wendet sich erst nach Westen und dann nach Süden. Am siebten treffen wir uns südwestlich von Clay Town, so Lysos uns führt.«

Maia starrte die fremden Frauen an, die sie begleiten sollte, und merkte, wie ihr ein Schauer über den Rücken lief. »Nein«, widersprach sie heftig. »Ich möchte bei Kiel und Thalla bleiben.«

Baltha musterte sie wütend. »Du tust, was man dir sagt.«

Panik ergriff Maia und schnürte ihr die Kehle zu. Es war, als müßte sie sich noch einmal von Leie trennen, wie damals, als sie sich in Lanargh zum letzten Mal Lebewohl gesagt hatten, um auf ihre verschiedenen Schiffe zu gehen. Plötzlich wußte Maia ganz sicher, daß sie ihre Freundinnen nie mehr wiedersehen würde, wenn sie erst einmal außer Sichtweite waren.

»Ich gehe nicht mit! Nicht nach dem, was ich erlebt habe!« Sie machte eine Handbewegung in Richtung des Gefängnisfelsens. »Die Gruppe, die bachaufwärts reitet, sollte so klein wie möglich sein …«, versuchte Kiel zu erklären. Aber ihr Verhalten sagte Maia viel mehr. *Es ist ein abgekartetes Spiel. Sie wollen mich nicht dabei haben, wenn sie mit ihrem kostbaren außerplanetarischen Besucher abhauen!* Resignation breitete sich in ihr aus und überwältigte sogar den heißen Groll.

»Maia kommt mit uns.«

Es war Renna. Er manövrierte sein Pferd neben ihres und fuhr fort: »Euer Plan stützt sich darauf, daß unsere Verfolger die einfachere Spur zur größeren Gruppe aufnehmen, während wir anderen das Weite suchen. Für mich ist das gut. Danke. Aber für Maia wäre es nicht so gut, wenn sie euch einholen.«

»Das Mädchen ist nebensächlich«, konterte Baltha. »Sie ist ihnen egal. Wahrscheinlich suchen sie nicht mal nach ihr.«

Aber Renna schüttelte den Kopf. »Ihr wollt ihre Freiheit auf diese Vermutung hin riskieren? Vergeßt es. Ich werde nicht zulassen, daß man sie in dieses Gefängnis zurückbringt.«

Maia konnte ihre Gefühle kaum zurückhalten, beobachtete aber schweigend einen stummen Austausch zwischen den Frauen. Sie hatten Renna für eine Art Handelsartikel gehalten, aber jetzt stellte er plötzlich Ansprüche. Zwar standen die Männer auf der sozialen Leiter von Stratos ziemlich weit unten, aber immer noch höher als die meisten Vars. Außerdem hatten die meisten aus der Gruppe schon auf einem Schiff gearbeitet, und ließen sich gewiß davon beeinflussen, daß Renna eine gut ausgebildete ›Kapitänsstimme‹ hatte.

Kiel zuckte die Achseln. Thalla drehte sich um und grinste Maia an. »Meinetwegen, in Ordnung. Ich freu mich, daß du bei uns bleibst, Fräuleinchen.«

Baltha fluchte leise. Zwar mußte sie die Änderung des Plans letztlich akzeptieren, aber sie machte kein Hehl daraus, daß sie darüber nicht erfreut war. Die große Blonde führte ihr Pferd zu ihren Gefährtinnen, die den anderen Weg nehmen sollten, und die Frauen ergriffen sich gegenseitig bei den Unterarmen. Auf gleiche Weise verabschiedeten sich Thalla und Kiel von Kau. Dann trennten sich die Gruppen, und Baltha trieb ihr Pferd in die Mitte des Bachs. Maia und Renna übernahmen die Nachhut und riefen ihren Retterinnen ein

Lebewohl zu. Diese waren bereits auf dem schmalen Pfad, der an der Canyonwand emporführte. Eine von ihnen – Maia konnte nicht erkennen, welche – hob die Hand und winkte, dann verschwanden die vier Frauen um eine Biegung.

»Danke«, sagte Maia leise zu Renna, während ihre Pferde durchs Wasser wateten. Ihre Stimme war noch halb erstickt von der ganzen unerwarteten Aufregung.

»He«, meinte der Mann lächelnd. »Wir Ausgestoßenen müssen doch zusammenhalten, oder? Jedenfalls kommst du mir vor wie ein guter Kumpel, einen, den man brauchen kann, wenn man in Schwierigkeiten gerät.«

Natürlich scherzte er schon wieder. Aber Maia merkte, daß mehr dahintersteckte. Anscheinend war er wirklich froh, ja sogar erleichtert, daß sie mit ihm kam.

Eine Weile ritten sie schweigend im Gänsemarsch und ließen die Pferde ihren Weg in dem unebenen Bachbett suchen. Glücklicherweise waren sie im Windschatten. Die umliegenden winterkalten Felsen schienen jede Wärme aus der Luft aufzusaugen. Maia legte die Hände in die Achselhöhlen und zog den Mantel eng um sich; ihr Atem dampfte.

Dennoch war es beruhigend zu wissen, daß mit jeder Minute der Abstand zwischen ihnen und dem Gefängnis größer wurde. Der Fluchtplan war riskant und baute auf die Vermutung auf, daß die Verfolger in Hektik gerieten. Echte Profis – wie beispielsweise der Jägerclan der Sheldons in Port Sanger – würden sich von einem solch simplen Trick nicht an der Nase herumführen lassen. Maia hatte zwar nichts davon gehört, daß die Kunst des Fährtenlesens in Long Valley besonders gepflegt wurde, aber es war trotzdem nur eine vage Annahme.

Selbst wenn sie ihren unmittelbaren Verfolgern entkamen, so blieben sie immer noch von Feinden umringt. Wenige Gegenden auf Stratos waren politisch so homogen wie die extremistische Kolonie in Long Valley; die Heimstätten der verbündeten Perkiniten-Clans erstreckten sich bis nach Grange Head. Wenn die Nachricht sich erst einmal verbreitete, würden sich rasch Banden und Suchtrupps bilden, die von allen Seiten in die Verfolgung eingriffen.

Jetzt glaubte Maia die größeren Zusammenhänge zu verstehen ... wie verzweifelt die Perkiniten sein mußten. Es ging um mehr als nur um ihren radikalen Plan, die Droge für die Winterstimulation einzusetzen. Die Matriarchate von Long Valley waren in weit kühnere Machenschaften verwickelt: sie hatten den Weltraumbesucher – Renna – direkt aus den Händen des Regierungsrates in Caria entführt. Ein riskantes Unterfangen, aber man konnte die Chancen auf neuerliche Kontaktaufnahme mit dem Hominidenphylum wohl kaum besser reduzieren, wenn nicht sogar endgültig eliminieren.

Nichts würde den extremen Perkiniten weniger passen, als wenn der Himmel sich öffnet. Wenn Raumschiffe aus den alten Welten regelmäßig zu Besuch kommen. Welten, in denen ›animalische Brunst und sexuelle Tyrannei‹ herrscht. Welten, auf denen die Hälfte der Bevölkerung aus Männern besteht.

Die Hälfte!

Obgleich Maia in Romanen oft darüber gelesen hatte, konnte sie es sich kaum vorstellen. Was, in Lysos' Namen, konnte eine Welt nur mit so vielen überschüssigen Männern anfangen? Selbst wenn sie sich die meiste Zeit über ruhig und gesittet benahmen, gab es doch nur so wenige Aufgaben, die man einem Mann anvertrauen konnte! Womit sollte man sie *beschäftigen?*

Eine Kontaktaufnahme würde Stratos für immer verändern, würde es mit fremden Ideen, mit einer fremden Lebensart anstecken. Trotz des Hasses, den Maia denen gegenüber empfand, die sie gefangengenommen hatten, fragte sie sich, ob sie mit dieser Ansicht nicht irgendwie recht hatten.

Als Renna sein Pferd wieder neben sie lenkte, reagierte sie nervös. Aber er lächelte und fragte sie nach dem Namen eines Buschs, der mutig an der Canyonwand wurzelte. Maia vermutete, daß es sich um eine verwandte Art einer Pflanze handelte, die sie im Tempel von Grange Head kennengelernt hatte, aber sie konnte Renna nicht mit Sicherheit sagen, ob es ein einheimisches Gewächs war oder eine biotechnisch veränderte Variante, die die Gründerinnen von der Erde mitgebracht hatten.

»Ich versuche mir vorzustellen, wie eingeführte Lebensformen entworfen wurden, damit sie sich hier integrieren ließen, und wie stark sie sich danach angepaßt haben. Ihr habt hochgebildete Ökologinnen an euren Universitäten, aber Zahlen sind kein Ersatz dafür, in die Natur hinauszugehen und es selbst anzuschauen.«

Obwohl Maia Rennas Gesicht in der Dunkelheit nicht genau sehen konnte, wirkte er nicht mehr so niedergeschlagen wie noch vor kurzem. Maia erwischte sich dabei, wie sie überlegte, ob seine Augen bei Tag wohl seltsam funkelten, oder ob seine Haut, die sie nur im Laternen- oder Mondlicht gesehen hatte, vielleicht eine sonderbare, exotische Farbe hatte.

Vielleicht war es falsch, den Gesichtsausdruck des Fremdlings anhand ihrer eigenen Erfahrung zu interpretieren, aber Renna schien es ausgesprochen anregend zu finden, hier draußen zu sein, weg von Städten und Savanten und vor allem von seiner Gefängniszelle. Jetzt konnte er endlich die Natur von Stratos kennenlernen. Seine Begeisterung wirkte ansteckend.

»Alles in allem sieht es so aus, als hätten eure Gründerinnen ziemlich gute Arbeit geleistet und an den mitgebrachten Menschen, Pflanzen und Tieren kluge Veränderungen vorgenommen, ehe sie sie ins Ökosystem eingepaßt haben. Natürlich haben sie auch Fehler gemacht, das ist ja nichts Ungewöhnliches …«

Es klang blasphemisch, wenn ein Outsider so etwas

sagte. Perkiniten oder andere Ketzer kritisierten bekanntlich manche Aspekte im Werk von Lysos und den anderen Gründerinnen, aber nie zuvor hatte Maia gehört, daß jemand ihre Kompetenz in Frage stellte.

»... aber die Zeit hat die meisten Irrtümer korrigiert, durch Ausrottung oder Anpassung. Es ist genug Zeit vergangen, daß die Dinge ins Lot kommen konnten, jedenfalls bei den niederen Lebensformen.«

»Na ja, es waren schließlich mehrere Jahrhunderte«, erwiderte Maia.

Renna legte den Kopf schief. »Glaubst du, so lange schon haben Menschen auf Stratos gelebt?«

Maia runzelte die Stirn. »Hmmm ... ja. Ich erinnere mich nicht an die genaue Zahl. Spielt das eine Rolle?«

Er betrachtete sie mit einem Gesichtsausdruck, der ihr komisch vorkam. »Ich denke nicht. Aber es deckt sich mit der Art, wie ihr eure Kalender ...« Renna brach kopfschüttelnd ab. »Lassen wir das. Sag, ist das der Sextant, von dem du mir erzählt hast? Den du benutzt hast, um meine Längenmessung zu berichtigen?«

Maia warf einen Blick auf ihr Handgelenk und das kleine Instrument in seiner Lederhülle. Renna schmeichelte ihr wieder einmal. Sie hatte die Koordinaten, die er im Gefängnis berechnet hatte, nur minimal verbessert. »Möchtest du ihn sehen?« fragte sie, schnallte den Sextanten los und hielt ihn Renna hin.

Er nahm ihn behutsam entgegen, fuhr mit den Fingerspitzen über den eingravierten Zeppelin auf dem Messingdeckel, klappte das Instrument dann auseinander und prüfte die Meßvorrichtung. »Ein wunderschönes Stück«, bemerkte er. »Handarbeit, hast du gesagt? Ich würde die Werkstatt zu gerne sehen.«

Maia schauderte bei dem Gedanken. Sie hatte die Nase voll von Männerreservaten.

»Ist das die Skala, mit der du den Azimut einstellst?« fragte er.

»Azimut? Oh, du meinst die Sternenhöhe. Natürlich braucht man einen guten Horizont …«

Bald waren sie in ein Gespräch über die Kunst der Navigation vertieft, bei dem sie sich durch einen Wust von Bezeichnungen arbeiteten, die sie aus so vollkommen unterschiedlichen Traditionen geerbt hatten – seine benutzte komplizierte Maschinen, um unvorstellbare Entfernungen zu durchmessen, ihre war das Erbe unzähliger Generationen, die im Kampf mit Stratos' launenhaften Ozeanen hart erlernte Regeln immer wieder verfeinert hatten. Mit großem Respekt sprach Renna von Techniken, die in seinen Augen doch primitiv wirken mußten, wenn man sich vor Augen führte, woher er kam – von den Lichtern, die Maia als Orientierungspunkte am Himmel dienten.

Manchmal, wenn der Mond über die Canyonwand direkt auf Rennas Gesicht schien, staunte Maia wieder, wieviel stärker die subtilen Unterschiede plötzlich hervortraten. Der lange Schatten seiner Wangenknochen, die Pupillen, die sich im Dämmerlicht viel weiter öffneten als bei stratoinischen Augen. Wäre ihr das auch aufgefallen, wenn sie nicht gewußt hätte, wer – oder was – er war?

Als Baltha eine Rast ausrief, brachen sie ihre Diskussion ab. Die Anführerin zeigte ihnen einen Pfad, auf dem sie ihre müden Reittiere ans kiesige Ufer führen konnten, wo alle absaßen. Zuerst mußten sie die Füße und Knöchel der Pferde trockenreiben, um die Durchblutung in den Körperteilen anzuregen, die so lange im kalten Wasser gewesen waren. Die Arbeit war anstrengend, und Renna zog nach kurzem den Mantel aus. Maia spürte die Wärme, die von seinem Körper ausging, und mußte an die Matrosen auf der *Wotan* denken, deren kräftige Oberkörper auch immer so verschwenderisch mit ihrer Energie umgingen und die Hälfte von dem, was sie aßen und tranken, in Schweiß und Wärme abgaben. Ihr selbst war entsetzlich kalt, vor allem in Fingern und Zehen, und Rennas Nähe war ihr durchaus willkommen. Beinahe fühlte sie sich versucht, näher an ihn heranzurücken, nur um seine Wärme auszunutzen. Nicht einmal der unvermeidliche männliche Geruch störte sie.

Renna stand auf, einen nachdenklichen Ausdruck im Gesicht. Mit zusammengekniffenen Augen musterte er den Himmel, und eine steile Falte erschien zwischen seinen Brauen. Erst als Maia aufstand und sich neben ihn stellte, bemerkte auch sie das leise Geräusch, das von oben kam, wie das ferne Summen eines Bienenschwarms.

»Da!« rief er und deutete nach Westen, direkt über den Rand der Schlucht.

Maia spähte in die Richtung, die sein ausgestreckter Arm ihr wies. »Wo? Ich kann nicht ... Oh!«

Sie hatte selten eine Flugmaschine gesehen, nicht einmal bei Tag. Port Sangers kleiner Flughafen lag versteckt hinter den Hügeln, denn der Fluglärm sollte die Stadtbewohner möglichst wenig stören. Das wöchentliche Luftschiff der Post nicht mitgerechnet, bekam man kaum einmal ein Flugzeug zu Gesicht. Aber was sollten diese Lichter sonst sein? Maia zählte zwei ... drei Paare blinkender Scheinwerfer, die über ihre Köpfe hinwegzogen, während das verzögerte Dröhnen anschwoll und dann dem Gefunkel nach Osten folgte.

»Cy muß mich gehört haben!« rief Renna, als die fliegenden Sterne hinter der Canyonwand verschwunden waren. »Sie hat Groves erreicht. Sie sind gekommen, um uns zu holen!«

Um dich zu holen, meinst du wohl? dachte Maia. Doch sie war froh, sehr froh. Daß Caria ein Flugzeug geschickt hatte, bestätigte, wie wichtig Renna war. Und man ließ sich nicht einmal abschrecken, in das Hoheitsgebiet von Long Valley vorzustoßen, obwohl man damit einen Kampf riskierte.

Baltha, Thalla und Kiel weigerten sich, auch nur ans Umkehren zu denken.

»Aber es ist ein Rettungstrupp! Sie sind bestimmt stark genug, um ...«

»Gut«, bestätigte Kiel. »Das wird die Weiber ablenken, sie von unserer Fährte abbringen. Vielleicht sind sie dann so mit Zanken und Streiten beschäftigt, daß wir ungestört die Küste erreichen.«

Maia war klar, was los war. Kiel und ihre Freundinnen hatten eine Menge in Rennas Befreiung investiert und waren jetzt natürlich nicht bereit, ihn einer Einheit von Polizistinnen auszuliefern, die womöglich behaupten würden, sie hätten Renna sowieso in dieser Nacht befreit. Von Kiels Standpunkt aus war es viel besser, ihn persönlich einer Richterin in Grange Head zu überstellen, so daß niemand ihren Erfolg anzweifeln und die Belohnung in Frage stellen konnte.

Maia sah, wie Renna nachdachte. Würden die Frauen ihn aufzuhalten versuchen, wenn er allein umkehrte? Die Kraft eines einzelnen Mannes konnte gegen Balthas bodenständige Wildheit sicher nicht viel ausrichten; sie sah aus wie eine geborene Kämpferin und hatte ihr Brecheisen immer greifbar. Und jetzt war auch noch Winter, was Rennas Aussichten weiter verminderte, da das männliche Temperament in dieser Zeit bekanntlich auf einen Tiefpunkt absank. Zwar hatte Renna Maia auf seiner Seite, aber sie war nicht sicher, ob sie es über sich bringen würde, gegen Thalla und Kiel zu kämpfen.

Aber was würde geschehen, wenn er kehrtmachte? Tizbe hatte sicher nicht lang gewartet, um sich an die Fährte der Fliehenden zu heften. Selbst wenn die Gefängniszitadelle von den Verbänden aus Caria eingenommen wurde, würden Renna und Maia wahrscheinlich irgendwo auf der Prärie auf die Beller-Frau und ihre Wachen stoßen. Dann würde man sie einfach in ein anderes Versteck schleppen, das vermutlich noch schlimmer war als das, dem sie gerade entronnen waren.

Wir haben eigentlich gar keine Wahl.

Dennoch zeigte sich in diesem Moment, wo ihre Loyalitäten lagen. Sie stellte sich dicht neben Renna, bereit, ihn bei jedem Beschluß zu unterstützen. Alle schwiegen, während das Dröhnen der Maschinen allmählich zu einem Brummen abflaute und dann ganz aufhörte. Schließlich zuckte Renna die Achseln und sagte:

»Na gut, reiten wir weiter.«

Logbuch des Wanderers:
Mission Stratos
Ankunft plus 40.157 Megasekunden

Cy beklagte sich darüber, daß sie archaische Codes benutzen mußte, um mein Shuttle den altertümlichen Landestrahl entlang zu führen. »Und wer mußte eine ganz neue Sprache lernen?« nörgelte ich, während weiße Flammen die Sichtluken umzüngelten und die schwere Atmosphäre meine Kapsel zu zerdrücken suchte wie eine Traube in der Kelter. »Angeblich ist es ein an das Florentinische angelehnter Dialekt, aber sie haben Dinge, die man bisher in keiner Sprache kennt – Feminin, Maskulin, Neutrum *und* Klonisch ... mit Überflußfällen, Deklinationen und Gedankenstop-Partikeln ...«

Ich quasselte vor mich hin, um die nackte Angst im Zaum zu halten. Doch selbst diese Ablenkung wurde mir genommen, denn Cy flehte mich an, den Mund zu halten, damit sie sich darauf konzentrieren konnte, mich wohlbehalten nach unten zu befördern. Also blieb mir nichts übrig als zuzuhören, wie der brüllend heiße Wind um die Schutzplatten pfiff, nur ein paar Zentimeter von meinem Ohr entfernt. Eine Landung ist schon unter normalen Umständen kein Honiglecken. Aber solche Geräusche hatte ich noch nie gehört. Die Stratoiner atmen eine Luft, in der man schwimmen könnte.

Da es Sommer war, als der Rat mir endlich die Landeerlaubnis erteilte, folgten mir mehrere Aurorae auf meinem

Flug nach unten – Schwaden von Elektrizität, eingebunden in magnetische Spiralfelder, die von dem kleinen Gefährten der Sonne ausgehen. Ich steuerte auf niedere Breiten zu, und trotzdem knisterten die Funken der Ionenblitze um eine Wandstrebe in unmittelbarer Nähe meines Arms.

Dann war die ballistische Krise vorüber. Bald quälte sich die Landekapsel durch die dicken Wasserdampfwolken und drehte sich dann beim Bremsen über einem Teppich aus grünen Wäldern und hellen Wiesen. Endlich sah ich ein Schimmern an einem Flußufer – unverkennbare Anzeichen menschlicher Behausungen und menschlicher Tätigkeit. Den größten Teil eines Erdenjahres hatte ich damit verbracht, aus dem Weltraum auf dieses Land herabzublicken, halbtot von der öden Warterei. Nun preßte ich die Nase gegen die Fensterscheibe und nahm die Schönheit von Stratos in mich auf ... der dunkle Glanz einheimischer Vegetation, die helleren Grüntöne der von der Erde übernommenen Pflanzen, das Glitzern vielfarbiger Seen, die atmosphärische Brechung, die dem Horizont eine leichte konkave Biegung verleiht. Hügel erhoben sich rings um mich. Mit einem letzten Sinkflug, der mir fast den Magen umdrehte, ließ Cy mein Shuttle über zwanzig Hektar Landebahn ausrollen, die von grasbewachsenen Rissen durchzogen war. Als das Shuttle genügend abgekühlt war, um die schmale Rampe auszufahren, hatte sich bereits ein Begrüßungskomitee versammelt.

Für ihre bestickten Gewänder hätte man auf Pleasence oder auch auf der Erde bestimmt horrende Summen bezahlt. Von den fünf Frauen mittleren Alters lächelte keine. Sie blieben auf Distanz, während ich ausstieg, und wir verneigten uns voreinander. Niemand schüttelte mir die Hand.

Ich habe schon herzlichere Empfänge erlebt ... aber auch wesentlich unangenehmere. Zwei der Frauen gaben sich als Mitglieder des Regierungsrates zu erkennen. Eine dritte trug kirchliche Gewänder; sie hob die Arme und sagte etwas, das sich wie ein zögernder Segensspruch anhörte. Die restlichen zwei Frauen waren die Universitätsdekane, mit denen ich bereits per Videx gesprochen hatte. Die Savante Iolanthe, die mich mit ihren scharfen grauen Augen kritisch musterte, machte einen bedächtigen, wachsamen Eindruck, und auch die Savante Melonni, die mir bei den langwierigen Verhandlungen immer sehr freundlich vorgekommen war, verhielt sich nun sehr zurückhaltend und taxierte mich wie das Exemplar einer seltenen und doch ziemlich zweifelhaften Spezies, vor der man sich lieber in acht nahm, weil sie angeblich bissig war.

Im Lauf der Monate, die ich frustriert von der Umlaufbahn herabblickte, habe ich gesehen, daß die meisten Siedlungen für Transportzwecke auf Wind und Sonnenenergie sowie auf Tiere zurückgreifen – ganz in Einklang mit den mir bekannten Auszügen der Lysianisch-Herlandischen Ideologie. In Industrieregionen jedoch benutzt man auch Wagen mit Verbrennungsmotoren, und man hat mir sogar ein bequemes Auto mit einem Wasserstoff-Sauerstoff-Motor vorgeführt. Zu meiner Verblüffung stellte ich fest, daß fast das gesamte Fahrzeug, vom Chassis bis zur Innenausstattung, aus kunstvoll geschnitztem Holz gearbeitet war! Später wurde mir klar, daß es sich hierbei nicht um einen Beweis für die vergleichsweise geringen Metallvorkommen handelt, sondern vielmehr um eine Art politisches Glaubensbekenntnis.

Ich saß allein in einem Abteil, von den anderen durch eine Glasscheibe getrennt. Was um so besser war. Meine Eingeweide protestierten lautstark gegen die Prozeduren, die sie zur Landungsvorbereitung über sich ergehen lassen mußten, und obgleich ich mich mehrere Megasekunden einer simulierten Stratos-Atmosphäre ausgesetzt hatte, rasselten meine Lungen angestrengt in der schweren Luft. Sonderbare Gerüche bestürmten meine Nase, immer wieder mußte ich gegen ein Niesen ankämpfen, und der Anteil von Kohlendioxyd in der Luft brachte mich ständig zum Gähnen. Bestimmt bot ich einen höchst interessanten Anblick.

Aber nichts davon spielte wirklich eine Rolle, so froh war ich, endlich hier zu sein! Diese Welt und ihre Bevölkerung scheinen so kultiviert, so voller Würde zu sein, vor allem, wenn man an die Zustände auf Digby oder dem gottverlassenen Heaven denkt. Ich bin ganz sicher, daß wir zu einer Verständigung kommen werden.

Als unser Fahrzeug den Rand der Landebahn erreichte, setzte sich eine Eskorte an die Spitze und eine ans Ende der Prozession ... fein formierte Reiterschwadrone, die in glitzerndem Helm und Harnisch einen prächtigen Anblick boten. Der einheitliche, disziplinierte Eindruck wurde noch verstärkt, als ich sah, daß es sich durchweg um großgewachsene Frauen aus ein und derselben Familie stratoinischer Klone handelte, identisch bis zum letzten blitzenden Knopf und zur letzten Haarsträhne. Die Soldatinnen sahen einfach phänomenal aus. Zum ersten Mal bekam ich die Clanspezialisierung aus der Nähe zu Gesicht.

Als wir die Landebahn verlassen hatten, passierten wir den anderen Teil des Raumhafens, den Startbereich mit Rampen und Förderbändern, auf denen Frachtgüter himmelwärts geschickt werden können. Hier wird auch mein Shuttle am Tag meiner Abreise starten müssen.

Nirgends entdeckte ich auch nur eine Spur von Aktivität. Durch eine Gegensprechanlage erklärte mir eine der Universitätsprofessorinnen, daß die Einrichtung voll funktionsfähig sei. »Sorgfältig instand gehalten für den gelegentlichen Gebrauch«, meinte sie mit einer unbekümmerten Handbewegung.

Ich konnte mir nicht vorstellen, was das Wort ›gelegentlich‹ für diese Frauen bedeutete. Aber es beunruhigte mich.

Kapitel 14

Der Ozean umgab sie von allen Seiten und drohte, sie zu verschlingen. Sie umklammerte ein zersplittertes, öliges Stück Holz, das von den widerstreitenden Wogen auf und ab geschleudert wurde. Der strömende Regen, der mit dem Sturm schräg übers Wasser fegte, machte sie fast blind. In der Ferne sah sie ein Segelschiff davontreiben, sah, wie es durch die sich auftürmenden Wellen schnitt, aber es achtete nicht auf ihre Hilferufe, ihr verzweifeltes Flehen umzukehren und sie zu retten.

Auf dem Deck des Schiffs stand ein Mädchen und starrte blind in ihre Richtung.

Das Mädchen hatte ihr eigenes Gesicht…

Entsetzen ergriff Maia. Sie wollte fliehen. Aber manchmal hielten die Träume sie fest, denn sie ließen sie vergessen, daß es eine ›wirkliche‹ Welt gab, in die sie entkommen konnte. Erst ein Flüstern, das aus der Realität in ihre Traumlandschaft vordrang, gab ihr etwas, an dem sie sich orientieren konnte, dem sie nach oben, nach draußen, zurück ins Bewußtsein folgte.

Benommen fragte sie sich, warum sie hier lag, eingewickelt in eine kratzige Wolldecke, auf steinigem Boden. Die Steinwände des Canyons fühlten sich an wie die Wände ihrer Gefängniszelle, kalt und erdrückend. Tiefhängende Wolken dräuten über ihr wie eine finstere Kuppel. Maia stützte sich auf einen Ellbogen, rieb sich die Augen und betrachtete die Reste des winzigen Lagerfeuers, dann die festgebundenen Pferde, die drüben am Bach das Gestrüpp bis auf die nackten Zweige abknabberten. Zwei zusammengerollte Gestalten lagen auf einer Seite nahe genug bei ihr, um ihr Wärme zu spenden. An den wirren Haarsträhnen, die aus den Deckenrollen lugten, erkannte sie Thalla und Kiel. Sie entspannte sich etwas, als sie erkannte, daß sie von Freunden umgeben war. Und als ihr dann wieder einfiel, was die beiden für sie getan hatten, daß sie sie aus dem Kerker befreit hatten, den Tizbe Beller und die Joplands und die Lerners für sie bestimmt hatten, lächelte sie.

Sie drehte sich auf die andere Seite und sah dort zwei leere zurückgeschlagene Decken, deren Besitzer verschwunden waren. Die Decke direkt neben ihr fühlte sich noch ein wenig warm an. Wahrscheinlich war Maia aus ihrem Alptraum und den Erinnerungen an Leie gerissen worden, als die beiden aufstanden.

O ja, Renna. Der Fremdling war vor der Morgendämmerung eine willkommene Wärmequelle gewesen, als sie erschöpft von ihrem harten Ritt unter die Decken gekrabbelt waren. Doch als sie seinen blauen Beutel und das Spiel des Lebens sah, wußte sie, daß er nicht endgültig weg sein konnte.

Auf seiner anderen Seite hatte Baltha geschlafen. Maia legte sich zurück und starrte in den Himmel. Warum waren sie beide gleichzeitig aufgestanden? Hatte das etwas zu bedeuten? Bestimmt würde sie gleich wieder einschlafen … hoffentlich träumte sie diesmal etwas Schöneres …

Doch ein leises prasselndes Geräusch – Kieselsteine, die einen Abhang hinunterrollten – vertrieb jeden Gedanken an Schlaf; entschlossen setzte sich Maia auf. Sie schlüpfte in ihre Schuhe und kroch ein Stück von der schlafenden Thalla weg, ehe sie aufstand und auf die Quelle des Geräuschs zuging. Es kam von bachaufwärts, wo die Klippen zu einem kiesigen Hang zerbröckelt waren. Aus dem Augenwinkel erhaschte sie eine Bewegung am nächsten kleinen Hügel. Sie ging ihm nach und mußte bald über Steinbrocken klettern, von unzähligen sommerlichen Überschwemmungen eisglatt gewaschen.

Hier öffnete sich die Schlucht und bot weniger Schutz vor der Kälte. Beim Ausatmen bildeten sich Dampfwolken vor Maias Gesicht, und ihre Fingerspitzen wurden taub, weil sie sich immer wieder an bereiften Oberflächen festhalten mußte. Ein vage vertrauter Geruch stieg ihr in die Nase, und sie fühlte sich zurückversetzt in die winterliche Lamatia-Feste, wenn Leie frühmorgens die Fensterläden aufriß, sich an die Brust klopfte und die kalte Luft einsog, während Maia sich brummend und schimpfend unter der Decke verkroch. Mit einem traurigen Lächeln stieg sie weiter.

Nach einer Weile blieb sie stehen und lauschte. Sie hörte ein Kratzen, ein Stein rollte ein Stück rechts vor ihr den Hang hinunter. Der Weg sah schwierig aus. Hin und her gerissen zwischen Neugier und dem wachsenden Bewußtsein, daß ihre Blase voll war, machte sie halt. Nun, da sie ganz wach war, kam es ihr sinnlos vor, den anderen zu folgen, die offensichtlich das taten, wofür sie selbst auch bald ein ungestörtes Plätzchen finden mußte. *Kümmern wir uns einfach um das nächstliegende Problem, was?* Sie schaute sich nach einer passenden windgeschützten Stelle um.

Der erste Platz war bereits besetzt, mehrfach sogar! Erschrocken sprang Maia zurück, als ein lebender Regenbogen sie mit schlagenden Flügeln anzischte. Rasch zog sie sich aus dem Felsspalt zurück, in dem ein Zimschöpfer-Weibchen ihre Brut beschützte – einen Haufen winziger Gassäckchen, die sich aufbliesen und augenblicklich wieder zusammenzogen und als Echo ihrer kampflustigen Mutter leise pfiffen. Die Schöpfer waren kleinere Verwandte der Schwebgleiter, hatten aber ein wesentlich ungemütlicheres Temperament und Giftstacheln, die von Erdtieren abstammende Vögel davon abhielten, ihr zartes Fleisch zu verzehren. Die Stacheln verursachten einen üblen allergischen Ausschlag, wenn ein Mensch das Pech hatte, mit ihnen in Berührung zu kommen. Nach einem letzten Blick auf die trügerisch zarten Wesen trat Maia den Rückzug an. Außer Sichtweite drehte sie sich um und eilte den Trampelpfad hinunter.

Als sie um eine Biegung kam, sah sie direkt vor sich eine Gestalt.

Baltha.

Die große Frau hockte am Hang und spähte über ein paar Steinbrocken hinweg auf etwas weiter unten, was Maia nicht sehen konnte. Auf dem Boden neben ihr lag eine kleine Schaufel und ein Holzkistchen mit Deckel, etwa so groß wie eine Handfläche. Den Blick aufmerksam zu Boden gerichtet, fuhr Baltha mit der Hand langsam über ein Stück felsigen Boden vor sich, dann hielt sie die Finger unter die Nase und schnüffelte.

Maia blinzelte. *Natürlich!* Sie betrachtete die Felsbank vor sich und sah zwischen den Flecken normalen Schnees einen Streifen funkelnder Diamanten. *Glorienfrost. Es ist also tatsächlich Winter.* Der Wechsel der Jahreszeiten hatte größere Auswirkungen auf die hohen Winde der Stratosphäre als auf die schwere Masse von Land, Wasser und Luft weiter unten. Turbulenzen, die in anderen Welten unbekannt waren, schleusten Wasserdampf durch ionische Strömungen zurück, bis sich kristallisiertes Eis bildete. Gelegentlich schwebten die Kristalle vor der Morgendämmerung in weichen Nebeln zu Boden, ein ebenso einzigartiges winterliches Schauspiel wie die extravaganten Aurorae des Wengelsterns im Sommer. Durch statische Aufladung blieben die glitzernden Pseudojuwelen an Maias Fingerspitzen kleben, und trotz der Kälte begannen sie zu kribbeln. Rote und goldene Lichter funkelten unter unzähligen Facetten, als Maia die Kristalle im Sonnenlicht hin und her bewegte. Deutlich sichtbarer Dampf stieg empor.

In vergangenen Wintern hatten Maia und Leie kichernd versucht, den Glorienfrost, der auf ihrem Fenstersims lag, einzuatmen oder den feinen, glitzernden Schnee zu kosten. Beim ersten Mal war Maia und nicht etwa ihre Schwester die Mutigere gewesen. »Sie sagen, es ist nur für Erwachsene«, gab Leie nervös zu bedenken, wie ein Papagei die Anweisungen der Mütter nachplappernd. Natürlich hatte das die Sache nur noch verlockender gemacht.

Die Wirkung war eine bittere Enttäuschung. Nur ein leichtes Prickeln, ein Kitzeln in der Nase, ansonsten spürten die Zwillinge nichts Besonderes oder gar Aufregendes.

Aber jetzt bin ich älter, überlegte Maia, während sie zusah, wie ihre Körperwärme das feine Pulver in Dampf verwandelte. Diesmal war das Aroma ein klein wenig anders. Zumindest hätte sie schwören können …

Ein Geräusch trieb sie blitzschnell in Deckung. In einiger Entfernung hörte man Männerschritte – Renna natürlich. Kurz darauf kam er auch in Sicht; er trat aus einem der zahllosen Seitentäler, aus denen in der Regenzeit kleinere Bäche in den Fluß mündeten. Auch er trug eine kleine Schaufel und ein Bündel Takawq-Blätter, woran sich das Ziel seines Ausflugs unschwer erkennen ließ.

Aber warum hat er sich dann so weit vom Lager entfernt? fragte sich Maia. *Ist er so schüchtern?*

Und warum spioniert Baltha ihm nach?

Vielleicht befürchtete die große Blonde, der Fremdling würde weglaufen und versuchen, mit den Truppen aus Caria, die tags zuvor über sie hinweggeflogen waren, Kontakt aufzunehmen. Falls es so war, mußte sie jetzt erleichtert sein, denn Renna marschierte pfeifend ins Lager zurück. *Mach dir keine Sorgen, deine Belohnung ist dir sicher*, dachte Maia und schickte sich an, wieder zu verschwinden. Zwar konnte ihr niemand verbieten, hier zu sein, aber es wäre nicht gut, wenn sie sich Baltha zum Feind machte oder sich dabei erwischen ließ, wie sie herumspionierte.

Doch zu Maias Überraschung folgte Baltha dem Mann nicht hügelabwärts. Sobald er weg war, nahm sie das Holzkistchen und ihre Schaufel, stieg über die Felsen, hinter denen sie gekauert hatte, und eilte in die Richtung, aus der Renna soeben gekommen war. Voller Neugier kroch Maia ihr nach, um denselben Felsklotz als Aussichtsplatz zu benutzen, den Baltha innegehabt hatte.

Die große Frau ging etwa zwanzig Meter nach Osten zu einer Stelle direkt über der Hochwasserlinie. Dort grub sie mit ihrer Schaufel in einem frischen Erdhaufen und begann, ihre kleine Kiste zu füllen. *Was im Namen aller perversen Chaosteufel hat sie vor?*

»Hallo, ihr alle!« Vor Schreck wäre Maia beinahe aus der Haut gefahren. Der Ruf kam aus dem Lager. »Baltha! Maia! Frühstück!«

Es war Thalla, die fröhlich alle zusammentrommelte. Noch ein lysosverdammter Morgenmensch. Ehe Baltha sich umsehen konnte, war Maia außer Sichtweite. Sie machte einen großen Bogen um das Schöpferweibchen und eilte den ausgewaschenen Abhang hinunter.

Das Frühstück bestand aus Käse und Brötchen, die Thalla auf heißen Steinen aus dem Feuer gewärmt hatte. Inzwischen war es mitten am Vormittag, und da es in den tief eingeschnittenen Schluchten wahrscheinlich einigermaßen sicher war, bei Tageslicht zu reisen, saßen alle wieder im Sattel, ehe die Sonne über den südöstlichen Rand des Canyon geklettert war. Sie kamen zügig vorwärts, obgleich sie alle halbe Stunde pausieren mußten, um den Pferden die Fesseln zu wärmen.

Etwa eine Stunde nach Mittag bemerkte Maia, daß eine stinkende Verunreinigung das Wasser des Bachs verfärbte. »Was ist das?« fragte sie naserümpfend.

Thalla lachte. »Sie will wissen, was hier so scheußlich riecht! Wie rasch wir das Leid doch vergessen, solange wir jung sind!«

Auch Kiel schüttelte den Kopf und grinste. Maia atmete den Geruch noch einmal tief ein, und plötzlich kam die Erinnerung. »Lerners! Na klar! Sie kippen ihre Schlacke in eine Seitenschlucht, und wir kommen jetzt ...«

»Ein Stück flußabwärts daran vorbei. Hilft bei der Orientierung, was? Siehst du, wir finden uns auch ohne deine Sterne ganz gut zurecht.«

Auf einmal spürte Maia, wie der ganze aufgestaute Haß gegen ihre ehemaligen Arbeitgeberinnen in ihr aufwallte. »Der Teufel soll sie holen! Lysos verfluche die Lerners! Ich hoffe, ihre Fabriken brennen allesamt ab!« schimpfte sie.

Renna, der rechts von ihr geritten war, runzelte die Stirn. »Maia, was sagst du denn da? Du meinst doch nicht etwa ...?«

»Das ist mir ganz egal!« Sie schüttelte den Kopf, zitternd vor Wut. »Calma Lerner hat mich Tizbes Bande ausgeliefert, als wäre ich ein Stück Roheisen im Sonderangebot. Soll sie verrotten!«

Thalla und Kiel tauschten besorgte Blicke. Doch Maia bereitete es ein bösartiges Vergnügen, sie schockiert zu haben. Renna kniff die Lippen zusammen und schwieg. Aber Baltha reagierte direkter, zügelte ihr Pferd und lachte zynisch. »Dein Wort im Ohr der Stratos-Mutter, Fräuleinchen!« Damit griff sie in eine ihrer Satteltaschen und zog ein schmales, in Leder gewickeltes Rohr hervor, ihr Teleskop. »Hier, nimm.«

Maia überwand ihren Widerwillen, griff nach dem Gerät und hielt es in die Richtung, die Baltha ihr andeutete. »Weiter, den Hang hinauf, dann nach Westen und ein bißchen nördlich. Den Grat entlang. Richtig. Siehst du es?«

Da Maia es noch nicht ganz schaffte, die leisen Schnaufbewegungen des Pferdes auszugleichen, zeigte ihr das Fernrohr nur verschwommene Bilder. Aber dann entdeckte sie endlich einen klaren Farbfleck und erkannte einen bunten Stoff, der von einer großen, schwankenden Stange herab im Wind flatterte. Sie suchte weiter, und noch mehr Flaggen kamen zu beiden Seiten in Sicht.

»Gebetsfahnen«, begriff sie endlich. In den meisten Gegenden von Stratos wurden sie an Feiertagen und für Zeremonien benutzt, aber bei den Perkiniten, das wußte Maia, hißte man sie auch, um Geburten anzuzeigen ...

... und bei Todesfällen.

»Da hast du deine Calma Lerner, da oben, Fräuleinchen. Am Verrotten, genau wie du's dir gewünscht hast. Zusammen mit der Hälfte ihrer Schwestern. Wird in den nächsten ein, zwei Jahren sicher wenig Stahl geben hier in Long Valley, denk ich.«

Maia schluckte. »Aber ... wie ist das passiert?« Sie wandte sich an Kiel und Thalla, die beide zu Boden blickten. »Was ist passiert?« wiederholte sie.

Thalla zuckte die Achseln. »Bloß ein Grippevirus, Maia. Vor ein paar Wochen gab's jede Menge Nieserei in der Stadt, keine große Sache. Als die Sache in die Feste kam, mußte sich eine von den Vararbeiterinnen ein paar Tage ins Bett legen, aber ...«

»Aber dann ist ein ganzer Haufen Lerners abgekratzt. Einfach so!« rief Baltha und schnippte vergnügt mit den Fingern.

Aber Maia fühlte sich gräßlich – ein Stein lag ihr im Magen, ein Kloß saß ihr im Hals –, aber sie bemühte sich verzweifelt, sich nichts anmerken zu lassen. Sie wußte, daß ihr Gesicht bestimmt kalt und versteinert wirkte. Aus dem Augenwinkel sah sie, wie Renna schauderte.

Ich kann es ihm nicht übelnehmen. Ich bin schrecklich.

Plötzlich erinnerte sie sich daran, wie sie als Kind die Geschichten gehört hatte, die die jüngeren Lamai-Mütter an warmen Abenden den Sommergören erzählten, oben auf der Brustwehr. Oftmals war die Moral dieser grausigen Geschichten: »Sei vorsichtig mit deinen Wünschen. Manchmal gehen sie in Erfüllung.« Vernunftsmäßig war Maia klar, daß sie mit ihrem Wutausbruch nicht Tod und Verderben über den Clan der Metallarbeiterinnen gebracht haben konnte. Doch daß sie sich zu einer solchen Tirade hatte hinreißen lassen, bestürzte sie trotzdem. Noch vor ein paar Augenblicken hätte sie ohne Skrupel, ohne Mitleid ihren Feinden jedes Unglück gegönnt. War das moralisch gesehen das gleiche, als hätte sie die Lerner-Frauen eigenhändig umgebracht?

Es kommt durchaus vor, daß eine Krankheit einen halben Stamm auslöscht, dachte sie im Bemühen um eine Erklärung. Ein Sprichwort lautete: »Wenn eine Klonfrau niest, ziehen ihre Schwestern das Taschentuch.« Es gründete sich auf eine Erfahrung, die Leie und Maia als Zwillinge ebenfalls gemacht hatten – daß eine Anfälligkeit für Krankheiten oft in den Genen lag. Bei den Lerners war erschwerend hinzugekommen, daß sie fernab von allen medizinischen Einrichtungen lebten, die in Long Valley zur Verfügung standen. Wenn alle gleichzeitig krank im Bett lagen, wer sorgte dann für die Lerners? Die Vararbeiterinnen, die gegenüber ihren Arbeitgeberinnen nicht gerade vor Zuneigung platzten.

Was für ein Abschied ... alle auf einmal, hingestreckt ausgerechnet von dem, worauf ihr am stolzesten wart – eurer Gleichheit.

Wortlos ritten sie weiter, jeder in seine eigenen Gedanken versunken. Nach einer Weile wandte sich Maia zu Renna um, in der Hoffnung auf ein wenig Ablenkung, aber der Mann aus dem Weltraum starrte mit gerunzelter Stirn vor sich hin, während sein Pferd gemächlich vorwärtszuckelte. Offensichtlich hing auch er finstren Grübeleien nach.

Nach Einbruch der Nacht klommen sie auf einem schmalen Pfad aus dem Labyrinth der Schluchten und ließen die dunkle, stille Lerner-Feste hinter sich. Obwohl es hier auf der Ebene wesentlich kälter war, waren alle froh, wieder auf freiem, offenem Land zu sein. Der weite Himmel der Prärie war sternenhell, und einer der kleineren Monde, die glückbringende Iris, strahlte fröhlich. Allmählich hob sich die Stimmung der Reitenden wieder.

Thalla und Kiel sprangen von den Pferden, denn sie hatten im schützenden Nordschatten eines Felsbrockens einen großen Fleck Glorienfrost entdeckt. Sie wälzten sich darin herum und warfen sich lachend gegenseitig die Kristalle ins Gesicht. Als sie wieder aufsaßen, sah Maia ein Blitzen in ihren Augen, das ihr nicht unbedingt gefiel. Das ungute Gefühl wurde stärker, als die beiden anfingen, so nahe wie möglich neben Renna zu reiten, immer wieder sein Knie streiften, ihn unablässig in Gespräche verwickelten und schrecklich interessiert taten, ganz gleichgültig, was er antwortete.

Mit ihren Grübeleien allein gelassen, blickte Maia nicht einmal auf, um den Gang der Konstellationen zu verfolgen. Sie hatte den Eindruck, sie würden noch viele Tage brauchen, ehe sie die Küstengebirge zu Gesicht bekamen und sich einen Durchgang zum Meer suchen konnten. Vorausgesetzt natürlich, sie wurden unterwegs nicht doch noch von den Perkiniten erwischt.

Und dann? Selbst wenn wir es nach Grange Head schaffen? Was geschieht dann?

Auch die Freiheit hat ihre Nachteile. Im Gefängnis hatte Maia gewußt, was sie von einem Tag zum anderen erwartete. Wieder eine arme junge Var zu sein, die sich in einer unfreundlichen Welt ihre Nische suchte, war in mancher Hinsicht beängstigender als der Gefängnisaufenthalt. Erst allmählich begriff Maia, wie sehr sie in ihrer Entwicklung beeinträchtigt war, weil sie eine Zwillingsschwester gehabt hatte. Statt der erträumten Vorteile war sie durch diesen biologischen Unfall dazu verführt worden, in einer Phantasiewelt zu leben – in dem Gefühl, es würde immer jemand da sein, an dessen Schulter sie sich lehnen konnte. Andere Sommermädchen, die ihre Heimat verließen, mußten sich viel früher der Realität stellen, sie wußten, daß ihre Träume sich nicht durch einen Plan, eine Freundschaft, ein Talent allein verwirklichen ließen. Man brauchte immer auch eine Portion Glück.

Nachdem sie fast den ganzen Tag und die halbe Nacht geritten waren, schlugen sie erneut im Schutz eines tief eingeschnittenen Wasserlaufs ihr Lager auf. Mit Holz, das sie in der Nähe des knochentrockenen Bachbetts gesammelt hatten, gelang es Kiel, ein Feuer zu entfachen. Zu heißem Tee aßen sie ein kaltes Mahl aus den immer knapper werdenden Vorräten in ihren Satteltaschen.

Während sich die anderen bettfertig machten, holte Renna mehrere Gegenstände aus seinem blauen Beutel, unter anderem eine kleine, schlanke Bürste. Maia hatte so ein Ding noch nie zuvor gesehen. Außerdem nahm er eine Schaufel, eine Feldflasche und einige Takawq-Blätter mit. Baltha schien sich nicht im geringsten für ihn zu interessieren, und Maia fragte sich, ob es daran lag, daß er auf der weiten Steppe sowieso nirgendwohin fliehen konnte. Oder hatte Baltha bereits bekommen, was sie von ihm wollte? Eigentlich hatte Maia vorgehabt, Renna in einem unbemerkten Augenblick von dem seltsamen Verhalten der Südländerin zu erzählen, aber sie hatte es vergessen. Nun waren ihre Gefühle ihm gegenüber wieder ambivalent geworden, vor allem, da Thalla und Kiel sich noch immer so eindeutig winterlich benahmen.

»Verlauf dich nicht da draußen!« rief Thalla dem

Mann nach. »Soll ich mitkommen und dir die Hand halten?«

»Vielleicht ist es nicht die Hand, die er gehalten haben möchte«, kommentierte Kiel, und die anderen Varfrauen lachten. Alle außer Maia. Rennas Reaktion auf die anzüglichen Scherze war ihr unangenehm. Er wurde rot, offensichtlich peinlich berührt. Aber gleichzeitig genoß er die Aufmerksamkeit sichtlich.

»Hier«, rief Kiel und warf ihm ihre Taschenlampe zu. »Aber verwechsle sie nicht mit was anderem!«

Ihr ungehobelter Humor tat Maia in den Ohren weh, aber die anderen fanden den Spruch offenbar umwerfend komisch. Renna betrachtete das zylindrische Holzgerät mit dem Schalter und der Linse am einen Ende. Kopfschüttelnd erwiderte er: »Ich glaube, es wird mir nicht schwerfallen, den Unterschied zu erkennen.« Die drei Frauen lachten laut.

Merkt er denn nicht, daß er sie auch noch ermutigt? dachte Maia ärgerlich. Ohne Aurorae und andere sommerlichen Hinweisreize, mit der die männliche Brunst ausgelöst wurde, konnte das ganze Geplänkel ohnehin zu nichts führen, und im Augenblick war die Stimmung auch noch recht locker. Aber wenn er Interesse heuchelte, nur um die Frauen zu necken, konnte es zu Schwierigkeiten kommen.

Als Renna an ihr vorbeiging, die Schaufel unbeholfen vor sich haltend, blinzelte Maia überrascht und mußte sich zusammennehmen, ihn nicht anzustarren. Einen kurzen Augenblick, ehe er aus dem Licht des Feuers trat, glaubte sie, eine Beule wahrzunehmen, eine Schwellung, die – Lysos sei Dank! – die anderen anscheinend nicht bemerkt hatten.

Das Feuer erlosch, und der große Mond Durga ging auf. Thalla schnarchte neben Kiel, Baltha hatte sich bei den Pferden ausgestreckt. Mit geschlossenen Augen dämmerte Maia vor sich hin und stellte sich gerade die hohen Türme von Port Sanger vor, als ein dumpfer

Schlag sie aufschreckte. Sie sah nach links – ein viereckiger Gegenstand war auf Rennas Decke gelandet. Der Mann setzte sich daneben und begann die Schuhe auszuziehen. »Hab da draußen was Interessantes gefunden«, flüsterte er.

Sie stützte sich auf einen Arm und berührte den brüchigen Quader vorsichtig. »Was ist das?«

»Oh, bloß ein Backstein. Ich hab eine Mauer gefunden … einen alten Keller. Nicht der erste. Den ganzen Tag sind wir schon an Ruinen vorbeigekommen.«

Maia sah ihm zu, wie er sein Hemd auszog. Seit mehreren Tagen hatte er sich nicht rasiert und nicht gewaschen, und inzwischen verströmte er einen männlichen Geruch, wie sie ihn zuletzt an den Matrosen auf der *Wotan* bemerkt hatte, und das war immerhin auf hoher See gewesen. In einer zivilisierten Stadt wäre ein Mann in diesem Zustand längst wegen Erregung öffentlichen Ärgernisses festgenommen worden. Im Sommer galt dies doppelt, aber im Winter vierfach! Als Fremdling kannte Renna die Anstandsregeln vielleicht nicht, die man den Jungen schon früh beibrachte, Regeln, die vor allem in der Zeit eingehalten werden mußten, wenn Glorienfrost gefallen war. Attraktivität zur falschen Zeit kann sehr ärgerlich sein.

»Ich habe keine Mauern gesehen«, entgegnete sie abwesend. »Meinst du, hier haben Menschen gelebt?«

»Hmm. Nach der Verwitterung würde ich sagen, vor etwa fünfhundert Jahren.«

Maia staunte. »Aber ich dachte …«

»Du dachtest, dieses Tal wäre erst seit etwa einem Jahrhundert besiedelt, ich weiß. Und der ganze Planet erst zweihundert Jahre davor.« Renna legte sich seufzend auf den Sattel zurück, der ihm als Kopfkissen diente. Offenbar war er unempfindlich gegen die Kälte, denn er deckte sich nicht zu, sondern nahm den Stein wieder in die Hand und drehte ihn prüfend um. Die Muskeln in seinen Armen und seiner Brust bewegten sich. Nun, da sich Maia daran gewöhnt hatte, kam ihr sein Geruch gar nicht mehr so beißend vor wie bei den Matrosen der *Wotan*. Oder geriet sie etwa auch unter den Einfluß des Winters?

»Hmm«, sagte sie und versuchte, von ihrer Seite her das Gespräch in Gang zu halten. »Du meinst, ich habe damit unrecht?«

Er lächelte, und seine Augen glitzerten dabei so voller Zuneigung, daß Maia ein leichter Schauer überlief. »Das ist nicht deine Schuld. Die Savanten lassen die Geschichte außerhalb von Caria bewußt im unklaren. Nicht, daß sie lügen, aber sie vermitteln einen falschen Eindruck und tun so, als wären exakte Daten unwichtig.

Es ist richtig, daß Long Valley vor einem Jahrhundert von Pionieren besiedelt wurde, von den Ahnmüttern der perkinitischen Clans, die heute hier wohnten. Lange Zeit war die Gegend fast ausgestorben, aber vor vielen Jahrhunderten war diese Ebene fruchtbar und ernährte eine große Population. Ich vermute, daß dieses Land mindestens fünf- bis sechsmal von Siedlerwellen überschwemmt wurde ...«

Maia hob die Hand. »Warte. Moment mal!« Unwillkürlich hatte sie die Stimme gehoben. Leiser fuhr sie fort: »Was sagst du da? Daß Menschen seit ... seit tausend Jahren auf Stratos leben?«

Noch immer lächelte Renna, doch gleichzeitig runzelte er die Stirn, wie immer, wenn er etwas Ernstes zu sagen hatte. »Maia, nach dem, was ich aus meinen Gesprächen mit den Savanten erfahren habe, sind Lysos und ihre Gehilfinnen vor über *dreitausend* Jahren hier gelandet und haben menschenartige Wesen auf diesen Planeten gebracht. Das stimmt mit den Daten ihres Aufbruchs von Florentina überein, obwohl natürlich viel davon abhängt, welche Transportmittel sie benutzt haben.«

Maia verschlug es die Sprache. Das war ja, als hätte

dieser Mann behauptet, daß die Frauen von Felssala-
mandern abstammten!

»Sie wollten, daß ihr Projekt von Dauer ist«, fuhr
Renna fort und blickte zum Himmel. »Und das muß
man ihnen lassen – sie haben äußerst eindrucksvolle
Arbeit geleistet.« Damit legte Renna den Backstein beiseite, schlug seine Decke zurück und schlüpfte darunter. »Guten Schlaf, Maia.«

Mechanisch antwortete sie: »Guten Schlaf«, legte sich
zurück und schloß die Augen. Aber es dauerte eine
ganze Weile, bis sich ihre Gedanken einigermaßen beruhigt hatten. Als sie schließlich doch einschlummerte,
träumte sie von in Stein geritzten Puzzleformen. Vierecke und längliche Muster, die verrutschten und sich
übereinander legten, wie Schlangen, die über eine
Wand von Rätseln dahingleiten.

Maia hatte sich gefragt, ob sie jetzt, da sie auf dem
freien Land waren, ein anderes Tempo anschlagen würden. Würden sie sich bei Tag verstecken und bis zum
Einbruch der Nacht außer Sicht bleiben? Nach der hektischen, fast ununterbrochenen Flucht hätte sie nichts
gegen ein wenig Ruhe gehabt.

Doch der Plan sah offenbar anders aus. Die Sonne
war kaum aufgegangen, als Baltha sie wachrüttelte.
»Komm schon, Fräuleinchen. Hol dir deinen Tee und
dein Brot. Wir brechen gleich auf.«

Thalla machte sich bereits am Feuer zu schaffen,
während Kiel die Pferde versorgte. Maia rieb sich die
Augen und sah sich nach Renna um, den sie schließlich
ein Stück flußabwärts entdeckte, umgeben von einem
Halbkreis von Gegenständen. Als sie näher heranging,
erkannte sie den Backstein vom vorigen Abend, mehrere verbogene Gebilde aus Aluminium – einen Haken
und etwas, das aussah wie eine große Schraube – und
noch einige andere Dinge, die sie nicht identifizieren
konnte. Renna hatte sein Spiel des Lebens auf dem

Schoß. Wenn er einen Gegenstand gründlich untersucht hatte, malte er mit dem Stift eine Reihe von Punkten auf das breite Spielbrett und drückte dann einen Knopf, worauf das Muster verschwand. Vermutlich in den Gedächtnisspeicher.

»Hallo!« begrüßte er sie fröhlich, als er sie mit zwei Tassen Tee auf sich zukommen sah. »Ist eine für mich?«

»Ja, hier. Was tust du da?«

Renna zuckte die Achseln. »Das ist mein Beruf. Ich hab eine Methode gefunden, wie ich dieses Spiel als eine Art Notizblock verwenden kann, um Beobachtungen zu speichern. Es ist ein bißchen umständlich, aber besser als nichts.«

»Dein Beruf«, wiederholte Maia nachdenklich. »Das habe ich dich ja noch gar nicht gefragt. Was ist dein Beruf?«

»Man nennt mich einen Peripatetiker, Maia. Das bedeutet, daß ich von einer Hominidenwelt zur anderen ziehe und Verhandlungen für den Großen Pakt führe. Das klingt pompöser, als es ist. Meine wirkliche Aufgabe besteht darin ... na ja, weiterzumachen und am Leben zu bleiben.«

Maia glaubte einigermaßen zu verstehen, was er meinte. »Klingt ganz wie das, womit ich mich beschäftige. Ich versuche auch, am Leben zu bleiben.«

Ihr ehemaliger Mitgefangener lachte anerkennend. »Wenn man es so ausdrückt, dann ist es vermutlich für jeden mehr oder weniger das gleiche. Das, worum es letztlich geht.«

Wieder dachte Maia an die vergangene Nacht, an seinen Geruch, während Renna sich unruhig im Schlaf wälzte. Einmal war sie auf seiner Brust aufgewacht, die sie als Kissen benutzte, während er fest schlief, einen Arm um ihre Schulter geschlungen. Nun wirkte er wie ein anderer Mensch. Irgendwie hatte er sich einer Grundreinigung unterzogen. Die Stoppeln waren teilweise weggekratzt, so daß jetzt ein ordentlicher Bart entstand. Momentan empfand Maia ihren eigenen Geruch stärker als seinen.

Sie stellte sich entgegen der Windrichtung neben ihn und fragte: »Dann bist du also nicht gekommen, um eine Invasion vorzubereiten?«

Sie meinte das als Scherz, um sich über die Gerüchte lustig zu machen, die von den Panikmachern in Umlauf gebracht wurden, seit Rennas Schiff vor einem langen Jahr am Himmel erschienen war. »Auf gewisse Weise ist das genau der Grund meines Kommens ... um euch auf eine Invasion vorzubereiten.«

Maia schluckte. Diese Antwort hatte sie nicht erwartet. »Aber du ...«

Sie ließ den Satz unvollendet. Thalla führte zwei Pferde herbei und rief: »Nun kommt mal in die Gänge, ihr zwei! Bei Tag müssen wir hart und schnell reiten, also los!«

»Jawoll, Ma'am!« antwortete Renna und salutierte freundlich und leicht übertrieben. Er ließ seine archäologischen Funde liegen, stand auf und klappte das Spielbrett zusammen. Maia lief eilig ins Lager, um ihre Decke an die Satteltasche zu schnallen, und warf dabei einen Blick zurück zu Renna, der sich bückte, um die Schnalle seines Sattelgurts zu inspizieren. *Was er wohl mit dieser Bemerkung gemeint hat? Könnte es sein, daß der Feind zurückkehrt? Ist er durch den Weltenraum gereist, um uns zu warnen?*

Während sie noch zu ihm hinüberschaute, trat Kiel zwischen sie, streckte mit einer raschen Bewegung die Hand aus und *kniff* Renna im Vorbeigehen! »He!« rief er, richtete sich auf und rieb sich den Hintern, eher überrascht als verärgert. Genaugenommen verriet sein schmerzverzerrtes Lächeln sogar ein gewisses Vergnügen. Kiel kicherte.

Lysos, was für eine schamlose Anmache, schimpfte Maia im stillen, und der Zorn riß sie aus ihren Grübeleien. Beleidigt, ohne recht zu wissen, warum, ignorierte sie

Rennas Blicke und ritt den größten Teil des Nachmittags mit Baltha an der Spitze des Zuges. Ihr Ärger wuchs, als sie mitbekam, wie Renna mit Thalla und Kiel hin und wieder kleine Umwege machte, ihnen Ruinen zeigte und erklärte, welche davon zum Wohnen und welche zum Arbeiten gedient hatten. Die beiden Frauen stellten ihr Interesse überschwenglich zur Schau, was Maia unendlich peinlich fand.

Baltha schnaubte verächtlich. »Alberne Radis«, brummte sie. »Machen ein Theater und versuchen mit einem Mann zu reden, obwohl das doch nirgendwohin führt. Als wüßten die beiden, wie sie mit 'ner Stimulation umgehen sollten, wenn sie jetzt eine kriegen würden.«

»Du glaubst doch nicht, daß sie versuchen ...«

»Nee. Wahrscheinlich flirten sie bloß. So ein Quatsch. Du kennst ja sicher den alten Vers:

>*Auf Nische und Haus, darauf kommt's an*
Dann Kinder und Freunde, mit denen man reden kann,

Und zuletzt zum Schmusen vielleicht auch 'nen Mann.‹

Und ich finde, das klingt immer noch sehr vernünftig«, schloß sie.

»Hmm«, brummte Maia unverbindlich. »Was ist eine ... eine Radi?«

Baltha warf ihr einen schrägen Blick zu. »Ziemlich unbeleckt, was, Fräuleinchen? Weißt du denn überhaupt nichts?«

Maia spürte, wie sie rot wurde. Einen Moment spielte sie mit dem Gedanken zu antworten: *Ich weiß, was du in deiner Satteltasche versteckt hast*, aber dann besann sie sich eines besseren.

»Radi bedeutet ›radikal‹, und man benutzt es für überschlaue junge Stadtvarlinge mit hochfliegenden Plänen im Kopf, wie sie die Welt verändern wollen. Die denken, sie wären klüger als Lysos. Völlig idiotisch.«

Jetzt erinnerte sich Maia daran, wo sie das Wort schon gehört hatte, im Radio in ihrer Hütte bei den Lerners. Der Geheimsender hatte damit die Frauen bezeichnet, die eine grundlegende Neuordnung der stratoinischen Gesellschaft forderten. In manchen Aspekten waren die Radis das genaue Gegenteil der Perkiniten, denn sie traten dafür ein, der Varunter-schicht mehr Einfluß zu verschaffen, indem sämtliche Regeln neu definiert wurden, im politischen wie im biologischen Bereich.

»Du redest von meinen Freundinnen«, sagte sie in strengem Ton und hoffte, daß er sich in Balthas Ohren auch so anhörte.

Doch Baltha gab nur ein sarkastisches Grunzen von sich. »Ach ja? Na, das ist ja eine große Neuigkeit. *Deine Freundinnen.* Vielen Dank für die Information.« Sie lachte, und Maia kam sich dumm vor, ohne zu wissen, warum. Sie blickte stur geradeaus, und versuchte, Baltha zu ignorieren. Einige Zeit ritten sie schweigend nebeneinander her. Aber schließlich war Maias Neugier doch stärker als ihr Groll. Sie drehte sich zu Baltha um und fragte in möglichst neutralem Ton: »Du willst also die Welt nicht verändern?«

»Jedenfalls nicht grundsätzlich. Ich will sie nur ein bißchen aufrütteln. Sozusagen ein paar tote Bäume fäl-len, damit es wieder Platz gibt im Wald. Damit wieder genug Licht reinkommt für die neuen Bäume.«

»Und du bist vermutlich eine der Wurzeln.«

»Warum nicht? Findest du nicht, ich sehe aus wie eine Gründermutter? Kannst du dir diese Visage nicht auf einen großen Gemälde vorstellen, das in irgend-einem schicken Saal über dem Kamin hängt?« Sie hielt den Kopf hoch und streckte das Kinn vor.

Das Problem war, daß Maia sich das nur allzugut vorstellen konnte. Die Gründerinnen vieler Clans waren sicherlich ebenso hartgesotten und skrupel-los gewesen wie Baltha. »Na fein. Angenommen, du schlägst eine Lichtung und pflanzt dort deinen eigenen Samen. Sagen wir, dein Stammbaum wächst zu einem Giganten heran, und Hunderte von Klonästen sprießen in alle Richtungen. Wie würdest du dann einen *neuen* Schößling behandeln, der eines Tages daneben Wurzeln schlagen möchte?«

»Wie ich den behandeln würde? Ganz einfach.« Baltha lachte. »Ich breite meine Äste aus und nehme ihm das Licht!«

»Haben die anderen nicht auch einen Platz an der Sonne verdient?«

Baltha musterte Maia mit zusammengekniffenen Augen, als wäre ihr soviel Naivität unbegreiflich. »Dann sollen sie kämpfen, so wie ich jetzt für mich kämpfe. Das ist doch nur gerecht. Lysos war eine weise Frau.« Die letzten Worte sprach Baltha sehr ernsthaft und machte dabei das rituelle Kreiszeichen über der Brust. In ihren Augen erkannte Maia den Ausdruck echter Religiosität. Eine Version und eine Auslegung der Religion, die genau das rechtfertigte, was sie ohnehin längst für sich entschieden hatte.

Danach schwiegen sie wieder lange. Sie ritten weiter, und der Nachmittag verging. Baltha zog ihren Kompaß zu Rate und korrigierte mehrmals ihren Kurs nach Südwesten. Gelegentlich erhob sie sich in den Steigbügeln und richtete ihr Teleskop zum hinter ihnen liegenden Horizont, um zu überprüfen, ob sich Verfolger näherten. Aber nur knorriges Buschwerk unterbrach die Monotonie der Steppe. Maia mußte an die Frauen aus dem Märchen denken, die zu Stein erstarrt waren, weil sie den Medusa-Mann gesehen hatten.

Als die Gruppe der Fliehenden anhielt, streckten sie sich nur kurz, vertraten sich die Beine und aßen im Stehen einen Bissen. Niemand witzelte mehr über Rennas Sattel, denn inzwischen humpelten sie alle nach dem Absteigen. Die Dämmerung brach herein, und Maia erwartete, bald zum Lagern aufgerufen zu werden. Aber anscheinend plante man weiterzureiten. *Niemand erklärt mir etwas*, dachte sie und seufzte resigniert. Zumindest wirkte Renna genauso müde und unwissend, wie sie sich fühlte.

Zwei Stunden nach Einbruch der Nacht, als die winzige, silbern schimmernde Aglaia gerade ins Sternbild der Kelle stieg, ließ Baltha plötzlich anhalten und signalisierte der Gruppe, sich ganz still zu verhalten. Angestrengt spähte sie nach vorn in die Dunkelheit, dann legte sie die Hände an den Mund und imitierte leise einen Vogelruf.

Sekunden verstrichen.

Dann kam eine Antwort aus der Finsternis, eine Pause folgte und ein weiterer Ruf. Ein Funken glühte auf, eine Laterne wurde angezündet, in deren Licht eine massige Form erkennbar wurde, wie ein abgerundeter kleiner Hügel einige hundert Meter vor ihnen. Nun setzten sie sich wieder in Bewegung, und kurz darauf trafen sie auf Schatten, die miteinander verschmolzen und sich wieder voneinander lösten. Das Ding schien am einen Ende eckig, am anderen rund. Leise zischend stand es an einer Stelle, wo zwei vom linken Horizont herkommende Linien pfeilgerade nach rechts weiterführten. Dann klärte sich die verschwommene Form, und Maia erkannte eine kleine Rangierlok der Solareisenbahn, die auf einem Nebengleis stand, umgeben von angebundenen Pferden und murmelnden Frauen.

Als Baltha vorpreschte, um ihre Freundinnen zu begrüßen, erschollen Freudenschreie. Thalla und Kiel umarmten Kau. Renna stieg ab und hielt Maias Wallach, während auch sie absaß. Ihre Glieder waren schwer vor Erschöpfung. Sie führten ihre Reittiere um die dunkle Lok herum und übergaben die Zügel einer stämmigen Frau in der Kleidung des Musseli-Clans. Eine weitere Musseli überreichte Renna ein zusammengefaltetes Bündel, das sich als Uniform einer männlichen Eisenbahngilde entpuppte.

Also steckten die Musseli doch nicht mit den perkinitischen Farmclans unter einer Decke. Das war einleuchtend, wenn man an ihre engen Beziehungen mit den Männern der Gilden dachte, die zum Teil ihre Brüder und Söhne waren. *Schade, daß ich das Leben in einem solchen Clan nie kennengelernt habe. Es muß doch interessant sein, wenn man ein paar Männer so gut kennt.*

Anscheinend hatte die Verschwörergruppe vor, Renna auf schnellstem Wege wegzubringen, nämlich mit der Eisenbahn. Ohne Waggons, die ihn beschwerten, erreichte die Lokomotive möglicherweise schon morgen mittag Grange Head – vorausgesetzt, keine Straßensperren oder Suchtrupps kreuzten ihren Weg. Thalla, Kiel und die anderen würden vielleicht schon zur Abendessenszeit ihre Belohnung in Händen halten. Vielleicht würde Maia als Maskottchen der Gruppe von ihren Freundinnen sogar eine gute Mahlzeit und ein Nachtlager spendiert bekommen, ehe sie sie wegschickten.

Renna grinste fröhlich und drückte Maias Schulter, aber sie spürte bereits, wie sie sich innerlich von ihm distanzierte, als Schutz vor der nächsten unvermeidlichen schmerzlichen Trennung.

Logbuch des Peripatetikers:
Mission Stratos
Ankunft plus 40.177 Megasekunden

Caria, die Hauptstadt, liegt auf einer Hochebene, von der man drei Flüsse ins Meer münden sieht. Die Einwohner nennen Caria die ›Goldstadt‹, wegen der gelben Dachziegel der Clanfesten auf den berühmten dreizehn Hügeln. Aber aus der Umlaufbahn habe ich die Stadt von hoch oben, in der Morgendämmerung gesehen, und da hat sie diesem Namen noch weit mehr Ehre gemacht: In ihren Mauern aus Kristallgestein bricht sich das Sonnenlicht und strahlt in den Weltraum mit einem Glanz, der jenseits des Farbenspektrums liegt und auf Cys Bildschirm als bernsteinfarbener Halo abgebildet wurde. Es ist wie ein Wunder, selbst für jemanden, der Schwebwale auf Wolken schaumigen Creills hat weiden sehen, inmitten der Metrotürme von Zaminin.

Im Lauf des letzten Jahres habe ich mir oft gewünscht, diesen Anblick mit jemandem teilen zu können.

Reisende betreten Caria durch ein breites Granitportal, gekrönt von einem prächtigen Fries – Pallas Athene, die Göttin der Antike, Beschützerin der Stadtbewohner, mit dem Gesicht der weisen Gründerin dieser Kolonie. Leider hat der Künstler nicht ihr sarkastisches Lächeln eingefangen, das ich aus dem Studium zahlreicher Bordakten über Lysos kenne, aus der Zeit, als sie noch Philosophin und Professorin auf Florentina war und abstrakt über die Dinge sprach, die sie später in die Praxis umsetzen sollte.

Als unsere Prozession vom Raumhafen eintraf, schien alles friedlich und ruhig, aber ich bin sicher, daß die majestätischen Stadtmauern nicht nur zur Zierde gebaut worden sind. Sie bilden eine sehr effektive Trennlinie zwischen der Stadt und ihrem Umfeld. Eine Verteidigungslinie.

Der Verkehr floß geschäftig unter Athenes ausgestrecktem Stab hindurch, um den sich die ineinander verflochtenen Schlangen winden – eine Verkörperung der DNS-Spirale. Um größeres Aufsehen zu vermeiden, entfernte sich unsere Kavallerie-Eskorte an dieser Stelle, und ich fuhr im Wagen weiter. Meine Landung ist zwar kein Geheimnis, aber sie wird gezielt heruntergespielt. Wie auf den meisten bewußt pastoral-idyllisch gehaltenen Welten, sind auch hier konkurrierende Nachrichtenmedien als grundsätzlich schädigender Einfluß verboten. Die sorgsam zensierten Nachrichtensendungen des Regierungsrats stellten den neuerlichen Kontakt mit dem Phylum als Nebensächlichkeit dar, nicht ohne gleichzeitig seine Bedrohlichkeit durchschimmern zu lassen.

Durch Abhörversuche über Funk erfährt man nie wirklich, was die Durchschnittsfrau auf der Straße denkt. Ich frage mich, ob ich je Gelegenheit bekommen werde, das herauszufinden.

Wenn ich mir das Leben auf einem Planeten von Klonen vorstellte, sah ich unwillkürlich unendliche Reihen gleicher Gesichter ... Horden identischer Zweibeiner mit glasigen Augen, in stummem, wohlgeordnetem Gleichschritt. Eine Karikatur von Menschen als Ameisen oder Bienen.

Ich hätte es besser wissen sollen. Menschenmengen drängten sich unter den Portalen, tummelten sich auf den

Gehwegen und Brücken von Caria, es wurde gestritten und gegafft, gefeilscht und gelacht wie in jeder anderen Hominidenwelt. Nur gelegentlich entdeckte ich ein Paar oder ein Trio, ein Quartett oder gar ein Quintett von Klonen, und selbst in solchen Gruppen unterschieden sich die Schwestern in Alter und Kleidung. Statistisch betrachtet mußten die meisten Frauen, die ich erspähte, einem parthenogenetischen Clan angehören. Doch Menschen sind nun einmal keine Bienen, und eine menschliche Stadt wird nie zu einem Bienenstock. Mein verschwommener erster Eindruck zeigte mir eine Vielfalt von Frauentypen, groß und klein, breit und schmal, mit jeder erdenklichen Hautfarbe ... kaum die gängige Vorstellung von Homogenität.

Abgesehen davon, daß es so gut wie keine Männer gab. Ich sah ein paar kleine Jungen beim Spielen und einige Greise mit dem grünen Armband der ›Ruheständler‹. Aber jetzt, zur Mittagszeit eines Sommertags, waren erwachsene Männer seltener als Albinos und doppelt so auffällig. Als ich einen sah, wirkte er fehl am Platz, seiner Größe unbehaglich bewußt, und er trat gleich zur Seite, um einer Gruppe geschäftiger Frauen Platz zu machen. Ich spürte, daß er – wie ich – nur als Gast geduldet war und dies keinen Augenblick vergaß.

Diese Stadt ist weder von Männern noch für Männer gebaut.

Die klassische Linie der öffentlichen Gebäude von Caria ist unserer irdischen Antike nachempfunden, mit breiten Treppen und figurengeschmückten Brunnen, an denen Reisende sich erfrischen und ihre Tiere tränken. Die eindeutige Bevorzugung von Fuß und Huf gegenüber dem Verkehr auf Rädern erinnert mich an die Stadtplanung auf Dido, wo Automobile und Lastwagen so durchgeschleust werden, daß niemand sie zu Gesicht bekommt, und auf den Hauptstraßen gemächlichere Rhythmen vorherrschen. Wie auf unsichtbaren Schienen sauste unser handgefertigtes Auto an den klotzigen Apartmenthäusern und wuselnden Märkten eines engen Viertels vorbei, das Iolanthe ›Varstadt‹ nannte. Dann fuhren wir den Hügel hinauf, zwischen eleganten, schloßähnlichen Gebäuden mit Gärten und glänzenden Türmchen, auf denen das Banner mit dem Wappen ihrer noblen Besitzer flatterte.

An der inneren Palisade, die die Stadtburg umgibt, machte meine Eskorte kurz halt. Dort sah ich zum ersten Mal die Lugars, weiße, pelzige Kreaturen, die von den Uraffen der Vega abstammen. Unter der Aufsicht einer geduldigen Betreuerin schleppten sie große Steinblöcke. Angeblich hat Lysos die Lugars entworfen, um ein Argument aus der Welt zu schaffen, weshalb Söhne wichtig sind – daß man gelegentlich reine Körperkraft braucht. Eine Alternativlösung, nämlich Roboter einzustellen, hätte einen permanenten Industriestützpunkt notwendig gemacht, was für das Programm der Gründerinnen gefährlich gewesen wäre. Typischerweise dachten sie sich deshalb etwas aus, was sich selbst versorgte.

Als ich den Lugars zusah, wie sie die riesigen Gesteinsbrocken durch die Gegend hievten, kam ich mir im Vergleich zu ihnen unwillkürlich schwach vor – was ebenfalls Teil des Plans gewesen sein könnte.

Ich bin nicht gekommen, um mir ein Urteil über die Bewohner von Stratos zu erlauben, die eine pastorale Lösung der menschlichen Gleichung gewählt haben. Jeder Weg hat seinen Preis. Meine Anweisungen verlangen, daß ein Peripatetiker alles, was er oder sie auf einer Phylumwelt zu Gesicht bekommt, akzeptiert. Akzeptieren ist dabei im förmlichen Sinn gemeint. Die Regeln schreiben mir nicht vor, daß mir alles gefallen muß.

Die Erbauerinnen von Caria nutzten die natürlichen Konturen des Plateaus, um Tempel und Theater, Plätze, Schulen und Sportarenen anzulegen – was mir von meinen eifrigen Führerinnen alles detailliert und voller Stolz erklärt wurde. Der von Bäumen gesäumte Boulevard führte uns an beeindruckenden Bauwerken vorüber – das Amt für Planetarisches Gleichgewicht, die ehrwürdige Universität – bis wir uns schließlich zwei Marmor-Zitadellen mit hohen Säulengängen näherten. Das Doppelherz von Caria. Die Große Bibliothek zur Linken, zur Rechten der Tempel der Stratos-Mutter.

... Und Lysos ist ihre Prophetin ...

Die Fahrt hatte ihren Zweck erfüllt. Die Hauptstadt ist ein Vorzeigestück, jeder Welt würdig. Ich war tief beeindruckt, und das muß ich nun auf jeden Fall auch zeigen.

Kapitel 15

Die Musseli-Lokführerin ließ die Passagiere möglichst weit vom Armaturenbrett entfernt bei den warmen Energiezellen der Lokomotive Platz nehmen. Maia verspürte das vertraute Kitzeln, als ihr der Kohlenstaub aus dem Verschlag mit dem Reserve-Brennstoff in die Nase stieg, doch sie war zu aufgeregt, um sich davon stören zu lassen. Der Duft der Freiheit war stärker und von neuem berauschend. Ihr Herz klopfte wild, während sie sich über den Batteriekasten beugte, ein schmales, verstaubtes Fenster aufstemmte und sich den Wind ins Gesicht blasen ließ.

Die Prärie sauste vorüber, im schimmernden Licht der soeben aufgegangenen Durga. Es gab Täler und

Schluchten, Zaunpfähle, stachelige Heuhaufen und gelegentlich ein kleines Wäldchen, dort, wo der poröse Untergrund genügend Regenwasser speicherte, um einheimische Bäume zu ernähren. Maia hatte diese Hochebene zu hassen gelernt, aber jetzt, da sie endlich an den Erfolg ihrer Flucht glauben konnte, schien die Landschaft ihr eine ganz andere Botschaft zuzuflüstern – als wollte sie Maia zu guter Letzt doch noch ihre herbe Schönheit schmackhaft machen.

Sommerstürme brausen über mich hinweg. Der Wind und die glühende Sonne trocknen meinen weichen Boden aus. Im Winter läßt der Frost die verstreuten Kieselsteine zu Staub zerspringen. Durch den armen Lehm tropft und sickert das Wasser. Ich blute.

Aus dem, was Wind und Sonne und Eis übriglassen, brennen die Menschen Ziegel, oder sie brechen es mit eisernen Pflugscharen auf und lassen goldenes Korn darauf wachsen, das sie übers Meer verschiffen.

Wo sind meine tänzelnden Lingaruhs geblieben? Die grasenden Pantotheren, die anmutigen Spiralböcke, die in Scharen über mich hinwegzogen? Gegen Rinder und Mäuse konnten sie sich nicht durchsetzen. Und wenn sie es doch einmal schafften, griffen gleich die Menschen ein und züchteten ihnen Eigenschaften an, die ihren Zwecken dienlich waren. Neue Hufspuren überziehen meine Pfade, während die alten im Zoo verschwinden.

Doch was macht das schon? Laßt die Eindringlinge die heimischen Kreaturen ersetzen, die andere vor ihnen vertrieben haben. Laßt meine Böden zu Stein werden, zu Sand und wieder zu Böden. Welchen Unterschied macht die ständige Veränderung, die durch das Sieb der Zeit rieselt?

Ich warte, ich dauere fort, mit steinerner Geduld.

Erst drängelte Renna, dann Kiel, Maia solle sich auch dort hinlegen, wo sich bereits ein halbes Dutzend Frauen wie Klafterholz eng aneinanderschmiegte, alle auf der gleichen Seite, weil kein Platz zum Umdrehen da war. Doch die unbequeme Lage hinderte keine von ihnen am Schlafen. In Thallas Worten waren das die verwöhnten Klonfrauen, die sich schon von einer Erbse unter der Matratze gestört fühlten. Ihr rhythmisches Ein- und Ausatmen übertönte bald das leise Pfeifen der elektrischen Motoren.

»Nein danke«, entgegnete Maia auf die gutgemeinte Aufforderung ihrer Freunde. »Ich kann ohnehin nicht schlafen. Jetzt nicht. Noch nicht.«

Kiel nickte nur und machte es sich neben der Bremsbox bequem, um im Sitzen ein wenig zu dösen. Auch Renna war anscheinend am Ende seiner Kraft. Nachdem er die arme Lokführerin eine halbe Stunde lang mit allerlei Fragen belästigt hatte, ließ er sie – was für ihn ganz untypisch war – plötzlich in Ruhe und ließ sich auf die Decken sinken, die auf dem breitesten Schlafplatz, der Deckplatte über dem leise klimpernden Getriebegehäuse, für ihn ausgelegt worden waren. Dieses Schlaflied ließ ihn in kürzester Zeit in das Schnarchkonzert der anderen einstimmen.

Maia schnallte ihren Sextanten ab und nahm ein paar vertraute Sterne ins Visier. Obgleich sie vor Erschöpfung und wegen des Geruckels der Lokomotive das Gerät kaum halten konnte, war sie nun sicher, daß sie sich in die richtige Richtung bewegten. Natürlich schloß auch das die Möglichkeit des Verrats nicht hundertprozentig aus – *werde ich allmählich etwa zynisch?* überlegte sie nüchtern –, aber es beruhigte sie zu wissen, daß sie mit jeder Sekunde dem Meer ein wenig näher kamen. Sie unterdrückte ihre bösen Vorahnungen, so gut sie konnte. *Kiel und die anderen sind besser informiert als ich, und sie machen einen recht zuversichtlichen Eindruck.*

Maia war nicht die einzige Schlaflose, die der Lokführerin schweigend Gesellschaft leistete. Baltha stand am Backbordfenster Wache, streichelte ihr Brecheisen wie eine kurze Fanghellebarde, als wäre sie ganz er-

picht darauf, wenigstens einen Feind damit niederzuschlagen, ehe die Flucht für sie erfolgreich war. Einmal
warf sie Maia einen langen, finsteren Blick zu. Die meiste Zeit jedoch blieb jede für sich an ihrer jeweiligen
kühlen Glasscheibe; Baltha hielt vorne Ausschau nach
Gefahr, während Maia aus dem Steuerbordfenster
spähte.

Dabei hätte man in der Dunkelheit mit bloßem Auge
ohnehin nicht viel erkennen können. *Bei diesem Tempo
würden wir kaum etwas sehen, bevor wir damit zusammenstoßen.*

Mondschein glitzerte auf den schnurgeraden Schienen, die hypnotisierend unter ihren schweren Augenlidern vorbeisausten. Maia schloß die Augen – *nur
ein, zwei Minuten.* Doch die Bilder kamen nicht zum
Stillstand. Sie sah die Lokomotive, die durch die
schimärenhafte Steppe flog, die zuerst nur wie eine
mondscheindurchflutete Ebene wirkte, dann aber zunehmend das Aussehen einer Traumlandschaft annahm. Die sanften, gefrorenen Wellen der Prärie kamen
ins Rollen und schwappten wie Meereswogen von beiden Seiten gegen die Stahlschienen.

Tödliche Sicherheit überkam Maia. Etwas lag vor
ihnen, aber so, daß sie es gerade nicht erkennen konnte.
Die Vorahnung gerann zu einem lebendigen Bild: Unablässig brauste die Maschine auf einen riesigen Fels-
haufen zu, der von einer grinsenden Tizbe Beller auf
die Schienen gelegt worden war.

»Lauf weg, wenn du willst«, säuselte die Frau, die sie
so gequält hatte, drohend wie eine Bilderbuchhexe.
*»Hast du ernsthaft geglaubt, du könntest der Macht der gro-
ßen Clans entfliehen, wenn sie sich vorgenommen haben,
dich aufzuhalten?«*

Maia stöhnte, aber sie konnte sich nicht bewegen und
auch nicht aufwachen. Die Phantombarrikade ragte vor
ihr auf, überdeutlich und furchterregend. Doch wenige
Sekunden vor dem Aufprall verwandelten sich die

Steine, aus denen sie errichtet war, und wurden in einem Zeitlupenaugenblick zu schimmernden *Eiern*, die aufplatzten und riesige, bleiche Vögel hervorbrachten. Die Vögel breiteten ihre Schwingen aus, befreiten sich von den letzten Eierschalen und stiegen dann ungehindert feuerspeiend zu ihren Brüdern, den Sternen auf.

In ihrem Traum spürte Maia keine Erleichterung, als sie verschwunden waren. Vielmehr überflutete sie eine bodenlose Einsamkeit.

Warum? fragte sie sich klagend, wie sie es schon als Kind getan hatte. *Warum fliegen sie davon ... und ich muß hierbleiben?*

Als der Morgen kam, schlief Maia noch tief und fest, in eine Decke gehüllt, die unter den ersten Sonnenstrahlen dampfte. Renna rüttelte sie sanft an der Schulter und drückte ihr eine Tasse heißen Tee in die Hand. Maia blinzelte, erkannte sein offenes Gesicht und lächelte dankbar.

»Ich glaube, wir schaffen es!« meinte Renna mit einer angestrengten Zuversicht, die Maia sehr liebenswert fand. Hätte er es nur gesagt, um sie zu beruhigen, wäre sie beleidigt gewesen. Aber so fühlte sie sich erwachsen, und sein naiver Optimismus entzückte sie. Ihr wurde warm ums Herz. Zwar hatte sie keine Ahnung, wie alt Renna sein mochte, aber sie bezweifelte, daß er jemals seinen sonnigen, verrückten Enthusiasmus für alles Neue verlieren würde.

Das Frühstück bestand aus Hirsemehl und braunem Zucker, vermischt mit heißem Wasser aus dem Reserveboiler der Lok. Die Maschine hielt nicht an, während sie aßen; sie wurde nicht einmal langsamer. Wiesen mit grasenden Herden flogen vorüber, hie und da hob eine Hirtin die Hand und winkte der vorbeizischenden Lokomotive zu.

Zwischen den notwendigen Instrumentenkontrollen erzählte die Musseli-Lokführerin, was sie tags zuvor gehört hatte, bevor sie zum vereinbarten Treffpunkt aufgebrochen war. Bei dem Gefängnisturm war es in der Nacht, als Maia und Renna das Flugzeug gesehen hatten, tatsächlich zu Kampfhandlungen gekommen. Agenten der Planetarischen Behörde landeten auf dem steinernen Turm und eroberten das ehemalige Gefängnis, wobei sie den Überraschungseffekt ausnutzten, um ihre zahlenmäßige Unterlegenheit auszugleichen. *Zu spät, um uns noch zu helfen*, dachte Maia sarkastisch. *Außer daß die Perkies abgelenkt werden, was unsere Chancen ein wenig verbessern könnte.*

Am nächsten Tag waren die örtlichen Milizen überall in Long Valley alarmiert worden. Die Matriarchinnen der großen Farmclans schworen »die Souveränität des Landstrichs und unsere heiligen Rechte gegen die Einmischung der föderalen Regierung zu verteidigen...« Von beiden Seiten gab es bittere Vorhaltungen, aber niemand erwähnte den Besucher von den Sternen. Realistisch betrachtet konnte es für die Flüchtlinge noch immer eine Menge Schwierigkeiten geben, und es war äußerst unwahrscheinlich, daß die Streitkräfte aus Caria sich noch einmal einschalten würden, ehe die Gruppe das Meer erreichte.

Die Situation wurde dadurch verschlimmert, daß die Bevölkerungsdichte in Long Valley zur Küste hin immer mehr zunahm. Die Lokomotive streifte Dörfer und verschlafene ländliche Gemeinden, dann größere Handelszentren und kleinere Fabrikanlagen. Mehrmals mußten sie das Tempo drosseln, um an Fallbodenwagen vorbeizukommen, die bis obenhin mit Weizen oder goldgelbem Mais beladen waren.

Doch meist wurde der Weg vor ihnen wie durch ein Wunder frei gemacht. In den Städten winkten die Stationsvorsteherinnnen sie fast immer ohne Aufenthalt durch, und Maia wurde klar, daß sie ebenfalls Teil der Verschwörung sein mußten. Es sah aus, als vergrößerte sich der Umfang der Fluchtaktion Stück für Stück.

Sind sämtliche Eisenbahnclans beteiligt? Sie sind keine Perkies, aber ich hätte gedacht, sie würden sich bestenfalls neutral verhalten. Es muß ziemlich ernst sein, wenn eine so nüchtern denkende Sippe wie die Musseli ihre Geschäftsbeziehungen aufs Spiel setzt, um für eine Sache zu kämpfen.

Maia überlegte, ob sie den größeren Zusammenhang wieder einmal nicht ganz durchschaute. *Ich dachte, es ginge um die Droge, von der die Männer im Winter Sommergefühle bekommen. Aber das ist nur ein Teil des Ganzen ... und nicht so wichtig wie beispielsweise Renna.*

Könnte es sein, daß auch er nur ein Teil ist? Kein Bauer auf dem großen Schachbrett wie ich, aber auch nicht der König. Ich könnte jederzeit umgebracht werden, ohne daß jemand zu erklären braucht, wieso.

Diese Erkenntnis war keine Überraschung. Ein Vorteil der lamaianischen Erziehung war, daß man Maia und ihrer Schwester nie beigebracht hatte, Gerechtigkeit von der Welt zu erwarten. »*Gib nach!*« hatte die Wissende Claire gerufen, während sie Maia immer wieder mit einem abgepolsterten Stock schlug – was für die Varlinge ›Kampftraining‹ sein sollte, aber eher eine Folter war, die sich endlos hinzog, bis Maia endlich lernte, sich in Schlagrichtung und nicht dagegen fallen zu lassen.

Wie sehr ich dich noch immer hasse, Claire, dachte Maia. *Aber ich beginne zu begreifen, in welchen Punkten du recht hattest.*

Die Flucht über die Steppe folgte einem unregelmäßigen Rhythmus – lange Strecken der Langeweile, durchbrochen von Minuten nervenaufreibender Anspannung, sobald sie durch eine Ansiedlung kamen. Doch bis kurz vor Mittag schien alles gutzugehen. Dann bot sich ihnen in einer Stadt namens Golden Cob ein höchst unangenehmer Anblick – eine geschlossene Zollschranke versperrte ihnen den Weg. Statt einer Musseli-Stationsvorsteherin wartete eine Truppe großer rothaariger

Frauen in lederner Miliizuniform auf dem Bahnsteig. Sie verglichen die Kennummer der Lok mit Zahlen auf einem Klemmbrett. Maia und die Vars duckten sich, doch trotz der Beschwerden der Lokführerin bestanden die Wachfrauen darauf, die Maschine zu inspizieren. Schon hatten sie den Leiterrahmen gepackt und begannen, von beiden Seiten hochzusteigen.

Es folgte ein Moment, in dem die beiden Gruppen sich nervös und wortlos anstarrten. Dann entdeckte eine Wachfrau Renna und öffnete den Mund, um zu rufen …

Ein schrilles Kreischen ertönte von oben. Die Anführerin der Rothaarigen blickte auf – zu spät, um dem stumpfen Ende von Balthas Brecheisen zu entgehen, das sie am Kinn erwischte. Die große Südländerin sprang von dem Metalldach, wo sie gelauert hatte, mitten in die dichte Milizgruppe hinunter.

Sofort kam Leben in die enge Kabine. Frauen schrien auf und stürzten sich auf den Feind. Für komplizierte Aktionen mit Fanghellebarden gab es keinen Platz, deshalb beschränkten sich beide Seiten auf Faustschläge und behelfsmäßige Knüppel.

Zuerst standen Maia und Renna wie erstarrt ganz hinten. Trotz aller bisherigen Abenteuer war der erste richtige Kampf für Maia ein Schock. Ihr Magen rebellierte, und ihr Herzklopfen schien den Lärm zu übertönen. Als sie aufblickte, sah sie, daß Rennas Augen sich geweitet hatten. Schweißtropfen standen ihm auf der Stirn, die Venen traten hervor. Sie sah keine *Angst*, sondern etwas ganz anderes.

Das Handgemenge bewegte sich auf sie zu. Eine der Rothaarigen schlug Thallas Freundin, die zierliche Kau, zu Boden. Als die Milizfrau den Fuß hob, um sich an ihr vorbeizudrängen, schrie Renna laut auf. »Nein!« Mit geballten Fäusten machte er einen Schritt nach vorn. Und jetzt kreischte Maia.

»Zurück!« brüllte sie und warf sich zwischen Renna

und die Wachfrau, wobei sie es tatsächlich schaffte, beide in entgegengesetzte Richtungen zu stoßen. Eine Faust landete hart auf ihrer rechten Schläfe, daß ihr die Ohren klangen. Ein Schlag traf sie zwischen die Rippen, sie wehrte sich, und ihr Ellbogen hieb auf etwas Weiches. Ohne auf den stechenden Schmerz zu achten, quetschte sich Maia durch das Gerangel, und schließlich gelang es ihr, die am Boden liegende Kau aus der Gefahrenzone zu ziehen.

»Kümmere dich um sie!« rief sie Renna zu. »Und misch dich nicht ein! Männer sollen nicht kämpfen!«

Während er diese Anweisung verdaute, wandte sich Maia bereits wieder ab und stürzte sich ins Getümmel. Es war ein heißer Kampf, ohne jegliches Ritual, ohne Rücksicht oder Form. Glücklicherweise waren selbst in der halbdunklen Enge der Fahrerkabine Freund und Feind leicht zu unterscheiden. Zum einen hatten die Gegner morgens gebadet und rochen wesentlich besser als Maias Kameradinnen. Der Vergleich machte sie nur noch wütender und gab ihr die Kraft, es auch mit Frauen aufzunehmen, die viel stärker waren.

Solange unklar war, wer siegen würde, hatte Maia große Angst. Doch als es mehr und mehr so aussah, als würde ihre eigene Seite gewinnen, überkam sie ein Hochgefühl. Sie half, eine wild um sich schlagende Rothaarige festzuhalten, während Thalla sie mit vorgeknoteten Stricken fesselte. Als sie aufstand, sah Maia, wie Baltha zwei Klonfrauen im Schwitzkasten hielt und mit den Köpfen zusammendonnerte. Hier war keine Hilfe vonnöten, also eilte sie zu einer Südländervar, die gerade die letzte Milizfrau daran hinderte, aus der Tür zu springen.

Als sie merkte, daß der Weg frei war, sprang Kiel wie ein dunkler Blitz aus dem langsam dahinkriechenden Zug und rannte voraus, um die Zollschranke zu öffnen. Gerade rechtzeitig. Hände streckten sich ihr entgegen, um sie wieder an Bord zu ziehen, während die Lokführerin Tempo zulegte.

Am Rand der Stadt fuhren die siegreichen Flüchtlinge ein Stück weit etwas langsamer, um die Truppe angeschlagener und gefesselter Milizfrauen neben den Gleisen abladen zu können. Dann gab die Musseli-Lokführerin Vollgas. Der Motor heulte auf, und in Höchstgeschwindigkeit ging es weiter nach Westen.

Maia und ihre Gefährtinnen waren zu aufgedreht, um sich sofort wieder entspannen zu können; sie redeten wild durcheinander, bis das Herzklopfen sich allmählich legte. Die einzige Ausnahme war Renna, dessen Verhalten eisig-besonnen blieb, während er bei etlichen Schnittwunden, Prellungen und einem gebrochenen Handgelenk erste Hilfe leistete. Solange er etwas zu tun hatte, beruhigte und tröstete er die anderen, aber als er fertig war, begann er auf einmal zu zittern, und der kalte Schweiß stand ihm auf der Stirn. Maia sah, wie er die Fäuste ballte, während er mit steifen Schritten zur offenen Tür wanderte und dort den Kopf in den rauschenden Fahrtwind hinaushielt.

»Was ist los?« fragte sie ihn. Noch immer wirkte er gespannt wie ein Flitzebogen.

»Ich …« Er schüttelte den Kopf. »Ich möchte nicht darüber reden.«

Aber Maia glaubte zu verstehen. Auf anderen Welten waren die Männer diejenigen, die kämpften. Berichten zufolge gab es noch immer blutige, schreckliche Kämpfe auf Leben und Tod. Während des Kampfes hatte Maia kurz in seine Augen geblickt. Dort war etwas erwacht, was ihm offenbar nicht sonderlich angenehm war.

»Ich glaube, manchmal hatte Lysos mehr als recht«, sagte Maia leise.

Unter finster zusammengezogenen Augenbrauen warf Renna ihr einen Blick zu. Dann breitete sich ganz langsam ein Lächeln auf seinem Gesicht aus. Ein ironi-

sches Lächeln, das Respekt zeigte, gemischt mit Zuneigung.

»Ja«, erwiderte er. »Sieht ganz so aus.«

Glücklicherweise war Golden Cob die letzte größere
Stadt vor dem Küstengebirge. Die Maschine mußte
langsamer fahren, um die Steigung zu überwinden,
aber das mußten eventuelle Verfolger, die sich nach
dem Zwischenfall an ihre Fersen hefteten, natürlich
auch. Maia beobachtete Kiel und Baltha, die sich über
die Karte beugten, und bemerkte, daß die beiden sich
über etwas Sorgen machten. Sie schaute ihnen über
die Schulter. Offensichtlich hatten die Perkiniten noch
eine Chance, sie aufzuhalten, nämlich in der Nähe
eines Dorfes namens Overlook, wo sich ein Eng-
paß befand, der für einen Überfall geradezu perfekt
schien.

Zu perfekt, wie sich später herausstellte. Zwar war
tatsächlich ein Hinterhalt ausgelegt worden: Die in der
Nähe lebenden Clans hatten auf die Warnung aus Golden Cob Truppen losgeschickt und begonnen, Barrika-
den zu errichten. Aber als die Lokomotive Overlook erreichte, war die Gefahr bereits gebannt. Vars aus der
Gegend hatten die Miliz in Scharen überrannt und sie
vertrieben, noch ehe der Zug auftauchte.

Maia erfuhr später, daß der Gegenschlag nicht so
spontan gewesen war, wie er wirkte. Sobald die letzten
Sperren weggeschafft waren, drängelten sich mehrere
Rädelsführerinnen zu den Flüchtlingen an Bord, die
sich ihnen auf der letzten Etappe anschließen wollten.
Bald merkte Maia, daß es Freundinnen von Thalla und
Kiel waren.

*Jetzt verstehe ich. Kiel und ihre Genossinnen können ge-
nausogut Karten lesen wie die Perkies. Wenn eine Stelle sich
für einen Hinterhalt anbietet, ist sie natürlich auch dazu geeignet, dem Hinterhalt einen Hinterhalt zu legen.* Maia erfuhr, daß die Neuankömmlinge sich eigens vor kurzem

in dem Dorf Arbeit gesucht hatten, um bei einer Gelegenheit wie dieser mitwirken zu können.

Wie konnte ein Haufen Varfrauen nur so gut organisiert sein? Solcher Weitblick war angeblich den Klonfamilien vorbehalten, die auf die Erfahrung mehrerer Generationen zurückgreifen konnten und deren Perspektive weit über die Lebensspanne eines Individuums hinausging.

Zerbrich dir nicht den Kopf darüber, sagte sich Maia. *Es zählt doch nur, daß es geklappt hat!*

Unter lauten Jubelrufen nahmen die Flüchtlinge Abschied von Long Valley. Auf dem letzten Stück über den Paß war die Lokomotive voller besetzt denn je, aber niemand störte sich daran. Beim ersten Blick aufs Meer begannen sie zu singen und hörten nicht wieder auf, bis sie Grange Head erreichten.

In der Stadt warteten zwei weitere Freundinnen von Kiel, so daß es eine ziemlich große Gruppe war, die sich dankbar von der Lokführerin verabschiedete und dann gemeinsam vom Bahnhof zum *Wort der Gründerin* marschierte, einem Gasthof mit Blick über den Hafen. Die neu dazugekommenen Frauen trugen Matrosenkleidung – in einer Hafenstadt nicht weiter verwunderlich. Zweifellos hatten die meisten von Kiels und auch von Balthas Gruppe schon auf ähnlichen Frachtern gearbeitet, wie sie hier allenthalben ankerten.

Vielleicht legt eine von ihnen ein gutes Wort für mich ein … damit ich auf einem der Schiffe Arbeit bekomme.

Schon lange hatte Maia sich keine eingehenderen Gedanken mehr um ihre Zukunft gemacht. Das war das einzig Gute daran, wenn man machtlos war und wie ein Blatt im Wind lebte, herumgeweht von Kräften, die weit stärker waren als man selbst. Bald würde sich die Kehrseite der Freiheit offenbaren – der Fluch der Entscheidungen.

Kiel versammelte die bestens gelaunten Abenteurerinnen auf der Veranda, besorgte Zimmer und machte sich dann mit Baltha auf den Weg, um ›das Geschäftliche zu erledigen‹. Vermutlich würden sie mit der örtlichen Richterin verhandeln und Ferngespräche mit Amtspersonen halb um die Welt führen. Der Rest der Frauen sollte zusammenbleiben und immer auf der Hut vor eventuellen letzten verzweifelten Angriffen aus Long Valley bleiben. Noch befanden sie sich nicht außerhalb der Reichweite der Perkiniten, und gemeinsam waren sie stärker.

Maia war dies gerade recht. Zum ersten Mal schien es wahrscheinlich, daß sie nicht zurück ins Gefängnis mußte. Ihre Sorgen hatten sich beim Anblick des Meeres verzogen. Sogar die langweiligen Stuck- und Backsteingebäude der Hafenstadt kamen ihr fröhlicher vor als bei ihrem letzten Aufenthalt. Damals war sie eine unerfahrene Fünfjährige gewesen, erfüllt von Kummer und Verzweiflung.

Mit Blick über den Hafen, aber doch ein Stück von den Kais und ihrem Fischgeruch entfernt, war das Hotel wesentlich besser als die billige Herberge, in der sie vor Monaten im Fieber gelegen hatte. Als Maia erfuhr, daß sie ihr eigenes kleines Zimmer mit einer richtigen Matratze bekommen würde, rannte sie gleich los, um es sich anzusehen – dieser Luxus war unfaßbar! Sie konnte sogar am Bett entlanggehen und die Arme ausstrecken, ohne eine Wand zu berühren!

Der geräumige Eindruck wurde noch dadurch verstärkt, daß Maia keinerlei weltliche Besitztümer mitbrachte, mit denen sie das Zimmer hätte füllen können. *Ich würde ja gern etwas an die Kleiderhaken hängen, aber ich habe nur das, was ich auf dem Leib trage.*

Inzwischen hatten es sich ihre Gefährtinnen auf der Veranda mit Bierflaschen gemütlich gemacht und sahen zu, wie die Schatten länger wurden. Einige hatten eine Zeitung gekauft, ebenfalls ein großer Luxus, da sich in den meisten Städten nur reiche Clans ein Abonnement leisten konnten. Die Radis äußerten sich jedoch ziemlich abschätzig über den *Grange Head Klipper*, der hauptsächlich Artikel über die Preise von Gebrauchsgegenständen enthielt und über die Zänkereien unter den Kandidatinnen für die bevorstehende Wahl berichtete, die am Farsun-Tag nächsten Monat abgehalten wurden.

»Perkies gegen Orthodoxies«, spottete Kau. »Eine gute Auswahl. Und seht mal, planetenweite Themen werden kaum angesprochen. Nichts, was eine Var oder einen Mann dazu verlocken könnte, zur Wahl zu gehen. Und kein Wort über den vermißten Mann aus dem Weltraum!« Sie und Thalla sprachen voller Sehnsucht über das zweiseitige Wochenblättchen, das von ihrer Organisation in Ursulaborg herausgegeben wurde. »Das ist wirklich eine Zeitung!« meinte Kau.

Maia hörte nur mit halbem Ohr zu. Die Freiheit war zu frisch und neu, um sie mit politischen Auseinandersetzungen zu belasten. Jeder wußte, daß solche Dinge weit im voraus entschieden wurden, von den altehrwürdigen Müttern von Caria, die in goldenen Schlössern lebten. Statt dessen ließ sie den Blick über die Hügel schweifen, die die Bucht säumten. Ganz oben lag der orthodoxe Tempel der Stratos-Mutter, weiß schimmernd in der Nachmittagssonne. Maia erinnerte sich voller Dankbarkeit an diesen Zufluchtsort und nahm sich vor, die ehrwürdige Mutter zu besuchen. Zum einen aus Höflichkeit und Ehrerbietung, zum anderen … um nachzufragen, ob eine Botschaft für sie angekommen war.

Natürlich würde es keine geben. Trotz allem, was vorgefallen war, trotz allem, was Maia unternommen hatte, um ihren Schmerz zu überwinden, wußte sie, was passieren würde, wenn die Priesterin den Kopf schüttelte und mitfühlend die Hände ausbreitete. Sie würde noch einmal den ganzen Verlust spüren, die gähnende Leere, die sie zu verschlingen drohte.

Dieser Besuch konnte noch ein, zwei Tage warten.

Jetzt wollte sie sich erst einmal mit den anderen auf der Hotelveranda räkeln, ein Glas lauwarmes Bier trinken, die eine oder andere Geschichte austauschen und sich von simplen Freuden ablenken lassen.

Ich wünsche mir weiter nichts als eine warme Dusche und eine weiche Matratze, auf der ich tagelang schlafen kann.

Aus natürlicher Höflichkeit stimmten alle überein, daß Renna als erster baden durfte. Zwar protestierte er zunächst, aber dann lachte er und murmelte etwas Unverständliches von Wölfen, mit denen man heulen sollte. Zwei Frauen begleiteten ihn, um vor der Badtür zu wachen, damit er nicht gestört wurde.

Nachdem Renna gegangen war, schlugen mehrere Frauen auf den Tisch und verlangten lautstark mehr Bier. Außer Thalla kannte Maia nur wenige von ihnen. Kiels Freundin Kau vertrieb sich die Zeit damit, einen hölzernen Knüppel zu polieren, dessen Spitze alles andere als legal wirkte, und zuckte hin und wieder zusammen, wenn sie den Verband berührte, den Renna über ihrem rechten Ohr angebracht hatte: Eine von Balthas Freundinnen, eine Frau mit einem starken Akzent von den Südlichen Inseln, marschierte auf und ab, blickte hinüber zu den Bergen und dann wieder aufs Meer und brummelte ungeduldig vor sich hin.

Maia konnte gar nicht aufhören, sich zu kratzen. Allein der Gedanke an ein Bad machte sie nervös, und sie merkte plötzlich, wo es sie überall juckte.

Glücklicherweise brauchte Renna für einen Mann nicht sonderlich lange. Er erschien in einem etwas knappen Hotel-Bademantel, mit frisch geschnittenem Bart, rosiger Haut und ordentlich gekämmten Haaren, die sich beim Trocknen an der Luft lockten. Er verbeugte sich unter den anerkennenden Pfiffen der Südländerinnen und nahm von Kau einen Krug mit dem recht wäßrigen Bier der Gegend entgegen. »Erstaunlich, was ein Bad bei einem Mann ausrichten kann«, bemerkte er. Er fuhr sich mit einer Hand durchs feuchte

Haar und nahm einen großen Schluck Bier. »Also, wer ist die nächste? Maia?«

Sie wollte protestieren. Schließlich war sie die Rangletzte. Aber die anderen stimmten zu. »Immerhin hast du genauso lange darauf gewartet wie er!« meinte Thalla freundlich. »Dieses Perkie-Gefängnis muß schrecklich gewesen sein.«

»Seid ihr sicher ...?«

»Natürlich. Mach dir keine Sorgen wegen des warmen Wassers, Süße. Bald können wir uns einen ganzen See voll leisten. Dusch dich gut ab und bleib in der Wanne sitzen, solange du willst.«

»Ja, wir sind sowieso beschäftigt«, fügte Kau hinzu und setzte sich neben Renna.

»Damit, daß ihr euch betrinkt wie die Dickschweine, meinst du wohl«, scherzte Maia und genoß es, als alle gutmütig lachten. Renna zwinkerte ihr zu. »Geh schon, Maia. Ich sorge dafür, daß sich alle ordentlich benehmen.«

Das rief noch mehr Gejohle hervor. Mit einem dankbaren Lächeln gab Maia nach. Ehe sie dem lockenden Duft von Dampf und Seife entgegeneilte, schnallte sie noch ihren kleinen Sextanten vom Handgelenk und gab ihn Renna. »Vielleicht kannst du den Sonnenfilter reparieren, er wackelt. Dann hast du was zu tun mit deinen Händen.« Thalla prustete in ihr Bier, und ein paar andere lachten laut. »Das dürfte für einen großen Sternreisenden sicher nicht schwierig sein«, schloß Maia.

»Machst du Witze?« protestierte er. »Ich finde ja ohne Computer kaum zum Klo!«

»Wäre er hier bei uns, wenn er nicht eine Begabung dafür hätte, sich zu verlaufen?« rief Thalla Maia nach und fügte noch lauter hinzu: »Wirtin! Mehr Bier!«

Zum Bad mußte man zwei Treppen emporsteigen. Nachdem Maia die Tür hinter sich geschlossen hatte, hörte Maia die Frauen immer noch scherzen und lachen, und Rennas tiefere Stimme, die sich gelegentlich darunter mischte. Meistens klangen seine Sätze wie Fragen, obgleich Maia keine Worte ausmachen konnte. Oft erscholl danach lautes Gelächter, das er gutmütig hinzunehmen schien.

Es war ein komisches Gefühl, sich in dem prächtig gekachelten Bad auszuziehen; Maia mußte sich erst wieder mit der Handhabung all der Vorrichtungen vertraut machen, so lange hatte sie nichts mehr mit solchen Dingen zu tun gehabt. Ihre schmutzigen Kleider beförderte sie mit einem Fußtritt in die Ecke. Dann stellte sie sich erst einmal unter die Dusche und hantierte an den Knöpfen herum, bis das warme Wasser stetig aus dem Dachboiler floß. *Wahrscheinlich benutzen sie dafür Kohle aus Port Sanger*, dachte sie unvermittelt. Sie trat unter den Wasserstrom und begann sich einzuseifen. Die Seife war grob und sicherlich hausgemacht, weil das weit billiger war, als sie von einem auf Toilettenartikel spezialisierten Clan von weither einzuführen. Trotzdem war es ein fast unglaublich luxuriöses Gefühl. Zwischendurch stellte sie das Wasser ab, und eine Schmutzschicht nach der anderen verschwand, bis Maias Haut beim Schrubben quietschte. Nun machte sie sich an die Haarwäsche, rubbelte die Kopfhaut und versuchte verfilzte Stellen zu entwirren.

Ich weiß auch nicht, warum ich mir soviel Mühe mache, dachte sie dabei. *Die Haare sind in einem solchen Zustand, daß ich sie wahrscheinlich sowieso ganz abschneiden muß.*

Nachdem sie sie ein letztes Mal gründlich ausgewaschen hatte, drehte Maia den Hahn zu und ging auf Zehenspitzen zu der bereiten Holzwanne hinüber, die unter einem kleinen Fenster mit Blick über den Pier von Grange Head stand. Sie klappte den an Scharnieren befestigten Deckel zurück und blickte auf die dampfende Wasseroberfläche. Zu ihrer Erleichterung war das Wasser frisch. Es gab genug Geschichten über männliche Matrosen, die das korrekte Vorgehen vergaßen – oder es nie gelernt hatten –, das *Bad* zu Reinigungszwecken benutzten und die Wanne für die nächste Person mit einer dicken Dreck- und Seifenschicht hinterließen. Bei Männern wußte man nie genau, was man zu erwarten hatte, und als Fremdling war Renna vielleicht doppelt verwirrt.

Andererseits gab es vielleicht tatsächlich nur eine zivilisierte Methode. So barbarisch ihre sexuellen Verhaltensmuster auch anmuten mochten, badeten zivilisierte Völker auf anderen Welten vielleicht auf dieselbe Art wie auf Stratos.

Leider würde es keine Gelegenheit geben, Renna diese und noch tausend andere Fragen zu stellen, ehe ein Flugzeug mit Eskorte aus dem Westen kommen und ihn davontragen würde. Auf der Flucht hatte sich Maia manchmal vorgestellt, ihn nach Caria zu begleiten und diese wunderbare Stadt endlich kennenzulernen. Aber in lichteren Momenten war Maia klar, daß dies etwa ebenso wahrscheinlich war, wie daß er sie mitnehmen würde, wenn er wieder in den Weltraum aufbrach.

Ich frage mich, ob er noch an mich denkt, wenn er mit den Savanten und Ratsfrauen plaudert … oder zwischen den Planeten herumfliegt, während ich längst von Würmern gefressen werde. Es war ein bitterer Gedanke, angemessen für die harte, abgeklärte Person, die sie werden wollte – eine, die auf alles gefaßt war, sich von nichts mehr schockieren und von niemandem verletzten ließ.

Die Dusche war lauwarm gewesen, aber das Bad war so heiß, daß das Wasser in Maias zahllosen Schnitten und Kratzern wie Feuer brannte. Nach und nach rutschte sie tiefer, bis das Wasser über die Seiten in einen Ablauf schwappte.

Himmel! In der Hitze schien alles zu schmelzen, was verkrampft war, selbst dort, wo sie keine Spannungen merkte, wurden die Muskeln plötzlich weich und locker. Natürlich hatte sie weiterhin Sorgen und Ängste, aber für den Moment entspannte sich ihr Geist gemeinsam mit dem Körper. Das sinnliche Gefühl, vollkommen reglos im warmen Wasser zu liegen, war so angenehm wie jedes aktive Vergnügen, das sie kannte.

Träge hob Maia einen Arm, um ihn sich von allen Seiten zu betrachten, ließ ihn sinken, machte das gleiche mit dem anderen und suchte die Stellen, an denen die letzten Monate ihre Spuren hinterlassen hatten. Als nächstes kamen die Beine an die Reihe. Eine kleine Narbe auf dem Schienbein, ein halb verheilter Kratzer am Knöchel, ein paar empfindliche Stellen, wo der Sattel auf den endlosen Ritten gescheuert hatte ... und eine kleine Kampfwunde, die sie in den nächsten Tagen sauberhalten mußte, damit sie sich nicht entzündete. Selbst hier, in der ›Zivilisation‹, war die medizinische Versorgung unzureichend, und Maia hatte nicht die Mittel, für eine Behandlung zu zahlen.

Es klopfte, die Tür schwang auf. Thalla streckte den Kopf herein. »Alles in Ordnung?« fragte sie.

»Oh! Fein, wunderbar ... ich komme gleich raus.« Seufzend ergriff sie den Wannenrand, um sich hochzuziehen.

»Sei doch nicht albern. Du bist ja gerade erst reingestiegen!« schalt Thalla. »Ich habe nur gehört, daß die Wirtin eine Ladung Wäsche macht. Wir schmeißen unsere paar Lappen dazu. Soll ich deine auch mitnehmen?« Sie machte eine Kopfbewegung zu den schmutzigen Kleidern in der Ecke.

Am liebsten hätte Maia die Sachen weggeworfen, aber sie hatte sonst nichts. »Ja, bitte, das wäre nett.«

Thalla hob die Kleidungsstücke auf. »Keine Ursache. Genieße dein Bad. Und ich wünsche dir alles Glück der Welt.«

Damit schloß sie die Tür. Maia ließ sich in die Wanne zurücksinken und genoß das wundervolle Gefühl, als die Hitze erneut ihren Körper durchströmte. Es wäre wirklich schade gewesen, schon so bald wieder heraussteigen zu müssen. Jetzt war sie noch glücklicher, als wenn sie nicht gestört worden wäre. Allerdings schmolz nicht alles dahin. Das elektrische Surren der Lokomotive, das Ruckeln der Waggons, all das blieb in ihrem Kopf. Und auch ihre Befürchtungen ließen sich nicht ganz wegschieben, so sehr sich Maia auch bemühte.

An Land zu bleiben, kam nicht in Frage. Tizbe und die Joplands würden sie bestimmt finden. Das Meer war ihre einzige Chance. Durch ihre Navigationskenntnisse – und ihre Erfahrungen mit dem Spiel des Lebens – ließ sich vielleicht irgendein Kapitän überreden, ihr in der Mannschaft einen Job auf Probe zu geben, nicht nur als Passagier zweiter Klasse. Ideal wäre eine Arbeit, die bis zum Spätfrühling dauerte, wenn die Brunstsaison die Frauen zwang, wieder an Land zu gehen. Bis dahin hatte sie vielleicht ein bißchen Kredit zusammengespart.

Gerechterweise mußte sie eigentlich wenigstens einen kleinen Teil der Belohnung bekommen, die Kiel und Baltha abholten. Maia vertraute darauf, daß Renna sich für sie einsetzen würde, obgleich ihr Anteil natürlich nicht sehr groß sein konnte, wenn man überlegte, wie viele Frauen bei der Flucht geholfen hatten.

Dann war da noch ihr Termin mit der Ermittlerin vom Amt für Planetarisches Gleichgewicht, den sie aus Gründen, die sich ihrer Kontrolle entzogen, nicht hatte einhalten können. War es zu spät, daß die Agentin ihr Versprechen einlöste? Würde eine Aussage vor einer Ortsrichterin ausreichen? Ein Teil ihrer Entschlossenheit hatte persönliche Gründe. *Tizbe Beller hat mich eingesperrt, damit ich nicht rede! Also werde ich genau das tun!* Trotz all der Empfindungen, die sie wärmten – Freiheit, Sauberkeit, der körperliche Luxus eines Bades – verweilte sie ein paar Minuten bei ihren Rachegedanken. *Den Bellers und Joplands wird es noch leid tun, daß sie sich mich zum Feind gemacht haben*, schwor sie sich.

Es war kein Geräusch, das Maias Aufmerksamkeit weckte. Vielmehr wurde sie sich allmählich, unbehaglich des *Fehlens* von Geräuschen bewußt. Stirnrunzelnd wurde ihr klar, daß einige Zeit vergangen war, seit sie die gedämpften Stimmen von der Veranda zum letzten Mal gehört hatte. Oder die Schritte der wachhabenden Var, das Klirren der Flaschen, Rennas naive, hartnäckige Fragen.

Auf einmal fühlte sich das Bad nicht mehr luxuriös an, sondern beengend. *Wahrscheinlich bin ich schon verschrumpelt wie eine Backpflaume*, dachte Maia. Sie mußte ihre entspannten Muskeln mühsam dazu überreden, soweit wieder in Aktion zu treten, daß sie aus der Wanne steigen konnte. Während sie sich abtrocknete, wurden ihre üblen Vorahnungen immer stärker. Irgend etwas stimmte nicht.

Maia klappte den Badewannendeckel herunter und stieg darauf, um aus dem einzigen Fenster des Raums blicken zu können. Sie wischte die beschlagene Scheibe sauber und preßte die Nase dagegen und spähte hinunter auf die Veranda. Leere Flaschen standen reihenweise am Balkongeländer, aber dort, wo vorhin die Frauen gesessen hatten, war kein Mensch mehr zu sehen.

Wahrscheinlich sind Kiel und Baltha mit den neuesten Neuigkeiten zurückgekommen, versuchte Maia sich einzureden. Aber auch in der Nähe des Haupteingangs war niemand zu sehen. *Sind sie vielleicht zum Essen hineingegangen?* fragte sie sich.

Maia rüttelte an dem Fenster, bis es endlich aufging. Frische, kühle Luft strömte herein, und Maia bekam eine Gänsehaut. Trotzdem streckte sie den Kopf hinaus und rief: »He! Wo seid ihr denn alle?«

Ein paar Leute waren zu sehen, die in der Nähe eines Lagerhauses einen Pferdewagen beluden. Als Maia sich ein wenig weiter hinausbeugte und nach links blickte, entdeckte sie an der Hafenmauer, weit unter ihr, eine

Menschenmenge, die sich auf ein Dock zubewegte. Maias Herz stockte, als sie Thallas stämmige Gestalt und Balthas blonden Haarschopf erkannte.

Nein. Das würden sie mir nicht antun!

Aber da war auch Renna. Er war größer als Baltha und torkelte zwischen den beiden Frauen entlang, die Arme um ihre Schultern gelegt.

»Lysos!« schrie Maia und sprang zurück auf die Fliesen. Ihre Kleider waren weg – zweifellos, um sie hier festzuhalten. Sie fluchte laut. Aber plötzlich erinnerte sie sich in aller Deutlichkeit an Thallas Abschiedsworte, die äußerst seltsam geklungen hatten für jemanden, den sie gleich wiedersehen würde.

Maia wickelte sich notdürftig in ein Handtuch, rannte aus dem Zimmer und die Treppe hinunter. Dort wurde sie von der Wirtin aufgehalten, die eine Stofftasche und einen Umschlag in der Hand hatte.

»Oh, du bist es, Kleine. Deine Freundinnen haben mir gesagt, ich soll ...«

Maia unterbrach sie, indem sie sie einfach zur Seite schubste und zur Vordertür hinausstürzte, die Treppen hinunter und auf den Kiesweg. Aus den Geschäften gafften die Leute ihr nach, und ein paar etwa dreijährige Klonmädchen kicherten verlegen. Doch Maia ließ sich nicht aufhalten und ohne auf die kalte Seeluft zu achten rannte sie los, daß der Kies nur so spritzte. Als sie auf der Hafenmauer scharf abbog, glitt sie aus und landete auf Händen und Knien, aber im Nu stand sie wieder auf und machte sich nicht einmal die Mühe nachzusehen, ob sie blutete, oder ihr Handtuch aufzuheben. Splitternackt rannte sie an den Ladekränen und verankerten Schiffen vorüber, unter den verwunderten Blicken von Matrosen und Stadtbewohnern.

Zwei große Beiboote hatten bereits abgelegt, und die Ruderinnen legten sich mächtig ins Zeug. Als Maia am Ende des Kais angekommen war, schrie sie hinüber zu Kiel, die neben dem Steuermann im zweiten Boot saß.

»Lügnerin! Hol dich der Teufel! Du kannst mich nicht einfach ...« Aufstampfend suchte sie nach Worten, die ihrem Zorn Ausdruck verliehen. Kiel blieb vor Staunen der Mund offenstehen, und mehrere Varfrauen, an deren Seite Maia gekämpft hatte, lachten jetzt laut über sie, wie sie dastand, unbekleidet und bebend vor Wut.

Kiel legte die Hände als Trichter um den Mund und antwortete: »Wir können dich nicht mitnehmen, Maia. Du bist zu jung, es ist zu gefährlich! Der Brief erklärt ...«

»Ich pfeife auf deinen verdammten Brief!« schrie Maia, wütend und enttäuscht. »Was sagt denn *Renna* zu dem ganzen ...«

Da erst sah sie, was ihr bisher nicht aufgefallen war. Der Mann aus dem Weltraum hatte einen benommenen, weggetretenen Gesichtsausdruck und konnte offensichtlich nichts und niemanden klar sehen. »Ihr entführt ihn!« schrie sie heiser.

»Nein, Maia. Es ist nicht, wie du ...«

Kiels Stimme erstarb, als Maia sich kopfüber ins Wasser stürzte. Japsend und spritzend kam sie wieder an die Oberfläche; das Salzwasser brannte in Nase und Hals, aber sie holte tief Luft und schwamm, so schnell sie nur konnte, hinter dem Beiboot her.

Das Klonen als alternative Form der Fortpflanzung wurde schon lange vor der Emigration aus der Florentina-Welt eingesetzt. Eine Eizelle, sorgfältig mit dem genetischen Material eines Spenders ausgestattet, wird in eine chemisch stimulierte Frau oder in die künstliche Gebärmutter eingepflanzt, die vor kurzem auf Neuterra perfektioniert wurde. In beiden Fällen bleibt der empfindliche, kostspielige Prozeß im allgemeinen den kreativsten, angesehensten oder wohlhabendsten Individuen vorbehalten, je nach den vorherrschenden Sitten und Gebräuchen. Ich kenne keinen Planeten, auf dem Klone einen signifikanten Anteil an der Bevölkerung ausmachen ... außer Stratos.

Hier stellen sie über achtzig Prozent! Auf Stratos ist die parthenogenetische Fortpflanzung genauso leicht oder schwer, genauso billig oder teuer wie die ursprüngliche Art, Babies zu bekommen. Die Auswirkungen dieser Neuerung sind überall in der stratoinischen Kultur zu spüren. Ich habe noch nie ein so kühnes Experiment zur Umwandlung des menschlichen Schicksals erlebt.

Dies war der wesentliche Inhalt meiner Ansprache vor dem Regierungsrat in Caria (siehe beiliegendes Transkript). Sie enthielt eine Komponente diplomatischer Schmeichelei, denn ich kam bewußt nicht auf meine Fragen und Sorgen

413

zu sprechen, sondern hob mir diese für eine andere Gelegenheit auf. Zeit und aufmerksame Beobachtung werden gewiß die Risse in diesem feministischen Nirwana offenbaren, aber das an sich ist kein Grund zur Kritik. Hat es je eine menschliche Kultur gegeben, die behaupten konnte, perfekt zu sein? Perfektion ist doch nur ein anderer Ausdruck für Tod.

Einige Zuhörerinnen im Publikum schienen sich darüber zu freuen, daß ich die Leistungen ihrer Gründerinnen lobte. Andere lächelten, als wären sie nachsichtig amüsiert, weil ein Mann über ein Thema sprach, das seinen natürlichen Horizont überstieg. Viele starrten mich nur ausdruckslos an, unfähig zu entscheiden.

Dann gab es noch den stummen, politischen Groll, unübersehbar in den Gesichtern einer recht großen Minderheit. Ihre Feindseligkeit erinnerte mich daran, daß Lysos trotz all ihrer wissenschaftlichen Genialität auch die Anführerin einer militanten, revolutionären Bande war. Jahrhunderte später sind hier auf Stratos immer noch starke Strömungen ideologischen Eifers zu spüren.

Die Jahreszeit ist keine Hilfe. Kann es ein Zufall sein, daß ich die Landeerlaubnis ausgerechnet im Hochsommer erhielt, in der Phase, in der am meisten Argwohn gegen die Männer herrscht? Hofften die Gegnerinnen der Kontaktaufnahme, daß ich mich danebenbenehmen und so selbst meine Mission sabotieren würde?

Vielleicht zählen sie auf Unterstützung vom Wengelstern. Oder von den schimmernden Aurorae. Falls ja, werden die Perkiniten enttäuscht sein. Die glühenden Hinweisreize an ihrem Sommerhimmel haben keinen Einfluß auf mich.

Dennoch muß ich vorsichtig sein. Die Männer in dieser Welt sind es gewohnt, als Minderheit unter den Frauen zu leben, aber ich bin in einer anderen Gesellschaft groß geworden und habe gerade zwei ganze Lebensjahre isoliert und eingeengt inmitten der Sterne verbracht.

Kapitel 16

In eine Granitwand geritzte Figuren... geometrische Formen... gebündelte Flechtmuster... ein in uralten Fels geschnittenes Rätsel...

»Wir können nicht mehr lange hier unten bleiben. Ich hab's dir gesagt! Dein Code ist nicht besser als Lamai-Spucke!«

Konzentrier dich auf ein Bild... das Bild einer Kinderhand... die nach oben greift, nach einem sternförmigen Stein...

»Sei still, Leie, laß mich nachdenken. Was ist das hier? Hmm – ich erinnere mich nicht.«

... ja, das hier. Der sternförmige Stein. Den mußte sie berühren. Eine Viertelumdrehung nach rechts drehen.

Aber das war gar nicht so leicht. Aus irgendeinem Grund war sie schrecklich träge. Es war eine große Willensanstrengung, auch nur den Arm auszustrecken, und jede Bewegung fühlte sich an, als müßte man sich durch ein Glas Bienenhonig arbeiten. Die dumpfe Luft des Kellers war feucht, drückend. Der steinerne Stern verschwand, gerade als sie die Hand nach ihm ausstreckte.

... ein sternförmiger Stein... der Schlüssel zum Öffnen der Tür.

Das Bild geriet ins Wanken. Ihre eigene Hand verzerrte sich, verschwamm hinter schwindelerregenden Wellenbewegungen. Die kordelartigen Muster kamen ins Rutschen, drehten und wanden sich wie erwachende Schlangen.

»*Zu spät*«, erscholl Leies hohe Kinderstimme von irgendwoher, traurig und vorwurfsvoll. Mit einem knirschenden Geräusch schlossen sich die Felswände um sie, zogen sich zusammen, um sie zu zerquetschen, sie in Granit einzumauern, ohne Ausweg.

»*Du bist immer so verdammt spät dran ...*«

Was am meisten schmerzte, war das vage Gefühl, verraten worden zu sein. Nicht von ihrer Schwester, sondern von dem Muster. Sie war sich seiner so sicher gewesen. Sie hatte den Figuren an der Wand ihr Vertrauen geschenkt, und nun spielten sie einfach nicht mit.

Verschwommene Muster. Unstete, verzerrte Formen, geritzt in lebenden, sich bewegenden Stein ...

»*... geht ... es ... ihr ... ein ... bißchen ... besser?*«

Eine ferne Frauenstimme hob und senkte sich ... als schwebte jedes Wort aus einem Nebelschwaden, verpackt in einzelne, zitternde Luftblasen.

Die Antwort klang viel tiefer, wie ein Meeresgott vom Grund des Ozeans.

»*... glaube ... schon ... Arzt hat ... gesagt ... vor einer Stunde ... sollte ... bald ...*«

Zuerst waren ihr die Stimmen willkommen, weil sie sie aufrüttelten und die Überreste eines Alptraums vertrieben. Wenig später jedoch waren die Worte nur noch störend, lockten sie mit verborgenen Bedeutungen, nur um dann jeden Sinn wieder zu zerstören, sie zu verspotten, den Übergang in ruhigen Schlaf zu erschweren.

Die Frauenstimme kehrte zurück und schwankte immer weniger.

»*Gut, daß ... sonst wären die ... Frauen ... wie ... Mörder.*«

Eine Pause trat ein. Dann wieder der Singsang des Meeresgotts: »*Ich ... werde mir nie verzeihen.*«

»… hatte nichts … zu tun! Verdammte Idioten, versuchen … sie zurückzulassen, wie ein kleines Kind. Hätte ihnen sagen können… dafür einstehen… Mutige kleine Var.«

Wenigstens waren die Stimmen ihr freundlich gesonnen, das merkte sie jetzt. Tröstend. Nicht bedrohlich. Es tat gut zu wissen, daß jemand sich um sie kümmerte. Kein Grund, sich den Kopf darüber zu zerbrechen, wie und warum. Die Weisheit der Natur riet ihr, die Dinge für den Augenblick auf sich beruhen zu lassen. Sich nicht darum zu kümmern.

Weisheit. Keine Konkurrenz für die Unruhestifterin Neugier.

Wo bin ich? fragte sie sich. *Wer sind diese Leute?*

Von diesem Moment an war jedes Wort klar und unmißverständlich. Sie hatten eine Bedeutung, waren eingebunden in einen Kontext.

»Das hast du mir erzählt«, fuhr die tiefe Stimme fort. »Wir hatten im Gefängnis die Gelegenheit, unsere Lebensgeschichten auszutauschen, aber darüber hat sie nie gesprochen. Das arme Mädchen. Ich hatte keine Ahnung, was sie durchgemacht hat.«

Die Stimme des Mannes … das war Renna. Ein kleiner Stein fiel ihr vom Herzen. *Ich habe ihn noch nicht verloren.*

»Tja, wenn ich Augen und Ohren ordentlich offengehalten hätte, wäre ich aufgrund der ganzen Gerüchte an Land gegangen, und hätte mir selbst ein Bild verschafft, statt wie eine Närrin auf dem Schiff hocken zu bleiben.«

Auch diese höhere Stimme klang vertraut, aber sie schien aus uralten Zeiten zu stammen, aus einem anderen Leben.

»Und was ist mit mir? Ich hab eine von diesen Mickey Finns geschluckt und mich von diesen Frauen abschleppen lassen wie ein Rebhuhn auf der Stange!«

»Einen *was* hast du geschluckt? Ach, du meinst einen Sommertröster.«

Maia blieb fast die Luft weg. *Naroin! Was hat sie hier zu suchen? Wo bin ich?*

»Ja. Das war ziemlich dumm, stimmt. Ich dachte, Männer aus dem Weltraum wären immer so schlau.«

Renna kicherte verlegen. »Schlau? Nicht besonders. Nicht nach den Maßstäben mancher anderer Orte, die ich besucht habe. Die Eigenschaft, auf die man bei uns umherziehenden Peripatetikern anscheinend am meisten Wert legt, ist Geduld. Wir ... sag mal, hast du das gehört? Ich glaube, sie regt sich.«

Maia spürte eine schmale kühle Hand an ihrer Wange.

»Hallo Maia! Hörst du mich, Kleine? Ich bin's, deine alte Bootsfrau von der *Wotan*. Eia! Los geht's, zeig's ihnen!«

Die Hand fühlte sich schwielig an, nicht weich. Aber es tat gut, endlich wieder eine Berührung zu spüren. Von einem Menschen, der es gut mit ihr meinte. Beinahe wollte sie so tun, als schliefe sie noch, nur damit das Gefühl anhielt.

»Ich ...« Ihr erstes Wort kam eher wie ein Krächzen aus ihrem Mund. »K-kann ... die Augen nicht aufmachen ...« Ihre Lider waren von einer trockenen Kruste wie zugeklebt. Ein feuchtes Tuch strich sanft über ihre Stirn und befeuchtete die Augen. Als es weggezogen wurde, war es plötzlich hell. Maia blinzelte und konnte gar nicht wieder aufhören. Ohne bewußtes Zutun hoben sich ihre bleischweren Hände, um sich unbeholfen die Augen zu reiben.

Zwei bekannte Gesichter erschienen vor einer Holzwand und einem Schiffsbullauge.

»Wo ...« Maia leckte sich die Lippen, aber ihr Mund war zu trocken. »Wohin?«

Naroin und Renna lächelten beide, und man sah ihnen ihre Erleichterung an.

»Du hast uns ordentlich erschreckt«, erwiderte Renna. »Aber jetzt kommst du wieder in Ordnung. Wir sind unterwegs nach Westen über den Mutter-Ozean, also ist unser Ziel wahrscheinlich der Landungskontinent. Eine der großen Hafenstädte vermutlich. Das ist für ihre Pläne besser geeignet als das Niemandsland, in dem sie uns aufgegabelt haben.«

»Sie?« Der bleiche Mann und die dunkelhaarige Frau verschwammen immer wieder hinter einem Tränenschleier. Jetzt teilten sie sich in vier sich überlappende Figuren. »Du meinst Kiel? Und Thalla und Baltha?«

Naroin schüttelte den Kopf. »Baltha ist bloß angeheuert, genau wie ich. Wir gehören nicht zum Großen Plan. Die anderen beiden sind die Brötchengeber. Anscheinend hat ein radikaler Geheimbund Pläne für unseren Sternenmann.«

»Die Aufregung auf dem wundervollen Planeten Stratos nimmt einfach kein Ende«, fügte Renna sarkastisch hinzu.

»Vielleicht … könntest du einen Reiseführer schreiben«, schlug Maia vor, während sie sich bemühte, das Schwindelgefühl zu unterdrücken. Renna lachte, vor allem, als Naroin die beiden verblüfft anschaute und wissen wollte, was in Lysos' Namen ein ›Reiseführer‹ sei.

»Was tust du hier?« fragte Maia die Matrosenfrau. »Das kann doch unmöglich die *Wotan* sein.«

Soviel war offensichtlich, denn man sah keinen Kohlenstaub. Naroin verzog das Gesicht. »Nein. Die *Wotan* ist in der Artemisbucht mit einem Prahm zusammengeknallt. Kapitän Pegyul und ich haben uns deswegen gestritten, also hab ich meine Heuer und meine Papiere genommen und mir 'nen anderen Kahn gesucht. Typisch für mich, daß ich gleich das Glück hatte, einen zu finden, der die seltsamste Schmuggelware rumschleppt, die ich je zu Gesicht gekriegt habe – ist nicht als Beleidigung gemeint, Sternenmann.«

»So habe ich es auch nicht aufgefaßt«, antwortete Renna freundlich. »Glaubst du, wir haben eine Chance, unterwegs das Schiff zu wechseln?«

»Darauf würde ich mich lieber nicht verlassen, Junge. Deine Eskorte ist ein ganz schön sturer Haufen. Ich bin nicht sicher, ob ich es an deiner Stelle nicht dabei belassen würde. Es ist 'ne Menge schlimmeres Volk unterwegs, das hinter dem berühmten Fremdling her ist. Weit schlimmeres als die irren Perkies.«

»Was meinst du damit?« fragte Renna vorsichtig.

»Weißt du das nicht?« erwiderte Naroin achselzuckend und wechselte das Thema. »Ich geh schnell und sag den Kunden Bescheid, daß unsere ertrunkene Kaimaus zu sich gekommen ist. Seht zu, daß ihr beiden nicht die erste Sommerlingsregel fürs Überleben vergeßt.« Sie tippte sich an die Schläfe. »Halt den Mund. Spitz die Ohren.«

Damit zwinkerte Naroin Maia noch einmal zum Abschied zu und schob die Kabinentür hinter sich zu. Renna sah ihr nach, schüttelte langsam den Kopf und wandte sich dann Maia zu. »Möchtest du ein bißchen Wasser?«

Sie nickte. »Bitte.«

Er stützte ihren Hinterkopf, während er ihr eine braune Tontasse an den Mund hielt. Rennas Hand fühlte sich viel größer an als Naroins, wenn auch nicht spürbar stärker. Schließlich ließ er Maias Kopf wieder auf die zusammengelegte Decke zurücksinken, die man ihr als Kopfkissen gegeben hatte.

Oder eher geliehen. *Ich besitze nichts mehr auf dieser Welt*, dachte Maia und rief sich in Erinnerung, wie Thalla und Kiel sie hintergangen hatten, wie sie nackt durch die Straßen von Grange Head gerannt und in die eiskalte Bucht gesprungen war. *Und mein bester, vielleicht einziger Freund ist ein fremder Sternenmann, der noch weniger weiß als ich.*

Bei dem Gedanken hätte sie zynisch gelacht, wenn sie die Kraft dazu gehabt hätte. Aber sie schaffte es kaum, die Augen offenzuhalten.

»Das ist in Ordnung«, sagte Renna, als er sah, wie sie mit sich kämpfte. »Schlaf ruhig. Ich bleibe bei dir.«

Sie schüttelte den Kopf. »Wie lange ...«

»Du warst fast drei Tage bewußtlos. Wir mußten einen halben Liter Wasser aus dir rauspumpen, als sie dich an Bord gehievt hatten.«

So zahlen sich also die Schwimmstunden aus, für die unsere Mütter soviel bezahlt haben, dachte Maia. Das Bahnenschwimmen im Stadtbad von Port Sanger hatte sie auf das wirkliche Leben nicht viel besser vorbereitet als der Rest der hochgerühmten Sommerlingerziehung in Lamatia.

»Warst du die ganze Zeit über hier?« fragte Maia, obgleich die Müdigkeit sie fast überwältigte. Er winkte ab. »Mußte ein- zweimal aufs Klo, und ... oh! Ich hab etwas für dich aufbewahrt. Dachte, du würdest es vielleicht wollen, wenn du aufwachst.«

Maia konnte die Augen kaum auf das kleine abgerundete glitzernde Messingobjekt konzentrieren, das er jetzt zwischen die Decke und ihre Hand schob. *Mein Sextant!* Es war nur ein albernes, halb kaputtes Instrument, ohne großen Gebrauchswert. Aber es bedeutete ihr viel, etwas Vertrautes bei sich zu haben. Etwas, an das sich Erinnerungen knüpften. Etwas, was ihr gehörte. Ihre Augen füllten sich mit Tränen.

»He, he«, meinte Renna besänftigend. »Ruh dich aus. Ich bin ja bei dir.«

Eigentlich wollte Maia protestieren, daß sie niemanden brauchte, der auf sie aufpaßte, aber sie hatte keine Kraft mehr dazu. Außerdem hatte ein Teil von ihr das Gefühl, daß es gar nicht stimmte.

Sanft legte Renna seine Hand über ihre, in der sie den Sextanten hielt. Seine Berührung war warm, seine Schwielen gleichmäßiger als die von Naroin. Wahrscheinlich stammten sie von feineren Arbeiten oder sogar von gezieltem Körpertraining. Während Maia einschlief, fragte sie sich noch, warum überhaupt jemand freiwillig einen Finger rührte, anstatt für immer faul im Bett zu liegen.

»Was habt ihr vor – mich *ewig* im Bett liegen lassen oder was?« Mit beiden Fäusten hämmerte Maia auf die Decke, so daß der Arzt erschrocken sein Stethoskop wegzog. »Na, reg dich nicht so auf. Ich habe doch nur gesagt, du sollst es eine Weile ruhig angehen lassen. Aber du bist jung und kräftig. Du kannst aufstehen, sobald du es möchtest.«

»*Eia!*« rief Maia, warf die Decke zurück und sprang auf. Leider etwas zu schnell. Schwindel überkam sie, aber sie ließ es sich nicht anmerken. »Hat jemand etwas zum Anziehen für mich? Ich arbeite die Schulden ab, sobald ich kann.«

»Du schuldest niemandem etwas«, antwortete Kiel vom Fuß des Bettes. »Wir ersetzen den Inhalt des Pakets, das wir im Hotel für dich zurückgelassen haben. Kleider und ein bißchen Geld. Es gehört dir, daran ist nicht zu rütteln.«

»Ich brauche deine Almosen nicht«, fauchte Maia.

Thalla, die an der Tür stand und mit unglücklichem Gesicht zu ihnen herüberblickte, meinte: »Sei nicht wütend, Maia. Wir wollten nur …«

»Wer ist denn wütend?« unterbrach Maia und ballte die Fäuste. »Ich verstehe, was ihr getan habt. Für Renna habt ihr eine Verwendung, er ist wichtig, politisch gesehen, und da habt ihr euch gedacht, ich würde nur stören. Obwohl ich eine Var bin, genau wie ihr.«

Thalla und Kiel machten gequälte Gesichter; allerdings waren sie froh, daß Renna während der Untersuchung den Raum verlassen hatte. »Wir stecken da in einer ganz gefährlichen Sache«, versuchte Kiel zu erklären.

»Zu gefährlich für mich, aber nicht für Renna?«

»Für den Fremdling ist es wahrscheinlich sicherer, mit uns zu kommen, als wenn wir ihn einfach dem Amt für Planetarisches Gleichgewicht in Grange Head überstellen. Es gibt … es gibt bestimmte Splittergruppen in Caria. Splittergruppen, die nichts Gutes für unseren Outsider im Schilde führen.«

Das konnte sich Maia gut vorstellen. »Und ihr Radis führt nichts im Schilde? Die Ziele der Peripatetiker sind doch unvereinbar mit unseren ...«

Der Arzt ließ das Schloß seiner Tasche lautstark zuschnappen. Bestimmt hatte er seinen autoritären Blick im Medizinstudium gelernt. »Entschuldigt, daß ich euch unterbreche, meine Damen, aber habt ihr nicht etwas darüber verlauten lassen, daß ihr dem armen Mädchen was zum Anziehen besorgen wollt?«

Die Medizin gehörte zu den wenigen höheren Studiengängen, bei denen das Geschlecht kaum eine Rolle spielte. Einige hervorragende Praktiker waren Männer, die ihre angeborenen Stimmungsschwankungen denn auch nur äußerst selten der Professionalität im Wege stehen ließen. Thalla nickte, plötzlich ganz die höfliche, unterwürfige Var. »Ja, Doktor. Ich hole die Sachen sofort.«

An der Tür drehte sie sich noch einmal um. »Renn aber inzwischen nicht nackt auf Deck rum, Maia! Das solltest du dir lieber nicht angewöhnen, denn wir wollen einige große Städte anlaufen!« Kichernd verschwand sie. Durch den Türspalt erhaschte Maia einen kurzen Blick auf Renna, der draußen auf und ab marschierte. Er sah erleichtert aus, denn Thalla hielt den Daumen in einer optimistischen Geste nach oben, während sie die Tür hinter sich schloß.

»Die Kleine ist unterernährt«, sagte der Arzt zu Kiel und betrachtete Maia über den Rand seiner Brille hinweg. Maia verschränkte die Arme und streckte das Kinn vor, während er seine Besorgnis über ihre Magerkeit zum Ausdruck brachte. »Ich sage der Köchin, sie soll die Ration eine Woche lang verdoppeln. Und ihr achtet darauf, daß sie auch alles aufißt.«

»Ja, Doktor.« Kiel nickte gehorsam, aber als der Arzt sich zum Gehen anschickte, imitierte sie hinter seinem Rücken seinen strengen Blick, runzelte übertrieben die Stirn und schnalzte besorgt mit den Lippen. Unter anderen Umständen hätte Maia ihre schauspielerische Darbietung höchst amüsant gefunden. Doch jetzt schaffte sie es, weiterhin ein grimmiges Gesicht zu ziehen und die dunkle Var wütend anzufunkeln.

Kiel reagierte mit einem Achselzucken. »In Ordnung. Kriech unter die Decke. Ich stehe dir Rede und Antwort.«

Maia beschloß, ihren mütterlichen Ton als herablassend einzustufen. Deshalb kroch sie nicht unter die Decke, sondern blieb stehen. Dann zählte sie die Fragen an den Fingern ab. »Erstens, was habt ihr mit ihm vor?«

»Mit wem – mit Renna? Nichts besonderes. Wir brauchen ein paar technische Informationen von ihm. Vielleicht weiß er keine Einzelheiten darüber, aber er kann uns bestimmt einen Eindruck davon vermitteln, was möglich ist und was nicht. Die Antworten liegen vermutlich im Computer seines Raumschiffs.

Hauptsächlich wollen wir ihn aber an einen Ort bringen, wo er sicher ist und es gemütlich hat, während wir mit ein paar Leuten in Caria verhandeln.«

»Verhandeln? Worüber?«

»Darüber, wie wir ihn ohne Zwischenfälle ins staatliche Gästehaus zurückbringen können, und von dort wohlbehalten auf sein Schiff. Vorher wird er immer in Gefahr sein.«

»Gefahr«, wiederholte Maia und rieb sich die Schulter. »In was für einer Gefahr?«

»Beispielsweise vor Leuten, die sich eingeredet haben, sie könnten den Lauf der Dinge aufhalten. Die glauben, ein Kontakt wäre das Ende der Welt. Die ihn verhindern wollen, indem sie den Botschafter töten.«

Genau das hatte Maia befürchtet. Dennoch schauderte sie, als sie es so lapidar bestätigt bekam.

»Oh, es ist nicht die gesamte Regierung«, fuhr Kiel unterdessen fort. »Ich würde sagen, die Mehrheit der Savanten und eine größere Anzahl der Ratsfrauen haben erkannt, daß Veränderungen unabwendbar sind.

Sie streiten sich nur noch über die Methoden, sie möglichst zu verlangsamen ...«

»Und ihr wollt nicht, daß sie verlangsamt werden«, unterbrach Maia.

Kiel nickte. »Wir wollen die Veränderungen beschleunigen! Viele von uns sind nicht bereit, zwei oder drei Generationen lang zu warten, bis das nächste Raumschiff eintrudelt und es dann wieder Verzögerungen gibt und so weiter. Die alte Ordnung hat ausgedient. Es ist höchste Zeit, daß wir sie auf den Kopf stellen.«

»Also ist Renna euer Druckmittel.«

»Wenn du es unbedingt so ausdrücken willst«, entgegnete Kiel mit gerunzelter Stirn. »Jedenfalls kurzfristig. Auf längere Sicht sind unsere Ziele durchaus vereinbar. Selbst wenn er ein paar gerechtfertigte Klagen über unsere Methoden vorbringen kann, muß er doch ehrlicherweise zugeben, daß er unter Freunden ist. Wir wollen, daß er am Leben bleibt und seine Mission vollendet. Der Rest ist eine Frage von Details.«

Gegen ihren Willen merkte Maia, daß sie Kiel Glauben schenkte. *Bin ich mal wieder naiv? Warum höre ich ihr überhaupt zu, nach dem, was sie mir angetan hat?*

»Ihr könntet ihm helfen, sein Raumschiff zu rufen, damit es ihn abholt.«

Kiels nachsichtiges Lächeln gefiel Maia überhaupt nicht, denn es deutete an, daß ihr Vorschlag tatsächlich naiv war. »Das Schiff hat nur eine Landekapsel. Aber wie dem auch sei – es kann nur von der Startvorrichtung in Caria wieder in den Weltraum geschickt werden.«

»Wie praktisch.« Maia ließ sich auf den Bettrand sinken. »Also sitzt Renna hier fest, wo er für euch am nützlichsten ist, wenn ihr ihn als Waffe gegen eure Feinde einsetzen wollt.«

Mit einem Nicken nahm Kiel das Argument zur Kenntnis. »Du bist ein paar von ihnen in Long Valley begegnet. Mächtige alte Clans, die in einer statischen sozialen Ordnung ihren Platz behaupten, statt auf dem offenen Markt zu konkurrieren, wie Lysos es gewollt hätte. Sie stecken alle unter einer Decke und unterdrücken gezielt jeden Ansatz zur Veränderung.

Nimm beispielsweise die Droge, die du entdeckt hast. Angenommen, es geht nach der Nase der Perkiniten, und sie können das Fortpflanzungsgleichgewicht auf Stratos kippen. Dann würden kaum noch Sommerlinge geboren! Nichts als Klone und ein paar zahme Männer, die als Drohnen aufgezogen und jeden Winter gemolken werden.«

»Das hab ich auch schon kapiert«, brummte Maia unbehaglich.

Kiel zog die Augenbrauen hoch. »Hast du auch kapiert, warum die Perkiniten unseren Besucher von den Sternen nicht gleich eliminiert haben, als sie ihn in die Finger bekamen? Sie haben vor, ihn vorher nach Informationen auszupressen, wie Saft aus der Zitrone.«

»Und? Ihr wollt doch auch Informationen von ihm.«

»Aber wir haben völlig andere Ziele. Sie wollen erfahren, wie man die Raumschiffe der Hominiden abschießen kann« – Maia schnappte nach Luft, aber Kiel fuhr ohne Pause fort – »und noch viel mehr. Die Perkiniten glauben, Renna könnte ihnen bei der Lösung eines Problems helfen, das selbst Lysos vor ein Rätsel gestellt hat: Wie man es fertigbringt, Klonschwangerschaften ganz ohne Sperma zu stimulieren.«

»Aber …«, stammelte Maia. »Die Plazenta …«

»Ja, ich weiß. Die grundlegenden Tatsachen des Lebens, die man uns als Kinder beigebracht hat. Man braucht das Sperma, um die Entwicklung der Plazenta in Gang zu setzen, selbst wenn alle Chromosomen der Eizelle von der Mutter stammen. Das ist die Grundlage unseres ganzen Systems. Damit wollte man es so einrichten, daß es jeden Sommer ein paar ›normale‹, sexuell hervorgerufene Schwangerschaften gibt, damit man

Jungen bekommt, die später die folgende Generation stimulieren. Vars wie du und ich sind mehr oder weniger Abfallprodukte, Fräuleinchen.«

Maia schüttelte den Kopf. Kiel vereinfachte die Zusammenhänge viel zu sehr, vor allem, was die Beweggründe von Lysos und ihren Gehilfinnen anging. Doch wenn die großen Clans jemals eine Methode entdeckten, sich ganz nach ihrem Bedarf, ohne auch nur eine kurzfristige Beteiligung von Männern, zu vermehren, dann war Tizbe Bellers Droge bald so harmlos wie eine Tasse Tee.

»Hat Renna so etwas erwähnt, als er in Caria war?«

»Ja. Der Blödmann kapiert einfach nicht, daß es Dinge gibt, die man nicht wissen sollte.«

In diesem Punkt mußte Maia ihr recht geben. Manchmal machte Renna einen geradezu einfältigen Eindruck.

»Du siehst, mit wem du es zu tun hast«, meinte Kiel abschließend und ballte die Hand zur Faust. »Sicher, wir Radis haben auch große Veränderungen im Sinn, aber in entgegengesetzter Richtung! Wir wollen das Leben auf Stratos wieder in normalere Bahnen lenken ... wir wollen eine Welt, die richtig ist für Menschen, wir wollen keine Bienenstöcke von einem Pol zum anderen.«

»Wollt ihr tatsächlich, daß die Männer wieder ... wieder *fünfzig* Prozent der Bevölkerung ausmachen?«

Kiels grimmiges Gesicht hellte sich auf, und sie lachte. »Oh, wir sind doch nicht übergeschnappt! Unser Nahziel ist momentan nur, den festgefahrenen politischen Prozeß wieder in Gang zu bringen. Wir wollen zur Diskussion anregen. Wir wollen, daß mehr als nur ein paar Alibi-Sommerlinge im Hohen Rat sitzen. Das klingt doch unterstützenswert, ganz egal, was du von unseren langfristigen Träumen hältst, oder?«

»Na ja ...«

»Maia, ich würde den anderen schrecklich gern sagen, daß du bei uns mitmachst.«

Kiel versuchte, ihr in die Augen zu sehen, aber Maia wich dem Blick aus. Sie überlegte eine Weile, dann schüttelte sie den Kopf.

»Noch nicht. Aber ich ... ich würde mir den Rest gern anhören.«

»Mehr können wir wohl nicht verlangen.« Kiel klopfte ihr auf die Schulter. »Irgendwann wirst du uns hoffentlich verzeihen, daß wir dich so sträflich unterschätzt haben. Es wird nicht wieder vorkommen, das verspreche ich.

Und in der Zwischenzeit – wer wäre besser geeignet als Leibwächterin für unseren Gast als du, nachdem du dich so für ihn eingesetzt hast? Du behältst ihn im Auge. Sorgst dafür, daß ihm niemand irgendwelches Zeug ins Essen mischt, wie wir es in Grange Head getan haben! So kannst du am besten kontrollieren, ob wir es ehrlich meinen. Na, klingt das annehmbar?«

Kiel drückte sich gern sarkastisch aus, aber das Angebot schien von Herzen zu kommen. Maia antwortete mit widerwilligem Respekt. »Es klingt annehmbar«, sagte sie leise. Aber es störte sie, daß Kiel sie so leicht durchschaute.

Überall auf der Ladeluke lagen Spielsteine verstreut – kleine schwarze und weiße viereckige Plättchen mit fühlerartigen Anhängseln an Seiten und Ecken. Zuerst hatte Renna gestaunt, wie makellos jedes Stück gearbeitet war. Aber nachdem er den ganzen Morgen damit zugebracht hatte, einen Uhrfedermechanismus nach dem anderen aufzuziehen, verloren die kleinen Kunstwerke ein wenig von ihrer romantischen Anziehungskraft. Glücklicherweise brauchten sie nur wenige Umdrehungen mit dem Aufziehschlüssel, aber Renna und Maia hatten trotzdem erst die Hälfte der sechzehnhundert Spielsteine vorbereitet, als sie zum Mittagessen gerufen wurden.

Warum lasse ich mich immer in so seltsame Dinge ver-

wickeln? überlegte Maia, während sie aufstand und die Arme streckte. *Bis heute abend bin ich ein Wrack.* Aber es war immer noch besser als Gemüseputzen oder andere ›leichte Arbeiten‹, für die man sie eingeteilt hatte, seit sie wieder draußen war. Die Aussicht auf ihr erstes richtiges Spiel des Lebens war interessant, aber nicht gerade atemberaubend.

Pflichtschuldig überwachte Maia, wie Rennas Essen auf seinen Teller geschöpft wurde, und vergewisserte sich, daß es aus dem allgemeinen Topf kam und das Besteck sauber war. Nicht daß jemand hier draußen auf hoher See wirklich mit einem Attentatsversuch rechnete. Wahrscheinlicher wäre gewesen, daß ein Mannschaftsmitglied versuchte, ihm ein Betäubungsmittel zu verabreichen, damit die Fragerei endlich aufhörte. Wenn man wissen wollte, wo Renna sich aufhielt, brauchte man nur danach Ausschau zu halten, wo es in der täglichen Routine der Matrosen gerade eine Störung gab. Auf dem Quarterdeck beispielsweise, wo Kapitän Poulandres und seine Offiziere nach endlosen Sitzungen seine Fragen nur noch mit leicht gequälter Miene beantworteten. Oder er kletterte halsbrecherisch in der Takelage herum und schaute den arbeitenden Matrosen über die Schulter, was natürlich seine Beschützerinnen Thalla und Kiel, die von unten besorgt zusahen, fast zum Wahnsinn brachte.

Als Renna erwähnte, daß es ihn brennend interessierte, wie das Spiel des Lebens auf hoher See gespielt wurde, ergriff Poulandres die Chance, den fremden Passagier mit etwas anderem zu beschäftigen. Noch am selben Abend wurde ein Wettbewerb angesetzt. Renna und Maia gegen den ersten Kabinenjungen und den Juniorkoch.

He, dachte Maia, *hat irgend jemand gehört, daß ich mich freiwillig gemeldet habe?*

Natürlich machte es ihr nichts aus, obwohl ihr von der ganzen Aufzieherei die Hände weh taten. Ein frischer Ostwind füllte den Generator der *Manitou* und blähte die Segel, daß die Masten vor Anstrengung knarzten. Und er füllte auch Maias Lungen mit wachsender Hoffnung. *Vielleicht läuft es diesmal gut für mich.*

Ich werde den Landungskontinent kennenlernen.

Wenn doch nur Leie da wäre, damit wir ihn uns zusammen anschauen könnten.

Anders als die alte *Wotan* war die *Manitou* ein schnelles Boot, gebaut für leichte Frachtgüter und Passagiere. Die Mannschaft bestand aus gut ausgerüsteten Mitgliedern einer angesehenen Gilde. Die Kabinenjungen, die erst vor kurzem aus ihren Mutterclans ausgewählt worden waren, erledigten ihre Aufträge mit Schwung und Begeisterung. Maia fand die prächtige Uniform der Offiziere zwar beeindruckend, aber ziemlich pompös.

Nach ihrem Aufenthalt in Long Valley, wo es weniger Männer als rote Lugars gab, kam es ihr jetzt komisch vor, so viele um sich zu haben. Ihre Erfahrungen mit der Beller-Droge hatte Maias Vertrauen in die winterliche Sanftheit der Männer untergraben. *Wie war es, bevor Lysos kam?* fragte sie sich. *Man konnte doch nie wissen, welche Männer gefährlich waren oder wann.*

Heimlich beobachtete sie die Männer und verglich sie mit Renna, dem Fremdling aus dem Weltraum. Selbst die offensichtlichen Dinge waren verblüffend. Beispielsweise waren seine Augen dunkelbraun, was in Stratos äußerst selten vorkam, und standen ungewöhnlich weit auseinander. Und mit seiner langen Nase erinnerte er an einen neugierigen Vogel. Natürlich waren das Nebensächlichkeiten. *Aber wenn Renna nicht von einem anderen Stern kommt,* dachte Maia, *dann bestimmt von einem ähnlich seltsamen Ort.*

Andere Unterschiede gingen tiefer. Renna *spähte* ununterbrochen. Mit seinen Augen war eigentlich alles in Ordnung, aber er hungerte stets nach mehr Licht, als wäre der Tag auf Stratos weniger hell, als er es gewohnt war. Dies war ein Gegengewicht zu seiner enormen

Geräuschempfindlichkeit. Immer wieder bekam Maia mit, wie sich die Besatzung über ihn lustig machte.

Über seinen Bart, der inzwischen voll und dunkel und gelockt war, spottete niemand, denn nur wenige stratoinische Männer konnten um diese Jahreszeit mit einem Bart prahlen. Aber seine Ernährung forderte gelegentlich Scherze heraus. An der normalen Schiffskost – Getreide und Gemüsebrei, gelegentlich ergänzt mit einem Fischeintopf – hatte er nichts auszusetzen. Aber rotes Fleisch aus dem Kühlraum des Schiffs lehnte er höflich ab und gab als Grund ›Protein-Allergien‹ an; auch Meerwasser trank er nicht, unter keinen Umständen. Der Koch grummelte zwar über ›pingelige Landjungs‹, zapfte aber eigens für Renna ein Faß mit Frischwasser an. Kiel zuckte die Achseln und bezahlte.

Maia hatte das Gefühl, längst über die Herzschmerzen hinweg zu sein, unter denen sie in der Gefängniseinsamkeit gelitten hatte. Abgesehen von seiner Intelligenz und der Tatsache, daß Renna ein grundsätzlich guter Mensch war, hatte er keinerlei Ähnlichkeit mit der Person, die Maia sich vorgestellt hatte, als sie im Dunkeln codierte Botschaften austauschten. Daß es diese Person nicht gab, war ein Verlust, für den aber niemand etwas konnte.

Doch warum überströmte sie dennoch gelegentlich eine unlogische Eifersucht, wenn Renna sich zu lange mit Naroin, Kiel oder anderen jungen Vars unterhielt? *Fühle ich mich zu ihm hingezogen auf ... auf sexuelle Art?* Das war angesichts ihrer Jugend doch wohl höchst unwahrscheinlich.

Und selbst wenn es so wäre, was hätte Eifersucht damit zu tun?

Maia erforschte ihr Herz. Manche Gedanken brachten sie ganz durcheinander. Andere riefen eine beunruhigende Hitze hervor, wieder andere eine Art Verzweiflung.

Vielleicht bausche ich alles nur auf.

Möglicherweise hätte es ihr geholfen, mit jemandem über ihre Verwirrung zu sprechen, aber Maia schüttete ihr Herz nicht gern einem Fremden aus. Dafür war immer Leie dagewesen.

Aber jetzt hatte das Meer Leie zu sich genommen. Obgleich Maia von allen Seiten von seinen endlosen Wogen umgeben war, wollte sie es nicht ansehen.

Nach dem Essen entschuldigte sich Renna und ging zu der mit einem Vorhang abgetrennten Plattform, die vom erhöhten Achterdeck ein Stück weit über offenes Wasser hinausragte. Er brauchte für seine Toilette nach den Mahlzeiten immer länger als alle anderen, und es wurden bereits Wetten abgeschlossen, was er eigentlich dort machte. Besatzungsmitglieder, die zufällig vorbeikamen, berichteten von seltsamen Geräuschen.

»Klingt nach 'ner Menge Schrubben und Spucken«, erzählte ein Matrose.

Maia sorgte dafür, daß niemand Renna störte. Was immer seine fremdartigen Bedürfnisse waren, in jedem Fall hatte er ein Anrecht auf seine Privatsphäre. Zumindest hielt er sich sauberer als die meisten Männer!

Die Frauen an Bord, allesamt Vars, zerfielen in drei für Maia unterscheidbare Gattungen. Ein halbes Dutzend, unter ihnen auch Naroin, waren erfahrene Wintermatrosinnen, die problemlos mit der zahlenmäßig überlegenen männlichen Besatzung zusammenarbeiteten. Sie waren realistisch und kompetent und schienen sich über die politischen fixen Ideen der zahlenden Passagiere eher zu amüsieren als sich darüber aufzuregen.

Dann gab es einundzwanzig Radis, eingeschworen auf den gemeinsamen Plan, Renna aus der Gefangenschaft zu befreien. Thalla und Kiel hatten ihre Arbeit in der Lerner-Feste wahrscheinlich nur angenommen, um ihre wahre Mission zu tarnen und gleichzeitig auszukundschaften, wo die perkinitischen Clans ihren Gefangenen festhielten. Gelegentlich fragte sich Maia, ob ihre ehemaligen Mitbewohnerinnen der Spur des Außerplanetarischen um die halbe Welt gefolgt waren. Doch wahrscheinlicher waren sie nur eins von vielen Teams, ausgesandt, um den Planeten zu reformieren. Auf jeden Fall schien die Verschwörung der Radikalen sehr breit gefächert, entschlossen und gut organisiert zu sein.

Nach ihrer erfolgreichen Aktion waren die Radis in bester Stimmung; sie unterhielten sich gern und waren gebildeter als der Durchschnitt der Vars. Ihr städtischer Akzent mit den weichen Vokalen machte auf die dritte Gruppe jedoch wenig Eindruck – acht abgebrüht wirkende Frauen, von denen die meisten den tiefen, gedehnten Dialekt der Südlichen Inseln sprachen. Wie Naroin es ausdrückte, waren Baltha und ihre Freundinnen als ›angeheuerte Kräfte‹ an Bord, als Söldnerinnen zur Vervollständigung der Expedition. Die Südländerinnen machten kein Hehl aus ihrer Verachtung für die idealistischen Radis, steckten ihr Geld aber gern ein.

Jetzt kam Renna mit seinem blauen Beutel von der Toilettenplattform. Er streckte sich und holte tief Luft. »Hätte nie gedacht, daß ich mich an diese Luft gewöhne. Zuerst war es, als müßte ich Sirup einatmen. Aber nach einer Weile mag man es richtig gern. Vielleicht wirkt das Symbiont.«

»Das was?« fragte Maia.

Renna blinzelte nachdenklich. »Hmm – das ist etwas, das ich vor meiner Landung eingenommen habe, um die Anpassung an die Verhältnisse auf einem anderen Planeten zu erleichtern. Wußtest du, daß es nur drei andere Hominidenpopulationen gibt, die unter ähnlichen atmosphärischen Druckverhältnissen leben? Nur wegen der dicken Luft ist Stratos bewohnbar. Sie konserviert die Wärme. Normalerweise würde sich niemand dort niederlassen wollen, wo es nur so eine kleine Sonne gibt. Lysos ist hier ein hohes Risiko eingegangen, und sie hat brillant gewonnen.«

Fast so brillant, wie du eben das Thema gewechselt hast, dachte Maia. Aber das war in Ordnung. Im Grund freute sie sich, daß Renna inzwischen darauf aufpaßte, was er preisgab und was nicht. Wenn er so weitermachte, konnte er vielleicht in ein paar Jahreszeiten mit einer Vierjährigen Poker spielen.

»Wir sind noch längst nicht fertig mit dem Aufziehen«, erinnerte sie ihn. Also gingen sie zurück zur Ladeluke, wo er seufzend einen der viereckigen Spielsteine aufhob. »Und ich habe diese kleinen Teufel genial genannt. Ich sehe immer noch nicht ganz ein, warum sie sich weigern, das Spielbrett zu benutzen, das ich von der Zitadelle mitgebracht habe.«

»Es ist Tradition«, erklärte Maia, während sie behutsam einen Spielstein umdrehte, damit sie die vorstehenden Fühler nicht beschädigte. »Diese massenproduzierten Spielbretter sind zu einigem fähig … ich hab das auch erst begriffen, als ich mit einem gespielt habe. Aber ich weiß, daß sie längst nicht so geschätzt werden wie die von Hand gearbeiteten. Sie sind für den Sommer gemacht, wenn die meisten Männer in den Reservaten sitzen und nicht herumreisen können.«

»Wegen des Wetters?«

»Und wegen der Beschränkungen, die von den örtlichen Clans erlassen werden. Es ist eine schwere Zeit für die Männer. Vor allem, wenn einer Pech hat und keine Einladung in die Stadt bekommt. Wenn es nicht regnet, stehen die Aurorae und der Wengelstern am Himmel und rufen frustrierende Gefühle hervor. Viele Männer schließen einfach die Fensterläden und lenken sich mit Basteleien und Spielturnieren ab. Ich vermute, daß ein Computerspiel sie jetzt zu sehr an etwas erinnern würde, was sie lieber vergessen möchten.«

Renna nickte. »Klingt einleuchtend. Trotzdem denke ich, es könnte noch einen anderen Grund geben, weshalb die Matrosen die mechanische Spielversion bevorzugen. Ich habe das Gefühl, man wird nicht als echter

Mann anerkannt, wenn man seine Gerätschaften nicht selbst herstellen kann.«

Maia nahm sich den nächsten Spielstein vor. »So muß es sein, Renna. Seeleute können sich nicht so spezialisieren wie die Frauen in den Clans.« Sie deutete auf das komplizierte Takelwerk, den Radarmasten, den surrenden Generator. »Auf einer Seereise kann man nie ganz sicher sein, ob man in einer Mannschaft gerade die richtige Mischung von Fertigkeiten zusammenbekommt, deshalb lernen die meisten Jungen nach und nach fast alles.«

»Aha. Sie opfern die Perfektion auf einem Spezialgebiet einer eher umfassenden Kompetenz.« Einen Augenblick schwieg Renna nachdenklich, dann schüttelte er den Kopf. »Ich bin fest überzeugt, daß es noch tiefer reicht. Nimm deinen Miniatursextanten zum Beispiel, der soviel kunstvoller gearbeitet ist, als es rein praktisch gesehen notwendig wäre.«

Maia legte den Aufziehschlüssel weg und drehte den Arm um, so daß sie die Messinghülle des Sextanten betrachten konnte, mit ihrer zierlichen, fast mythologischen Version eines riesigen Luftschiffs. Renna bedeutete ihr, die Hülle zu öffnen. Neben den zusammengeklappten Armen gab es Stecker für elektronische Anschlüsse, die jetzt verstopft und offensichtlich seit Jahren unbenutzt waren. Renna berührte ein winziges dunkles Skalenfenster. »Laß dich nicht von den Errungenschaften der Technik an der Nase herumführen, Maia. Es gibt nichts, was in einem privaten Werk nicht von Hand hergestellt werden könnte, mit Techniken, die seit Generationen von Lehrer zu Schüler weitergegeben werden. Gerade dieses Weitergeben von Fertigkeiten interessiert mich.«

Kurz hatte Maia das Gefühl, Renna würde gerade einen Vortrag einstudieren, den er irgendwann in der Zukunft an einem anderen Ort zum besten geben wollte – um die Bräuche eines obskuren Stammes ir-

gendwo in den Randgebieten der Zivilisation zu beschreiben. Sie holte tief Luft und spürte auf einmal
ganz deutlich das Gewicht der Luft in ihren Lungen.
War die Atmosphäre von Stratos im Vergleich mit der
anderer Welten wirklich so schwer? Trotz Rennas Erklärungen kam ihr die runde rote Sonne ganz und gar
nicht klein oder schwächlich vor. Man konnte sie höchstens ein paar Sekunden lang direkt anschauen, ohne
daß einem die Augen tränten.

Renna fuhr fort: »Ich finde es interessant, daß so aus-
gefeilte Fertigkeiten so detailliert weitergegeben werden, weit über das hinausgehend, was die Offiziere
einer guten Besatzung beibringen müssen.«

Maia klappte den Sextanten wieder zusammen. »So
habe ich noch nie darüber nachgedacht. Wir lernen, daß
Männer keine …« – sie suchte nach dem richtigen Wort –,
»daß Männer keinen Begriff von *Kontinuität* haben. Die
Seeoffiziersanwärter, die von den Segelmeistern aufgenommen werden, sind selten ihre eigenen Söhne, deshalb
ist es ihnen nicht so wichtig, ob die Knaben langfristig Erfolg haben oder nicht. Aus deinem Mund klingt es aber
fast so, wie es in den Clans ist. Persönliche Anweisung,
Interesse an der Weiterentwicklung einer Sache, über
einen langen Zeitraum hinweg, Überlieferung nicht nur
rein handwerklicher Aspekte.«

»Hmm. Weißt du, je mehr ich darüber nachdenke,
desto sicherer bin ich, daß es so geplant war. Natürlich
erledigt eine Familie von Klonen die Sache effizienter,
indem eine Generation die nächste unterrichtet. Aber
im Grund ist es nur die Variation eines alten Themas,
des Meister-Schüler-Systems. Den größten Teil der
Menschheitsgeschichte war dies die Regel. Fortschritt
entstand durch Verbesserung althergebrachter Muster.«

Auf einmal erinnerte sich Maia, wie sie und Leie als
Kinder in die Werkstatt der Yeo-Lederverarbeiterinnen
oder der Samesin-Uhrmacherinnen gespäht und beobachtet hatten, wie dort die älteren Schwestern und Müt-

ter die jüngeren Klonmädchen darin unterwiesen, was sie selbst gelernt hatten. So wurden auch die jungen Lamai in das Export-Import-Geschäft eingewiesen. Maia konnte sich kaum vorstellen, daß ein solcher Prozeß auch unter Männern möglich sein sollte, bei denen niemals zwei exakt die gleichen Talente oder Neigungen hatten. Aber Renna deutete an, daß es weniger Unterschiede als Ähnlichkeiten gab. »Es ist ein traditionelles System, perfekt, um die Stabilität zu erhalten«, sagte er, legte einen aufgezogenen Spielstein zur Seite und griff zum nächsten. »Aber es hat seinen Preis. Wissen wächst akkumulativ und nur höchst selten geometrisch.«

. »Und manchmal überhaupt nicht?« fragte Maia, und plötzlich fühlte sie sich äußerst unbehaglich.

»Genau. Das ist die Gefahr in Handwerksgesellschaften. Manchmal verläuft der Trend negativ.«

Maia blickte zu Boden. Auf einmal spürte sie etwas wie Scham. »Wir haben soviel vergessen.«

»Hmm.« Renna zog die dunklen Augenbrauen zusammen. »Vielleicht ist es gar nicht so viel. Ich habe eure Große Bibliothek gesehen und mit euren Savanten gesprochen. Ihr lebt nicht in finsterer Unwissenheit. Was du um dich herum siehst, ist das Ergebnis eines sorgfältig durchdachten Plans. Lysos und die Gründerinnen haben Vor- und Nachteile sorgfältig gegeneinander abgewogen. Da sie die wissenschaftliche Ära hautnah erlebt hatten, waren sie fest entschlossen, so etwas auf diesem Planeten zu verhindern.«

»Aber …« Maia blinzelte. »Warum sollten Wissenschaftler die Wissenschaft aufhalten wollen?«

Er schenkte ihr ein warmes Lächeln, aber etwas in Rennas Augen sagte Maia, daß das Thema für ihn mit persönlichem Leiden verbunden war.

»Ihr Ziel war nicht, die Wissenschaft als solche aufzuhalten, sondern eine bestimmte Art Wissenschafts*fieber* zu verhindern. Einen kulturellen Wahnsinn sozusagen. Eine Epoche, in der es schon fast als Akt religiöser Hingabe gilt, etwas in Frage zu stellen. In denen alle Sicherheiten des Lebens sich auflösen und die Menschen zwanghaft an alten Werten zweifeln, ungeachtet dessen, ob sie sich bewährt haben oder nicht. Egoismus und ›Selbstverwirklichung‹ haben Vorrang vor Mitmenschlichkeit und Tradition. In solchen Zeiten herrscht ein schrecklicher Aufruhr, Maia. Mit einem größeren Wissen wächst die ökologische Gefahr, aufgrund eines rasanten Bevölkerungswachstums und des Mißbrauchs der technischen Errungenschaften.«

In Maias Kopf entstanden keine Bilder, die seine Worte veranschaulichten. Ihr Inhalt war für sie völlig abstrakt, ohne Zusammenhang mit irgend etwas, das sie kannte. Dennoch war sie entsetzt. »Wie du das sagst, klingt es … schrecklich.«

Er seufzte. »Oh, das wissenschaftliche Zeitalter hat durchaus auch gute Seiten. Kunst und Kultur erblühen. Alte Unterdrückungsmechanismen zerbrechen, Aberglaube wird ausgemerzt. Neue Erkenntnisse erhellen unser permanentes Erbe und werden Teil von ihm. Eine Wiedergeburt ist eine sehr romantische und aufregende Zeit, aber nichts hält lange vor. Vor einiger Zeit, vor dem Phylum Diaspora, hat uns das erste wissenschaftliche Zeitalter noch mit Müh und Not aus unserer Heimat befördert, ehe es erschöpft zusammenbrach. Es hätte uns genausogut töten wie befreien können.«

Maia beobachtete Renna und war sicher, daß er nicht nur als historisch gebildeter Mensch zu ihr sprach. In seinen dunklen Augen erkannte sie einen tiefen Schmerz. Er hing seiner Erinnerung nach, traurig und voller Sehnsucht. Es war wie eine Art Heimweh, aber noch endgültiger und unwiderruflicher als ihr eigenes.

Renna räusperte sich und sah kurz weg.

»In einem solchen Zeitalter – der Renaissance von Florentina –, gelangte eure berühmte Lysos zu der Überzeugung, daß stabile Gesellschaften die Menschen glücklicher machen. Tief im Innern leben die meisten Menschen ihr Leben lieber mit gewissen Sicherheiten, geführt von vertrauten Mythen und Metaphern, in dem Wissen, daß Kinder ihre Eltern und Eltern ihre Kinder verstehen werden, von einer Generation zur nächsten. Eine solche Welt wollte Lysos erschaffen. Eine Gesellschaft, in der Glück und Zufriedenheit keine Ausnahmeerscheinung für einige wenige Privilegierte sind, sondern für möglichst viele eine Alltäglichkeit.«

»Das ist es, was wir lernen«, nickte Maia. Obgleich er es natürlich wieder einmal ganz anders ausdrückte. Anders und irgendwie beunruhigend.

»Euch wird beigebracht – und das ist auch meine private Theorie –, daß Lysos den sexuellen Separatismus nur deshalb propagiert hat, weil die perkinitischen Sezessionisten die stärkste Gruppe Unzufriedener waren, die ihr ins Exil folgen wollten. Sie lieferten Lysos das Rohmaterial für ihre stabile Welt, isoliert und geschützt vor den Umtrieben der Hominidenwelten.«

Nie hatte Maia jemanden in diesem Ton über die Gründerin sprechen hören. Zwar respektvoll, aber fast kollegial, so, als hätte Renna sie persönlich gekannt. Wenn man ihn so hörte, wußte man jedenfalls eins ganz sicher – daß dieser Mann tatsächlich von einem anderen Stern kam.

Lange Zeit blickte Renna über das Meer, ohne daß sich Maia vorstellen konnte, was er dort sah. Schließlich jedoch meinte er mit einem Achselzucken: »Ich rede zuviel. Wir haben angefangen, darüber zu sprechen, daß Matrosen lernen, einen Mann zu verachten, der sich auf Hilfsmittel verläßt, die er nicht hundertprozentig versteht. Jedenfalls ist das der Hauptgrund, weshalb sie mich so oft verspotten.«

»Dich? Aber du hast den Weltraum durchquert! Ganz bestimmt würden die Matrosen das …«

»Respektieren?« Renna lachte leise. »Leider wissen sie auch, daß mein Schiff aus einer riesigen Fabrik stammt und hauptsächlich von Robotern gebaut wurde und daß ich es ohne die Hilfe von Maschinen, die klüger sind als ich und deren Funktion ich höchstens ansatzweise durchschaue, nicht bedienen könnte. Weißt du, was ich bin? Die Savanten haben Spottgeschichten in Umlauf gebracht. Hast du je vom *Dummimann* gehört?«

Maia nickte. So nannten die Jungen einander, wenn sie gemein sein wollten.

»Das bin ich. Der waschlappige Dummimann, der so gut wie gar nichts kann. Von den Sternen gekommen, dank der Vars dem Turm entronnen.«

Renna lachte auf, fast war es ein Schnauben. Es klang nicht amüsiert.

Das Spiel des Lebens, das an diesem Abend stattfand, geriet zur Katastrophe.

Sechzehnhundert ordentlich aufgezogene Spielsteine waren auf beiden Seiten der Ladeluke, auf der man vierzig vertikale und vierzig horizontale Linien gezogen hatte, in zwei großen Stapeln aufgebaut. Maia und Renna gesellten sich beim Abendessen zu den anderen Passagieren, aßen von ihren angeschlagenen Tellern und blickten über die kabbelige See. Etwa eine Stunde vor Einbruch der Dunkelheit gingen sie zurück, um ihre Gegner zu erwarten. Der Juniorkoch und der Kabinenjunge erschienen wenige Minuten später; der Koch wischte sich noch die Hände an der Schürze ab. *Die nehmen uns nicht sehr ernst*, vermutete Maia. Sie konnte es ihnen nicht verdenken.

Da Renna und Maia die Gäste waren, wurden sie aufgefordert, den ersten Zug zu machen. Maia schluckte nervös und ließ die Spielsteine beinahe fallen, aber Renna grinste zuversichtlich und flüsterte: »Denk dran, es ist nur ein Spiel.«

Sie hatten eine Strategie besprochen. »Wir halten die Sache möglichst einfach«, hatte Renna vorgeschlagen.

»Ich habe im Gefängnis zwar ein paar Tricks gelernt, aber meistens habe ich nur versucht, Botschaften zu schreiben oder Bilder zu malen. Garantiert ist es viel schwieriger, wenn du einen Gegner hast, der darauf aus ist, dir das kaputtzumachen, was du schaffen willst.«

Dann hatte Renna auf einen Notizblock ein, wie er es nannte, ›sehr konservatives Muster‹ gezeichnet. Einige der primitiven Formen erkannte Maia. Eine Gruppe schwarzer Steine in der linken Ecke würde ewig ›leben‹, solange es mit keinem anderen beweglichen Muster aus schwarzen Punkten in Berührung kam. Ihre Strategie lief darauf hinaus, diese Oase bis zum Zeitlimit zu verteidigen, sich ganz auf die Defensive zu konzentrieren und nur mit ein paar Gleitern, Keilen oder Schlitzern minimale Vorstöße auf feindliches Gebiet zu wagen. Mit einem Patt wären sie mehr als zufrieden.

Während Renna die erste Reihe auslegte, knufften sich die beiden jungen Männer, zeigten auf die Spielsteine und lachten. Ob sie bereits die Einfalt des Musters durchschauten oder die beiden blutigen Anfänger nur ein wenig ärgern wollten – auf alle Fälle war ihr Verhalten nervtötend. Doch Maia fand die weiblichen Zuschauer noch schlimmer. Vor allem Baltha und die Südländerinnen, die das Spiel offensichtlich zutiefst albern fanden. Ein weibliches Besatzungsmitglied namens Inanna flüsterte einer Kameradin etwas ins Ohr, und sie lachten beide laut auf. Maia war ganz sicher, daß der Witz auf ihre Kosten ging.

Sie tat sich selbst keinen Gefallen mit diesem Spiel, und sie konnte sich auch nicht vorstellen, was Renna eigentlich lernen wollte.

Warum machen wir es dann?

Die erste Reihe war fertig. Sofort legten der Juniorkoch und der Kabinenjunge ihre vierzig Steine aus. Sie benutzten keine Notizen, allerdings berieten sie sich einmal miteinander. Ein paar Seeleute sahen entspannt von der Treppe des Quarterdecks aus zu, ohne dabei ihre Schnitzerei aus der Hand zu legen; aus weichem Holz entstanden dabei die anmutigsten Skulpturen von allerlei Meerestieren.

Als die Jungen das Zeichen gaben, daß sie mit ihrem Zug fertig waren, blickte Renna eine ganze Weile auf die neue Reihe und erklärte achselzuckend. »Sieht genau aus wie unsere. Vielleicht ist es nur ein Zufall. Machen wir einfach weiter wie geplant.«

Also legten sie weitere vierzig Spielsteine aus, die meisten mit der weißen Seite nach oben, aber auch genügend strategisch plazierte schwarze Zellen, damit beim Startzeichen die gewünschten geometrischen Muster zu pulsieren begannen und sich mit ihrer jeweiligen Lebensspanne in die ›Ökologie‹ des Spiels einreihten.

Zumindest hofften wir das.

Während die Sonne allmählich hinter dem sich bauschenden Klüver verschwand, legten beide Parteien abwechselnd ihre vierzig Steine aus, beobachteten die Züge der Gegenseite und versuchten zu erraten, was die anderen vorhatten. Als der Wind drehte und der Bootsmann die Besatzung in die Takelage rief, gab es eine kurze Unterbrechung. Mit Schwung gingen die Männer an die Arbeit, holten mit geübten Handgriffen die Taljereeps ein und drehten die Kurbeln. Das Manöver wurde so rasch und effizient ausgeführt, daß Maia kaum vierzigmal Luft geholt hatte, ehe alles erledigt war. Naroin sprang aus den Schoten und landete in der Hocke neben ihr. Sie winkte Maia ermutigend zu, bevor sie wieder zu der Stelle an der Backbordreling zurückschlenderte, wo sich die weiblichen Besatzungsmitglieder gerne versammelten. Dort rauchten sie ihre Pfeifen und plauderten leise, während die Spielvorbereitungen weitergingen.

»Diese Teufel«, knurrte Renna, nachdem acht Reihen ausgelegt waren. Maia folgte der Richtung seines Fingers und sah sofort, was er meinte. Offensichtlich hatten ihre Gegner die statische ›Oase‹ in ihrer geschütztesten Ecke kopiert. *Sie machen uns alles nach!* erkannte sie jetzt. Nur an der linken Seite waren einige leichte Abweichungen zu erkennen. *Was soll das? Wollen sie uns auf den Arm nehmen?*

Nach der zehnten Reihe begannen sich immer mehr Unterschiede einzuschleichen. Dann legten der Koch und der Kabinenjunge plötzlich völlig andere Muster. Maia erkannte eine Gleiterkanone, die ihre Pfeile über das Spielfeld schicken sollte. Außerdem sah sie eine Formation, die eigentlich nur ein Zyklon sein konnte – eine Konfiguration, die angeblich jede Lebensform in sich einsaugte, die ihr zu nahe kam. Sie zeigte Renna das im Entstehen begriffene Muster. Er betrachtete es eine Zeitlang hochkonzentriert und nickte dann.

»Du hast recht. Das bedeutet Gefahr für unseren Wächter, stimmt's? Vielleicht sollten wir ihn auf eine Seite verlagern. Nach rechts – was meinst du?«

»Das würde unseren kurzen Zaun stören«, gab sie zu bedenken. »Wir haben schon zwei Reihen dafür ausgelegt.«

»Hmm. Na gut, dann schieben wir den Wächter nach links.«

Maia versuchte sich vorzustellen, wie das fertige Spielfeld aussähe. Schon jetzt konnte sie voraussehen, wie bestimmte Einheiten sich in den ersten zwei, drei, sogar fünf oder sechs Runden entwickeln würden. Dieser Bereich der Ladeluke würde von einem frisch gestarteten Mutterschiff überquert werden. Auf dem da drüben würden sich Schwarz und Weiß in einem endlosen Strudel abwechseln, wie ein Senfsamen, der sich drehte und drehte ... eine hübsche, aber nur scheinbar wirkungsvolle Formation. Als sie den Weg der Geschosse von der anderen Seite folgte, kam sie zu einer entsetzlichen Erkenntnis – eine Gruppe von Gleitern würde am Spiegelrand abprallen und von dort schräg auf die Ecke zulaufen, die sie so sorgfältig beschützt hatten!

Renna kratzte sich am Kopf, als sie ihn auf das drohende Desaster aufmerksam machte. »Sieht aus, als wären wir verloren«, meinte er mit einem Stirnrunzeln. Vor lauter Frustration kniff Maia ihn in den Arm, und er zuckte erschrocken zusammen.

»Nein, sieh mal!« rief sie aufgeregt. »Wie wäre es, wenn wir uns auch eine Gleiterkanone bauen ... da drüben! Wir könnten damit in unser eigenes Territorium zurückfeuern und ihnen den Weg abschneiden ...«

»Was?« unterbrach Renna, und Maia befürchtete schon, sie hätte ihre Grenzen überschritten, indem sie eigene Ideen einbrachte, obwohl im Grunde doch Renna die Strategie entworfen hatte. Aber er nickte, zunehmend gespannt. »Ja-a-a, ich glaube, das könnte ... das könnte funktionieren.« Er drückte ihre Schulter, daß es kribbelte. »Das klappt, wenn wir den richtigen Zeitpunkt erwischen. Natürlich gibt es da noch das Problem mit den Scherben, wenn die Gleiter zusammenstoßen ...«

In den letzten beiden Reihen war nur wenig Platz, um die improvisierten Veränderungen auszulegen. Glücklicherweise schufen die Gegner keinen zweiten Zyklon an der Grenze. Maias neue Gleiterkanone lag direkt an der Trennlinie, jedes bißchen Platz wurde genutzt. Als der letzte Stein gesetzt war, fühlte sie sich richtig erschöpft. *Und ich habe gedacht, das wäre ein Spiel für faule Männer. Vermutlich begreift man erst, wie anstrengend es ist, wenn man es selbst ausprobiert.*

Die Sonne war längst untergegangen. Laternen wurden angezündet. Thalla brachte ihnen ihre Mäntel. Als Maia ihn überzog, merkte sie, daß alle anderen sich bereits gegen die abendliche Kühle gerüstet hatten. Anscheinend war sie zu nervös gewesen, um zu frieren.

Dann erschien Kapitän Poulandres in einem Kapuzengewand und mit einem gebogenen Stock, um seiner Rolle als Spielmeister und Schiedsrichter nachzukommen. Hinter ihm suchte sich die gesamte Mannschaft mit Ausnahme des Steuermanns, des Ausgucks und des Navigators ein Plätzchen, von dem aus sie das Spielgeschehen im Auge behalten konnten. Sie wirkten locker und teilweise sogar amüsiert. Maia sah keinen von ihnen eine Wette abschließen, wie das sonst üblich war.

Wahrscheinlich will niemand auf uns setzen.

Stille senkte sich herab, als der Kapitän an den Rand des Spielfelds trat, wo die Schaltuhr bereits darauf wartete, die synchronisierten Impulse an alle Spielsteine auszusenden. Innerhalb einer vorgegebenen Zeit würde jeder der sechzehnhundert Spielsteine entweder seine Lamellen wirbeln lassen oder ruhig bleiben, je nachdem, was seine Sensoren ihm über den Zustand der benachbarten Steine mitteilten. Die gleiche Entscheidung würde ein paar Sekunden später erneut fallen, wenn der nächste Impuls einging. Und so weiter.

»Leben ist die Fortsetzung der Existenz«, intonierte Poulandres. Vielleicht war es das Kapuzengewand, das seiner Stimme den tiefen, weissagenden Klang verlieh. Oder dieser gehörte auch zu seinem Rang als Kapitän.

»Leben ist die Fortsetzung der Existenz«, erwiderte die Besatzung, begleitet vom Knarren der Masten und vom Knattern der Segel.

»Leben ist die Fortsetzung der Existenz, doch kein Ding währt ewig. Wir alle sind Muster, die sich fortzupflanzen suchen. Muster, die andere Muster hervorrufen und wieder verschwinden, als wären sie nie dagewesen.«

Maia hatte die Formel schon so viele Male gehört, in zahllosen Akzenten am Hafen von Port Sanger und auch anderswo. Sie kannte sie auswendig. Doch heute spielte sie zum ersten Mal mit. Sie fragte sich, wie viele

Frauen das von sich sagen konnten. Nicht mehr als tausend, da war sie sicher. Vielleicht nur hundert.

Renna lauschte, und die altertümlichen Worte schlugen ihn in ihren Bann.

»... wir haben keine Kontrolle über unsere Nachkommen. Noch über unsere Erfindungen. Noch können wir die Konsequenzen unseres Handelns bestimmen, die in der Zukunft liegen, nur dadurch, daß wir richtig handeln und dann loslassen.

Alles liegt in der Vorbereitung und im Augenblick der Tat.

Was folgt, gehört der Nachwelt.«

Der Kapitän streckte den Stab aus und ließ ihn über dem blinkenden Zeitfeld schweben.

»Zwei Parteien stehen bereit. Schreiten wir zur Tat. Nun ... werdet der Nachwelt gewahr.«

Der Stab senkte sich. Der Zeitmechanismus begann in seinem vertrauten Achterrhythmus zu pochen. Obgleich Maia wußte, was kommen würde, sprang sie auf, als die flache Anordnung von sechzehnhundert schwarzen und weißen Feldern auf einmal zu explodieren schien.

Jedoch nicht alle Felder gerieten in Bewegung. Genaugenommen änderten nicht einmal die Hälfte der Spielsteine ihren Zustand. Aber bei dem unvermittelten, hektischen Klappern der Lamellen begann Maias Herz wild zu pochen. Dann überquerte auch schon die zweite Welle das Spielfeld, geräuschvoll und dynamisch. Und die dritte folgte.

Glücklicherweise mußte sie nicht nachdenken. Das Spiel des Lebens war schon vorüber, wenn es begann. Von nun an konnte sie nur zusehen, wie es sich entfaltete.

Logbuch des Peripatetikers:
Mission Stratos
Ankunft plus 43.271 Megasekunden

Als ich zum ersten Mal ein stratoinisches Heim besuchte, fiel es mir sehr schwer, meine Vorurteile zu überwinden.

Dies lag nicht nur an dem Konzept eines Matriarchats, dem war ich in abgewandelter Form ja auch auf Florentina und Neuterra begegnet. Auch nicht an dem Brauch, Männer als andere Spezies zu sehen, was manchmal unumgänglich, oft ärgerlich und glücklicherweise selten ist. Auf all das war ich vorbereitet.

Mein Problem kommt eher daher, daß ich in einer Ära aufgewachsen bin, in der man von der Individualität besessen war.

Verschiedenheit war unsere Religion, Abwechslung unser Hauptanliegen. Alles, was anders, was untypisch war, erhielt dem Vertrauten gegenüber den Vorrang. Anders kam immer vor gleich. Eine verrückte Epoche, meinen die Psychohistoriker ... auch wenn aus ihrer kurzen Blütezeit der Idealtyp des Sternenreisenden hervorgegangen ist.

Auf meinen Wanderungen bin ich vielen konservativen Gesellschaften begegnet, aber keine davon lief meiner Erziehung so extrem zuwider wie die auf Stratos. Die nervenaufreibende Ironie der ansonsten faszinierenden Einheitlichkeit dieser Welt besteht darin, daß sie sich auf absolute Beständigkeit gründet. Hier werden keine Generationen durch veränderte Wertvorstellungen auseinandergerissen. Gleichheit ist kein Fluch, Vielfältigkeit nicht automatisch ein Segen.

Nur gut, daß wir uns nie begegnet sind. Lysos und ich wären nicht miteinander ausgekommen.

Dennoch freute ich mich sehr, als die Savante Iolanthe mich einlud, ein paar Tage in dem schloßartigen Heim ihrer Familie in den hügeligen Vorstädten von Caria zu verbringen. Die Einladung – im Sommer eine Seltenheit für einen Mann – war eindeutig eine politische Aussage. Ihre Partei steht einem erneuten Kontakt am wenigsten feindselig gegenüber. Trotzdem schärfte man mir ein, mein Besuch müsse ›züchtig‹ verlaufen. Mein Zimmer hätte kein Fenster zum Wengelstern.

Ich erklärte Iolanthe, daß sie sich in dieser Hinsicht keinerlei Sorgen zu machen brauche. Ich würde meinen Blick abwenden, allerdings nicht vom Himmel.

Die Nitocris-Feste ist ein wahrhaft altehrwürdiges Bauwerk. Iolanthes Klonlinie bewohnt die Anlage mit ihren hohen Mauern, Schornsteinen und Dachgauben seit fast siebenhundert Jahren. Verwandte Familien leben schon seit kurz nach der Gründung von Caria auf der gleichen Stelle.

Unser Wagen fuhr durch ein eindrucksvolles Tor, fuhr die von Beeten gesäumte Auffahrt entlang und hielt vor einem kunstvoll gewölbten Marmoreingang. Dort begrüßten uns drei anmutige Nitroci, mittleren Alters wie Iolanthe, gekleidet in schimmernde gelbe Seidenkleider mit hohem Kragen. Eine jüngere Clanschwester nahm mir meine Tasche ab. Andere Frauen mit den gleichen Gesichtszügen – sanfte Augen und schmale Nase – wuselten schweigend um uns herum, fuhren den Wagen weg, verriegelten das Tor und geleiteten uns ins Innere der Feste.

So betrat ich zum ersten Mal die innerste Sphäre eines parthenogenetischen Clans, der wichtigsten sozialen Einheit des Lebens auf Stratos. »Sie sind weder Bienen noch Ameisen«, sagte ich mir im stillen, um allzu naheliegende Vergleiche von vornherein zu unterdrücken. Und ich wiederholte das Motto meines Berufsstandes:

»Löse dich von vorgefaßten Meinungen.«

Die Savante zeigte mir Höfe und Gärten und große Hallen; von den Kindern, die uns in Scharen flüsternd und kichernd verfolgten, ließ sie sich dabei nicht im mindesten aus der Ruhe bringen. Die Nitroci halten keine Hausangestellten, keine Vars, die unangenehme Arbeiten ausführen mußten, weil wohlhabende Klone dies für unter ihrer Würde erachten. Keine Nitroci schämt sich, schwere oder schmutzige Arbeiten zu verrichten, ob es sich nun um das Reinigen der Kamine handelt, das Schrubben der Toiletten oder das Decken eines Dachs. Je nach Alter werden die Aufgaben verteilt, und jedes Mädchen und jede Frau bekommt abwechselnd lästige oder angenehmere Pflichten. Jede weiß, wie lange eine bestimmte Phase dauert. Nach einem festgelegten Zeitraum übernimmt eine jüngere Schwester die Arbeit, und die Betreffende wendet sich etwas anderem zu.

Kein Wunder, daß sich Kinder und Jugendliche in dieser Geborgenheit und Sicherheit anmutig durchs Leben bewegen. Jede Klontochter wächst auf, umgeben von älteren Frauen, die genauso sind wie sie und ihre Aufgaben mit einer ruhigen Kompetenz erledigen, aus der ihre jahrhundertelange Erfahrung spricht. Eine junge Nitroci kennt die Ausführung einer Arbeit im Unterbewußtsein schon längst, ehe sie selbst sie verrichten muß. Keine drängt sich in eine Machtposition, ehe sie ihr zusteht. »Meine Zeit wird kommen«, so scheint die Devise der Nitroci zu lauten.

Zumindest war das die Geschichte, die sie mir verkaufen wollten. Zweifellos variiert diese Geschichte von Clan zu Clan, und gewiß funktioniert es selbst bei den Nitroci nicht immer perfekt. Aber ich frage mich ...

Utopisten haben sich seit jeher die ideale Gesellschaft ausgemalt, ohne Konkurrenz, in reiner Harmonie. Die menschliche Natur – und das Prinzip der egoistischen Gene – schien ihren Traum für immer aus dem Bereich des Möglichen zu drängen. Doch in einem stratoinischen Clan, wo alle Gene gleich sind, welche Funktion sollte da der Egoismus haben? Die Tyrannei der biologischen Gesetze greift nicht mehr und gibt nach. Das Wohl des Individuums ist mit dem der Gruppe identisch.

Das Haus der Nitroci ist erfüllt von Liebe und Lachen. Alle machen einen selbstgenügsamen und glücklichen Eindruck.

Ich glaube nicht, daß meine Gastgeberinnen bemerkt haben, wie ich unwillkürlich schauderte, obwohl mir nicht kalt war.

Kapitel 17

Am nächsten Morgen lag Glorienfrost auf Deck. Frisch gefallen aus den hohen Wolken der Stratosphäre, bedeckte er als zarte Schicht jede Oberfläche – Spieren, Reling, Takelage – und verwandelte die *Manitou* in ein Märchenschiff aus Kristallstaub, das im verschwenderischen rosafarbenen Licht der Morgensonne schimmerte.

Maia stand auf der schmalen Treppe, die von der

kleinen Kabine, die sie mit neun anderen Frauen teilte, nach oben führte. Sie rieb sich die Augen und starrte ins glitzernde Morgenlicht, das süß in ihren Augen brannte. *Wie wunderschön*, dachte sie, während sie beobachtete, wie sich die unzähligen rosenfarbigen Pünktchen vom einen zum anderen Moment veränderten.

Sie erinnerte sich an Tage, an denen Port Sanger so ausgesehen hatte. Dann wurden Läden und Geschäfte geschlossen, Frauen rannten nach draußen, um kristallene Pusteblumen von den Simsen hereinzuholen und in Einmachgläsern zu verwahren. Ein Sprühregen von Glorienfrost brachte den Alltag weit mehr durcheinander als ein richtiger Schneefall; bei Schnee wurden Winterstiefel und Schaufeln hervorgeholt und viele beklagten sich über die zusätzliche Arbeit.

Den *Männern* war ein ordentlicher Schneefall ohnehin lieber. Selbst schlüpfriges Eis, das die Straßen glatt und heimtückisch machte, störte die rauhen Seeleute weniger als eine dünne Schicht Glorienfrost. Die meisten Männer flohen auf ihre Schiffe oder jedenfalls vor die Stadttore, bis die Sonne die Stadt wieder gesäubert hatte und der festliche Übermut der Frauen etwas nachließ.

Aber das war auf dem Festland, rief sich Maia ins Gedächtnis. *Hier gibt es für die armen Kerle keine Möglichkeit wegzulaufen.*

Von der schmalen Tür am Kopf der Treppe wehte kühle Luft mit einem leichten Zimtgeruch um Maias Nase. Also war mehr Frost gefallen als damals in Long Valley. Die Luft war erfrischend, und ein Kribbeln breitete sich über Maias Rücken aus. Sie kannte solche Empfindungen von früheren Wintern, doch jetzt waren sie stärker.

Auf Deck war schon einiges los; die Matrosen der Morgenschicht schlurften ziellos und träge umher. Die Frostkruste beeinflußte sie zwar nicht körperlich, aber der Kapitän wirkte unzufrieden und verärgert. Er fauchte seine Offiziere an und betrachtete immer wieder stirnrunzelnd den feinen Kristallstaub.

Die unglücklichste Person in Sicht war jedoch die einzige Frau – die jüngste von Kiels Radis, ein Mädchen in Maias Alter. Sie fegte den Glorienfrost mit einem Besen in einen viereckigen Eimer, den sie über die Reling auskippte, ehe sie sich der nächsten Ladung zuwandte.

Maia spürte, daß sich hinter ihr etwas regte – noch eine Frau, die mit der Sonne aufstand. Als sie sich umwandte, sah sie, daß es Naroin war, die die Treppe heraufkam und sich neben Maia stellte. Nach einem stummen Morgengruß meinte sie: »Na, sieh dir das an. Ein toller Anblick, was? Schade, daß alles wieder weg muß.« Genüßlich sog sie die sanfte, kühle Brise ein.

Dann stieg die Matrosin wieder hinunter, verschwand kurz im Dämmerlicht der engen Kabine und erschien kurz darauf mit Maias Mantel aus der Koje, die Maia gerade geräumt hatte. »Hier«, meinte sie freundlich und deutete dann auf das Mädchen, das noch immer unlustig das Deck fegte. »Das ist auch deine Aufgabe. Das Gesetz des Meeres. Die Frauen bleiben unter Deck, bis der Frost weg ist. Die Jungfrauen machen sauber.«

Maia wurde rot. »Woher willst du wissen, daß ich …?«

Naroin hob beschwichtigend die Hand. »Das ist bloß eine Redensart. Die Hälfte der Vars hier« – sie machte mit dem Daumen eine Bewegung zu den schlafenden Frauen in der Kabine – »hatten noch nie etwas mit einem Mann und werden auch nie etwas haben. Nein, es geht nur ums Alter. Die Mädchen müssen fegen. Na los, Kind. Eia!«

»Eia«, antwortete Maia mechanisch und schlüpfte in den Mantel. Sie vertraute Naroin, die bei solchen Themen bestimmt nicht log. Aber sie fand es unfair. Nur zögernd ließ sie sich von der Bootsfrau hinausschieben.

Die Tür schloß sich. In der kühlen Luft bildete Maias Atem weiße Nebelschwaden. Sie rieb sich die Hände und ging seufzend zum Geräteschrank, um sich einen Besen zu holen.

Der Blick des anderen Mädchens schien zu fragen: Wo warst *du* denn? In der gleichen Zeichensprache antwortete Maia mit einem Achselzucken.

Ich wußte nichts davon. Woher auch?

Es war logisch, wenn man darüber nachdachte. Der Glorienfrost beeinflußte die Frauen – Lysos sei Dank – nicht so stark, wie es die Aurorae bei den Männern taten. Doch er löste bei Frauen im gebärfähigen Alter sexuelle Gedanken aus, genau zu der Zeit, in der die meisten Männer lieber ein Spiel spielten oder ein Buch lasen, als sich mit einer Frau abzugeben. An Land war der Zustand für die Männer zwar gelegentlich störend, aber sie konnten den Frauen aus dem Weg gehen. Auf hoher See war das natürlich nicht möglich. Fünf- und Sechsjährige, die von den Jahreszeiten noch nicht so stark beeinflußt wurden und für die Männer sowieso nicht attraktiv waren, mußten den Frost wegfegen, damit die anderen Frauen vor der Mittagszeit wieder nach draußen konnten.

Rasch verlor das Fegen den Reiz des Neuen. Maia fand das recht angenehme Kitzeln in der Nase längst nicht so faszinierend, wie immer behauptet wurde. Während sie einen Eimer nach dem anderen zur Reling trug, wurde sie das Gefühl nicht los, daß jemand sie beobachtete. Bestimmt deuteten die Matrosen mit dem Finger auf sie und lachten sie aus.

Der Grund dafür hatte nichts mit dem Glorienfrost zu tun, sondern lag in dem Fiasko des Spiels vom Abend zuvor. Als wäre es nicht schlimm genug, eine schlichte Var zu sein, die sich auf einer unfreiwilligen Reise befand. Aber das Spiel des Lebens hatte sie nun endgültig zum Gespött der Besatzung gemacht.

Und natürlich war einer ihrer Gegner, der Juniorkoch,

gerade dabei, unter dem Überhang des erhöhten Achterdecks ein Kochfeuer zu entfachen. Als Maia beim Fegen in seine Nähe kam, grinste er und lispelte durch seine Zahnlücke: »Na, wann machen wir das nächste Spielchen? Sag nur Bescheid, egal, wann du und der Sternenmann Lust dazu habt – wir sind bereit.«

Maia tat, als hätte sie ihn nicht gehört. Der Knabe war eindeutig kein großes Licht, und doch hatten er und sein Freund mit Rennas sorgsam durchdachtem Plan kurzen Prozeß gemacht. Schon nach wenigen Runden war die Niederlage klar gewesen.

Mit jedem neuen Zeitimpuls überzogen Wellen der Veränderung das Spielfeld. Schwarze Spielsteine, die ›lebendige‹ Regionen versinnbildlichten, wurden weiß und starben, wenn die Bedingungen für ein Überleben nicht mehr gegeben waren. Weiße Plättchen drehten sich um und begannen zu leben, wenn die Anzahl schwarzer Nachbarn dies zuließ. Muster entstanden, zuckend und bebend wie vielzellige Organismen.

Das Gitter mit den vierzigmal vierzig Kästchen war bei weitem nicht das größte, das Maia gesehen hatte. Es gab Gerüchte über riesige Spielfelder, die sich angeblich in den Städten und antiken Reservaten an der Méchant-Küste befanden. Doch Maia und Renna hatten hart gearbeitet, um ihre Seite mit einem Startmuster zu versehen, das Chancen hatte zu gedeihen. Und dann war alles umsonst gewesen. Von Anfang an war klar, daß ihre Mühe sich nicht gelohnt hatte.

Eine gegnerische Formation begann Gleiter über das Spielfeld zu schicken: Konfigurationen, die sich zusammenballten und dann schräg zum Rand hin wogten, wo sie die Oase bedrohten, die Renna und Maia erhalten mußten. Mit zugeschnürter Kehle beobachtete Maia, wie die andere Gleiterkanone – die auf ihrer Seite, Maias Beitrag zu Rennas Plan – Abfänger losschickte, die an der kurzen Zaunbarriere des Gegners vorbeisausten, gerade rechtzeitig …

Ja! Zu ihrer großen Freude prallten ihre Abfangge-
schosse mit den Projektilen des Feindes genau nach
Zeitplan zusammen und riefen katastrophale Explosionen hervor.

»Eia!« rief sie aufgeregt.

So sehr hatte sie sich auf diese eine Bedrohung konzentriert, daß ein plötzliches Gelächter sie aufschreckte.
Sie wandte sich an Renna. »Was ist los?«

Traurig deutete ihr Partner auf die Figur, die das
Zentrum des Felds hätte halten sollen. Ihr ›Wächter‹
mit seinen schwingenden Armen und Beinen war für
sie eine Garantie gewesen, daß alles, was sich näherte,
vertrieben würde. Doch jetzt sah Maia, daß sich am anderen Ende des Spielfelds eine langgestreckte Formation gebildet hatte, die unaufhaltsam näherkam. In diesem Augenblick hatte sie das seltsame Gefühl, etwas
Ähnliches schon einmal gesehen zu haben. Vielleicht in
ihrer Kindheit, damals, als sie am Hafen von Port Sanger bei unzähligen Turnieren zugesehen hatte. Auf einmal wußte sie es ganz genau ... es war ganz offensichtlich!

Natürlich! Dieses Muster absorbiert alles ...

Der flackernde Eindringling näherte sich den ausla-
denden ›Armen‹ des Wächters, und begann, diese ein-
zusaugen! Es sah aus, als verschlinge er die Spielsteine,
einen nach dem anderen, um selbst schneller zu wachsen.

Eigentlich eine ganz einfach Formation, dachte Maia benommen. *Ein Junge merkt sie sich wahrscheinlich, bevor er
vier wird.*

Als wäre das nicht genug, begann sich das Ungeheuer jetzt auch noch an das bisher intakte Zentrum
des Wächters heranzumachen. Im Handumdrehen
wurde der Scheinangriff, den sie und Renna aufgebaut
hatten, zurückgedrängt, hilflos um sich schlagend, alle
Schutzzäune überrennend. So mußten sie zusehen, wie
sich die verheerende Flucht auf die linke Ecke zube-

wegte, wo ihre verletzliche Oase auch prompt und endgültig zerschlagen wurde. Von diesem Moment an verschwand auch das wenige noch vorhandene Leben
blitzschnell aus ihrer Hälfte des Spielfelds. Unter dem
Gelächter und den amüsierten Buhrufen der Zuschauer
floh Maia zutiefst beschämt in ihre Kabine.

Es war doch nur ein Spiel, versuchte sie sich am nächsten Morgen beim Fegen einzureden. *Zumindest glauben
Frauen das, und sie sind schließlich diejenigen, die zählen.*

Dennoch hing die Erinnerung an die Niederlage
wie eine dunkle Wolke über ihrem Kopf, während der
Glorienfrost unter der aufgehenden Sonne verdunstete.
Auch die Flecken, die ihr und dem anderen Varmädchen entgangen waren, lösten sich auf. Mit sichtli-
chem Widerwillen begab sich Kapitän Poulandres zur
Reling und läutete die kleine Schiffsglocke.

Sofort wimmelte es an Deck von weiblichen Passagieren und Besatzungsmitgliedern, die das letzte bißchen Duft, das noch in der Luft hing, einsogen und mit
blitzenden Augen um sich blickten. Maia sah, wie eine
breitgebaute Var hinter einen Matrosen trat und ihn in
den Hintern kniff. Mit einem leisen Aufschrei wandte
der Mann sich um, lachte verlegen, hob mahnend den
Zeigefinger und versteckte sich hinter einem seiner
Kumpel. Selten hatten so viele Matrosen etwas in der
Takelung zu erledigen wie an diesem Morgen.

Doch die Reaktion war nicht bei allen die gleiche.
Der Juniorkoch beispielsweise war sehr zufrieden, daß
ihm die um den Porridge-Topf versammelten Frauen
soviel Aufmerksamkeit angedeihen ließen. Und warum
auch nicht? In diesem Zustand waren die Frauen selten
gefährlich, und der arme Kerl fand im Sommer vermutlich nicht allzuviel Beachtung. Höchstwahrscheinlich
mußte ihm die Erinnerung an einen kurzen Flirt über
die ganzen einsamen Monate im Reservat hinwegtrö-
sten.

Zwei in der Nähe stehende Varfrauen, eine kleine

Blonde und eine schlanke Rothaarige, kicherten und stießen sich gegenseitig an. Maia wandte den Kopf, um zu sehen, was sie so amüsierte.

Renna, dachte sie und seufzte. Der Besucher vom anderen Stern hatte sich dem letzten Eimer genähert, der noch halb voll an der Reling stand, weil Maia vergessen hatte, ihn über Bord zu kippen. Jetzt bückte sich Renna, nahm eine Handvoll Glorienfrost und schnüffelte neugierig daran. Erst machte er ein verblüfftes Gesicht, dann warf er den Kopf zurück, und seine Augen wurden groß. Sorgfältig klopfte er sich den Staub von den Händen und steckte sie in die Taschen.

Die beiden Radis lachten. Maia gefiel es ganz und gar nicht, wie sie Renna ansahen.

»Vermutlich muß man ziemlich verzweifelt sein …«, sagte die eine.

»Oh, ich weiß nicht«, gab die andere zur Antwort. »Ich finde, er sieht reichlich exotisch aus. Vielleicht, wenn wir in Ursulaborg sind.«

»Mach dir bloß keine Hoffnungen! Das Komitee hat schon längst beschlossen, welche als erste ran dürfen. Du mußt warten, bis du an der Reihe bist, und kannst ein Kilo Ovop kauen, wenn du Glück hast.«

»Igitt«, sagte die zweite und verzog das Gesicht. Doch der lüsterne Ausdruck blieb in ihren Augen, während sie Renna nachsah, der in Richtung Quarterdeck verschwand.

Maias Gedanken überschlugen sich. Anscheinend planten die Radis, Renna ausgiebig zu beschäftigen, während sie mit dem Regierungsrat verhandelten. Maias erste Reaktion war Empörung. Woher nahmen sie die Frechheit, einfach davon auszugehen, daß er mitmachen würde?

Doch dann drängte sie ihre Wut in den Hintergrund und versuchte, die Sache ruhig und sachlich zu betrachten. *Vermutlich steht er in ihrer Schuld*, räumte sie widerwillig ein. Es wäre kleinlich gewesen, wenn er seinen

Retterinnen zuliebe nicht wenigstens einen Versuch unternommen hätte, auch mitten im Winter. Die Radikale Organisation hatte den Mitgliedern der Befreiungstruppe gewiß eine Belohnung versprochen, wenn sie erfolgreich waren – vielleicht eine Bürgschaft für eine Winterstimulation, dazu eine Wohnung und einen Trustfonds, mit dessen Hilfe das erste Klonkind die Grundschule besuchen konnte. *Als Anführerinnen werden Kiel und Thalla sicher die ersten sein.* Mit ihrer Bildung und ihrer Begabung wäre Kiel dann in einer guten Position, die Gründermutter eines Clans zu werden.

Politik ist also nur ein Teil. Maia versuchte, sich die Beweggründe ihrer ehemaligen Mitbewohnerinnen vor Augen zu führen. *Das geht mich alles nichts an*, sagte sie sich, obgleich sie wußte, daß es sie trotzdem interessierte. Die erste Radi warf Maia einen Blick zu. »Natürlich hat auch *er* in gewisser Weise die Wahl«, meinte sie. »Gleichberechtigung, weißt du. Und der Geschmack eines Außerplanetarischen ist unberechenbar ...« Die junge Frau drehte sich zu Maia um und zwinkerte.

Maia wurde rot und ging schnell weg. Sie lehnte sich an die Steuerbordreling und blickte hinaus über die schaumfleckigen Wellen, unfähig, das Gedankenkarussell zu stoppen, das in ihrem Kopf kreiste. Die Frau hatte eine Frage ausgesprochen, die Maia selbst nicht zugelassen hatte: *Was gefällt Renna wohl an einer Frau?* Sie schüttelte heftig den Kopf und unternahm einen entschlossenen Versuch, sich abzulenken. Grübeleien waren bestenfalls unpraktisch, und sie hatte sich geschworen, eine praktisch denkende Person zu werden.

Denk nach. Bald bringen sie Renna weg, und dann bist du allein in einer großen Stadt. Wenn er nicht mehr da ist, bist du endgültig auf dich allein gestellt.

Was hast du gelernt? Welche Fähigkeiten besitzt du, die sich zu Geld machen lassen? Maia wollte sich konzentrieren, um eine Liste ihrer Talente aufzustellen, aber ihr Kopf blieb leer.

Doch diese Leere war nicht wirklich leer. In einem Moment der Angst entstanden, breitete sie sich in Maia aus, und die finsteren Gedanken, auf denen sie basierte, färbten schon bald ihre Sicht der Umgebung, durchtränkten die Meerlandschaft, erfüllten sie mit primitiven brutalen Schattierungen, als hätte man eine Leinwand von einer Palette grob bespritzt. Die Luft fühlte sich aufgeladen an, wie vor einem Gewitter, unheilvolle Ahnungen ließen ihr Herz wild schlagen.

Maia versuchte, die Augen zu schließen, aber die Eindrücke ließen ihr keine Ruhe, sondern verfolgten sie gnadenlos. Wenn sie die Lider zusammenpreßte, kamen nicht nur die vertrauten Druckempfindungen, nein, es blitzten plötzlich helle Flecken auf, erloschen mit schwindelerregender Geschwindigkeit, wurden dunkel und funkelten von neuem. Dieses Phänomen kannte Maia schon ihr Leben lang, aber jetzt machte es ihr angst – und faszinierte sie gleichzeitig. In überlappenden Wellen schien das Flimmern ihr etwas sagen zu wollen, zog es sie in etwas gleichzeitig Wunderschönes und doch Schreckliches hinein.

Mit einem Seufzer wich die Luft aus ihren Lungen, und Maia fand ihre Willenskraft wieder. Sie rieb sich die Augen und schlug sie auf. Eine Weile tanzten noch rote Punkte vor ihrer Nase, aber schließlich verschwanden sie zusammen mit dem unheimlichen, ungebetenen Gefühl formloser Form. Zurück blieb nur eine vage Sicherheit. Wenn Maia aufblickte, sah sie zwar keine sich stets verändernden Muster mehr, die in permanenter Rekursion über den wolkengefleckten Himmel hinwegzogen, aber sie konnte sie sich noch immer ins Gedächtnis zurückrufen. Der Himmel schien aus kurzlebigen, stets im Wandel begriffenen, symbolischen Formen zu bestehen, die sich überlappten und sich zu der Illusion von Beständigkeit verwoben, die Maia als Realität zu sehen gelernt hatte.

Mit Erleichterung, aber auch mit ehrfürchtigem Bedauern stellte sie fest, daß der Moment vorüber war. Die Atmosphäre wurde wieder schwere, feuchte Luft. Das Holz der Reling unter ihren Händen fühlte sich fest an.

Jetzt weiß ich, daß ich verrückt werde, dachte Maia zynisch. *Als hätte ich nicht schon genug Probleme.*

Man rief zum Frühstück. Mit behutsamen Schritten, als könnte das Deck doch noch unter ihren Füßen nachgeben, ging Maia zu den anderen zurück und stellte sich in die Schlange. Dann sah sie zu, wie der Koch zwei Portionen auftat – eine für Renna und eine doppelte für sie, nach Anweisung des Schiffsarztes. Als sie sich suchend nach dem Sternenmann umsah, entdeckte sie ihn beim Kapitän, in ein intensives Gespräch verwickelt. Allem Anschein nach war es ihm ganz gleichgültig, daß er sich am Vorabend so blamiert hatte. Sie näherte sich den beiden von hinten und lenkte seine Aufmerksamkeit wenigstens so lange auf sich, daß sie sicher sein konnte, daß er seinen Teller auf dem Kartentisch neben seinem Ellbogen bemerkt hatte. Renna lächelte und machte Anstalten, etwas zu ihr zu sagen, aber Maia tat, als hätte sie nichts davon bemerkt, und ging wortlos davon. Sie trug ihren Teller mit heißem Weizenbrei ganz nach vorne zum Bugspriet, wo das Salzwasser durch das Auf und Ab des rollenden Schiffs immer wieder hoch aufspritzte. Deshalb war die Stelle eher ungemütlich, aber man konnte ziemlich sicher sein, daß man nicht gestört wurde.

Der Brei war nahrhaft, aber bestimmt kein Leckerbissen. Aber Maia legte auch keinen Wert darauf. Inzwischen hatte sie ihre Gedanken so weit geordnet, daß sie darüber nachgrübeln konnte, welche Möglichkeiten ihr offenstanden, wenn das Schiff den Hafen erreichte.

Ursulaborg – die Perle der Méchant-Küste. Manche der alten Clans hier sind so groß und mächtig, daß sie Pyramiden kleinerer Clans unter sich haben, die ihrerseits wieder über eigene Vasallenfamilien verfügen und so weiter. Es gibt

Klone, die immer noch den Klonen der gleichen Frau dienen, die vor Jahrhunderten die Arbeitgeberin ihrer Vorfahren war. Jede kennt vom Tag der Geburt an ihren Platz, und alle potentiellen Persönlichkeitskonflikte sind seit langer Zeit gelöst.

Maia erinnerte sich, daß sie als Dreijährige mit Leie ein Filmvideo gesehen hatte, eine Komödie. Sie spielte im prächtigen Palast eines solchen Multiclans in Ursulaborg. Es ging um einen bösen Outsider, der unter den Clans, die seit Generationen gut miteinander zurechtkamen, Unfrieden stiften wollte. Zuerst schien es auch zu klappen: Es kam zu Streitereien, die Frauen wurden mißtrauisch, aus unverfänglichen Situationen wurden haarsträubend falsche Schlüsse gezogen. So schaukelte sich die Situation immer weiter hoch, bis die Kommunikation schließlich ganz zusammenbrach und die Welle der absichtlich inszenierten und zufälligen Mißverständnisse einen irreparablen Bruch hervorzurufen schien. Auf dem Höhepunkt des Films klärte sich dann aber alles und löste sich in Wohlgefallen auf. Es kam zu einer großen Versöhnung, und man lachte gemeinsam über das, was geschehen war.

»*Wir sind dazu bestimmt, Partner zu sein*«, sagte eine weise alte Matriarchin am Schluß. »*Wenn wir Vars wären wie unsere ersten Mütter, dann würden wir gute Freunde werden. Doch wir kennen uns besser, als es Vars je können. Ist es möglich, daß wir Blaine-Schwestern ohne euch Chens leben? Oder ihr ohne uns? Blaines, Chens, Hanleys, Wedjets ... wir sind eine noch größere Familie, unsterblich, als hätte uns Lysos höchstpersönlich erschaffen.*«

Das Filmende war gefühlvoll und sicher auch ein wenig kitschig gewesen, aber Maia saß da und war froh, daß sie Leie hatte ... obwohl ihre Schwester den Mangel an Logik und an Charakterentwicklung natürlich scharf kritisierte.

Leie hätte Ursulaborg bestimmt gern kennengelernt.

Bisher war kein Land in Sicht. Maia blickte am Bugspriet vorbei nach Westen und blinzelte in die salzige Gischt, die sich mit ihren bitteren Tränen vermischte.

So fand Renna sie. »Ah, Maia, da bist du ja!« rief er vom Fockmast her.

Eilig wischte sie die Tränen weg und wandte sich um, während er zu ihr herabkletterte. »Was machst du hier?« fragte er fröhlich, setzte sich ihr gegenüber und beugte sich vor, um ihre Hand zu drücken.

»Ich war schon unglücklicher«, antwortete sie achselzuckend und etwas verwirrt von seiner Herzlichkeit, die die Distanz, die Maia zwischen sich und ihm aufbauen wollte, einfach durchbrach. Doch sie entriß ihm ihre Hand nicht, sondern zog sie langsam zurück. Er schien es nicht zu bemerken.

»Ist das nicht ein schöner Tag?« Renna atmete tief ein und blickte hinaus aufs Meer, wo sich Sonne und Wolken abwechselten, bis hin zum Horizont. »Ich war schon bei Sonnenaufgang an Deck und dachte eine Weile, ich hätte einen Schwarm großer Pontoos entdeckt, weit im Süden, zwischen den Wolken. Aber dann meinte jemand, es wären nur ganz normale Schwebgleiter ... von denen habe ich schon eine Menge gesehen. Aber sie sahen so schön aus, so anmutig und majestätisch, deshalb dachte ich ...«

»Pontoos sind ziemlich selten heutzutage.«

»Ja, das habe ich gehört.« Er seufzte. »Weißt du, dieser Planet müßte zum Fliegen wie geschaffen sein. Ich habe so viele Vogelarten und jede Menge Ballonwesen gesehen. Aber weshalb gibt es nur so wenige Flugzeuge? Ich weiß, die Raumfahrt würde euer stabiles Pastoralsystem stören, aber was ist an Zeppelinen und anderen Flugzeugen auszusetzen? Spricht etwas dagegen, daß man den Menschen die Möglichkeit gibt, beweglicher zu sein?«

Maia fragte sich, wie ein Mann so früh am Tag schon so redselig sein konnte. *Da wäre er mit Leie bestimmt besser zurechtgekommen.*

»Es heißt, früher gab es mehr Zeppeline«, entgegnete sie.

»Es heißt auch, daß *Männer* sie geflogen haben, wie Schiffe. Aber dann hat man sie vom Himmel verbannt. Weißt du, warum?«

Maia schüttlte den Kopf. »Warum fragst du nicht die Männer danach?«

»Ich hab's versucht.« Renna verzog das Gesicht und blickte wieder über den Ozean. »Scheint ein heikles Thema zu sein. Vielleicht schlage ich es nach, wenn ich wieder in die Bibliothek komme, in Caria.« Er sah Maia wieder an. »Hör zu, ich glaube, ich habe etwas herausgefunden. Sagst du mir Bescheid, wenn ich mich irre?«

Maia seufzte. Offenbar war Renna wild entschlossen, ihre sorgsam erarbeitete Apathie mit seinem überwältigenden Enthusiasmus zu besiegen. »Leg los«, entgegnete sie müde.

»Großartig! Laß uns erst mal die Grundlagen klären.« Er hielt einen Finger in die Höhe. »Aus Sommerpaarungen gehen normale, genetisch unterschiedliche Varianten oder Vars hervor. Ist das Wort eigentlich abwertend? In Caria habe ich es einmal als Beleidigung gehört.«

»Ich bin eine Var«, antwortete Maia tonlos. »Es gibt keinen Grund, sich von einer Tatsache beleidigt zu fühlen.«

»Hmm. Vermutlich würdest du mich auch einen Var nennen, richtig?«

Natürlich. Alle Jungen sind Vars. Nur bleibt der Name nicht an ihnen hängen wie eine Klette. Aber sie wußte, daß Renna es nicht böse meinte, auch wenn er unbeholfen auf wunden Punkten herumdrosch.

»Na gut. Im Herbst, Winter und Frühling bekommen die stratoinischen Frauen parthenogenetische Klonkinder. Oft können sie im Sommer nicht schwanger werden, ehe sie ein Winterkind geboren haben.«

»Bis jetzt machst du das sehr gut.«

»Wunderbar. Also, selbst das Klonen erfordert die Beteiligung eines Mannes, als Simulator, da das Sperma das Wachstum der Plazenta …«

»Stimulator heißt das«, korrigierte ihn Maia leise.

»Ja, richtig. So, jetzt kommt der Teil, der mir Probleme macht.« Renna machte eine Pause. »Es geht mir darum, wie Lysos die sexuelle Anziehung manipuliert hat. Weißt du, auf den meisten Hominidenwelten ist Sex ein Thema, das die Menschen ständig beschäftigt, von der Pubertät bis ins Greisenalter, unendliche Mengen von Geld und Zeit werden dafür verschwendet, es kommt gelegentlich zu absolut ekelhaftem Verhalten – und all das wegen einer gengesteuerten, praktisch einprogrammierten Besessenheit.«

»Wie du das sagst, klingt es wirklich schrecklich.«

»Hmm. Es gibt auch gute Seiten. Aber auf Stratos soll die auf Sex zentrierte Energie offenbar eingeschränkt werden. Alles im Einklang mit der guten alten herlandistischen Ideologie.«

»Mach weiter«, sagte Maia, die gegen ihren Willen gespannt zuhörte. *Denken Menschen auf anderen Planeten wirklich mehr an Sex als ich? Wie finden sie dann Zeit, ihrer Arbeit nachzugehen?*

Renna fuhr fort: »Visuelle Hinweisreize am Sommerhimmel regen stratoinische Männer ausgerechnet dann sexuell an, wenn die Frauen am *wenigsten* an Sex interessiert sind. Heute andererseits habe ich diesen seltsamen Rauhreif erlebt, den es hier im Winter gibt …«

»Glorienfrost.«

»Ja. Ein ziemlich erstaunliches Naturprodukt aus der Stratosphäre, mit dessen Entstehung ich mich unbedingt näher befassen möchte. Und das putscht die *Frauen* auf?«

»Soweit ich gehört habe.« Das Blut stieg Maia ins Gesicht. »Der Legende nach hat Lysos den alten Wahn aus Männern und Frauen herausgeholt und sich dann gefragt, wohin damit. Oben im Himmel erschien ihr am sichersten. Aber eines Sommers kam der Wengelstern, hat ein bißchen von dem Wahn gestohlen, eine Flagge daraus gemacht, die er schwenken und leuchten lassen konnte, und so hat er den Männern den Wahn zurückgebracht – durch die Augen.«

»Und im Winter mogelt sich der Alte Wahn als Glorienfrost vom Himmel herunter?«

»Richtig, und bei den Frauen schleicht er sich durch die Nase ein.«

»Hmm. Eine hübsche Geschichte. Aber ist es nicht seltsam, daß Männer und Frauen in ihrem Begehren so wenig im Einklang sind?«

»Der Rhythmus ist nicht völlig gegensätzlich. Sonst würden ja gar keine Kinder mehr geboren.«

»Stimmt, ich vereinfache zu sehr. Die Männer genießen den Sex auch im Winter und die Frauen auch im Sommer. Aber es ist doch seltsam, daß die Männer in der einen Jahreszeit als die leidenschaftlichen Freier auftreten und sich ein halbes Jahr später zieren, wenn die Frauen hinter *ihnen* her sind.«

Maia zuckte die Achseln. »Männer und Frauen sind nun einmal Gegensätze. Vielleicht können wir uns nur einen Kompromiß erhoffen.«

Renna nickte und erinnerte Maia dabei an eine höchst zerstreute, aber eifrige Savante aus dem Burbridge-Clan, die die Lamai-Mütter eingestellt hatten, um den Varlingen Trigonometrie beizubringen. »Aber so sorgsam Lysos die Gene eurer Vorfahren auch plant, Zeit und Evolution radiert jede Zusammenstellung aus, die sich nicht *von Natur aus* als stabil erweist. Die Männer, die vom Programm abweichen – und sei es auch nur ein bißchen –, würden ihre Gene öfter weitergeben und ihre Nachkommen ebenfalls. Das gleiche gilt natürlich für die Frauen. Nach einer gewissen Zeit würden sich die Triebe von Männern und Frauen wieder einigermaßen aufeinander einpendeln, mit einer Menge

Spannungen und beidseitigem Hin und Her, genau wie auf anderen Welten.

Aber jetzt kommt der brillante Teil. Auf Stratos zahlt es sich – in strikt biologischer Hinsicht – für eine Frau mehr aus, wenn sie Klonkinder bekommt und nicht normale Söhne und Töchter, die ja nur die Hälfte ihrer Gene tragen. So verstärkt sich bei Frauen die Eigenschaft, Winterpaarungen zu bevorzugen.«

Maia blinzelte verwirrt. »Und die gleiche Logik trifft auch auf die Männer zu?«

»Genau! Ein stratoinischer Mann hat vom Sex im Winter keinerlei genetischen Vorteil! Es gibt für ihn keinen Grund, sich anzustrengen, denn falls ein Kind entsteht, ist es genaugenommen nicht sein eigenes. Dieser Zyklus *untermauert* also die von Lysos eingeführten Hinweisreize.« Er schüttelte den Kopf. »Ich brauchte ein gutes Computermodell, um zu überprüfen, ob das System wirklich so stabil ist, wie es den Anschein hat. Es enthält auch einige Probleme, zum Beispiel Inzucht. Im Lauf der Zeit verhält sich jede Klonfamilie wie ein einzelnes Individuum und überflutet Stratos mit ...«

Rennas Begeisterung war ansteckend. Maia hatte noch nie jemanden kennengelernt, den unkonventionelle Ideen so in Fahrt brachten. Doch ein Teil von ihr überlegte: *Ist er immer so? Sind alle so wie er, dort, wo er herkommt?*

»Ich weiß nicht«, warf sie ein, als er Atem holte. »Was du sagst, klingt vernünftig ... aber was ist mit der glücklichen, stabilen Welt, die Lysos sich gewünscht hat? Sind wir glücklich? Glücklicher als Menschen auf anderen Planeten?«

Renna lächelte und sah ihr wieder in die Augen. »Du gehst der Sache gleich auf den Grund, nicht wahr, Maia? Wie soll ich das beantworten? Wie könnte ich mir ein Urteil erlauben?« Er blickte hinauf in die weißen Kumuluswolken, deren flache Unterseite auf einer unsichtbaren Luftdruckschicht nicht weit über dem

Toppmast der *Manitou* ruhte. »Ich habe Welten gesehen, die dir vielleicht wie das Paradies vorkommen würden. Die schrecklichen Erfahrungen, die du dieses Jahr gemacht hast, wären auf Passion oder Neuterra so gut wie unmöglich. Gesetzeswesen, Technik und ein allumfassend fürsorgliches Staatssystem hätten es verhindert oder sofort Gegenmaßnahmen ergriffen.

Andererseits haben diese Welten Probleme, die man hier kaum oder nie kennenlernen wird. Ökonomische und soziale Aufstände. Selbstmord. Sexualverbrechen. Modesklaverei. Pseudokriege und manchmal auch echte. Solipsismusepidemien. Cyberdyonismus und Demimortalismus. Langeweile …«

Maia blickte ihn an und fragte sich, ob er bemerkt hatte, daß er in seinen außerplanetarischen Dialekt verfallen war. Die meisten Worte bedeuteten ihr nichts, aber sie verstärkten in ihr das Bild eines riesigen Universums, unermeßlich fremd und für sie immer unerreichbar.

»Ich kann nur für mich selbst sprechen«, fuhr Renna mit leiser Stimme fort. Dann hielt er inne, blickte zur Sonne und über die schattenfleckige See. Dann drehte er sich wieder zu Maia um und drückte kurz ihre Hand. In seinen Augenwinkeln erschienen unzählige Fältchen, und er lächelte.

»Jetzt, in diesem Augenblick bin ich glücklich, Maia. Glücklich darüber, daß ich hier bin, daß ich lebe und die Luft eines endlosen Himmels einatme.«

Als sich das Gespräch anderen Themen zuwendete, wurde Maia fröhlicher. Auf Rennas Fragen hin versuchte sie, einige der geheimnisvollen Tätigkeiten der Seeleute zu erklären – das Klettern in die Schoten, das Hissen der Segel, das Abkratzen der Salzkruste, das Ölen der Winschen, das Knoten und Losmachen der Taljen – all die endlosen Verrichtungen, die vonnöten waren, um ein Schiff instand zu halten. Renna staunte über die immer neuen Details, die Maia einfielen, und sprach bewundernd von einer »vergessenen Kunst, die ihr erhalten und sensationell verbessert habt«.

Eine Weile erzählten sie sich eher persönliche Dinge. Maia berichtete von einigen amüsanten Mißgeschicken, die ihr und Leie in Port Sanger zugestoßen waren, und merkte dabei, daß die Wärme dieser Erinnerungen inzwischen fast stärker war als der mit ihnen verbundene Schmerz. Renna revanchierte sich, indem er Maia anvertraute, wie er während eines Besuchs in einem Entspannungshaus in Caria gefangengenommen worden war, auf Betreiben einer ehrwürdigen Ratsfrau, der er bedingungslos vertraut hatte.

»Hieß sie Odo?« fragte Maia, und Renna blickte sie verblüfft an.

»Woher weißt du das?«

Maia grinste: »Erinnerst du dich an die Botschaft, die du aus deiner Gefängniszelle geschickt hast? Und die ich aufgefangen habe? Da hast du davon gesprochen, daß man mit einer Person namens Odo lieber keinen Handel abschließen solle. Habe ich recht?«

Renna seufzte. »Ja. Es soll mir eine Lehre sein. Laß deinen Verstand nicht von deinen Geschlechtsdrüsen benebeln.«

»Das muß ich dir wohl glauben«, entgegnete Maia trocken. Renna nickte, sah sie an, bemerkte ihren Gesichtsausdruck, und beide prusteten los.

Sie erzählten sich noch mehr. Rennas Geschichte ging um die faszinierenden Welten des Großen Phylum der Menschheit; Maia berichtete von ihrer Heldentat, wie sie mit Leies Hilfe das Rätsel des seltsamen Kombinationsschlosses im geheimsten, verborgensten Teil von Lamatia gelöst hatte. Allem Anschein nach war Renna höchst beeindruckt und behauptete, er fühle sich geehrt, als Maia ihm erklärte, daß sie noch nie jemandem davon erzählt hatte.

»Weißt du, mit deinem Talent für Mustererk...«

Ein Schrei aus dem Radarraum unterbrach sie. Zwei Jungen kletterten den Großmast hinauf, klammerten sich ans obere Rundholz und spähten angestrengt in die Ferne. Einer rief etwas und zeigte nach vorn. Bald hatte sich die gesamte Schiffsbesatzung an der Backbordreling versammelt und starrte erwartungsvoll in die angegebene Richtung, die Augen mit der Hand beschirmend.

»Was ist los?« fragte Renna. Da Maia genausowenig Ahnung hatte wie er, schüttelte sie nur den Kopf. Ein Gemurmel hob sich, dann wurde es plötzlich ganz still. Maia kniff die Augen gegen die Reflexe auf dem Wasser zusammen. Dann endlich entdeckte sie etwas, vor ihr, in leicht südlicher Richtung.

Sie schnappte nach Luft. »Ich glaube ... ich glaube, es ist ein Riesenblumenbaum!«

Was sich ihnen da näherte, sah aus wie eine kleine Insel, bedeckt mit Fahnenstangen, an denen zerfetzte Flaggen hingen – als hätten Legionen um die Besitzrechte an diesem winzigen Stückchen Land mitten im Meer gefochten. Aber diese Insel bewegte sich auf das Schiff zu. Aus der Nähe erkannte Maia, daß die vermeintlichen Fahnenmasten in Wirklichkeit dünne Baumstämme waren, von denen auch keine Banner, sondern die Überreste farbenfroh schimmernder Blütenblätter hingen.

»Ich hab vor langer Zeit einmal eine Sendung über sie gesehen«, erklärte Maia. »Der Blumenbaum ernährt sich von winzigen Meereswesen. Weißt du, die Sorte mit nur einer einzigen Zelle. Sie legt unter der Wasseroberfläche eine Art dünnes klebriges Netz aus, um sie zu fangen. Deshalb hat Poulandres auch angeordnet, daß wir sie in weitem Bogen umfahren und nicht näher herangehen, um sie besser anschauen zu können. Es wäre nicht gut, wenn wir sie verletzten, nur aus Neugier.«

»Das Ding sieht schon reichlich mitgenommen aus«,

meinte Renna mit Blick auf die ausgefransten Blätter. Doch er schien ebenso hingerissen wie Maia von den Überbleibseln der Blüten, deren Blau, Gelb und Rot unabhängig von den Sonnenreflexen, die auf dem Wasser glitzerten, zu leuchten schienen. »Was ist denn da los? Picken *Vögel* an der Pflanze herum? Ist sie etwa tot?«

Tatsächlich schwirrten große Schwärme vogelartiger Wesen um die schwimmende Insel – manche hatten größere Spannweiten als die Rundhölzer der *Manitou,* obwohl ihre Flügel hauchdünn waren –, wie Fliegen um ein sterbendes Tier; offenbar lockten sie die farbigen Blätter an. »Jetzt fällt es mir wieder ein«, antwortete Maia. »Sie *helfen* der Pflanze. So vermehrt sich der Blumenbaum. Die Vögel tragen den Pollen an ihren Flügeln zum nächsten Baum und so weiter.«

Sie beobachteten fasziniert, wie eine kleine Gruppe dunkler Schatten sich aus dem Vogelschwarm löste und auf die *Manitou* zugesegelt kam. Auf den scharfen Befehl des Kapitäns rannten einige Besatzungsmitglieder unter Deck und tauchten mit Schleudern und Katapulten wieder auf. Damit schossen sie auf die anmutig dahinschwebenden Tiere, um sie von den Segeln fernzuhalten. Die Vögel pickten denn auch nur kurz mit ihren Schnäbeln und spitzen Zähnen an der Leinwand herum, verloren bald den Appetit und flogen davon … allerdings nicht bevor sie noch einen Jungen mit leuchtend roten Haaren gekniffen hatten. Alle außer dem Opfer fanden das ausgesprochen amüsant.

Der Blumenbaum glitt nur ein paar hundert Meter entfernt vorbei. Jetzt sah man auch das bunte Fangnetz unter der Wasseroberfläche, dessen Ausläufer weit hinter ihm her trieben. Bunte Fische flitzten in Scharen zwischen den einzelnen Fäden herum – eine Art Gegengewicht zu den hektisch fressenden Vögeln. Maia schnippte mit den Fingern. »Schade, daß wir im Spätsommer keinen gesehen haben, wenn sie in voller Blüte stehen. Ob du's glaubst oder nicht, die Bäume benutzen die Blüten als *Segel*, damit sie in der Sturmzeit nicht an Land geweht werden. Jetzt sind die Strömungen stark genug, da fallen die Segel auseinander.«

Sie drehte sich zu Renna um. »Ist ein Beispiel für das, was du ... Adaption nennst? Es muß eine original-stratoinische Lebensform sein, sonst wärst du schon mal einer begegnet, richtig?«

Renna hatte zu der farbenfrohen schwimmenden Insel hinübergestarrt, die jetzt im Kielwasser der *Manitou* trieb. »Und sie ist so schön, daß ich sie bestimmt nicht übersehen hätte. Und mit Sicherheit einheimisch. Nicht einmal Lysos hätte sich so etwas ausdenken können.«

Bald darauf segelte der nächste Blumenbaum vorbei, diesmal mit noch etwas volleren Blüten, die das Sonnenlicht, wie Renna sich aufgeregt ausdrückte, ›holographisch‹ brachen. Maia erzählte ihm von einem wilden Seemenschen-Stamm, dessen Mitglieder ihr Schicksal ganz von dem der Blumenbäume abhängig gemacht hatten, auf ihnen segelten wie auf Schiffen, Nektar und Plankton sammelten, in Netzen Vögel und Fische fingen und gelegentlich einen Matrosen anlockten, um ihre Töchter für die nächste Generation stimulieren zu lassen. Sie lebten wild und frei, bis die planetarischen Behörden und Seefahrergilden sie eines Tages als ›ökologisch unverantwortlich‹ abstempelten und vertrieben.

»Ist die Geschichte wahr?« fragte Renna, zweifelnd und doch fasziniert.

Tatsächlich hatte Maia sich auf Berichte von den Südlichen Inseln bezogen. Aber die Verbindung mit den Blumenbäumen hatte sie selbst dazu gedichtet. »Was denkst *du*?« fragte sie mit hochgezogenen Augenbrauen.

Renna schüttelte den Kopf. »Ich glaube, du hast dich von deinem Sprung ins kalte Wasser gut erholt. Du solltest den Arzt bitten, das Medikament abzusetzen, das er dir verabreicht.«

Der letzte Blumenbaum fiel nach achtern zurück, und wenig später widmeten sich Besatzung und Passagiere wieder ihrer üblichen Tagesroutine. Um sich die Zeit zu vertreiben, nahmen Renna und Maia eine Weile Messungen mit Maias Sextanten vor, verglichen ihre Berechnungen und versuchten, die Zeit zu erraten, ohne auf Rennas Armbanduhr zu schauen. Nebenbei plauderten sie weiter und tauschten auch ein wenig Tratsch aus. Maia lachte und klatschte in die Hände, als Renna anfing, den Chefkoch zu imitieren, die Backen aufblies und mit quäkender Stimme ankündigte, das Essen würde sich leider verspäten, weil Glorienfrost in den Pudding gefallen sei und er die Scherereien vermeiden wollte, wenn er das Zeug an eine Truppe Vars verfütterte, die »zu geil sind, um einen Mann von einem Lugar zu unterscheiden!«

»Da fällt mir noch eine Geschichte ein«, sagte Maia und erzählte Renna von einem Kapitän, der seine Passagiere in einem spätabendlichen Glorienfall herumtoben ließ und dann einschlief ... »Und mehrere Stunden später ist er davon aufgewacht, daß die Frauen seine Segel in Brand gesetzt hatten und an seinem Mast herumturnten.«

Renna blickte sie verwundert an, deshalb erklärte sie: »Verstehst du, manche Leute glauben, wenn man über sich Flammen sieht, kann das den Effekt der Aurorae simulieren. Die Frauen haben in ihrem Glorienrausch das Schiff angezündet ...«

»Weil sie hofften, sie könnten die Männer ebenfalls in Fahrt bringen, ja?« Er sah richtig entsetzt aus. »Aber ... würde so etwas funktionieren?«

Maia mußte ein Kichern unterdrücken. »Es soll ein Witz sein, du Dummkopf!«

Sie sah ihn an, während er sich die Szene vorzustellen versuchte, und lachte laut. In diesem Moment fühlte sie sich so entspannt wie schon lange nicht mehr. Es war sogar etwas von dem Gefühl dabei, das sie in der Gefängniszelle erlebt hatte … ein Gefühl, das mehr war als bloße Kameradschaft. Es war schön, einen Freund zu haben.

Aber Rennas nächste Frage bestürzte sie zutiefst.

»Willst du mir helfen, mich auf das nächste Spiel des Lebens vorzubereiten? Kapitän Poulandres hat sich bereit erklärt, es uns noch einmal versuchen zu lassen. Diesmal müssen unsere Gegner die Spielsteine aufziehen, dann können wir uns ganz auf eine neue Strategie konzentrieren.«

Maia blinzelte ihn an. »Du machst Witze, oder?«

»Weißt du, ich habe nicht geahnt, wie viele raffinierte Abwandlungen in der Konkurrenzversion enthalten sind. Es ist viel komplizierter, als mit einer reversiblen Variante hübsche Bilder zu malen, wie ich das im Gefängnis gemacht habe. Es ist für uns schon eine Herausforderung, uns mit eher unerfahrenen Spielern zu messen.«

Maia konnte seinen Hang zu Untertreibungen überhaupt nicht nachvollziehen. So oft, wenn sie gerade das Gefühl hatte, Renna zu verstehen, überraschte er sie im nächsten Moment von neuem. »Sie wollen uns doch nur auslachen«, gab sie zu bedenken. »Ich möchte mich ungern noch einmal so blamieren.«

Renna sah sie verblüfft an. »Es ist doch nur ein Spiel, Maia«, schalt er sie freundlich.

»Wenn du dieser Ansicht bist, dann weißt du nicht sehr viel über die Männer auf Stratos!«

Renna stutzte über ihre heftige Antwort. Einen Augenblick überlegte er. »Nun … um so mehr Grund, sich mit der Sache intensiver zu befassen. Bist du sicher, daß du nicht …?« Als Maia entschieden den Kopf schüttelte, seufzte er. »Dann sollte ich mich wohl besser an die Arbeit machen, damit ich heute abend wenigstens mit einer Taktik aufwarten kann.« Er stand auf. »Können wir uns später weiter unterhalten?«

»Hmm«, brummte sie unverbindlich, während sie

ihren Sextanten zusammenpackte, um ihren Händen und Augen etwas zu tun zu geben. Renna verabschiedete sich fröhlich. Maia horchte seinen leiser werdenden Schritten nach. Sie war verwirrt und ärgerlich, und zwar ebenso darüber, daß Renna so hartnäckig darauf bestand weiterzuspielen, wie darüber, daß er ihre Absage so einfach hinnahm.

Wahrscheinlich sollte ich froh sein, überhaupt einen Freund zu haben. Sie seufzte. *Ich werde bestimmt nie für jemanden unersetzlich sein.*

Wie sich herausstellte, brauchte er Maia noch viel weniger, als sie gedacht hatte. Als zum Mittagessen gerufen wurde, brachte sie ihm wie üblich seinen Teller – und fand ihn in einem Kreis äußerst aufmerksamer junger Radis, auf dem Schoß die elektronische Ausführung des Spiels.

»Also, seht ihr«, erklärte er und gestikulierte vom einen Spielrand zum anderen. »Wenn ihr also ein Ökosystem erschaffen wollt, das beides kann – einer Invasion von außen widerstehen und gleichzeitig sich selbst erhalten – müßt ihr sicherstellen, daß die Elemente so aufeinander einwirken, daß ... Ah, Maia!« Erfreut blickte Renna auf. »Schön, daß du es dir anders überlegt hast. Ich habe nämlich eine Idee. Du mußt mir sagen, ob sie idiotisch ist.«

Führ mich nicht in Versuchung, dachte sie, und die Eifersucht kochte in ihr hoch. Was natürlich albern war. Allem Anschein nach war Renna viel zu vertieft, um zu merken, daß diese Vars nicht aus Liebe zur Abstraktion um ihn herumscharwenzelten.

»Ich habe dir das Spezialgericht des Küchenchefs gebracht«, sagte sie und versuchte, ihren Ton so beiläufig wie möglich zu halten. »Natürlich, wenn *sonst* jemand Hunger hat ...«

Die anderen Frauen durchbohrten Maia mit ihren Blicken. In stummer Übereinkunft standen zwei von ihnen auf, um Essen zu holen, der Rest blieb, um Renna im Auge zu behalten.

Die hier sind idiotisch, dachte Maia, der jetzt plötzlich auffiel, daß jeder Schiffsoffizier, der sich aus dem Tabu-Bereich des Quarterdecks herauswagte, sofort eine Schar Frauen auf den Fersen hatte. Und das alles wegen des Glorienfrosts von heute morgen. Maia bezweifelte, daß die Varfrauen tatsächlich hier und jetzt schwanger werden wollten. Nicht ohne eine Nische und genügend Geld, um ein Kind einigermaßen gesichert großziehen zu können. Maia hatte schon gesehen, daß Frauen sich als Empfängnisschutz Ovop in den Mund steckten.

Doch selbst wenn es ihnen nur ums Vergnügen ging, konnten sie sich keine allzu großen Hoffnungen machen. Große Clans gaben ein Vermögen dafür aus, um die Männer im Winter zu unterhalten und in die richtige Stimmung zu bringen. Ohne entsprechenden Anreiz würden sich die meisten Männer lieber mit ihren Schnitzereien oder Spielen beschäftigen, statt gratis strapaziöse Dienstleistungen zu erbringen. *Na ja ... es gibt auch Ausnahmen*, räumte Maia ein. Aber Tizbe Bellers Droge konnten sich die Radis bestimmt nicht leisten, selbst wenn sie über die richtigen Kontakte verfügten.

»Mach weiter, Renna«, drängte eine der jungen Frauen. Es war die schlanke Blonde, deren Gespräch Maia vorhin belauscht hatte und die sich jetzt an Rennas Schulter lehnte, um aufs Spielbrett sehen zu können – und in der Hoffnung, seine Aufmerksamkeit wieder von Maia abzulenken. »Du warst gerade beim Ökosystem«, schnurrte sie an seinem Ohr. »Erklär noch mal, was das mit den Mustern und den Punkten zu tun hat.«

Sie stellt sich absichtlich dumm. Maia sah, wie Renna unbehaglich herumrutschte. *Aber das wird sich rächen.*

Tatsächlich hob Renna mit einem leisen Seufzer die

Augen und warf Maia einen entschuldigenden Blick zu, bevor er antwortete. »Ich meinte, daß jeder Einzelorganismus in einem Ökosystem vor allem mit seinem Nachbarn in einem gegenseitigen Austausch steht, genau wie im Spiel, obwohl die Regeln natürlich wesentlich komplexer sind ...«

Maia triumphierte innerlich. Sein Blick bedeutete, daß ihm das Gespräch mit ihr lieber war als die geballte Zuwendung, mit der diese Frauen ihn überhäuften, gleichgültig, daß sie älter und körperlich reifer waren. Sicher wäre seine Reaktion im Sommer anders gewesen, wenn die Brunst alle Männer verwandelte ...

Moment mal. Maia hielt mitten im Gedanken inne. *Wir haben über die jahreszeitliche Sexualität auf Stratos gesprochen. Aber ich bin immer davon ausgegangen, daß auch er dem Wechsel der Jahreszeiten unterworfen ist.*

Aber ist das so? Haben Sommer oder Winter etwas damit zu tun, wie Renna sich fühlt?

Maia trat ein paar Schritte zurück und beobachtete den Erdenmann, der jetzt geduldig erklärte, wie die Anordnung von schwarzen und weißen Zellen eine Art ›Leben‹ symbolisierte. Trotz des simplen Niveaus seiner Erläuterungen bemühte er sich, nur auf das Spielbrett zu schauen, und vermied jeden direkten Kontakt mit seinem Publikum. Zum ersten Mal sah Maia Schweiß auf seiner Stirn stehen.

»Sie haben einiges mit ihm vor, weißt du.«

Maia fuhr herum. Eine große, blonde Frau hatte sich ihr von hinten genähert. Es war Baltha, die an der Ankerwinde lehnte und mit einem Holzsplitter in ihren Zähnen herumstocherte. Sie grinste Maia an. »Dein Erdenmann bedeutet diesen Radis weit mehr, als sie sich anmerken lassen, weißt du.«

Maia war hin- und hergerissen zwischen Neugier und ihrer Abneigung gegen Baltha. »Ich weiß, sie brauchen Informationen und Ratschläge aus der Bibliothek in seinem Raumschiff. Sie wollen dort nach Hinweisen suchen, wie man Stratos den anderen Welten ähnlicher machen kann.«

Baltha zog anerkennend eine Augenbraue hoch. Vielleicht verspottete sie Maia aber auch nur. »Informationen sind gut und schön. Aber ich möchte wetten, sie haben es auf noch handfestere Hilfe abgesehen.«

»Wie meinst du das?«

Baltha warf ihren Zahnstocher in hohem Bogen über Bord. »Denk mal drüber nach, Fräuleinchen. Du siehst doch, wie sie ihn schon in die Mangel nehmen. In Ursulaborg wird man ihn schnell dazu bringen, seinen Lebensunterhalt zu verdienen. Und ich bin sicher, er ist dazu fähig.«

Das Blut stieg Maia heiß ins Gesicht. »Na und? Dann stimuliert er ein paar ...«

Doch Baltha unterbrach sie: »Stimulieren? Ach was! Du kapierst es einfach nicht, was? Denk nach, Mädchen! Er ist ein *Außerplanetarischer!* Das könnte bedeuten, daß er als Stimulator nichts taugt. Aber das wissen wir erst, wenn wir es ausprobiert haben. Aber was ist mit dem anderen Extrem? Was ist, wenn sein Samen funktioniert? Was, wenn es bei ihm auf die altmodische Art klappt, *sogar im Winter?*«

Maia blinzelte, während sie Balthas Worte verdaute. »Du meinst, sein Sperma würde sich vielleicht nicht darauf beschränken die Empfängnis von Klonen zu stimulieren ... sondern statt dessen bis ans Ende gehen und Vars produzieren?« Sie blickte auf. »Gleichgültig, zu welcher Jahreszeit?«

Baltha nickte. »Und was wäre, wenn seine Varsöhne den Dreh dann erben? Und deren Söhne? Und so weiter? Na, würde das nicht ordentlich Sand in Lysos' Getriebe bringen?« Sie spuckte über die Reling.

Maia schüttelte den Kopf. »Irgendwas daran klingt falsch.«

»Darauf kannst du wetten!« unterbrach sie die große

Varfrau. »Sie pfuschen rum mit dem, was unsere Ahninnen entworfen haben. Diese arroganten fickrigen Radi-Hexen.«

Eigentlich hatte Maia ›falsch‹ gar nicht in diesem Sinn gemeint. Obgleich sie momentan den Fehler nicht benennen konnte, war sie ganz sicher, daß an Balthas Argumentation irgend etwas nicht stimmte. Intuitiv war sie überzeugt, daß sich der Grundriß des menschlichen Lebens auf Stratos nicht einfach so ändern ließ, nicht einmal mit Hilfe des Samens eines Sternenmanns.

»Ich dachte, du haßt die gegenwärtigen Zustände ebensosehr wie die Radis«, wandte sie ein, neugierig, weshalb Baltha so giftig klang. »Du hast ihnen geholfen, Renna von den Perkiniten zu befreien.«

»Das war eine reine Zweckallianz, Fräuleinchen. Klar, meine Kumpel und ich, wir hassen die Perkies. Festgefahrene Clans, die alles für sich beanspruchen, ohne es sich weiterhin zu verdienen. So hat Lysos es bestimmt nicht gewollt. Aber da trennen sich unsere Wege von denen der Radis. Das sind verdammte Ketzer. Wir wollen nur etwas Bewegung in die Gesellschaft bringen, nicht die Naturgesetze ändern!«

Warum erzählt sie mir das? überlegte Maia. Ihr fiel auf, daß Balthas Augen glänzten, wenn sie zu Renna hinübersah. »Ihr habt also auch Pläne für ihn?« fragte sie aufs Geratewohl.

Die blonde Varfrau sah sie an. »Ich weiß nicht, was du damit meinst.«

»Ich habe gesehen, was du in deiner kleinen Kiste gesammelt hast«, platzte Maia heraus, denn sie wollte endlich wissen, wie Baltha darauf reagieren würde. »Damals in dem Canyon, auf der Flucht.«

»Du kleine Schnüfflerin …«, knurrte Baltha. Dann brach sie ab, und langsam verbreitete sich ein Grinsen auf ihrem harten Gesicht. »Na, gut für dich. Spionieren gehört zu den echten Künsten. Könnte sogar eine Ni sche für dich sein, Süße, falls du je lernst, Freunde von Feinden zu unterscheiden.«

»Das kann ich schon, danke.«

»Ach ja?«

»Beispielsweise weiß ich, daß ihr Renna für eure eigenen Zwecke benutzen würdet, genau wie die Radis.«

Baltha seufzte. »Jeder benutzt jeden. Schau dir doch deine Freundinnen an – Kiel und Thalla. Die haben *dich* benutzt, Kindchen. Haben dich an die Bellers verkauft, in der Hoffnung, daß deine Spur sie zum Gefängnis führt, wo vielleicht auch der Sternenmann sitzt.«

Maia starrte sie an. »Aber ... ich dachte, Calma Lerner ...«

»Denk, was du willst, Bürgerin«, erwiderte Baltha sarkastisch. »Ich werde mich hüten, einer schlauen Fünfjährigen etwas zu erzählen, die sich so sicher ist, wer ihre Freunde sind und wer nicht.«

Damit drehte sie sich um und schlenderte davon, hinüber zur Reling, von der man das Ladedeck überblickte, und begann eine Unterhaltung mit einer großen blonden Frau, einer der weiblichen Matrosen der *Manitou*. Unten auf dem Hauptdeck hörte man Naroins Stimme, die eine Gruppe von Frauen ermahnte, endlich zum obligatorischen Kampftraining zu erscheinen, statt die Männer zu belästigen. Baltha wandte sich noch einmal grinsend zu Maia um, nahm dann ihre kurze Fanghellebarde und rutschte die Gangway hinunter, um sich am Training zu beteiligen. Kurz darauf hörte man das harte Klappern der Stöcke und einen dumpfen Schlag, als jemand zu Boden ging.

Maias Gedanken drehten sich im Kreis. Sie sah Thalla, die gerade den Ring betrat und sich eine Hellebarde aus dem Gestell holte. Sie blickte auf und lächelte Maia zu, und in diesem Moment wußte Maia, voller Entsetzen und Empörung, daß Baltha recht hatte. *Kiel und Thalla haben mich benutzt.*

Der Schmerz, so hintergangen worden zu sein, wallte

auf und schnürte ihr die Kehle zu. Sie war auf ihre ehemaligen Mitbewohnerinnen wütend gewesen, als sie sie in Grange Head zurückgelassen hatten, aber jetzt war es schlimmer. Viel *schlimmer. Ich kann niemandem mehr trauen.*

Die Treulosigkeit tat entsetzlich weh. Doch ausgerechnet jetzt trat ihr besonders deutlich ins Bewußtsein, wie sie Calma Lerner und ihren dem Untergang geweihten Clan verflucht hatte. *Es tut mir so leid,* dachte sie. Selbst wenn sich herausstellen sollte, daß Baltha sich geirrt hatte oder log, schämte sich Maia dessen, was sie damals im Zorn gesagt hatte. Sie hatte die unglückliche Lernerfamilie beschimpft, deren Mitglieder ihr doch nie wirklich etwas Böses angetan hatten.

Im Hintergrund, sozusagen als Kontrast zu Maias trüben Gedanken, fuhr Rennas Stimme fröhlich fort, die Strategie für das Spiel dieses Abends zu erläutern: »...deshalb habe ich gedacht, ich könnte ein Windrad an beiden Enden des Spielfelds postieren, ganz in der Nähe der Grenze ...«

Die Stimme störte Maia. Sie lenkte sie von ihren Schuldgefühlen ab. *Selbst wenn Baltha gelogen hat, werde ich Thalla und Kiel nie wieder vertrauen können. Ich bin genauso allein wie damals in meiner Gefängniszelle.*

Sie schloß die Augen. Das Klicken der Kampfstöcke wurde immer wieder von Naroins Anweisungen unterbrochen. Renna plauderte unterdessen unablässig weiter. »...natürlich werden sie von simulierten Objekten beschossen, die von der gegnerischen Seite kommen. Die meisten prallen von den Armen des Windrädchens ab. Aber es gibt ein paar grundlegende Formationen, die mir Sorgen machen ...«

Durch die Launen des Windes war der Steuermann gezwungen, eine leichte Kursänderung anzuordnen, und plötzlich kam hinter einem Segel die Sonne hervor. Maia mußte die Augen zusammenkneifen, damit ihr die reflektierenden Strahlen nicht weh taten. In ihrem

Kummer spürte Maia, wie das seltsame, entrückte Gefühl wiederkehrte, das sie am Morgen erlebt hatte. Das Sonnenlicht verstärkte die allgegenwärtigen Flecken in ihrem ununterbrochenen Tanz vor der Netzhaut ... ein Tanz ohne Ende, der Tanz, der all ihre Träume begleitete. Willenlos ließ sich ihr Bewußtsein in den Wirbel hineinziehen, der über ihre Sorgen zu lachen schien und ihre Befürchtungen für nichtig erklärte.

Die flimmernde Parade war das einzige von Bestand, das einzige, was zählte.

»... seht ihr, wie selbst ein simpler *Gleiter*, der in einem Winkel aufkommt, mein Windrad zerstören kann ...«

Ungebetene Erinnerungen an jene langen Tage und Nächte im Gefängnis überfluteten Maia. Ihr fiel ein, wie fasziniert sie vom Spiel des Lebens gewesen war, wie wunderbar geheimnisvoll die Muster gewesen waren, die dank Rennas Kunstfertigkeit vor ihr entstanden, weit kompliziertere Konfigurationen als in einem einfachen Match, wo man seine Figuren gegen die des Gegners ins Feld führte. Aber es war gemogelt, denn er hatte eine *reversible* Form des Spiels benutzt. Die Maschine erledigte die Arbeit. Kein Wunder also, daß ihm bei der Konkurrenzversion schon ganz banale Konzepte Schwierigkeiten bereiteten.

Maia brauchte nicht aufs Spielfeld zu schauen, um sich die Formen vorzustellen, die Renna beschrieb. In ihrem momentanen Bewußtseinszustand *konnte* sie überhaupt nicht anders.

Die Radis, die um ihn herumsitzen, langweilen sich wahrscheinlich zu Tode, stellte ein Teil ihres Inneren mit einer gewissen Befriedigung fest. Doch nur ein ganz kleiner Teil. Der Rest hatte sich aus einer unerträglichen Traurigkeit in die Abstraktion geflüchtet, nur um sich dort von einem Wirbel von Formen einfangen zu lassen.

»... deshalb habe ich daran gedacht, ein einfaches Strahlenmuster um das Windrad anzulegen, ungefähr

so ... seht ihr? Damit müßte es gegen den ersten An-
sturm gesichert sein ...«

»Ganz falsch!« rief Maia laut, öffnete die Augen
und drehte sich um. Renna und die Frauen starrten sie
verdutzt an, aber sie ging weiter und scheuchte die
verblüfften Varfrauen weg, um an das Spielbrett
zu gelangen. Sie nahm Renna den Stift aus der Hand
und löschte im Handumdrehen die Anordnung, mit
der er am einen Ende des Grenzbereichs begonnen
hatte.

»Siehst du das nicht? Das kann sogar ich. Wenn du
ein Muster gegen Gleiter schützen willst, dann darfst
du deine Konfigurationen nicht einfach nur dasitzen
und darauf warten lassen, bis sie getroffen werden.
Deine Schutzbarriere muß dem Gegner *entgegentreten*.
Hier, versuch das mal ...« Sie biß sich auf die Lippen,
zögerte einen Moment und zeichnete dann eilig ein
Muster auf das Brett. Dann griff sie hinüber zur
Stoppuhr, und schon begann die Konfiguration zu
pulsieren, sandte konzentrische Ovale von schwarzen
Punkten aus, die sich auflösten, wenn sie acht Kästchen vom Zentrum entfernt waren. Die Bewegung erinnerte an die unablässigen, zyklischen Wellenmuster,
die entstanden, wenn Tropfen aus einem Wasserhahn
in eine Wasserpfütze fallen. Wenn man die Formation
in Ruhe ließ, würde sie bis in alle Ewigkeit Wellen
aussenden.

Verblüfft blickte Renna auf. »So was habe ich noch
nie gesehen. Wie nennt man das?«

»Ich ...« Maia stockte, kopfschüttelnd. »Ich weiß es
nicht. Wahrscheinlich habe ich das Muster mal als Kind
gesehen. Aber es ist doch ziemlich einleuchtend,
stimmt's?«

»Hmm. Allerdings.« Renna nahm den Stift wieder
zur Hand und zeichnete eine Gleiterkanone auf die
andere Seite des Bretts, die auf Maias Figur zielte.
Dann setzte er die Uhr wieder in Bewegung, und

schon flogen Pfeilgeschosse direkt auf die Figur mit den konzentrischen Wellen zu. Sie stießen zusammen ...

... und die Geschosse wurden verschluckt, samt und sonders, fast ohne daß die Wellen sich auch nur kräuselten!

»Hol mich der Teufel.« Voller Bewunderung schüttelte Renna den Kopf. »Aber wie würdest du diese Figur gegen etwas noch Größeres verteidigen, beispielsweise gegen eine von denen, die sie gestern abend auf uns losgelassen haben?«

»Woher soll ich das wissen?« fauchte Maia. »Glaubst du vielleicht, ich bin ein Junge?«

Ein paar von den Radis kicherten unsicher, aber Maia kümmerte es nicht, ob das Lachen anerkennend oder spöttisch gemeint war. Eine der jungen Frauen stand auf und verschwand. Maia rieb sich das Kinn und blickte auf das Spielbrett. »Jetzt, wo du fragst, fällt mir vielleicht eine Methode ein, wie man die Bulldozer-Figur kleinkriegen könnte, die der Juniorkoch und der Kabinenjunge gegen uns aufgefahren haben.«

»Ja?« Renna rückte auf der Bank ein Stück zur Seite, und auch eine Varfrau machte Platz, damit Maia sich setzen konnte. »Sieh mal, ich kenne zwar nicht die richtigen Ausdrücke«, begann sie, wieder mit einer Spur ihrer üblichen Unsicherheit, »aber es sieht doch ganz so aus, als ob dieses Brecheisen-Dingsbums bestimmte Muster *reflektiert*, die ...«

Während sie noch erklärte, zeichnete sie schon mit, und Renna warf gelegentlich eine Bemerkung oder – häufiger noch – eine Zwischenfrage ein. Maia merkte kaum, wie sich die anderen Varfrauen eine nach der anderen verzogen. Ihre Meinung war Maia unwichtig geworden, und sie genierte sich auch nicht mehr, daß jemand mitbekam, wie sehr sie sich für dieses männlich-alberne Spiel interessierte. Renna nahm sie ernst, was keine Frau, die sie kannte, je getan hatte. Er war vollkommen konzentriert auf das, was sie sagte, er steuerte eigene Erkenntnisse bei und teilte ihr wachsendes Vergnügen an dieser abstrakten Gedankenspielerei.

Als es Zeit war zum Abendessen, hatten sie einen Plan ausgearbeitet.

Was bedeutet die Wissenschaft für das Universum? Kurze Momente der Einsicht? Die Nabelschau einer Maifliege?

Was ist der Sinn des menschlichen Lebens, wenn ein so großer Teil dafür verschwendet wird, sich unbeholfen durch Kindheit und Jugend zu quälen, sich dann allmählich die Fähigkeiten anzueignen, die man braucht, um zu verstehen und selbst etwas zu erschaffen ... nur um gleich darauf den langen Abstieg in den Verfall zu beginnen? Glücklich sind diejenigen – Frau oder Mann –, die zumindest für eine kurze Zeit etwas Außergewöhnliches erreichen. Das Licht leuchtet nur für wenige Augenblicke, ehe es wieder erlischt.

Auf manchen Welten ist eine drastische Verlängerung des Lebens dadurch gerechtfertigt, daß so seltene Begabungen erhalten bleiben. Es beginnt mit guten Absichten, endet aber nur allzuoft damit, daß alte, festgefahrene Köpfe und roboterversorgte Körper die Herrschaft übernehmen, eifersüchtig und argwöhnisch gegenüber jedem Gedanken und jeder Idee, die nicht von ihnen selbst stammt.

Stratoiner glauben, einen besseren Weg zu kennen. Wenn eine Person sich – sagen wir, auf dem Markt der Waren oder auch dem der Ideen – bewährt, so besteht sie weiter. Nicht mit dem gleichen Körper oder genau gleichen

Erinnerungen, sondern genetisch – angeborene Talente bleiben erhalten, und es entsteht eine Kontinuität der Erziehung, wie sie nur durch Klonfortpflanzung gewährleistet sein kann. Wenn alle Faktoren stimmen, setzt sich die Begabung der Mutter immer weiter fort. Doch jede Tochter ist eine Erneuerung, jede bringt ihren frischen Enthusiasmus mit. Hier bedeutet Erhalten nicht Verkalken.

Stratoiner haben sich auf ihre eigene Weise mit dem Tod arrangiert. Natürlich hat alles seinen Preis, aber ich sehe durchaus die Vorteile ihrer Methode.

Glücklicherweise sind die Ratssitzungen des Sommers kurz. Nur wenige Stunden muß ich die mürrischen Blicke der Mehrheit und die feindseligen der extremen Isolationisten ertragen. Dafür verbringe ich viel Zeit mit den Savanten an der Universität. Am liebsten jedoch beobachte ich einfach das Leben auf Stratos, und bei diesen Unternehmungen ist Iolanthe Nitrocis häufig meine Aufpasserin und Führerin.

Gestern hat sie zu meiner großen Freude endlich einen Erlaubnisschein dafür bekommen, mir das Sommerfestival von Caria zu zeigen.

Der Festplatz liegt ein Stück flußaufwärts, im Morgenschatten der Stadtburg. Banner flattern über den seidenen Pavillons und den mit Blumenbogen geschmückten Boulevards. Zennerbäume schwanken zum musikalischen Gemurmel der Menschenmengen, durchdringende, aromatische Düfte wehen aus den Buden. Jongleure hüpfen herum und begeistern das Publikum mit ihren atemberaubenden Kunststücken. Außerhalb der Mauern von Caria haben die Menschen anscheinend das Bedürfnis, das geruhsame Tempo des Alltags gegen eine lebhaftere Gangart einzutauschen.

Ich kam mir schrecklich auffällig vor, nicht nur, weil ich

ein Außerplanetarischer bin. (Manche in der Menge wuß-
ten sicher Bescheid über mich oder errieten, wer ich war.)
Die meiste Zeit war ich auch der einzige Mann in Sichtweite. Lärmende kleine Jungen vollführten ihren in jeder
Welt üblichen Spießrutenlauf zwischen den Knien der Erwachsenen hindurch, und hie und da sah man auch einen
alten Mann. Erwachsene Männer jedoch bleiben in sicherer
Entfernung, in ihren Sommerreservaten. Einige Male wurde
Iolanthe als meine Bürgin nach meinen Papieren gefragt.
Das Siegel des Regierungsrats und mein ruhiges Benehmen beschwichtigten die Marschallinnen, und sie glaubten
uns, daß ich nicht vorhatte, demnächst in brünstiges Heulen auszubrechen und mir die Kleider vom Leib zu reißen.

Iolanthe schien zufrieden zu sein. Das würde sich zu meinen Gunsten auswirken.

Wenn sie nur wüßte, wie schwierig ich das Leben hier
oft finde.

Die Prozession des Tages wurde angeführt von einem
Wagen, auf dem die Königin des Festivals thronte, deren
Speer und federgeschmückter Helm an die Schutzgöttin
über dem Stadttor gemahnten. Hinter ihr schritten Musi-
kantinnen und Tänzerinnen, die auf Flöten bliesen und allerlei phantastische, wirbelnde Sprünge vollführten, als wäre
diese Welt nicht schwerer als ein Mond. Ihre fließenden Gewänder schienen die Luft einzufangen, und ihr Anblick ließ
mein Herz höher schlagen.

Viele ehrwürdige Clans hatten Marschkapellen geschickt, deren Melodien die Zuschauer begeistert mitsan-
gen ... bis sie durch eine abrupte Variation durcheinander-
gerieten und verdutzt auflachten. Dichte Kavalleriestaffeln
in blitzblanken Uniformen ließen ihre Pferde zwischen den
Kapellen tänzeln; ihnen folgten mit Lorbeerkränzen und

Orden geschmückte Würdenträgerinnen in Lugarsänften. Mütter und ältere Verwandte beugten sich zu ihren jüngeren Klontöchtern herab, um ihnen, die mit großen Augen andächtig lauschten, zu erklären, welche Ehre oder Heldentat jede einzelne Medaille symbolisierte.

Schließlich drängte sich auch das Publikum auf den Boulevard und mischte sich unter die letzten Gruppen des Festzugs, so daß sich die Parade mehr und mehr in einen improvisierten Mardi-Gras-Umzug auflöste. Kaum jemand bemerkte den Sommerschauer, der herniederprasselte und Köpfe, Kleider und blumenbedeckte Baldachine feucht werden ließ, ohne jedoch die fröhliche Stimmung im geringsten zu beeinträchtigen. Einige Frauen in der Menge drehten sich zweimal um, als sie mich entdeckten, andere lächelten mir freundlich zu und forderten mich auf, mich unter die Tanzenden zu mischen. Es war lustig und amüsant, aber die Feuchtigkeit, die Enge ...

Ich bat Iolanthe, mich wegzuführen. Einige unserer jüngeren Nitroci-Begleiterinnen machten einen enttäuschten Eindruck, aber Iolanthe kam meiner Bitte sofort nach. So verließen wir den Hauptboulevard, um uns den Rest des Festes anzuschauen.

An der Rennbahn führten die Pferdezüchterinnen ihre besten Tiere vor, nahmen den frisch eingeölten Champions die Kränze und Schleifen ab und ließen zierliche Reiterinnen von renommierten Jockey-Clans aufsitzen. Als zum Start der Hornstoß erklang, stürmten die Tiere begierig los, beschleunigten, um das erste Hindernis zu überwinden, wurden dann etwas langsamer, tänzelten anmutig durch die komplizierten Labyrinthgänge und preschten schließlich schweißschäumend über die Zielgerade. Die Clans der Gewinnerinnen empfingen ihre Teilnehmerinnen mit Blumenbuketts und Umarmungen und überhäuften sie mit Schmeicheleien, die jedem Liebhaber das Herz erwärmt hätten.

Unser nächster Halt hätte bei einer beliebigen Landwirtschaftsausstellung auf irgendeiner von mindestens einem Dutzend Welten stattfinden können. Viele der bändergeschmückten Pflanzen und Tiere waren mir unbekannt, doch der Stolz auf den Gesichtern der jungen Mädchen, die ihre Pfleglinge seit Monaten auf diesen Tag vorbereitet hatten, war mir nur allzu vertraut. Im Westen Carias werden viele Arten von Ballonwesen gezüchtet, teils nur wegen ihrer Schönheit oder ihres Dufts, teils auch wegen irgendwelcher Kunststücke, die man ihnen beibringen kann. Viele von ihnen waren hier ausgestellt. Daneben führten farbenfrohe Vögel auf Pfeifsignale ihrer Besitzerinnen Sturz- und Schwebeflüge vor und überreichten den Besuchern, die an der Tombola die richtigen Nummern zogen, Knöpfe oder bunte Stoffetzen.

In den kunsthandwerklichen Hallen sah ich Wettbewerbe in Töpfern, Holzarbeiten und anderen Fertigkeiten. Viele Industrieclans von der Küste hatten, so erklärte man mir, ihre klügsten Töchter geschickt, um an einem Wettbewerb teilzunehmen, bei dem – unter genauester Beobachtung – mit Kohle, Ton und einfachen Erzen der gesamte Herstellungsprozeß vom Rohmaterial zum Werkzeug in reiner Handarbeit nachvollzogen wurde. Das Ereignis wurde mit Holovid-Kameras festgehalten, während es bei den Pferderennen keinerlei Medienberichterstattung gegeben hatte.

Am Flußufer schauten wir uns weitere Wettbewerbe an, in Skull-, Rennruder- und Galabooten. Die meisten wurden von braungebrannten, muskulösen und absolut identischen Frauen gerudert, die keinen Steuermann brauchten, der ihnen den Takt zurief. Den Höhepunkt jedoch bildete eine

Regatta schlanker Segelboote über eine gefährliche Rennstrecke zwischen Sandbänken und Untiefen hindurch. Zu meiner Überraschung bestand die Besatzung bei diesen größeren Booten aus kräftigen jungen Männern. Als ich erfuhr, welcher Preis dem Sieger winkte, war mir rasch klar, warum sie sich so leidenschaftlich ins Zeug legten.

Es war ein atemberaubender Wettbewerb, in dem Talent und Ausdauer ebenso zum Tragen kamen wie das berühmte Quentchen Glück. Zwei der führenden Mannschaften, die beide um jedes bißchen Wind kämpften, stießen zusammen, so daß sich ihre Segel ineinander verhakten und sie gemeinsam auf eine Kiesbank zutrieben. Dank dieses Umstandes passierte unter dem lauten Jubel der Zuschauer ein eher vorsichtiges Team als erstes die Boje des Schiedsrichters. Frauen kicherten und stießen sich gutgelaunt an, während die zwölf glücklichen Männer sich mit leuchtenden Augen von den Vertreterinnen der Clans wegführen ließen, die sich entschieden hatten, dieses Jahr Sommernachwuchs zu produzieren.

Unwillkürlich mußte ich an die Rennbahn zurückdenken – an die Zuchthengste, die von ihren stolzen Besitzern an der Leine zum Gestüt geführt wurden. Der Gedanke war mir so unangenehm, daß ich mich abwenden mußte.

»Komm, das dort willst du bestimmt sehen«, meinte Iolanthe. Sie und ihre Schwestern führten mich zu einem Pavillon am Rand des Festplatzes, der schmuddeliger aussah als die meisten anderen und aus grauem, grobem Material gemacht war. Ich brauchte einen Augenblick, um mich zwischen den Menschen vor den verschiedenen Ständen und Ausstellungsstücken zurechtzufinden. Irgendwie erschien mir alles gleichzeitig fremd und vertraut. Dann begriff ich endlich. Die Menschen hier waren fast alle verschieden! Nach all den Wochen in Caria, in denen ich hauptsächlich die Abordnungen der hochgestellten Clans gesehen und mich an doppelte, drei- und vierfache Ausgaben des gleichen Gesichtstyps gewöhnt hatte, war es richtig verwirrend, auf begrenztem Raum einer solchen Verschiedenartigkeit zu begegnen. Es gab sogar einige ältere Männer, die von weit entfernten Zitadellen gekommen waren, um ihre Ware auszustellen.

»Hier ist also der Platz für die Vars«, versuchte ich zu raten.

Iolanthe nickte. »Oder für einzelne Abgesandte aus armen, jungen Clans. Hier bekommen alle eine Chance, die etwas Neues oder Besonderes anzubieten haben und auf den Durchbruch hoffen.«

Was wollte sie mir damit sagen? Daß die stratoinische Gesellschaft für Veränderungen offen ist? Daß ihre Gründerinnen es so eingerichtet hatten, daß sich von Zeit zu Zeit etwas Neues durchsetzen kann? Oder wollte Iolanthe vielleicht etwas anderes andeuten? Während ich von einer Bude zur nächsten wanderte, fiel mir auf, daß hier etwas fehlte. Es fehlte die Eleganz, das entspannte Selbstbewußtsein, mit dem die Töchter älterer Clans ihre Fertigkeiten zur Schau stellten, als wären es ihre Alltagskleider.

Die Frauen unter diesem Zelt dagegen brannten darauf, die Produkte zu zeigen, die sie entworfen und für die sie hart gearbeitet hatten. Einkäuferinnen der großen Handelshäuser schlenderten zwischen den Ständen umher und hielten äußerst reserviert Ausschau nach etwas, das ihre Zeit und ihr Interesse verdiente. Hier konnte eine Var in einem einzigen Augenblick ihr Glück machen. Generationen später wurde ihre Erfindung möglicherweise zur Grundlage für den Reichtum eines Clans.

Diese Hoffnung steckte unverkennbar hinter allem, was hier vor sich ging. Und genauso unverkennbar war, daß nur sehr wenige Auserwählte ihren Traum würden verwirklichen können. Wie oft hat die Hoffnung einen bitteren Nachgeschmack!

Auf der Erde gab es den Ausspruch, daß der Mensch durch seine Kinder Unsterblichkeit erlangt. Das ist ein Trost, obwohl die meisten von uns wissen, daß für uns einfach Schluß ist, wenn wir sterben.

Auf Stratos jedoch ... ich weiß nicht mehr, was ich denken soll. Unter diesem Zeltdach, am Rand des Festplatzes, fühlte ich etwas Vertrautes, das mir in der Nitrocis-Feste und in den Marmorhallen der Stadtburg weit entfernt erschienen war.

Hier im Varpavillon stieg mir der vertraute Geruch der Sterblichkeit in die Nase.

Kapitel 18

Ihre Gegner boten an, die Regeln außer Kraft zu setzen.

Wie Maia wußte, geschah so etwas des öfteren. Etwa eins von fünf Spielen, die sie gesehen hatte, wurde nach einer zuvor vereinbarten Regelvariation gespielt. Solche Variationen reichten von der Verlegung der Grenze bis zu fundamentalen Eingriffen in die Abfolge des Spiels – gelegentlich wurden mehr als zwei Farben benutzt, oder man veränderte die Art, wie die Spielsteine auf den Zustand ihrer Nachbarn reagierten.

In diesem Fall ging es um etwas weniger Kompliziertes. Aus Zeitgründen – und um Renna und Maia ihre Hilflosigkeit noch ein bißchen mehr unter die Nase zu reiben –, schlugen der Juniorkoch und der Kabinenjunge vor, jede Seite solle pro Zug statt einer jeweils *vier*

Reihen auslegen. Da sie dieses Mal selbst anfingen, war es ein großzügiges Angebot – als ließe man den Gegner beim Schach einen Turm nach Belieben plazieren. Auf diese Weise konnten Maia und Renna große Bereiche der gegnerischen Strategie erkennen und mögliche Veränderungen der eigenen besprechen, bevor sie ihre jeweiligen Reihen auslegten.

Nervös beobachtete Maia, wie die beiden Jungen ihre Vierecke postierten. Sekunden verstrichen, bis sich der Stein in ihrem Magen endlich auflöste. *Sie sind ja doch nicht so besonders einfallsreich*, dachte sie. *Oder sie sind zu faul.* Schon jetzt zeigte sich ihre Oasenzone, geschützt von einer mit Stacheln versehenen Standardfiguration namens ›Langzaun‹.

Maia fand es etwas verwirrend, so lange nur herumzustehen und das Spielfeld zu lesen. Am Abend zuvor, bei ihrem ersten Versuch, hatte sie ein paar wirklich inspirierte Momente erlebt, war aber zu aufgeregt gewesen, um sie zu genießen oder einfach loszulassen und die Entfaltung des Spiels zu beobachten. Seit ihrer seltsamen Zustandsveränderung am Nachmittag und auch aufgrund der langen Diskussion mit Renna, bei der sie verschiedene Spielstrategien ausprobiert hatten, war das anders geworden. Nun fühlte sie sich distanziert und doch ganz bei der Sache, als wäre ein Bann gebrochen und hätte etwas freigesetzt, das über bloße Neugier hinausging.

Mit an Sicherheit grenzender Wahrscheinlichkeit war es nach dem grausigen Gespräch mit Baltha geschehen, als sie an der weiblichen Kameradschaft endgültig verzweifelt war. Aber auch das erklärte nicht vollständig ihre plötzliche Leidenschaft für das Spiel des Lebens.

Sehen wir den Tatsachen ins Auge. Ich bin einfach nicht normal.

Und das nicht erst seit dieser Reise, auch nicht seit ihrer Begegnung mit Renna oder seit ihres Navigationsstudiums mit dem alten Bennett. Schon mit drei Jahren war Maia liebend gern zum Pier hinuntergegangen und hatte zugesehen, wie sich die Matrosen den Bart kratzten und über eine bestimmte Anordnung von klickenden Spielsteinen nachgrübelten. Viele Frauen hatten Freude an dem Tanz von Farben und Formen, aber die Art, mit der die Städterinnen das Spiel so *nachsichtig* akzeptierten, implizierte immer auch etwas anderes. Niemand sagte frei heraus, das Spiel sei nichts für Mädchen. Es genügte schon der Hauch freundlicher Verachtung, vor allem, weil Leie sie teilte. In dem Bemühen, sich anzupassen, hatte Maia die Ausdrücke freundlicher Geringschätzung nachgeäfft und ihre frühe Faszination unterdrückt – das erkannte sie jetzt ganz deutlich.

Ich habe Muster und Rätsel schon immer geliebt. Vielleicht ist alles ein Fehler. Ich hätte ein Junge werden sollen.

Aber sie nahm diesen flüchtigen, sarkastischen Gedanken nicht ernst, denn sie fühlte sich durch und durch wie eine Frau. Ganz bestimmt kam einfach ein etwas ausgefallenes Talent zum Vorschein. Eines, für das es leider im Leben nicht viel Verwendung gab. Jedenfalls kannte sie keine lukrative Nische in der stratoinischen Gesellschaft für eine Navigatorin, die außerdem noch Männerspiele spielen konnte.

Keine Nische. Keine goldene Straße, auf der ich es zur Matriarchin bringen könnte. Aber vielleicht ein Leben. Naroin ist die meiste Zeit des Jahres auf See und scheint ganz gut zurechtzukommen.

Die Vorstellung, Matrosin zu werden, war seltsam. Sicher, die rauhe Kameradschaft, die Naroin und die anderen Frauen der Besatzung mit den Seemännern verband, hatte durchaus etwas Anziehendes. Aber ein Leben lang Leinen zurren und Kurbeln drehen …? Maia schüttelte den Kopf.

Inzwischen hatten sich die ersten Zuschauer eingefunden. Die beiden Jungen legten ihre Spielsteine aus, erst ganz eilig, dann gerieten sie ins Zögern und diskutierten eine Weile, einigten sich und machten weiter. Maia unterdrückte ein Gähnen, steckte die Hände tief in ihre Manteltaschen und trat von einem Fuß auf den anderen, um ihre Durchblutung in Gang zu halten. Es war ein milder Winterabend. Niedrige, dunkle Wolkenbänke konservierten die Wärme des Tages. Während die Wolken am westlichen Horizont noch in Ocker und anderen Sonnenuntergangsfarben schimmerten, wurden die Laternen über dem Spielfeld auf der Ladeluke angezündet.

Auf dem Quarterdeck sog der Steuermann die Luft ein und tauschte einen Blick mit dem Kapitän, der kurz nickte. Das Steuerrad wurde um ein paar Grad gedreht. Kurz darauf nahm das Knarren der Masten einen anderen Rhythmus an. Ohne ausdrückliche Aufforderung schlenderten zwei Matrosen zu den Kurbeln an der Steuerbordseite und zurrten damit die Segel fest.

Maia wunderte sich. War den Männern eine Empfindlichkeit für Wind und Wetter angeboren? Dienten deshalb keine weiblichen Offiziere auf den Ozeanschiffen? Sie hatte immer angenommen, es wäre etwas Genetisches. *Aber andererseits dachte ich auch, Männer konnten nicht reiten, bis Renna es einfach getan hat, und Männer haben auch Zeppeline geflogen, vor langer Zeit, ehe es ihnen verboten wurde.*

Vielleicht ist es nur ein weiterer Mythos, der sich immer wieder selbst bestätigt.

Aber das war eine rein hypothetische Frage. Selbst wenn Frauen wie sie genauso dazu fähig wären, war es mit fünf Jahren viel zu spät, die Schiffahrt zu erlernen. *Nur weil ich weiß, wie man Sterne anpeilt, bin ich noch lange nicht dazu ausersehen, eine tausendjährige Tradition weiterzureichen. Außerdem würden die Männer Zeter und Mordio schreien, wenn eine Frau über den Rang des Bootsmanns hinaus befördert würde.* Die Männer hatten in der stratoinischen Gesellschaft nur auf sehr wenige Nischen Anspruch, deshalb würden sie diese Bastion auch nicht kampflos der ohnehin überwältigenden weiblichen Mehrheit überlassen.

Hör dir mal zu! Vor einer Minute warst du noch bereit, dich mit einem ruhigen, gemütlichen Leben zufriedenzugeben, wie Naroin. Jetzt beschwerst du dich, weil man dir keine Offiziersabzeichen um den Arm legt! Maia kicherte in sich hinein. *Noch ein Beweis für deine miese Erziehung. Eine Lamatia-Ausbildung hat notgedrungen auch ein Ego in Lamai-Größe zur Folge.*

»In Ordnung. Jetzt sind wir an der Reihe.«

Bei Rennas Worten sah Maia hinüber zur anderen Seite des Spielfelds, wo ihre Gegner die ersten vier Reihen ausgelegt hatten. Trotz ihrer begrenzten Erfahrung sah Maia, daß es eine absolut einfallslose Anordnung war. Nicht daß das für die Strategie, die Renna und sie sich ausgedacht hatten, eine Rolle spielte. Maia erwiderte das ermunternde Lächeln ihres Partners. Dann trennten sie sich, und Renna begann an der linken Ecke auszulegen, während Maia sich die rechte vornahm.

Naroin hatte sich bereit erklärt, die aufgezogenen Spielsteine für Maia heranzutragen, und reichte ihr jetzt, sobald Maia die Hand ausstreckte, mit geschickten Bewegungen eine Figur nach der anderen. Ein paar Mal mußte Maia innehalten, um den Plan zu Rate zu ziehen, auf den sie und Renna sich geeinigt hatten, aber sie hielt die Skizze dabei stets so zusammengerollt, daß die Zuschauer in der Takelage nicht heimlich einen Blick darauf werfen konnten.

Ich muß aufpassen, daß ich nichts vergesse, schärfte sie sich ein. Wenn man so nahe am Spielfeld war, verlor man oft den Überblick. Und ein einziger Spielstein an der falschen Stelle konnte eine Formation schon dem Untergang weihen – als wären die Nieren bei einem Menschen an der falschen Stelle oder die Zellen produzierten ein falsches Protein. Nervös kaute Maia auf der Unterlippe herum, während sie sich immer näher zur Mitte der Reihe vorarbeitete, wo sie mit Renna zusammentreffen würde. Als sie fertig war, konnte sie nur noch abwarten und sich Sorgen machen, während auch er seine letzten Steine auf das Feld plazierte. Schließlich erhob er sich aus seiner gebückten Haltung und streckte sich. Nebeneinander stehend überprüften sie ihr Werk.

Die beiden Teile waren miteinander verzahnt, und dadurch, daß sie ihren ersten Zug so rasch gemacht hatten, war den Gegnern wenig Zeit zum Nachdenken geblieben. Die beiden Jungen runzelten die Stirn. Ganz offensichtlich waren sie von Maias und Rennas Anordnung verblüfft.

Gut! Ich habe schon befürchtet, meine Idee wäre zu konventionell ... eine Formation, die jeder Knabe im ersten Jahr auf See lernt.

Natürlich bedeutete das nicht, daß der Plan funktionieren würde, sondern lediglich, daß sie und Renna einen Überraschungseffekt verbuchen konnten. Der Juniorkoch und der Kabinenjunge machten einen ziemlich verwirrten Eindruck, als sie ihre nächsten vier Reihen auszulegen begannen. Naroin stieß Maia an. Lächelnd zeigte sie zum Quarterdeck, wo am Abend zuvor die Schiffsoffiziere gelangweilt an der Reling gelungert und zugesehen hatten, wie die beiden Amateure gedemütigt wurden. Heute hatte sich ein ähnliches Publikum versammelt, aber diesmal zeigten ihre Gesichter keinerlei Langeweile. Eine Gruppe von Leutnants und Offiziersanwärtern blätterte in dicken Büchern mit Goldschnitt, deuteten abwechselnd auf das Spielfeld und diskutierten angeregt. Weiter links standen drei ältere Männer, die allem Anschein nach kein Nachschlagewerk brauchten. Der Navigator und der Arzt tauschten nur Blicke und lächelten sich zu, während Kapitän Poulandres an seiner Pfeife zog, die Ellbogen auf das kunstvoll geschnitzte Treppengeländer stützte und abgesehen von einem Glitzern in den Augen keinerlei Gemütsregung zeigte.

Die Jungen beendeten ihren Zug und beobachteten betreten, wie Maia und Renna die vier Reihen des Gegners kurz analysierten, dann aber unverzüglich ihre eigenen vier Reihen gestalteten. Diesmal fiel es Maia wesentlich leichter, sich das Muster vor Augen zu rufen. Dennoch blickte sie immer wieder zu dem Seemann hinüber, der an der Backbordreling stand und eine Stoppuhr in der Hand hielt.

Als sie und Renna ihr Werk noch einmal betrachteten, sah Maia zufällig über die Ladeluke hinweg und bemerkte, daß der Juniorkoch nervös die Fäuste ballte. Auch der Kabinenjunge machte einen hektischen Eindruck. Kaum hatten sie ihren nächsten Zug begonnen, verpfuschten sie auch schon eine ihrer Figuren, und die Zuschauer lachten. Der Kapitän räusperte sich laut, um das Publikum vor weiteren Störungen zu warnen. Errötend bereinigten die beiden Jungen ihren Fehler und machten weiter. Sie hatten aus mächtigen, simplen Figuren, die einen Angriff blockieren oder schlucken sollten, eine ausgeklügelte Verteidigungsreihe aufgebaut. Als nächstes würden sie vermutlich einen Angriff starten.

Schließlich traten die beiden zurück und signalisierten, daß jetzt Maia und Renna an der Reihe waren. Renna winkte Maia nach vorn. »Nein!« flüsterte sie. »Ich kann nicht. Mach du es.« Aber Renna lächelte nur und zwinkerte ihr zu. »Es war deine Idee«, sagte er.

Seufzend und mit einem Kloß im Hals trat Maia einen Schritt vor und sprach ein, zwei kurze Worte.

»Wir passen.«

Bestürzte Stille folgte, durchbrochen nur von einem scharfen Klatschen, als ein junger Offizier mit der Handfläche auf ein offenes Buch schlug. Sein Nachbar nickte, aber ansonsten herrschte auf Deck größte Verwirrung. »Wie meint ihr das?« fragte der Koch und sah sich dabei hilfesuchend nach rechts und links um. Mehrere Männer fingen an zu lachen, und der Bann war gebrochen. Zum ersten Mal hatte Maia Mitleid mit ihren Gegnern. Sie hatte selbst schon Spiele erlebt, in denen eine Partei eine Reihe aussparte, also einfach alle Felder weiß ließ. Aber was sie hier machte – vier Reihen blank zu lassen –, war reichlich gewagt.

Geduldig erklärte Poulandres das Verfahren, während Naroin und andere Freiwillige hundertsechzig Spielsteine mit der weißen Seite nach oben auslegten. Wenige Augenblicke später waren die beiden Jungen wieder am Zug. Sie führten ihn mit viel nervösem Gefummel aus und ließen eine beeindruckende Anordnung aggressiver Artillerie-Formationen entstehen. Als sie schließlich aufblickten, trat Maia ein zweites Mal vor und wiederholte die Worte: »Wir passen!«

Wieder verteilten freiwillige Helfer die weißen Spielsteine auf die nächsten vier Reihen, erneut gab es im Publikum Gemurmel. *Selbst wenn unsere Strategie nicht so funktioniert wie geplant, das war es wert.* Auf der anderen Seite machten sich die Jungen wieder an die Arbeit, schwitzend, weil man sie ihrer wohlverdienten Arbeitspause beraubt hatte. Maia ihrerseits begann vom tatenlosen Herumstehen zu frösteln. Als sie nach achtern blickte, sah sie ein paar einfache Seeleute, die einem Leutnant Fragen stellten. Dieser deutete zum Spielfeld hinüber, gestikulierte und versuchte flüsternd zu erklären, was hier passierte.

Dann steht das, was wir hier ausprobieren, also tatsächlich auch in den Büchern. Wahrscheinlich gehört es zu der Spiellegende wie das Idiotenmatt beim Schach. Leicht zu kontern, wenn man weiß, wie.

Renna und ich müssen hoffen, daß wir gegen Idioten antreten.

Doch das war eigentlich nicht besonders wichtig, denn Maia freute sich einfach darüber, daß sie die beiden Jungen aus ihrer ruhigen Selbstzufriedenheit aufgerüttelt hatten. Vielleicht würden sie ihr jetzt eins dieser Bücher mit Goldschnitt leihen, statt in ihrer herablassenden Art einfach davon auszugehen, daß sie sowieso nichts damit anfangen konnte.

Die gegnerische Seite des Spielfelds war ausgefüllt mit einer Menge protziger, extravaganter Figurationen, doch Maia erkannte, daß einige davon sich widersprachen und die Eleganz eines klassischen Spielaufbaus vermissen ließen. Auf ihrer eigenen Seite endeten acht Reihen geheimnisvoller schwarzer Punkte mittlerweile in einem breiten weißen Streifen.

Ich kann es gar nicht abwarten, den Namen dieses Musters zu erfahren. Maia brannte darauf, die dicken Handbücher zu konsultieren. *Das Konzept ist eigentlich ganz einfach, selbst wenn es nicht ganz makellos funktionieren sollte.*

An diesem Nachmittag war ihr in einem plötzlichen Geistesblitz klar geworden, daß die *Grenze* ein Teil des Spiels war. Dadurch, daß die meisten Muster am Rand abprallten und zurückgeworfen wurden, war die Grenzlinie sogar äußerst wichtig.

Was also sprach dagegen, sie zu verändern?

Zuerst hatte Maia mit dem Gedanken gespielt, ein Stück weiter auf ihrer Seite des Spielfelds einfach eine *Kopie* der Grenze herzustellen, um alle Abpraller des Gegners zu zerstören. Aber das würde nicht klappen. Innen auf dem Spielfeld mußten die Muster sich selbst erneuern. Das Randmuster war nicht stabil. Wenn man es an anderer Stelle neu entstehen ließ, löste es sich rasch wieder auf.

Aber wie war es mit einem Muster, das sich einen *Teil* der Zeit benahm wie eine Grenze, ansonsten aber für die meisten Geschosse und Gleiter durchlässig blieb? Ein Beispiel für eine solche Struktur war ihr am Nachmittag eingefallen. Acht von zehn Zeiteinheiten würde sie einfache Gleiter reflektieren, und solange die Ankerpunkte an beiden Enden unversehrt blieben, würde sie sich selbst erneuern. Nach dem zu urteilen, was die Gegner am Abend zuvor aufgefahren hatten, planten sie, Maia und Renna mit allem möglichen Gerät zu attackieren. Aber es war zuviel, und das meiste würde in ihren eigenen Gesichtern landen! Mit ein wenig Glück würden die Gegner bei sich selbst weit größere Verheerung anrichten als bei dem flexiblen, einfachen Muster, das Maia und Renna gestalten wollten.

In diesem Augenblick eilte ein Matrose mit Dienstarmband aus der Kabine hinter der Ruderpinne, lief zum Kapitän und flüsterte ihm etwas ins Ohr. Der Kapitän verzog das Gesicht und runzelte heftig die Stirn. Er bedeutete dem Arzt, an seiner Stelle den Platz des Schiedsrichters zu übernehmen, und winkte den Navigator mit dem Finger, ihm zu folgen.

Unterdessen vervollständigten die beiden Jungen erschöpft und abgespannt ihre letzten Reihen und lauschten resigniert Maias letztem »Wir passen«. Während die weißen Spielsteine ausgelegt wurden, zog sich der Arzt die förmliche Robe über und setzte die spitze Kapuze auf. Mit gelassener Würde schritt er zwischen den murmelnden Zuschauern hindurch die Treppe hinab. Einige Männer folgten ihm, um sich neben dem Spielfeld aufzustellen; sie gestikulierten erregt und zogen noch immer ihre schlauen Bücher zu Rate. Viele – unter ihnen der Juniorkoch und der Kabinenjunge – sahen einfach nur verwirrt drein.

Der Schiedsrichter nahm seine traditionelle Pose neben dem Zeitfeld ein.

Alle wurden still. »Leben ist die Fortsetzung …«, begann er.

Ein knackendes Geräusch, als wäre eine Schiebetür zugefallen, unterbrach die Beschwörungsformel. Eilige Schritte polterten über das Quarterdeck. Der Kapitän der *Manitou* erschien wieder und packte mit den Händen das Geländer, während ein Matrose ein Messinghorn an die Lippen setzte und zweimal kurz und einmal lang hineinblies. Als die Töne verklangen, war es totenstill. Alle hielten den Atem an.

»Seit einiger Zeit empfangen wir ein Radarsignal«, wandte sich Poulandres nun an seine Besatzung und die Passagiere. »Seine Peilung überschneidet sich mit unserer, und allem Anschein nach ist es schnell genug, um uns einzuholen. Ich habe versucht, mit seiner Quelle Kontakt aufzunehmen, aber dort antwortet niemand.

Ich kann nur annehmen, daß uns Freibeuter verfolgen. Daher muß ich die Passagiere fragen – werdet ihr Widerstand leisten und eure Fracht verteidigen?«

Noch ganz benommen sah Maia, wie Kiel vortrat. »Zum Teufel, ja. Wir leisten Widerstand.«

Der Schiffsoffizier nickte. »Sehr gut. Ich werde entsprechend manövrieren. Ihr könnt euch mit unserer weiblichen Besatzung beraten, die euch unter dem Codex der Meere beistehen wird. Alle auf Gefechtsposition.«

Wieder blies das Horn, diesmal einen raschen Zapfenstreich, während die Matrosen bereits zur Takelage rannten und die Frauen sich eilig auf dem Vorderdeck sammelten. Benommen blickt Maia auf das Spielbrett. *Aber ... wir waren doch gerade dabei herauszufinden ...*

Eine Hand legte sich auf ihren Arm. Es war Thalla, die Maia zum Waffenschrank führte. Eine Frau hatte ihn geöffnet und verteilte schon die Fanghellebarden. Maia warf einen raschen Blick zurück auf Renna, der erstaunt das Getümmel um ihn her verfolgte. *Er ist noch verwirrter als ich*, stellte Maia fest und fühlte tiefes Mitleid.

Als er ihnen folgen wollte, hielt ein Matrose ihn zurück. »Männer kämpfen nicht«, sagte er und wiederholte damit die Lektion, die Maia ihrem Freund von den Sternen schon auf ihrer Flucht aus Long Valley erteilt hatte. Der Matrose führte Renna weg, und Maia wandte sich ab, um ihren Platz in der Reihe der bewaffneten Varfrauen einzunehmen.

»Werdet ihr meine Taktik befolgen?« fragte Naroin

Kiel und Thalla als Repräsentantinnen der Radigruppe. Sie nickten.

»In Ordnung. Inanna, Lullin, Charl, macht euch bereit, eure Truppen zu übernehmen.« Darauf bestimmte Naroin die Passagiere, die den drei erfahrenen weiblichen Matrosen auf Positionen entlang des Schandecks folgen sollten. Maia gehörte zu Naroins Gruppe, die in der Nähe des Bugs in Stellung ging, wo das Auf und Ab des Schiffes am deutlichsten zu spüren war. Am Wind merkte man die Kursänderung, die vermutlich vorgenommen worden war, um einen Zusammenstoß zu vermeiden.

»Ihr solltet euch entspannen«, empfahl Naroin ihrer Truppe. »Vielleicht sind sie schneller, aber eine Heckjagd ist immer langwierig. Möglicherweise holen sie uns nicht vor Tagesanbruch ein.« Damit schickte sie zwei Varfrauen los, um Decken zu holen. »Bald bekommen wir auch eine heiße Suppe«, versprach sie den nervösen Frauen. »Am besten ruht ihr euch aus. Legt euch hin, an ein windstilles Plätzchen.«

Mit den Hellebarden in der Hand ließen sie sich auf Deck nieder. Naroin tätschelte Maias Knie. »Ein paar Leuten war es bestimmt gerade recht, daß das Horn losging. Nach allem, was ich mitgekriegt habe, war die schlaue Strategie mit dem Rand ein echter Glückstreffer!«

»Das werden wir vermutlich nie erfahren«, entgegnete Maia achselzuckend. Ein Geklapper von achtern teilte ihnen mit, daß die Spielsteine auf Anweisung des Kapitäns wieder in ihre Schachteln gepackt wurden.

»Wahrscheinlich haben die das alles so arrangiert, um zwei ihrer Knaben die Blamage zu ersparen«, meinte Naroin, und Maia starrte sie verblüfft an. Doch die Matrosenfrau grinste, und Maia merkte, daß sie nur einen Witz gemacht hatte. Gemeinhin nahm ein Kapitän die Spielerehre fast ebenso ernst wie die Sicherheit von Schiff und Besatzung.

Ein paar Frauen legten sich ihre Decken zeltartig über Kopf und Schultern. Allgemein machte man sich auf eine lange Warteperiode gefaßt. Wie Naroin angekündigt hatte, erschien kurze Zeit später ein Matrose mit einem Kessel. An seinem Gürtel klapperten Teller. Der Juniorkoch sah Maia nicht an, als er zu ihr kam, aber als sie ihm die Suppentasse aus der Hand nahm, schwappte sie über, und Maia verbrühte sich die Finger. Zwar zuckte sie innerlich zusammen, aber sie ließ sich nichts anmerken. Wenigstens war die dicke Suppe schmackhaft und vor allem auch wärmend, denn jetzt entstanden Lücken zwischen den Wolken und die Nacht wurde kühl. Ein paarmal versuchte jemand, ein Gespräch in Gang zu bringen. Aber die Versuche führten nicht weit.

»Hör mal«, meinte Naroin. »Ich hab da was rausgefunden, was dich interessieren könnte.«

Maia blickte auf. Sie hatte stumm dagesessen, das glatte Holz ihrer Waffe gestreichelt und darüber nachgedacht, was die nächsten Stunden wohl bringen mochten. »Was denn?« fragte sie ganz direkt.

Naroin legte die Hand an den Mund und senkte die Stimme. »Ich habe entdeckt, was er macht, die ganze Zeit hinter dem Vorhang ... na, du weißt schon. Nach dem Essen.«

Maia brauchte einen Moment, bis sie begriff, daß Naroin von Renna sprach. »Nach ...?«

»Er reinigt sich den Mund!«

Maias Neugier kämpfte mit der Verärgerung darüber, daß Naroin ihren Freund ausspioniert hatte. »Er reinigt sich ... den *Mund?*«

»Jawoll.« Naroin nickte. »Hast du diese kleine Bürste gesehen? Die steckt er in Meerwasser – obwohl er sich bekanntlich weigert, das Zeug zu trinken –, dann stopft er sie sich in den Mund und legt los wie ein Matrose, der seinen Küchendienst rechtzeitig zur Party erledigt haben will! Er schrubbt seine weißen Hauer gründlichst ab, mit jeder Menge Gegurgel und Gespucke. So was hab ich noch nie gesehen.«

»Hmm«, machte Maia, während sie nach einer Erklärung suchte. »Manche Leute würden bestimmt besser riechen, wenn sie das gelegentlich auch mal versuchen würden.«

»Ganz recht!« Naroin lachte. »Aber nach *jedem* Essen?«

Maia schüttelte den Kopf. »Er ist eben wirklich ein Fremdling. Vielleicht hat er Angst... sich eine Krankheit zu holen?«

»Aber er ißt unser Essen. Leuchtet nicht unbedingt ein, sich den Mund gut zu reinigen, nachdem man längst alles verschluckt hat.«

Maia zuckte die Achseln. Unter anderen Umständen wäre das ein durchaus interessantes Thema gewesen, aber momentan kam es ihr nichtig und sinnlos vor. Gute Absichten hin oder her – es wäre ihr lieber gewesen, Naroin hätte sie in Ruhe gelassen. Zum Glück schien diese das zu spüren, und das Gespräch verebbte.

Unterdessen ging Durga auf, und ihr schimmernd weißes Licht schien durch die Wolkenlücken auf die kabbelige See. Die beleuchteten Flecken und die sternhellen Öffnungen über ihnen entsprachen einander wie die einzelnen Teile eines Kinderpuzzles den Löchern, in die sie hineinpaßten. Maia erspähte Teile verschiedener Sternbilder und erkannte, daß das Schiff vor dem Wind nach Süden floh. Das stetige Steigen und Fallen des Bugs fühlte sich an wie ein langsamer, ruhiger Herzschlag, der sie nicht nur über die dunkle See, sondern auch durch die Zeit trug. Jeder Moment schuf neue Muster aus den alten Konfigurationen aus Holz, Wasser und menschlichem Fleisch. Jede neue flüchtige Form schuf die Voraussetzungen für die nächsten, die ihr folgten.

Es war keine bloße Abstraktion. Irgendwo in der Dunkelheit lauerte ein schnelles, mit Radar ausgestattetes Schiff, das immer näher kam. »Denkt nicht daran«, beruhigte Naroin die nervösen Frauen ihrer Truppe. »Versucht zu schlafen.«

Eine absurde Idee. Dennoch tat Maia so, als würde sie gehorchen. Sie rollte sich unter ihrer Decke zusammen, während das Schiff auf und ab rollte und sie sich an die rhythmischen Bewegungen des Pferdes erinnerte, auf dem sie über die Ebenen von Long Valley geflohen war. Sie schloß die Augen, nur für eine Minute ...

... und fuhr hoch, als ein stechender Schmerz ihren Oberschenkel durchzuckte. »Ich ... was ist ...?«

Im düsteren, grauen Morgenlicht liefen die Frauen ziellos und vor sich hin murmelnd auf dem Vorderdeck herum. Die Luft roch nach Rauch und Ruß. Wieder piekte etwas in ihr Bein, und sie folgte der impertinenten Schuhspitze über ein narbenbedecktes Bein empor zu einem Gesicht – es war Baltha! Die große Frau hatte sich bis zur Taille ausgezogen und trug um die Brust nur noch ein enges Ledermieder. Ihre blonden Haare waren mit einem rosafarbenen Band zusammengebunden, das ungewöhnlich farbenfroh erschien, wenn man Balthas Augen sah, die vor Kampfeslust glitzerten. Sie grinste Maia an und streichelte ihre Fanghellebarde. »Es geht los, Fräuleinchen. Hast du Lust auf ein bißchen Spaß?«

»Geh zurück auf deinen Posten«, fauchte Naroin die große Blonde an. Achselzuckend schlenderte Baltha davon und gesellte sich wieder zu ihren Gefährtinnen in der Nähe eines dampfenden Kessels, in dem der Koch herumrührte. Die rauhen Söldnerinnen von den Südlichen Inseln streckten sich und spielten mit ihren Hellebarden herum, piekten einander zum Spaß und zeigten nach außen keinerlei Anzeichen von Nervosität.

Ein Kabinenjunge reichte Maia eine Tasse Tscha; das warme Gebräu durchströmte sie, öffnete ihre Adern und machte die Morgenkühle einen Augenblick noch kälter. Maia erinnerte sich daran, geträumt zu haben, aber die letzten Reste verzogen sich bereits und ließen lediglich die vage Vorahnung einer entsetzlichen Gefahr zurück.

Anders als in der vorhergehenden Nacht wehte jetzt nur ein sanfter, böiger Westwind, aber ein leichtes Vibrieren deutete darauf hin, daß die Hilfsmotoren liefen und das Schiff auf seiner unbeholfenen Flucht unterstützten. Maia nahm ihre Tasse in eine Hand, umfaßte die Zipfel ihrer Decke mit der anderen und blickte hinaus aufs Meer.

Als erstes sah sie eine Gruppe kleiner Inseln – wie umgekehrte Steinbrocken, von den Wellen glattgeschliffen in viel längeren Zeiträumen, als die Menschen auf Stratos lebten, so hoben sich die steilen Klippen aus dem tiefen Wasser wie eine Kette stumpfer Nadeln, von Nordwesten in einer Biegung nach Südosten verlaufend. Statt einen klaren Horizont zu treffen, verschwanden sie in einem weichen, geheimnisvollen Nebel. Einige der näher liegenden Inseln waren groß genug, daß die moosbewachsenen Abhänge zu einem bewaldeten Grat zusammenliefen, von dem schmale Wasserfälle herunterstürzten.

»Poulandres hat versucht, die Inseln zu erreichen«, erklärte die junge Radi Kau, als Maia an die Backbordreling trat. Eine Narbe neben ihrem Ohr erinnerte noch an die Wunde, die Renna nach dem Kampf in der Musseli-Lokomotive versorgt hatte. »Er hoffte, dem Radar der Freibeuter hier zu entgehen. Aber der Wind hat uns im Stich gelassen, und der Sonnenaufgang kam zu früh. Jetzt geht es wohl nicht mehr ohne Kampf ab.«

Die dunkelhaarige Varfrau versetzte Maia einen kameradschaftlichen Rippenstoß. »Willst du dir unseren Gegner mal ansehen?«

Habe ich eine andere Wahl? Zögernd wandte Maia den Blick von den faszinierenden Inseln und sah in die

Richtung, die Kau andeutete, in einen trügerisch rosigen Sonnenaufgang. Als sie die Verfolger erblickte, blieb ihr für einen Moment die Luft weg.

So nah!

Ein schmuddeliges Schiff pflügte durch die Wellen, daß die Gischt nur so sprühte. Nur zwei Segel waren gehißt, aber aus zwei verdreckten Schornsteinen quoll ölig schwarzer Rauch. Auf Deck sah man aufgeregt umhereilende Gestalten. Die Maschinen der *Manitou*, die ansonsten nur für Rangiermanöver im Hafen gedacht waren, hatten dieser geballten Kraft nichts entgegenzusetzen.

»Freibeuter versteckten oft riesige Motoren im Innern eines ganz normal wirkenden Klippers. Vor denen gibt's kein Entrinnen, fürchte ich.«

Neben den beiden jungen Frauen seufzte jemand tief. Es war Naroin, die auf das feindliche Schiff blickte und rezitierte:

*»Wie schnell sind sie gekommen! Heil'ge Mutter
hast du mit deinem göttlich Lächeln sie gefragt:
Welch neues Mißgeschick kommt nun auf dich zu?«*

Im Seufzen der Bootsfrau lag eine tiefe Traurigkeit, doch Maia sah auch, wie sich die Muskeln in ihren schlanken Armen spannten und in Naroins ganzer Haltung durchaus eine gewisse Vorfreude erkennen ließen.

»Kommt«, sagte Naroin schließlich und wies mit einem Nicken zu Balthas Truppe. »Die Südländerinnen haben recht. Machen wir uns bereit.«

Naroin versammelte die erste Abordnung der Passagiere, inspizierte ihre Hellebarden und verteilte dann Seile mit Schlingen, die sich die Frauen am Gürtel befestigten. Bald waren sie in eine Reihe von Lockerungsübungen vertieft, die Maia konzentriert mitmachte. Die Kombination von heißem Tscha und körperlicher Anstrengung brachte ihren Kreislauf rasch in Schwung, und das Herz klopfte ihr laut in den Ohren. Jeder Geruch drang mit ungewohnter Intensität in ihre Nase, von der brennenden Kohle über die verschiedenen Salzaromen des Meeres bis zum Schweiß ihrer Kameradinnen. Auch die Farben waren so grell, daß es ihren Augen fast weh tat.

»Ja!« rief Naroin und schwang ihre Waffe. Die Frauen wiederholten »Ja!« Während sie sich so gemeinsam aufwärmten, merkte Maia, wie die ängstliche Stimmung nachließ. Das bedeutete allerdings nicht, daß alle auf den Kampf brannten, denn sie wußten, daß ihnen Schmerz und Niederlage drohten. Möglicherweise würde es sogar Todesopfer geben. Piraten waren ein anderes Kaliber als die Klonfrauen in Long Valley, die nur einen Teil ihrer Zeit der Miliz widmeten.

Doch als Varfrau mußte man damit rechnen, daß man gelegentlich gezwungen war zu kämpfen. Und die Frauen an Bord waren nicht irgendwelche Vars: Thallas und Kiels Gefährtinnen hatten von vorneherein gewußt, daß sie sich auf eine gefährliche Aktion einließen. Zum ersten Mal seit Grange Head fühlte sich Maia mit den Radis verbunden. Die Frau zu ihrer Linken grinste und klopfte Maia auf den Rücken, als Naroin eine Pause ausrief. Maia erwiderte das Lächeln. Sie fühlte sich wesentlich geschmeidiger, aber sie freute sich nicht auf das, was ihr bevorstand.

»*Wir grüßen die* Manitou!« Die lautsprecherverstärkte Stimme ließ alle aufblicken. Maia rannte wieder an die Reling; die Piraten waren noch näher gekommen. Der Bugspriet ihres Schiffs lag querab zum Heckspiegel der *Manitou.* »*Wir grüßen die* Manitou. *Hier spricht die* Draufgänger, *wir rufen euch auf beizudrehen!*«

Der Kapitän der *Manitou* hob das Megaphon an die Lippen und antwortete: »*Mit welchem Recht nähert ihr euch?*«

»*Nach dem Gesetz der Lysos und dem Schiffscodex! Werdet ihr eure Fracht teilen, Sir?*«

Maia beobachtete, wie sich Poulandres an Kiel wandte, die neben ihm stand, und sich kurz mit ihr beriet. Sie schüttelte entschieden den Kopf. Der Kapitän akzeptierte ihre Antwort mit einem passiven Achselzucken und hob das Megaphon erneut.

»Meine Leute kämpfen um das, was ihnen gehört. Die Fracht kann nicht aufgeteilt werden!«

Maia schüttelte den Kopf. *Das glaube ich auch.* Sie entdeckte Renna in der Nähe des Cockpits, wie er staunend die Szene verfolgte. *Begreift er, daß über ihn verhandelt wird?* Sie umfaßte fest ihre Waffe, froh, daß ihr Freund aus dem Weltraum bei der bevorstehenden Auseinandersetzung in Sicherheit war, denn die Schanze galt als neutrales Territorium.

Die *Draufgänger* kam noch näher. Sie war kleiner als die *Manitou*, was in Kombination mit ihren starken Maschinen eine Verteidigung durch Manövrieren von vornherein ausschloß. Keiner der beiden Kapitäne würde einen Zusammenstoß riskieren, bei dem sein geliebtes Schiff beschädigt werden könnte. Nicht ohne eine Versicherung, die sich weder die Freibeuter noch die Radis leisten konnten.

An der Steuerbordreling des näherkommenden Schiffes hatte sich eine große Gruppe von Frauen mit Hellebarden, Knüppeln und zusammengerollten Seilen versammelt. Andere kletterten auf Masten und schwankende Rundhölzer. Und alle trugen die berüchtigten roten Kopftücher. Maia lief ein Schauer über den Rücken.

»Verstanden, Sir«, antwortete einer der bärtigen Männer am Ruder der *Draufgänger*. *»Akzeptiert ihr dann die Entscheidung durch einen Champion?«*

Wieder beriet sich der Kapitän mit Kiel, die erneut den Kopf schüttelte. Die meisten Freibeuter setzten gelegentlich Champions, also professionelle Kämpfer ein. Die Radis wußten, daß sie bei einem Handgemenge bessere Chancen hatten, auch wenn nicht zu vermeiden war, daß es Opfer geben würde. Hier ging es nicht um einen Laderaum voller Baumwolle, Kohle oder Textilien. Ihre Fracht war es wert, daß man um sie kämpfte.

Kapitän Poulandres gab Kiels Weigerung weiter.

»Nun gut«, erwiderte der Chef des anderen Schiffs. »Dann sage ich euch im Auftrag meiner Passagiere: Macht euch bereit, wir entern!«

Weitere Worte waren nicht notwendig. Während das kleinere Schiff näher heranfuhr, schüttelte Kiel dem Kapitän die Hand, sprang dann aufs Ladedeck, packte ihre Hellebarde und schrie ihren Gefährtinnen etwas zu. Sofort orderte Kapitän Poulandres alle männlichen Besatzungsmitglieder nach achtern. Die Seeleute folgten eilig dem Befehl und riefen ihren Kolleginnen Mut zu.

Maia blickte über das untere Deck mit den nervös wartenden Varfrauen und entdeckte dahinter Renna im Gespräch mit dem Schiffsarzt. Der alte Mann machte ein Gesicht, als müßte er einem Kind oder einem Idioten etwas absolut Offensichtliches erklären, gestikulierte, deutete auf die Männer beider Schiffe und schüttelte heftig den Kopf. Außer den weiblichen Besatzungsmitgliedern kämpfen nur die Passagiere, deutete Maia im stillen die Erläuterungen des Arztes.

Laut den Schriften, die bei den Tempelgottesdiensten verlesen wurden, hatte Lysos es zuerst gesagt. »Wer kann dafür sorgen, daß es keinen Kampf mehr geben wird? Die Törichten, die dies versuchen, wandeln alltägliche Habgier und Aggression in hinterhältigen Mord. Wir jedoch ergreifen Maßnahmen, um die Konflikte zu minimieren, aber gleichzeitig müssen wir zusehen, daß die Auseinandersetzungen, die sich nicht vermeiden lassen, einigermaßen ausgeglichen und unter der Kontrolle des Gesetzes stattfinden.«

Renna begegnete Maias Blick. Er hatte die Fäuste geballt und schüttelte den Kopf. Maia antwortete mit einem kurzen Lächeln, mit dem sie seine Botschaft zur Kenntnis nahm, sich jedoch die nächsten Zeilen in Erinnerung rief, die in der Kapelle der Lamatia-Feste so oft gesprochen wurden.

»Vor allem aber entfesselt nicht leichtfertig den Zorn der Männer. Denn er ist wild und schwer in Schach zu halten.«

Als Maia nun über den schmaler werdenden Streifen Wasser zwischen den beiden Schiffen blickte, sah sie, daß auch auf der anderen Seite Männer standen, die mit dunklen, grüblerischen Augen von ihrer Sicherheitszone das Geschehen beobachteten.

Vielleicht war es wirklich besser so.

Renna kreuzte die Arme und zupfte sich mit der traditionellen stratoinischen Gebärde an beiden Ohrläppchen. Maia mußte lächeln. Hoffentlich hatte ihr Freund daran gedacht, etwas in seine empfindlichen Ohren zu stopfen, denn es würde geräuschvoll zugehen. Sie nickte ihm kurz zu und wandte sich dann ab, um dem Feind die Stirn zu bieten.

»Eia!« dröhnte ein Chor von Frauenstimmen vom anderen Schiff herüber. Kiel reckte ihre Waffe hoch über den Kopf, und die Radis antworteten wie aus einem Mund: »Eia!«

Plötzlich zischten Enterhaken und ein Gewirr von Seilen durch die Luft. Die Verteidiger rannten los, um möglichst viele der sich festzurrenden Stricke zu kappen, ehe die beiden Schiffsrümpfe mit einem dumpfen Krachen aneinanderprallten. Noch mehr Enterhaken wurden geworfen. Mit lauten Kampfschreien stürmten die Freibeuter heran und griffen nach den herunterhängenden Seilenden. »Achtung, Mädchen ... Achtung ... Jetzt!« rief Naroin ihrer Gruppe zu.

Nur die Reflexe rissen Maia aus der Lähmung der Angst. Ihre Arme und Beine wußten, was zu tun war, aber ihre Kraft nährte sich nicht von Glauben, Vernunft, Mut oder einem anderen abstrakten Begriff. Nur der Wunsch, nicht zurückgelassen zu werden, brachte sie in Bewegung. Und die anderen nicht im Stich lassen zu wollen.

Aus vollem Hals schreiend, obwohl sie in dem wachsenden Getümmel bestimmt nicht zu hören war, marschierte sie los, die Hellebarde in die Hüfte gestemmt, um Naroins Flanke zu schützen. Der Kampf begann.

Es schienen unendlich viele zu sein. Anscheinend war das Piratenschiff bis zu den Schotten besetzt gewesen, denn immer mehr Kriegerinnen tauchten auf.

Nicht daß die erste Angriffswelle es leicht gehabt hätte. Sicher, sie waren Profis, aber es erforderte doch einige Anstrengung, von einem niedrigen auf ein weit höheres Deck zu klettern, während es von oben Netze, Öl und Holzklötze regnete. Naroin ging mit gutem Beispiel voran, verteilte Hiebe, packte die heranpreschenden Gegnerinnen, hob sie hoch, daß sie zappelten wie Fische an Land, und ließ sie dann über die Reling auf ihre Kollegen hinunterplumpsen. Als eine Angreiferin sich mit gefletschten Zähnen auf sie stürzte, ergriff Naroin sie an Haaren und Mieder, schwenkte sie herum und wirbelte sie aufs Deck, wo andere Frauen sich auf sie warfen, sie fesselten und nach achtern schleppten. Angeregt durch Naroins Vorbild, machten Kiel und eine große Radi aus Caria ebenfalls Gefangene, während Maia und die anderen auf sich festklammernde Fingerknöchel hämmerten, Hände von der Reling loshebelten und mit aller Kraft auf die von unten anstürmenden Massen einschlugen. Jedesmal, wenn eine Piratin abstürzte, durchströmte Maia ein Hochgefühl. Und wenn ein Hellebardenstreich ihr Gesicht um Haaresbreite verfehlte, verstärkte das pfeifende Geräusch, mit dem der Schlag ins Leere ging, ein hormonal gespeistes Gefühl der Unbesiegbarkeit, obwohl ihre Vernunft ihr sagte, daß dies eine Illusion war.

Immer mehr Piraten strömten von der *Draufgänger* herüber, wie ein Insektenschwarm, der sich trotz aller Anstrengungen nicht eindämmen ließ. Maia mußte die Faustschläge einer Korsarin parieren, die es geschafft hatte, sich rittlings über die Reling zu schwingen – eine große, geschmeidige Frau mit unregelmäßigen Zähnen und einigen scheußlichen Narben. Da Naroin vollauf mit einer anderen Feindin beschäftigt war, war von ihr keine Hilfe zu erwarten, und so versuchte Maia, das Brennen der Schweißtropfen in ihren Augen zu ignorieren und sich ganz auf den Schlagabtausch mit ihrer Gegnerin zu konzentrieren. Doch diese holte plötzlich aus und landete einen Treffer auf Maias linker Hand. Maia konnte einen Aufschrei nicht unterdrücken und ließ um ein Haar die Waffe fallen. Fast hätte sie zu spät pariert, das nächste Mal wurde es noch später ...

Zu ihrem Glück erschien im letzten Moment aus dem Nichts die Spitze einer Fanghellebarde, drängte sich unter Maias Arm hindurch und traf mit einem lauten Schlag die lederumwickelte Brust der Piratin, so daß sie das Gleichgewicht verlor. Maia zuckte zusammen, als hätte sie selbst den furchtbaren Schmerz gespürt, aber ihre Gegnerin stieß einen Fluch aus, kippte mit ausgebreiteten Armen nach hinten und schlug mit dem Oberkörper auf den Schiffsrumpf. Erstaunlicherweise gelang es ihr, sich mit einem narbigen, muskulösen Bein an die Reling zu klammern.

Augenblicklich erschien der nächste mit einem rotem Tuch umwickelte Kopf – eine Frau, die ihre Gefährtin einfach als Leiter benutzte. Nach kurzer Überwindung hakte Maia ihre Hellebarde um den Knöchel der ersten Angreiferin und befreite ihr Bein, so daß beide Eindringlinge abstürzten ... hoffentlich auf das Deck des Piratenschiffs. Allerdings hätte es Maia auch nicht sonderlich gekümmert, wenn sie zwischen die beiden Schiffe geraten wären. So wollte es auch der Kampfcodex. »Ein ehrliches Risiko in einem ehrlichen Kampf.«

Ihr bekommt Renna nicht! Der stumme Aufschrei verlieh Maia Kraft. Das Adrenalin dämpfte den Schmerz; sie ließ ihre Waffe herumwirbeln und eilte der Frau neben ihr, die sie einen Moment zuvor gerettet hatte, zu

Hilfe. Jetzt entdeckte sie Thalla im Nahkampf mit einer Piratin, die einige Zentimeter größer und wesentlich breiter war als sie. Maia sah keine andere Möglichkeit, als der Frau erst mal einen harten Schlag gegen den Oberschenkel zu versetzen. Die Piratin ging in die Knie, und Thalla nutzte ihren Vorteil, um ihre Feindin mit dem Haken ihrer Waffe auf den Boden zu drücken. Ein dankbares Zublinzeln war alles, was sie sich im Kampfgetümmel leisten konnte.

»Fräuleinchen, paß auf!«

Mit dem Ruf kam ein Blitz von oben. Gerade noch rechtzeitig duckte sich Maia und warf sich zur Seite, so daß sie der Schlinge, die eine Feindin vom Mast des Angreiferschiffs geworfen hatte, um Haaresbreite entging. Mit dieser gemeinen Taktik konnte man sein Opfer leicht erwürgen, aber Maia packte das baumelnde Ende des Seils und zog mit aller Macht. Schreiend stürzte die Piratin mitten in das Gewimmel von roten Kopftüchern hinab.

Nach diesem Vorfall gab es eine fühlbare Veränderung im Kampfgeschehen. Die steigende Flut der Angreifer, gespeist durch die von unten nachdrängenden Reserven, verlor ihren anfänglichen Druck. Einen Augenblick lang war die Reling vor Maia mehrere Meter in beiden Richtungen frei von Feinden. »Gut gemacht!« rief Naroin und grinste Maia zu.

Doch die Freude fand ein rasches Ende, als eine Stimme – es war Rennas – die Luft mit einem markerschütternden Schrei durchschnitt. Er rief nur ein einziges Wort: »*Verrat!*«

Maia wandte sich um, gerade rechtzeitig, um Thalla auszuweichen. Doch Maias ehemalige Mitbewohnerin wich vor einem heftigen Angriff zurück, der aus einer gänzlich unerwarteten Richtung kam – von hinten, mitten aus den Verteidigungslinien! Mühsam hielt sich Maia aufrecht, doch als sie die Angreiferin erkannte, verschlug es ihr den Atem ...

Baltha! Die Hellebarde der Söldnerin wirbelte, und sie schien mit Thallas verzweifelten Verteidigungsversuchen nur zu spielen. Und Baltha war nicht die einzige Verräterin. Voller Entsetzen sah Maia, daß auch die anderen Frauen von den Südlichen Inseln rote Kopftücher umgebunden hatten und sich nun von hinten auf die Verteidiger stürzten. Einige stürmten direkt auf Naroin zu, die sich mit den meisten anderen Radis weiterhin um die Hände kümmerte, die sich auf die Reling legen wollten. Sie hatte noch nichts von dem Verrat bemerkt

»Vorsicht!« schrie Maia. Aber ihre Stimme wurde vom Kampfgetümmel verschluckt, und sie war so hinter Thalla eingekeilt, daß sie nichts für ihre Kameradinnen tun konnte. Dennoch versuchte sie, sich einen Weg durch die kämpfenden Frauen zu bahnen. Sekundenbruchteile geronnen zu Ewigkeiten, während sie sich durchschlug, aber sie hatte nicht einmal genügend Raum, ihre eigene Waffe zu schwingen, und mußte hilflos zusehen, wie Naroin von hinten auf den Kopf getroffen wurde und zusammenbrach.

Vor Zorn schrie Maia wieder laut auf. Endlich fand sie eine Lücke, stürzte sich wutentbrannt auf Naroins Angreifer und erwischte eine davon mit einem Schlag in den Magen, der sie japsend zu Boden gehen ließ. Die andere Südländerin parierte Maias Angriff und wehrte sich. Als sie erkannte, daß sie es mit der Fünfjährigen zu tun hatte, die so gern Männerspiele spielte, machte ihr grimmiger Gesichtsausdruck einem amüsierten Lächeln Platz.

Doch das ironische Grinsen erstarb, als Maia mit einem Hagel zwar amateurhafter, aber um so energischerer Schläge auf sie losging, bis die Verräterin von Naroins zusammengesunkenem Körper zurückweichen mußte und Schritt für Schritt an die Backbordreling gedrängt wurde.

Eine neue Welle roter Kopftücher erschien. Maia gelang es, ein Händepaar wegzuschlagen, während sie gleichzeitig ihren Angriff auf die Verräterin fortsetzte. Die Hände verschwanden, aber nur, um im nächsten Augenblick von zwei anderen ersetzt zu werden. Diesmal war das dazugehörige Gesicht jünger, rußverschmiert, erhitzt von Anstrengung und Aufregung.

Maia blockierte einen heftigen Schlag ihrer Gegnerin mit dem Haken ihrer Hellebarde, drehte ihn mit aller Kraft rum und entriß so der Feindin ihre Waffe.

Dieses Gesicht …

Um Maias Verfolgung zu entgehen, sprang die Südländerin über die Reling. Im Handumdrehen änderte Maia die Stoßrichtung und ging auf die neue Piratin los, die jetzt Anstalten machte, ihre Waffe zu heben.

Doch in diesem Moment erstarrte sie. Halb blind vom Schweiß, wie durch einen rotgeränderten Tunnel aus Angst und Wut starrte sie das Gesicht an – es war ein Spiegelbild ihres eigenen.

»Le … Le …«, stammelte sie.

Auch die Augen der jungen Piratin leuchteten auf. »Da soll mich doch …«, sagte sie mit einem vertrauten, ironischen Lächeln. »Wenn das nicht meine Zwillingsschwester ist!«

Maia war unfähig, sich zu rühren, und Rennas Schreie drangen nur noch wie durch einen dichten Nebel zu ihr herüber. Leies Gegenwart verdrängte alles andere und lähmte ihr Gehirn. »Duck dich lieber, Süße«, sagte ihre Schwester da plötzlich.

Langsam, noch immer wie gelähmt, drehte Maia sich um.

Ganz von fern hörte sie, wie der Tumult aufbrandete und hölzerne Waffen auf einen menschlichen Schädel einschlugen. Solche Laute erkannte sie inzwischen, und das arme Opfer tat ihr leid.

Dann gab es eine Bewegung, die sie jedoch nur verschwommen wahrnahm, weit entfernt, als blicke sie durch ein umgedrehtes Teleskop. Erstaunt sah sie das

Deck auf sich zukommen und fragte sich, warum ihre Muskeln nicht reagierten, warum ihr plötzlich die Sinne schwanden. Sie versuchte etwas zu sagen, aber es kam nur ein leises Gurgeln aus ihrer Kehle.

Schade, dachte sie, kurz bevor sie endgültig das Bewußtsein verlor. *Ich wollte Leie doch noch fragen ... Wir haben uns so viel ... zu erzählen ...*

Die Verbindung zwischen Männern und Frauen ist von Mythen umgeben. Noch zahllose Generationen nachdem wir angeblich die bewußte Kontrolle über unsere Instinkte erlangt haben, halten die meisten Hominiden noch immer an der Vorstellung von romantischer Liebe und natürlicher Empfängnis fest – bei der eine Frau mit einem Mann zusammen ist. Selbst dort, wo die Gesellschaft einen experimentellen, einen alternativen Lebensstil unterstützt, bleibt die Annahme erhalten, daß ein Elternpaar – eine Frau und ein Mann – das Kernstück der Kontinuität darstellt.

Auf Stratos rühmen nur wenige Lieder und Geschichten das, was anderswo zur Besessenheit gerät. Männer sind notwendig, manchmal mag man sie sogar, aber sie sind Randexistenzen, ein bißchen drollig. Ein lebender Anachronismus.

Leidenschaft hat auf Stratos nur eine kurze Saison. In den Zwischenzeiten scheint sie niemand zu vermissen.

Dennoch kommt es zu Partnerschaften, oft durch Geschäftsbeziehungen oder kulturelle Allianzen. Das führende Symphonieorchester besteht seit langem hauptsächlich aus Musikern vier außergewöhnlich begabter Gruppen – die O'Niels stellen die Streicher, die Vondas spielen die Holzblasinstrumente, die Posnovskys die Blechbläser und die Tiamats die Schlaginstrumente. (Ich hoffe, daß ich im Herbst noch hier bin, denn dann beginnt die Saison.)

Gelegentlich gehen die Clans noch engere Verbindungen miteinander ein. Beziehungen, die man romantisch nennen könnte, fast wie eine Ehe. Gelegentlich haben sie sogar gemeinsame Nachfahren.

In der Praxis ist das ganz einfach. Zuerst arrangieren Clan A und Clan B, einen Wurf Sommerlinge zu bekommen. Wenn Clan A einen Jungen produziert, tut er das Übliche, zieht ihn gewissenhaft groß und gibt ihn dann bei einer der Seefahrergilden in Pflege. Nur verspricht er in diesem Fall, in einem Sommer, wenn er älter ist, zurückzukommen.

Unterdessen hat Clan B Sommertöchter bekommen. Eine davon wird ausgewählt: Sie soll die beste Erziehung bekommen, die ein Variantenmädchen haben kann. Der Clan vermittelt ihr eine Nische, sogar eine Winterschwangerschaft, alles, damit sie bereit ist, ihre Dankesschuld zu begleichen, wenn der Sohn von Clan A von der Seereise nach Hause kommt. Jedes Kind, das aus dieser Verbindung entsteht, ist theoretisch ein mischerbiger Enkel beider Clans.

Dieser Vorgang liefert Stoff für interessante Vergleiche. Wenn man Clan und Individuum gleichsetzt, wird aus dem Mädchen das Äquivalent einer Eizelle und aus dem Jungen ein Sperma. Die beiden Clans spielen die Rolle eines Liebespaars.

Manchmal überwältigt mich das alles geradezu.

Wieviel halte ich noch aus? Ich muß mich auf meine Arbeit konzentrieren. Doch diese Arbeit besteht darin, das Funktionieren menschlicher Subspezies zu erforschen. Ich entkomme dem Thema Sex nicht, es verfolgt mich von morgens bis abends. Manchmal schwirrt mir der Kopf.

Wenn die Frauen dieser Welt nur nicht so schön wären. Verdammt.

Kapitel 19

»Das Ding würde ja schon beim ersten richtigen Windstoß zerbrechen. Oder noch früher, wenn man es über die Klippe runterläßt. Und wie wollt ihr es überhaupt steuern?«

Inanna ließ den Felsbrocken, den sie als Hammer benutzte, so heftig niedersausen, daß Maia zusammenzuckte. »Bootsfrau, halt einfach den Mund. Du verstehst nichts vom Schiffsbau und gibst auch keine Befehle mehr.«

Maia beobachtete, wie Naroin darüber nachdachte. Schließlich antwortete sie achselzuckend: »Es ist euer Hals.«

»Es ist unser Hals, und wir riskieren ihn«, stimmte Inanna zu und umfaßte mit einer Handbewegung die anderen Frauen, die eifrig Schößlinge abschnitten und zu einer Stelle trugen, wo mit Kreide ein Zeichen auf den Fels gemalt war. »Ihr zwei dürft gern mitkommen. Wir können gute Kämpfer gebrauchen. Aber mit dem Diskutieren und Abstimmen ist jetzt ein für allemal Schluß. Entweder findet ihr euch damit ab, oder eure sturen Ärsche landen in der tiefsten Hölle.«

Gerade wollte Naroin eine freche Antwort geben, als Maia sie am Arm packte und ihr das Wort abschnitt. »Wir lassen es uns durch den Kopf gehen«, sagte Maia zu Inanna und zog Naroin beiseite. Das letzte, was sie momentan brauchen konnten, war ein Streit, der womöglich zu Handgreiflichkeiten führte.

Einen ausgedehnten Augenblick lang stand Naroin wie angewurzelt da, dann beschloß sie plötzlich, die Sache doch dabei bewenden zu lassen. »Hah!« rief sie, wandte sich ab und marschierte den schmalen Waldweg zum Lager hinab. Obwohl Maia größer war, mußte sie sich beeilen, um mit ihr Schritt zu halten. Der Lärm und das Geschrei waren alles andere als eine Hilfe gegen die Kopfschmerzen, die sie quälten, seit sie vor ein paar Tagen mit einer Gehirnerschütterung als Gefangene der Piraten aufgewacht war.

»Vielleicht haben sie den falschen Plan«, versuchte Maia Naroin zu beschwichtigen. »Aber so sind sie wenigstens beschäftigt. Wenn sie nichts zu tun haben, gibt es nur Schlägereien und anderen Unsinn.«

Naroin verlangsamte das Tempo und sah Maia an. Schließlich nickte sie. »Das grundlegende Kommandoprinzip. Ich sollte mich nicht von dir daran erinnern lassen müssen.« Sie warf einen Blick zurück, wo die Matrosinnen der *Manitou* zusammen mit einem halben Dutzend von Kiels Radis schufteten, junge Bäume abschnitten, sie mit primitiven Werkzeugen von Blättern befreiten und zu dem Anfang eines groben Schiffsskeletts zusammenlegten.

Aber was sollten sie tun? Der Entschluß war bei einer Versammlung gefaßt worden, drei Tage nachdem die Seeräuber sie auf dieser steilen Felsinsel ausgesetzt hatten. Sie wußten nicht, wie das Eiland hieß; vielleicht war sein Name – falls es überhaupt je einen gehabt hatte – im Dunkel der Zeit verlorengegangen. Naroin hatte sich für eine andere Taktik ausgesprochen – sie war dafür, ein oder zwei kleine Boote zu bauen, mit denen ein paar ausgewählte Freiwillige nach Westen segeln und Hilfe holen sollten. Doch der Vorschlag war abgelehnt worden; die Mehrheit war dafür, ein Floß zu bauen. »Entweder gehen alle oder keiner!« erklärte

Inanna kategorisch, und dieser These schlossen sich die meisten an.

Wie man allerdings ein großes Floß seetüchtig machen, die fünfzig Meter hohe, steile Klippe hinunterlassen und dann von den gischtumspülten Felsen wegrudern konnte – darüber wurde nicht gesprochen. Nur von einer einzigen Stelle am bewaldeten Rand der zerklüfteten Insel konnte man zum Meer hinuntergelangen. Dort waren die Gefangenen und ihre Verpflegung mit einer Winde nach oben befördert worden, ehe die *Draufgänger* mit der gekaperten *Manitou* davongesegelt war. Inanna und ihre Freundinnen planten noch immer, diese Vorrichtung zu benutzen, obgleich sie in einer mit mehreren Vorhängeschlössern gesicherten Metallverschalung steckte und angeblich mit Sprengladungen präpariert war. Letzten Endes würden sie sich möglicherweise doch dazu bereitfinden müssen, einen primitiven Kran aus Holz und Ranken zu bauen.

»Diese Hohlköpfe«, brummte Naroin. Mit einem kurzen Stock, den sie sich gleich nach der Landung zurechtgeschnitten hatte, schlug sie auf die Büsche am Wegrand ein. Natürlich war es nicht die gewohnte Fanghellebarde, aber die kleine drahtige Frau schien sich wohler zu fühlen, wenn sie irgendeine Art Waffe in der Hand hielt. »Das schaffen sie nie, und ich habe nicht vor, mit ihnen zu ertrinken.«

Allmählich wurde Maia Naroins unwirsche Stimmung zuviel. Andererseits wollte sie auch nicht allein sein, dann war sie ihren dunklen Gedanken wehrlos ausgesetzt. »Woher willst du das wissen? Ich glaube auch, daß dein Plan besser gewesen wäre, aber ...«

»Verdammt!« Naroin schwang ihren Stock, und die Blätter flogen. »Sogar ein Haufen Blödmänner würde erkennen, daß ein Floß genau das Falsche ist. Angenommen, sie kriegen es tatsächlich von der Klippe runter und das Meer macht nicht gleich Kleinholz daraus – dann kassieren die Freibeuter sie eben gleich das nächste Mal. Falls sie sich noch einmal die Chance durch die Lappen gehen lassen und sie nicht gleich auf den Meeresgrund schicken.«

»Aber seit unserer Gefangennahme haben wir kein einziges Segel gesehen. Woher sollten die Piraten wissen, wo sie zu finden sind, wenn nicht …« Maia hielt inne. Sie starrte Naroin an. »Du meinst doch nicht …?«

Naroin preßte die Lippen zusammen. »Ich sage es nicht.«

»Nicht nötig. Das ist ja scheußlich!«

Naroin zuckte die Achseln. »An ihrer Stelle würdest du dasselbe tun. Das Problem liegt darin, daß ich nicht weiß, wer es ist. Vielleicht sind es auch zwei. Bevor ich in der Artemisbucht angeheuert habe, kannte ich keine von ihnen. Ich bin mir bei keiner sicher.«

»Nicht mal bei mir?«

Naroin wandte sich um und blickte Maia direkt ins Gesicht. Ihre Inspektion war gründlich und beunruhigend scharf. Nach fünf Sekunden breitete sich ein Lächeln über ihr Gesicht. »Du überraschst mich immer wieder, Mädchen. Aber für dich verwette ich alles, was mir lieb und teuer ist, auch wenn du keine Var bist.«

Maia zuckte zusammen. »Ich hab's dir doch gesagt. Das war meine Zwillingsschwester.«

»Hmm. Daran erinnere ich mich noch aus den alten Zeiten auf der *Wotan*. Wenigstens habt ihr das damals erzählt. Und ich gebe zu, die Piratin, die dich hier abgeladen hat, war nicht gerade der Inbegriff der liebevollen Klonschwester.«

Maia mußte sich zusammennehmen, denn die Erinnerung schmerzte noch, als spannte man die Haut auf einer frischen Narbe. Sie sah Leies rußverschmiertes Gesicht noch vor sich, durch den Nebel der Gehirnerschütterung, ihre leise, eindringliche Stimme.

»Ich freue mich, daß du am Leben bist, Maia. Wirklich, es ist wie ein Wunder. Aber momentan wäre es gar nicht gut, dich in meiner Nähe zu haben. Meine Kumpel hier mögen es

nicht, wenn die Leute sich so ähnlich sehen, falls du ver-
stehst, was ich meine. Selbst wenn sie mir glauben, würden
sie immer mißtrauisch bleiben. Ich könnte mit meinen Plä-
nen nicht weitermachen, und das kann ich mir momentan
einfach nicht leisten.«

Dann spürte Maia etwas Feuchtes, Klebriges, ihre
Gesichtshaut prickelte, die Kopfhaut brannte. Maia war
nur halb bei Bewußtsein, aber sie wollte unbedingt mit
ihrer Schwester sprechen, die so unerwarteterweise
wieder in ihr Leben getreten war, und sie konnte nicht
verstehen, warum sie geknebelt war. Erst wesentlich
später, als sie sich auf der Insel an einer Süßwasser-
quelle wusch, wurde ihr klar, was Leie getan hatte. Mit
Teer und anderen Chemikalien aus dem Maschinen-
raum des Piratenschiffs hatte sie Maias Haut und Haare
dunkel gefärbt und damit ihr Äußeres auf provisorische, aber recht wirkungsvolle Weise verändert.

»Na ja, lange wird das niemanden an der Nase herum
führen«, hatte Leie gemurmelt, während sie ihr Werk
betrachtete. *»Maia, jetzt halt endlich Ruhe! Wie ich gerade*
gesagt habe – es ist ein Glück, daß euer Kapitän sich ent-
schlossen hat, direkt zu unserer Basis zu fliehen. Niemand
wird Gelegenheit haben, dich genau anzusehen, ehe wir die
erste Ladung Gefangene aussetzen.«

Aus Leies Bemerkungen hatte Maia entnommen, daß
sich die Basis der Seeräuber irgendwo mitten auf dieser
Inselgruppe aus spitzen Teufelszahn-Felsen befand.
Anscheinend planten die Piraten, ihre Gefangenen
voneinander zu trennen und auf verschiedenen Inseln
festzuhalten. Als erste sollten diejenigen ausgesetzt
werden, die für die Pläne der Seeräuber am wenigsten
Gefahr bedeuteten – die weiblichen Besatzungsmitglieder der *Manitou.* Leie hatte ihre Schwester unter den
Verwundeten gesucht, und es war ihr gelungen, Maia
in diese Gruppe zu schmuggeln.

»Du wirst nicht glauben, was ich alles durchgemacht
habe, seit der Sturm uns damals voneinander getrennt hat,

Maia. Während du deiner Bootsmann-Freundin nachgelaufen bist und das friedliche Leben eines Leichtmatrosen geführt hast, habe ich Dinge erlebt ...« Offenbar fehlten Leie die Worte, und sie schüttelte nur den Kopf. »Dort, wohin wir die Radis und ihr perverses Weltraumwesen bringen, würde es dir garantiert nicht gefallen, deshalb habe ich für dich etwas Gemütlicheres arrangiert. Verhalte dich einfach ruhig, ich werde mir schon etwas einfallen lassen, hörst du? Bis zum Sommer schaffe ich es bestimmt, dich in eine Stadt bringen zu lassen. Dann denken wir uns was aus, wie wir zusammen bei meinem Plan einsteigen können.«

In Leies Augen stand die alte Begeisterung, nun verstärkt durch eine neue, wilde Entschlossenheit. Durch einen Nebel aus Schmerzen und Verwirrung fragte sich Maia, was ihre Schwester so verändert hatte.

Dann dämmerte ihr allmählich, was Leie gesagt hatte. Leie und die Freibeuter würden Maia an Land bringen und mit Renna davonsegeln! Kiel und Thalla und die Männer der *Manitou* ebenfalls. Verzweifelt zerrte sie an ihren Fesseln und versuchte Leie durch den Knebel klarzumachen, daß sie mit ihr sprechen mußte.

»Na na. Es wird alles wieder gut. Wirklich, Maia, wenn du dich nicht beruhigst, dann muß ich ... Ach, zum Teufel, ich hätte es wissen sollen. Du warst schon immer eine wengelköpfige Landplage.«

Ohne weitere Umstände drückte Leie ihrer Schwester einen feuchten Lappen ins Gesicht, und ein durchdringender Geruch, ein Gemisch aus Kräutern und Alkohol, stieg Maia in die Nase. Ein widerliches Gefühl, als müßte sie ersticken, breitete sich in ihren Nasen- und Stirnhöhlen aus, und sie wollte husten und würgen. Danach wurde alles noch verschwommener, und sie bemerkte nur noch, wie sich ihre Schwester zu ihr herabbeugte und ihr einen Kuß auf die Stirn drückte.

»Gute Nacht«, murmelte Leie. Dann war alles dunkel.

Die Erinnerung daran quälte Maia noch immer, trübte und beeinträchtigte die Freude, daß Leie lebte. Aber da war noch etwas anderes. Am meisten tat ihr der Gedanke an den unschuldigen hilflosen Mann in der Seele weh, der irgendwo auf einer Nachbarinsel gefangengehalten wurde, ohne einen einzigen Freund auf der ganzen Welt.

Außer mir. Ich muß zu ihm!

In ihre traurigen Gedanken versunken, folgte sie Naroin auf einem Weg, von dem aus man über die schimmernde See hinausblickte. Schweigend wanderten die beiden Frauen zu der Stelle, wo die Seeräuber die Verpflegung zurückgelassen hatten, die bis zum nächsten Besuch der Freibeuter reichen sollte. In einem unregelmäßigen Kreis, ein Stück von den Bäumen entfernt, standen zusammengeschusterte Hütten und Zelte. Eine Matrosin, die sich bei dem Kampf den Knöchel gebrochen hatte, kümmerte sich um ein kleines Kochfeuer. Als Maia und Naroin näherkamen, blickte sie auf und nickte zur Begrüßung, dann machte sie sich wieder daran, die Linsensuppe in ihrem Kochtopf umzurühren.

Auch Naroin widmete sich wieder ihrer Lieblingsbeschäftigung: Mit Hilfe scharfkantiger Kieselsteine säuberte sie einen Ast und machte daraus einen primitiven Bogen. So etwas war keine legale Waffe, aber es war auch nicht legal, daß die Freibeuter sie hier ausgesetzt hatten. Nachdem sie die *Manitou* gekapert hatten, hätten sie eigentlich ›die Fracht aufteilen‹ und Besatzung und Passagiere laufen lassen müssen.

Die besondere Beschaffenheit dieser ›Fracht‹ machte diese Lösung natürlich schwierig, vor allem, da jede politische Gruppe des Planeten begierig nach eben dieser Fracht suchte. Als Maia Kapitän Poulandres zuletzt gesehen hatte – mit gebundenen Händen und hochrotem Gesicht auf der Schanze seines Schiffs –, hatte er gedroht, Himmel und Hölle in Bewegung zu setzen, und sich vor lauter Zorn schon beinahe in eine ausgewachsene Sommerwut gesteigert. Aber die Seeräuber schenkten ihm keinerlei Beachtung. Offenbar hatte der Kapitän keine Ahnung, in welchen Schwierigkeiten er steckte.

»Der ist zum Jagen«, erklärte Naroin und zeigte Maia ihren Bogen und die schlanken Pfeile. Bisher hatten sie auf der Insel kein größeres Tier als eine Spitzmaus entdeckt, aber niemand beschwerte sich über Naroins seltsame Waffen. Die Behörden waren ja weit weg.

Maia ließ sich auf der Decke nieder, die sie unter einer der provisorischen Hütten auf einem Bett aus Gras und Blättern ausgebreitet hatte. Von ihren wenigen Habseligkeiten trug sie ihre Kleider und Kapitän Pegyuls Sextanten immer bei sich. Das letzte, ein dünnes Gedichtbändchen, hatte sie neben sich gefunden, als sie mit den gefangenen Seeleuten im Beiboot zur Insel gerudert wurde. Während sie mit der knarrenden Winde auf die Insel gehievt worden war, hatte sie zufällig eine Seite aufgeschlagen.

Wurd ich gerufen? Was hat dein großes Herz
gedacht? Wer soll sie sein,
gekauft mit Leidenschaft? O Sappho, ohne Scherz
nenn mir den Feind!

Denn die dich flieht, wird bald verfolgen dich
Die deine Gaben schmäht, wird bald selbst geben;
Und die dich noch nicht liebt in diesem Leben
wird dich bald lieben ewiglich!

Das Buch war ein Geschenk von Leie, das war Maia sofort klar gewesen. Sie hatte schon immer einen Sinn für Worte gehabt, während Maia sich mehr zu visuellen Dingen hingezogen fühlte – zu abstrakten Mustern und Puzzles. Vielleicht war es als Friedensangebot gedacht oder als Versprechen, vielleicht war es aber auch einfach eine spontane Idee, die nicht mehr bedeutete als ein freundschaftlicher Klaps auf die Schulter.

Maia sah sich noch ein paar weitere Gedichte an und versuchte, sich auf sie einzulassen. Doch so nett das Geschenk auch gemeint sein mochte – der eklig-süße Nachgeschmack der Droge, die sie bewußtlos gemacht hatte, verdarb alles. Vielleicht hatte Leie in ihren eigenen Augen einleuchtende Gründe für ihr Verhalten, aber in Maias Herzen vermischte es sich mit Tizbe Bellers Überfall, mit dem pragmatischen Verrat von Kiel und Thalla und dem scheußlichen Treuebruch von Baltha und ihren Genossinnen. Wenn Maia sich diese Liste von Gemeinheiten vor Augen führte, hätte sie verzweifeln können. Also verbannte sie sie lieber aus ihren Gedanken.

Statt dessen begann sie wieder, das Buch durchzublättern. Es war aus einem glatten, synthetischen Material hergestellt, damit es auf einer langen Seereise nicht von der Feuchtigkeit beschädigt werden konnte. Aber schon bald fand Maia eine andere Verwendung für den Einband. Sie klappte ihn auf, strich ihn glatt, beschwerte die Ecken mit Steinen und bekam so eine flache Oberfläche, auf die sie mit dünnen Strichen ein Gittermuster zeichnete. In die Kästchen malte sie mit einem Stück Holzkohle, das sie aus dem Feuer geholt hatte, kleine schwarze Punkte, dazwischen ließ sie immer eine bestimmte Anzahl weißer Kästchen frei. Dann benetzte sie einen Lappen mit Spucke, wischte das alte Muster weg und zeichnete ein neues.

Es ist mehr als nur eine Frage von Formen, dachte sie und versuchte sich an die Erkenntnisse zu erinnern, die ihr noch am Abend zuvor am Lagerfeuer so einfach erschienen waren.

Es gibt eine andere Ebene, als nur darüber nachzudenken, wie eine bestimmte Gruppe von Punkten sich verändert und sich über das Spielbrett bewegt. Es gibt irgendeinen Zusammenhang zwischen der Anzahl lebender Punkte pro Bereich – der Dichte – und der Regel, die man hinsichtlich der direkten

Nachbarn anwendet. Wenn man die Anzahl der Nachbarn verändert, die zum Überleben notwendig sind, verändert man damit auch ...

Es war anstrengend. Manchmal tanzten die Ideen wie Seifenblasen an den Grenzen ihres Blickfelds, ihres Gedankenhorizonts. Ihr mangelhafter Wortschatz erwies sich als äußerst hinderlich. Die Gedanken, mit denen sie kämpfte, brauchten eine andere Terminologie als die simple Algebra, die man ihr widerwillig in der Lamai-Feste beigebracht hatte. Sie wurde immer wütender, daß man sie ausgerechnet dort im Stich gelassen hatte, wo allem Anschein nach ihr besonderes Talent lag, daß man sie von der Mathematik und anderen Abstraktionen ferngehalten hatte, indem man ihr vorgegaukelt hatte, es sei langweilig.

Es wird noch viel viel schöner, wenn man auch weiter entfernte Nachbarn einbezieht, dachte sie und versuchte sich wieder zu konzentrieren. Im Kopf zu experimentieren, war schwierig, vor allem, wenn man längere Zeit den Überblick behalten wollte. Immerhin war es ihr gelungen, sich für eine Weile ein dreidimensionales Spielset vorzustellen, mit einem Gittermuster von faszinierender, komplexer Pracht – nicht nur vorwärtsmarschierende Kristallreihen, sondern Formen, die sich zu verschlungenen, rauchigen Mustern kräuselten. Zu schade, daß sie sich nicht länger als wenige Momente visualisieren ließen.

Maia klappte das Buch zu und ließ sich auf ihr Lager zurücksinken. Sie legte den Arm über die Augen und ließ sich zwischen abstrakten Überlegungen und Hoffnungslosigkeit dahintreiben. Neben ihr schabte Naroin mit ihrem Stein immer noch auf dem Holz herum, und das Geräusch rief plötzlich eine Erinnerung wach. An Leie, die angestrengt stöhnend versuchte, eine große, kunstvoll verzierte Tür aufzuhebeln. Auch damals, vor langer Zeit, hatte Maia gehört, wie Holz und Metall gegen Stein rieben und schabten.

»*Jetzt bin ich dran*«, hatte Leie gesagt, vor einem Jahr, das Maia wie eine halbe Ewigkeit erschien, tief unter den Kellern der Lamatia-Feste. »*Deine Methode hat nicht funktioniert, jetzt versuchen wir's auf meine Weise.*«

Maia erinnerte sich an die beiden Schlangen. Die Reihen mit geheimnisvollen Symbolen. Ein sternförmiger Stein, der sich im Uhrzeigersinn bewegen lassen *mußte*, wenn das Rätsel überhaupt einen Sinn ergab …

Schritte waren zu hören. In der Wirklichkeit. Ein Schatten verdunkelte die Sonne. Maia hob den Arm und sah eine schlanke Gestalt, die ein Viertel des Himmels über ihr verdeckte. »Ich hab da oben in den Ruinen etwas gefunden«, sagte eine schrille, junge Stimme. Sie hätte einem Mädchen gehören können, aber sie brach gelegentlich und wurde unvermittelt eine Oktave tiefer. »Komm mit, Maia, so etwas habe ich noch nie gesehen.«

Maia setzte sich auf und beschattete mit der Hand die Augen. Ein schlaksiger Knabe stand vor ihr. ›Der Streich der Seeräuber‹, hatte ihn Naroin getauft, aber Brod war eigentlich ein netter Kerl. Er war fast so alt wie Maia, aber Jungen, die frisch vom Mutterclan kommen, waren kindisch, so gut wie ungeformt. Und dieser Knabe hätte gar nicht hier sein dürfen.

Offiziell war Brod eine Geisel, die die Seeräuberinnen genommen hatten, um die Kooperation der Matrosen auf der *Draufgänger*, dem Schiff, das sie angeheuert hatten, sicherzustellen. Aber Naroin hatte den Nagel auf den Kopf getroffen. Der junge Offiziersanwärter war nur als Witz hiergelassen worden, als Ausdruck eines reichlich verschrobenen Humors. »Freu dich auf den nächsten Glorienfrost!« hatte eine Piratin mit rotem Kopftuch ihn geneckt, als die Winde sich das letzte Mal in Bewegung setzte und die ›wenig gefährlichen‹ Gefangenen auf dem einsamen Eiland allein waren.

Langsam erhob sich Maia und seufzte, weil der Junge sich ausgerechnet mit ihr anfreunden wollte, wo sie sich doch nach Einsamkeit sehnte. *Andererseits kann ich ein bißchen Bewegung brauchen.* Laut sagte sie: »Na, dann mal los!«

Das eifrige Lächeln des Jungen war süß und winterharmlos. Maia hatte jetzt schon Mitleid mit ihm – wenn der nächste Spektralfrost Gras und Bäume bedeckte, würden die rauhen Matrosinnen ihre Frustration bestimmt an ihm auslassen. Und selbst wenn sich zeigte, daß er ihnen gewachsen war, würde die Spannung dennoch nicht nachlassen, denn es waren keine Ovop-Blätter bei ihrer Verpflegung.

»Hier lang, komm!« rief Brod ungeduldig, während er ihr voraus zu den Bäumen eilte. Maia holte tief Luft, seufzte noch einmal und folgte ihm.

Der steile Vorsprung der Insel war einst besiedelt gewesen. Das war den Gefangenen gleich bei ihrer Ankunft klargeworden, sobald sich das schwarze Gehäuse der Winde mit einem elektronischen Summen und Klicken schloß und sie das Plateau zum ersten Mal betraten. Schon bald waren sie auf zerfallene, rankenüberwucherte Ruinen gestoßen, Überreste uralter Mauern. Unterhalb des bewaldeten Gipfelbereichs sah man die Umrisse einstmals weitläufiger Gebäude.

Brod hatte sich daran gemacht, das Innere der Mauern weiter auszukundschaften, vor allem seit Maia und Naroin bei der Floß-Abstimmung verloren hatten. Er hatte versucht, seine Stimme zu ihren Gunsten abzugeben, aber schnell zu spüren bekommen, daß die Meinung eines Knaben unerwünscht war. Die weiblichen Crewmitglieder glaubten genug über die Schiffahrt zu wissen, um auf den Rat eines in der Stadt aufgewachsenen Offiziersanwärters verzichten zu können. Damals hatte Maia das Verhalten der Frauen unnötig beleidigend empfunden.

»Es ist ein Stückchen in dieser Richtung, im Dickicht«, erklärte Brod, während er sich mit Hilfe eines Stocks durchs Unterholz kämpfte. »Ich wollte das

Zentrum dieser Verheerung finden. Meinst du, es ist auf einen Schlag passiert oder die Siedlung wurde allmählich verlassen, bis die Natur dann wieder die Herrschaft übernommen hat?«

Maia, die direkt hinter ihm ging, lächelte leise. Als sie dem Jungen zum ersten Mal begegnet war, hatte er sich als ›Brod Starkland‹ vorgestellt und ganz selbstverständlich den Namen seines Mutterclans angefügt. Naroin kannte den Clan; er war einer der angesehensten in Enheduanna bei Ursulaborg. Aber es war ein kindischer Lapsus, wenn einem so etwas herausrutschte. Der Junge würde ganz schnell den vornehmen Akzent der Méchant-Küste ablegen und den Männerdialekt lernen müssen.

Bei näherem Nachdenken war es natürlich auch vorstellbar, daß Brod mit Zustimmung seiner Besatzungsgenossen hiergelassen worden war – damit er ein bißchen Luft abließ. Vielleicht wollten sie ihn auch schlicht und einfach loswerden. Irgendwie hegte Maia gewisse Zweifel daran, daß Brod aus dem richtigen Holz für einen ordentlichen Piraten geschnitzt war. *Möglicherweise sind wir uns in dieser Hinsicht ähnlich. Niemand ist sonderlich scharf auf unsere Gesellschaft, niemand braucht uns.*

Der Pfad führte an großen, knorrigen Bäumen mit verschlungenen Wurzeln und immer wieder an verwitterten, bröckelnden Steinarbeiten vorüber. »Wir sind gleich da, Maia«, sagte Brod über die Schulter. »Mach dich auf was gefaßt.«

Mit einem nachsichtigen Lächeln bemerkte Maia, daß sich vor ihnen eine Lichtung öffnete. Vielleicht war es auch eine besonders große Ruine, so voller Steinbrocken, daß dort keine Bäume wachsen konnten. Auf der Flucht durch Long Valley hatte sie so etwas des öfteren gesehen. Vielleicht würde die Lamatia-Feste in ein paar hundert Jahren auch so aussehen. Der Gedanke war unangenehm.

Als sie am Rand des Waldes angekommen waren, trat Brod nach rechts, um Maia Platz zu machen. Gleichzeitig streckte er schützend einen Arm aus. »Geh lieber nicht zu nahe ran ...«

Aber Maia hörte nicht mehr zu. Sie hörte überhaupt nichts mehr, denn das lautlose Dröhnen eines ungeheuren Schwindelgefühls brauste in ihren Ohren, während sie in den Abgrund starrte, der sich jäh vor ihr aufgetan hatte.

Seine Schroffheit allein hätte sie nicht überwältigt. Die Klippen der Gefängnisinsel waren ebenso steil und sogar noch höher. Aber sie hatten nicht die Beschaffenheit dieser tiefen Mulde, die allem Anschein nach gewaltsam ins Zentrum des Gipfels gerissen worden war. Die Oberfläche der Vertiefung war glasglatt, als wäre der Fels geschmolzen und dann wie abkühlender Sirup erstarrt.

Was ist hier geschehen? War es ein Vulkan? Ist er noch aktiv?

Das Material war dunkel durchscheinend und erinnerte sie an das uralte Eis des Hartgletschers im hohen Norden. An manchen Stellen glaubte sie die Umrisse von Blöcken zu erkennen, als wäre der Fels hinter der geschmolzenen Kruste noch in einzelnen Schichten aufgebaut, mit Trennungslinien, Katakomben, parallel gelagerten geologischen Formationen aus der Urzeit des Planeten.

Mit solchen oberflächlichen Überlegungen beschäftigte sich Maias Bewußtsein, während alles andere in ihr unkontrollierbar bibberte. »Äh ... äh ...«, bemerkte sie, wenig prägnant.

»Genau das habe ich auch gesagt, als ich es zum ersten Mal gesehen habe«, meinte Brod ganz ernst und nickte. »Das bringt die Sache wirklich auf den Punkt.«

Maia hätte nicht erklären können, warum weder sie noch Brod ihre Entdeckung den anderen gegenüber erwähnten. Vielleicht kam die unausgesprochene Übereinkunft daher, daß sie die beiden Jüngsten waren, die unwichtigsten der Ausgestoßenen – daß sie beide von denen, die sie eigentlich als ihre ›Familie‹ ansehen sollten, im Stich gelassen worden waren. Ohnehin war es äußerst unwahrscheinlich, daß eine ihrer Mitgefangenen den Ursprung des überwältigenden Kraters hätte erklären können. Die meisten Frauen waren schon von dem Dickicht so eingeschüchtert, daß sie nur so weit hineingingen, wie es zum Holzholen unbedingt notwendig war.

Auf ihren Jagdausflügen drang Naroin ein ganzes Stück weiter vor, aber auch sie erwähnte nie, etwas Ungewöhnliches gesehen zu haben. Entweder deutete das auf schlechte Augen hin – keine sehr plausible Erklärung! –, oder die ehemalige Bootsfrau wollte sich ebenfalls nichts anmerken lassen.

Seit dem letzten Gespräch mit Naroin quälten Maia finstere Gedanken. Sogar ihre Zuflucht in die reine, künstliche Welt der Spielabstraktionen geriet durcheinander. Es war schwer sich zu konzentrieren, wenn sie dauernd an Renna denken mußte, der irgendwo auf einer der benachbarten Inseln im Gefängnis saß, womöglich auf einer, die man von den südlichen Klippen aus sehen konnte. Und dann ging ihr natürlich auch die längst fällige Aussprache mit Leie nicht aus dem Kopf.

Ein Tag reihte sich an den anderen. Als Ergänzung zu den trockenen Vorräten fing Naroin gelegentlich für alle kleinere Wildtiere mit Hilfe von Fallen, oder sie schoß sie mit Pfeil und Bogen, wodurch sie die gespannte Atmosphäre, die sich nach der Abstimmung eingeschlichen hatte, etwas milderte. Der Floßbau kam recht gut voran; zwar geriet er bei neu auftauchenden Schwierigkeiten eine Weile ins Stocken, doch sobald diese überwunden waren, arbeiteten alle mit neuem Elan weiter. Inzwischen lagen mehrere solide gebaute

Plattformen aus zurechtgeschnitzten Stämmen zum Trocknen in der Sonne, mit Rindenbändern zusammengezurrt, die von Stunde zu Stunde trockener und damit fester wurden. Allmählich fragte sich Maia, ob der Plan von Inanna, Lullin und den anderen vielleicht doch nicht so schlecht war.

Charl, eine stämmige Matrosin mit starkem Haarwuchs, die aus dem fernen Nordwesten stammte, hatte es geschafft, das Kabel, das unter dem abgeschlossenen Windenmechanismus hing, mit einem langen Stock zu sich heraufzuangeln. Da sie an die Sprengstoffdrohung der Seeräuber glaubte, hatte sie das schwere Seil durch einen primitiven Flaschenzug gefädelt, den sie selbst konstruiert hatte. Theoretisch konnten sie damit jetzt Gegenstände halbwegs die Klippe hinunterlassen, ehe sie zu handgeflochtenen Rankenseilen übergehen mußten. Ein schlauer Gedanke, eindrucksvoll in die Tat umgesetzt.

Naroin ließ sich von alldem nicht beeindrucken. Maia hatte zwar noch gewisse Zweifel, versuchte jedoch, die anderen zu unterstützen. Als Inanna sie bat, eine provisorische Navigationshilfe zu basteln, machte sie sich ans Werk und gab sich alle Mühe. Am besten wäre es, wenn die Flüchtlinge direkt aus der schmalen Inselgruppe herauskämen und einen Kurs nach Nordwesten einschlagen könnten. Leider würden ihnen die Strömungen in dieser Jahreszeit nicht viel nutzen. Dafür konnte man mit günstigen Winden rechnen, und wenn sich ihre aus Decken zusammengenähten Segel erst einmal blähten und eine geübte Hand das Steuer bediente, müßte es eigentlich möglich sein, den Landungskontinent in weniger als zwei Wochen zu erreichen. Mit Brods Unterstützung erklärte Maia an einem Abend, wie man bei Nacht bestimmte Sterne anpeilen konnte und bei Tag den Sonnenstand abschätzte. Ihre Zuhörerinnen paßten gut auf, denn sie wußten alle, daß Maia die Inselgruppe nicht mit ihnen verlassen würde, solange Leie und Renna angeblich nur wenige Kilometer von hier entfernt waren.

Noch etwas tat Maia, um sich nützlich zu machen.

Eines Tages spürte Brod sie auf, als sie gerade einen ihrer zahlreichen Rundgänge um die Insel machte, an verschiedenen Stellen Holzstücke ins Wasser warf und zusah, wie sie schwammen. Der Junge begriff rasch, welchem Zweck diese Experimente dienten. »Na klar! Wenn sie mit dem Floß weg wollen, müssen sie die Strömung kennen, vor allem in der Nähe der Klippen, sonst zerschellt ihr Floß, ehe sie richtig losgefahren sind.«

»Richtig«, antwortete Maia. »Die Winde ist nicht an der Stelle, wo man ein so zerbrechliches Schiffchen am günstigsten zu Wasser lassen kann. Vermutlich hat man dabei eher daran gedacht, daß der Felsüberhang für die Konstruktion praktisch wäre. Inanna und die anderen müssen den richtigen Moment abpassen, sonst schwimmen sie am Schluß zusammen mit einer Menge zersplitterter Holzstückchen dort unten herum.«

Keine sehr angenehme Vorstellung. Brod nickte. »Daran hätte ich als erster denken müssen.« Seine Stimme klang hart und resigniert. »Vermutlich hast du längst gemerkt, daß ich kein guter Seemann bin.«

»Aber du wirst Offizier.«

»Ich bin Offiziersanwärter, na und?« Er zuckte die Achseln. »Gute Noten und eine einflußreiche Familie. Aber in allen praktischen Bereichen bin ich miserabel, vom Knotenknüpfen bis zum Fischen.«

Maia konnte sich vorstellen, wie schwer es für ihn war, dies einzugestehen. Kein guter Seemann zu sein, war für einen Jungen fast gleichbedeutend damit, kein richtiger Mann zu sein. Für Männer gab es kaum andere Arbeitsmöglichkeiten, nicht einmal für diejenigen, die wie Brod über eine gute Bildung verfügten.

So saßen sie nebeneinander am Rand der Klippe und beobachteten die Bewegungen der Holzstückchen im Wasser. Zwischen den Messungen spielte Maia mit ihrem Sextanten herum und nahm Winkelmaße zwischen verschiedenen anderen Inseln im Südwesten.

»Mir hat es in der Starkland-Feste so gut gefallen«, vertraute Brod ihr an und versicherte dann schnell: »Ich bin kein Muttersöhnchen. Es ist einfach schön dort. Die Mütter und Schwestern waren … sie *sind* nett. Ich vermisse sie sehr.« Er lachte, ein wenig schrill. »Ein bekanntes Problem für die Vars aus meinem Clan.«

»Ich wünschte, ich könnte das gleiche über Lamatia sagen.«

»Wünsch dir das lieber nicht.« Er blickte übers Meer hinaus. »Nach allem, was du erzählt hast, haben sie sich auf Distanz gehalten. Das ist sehr ehrenwert und hat auch seine Vorteile.«

Als sie in seine traurigen Augen sah, glaubte Maia ihm. Die Menschen neigen von Natur aus dazu, den eigenen Kindern starke Gefühle entgegenzubringen, selbst wenn sie nur zur Hälfte die eigenen sind. Auch in Port Sanger kannte Maia manche Clans, die sich mit ihren Sommerkindern so eng verbunden fühlten, daß es ihnen schwerfiel, sie gehen zu lassen. In diesen Fällen wurde der Abschied etwas leichter durch den Drang der Jugendlichen, die engen Mauern der Stadt zu verlassen. Aber Maia konnte sich gut vorstellen, daß es viel schwerer war wegzugehen und zu vergessen, wenn man ein liebevolles Heim und eine interessante Umgebung hinter sich ließ.

Allerdings machte das ihren Neid nicht geringer. *Ich hätte nichts dagegen gehabt, wenigstens ein bißchen von dem kennenzulernen, was ihm jetzt Probleme macht.*

»Das stört mich auch nicht mal so sehr«, fuhr Brod fort. »Ich weiß, ich muß darüber hinwegkommen, und das werde ich auch. Wenigstens veranstalten die Starklands hin und wieder Familienzusammenkünfte. Viele Clans halten ja nichts von solchen Sachen. Aber es ist seltsam, was man alles vermißt. Ich wollte, ich hätte meine Bibliothek nicht aufgeben müssen.«

»Die in der Starkland-Feste? Aber es gibt doch auch in den Reservaten große Bibliotheken.«

Er nickte. »Die solltest du dir mal ansehen. Kilometerlange Regale, vollgestopft mit Büchern – handgearbeitete Ledereinbände, Golddruck, unglaublich! Und trotzdem könntest du beispielsweise die gesamte Bibliothek von Trentinger Beacon in fünf der Datenboxen stopfen, die sie am Enduanna College haben. Dort benutzt man noch das Alte Netz, weißt du.«

Brod hielt inne und schüttelte den Kopf. »Starkland hatte einen Zugang. Wir sind eine Bibliothekarsfamilie. Ich hatte Talent für diesen Beruf. Mutter Cil hat gesagt, ich wäre bestimmt in der falschen Jahreszeit geboren. Es hätte den Clan stolz gemacht, wenn ich ein Vollklon gewesen wäre.«

Maia seufzte mitfühlend; sie konnte die Geschichte nur zu gut nachvollziehen. Auch sie hatte Talente, die sie in keinem ihr offenstehenden Lebensweg nutzen konnte. Ein paar Minuten schwiegen sie beide. Schließlich standen sie auf und wanderten zu einer anderen Stelle, wo sie einen Zweig mit Blättern ins schäumende Wasser warfen und an ihrem Herzschlag abzählten, wie lange er brauchte, um wegzukommen.

»Kannst du ein Geheimnis für dich behalten?« fragte Brod unvermittelt. Maia drehte sich zu ihm um und blickte in seine hellen Augen.

»Ich denke schon. Aber …«

»Es gibt noch einen Grund, weshalb sie mich meistens an Land lassen … der Kapitän und die Maate, meine ich.«

»Ja?«

Er sah sich nach rechts und nach links um, dann beugte er sich zu ihr.

»Ich … ich werde seekrank. Fast die Hälfte der Zeit ist mir schlecht. Von dem großen Kampf, bei dem du gefangengenommen wurdest, hab ich kaum was gesehen, weil ich dauernd über der Reling hing. Nicht sonderlich passend für einen Kerl, der Offizier werden soll.«

Maia starrte den Jungen an. Wieviel Überwindung ihn dieses Geständnis gekostet haben mußte! Aber sie konnte nicht an sich halten, und obwohl sie sich anstrengte, ein ernstes Gesicht zu machen, mußte sie sich die Hand vor den Mund halten, um nicht laut loszulachen. Brod schüttelte abwehrend den Kopf. Er preßte die Lippen zusammen, aber es half nichts, die Mundwinkel verzogen sich nach oben. Er schnaubte. Jetzt war es mit Maias Fassung vorbei, sie hielt sich den Bauch und lachte schallend. Eine Sekunde später stimmte Brod mit ein, und selbst wenn er zwischendurch nach Luft schnappte, klang es wesentlich besser als ein Schluchzen.

Am nächsten Tag zog ein riesiger Schwarm Schwebgleiter über sie hinweg nach Norden, wie farbenfrohe Sonnenschirme oder flache Ballons, die sich bei einer von Riesen ausgerichteten Party losgerissen hatten. Die Morgensonne schimmerte durch die aufgeblähten Gassäcke und herabbaumelnden Schweife und warf vielfarbige Schatten auf das bleiche Wasser. Der Konvoi erstreckte sich von einem Horizont zum anderen.

Vom Hang aus beobachtete Maia mit Brod und ein paar anderen Frauen das Schauspiel und erinnerte sich daran, wie sie das letzte Mal so große Gleitvögel gesehen hatte, wenn auch längst nicht so viele. Damals hatte sie an dem schmalen Fenster ihres Gefängnisses in Long Valley gestanden. Sie hatte geglaubt, Leie sei tot, sie hatte Renna noch nicht gekannt und sich furchtbar allein gefühlt. Eigentlich müßte sie jetzt weniger traurig sein. Leie lebte und hatte ihr geschworen zurückzukehren. Zwar machte sich Maia ständig Sorgen um Renna, aber es war höchst unwahrscheinlich, daß die Seeräuber ihm etwas antaten, und noch war eine Rettung nicht ausgeschlossen. In Naroin und Brod hatte Maia sogar Freunde gefunden.

Warum fühle ich mich dann schlechter denn je?

Wie elend man sich fühlte, war immer relativ, das wußte sie. Und gegenwärtiger Schmerz ist immer schlimmer als vergangener. Leie hatte zwar dafür gesorgt, daß ihre Schwester die erträglichere Variante der Gefangenschaft über sich ergehen lassen mußte, aber das linderte nicht die Bitterkeit, die Maia überkam, wenn sie an das dachte, was Leie getan hatte, es verringerte nicht ihre Angst um Renna und auch nicht das Gefühl ihrer Hilflosigkeit.

»Sieh mal!« rief Brod und deutete nach Westen, von wo die Gleiterwanderung ausging. Die Frauen legten die Hand über die Augen und hielten den Atem an.

Mitten im Geschwader schwebten friedlich drei prächtige, zylindrische Riesentiere, wie Wale zwischen einer Horde Quallen.

»Pontoos!« hauchte Maia. Die zigarrenförmigen Wesen wurden mehrere hundert Meter lang und ähnelten eher dem phantastischen Zeppelin auf der Hülle von Maias Sextanten als den sie umgebenden Gleitern – oder auch den kleinen Luftschiffen, die man zur Postzustellung verwendete. Ihre Flanken schimmerten wie glitzernde Fischschuppen, und sie zogen lange, dünne Anhängsel hinter sich her, die in unregelmäßigen Abständen ins Meer tauchten, etwas Eßbares herausfischten oder Wasser schöpften, um es mit Hilfe des Sonnenlichts in Wasser- und Sauerstoff zu zerlegen.

Obwohl von Staat und Kirche Gesetze zum Schutz der Giganten erlassen worden waren, verschwanden die majestätische Kreaturen allmählich von der Oberfläche des Planeten. Nur sehr selten bekam man in der Nähe besiedelter Gegenden einen von ihnen zu Gesicht. *Was ich alles schon gesehen habe,* dachte Maia und bemerkte plötzlich, welche guten Seiten ihre Abenteuer hatten. *Wenn ich je Enkel bekommen würde, was könnte ich ihnen alles erzählen!*

Dann dachte sie an Rennas Geschichten von anderen

Welten, von seltsamen Dingen, die ihre Vorstellungskraft überstiegen. Das Verlustgefühl und der Neid taten ihr weh. Bevor sie den Erdenmann kennengelernt hatte, war Maia nie auf die Idee gekommen, die Sterne zu *begehren*. Jetzt tat sie es und wußte doch, daß sie sie nie bekommen würde.

»Mir ist gerade etwas eingefallen …«, meinte Brod nachdenklich. »Etwas, das ich einmal über die Gleiter gelesen habe. Weißt du, daß der Geruch von verbranntem Zucker sie anlockt? Wir haben welchen, den wir aufs Feuer streuen könnten.«

Die Frauen drehten sich zu ihm um. »Und?« meinte Naroin spöttisch. »Willst du die vielleicht zum Abendessen einladen?«

Er zuckte die Achseln. »Eigentlich habe ich gedacht, von hier weg zu fliegen wäre besser, als es mit einem Boot auf dem Wasser zu versuchen. Jedenfalls ist es eine Überlegung wert, finde ich.«

Eine Weile herrschte Schweigen, dann begannen die Frauen auf beiden Seiten zu lachen oder über Brods einfältige Idee zu stöhnen. Betrübt mußte Maia ihnen recht geben. Von den Jungen, die jedes Jahr versuchten, auf einem Gleiter zu reiten, wurden nur wenige wiedergefunden. Trotzdem hatte die Vorstellung einen gewissen märchenhaften Charme, und sie hätte ernsthaft darüber nachgedacht, hätte der vorherrschende Wind sie in einen sicheren Hafen geblasen … oder wenigstens zum Land. Offenbar war Brod wirklich sehr klug, aber jeder Sinn fürs Praktische ging ihm ab.

Als Maia sein sehnsüchtiges Gesicht und sein verlegenes Erröten sah, legte sich ihr Verdacht endgültig, er könnte vielleicht ein Spion sein, den die Seeräuber zur Bewachung der Gefangenen hiergelassen hatten. Nach den Ereignissen der letzten Monate war sie mißtrauisch geworden. Aber niemand konnte einen plötzlichen Wechsel von Wehmut zu Verlegenheit so perfekt vortäuschen. Brods Gedanken waren ihren eigenen ähnli-

cher als die des alten Bennett. Wenn sie genauer nachdachte, sogar ähnlicher als die der meisten Frauen, die
sie kannte. Zwar war er weit weniger romantisch und
geheimnisvoll als ihr Herzfreund, der Fremdling aus
dem Weltraum, aber das war auch in Ordnung.

*Du entwickelst dich zusehends zu einer echten Männer-
freundin*, dachte Maia, während sie Brod auf den
Rücken klopfte und sich dann wieder ihrer Arbeit zuwandte. *Perkiniten, die nur beim Sex und bei der Stimulation Kontakt mit Männern haben, wissen nicht, was ihnen
entgeht.*

Das Floß war in vier Teilen vorbereitet, die rasch von
Hand verbunden werden konnten, wenn sie bei Flut zu
Wasser gelassen wurden. Auf einer Lichtung bei der
veränderten Winde übten die Vars die notwendigen
Handgriffe, bis sie sie praktisch im Schlaf beherrschten.
Zwar würde auf dem unruhigen Wasser alles wesentlich schwieriger sein, aber schließlich waren sie bereit,
es auszuprobieren. Die erste Möglichkeit für den Start
ergab sich am nächsten Morgen.

Es gab gute Gründe zur Eile. In acht bis zehn Tagen
würden die Vorräte aufgebraucht sein. Ungefähr um
diese Zeit mußten sie ein Boot mit Nachschub von den
Freibeutern erwarten, und bis dahin wollten Inanna
und die anderen längst über alle Berge sein.

Und wenn das Proviantboot nun gar nicht kam? Um
so mehr Grund, bald das Weite zu suchen. Bis sie die
Méchant-Küste erreichten, würden sie zwar hungern,
aber nicht verhungern müssen.

Niemand unternahm ernsthafte Versuche, Maia und
Naroin zum Mitkommen zu überreden. Es war durchaus in ihrem Sinne, daß jemand auf der Insel war, wenn
das Boot der Piraten eintraf – falls es eintraf –, denn so
konnten die Flüchtlinge Zeit gewinnen. »Wir schicken
Hilfe«, versprach Inanna.

Maia hatte nicht vor, auf die Einlösung des Versprechens zu warten. Die Zurückbleibenden würden sich sofort an die Ausführung von Naroins Alternativplan machen. Maia hatte ihre eigenen Beweggründe. Wenn es ihnen tatsächlich gelang, ein kleines Boot zusammenzuzimmern, würde sie nicht mit Naroin und Brod zum Landungskontinent segeln, sondern sich unterwegs absetzen lassen. Es mußte doch möglich sein herauszufinden, auf welcher der Nachbarinseln sich Renna und die Radis befanden. Dort, im geheimen Seeräuberhauptquartier, wollte Maia auch endlich ihre Schwester erwischen und ihr gründlich die Meinung sagen.

In der Nacht vor dem Aufbruch saßen achtzehn Frauen und ein Junge noch lange um das Lagerfeuer, erzählten sich Geschichten, machten Witze und sangen Seemannslieder. Die Varfrauen neckten Brod, wie schade es sei, daß nur so selten Glorienfrost gefallen war, und ob er nicht doch Lust hätte mitzukommen. Obwohl der junge Mann erleichtert war, daß es dank des milden Wetters keine Schwierigkeiten gegeben hatte, schien er gleichzeitig ein bißchen enttäuscht zu sein. Vermutlich war er irgendwie auch neugierig gewesen und durchaus bereit, sich der Herausforderung zu stellen.

Keine Sorge. Ein Mann, der so klug ist, bekommt schon seine Chance – unter besseren Bedingungen.

Die Spannung versetzte alle in eine Art Hochstimmung. Zwei jüngere Matrosinnen, eine schlanke blonde Sechsjährige aus Quinnland und eine exotisch wirkende Siebenjährige aus Hypatia, begannen, in rasantem Rhythmus mit ihren Löffeln an ihre Tassen zu trommeln, und starteten einen Rundgesang.

> *»Komm her, komm her … Nein! Fort mit dir!«*
> *Das hörten sagen den Leutnant wir.*
> *»Ich weiß, den Angriff ich versprach,*
> *doch kurz danach,*
> *fiel alles flach.*

Hab'n wir jetzt Krach?
Ist der Frühling hier?
Komm her, komm her, komm her, komm her,
Komm her, du ... Nein! Schnell fort mit dir!«

Es war ein bekanntes Trinklied, bei dem es jedoch keine Rolle spielte, daß niemand etwas zu trinken hatte. Die Sängerinnen lehnten sich abwechselnd zu Brod hinüber und rückten wieder von ihm ab, was ihn ganz verlegen machte und alle anderen köstlich amüsierte. Eine Frau nach der anderen steuerte einen Vers bei, einer unverschämter als der andere. Als Maia an die Reihe kam, winkte sie lächelnd ab. Aber als Brod an der Reihe war und die Frauen ihn einfach auslassen wollten, sprang der junge Mann auf die Füße. Beim Singen klang seine Stimme voll und überschlug sich kein einziges Mal.

»Komm rauf, komm rauf ... Nein, weg mit dir!«
Das sagten die Clanmütter dauernd mir.
»Wir wollten nicht drängeln, tut uns leid,
Das war nicht gescheit,
wir dachten, es schneit,
Dabei regnet's hier.
Komm her, komm her, komm her, komm her,
Komm schon her ... Nein, weg mit dir!«

Die meisten Umsitzenden lachten und klatschten und freuten sich über seine schlagfertige Erwiderung, aber einigen wenigen gefiel es offenbar gar nicht, daß Brod sich überhaupt eingemischt hatte. Es waren die gleichen, die vor einigen Tagen so streng dagegen argumentiert hatten, daß die Stimme eines Knaben mit in die Waagschale geworfen wurde.

Noch mehr Lieder folgten. Doch Maia merkte, daß sich die leichte, lockere Stimmung zu verändern begann und ernster und nachdenklicher wurde. Das Mädchen aus Hypatia löste die Haare, so daß sie ihr locker ums Gesicht fielen, und sang eine leise, wunderschöne Melodie, ohne Begleitung. Ein altes, trauriges Lied über den Verlust einer Herzfreundin, die eine Nische erkämpft und einen Clan gegründet hatte, dann aber starb und Klontöchter hinterließ, die nichts von der Liebe ihrer Var-Gründermutter wissen wollten.

> *Ich seh ihr Gesicht, ihre Stimme ich hör,*
> *Bilder und Klänge aus vergangner Zeit.*
> *Sie lebt weiter, doch mich kennt sie nicht mehr,*
> *Unsterblich, und mir ist der Tod bereit'.*

Der Wind lebte auf und wirbelte Funken aus dem erlöschenden Feuer empor. Nach diesem Lied herrschte eine Weile tiefes Schweigen, bis zwei ältere Varfrauen, Charl und Trotula, mit einer behelfsmäßigen Trommel wieder einen schnelleren Rhythmus vorgaben. Sie sangen eine Ballade, die Maia gelegentlich von perkinitischen Missionarinnen auf den Straßen von Port Sanger gehört hatte. Es war ein Epos aus alter Zeit, als ketzerische Willkürherrschaften, genannt ›die Königtümer‹, sich auf diesen tropischen Inseln ausbreiteten. In der Schule wurde diese Periode selten erwähnt, ja, sie kam nicht einmal in den Kitschromanen vor, die Leie so gerne las. Aber jedes Frühjahr erklang der Gesang an den Straßenecken und verbreitete seine dunkle, mystische Ausstrahlung.

> *Kraft zu herrschen, mächtig und kühn,*
> *Bringt zurück der Väter Art,*
> *Wie in Menschenzeit, der früh'n*
> *Herrscherkraft uns hinterlassen ward.*
>
> *Bei des hellen Wengel Licht,*
> *Blutig mit des Feuers Waffen,*
> *Nahten die Männer mit Flammengesicht,*
> *Um ein Sommerreich zu schaffen …*

Irgendwann zwischen der Großen Verteidigung und der Ära der Ruhe – vor mehr als tausend Jahren – war die Rebellion über den Mutterozean hinweggebraust. Durch den Sieg über die Invasoren aus dem Weltraum war das Ansehen der Männer beträchtlich gestiegen, und so verschwor sich eine Gruppe von Männern, das Patriarchat wieder aufzurichten. Sie überfielen Seewege, die weit von Caria entfernt lagen, verbrannten Schiffe und ertränkten Männer, die sich ihnen nicht anschließen wollten. In den Städten, die sie einnahmen, wurden Gesetz und Ordnung aus den Angeln gehoben. Die Aurorae-Zeit gedieh zu einer Zeit uneingeschränkter Freiheit. Aber gelegentlich artete sie auch in reinen Horror aus.

> *... Sommerreich, niemals erkoren*
> *Von den Frauen. Weh der Zeit!*
> *Für ein Schicksal, das geboren,*
> *Kommt zu spät die Wachsamkeit.*

Als Maia ihre Lehrerin einmal nach dieser Periode fragte, hatte sie von der Savante Claire nur ein angeekeltes Lächeln geerntet. »Die Leute vereinfachen viel zu sehr. Die Perkies äußern sich nie öffentlich darüber, wer mit den Königen *verbündet* war. Sie hatten nämlich jede Menge Hilfe.«

»Von wem?« fragte Maia bestürzt.

»Von Frauen natürlich. In Scharen. Opportunisten, die genau wußten, wie es ausgehen würde.« Doch mehr war aus Claire nicht herauszukriegen, und auch in der Bibliothek war das Informationsmaterial äußerst spärlich. Maia war so neugierig geworden, daß sie und Leie versuchten, ihren Trick abzuziehen und sich als Klone Zutritt zu einer perkinitischen Versammlung zu verschaffen – aber ein paar Frauen aus der Stadt erkannten sie und warfen sie hinaus.

Im Lauf der recht langatmigen Ballade konnte Maia

sehen, wie die Sympathie für Brod immer mehr schwand. Die Frauen, die in seiner Nähe gesessen hatten, brachten irgendwelche Entschuldigungen vor, um aufzustehen – sie mußten sich unbedingt noch eine Tasse Eintopf holen oder aufs Klo gehen –, und wenn sie zurückkamen, setzten sie sich ein Stück weiter weg. Selbst die Quinnische Sechsjährige, die seit Tagen unbeholfen mit Brod flirtete, wich seinem Blick aus und wich ihren Freundinnen nicht von der Seite. Nur Maia und Naroin blieben, wo sie waren. Tapfer tat der Junge so, als merkte er nichts.

Es war so ungerecht. Er hatte nichts mit den Verbrechen zu tun, die vor langer Zeit begangen worden waren. Der Abend wäre so angenehm verlaufen, hätten Charl und Tortula nicht ausgerechnet dieses verdammte Lied ausgesucht. Dabei konnte keine dieser Varfrauen eine Perkinitin sein. Maia grübelte darüber nach, warum Vorurteile so seltsame Blüten trieben.

> *... So zu schützen Gründergaben*
> *Und zu erinnern stets aufs neu',*
> *An das Schicksal, das wir haben,*
> *Rettet euch vor Mannes Reu'.*

Danach sprach kaum jemand mehr. Das Feuer brannte nieder. Die Abenteurerinnen von morgen begaben sich eine nach der anderen zu Bett. Auf dem Rückweg vom Toilettenbereich ging Maia an Brods Hütte vorbei, die abseits von allen anderen lag, und sagte ihm Gute Nacht. Dann setzte sie sich wieder an die Feuerstelle und sah zu, wie die durchgebrannten Holzstücke aufleuchteten und wieder dunkel wurden, wenn der Wind sie anfachte. Dort blieb sie, während um sie herum alles ruhig wurde.

Ein Stück weit weg in Richtung Wald hob Naroin den Kopf. »Kannst du nicht schlafen, Schneeflocke?«

Maia antwortete mit einem Achselzucken, was heißen sollte, Naroin möge sich um ihre eigenen Angelegenheiten kümmern. Tatsächlich verstand sie den Wink, zog die Augenbrauen hoch und drehte sich um. Schon bald hörte man leises Schnarchen von den verstreuten Schatten ringsum, die Maia nur als vage Umrisse erkennen konnte. Die Kohlen glommen nur noch schwach, die Finsternis senkte sich herab. Zwischen den niedrigen Wolken wurden die Konstellationen sichtbar. Doch die Bewölkung verdichtete sich.

Da sie nun nicht mehr von den Sternen abgelenkt wurde, beobachtete Maia, wie der Wind mit der Asche spielte. An einer Stelle wallte sie plötzlich auf, versprühte noch ein paar letzte Funken und kam ebenso plötzlich wieder zur Ruhe. Allmählich erkannte sie, daß die Muster von Hell und Dunkel durchaus nicht zufällig waren. Je nach Zustand des Brennstoffs, ja nach Zufuhr von Luft und Hitze gab es ein permanentes Hin und Her. Eine Zone wurde dunkel, weil ihre Umgebung erhellt wurde und den ganzen Sauerstoff verbrauchte, dann umgekehrt. Noch ein Beispiel, das in gewisser Weise mit einem ökologischen System vergleichbar war. Oder mit einem Spiel. Einem fein strukturierten Spiel mit ganz eigenen, komplexen Regeln.

Die Muster waren wunderschön. Wieder hatte Maia das Gefühl, in Trance zu verfallen. Doch sie widerstand der Versuchung. Ihre Aufmerksamkeit wurde anderswo gebraucht.

Leise nahm Maia einen Stock und schob eins der stärker glühenden Holzreste in ihre Tasse. Diese bedeckte sie mit einem kleinen, angeschlagenen Teller, den die Freibeuter dagelassen hatten, und wartete. Eine Stunde verstrich, in der sie an Leie, an Renna und an die Ballade der Könige dachte ... und vor allem daran, ob sie vielleicht doch dumm war, daß sie sich so über einen Verdacht erhitzte, der auf nichts als purer Logik beruhte, ohne jeglichen zusätzlichen Beweis.

Schließlich setzte sich jemand neben sie.

»Tja, morgen ist also der große Tag.«

Die Stimme war leise, fast ein Flüstern, damit die anderen nicht aufwachten. Aber Maia erkannte sie, ohne aufzusehen. *Hab ich mir's doch gedacht*, stellte sie im stillen fest, während Inanna links von ihr in die Hocke ging.

»Wie kommt es, daß du nicht schlafen kannst, wo du doch hierbleibst?« fragte die große Matrosin in beiläufigem, freundlichem Ton. »Wirst du uns sehr vermissen?«

Maia warf der Frau, die ihr übermäßig entspannt erschien, einen raschen Blick zu. »Ich vermisse meine Freunde immer.«

Inanna nickte heftig. »Ja, wir müssen uns unbedingt eine Möglichkeit ausdenken, wie wir in Kontakt bleiben und uns irgendwann wieder treffen können – was zusammen trinken und die Leute mit unserer Geschichte faszinieren.« Verschwörerisch beugte sie sich zu Maia. »Wo wir gerade dabei sind, ich hab da was, falls du einen Schluck probieren möchtest.« Damit zog sie eine schmale Flasche hervor, in der eine Flüssigkeit schwappte. »Die lysosverdammten Seeräuber haben sie vergessen. Hast du Lust, einen Schluck zu versuchen? Um allen Streit zu vergessen?«

Maia schüttelte den Kopf. »Lieber nicht. Alk steigt mir so schnell zu Kopf. Dann tauge ich bei dem Start morgen früh zu nichts.«

»Wenn du die ganze Nacht unruhig bist, taugst du auch zu gar nichts.« Inanna schraubte den Verschluß ab, und Maia sah zu, wie sie einen großen Schluck nahm. Dann wischte sie sich den Mund ab und hielt Maia die Flasche unter die Nase. »Ah! Das Zeug ist gut, glaub mir. Da wachsen einem Haare, wo sie hingehören, und fallen aus, wo keine sein sollen.«

Widerwillig nahm Maia die Flasche und roch an dem starken Gebräu. »Na ja … einen Schluck.« Sie kippte die Zinnflasche und ließ ein paar Tropfen in ihre Kehle rinnen. Der Hustenanfall, der folgte, war nicht gespielt.

»Na also, wärmt dich das nicht auf? Frost für die Nase und Flammen für den Bauch. Was Besseres gibt es nicht, sag ich immer.«

Tatsächlich spürte Maia, wie sich trotz der geringen Menge, die sie intus hatte, eine angenehme Wärme in ihr ausbreitete. Als Inanna sie drängte, noch einen Schluck zu nehmen, hielten sich Anziehung und Abneigung die Waage, und die Entscheidung fiel ihr tatsächlich schwer. Obwohl sie sich Mühe gab, schwappten ihr einige Schlucke mehr durch die Kehle, als sie beabsichtigt hatte. Der Schnaps brannte wie Feuer in ihren Eingeweiden. Als sie die Flasche zum dritten Mal ansetzte, gelang es ihr besser, das Zeug aufzuhalten, aber die Dämpfe stiegen ihr in die Nase, daß ihr ganz schwindlig wurde.

»Danke. Es scheint ... zu funktionieren«, sagte Maia langsam, mit ausgesucht klarer Stimme, als wäre sie leicht angeheitert, wollte es sich aber nicht anmerken lassen. »Aber jetzt sollte ich mich trotzdem ... trotzdem lieber hinlegen.« Bedächtig hob sie ihren Teller und ihre Tasse auf und schlurfte zu ihrer Decke am Rand des Lagers. Hinter sich hörte sie eine Frau sagen: »Schlaf gut und fest, Fräuleinchen.« Der zufriedene Unterton in ihrer Stimme war unüberhörbar.

Maia benahm sich weiterhin wie eine müde Fünfjährige, die froh ist, sich endlich für die Nacht zusammenrollen zu dürfen. Innerlich ging sie jedoch fest davon aus, daß ihr Verdacht berechtigt war. Sie legte sich unter die Decke, behielt aber Inanna, die von der Feuerstelle zu ihrem Bett auf der anderen Seite des Lagers zurückging, die ganze Zeit über im Auge. Als die Matrosin sich niederließ, war sie nur noch als eine dunkle, wartende Silhouette zu erkennen.

Früher wäre ich ihr nie auf die Schliche gekommen, dachte Maia. *Nicht bis ich von Tizbe und Kiel und Baltha –*

und von Leie – gelernt habe, wie hinterlistig und gemein Menschen sein können. Inzwischen kommt es mir vor, als wüßte ich es von Anfang an, wie ein Muster, das sich langsam entfaltet.

Bei der Abstimmung über den Floßbau hatte es angefangen. Naroin hatte recht. In dieser Inselgruppe konnte man sich in einem kleinen Boot mit einem Segel und einem Kielschwert – einer in den Kiel einlaßbaren Platte zur Stabilitätserhöhung – zwischen Untiefen und kleineren Inselchen hindurchschlängeln, und man hatte eine gute Chance zu entkommen, selbst wenn man entdeckt wurde. Ein großes, behäbiges Floß dagegen war eine leichte Beute.

Dabei ging man davon aus, daß die Seeräuberschiffe in der Nähe waren und regelmäßig patrouillierten. Tatsächlich aber hatten die Ausguckposten in der ganzen Zeit, die sie nun auf der Insel festsaßen, nur zweimal in der Ferne ein Segel gesichtet. Es wäre schon ein großer Zufall, wenn die Piraten ausgerechnet dann auftauchten, wenn das Floß sich auf den Weg machte.

Es sei denn, jemand informiert sie.

Oberflächlich betrachtet war die Situation lächerlich. *Warum sollte man eine Gruppe erfahrener Matrosinnen ohne Bewachung auf einer Insel aussetzen? Die Piraten haben gewußt, daß wir versuchen würden zu fliehen. Hilfe zu holen. Die Polizei zu alarmieren.*

Naroins mürrisches Gemurmel nach der verlorenen Abstimmung hatte Maia auf die Spur gebracht. Es gab einen Spion unter ihnen! Jemanden, der den unvermeidlichen Fluchtversuch so planen würde, daß er angreifbarer und damit leichter zu vereiteln war. Und vor allem jemanden, der in der Lage war, die Piraten rechtzeitig zu warnen, damit sie einen Hinterhalt vorbereiten konnten.

Was haben sie vor? Die Frauen auf dem Floß gefangennehmen und zurückbringen? Ein Fehlschlag würde sicher die Moral untergraben und weitere Fluchtversuche hemmen.

Aber das würde nicht verhindern, daß andere es probieren. Bestimmt wollen sie die Flüchtlinge in ein anderes Gefängnis bringen, eins, das so sicher ist wie das, in das sie Renna und die Radis gesteckt haben.

Aber nein. Warum hatten sie die Matrosinnen dann nicht gleich dorthin gebracht?

Maia fiel nur eine einzige logische Erklärung ein. *So skrupellos sie sich während und nach dem Überfall auch über den Kampfcodex hinweggesetzt haben – sie würden sicher nicht so weit gehen, Gefangene zu töten. Nicht vor so vielen Zeugen: die Männer der Draufgänger. Renna. Nicht mal ihrer eigenen Crew konnten die Seeräuber hundertprozentig trauen, daß sie ein solches Geheimnis für sich behielten.*

Aber wenn man sich später um die Angelegenheit kümmerte? Man nahm ein paar kleine Boote und besetzte sie nur mit den vertrauenswürdigsten Leuten. Man begegnete einem Floß, das mehr oder weniger hilflos auf den Wellen schaukelte. Man brauchte nicht einmal zu kämpfen. Ein paar Steine genügten. Und schon war es spurlos verschwunden. Schade ...

In Maias Innerem kochte die Wut und vertrieb die letzten Spuren eines Alkoholrausches. Sie stellte sich schlafend, beobachtete jedoch unablässig durch halb geschlossene Augen Inannas dunkle Gestalt und wartete darauf, daß sie sich endlich bewegte.

Vielleicht wäre es besser gewesen, sie hätte ihren Verdacht auf subtilere Art überprüft, indem sie mit allen anderen zu Bett ging und sich dann hinter einem Baum versteckte, um Wache zu halten. Aber das hätte womöglich die halbe Nacht in Anspruch genommen. Maia hatte kein allzu großes Vertrauen in ihr Konzentrationsvermögen und ihre Fähigkeit, sich wachzuhalten. Was, wenn es Stunden dauerte? Was, wenn sie sich irrte?

Besser, den Spion frühzeitig auffliegen zu lassen. Ursprünglich hatte Maia vorgehabt, so zu tun, als wollte sie die ganze Nacht aufbleiben. Das wäre für die Seeräuberspionin eine ärgerliche Störung gewesen, sie wäre vielleicht in Panik geraten und möglicherweise früher als geplant aktiv geworden.

Und es funktionierte. Jetzt hatte Maia eine Zielperson, die sie beobachten konnte. Ihre Konzentration war beflügelt durch das Bewußtsein, daß sie richtig gelegen hatte.

Doch die dunkle Form rührte sich nicht. Die Zeit schien stehenzubleiben. Sekunden, Minuten krochen vorüber. Maias Augen juckten vor Anstrengung. Es war schwierig, den sich kaum von der Dunkelheit abhebenden Schatten permanent zu fixieren. Sie schloß abwechselnd das eine, dann das andere Auge. Der Schatten verharrte regungslos.

Rauch von den glimmenden Kohlen wehte zu ihr herüber. Damit ihre Augen nicht ganz eintrockneten, mußte sie eine Weile beide schließen.

Als Maia die Augen wieder aufschlug, wäre sie fast in Panik verfallen. In den letzten – waren es Sekunden oder Minuten gewesen? – hatte sie da womöglich nicht aufgepaßt, war sie sogar eingedöst? Sie starrte in die Finsternis und versuchte herauszufinden, ob sich auf der anderen Seite des Lagers etwas verändert hatte. Ihre Unsicherheit wuchs. Vielleicht war es gar nicht *diese* verschwommene Form, die sie beobachten wollte, sondern eine andere. Sie hatte ihr Ziel verloren! Wenn doch wenigstens ein Mond am Himmel gewesen wäre!

Oder wenn ich wenigstens wüßte, welches Signal sie benutzen will. Das war das eigentliche Ziel von Maias endlosen Rundgängen um die Insel gewesen, bei denen sie angeblich den Gezeitenwechsel studiert hatte. Sie hatte ihre Nase unter jeden Holzklotz und in jede Felsspalte gesteckt. Unglücklicherweise war sie auf nichts gestoßen, womit man ein Signal hätte geben können, und jetzt mußte sie einen Entschluß fassen. Sollte sie noch ein bißchen abwarten? Oder in den Wald schleichen und eine Spionin suchen, die womöglich schon einen großen Vorsprung hatte?

Verdammt. Kein Mensch hat soviel Geduld. Inzwischen muß sie aufgestanden sein.

Na, dann mal los ...

Gerade wollte Maia die Decke zurückschlagen, als sich der Schatten bewegte! Sofort hielt sie inne. Ein Geräusch war zu hören, viel leiser als Brods Schnarchen. Gespannt beobachtete Maia, wie die Schattengestalt sich erhob und sich langsam in Bewegung setzte. An einer Stelle hob sich die stämmige Frau sogar ganz deutlich gegen die Sterne ab.

Jetzt. So geräuschlos wie möglich schlüpfte Maia aus der Decke und holte darunter die Dinge hervor, die sie vorbereitet hatte. Einen an einem Ende mit trockenen Ranken umwickelten Stock. Ein Steinmesser. Die Tasse mit der noch warmen Kohlenglut. Dann eilte sie auf dem Pfad, den sie sich genau eingeprägt hatte, in den Wald, bis zu einer bestimmten Stelle, wo sie stehenblieb und lauschte.

Da drüben, im Osten! Steine knirschten und Zweige knackten, zuerst ganz leise, dann immer sorgloser, je mehr sich die Distanz zwischen der Spionin und dem Lager vergrößerte. Maia zwang sich, noch ein wenig zu warten und sich zu vergewissern, daß die Frau nicht womöglich in bestimmten Abständen stehenblieb und nach eventuellen Verfolgern lauschte.

Nichts dergleichen. Hervorragend. Vorsichtig, um möglichst wenig Lärm zu machen, stets nach trockenen Zweigen auf dem Waldboden Ausschau haltend, machte sich Maia an die Verfolgung. Der Pfad führte tiefer in den Wald, was erklärte, warum ihre Suche an den Klippen nichts zutage gebracht hatte. Natürlich war es eine vernünftige Vermutung gewesen, daß das Signal dort aufbewahrt wurde, wo ein Licht oder eine Laterne von einer anderen Insel gesehen werden konnte. Aber offensichtlich war Inanna zu gerissen, um ihr Versteck so zu wählen, daß es entdeckt werden konnte.

Plötzlich landete Maias Fuß auf etwas Trockenem und Knisterndem. Es klang laut genug, um Persephone im Hades zu wecken. Maia blieb sofort stehen und lauschte, was gar nicht so einfach war, weil ihr Herz heftig hämmerte, aber schließlich hörte sie wieder die leisen Schritte vor sich. Eine sternenbeschienene Gestalt durchbrach kurz das Gitterwerk der Bäume. Maia nahm die Verfolgung wieder auf, mit doppelter Wachsamkeit.

Zum Glück. Während die Wolken sich verdichteten und die Dunkelheit sich vertiefte, stieg ihr plötzlich ein Geruch in die Nase. Sie blieb wieder stehen. Der Wind hatte gedreht. Die Schritte vor ihr schwenkten abrupt nach links, und Maia begriff auch gleich, warum.

Direkt vor ihr, in der Richtung, in die sie bis eben gegangen war, kamen für kurze Zeit die Sterne hervor und schimmerten auf einer jäh abfallenden Steilwand. Es war der Krater – im Dunkeln noch weit erschreckender als bei Tageslicht. Der glasig beschichtete Abgrund gähnte nur wenige Meter von ihr entfernt, wie das Maul eines riesigen Urzeit-Ungetüms, das Appetit auf einen Mitternachtsimbiß verspürte. Maia schluckte. Dann wandte auch sie sich nach links und ging weiter, den Boden vor ihren Füßen stets im Auge behaltend. Glücklicherweise schien der Pfad vom Krater weg zu führen. Nach einer Weile hörte sie vor sich ein Geräusch, als kratzte Stein auf Stein. Maia machte halt und hörte das gleiche Geräusch noch einmal. Sie wartete.

Nichts. Stille. Nur der Wind in den Bäumen. Für den Fall, daß es sich um eine Falle handelte, blieb Maia sechzig weitere Sekunden lang stehen, die sie lautlos abzählte. Schließlich schlich sie weiter, in Richtung des letzten Knirschens, das sie gehört hatte. Ein Riß in der

Wolkendecke nahe am Horizont zeigte eine Ecke der Konstellation Radler. Diese benutzte Maia als Bezugspunkt, während sie sich um Bäume und andere Hindernisse herumschlängelte, bis sie irgendwann zu dem Schluß kam, daß irgend etwas nicht stimmte.

Bin ich zu weit gegangen?

Sie sah und hörte niemanden. Der Gedanke an einen Hinterhalt war nicht von der Hand zu weisen.

Nach zwei weiteren Schritten verließen ihre Füße den Lehmboden. Sie schienen auf einen sandigen Untergrund zu stoßen, der in regelmäßigen Abständen von feinen Rillen durchzogen war. Als Maia um sich spähte, bemerkte sie, daß sie mitten zwischen massigen Felsklötzen stand, in einer Lichtung, auf der nicht einmal Schößlinge wuchsen. Sie streckte die Hand nach dem nächsten Haufen verwitterter Steine aus. *Bearbeiteter* Steine, mit abbröckelnden rechtwinkligen Kanten. Offenbar stand sie in einer der Ruinen, die es überall auf dem Inselplateau gab. Es gab kaum eine bessere Stelle für eine Falle.

Lautlos tastete sie sich bis ans Ende der Mauer vor. Sie schlich sich um die Ecke und vergewisserte sich, daß niemand auf der anderen Seite lauerte. Jedenfalls nicht hinter *dieser* Mauer. Maia kniete nieder und legte ihr Gepäck auf die Erde. Dann schloß sie ein Auge, um die Anpassung an die Dunkelheit nicht zu verlieren – das hatte ihr der alte Bennett vor langer Zeit in einer Astronomie-Nacht beigebracht – und hob die Tasse mit der Glut. Schützend hielt sie eine Hand davor und blies hinein, bis die Asche an einigen Stellen zu glühen begann, stellte die Tasse ab und legte den Stab mit dem umwickelten Ende darauf. Nun nahm Maia das Steinmesser in die linke Hand und packte den Stab mit der rechten. Qualm kräuselte sich von seiner Spitze empor.

Dann flammte die Fackel mit einem lauten Zischen auf. Rasch erhob sich Maia und hielt sie in die Höhe, hinter ihren Kopf, so daß sie überallhin leuchtete, nur nicht in ihre Augen. Harte Schatten huschten über die hellen Steinmauern und Baumstämme. Um den Überraschungseffekt auszunutzen, rannte sie los, um die Ruine auszuleuchten und in alle Ecken spähen zu können, solange sich Inanna noch die Augen rieb.

Nichts geschah. Maia ging noch einmal umher und kontrollierte selbst die niedrigen Zweige, unter denen sich jemand versteckt halten konnte. Sie machte sich jederzeit darauf gefaßt, die Fackel als Waffe benutzen zu müssen.

Verdammt. Inanna muß gerade weit genug weg gewesen sein, als ich die Fackel angezündet habe. Pech. Ich dachte, ich hätte allmählich gelernt, wie man so etwas richtig angeht. Vermutlich werde ich einfach nicht schlauer.

Enttäuscht suchte sich Maia den nächsten flachen Stein und setzte sich.

Der Stein wackelte.

Sie stand auf, drehte sich um und hielt die Fackel an den Stein. Er sah genauso aus wie die anderen Mauersteine. *Komm schon. Du ziehst voreilige Schlüsse.*

Ein Windstoß schickte einen Funkenschwarm in die Luft.

Nach oben? Maia streckte die Hand aus und spürte einen Luftzug. Mit dem Fuß versetzte sie dem Felsblock einen zögernden Schub. Stein knirschte auf Stein, ein Geräusch, das sie vor nicht allzu langer Zeit vernommen hatte. Der Klotz ließ sich viel zu leicht bewegen.

Na, wenn ich kein vollkommener Dummkopf bin … Maia blinzelte, denn plötzlich erschien der glasige Krater vor ihrem inneren Auge, wie er bei Tag ausgesehen hatte. Hinter der Schlackenoberfläche hatte sie regelmäßige Formen zu sehen geglaubt, es aber darauf zurückgeführt, daß sie immer und überall Muster erkannte, und deshalb nicht weiter darüber nachgedacht. Doch jetzt erschien in ihren Gedanken plötzlich das Bild … von Schichten, die sie für Gesteinsformationen gehalten hatte, aus denen sich jetzt aber in ihrer Phantasie Räume und Korridore formten.

Natürlich!

Jemand hatte hier tatsächlich eine Art Stollen oder ein Tunnelsystem gebaut. Vielleicht zu Sicherheitszwecken, aber offensichtlich nutzlos gegen das, was immer dieses schreckliche Loch in den Felsen gebrannt hatte.

Sie bückte sich, um den Stein zu untersuchen. Was war sein Geheimnis? *Mußte man ihn nach hinten kippen? Nein. Aha, erst nach links schieben ... und dann hochdrücken!*

Die Platte drehte sich und enthüllte ein recht stabil wirkendes System von Schlitzen und Bolzen. Eine Steintreppe, im oberen Bereich ziemlich grob, führte hinab in die Dunkelheit. Vorsichtig stieg Maia über die Schwelle und ließ sich dann behutsam unter die Baumwurzeln hinab.

Meine Fackel ist schon halb verbraucht. Also beeil dich lieber, Mädchen.

Etwa fünf Meter weiter unten endeten die Stufen, und es folgte ein niedriger Tunnel unter einem primitiven Gewölbe. Maia mußte sich ducken, denn die Flammen ihrer Fackel schlugen bis an die Decke und versengten die Spinnweben. Schließlich öffnete sich der Gang in einen unterirdischen Raum.

Staub und Steinsplitter bedeckten jede Oberfläche, abgesehen von einem hölzernen Tisch und einem Stuhl, um die herum es jedoch von Kratzern und Fußspuren wimmelte. In einer Ecke lag ein Abfallhaufen, dessen oberste Schicht aus noch duftenden Orangenschalen und Schickfruchtrinden bestand. *Hier hat jemand besser gegessen als wir übrigen*, dachte Maia sarkastisch. In einer hölzernen Kiste lagen alte Sesamkräcker und eine ziemlich verschrumpelte Orange. *Kein Wunder, daß du das Floß so dringend flottmachen wolltest, Inanna. Die Leckerbissen werden knapp.*

Über dem einzigen Ausgang des Raums hing eine Decke. Maia riß sie herunter. Ein paar Meter weiter begann noch eine Treppe. Maia riß die Decke in Streifen, die sie zur Hälfte um die Fackel wickelte, direkt unter den brennenden Teil. Ein Streifen entzündete sich verfrüht, und sie ließ ihn leise fluchend fallen. Den Rest stopfte sie sich zusammen mit dem Messer in den Gürtel und machte sich wieder auf den Weg.

Je weiter sie den Treppenspiralen in den zylindrischen Schacht hinunter folgte, um so stärker wurde das staubige Gefühl. Bestimmt war dieses Bauwerk uralt. Die jetzige Treppe gehörte wohl noch zum ursprünglichen Teil, denn sie war schön gemeißelt und in der Mitte von zahllosen Füßen mehrere Zentimeter tief abgelaufen. Jede Stufe war zu einem Kreissegment geformt, dessen Spitze immer über der darunterliegenden lagerte. In der Mitte waren scheibenförmige Ausläufer von jedem Keil übereinandergestapelt, so daß eine Art rundes, vertikales Geländer entstand, an dem Maia sich festhielt, während sie immer weiter, immer tiefer hinabkletterte.

Nach vielleicht zehn Metern hielt sie an einer Tür inne. Von einem Treppenabsatz gingen weitere dunkle Räume ab. Im Fackellicht sah Maia gewölbte Decken, einige schon etwas abgebröckelt, die in undurchdringlicher Dunkelheit verschwanden. Kein Geräusch war zu hören. Die unberührte Staubschicht zeigte, daß seit Jahren kein Mensch mehr diese Gänge betreten hatte. Maia überlief es kalt, aber sie ging weiter, nach unten, an einem zweiten Absatz vorbei ... einem dritten ... bis sie endlich deutliche Geräusche zu sich emporsteigen hörte. Schwach und noch nicht erkennbar drangen sie von unten aus dem Schacht zu ihr herauf.

Ach, hätte ich doch einen Aufzug, dachte Maia in Erinnerung an ihr Abenteuer in der Lamatia-Feste. Die ganzen Stufen wieder hochzusteigen! *Dagegen war ja sogar der lysosverdammte Weinkeller der Lamai ein Kinder-*

spiel! Ein scheußliches Loch, aber wenigstens hatte es einen Aufzug. Und ein paar Zwei-Watt-Birnen. Sie hatte keine Ahnung, was sie tun würde, wenn sie mit erloschener Fackel hier unten erwischt wurde. Theoretisch war der Rückweg ganz einfach. Sie brauchte nur die Treppe hinaufzusteigen und sich dann zur frischen Luft vortasten. In der Praxis war es garantiert gruselig. *Ich frage mich, was für eine Lampe Inanna dabeihat.*

Nun zeigten sich Risse in den Wänden, als hätte es hier irgendwann ein Beben gegeben. Schlimmer noch, auch die Treppe war beschädigt. Hie und da war ein Stück abgebrochen, und auf den Stufen lag Schutt. Manche wackelten so sehr, daß es Maia ganz flau im Magen wurde. An manchen Stellen gab es tiefe Spalten.

Doch nun war Maia ziemlich sicher, daß der schlackenumrandete Krater kein Vulkan war, überhaupt kein Werk der Natur, sondern Überbleibsel eines Krieges. Menschen hatten dieses unterirdische Bauwerk ausgegraben, zum Schutz. Aber wovor? Waren sie von anderen verfolgt worden, die hier in den tiefsten Schichten ein Beben ausgelöst hatten? Das Ausmaß dieser längst vergangenen Ereignisse war erschreckend, und momentan konnte sie noch mehr Angst nicht gebrauchen.

Die Geräusche kamen näher – ein fernes, gelegentliches Klopfen. Und sie spürte einen Luftzug. Frisch und kühl.

Als die Stufen endeten, wäre Maia fast gestolpert. Die enge Spirale hörte einfach auf, ein Raum öffnete sich, mit Türen, die in drei verschiedene Richtungen führten. Zuerst mußte Maia ein Stück auf und ab gehen, um sich nach dem langen gebückten Abstieg etwas zu strecken. Schließlich befeuchtete sie einen Finger, um die Richtung des Luftstroms zu erschließen, und hielt im Licht der ersterbenden Fackel Ausschau nach Fußspuren.

Diese Tür ist es.

Dahinter lag ein in den Felsen gehauener Gang, der an einem rabenschwarzen Raum nach dem anderen vorbeiführte, soweit das schwache Licht der Fackel reichte. Maia leuchtete in den ersten. Er war leer bis auf eine riesige, blankpolierte Steinbank mit gleichmäßig in die Oberfläche gebohrten Löchern, die aussahen, als sollten dort Holzpflöcke für irgendein seltsames Spiel angebracht werden. Andererseits fand Maia instinktiv, daß diese Gruft nicht der richtige Ort für Spiele war. Wieder bekam sie eine Gänsehaut.

Das Klopfen wurde lauter, als sie weiterging. Außerdem hörte sie ein leises Brummen, das rhythmisch anschwoll und wieder abflaute. Die Fackel begann zu zischen. Maia mußte sich entscheiden, ob sie neue Stoffstreifen um das Ende wickeln oder die Fackel ausgehen lassen sollte. Sie mußte allen Mut zusammennehmen, um den richtigen Entschluß zu fassen.

Mit der linken Hand an der Mauer entlang tastend, schritt sie weiter und versuchte, sich die Lage der Halle einzuprägen. Da passierte es. Das letzte Flackern erstarb. Im undurchdringlichen Dunkel war sie gezwungen, langsamer zu gehen, aber sie blieb in Bewegung, wenn auch mit zusammengebissenen Zähnen. Sie mußte sich zusammennehmen, um nicht zu schlurfen, sondern die Füße zu heben und jedes unnötige Geräusch zu vermeiden.

Auf einmal verloren ihre Fingerspitzen den Kontakt zur Wand, und Maia wurde schwummrig. *Keine Panik. Es ist nur die nächste Tür, erinnerst du dich nicht? Geh weiter, streck den Arm aus, dann fühlst du gleich den anderen Türpfosten.*

Es dauerte eine Ewigkeit … oder vielleicht auch nur ein paar Sekunden. Anscheinend hatte sie überreagiert und war etwas zur Seite abgewichen, denn als nächstes stieß sie mit dem Ellbogen gegen den Felsen. Es tat weh, aber der erneute Kontakt mit fester Materie war beruhigend. Sie tastete sich weiter. In der kohlrabenschwarzen Finsternis war es noch leichter als vorhin, sich irgendwelche Monster vorzustellen. Kreaturen, die kein Licht zum Leben brauchten.

Die wahren Stratoiner, dachte sie spöttisch in dem Versuch, sich aus der Panik zu befreien. Ältere Schwestern erzählten einem alberne Märchen über die mythischen Ureinwohner von Stratos, die sich seit der Invasion der Hominiden nicht mehr an der Oberfläche des Planeten sehen ließen. Sie waren scheu und harmlos gewesen und hatten sich unter die Erde zurückgezogen, wo sie dahinvegetierten, ohne je den Himmel zu erblicken. Bitter und rachsüchtig waren sie geworden … und hungrig. Natürlich war das ein Märchen. Soweit Maia wußte, gab es keinen Beweis für die Existenz dieser Biester.

Andererseits habe ich auch nie gehört, daß es hundert Meter tiefe Krater gibt, die mitten in den Bergen klaffen.

Wieder verschluckte eine Tür Maias Hand, und sie wäre vor Schreck beinahe in die Luft gesprungen, weil ihre blühende Phantasie ihr einredete, gleich würde ein Rachen zuschnappen und ihren Arm verschlingen, bis hinauf zur Schulter. Als sie – diesmal am Handgelenk – wieder mit der Wand zusammenstieß, seufzte sie tief und erleichtert auf.

Schluß damit. Denk an etwas anderes. Denk an das Leben, an das Spiel des Lebens.

Sie versuchte es. Es gab eine Menge Arbeitsmaterial. Die Flecken, die ihre Großhirnrinde in Ermangelung von Informationen durch den Sehnerv auf ihrer Netzhaut entstehen ließ, schufen ein Panorama flüchtiger Punkte, die flackerten wie Rennas Spielbrett, wenn man es auf Höchstgeschwindigkeit stellte. Es war verlockend, eine Bedeutung hineinzudenken. Irgendein großes Geheimnis oder Prinzip inmitten der willkürlichen Hintergrundreize in ihrem Gehirn.

Vielleicht aber auch nicht.

Grimmig beschleunigte Maia ihre Schritte, kam an

einer weiteren Tür vorüber und an noch einer. Wenig später wurden die Geräusche lauter und deutlicher, und sie wußte, daß ihr erster Verdacht sich bestätigte. Es konnte sich nur um das Branden gezeitengetriebenen Wassers handeln. *Jetzt bin ich bestimmt ganz unten, beim Meer.*

Sie roch frische Luft. Noch wichtiger war allerdings, daß es ganz danach aussah, als durchbräche ein schwacher Lichtschein die Finsternis. Irgendwo war eine Lichtquelle. Noch bevor sie bewußt den Boden unter ihren Füßen ausmachen konnte, fiel ihr das Gehen schon leichter. Selbst verschwommene Strukturen im trüben Einerlei machten ihre Schritte sicherer.

Bald war es mehr als nur ein Lichtschimmer. Vor sich sah sie etwas, was nur eine Reflektion sein konnte. Eine Wand, auf die ein schwaches Licht fiel, das Maia nicht direkt sehen konnte.

Vorsichtig schlich sie näher. Es war eine T-förmige Kreuzung, von einer Seite angestrahlt. Maia tastete sich an der rechten Wand weiter, bis zur Ecke und streckte den Kopf vor.

Der Weg führte in einen weiteren Gang, der ungefähr zwanzig Meter weiter in einem weitläufigen Raum endete. Dort irgendwo mußte die Lichtquelle sein, aber noch immer konnte Maia sie nicht entdecken. Während sie weiterschlich, sah sie, daß seltsame, sich kräuselnde Reflektionen über die Decke des hohen Raums tanzten. Die Klopfgeräusche waren stärker und jetzt unverkennbar: Eine Flüssigkeit tropfte in eine andere. In der Ferne schlugen Wellen donnernd gegen den Felsen.

Also das ist es. Am Eingang blieb Maia stehen. Die einst stolzen Doppeltüren hingen schief gegen die Wand, nur noch moderbedeckte Bretter an rostigen Angeln. Mitten im Raum stand noch ein Tisch, auf dem eine Öllaterne mit einem schlecht eingestellten Docht vor sich hin qualmte. Dahinter senkte sich die Grotte in einen großen Teich mit Meerwasser. Nach zehn Metern erhob sich über der ruhigen Oberfläche ein Felssims, der Beginn eines niedrigen Tunnels, der in die Dunkelheit und schließlich – den gedämpften Geräuschen nach zu urteilen – ins offene Meer hinaus führte. An einem kleinen Landungssteg war ein Boot festgebunden, mit eingezogenem Mast und eingeholtem Segel, aber ansonsten startbereit.

Maia packte ihren Stock mit beiden Händen und machte sich bereit zuzuschlagen. Sie blickte nach rechts und nach links, aber niemand war zu sehen. Es gab auch keinen anderen Ausgang. Die Leere war nervenaufreibender als eine direkte Konfrontation.

Wo ist sie?

Maia ging zu dem Tisch. Neben der Laterne stand ein kleiner Kasten. Er war offen, so daß man Knöpfe und einen kleinen Bildschirm sehen konnte. Eine Com-Konsole, angeschlossen an ein dünnes Kabel, das in den Seetunnel führte. Oder vielleicht eine direkte Verbindung zu einer anderen Insel? Eine reichlich abgehobene Vorstellung. Andererseits konnte so etwas auf lange Sicht nützlich sein, falls diese Insel des öfteren als Gefängnis benutzt wurde.

Auf dem Bildschirm flackerte in winziger Schrift eine einzelne Zeile. Vielleicht enthielt die Botschaft etwas Wissenswertes. Maia legte den Stock auf den Tisch und beugte sich vor, um zu lesen.

NEUGIER HAT IHREN PREIS

O verdammt …

Maia packte ihren Stock, und im gleichen Augenblick zerriß hinter ihr ein ohrenbetäubender Knall die Luft. Als sie mit ihrer erloschenen Fackel in der Hand herumfuhr, sah sie, wie die modrige Tür gegen ihren Rahmen knallte und zerschellte, während eine Furie in Frauengestalt auf Maia zustürzte. Inannas Schrei hallte von den Felswänden wider, so daß Maia zurückwich und ihr Schlag durch die Luft sauste, während die Freibeuterin sich duckte, Maia an Hemd und Gürtel packte und, den Schwung ausnutzend, mit roher Kraft durch die Luft schleuderte.

Maia wußte, wo sie landen würde. Sie ließ den nutzlosen Stock los und holte tief Luft, ehe das bitterkalte Wasser sich über ihr schloß. Der Schock trieb die Hälfte der Luft wieder aus ihren Lungen, dennoch paddelte Maia nicht gleich wieder an die Oberfläche. Mit ihrer ganzen Willenskraft tauchte sie nach unten und schwamm so tief sie konnte nach rechts. Wenn sie es schaffte, ein Stück wegzukommen, ohne daß Inanna es merkte, konnte sie vielleicht schnell ans Ufer krabbeln und einen etwas ausgeglicheneren Kampf führen – jugendliche Verzweiflung gegen Erfahrung.

Einen ausgeglicheneren Kampf? Wünsch dir das lieber nicht.

Maia spürte, daß sie sich dem Ende ihrer Kräfte näherte. In letzter Sekunde nahm sie Kurs auf die scharfe, schwarze Uferkante und schwamm an die Oberfläche. Japsend warf sie die Arme über den Rand, zog einen Knöchel nach und versuchte, sich hochzuziehen. Aber fast im selben Augenblick durchfuhr ein stechender Schmerz ihr Bein und es rutschte ins Wasser zurück. Durchs Salzwasser blinzelnd, sah Maia, daß ihre Feindin bereits über ihr stand und mit dem Fuß zu einem weiteren Schlag ausholte.

Mit dem Mut der Verzweiflung nahm sie den Fuß aufs Korn und packte ihn, zog und drehte daran. Inanna schrie auf, verlor das Gleichgewicht und stürzte mit der Hüfte auf den Felsboden.

Noch einmal versuchte Maia herauszukommen. Diesmal hatte sie schon das Knie auf dem Rand und stemmte sich hoch …

Doch Inanna erholte sich zu rasch. Sie rollte zur Seite und stieß Maia ins Wasser zurück. Dann wurden ihre Arme zu wirbelnden Windmühlenflügeln, die auf

Maias Kopf einschlugen. Eine Hand drückte sie unter die Oberfläche. Maia zog und zappelte, um sich zu befreien und wegzuschwimmen, egal wohin. Möglicherweise bot der Tunnel eine Zuflucht, obgleich auf der anderen Seite das offene Meer und der Tod auf sie lauerten.

Sie schaffte es, sich ein Stück zu entfernen, aber dann hielt sie mit einem Ruck inne. Inanna hatte sie an den Haaren gepackt!

Zappelnd und nach Luft schnappend wurde Maia zum Ufer zurückgezogen. Sie stieß sich vom Felsrand ab, um Inanna mit sich ins Wasser zu reißen, aber die große Frau hielt sie fest, zerrte sie zu sich her und drückte ihren Kopf unter Wasser.

Blasen quollen aus Maias Mund, während sie an ihrem Gürtel herumnestelte. Die Stoffstreifen waren im Weg, aber schließlich fand sie das Steinmesser. Bis sie es aus den Falten zwischen Gürtel und Hose befreit hatte, war sie fast mit ihren Kräften am Ende, aber dann hatte sie es endlich geschafft. Verzweifelt und ohne lange zu zielen, schwang sie den Arm und stieß zu.

Der Schrei klang selbst unter Wasser durchdringend. Der Druck ließ nach, und Maia tauchte empor, röchelnd und japsend. Doch dann lagen plötzlich wieder die Hände auf ihrem Kopf. Maia stach nach ihnen und traf ein zweites Mal, ehe ihre Hand mit festem Griff gepackt wurde.

»Gut gemacht, Fräuleinchen«, knurrte Inanna mit gefletschten Zähnen, während sie versuchte, den Schmerz zu verbeißen. »Jetzt noch mal von vorn, aber langsam.«

Mit einer Hand hielt sie Maias Handgelenk umklammert, mit der anderen drückte sie Maias Kopf nach unten ... und riß ihn wieder hoch, so daß Maia gerade ein einziges Mal mit schmerzenden Lungen nach Luft schnappen konnte. Auf dem Gesicht der Piratin spiegelte sich unverhohlene Freude. Dann war der Augenblick vorbei, und Maia war wieder unter Wasser. Doch sie gab sich nicht geschlagen, sondern versuchte weiter, sich von der Wand abzustoßen, wobei sie wie wild mit den Beinen um sich schlug. Aber Inanna war darauf vorbereitet und zu schwer, als daß Maia sie mit Gewalt ins Wasser hätte ziehen können.

In der Kälte wurden Maias Glieder allmählich taub, aber auch der Schmerz in den Prellungen und in ihrer brennenden Lunge ließ nach. Wie aus weiter Ferne bemerkte sie, daß das Wasser sich verfärbte, teils, weil ihr schwarz vor Augen wurde, teils, weil ein großer roter Fleck sich immer weiter ausbreitete. Blut strömte aus Inannas Wunden über Maias Arme und Haare. Auch die Spionin mußte übel geschwächt sein. Eine gute Nachricht, hätte der Kampf noch eine Zukunft gehabt.

Aber es war vorbei. Maia spürte, daß ihre Energie rapide nachließ. Das Steinmesser fiel aus ihrer schlaffen Hand. Als Inanna ihren Kopf das nächste Mal aus dem Wasser zog, fand Maia kaum noch die Kraft, nach Luft zu schnappen. Verschwommen nahm sie wahr, wie Inanna auf sie herabschaute, mit einem seltsamen, fast verwunderten Gesichtsausdruck. Sie bückte sich, um Maia nach unten zu drücken – das letzte Mal.

Aber warum ist da soviel Blut? fragte sich Maia benommen.

Inanna beugte sich viel weiter nach vorn, als nötig gewesen wäre, um Maia zu ermorden. Wollte sie sich aus der Nähe an ihren letzten Atemzügen weiden? Wollte sie ihr ein paar Abschiedsworte zuflüstern? Einen Abschiedskuß geben? Das Gesicht kam immer näher, und plötzlich stürzte Inanna klatschend ins Wasser. Sie landete mit ihrem ganzen Gewicht auf Maia, so daß sie beide untergingen.

Überraschung und Staunen wandelten sich in hektische Aktivität. Maia mobilisierte ihre letzten Kräfte und machte sich aus dem schwächer werdenden Griff ihrer Feindin los. Das letzte, was sie noch wahrnahm, war, daß eine *Pfeilspitze* aus Inannas Hals hervorschaute.

Als Maia auftauchte, war sie zu schwach, um mehr als ein dünnes, pfeifendes Röcheln hervorzubringen, das jedoch so gut wie keine Luft in ihre Lungen pumpte. Dann versank sie wieder ... nur, um von ferne zu spüren, wie eine andere Hand nach ihren Haaren faßte.

Es war für eine Weile ihre letzte bewußte Wahrnehmung.

»Ich denke, ich hätte ihr eins über die Birne ziehen können oder sonst was. Aber ich hatte den Bogen schon gespannt. Außerdem schien es mir zu diesem Zeitpunkt eine gute Idee zu sein.«

Maia konnte sich nicht erklären, weshalb Naroin sich entschuldigte. »Ich danke dir, daß du mir das Leben gerettet hast, Naroin«, sagte sie. Sie zitterte vor Kälte, obwohl Naroin sie auf einen Stuhl gesetzt und in etwa einen Hektar Segeltuch eingewickelt hatte. Die ehemalige Bootsfrau machte sich unterdessen an Inannas Leiche zu schaffen und suchte nach Hinweisen.

»Damit sind wir quitt. Du hast mich davor gerettet, mich zu blamieren. Ich wollte dem Miststück ebenfalls folgen, aber ich hab sie aus den Augen verloren. Wäre glatt in den Krater gestürzt, wenn du nicht die Fackel angezündet hättest. Und ich mußte mich teuflisch anstrengen, diese Treppe zu finden, nachdem du reingegangen warst.«

Naroin stand auf. »Lugar-Steaks und Erdäpfel! Nichts zu finden. Kein verdammtes Fitzelchen. Sie war ein Profi, das muß man ihr lassen.« Sie ging hinüber zum Tisch und betrachtete die Com-Konsole. »Hol's der Teufel!« fluchte sie wieder.

»Was ist los?«

Naroin schüttelte den Kopf. »Das hier ist kein Funkgerät. Es muß eine Kabelverbindung sein. Vielleicht zu einem Infrarotstrahler auf den Klippen draußen.«

»Oh, ich ... an diese M-Möglichkeit habe ich gar nicht

ged-dacht.« Gegen das Frösteln konnte sie nichts machen, außer als in das Segeltuch eingewickelt sitzen zu bleiben. Die Tote hatte keine trockenen Kleider auf dem Leib, und Naroin konnte Maia nichts abgeben, weil ihre Sachen viel zu klein waren. »Also können wir nicht die Polizei rufen?«

Mit einem lauten Seufzer ließ sich Naroin auf der Tischkante nieder. »Schneeflocke, du sprichst mit der Polizei.«

Maia blinzelte. »Natürlich.«

»Du weißt jetzt genug, jeden Augenblick wirst du es begreifen. Aber ich sollte es dir vielleicht lieber jetzt sagen, damit du draußen nicht plötzlich ›Heureka!‹ schreist.«

»Die Droge ... du hast ermittelt ...«

»In Lanargh, ja. Eine Weile. Dann bekam ich einen anderen, wichtigeren Auftrag.«

»Renna.«

»Hmm. Hätte bei dir bleiben sollen, wie's aussieht. Aber so hab ich mir den Fall wirklich nicht vorgestellt. Anscheinend gibt es 'ne Menge Leute, die sich um jeden Preis deinen Sternenmann zunutze machen wollen.«

»Deine Bosse etwa auch?« fragte Maia halb im Scherz.

Naroin verzog das Gesicht. »In Caria gibt es Leute, die sich wegen einer Invasion oder einer sonstigen Bedrohung für Stratos Sorgen machen. Inzwischen bin ich fast sicher, daß der Sternenmann *persönlich* vollkommen harmlos ist. Aber das heißt leider noch lange nicht, daß er keine Gefahr bedeutet ...«

»Das habe ich nicht gemeint, das weißt du genau«, warf Maia ein.

»Ja. Entschuldige.« Naroin machte ein besorgtes Gesicht. »Ich kann nur für meine nächste Vorgesetzte sprechen. Sie ist in Ordnung. Aber die Politiker über ihr? Keine Ahnung. Würde es aber lysosverflucht selbst gern wissen.« Sie hielt inne und schwieg eine Weile. Dann beugte sie sich wieder über die Konsole.

»Die Frage ist doch, ob Inanna Zeit hatte, die Information weiterzugeben, daß morgen der Fluchtversuch stattfinden soll. Wir müssen aber davon ausgehen. Das vereitelt natürlich alle Pläne, es zu unserem Vorteil auszunutzen, daß wir sie haben auffliegen lassen. Wenn die Seeräuber kommen, nützt uns auch ein kleines Boot wie dieses hier nichts mehr.« Naroin gestikulierte zu dem Boot hinüber, das am Landesteg festgebunden war. »Du hast garantiert einer ganzen Menge Leute das Leben gerettet, Maia. Die anderen oben werden jetzt in keinen Hinterhalt mehr segeln. Aber wir sitzen immer noch hier fest.«

Jetzt schob Maia das schwere Segeltuch beiseite und stand auf. Sie rieb sich die Schultern und wanderte langsam zum Wasser und wieder zurück. Durch den Tunnel hörte man die Geräusche der auslaufenden Flut.

»Vielleicht nicht«, meinte sie nach einer langen, nachdenklichen Pause. »Vielleicht gibt es doch einen Weg.«

Vielleicht irre ich mich gründlich. Vielleicht geht es bei diesem großartigen Experiment gar nicht um Sex. Das vorgebliche Ziel, die Gefahr und die Unruhe, die in der männlichen Natur liegen, möglichst gering zu halten ... das war alles nur Staffage. In Wirklichkeit ging es ums Klonen. Darum, den Menschen eine alternative Methode zur Selbstkopie zu bieten. Wenn Männer in der Lage wären, ihr eigenes Duplikat zu gebären, wie Frauen es können, dann hätte Lysos sie vermutlich in ihre Pläne einbezogen.

Hier wird unter Psychologen viel von Gebärmutterneid bei Jungen und Männern gesprochen. So erfolgreich ein männlicher Stratoiner im sonstigen Leben auch sein mag, kann er doch bestenfalls darauf hoffen, sich stellvertretend zu reproduzieren, nicht durch persönliches Erschaffen und niemals durch Duplikation. Das mag auf anderen Welten schon ein berechtigter Einwand sein, aber auf Stratos ist er völlig unumstritten.

Die vorläufigen Ergebnisse der Bioproben sind eingetroffen und zeigen, daß ich keine akut ansteckenden interstellaren Krankheiten mit mir herumtrage ... jedenfalls keine, die sich durch oberflächlichen Kontakt auf Stratos verbreiten könnten. Das ist eine wirkliche Erleichterung, wenn man bedenkt, was meine Kollegin, die Peripatetikerin Lina Wu ohne böse Absicht auf der Reichswelt ausgelöst hat. Ich wäre ungern das Vehikel einer solchen Tragödie.

Trotz dieser Ergebnisse wollen einige stratoinische Fraktionen mich immer noch in Semiquarantäne behalten, um die ›kulturelle Verseuchung zu minimieren‹. Zum Glück scheint die Mehrheit, wenn auch sehr langsam, auf eine entspanntere Haltung hinzusteuern. Ich bekomme inzwischen regelmäßig Besuch – Delegationen verschiedener Bewegungen und Interessengruppen. Sicherheitsrätin Groves ist nicht glücklich darüber, aber gemäß der Verfassung kann sie nichts dagegen unternehmen.

Heute hat die Abordnung einer Ketzergemeinschaft mich darum gebeten, sie mitzunehmen, wenn ich zurückkreise! Sie wollen Missionarinnen in die Hominidenregion schicken und die Botschaft der ›Stratos-Methode‹ verbreiten. Wenn man kulturelle Verseuchung nach außen trägt, gilt sie schnell als ›Aufklärung‹.

Ich habe ihnen die beschränkten Kapazitäten meines Shuttle erklärt und konnte sie mit dem Angebot, ein paar Aufnahmen ihrer Botschaft mitzunehmen, einigermaßen beschwichtigen. Nicht, daß das eine Rolle spielt. In ein paar Jahren oder Jahrzehnten können sie ihre Botschaft persönlich übermitteln.

Als man mich ausgesandt hat, um den schwachen Robotersignalen aus diesem System nachzugehen, habe ich erwartet, daß Eisschiffe bereitstehen, um meinen Bericht entgegenzunehmen. Aber die Sternenflotte von Florentina verschwendete keine Zeit. Anscheinend wird das Phylum früher eintreffen, als selbst ich es erwartet habe, um den Bund zu besiegeln und all die nüchternen Argumente der Ratsfrauen und Savanten zu entkräften, die die noble Isolation um jeden Preis bewahren wollen.

Trotz ihrer überholten Instrumente werden die Savanten von Stratos irgendwann erfahren, was los ist, und anfangen, Antworten zu verlangen.

Besser, wenn sie es von mir erfahren.

Davor muß ich mich jedoch noch einer anderen Angelegenheit widmen ... meinem schlechter werdenden physischen und psychischen Gesundheitszustand.

Es liegt nicht an der Schwerkraft oder der Atmosphäre. Immer wieder habe ich Anfälle, bei denen meine Symbionten gegeneinander kämpfen, und ich muß ein bis zwei Tage lang mein Zimmer hüten, weil ich mich nicht hinaustraue. Zum Glück passiert es selten. Die meiste Zeit über fühle ich mich stark und gesund. Das schlimmste Problem, mit dem ich konfroniert bin, ist psychoglandulärer Natur und hat nichts mit Luft oder Erde zu tun.

Als männlicher Sommergast, der von keinem Stamm gefördert wird, war meine Position in Caria bislang etwas undurchsichtig. Selbst die Clans, die meine Mission gutheißen, sind im privaten Bereich auf der Hut vor mir. Es wäre zuviel, mir zu wünschen, sie würden mich behandeln wie ihre männlichen Günstlinge, die sie in der Zeit der Aurorae willkommen heißen. Kein Clan möchte der erste sein, der eine Schwangerschaft von einem außerplanetarischen Wesen riskiert, denn seine Gene könnten den Plan der Gründerin ein für allemal durcheinanderbringen.

Diese fast paranoide Vorsicht hat auch ihre guten Seiten. Die ablehnende Haltung hat es mir leichter gemacht, meine schlummernden Triebe unter Kontrolle zu halten. Selbst nach langen Reisen habe ich nie die Aufmerksamkeit von Frauen gesucht, außer bei denen, die mir Sympathie entgegenbrachten.

Mit Herbsteinbruch wird die Einstellung jedoch allgemein etwas lockerer. Bei sozialen Anlässen geht man herzlicher miteinander um. Die Frauen sehen mich an, lächeln mir zu und unterhalten sich mit mir. Manche bisherigen weiblichen Bekannten nenne ich inzwischen vorsichtig Freundinnen – Mellina vom Cady-Clan zum Beispiel, oder die beiden umwerfenden Savanten aus der Pozzo-Feste, Horla und Poulain, die nicht mehr böse werden, sondern meine Anwesenheit direkt angenehm zu finden scheinen. Sie berühren meinen Arm und erzählen mir unbeschwerte, ja teils sogar provokante Scherze.

Welche Ironie. Meine Isolation nimmt ab, mein Unbehagen nimmt zu. Tag für Tag. Stunde um Stunde.

Iolanthe, Groves und die meisten anderen scheinen nichts zu bemerken. Obwohl sie wissen, daß ich anders funktioniere als die hiesigen Männer, nehmen sie offenbar an, daß der im Herbst abnehmende Wengelstern auch mein Feuer dämpft. Nur Ratsfrau Odo versteht mich. Bei einem Spaziergang durch den Universitätsgarten hat sie mich beiseite genommen. Odo glaubt, daß mein Problem ganz einfach durch einen Besuch eines Entspannungshauses gelöst werden kann. Solche Häuser werden von eigens darauf spezialisierten Clans betrieben. Diese Frauen sind Expertinnen auf allen Gebieten, auch was die Vorsichtsmaßnahmen angeht, und selbst wenn es sich um einen liebeshungrigen Außerplanetarischen handelt.

Ich fürchte, ich bin rot geworden. Aber Verlegenheit beiseite – ich stecke in einem Dilemma. Trotz des ungleichen Männer-Frauen-Verhältnisses ist Stratos keineswegs die Erfüllung der feuchten Träume eines Pubertierenden, sondern eine komplexe Gesellschaft voller Widersprüche und Gefahren, und auch ich habe längst nicht alle Feinheiten annähernd durchschaut. Meine Situation ist gefährlich genug, ohne daß ich zusätzliche Risiken eingehe.

Ich bin Diplomat. Andere Männer – Botschafter, Priester und Gesandte aller Zeiten – haben das getan, was ich tun sollte. Haben ihre niederen Instinkte überwunden. Haben professionell gehandelt und Selbstbeherrschung geübt.

Doch welcher Zölibatär früherer Zeiten mußte eine solche Reizüberflutung über sich ergehen lassen wie ich – tagein, tagaus? Ich spüre es von meinem Sehnerv bis hinunter in mein Geschlecht.

Komm schon, Renna. Ist es nicht nur eine Sache der sexuellen Hinweisreize? Manche Arten kommen durch Pheromone in Stimmung oder durch Herumstolzieren. Männliche Hominiden werden *visuell aktiviert* – Schimpansen beispielsweise durch rosige Brunstfarben –, stratoinische Männer durch sommerliche Himmelslichter. Altmodische Männermenschen reagieren auf die allerlästigsten Reize – auf die, die überall und immerzu vorhanden sind. Die Frauen können nicht anders, als diese Reize zu zeigen, gleichgültig, in welchem Zustand sie sich befinden, welche Jahreszeit gerade ist oder welche Absichten sie hegen.

Niemand ist daran schuld. Vor langer Zeit hatte die Natur ihre Gründe dafür. Dennoch verstehe ich immer besser, warum Lysos und ihre Verbündeten diese störenden Regeln ändern wollten.

Zum tausendsten Mal ... hätte doch nur ein weiblicher Peripatetiker das Los für diese Mission gezogen!

Verdammt, ich weiß, daß ich dummes Zeug fasle. Aber ich fühle mich entflammt, verschlungen von soviel unberührbarer Fruchtbarkeit, die mich von allen Seiten umgibt. Schlaflosigkeit quält mich, und ich kann mich ausgerechnet dann nicht konzentrieren, wenn ich meinen Verstand am dringendsten brauche. Wenn ich auf alle meine Fähigkeiten angewiesen bin.

Schütze ich rationale Erklärungen vor? Vielleicht. Aber meiner Mission zuliebe sehe ich keine andere Wahl.

Morgen werde ich Odo bitten ... die Dinge zu arrangieren.

Kapitel 20

»Die Mistweiber werden allmählich ungeduldig«, bemerkte Naroin und spähte auf den winzigen Bildschirm. »Ich hab ihren Schiffsschnabel schon zweimal gesehen, und auch das Glitzern von 'nem Fernglas. Sie warten nur noch auf den passenden Moment.«

Maia gab ihr mit einem Grunzen zu verstehen, daß sie zugehört hatte. Für mehr reichte ihr Atem nicht, während sie die Ruder schwang. Immer wieder erfaßten kräftige, wechselnde Strömungen das kleine Boot und versuchten es gegen die Klippen zu werfen. Zusammen mit Brod und den Matrosinnen Charl und Tress mußte Maia rudern wie wild, um das Boot manchmal auch nur an Ort und Stelle zu halten. Gelegentlich benutzten sie Stangen, um sich von den zerklüfteten Felsen abzustoßen. Unterdessen benutzte Naroin, eine Hand an der Pinne, Inannas Spionagekonsole, um zu verfolgen, was auf der anderen Seite der Insel vor sich ging.

Es wäre nicht so schwierig, wenn wir dort bleiben könnten, wo das Wasser einigermaßen ruhig ist, dachte Maia, während sie gegen die gnadenlose Flut ankämpfte. Unglücklicherweise waren die Verbindungskabel zu Inannas Mikrokameras aber von begrenzter Länge, und so mußte das Boot nahe beim Ausgang der unterirdischen Grotte bleiben und gegen die widerstreitenden Strömungen ankämpfen oder das Risiko eingehen, daß sie ihren kleinen Vorteil wieder verloren. Ihr Plan war ohnehin nicht sehr realistisch – ein verzweifelter und gefährlicher Versuch, denen, die mit Hinterhalten soviel Erfahrung hatten, selbst einen Hinterhalt zu legen.

Wenn doch bloß jemand anderes eine bessere Idee gehabt hätte.

Naroin wechselte den Kanal. »Trot und ihre Crew sind gleich fertig. Die letzten Teile sind schon unten am Meer. Jetzt binden sie die Proviantkisten fest. Es müßte jede Sekunde soweit sein.«

Maia warf einen Blick auf den Bildschirm, und sah verschwommen, wie die Frauen über die Plattformen aus Baumstämmen kletterten und sich abmühten, die Teile zusammenzubinden und einen Behelfsmast aufzustellen. Wie Maias Nachforschungen ergeben hatten, waren die Gezeitenströme auf dieser Seite morgens weniger stark. Unglücklicherweise traf das auf den Eingang zum Spionagetunnel nicht zu.

Doch schließlich wurde die See auch hier einen Moment lang ruhiger. Die Felswände schienen nicht mehr nach ihnen schlagen zu wollen. Aufseufzend ruhten Maia und die anderen Ruderer ihre Arme aus. Seit dem tödlichen Zusammentreffen mit Inanna, der Piratin, hatten sie nicht mehr geschlafen und eine anstrengende Nacht hinter sich.

Zuerst mußten sie alle anderen ausgesetzten Matrosinnen wecken und ihnen mitteilen, daß eine ihrer Gefährtinnen eine Spionin gewesen war – keine sehr angenehme Aufgabe. Das anfängliche Mißtrauen gegen Maia und Naroin legte sich allmählich, während die beiden die anderen Gefangenen bei Taschenlampenlicht durch die versteckten Höhlen der Insel führten, und war endgültig verschwunden, als Maia und Naroin ihnen einige in Inannas Konsole gespeicherte Botschaften zeigten. Doch damit war die Diskussion noch lange nicht beendet: Es folgte eine endlose Debatte über

Maias Plan, aber leider fiel niemandem eine vernünftige Alternative ein.

Schließlich stürzten sie sich mit vereinten Kräften auf die Vorbereitungen zu dieser morgendlichen Aktion. Je mehr Maia darüber nachdachte, desto absurder erschien ihr die ganze Hektik.

Hätten wir lieber warten sollen? Inannas Falle einfach vermeiden? Die Freibeuter unverrichteter Dinge abziehen lassen und dann bei Nacht mit dem Schiff die Flucht versuchen?

Aber in dem kleinen Boot war kein Platz für alle achtzehn Ausgesetzte. Und spätestens bei Einbruch der Nacht würden die Freibeuter bestimmt Erkundigungen nach ihrer Spionin einziehen. Wenn Inanna nicht antwortete, würden sie das Schlimmste vermuten und andere Maßnahmen ergreifen. Durch eine mit Radar ausgestattete Schiffsblockade konnte auch das kleinste Boot nicht hindurchschlüpfen. Und was die Zurückbleibenden anging, so würde der Hungertod das Gefangenenproblem der Piraten zwar langsamer lösen als ein bewaffneter Angriff, aber ebenso effektiv.

Nein, wir müssen es jetzt durchziehen, ehe sie eine Nachricht von Inanna erwarten.

»Eia!« rief Naroin. »Da kommen sie! Mit vollen Segeln, durch die sprühende Gischt!« Sie sah genauer hin. »Verdammte Mistweiber!«

»Was ist?« fragte Brod.

»Nichts.« Naroin zuckte die Achseln. »Ich dachte kurz, es wäre ein Zweimaster. Aber es ist ein Segler. Das ist schlimm genug. Schnell wie der Teufel, mit einer Besatzung von zwölf oder mehr. Das wird kein Kinderspiel.«

Charl spuckte ins Wasser. »Erzähl mir lieber was Neues«, brummte die große Frau von der Méchant-Küste. Tress, eine jüngere Matrosin aus Ursulaborg fragte nervös: »Sollen wir umkehren?«

Naroin spitzte die Lippen. »Warten wir's ab. Sie sind

an der Landspitze vorbei, außerhalb der Reichweite der ersten Kamera. Wird 'ne Weile dauern, bis die nächste einspringt.« Sie schaltete wieder um. »Lullins Crew hat sie gesehen.«

Der kleine Bildschirm zeigte jetzt eine Gruppe Floßbauerinnen, die sich vergebens mühten, fertig zu sein, bevor das Piratenschiff die Straße zwischen zwei Nachbarinseln passierte. Es war so gut wie sinnlos, denn das jüngste Bild hatte das schlanke Piratenboot gezeigt, wie es durch das kabbelige Wasser zur Attacke preschte, daß die Gischt nur so von Steuerbord und Backbord sprühte.

»Werden sie entern?« fragte Tress.

»Schön wär's. Aber ich vermute, daß es heute nicht darum geht, Gefangene zu machen.«

Die Strömung wurde wieder heftiger. Maia und die anderen begannen sich wieder in die Riemen zu legen, und Naroin fuchtelte an den Hebeln herum. Auf einmal rief sie: »Ich hab sie! Ungefähr drei Kilometer draußen. Entfernung verringert sich rasch.«

Kommt näher ... dachte Maia jedesmal, wenn sie einen Blick auf das Gerät erhaschen konnte, bis schließlich ein riesiges weißes Segel den Bildschirm ausfüllte. *Kommt näher.*

Schließlich löste die Besatzung auf dem Floß die Vertäuung aus zusammengedrehten Ranken. Einige begannen, mit langen Ästen vorwärts zu stochern, zwei versuchten, einen groben Mast mit Segeln aus zusammengenähten Decken aufzurichten. Es sah ganz danach aus, als versuchten sie wegzukommen. Entweder waren Lullin, Trot und die anderen gute Schauspielerinnen, oder die Angst verlieh ihrer List die notwendige Glaubwürdigkeit.

Naroin hielt alle auf dem laufenden, wie rasch das Piratenschiff sich näherte. Inzwischen war der Segler weniger als tausend Meter vom Floß entfernt. Dann achthundert, und er kam rasch näher.

Die Lage auf dem Floß wurde immer verzweifelter. Eine Frau begann hektisch Proviantboxen von Bord zu schubsen, als wollte sie Last abwerfen. Die Kisten schaukelten hinter dem Floß auf dem Wasser, ohne daß sich der Abstand zwischen ihnen sehr vergrößerte.

»Sechshundert Meter«, verkündete Naroin.

»Sollten wir jetzt nicht näher ranfahren?« fragte Brod. Er machte einen erstaunlich entspannten Eindruck. Nicht unbedingt eifrig, sondern bemerkenswert gelassen, wenn man an das dachte, was er Maia über sich erzählt hatte. Er hatte sogar darauf bestanden mitzukommen.

»Lysos hat nicht gesagt, daß Männer nie kämpfen können«, behauptete er leidenschaftlich. »Man bringt uns bei, daß alle Männer Reservisten der Miliz sind und eingezogen werden können, wenn ein Notfall eintritt. Und das trifft im Fall dieser Banditen ja wohl zu!«

Solche Argumente hatte Maia noch nie gehört. Stimmte das, was dieser Junge sagte? Als Polizistin mußte Naroin es eigentlich wissen, und sie hatte bei Brods Argumenten nur ein paar Mal geblinzelt und schließlich genickt. »Es gibt ... Präzedenzfälle. Außerdem erwarten sie bestimmt keinen Mann. Also haben wir noch einen Überraschungseffekt auf unserer Seite.«

Am Ende erlaubte man ihm mitzukommen, obwohl einige immer noch protestierten. Auf alle Fälle war Brod hier sicherer als auf dem Floß.

»Du mußt Geduld haben und den Mund halten«, wies Naroin den Jungen an, während sie mit den Strömungen kämpften. »Vierhundert Meter. Wie die Mistweiber es wohl anstellen wollen ... dreihundert Meter.«

Brod steckte den Tadel gefaßt ein. Als Maia ihn ein zweites Mal gründlich musterte, entdeckte sie einen weiteren Grund, warum er so ruhig war. Er war grün im Gesicht. Offensichtlich war ihm schlecht. Hoffentlich würde er ihnen bei dieser Mutprobe nicht vor die Füße kotzen.

Der Augenblick der Entscheidung rückte näher. Plan A sah einen Kampf vor. Aber wenn es zu hoffnungslos aussah, sollten diejenigen im Boot mit dem Wind fliehen, und zwar so, daß die Inseln zwischen ihnen und den Piraten lagen. Nur dann gab es überhaupt eine Chance, die Frauen, die sich auf dem Floß opferten, jemals zu rächen. Da der Feind eine Radaranlage besaß, waren auch die Aussichten auf eine ungehinderte Flucht nicht sehr rosig, aber die List war ihre beste Möglichkeit.

»Dreihundert Meter«, sagte Naroin. »Zweihundertachtzig ... verdammte Scheiße!«

Sie schlug mit der Faust auf die Reling, daß diese vibrierte. Einen Augenblick später erklang ein dumpfes Donnergrollen, obgleich der Himmel klar war.

»Was ist das?« fragte Maia und drehte sich gerade rechtzeitig zum Bildschirm, um zu sehen, wie das Wasser direkt neben dem Floß hoch aufspritzte und seine Besatzung patschnaß wurde.

»Eine Kanone. Sie haben eine Kanone!« rief Naroin. »Diese lysosverfluchten, lugargesichtigen, mannsköpfigen Weiber. Damit haben wir nicht gerechnet.«

Mit fürchterlich schlechtem Gewissen, da der Plan ja von ihr stammte, reckte Maia den Hals, als Naroin jetzt wieder auf das näher kommende Piratenschiff umschaltete. An seinem Bug flammte durch den Qualm des ersten Schusses erneut ein Blitz auf. Die nächste Fontäne drohte das Floß zu überschwemmen. »Jetzt nehmen sie sie in die Mangel«, knurrte Naroin. »Was glotzt du denn so?« fauchte sie dann plötzlich Maia an. »Paß lieber auf deine Ruder auf. Ich sag euch schon, was passiert.«

Maia fuhr herum. Im gleichen Moment erfaßte eine Welle ihr winziges Boot und warf es auf die Felswand zu. »Rudern!« schrie Brod und legte sich ins Zeug. Mit aller Kraft schafften sie es in letzter Sekunde, vor der zerklüfteten Klippe beizudrehen. Doch dann zog sich die Welle ebenso plötzlich, wie sie gekommen war, wieder zurück und riß das Boot mit sich. »Naroin! Vorsicht!« rief Maia. Aber die Polizistin war so damit beschäftigt, über die Vorgänge, die ihr der Bildschirm zeigte, zu fluchen, daß sie zu spät bemerkte, wie ein Geflecht bis zum äußersten gespannter Fiberkabel von der Strömung mitgerissen wurde und ihr das elektronische Gerät aus der Hand riß. Das Spionagegerät flog ein Stück durch die Luft, dann klatschte es aufs Wasser und verschwand.

Naroin stand auf und sandte ihm ein paar saftige Flüche mit den entsprechenden Gesten nach. Das Boot geriet noch heftiger ins Schaukeln, aber dann hörte man noch mehr Donnerschläge durch die Klippen hallen, und Naroin faßte sich wieder. Sie setzte sich und legte Arm und Hand ans Steuer. »Macht nichts, es dauert ohnehin nicht mehr lange«, sagte sie.

»Wir können doch nicht einfach hier rumsitzen!« rief Tress. »Lullin und die anderen werden in Stücke gerissen!«

»Sie wußten, das es schwer wird. Wenn wir uns jetzt zeigen, werden wir nur ebenfalls getötet.«

»Sollen wir versuchen wegzukommen?« fragte Charl.

»Sie würden uns entdecken, sobald sie die Insel umrunden. Der Segler ist schneller, und ihre Kanone macht jeden Vorsprung zwecklos.« Naroin schüttelte den Kopf. »Außerdem will ich Rache. Wir gehen näher ran, aber wir warten, bis der letzte Schuß abgefeuert ist, ehe wir Segel setzen.«

Nun, da sie sich von den Klippen entfernten, wurde der Seegang schwächer. Sie ließen sich von der Strömung nach Norden tragen. Weitere Schüsse erschütterten die Luft, lauter und lauter. Maia spürte es in den Ohren und im Gesicht. Als sie näherkamen, hörte sie auch noch die schrillen Verzweiflungsschreie der Frauen, und Maias Herz wurde schwer.

»Wir müssen …«

»Halt den Mund!« fauchte Naroin Tress an.

Dann hörten sie ein unglaubliches Geräusch. Am ehesten ähnelte es dem Krachen, mit dem die Schotten an Bord des Kohlenfrachters *Wotan* zersplittert waren. Es war eine Explosion, aber diesmal nicht nur im Wasser – jetzt flogen Holz und Knochen durch die Luft. Das Echo verlief sich in der langen, entsetzten Stille, nur durchbrochen von dem Krachen der Wellen am felsigen Ufer. Maia wollte schlucken, aber ihr Mund und ihre Kehle waren so trocken, daß allein der Versuch zur Qual wurde.

Als Naroin sprach, zitterte ihre Stimme, und sie konnte ihre Wut nur mühsam zurückhalten. »Jetzt sehen sie sich die Bescherung eine Weile aus der Entfernung an, dann werden sie näher ranfahren. Charl, mach dich fertig. Ihr anderen setzt das Segel und dann duckt euch!«

Maia und Brod standen auf, machten gemeinsam das festgezurrte Segel los und zogen es zum Schothornausholer. Die Leinwand flatterte wie ein losgelassener Vogel, blähte sich plötzlich und riß den Ausleger hart nach Backbord. Brod duckte sich nicht rechtzeitig und wurde gegen Maia geschleudert. Sie fielen aufeinander in Richtung Bug.

»Oh, entschuldige«, sagte der Junge, rollte von Maia herunter und wurde rot. »Ach, nicht so schlimm«, antwortete sie und ahmte seinen verlegenen Ton nach. Wäre die Lage nur nicht so verdammt ernst gewesen, hätten alle gelacht.

Tress gesellte sich in der Bodenrundung unterhalb des Schandecks zu ihnen. Als das Boot die Nordspitze der Gefängnisinsel umrundete, übernahm Charl das Steuer, und Naroin verkroch sich ebenfalls. Jetzt war nur noch Charl zu sehen; sie trug ein weißes Hemd, das um den Hals schmutzig war, und dazu eine zottelige selbstgemachte Perücke, mit der sie mehr oder weniger wie eine Blondine aussah.

»Langsam«, sagte Naroin und spähte über die Reling. »Ich sehe das Floß oder jedenfalls das, was davon übrig ist … bleibt unten!«

Maia und Brod kauerten sich wieder auf den Boden, nachdem sie einen kurzen Blick auf herumschwimmende Wrackteile, Splitter, Holzstücke und Kisten sowie einen grausam verstümmelten menschlichen Körper ergattert hatten. Es drehte einem den Magen um. Maia begnügte sich mit Naroins Beschreibung.

»Noch keine Spur von den Piraten. Ich sehe ein, zwei Überlebende, die sich hinter großen Baumstämmen verstecken. Hatte gehofft, es wären mehr, sie wußten ja, was auf sie zukam … Eia! Da ist ihr Schiff! Mach dich bereit, Maia!«

Auch über diesen Teil des Plans hatten sie lang diskutiert. Naroin war der Ansicht gewesen, sie selbst sollte die gefährlichste Aufgabe übernehmen. Doch Maia hatte erwidert, die Polizistin sei einfach zu klein, um die Sache glaubhaft erscheinen zu lassen. Außerdem hatte Naroin Wichtigeres zu tun.

Du wolltest es so, sagte sich Maia. Brod drückte ihr die Hand, um ihr Glück zu wünschen, und sie erwiderte sein Lächeln, ehe sie ans hintere Ende des Bootes kroch.

Von dem Moment an, als das Piratenschiff in Sicht kam, begann Charl zu winken, zu rufen und zu grinsen. *Wir müssen uns darauf verlassen, daß sie bestimmte Schlüsse ziehen*, dachte Maia. Vor allem durften die Seeräuber die List erst möglichst spät durchschauen.

Aber es ist logisch. Inanna würde nicht auf der Insel bleiben, nachdem das Floß vernichtet ist. Sie würde eine Suchmannschaft durch den Geheimgang lotsen und alle Überlebenden, die sich noch oben auf der Insel aufhalten, umbringen.

Es war eine brutale Logik, die sich aus den jüngsten Ereignissen ergab. Aber entsprach sie auch der Wahrheit? Erwarteten die Seeräuber wirklich eine blonde Frau in einem Segelboot? Maia hätte zu gern über den Bootsrand gespäht.

Mit zusammengebissenen Zähnen beschrieb Charl, was vor sich ging. »Sie sind ungefähr hundertfünfzig Meter weit draußen ... Segel gekillt ... immer noch zu weit weg. Jetzt zeigt jemand auf mich ... und winkt. Jemand sieht durch ein Fernglas. Legen wir los, schnell!«

Mit einem tiefen Atemzug stand Maia auf und tat so, als wollte sie sich auf Charl stürzen. Sie holte zu einem Schlag aus, dem Charl im letzten Moment auswich. Die Matrosin schubste Maia zurück, das Boot schwankte. Dann begannen sie miteinander zu ringen und sich gegenseitig mit den Händen an die Kehle zu gehen. Dabei achteten sie darauf, daß Charl den Piraten stets den Rücken zuwandte. Selbst durch ein Fernglas würde der Feind nicht mehr ausmachen können als eine große blonde Frau, die mit einer vermutlich aus dem Wrack hereingekletterten Frau kämpfte.

Aufgeregte Schreie schollen übers Wasser. *Sie erledigen uns mit der Kanone, wenn sie Verdacht schöpfen. Und auch dann, wenn ihnen ihre Spione nichts wert sind.*

Selbst ein Scheinkampf mit Charl war anstrengend. Das schaukelnde Boot zwang sie, sich immer wieder ernsthaft aneinander zu klammern. Nach ein paar Minuten packte Charl Maias Hals so fest, daß ein sehr echter Schmerz sie durchzuckte.

»Maia!« zischte Naroin von unten, die Hand am Steuerrad. »Wo sind sie?«

Maia stieß Charl von sich und zielte einen Scheinschlag direkt an ihrem Ohr vorbei. Dabei blickte sie über Charls Schulter und sah, wie der Segler wendete und die Fock so weit füllte, daß sie etwas Geschwindigkeit gewannen. »Nicht mal ...« Maia schnappte nach Luft, denn Charl schubste sie gegen den Mast. »Nicht mal hundert Meter. Sie kommen ...«

Das nächste, was Maia mitbekam, war, daß Charl ein Ruder hochhob und zu einem schrecklich realistischen Schlag ausholte. Während sie sich duckte, hatte Maia keine Chance zu berichten, was sie noch gesehen hatte.

Unter den Frauen, die sich am Bug des Seglers versammelt hatten, trugen zwei einen Gegenstand bei sich, der unangenehm an ein Jagdgewehr erinnerte. Jetzt konnte Maia sich nur retten, indem sie die Nähe der Frau suchte, die die Piraten für ihre Verbündete hielten.

»Achtzig Meter …«, sagte Maia und stieß Charl den Ellbogen in die Rippen, stieß das Ruder weg und hob die ineinander verschränkten Hände, als wollte sie einen Hieb von oben führen. Charl wehrte sich, indem sie sich duckte und Maia um die Taille faßte.

»Oh … Nicht so fest! … Sechzig Meter …«

Der Segler war wunderschön, ein schlankes, furchterregendes Raubtier. Obwohl es nur mit dem Klüver segelte, war es schnell und ließ sich von den herumschwimmenden Trümmern des Unglücksfloßes nicht aufhalten. Stämme und Kisten wurden von seinem Rumpf beiseite geschleudert und hüpften in seinem Kielwasser auf und ab. Jetzt lag die Steilküste der Insel hinter dem Segler. Es gab kein Entkommen.

»Fünfzig Meter …«

Mitten im Ringkampf geriet Charls Perücke ins Rutschen, und obwohl sich beide Frauen bemühten, sie sofort wieder an Ort und Stelle zu rücken, hörte man, wie die Freibeuter auf dem Segler Empörungsschreie ausstießen. *Es ist soweit*, dachte Maia, blickte zu dem näherkommenden Schiff hinüber und sah, wie eine der Gewehrträgerinnen die Waffe anlegte.

Es gab kein Geräusch, keine Warnung, nur ein Schatten war zu sehen, der die Klippen hinunter und über ein Stück sonnenüberflutetes Wasser sauste. Eine der Korsarinnen blickte auf und rief etwas. Dann schien der Himmel auf das anmutige Segelschiff herabzustürzen. Eine dunkle Wolke prasselte auf Masten, Segel und das umgebende Wasser hernieder, gefolgt von einer metallenen Box, die auf dem Steuerbord-Schandeck landete, abprallte … und explodierte.

Flammen erfüllten Maias Blickfeld. Wie eine Faust

schoß eine Druckwelle auf sie zu, schleuderte Charl gegen Maia und beide zusammen gegen den Mast, so daß Maia fast zerquetscht wurde. Ein stechender Schmerz durchfuhr sie. Das flatternde Segel blähte sich und schleuderte die beiden Frauen zu Boden, wo sie benommen liegen blieben. Das Boot schaukelte unter den rhythmisch aufwallenden Nachbeben.

Maia war noch bei Bewußtsein, als jemand sie unter der stöhnenden Charl hervorzog und zum Bug schleppte. Durch das Dröhnen in ihren Ohren schien sich die Zeit zu dehnen und wieder zusammenzuziehen, immer wieder, in unregelmäßigen Abständen. Von fern hörte sie Brod mit beruhigender Stimme seltsame Worte sprechen.

»Alles in Ordnung, Maia. Du blutest nicht. Alles wird wieder gut ... Aber wir müssen uns jetzt fertig machen. Komm zu dir, Maia! Hier, nimm deine Hellebarde. Naroin bringt uns ums hintere Ende ...«

Maia versuchte sich zu konzentrieren. Aus ihren leider viel zu häufigen Erfahrungen in ähnlichen Situationen wußte sie, daß es mindestens ein paar Minuten dauern würde, bis sie wieder einigermaßen funktionierte. Sie brauchte Zeit, aber genau die hatte sie nicht. Also hievte sie sich mühsam auf die Knie, spürte, wie ihr ein Stück Holz in die Hand gedrückt wurde, die sich aus purer Gewohnheit mit korrektem Griff darum schloß. Verschwommen erkannte sie, daß es Inannas Fanghellebarde war, die sie mitgenommen hatten. Hoffentlich würde sie sich rechtzeitig daran erinnern, wie man sie benutzte.

Brod half ihr auf die Beine und drehte sie in die richtige Richtung – zu dem hoch aufragenden, qualmverhangenen Schiff, das noch vor kurzem weiß und stolz und wunderschön gewesen war. Jetzt war es von einem Wirrwarr von Tauen und Leinen bedeckt, die Segel zerfetzt von der zusammengeschusterten Bombe. Im letzten Augenblick war diese von zwei Gefangenen abgeschossen worden, die auf der Steilküste zurückgeblieben waren und sich genau diesen Erfolg erhofft hatten.

»Macht euch bereit!«

Das Dröhnen in Maias Ohren wollte einfach nicht nachlassen. Dennoch erkannte sie Naroins Stimme. Sie warf einen raschen Blick nach rechts und sah dort die Polizistin mit Pfeil und Bogen stehen und schießen, während Tress das Boot über die letzten Meter steuerte …

Holz stieß auf Holz. Brod rief etwas. Dann nahm er ein Tauende zwischen die Zähne, sprang hoch, packte die Reling des größeren Schiffs, kletterte hinauf und schlang blitzschnell einen Knoten, so daß das kleine Boot sicher war.

»Vorsicht!« schrie Maia. Sie befahl ihren Muskeln, aktiv zu werden und zu einem Schlag auszuholen, denn eine Frau rannte mit gefletschten Zähnen auf Brod zu, eine illegale geschliffene Fanghellebarde schwingend. Leider prallte Maias schlecht koordinierter Hieb von der Reling ab.

In letzter Sekunde wandte Brod sich zu seiner Angreiferin um. Ein Schlag traf ihn an der linken Schulter. Ein zweiter landete auf seinem Unterarm, schlitzte den Hemdsärmel auf und hinterließ einen blutigen Riß im Fleisch. Mit einem hörbaren Krachen traf ihn der nächste Schlag auf den Kopf.

Der junge Mann und die Piratin starrten einander einen Moment lang an, beide offensichtlich erstaunt, daß Brod noch auf den Beinen stand. Dann seufzte Brod einmal tief auf, stieß die Waffe der Piratin zur Seite, packte die Frau an den Trägern ihres Ledermieders und schleuderte sie über Bord. Die Piratin brüllte wütend, bis sie ins Wasser klatschte, wo bereits mehrere Personen zwischen den Wrackteilen herumschwammen.

Tress und Naroin waren schon dabei, Brod zu unterstützen, gefolgt von der ebenfalls leicht benommenen

Charl. Maia packte die Reling, und beim zweiten Versuch schaffte sie es, ein Bein darüber zu schwingen und sich aufs Oberdeck rollen zu lassen. Dabei lockerte sich jedoch ihr Griff, Inannas Fanghellebarde glitt ihr aus der Hand und fiel klappernd zurück in das Kleinboot.

Verdammt. Soll ich sie mir holen?

Maia schüttelte den Kopf. Ihr war noch immer schwindlig. *Nein. Vorwärts. Kämpfe.*

Verschwommen nahm sie wahr, daß noch mehr Frauen, vermutlich Überlebende vom Floß, an Bord kletterten und sich ins Kampfgetümmel stürzten. Doch auch Verstärkung für den Feind eilte nach achtern. Man hörte den scharfen Knall der Feuerwaffen. Schritte scharrten rings um sie her, der Kampf flutete vor und zurück. Als Maia endlich aufblickte, sah sie, wie zwei Frauen sich auf Brod stürzten und eine andere mit einem riesigen Messer auf Naroin losging, die lediglich mit Pfeil und Bogen bewaffnet war. Die Szene entsetzte Maia, denn was hier vorging, war weit brutaler als der Kampf in Long Valley und selbst auf der *Manitou*. Noch nie hatte sie dermaßen von Haß und Wut verzerrte Gesichter gesehen. Die früheren Auseinandersetzungen hatten sich wenigstens noch nach gewissen Regeln abgespielt. Das Töten war ein möglicher, aber nie beabsichtigter Nebeneffekt gewesen. Aber hier ging es nur darum. So weit war es gekommen – Klingen und Pfeile, Gewehre und kämpfende Männer. Grauenhaft.

Zufällig berührte ihre Hand einen Takelblock, der bei der Explosion zersplittert war. Ohne zu überlegen, packte sie ihn, hob ihn mit beiden Händen hoch, holte aus und hieb ihn Brods Gegnerin mit aller Macht in die Kniekehle. Die Frau kreischte und ließ ihr bluttriefendes Messer fallen. Maia konnte nur hoffen, daß es nicht Brods Blut war. Ohne innezuhalten, schlug sie aufs andere Knie. Die Piratin brach zusammen, heulte und wand sich vor Schmerzen.

Gerade wollte Maia den Trick an Brods zweiter Gegnerin ausprobieren, da war diese einfach verschwunden! Auch Brod war nirgends mehr zu sehen. Der Kampf mußte ihn im Handumdrehen nach Steuerbord getragen haben.

Maia drehte sich um. Naroin stand mit dem Rücken an der Reling und benutzte ihren Bogen als behelfsmäßigen Knüppel, mit dem sie sich zwei Piratinnen vom Leib zu halten versuchte. Die erste hielt die Polizistin mit einem blitzenden Messer auf Trab, die zweite mühte sich mit einem Bolzengewehr ab, in dem eine Patrone zu klemmen schien. Ehe Maia reagieren konnte, hatte die Korsarin den Mechanismus wieder in Gang gebracht, die verbrauchte Patrone sprang heraus, und die Frau lud blitzschnell nach. Dann knallte sie den Bolzen an seinen Platz und hob die Waffe ...

Mit einem lauten Schrei stürzte Maia sich auf sie. Die Schützin hatte nur einen Moment, den Angriff zu parieren. Mit weit aufgerissenen Augen schwang sie den schlanken Gewehrlauf herum.

Noch eine Druckwelle pfiff an Maias rechtem Ohr vorbei, während sie die beiden Piratinnen packte und zur Reling schleppte. Das leichte Holz splitterte, gab nach, und alle drei gingen gemeinsam über Bord.

Aber ich bin doch gerade erst gekommen, dachte Maia – und der Ozean schlug ihr ins Gesicht, verschlang sie, zerdrückte ihre Lungen und hielt ihre Arme fest, während sie sich durch die dickflüssige Dunkelheit kämpfte wie damals durch den Kohlenberg.

Lamatia und Long Valley haben mich gehaßt, und dieser verdammte Ozean haßt mich auch. Vielleicht sollte ich meine Schlüsse daraus ziehen.

Endlich kam sie mit einem wilden Röcheln an die Oberfläche, schwamm eine hektische Spitzkehre und spähte durch einen salzigen Film, der ihre Augen überzog, in der Hoffnung, ihre Feinde zu finden, ehe diese sie entdeckten. Aber niemand außer ihr stieg aus den Wellen empor. Vielleicht war die Waffe für die Piratin so kostbar, daß sie sie auf keinen Fall verlieren wollte und sie lieber auf den Meeresgrund begleitete. Obgleich sie schon soviel erlebt hatte, wäre es das erste Mal gewesen, daß Maia bewußt einen Menschen getötet hatte. Der Gedanke gefiel ihr ganz und gar nicht.

Mach dir später darüber Sorgen. Jetzt mußt du zurück, die anderen brauchen dich.

Sie entdeckte das Piratenschiff eingehüllt in Rauch und Zerstörung. Gegen den Sog ankämpfend, erschöpft und immer noch mit einem gräßlichen Dröhnen in den Ohren, nahm sie Kurs auf den beschädigten Segler. Endlich klärte sich ihr Kopf. Leider merkte sie dadurch hauptsächlich, wo sie überall Schmerzen hatte.

Sie schwamm angestrengt.

Beeil dich! Womöglich ist es schon zu spät!

Als sie endlich an Bord kletterte, war der Kampf vorüber.

Überall hingen Seilreste. Das Wirrwarr – Überbleibsel des kaputten Windenmechanismus – war das Herzstück ihrer Falle gewesen. Ein Netz, das groß genug war, um ein mächtiges, schnelles Schiff einzufangen, selbst wenn man ein ungenaues, behelfsmäßiges Katapult benutzte. Brod hatte den Vorschlag gemacht, daß die Werkzeugkiste mit der angeblichen Bombe ebenfalls eine gute Waffe darstellte. Naroin hatte zu bedenken gegeben, daß man sich nicht darauf verlassen könne, aber im Endeffekt hatten sie sich so das entscheidende bißchen Glück verschafft.

Na ja, es war auch höchste Zeit, dachte Maia. Trotz des nicht geringfügigen Schadens durch die Explosion, den Zusammenstoß und den Kampf war der Segler nicht leck geschlagen. Und genausoviel Glück war es, daß die unsteten Strömungen sie nun von der Inselküste wegtrugen.

Doch die Takelage war ein einziges Chaos. Mastspitze und Vorstag waren nicht mehr da, auch der Steuerbordsaling fehlte. Es würde Stunden dauern, bis man den gröbsten Unrat weggeräumt hatte, und noch länger, um genügend Segel zusammenzuflicken, daß man einigermaßen manövrieren konnte. Der Himmel mochte sie davor bewahren, daß ihnen in dieser Zeit ein weiteres Piratenschiff begegnete.

Doch die Überlebenden dachten jetzt lieber nicht an solche unangenehmen Möglichkeiten, sondern freuten sich über den Vorsprung und den günstigen Wind. Selbst den Verwundeten schien die Aussicht auf eine Flucht nach Westen und eine Chance auf Rache für die Toten neuen Mut einzuflößen.

Obwohl die Piraten durch die List ihrer ehemaligen Gefangenen überrascht und stark dezimiert waren, wäre es verrückt gewesen, wenn die vier Frauen und der junge Mann allein einen Angriff gestartet hätten. Aber Maia und der Rest der Kleinbootbesatzung hatten mit Verstärkung von einer Seite gerechnet, die die Piraten nicht vermutet hätten. Nur wenige der Frauen, die auf dem Floß gewesen waren, als das Piratenschiff zum ersten Mal gesichtet wurde, waren an Bord geblieben, um die Wucht der Kanonade abzuwarten. Die meisten waren über Bord gesprungen und hatten unter leeren Kisten und Schachteln Schutz gesucht. Diese waren nämlich zuvor festgebunden worden, so daß sie in geringem Abstand hinter dem Floß hertrieben, wohin der Feind sicherlich nicht schießen würde.

Nur die ausdauerndsten Schwimmerinnen hatten sich für diese gefährliche Aktion gemeldet. Als die Besatzung des Kleinboots dann das Piratenschiff enterte, waren fünf durchnäßte Matrosinnen um den Bug geschwommen und mit Hilfe herunterhängender Seilstücke an Bord geklettert. Sie froren und waren unbewaffnet, hatten aber immerhin die Überraschung auf ihrer Seite. Dennoch war es eine höchst riskante Angelegenheit.

Bei einer kleinen Schlacht konnten minimale Unterschiede entscheidend sein, das begriff Maia, während sie die Geschehnisse im Kopf noch einmal sortierte. Die letzten beiden Matrosinnen, die für das Katapult verantwortlich gewesen waren, waren vielleicht die Tapfersten gewesen. Als sie ihre Aufgabe erledigt hatten, waren sie mit einem Anlauf von den Klippen ins tiefe blaue Wasser gesprungen. Diesen Sprung lebend zu überstehen, war an sich schon eine Leistung, aber dann auch noch zu dem Segler zu schwimmen und gerade rechtzeitig in den Kampf einzugreifen ... allein der Gedanke ließ Maia schon vor Ehrfurcht erstarren.

Ehe Maia von ihrem Sturz ins Wasser zurückkehrte, hatte die letzte Verstärkung das Blatt gewendet und die blutige Patt-Situation sich doch noch in einen Sieg verwandelt.

Nun schufteten zehn der ursprünglichen Ausgesetzten zusammen mit einigen gut bewachten Gefangenen, um das erbeutete Schiff wieder seetüchtig zu machen. Mit verbundenem Gesicht und bandagiertem Arm kletterte Brod den zerbrochenen Mast hinauf, trennte Abfall von noch benutzbaren Tauen und Segelstücken und entfernte erstere mit einer kleinen Axt.

Maia holte Leinen über die Reling ein, als Naroin zu ihr trat und sie leise auf die Schulter klopfte. Die Polizistin trug eine zusammengerollte Karte bei sich, die sie jetzt mit beiden Händen ausrollte. »Bekommst du mit diesem Spielzeug, daß Pegyul dir geschenkt hat, jemals eine einigermaßen korrekte Längenmessung?«

Maia nickte. Zwar war sie inzwischen zweimal im Meer geschwommen und befürchtete das Schlimmste, aber vor zwei Tagen noch hatte sie mehrere gute Messungen vom Gipfel der Gefängnisinsel gemacht. »Sehen wir mal ... wir müssen ungefähr ...« Sie beugte sich über die Karte, die eine langgestreckte Gruppe von zerklüfteten Inseln zeigte, durchzogen von rechtwinkligen Koordinaten. »Hol mich der Teufel. Wir sind in den Drachenzähnen!«

»Ja. Was sagst du dazu«, antwortete Naroin. Die Inseln, die man Drachenzähne nannte, waren eine Legende. »Ich kann dir später ein paar interessante Dinge über sie erzählen. Aber jetzt brauchen wir erst mal die Länge. Wie steht's, Maia?«

»Na gut.« Maia tippte mit dem Finger auf die Karte. »Hier. Sie müssen uns auf der ... ähm ... auf der Grimké-Insel gelassen haben.«

»Hmm. Der Form nach hab ich mir das schon gedacht. Dann ist das da drüben« – Naroin deutete nach Westen auf eine nebelverhangene Erhebung – »De Gournay. Und direkt daneben im Norden wäre der beste Weg in tiefere Gewässer. In gut zwei Tagen sind wir auf einer normalen Schiffsstraße.«

Maia nickte. »Richtig. Von da braucht man nur noch einen Kompaß. Hoffentlich schafft ihr es.«

Naroin blickte auf. »Was? du kommst nicht mit?«

»Nein. Ich nehme das Kleinboot, wenn du nichts dagegen hast. Ich habe hier noch was zu erledigen.«

»Renna und deine Schwester.« Naroin nickte verständnisvoll. »Aber du weißt doch gar nicht, wo du sie suchen sollst!«

Maia zuckte die Achseln. »Brod kommt mit mir. Er kennt das Männer-Reservat bei Halsey Beacon. Vielleicht finden wir dort einen Hinweis auf das Versteck, in das sie Renna gebracht haben.« Die unangenehme Tatsache, daß Leie zu seinen Bewacherinnen gehörte, ließ sie unerwähnt. Verlegen trat sie von einem Fuß auf den anderen. »Eigentlich könnten wir mit der Karte ja mehr anfangen, da ihr ja sowieso in ein paar Stunden in einer Gegend seid, die nicht mehr darauf ist ...«

»Außerdem sind noch andere Gefangene da unten. Klar, nimm sie ruhig.« Naroin rollte sie zusammen und drückte sie Maia unwirsch in die Hand. Ganz eindeutig überspielte sie Gefühle, die denen ähnelten, die sich momentan auch in Maias Brust breitmachten. Es war schwer, eine Freundin zu verlassen, jetzt, da sie endlich eine hatte. Doch es wurde Maia warm ums Herz, als sie merkte, daß es Naroin ebenso ging.

»Natürlich mußt du auch damit rechnen, daß Renna gar nicht mehr auf der Inselgruppe ist«, gab Naroin zu bedenken.

»Stimmt. Aber wenn es so wäre, warum haben sich die Piraten dann solche Mühe gegeben, uns loszuwerden? Selbst als Zeugen wären wir keine große Bedrohung, wenn sie sich in eine unbekannte Richtung davongemacht hätten. Nein, ich bin fest überzeugt, daß Renna und Leie ganz in der Nähe sind. Es muß so sein.«

Schweigen senkte sich über die beiden Frauen, durchbrochen nur von dem Hämmern, Kratzen und Hacken um sie herum. Dann sagte Naroin plötzlich: »Wenn du je in eine große Stadt kommst, geh zu einer Com-Einrichtung und wähle APG fünf-vier-neun-sechs. Melde ein R-Gespräch an. Und sag deinen Namen.«

»Aber was ist, wenn du nicht ... wenn du nie ... ich meine ...« Maia brach ab. So etwas konnte sie einfach nicht taktvoll formulieren. Aber Naroin lachte nur, als wäre sie erleichtert, endlich einen Grund dafür zu haben.

»Was ist, wenn ich es nicht schaffe? Dann erzähl bitte meiner Chefin, wo du mich zuletzt gesehen hast. Und alles andere, was du getan und beobachtet hast. Und besteh darauf, daß ich gesagt habe, du hast einiges bei mir gut. Dann helfen sie dir vielleicht wenigstens, eine gute Arbeit zu finden.«

»Hmm. Danke. Solange die Arbeit nichts mit Kohlen zu tun hat ...«

»Oder mit Salzwasser!« Naroin lachte und breitete

ihre zierlichen, starken Arme aus, um Maia zu umarmen.

»Viel Glück, Fräuleinchen. Laß dich nicht wieder ins Gefängnis stecken. Sieh zu, daß du nicht mehr so oft eins über den Schädel kriegst. Und *hör auf* mit dem Ertrinken, ja? Wenn du dich daran hältst, kann dir nicht viel passieren, da bin ich ganz sicher.«

DRITTER TEIL

Heute habe ich den Erbinnen von Lysos alles über das Gesetz erzählt. Ein Gesetz, an dessen Erlaß sie nicht beteiligt waren. Dem sie nichts hinzufügen und das sie nicht übertreten können.

Die versammelten Savanten, Ratsfrauen und Priesterinnen lauschten meinem Vortrag in steinernem Schweigen. Obgleich ich einige von ihnen bereits persönlich informiert hatte, spürte ich doch den Schock und die Ungläubigkeit hinter vielen ausdruckslosen Gesichtern.

»Nach Jahrtausenden haben wir Menschen des Phylum die harte Lektion der Speziation begriffen«, sagte ich ihnen. »Bei dieser sogenannten Artbildung werden Angehörige der gleichen Stammart durch große Entfernungen getrennt und verlieren so das Gefühl für ihr gemeinsames Erbe. Isolierte menschliche Populationen treiben auseinander und kommen erst viel später im Strom der Zeit wieder an die Oberfläche, durch Mutationen bis zur Unkenntlichkeit verwandelt. Dabei geht weit mehr verloren als nur die kollektive Erinnerung.«

Mein Publikum lauschte beunruhigend grimmig und verbissen. Doch Iolanthe und die anderen hatten mir geraten, offen zu sprechen und nicht Zuflucht bei diplomatischen Euphemismen zu suchen, also erzählte ich von den Dokumenten meiner Organisation – eine Litanei von Mißgeschicken und Greueln, von katastrophalen Mißverständnissen und Tragödien, heraufbeschworen durch eine viel zu enge Weltsicht. Von selbstgerechten ethnischen Aufwallungen und tödlichen Rachefeldzügen, bei denen beide Seiten von ihrem Recht überzeugt waren (und entsprechend mit Beweisen bewaffnet). Von Ausbeutung, die schlimmer war als die, die wir in grauer Vorzeit auf der Erde über Bord geworfen zu haben glaubten. Noch schlimmer deshalb, weil es sich bei den Übeltätern um nahe Verwandte handelte, die sich gegenseitig nicht mehr zu kennen behaupteten und auch nicht bereit waren zuzuhören.

Diese Tragödien haben schließlich das Gesetz hervorgebracht.

»Bislang habe ich beschrieben, auf welche Weise sich ein erneuter Kontakt positiv auswirken könnte. Austausch in Kunst und Wissenschaft, gigantische Bibliotheken, in denen die Lösungen zu zahllosen Problemen greifbar sind. Viele von euch haben mich angesehen und gedacht: ›Na ja, er ist ja nur ein einzelner Mann. Um diese Vorteile zu bekommen, können wir gelegentlich einen Besuch von einem Gesandten ertragen. Wir nehmen uns das aus dem Füllhorn, was wir gebrauchen können, ohne unsere wohlgeordnete Lebensform zu stören.‹

Ich habe in der Ratshalle ein holographisches Bild hervorgerufen, eine glitzernde Schneeflocke, so breit wie ein Planet, so dünn wie ein Baum, das Licht von Galaxien widerspiegelnd.

Heute verbindet noch eine zweite Organisation die Welten des Phylum, eine, die noch wichtigere Dienste leistet als die Peripatetiker. Etwas, das manche von euch bestimmt hassen werden wie eine bittere Medizin. Die großen Eisschiffe bewegen sich zwischen zehntausend Sonnen – viel langsamer als die Botschafter, wie ich einer bin. Aber sie verfolgen unerbittlich ihren Weg. Sie tragen Stabilität in sich. Sie bringen den Wandel.«

Eine Perkinitin sprang auf. »Das werden wir nicht dulden. Wir werden kämpfen!«

»Tut, was ihr nicht lassen könnt. Jagt das erste Eisschiff in die Luft oder die ersten zehn, ohne an die zahllosen Unschuldigen zu denken, die ihr so zum Tode verurteilt. Manche abgestumpften Welten haben Hunderte von Hibernifrachtern zerstört und am Ende doch kapituliert.

Versucht, was ihr wollt. Das Blutvergießen wird euch verändern. Schuld und Scham werden eure Kinder oder eure Enkel von dem Pfad abbringen, den ihr für sie gewählt habt. Selbst passiver Widerstand wird irgendwann erlahmen, wenn die Neugier eure Nachkommen ergreift und sie verlockt, die hellen neuen Monde zu erforschen, die über ihren Himmel ziehen.

Keine brutalen Kriegsflotten werden euch zur Unterwerfung zwingen. Nehmt euch vor, den längeren Atem zu zeigen. Planeten sind geduldig, ebenso wie eure großartigen, uralten Clans, die länger gelebt haben als irgendein Individuum oder eine Regierung.

Aber das Phylum und das Gesetz sind noch hartnäckiger. Sie geben sich nicht mit einem ›Nein‹ zufrieden. Es steht mehr auf dem Spiel als der Mythos einer Welt, der Mythos von Mission und glorreicher Isolation.«

Die Worte klangen hart in meinen Ohren, und dennoch tat es mir gut, daß sie endlich heraus waren. Ich spürte die Unterstützung vieler Ratsfrauen, die auch dafür gesorgt hatten, daß ich meinen Vortrag halten konnte, um durch den Schock die allgemeine Stagnation zu beenden. Zum Glück gibt es hier – anders als auf der Watarkiwelt und auf Neulevant – eine starke Minderheit, die die Augen nicht vor dem Offensichtlichen verschließt. Nämlich, daß Isolation und Speziation keine menschlichen Wege sind.

»Seht es doch einmal so«, beendete ich meine Ausführungen. »Lysos und die Gründerinnen haben ein abgeschiedenes Plätzchen gesucht, um ihr Experiment zur Perfektion zu führen. Aber habt ihr nicht auf dem Prüfstein der Zeit standgehalten, so gut wie jede andere Lebensform in ihrem Kontext? Ist es nicht an der Zeit, daß ihr vortretet und euren Verwandten zeigt, was ihr geschaffen habt?«

Schweigend wurde meine abschließende Bemerkung aufgenommen. Iolanthe brachte einen verspäteten, unbehaglichen Applaus in Gang, der durch den Saal flatterte und durch die Oberlichter entfloh wie ein endlich freigelassener Vogel. Unter den bitterbösen Blicken ihrer Kolleginnen räusperte sich die Vorsitzende und verkündete dann nüchtern, die Sitzung sei vertagt.

Trotz der allgemeinen Anspannung fühlte ich mich stärker als seit Monaten. Wieviel war wohl der Erleichterung zu verdanken, daß ich endlich offen gesprochen hatte, und wieviel ging auf das Konto der Dienste, die man mir durch Odos Vermittlung unter dem Zeichen der läutenden Glocke angedeihen ließ?

Wenn ich diesen Tag, diese Woche überlebe, muß ich unbedingt dorthin zurückkehren und feiern, solange ich noch kann.

Kapitel 21

Die Drachenzähne. Reihe um Reihe von spitzen Zacken, steil zum Himmel emporgereckt.

Ich hätte sie erkennen müssen, dachte Maia. *Als ich diese Inseln zum ersten Mal aus der Ferne erblickt habe, hätte mir ihr Name sofort einfallen müssen.*

604

Die Drachenzähne. Ein legendärer Name. Doch als Maia genauer darüber nachdachte, wurde ihr klar, daß sie so gut wie nichts über diese Inselkette wußte, deren massive Wurzeln aus säulenförmigem Kristall auf dem Grund des Meeres entsprangen, die Wasserfläche durchstießen und hoch in den Himmel aufragten. Ihre üppigen, zerfurchten Hänge schienen gegen die Zeit immun zu sein. Bäume klammerten sich an schroffe Felsgipfel, von denen aus sprudelnden Quellen gespeiste Wasserfälle Hunderte von Metern herabstürzten und hohe Regenbogen bildeten, glitzernd wie die Aurorae im Sommer. Maia und Brod bekamen einen steifen Nacken, wenn sie an solchen Naturschauspielen vorüberkamen und vor Ehrfurcht die Augen nicht losreißen konnten.

Ihr Kleinboot mit Schiebtakelung wand sich durch die Zwischenräume der tropischen Inselgruppe hindurch wie ein Parasit, der sich einen Weg durch die Stacheln eines mächtigen Wasserungeheuers sucht. Je tiefer das kleine Boot vorstieß, desto enger beieinander lagen die Inseln. Manche der nadelspitzen Atolle standen so nah zusammen, daß sie durch natürliche Dämme oder schmale, hochgewölbte Brücken miteinander verbunden waren. Jedesmal, wenn sie unter einem solchen Überweg hindurchfuhren, machte Brod mit der Hand ein Zeichen über seine Augen – nicht aus Angst und Aberglaube, sondern aus Ehrfurcht.

Obgleich Brod schon mehrere Monate in dieser Gegend gewohnt hatte, ehe er als Geisel genommen worden war, kannte er nur die Umgebung von Halsey Beacon, der einzigen offiziellen Siedlung auf den Inseln. Deshalb kümmerte sich Maia um die Navigation, während er steuerte. Die Karte warnte sie vor Untiefen und Riffen und tödlichen Strudeln auf dem Kurs, den sie wählten. Der Weg war zwar sehr umständlich, aber für Leute, die nicht entdeckt werden wollten, gerade recht.

Offenbar waren Maia und Brod nicht als erste zu diesem Schluß gekommen. Mehrmals entdeckten sie Anzeichen von verlassenen oder möglicherweise noch benutzten Verstecken. Hütten und grobe Steinbauten standen auf den Klippen, manchmal mit primitiven Winden ausgestattet, um Boote herabzulassen, die noch kleiner waren als Brods und Maias Nußschale. Einmal zeigte Brod Maia eine Einsiedlerin, die rasch ihre Netze einsammelte, als das Kleinboot in Sicht kam. Ohne auf die Rufe der beiden zu achten, ruderte die Alte los und verschwand in einer Grotte.

Soviel zum Thema Hilfe von den Eingeborenen, dachte Maia. Ein andermal entdeckte sie eine Gestalt, die aus einer halb verfallenen Fenstergalerie verstohlen auf sie herabstarrte, die offenbar vor Urzeiten in eine steile Felswand gehauen worden war. Es erinnerte Maia an das Gefängnis in Long Valley, nur daß es noch viel größer und sehr viel älter war.

Schatten unzähliger Felsnadeln streckten sich über das dunkelblaue Wasser, alle in der gleichen flüchtigen Richtung, als wären sie Zeiger eines halben Tausend vulkanischer Sonnenuhren, die einstimmig den Gang der Stunden oder vielleicht eher der Weltalter maßen.

Dieser Ort hatte einst Geschichte gemacht, bevor seine Stimme erstarb.

»Hier haben die Könige ihre letzte Schlacht geschlagen«, hatte Naroin erklärt, kurz bevor sie mit den anderen überlebenden Gefangenen auf dem gekaperten Segler aufgebrochen war. Maia und Brod gingen gerade an Bord des mit frischem Proviant versorgten Kleinboots, um in Richtung Süden aufzubrechen. »Alle vereinigten Clans und Stadtstaaten schickten ihre Streitkräfte hierher, um das Männerreich endgültig zu zerschlagen. Es wird nicht viel darüber geredet, um die Vars nicht zu ermutigen, sich jemals wieder mit den Männern gegen die großen Häuser zu erheben. Aber nichts kann eine so große Legende aus der Welt schaffen.« Naroin hatte zu den Felsen gezeigt. »Denk mal darüber nach. Dort haben die Möchtegern-Patriarchen und ihre Helfershelfer ihre letzte Schlacht geschlagen.«

»Es ist wie aus einem Märchen«, hatte Maia nachdenklich gemeint. »Unwirklich. Ich kann kaum glauben, daß ich hier bin.«

Die Polizistin seufzte. »Ich auch nicht. Heutzutage kommen nicht mehr viele Leute hierher. Die Inseln liegen abseits aller Schiffahrtswege. So hätte ich sie mir nicht vorgestellt. Irgendwie fängt man an, sich Fragen zu stellen.«

Das stimmte. Während Maia und Brod tiefer in die Drachenzähne vordrangen, dachte Maia daran, wie wenig man sich auf die offizielle Geschichtsschreibung verlassen konnte. Je weiter sie kamen, desto sicherer wurde Maia, daß Naroin ihr das erzählt hatte, was ihr beigebracht worden war. Und daß es eine Lüge war.

Maia erinnerte sich an den rätselhaften Krater – das ungeheure, glasige Loch auf Grimké Island, wo sie ausgesetzt worden waren. Seit sie getrennt von den anderen nach Süden fuhren, hatten sie und Brod schon mehrere andere Berggipfel mit ähnlichen Wundmalen gesehen. Versengte Narben, wo der Stein unter extremer Hitzeeinwirkung geschmolzen war. Manche sahen aus wie von einem Schlag, und andere…

Sie sprachen nicht, während der stetige Wind sie an einer Ruine vorübertrieb, einem zerbröckelnden Überbleibsel, das von einer unvorstellbaren Gewalt der Länge nach entzweigerissen worden war.

Ich weiß nichts über Könige und dergleichen. Vielleicht haben die Verfechter des Patriarchats und ihre Verbündeten hier wirklich ihre letzte Schlacht geschlagen. Aber ich verwette eine Nische und meine sämtlichen Winterrechte, daß sie nicht schuld sind an dieser … dieser entsetzlichen Verheerung.

Es existierte noch eine andere, ältere Geschichte. Darin ging es ebenfalls um ein Ereignis, über das selten gesprochen wurde. Eines, das für die Stratos-Kolonie fast so zentral war wie ihre Gründung. Maia fühlte sich ganz sicher, daß ein *anderer* Feind hier vor langer Zeit gekämpft hatte. Und wie es aussah, war es ein knapper Sieg gewesen.

Die Große Verteidigung. Merkwürdig, daß niemand aus unserer Gruppe darauf gekommen ist, als wir uns am Lagerfeuer Geschichten erzählten, aber diese Schlacht muß hier in den Drachenzähnen stattgefunden haben.

Es war, als sollte die Königslegende eine ältere Geschichte verdecken. Eine, in der die Männer eine bewunderungswürdige Rolle gespielt hatten. *Als wollten die Herrschenden dafür sorgen, daß nur noch Freibeuter und Einsiedler sich daran erinnern.* Das uralte, verwitterte Relief fiel ihr ein, das sie in den Ruinen beim Tempel von Grange Head entdeckt hatte und auf dem bärtige und bartlose menschliche Gestalten unter den Schwingen einer rächenden Mutter Stratos gegen gehörnte Dämonen kämpften. Maia fügte es einer wachsenden Sammlung von Beweisen hinzu... aber Beweisen wovon? Was sollte sie aus alldem schließen? Noch war sie sich nicht sicher.

Eine niedrige Wolkenformation entfernte sich, und helles Sonnenlicht fiel über ein Stück Meer und Fels. Blinzelnd stellte Maia fest, daß der Anblick sie aus ihren Grübeleien gerissen hatte. Sie lächelte. *Oh, ich habe mich schon verändert, und nicht nur dadurch, daß ich härter geworden bin. Es ist das Ergebnis von allem, was ich gesehen und gehört habe. Vor allem durch Renna habe ich gelernt, über die Zeit nachzudenken.*

Die Clans drängten alleinstehende Vars, sich nicht mit unnötigen Gedanken über Jahrhunderte und Jahrtausende zu belasten. Sommerlinge sollten sich auf den Erfolg im Hier und Jetzt konzentrieren. Längere Zeiträume wurden erst wichtig, wenn man seinen Hausstand gründete und an die Nachkommen denken mußte. Stratos als Welt mit einer erforschbaren Vergangenheit und einer veränderbaren Zukunft zu sehen, war nicht Teil von Maias Erziehung gewesen.

Aber es ist nicht so schwierig, sich selbst als Teil einer großen Kette zu sehen. Einer Kette, die lang vor mir begonnen hat und noch lange nach mir weitergehen wird.

Renna hatte den Ausdruck ›Kontinuum‹ benutzt und damit eine Brücke gemeint, die sich über Generationen, ja, über den Tod hinweg zog. Eine beunruhigende Vorstellung. Aber früher hatten sich Frauen und Männer damit auseinandergesetzt, vor der Zeit, als es Klone gab, sonst hätten sie nie die Erde verlassen. *Und wenn diese Menschen das konnten, dann kann es auch eine bescheidene Var wie ich.*

Sich mit solchen Ideen zu beschäftigen, war eine noch viel größere Auflehnung gegen die herrschenden Verhältnisse, als Konstellationen zu messen oder das Spiel des Lebens zu lernen. Das war bloß Männerzeug gewesen. Jetzt aber stellte sie die Lehren der Savanten-Historikerinnen in Frage. Maia erblickte durch einen Schleier matriarchalischer, konservativer Propaganda hindurch ein Stückchen Wahrheit. *Fragmente sind fast so gefährlich wie gar nichts,* das wußte Maia. Doch es mußte irgendwie möglich sein, den Schleier wegzureißen. Herauszufinden, wie alles, was sie gesehen und erlebt hatte, letztlich zusammenhing.

Wie soll ich das Leie erklären? Muß ich sie erst aus den Fängen ihrer Seeräuberfreundinnen entführen? Sie gefesselt und geknebelt irgendwohin schleppen, wo sie sich ihre Gemeinheiten abfasten kann?

Dem Vergnügen, ihre Erfahrungen mit ihrer Schwester zu teilen, trauerte Maia längst nicht mehr nach. Die Leie von früher hätte nie verstanden, wie Maia jetzt dachte und fühlte. Und die neue Leie noch viel weniger. Maia vermißte ihre Zwillingsschwester noch immer, aber sie grollte ihr auch, weil sie sich, als sie sich das letzte Mal gesehen hatten, so hartherzig benommen und so fraglos angenommen hatte, daß sie die Überlegene war.

Nach Renna sehnte Maia sich viel mehr.

Bin ich deshalb ein Papakind? Die kindliche Bezeichnung tat ihr nicht weh. *Oder bin ich pervers, weil ich einem Mann Herzensgefühle entgegenbringe?*

Philosophische Fragen wie ›Warum?‹ und ›Was?‹ schienen weniger wichtig als ›Wie?‹ Irgendwie mußte sie Renna in Sicherheit bringen. Und wenn Leie auch mitkam, dann war das gut so.

»Wir sollten uns überlegen, irgendwo ein Nachtlager zu suchen. Sonst riskieren wir, im Dunkeln auf einen Felsen aufzulaufen.« Brod saß am Steuer und justierte es ständig, um den richtigen Kurs nach Süden einzuhalten. Mit der anderen Hand rieb er sich das Kinn, ein weit verbreiteter männlicher Manierismus, obwohl in Brods Fall noch ein Sommer vergehen würde, bis er einen Bart bekam. »Normalerweise würde ich vorschlagen, aufs offene Wasser hinauszufahren«, erklärte er weiter. »Wir könnten den Anker auswerfen, Wind und Gezeiten im Auge behalten und bei Tagesanbruch zur Inselgruppe zurückkehren.« Brod schüttelte unglücklich den Kopf. »Wenn ich mich nur nicht so blind fühlen würde ohne Wetterbericht. Es könnte sich direkt hinter dem Horizont ein Sturm zusammenbrauen, und wir würden es nicht rechtzeitig merken.«

»Bestenfalls würden wir eine Menge Zeit verschwenden und erschöpft zurückkommen«, meinte auch Maia. Sie rollte die Karte auf. »Sieh mal, in dieser Gegend hier ist eine große Insel mit einem Ankerplatz eingezeichnet. Er liegt nicht weit von unserer Route, bei der westlichsten Zahnreihe.«

Brod beugte sich über die Karte und las laut vor. »Jellicoe Beacon … Das war bestimmt mal ein Leuchtturm-Reservat, wie Halsey. Jetzt ist es außer Betrieb und unbemannt.«

Stirnrunzelnd überlegte Maia, wo sie den Namen schon einmal gehört hatte. Obwohl die Sonne noch ein ganzes Stück über dem Horizont stand, fröstelte sie, sagte sich aber, daß daran sicher die unheimliche Gegend schuld war. »Ah ... sollen wir dann nach Südwesten abdrehen, Käpt'n?«

Schon den ganzen Tag neckte Maia den Jungen mit diesem Ehrentitel. Grinsend und mit einem fürchterlich übertriebenen Akzent antwortete Brod: »Das werden wir tun, Madam Eigentümer. Wenn du so freundlich wärst, mir mit dem Segel zur Hand zu gehn.«

»Aye, Sir!« Maia nahm den Mastbaum in die Hand und setzte einen Fuß auf den Niederholer. »Fertig!«

»Und umlegen!« Brod schwang das Steuer, und der Bug des Kleinboots bewegte sich scharf in den Wind. Das Segel killte und flappte, für Maia ein Zeichen, den Baum von Backbord nach Steuerbord umzuspringen, wo sich das Segel mit einem hörbaren Krachen blähte und das Boot mit Schwung auf einen neuen Kurs brachte, parallel zu den langen Schatten einer großen westlichen Insel. Die Sonne erleuchtete einen schimmernden Strahlenkranz aus Wasserdampf, einen rosafarbenen Halo, und verwandelte den Felsvorsprung in einen feurigen Speer, der in die Wolken zielte.

»Angenommen, wir finden Zuflucht in der Lagune bei Jellicoe«, sagte Brod. »Und wir machen uns bei Sonnenaufgang wieder auf den Weg nach Süden. Dann können wir morgen nachmittag nach Osten drehen und in der Nähe von Halsey Beacon den Hauptkanal erreichen.«

»Das Reservat, das noch genutzt wird. Erzähl mir davon«, bat Maia.

»Es ist die einzige Zitadelle im Gebiet der Drachenzähne, die noch in Betrieb ist und mit Billigung des Regierungsrates für Ordnung sorgt. Meine Gilde hat den Auftrag bekommen, den Leuchtturm zu bemannen, also haben sie zwei Schiffe und Mannschaften geschickt, die sie am ehesten entbehren konnten – das heißt, Nichtsnutze wie mich. Trotzdem hätte ich nie erwartet, daß der Kapitän versuchen würde, sich mit Fahrten für die Freibeuter einen Nebenverdienst zu verschaffen.« Er machte ein unglückliches Gesicht. »Nicht alle Männer sind meiner Meinung. Manche sehen gern zu, wenn Frauen kämpfen.«

»Kannst du dich nicht versetzen lassen oder so?«

»Willst du mich auf den Arm nehmen? Ein Offiziersanwärter stellt die Entscheidungen seines Kapitäns nicht in Frage, nicht einmal, wenn der Kapitän die ungeschriebenen traditionellen Gesetze der Gilde bricht. Außerdem ist die Freibeuterei innerhalb gewisser Grenzen legal. Als mit klar wurde, daß Kapitän Corsh sich von *echten* Seeräubern hat anheuern lassen, war es schon zu spät.« Brod schüttelte den Kopf. »Anscheinend hat man mir angemerkt, was ich denke, deshalb hat er mich gern als Geisel angeboten. Bei den Freibeutern hat er natürlich gejammert, was für ein großer Verlust ich sei und daß sie sich gut um mich kümmern sollten!« Der junge Mann lachte bitter.

Wir sind uns ähnlich, armer Kerl, dachte Maia. *Bin ich schuld daran, daß ich keine Begabungen habe, die in die Welt der Frauen passen? Oder er, daß er ein Junge, aber trotzdem nicht zum Seemann geboren ist?* Solche Gedanken waren unloyal und rebellisch. *Vielleicht ist es einfach falsch, so zu verallgemeinern, ohne Raum für Ausnahmen zu lassen. Sollten wir nicht alle das Recht haben auszuprobieren, was wir am besten können?*

Beide waren sie von den Menschen, denen sie vertraut hatten, im Stich gelassen worden. Doch Brod war in einer noch ungünstigeren Lage. Ein Junge ging davon aus, daß er über kurz oder lang von einer Gilde adoptiert wurde, die von da an sein Zuhause war, während ein Sommermädchen von Anfang an wußte, was sie erwartete – ein einsames Leben voller Kämpfe.

»Dann sollten wir lieber vorsichtig sein, wenn wir

nach Halsey kommen. Möglicherweise ist dein Kapitän ...«

»Nicht sonderlich glücklich, mich wiederzusehen?« unterbrach Brod. »Hmm. Ich habe nur meine Rechte in Anspruch genommen, als ich mit dir und den anderen geflohen bin. Vor allem, nachdem Inannas Mordpläne aufgedeckt waren. Aber du hast recht – vermutlich sieht Corsh das anders und macht sich schon Sorgen darüber, wie er das alles den Admirälen erklären soll.

Also versuchen wir, morgen gegen Abend dort einzutreffen. Ich kenne einen Kanal in den Hafen. Er ist zu flach für größere Schiffe, aber für uns genau richtig. Er führt zu einem abgelegenen Dock. Von dort können wir uns vielleicht ins Zimmer des Navigators schleichen und uns seine Karten ansehen. Ganz bestimmt hat er eingezeichnet, wo sich das Versteck der Freibeuter befindet. Wo sie deinen Sternenmann festhalten.«

Brods Stimme klang ein klein wenig nervös, als beunruhigte ihn irgend etwas. Zweifelte er an ihren Erfolgschancen? Oder gefiel ihm die Idee doch nicht, mit Außerplanetarischen gemeinsame Sache zu machen?

»Wenn sie Renna doch nur in Halsey versteckt hätten.« Maia seufzte.

»Wohl kaum. Die Freibeuter lassen einen Mann bestimmt nicht dort, wo er mit anderen Männern reden kann. Für sie hängt zuviel von ihm ab.«

Auf Grimké hatte Brod Maia erzählt, was Renna getan hatte, als die *Manitou* gekapert worden war. Nach Brods Berichten war er aufgebracht zwischen den jubelnden Siegern herumgestapft und hatte gegen jede Verletzung des stratoinischen Gesetzes protestiert. Trotzig hatte er sich geweigert, auf die *Draufgänger* hinüberzuwechseln, bevor alle Verwundeten versorgt waren. Seine Haltung, sein Zorn und seine mühsam bewahrte Fassung hatten so seltsam und so aufrichtig gewirkt, daß Baltha und die anderen Freibeuter lieber nachgaben, als ihn mit Gewalt zu zwingen. Zwar erwähnte Brod nie etwas davon, daß Renna sich um eine der Verwundeten mehr als um andere gekümmert hätte, aber Maia stellte sich gern vor, daß ihr außerplanetarischer Freund sie mit seinen starken, tröstenden Händen gestreichelt und ihr mit sanfter, aber überzeugter Stimme versprochen hatte, daß sie sich wiedersehen würden.

Über Leie wußte Brod nichts weiter zu berichten. Ihm war Maias Schwester unter den Freibeutern aufgefallen, vor allem wegen ihrer lebhaften Art und ihrem ausgeprägten Interesse für Maschinen. Der Chef des Maschinenraums war froh, sie dabei zu haben, und es war ihm vollkommen gleichgültig, welches Geschlecht ein rußverschmierter Kollege unter Hemd und Lendenschurz verbarg, solange er oder sie nur hart genug arbeitete.

»Wir haben uns nur ein einziges Mal privat unterhalten«, sagte Brod und legte die Hand über die Augen, um sie gegen die Nachmittagssonne zu beschirmen. Er paßte das Steuer einer leichten Änderung der Windrichtung an, und Maia regierte sofort, indem sie das Segel straffte. »Vermutlich hat sie mich ausgesucht, weil es niemand gekümmert hätte, wenn *ich* sie auslachte.«

»Worüber wollte sie mit dir sprechen?«

Brod runzelte die Stirn und versuchte sich zu erinnern. »Sie hat gefragt, ob ich einen alten Admiral oder Kapitän kenne, im Hauptreservat meiner Gilde in Joannaborg. Kevin sollte er heißen. Oder war es Calvin?«

Maia setzte sich auf. »Meinst du vielleicht *Clevin?*«

Er schlug sich mit der flachen Hand gegen die Stirn. »Ja, genau. Ich sagte ihr, ich hätte den Namen schon gehört. Aber nach der Adoption haben sie mich so schnell weggeschickt, daß noch viele Crews auf See waren, deshalb habe ich ihn nie kennengelernt. Aber sein Schiff, die *Seelöwe*, war eines von unsren.«

Maia starrte den Jungen an. »Deine Gilde. Das sind die Flossenfüßer.«

Sie stellte das als Tatsache fest, und Brod zuckte die Achseln. »Natürlich merkt das niemand. Vor dem Kampf haben wir die Flagge eingeholt. Aber es war ziemlich beschämend. Jedenfalls wurde mir spätestens da klar, daß irgend etwas nicht in Ordnung war.«

Maia setzte sich wieder und hörte weiter zu, obgleich eine Vielzahl widerstreitender Gefühle in ihr brodelten – und vor allem war sie vollkommen verblüfft.

»Der Starkland-Clan kennt die Flossenfüßer seit Generationen. Die Mütter sagen, sie seien früher eine große Gilde gewesen. Sie haben gute Frachten verschifft, und ihre Offiziere waren in High Town sommers wie winters willkommen. Aber heutzutage nehmen die Admiräle Aufträge an wie die Bemannung von Halsey Beacon, und jetzt haben sie sich sogar von Freibeutern anheuern lassen.« Er lachte bitter. »Kein großartiger Job, was? Aber ich bin ja auch nicht gerade ein toller Typ.«

Maia betrachtete Brod mit neu erwachtem Interesse. Wenn das alles stimmte, war er möglicherweise ein entfernter Cousin von ihr … was aber nur eine Genuntersuchung im Tempel endgültig beweisen konnte. Maia brauchte eine Weile, bis sie den Gedanken verdaut hatte. Welch eine Ironie des Schicksals, daß sie nach so vielen Abenteuern schließlich doch mit ihrer Vatergilde in Kontakt gekommen war. Allerdings hatte sie es sich ganz anders vorgestellt.

Eine Weile segelten sie schweigend weiter, beide ganz in Gedanken versunken. Einmal kam ein paar hundert Meter unter ihrem kleinen Boot ein Schwarm dunkler Schatten in Sicht, lautlos dahingleitend, geschmeidig, kraftvoll, schnell. Das größte Exemplar war größer als die *Manitou* und brauchte mehrere Minuten, um an ihnen vorbeizuschwimmen, aber es bewegte sich so geschmeidig, daß sich die Oberfläche kaum kräuselte. Maia konnte gerade noch einen Blick auf den Schwanz des Monstrums erhaschen, dann war der Konvoi vorübergezogen.

Einige Minuten später lehnte sich Brod plötzlich vor, legte schützend eine Hand über die Augen und starrte angespannt nach vorn. »Was ist los?« fragte Maia.

»Ich … ich bin mir nicht sicher. Für einen Augenblick dachte ich, es wäre etwas über die Sonne geflogen.« Er schüttelte den Kopf. »Es ist spät. Wie weit haben wir es noch bis nach Jellicoe?«

»Wir müßten es sehen, wenn wir an der Klippe da vorn vorbei sind.« Maia rollte die Karte aus. »Die Klippe scheint aus zwölf Spitzen zu bestehen. Es gibt zwei Ankerplätze, bei denen einige große Höhlen eingezeichnet sind.« Sie blickte auf und taxierte den Sonnenstand. »Es wird knapp, aber wir müßten noch vor Sonnenuntergang einen Kanal finden.«

Der junge Mann nickte, doch sein Gesicht war noch immer besorgt. »Dann mach dich fertig aufzustoppen.«

Das Manöver lief reibungslos, der Wind brachte ihr grobes Segel in Stellung, wie er es schon den ganzen Tag getan hatte. *Vielleicht hat sich unser Glück tatsächlich gewendet,* dachte Maia, obwohl sie wußte, daß sie damit das Schicksal herausforderte. Als sie gleichmäßig auf ihrem neuen Kurs kreuzten, brachte sie ein weiteres Thema zur Sprache, das ihr auf den Nägeln brannte.

»Ich mußte Naroin versprechen, daß ich ihre Vorgesetzten zu erreichen versuche, falls wir in Halsey eine Möglichkeit dazu finden.«

Es wäre ihr wohler gewesen, wenn sie das Versprechen nicht gegeben hätte. Maia vertraute Naroin, aber was war mit ihren Vorgesetzten? *So viele Gruppen wollen Renna in die Finger bekommen, aus den verschiedensten Gründen. Er hat viele Feinde im Regierungsrat. Und selbst wenn mein Anruf von einer ehrlichen Polizeiagentin entgegengenommen wird – werden die Freibeuter sich Renna lebendig abjagen lassen?*

Ein beunruhigender Gedanke nach dem anderen ging ihr durch den Kopf. *Was ist, wenn der Regierungsrat noch über solche Waffen verfügt, wie sie auf Grimké eingesetzt wurden? Was, wenn sie zu dem Schluß kommen, daß ein toter Außerplanetarischer besser ist als einer in der Hand des Feindes?*

Brods Antwort klang so halbherzig, wie Maia sich fühlte. »Wir könnten wahrscheinlich den Kommunikationsraum aufsuchen. Möglicherweise ist er nachts unbewacht. Mir macht der Gedanke allerdings ziemliche Magenschmerzen.«

»Ich weiß. Es wäre verteufelt riskant, vor allem, wenn wir dann auch noch den Kartenraum ausrauben …«

»Nein, nicht deshalb«, unterbrach Brod. »Mir wäre es nur … mir wäre es lieber, wenn nicht ausgerechnet ich meiner Gilde die Polizei auf den Hals hetzen müßte.«

Maia sah ihn an. »Loyalität? Nach allem, was sie dir angetan haben?«

»Das ist es nicht«, entgegnete er kopfschüttelnd. »Ich werde nicht bei ihnen bleiben, nach allem, was passiert ist.«

»Was ist es dann? Du hilfst mir doch jetzt schon, Renna zu suchen.«

»Das verstehst du nicht. Eine andere Gilde würde mich vielleicht respektieren, weil ich dir geholfen habe, einen Freund zu retten. Aber wer stellt einen Mann bei sich ein, der seine Gilde verpfiffen hat?«

»Oh.« Jetzt wurde Maia das zusätzliche Risiko klar, das Brod auf sich nahm. Er setzte nicht nur sein Leben und seine Freiheit aufs Spiel, sondern auch noch seine Karriereaussichten. *Etwas, das ich ohnehin nie hatte*, lag es Maia auf der Zunge, aber sie verbiß sich die Bemerkung. Von jemandem mit Zukunftschancen erfordert es einigen Mut, diese um der Ehre willen zu verspielen.

Das Kleinboot umrundete nun die erste Landspitze. Dahinter kam, wie Maia es vorhergesagt hatte, Stück für Stück eine große, seltsam verformte Insel in Sicht. Für Maia sah sie aus wie eine große Klaue, die erstarrt war, als sie sich ins Meer hinausstrecken wollte. Geheimnisvolle geologische Prozesse hatten die fingerartigen Krallen aus zahllosen schlanken Klippen und einem Netzwerk von Steinbögen geformt.

Früher einmal war Jellicoe Island noch größer gewesen. Geschmolzene Felstunnel zeigten, wo einst eine Gruppe kleinerer Inseln von einer urtümlichen Kraft auseinandergerissen worden war, vermutlich von der gleichen Kraft, die auch den Krater auf Grimké verursacht hatte. Spuren versengten Steins schimmerten wie Narbengewebe an den zerklüfteten Felsbrocken, die der Küstenlinie ihre eigenen Windungen hinzufügten. Die Uferkonturen sahen aus wie die eines vielstrahligen Sterns mit abgerundeten Auswüchsen anstelle der Spitzen, unterbrochen von unregelmäßigen Einschnitten.

Ein paar Minuten später entdeckte Maia in einem solchen Einschnitt eine Lagune, so ruhig wie aus Glas.

»Da ist es!« rief sie. »Perfekt. Wir können einfach reinsegeln und vor Anker gehen …«

»*Shiva und Zeus!*« fluchte Brod. »Maia, duck dich!«

Sie konnte sich gerade noch auf den Boden werfen, während Brod so hart beidrehte, daß der Baum über das kleine Boot hinwegfegte, direkt dort, wo vor Sekundenbruchteilen noch Maias Kopf gewesen war.

»Was soll denn das?« schrie sie. Aber der junge Mann antwortete nicht. Er hatte das Steuer so fest umklammert, daß seine Fingerknöchel weiß wurden, und seine Augen waren absolut konzentriert. Als sie den Kopf hob, blieb Maia die Luft weg. »Die *Draufgänger!*«

Die dreimastige Schoneryacht kam von Südwesten auf sie zugebraust, fast direkt aus dem Sonnenuntergang. Der Anblick ihrer gebauschten Segel, die sich anstrengten, das ohnehin halsbrecherische Tempo noch zu beschleunigen, war atemberaubend. Bis Maia und Brod ihr kleines Schiffchen mühsam durch ein paar Wendemanöver gepeitscht hatten, hatte das Freibeuterschiff bereits den halben Weg zwischen zwei Inseln hinter sich gebracht.

»Glaubst du, sie haben uns noch nicht gesehen?« fragte Maia und kam sich dabei unglaublich dumm vor. Doch Brod hegte allem Anschein nach dieselbe Hoffnung wie sie, denn er versuchte, hinter die Klippe zu gelangen, die sie gerade zuvor umrundet hatten. Vielleicht hatte der Ausguckposten der Freibeuter gerade ein Nickerchen gehalten …

Doch dann hörten sie ein Pfeifen, und alle Hoffnung war zunichte. Maia kniff die Augen gegen das Sonnenlicht zusammen und beobachtete die Silhouetten, die sich am Bug drängten und in ihre Richtung deuteten. Möglicherweise löste bei manchen der Anblick das Gefühl eines Dejà-vu aus, so ähnlich war die Situation der von heute morgen – nur daß es diesmal kein kleiner Segler war, der auf sie zukam sondern ein Frachter, auf Geschwindigkeit und Angriffskraft frisiert. Qualm stieg aus den Schornsteinen, die Kessel wurden hochgeheizt. Maia stieg der unangenehme Kohlengestank in die Nase, aber sie überlegte bitzschnell.

»Es hat keinen Sinn zu fliehen!« erklärte sie Brod. »Sie sind viel schneller, sie haben Kanonen und vielleicht eine Radarausrüstung. Selbst wenn wir ihnen entwischen, suchen sie die ganze Nacht nach uns, und wir zerschellen in der Dunkelheit.«

»Ich bin für jeden Vorschlag dankbar!« fauchte ihr Partner ungeduldig. Schweißperlen standen ihm auf Oberlippe und Stirn.

Maia packte ihn am Arm. »Nimm Kurs nach Westen. Wir gehen schärfer an den Wind. Wenn die *Draufgänger* uns folgen will, muß sie die Segel reffen. Vielleicht sind ihre Maschinen noch nicht heiß. Wenn wir Glück haben, können wir uns in diesem Labyrinth davonmachen.« Sie wies auf die zerklüftete Küstenlinie von Jellicoe Island.

Brod zögerte, nickte dann aber. »Wenigstens überraschen wir sie damit. Alles klar?«

Maia packte den Baum und machte sich bereit zum Niederholen. »Fertig, Käpt'n!«

Er schnitt eine Grimasse über ihren stehenden Witz. Maia mußte die Übelkeit niederkämpfen, denn in ihrem Magen herrschte der übliche Aufruhr von Angst und Adrenalin.

Soviel also zum Thema Glückssträhne, dachte sie. *Ich hätte es besser wissen müssen.*

»In Ordnung«, sagte Brod mit einem tiefen Seufzer, der sicher etwas Ähnliches bedeutete. »Dann mal los.«

Jetzt kam alles auf den nächsten Kanal an. Welchen Wendekreis hatte das große Schiff? Welche Waffen würde es einsetzen?

Wie erwartet war das Kleinboot wesentlich wendiger. Die *Draufgänger* zögerte zu lange, nachdem Brod den Kurs geändert hatte, und als sie endlich gewendet hatte, fiel sie zurück und geriet querab zum Wind. Brod und Maia dagegen bekamen Fahrt nach Westen. Die Seeleute an Bord des Freibeuterschiffs schufteten und zurrten Segel, damit die noch kalten Maschinen nicht gegen sie arbeiten mußten. Der Rest der Crew stand an der Reling. *Ob sie das Kleinboot wiedererkennen?* überlegte Maia. *Inzwischen wissen sie bestimmt, daß Inanna und ihren Freundinnen auf dem Segler etwas zugestoßen ist. Lysos, sie sehen vielleicht wütend aus!*

Obwohl das große Schiff schlingerte, würde der Moment kommen, in dem beide Boote nur wenige hundert Meter aneinander vorbei mußten. Was würden die Piraten dann tun?

Damit Brod so eng wie möglich manövrieren konnte, trimmte Maia das Segel. Um alles an Geschwindigkeit herauszuholen, mußte sie sich ständig von einer Seite des Boots auf die andere werfen, denn sonst wären sie im Handumdrehen aus dem Gleichgewicht geraten. So war sie noch nie auf einem kleinen Boot gefahren – sie schlitterten regelrecht über das Wasser. Es war ein berauschendes Gefühl und hätte ihr sicher Spaß gemacht, wenn sich ihr nicht dauernd fast der Magen umgedreht hätte. Immer wieder versuchte sie, einen Blick an Bord zu erhaschen, ob vielleicht Renna dort stand. Tatsächlich waren auf dem Quarterdeck Männer zu sehen, genau wie beim Überfall auf die *Manitou*, aber keiner von ihnen hatte Rennas typische dunkle Gesichtszüge.

Als das Kleinboot das Piratenschiff breitseits passierte, hörte Maia wütende Stimmen. Zwar verstand sie keine Worte, aber sie erkannte das zornrote Gesicht des Schiffskapitäns, der mit mehreren Frauen in roten Kopftüchern diskutierte. Der Mann zeigte auf einige andere Freibeuterinnen, die mit einer langen schwarzen Röhre am Backbord-Schandeck hantierten, schüttelte den Kopf und gestikulierte abwehrend.

Unter seiner Empörung schien er sich seiner Autorität gewiß. So gewiß, daß er nicht einmal argwöhnisch wurde, als noch mehr Frauen, bewaffnet mit Knüppeln und Messern, sich um ihn und seine Offiziere scharten … bis der Kommandoton plötzlich abbrach, erstickt unter einem Hagel brutaler Schläge.

Maia, die die Vorgänge aus der Ferne entsetzt beobachtete, konnte nicht erkennen, ob auch Hellebarden oder Messer eingesetzt wurden, aber der Angriff dauerte wesentlich länger als nötig, um den Mann kampfunfähig zu machen. Laute Freudenschreie zeigten, wie die Piratinnen die in ihren Augen wohlverdiente Strafaktion genossen, mit der sie eine ohnehin störende Allianz und die letzte Bindung an das Gesetz ein für allemal zerstörten.

»Wir drehen ab!« rief Brod. Er war viel zu konzentriert gewesen, um seinen ehemaligen Schiffsgenossen auch nur einen Blick zuzuwerfen oder auf die Bedeutung der Schreie und Rufe zu achten. Das war auch gut so, denn das Niederschlagen der Offiziere war nur ein

Teil des Coups. Als Maia das nächste Mal Zeit für einen Blick auf die Takelung fand, waren sämtliche männlichen Besatzungsmitglieder verschwunden, die noch bis vor wenigen Momenten dort gearbeitet hatten.

Die Flossenfüßer mögen schlechte Zeiten durchmachen, überlegte Maia, noch immer ganz benommen von dem, was sie beobachtet hatte. *Aber vor kaltblütigem Mord schrecken sie zurück. Deshalb werden sie jetzt unser Schicksal teilen.*

Die Piraten waren offensichtlich eine besonders fanatische Bande. Maia hatte das von Anfang an gedacht, und der Hinterhalt dieses Morgens hatte ihre Meinung nur bestätigt. Aber das jetzt? Ohne jeden Skrupel *Männer* anzugreifen und zu erschlagen? Das war genauso widerlich wie die alte Unsitte, vor der die Perkiniten dauernd warnten: die Gewaltausübung von Männern gegen Frauen, die vor langer Zeit zum Exodus der Gründerinnen geführt hatte.

Renna, dachte Maia voller Angst. *Was hast du in meine Welt gebracht?*

Maia schickte ein kurzes Stoßgebet zum Himmel, ihre Schwester, die zur Maschinenbesatzung gehörte, möge mit dem Blutvergießen nichts zu tun haben. Vielleicht half Leie, die Männer unter Deck zu retten. Andererseits war es unrealistisch anzunehmen, daß die Piraten Zeugen hinterließen.

Momentan aber war das wichtigste, daß Maia und Brod dank der Meuterei Sekunden, wenn nicht sogar Minuten gewonnen hatten. Zeit, die sie dringend benötigten, um wenigstens ein paar Meter Vorsprung zu gewinnen, während die Freibeuter jetzt von neuem zum Wenden ansetzten. »Klar zum Wenden!« warnte Brod. »Klar!« antwortete Maia. Während ihr Partner steuerte, glitt sie unter den Baum. Ihre Bewegungen waren so fließend geworden, daß ihre Lehrer – und sie selbst ebenfalls – vor ein paar Monaten nicht aus dem Staunen herausgekommen wären. Doch mit einem gewissen Maß an Übung wächst man in Krisensituationen oft über sich selbst hinaus.

Als Maia das nächste Mal zu den Freibeutern hinüberspähte, lag die *Draufgänger* mehrere hundert Meter hinter ihnen, gewann aber bereits wieder an Fahrt. Die Schützen mußten ihre rückstoßfreien Waffen immer wieder neu in Stellung bringen, wenn ihr Schiff einen leichten Kurswechsel vollzog, um den Flüchtlingen auf den Fersen zu bleiben. Maia sah, wie mehrere Piratinnen die neue Steuerfrau anbrüllten, doch endlich einen steten Kurs zu halten. Geradeaus ging nicht, da sonst der Bugspriet des großen Schiffs den Schußwaffen im Weg war. Schließlich schwenkte die *Draufgänger* auf einen Kurs ein, der dreißig Grad vom Wind lag. So holten sie zwar nicht soviel auf, kamen aber endlich in eine gute Schußposition.

Soll ich Brod warnen? überlegte Maia viel gelassener, als sie es erwartet hätte.

Nein, er soll sich lieber so lange wie möglich voll auf seine Manöver konzentrieren.

Sie beobachtete, wie die Blicke ihres Freundes zwischen dem bebenden Segel, dem kabbeligen Wasser und dem Steuer hin und her flitzten – sie näherten sich jetzt rasch einer Gruppe riesiger Felsblöcke. Immer wieder nahm er blitzschnell subtile Korrekturen vor, viel zu fein, um berechnet zu werden, und nur mit Hilfe eines Instinkts, den er nicht zu besitzen behauptete, holte er aus einer völlig unwahrscheinlichen Kombination von Segeltuch, Holz und Wind das größtmögliche Tempo heraus.

Ich kann zusehen, wie er erwachsen wird. Maia staunte. Brods jungenhafte, unsichere Gesichtszüge verwandelten sich, während er unter dem unglaublichen Druck der Situation zu Höchstform auflief. Kiefer und Stirn waren hart, und er strahlte etwas aus, das in Maias Augen sowohl die reifen wie die unreifen Charakteristiken der Männer auf den Punkt brachte – die hundertprozentige Fixierung auf ein Ziel, gepaart mit einer leidenschaftlichen Hingabe an die Tätigkeit, die in diesem Augenblick von ihm verlangt wurde. Selbst wenn sie beide in ein paar Minuten tot waren, würde ihr junger Freund diese Welt als Mann verlassen, und Maia freute sich für ihn.

Ein ohrenbetäubender Knall erschütterte die Luft hinter ihnen. Es war ein tieferes Grollen als bei der Kanonade am Vormittag, wahrscheinlich ein größeres Kaliber. »Was war denn das?« fragte Brod geistesabwesend, ohne sich von seinem Tun ablenken zu lassen.

»Donner«, log Maia mit einem grimmigen Lächeln, um ihn so lange wie möglich seiner gloriosen Konzentration zu überlassen. »Keine Sorge. Der Regen wird noch eine Weile auf sich warten lassen.«

Wasser fiel in Strömen vom Himmel, durchnäßte ihre Kleider und überschwemmte fast das kleine Boot. Dann hörte es abrupt wieder auf, aber Maia konnte mit ihrem Eimer kaum schnell genug ausschöpfen, ehe sich die nächste Kaskade über sie ergoß.

Die Salzwasserfontänen der explodierenden Granaten waren nicht ihre einzige Sorge. Ein nur leicht neben dem Ziel eingeschlagener Schuß hatte das Kleinboot um ein Haar zum Kentern gebracht. Der Rumpf stöhnte und Bretter und Bolzen drohten sich zu lösen. Maia wußte nur, daß sie das Wasser schneller ausschöpfen mußte, als neues hereinkam, während Brod ohne ihre Hilfe einen Weg aus dem Schlamassel suchte.

Die Schützen auf dem Freibeuterschiff hatten nach der Säuberungsaktion eine Weile gebraucht, um sich zu sammeln. Ihre ersten Schüsse gingen über ihr Ziel hinaus – teilweise weil dieses Ziel im Zickzack fuhr – doch dann hatten sie sich trotz des Dämmerlichts einigermaßen eingeschossen. Einige Minuten hatte Maia die Hoffnung gehegt, daß vor ihnen die Rettung winkte – ein offener Kanal, der zum Ankerplatz in der Jellicoe-

Lagune führte. Dann jedoch bot sich ihr ein vertrauter und abscheulicher Anblick: Der gekaperte Frachter, die *Manitou* lag in der Felsenbucht vor Anker, und auf seinem Deck wimmelte es von weiteren blutroten Kopftüchern. In diesem Augenblick wurde ihr die ganze grausige Realität klar.

Jellicoe ist das Hauptquartier der Piraten! Ich habe Brod direkt in ihre Hände geführt!

»Nach rechts, Brod, scharf nach rechts!«

Eine abrupte Wendung verhinderte in letzter Sekunde die Einfahrt in die tödliche Bucht. Nun kreuzten sie an der zerklüfteten Küste von Jellicoe entlang, abwechselnd durchnäßt von den Kanonenschüssen, die sie knapp verfehlten, und der normalen Gischt, die gegen den harten Felsen brandete. Jetzt gab es keine feinen Anpassungsmanöver mehr. Sie wurden von einer mächtigen Strömung erfaßt, und Brod mußte seine ganze Kraft darauf verwenden, daß sie nicht gegen die Küstenfelsen geschleudert wurden.

Bei Dunkelheit wäre ihre Lage etwas besser gewesen, doch ausgerechnet heute standen alle drei größeren Monde am Himmel, um ihr schimmerndes Licht auf den Untergang der beiden jungen Menschen zu werfen. Es war ein schöner, klarer Abend. Bald schon würden Maias geliebte Sterne aufgehen. Wenn sie nur lange genug überlebte, um sich von ihnen zu verabschieden!

Immer wieder füllte Maia ihren Eimer und schüttete das Wasser meerwärts aus, nur um nicht zu den glitzernden ›Drachenzähnen‹ hinübersehen zu müssen, die so nah waren wie ein sich kräuselnder, verdrehter Vorhang. Die Ritzen und Rillen schienen einen weichen Faltenwurf vorzuspiegeln, obwohl das kleine Schiff jederzeit an dem harten Kristallgestein zerschellt wäre.

Maia konnte den Anblick nicht mehr ertragen. So schüttete sie Eimer um Eimer in entgegengesetzter Richtung über den Bootsrand, was teilweise ihre Ret-

tung war, als die Freibeuter eine neue Taktik auspro-
bierten.

Plötzlich gab es hinter ihnen eine Explosion, das
Kleinboot tanzte auf den Druckwellen, und Maia
wurde zu Boden geworfen. Zu ihrer Überraschung
blieb sie bei Bewußtsein, während weitere Erschütterungen über sie hinwegzogen und in einem leisen Vibrieren verklangen, das sie in den Schiffsplanken
spürte. Ein stechender Schmerz im Nacken ließ sie mit
einer Reflexbewegung dorthin greifen, und sie zog
einen blutigen Gesteinssplitter aus dem Fleisch. Dunkle
Kreise tanzten vor ihren Augen, während sie auf das
dolchartige Stück natürlichen Schrapnells starrte. Die
Welt schwankte um sie her. Sie wandte sich um. Auch
Brod hatte überlebt, allerdings rann Blut über seine
linke Gesichtshälfte. Lysos sei Dank, daß die Felssplit-
ter so klein gewesen waren. Dieses Mal.

»Machen wir, daß wir noch weiter von der Küste
wegkommen!« rief Maia. Doch sie hörte ihre eigene
Stimme nicht, nur ein schreckliches Glockengebimmel.
Brod schien sie dennoch zu verstehen. Mit vom Schock
weit aufgerissenen Augen nickte er und drehte das
Steuer. Sie schafften es ein Stück weit hinaus, ehe die
nächste Granate einschlug und noch mehr Gestein von
der Felsklippe absplitterte. Diesmal wurden sie glücklicherweise nicht getroffen, aber das Manöver bedeutete
auch, daß sie näher an die *Draufgänger* und ihre Ge-
schütze heranfahren mußten, so nah, daß die Freibeuter
aus kürzester Distanz auf sie zielen konnten. Maia
blickte fast direkt in den Lauf empor und sah, wie die
Crew die Kanone lud. Dann spürte sie, wie das Geschoß links an ihnen vorbeipfiff, und unmittelbar darauf prallte ein weiterer Schuß von der Felsklippe ab
und schleuderte die beiden jungen Leute um ein Haar
aus ihrem Kleinboot. Als sie wieder aufblickte, sah
Maia, daß ihr Segel einen Riß bekommen hatte. Bald
würden nur noch Fetzen herabhängen.

In diesem Moment machte die Küste eine Biegung in die andere Richtung. Eine Öffnung tauchte auf. Mit zitternden Händen steuerte Brod direkt in die Sackgasse hinein. Eine solche Aktion wäre in jeder Situation unvorsichtig gewesen, aber Maia stimmte seiner Entscheidung von ganzem Herzen zu. *Wenigstens bekommen die Mistweiber so nicht die Genugtuung, uns eigenhändig umzubringen und sterben zu sehen.*

Eine Seite der Einbuchtung explodierte, als sie gerade durchfuhren, Risse erschienen in den Klippen, und der Druck trieb das Kleinboot zwischen den Felsen vorwärts. Die nächste Granate schlug mit frustrierter Wut in den Stein, und die Risse verzehnfachten sich. Ein riesiger Felsbrocken, halb so lang wie die *Draufgänger*, löste sich. Mit fast anmutiger Zielsicherheit rollte er auf Brod und Maia zu …

Direkt hinter dem kleinen Boot krachte der Brocken ins Wasser, und eine Flutwelle trug die Nußschale auf ein tiefes schwarzes Loch zu.

Maia wußte, daß sie Mut besaß. Aber längst nicht genug, um mit offenen Augen mit anzusehen, wie ihr Boot auf den uralten Giganten zusauste, auf den Jellicoe Beacon. *Wenn es nur schnell vorbei ist*, dachte sie noch. Dann wurde es dunkel um sie.

Liebe Iolanthe,

wie Du an diesem Brief siehst, bin ich am Leben ... oder war jedenfalls am Leben, als ich ihn geschrieben habe ... und bei guter Gesundheit, abgesehen von den kleinen Beeinträchtigungen, die unvermeidlich sind, wenn man seit sieben Tagen gefesselt und geknebelt ist.

Nun, wie es aussieht, bin ich auf den ältesten Trick der Menschheit hereingefallen. Die Masche mit dem einsamen Reisenden. Ich bin durchaus in guter Gesellschaft. Unzählige, weit talentiertere Diplomaten sind ebenfalls ihren menschlichen Bedürfnissen schon zum Opfer gefallen ...

Meine Aufseherinnen befehlen mir, nicht soviel zu quatschen, also versuche ich, mich präzise auszudrücken. Ich soll Dir mitteilen, daß Du mich erst zwei Tage nach dem Erhalt dieses Briefes als vermißt melden darfst. Tu weiterhin so, als wäre ich nach meiner Rede krank geworden. Ein paar werden Verdacht schöpfen, daß etwas nicht stimmt, andere werden sagen, ich führe den Rat an der Nase herum. Das spielt keine Rolle. Wenn Ihr meinen Entführern nicht die Zeit gebt, die sie brauchen, werden sie mich irgendwo begraben, wo Ihr mich nicht finden könnt.

Sie behaupten, Agenten bei der Polizei zu haben. Also würden sie es merken, wenn Ihr versucht, sie zu betrügen.

Ich soll Dich anflehen zu kooperieren, dann wird mein Leben verschont. Den ersten Entwurf des Briefes haben sie zerstört, weil ich mich an dieser Stelle etwas sarkastisch ausgedrückt habe, deshalb möchte ich hiermit einfach nur feststellen, daß ich zwar schon recht alt bin, aber nichts dagegen hätte, noch mehr vom Universum zu sehen.

Ich weiß nicht, wohin man mich bringt, denn nun ist der Sommer vorüber und die Reisemöglichkeiten unbegrenzt. Wenn ich Dir anhand dessen, was ich um mich herum sehe und höre, jetzt irgendwelche Hinweise gebe, muß ich den Brief noch einmal schreiben. Und dafür sind meine Kopfschmerzen zu schlimm, also lasse ich es lieber.

Ich will nicht behaupten, ich würde es nicht bereuen. Nur Idioten können so etwas sagen. Doch ich bin zufrieden. Ich habe gelebt und gearbeitet, habe viel gesehen und gedient. Einer der Reichtümer meiner Existenz besteht darin, daß ich eine Zeitlang auf Stratos verbringen durfte.

Meine Entführer sagen, sie werden bald mit Dir Kontakt aufnehmen. Bis dahin verbleibe ich mit herzlichen Grüßen

– Renna.

Kapitel 22

In der fast vollständigen Finsternis streichelte sie Brods Stirn, schob sanft seine durchnäßten Haare von den trocknenden Wunden. Der junge Mann stöhnte und warf den Kopf hin und her, den Maia auf den Knien hielt. Trotz einer Menge größerer und kleinerer Verletzungen war sie dankbar für kleine Dinge – wie den schmalen Sandstreifen, auf dem sie lagen, ein winziges Stückchen über dem dunklen, kalten, trüben Wasser. Dankbar, daß sie diesmal nicht nach einem Schlag über den Kopf an irgendeinem gräßlichen Ort erwachte. *Mein Schädel ist inzwischen so hart, daß ich beim nächsten Mal wahrscheinlich eher tot bin als bewußtlos. Aber das passiert nicht so schnell. Die Welt will sich vorher noch ein bißchen damit amüsieren, mich rumzuschubsen.*

»Mm ... Mwa ... waa?« brummte Brod. Maia spürte es eher mit den Händen, denn ihr Gehör war von den Kanonenschlägen noch immer etwas betäubt. Obgleich er ohnmächtig war, hatte Brod offenbar immer noch das Gefühl, irgendwelche dringenden Dinge erledigen zu müssen. »Psst, alles in Ordnung«, sagte sie beschwichtigend, wenn auch kaum fähig, ihre eigenen Worte zu verstehen. »Ruh dich aus, Brod. Eine Weile kümmere ich mich um alles.«

Ob er sie gehört hatte oder nicht, er wurde tatsächlich etwas ruhiger. Zwar spürten ihre Finger weiterhin die Sorgenfalten auf seiner Stirn, aber wenigstens warf er sich nicht mehr dauernd herum. Und sein Stöhnen wurde so leise, daß sie es kaum mehr wahrnahm.

In seinen letzten Augenblicken hatte ihr sterbendes Boot sie hierher in diese Höhle ausgespuckt, während hinter ihnen die Buchteinfahrt im Felsregen der Explosionen eingestürzt war. In dem höllischen Chaos von Wasser und Sand, mit von Kanonendonner dröhnendem Kopf, hatte Maia verzweifelt die Arme nach Brod ausgestreckt, ihn an den Haaren gepackt und an die schaumige, nicht recht definierbare Oberfläche gezogen. Oben und unten waren in der Hektik nicht auszumachen, aber Maia hatte inzwischen gelernt, immer die Luft zu suchen. Mit schmerzenden Lungen kämpfte sie gegen teuflische Strömungen, die sie mitzureißen drohten, und schließlich gerieten ihre Füße auf schlammigen Untergrund. Brod hinter sich herziehend, kletterte sie heraus, hievte ihren Freund ein Stück über die Wasserlinie und ließ sich neben ihn fallen, um in der undurchdringlichen Finsternis festzustellen, ob er noch atmete. Glücklicherweise hustete er das eingeatmete Wasser gleich aus, und Maia fand keine gebrochenen Knochen. Er würde überleben ... vorerst jedenfalls.

Alles in allem waren die Verletzungen harmlos. *Wenn das Boot intakt geblieben wäre, hätte es uns gegen eine unterirdische Wand geschleudert.* Bei dem Gedanken lief es ihr eiskalt über den Rücken. Letztlich hatte es ihnen das Leben gerettet, daß das Boot so früh zerschellt war. Die Tauchpartie hatte ihren Sturz ans Ufer abgemildert.

Allerdings war der Untergrund nicht gerade ideal. Selbst oberflächliche Kratzer schmerzten teuflisch, denn Sand und Kies bohrten sich erbarmungslos in jede offene Stelle, und jedes einzelne Körnchen traf auf ein separates Nervenbündel. Außerdem entzog die Verdunstung ihrem Körper jegliche Wärme, und ihre Zähne begannen zu klappern.

Aber wir sind nicht tot, beharrte eine innere Stimme trotzig. *Und wenn ich einen Ausweg finde, ehe die Flut kommt, werden wir hier drin auch nicht sterben.*

Kein einfaches Vorhaben, wie sie fröstelnd einräumen mußte. *Vermutlich füllt und leert sich diese Höhle zweimal am Tag und reinigte sich so von allem Strandgut – von uns beispielsweise.*

Nach Maias Schätzung blieben ihnen noch ein paar Stunden. In den letzten Augenblicken auf dem Kleinboot, als das gräßliche dunkle Loch in dem vor ihnen aufragenden Drachenzahn sie zu verschlingen drohte, hatte sie mit weniger gerechnet. *Ich sollte selbst für einen kurzen Aufschub dankbar sein*, dachte sie kopfschüttelnd. *Andererseits kann ich darin auch keinen rechten Sinn erkennen – Lysos vergib mir.*

Rückblickend schien es ihr erbärmlich dumm, wie sie Hals über Kopf ausgezogen war, um Renna zu befreien – und ihre Schwester zu retten – kein Wunder, daß sie so jämmerlich gescheitert war. Besonders leid tat ihr Brod, ihr Freund und Gefährte, der den fatalen Fehler gemacht hatte, ihr zu folgen.

Ich hätte ihn nie bitten dürfen, mich zu begleiten. Schließlich ist er ein Mann. Wenn er stirbt, ist für ihn alles zu Ende.

Natürlich galt das gleiche für sie. Männer und Vars kannten nicht den Trost am Ende des Lebens, der normalen Leuten – den Klonen – gegeben war, die wußten, daß sie durch ihre Clangenossinnen weiterleben würden, in jeder Hinsicht, abgesehen vielleicht von den persönlichen Erinnerungen.

Möglicherweise habe ich in dieser Hinsicht noch eine Chance. Leie könnte mit ihren Plänen Erfolg haben und einen Clan gründen. Maia schnaubte sarkastisch. *Vielleicht stellt Leie im Hof ihrer Festung eine Statue für mich auf. Die erste in einer langen Reihe von Steinbildnissen, alle aus der gleichen Gußform.*

Es gab noch weitere, bescheidenere Möglichkeiten, die ihrem Herzen näher waren. Obgleich sie die kleinen Differenzen manchmal geärgert hatten, waren sie und Leie bei ihrer Einschätzung von Menschen doch immer einer Meinung gewesen. Also war es nicht ausgeschlossen, daß auch ihre Zwillingsschwester sich zu Renna und seinen Ideen hingezogen fühlte. Vielleicht würde sie ihre Freibeuter-Kumpel verlassen und dem Mann aus dem Weltraum helfen, sich womöglich sogar mit ihm anfreunden.

Bei diesem Gedanken müßte ich mich eigentlich besser fühlen. Ich frage mich, warum das nicht der Fall ist.

In stetigem Auf und Ab war die Wasserlinie an dem sandigen Ufer allmählich gestiegen. Bald schwappte das eisige Wasser gegen Maias Beine und an Brods reglosen Körper. *Da kommt die Flut*, dachte Maia und wußte, daß sie schleunigst ihren widerwilligen, zerschlagenen Körper aufraffen und in Bewegung bringen mußte. Stöhnend erhob sie sich. Sie griff Brod unter die Achselhöhlen und versuchte mit zusammengebissenen Zähnen, ihn drei, vier Meter die Böschung hinaufzuziehen … bis sie mit dem Rücken gegen etwas Hartes, Spitzes stieß.

»Autsch, zum Teufel mit dem blöden …«

Maia hielt inne, legte Brod ab und griff nach hinten, um sich den Rücken zu reiben. Sie drehte sich um und tastete mit der anderen Hand nach der Barriere, die da hart und stachelig ihrem Entkommen im Wege stand.

Zuerst erkannten ihre Hände eine Mauer aus willkür-
lich zusammengesetzten spitzen Gegenständen ...
schlanke, schleimige Ovale. *Muscheln!* Ganze Muschel-
kolonien klebten an der Felswand, geduldig ihrer nächsten Mahlzeit harrend, denn die nächste Flut würde
ihnen genügend organische Substanzen aus dem Meer
herbeischaffen.

Sieht ganz so aus, als kämen wir hier nicht weiter, stellte
Maia resigniert fest. Vor Verzweiflung und Erschöpfung hätte sie sich fast neben Brod auf den Sand geworfen, um dort die ihr verbleibenden Minuten in Frieden zu verbringen. Doch statt dessen tastete sie sich
seufzend weiter an der Wand entlang und versuchte,
nicht jedesmal zusammenzuzucken, wenn wieder eine
Muschelschale in die Hand zwackte oder kratzte. Die
Schalenschicht erstreckte sich nach oben über ihre
Reichweite hinaus, was ihre Vermutung bestätigte, daß
auch die Flut höher stieg, als Maia sich recken konnte.

Doch sie gab die Hoffnung nicht auf und tastete sich
weiter von rechts nach links. Auf einmal spürte sie eine
leichte Steigung unter ihren Füßen ... leider nicht weiter als etwa einen Meter. Doch das war schon ein ent-
scheidender Unterschied. An der Grenze, die Maia erreichte, wenn sie sich auf die Zehenspitzen stellte, kam
sie mit den Fingerspitzen über die schleimige Kruste
aus Muscheln hinaus und spürte den glatten Stein.

Die Hochwassermarke. Die Decke liegt also über der Flut!
Das eröffnete neue Möglichkeiten. *Angenommen, ich
kriege Brod rechtzeitig wach. Könnten wir dann Wasser treten und uns von der Strömung hinauftreiben lassen, so daß
wenigstens unsere Köpfe trocken bleiben?*

Nicht ohne etwas, an dem sie sich festhalten konnten,
das wurde Maia rasch klar. Sonst würden die Wellen sie
wahrscheinlich erst gegen die Wand schleudern und
dann in kleinen Stückchen hinaussaugen, bis sie sich zu
dem Geröll gesellten, das nach dem Bombardement der
Freibeuter draußen herumlag.

Die einzige echte Hoffnung bestand darin, daß es oben eine Spalte oder einen Vorsprung gab. *Falls wir es schaffen, rechtzeitig hochzukommen.*

Sie kehrte zu Brod zurück und fand ihn friedlich schlafend. Maia bückte sich ein zweites Mal, um den Jungen ein Stück weit die Steigung emporzuziehen. Dann begann sie, die Höhlenwand zu untersuchen, arbeitete sich weiter nach rechts vor, tastete suchend über die Muscheln, ob es irgendeinen Hinweis auf einen Pfad gab, der sie über die tödliche Linie hinausbringen konnte. An einer Stelle zog sie schnell die Hand zurück, denn sie hatte sich noch schlimmer geschnitten als bisher. Sie steckte den Finger in den Mund, schmeckte das Blut und fühlte einen ausgefransten Schnitt. *Hoffentlich lebst du lang genug, um dich an einer neuen Narbe zu freuen*, dachte sie und nahm die Suche wieder auf, nach einem Vorsprung, einer Ritze, irgend etwas, das auf einen Weg nach oben schließen ließ.

Ein oder zwei Minuten später wäre Maia um ein Haar gestürzt, weil sich ihr Knöchel in etwas verfing. Sie bückte sich, um ihn loszumachen, und ihre Hände fühlten Holz – ein zersplittertes Brett, mit Leinwandfetzen und durchweichten Taustücken, Trümmer ihres Kleinboots, das sie zu Schrott gefahren hatten, ehe es überhaupt einen Namen gehabt hatte.

Fröstelnd fuhr sie mit ihrer eintönigen Arbeit fort, deren unerwünschter Höhepunkt darin bestand, daß sie mit den Umrissen einer besonders unangenehmen, aber gut gepanzerten Unterwasser-Lebensform Bekanntschaft machte. Eine Weile später bemerkte sie, daß sich die sandige Böschung wieder senkte und sie von ihrem Ziel weg, in Richtung des eiskalten Wassers führte.

Na ja, mir bleibt ja noch der Bereich links von der Stelle, wo Brod liegt. Doch sie hatte wenig Hoffnung, daß die Topographie dort anders sein würde.

Gerade als sie aufgeben wollte, glitt Maias Hand

über ... ein Loch! Zitternd befühlte sie seinen Rand. Es war eine Kerbe, etwa einen Meter oberhalb der Böschung. Hier konnte man sich mit dem Fuß abstützen, um emporzuklettern! Leider hatte die Sache einen entscheidenden Haken: Beim Klettern mußte man sich mit dem Händen an den scharfen Muschelschalen festhalten.

Maia drehte sich um, ging ein Stück zurück, wobei sie ihre Schritte zählte, und kniete sich dann bei den Wrackteilen nieder, die sie vorher gefunden hatte. Sie riß die Segelreste in Streifen und umwickelte ihr Hände damit. Anschließend wand sie sich noch das längste Stück Tau über die Schulter, das sie finden konnte. Viel war es leider nicht. *Beeil dich! Bald kommt die Flut.*

Nach einigem Suchen fand sie den Spalt wieder. Glücklicherweise waren die Sohlen ihrer Lederschuhe noch fast intakt. Trotzdem zuckte Maia einen Augenblick zurück und stöhnte laut auf, als sie den Fuß in das Loch setzte, über sich griff und sich an einer dichten Muschelkolonie festklammerte. Die Schalen schnitten selbst durch das grobe Segeltuch. Doch sie biß die Zähne zusammen und stieß sich ab, spannte erst die Muskeln im einen, dann im anderen Bein und zog sich mit beiden Armen hoch. Auf einen Fuß gestützt, preßte sie sich an die Wand. Jetzt attackierten die scharfen Muschelschalen den ganzen Körper, nicht nur ihre Gliedmaßen.

Okay, und was jetzt?

Mit dem freien Fuß begann sie nach einem neuen Halt zu suchen. Es schien reichlich riskant, ihr ganzes Gewicht einem Muschelnest anzuvertrauen. Doch sie mußte es versuchen.

Zu ihrem Erstaunen fand Maia eine bessere Alternative. Sie entdeckte noch eine schmale, verkrustete Kerbe in der Wand – und genau in der richtigen Höhe! *Ich glaube es nicht*, dachte sie, während sie den linken Fuß hineinsteckte und vorsichtig ihr Gewicht verlagerte. Das kann kein Zufall sein. Bestimmt bedeutet es ...

Um ihre Vermutung zu überprüfen, ließ sie eine Hand los und tastete herum, bis sie tatsächlich auf die nächste Spalte stieß. Genau dort, wo sie sein sollte! *Die Vertiefungen sind eigens zum Klettern angelegt worden ... vermutlich von Männern, da früher hier ein Reservat war. Ich frage mich, wie alt diese Leiter sein mag.*

Nein, das ist jetzt gleichgültig. Sei still, Maia, konzentrier dich und steig weiter!

Die Kerben erleichterten das Klettern beträchtlich. Dennoch war der Aufstieg fürchterlich anstrengend, selbst als sie mit dem Gesicht endlich über die Schicht der Planktonfresser hinaus war und sie sich nur noch um die glatten, rechteckigen Einkerbungen in der beinahe senkrechten Wand kümmern mußte. Maias Muskeln pochten vor Erschöpfung, als ihre suchende Hand endlich auf einen Metallring stieß, der in den Felsen eingelassen war. Maia benutzte ihn als letzten Haltegriff und schwang erst das eine, dann das andere Bein über die abgerundete Kante eines Felsvorsprungs.

Keuchend blieb sie auf dem Rücken liegen und lauschte ihrem eigenen Atem. Sie brauchte einen Moment, um zu merken, daß sie die Geräusche nicht nur von innen spürte. *Ich kann wieder hören! Meine Ohren erholen sich!* Aber sie war zu erschöpft, um sich richtig freuen zu können. Regungslos lag sie da, während das Echo ihres röchelnden Atems von den Wänden widerhallte, zusammen mit dem Rauschen der unter ihr anschwellenden Wogen.

Noch hatte sich ihr Puls nicht vollständig normalisiert, als sie wenigstens die Kraft mobilisierte, sich auf einen Ellbogen hochzuhieven. *Ich muß zu Brod zurück,* dachte sie erschöpft. Der Abstieg würde schwierig werden, und ihr war auch noch keine Möglichkeit eingefallen, wie sie ihren Freund hier heraufschleppen konnte, falls er nicht aufwachte. Trotz der nicht allzu rosigen

Aussichten war Maia froh, immerhin diese Zuflucht gefunden zu haben. So verschwand wenigstens das kräftezehrende Gefühl der Hoffnungslosigkeit.

Sie setzte sich auf und stieß einen lauten Seufzer aus. Nicht nur ihr eigenes, vom Nachhall verzerrtes Echo kam zurück.

»M-Maia-aia-aia?«

Darauf folgte ein Hustenanfall. *»M-mein G-Gott-ott ... was ist passiert? Wo ist sie? Maia-aia-aia!«*

Das vielfältige Echo ließ sie zusammenzucken. »Brod!« rief sie, dessenungeachtet. »Alles in Ordnung! Ich bin hier oben ...« Ihre Rufe überschnitten sich mit seinen, so daß keiner mehr den anderen verstand. Brods überglückliche Antwort wäre noch beeindruckender gewesen, wenn er nicht so gestottert hätte, als er seinen Dank sowohl an die Stratos-Mutter als auch an die patriarchalische Donnergottheit abstatteten.

»Ich bin direkt über dir«, wiederholte Maia, als sich der Hall etwas gelegt hatte. »Kannst du feststellen, wie hoch das Wasser ist?«

Ein Platschen war zu hören. »Es hat mich auf ein kleines Stück Sand gedrängt, Maia. Ich versuche, noch ein Stück auszuweichen ... Autsch!« Brods Ausruf verriet, daß er die Muschelwand entdeckt hatte.

»Kannst du aufstehen?« fragte Maia. Wenn er einigermaßen fit war, mußte sie vielleicht nicht noch einmal hinabsteigen.

»Ich ... ich fühle mich ein bißchen schwummerig. Und ich höre nicht besonders gut. Aber ich versuch's mal.« Maia vernahm ein angestrengtes Ächzen. »So, jetzt stehe ich. Sozusagen. Kann ich ... ist alles so schwarz, weil wir unter der Erde sind? Oder bin ich blind?«

»Wenn du blind bist, bin ich es auch. Falls du gehen kannst, dann stell dich jetzt vor die Wand und versuch dich nach rechts zu tasten. Paß auf, wo du hintrittst und folge meiner Stimme, bis du genau unter mir bist.

Ich versuche, eine Kletterhilfe für dich zusammenzuschustern. Das wichtigste ist erst mal, daß du über die Hochwasserlinie kommst.«

Maia sprach weiter, um Brod eine Orientierung zu geben, dabei beugte sie sich vor und schlang ein Ende ihres Taus um die Metallöse. Bestimmt war sie vor langer Zeit hier angebracht worden, um Boote in der winzigen Höhle festzumachen, obwohl sich Maia nicht vorstellen konnte, aus welchem Grund. Für einen Landeplatz schien es kein sehr angenehmer Ort zu sein. Noch weit unwirtlicher als Inannas Tunnelversteck auf Grimké Island.

»Da bin ich«, rief Brod von unten herauf. »Frost noch mal! Diese gemeinen Dinger sind ja vielleicht scharf! Ich finde dein Seil nicht, Maia.«

»Ich lasse es hin und her baumeln. Hast du es jetzt?«

»Nein.«

»Wahrscheinlich ist es zu kurz. Moment mal.« Seufzend zog sie das Seil wieder hoch. Nach Brods Stimme zu urteilen, sollte er den Aufstieg vielleicht doch nicht ohne Hilfe wagen. Also blieb Maia keine Wahl. Mit ihren zerschnittenen und zerkratzten Fingern nestelte sie ihre Hose auf und zog sie aus. Dann band sie mit zwei Knoten ein Hosenbein an dem Seil fest, knotete eine Schlinge ans Ende des anderen und ließ die Konstruktion hinunter. Mit Befriedigung hörte sie das gedämpfte Geräusch, wie jemand die Hose auf den Kopf bekam.

»Au. Danke!« antwortete Brod.

»Bitte sehr. Kannst du einen Arm durch die Schlinge stecken, bis hinauf an die Schulter?«

Er brummte. »Mit Müh und Not. Und jetzt?«

»Sorg dafür, daß es ordentlich fest sitzt. Also los!« Schritt für Schritt erklärte Maia ihm, wo die erste Kerbe war. Sie hörte, wie er einen leisen Schmerzensschrei ausstieß, und ihr fiel ein, daß seine Kordsandalen in wesentlich schlechterem Zustand waren als ihre Lederschuhe und für den Umgang mit messerscharfen Muschelschalen wenig geeignet. Doch er beklagte sich nicht. Maia holte tief Luft und zog an dem Seil – weniger, um Brod heraufzuziehen, als um ihm Halt und Vertrauen zu geben, während er sich zitternd von Kerbe zu Kerbe emporarbeitete.

Es schien viel länger zu dauern als ihre eigene Kletterpartie, die ihr schon mühselig genug vorgekommen war. Ihre überstrapazierten Muskeln zitterten schlimmer denn je, während Brods Keuchen näherkam. Aber sie mobilisierte ihre letzten Energiereserven und hielt das Seil straff, bis Brod sich endlich mit letzer Kraft über den Felsrand hievte und halb auf Maia landete. Erschöpft lagen sie eine Weile so da, ihre Herzen pochten Brust an Brust, ihr Atem mischte sich und jeder schmeckte das Salz auf der Haut des anderen.

Wir sollten nicht immer wieder so aufeinandertreffen, ging es Maia durch den Kopf. *Aber es ist mehr, als die meisten Frauen von einem Mann um diese Jahreszeit bekommen.* Zu Maias Überraschung fühlte sich Brods Gewicht auf ihr angenehm an, auf eine seltsame, unerwartete Art.

»Oh ... entschuldige«, sagte Brod schließlich und rollte weg. »Und danke, daß du mir das Leben gerettet hast.«

»Du hast heute morgen auf dem Segler das gleiche für uns getan«, erwiderte sie in dem Versuch, ihre Verlegenheit zu verbergen. »Obwohl ich inzwischen wahrscheinlich gestern sagen müßte.«

»Gestern.« Brod machte eine nachdenkliche Pause und rief dann plötzlich: »He, sieh mal da!«

Verwundert setzte Maia sich auf. Da sie Brod nicht gut genug sehen konnte, um zu erkennen, wohin er zeigte, blickte sie suchend um sich und entdeckte schließlich tatsächlich etwas anderes als nur Dunkelheit. Gegenüber ihres Felsvorsprungs, etwa vierzig Grad höher in Richtung Zenith, war ein leises Glitzern

640

von – sie zählte – fünf wunderschönen Sternen auszumachen.

Ich glaube, sie gehören zum Herd …

Plötzlich fiel ihr der Sextant an ihrem Handgelenk
ein. Mit einem Seufzer der Erleichterung fand sie ihn
sofort in seiner zerkratzten, aber intakten Lederhülle.
Vermutlich ist er kaputt. Aber er gehört mir. Das einzige,
was ich besitze.

»Also, Madam Navigator«, meinte Brod. »Kannst du
anhand dieser Sterne feststellen, wo wir sind?«

Maia schüttelte den Kopf. »Zuwenig Information.
Außerdem wissen wir doch, wo wir sind. Wenn es
nicht gar so dunkel wäre, könnte ich dir vielleicht
sagen, wie spät es ist …«

Sie brach verärgert ab, als Brod laut auflachte, merkte
aber schnell, daß er sie nur necken wollte. Entspannt
begann auch sie zu lachen, während ihr allmählich die
Erkenntnis dämmerte, daß sie beide noch eine Weile
am Leben bleiben würden, um weiterzukämpfen. Die
Piraten hatten noch nicht gesiegt. Und Renna war in
der Nähe.

Brod legte sich neben sie, und sie wärmten sich gegenseitig, während sie durch ihr winziges Fensterchen
ins Universum hinausblickten. Unter ihnen drehte sich
Stratos langsam, und eine kurze, leuchtende Sternenpa-
rade zog an ihnen vorüber. Sie ergötzten sich an dem
Anblick um so mehr, als sie beide nicht mehr daran geglaubt hatten, ihn je noch einmal genießen zu dürfen.

Bei Tag schien die Höhle weniger geheimnisvoll – und
andererseits noch geheimnisvoller.

Weniger, weil das Licht der Morgendämmerung Umrisse enthüllte, die ihnen bisher gleichzeitig grenzenlos
und erdrückend erschienen waren. Ein Geröllberg versperrte den ehemaligen Höhleneingang. Das Sonnenlicht drang durch die schmalen, unregelmäßigen Ritzen
der Lawine, hinter denen die beiden Flüchtlinge ein

umschäumtes Riff ausmachen konnten, das sicher durch den neuen Staudamm entstanden war.

Der Weg, auf dem sie hereingekommen waren, würde sie gewiß nicht wieder hinausführen, soviel stand fest.

Das Gefühl des Geheimnisvollen entstand aus der Verbindung von Hoffnung und Enttäuschung. Bald nachdem sie erwacht waren, stand Maia auf und folgte dem Felsvorsprung bis zum Ende, wo er in eine Treppe überging, deren Stufen tief in die Höhlenwand geschlagen waren. Oben war ein weiterer, noch tieferer Absatz, der in einer massiven, über drei Meter breiten Tür endete.

Zumindest dachte Maia, es wäre eine Tür. Die Stelle schien förmlich eine Tür zu fordern, sie war hier dringend notwendig.

Nur sah das, was sie vor sich hatte, eher aus wie eine Art Skulptur. Auf einer glatten, vertikalen Fläche aus einem harten, blutroten, anscheinend undurchdringlichen Metall waren sechseckige Platten angebracht.

Es gab deutliche Anzeichen, daß in der Vergangenheit schon mehrmals versucht worden war, die Tür mit Gewalt zu durchbrechen. Wo immer ein Spalt oder eine Ritze auf bewegliche Teile hinwies, entdeckte Maia blanke Ränder. Dort hatte offensichtlich jemand – mit Hilfe von Keilen oder mit Brecheisen – einzudringen versucht, dabei aber lediglich eine Schicht von Ablagerungen weggerieben. Rußflecken zeigten, wo es jemand mit Feuer probiert hatte, vermutlich in dem Bemühen, das Metall zum Schmelzen zu bringen. Geriffelte Stellen zeugten von ätzender Säure – doch der gewünschte Erfolg war allem Anschein nach in allen Fällen ausgeblieben.

»Hier ist deine Hose«, sagte Brod, der plötzlich hinter Maia trat und sie in ihrer Inspektion aufschreckte. »Ich dachte, du möchtest sie vielleicht wiederhaben«, fügte er unbekümmert hinzu.

»O danke«, antwortete Maia, nahm die Hose und trat ein Stück zur Seite, um sie anzuziehen. Das gute Stück war an zahllosen Stellen zerrissen und wahrscheinlich nicht mehr zu allzuviel nutze. Aber ohne sie genierte sich Maia vor Brod, gleichgültig, wie nahe sie ihm inzwischen gekommen war.

Während sie noch mit der Hose kämpfte und sorgsam eine Berührung mit den schlimmsten Schnitten und Prellungen vermied, fiel ihr auf, daß die Haut an ihren Armen wieder hell geworden war, genauso wie die Haarfransen, die sie sich ins Gesicht zog. Ohne Spiegel konnte sie natürlich nicht völlig sicher sein, aber es sah ganz danach aus, als hätten ihre jüngsten Tauchaktionen Leies Färbebemühungen zunichte gemacht.

Inzwischen untersuchte Brod die Anordnung der sechseckigen Platten, von denen manche zu Gruppen zusammengefaßt waren und sich berührten, während andere ein Stück auseinander standen. Viele waren mit Tiersymbolen oder geometrischen Formen verziert. Brod schien sich wenig um seine körperliche Verfassung zu kümmern, aber Maia sah unter seinem zerrissenen Hemd unzählige Kratzer und Abschürfungen. Er hinkte ein bißchen und ging größtenteils auf den Hacken. Als Maia den Weg zurückblickte, den er gekommen war, sah sie Blutflecke auf dem Boden – von den Schnitten in seinen Fußsohlen. Maia vermied es absichtlich, ihre eigenen Verletzungen zu untersuchen, aber sie sahen zweifellos ähnlich aus.

Die letzte Nacht war recht anstrengend gewesen. Sie hatten gelauscht, wie die Flut immer höher stieg, und sich gefragt, ob ihre vermutete ›Hochwassermarke‹ noch etwas zu bedeuten hatte, wenn drei Monde im gleichen Himmelsabschnitt standen. Wegen der unvermittelten Druckveränderungen in der Höhle mußten sie immer wieder gähnen, um ihre ohnehin strapazierten Ohren zu befreien. Der Felsvorsprung wurde glitschig von der sprühenden Gischt. Stundenlang, so schien es ihnen, saßen die beiden Sommerlinge eng umschlungen da, während die Wellen immer näher kamen und schon ihre Schaumfinger nach ihnen ausstreckten.

»Ich weiß nicht mal, woraus das Ding *gemacht* ist«, sagte Brod, der die geheimnisvolle Barriere jetzt aus nächster Nähe studierte. »Hast du eine Ahnung, wozu das Ding gut sein soll?«

»Ja, ich glaube schon. Ich fürchte, ich weiß es.«

Er sah sie an, als sie wieder zu ihm trat. Maia breitete die Arme vor der metallenen Wand aus. »Ich hab so etwas schon einmal gesehen«, erklärte sie. »Es ist ein Rätsel.«

»Ein *Rätsel?*«

»Hmm. Eines, das offenbar so schwierig ist, daß viele schon versucht haben zu mogeln. Aber wie es aussieht, sind sie gescheitert.«

»Ein Rätsel«, wiederholte Brod grüblerisch.

»Ich denke, man bekommt eine große Belohnung, wenn man es löst.«

»Ach ja?« Brods Augen leuchteten auf. »Was für eine Belohnung stellst du dir vor?«

Maia trat ein paar Schritte zurück und legte den Kopf schief, um das Portal aus einem anderen Blickwinkel zu betrachten. »Ich weiß nicht, worauf die anderen es abgesehen hatten«, meinte sie mit leiser Stimme. »Aber *unser* Ziel ist ganz simpel. Wir müssen das Rätsel lösen ... oder sterben.«

Vor langer Zeit hatte Maia vor einer anderen Rätselwand gestanden. Nicht aus einem seltsamen Metall, sondern aus gewöhnlichem Stein und Holz und Eisen, doch das Rätsel war schwer genug gewesen, um zwei kluge, neugierige und wild entschlossene Vierjährige matt zu setzen. Was verbargen die Lamai-Mütter hinter der mit Sternen und umeinander gewundenen Schlangen verzierten Kellerwand? Im Gegensatz zu dem Rätsel, das Maia nun vor sich hatte, war es kein massives Kunstwerk gewesen, aber das Prinzip war eindeutig das gleiche. Ein Kombinationsschloß. In dem die Anzahl möglicher Anordnungen weit über die Chance eines zufälligen Erratens hinausging. Dessen korrekte Antwort jedoch so einprägsam sein mußte, daß es unvergeßlich war, intuitiv einleuchtend für die Eingeweihten und ewig dunkel für Außenseiter.

Gemeinsamer Kontext. Das war der Schlüssel. Auf das Gedächtnis konnte man sich erwiesenermaßen nicht über Generationen hinweg verlassen. Aber auf eines konnte man immer zählen. Wenn man einen Clan gründete, dachten die Ur-Ur-Ur-Enkelinnen immer noch fast genauso wie man selbst, dank einer ähnlichen Erziehung und fast-identischen Gehirnen. Was vergessen war, konnte durch das Nachvollziehen der ursprünglichen Denkprozesse zurückgewonnen werden.

Diese Erkenntnis hatte damals den Weg geebnet, nachdem Maias erste Versuche im Weinkeller von Lamatia fehlgeschlagen waren, während Leies Bemühungen mit einem kleinen hydraulischen Wagenheber fast den Mechanismus zerstört hätten. Sogar Leie war der Meinung gewesen, daß die größte Neugier es nicht wert war, die Strafe auf sich zu nehmen, die eine solche Tat unweigerlich nach sich gezogen hätte. Deshalb hatte Maia ganz neu angefangen und diesmal versucht zu denken wie eine Lamai. Das war leider leichter gesagt als getan.

Sie war inmitten von Lamai-Müttern, -Tanten und -Halbschwestern aufgewachsen, sie kannte die Verhaltensmuster, die sich in jeder Lebensphase offenbarten. Beispielsweise der vorsichtige Enthusiasmus der Dreijährigen, der sich rasch hinter einer zynischen Maske versteckte, sobald eins der flachshaarigen Mädchen vier wurde. Ein romantischer Ausbruch in der Pubertät, gefolgt von einem Rückzug und vernichtender Verachtung gegenüber allem Nicht-Lamaianischen – eine Geringschätzung, die um so stärker wurde, je achtbarer der betreffende Eindringling war. Und im späteren mittleren Alter dann schließlich eine sanftere, weichere Phase, eine Entspannung bei der Altersgruppe, die das Sagen hatte, gerade richtig, um Allianzen zu schließen und erfolgreich mit der Welt zurechtzukommen. Die erste junge Lamai-Var, die Gründerin, mußte Glück gehabt haben oder sehr klug gewesen sein, um ganz allein dieses Feingefühl zu entwickeln. Von nun an wurde alles leichter, denn jede Generation verfeinerte die Kunst, die kontinuierliche Einheit namens Lamatia zu sein.

Während sie sich das Problem durch den Kopf gehen ließ, fiel Maia auf, daß sie gar nicht wußte, wie eine individuelle Lamai in ihrem Innern fühlte. Sie kniff das Auge zusammen und stellte sich eine Lamai-Schwester vor, die in den Spiegel blickte und Worte wie Integrität … Ehre … Würde … benutzte. Sie sah sich nicht als gemein, launisch oder gehässig. Statt dessen sah sie andere als unzuverlässig und gefährlich.

Furcht. Das war der Schlüssel! Nach diesem Geistesblitz, nachdem sie begriffen hatte, was ihren Mutterclan vorantrieb, war Maia eine Weile sprachlos.

Aber es war mehr als Furcht. Es war eine Art Grauen, gegen das kein Reichtum und keine Sicherheit der Welt ankam, weil es so tief in der Persönlichkeitsmatrix verwurzelt war. Ursprünglich eine genetische Zufallsausstattung, jedoch intensiviert durch eine Erziehung, in der ein Selbst fortwährend das nächste Selbst verstärkte, sich immer wieder neu zusammensetzte und vergrößerte.

Es war auch keine lähmende Angst, sonst hätten sich die Nachkommen dieser einen Var wohl kaum zu einem so großen Stamm entwickeln können. Nein, Lamatia rationalisierte die Angst, *benutzte* sie als Motivation, als Triebkraft. Die Lamai waren keine glücklichen

Frauen. Aber sie waren erfolgreich. Sie zogen sogar überdurchschnittlich viele erfolgreiche Sommernachkommen auf.

Es gibt Schlimmeres, dachte Maia an jenem Tag, als sie diese Erkenntnis überkam, während sie die Kurbel drehte, um den Speiseaufzug in die Gruft unter den Küchen hinabzufahren. *Wer bin ich, daß ich mir ein Urteil anmaße, was funktioniert und was nicht?*

Den Kopf voller Möglichkeiten und Ideen war Maia auf die Wand zugetreten. *Lamai sind nicht logisch, auch wenn sie so tun. Ich habe versucht, das Rätsel mit Vernunft zu lösen, als eine Reihe geordneter Symbole, aber ich wette, es ist eine Sequenz, die auf Emotionen gründet!*

An diesem Tag (es kam Maia vor, als wären seither Jahrhunderte vergangen) hatte sie die Laterne gehoben, um die vertrauten Muster der Steinfiguren noch einmal zu betrachten. Sterne und Schlangen, Drachen und umgedrehte Gefäße. Das Symbol für Mann. Das Symbol für Frau. Das Zeichen des Todes.

Stell dir vor, du stehst hier und hast eine Aufgabe zu erledigen, dachte Maia. Du bist eine selbstsichere, vielbeschäftigte, ältere Lamai. Oberschichtstochter eines noblen Clans. Stolz, würdevoll, ungeduldig.

Jetzt füge noch eine Eigenschaft hinzu, die unter dem allem liegt. Eine verborgene Schicht tiefsitzender Existenzangst …

Ein langes Jahr später und fast auf der anderen Seite des Globus, versuchte Maia die gleiche Übung noch einmal, sich in einen *anderen* Persönlichkeitstyp hineinzuversetzen. Einen Menschen, der ein kompliziertes Puzzle sechseckiger Platten auf einer Metallwand hinterlassen hatte. Ein Rätsel, das zwischen zwei verzweifelten Überlebenden und ihrem endgültigen Ausweg aus der Todesfalle stand.

»Dieser Ort ist sehr alt«, sagte sie mit leiser Stimme zu Brod.

»Alt?« Er lachte. »Er stammt aus einer anderen Welt!

Du hast die Ruinen gesehen. Die ganze Inselgruppe war voller Reservate, viel größer als die, die man heute kennt. Es muß der Mittelpunkt, die zentrale Basis der Großen Verteidigung gewesen sein. Möglicherweise der einzige Platz auf ganz Stratos, an dem Männer wirklich mitbestimmen durften, was geschehen sollte … bis diesen Königs-Fanatikern das Ganze zu Kopfe gestiegen ist und sie alles kaputtgemacht haben.«

Maia nickte. »Eine ganze Region, von Männern verwaltet.«

»Mitverwaltet. Bis zur Verbannung. Ich weiß, es ist schwer vorstellbar, aber ich nehme an, so ist es dem Rat und der Kirche gelungen, sogar die Erinnerung daran zu unterdrücken.«

Was Brod sagte, klang logisch. Trotz der Beweise um sie herum fiel es Maia schwer zu begreifen. Oh, es ließ sich nicht leugnen, daß Männer sehr intelligent sein konnten, aber ein Weitblick, der über die Lebensdauer eines einzelnen Individuums hinausging, überstieg angeblich selbst den Horizont der Klügsten von ihnen. Doch vor ihr lag der Gegenbeweis.

»In diesem Fall ist das Rätsel entworfen worden, um von einem Mann gelöst zu werden, vielleicht eigens in der Absicht, Frauen fernzuhalten.«

Brod rieb sich das Kinn. »Vielleicht. Jedenfalls wird es uns nicht weiterbringen, wenn wir herumstehen und es anstarren. Sehen wir mal, was passiert, wenn ich eins von den Sechsecken anschiebe.«

Maia hatte die metallene Oberfläche, die sich merkwürdig kühl und glatt anfühlte, ebenfalls schon berührt, aber sie hatte noch nicht versucht, etwas zu bewegen. Sie wollte die Dinge lieber erst näher untersuchen. Deshalb hätte sie Brod auch beinahe widersprochen, aber im letzten Moment hielt sie sich zurück. *Unterschiede der Persönlichkeit … eine besitzt das, was der anderen fehlt. Das ist der Schwachpunkt des Clansystems, das sich einfach nur selbst vergrößert.* Maia fühlte nicht mehr wie früher eine ketzerische Erregung, wenn sie kritische Gedanken über Lysos, die Mutter des Alls hegte.

Brod wählte die sechseckige Platte aus, die ein eingeätztes Kreismuster trug und für sich allein auf einer freien Mauerstelle befestigt war. Direkter Druck zeigte keine Wirkung, aber als Brod entlang der Wandoberfläche schob – bewegte sich die Platte! Es sah aus, als glitte sie durch eine dicke Flüssigkeit. Als Brod losließ, erwartete Maia, die Platte würde zum Stillstand kommen, doch statt dessen rollte sie sich mehrere Sekunden lang weiter in die gleiche Richtung, ehe sie langsamer wurde und schließlich stehenblieb. Dann beobachtete sie staunend, wie das Sechseck *rückwärts* glitt, in genau der entgegengesetzten Richtung geruhsam einen Weg zurückverfolgte und endlich an genau der gleichen Stelle landete, wo Brod es zum ersten Mal berührt hatte.

»Huh!« rief der junge Mann. »Auf *die* Art kann man anscheinend nicht allzuviel bewirken!« Er experimentierte mit ein paar anderen Platten und stellte fest, daß etwa ein Drittel von ihnen beweglich war, aber immer nur in einer der sechs Senkrechten zu den Seiten der Sechsecke. Kein Hinweis auf irgendeine Schienenkonstruktion war festzustellen, auf der die Platten liefen, also mußte die Bewegung auf einen seltsamen Mechanismus hinter der Wandoberfläche zurückzuführen sein und auf Kräften beruhen, die alles überstiegen, was Maia in Physik beigebracht worden war.

Es ist keine Zauberei, sagte sie sich, während Brod weiter an den Sechsecken herumschob und verschiedene Variationen ausprobierte. Maia bekam eine Gänsehaut, aber nicht aus Ehrfurcht oder abergläubischer Angst, sondern wegen etwas, das sich anfühlte wie *Eifersucht*. Das Spiel von Materie und Bewegung war wunderschön anzusehen. Sie sehnte sich danach zu begreifen, wie und warum es so funktionierte.

Renna sagt, die Savanten in Caria wissen über solche

Kräfte noch immer Bescheid, aber sie weigern sich, etwas in Umlauf zu bringen, was unsere ›pastorale Kultur destabilisiert‹.

Wenn hier die gleichen Kräfte am Werk waren wie die, die Grimké und viele andere Inseln des Archipels ausgehöhlt hatten, nur eben auf friedlichere Art, dann konnte Maia gut verstehen, warum sich Lysos und die Gründerinnen für ihren Weg entschieden hatten. Vielleicht hatten sie aus einer übergreifenden soziologischen Sicht recht. Vielleicht war die Sehnsucht, die Maia spürte, unreif, verbohrt, eine gefährliche, verzehrende Neugier – wie der Wahnsinn, von dem Renna gesprochen hatte, der das vorantrieb, was er ein ›wissenschaftliches Zeitalter‹ genannt hatte.

Maia erinnerte sich an das wehmütige Verlangen in Rennas Augen, wenn er an diese Zeiten dachte, die angeblich unter den menschlichen Epochen so rar waren. Es versetzte ihrem Herzen einen Stich, und sie war voller Neid auf das, was sie verpaßt hatte und nie erfahren würde.

»Die Platten kehren anscheinend immer an ihren Ausgangspunkt zurück«, bemerkte Brod. »Komm, Maia. Sehen wir mal, ob wir zwei gleichzeitig bewegen können.«

»Na gut«, seufzte sie. »Ich versuche die mit dem Pferd darauf. Fertig? Dann mal los.«

Zuerst dachte sie, ihre Platte wäre eine von denen, die sich nicht bewegen ließen, dann aber begann das Sechseck zu gleiten und kam unter Maias stetigem Druck in Schwung. Nachdem es dreimal ihre Körperlänge zurückgelegt hatte, ließ sie los, doch das Sechseck lief weiter, langsamer und langsamer, bis es in einem Winkel auf das auftraf, das Brod angeschoben hatte und das mit einem Segelschiff verziert war. Die beiden prallten voneinander ab und bewegten sich mehrere Sekunden lang in eine neue Richtung, ehe sie stehenblieben. Dann setzten sie sich wieder in Bewegung und vollzogen genau dieselbe Route umgekehrt, bis sie an ihrem jeweiligen Ausgangspunkt wieder zur Ruhe kamen. Zwei Minuten nach Beginn des Experiments war die Wand wieder so, wie sie sie vorgefunden hatten, ein Muster von Sechsecken, das auf den ersten Blick keinen Sinn ergab. Maia atmete tief durch.

Es muß eine Logik dahinterstecken. Ein Sinn. Das Spiel des Lebens sieht auch aus wie ein Haufen hüpfender Spielsteine, bis man die darunterliegende Schönheit entdeckt.

Außerdem wollten die Männer, die es entworfen hatten, es vielleicht verfremden, um Frauen fernzuhalten. Das könnte ein wichtiger Hinweis sein, vor allem, da Brod hier ist, um mir zu helfen.

Leider gab es mit ihrer Erkenntnis des ›gemeinsamen Kontextes‹ ein Problem. Nach allem, was sie und Brod wußten, konnte das Rätsel auch auf irgendeinem Phänomen beruhen, das vor tausend Jahren jedem geläufig, jetzt aber längst vergessen war. Vielleicht ein Trinklied, das damals populär gewesen war und in dem die hier dargestellten Symbole vorkamen. Fast jeder Mann hätte dann den Zusammenhang beispielsweise zwischen der Biene auf einem Sechseck und dem Haus auf einem anderen gekannt. Ein Bild zeigte ein Stück Brot, von dem Butter oder Marmelade herabtropfte. Ein anderes eine brennende Pfeilspitze.

Aber Maia verwarf den Gedanken wieder. Das Rätsel mußte sich auf etwas gründen, das dauerhafter war.

Wer sich solche Mühe gemacht hat, wollte etwas schaffen, das bleibt und seinen Zweck erfüllt, auch nachdem der Betreffende längst nicht mehr da ist.

Natürlich hatte jede Regel ihre Ausnahmen.

Ein Brummen, begleitet von einem unangenehm flauen Gefühl im Magen riß Maia aus ihren Grübeleien. Ihr geplagter Körper verlangte Nahrung, je früher, desto besser. Doch um diesem Wunsch nachzukommen, mußte sie ihn ignorieren. Irgendwie mußten Brod und sie das Rätsel lösen, an dem zahllose andere Eindringlinge gescheitert waren. Nur mit dem Unterschied, daß diese anderen – Einsiedler, Touristen, Forscher, Piraten – aller Wahrscheinlichkeit nach ganz gemütlich in einem Boot eingetroffen waren und jederzeit wieder gehen konnten. Für Maia und Brod gab es zwingendere Beweggründe als Habgier und Wissensdurst. Diese Mauer zu öffnen, war ihre einzige Überlebenschance.

»Tut mir leid, es gibt keine Sauce und auch kein Feuer, um ihn zu braten, aber er ist frisch. Greif zu!«

Maia starrte auf das Wesen hinunter, das vor ihren gekreuzten Beinen auf dem Boden lag und noch zuckte. Langsam aus einem tranceartigen Konzentrationszustand emportauchend, blinzelte sie verwundert, denn dort, wo vorher nichts gewesen war, lag jetzt ein Fisch. Als sie sich zu Brod umdrehte, sah sie neue blutige Kratzer auf Brust, Armen und Beinen. »Du bist doch nicht etwa in die Höhle zurückgeklettert, oder?«

Der Junge nickte. »Doch. Es ist Ebbe. Hab ein paar gestrandete Viecher auf der Böschung entdeckt. Hier, leg den Kopf zurück und mach den Mund auf.«

In seiner Armbeuge sah sie einen Ball durchweichten Stoffs: ein Stück Segeltuch und Brods Hemd. Dieses tropfende Bündel hielt er jetzt hoch. Plötzlich merkte Maia, wie durstig sie war, und sie tat, wie ihr geheißen. Brod wrang den Stoff aus, und ein Schwall bitteres Salzwasser mit einem leichten Blutgeschmack strömte in ihren Mund. Sie schluckte gierig und ignorierte den unangenehmen Geschmack. Als sie fertig war, nahm sie den Fisch und biß heißhungrig hinein, wie sie es bei den Seeleuten gesehen hatte.

»Hmmm … fanke, Brof … Mmm … köftlif …«

Brod setzte sich neben sie und aß ebenfalls einen Fisch. »Reiner Egoismus. Ich halte dich bei Kräften, damit du uns hier rausholst.«

Sein Vertrauen in ihre Fähigkeiten war schmeichelhaft. Maia wünschte nur, es wäre auch begründet. Oh, sie hatte in den letzten zehn Stunden durchaus Fortschritte gemacht. Sie wußte jetzt, welche Platten sich bewegen ließen und welche nicht. Von den festen dienten manche als bloße Barrieren oder Puffer, an denen die anderen abprallten. Ein paar davon schienen die beweglichen in sich aufzunehmen, aber Maia hatte keine Ahnung, wie das vor sich ging. Das bewegliche Sechseck verschmolz damit oder rutschte dahinter, blieb ungefähr eine halbe Minute lang dort und glitt dann denselben Weg wieder zurück. Bei jeder temporären Absorption glaubte Maia ein fernes, leises Geräusch zu hören, wie einen leisen Gongschlag.

Unglücklicherweise gab es keine Möglichkeit, die beweglichen Sechsecke direkt zu den unbeweglichen zu schieben. Auch führte nicht jede Kombination zu einer Absorption mit Gong. Bald war Maia klar, daß ein Teil der Lösung darin bestand, daß man mehrere Platten gleichzeitig bewegte und mehrfache Kollisionen arrangierte, damit die Platten in einem kurzen, dafür vorgesehenen Intervall in bestimmte Schlitze rutschen konnten.

Eine Weile dachte ich, es läge ein Hinweis in der Tatsache, daß die Bewegung reversibel ist ... daß alles zur Ausgangsposition zurückkehrt. Die Variante des Spiels des Lebens, mit der Renna und ich uns Botschaften geschickt haben, war auch reversibel. Aber wenn ich recht darüber nachdenke, ist das eher unwahrscheinlich. Es muß etwas Einfacheres dahinterstecken, das mit den Symbolen auf den Platten zu tun hat.

Bei diesem Problem zählte sie auf Brods Hilfe. Er kannte viele der Embleme, denn sie wurden bei den Seeleuten als Zeichen benutzt. *Kiste*, *Kanne* und *Faß* standen für Behälter, die passenderweise auf einige der statischen ›Ziel‹-Platten gezeichnet waren. Auf den beweglichen gab es einige Lebensmittel. Bier wurde in einem überschäumenden Krug dargestellt. Außerdem gab es Brötchen, Schiffszwieback und das Marmeladenbrot-Symbol, das sie schon vorher entdeckt hatten. Andere Zeichen las Brod als *Kompaß, Ruder* und *Frachthaken*, einige waren noch ungeklärt. Beispielsweise hatte er keine Ahnung, was der Feuerpfeil bedeuten könnte. Und auch nicht die Biene, die Spirale oder das sich aufbäumende Pferd. Dennoch hatte Maia immer mehr das Gefühl, daß ihre Vermutung stimmte. Dieses Rätsel war so entworfen, daß die Lösung für einen Mann einfach war.

Oder jedenfalls einfacher als für eine Frau. Ich nehme nicht an, daß alle Männer hier willkommen waren. Man mußte immer noch einen bestimmten Trick kennen. Eine Information, die vom Meister an den Schüler weitergegeben wurde, über Generationen hinweg.

Erfrischt von Essen und Trinken, wenn auch nicht richtig satt, nahmen sie ihre Experimente wieder auf, solange das Dämmerlicht es ihnen noch erlaubte. Leider erstarb es bald, obwohl es draußen vielleicht noch ein paar Stunden länger hell blieb. Doch selbst wenn sich ihre Augen an die Dunkelheit gewöhnten, kam zuwenig Licht durch die Ritzen in der Höhlendecke, um länger als bis zum Spätnachmittag zu arbeiten.

In der Dunkelheit kuschelten sie sich aneinander und lauschten, wie die Flut zurückkam. Maia hatte den Kopf auf Brods Brust gelegt und machte sich Sorgen um Renna. Was machten die Freibeuter mit ihm? Was hatten sie mit dem Sternenmann vor?

Baltha und ihre Truppe hatten gute Gründe gehabt, mit Kiels Radikalen gemeinsame Sache zu machen, als Renna in den Händen der Perkiniten war. Der Perkinismus predigte, das Leben auf Stratos noch weiter auf dem von Lysos eingeschlagenen Weg voranzutreiben, in Richtung einer Welt, in der es kaum noch Reste von Vielfalt geben würde, ganz dem Selbstklonen und der Stabilität geweiht. Diesem Ziel entgegenzutreten, lag im Interesse beider Vargruppen.

Die Radis wollten das Gegenteil: eine Modifizierung

des Lysosplans, in der die Klonfrauen das politische und ökonomische Leben nicht länger ausschließlich bestimmten, in der Vars und Männer eine wichtigere Rolle spielten, wenn auch längst nicht so dominant wie in den schlechten Zeiten des alten Phylum. Sie wollten ein wenig Stabilität gegen mehr Vielfalt und neue Möglichkeiten für alle eintauschen. Dieser Grundsatz machte das Programm der Radikalen ebenso ketzerisch wie den Perkinismus, wenn nicht noch schlimmer.

Ironischerweise hatte Balthas mörderische Piratenbande ein weit weniger umfassenderes Ziel vor Augen, ein viel eigennützigeres. Wie Baltha auf der *Manitou* angedeutet hatte, wollten sie und ihre Genossinnen den Lebensstil, den Lysos eingeführt hatte, nicht grundlegend verändern, sondern nur etwas Bewegung in die bestehenden Verhältnisse bringen.

Maia erinnerte sich an den kitschigen Liebesroman, den sie im Gefängnis gelesen hatte, in dem die Welt auf den Kopf gestellt wurde, alteingesessene Clans zusammenbrachen und mit ihnen die stabilen Verhältnisse, unter denen sie hatten gedeihen können, so daß sich neue Nischen für hoffnungsvolle junge Vars auftaten. Sie erinnerte sich auch an Rennas Bemerkungen über die lysische Biologie – daß sie von bestimmten Echsen und Insekten auf der Alten Erde inspiriert worden war. »Durch Klonen läßt sich die Perfektion erhalten. Aber Perfektion zu welchem Zweck? Nehmen wir die Blattlaus. In einer stabilen Umgebung vermehrt sie sich, indem sie sich selbst kopiert. Aber wenn eine Trockenheit eintritt, wenn es Frost gibt oder eine Seuche, dann gehen sie wieder zur sexuellen Fortpflanzung über, mischen ihre Gene, um neue Kombinationen zu schaffen, mit denen sie sich den neuen Herausforderungen stellen können.«

Baltha und ihre Piraten wollten gerade so viel Chaos, daß ein paar festgefahrene Clans ins Schleudern kamen, aber nur, damit sie *selbst* dann deren Stellung einnehmen konnten. Ihre Ziele waren im klassischen Sinne lysischer als die der Perkiniten und der Radikalen. *Die Gründerinnen haben Vars wie mich nur deshalb in ihren Plan einbezogen, weil man nie sicher sein kann, daß Stabilität bestehen bleibt. Sie müssen sich gedacht haben, daß es immer ein paar Vars geben wird, die der Natur ein bißchen auf die Sprünge helfen.*

Tatsächlich schien das öfter zu passieren, als sie gedacht hatte. Jedesmal, wenn ein solcher Plan Erfolg hatte, mußte es in den Geschichtsbüchern natürlich heruntergespielt werden. Schließlich wollte man ja nicht andere Vars dazu ermutigen, es auch zu probieren. Wenn Baltha es schaffte, einen großen Clan ins Leben zu rufen, würde sie von ihren Nachfahren bestimmt nicht als Piratin dargestellt. Maia fragte sich oft, was es dann mit den ausgeschmückten Geschichten über die erste Lamai auf sich hatte. War sie vielleicht eine Diebin gewesen? Eine Verschwörerin? Vielleicht hatte Leie ja ganz recht, wenn sie sich solche Freundinnen aussuchte. Wenn Maias Zwillingsschwester die skrupellose Seite ihres gemeinsamen Charakters zum Tragen brachte, sollte sich Maia darüber freuen?

Wie paßt Renna in das alles? Planen die Piraten einen Krieg unter den Splittergruppen des Regierungsrates? Oder Vergeltung von den Sternen? Das würde allerdings Bewegung in die Verhältnisse bringen. Möglicherweise mehr, als ihnen lieb ist.

Maia fand keine Ruhe. *Was Renna jetzt wohl gerade macht?*

Während sich die Dämmerung herabsenkte, hatte Maia mit Brod über diese Fragen gesprochen. Für einen Mann war er ein guter Zuhörer, der sie wirklich zu verstehen schien. Maia war dankbar für seine Gegenwart und seine Freundschaft. Doch nach einer Weile hatte sie keine Energie mehr. In der Dunkelheit lag sie ganz still da und ließ Brods Wärme die Nachtkühle abwehren. Sie atmete seinen männlichen Geruch ein und döste in seinen Armen, während sich ein seltsames Wohlgefühl in ihr ausbreitete. Halb im Traum ließ sie Bilder an sich vorüberziehen – von den Aurorae, den smaragdfarben und blaugolden schimmernden Himmelsvorhängen über den Gletschern ihrer Heimat. Und vom Wengelstern, der heller war als der Strahl des Leuchtturm-Reservats am Hafenausgang. Die Sommerbilder gingen über in eine ihrer liebsten Erinnerungen an den Herbst, wenn die Männer aus dem Exil zurückkehrten und zwischen den vielfarbigen frisch gefallenen Blättern ihre fröhlichen Lieder sangen.

Die Jahreszeiten vermischten sich. Im Schlaf blähte Maia die Nasenflügel in einer plötzlichen Erinnerung – dem fernen Duft von Glorienfrost.

Sie wachte auf, blinzelnd, und wußte, daß es noch längst nicht Zeit für die Morgendämmerung war. Doch sie konnte ein bißchen sehen. Mondlicht schimmerte durch die Ritzen im verschütteten Höhleneingang. Sie erkannte das Weiße in Brods Augen.

»Du hast im Schlaf gezittert. Ist etwas nicht in Ordnung?«

Verlegen, ohne recht zu wissen, warum, setzte Maia sich auf. In ihrem Innern spürte sie ein seltsames Rumoren, eine Leere, die nichts mit dem Hunger in ihrem Bauch zu tun hatte.

»Ich ... ich habe von zu Hause geträumt.«

Brod nickte verständnisvoll. »Ich auch. Wir haben soviel von Ketzern und Radis und Königen geredet, daß mir eine Familie eingefallen ist, die ich daheim in Joannaborg kannte und die den Eigenweg gewählt hatte.«

»Den Eigenweg?« Maia verzog fragend das Gesicht. »Oh, ich habe schon davon gehört. Ist es bei denen nicht so, daß ... daß die Klontöchter losziehen, um eine Nische zu finden und die Vars zu Hause bleiben?«

»Genau. An der Méchant-Küste gab es Städte, die ganze Eigenviertel hatten, umgeben von Getto-Mauern.

Ich hab Bilder davon gesehen. Die meisten Jungen sind nicht zur See gefahren, sondern daheim geblieben, haben zusammen mit ihren Sommerschwestern ein Handwerk gelernt und dann in einen anderen Eigenclan eingeheiratet. Eine komische Vorstellung, aber irgendwie auch nett.«

Maia verstand, was Brod damit meinte. Ein solcher Lebensweg bot den Jungen wesentlich mehr Möglichkeiten – und auch den Sommermädchen, die in ihrer Heimat blieben, bei ihren Müttern wohnten ...

Und ihren Vätern. Das konnte sich Maia am schwersten vorstellen.

Ohne das, was sie in letzter Zeit gelernt hatte, wäre Maia vielleicht nicht klar gewesen, daß die Eignenlebensweise unglücklicherweise der stratoinischen Biologie zuwiderlief. Es gab grundlegende genetische Gründe dafür, warum die Zeit das Bedürfnis verstärkte, zuerst eine Wintergeburt zu haben, oder daß die Mütter zu ihren Klontöchtern eine tiefere Bindung entwickelten als zu ihren Sommerkindern. Die Menschen waren flexible Wesen, und ideologische Leidenschaft konnte solche Triebe vielleicht eine oder auch mehrere Generationen lang verdrängen, aber es war jedenfalls nicht verwunderlich, daß die Eignenketzerei recht rar geblieben war.

Brod fuhr fort: »Ich mußte an sie denken, weil, na ja, weil du dieses Buch über die Florentina-Welt erwähnt hast. Weißt du, in der sie noch die *Ehe* hatten? Aber ich kann dir sagen, in der Eigenfamilie, die ich gekannt habe, war das gar nicht so. Die Eheleute ...« – es war ihm offensichtlich peinlich, das Wort auszusprechen –, »die Eheleute haben nicht viel Krawall oder Theater gemacht. Es gab auch keine Gerüchte unter den Nachbarn über Gewalt, nicht mal im Sommer. Natürlich waren die Männer gegenüber ihren Frauen und Töchtern immer noch in der Minderheit, also war es nicht genauso wie in einer Phylumwelt. Da alle auf sie blickten, waren sie sehr diskret, damit sie den perkinitischen Agitatoren keinen Vorwand lieferten ...«

Brod faselte, und Maia hatte keine Ahnung, worauf er hinaus wollte. Hegte er Sympathien für eine ketzerische Ideologie? Träumte er davon, das ganze Jahr über ein Heim zu haben, einen dauerhaften Kontakt mit Freunden und Nachkommen, wünschte er sich mehr Kontinuität, als den Männern auf Stratos normalerweise zugebilligt wurde – wenn auch natürlich nicht soviel wie eine Mutter? In der Theorie klang das vielleicht gut, aber wie sollten es die beiden Geschlechter schaffen, sich gegenseitig nicht auf die Nerven zu gehen? Der arme Brod war allem Anschein nach ein Idealist reinsten Wassers.

Wieder einmal mußte Maia an den Mann denken, den sie als Kind gekannt hatte. Ein orthodoxer Clan wie Lamatia würde nie eine Situation zulassen, wie Brod sie eben von der Eigenkommune beschrieben hatte, aber man gewährte traditionsgemäß gelegentlich einem Ruheständler wie dem alten Bennett Unterschlupf.

Maia spürte einen Schauder, als sie daran dachte, wie sie dem alten Mann das letzte Mal in die Augen gesehen hatte. Blätter wurden vom Herbstturm davongewirbelt, genau wie in ihrem Traum – als hätte sie unterbewußt schon an den Alten gedacht. *Ich habe mich immer gefragt, ob er der einzige Mann sein würde, den ich näher kennenlerne. Aber Renna und jetzt Brod haben mich dazu gebracht, daß mir ziemlich seltsame Dinge durch den Kopf gehen. Weiter so, dann bin ich auch bald eine glühende Ketzerin.*

Das Gespräch wurde für Maias Geschmack viel zu gefühlsbetont. Sie versuchte, es wieder auf eine abstraktere Ebene zu lenken.

»Ich denke, die Eigen würden gut mit Kiel und ihren Radikalen auskommen.«

Brod zuckte die Achseln. »Ich glaube nicht, daß die wenigen verbliebenen Anhänger des Eigenwegs Ärger

heraufbeschwören würden, indem sie politische Mei-
nungsäußerungen abgeben. Sie haben schon genug
Probleme, heutzutage, da die Geburtenrate bei den
Sommerkindern auf ganz Stratos steigt, was alle nervös
macht, und die Perkiniten immer einen Sündenbock
brauchen, am besten Varsympathisanten.

Aber weißt du, ich habe über die Leute nachgedacht,
die früher hier in den Drachenzähnen gelebt haben.
Vielleicht haben sie auch als Eigenanhänger angefangen, damals in der Zeit der Großen Verteidigung.

Denk doch mal, Maia. Ich wette, die Reservate waren
ursprünglich nicht nur für Männer. Stell dir ihre Technik vor! Männer hätten das nicht allein geschafft. Und
sie hätten den Feind auch nie allein zurückschlagen
können. Ich bin sicher, daß hier Frauen gelebt haben, das ganze Jahr über, zusammen mit den Männern.
Irgendwie müssen sie ein Geheimnis gekannt haben,
miteinander zurechtzukommen.«

Doch Maia war nicht überzeugt. »Falls es so war, hat
es jedenfalls nicht lange gehalten. Nach der Verteidigung kamen die Könige.«

»Ja«, gab Brod zu. »Später ist alles in einem patriarchalischen Anfall den Bach runtergegangen. Aber nach
dem Krieg herrschte allenthalben Chaos. Eine kurzzei-
tige Verirrung, gleichgültig wie schrecklich sie war, gibt
dem Rat doch nicht das Recht, die Geschichte dieser
Inseln aus den Annalen zu tilgen. Jahrhundertelang
haben Männer und Frauen hier zusammen gearbeitet,
damals, als die Drachenzähne noch zu den wichtigsten
Plätzen auf Stratos gehörten.«

Die Versuchung zu widersprechen war groß, aber
Maia hielt sich zurück und schüttete kein Öl auf die
Wogen der Begeisterung. Renna hatte sie gelehrt, wie
durch ein dickes Glas zurückzublicken, eintausend,
zweitausend Jahre, und sie wußte, wieviel diese Linse
verzerren konnte. Vielleicht würde Brods Spekulation
zu etwas führen, wenn sie Zugang zur Großen Biblio-

thek in Caria hätten. Aber jetzt schien der arme Junge besessen zu sein von Szenarien, in denen Männer und Frauen irgendwie beieinander blieben, was aber alles mehr auf einer vagen Hoffnung als auf Tatsachen zu beruhen schien. Stellte er sich inmitten dieser zerklüfteten Inseln eine Art Paradies vor, in grauer Vorzeit, ehe der Verrat der Könige die Großen Clans zu Fall brachte? Maia kam das vor wie eine Verschwendung geistiger Energie.

Eine unwiderstehliche Müdigkeit überkam sie. Als Brod wieder loslegen wollte, tätschelte sie ihm die Hand. »Das reicht für heute, okay? Laß uns später darüber reden. Bis morgen früh, mein Freund.«

Brod hielt inne und als Maia ihren Kopf wieder auf seine Brust senkte, legte er sanft den Arm um sie. »Ja. Gute Ruhe, Maia.«

»Mmm.«

Diesmal fiel ihr das Einschlafen leicht, und eine Weile schlief sie tief und fest.

Dann starteten die Träume einen nächsten Übergriff. Das Bild der blutrot-bronzefarbenen Wand schimmerte über dem weit kleineren Steinpuzzle in der Lamatia-Feste. Es waren völlig andere Symbole und Mechanismen, doch eine innere Stimme sagte Maia: *Wahre Anmut liegt in der Einfachheit.*

Noch lebhaftere Phantasien folgten. Aus den Katakomben in Port Sanger schien ihr Geist sich durch Felsschichten zu erheben, an den Küchen der Lamai vorbei, durch prächtige Hallen und Schlafräume, bis hinauf zu den Zinnen und dort zu dem Eckturm, in dem der Clan sein prächtiges altes Teleskop aufbewahrte. Wie die Wand mit den Sechsecken war es aus blankem Metall gearbeitet, und die gut geölten Achsenlager schienen sich ebenso mühelos bewegen zu lassen wie die gleitenden Platten. Über allem lag in Maias Traum ein endloses Sternenuniversum. Ein Bereich, in dem die reine Physik und die unbestechliche Geometrie herrschten.

Ein hoffnungsvolles Terrain, das von ihr erforscht werden wollte.

Bennetts große Pranke lag über ihrer kleinen Hand. Es war ein warmes, tröstliches Gefühl; der alte Mann zeigte ihr, wie man die wichtigsten Leitsterne einstellte, zeigte ihr die schimmernden Sternennebel, die blinkenden Navigationssatelliten.

Auf einmal war es ein Jahr später. In der Traumlogik mußte es sich zeigen, es mußte da sein. Es überquerte den Himmel wie ein neuer leuchtender Planet, aber es war kein Planet, sondern bewegte sich aus eigenem Antrieb, kam aus weiter Ferne und ließ sich in der Umlaufbahn nieder. Ein neuer Stern. Ein *Schiff*, dafür gebaut, um zwischen den Sternen zu reisen.

Aufgeregt rannte die nun ein Jahr ältere Maia los, um ihrem Freund von dieser Entdeckung zu berichten, und führte den gebrechlichen Greis nach oben zu dem glänzenden Messinginstrument. Er war etwas benommen und langsam und brauchte eine Weile, bis er diese Besonderheit am Himmel begriff. Und dann begann er zu Maias Entsetzen mit dem Kopf zu wackeln und in die Nacht zu ru ...

Mit einem Ruck fuhr Maia auf, und ihr Herz pochte wild. Brod schnarchte neben ihr auf dem kalten Steinboden. Das Licht der Morgendämmerung kroch durch die Ritzen in der Geröllmauer. Doch Maia starrte mehrere Sekunden lang nur blind vor sich hin und zwang sich, sich zu beruhigen, ohne dabei etwas zu vergessen.

Schließlich schloß sie die Augen wieder.

Jetzt wußte sie endlich, warum die Worte so vertraut geklungen hatten.

»Jellicoe Beacon ...«, sagte sie laut.

Ein gemeinsamer Kontext. Sie war so sicher gewesen, daß die Lösung ganz einfach sein würde. Etwas, das seit Generationen von Lehrer zu Schüler weitergegeben worden war, trotz der geringen Kontinuität, die in der

Welt der Männer herrschte. Aber sie hatte nicht erwartet, daß ein Zufall dabei eine Rolle spielen würde!

Oh, sicher, es bestand die Möglichkeit, daß sie und Brod es allein herausgefunden hätten, ehe sie verhungerten. Aber der alte Bennett hatte diese Worte vor sich hingeplappert, und sie stammten offenbar aus einem besonders emotionsgeladenen Bereich seines wirren Gedächtnisses. Es war das letzte Mal gewesen, daß Maia ihn überhaupt hatte sprechen hören. Und seither hatten die Worte in ihrem Unterbewußtsein gelegen.

Hatte der alte Mann einer uralten Verschwörung angehört? Einer Verschwörung, die vielleicht jetzt noch aktiv war, so viele Jahrhunderte, nachdem die Könige verschwunden waren? Wahrscheinlich hatte es irgendwann so angefangen, aber inzwischen war nur noch ein zerstreutes Häufchen übrig. Ein ritualisierter Kult, eine Loge, eine von vielen, mit geheimnisvollen Beschwörungsformeln, die die Mitglieder einander lehrten, die aber längst keinen Inhalt mehr hatten, abgesehen vielleicht von einer vagen ominösen Verheißung.

»Ich bin bereit, Maia«, verkündete Brod und ging neben einem unbeschrifteten Sechseck in die Hocke. Maia legte die Hände auf ein anderes. »Gut«, rief sie. »Noch ein Versuch, bei drei. Eins, zwei, drei!«

Beide schoben kräftig, und die ausgewählten Platten beschleunigten ihr Tempo entlang der Wand auf ihren sorgfältig geplanten, unsichtbaren Bahnen. Als die beiden ersten unterwegs waren, wechselten Maia und Brod zu einem anderen Paar. Maias zweites Sechseck trug das stilisierte Symbol eines Insekts, Brod hatte das Marmeladenbrot. Sie hatten den ganzen Tag gebraucht, um die Startzeiten und die Geschwindigkeit so einzurichten, daß ihr erstes Plattenpaar sich genau in der richtigen Position befand, wenn die nächsten zwei zum Rendezvous erschienen. Idealerweise würde eine doppelte Karambolage – zwei gleichzeitige Kollisionen an gegenüberliegenden Wandseiten – dazu führen, daß die beschrifteten Sechsecke aus unterschiedlichen Richtungen zum gleichen, hochgelegenen Zielstein rollten.

Es schien einfach genug, aber bisher hatten sie die Startzeiten noch nicht genau genug bestimmen können, um Maias Erkenntnis auszutesten. Und nun begann das Tageslicht auch schon wieder zu verblassen. Mit einem Kloß im Hals beobachtete Maia, wie die vier Sechsecke ihre Bahn zogen, zusammenstießen und sich im rechten Winkel auseinanderbewegten … genau wie vorgesehen!

»Ja!« schrie Brod triumphierend und grinste Maia zu. Maia reagierte zurückhaltender. So weit, so gut.

Das Plattenpaar glitt über das glänzende Metall aus verschiedenen Richtungen auf ein einzelnes statisches Sechseck zu, auf dessen Oberfläche das Zeichen eines einfachen Zylinders geschnitten war – das Symbol, mit dem auf einem Schiff ein Behälter bezeichnet wurde.

»*Bie-kann!*« hatte der alte Bennett gerufen, in jener schicksalhaften Nacht, als Maia ihm Rennas Raumschiff zeigte. Schon damals hatte Maia vermutet, daß er damit ›Beacon‹ meinte, den Strahl des Leuchtturms, da so viele Reservate gleichzeitig auch als Leuchtturm dienten. Doch dem Rest seines Geplappers konnte sie keinen Sinn entnehmen. Ohne Kontext *konnten* sie auch keinen Sinn ergeben.

Trotzdem war es kein unverständlicher Männerdialekt, wie sie zuerst geglaubt hatte. Keine zufällige Lautzusammensetzung, sondern ein Ausdruck verzweifelten Glaubens, herzzerreißender Sehnsucht.

»*… Gelee-Kann! Bie-Kann Gelee-Kann!*«

Er hatte noch mehr vor sich hingenuschelt, aber auf diesen Ausdruck kam es an. Was immer Bennett in dieser Nacht hatte sagen wollen, mußte ursprünglich ›Jellicoe‹ bedeutet haben.

Jellicoe Beacon, eine der Inseln der Drachenzähne. Dieselben Gründe, die Maia und Brod hierher geführt hatten und die auch die Freibeuter dazu veranlaßt hatten, hier ihren Ankerplatz zu wählen, waren schuld daran, daß die Insel vor Jahrhunderten so wichtig gewesen war. Sie war ein Stützpunkt der Großen Verteidigung und des zum Untergang verurteilten Männerimperiums der ›Könige‹ gewesen. Ein Ort, dessen stolze und beschämende Geschichte unterdrückt, aber nie vollständig ausgelöscht werden konnte.

Zwei Sechsecke bewegten sich vor ihr, eins mit dem Bild der Biene, das andere mit dem schiffsüblichen Zeichen für die Vorräte an Marmelade ... oder Gelee. Maia hielt den Atem an, als beide Scheiben gleichzeitig auf das gleiche Ziel zusteuerten.

Der eleganteste Code ist der einfachste, dachte sie. Hier wird lediglich verlangt, daß man den Namen des Ortes nennt, an dessen Tür man anklopft! Das Gelee zu Kanne, die Biene zur Kanne ...

Das heißt, dachte sie und ballte die Fäuste, *wenn wir uns nicht von unserer eigenen Schlauheit zum Narren halten lassen. Wenn es nicht nur eine von vielen Rätselschichten ist, die alle gelöst werden müssen. Wenn es überhaupt funktioniert.*

Bitte, laß es funktionieren!

Die Scheiben trafen auf das Zielsechseck mit dem Vorratssymbol der Kanne. Sie berührten sich ... und das feststehende Sechseck nahm die beiden anderen ganz einfach in sich auf. Sofort ertönte ein doppelter Gongschlag, tief und dröhnend, wurde lauter, bis sein Widerhall Brod und Maia zwang, zurückzuweichen und sich die Ohren zuzuhalten. Hustend sahen sie zu, wie Ruß und Staub von der großen Tür und ihren Pfosten wirbelten. Dann tat sich, an bisher unsichtbaren Nähten, ein diagonaler Spalt auf. Das summende, bebende Portal öffnete sich, und in den schmuddeligen Vorraum ergoß sich eine Flut hellen, berauschenden Lichts.

Tagebuch des Perpatetikerschiffs
CYDONIA-626 Mission Stratos
Ankunft plus 53.605 Megasekunden

Seit seinem letzten Bericht vor über zweihundert Kilosekunden habe ich nichts mehr von Renna gehört. Inzwischen habe ich den Funkverkehr unten mitgehört, und alles scheint darauf hinzuweisen, daß ein polizeilicher Notstand ersten Ranges herrscht. Aus dem umgebenden Datenmaterial muß ich schließen, daß mein Botschafter entführt worden ist.

Wir hatten die Möglichkeit diskutiert, daß es nach seiner Rede zu überstürzten Aktionen kommen könnte. Nun ist genau das geschehen. Ich schätze, daß nichts dergleichen passiert wäre, hätte uns nicht das Näherkommen der Eisschiffe aus dem Phylum zu dieser verfrühten Offenbarung gezwungen. Wir hätten diese Komplikation wirklich nicht gebraucht, um es einmal ganz vorsichtig zu formulieren. Sie kann tragische Konsequenzen nach sich ziehen, die weit über diese Welt hinausgehen.

Warum hat man die Eisschiffe gesandt? Warum so früh, noch bevor unser Bericht ausgewertet werden konnte? Jetzt ist wohl klar, daß sie ungefähr zur gleichen Zeit losgeschickt wurden, als ich mein Tempo verlangsamte, um in dieses System zu kommen, noch ehe Renna und ich wußten, was für eine Zivilisation auf Stratos lebt.

Ich muß entscheiden, was zu tun ist, und zwar allein.

Aber ich verfüge nicht über ausreichendes Datenmaterial, selbst für eine Einheit dieses Niveaus, um einen Entschluß fassen zu können.

Ich sitze in der Klemme.

Kapitel 23

Maia war nicht zum ersten Mal in Schwierigkeiten. Oft war ihr Leben viel unmittelbarer bedroht gewesen als jetzt. Aber so etwas war ihr noch nie passiert.

Schwierigkeiten schienen überall um die beiden jungen Vars herum aufzuragen, kaum daß sie voller Nervosität die bekannten Schrecken der versiegelten Höhle hinter sich gelassen hatten und in die strahlende Helligkeit getreten waren. Sie hörten das Tor mit einem lauten Knall hinter sich zuschlagen. Ein langer Korridor erstreckte sich vor ihnen, mit Wänden aus fast glasigem, poliertem Stein, erhellt von darin eingelassenen Leuchtplatten, die ein gleichmäßiges, künstliches Licht ausstrahlten, ein Licht, wie sie es bisher nur von der Sonne gekannt hatten. Die gleichmäßige dünne Staubschicht, die den Boden bedeckte, saugte die Blutstropfen von Brods zerkratzten Füßen auf. Maia hatte das Gefühl, sie wären Verbrecher, die sich unerlaubterweise in das Haus einer mächtigen, pedantischen Gottheit eingeschlichen hatten und nun überall ihre schmutzigen Spuren hinterließen. Dauernd erwartete sie, im nächsten Moment von einer lauten körperlosen Frauenstimme angesprochen zu werden – einem strengen, stereotypen Alt –, ganz wie in einer billigen Kinogeschichte.

Das erste Stück des Korridors schlängelte sich in mehreren Zickzackkurven zu einer weiteren Tür, die der ersten ähnelte und ebenfalls mit blanken Sechsecken versehen war. Maia und Brod stöhnten laut bei der Aussicht, ein weiteres Kombinationsschloß enträtseln zu müssen. Aber diesmal begannen sich mehrere Scheiben von selbst zu bewegen, als reagierten sie auf ihr Näherkommen! Als sie das Portal erreichten, hatte es sich bereits geöffnet. Dahinter erblickten sie weitere hell erleuchtete Kurven und Biegungen. Rasch durchquerten sie das Tor, und Brod seufzte erleichtert.

Fühlte sich Maia ein ganz klein wenig enttäuscht – so, als hätte er sich eigentlich über eine neue Herausforderung gefreut? *Gib endlich Ruhe*, befahl Maia dem verrückten Rätselfreund in ihrem Kopf. Ihrem Orientierungssinn zufolge begaben sie sich immer tiefer in den Berg, der Jellicoe Island bildete.

Bei der nächsten Barriere wäre fast alle Mühe umsonst gewesen. Als sie um eine Ecke bogen, standen sie plötzlich vor einem Haufen Geröll und Gipsbrocken, der den ganzen Gang ausfüllte. Die Decke war eingebrochen. Nur ein kleiner Lichtstrahl von ganz oben machte ihnen Hoffnung, daß es vielleicht doch einen Weg hinüber gab. Zuerst mußten sie allerdings den Trümmerberg emporklettern und etliche schwere Brocken wegräumen, denn die Lücke war bei weitem nicht breit genug, daß sie durchkrabbeln konnten. Es war ein seltsames Gefühl, mit bloßen Händen tief unter der Erde ums liebe Leben zu graben, und das alles in einem so reinen, synthetischen Lichtschein. Eins ließ sich mit Sicherheit sagen: *Wenn jemand vor uns hier gewesen wäre, bevor der Tunnel eingestürzt ist, hätte er Spuren hinterlassen, wie wir es jetzt tun. So viele haben schon versucht, durch diese Tür zu kommen … und wir haben's als erste geschafft!*

Oder jedenfalls die ersten, seit irgendeine Katastrophe diese Lawine ausgelöst hatte. Ob sie natürlichen Ursprungs gewesen oder künstlich hervorgerufen war, würde sich noch zeigen.

Schließlich hatten sie es geschafft und schlitterten auf der anderen Seite den Geröllhügel in einen trümmerbedeckten Keller hinab. Rostige, verbeulte Fässer lagen übereinandergepurzelt an der Wand. Der einzige Ausgang führte über eine halb zerbrochene Eisentreppe, der zahlreiche Futterstufen fehlten und die anscheinend Bekanntschaft mit großer Hitze gemacht hatte. Doch man konnte sie hinaufklettern … wenn man äußerst vorsichtig war. Gemeinsam erreichten sie den obersten Absatz und drehten den Knauf einer einfachen Metalltür. Sie mußten zu zweit kräftig dagegendrücken, um die verbogenen Angeln zu bewegen, aber schließlich zwängten sie sich in einen Korridor, der doppelt so breit war wie der bisherige.

Eine entsetzliche Hitze mußte irgendwann durch den Bereich gezogen sein, der dem beschädigten Keller am nächsten lag. Es gab noch weitere Metalltüren, einige zugeschmolzen, andere offen, so daß Maia und Brod dahinter einen Blick in trümmerbedeckte Räume werfen konnten. Nirgends ein Hinweis, welchem Zweck sie einst gedient hatten. Sogar die robusten Tunnelwände trugen Spuren, wo der Verputz geschmolzen und kurz darauf in tropfenförmigen Schichten wieder erstarrt war. Der Anblick erinnerte die beiden Sommerlinge daran, wie durstig sie waren.

Als sie die beschädigte Region hinter sich hatten, kamen sie in einen Abschnitt des Korridors, der besser erhalten und majestätischer war, mit einer hohen, gewölbten Decke, wie Maia bisher noch keine gesehen hatte. Ihre Schultern spannten sich, und sie hätte am liebsten in alle Richtungen auf einmal gespäht. Immer wieder glaubte sie Schritte oder Stimmen zu hören … ein geheimnisvolles Flüstern. Aber anscheinend gab es hier nicht einmal Gespenster.

Wie auf Grimké konnten sie keine Anzeichen für einen geordneten Rückzug entdecken. Die meisten Räume, in die sie hineinsehen konnten, waren leer. *Die ganze Ecke der Insel muß durchlöchert sein,* dachte Maia. Gleichzeitig erinnerte sie sich an das Versprechen, das sie Brod gegeben hatte – daß sie den Schlüssel zum Überleben in der Hand hielten, nachdem sie das Rätseltor durchschritten hatten. Bisher war alles großartig und beeindruckend, aber sie hatten noch nichts gefunden, was ihr Überleben sicherte.

Vielleicht findet irgendein Forscher irgendwann unsere Knochen, überlegte Maia grimmig. *Und fragt sich, was für eine Geschichte dahintersteckt.*

In diesem Augenblick jubelte Brod: »Hurra!« Er humpelte voraus und führte Maia zu einem Raum, den er entdeckt hatte. Flackernd gingen die Lichter an, als er eintrat, zu einem fliesenverkleideten Bassin trat und murmelte: »O Herr, mach, daß es klappt!«

Wie als Antwort auf sein Gebet begann aus einem metallenen Hahn eine klare Flüssigkeit zu strömen – frisches Wasser, wie Maia am Geruch rasch erkannte. Brod steckte den Kopf unter den Strahl und schlürfte gierig, während Maia vor Durst fast schwindlig wurde. Vor lauter Eifer stieß sie mit dem Kopf an das Porzellanbecken neben seinem, aber dann stillte auch sie ihren Durst, hastig schlürfend, als könnte der Strahl jeden Moment versiegen, und der Geschmack erschien ihr noch viel feiner als der von geplündertem Lamatia-Wein.

Schließlich wandten sie sich benommen und atemlos um und nahmen den seltsamen, eindrucksvollen Raum näher in Augenschein.

»Glaubst du, es ist ein Lazarett? Oder eine Fabrik?« fragte Maia. Vorsichtig näherte sie sich einer der breiten, ebenfalls gefliesten Kabinen; jede hatte eine Glastür, die weit offenstand. »Wofür sind diese Röhren?«

Sie beugte sich vor, um die Öffnungen in der Keramik zu betrachten, und jaulte laut auf, als sie plötzlich lebendig wurden und Wasserdampf versprühten. »Au, au!« schrie sie und wedelte mit dem Arm, dessen Haut gerötet war. »Das ist eine Maschine, mit der man Farbe ablösen kann!«

Brod schüttelte den Kopf. »Ich weiß, das scheint absurd, Maia, aber das kann nur …«

»Niemals!«

»Doch. Das ist ein Duschraum.«

»Vielleicht um den Lugars die Haare wegzusengen?« meinte sie zweifelnd. »Waren die Alten denn Riesen, daß sie soviel Platz brauchten? Hatten sie eine Haut aus Leder?«

Brod kaute auf der Unterlippe. Versuchsweise lehnte er sich gegen den Türrahmen und streckte den Arm hinein. »Diese kleinen, daumengroßen Fensterchen hier – ich hab die gleichen in dem ältesten Gebäude der Kanto-Bibliothek gesehen, zu Hause in der Stadt. Sie merken, wenn man sich ihnen nähert. Daher wußten die Wasserhähne auch, wann sie für uns angehen mußten.«

Noch mehr Dampf quoll hervor, dem Brod sorgsam auswich, während er mit der Hand vor den anderen Sensoren herumwedelte. Rasch verwandelte sich der heiße Strom und wurde eiskalt. »Siehst du, Maia. Genau, was wir brauchen. Der ganze Luxus, den wir von daheim gewohnt sind.«

Du vielleicht. Maia dachte an ihre letzte lauwarme Dusche in Grange Head, penibel rationiert aus Tonröhren und einem schmalen Brausenkopf. Damals war das für sie ein großer Luxus gewesen. In Port Sanger war die Lamatia-Feste stolz auf ihre modernen Sanitäranlagen. Aber *das* hier, mit all den blitzenden Flächen, den hellen Lichtern und seltsamen Gerüchen – das war regelrecht erschreckend. Sogar Brod, der in den aristokratischen Kreisen des Landungskontinents aufgewachsen war, behauptete, noch nie derart verschwenderische Spiegel- und Keramikwände gesehen zu haben, die anscheinend alle nur der einfachen Körperpflege dienten.

»Jungs zuerst«, sagte Maia, der Tradition folgend, und bedeutete ihm voranzugehen. »Der männliche Gast hat den Vortritt.«

»Aber wir sind in einem Reservat – zumindest muß es mal eins gewesen sein –, demzufolge bist genaugenommen du der Gast«, widersprach Brod. »Na los, Maia. Ich sehe solange nach, ob ich etwas finde, womit ich meine Füße verbinden kann.«

Maia verzog das Gesicht, weil sie so rasch ausmanövriert worden war, aber es hatte keinen Sinn, sich weiter zu streiten. Sie mußten beide dringend ihre Wunden reinigen, um einer Entzündung vorzubeugen. Später konnten sie sich dann um alles andere kümmern, beispielsweise um etwas zu essen.

»Na gut, bleib aber in Rufweite, ja?« sagte sie, während sie die Hand zu den Sensoren ausstreckte. »Falls ich in Schwierigkeiten komme.«

Aber sie lernte schnell, wie sie die Hand vor den dunklen Kreisen in der Wand bewegen mußte. Sie stellte die Temperatur auf mittlere Wärme ein, den Strahl auf ein Mittelmaß zwischen Nebel und Nadelguß. Dann trat sie unter die Düsen und vergaß alles andere unter einer Flut körperlichen Wohlbehagens.

Alles außer einem triumphierenden Gedanken.

Diese Mörder und Verräter mit ihren Gewehren glauben, ich bin tot. Wahrscheinlich glaubt das sogar Leie. Aber ich bin nicht tot. Und Brod auch nicht – ganz im Gegenteil.

Sie war sicher, daß keiner ihrer Feinde je etwas annähernd so Luxuriöses erlebt hatte. Selbst als sie die Sandkörner aus ihren Wunden schrubbte und pulte, war der Schmerz ein kleiner Preis für diese Wohltat.

Vor einem Spiegel, der breit genug für zwölf Leute gewesen wäre, befingerte Maia ihre ungepflegten Haare, die seit Wochen verfilzt, schmutzig und ungekämmt herausgewachsen waren. Aber es war tatsächlich nichts mehr von der Farbe übrig, die ihre Schwester aufgetragen hatte, während Maia sich hilflos gefesselt und geknebelt auf der *Draufgänger* umhergewälzt hatte. *Ich sollte alles abschneiden,* beschloß sie.

Brod sang lauthals unter der Dusche. Inzwischen überschlug sich seine Stimme wesentlich seltener, vielleicht war auch die Resonanz des gefliesten Duschraums so hervorragend – zweifellos ein Wunder der Technik, das zu irgendeinem längst vergessenen geheimnisvollen Zweck in diesen Reinigungsraum eingebaut worden war. Neben sich sah Maia die blutige Nadel und den Faden, mit dem der Junge die schlimmsten Wunden zusammengenäht hatte. Sie hatte ihn nicht einmal schreien gehört.

Das kleine Medizinkästchen, das er hinter einem der Spiegel gefunden hatte, war leider sehr spärlich bestückt. Eigentlich ein Glück, denn es war klein genug, um bei der Evakuierung des Bauwerks übersehen zu werden. Sie hatten ein paar versiegelte Verbände gefunden, die beim Aufmachen zischten und einen seltsamen, extrem *neutralen* Geruch verströmten, dazu ein kleines Fläschchen mit noch immer stechend riechendem Desinfektionsmittel, das sie lieber unberührt ließen. Und schließlich eine Schere, die Maia jetzt zur Hand nahm, nachdem sie sich um alles andere gekümmert hatte, und zögernd ein paar Strähnen abschnippelte. Ansonsten hatten sie nichts Nützliches gefunden.

Hinter ihr verstummte jetzt das Wasserrauschen, und Maia hörte, wie heiße Luft aus den Düsen über den Körper ihres Freundes strömte. Brod jauchzte vor Vergnügen – anscheinend war er, wenn er sich freute, ebenso geräuschvoll, wie er Schmerzen stoisch ertrug.
»He, Maia! Wir könnten doch mit unseren Kleidern das gleiche machen. In fünf Minuten sind sie sauber und trocken. Wirf mir deine rein.«

Maia bückte sich, hob ihre schmutzige Tunika und

die verdreckte Hose mit spitzen Fingern auf und warf sie ihm zu. »In Ordnung«, sagte sie. »Du hast mich überzeugt. Männer sind doch zu etwas nütze.«

Brod lachte. »Versuch es mal nächsten Frühling!« rief er, das Brausen des erneut hervorströmenden Dampfstrahls übertönend. »Wenn du sehen willst, wozu ein Mann nütze ist.«

»Ach, Geschwätz!« entgegnete sie. »Lysos hätte die ganzen Quassel-Gene vom Y-Chromosom entfernen sollen und dafür mehr Aktivität draufpacken.«

Das war genau die Art Geplänkel, um das sie Naroin und die anderen Matrosinnen immer beneidet hatte – nicht wirklich bedrohlich, aber flott und leicht herausfordernd. Maia grinste, und ihr Spiegelbild verwandelte sich. Sie setzte sich aufrecht, benutzte die Finger als Kamm und schüttelte die geschnittenen Haare über der Stirn zurecht. *Schon besser*, dachte sie. *Jetzt würde ich einer Dreijährigen auf der Straße bestimmt keine Angst mehr einjagen.*

Sie schämte sich ihrer Narben nicht, aber sie war froh, daß ihr Gesicht verschont geblieben war. Ihr Gesicht, das sich in den letzten Monaten stark verändert hatte. Die Wangen hatten noch einen Rest kindlicher Rundheit, die Haut war rein und rosig vom Waschen. Doch Kampf und Entbehrung hatten ihre Züge fester gemacht. Es war nicht mehr das gleiche Gesicht, das sie in dem angelaufenen Spiegel gesehen hatte, in dem sie sich mit ihrer Zwillingsschwester betrachtete, damals, in jenem schäbigen Dachzimmer voller unrealistischer Träume.

»Hier hast du sie wieder«, verkündete Brod und legte zwei zusammengefaltete Kleidungsstücke auf den Sims neben Maia. Wie Maia selbst rochen die Kleider völlig anders und sahen auch anders aus. Allerdings mußten sie dringend geflickt werden. Das gleiche galt für Brods Sachen, wie Maia feststellte, als sie sich umwandte. Der junge Mann steckte grinsend die Finger durch die Risse in seinem Hemd und seiner Hose. »Wir nehmen ein bißchen Faden mit, dann können wir sie vielleicht später flicken. Aber ich bin dafür, daß wir jetzt weitergehen. Wer weiß? Womöglich haben wir Glück und finden eine Wohnung, in der noch jede Menge Kleidungsstücke rumhängen.«

»Plus drei Schüsseln Porridge und Betten, in denen wir uns ausschlafen können?« Gähnend stand Maia auf und warf noch einen letzten Blick in den Spiegel.

Früher habe ich immer auch Leie gesehen, wenn ich mein Spiegelbild angeschaut habe. Aber diese Person hier ist einmalig. Es gibt sie auf der ganzen Welt nur einmal.

Seltsamerweise war Maia nicht enttäuscht. Ganz im Gegenteil.

Sauber und zumindest teilweise ausgeruht, machten sie sich erneut auf den Weg, und fanden sich bald wieder in einem zerstörten Bereich, in dem mächtige Erschütterungen den Putz von den Wänden gerüttelt hatten. An manchen Stellen war der Schaden behelfsmäßig ausgebessert worden, an anderen lag der rissige Stein dahinter bloß. Maia und Brod schritten vorsichtig aus, denn teilweise war der Boden schief oder der Korridor in der Mitte von tiefen Spalten durchzogen. Einiges davon konnte einfach darauf zurückzuführen sein, daß die Gänge schon so alt waren – auf den natürlichen Lauf der Dinge, seit das Bauwerk vor langer Zeit verlassen worden war. Doch Maia hielt eine andere Erklärung für weit wahrscheinlicher. Angriffe aus dem Weltraum, deren Spuren überall auf Jellicoe und den anderen Inseln zu sehen waren, hatten selbst diese riesigen Hallen um ein Haar zerstört.

Grimké war nur ein Außenposten. Das hier war sicher eine wichtige Festung.

Bald entdeckten Maia und Brod, daß die Einwohner bei der Vertreibung durchaus nicht alles mitgenommen hatten. Sie kamen in mehrere Räume, die mit komplizierten Maschinen und Geräten vollgestellt waren. Einige hatten offensichtlich etwas mit Elektrizität zu tun – ferne Verwandte der praktischen kleinen Transformatoren und Generatoren, die Maia kannte –, aber auf einem weit höheren Niveau als in der stratoinischen Wirtschaft dieser Tage üblich. Die Größenordnung war überwältigend. Es gab hier mehr Metall als in ganz Port Sanger! Dabei hatten sie und Brod bisher vermutlich nur an der Oberfläche der Reichtümer gekratzt.

Einer der Säle erstreckte sich über hundert Meter und war etwa dreimal so hoch. Ein einziger massiver Block aus einem bernsteinfarbenen, durchscheinenden Material, das Maia noch nie zuvor gesehen hatte, verstrebt mit dem gleichen harten, blutroten Metall, das sie an der Rätseltür gesehen hatten, füllte fast den ganzen Raum. Ein leises Flackern in dem fremdartigen Stein zeigte, daß seine Kräfte zwar schlummerten, aber gewiß nicht erstorben waren. Am liebsten wären sie auf Zehenspitzen davongeschlichen, damit sie das, was immer hier schlummern mochte, nicht aufweckten.

Das Reservat – oder vielleicht besser gesagt die Festung – schien kein Ende zu nehmen. Maia fragte sich, ob sie dazu verurteilt waren, ewig hier umherzuwandern wie ruhelose Geister, die einen Weg aus einem Fegefeuer suchten, in das sie sich mit allen Mitteln einzudringen bemüht hatten. Dann mündete der Korridor in einen breiteren Gang, dessen Wände noch stärker befestigt waren als alle bisherigen. Links erhob sich eine weitere massive Tür aus rotem Metall, fast einen Meter dick, auf riesigen Angeln. Sie stand *offen*. Seitlich von ihr hatte jemand einen hölzernen Ständer aufgestellt, an dem ein Schild hing. Darauf stand in großen, drohenden Buchstaben:

**SEID GEWARNT
ZUTRITT VEBOTEN!**

Diese Botschaft war so seltsam, daß Maia vor Staunen erst einmal sprachlos war. Sie mußte nachdenken. *Red keinen Unsinn. Wer immer du sein magst, du hast uns bestimmt nicht gewarnt.*

Als würde das für uns eine Rolle spielen.

»Glaubst du, die Freibeuter haben das hinterlassen?« fragte Brod. Maia zuckte die Achseln. »Es sieht ihnen nicht ähnlich, jemanden zu warnen. Schrei und schlag drauf, das ist eher ihr Stil.« Sie beugte sich über das Schild, dessen Schrift professionell wirkte.

»Es muß ein wichtiger Raum sein«, meinte Brod. »Gehen wir weiter. Vielleicht finden wir etwas heraus.«

Maia folgte ihm dicht auf den Fersen. *Wenn der Raum so wichtig ist, warum benutzen sie dann Schilder? Warum verriegeln sie nicht einfach die Tür?*

Die Antwort war offensichtlich. *Sie können die Tür nicht schließen. Wenn sie sie zumachen, bekommen sie sie nie wieder auf. Sie kennen die Kombination nicht!*

Der lange, röhrenförmige Raum maß etwa vierzig Meter; an der Wand standen dreifach verstrebte Stützpfeiler aus dem inzwischen vertrauten roten Metall. Vermutlich, um selbst einem direkten Schlag zu widerstehen ... obgleich Maia sich nicht vorstellen konnte, *was* für ein Schlag das sein könnte. Sie erkannte Computerkonsolen, um ein Vielfaches größer als die kleinen Kommunikationseinheiten, die in Caria hergestellt und verkauft wurden, aber eindeutig mit ihnen verwandt. Alles sah aus, als wäre es gerade erst gestern benutzt worden und nicht vor über tausend Jahren. In ihrer Phantasie stellte sich Maia die Geister längst verstorbener Männer und Frauen vor, die an diesen Arbeitsplätzen saßen, sich mit gedämpften, nervösen Stimmen unterhielten und auf Knopfdruck entsetzliche Kräfte entfesseln konnten.

»Maia, sieh mal!«

Sie wandte sich um. Brod stand vor einem weiteren Schild.

Eigentum des Regierungsrates
Wer diese Linie überschreitet, läuft Gefahr, sofort erschossen zu werden. Dein Eintreten wurde registriert. Deine einzige Möglichkeit ist, augenblicklich das Amt für Planetarisches Gleichgewicht anzurufen. Benutze die Kommunikationseinheit weiter unten.
Denk daran – ein Geständnis führt zu einem milderen Urteil. Eigensinn bedeutet den Tod!

»Dein Eintreten wurde registriert!« las Brod laut vor. »Glaubst du, sie haben die Türen verkabelt? He, vielleicht hört uns jemand zu, vielleicht beobachtet uns jemand!« Mit großen Augen blickte er um sich, als wollte er alle Richtungen gleichzeitig auskundschaften. Doch Maia fühlte sich seltsam distanziert.

Also weiß der Regierungsrat von diesem Ort. Es war naiv zu denken, sie wüßten von nichts. Schließlich war hier das Herz der Großen Verteidigung. Sie würden eine solche Macht nicht unbeaufsichtigt lassen. Möglicherweise braucht man sie eines Tages wieder.

Aber andererseits – was ist mit meiner Idee, daß der alte Bennett diese Worte gesagt hat, weil er ein Geheimnis ererbt hat?

Vielleicht hatte es tatsächlich ein Geheimnis gegeben, in jenen großen Tagen von Jellicoe. Etwas, das die Schmach und die Schande überlebt hatte, die auf die kurze Episode der Könige folgten. Oder war es vielleicht nur eine Legende, die Sehnsucht nach der verlorenen Heimat und der verlorenen Größe, etwas, das von einem kleinen Männerzirkel durch die Jahrhunderte der Verbannung weitergegeben wurde, bis es schließlich jeden Sinn verlor, aber zu einem Ritual wurde, während es auf neue Männer und Jungen überging, die man aus ihren Mutterclans geholt hatte?

»Wir könnten der Antenne zum Eingang folgen, den sie normalerweise benutzen.« Brod gestikulierte zu der Kommunikationseinheit, die auf dem Schild erwähnt wurde und deren Kabel grob an die Wand genagelt waren. Wenn die große Tür sich jemals schloß, würden sie getrennt werden. »Weißt du, ich wette, sie kennen die Route nicht, auf der wir gekommen sind! Vielleicht wissen sie dann auch nicht, daß wir hier sind.«

Gutes Argument, dachte Maia. Etwas neben der Kommunikationseinheit erregte ihre Aufmerksamkeit. Ein dickes schwarzes Notizbuch. Sie nahm es in die Hand, betrachtete ein paar Seiten und seufzte.

»Was ist das, Maia?«

Sie blätterte weiter. »Sie kennen die Einrichtung hier nicht nur, sie benutzten sie zum *Exerzieren* ... alle zehn Jahre oder so anscheinend. Sieh dir die Daten und Unterschriften hier an. Ich sehe drei, nein vier Clannamen. Das müssen Militärspezialisten sein, die in ihren Nischen von Sicherheitsfonds der Regierung unterstützt werden. Einmal pro Generation kommen sie hierher und halten eine Übung ab. Brod, die Einrichtung wird noch benutzt!«

Der Junge blinzelte nachdenklich, dann seufzte auch er. Resignation und Wut waren seiner Stimme anzuhören, als er sagte: »Das klingt logisch. Nachdem der Feind geschlagen war, sind wahrscheinlich die Techniktypen hier aufsässig geworden – sowohl Männer als auch Frauen – und haben Neuerungen gefordert. Die Priesterinnen und Savanten und die hochstehenden Clans bekamen es mit der Angst zu tun. Vielleicht haben sie sich die Königsrebellion sogar *ausgedacht*, als Vorwand, um all die Leute rauszuschmeißen, die hier wohnten!«

Da war Brod schon wieder dabei, über die Tatsachen hinaus zu spekulieren. Doch er ersann ein durchaus einleuchtendes Szenario. »Aber es wäre dumm gewesen, die Einrichtung zu vergessen oder auszuräumen«, fuhr er fort. »Also haben sie geeignete Kriegerinnen ausgewählt und ihnen permanente Pfründe gegeben, um im Fall eines erneuten Angriffs durch den Feind fit und verfügbar zu sein.«

Oder im Fall eines unerwünschten Verwandtenbesuchs? überlegte Maia. Der jüngste Eintrag in dem Buch war außerhalb des üblichen Terminplans, ungefähr um die Zeit, zu der Rennas Schiff gesichtet worden war. Der damalige Drill hatte fünfmal so lang gedauert wie das übliche Training. Bis der Besucher das Wandererschiff verließ, um auf dem Raumhafen von Caria zu landen. Es gab keine Garantie, daß die Kampfclans weg *blieben*. Nun, da sich der Regierungsrat wegen Rennas Entführung in Aufruhr befand, konnten sie jederzeit zurückkehren.

Es hätte ein erfreulicher Gedanke sein können – der eine todsichere Möglichkeit bot, die Freibeuter mit einem einzigen Ferngespräch zu besiegen – wäre Maia inzwischen nicht vorsichtig geworden. Möglicherweise war Renna in den Klauen bestimmter Clans noch schlimmer dran.

Die Kommunikationseinheit war angeblich betriebsbereit. Das Dilemma jedoch hatte sich nicht geändert. *Wen soll ich anrufen?* Nur Renna wußte, wer seine Freunde waren und wer ihn in Caria hintergangen hatte, vor einem Vierteljahr stratoinischer Zeitrechnung.

Jedesmal, wenn ich mich so tief in die Sache reinknie, wie es nur geht, finde ich doch tatsächlich wieder ein Loch, das mich mindestens doppelt so tief reinreißt. Im Vergleich dazu ist Tizbes blaues Pulver ein Witz, ein Kinderstreich!

Maia wußte, was sie zu tun hatte.

Den Weg der Kriegerclans zu verfolgen, erwies sich als verhältnismäßig einfach. Maia brauchte nicht einmal das Antennenkabel dafür. Der Haupteingang konnte nur an einer Stelle liegen.

Vom Kontrollraum aus nahmen sie und Brod den Hauptkorridor, der noch einige weitere Rampen und Treppen empor und durch eine Reihe schwerer, zylindrischer Luken führte, die allesamt mit dicken Keilen offengehalten wurden, um ein zufälliges Schließen der Türen zu verhindern. An einer Stelle blieben sie vor einer abgebröckelten Wand stehen, die aussah, als wäre sie früher einmal mit einer Landkarte bemalt gewesen. Links unten war die Zeichnung noch einigermaßen intakt, und man konnte eine Ecke der gewundenen Küstenlinie von Jellicoe Island erkennen. Der Rest jedoch war so weit abgebrannt, daß nicht nur der Verputz, sondern auch die ersten Zentimeter des dahinterliegenden Felsen fehlten.

»Wir sind auf dem richtigen Weg«, sagte Maia zu Brod. »Komm, hier geht's weiter.«

Es folgten noch mehr Treppen, noch mehr mit Keilen offengehaltene Brandtüren, ehe der Gang vor einer recht gewöhnlich aussehenden Stahltür endete. Ein Knopf daneben leuchtete auf, als Maia ihn drückte. Wenig später öffnete sich die Tür mit einem leisen Rumpeln und gab den Blick frei auf einen kleinen Raum ohne Mobiliar, mit ein paar Anzeigelampen an einer Wand.

»Also, da will ich mich doch fesseln und wengeln lassen«, hauchte Brod. »Das ist ein Aufzug! Manche großen Festen in Joannaborg hatten solche. In der Bibliothek bin ich mal in einem gefahren. Dreißig Meter nach oben.«

»Vermutlich ist er ungefährlich«, meinte Maia, nicht als Frage, denn die hätte ohnehin keinen Sinn gehabt. Es gefiel ihr nicht, daß es nur einen Eingang beziehungsweise Ausgang gab, aber sie mußten das Transportmittel benutzen, ob es nun sicher war oder nicht. »Ich überlasse es deiner überlegenen Erfahrung, das dumme Ding zu steuern.«

Vorsichtig trat Brod in die Kabine. Maia folgte ihm, wobei sie genau aufpaßte, was Brod tat. »Bis ganz nach oben?« fragte der Junge. Als Maia nickte, drückte er mit dem Finger auf den obersten Knopf. Er leuchtete. Kurz darauf schlossen sich rumpelnd die Türen.

»Das war alles? Sollten wir nicht ...?«

Maia brach ab, denn beinahe hätte sich ihr der Magen umgedreht. Die Schwerkraft riß sie nach unten, als wäre entweder sie oder Stratos plötzlich schwerer geworden. *Manchmal ist es direkt ein Vorteil, wenn man nichts gegessen hat,* dachte sie. Doch nach den ersten Sekunden fand sie ein perverses Vergnügen an dem flauen Gefühl. Die Lampen flackerten und veränderten die Anzeige mit Nummern und Buchstaben. Leider konnte Maia sie nicht mehr lesen, weil der untere Teil nicht mehr leuchtete. *Und wenn nun ein wichtigerer Teil ausfällt, während wir hier schweben?*

Sie drängte den Gedanken rasch beiseite. Woher nahm sie sich überhaupt das Recht, etwas in Frage zu stellen, das seit Jahrtausenden funktionierte? *Ich bin nur ein Passagier, weiter nichts!*

Eine andere beunruhigend-aufregende Empfindung stellte sich ein. Der Druck unter ihren Füßen ließ abrupt nach, und nun fühlte sie ein *Abnehmen* der Schwere. Es ähnelte ein wenig dem Gefühl beim Fallen, oder wenn man auf dem schrägen Schiffsdeck eine Woge hinabsegelte. *Oder wenn man fliegt, vermutlich.* Unwillkürlich kicherte sie, schlug sich aber sofort die Hand über den Mund. Dabei entdeckte sie, daß die andere sich fest an Brods Ellbogen klammerte. »Au!« beklagte er sich, während der Aufzug stoppte und sie beide ins Schwanken brachte.

Die Türen glitten auf; Brod und Maia blinzelten und legten schützend die Hände über die Augen. »Bleiben sie offen?« fragte Maia hastig und starrte auf ein Felsplateau, über das sich ein phantastischer, wolkengefleckter Himmel spannte.

»Ich klemme meine Sandale in die Tür«, antwortete Brod. »Wenn du mal einen Moment meinen Arm loslassen könntest.«

Maia lachte nervös und gab den Jungen frei. Während er ihren Rückzug sicherte, trat sie ein paar Schritte weiter nach vorn und blickte über den Ozean, der den als Drachenzähne bekannten Archipel umgab. Das Sonnenlicht auf dem Wasser war nur ein Teil der Schönheit, die sie nie wiederzusehen erwartet hatte. Seine Berührung auf ihrer Haut war ein Geschenk, das sich nicht in Worte fassen ließ.

Ich wußte es! Die Militärclans von Caria kommen nicht per Schiff. Dafür sind sie zu vornehm, zu beschäftigt. Außerdem würden sie das Risiko nicht eingehen, von jemandem gesehen zu werden, der in ihrem Kommen und Gehen ein Muster erkennen könnte. Deshalb nehmen sie selten den Zug und meistens ein Flugzeug.

Die Fläche erstreckte sich mehrere hundert Meter nach Süden, Westen und Osten. Hier am Nordende des Plateaus war der Aufzugschuppen mit einer großen Winde, wahrscheinlich um Luftschiffe zu verankern und in Stellung zu bringen. Außerdem entdeckte Maia riesige Seilrollen.

Die Drachenzähne waren von oben sogar ein noch sensationellerer Anblick. Spitze reihte sich an Spitze bis in weite Ferne, als wären es die Stacheln eines gepanzerten Ungeheuers. Auf vielen Gipfeln und Vorsprüngen wuchsen Bäume wie auf Grimké, andere glänzten im Licht der Nachmittagssonne, kahle, urtümliche Überbleibsel einer Schutzmacht, die aus Zeiten stammte, lange bevor Stratos in den Besitz der Frauen übergegangen war.

Kein Zahn in Sichtweite war höher als der, auf dem Maia stand, hier an der Nordseite von Jellicoe. Von hier konnte sie nicht nach Süden blicken, wo die anderen großen Inselgruppen lagen, beispielsweise Halsey, der einzige legal besiedelte Ort. Zweifellos verließen sich die Kriegerclans auf diesen schützenden Effekt und richteten ihre seltenen Besuche so ein, daß die Chancen, gesehen zu werden, möglichst gering blieben. Dennoch fragte sich Maia, ob die Männer auf Halsey jemals Verdacht schöpften.

Vielleicht lassen sie deshalb die Bemannung unter eher niedrigen Gilden rotieren. So sinkt die Wahrscheinlichkeit, daß jemandem ein Rhythmus auffällt, selbst wenn die Männer zufällig hie und da einen Zeppelin zu Gesicht bekommen. Vor allem, da die Besuche nur dreimal innerhalb einer normalen Lebensdauer stattfinden.

Maia wandte sich um und ging ein Stück nach rechts, wo ganz in der Nähe eine Gruppe von mehr als vierzig Gipfeln zu sehen waren – solche an der Basis zusammenhängenden Felsspitzen machten Jellicoe zu einem wichtigen Bestandteil der legendären Zahnreihe. Als Maia nahe genug war, wurde ihr klar, daß selbst ein so weitläufiges Tunnelsystem in diesem Labyrinth aus halbkristallinischem Stein leicht zu verstecken war.

Um auf eine niedrigere Terrasse zu gelangen, mußte sie eine grobe, ausgewaschene Treppe hinuntersteigen. Sie stieg sie hinab, um endlich den Blick zu haben, den sie gesucht hatte. Brod rief ihr nach, sie solle warten, aber sie war zu ungeduldig. *Ich muß es wissen*, dachte sie, und beschleunigte ihre Schritte.

Schließlich stand sie an einem Abgrund, so jäh und atemberaubend, daß er Grimké etwa so überflügelte wie eine Möwe einen Käfer. Ihr Herz pochte bis in die Schläfen. Es tat ihr so gut, endlich wieder im Freien zu sein und die frische Seeluft zu atmen, daß sie sogar vergaß, ihr könnte schwindlig werden, sondern sich bis an den Rand vorwagte und auf die Jellicoe-Lagune hinunterblickte.

Der Ankerplatz lag schon halb im Dämmerlicht, von der Sonne nach einem kurzen Besuch um Mittag wieder verlassen. Maias Blick wanderte über die noch hellen Felswände, bis sie endlich fand, was sie suchte. Zwei Schiffe, erkannte sie voller Erregung. Die *Draufgänger* und die *Manitou*.

Ich hatte befürchtet, sie wechseln das Versteck. Das hätten sie eigentlich sollen, nachdem der Segler gekapert worden war. Vielleicht haben sie es ja bald vor.

Sie konnte kaum glauben, daß die Flucht von Grimké mit Brod und Naroin und den anderen erst drei oder vier Tage her war. *Das heißt vielleicht, daß wir noch Zeit haben.*

Sie spürte, wie Brod sich neben sie stellte, und hörte ihn erleichtert seufzen. »Wir sind doch nicht zu spät gekommen.« Er sah sie an, und seine Augen funkelten. »Bestimmt hast du einen Plan, Maia. Ich helfe dir, deinen Sternenmann zu befreien. Aber zuerst widmen wir uns den arglosen Freibeutern dort unten, die eine Speisekammer für uns zum Plündern haben. Wenn ich nicht bald was zu essen kriege ...«

»Ich weiß«, unterbrach Maia mit einer Handbewegung und zitierte:

> *Willst du was viel Schlimm'res sehn*
> *als 'nen brünstgen Sommerknaben*
> *so kannst du mal dazwischengehn*
> *wenn ein Mann will was zu essen haben.*

Brod grinste, daß seine Zähne blitzten. Dann sagte er in dickstem Dialekt: »Na klar, Mädel. Du willst ja wohl nich', daß ich in das reinbeiß, was mir grade vor die Zähne kommt, oder?«

Maia lachte, und er stimmte ein. Inzwischen vertraute sie ihm und seiner Freundschaft so, daß es ihr nicht einmal mehr in den Sinn kam, seinen Scherz wörtlich zu nehmen – was sie vor ein paar Monaten sicher noch getan hätte.

... Finde, was verborgen ist ...
unter fernen, fremden Sternen

– aus dem *Buch der Rätsel*

Kapitel 24

Maia senkte ihren Sextanten und starrte noch einmal
auf die Anzeige. Der Horizontwinkel, wo die Sonne un-
tergangen war, legte einen Fixpunkt fest. Der andere,
fast direkt über ihrem Kopf, fiel ins Sternbild Boadicea.

»Weißt du, ich glaube, heute könnte Farsun-Tag
sein«, bemerkte sie, nachdem sie noch einmal rasch im
Kopf nachgerechnet hatte. »Irgendwo unterwegs habe
ich den Überblick verloren und mehrere Tage ausgelassen. Es ist Mittwinter, und ich hab's nicht gemerkt.« Sie
seufzte. »Jetzt verpassen wir den ganzen Spaß in der
Stadt.«

»In welcher Stadt?« fragte Brod, der gerade dicke
Stricke am Rand des Felsens befestigte. »Und was für
Spaß? Freibier zu trinken, damit wir das Rascheln nicht
hören, wenn die Clanmütter für uns die Wahlzettel in
die Urnen stecken? In den Hintern gekniffen zu werden
von Besoffenen, die Frost nicht von Hagel unterscheiden können?«

»Typisch Mann«, schnaubte Maia. »Ihr Brummbären
kommt doch nie in Feierstimmung.«

»Manchmal schon. Veranstalte eine schöne Party für uns im Hochsommer, dann sind wir ein halbes Jahr später weniger verdrießlich.« Er zuckte die Achseln. »Aber es könnte uns helfen, wenn die Freibeuter heute abend feiern, alberne Papphütchen aufsetzen und sich einen Schwips antrinken. Vielleicht sind sie dann so damit beschäftigt, männliche Gefangene zu belästigen, daß sie ihre ungebetenen Gäste gar nicht bemerken.«

Gute Idee, dachte Maia, während sie ihren Sextanten zusammenklappte. *Vorausgesetzt, die Männer sind noch am Leben. Nach dem Massaker an Bord der* Draufgänger *wäre es für die Freibeuter der nächste logische Schritt, sich aller anderen Augenzeugen zu entledigen, ehe sie sich ein neues Versteck suchten.* Das umfaßte nicht nur die Männer von der *Manitou*, sondern auch die Radis und womöglich sogar neuere Rekruten, wie beispielsweise Leie. Renna war wahrscheinlich immer noch zu wertvoll, aber selbst sein Schicksal wäre ungewiß, falls Balthas Truppe jemals in die Enge getrieben werden sollte.

Solche unheilvollen Überlegungen erschwerten das Warten auf die Dunkelheit. Maia und Brod sahen zu, wie die Dämmerung erstarb und die Felsspitzen von Jellicoe Island zu einem einzigen Zackenpanorama verschmolzen, das sich dunkel gegen den Sternenhimmel abhob. Unter ihnen, inmitten der undurchdringlichen Finsternis der Lagune, flimmerten in bleichen Farbkreisen die Lampen an dem schmalen Dock, an dem die beiden Schiffe festgemacht waren. Hie und da sah man mehrere kleinere Laternen, die sich, begleitet von langen, zweibeinigen Silhouetten, rasch vorwärtsbewegten. Schwache, unverständliche Rufe drangen an Maias Ohr, gefiltert durch die engen, spitz zulaufenden Felsspalten. »Sieht doch ganz danach aus, als wären sie in Feierstimmung«, meinte Brod, als eine Gruppe fackeltragender Schatten aus dem größeren Schiff stieg, den Kai entlangschlenderte und in einem breiten Steinportal am Fuß der Klippe verschwand. »Vielleicht sollten wir noch ein wenig abwarten. Wenigstens, bis sie schlafen gegangen sind.«

Auch Maia wäre das lieber gewesen, aber im Osten gingen bereits zwei Monde auf und der dritte war demnächst fällig. In wenigen Stunden würden alle drei hoch am Himmel stehen und die Lagune und die sie umgebenden Felsen beleuchten. »Nein«, antwortete Maia kopfschüttelnd, »jetzt oder nie. Machen wir uns auf den Weg.«

Brod half ihr, die Halterung anzulegen, die er mit Hilfe der Schere aus den vom Regierungsrat so freundlich hinterlassenen Warnschildern gebastelt hatte. So verpackte Maia ihr Hinterteil und ihre Oberschenkel in drohende Pappstreifenworte und stieg in eine Doppelschlaufe Seil, die zum Einholen von Zeppelinen gedacht war. Das System war uralt – wahrscheinlich stammte es noch aus Zeiten vor der Verbannung, als die Männer angeblich nicht nur über die Meere, sondern auch durch die Luft gesegelt waren. Maia konnte nur hoffen, daß die Kriegerclans, die die Ausrüstung jetzt benutzten, diese auch gut instand hielten.

Als nächstes gab Brod ihr zwei Stücke schweren Stoffs – die unteren Teile seiner Hosenbeine, die er abgeschnitten hatte, damit Maia sie als Handschoner benutzen konnte. Sie packte das rauhe Seil. »Bist du ganz sicher, daß du die Signale im Kopf hast?«

Er nickte. »Zweimal Ziehen bedeutet Stop. Dreimal Zurückziehen. Viermal Warten. Und fünfmal, daß *ich* runterkommen soll.« Brod machte ein unglückliches Gesicht. »Willst du wirklich nicht, daß ich zuerst runtergehe?«

»Darüber haben wir doch stundenlang geredet, Brod. Ich bin kleiner und nicht ganz so übel zugerichtet wie du. Wenn ich erst mal unten bin, hält man mich im Dunkeln vielleicht für eine von den Piratinnen. Außerdem verstehst du was von der Winde. Ich verlasse mich darauf, daß du mich rausholst, wenn ich mich umgesehen habe und wieder hoch will.«

Idealerweise würde sie zusammen mit Renna zurückkommen, den sie am liebsten direkt unter der Nase der Freibeuter befreit hätte. Aber mit einem solchen Wunder zu rechnen, wäre etwa so vernünftig gewesen, als wollte man einen Lugar auf die Universität schicken. Immer noch weit hergeholt, aber wesentlich wahrscheinlicher war es, daß sie nahe genug an Renna herankam, um ihm durch die Gitterstäbe seines Gefängnisses etwas zuzuflüstern oder ein paar Morsezeichen auszutauschen. Wenn sie nur ein paar Minuten mit ihm Kontakt aufnehmen konnte, würde sie ganz gewiß wertvolle Informationen bekommen – beispielsweise die Namen der Ratsfrauen, denen Renna vertraute. Dann konnten Maia und Brod die geheime Com-Einheit benutzen und darauf hoffen, daß sie ihnen nach dem ·Anruf nicht eine weitere aristokratische Schlägerbande auf den Hals hetzten.

Vorausgesetzt natürlich, der Apparat wurde nicht abgehört. Oder man erreichte von ihm aus nicht nur eine einzige Gegenstelle. Es gab noch ein Dutzend weiterer unangenehmer Möglichkeiten, aber was blieb ihnen übrig? Der wichtigste Grund, Renna zu suchen, war, daß sie ziemlich sicher sein konnten, er würde mit einem besseren Plan aufwarten.

»Hmm«, brummte Brod, wenig getröstet. »Und wenn sie dich gefangennehmen?«

Maia grinste und knuffte ihn kameradschaftlich gegen die Schulter. »Ich weiß, du hast Angst, daß du nichts zu futtern kriegst.« Denn Maia sollte auch alles Eßbare mitbringen, das ihr unter die Finger kam. Aber Brod machte einen beleidigten Eindruck, deshalb sagte sie sanfter: »Im Ernst, lieber Freund – wenn ich gefangen werde, mußt du selbst entscheiden. Wenn du dich stark genug fühlst, um zu warten, schlage ich vor, du hältst durch bis morgen nacht, kurz vor Morgendämmerung. Dann versuch dich herabzulassen und das Beiboot zu stehlen, das am Heck der *Manitou* festgebunden ist. Nimm Kurs auf Halsey. Da wirst du zumindest …«

»Ich soll dich im Stich lassen?« rief Brod entsetzt. »Ich werde nichts dergleichen …«

»Natürlich wirst du das. Ich war schon ein paar Mal im Gefängnis, ich komme zurecht. Außerdem werden sie ihre Wachsamkeit verdoppeln, wenn sie mich heute nacht tatsächlich erwischen, wie ich im Schutzgebiet herumschleiche. Du kannst nur helfen, indem du etwas anderes ausprobierst. Erzähl deiner Gilde, wie Corsh ermordet wurde. Mit Zeugen und einem nicht verwanzten Komgerät kannst du immer noch die Polizei rufen und jedes Mitglied des lysosverdammten Regierungsrats. Zwar ist das immer noch ein Risiko, aber eventuelle Verschwörer würden es sich zweimal überlegen, ehe sie sich vor Augenzeugen mit den Flossenfüßern anlegen.«

»Hmm. Das klingt vernünftig.« Er schüttelte den Kopf und scharrte mit der Sandalenspitze im Kies. »Es wäre mir trotzdem recht … Sei vorsichtig, ja?«

Maia schlang die Arme um ihn.

»Ja, ich bin vorsichtig.« Sie drückte ihn an sich und spürte, wie er in typischer Wintermanier zuerst zurückwich, sich dann aber entspannte und ihre Umarmung herzlich erwiderte. Maia sah ihm in die Augen, in denen sie einen Moment Tränen zu sehen glaubte, als Brod sie losließ und sich wortlos abwandte. Sie sah ihm nach, wie er die Felsterrasse überquerte und auf der Steintreppe verschwand. Wie sie es geprobt hatten, würde ihr Partner ein paar Minuten brauchen, ehe er den Aufzugschuppen erreichte. Unterdessen ging sie an den Rand des Plateaus und zog das Seil stramm, stemmte die Füße fest auf den Boden und lehnte sich zurück, bis fast ihr ganzes Gewicht über dem Abgrund hing.

Eigentlich müßte ich schreckliche Angst haben. Aber ich spüre nichts.

Stück für Stück hatte Maia ihre Höhenangst verloren, und jetzt war nur eine belebende Erregung zurückgeblieben, die ihren Puls angenehm beschleunigte. *Seltsam, wo die Lamai doch allesamt unter Höhenangst leiden. Vielleicht liegt es daran, daß ich in einem Dachzimmer aufgewachsen bin. Oder ich schlage meinem Vater nach ... wer immer dieser Bastard auch sein mag.* Trotz Brods Informationen war er für Maia noch immer nichts weiter als ein Name. »Clevin.« Kein Bild erschien vor ihrem inneren Auge, obgleich ihr jemand irgendwo zwischen Renna und dem alten Bennett ganz recht gewesen wäre.

Da Maia stets Ausschau nach möglichen Nischen hielt, überlegte sie, ob es auf ein nützliches Talent hinweisen könnte, daß sie vor einem Abgrund so ruhig blieb. *Wenn sich eine Gelegenheit ergibt, muß ich das mal mit Leie besprechen*, schwor sie sich. *Vielleicht stecke ich sie dann in einen Käfig und hänge ihn über einen Abgrund, um zu sehen, ob es ein genetisches Merkmal ist oder ob einfach nur die Umwelteinflüsse daran schuld sind, denen ich seit unserer Trennung ausgesetzt war.*

Natürlich würde Maia niemals wirklich ein solches Experiment machen. Aber mit solchen Phantasien baute sie ein wenig von der Spannung ab, die sie beim Gedanken an das Wiedersehen mit ihrer Zwillingsschwester empfand. Am Hosenbund spürte sie den hölzernen Knüppel, den sie sich aus dem Bein eines zerbrochenen Schildständers zurechtgeschnitzt hatte. Falls nötig, würde sie ihn auch gegen ihre Schwester einsetzen. Außer der winzigen Schere, die sie in ein Stück Stoff gewickelt hatte, war sie unbewaffnet.

Es wäre sowieso besser, wenn ich um einen Kampf herumkäme, rief sie sich ins Gedächtnis. Ihre einzige reelle Chance lag darin, daß sie möglichst unbemerkt blieb.

Ein leichtes Vibrieren ging durch das Seil. Maia biß

die Zähne zusammen und machte sich fertig. Als sie bis fünf gezählt hatte, begann sich das Seil langsam und stetig abzurollen. Nachdem sie den kurzen instinktiven Moment der Angst überwunden hatte, ließ sie ihr Gewicht in den behelfsmäßigen Sattelsitz sinken. Ihre Füße bewegten sich rückwärts dem Abgrund entgegen und dann in federnden Schritten die Klippe hinunter. Bald verdeckte das Plateau endgültig den Blick auf das ferne Glitzern des Aufzugschuppens.

Vom Himmel blieb nur das übrig, was Jellicoe in seinen Kreis eindringen ließ – ein gezackter Umriß, der jeden Moment enger wurde. Nur ein Keil reflektiertes Mondlicht schimmerte silbern auf den Spitzen des höchsten westlichen Gipfels. Maia versank im sternenbeschienenen Halbdunkel.

Trotz der Dunkelheit spitzte sie die Ohren, ob jemand auf sie aufmerksam wurde. Ihre umwickelten Hände waren stets bereit, an dem Seil zu rucken, damit Brod sie zurückzog. Allerdings waren sie beide nicht sicher, ob die simplen Signale überhaupt wirkten, wenn erst einmal ein längeres Stück Seil abgewickelt war. Nicht daß das sonderlich viel ausgemacht hätte. Sie mußten nach vorn blicken, dort lagen ihre Hoffnungen. Sonst gab es nur den Hungertod.

Während des Abstiegs gewöhnten sich Maias Augen mehr und mehr an die Dunkelheit, und sie schaute sich um. Die Lagune war größer, als sie zunächst gewirkt hatte, da sich mehrere kleine Buchten in den Lücken zwischen dem ersten Kreis der Felsspitzen erstreckten. Der Landungssteg mit den Schiffen lag ein Stück südostwärts, in der Nähe des Hafeneingangs, den sie und Brod bei ihrer verzweifelten Flucht vor dem Bombardement der Piraten gesehen hatten. Der Hafendamm führte zu einem Felsvorsprung, der einen Teil des inneren Inselkreises auf Meereshöhe umschloß. Noch immer sah man schaukelnde Laternen hin und her eilen, meist in Richtung des großen Steinportals, an dessen Seiten helle Wandleuchten brannten. Durch andere Öffnungen am Rand des Haupteingangs schimmerte Licht von innen.

Das ist das alte Reservat. Der Teil von Jellicoe, den der Regierungsrat nicht abgeriegelt hat. Historisch gesehen der einzige, von dem man weiß. Längst verlassene Ruinen einer verlorenen Ära, die jetzt jeder heruntergekommenen Bande offensteht, die Unterschlupf sucht.

Weder die Schiffe, noch der Felsvorsprung, noch die Fensteröffnung lagen günstig für Maias Zwecke. Also lag mal wieder eine Schwimmaktion vor ihr. Sie freute sich nicht darauf, doch sie hatte inzwischen zumindest einige Erfahrung damit. *Vielleicht kann ich nicht sonderlich gut und auch nicht sehr schnell schwimmen, aber ich bin auch nicht leicht zu ertränken.*

Die Entfernung war schwer abzuschätzen, da die tintenschwarze Oberfläche der Lagune nur an ein paar verzerrten Lichtreflexen zu erkennen war. Während Maia tiefer sank, spürte sie immer deutlicher, wie schutzlos sie war. Würde sie jetzt entdeckt, wäre sie eine leichte Beute für die Scharfschützen der Freibeuter, denn selbst wenn Brod sofort auf ihr Signal reagierte, könnte sie kaum schnell genug fliehen. Ein kleiner Trost war, daß die Wachposten höchstwahrscheinlich nach Schiffen Ausschau hielten, die vom Meer kamen. Außerdem waren ihre Augen wegen des Laternenlichts nicht auf die Dunkelheit eingestellt. Schon vor langer Zeit, als Maia lernte, Karten bei Sternenlicht zu lesen, hatte der alte Bennett ihr eingeschärft, nie direkt in die Lichtquelle zu blicken.

Ich bin nicht besser zu sehen als eine Spinne, die sich von ihrem Netz abseilt. Ob das nun stimmte oder nicht, jedenfalls heiterte Maia das Bild auf. Um ihre Augen zu schützen, widerstand sie tapfer der Versuchung, ins Lampenlicht zu blicken, sogar als sie von dort Stimmen hörte, die an ihr vorbeiwehten wie Rauch durch einen Schornstein. Sie ließ ihren Blick über die Umrisse der mächtigen Bergspitzen wandern, die wie die ausgestreckten Finger der Stratos-Mutter emporragten und in den Himmel wiesen.

Sie deuteten direkt in den dunklen Staubnebel, den man die Klaue nannte und den Maia über sich entdeckte, als sie den Kopf hob. Es war eine passende Metapher für ihr heimliches Vorhaben. Hinter diesem riesigen, sternlosen Dunkel lag das Hominidenphylum. All die Welten, die Renna kannte. All das, was Lysos und auch Maias eigene Ahnmütter freiwillig hinter sich gelassen hatten.

Es war euer gutes Recht, dachte Maia. *Aber was ist mit euren Nachkommen? Wieviel Loyalität schulden wir dem Traum unserer Schöpferin? Wann dürfen wir endlich unsere eigenen Träume träumen?*

Als sie das nächste Mal hinunterblickte, um den Abstand zur Wasseroberfläche abzuschätzen, sah sie ein Flackern. So schwach wie ein einzelner Stern flimmerte es dort, wo eigentlich kein Stern sein konnte – mitten in der pechschwarzen Finsternis von Jellicoes innerer Felsflanke, deren dunkles Gestein jedes Licht ebenso verschlucken mußte wie die Klaue. Maia blinzelte, während der gedämpfte, rötliche Funken aufschimmerte und gleich wieder verschwand.

Habe ich es mir nur eingebildet? überlegte sie. Es war von jenseits der Lagune gekommen, weit entfernt von dem Gipfel, der die Verteidigungsbasis des Rates verbarg, weit entfernt von dem alten Reservat. Während sie weiter in die undurchdringliche Dunkelheit starrte, konnte sie sich leicht einreden, daß sie einer optischen Täuschung erlegen war.

Viel näher bei ihr war die Klippe, gegen die Maia gelegentlich mit dem Fuß oder dem Knie stieß. Allmählich taten ihr vom langen Festhalten die Arme weh, ihre Beine kribbelten, weil trotz Brods improvisierter Polsterung die Durchblutung beeinträchtigt war. Aber sie konnte ihre Haltung nur ganz vorsichtig verändern, damit der behelfsmäßige Gurt sich nicht löste und sie ins Wasser stürzte.

Salzwassergeruch stieg zu ihr empor. Die unverständlichen Rufe ergaben inzwischen Worte, von denen Maia jetzt immerhin Bruchstücke verstand, während ein Teil vom *hallenden* Echo der Felswände verschluckt wurde.

»... alle gerufen ...«

»... dann komm und hilf mir! Ich hab dir doch gesagt, da ist kein ...«

»... war nicht meine Schuld, verdammt! ...«

Maia fand, das die Brocken nicht gerade nach Festtagsstimmung klangen – ganz gewiß nicht nach der üblichen freudigen Erregung des Farsun-Tags. Vielleicht waren ihre Berechnungen doch falsch gewesen. Oder die Piratinnen waren schlechter Stimmung, weil es keinen Glorienfrost gab und die verfügbaren Männer ihnen feindlich gesinnt waren.

Wenn es so war, hatte diese nächtliche Aktivität etwas Beunruhigendes. Packten die Freibeuter zusammen, um abzureisen? Von ihrem Standpunkt aus ein vernünftiger Entschluß, aber für Maia verflucht ärgerlich – wenn nicht gar das Ende ihres Plans.

Weitere Geräusche drangen an ihr Ohr. Ein sanftes Plätschern – Wellen, die an die Felsen schlugen. *Ich muß gleich unten sein.* Sie blickte hinab und versuchte, die Entfernung zu der vagen Grenze zwischen den beiden verschiedenen Schwarzschattierungen einzuschätzen.

Dann berührten ihre Füße plötzlich die eiskalte Flüssigkeit, und mit einem Gluckern, das in ihren Ohren entsetzlich laut klang, tauchten sie in das sich kräuselnde, ölige Wasser. Maia zog die Knie an und ruckte zweimal heftig an dem gespannten Seil, um Brod mitzuteilen, daß er anhalten sollte. Keine Reaktion – das Seil spulte sich weiter von der Rolle hoch dort oben ab. Wieder trafen Maias Füße aufs Wasser, und jetzt ließ sie sich in die eiskalte Umarmung hineinsinken. Kälteschauer zogen ihre Wirbelsäule empor. Schenkel, Hintern und Unterkörper glitten ins Wasser; die Eiseskälte sog jede Körperwärme blitzschnell aus den Gliedern, und Maia konnte kaum atmen. Mit aller Kraft überwand sie die einsetzenden Muskelkrämpfe und wand sich aus der Gurtkonstruktion heraus. Unbeholfen, aber mit einem Gefühl großer Erleichterung befreite sie sich, und erst nachdem sie alles Beengende abgeschüttelt hatte, machte sie sich auf die Suche nach dem Seil, um Brod noch einmal das vereinbarte Signal zum Anhalten zu geben.

Zu ihrer Überraschung hing es bereits still. *Brod hat bestimmt gemerkt, daß mein Gewicht weg war. Das hätten wir erwarten können. Jedenfalls hat es funktioniert.*

Mit beiden Händen umfaßte sie das Seil und zog viermal daran, um sich zu vergewissern, daß sie sich nicht geirrt hatte. Ihr Freund nahm die Vibrationen offenbar auf, denn die Winde begann sich wieder zu drehen und machte zwei ruckartige Bewegungen nach oben. Doch dann stand sie plötzlich still.

Maia hielt sich noch eine Weile fest und schüttelte den Schlaf aus ihren müden Beinen. Der erste Schock ließ nach. Mit einer Hand zog sie an dem schwimmenden Ende des Seils, bis ihr Sitzgurt wieder auftauchte. Pappstücke hatten sich gelöst, und sie befestigte sie wieder, so daß sie nahe der Oberfläche trieben. Wenn jetzt alles gutging – oder wenn sie gleich zu Anfang scheiterte – würde sie diesen Markierungspunkt brauchen, um das Seil wiederzufinden. Sie war ziemlich sicher, daß es bis zum Morgen niemandem auffallen würde, und Brod sollte es ja vor der Dämmerung wieder einholen, ob sie bis dahin zurückgekehrt war oder nicht.

Sie schaute sich um, prägte sich die Umgebung ein und blickte nach oben zu dem kleinen Stückchen Himmel. Irgendwo dort auf dem Felsen mußte Brod jetzt stehen. Obwohl er sie unmöglich sehen konnte, winkte

Maia ihm zu. Dann begann sie so leise wie möglich auf den dunklen Schatten des Unglücksschiffs, der *Manitou*, zuzuschwimmen.

In der eingestürzten Höhle wäre ihnen die Flut beinahe zum Verhängnis geworden. Jetzt, als Maia einen Weg zum Ufer suchte, kam sie gerade recht.

Sie schwamm geräuschlos zwischen den dicken Pfählen des Landungsstegs hindurch, die bis zur Wasseroberfläche mit spitzschaligen Kreaturen bedeckt waren. Die Planken bildeten eine Art Decke über Maias Kopf, während sie auf das größere Schiff zuschwamm. Wieder drangen aufgeregte Stimmen an ihr Ohr. Anscheinend waren die meisten Piratinnen aus irgendwelchen dringenden Gründen in das Reservat im Berg gegangen. Doch es war nicht alles still. Maia hörte leises Gemurmel, irgendwo ganz in der Nähe.

Sie schwamm an dem kleinen Beiboot vorbei, das sie von oben gesehen hatte. Es schaukelte sanft, ans Heck der *Manitou* gebunden, und schien zu winken und ihr einen leichten Ausweg aus der gefährlichen Situation anzubieten. Zuerst könnte sie sich lautlos aus der Bucht treiben lassen, dann den kleinen Mast aufrichten und Segel setzen ... Danach brauchte sie sich nur noch Sorgen um eine Verfolgung, ums Verhungern und um das wilde Meer zu machen.

Der Gedanke war durchaus verlockend, aber Maia verwarf ihn augenblicklich. Das Beiboot gehörte Brod, falls ein Notfall eintreten sollte. Sie selbst hatte andere Pläne.

Die zerschundene Flanke der *Manitou* zog langsam an ihr vorüber; Maia hielt Ausschau nach einer Möglichkeit hinaufzuklettern. Am Pier stand eine Leiter, gleich bei der Gangway. Aber leider hing direkt darüber eine der hellen Laternen, so daß sich die Leiter innerhalb eines gefährlichen Lichtkreises befand. Maia versuchte es anderswo. Eins der Taue, die den Frachter am Landungssteg festhielten, verlief über ihr nach mittschiffs, ein gutes Stück von der Lampe entfernt, fast völlig in der Dunkelheit.

Unter der Trosse, wo das Tau am niedrigsten hing, trat Maia Wasser, tauchte unter, stieß sich mit beiden Füßen ab und streckte sich nach oben, soweit sie konnte. Sie verfehlte das Tau um eine halbe Armlänge und fiel mit einem erschreckend lauten Klatschen ins Wasser zurück. Rasch kraulte sie wieder unter den Pier und wartete, bis sie sicher sein konnte, daß niemand etwas gehört hatte. Eine Minute verstrich. Alles blieb still. Die leisen Stimmen murmelten ungestört weiter.

Jetzt knöpfte Maia den letzten verbleibenden Knopf an ihrem Hemd auf und schlüpfte aus dem klatschnassen Fetzen. Wie es aussah, benutzte sie ihre Kleider zur Zeit hauptsächlich als Werkzeug und nicht, um sich zu bedecken. Sie wickelte einen Ärmel um ihr rechtes Handgelenk und ballte den Rest in der Hand zusammen, dann reckte sie den Arm nach hinten und holte kräftig aus. Der lose Teil des Hemds flog tatsächlich über das Tau, und nachdem Maia eine Weile an dem Ärmel gezupft hatte, den sie in der Hand hielt, rutschte der andere herab. So hatte sie etwas zum Festhalten, als sie das nächste Mal sprang. Sie packte beide Ärmel und hievte sich aus dem Wasser. Die *Manitou* schien mit ihr zu kooperieren, und das Tau senkte sich noch ein wenig unter ihrem Gewicht, während Maia die Bauchmuskeln anspannte und die Beine um das Tau schlang.

So blieb sie eine halbe Minute hängen und schöpfte Atem, dann hangelte sie sich langsam zum Schiff hinüber. Bald mußte sie sich nicht nur horizontal, sondern immer mehr in der Vertikalen vorankämpfen. Vor Anstrengung bemerkte sie kaum die Kälte, die das verdunstende Wasser auf ihrer Haut hinterließ. Sie umklammerte das rauhe, kratzige Tau mit den Füßen, den

Knien und den Händen und arbeitete sich so Stück für Stück zu der Reling empor.

Ihr Kopf stieß an den Schiffsrumpf, und als sie sich umwandte, sah sie im dunklen Holz zu beiden Seiten auf der Höhe ihrer Knie eine Reihe von Bullaugen, keines davon größer als zwei Handbreit. Sie waren zu klein, um hineinzuklettern, aber das nächste stand offen und war in Reichweite. Maia klammerte sich mit den Händen fest, ließ die Beine los, und schwang sie zu der winzigen Öffnung. Beim zweiten Versuch gelang es ihr, einen Fuß innen festzuhaken, und sie verlagerte ihren Schwerpunkt entsprechend. Jetzt ruhte fast ihr ganzes Gewicht auf dem Festerrahmen, und sie konnte sich ein wenig ausruhen und ihren Händen, die das Tau noch immer festhielten, etwas Ruhe gönnen. In Wellen wanderte die Erschöpfung aus ihren Armen und Beinen und wieder zurück, bis ihr Puls und ihr Atem sich schließlich zu einem dumpfen Dröhnen einpendelten.

So weit, so gut. Jetzt mußt du nur noch ein paar Meter weiterklettern.

Da berührte etwas ihren Fuß, umspannte ihren Knöchel und drückte zu. Fast hätte Maia aufgeschrien. Doch in letzter Sekunde biß sie die Zähne zusammen, drängte die Panik zurück und öffnete die Augen wieder. Glücklicherweise war der einzige Dämon, gegen den sie kämpfen mußte, ihre eigene Überraschung, denn das, was sie da unten festhielt, tat ihr nicht weh. Noch nicht. Momentan schien es damit zufrieden zu sein, ihren Fuß zu streicheln.

Maia holte Luft und ließ sie mit einem Schaudern entweichen. Dann drehte sie den Kopf und sah eine Hand, aus dem Bullauge ragen, eine Frauenhand, die Maia zu sich winkte.

Was, keine Alarmrufe? wunderte sich Maia.

Warte, das ist der obere Ladebereich. Würden sich die Freibeuter hier einquartieren? Nicht sehr wahrscheinlich.

Die Stelle eignet sich viel besser für Gefangene.

Sie mußte sich verrenken, um das hängende Tau so zurechtzuzerren, daß sie sich mit einer Hand festhalten konnte, während sie näher an das Bullauge herankroch. Wenn sie sich vorbeugte, bohrte sich der Knüppel in ihren Bauch. Ihr rechter Fuß begann unter ihrem Gewicht immer mehr zu schmerzen.

Mit der freien Hand griff sie nach unten, um das Handgelenk zu berühren, das sie zu sich gewinkt hatte. Einen Augenblick wurde es ganz steif, dann zog es sich zurück. Neben der Öffnung sah Maia jetzt eine verschwommene Silhouette näherkommen ... ein menschliches Gesicht. Und ein kaum vernehmbares Flüstern drang an ihr Ohr.

»Ich dachte mir doch, daß ich meine Ersatzschuhe erkannt habe. Wie geht's dir, Fräuleinchen?«

Das Flüstern hatte keinerlei Intonation, dennoch erkannte Maia die Sprecherin. »Thalla!« zischte sie. Hier also wurden die radikalen Varpartisaninnen festgehalten! Ein leises Klirren von Ketten war zu hören, als sich Thalla noch näher ans Fenster preßte.

»Ich bin es, stimmt genau. Hier drin, mit Kau und den anderen.«

»Und Kiel?«

Eine Pause trat ein. »Kiel geht es ganz schlecht. Erst wegen des Kampfes, dann hatte sie Streit mit unseren Gastgeberinnen.«

Maia blinzelte. »Oh, das tut mir leid.«

»Schon gut. Schön, dich zu sehen, Varling, was machst du hier?«

Überraschung und Freude über ihre Entdeckung wichen rasch dem Schmerz, sowohl wegen ihrer unbequemen Lage als auch, weil sie Angst hatte, daß selbst ihr Flüstern belauscht werden könnte. Sie wußte nichts über die Bedingungen, unter denen Thalla festgehalten wurde, und wollte es auch nicht unbedingt am eigenen Leibe erfahren.

»Ich suche Renna. Dann hole ich Hilfe.«

Wieder eine lange Pause. »Wenn wir hier rauskämen, könnten *wir* helfen.«

Ja, wie ein Lugar im Porzellanladen, dachte Maia. Die idealistischen Radis waren den Freibeutern nicht gewachsen. Das hatte sich bereits gezeigt, und diesmal wären sie noch weniger und schwächer. *Außerdem schulde ich euch nichts.*

Dennoch zögerte Maia. Hatte sie einen besseren Plan? Wenn ein Ausbruch der Radis es auch nur schaffte, die beiden Schiffe loszuschlagen, würde sich sogar eine abgebrochene Rebellion lohnen. »Würdet ihr tun, was ich euch sage?« fragte sie.

Hätte Thalla sofort geantwortet, hätte Maia gewußt, daß sie log. Aber sie antwortete erst nach reiflichem Nachdenken: »In Ordnung, Maia. Du bist der Boss.«

»Wie viele Wachen sind hier?«

»Zwei, manchmal drei, vor der Tür. Eine davon schnarcht immer ganz entsetzlich.«

Es gab noch weitere Fragen, aber Maias rechtes Bein zitterte immer schlimmer. Wenn sie noch länger hängenblieb, lief sie Gefahr, in die Lagune zu stürzen, dorthin, wo sie hergekommen war. Sie seufzte. »Ich werde mein Bestes tun. Aber ich kann nichts versprechen.«

Thalla drückte ihr ein wenig unstet die Hand, und Maia verlagerte wieder das Gewicht, um weiterzuklettern. Der Druck des Knüppels ließ nach, und sie atmete erleichtert aus, zuckte aber gleich wieder zusammen, als etwas in ihren Schenkel stach. Mit der freien Hand fischte Maia die in Stoffetzen eingewickelte Schere heraus. Einem plötzlichen Impuls nachgebend, rollte sie sich noch einmal zusammen und warf die Schere in die kleine dunkle Öffnung. Augenblicklich war ihr Knöchel frei.

Nun verschwendete sie keine Zeit mehr. Zwar zitterten die Muskeln in ihrem rechten Bein und im Rücken, aber ihre Arme fühlten sich erfrischt; allerdings mußten sie anfangs die meiste Arbeit erledigen. Bald kletterte sie fast rechtwinklig nach oben, den Schiffsrumpf im Rücken. Eine solche Tortur hätte sie als gerade erst flügge gewordene Fünfjährige nicht durchgehalten. Jetzt dachte sie an nichts anderes als an die nächste anstrengende Bewegung, das nächste koordinierte Hochziehen von Händen, Knien und Knöcheln. Als ein Bein endlich über der Reling landete, ließ sich Maia aufs Unterdeck rollen und suchte sofort Schutz hinter dem Großmast; schwer atmend wartete sie dort darauf, daß der Schmerz nachließ und sie wieder den Geräuschen der Nacht lauschen konnte.

Das Schiff knarrte leise, während es am Anker hin und her schaukelte. Die Wellen plätscherten gegen den Schiffsrumpf. Maia hob den Kopf und blickte hinüber zu dem kleineren Schiff, der *Draufgänger*. Zwei Frauen mit roten Kopftüchern hockten neben einem umgekippten Faß, auf dem eine Laterne stand. Obwohl sie würfelten, waren keine Geldstäbe zu sehen, was erklärte, warum die Spielerinnen so wenig Engagement zeigten. Abwechselnd ließen die beiden die elfenbeinernen Würfel rollen und unterhielten sich dabei leise.

Als sie sich umdrehte, merkte Maia erschrocken, daß die *Manitou* völlig verlassen wirkte. Nach Thallas Beschreibung würden sich natürlich zwei kräftige Vars direkt unter ihr vor der Tür zum Laderaum aufhalten. Doch es mußte eine wirklich dringende Angelegenheit sein, die alle anderen Freibeuter von hier vertrieben hatte.

Um eine Gefahr rechtzeitig vorauszusehen, mußte sie hören und sehen können. Als Maia sich etwas sicherer fühlte, bemerkte sie jedoch plötzlich eine Vielzahl anderer Sinneseindrücke, vor allem Gerüche. *Essen*, wurde ihr mit einem Mal klar, und so schnell und leise sie konnte, schlich sie sich nach achtern. Direkt unter dem Quarterdeck war das Essen zubereitet und verspeist worden. Ein Stapel fettverschmierter Teller türmte sich in einem großen Topf, übergossen mit einem Schwall Meerwasser. Das daraus entstehende Gemisch war selbst in Maias Zustand alles andere als appetitanregend, deshalb suchte sie weiter und fand schließlich in einer Ecke ein paar harte Brötchen auf einem wackeligen Tisch und daneben ein offenes Faß mit frischem Wasser.

Durstig trank sie, und zusammen mit den eingetunkten Brotkanten wurde das Ganze ein regelrechtes Festmahl. Während sie kräftig zulangte, suchte Maia einen Sack oder ein Stück Stoff – irgend etwas, womit sie das Essen zu Brod zurücktragen konnte. Brot in beiden Händen, eilte sie zu einer Reihe schmaler Türen hinten auf dem Hauptdeck. Als sie eine davon öffnete, sah sie die steile Leiter, die zu dem Zimmer hinunterführte, in dem sie bis vor wenigen Wochen mit einem Dutzend anderer Frauen gewohnt hatte, jeweils vier Kojenbetten übereinander. Rasch stieg Maia hinab; zum Glück ergab ihre Inspektion, daß keine Freibeuterinnen auf den Betten schlummerten. Allerdings hatte Maia das auch nicht vermutet, da alle zu dem geheimnisvollen Treffen geeilt zu sein schienen.

Ursprünglich war sie auf der Suche nach einem Sack heruntergestiegen, aber jetzt merkte Maia, daß sie fror. *Warum soll ich nicht auch ein paar Sachen zum Anziehen mitgehen lassen?*

Bei ihrem alten Bett fing sie an. Aber das war nach dem Kampf auf hoher See leider von einer wesentlich größeren und leider ziemlich geruchsintensiven Frau übernommen worden. Also schlich Maia weiter, bis sie in der Dunkelheit am Fuß eines Bettes ein zusammengefaltetes Hemd und eine ordentlich geflickte Hose fand, die ihr ungefähr paßten. Noch immer auf dem trockenen Brot kauend, schlüpfte Maia aus ihrer zerfetzten Hose und zog die gestohlenen Sachen über. Den Schnurgürtel mußte sie zwar sehr eng zurren, aber alles andere war in Ordnung. Ihre Aufmachung wurde vervollständigt von einer sauberen, wenn auch etwas abgeschabten Jacke, die sie allerdings nicht zuknöpfte, für den Fall, daß sie doch wieder ins Wasser springen mußte. Allein bei dem Gedanken wurde ihr schon ganz kalt. Ansonsten fühlte sich Maia jetzt viel besser – abgesehen von ihrem schlechten Gewissen gegenüber dem armen Brod, der fast einen halben Kilometer über ihr hungerte und fror.

Was nun? überlegte sie, nahm ihren Knüppel und steckte ihn in den Hosenbund. Die Radis waren also auf der *Manitou* gefangen, aber Maia bezweifelte, daß man auch Renna an einen so unsicheren Ort gebracht hatte. Wahrscheinlich hatten sie ihn irgendwo tief im Innern des Reservats versteckt. Sollte sie es wagen, hineinzumarschieren und ihn zu suchen? Je länger sie darüber nachdachte, desto mehr sprach dafür, daß sie zuerst Thalla und die anderen befreite. Wenn die Radis es schafften, die *Manitou* zu übernehmen, und sich dann still verhielten, während Maia sich zum Eingang des Reservats schlich, konnten sie zu einem abgesprochenen Zeitpunkt für genug Ablenkung sorgen, daß sie hineinschlüpfen konnte.

Als erstes muß ich die Wachen ausschalten. Klingt ganz einfach. Nur – wie soll ich es anstellen?

Sie ließ sich verschiedene Möglichkeiten durch den Kopf gehen. *Ich könnte auf die Lade-Gangway gehen und so tun, als wäre ich ein Bote ... ich könnte um Hilfe rufen. Wenn eine der Wachen erscheint, würde ich sie niederschlagen, und dann ... das gleiche noch einmal abziehen? Oder runtergehen und mir die andere vornehmen?*

Und was mache ich, wenn sie zu dritt sind? Oder noch mehr?

Das war eine lugardumme Idee ... und Maia war wild entschlossen, sie in die Tat umzusetzen. Wenn sie dieses Vorhaben hinter sich hatte, war sie zumindest nicht mehr allein. Vielleicht hatten die Radis ja auch die eine oder andere gute Idee anzubieten. Ein letztes Mal sah sich Maia in dem Raum nach Waffen um, fand aber nur ein kleines Messer, das in einem hölzernen Bettpfosten steckte. Sie zog es heraus und verstaute es in der Jackentasche.

Als sie schon halbwegs die Leiter emporgestiegen war, ging plötzlich die Tür auf, Licht strömte herein und ließ eine große Gestalt erkennen. Entsetzt starrte Maia nach oben.

»Ich dachte doch, ich hätte jemanden hier unten gehört«, sagte eine barsche Frauenstimme. »Na, komm endlich. Hier kannste dich nich' drücken. Das nächste Mal steh ich nich' für dich grade!«

Damit wandte sich die Silhouette ab und ließ Maia verdutzt zurück. Rasch eilte sie der Frau nach, in der Hoffnung, sie von hinten zu erwischen, solange sie noch außer Sichtweite der *Draufgänger* waren. Doch als sie zur Tür kam, sank ihr das Herz in die Hosen, denn auf Deck entdeckte sie vier weitere Frauen. Sie waren dabei, eine versiegelte Kiste aufzubrechen und lange, glänzende Gegenstände herauszuziehen.

Gewehre. Anscheinend waren sie blendend ausgerüstet. Nicht einmal die Guardia in Port Sanger war besser bewaffnet. Doch Maia schockierte so etwas längst nicht mehr. *Die Sieger schreiben Geschichte*, das wußte sie inzwischen. *Wenn Baltha und ihre Bande mit ihrem Umsturz Erfolg haben, wird sich niemand um ein paar Verbrechen hin oder her kümmern.*

»Na, jetzt komm aber endlich!« rief die erste Frau Maia zu, die mit abgewandtem Gesicht und gesenktem Blick an Deck schlurfte. Sie verbarg ihre Überraschung, als ihr drei schlanke, schwere Waffen in die Hand gedrückt wurden, und hielt sie fest, da sie nicht wußte, was sie sonst tun sollte.

»Vergiß nicht, genügend Munition mitzubringen, Racila«, sagte die Anführerin zu einer zierlichen, narbengesichtigen Piratin, die gerade den Kistendeckel zuknallte. »In Ordnung, Leute, gehn wir zurück, sonst läßt uns Togay eine Woche lang Luft fressen.«

Maia wollte die Nachhut übernehmen, aber die Anführerin bestand darauf, daß sie vorne ging, und so stapfte sie mit den anderen die Gangway hinunter, auf den Pier und dann die hallenden Bretter entlang zu der Stelle, wo die hellen Wandlampen zu beiden Seiten des Schutzzoneneingangs ihre Lichtkreise bildeten.

Geladene Gewehre, Rufe, Gruppen nervöser Frauen, die durch die Nacht hasteten. Das war ganz bestimmt keine Farsun-Feier. Was, im Namen der Gründerinnen, war hier los? Für Maia kam der schlimmste Moment, als sie die breiten, rissigen Stufen emporstiegen und unter dem grellen elektrischen Licht der Wandlampen hindurchgingen. Da sie nicht auf der Stelle denunziert wurde, wurde ihr klar, daß nicht die Dunkelheit sie vorhin auf dem Schiff gerettet hatte.

Entweder gibt es hier so viele Frauen, daß sie einander nicht alle kennen – aber das ist höchst unwahrscheinlich – *oder sie glauben, ich bin Leie.*

Der Gedanke, so zu tun, als wäre sie ihre Schwester, war Maia auch durch den Kopf gegangen. Aber es war ihr zu offensichtlich vorgekommen, zu riskant. Alle stratoinischen Kinder, Klone und Vars, lernten, die subtilsten Unterschiede zwischen ›identischen‹ Frauen zu erkennen. Zweifellos trug Leie ihr Haar anders, hatte andere Narben und würde mit tausend verschiedenen Hinweisen deutlich machen, daß sie diese Frauen kannte, während sie für Maia ja vollkommen fremd waren. Außerdem – was sollte sie tun, wenn die echte Leie auftauchte?

Schließlich hatte Maia beschlossen, diese Ausflucht nur zu wählen, wenn alles andere fehlschlug. Aber jetzt hatte sie keine Wahl. Sie mußte versuchen, es durchzustehen.

»Dieses verdammte Loch ist so groß wie 'ne ganze bescheuerte Stadt!« flüsterte eine kleine, rauh wirkende Var aus der Gruppe Maia zu, als sie durch den breiten, bröckelnden Säulengang schritten und schließlich zu den großen Toren gelangten. »Wir haben bestimmt schon in mindestens hundert Räumen rumgeschnüffelt. Kann's dir echt nich' verdenken, daß du dich weggeschlichen hast, um ein Nickerchen zu machen.«

Maia zuckte die Achseln wie ein unbelehrbares Schulkind, das beim Schwänzen erwischt worden ist, und meinte im gleichen brummigen Ton wie ihre Weggenossin: »Das kannste laut sagen. Ich hab mich nie für diese ganze Rumrennerei gemeldet. Schon Glück gehabt?«

»Nee. Hab weder Bart noch Schwanz von der elenden Männerkreatur gesehen seit dem Wachwechsel, trotz der Belohnung, die Togay ausgesetzt hat.«

Damit war Maias Verdacht bestätigt. *Sie suchen jemanden.* Ihr Herz begann zu pochen. Renna. Mühsam unterdrückte sie ihre aufwallenden Gefühle. *Du kannst noch nicht sicher sein. Es könnte auch ein anderer Gefangener sein. Einer von der Manitou-Besatzung beispielsweise.*

Der Eingang zeigte Spuren des Kampfes, der Jellicoe vor langer Zeit mit Explosionen aus dem Weltraum erschüttert hatte. Ein grob behauenes, behelfsmäßiges Portal aus kaum geglätteten und unregelmäßig gemauerten Steinen führte von der Treppe in einen Vorraum, der mit seinen spitz zulaufenden Pfeilern vielleicht irgendwann einmal schön gewesen war, jetzt aber eine Unzahl von Rissen und Spalten aufwies. Schlampige Reparaturen mit Zement hatten den Angriffen von salziger Luft und dem Zahn der Zeit wenig entgegenzusetzen.

Während die Gruppe tiefer in das Reservat hineinschritt, wurden die Zeichen der Zerstörung weniger, denn die dicken Wände hatten das großartige Eingangsfoyer geschützt. Von hier erstreckten sich breite Korridore nach Norden, Süden und Osten. Schwache elektrische Glühbirnen, die von einem zischenden Kohlegenerator gespeist wurden, sorgten etwa alle zehn Meter für Lichtinseln. Jenseits von ihnen versanken die Gänge in geheimnisvolle Dunkelheit, hie und da durchbrochen von schaukelnden Laternen. Ferne Rufe zeugten von fieberhafter Aktivität, wurden aber von den düsteren, kalten Hallen fast verschluckt.

Auf den ersten Blick erinnerte die Umgebung Maia an ihren ersten Gefängnisaufenthalt, an das kleinere und neuere Reservat in Long Valley – ebenfalls eine Zitadelle mit in den Felsen gemeißelten Gängen und hohen Pfeilern. Nur hing hier der Geruch des Alters in der Luft. Rußstreifen und überstrichene Sprüche an Wänden und Decken zeugten von zahllosen Besuchern, von Einsiedlern bis zu Schatzjägern, die alle im Lauf der Jahrhunderte hier durchgekommen waren. Im Vergleich zu ihnen waren die Piraten gut organisiert und ausgerüstet.

Und es gab noch einen anderen Unterschied. Hier waren die Wände etwa auf Augenhöhe mit einem tief eingeschnittenen, horizontal verlaufenden Fries verkleidet. Soweit Maia sehen konnte, zog er sich alle Korridore entlang, in jeden Raum hinein und wieder heraus, und bestand ausschließlich aus Buchstabenfolgen des achtzehnsymbolischen liturgischen Alphabets.

Maias Gruppe nahm den mittleren Gang und passierte eine stattliche Halle, wo in einer großen, ausgemeißelten Feuerstelle unter einem gotischen Gewölbe ein prasselndes Feuer brannte. Es gab keine Möbel, nur ein paar Teppiche auf dem Boden. Flaschen, Krüge und Glücksspielzubehör lagen herum, alles offensichtlich in aller Eile verlassen. »Ist ja 'ne Menge Aufregung«, versuchte Maia eine Unterhaltung mit der kleinen Var anzufangen, die sie angesprochen hatte. »Vermutlich hat noch keine vorgeschlagen, daß wir einfach Segel setzen und den Kerl Kerl sein lassen?«

Der Blick der dunklen kleinen Piratin sprach Bände. Die Antwort war kaum als Zischen zu hören. »Schlag es doch selbst vor. Wenn Togay und Baltha dich nicht gleich ins Wasser schmeißen, daß du schwimmen mußt wie ein Lugar, dann könnt' ich vielleicht auch ja sagen.«

Maia verbiß sich ein Grinsen. Nur der Verlust ihres größten Schatzes würde soviel Zorn heraufbeschwören. Es war eine gute Nachricht, daß Renna entwischt war, auch wenn Maias Suche nach ihm dadurch natürlich noch schwieriger wurde. *Jetzt muß ich ihn nur noch erreichen, bevor sie alle Register ziehen.*

Auf einmal fiel ihr ein, was sie mit sich herumschleppte – lange, fein gearbeitete Gewehre aus Holz und Metall. Die tödlichen Waffen verbreiteten einen durchdringenden Geruch nach Öl und Schießpulver. Offensichtlich war nach stundenlanger erfolgloser Suche jemand zu dem Entschluß gelangt: Was wir nicht zurückbekommen können, muß auch für andere nutzlos gemacht werden.

Der Fries half Maia, sich von ihrer Nervosität abzulenken. Während die Gruppe von einem Raum zum nächsten stapfte, wurde sie stets von den würdevollen eingravierten Buchstaben begleitet; höchstens gelegentlich war er unterbrochen von schlecht reparierten Ritzen. Hie und da erkannte Maia eine Passage aus dem Vierten Buch von Lysos, dem sogenannten Buch der Rätsel. Andere Abschnitte wiederholten anscheinend sinnlose Silben, als hätte ein Analphabet die Symbole mehr nach ästhetischen Gesichtspunkten als nach ihrer Bedeutung ausgesucht. Doch die Wirkung war großartig, zeitlos und noch immer ehrfurchtgebietend.

Selbstverständlich durften auch Männer der Orthodoxen Kirche angehören, die ihnen sogar eine echte Seele zugestand. Trotzdem erwartete man nicht, so etwas an einem Ort vorzufinden, der ausschließlich für Männer gedacht war. Vielleicht waren die Männer früher enger in das spirituelle Leben auf Stratos eingebunden gewesen, damals, in der Zeit vor der Ära von Ruhm und Terror und dem zweifachen Verrat, der von der Großen Verteidigung zum Sturz der Könige geführt hatte.

Die Gruppe marschierte weiter durch offenstehende Türen und in leere Räume, die sicher schon Stunden zuvor durchsucht worden waren. Schließlich gelangten sie wieder in ein großes Foyer, von dem sechs breite Treppenfluchten abzweigten: drei nach unten und drei nach oben, wieder aufgeteilt in Norden, Süden und Osten. Es war eine gigantische Halle, und der fortlaufende Fries erstreckte sich über jede freie Fläche, noch geheimnisvoller durch die tiefen Schatten, die ein paar nackte Glühbirnen schräg auf die eingravierten Buchstaben warfen. Die großartige Architektur hätte Maia sicher beeindruckt, hätte sie nicht die Wunderwerke kennengelernt, die sich ein, zwei Kilometer von hier befanden – die geheimen Katakomben, in denen sich eine für diese ehrgeizigen Piratinnen unvorstellbare Macht befand. Die Erinnerung daran, daß ihre Feinde nicht allwissend waren, heiterte Maia etwas auf.

Zwei gelangweilt wirkende Kämpferinnen bewachten den Knotenpunkt, bewaffnet mit grausig geschliffenen Fanghellebarden. Sie unterhielten sich leise und würdigten den vorübereilenden Suchtrupp kaum eines Blickes. Maia war nicht böse darum, denn sie hielt ihr Gesicht ohnehin abgewandt.

Nur über der Treppe zu ihrer Rechten setzte sich die elektrische Beleuchtung fort, aber Maias Gruppe durchquerte das Foyer geradewegs zu der dunklen Mitteltreppe, die nach oben und tiefer in das Herz des Drachenzahns hineinführte. Die beiden Laternenträgerinnen drehten den Docht ihrer Öllampen höher. Während Maia mit den anderen emporstieg, entdeckte sie zwei Ebenen weiter unten ein paar Gestalten, die am Eingang einer beleuchteten Halle standen. Vier Frauen wechselten hitzige Worte, gestikulierten und schrien einander an. Eine Gänsehaut rieselte über Maias

Rücken, als sie die barsche Stimme hörte. Sie erkannte das Gesicht, obwohl es tief im Schatten lag.

Baltha. Die einstige Söldnerin stand neben einer anderen Verräterin, einer drahtigen Varfrau namens Riss, die Maia auf der *Manitou* kennengelernt hatte. Sie debattierten mit zwei Frauen, die Maia noch nie gesehen hatte. Wohl um ihren Worten Nachdruck zu verleihen, wandte sich Baltha jetzt um und deutete zu den Treppen. Rasch duckte sich Maia und eilte ihren Gefährtinnen nach. Sie wollte jeden Kontakt mit dieser Frau vermeiden, nicht zuletzt, weil Baltha sie auf den ersten Blick erkannt hätte.

Immer tiefer drang Maias Gruppe in den Berg vor. Seit sie das letzte elektrische Licht hinter sich gelassen hatten, schienen von den Beinen und Körpern stelzenartige Schatten auszugehen, die um sie her flatterten und vor den Laternen flohen wie Karikaturen der Angst. *Als wollten sie sich über die albernen Sorgen der Lebenden lustig machen,* ging es Maia durch den Kopf. Jedesmal, wenn eine schwarze Silhouette in einen neuen leeren Raum schwebte, war es, als kehrte ein verlorener Geist zurück, um die Schemen der Toten zu begrüßen.

Obwohl Maia inzwischen gelernt hatte, im Wasser zurechtzukommen und Höhen schon beinahe zu genießen, war sie doch sicher, daß sie den Aufenthalt in unterirdischen Tunneln niemals angenehm finden würde. Sie hielt es hier aus, aber sie konnte ihnen nichts abgewinnen. In letzter Zeit hatte sie sich oft überlegt, ob es den Männern hier eigentlich gefiel. Vielleicht bauten sie nur deshalb so, weil sie keine andere Wahl hatten.

Maia beugte sich zu der Kriegerin, mit der sie anfangs schon gesprochen hatte. »Äh ... wo suchen sie ... äh wir ... jetzt eigentlich nach ihm?« fragte sie mit leiser Stimme. Ihre Worte schienen von der Wand neben ihnen widerzuhallen.

»Oben«, antwortete die kleine stämmige Frau. »Fünf,

sechs Stockwerke hoch. Haben Fenster gefunden, die aufs Meer und die Lagune rausgehen. Wir müssen jeden filzen, der rauskommt oder reingeht, das sind die Anweisungen. Außerdem suchen wir nach Anzeichen, ob die Kerle überhaupt je so weit nach oben gekommen sind. Spuren im Staub und so was. Freu dich, vielleicht kriegen wir doch noch die Belohnung.«

Die Anführerin mit dem roten Gesicht warf der Kleinen einen wütenden Blick zu, die mit den Lippen hinter ihrem Rücken einen tonlosen Fluch formte, sobald sich die Varfrau wieder umgedreht hatte.

»Was ist mit dem Raum, wo er gefangen war?« flüsterte Maia. »Gibt's da keine Hinweise?«

Ein Achselzucken. »Frag doch Baltha.« Die Piratin wies mit dem Kopf nach hinten. »Sie hat die Zelle noch mal durchsucht, nachdem alle anderen schon fertig waren.« Sie schauderte, als erinnerte sie sich an etwas Seltsames, ja Beängstigendes.

Während sie schweigend weitergingen, überlegte Maia fieberhaft, was sie tun konnte. Diese Expedition führte sie in die falsche Richtung, weg von allem, was ihr bei ihrer Suche nützlich sein konnte. Aber wie sollte sie entwischen?

Schließlich kamen sie ans Ende eines großen Gangs, von dem eine enge Wendeltreppe abzweigte. Die Frauen mußten hintereinander hinaufsteigen. Maia blieb zurück und trat von einem Bein aufs andere. Als die Anführerin sie ansah, tat Maia, als genierte sie sich und drückte der anderen Frau ihre Gewehre in den Arm. »Ich muß mal … na, du weißt schon.«

Die Anführerin seufzte und hielt die Laterne hoch. »Ich warte.«

Doch Maia entgegnete gekränkt: »Nein, das ist wirklich nicht nötig. Hier hochzusteigen ist doch einfach, ich geh schon nicht verloren, und ein Geländer gibt es auch. Ich hole euch vor dem zweiten Stock wieder ein.«

»Hmm. Na, dann beeil dich aber. Wenn du dich zu

weit von der Laterne entfernst, ist es deine gerechte Strafe, wenn du dich verirrst.«

Damit wandte sie sich ab, und Maia schlüpfte rasch in den nächstbesten leerstehenden Raum. Als die Schritte verklangen, kam sie wieder heraus. Obwohl sie nur einen fernen Lichtschein erkennen konnte, ging sie den Weg zurück, den sie gekommen waren. *Hätte ich auch mit einem Gewehr in der Hand entwischen können?* überlegte sie, kam aber zu dem Schluß, daß sie die richtige Entscheidung getroffen hatte. Mit einem Gewehr hätte sie viel zu leicht den Argwohn der anderen erweckt. Unter den gegebenen Umständen war eine Waffe eher hinderlich.

Bald war sie wieder in der großen Halle mit den vielen Abzweigungen. Noch immer hielten zwei Frauen an der Stelle Wache, wo der einzelne Glühbirnenstrang den Weg nach unten beleuchtete. Irgendwie mußte Maia an ihnen und dann an Baltha und Riss vorbeikommen, um dahin zu gelangen, wo man Renna festgehalten hatte und von wo er verschwunden war. Dort war zweifelsohne die beste Stelle, um nach Hinweisen zu suchen.

Wage ich es? Der Plan schien nicht sonderlich durchdacht und mehr als tollkühn. *Vielleicht gibt es einen anderen Weg. Wenn alle Gänge in einer Wendeltreppe enden, könnte auch eine am Ende der Südhalle sein …*

Aufgebrachte Stimmen drangen an ihr Ohr. Maia duckte sich hinter die Geländersäule und sah, daß aus zwei Richtungen Frauen auf die Wachen zutraten. Von unten erschienen Baltha, Riss und noch zwei große Varfrauen, eine davon mit ebenso autoritärem Gehabe wie Baltha. Am Treppenabsatz wandten sich alle vier um und blickten nach Westen, zum Eingang des Reservats, wo eine Gestalt auftauchte, allein, einen schmalen Schatten vor sich werfend. Maia schauderte, denn sie erkannte die Silhouette sofort.

»Du hast nach mir geschickt, Togay?« sagte sie zu der

größten Piratin, deren grobe Züge im harten Licht besonders deutlich hervortraten.

»Ja, Leie«, antwortete diese mit einem gebildeten Caria-Akzent. »Ich fürchte, jetzt liegt es nicht mehr in meiner Hand. Du wirst eingesperrt, bis der Außerplanetarische gefunden ist und wir Segel setzen.«

Maias Schwester hielt das Gesicht vom Licht abgewandt, doch Schock und Erregung waren deutlich spürbar. »Aber Togay, ich hab dir doch erklärt …«

»Ich weiß. Ich habe ihnen gesagt, daß du zu den klügsten und fleißigsten jungen Matrosinnen gehörst. Aber seit den Ereignissen auf Grimké und vor allem seit heute nacht …«

»Es ist nicht meine Schuld, daß Maia entkommen ist! Reicht es nicht, daß sie dafür sterben mußte? Und der Gefangene, er ist einfach verschwunden! Ich war nicht mal in der Nähe …«

»Man hat gesehen, wie du dich mit ihm unterhalten hast, genau wie deine Schwester!« unterbrach Balthas Gefährtin. Riss wandte sich zu Togay und machte eine rasche Handbewegung. »Gleich und gleich gesellt sich gern. So sagt man doch. Vielleicht hast du recht, daß sie kein Klon ist, und ich finde auch nicht, daß sie wie ein Bulle riecht. Aber was ist, wenn sie ihre Zwillingsschwester rächen will? Erinnert ihr euch, wie sehr sie dagegen war, daß wir Corsh und seine Jungs erledigen? Ich schlage vor, wir ersäufen sie in der Lagune, um ganz sicherzugehen.«

»Togay!« rief Leie flehend. Aber die große Frau sah sie streng an und schüttelte den Kopf. Mit zufriedenem Gesicht winkte Baltha den beiden Wachen, die neben Leie traten und sie am Ellbogen packten. Mit hängenden Schultern wurde sie abgeführt, und alle sieben Frauen verschwanden auf der Südtreppe. Zurück blieb staubige, stumme Leere.

So lautlos wie möglich folgte ihnen Maia, sorgsam jeden Schatten nutzend.

Ein einzelnes elektrisches Kabel, an dem in weiten Abständen Glühbirnen hingen, führte hinunter auf die niedrigere Ebene. Maia ließ die Piratinnen und ihre Gefangene immer ein Stück Vorsprung gewinnen und eilte dann hinterher; sobald eine der Frauen Anstalten machte sich umzudrehen, duckte sie sich sofort in den nächsten dunklen Türrahmen. Als sie in einen Seitengang abbogen, rannte sie los und blieb erst an der Ecke stehen, um vorsichtig um sie herum zu spähen.

Die Gruppe stand vor der ersten von mehreren Türen mit Metallbeschlägen; auch hier gab es zwei Wachposten. Eine war mit einer gefährlich aussehenden Schußwaffe ausgestattet, wie sie Maia bisher nur einmal in ihrem Leben gesehen hatte. Es war kein Jagdgewehr, das zur Verfolgung menschlicher Wesen mißbraucht wurde, sondern eine Mordmaschine, ausschließlich zu dem Zweck gebaut, Menschen zu töten, und zwar möglichst viele.

Gedämpfte Worte waren zu hören, Schlüssel klapperten. Als die Tür aufschwang, sah Maia mehrere Gefangene, die überrascht aufblickten. Leie wurde zu ihnen hineingestoßen. Eine Piratin lachte. »Sei nett zu deinen neuen Freunden, Fräuleinchen. Vielleicht wirst du den Spitznamen noch los, ehe du mit ihnen ertrinkst!«

»Halt den Mund, Riss!« brummte Baltha, während Togay die Tür verriegelte. Dann marschierten alle bis auf das zweite Paar Wachen etwa zwanzig Meter weiter in den benachbarten Raum.

Von ihrem Standort aus konnte Maia mehrere Bänke erkennen, die sich an den Wänden entlangzogen. Ein paar Mal sah sie Baltha und die anderen zwischen ihnen hin- und hergehen; in ihren Gesichtern konnte man die Frustration deutlich lesen, und ihre Stimmen klangen aufgebracht und vorwurfsvoll. Einmal konnte Maia sogar verstehen, wie Baltha brüllte: »... darüber werden die in der Stadt bestimmt nicht erfreut sein, das könnt ihr mir glauben!«

Maia konzentrierte sich so sehr, daß sie die hallenden Schritte erst wahrnahm, als sie schon ganz in der Nähe waren. Ihre Nackenhaare sträubten sich, und sie drehte sich blitzschnell um, bereit wegzulaufen. Sie sah eine einzelne Gestalt näherkommen, in einen Lichtkreis nach dem anderen eintreten und wieder herauskommen. Bald war sie als untersetzte Frau mit einem pockennarbigen Gesicht und roten Haaren und einem roten Kopftuch und einer fleckigen Schürze zu erkennen. In jeder Hand schleppte sie einen Eimer, und sie grinste breit. Das Lächeln machte Maia einen Moment bewegungsunfähig, und sie blieb unentschlossen sitzen, wo sie war.

»Himmel, brauchst dich doch nich' so zu verkriechen, Vögelchen. Ich hab sie schon bis zur Haupthalle streiten hören! Was hecken die denn jetzt schon wieder aus? Haben sie den Mann wieder gefunden, der sich in Rauch aufgelöst hat? Oder wollen sie uns die ganze Nacht nach ihm suchen lassen?«

Maia zwang sich ebenfalls zu lächeln. So zu tun, als wäre sie ihre Schwester, funktionierte nur, bis sich herumgesprochen hatte, daß Leie eingesperrt war ... also bestenfalls noch ein paar Minuten.

»Wie's aussieht, sind wir die ganze Nacht unterwegs«, antwortete sie, in der Hoffnung, den richtigen Ton heiterer Gleichgültigkeit zu treffen. »Was ist in den Eimern?«

Achselzuckend trat die Piratin näher und setzte ihre Last ab. »Abendessen für die Kerls. Bißchen spät wegen der ganzen Aufregung. Manche fragen sich ja, was das überhaupt soll – jeder weiß doch, was denen bevorsteht. Aber ich sage, auch ein Mann sollte was zu beißen kriegen, ehe er zu Lysos kommt.«

Maia erschrak. Ihr blieb also noch weniger Zeit, als sie gedacht hatte. Sobald diese Küchenpackeselin in die Zelle kam und Leie entdeckte, war alles zu spät.

»Ich weiß, warum du hier bist«, vertraute die Frau ihr an und kam noch ein Stückchen näher.

»Ach ja?« Maias Hand glitt an ihren Gürtel.

Doch die andere zwinkerte ihr nur zu. »Du hoffst, du findest was. Belauschst die Chefinnen ein wenig und dann schnell los, immer die Belohnung im Visier!« Sie lachte. »Ist schon in Ordnung. Als ich jünger war, hab ich's auch so gemacht – den ganzen Kopf hatt' ich voller Flausen. Du kriegst schon noch deinen Clan, Sommerling.«

Maia nickte. »Ich … ich glaube, ich hab schon was gefunden. Alle anderen haben's übersehen.«

»Wirklich?« Die Küchenfrau beugte sich neugierig vor, und ihre Augen glänzten. »Was denn?«

»Man muß zu zweit sein, um es anzuheben«, verriet ihr Maia. »Komm, ich zeig's dir.«

Sie zeigte auf den nächsten dunklen Eingang und bedeutete der naseweisen Alten, ihr nachzukommen. Doch als sie beide in der Dunkelheit standen, hob Maia ihren Knüppel.

Danach fühlte sie sich schuldig und gemein, trotz aller guten Gründe.

In dem düsteren Raum gab es tatsächlich einige Hinweise auf früheres Leben. Leere Steinregale und Splitter einer uralten Holzverkleidung deuteten darauf hin, daß hier vielleicht einmal eine große Bibliothek untergebracht gewesen war. Aber außer verschrumpelten Lederstückchen, die möglicherweise von den Einbänden stammten, war von den Büchern nur Staub übriggeblieben. Nachdem Maia die bewußtlose Küchenfrau ein Stück weit hereingezerrt und rasch auch die Eimer ins Dunkle geholt hatte, tauschte Maia ihre Jacke gegen die der Alten und nahm sich das Kopftuch, das sie sich so umband, daß es fast ihre Augen verdeckte. Sie war gerade fertig, als sie Stimmen und Schritte hörte. Im Schatten versteckt, zählte sie die Vorübergehenden. Es waren sechs Frauen, die zurück in Richtung der Foyertreppe marschierten, immer noch in ein heftiges Streitgespräch vertieft. Aus der Nähe sah Maia die Wut in Balthas Augen.

»... die werden nicht sehr erfreut sein, daß sie nichts von der ganzen Sache haben außer einem Kästchen mit außerplanetarischer Scheiße. Ein paar Bazillen von unserem Fremdling könnten zwar helfen, den einen oder anderen Clan auszulöschen, aber wir brauchen auch einen politischen Handel, als Sicherheit! Ohne seinen Technikkram spielt es keine Rolle, wie viele von den blöden Klonfrauen abkratzen ...«

Die Stimmen verklangen. Maia zwang sich, noch eine Weile zu warten, obwohl sie wußte, daß die Zeit knapp war. Bald würde die erste Gruppe, die sie an Bord der *Manitou* gefunden hatte, die vermeintliche Leie als vermißt melden, und dann würde man sich natürlich fragen, wie die junge Frau es bewerkstelligt hatte, an zwei Plätzen gleichzeitig aufzutauchen.

Mit klopfendem Herzen zog Maia das Tuch noch weiter in die Stirn, nahm die Eimer und trat aus ihrem Versteck. Sie bog wieder in den großen Korridor ein und schlurfte mit schweren Schritten auf die beiden stämmigen Varwächterinnen zu, die vor der verschlossenen Tür standen. Um sich etwas zu beruhigen, rief sie sich ins Gedächtnis, daß sie einen entscheidenden Vorteil hatte: Die Wachen erwarteten keine Gefahr in Gestalt einer Frau. Außerdem würden sie davon ausgehen, daß die Küchenhilfe mit ihren Eimern unterwegs an den Anführerinnen vorbeigekommen war. Auch das würde sie in Sicherheit wiegen.

Dennoch hörte Maia prompt ein Klicken und sah, wie die Kriegerin ihre Waffe mit dem festen und doch zarten Griff emporhob, den eine Frau gewöhnlich einem eigenen Baby vorbehielt. Maia hatte – bis sie vier Jahre alt wurde und zum ersten Mal etwas über die Geheimnisse der Welt erfuhr – solche Massenvernichtungswaffen nur vom Hörensagen gekannt.

Das Bild eines Steinportals erschien vor ihrem inneren Auge, das sich zögernd auftat, um zu offenbaren, was die Lamai-Mütter und -Schwestern vor den Augen der Welt verbergen wollten. Neben dem, was Maia seither gesehen hatte, war das, was ihr damals schrecklich vorgekommen war, uninteressant und banal gewesen. In einer anderen Situation hätte sie vielleicht über diese Ironie gelacht. Oder geweint.

Doch jetzt hatte Maia weder Zeit noch Energie für Gefühlsausbrüche. Sie schlurfte weiter, mit gesenktem Kopf. »Hier kommt das Futter für die Kerls«, brummte sie.

Die Frau mit dem Gewehr lachte. »Warum macht ihr euch noch die Mühe?«

Maia zuckte die Achseln und schwankte ein wenig hin und her, als wäre sie müde. »Was fragst du mich? Ich will das stinkige Zeug nur loswerden.«

Die zweite Wache legte ihre Hellebarde über die Schulter und hielt mit der anderen den klappernden Schlüsselbund hoch. »Ich weiß auch nicht«, meinte sie. »Ist doch irgendwie 'ne Schande, die ganzen Jungs einfach so abzuservieren. Bald gibt's wieder Frost, den könnten wir rumreichen und ein großes schönes Feuer anzünden und …«

»Ach, halt den Mund, Glinn«, unterbrach sie die Wache mit dem Gewehr, während sie sich links hinter Maia aufstellte, damit sie jeden erschießen konnte, der einen Fluchtversuch wagte. »Du steigerst dich wieder mal rein und …«

Mit ihren schwankenden Bewegungen hatte sich Maia auf ihren Angriff vorbereitet. Als die Tür nun aufging, trat sie blitzschnell einen Schritt nach vorn, schwang den rechten Eimer in hohem Bogen vor sich und auf die Wache mit dem Gewehr zu. Die Frau hatte nicht einmal mehr Zeit, überrascht dreinzuschauen, bevor der schwere Eimer sie in die Magengrube traf und sie ohne einen Laut zusammenklappte. *Eine weniger!* dachte Maia triumphierend.

Leider freute sie sich zu früh. Der Piratin blieb zwar einen Moment die Luft weg, aber sie fing sich auf einem Knie ab und war schon dabei, ihre Waffe auf Maia zu richten ... als der zweite Eimer sie mit einem dröhnenden Schlag am Hinterkopf erwischte und sie endgültig umwarf.

Maia nahm noch einmal Schwung und ließ den Eimer los, so daß er auf die zweite Wache zusauste, die bereits ihre Hellebarde hob. Mit der flinken Anmut einer geübten Kämpferin wich sie dem Geschoß aus, das scheppernd gegen die Tür knallte und seinen braunen Inhalt in die Gegend verspritzte. Maia setzte zum Sprung an und spürte noch einen Schlag auf die Schulter, ehe sie die Piratin so heftig in die Magengrube rammte, daß beide Frauen in die Gefängniszelle taumelten.

Die Sekunden dehnten sich endlos; der Kampf verschwamm zu einem einzigen Schlägehagel, in dem Maia ihre eigenen Treffer eher wirkungslos erschienen. Verzweifelt warf sie sich immer wieder auf ihre Gegnerin, aber diese konnte sich jedesmal befreien und Maia zurückstoßen. Schließlich hatte sie sogar genügend Raum, um mit ihrer Waffe auszuholen. Ein stechender Schmerz durchfuhr Maias linke Seite. Ein weiterer Schlag landete direkt unterhalb der Kniescheibe.

Wie durch einen Nebel nahm Maia die Gestalten ringsum wahr. Ausgemergelte Männer streckten die Hände aus, um ihr zu helfen, aber sie waren an die Bänke entlang der Wand gekettet. Maia spürte den heißen zwiebelstinkenden Atem der Piratin und ihren Speichel in ihrem Gesicht, während sie um die Hellebarde kämpften. *Ich kann sie nicht mehr lange festhalten*, schoß es ihr durch den Kopf.

Doch plötzlich erschien aus dem Nichts ein weiteres Händepaar und legte sich um den Hals der Freibeuterin. Laut aufheulend schüttelte sie Maia ab, holte mit der Hellebarde zu einem Schlag aus, der sein Ziel nur um Haaresbreite verfehlte, dann jedoch klirrend zu Boden fiel, weil die Piratin sich dem neuen Angriff zuwenden mußte – dem einer viel kleineren Frau, die sich wie eine Wildkatze an ihrem Rücken festklammerte. Obwohl ihr ausgelaugter Körper ihr den Dienst zu verweigern drohte, nahm Maia noch einmal alle Kraft zusammen und stürzte sich, schluchzend vor Erschöpfung, ein letztes Mal auf ihre Feindin. So gelang es ihr und ihrer Verbündeten schließlich, die wild um sich schlagende Wache direkt vor Kapitän Poulandres und seinen Männern auf den Boden zu werfen.

Als alles vorbei war, blieben sie röchelnd nebeneinander auf dem Boden liegen. Schließlich nahm Leie Maias Hand und drückte sie fest.

»In Ordnung…«, brachte sie japsend hervor, und machte dabei ein so zerknirschtes Gesicht, wie es Maia in all den Jahren ihres gemeinsamen Heranwachsens nie gesehen hatte. »…Anscheinend hat mein Plan… doch nicht so gut funktioniert. Laß mal deinen hören.«

Die Ecke, von der aus Maia Baltha und Togay beobachtet hatte, war gut geeignet, den Korridor unter Beschuß zu nehmen. Doch zunächst zögerte Poulandres. Er und seine Männer waren zwar tapfer, wütend und sich vollkommen darüber im klaren, welches Schicksal sie erwartete, falls sie noch einmal gefangengenommen wurden. Doch keiner von ihnen wollte die automatische Waffe auch nur anfassen.

»Sieh mal, es ist doch ganz einfach. Ich hab solche Gewehre schon öfter gesehen. Man muß nur den Hebel hier bedienen…«

»Ich weiß, wie sie funktioniert«, fauchte Poulandres. Dann schüttelte er den Kopf und hob beschwichtigend die Hand. »Hört zu, ich bin euch sehr dankbar… Wir helfen euch, so gut wir können. Aber wäre es nicht besser, wenn eine von euch beiden das Ding bedient?« Angewidert wandte er den Blick von der tödlichen Metallmaschine ab.

Ehe sie Renna kennengelernt hatte, hätte Maia vielleicht anders reagiert – mit Unverständnis und Verachtung. Doch jetzt wußte sie, wie solche Verhaltensmuster, die Lysos angelegt hatte, über die Jahrtausende verstärkt worden waren, ebenso mit Hilfe von Mythen und Konditionierung wie durch Gene und Reflexe, alles mit dem Ziel, daß die Männer jede Gewaltanwendung gegenüber Frauen verabscheuten.

Aber die Menschen waren flexible Wesen. Die kriegerische Essenz war nicht gänzlich ausgemerzt, nur unterdrückt, schematisiert, kontrolliert. Eine starke Motivation war nötig, um einen anständigen Mann wie Poulandres von der Notwendigkeit des Tötens zu überzeugen, aber Maia bezweifelte nicht, daß es möglich war.

Ringsum rieben sich die Männer der Besatzung die Knöchel an den Stellen, wo die Fesseln gedrückt hatten, mit denen sie an die in einem Halbkreis angeordneten Steinbänke gekettet gewesen waren. Dort schmachteten nun drei halb bewußtlose, geknebelte Frauen. Ein paar Männer stocherten angeekelt in einem der umgekippten Eimer. *Vielleicht sollte jemand das Zeug aufbewahren*, dachte Maia. Sie mußten sich auf einen langen Belagerungszustand gefaßt machen.

Doch zunächst waren andere Dinge wichtiger. »Ich habe keine Zeit für lange Erklärungen«, sagte sie zu Leie. »Bring du es ihm bei. Und vergiß nicht nachzusehen, ob noch weitere Treppen auf diese Ebene führen. Wir wollen nicht, daß uns jemand in die Flanke fällt.«

»In Ordnung, Maia«, antwortete Leie ergeben. Während sie sich von dem Kampf erholten, war kaum mehr als ein Moment Zeit für Wiedersehensfreude geblieben. Maia war auch noch nicht zu einer endgültigen Versöhnung bereit. Zuviel war geschehen, seit der Sturm damals zwei verträumte Sommerkinder voneinander getrennt hatte. In einer Weile würde sie vielleicht bereit sein, Leie wieder zu vertrauen – vorausgesetzt, sie verdiente es.

Die gräßliche Waffe vorsichtig vor sich hertragend, begleitete Leie Poulandres und einige Besatzungsmitglieder den Korridor hinunter. Auch Maia hatte etwas zu erledigen. Aber als sie losgehen wollte, hielt jemand sie am Bein fest.

»Warte mal«, befahl der Schiffsarzt, während er den Verband aus Stoffstreifen auf Maias aufgeschlitztem Knie befestigte. »Hier, das war das Schlimmste. Was den Rest deiner Wunden angeht ...«

»Die müssen warten«, beendete Maia den Satz mit fester Stimme und schüttelte den Kopf, um zu zeigen, daß jeder Protest zwecklos war. »Danke, Doc«, sagte sie noch, ehe sie humpelnd aus dem Gefängnis eilte. An der Tür wandte sie sich nach links, zu dem zweiten großen Raum, in dem sie Baltha und die anderen Piratenführerinnen streiten gesehen hatte. Ein junger Mann begleitete sie – der Kabinenjunge, der damals auf der *Manitou* zum gegnerische Team beim Spiel des Lebens gehört hatte. Er hatte es sich zur Aufgabe gemacht, Maia auf den neuesten Stand zu bringen, was geschehen war, seit sie mit Naroin und der weiblichen Schiffsbesatzung auf Grimké Island ausgesetzt worden war.

»Zuerst haben sie den Sternenmann bei uns gelassen«, erklärte der Junge. »Wir wurden alle zusammen in einen anderen Bereich des Schutzgebiets gebracht, näher am Eingang. Aber er hat einen Mordsaufstand veranstaltet, er würde unbedingt sein *Spiel* brauchen. Immer dieses Spiel! Wir hatten keinen blassen Schimmer, was er damit wollte, wo er doch noch das elektronische Spielbrett hatte. Aber das war ihm wohl nicht gut genug. Er wollte mehr. Wollte weder essen noch ein Wort mit den Freibeutern wechseln, solange sie uns nicht hier runter brachten, wo die alten Folterkammern waren.«

Am Eingang des zweiten Raums blieb Maia stehen.

Sie hatte erwartet, der Raum wäre wie der erste – ein großes ovales Amphitheater und in der Mitte kreuz und quer verlaufende Linien. Aber er war anders. Es gab auch Bänke, die in absteigenden, immer kleiner werdenden Halbkreisen aufgestellt waren, aber sie standen vor einer riesigen kahlen Wand mit einer Plattform und einem Pult davor. Der Saal erinnerte Maia an die Vortrags- und Konzerthalle in Port Sanger.

»Wir haben alle gedacht, er ist verrückt«, fuhr der Kabinensteward mit seiner Geschichte über Renna fort. »Aber wir haben mitgemacht, denn das hat die Wachen mächtig geärgert. Der Käpt'n hat ihnen erzählt, daß wir auch das Spiel brauchen, für religiöse Zwecke.« Der Junge kicherte. »Also haben sie unsere Bücher und Spielsteine vom Schiff rangeschleppt, und wir wurden hierher in die Arena verfrachtet, wo du uns dann gefunden hast.«

»Aber dann haben sie Renna wieder rausgeholt«, drängte Maia.

»Ja. Nach ein paar Tagen fing er wieder an zu meckern – angeblich, weil wir schnarchten, weil ihm unsere Gegenwart insgesamt nicht zusagte. Wie so ein verwöhnter kleiner Dummijunge. Also haben sie ihn schließlich nach nebenan gebracht. Danach gab's keine Schwierigkeiten mehr, soweit wir es mitkriegten, also dachten wir, jetzt ist er glücklich.«

»Aha.«

Innerlich fluchte Maia. Als sie gehört hatte, daß die Freibeuter sich Rennas Verschwinden nicht erklären und auch nicht nachvollziehen konnten, war ihr erster Gedanke gewesen, daß er noch eine Skulptur aus dem roten Metall mit geheimnisvollen sechseckigen Symbolen gefunden hatte. Eine neue Rätseltür hätte ihr gefallen – genau das Richtige, um die Freibeuter vor eine unlösbare Aufgabe zu stellen und Renna die Flucht zu ermöglichen. Und natürlich hätte es Maia aufgrund ihrer Erfahrung auch einen Vorteil verschafft.

Doch hier gab es keine rote Metallskulptur. Kein Rätsel mit beweglichen Figuren. Nur eine Bankreihe nach der anderen. Bemerkenswert war ansonsten höchstens noch das endlose Band der Buchstaben, das mit rätselhaften Epigrammen im liturgischen Dialekt des Vierten Buch Lysos alle Wände bis auf die hinter dem Lesepult bedeckte. Ansonsten war es nichts als eine leere Vortragshalle. Maia sah sich um, während sie den Gang zwischen den Bankreihen hinunterschritt und überlegte, warum Renna sich solche Mühe gegeben hatte, ausgerechnet hierher verlegt zu werden.

»Was ist das für ein Raum?« fragte der Kabinenjunge ehrfürchtig. »Jedenfalls keine Arena für das Spiel des Lebens. Kein Spielfeld. Haben sie hier gebetet?«

Ratlos schüttelte Maia den Kopf. »Könnte sein, mit den ganzen Sprüchen an der Wand ... obgleich bestimmt nicht alles heilige Texte sind.«

»Was dann?«

»Sei bitte einem Moment still, ich muß nachdenken.«

Der Junge schwieg, während Maia sich stirnrunzelnd zu konzentrieren versuchte.

Von hier aus ist Renna entkommen. Das ist die Schlüsselinformation. Wir können annehmen, daß die Freibeuter jeden Winkel nach versteckten Türen und Geheimgängen durchkämmt haben, also lohnt es sich nicht, danach noch einmal zu suchen. Statt dessen sollte ich mich lieber daran machen, Rennas Gedankengang nachzuvollziehen.

Zuerst – woher wußte er so genau, daß er sich hierher bringen lassen mußte? Schließlich hat er keine Mühen dafür gescheut.

Obwohl Renna wie Maia schon einmal in einem Reservat eingesperrt gewesen war, konnte ihn nichts in seiner bisherigen Erfahrung dazu veranlaßt haben, einen Raum wie diesen zu erwarten. Maia selbst hätte sich etwas Ähnliches kaum vorstellen können, hätte sie nicht zuvor die Verteidigungskatakomben gesehen.

Ich muß das Rätsel lösen und zwar um einiges schneller

als Renna. Die Freibeuter werden entsetzlich wütend sein,
wenn sie merken, was wir getan haben.

Noch etwas verstärkte ihre Unruhe.

Jetzt, da alle aufgescheucht sind, entdecken sie Brod be-
stimmt, wenn er versucht herunterzukommen. Sie werden
ihn in die Tiefe fallen lassen wie einen hilflosen Flügelhasen.

Von neuem versuchte sich Maia zu konzentrieren
und den Raum mit unvoreingenommenen Augen zu
betrachten, zu sehen, was Renna gesehen haben
mußte. Ein paar Minuten verbrachte sie damit, in den
Decken und Strohballen herumzustochern, die ihm
wohl als Bett gedient hatten und die schon andere vor
ihr auseinandergerissen hatten, um nach Spuren zu
suchen. Doch sie fand nichts Interessantes. Sie ließ den
Blick noch einmal über die eingravierten Worte wandern, die über die Länge und Breite der Seiten- und
Rückwände liefen. Einige davon kannte sie gut, da sie
sie während der langen, öden Gottesdienste in der Lamatia-Kapelle auswendig gelernt hatte, wenn sie gerade nicht in die Lobgesänge auf die Stratos-Mutter
einstimmen mußte.

> *… finde, was verborgen ist …*
> *unter fernen, fremden Sternen*

So hieß es in normalen Buchstaben.

Maia verzog das Gesicht. Das Bild war passend,
denn vielleicht würde sie die Sterne nie wiedersehen.
Welche Tageszeit jetzt wohl ist? überlegte sie, während sie
sich umdrehte und ihren Blick weiter über die Wände
schweifen ließ. Auf einmal hielt sie inne und starrte auf
einen Punkt, der ihr seltsam vorkam. Dann hastete sie
trotz ihrer schmerzenden Wunden die Treppe hinunter
und drängte sich an der erhöhten Plattform in der Mitte
vorbei. Wo die Zeilen mit den eingravierten Worten
sich der leeren vorderen Wand näherten, hatte sie etwas
entdeckt, das aussah wie eine regelmäßige Anordnung

brauner Flecken. Es waren keine Buchstaben. Für Maias Auge ergaben sie etwas viel Interessanteres.

»Wie sieht das hier für dich aus?« fragte sie den Kabinenjungen und deutete auf die Flecken direkt unter den Geheimzeichen des liturgischen Alphabets. Der Junge kniff die Augen zusammen und Maia wünschte sich sehnlichst, Brod wäre statt seiner hier.

»Keine Ahnung, Ma'am. Sieht aus, als hätte einer sein Essen an die Wand geklatscht. Das war aber auch ein Fraß, den sie uns serviert haben.«

»Sieh genauer hin«, drängte Maia. »Nicht geklatscht, *getupft!* Siehst du? Es sind sorgfältig gemalte Punkte – eine Gruppe unter einem Buchstabensymbol. Und hier noch eine Gruppe.« Maia zählte. Insgesamt waren es achtzehn Tupfergruppen, jede von ihnen anders. »Siehst du? Kein Buchstabe wird wiederholt. Jedes Symbol des Alphabets hat seine eigene Punktanordnung! Ist das nicht hochinteressant?«

»Äh ... wenn du meinst.«

Maia schüttelte den Kopf. »Ich frage mich, wie lange er gebraucht hat, um das herauszufinden.«

Sie versuchte sich in Rennas Lage hineinzuversetzen. Zum zweiten Mal gefangen in einer fremden Welt, halb zu Tode gelangweilt, am Rand der Verzweiflung, erschöpft – er hatte die Rätselsprüche wahrscheinlich angestarrt, bis sie zu Flecken vor seinen Augen verschwammen. Sicher war ihm erst dann eingefallen, ein *Spiel* daraus zu machen und die eingravierten Buchstaben als Startpunkte zu benutzen. Aber zuerst mußte er sie von geschriebenen Buchstaben verwandeln in ...

Aus dem Korridor drangen Rufe zu ihnen. Maia drehte sich um, und gleich darauf erschien ein Mann hinten auf der Arena und winkte heftig.

»Drei von den Weibern sind gerade um die Ecke gekommen und uns direkt in die Arme gelaufen! Leider haben sie noch geschrien, ehe wir ihnen das Maul stopfen konnten. Drüben bei der Treppe braut sich was zusammen. Der Käpt'n meint, wir kriegen bald Ärger.«

Maia nahm die Nachricht mit einem kurzen Nicken zur Kenntnis und wandte ihre Aufmerksamkeit dann wieder den Zeichen an der Wand zu. *Renna muß sie als Schlüssel benutzt haben, während er hier gearbeitet hat.*

Aber woran hatte er gearbeitet? Er hatte noch sein elektronisches Spielbrett bei sich gehabt – die Freibeuter sahen so etwas als gänzlich harmlos an –, also konnte er mit zahllosen Kombinationen von Punkteanordnungen und Regeln experimentieren. *Gut, ich stelle mir also vor, er spielt mit den Symbolen herum, die er in dem Raum gesehen hat, in dem die Männer zuerst untergebracht waren. Nehmen wir an, er hat aus den Wandsprüchen irgend etwas erfahren. Er hat erfahren, daß es irgendwo in diesem Reservat einen günstigeren Platz für ihn gibt ... und er hat es geschafft, sich dort hinbringen zu lassen.*

Okay. Und dann?

Blieb immer noch die Frage, wie er verschwunden war. Ein intellektuelles Spiel war eine Sache. Sich durch Wände zu bewegen, etwas ganz anderes. Selbst die Tür aus rotem Metall, die Maia und Brod in der Höhle vorgefunden hatten, war ein Rätsel mit einem ganz bestimmten Zweck gewesen, ein Kombinationsschloß, mit dem ein Tor geöffnet werden konnte. Doch in diesem Raum gab es nichts, was einem Tor auch nur ansatzweise ähnelte. Keinen Weg nach draußen außer dem, durch den sie hereingekommen waren. Nichts.

»Ach!« stieß Maia hervor und ballte die Fäuste. Ihre linke Seite und ihr Bein taten höllisch weh, und jetzt bekam sie auch noch Kopfschmerzen. Trotzdem mußte sie irgendwie die Gedankenschritte eines technisch überlegenen Fremdlings nachvollziehen, und das auch noch ohne die Hilfsmittel, die ihm zur Verfügung gestanden hatten.

Ächzend ließ sie sich auf einer der Bänke in der ersten Reihe nieder und legte den Kopf in die Hände.

Nicht einmal das Gewehrfeuer, das kurz darauf die Wände über ihr erschütterte und den uralten Staub in Schwaden auf sie herabrieseln ließ, konnte sie dazu bewegen, ihre müden Augen zu heben.

»Ich glaube, Poulandres hat verstanden, wie man das Ding benutzt. Momentan schießt er noch absichtlich daneben, eine Kugel nach der anderen, und bisher hält das unsere Gegner auch noch in Schach. Ich denke, falls es zu einem richtigen Angriff kommt, wird er schon tun, was notwendig ist.«

Leie ließ sich ungefähr einen halben Meter neben Maia nieder. Ihre Stimme klang zögernd, als wäre sie nicht sicher, ob sie willkommen war. Zweimal setzte sie an, etwas zu sagen, und Maia war sicher, daß es um das gehen würde, was zwischen ihnen vorgefallen war – um ihre lange Trennung, darum, daß Leie es bereute, wie sie sich benommen hatte. Zwar kamen keine Worte aus ihrem Mund, aber allein die offensichtliche Anstrengung reichte, um die Spannung zu lindern. Tief in ihrem Herzen wußte Maia, daß sie keine ausführlichere Entschuldigung von ihrer Schwester bekommen würde. Obwohl sie wirklich eine hätte verlangen können.

»Also«, begann Leie mit gepreßter Stimme. »Was brauchen wir, um rauszukriegen, was hier passiert ist?«

Maia stieß geräuschvoll die Luft aus; sie wußte nicht, wo sie anfangen sollte.

Schließlich begann sie, den Codeschlüssel zu erklären, den Renna auf die Wand gemalt hatte – daß jede Punktegruppe wahrscheinlich eine Anordnung lebendiger Felder auf dem Spielbrett darstellte. Oder noch wahrscheinlicher eine Variation des Spiels, die sich in den ökologischen Einzelheiten unterschied. Maia konnte sich vorstellen, daß jede Konfiguration an der Wand eigenständig war, wenn man das richtige Regelsystem anwendete, obgleich sie nicht hätte erklären können, wie sie darauf kam.

Während sie Leie das alles erzählte, wurden sie noch zweimal von lauten Schüssen unterbrochen – einzelne Warnschüsse, die abgefeuert wurden, um die Piratinnen in Schach zu halten. Da keine Schreie zu hören waren, konnten die beiden Schwestern davon ausgehen, daß es keine richtige Attacke war, und blieben sitzen. Leie lauschte so hingerissen, daß Maia den Mut fand, rasch von ihren Erlebnissen zu berichten, wobei sie die Gewalt, die Mühsal und die Gefahren der letzten Monate nur streifte, dafür aber ausführlich ihr neu entdecktes Talent erwähnte, das in eine höchst seltsame intellektuell-künstlerische Richtung ging.

»Lysos!« flüsterte Leie, als sie das Wichtigste gehört hatte. »Und ich habe gedacht, *ich* hätte etwas erlebt! Nachdem ich erfahren hatte, daß du in Grange Head an Land gegangen bist und eine sichere Arbeit in Long Valley hattest, beschloß ich, noch eine Weile auf See zu bleiben, mit …« Sie hielt kopfschüttelnd inne. »Nein, das kann warten. Mach du lieber weiter. Kann uns dieses Spiel des Lebens dabei helfen herauszufinden, wie Renna aus dem Raum ohne Ausgang entwischt ist?«

Maia zuckte die Achseln. »Ich hab dir doch gesagt, daß es nicht geht! Ja, das Spiel kann als Datenträger dienen, wie eine Sprache, die in eine andere Symbolform übertragen wird. Renna muß sich etwas aus den Sprüchen an der Wand zusammengereimt haben … vielleicht im Zusammenhang mit etwas, das er in der Großen Bibliothek von Caria erfahren hat.

Aber selbst wenn du die Information hast und weißt, wie sie zu entschlüsseln ist, mußt du immer noch *handeln!* Die Daten in der Realität anwenden. Dafür sorgen, daß etwas passiert.«

»Beispielsweise ein Gefängnisausbruch.«

»Genau. Beispielsweise ein Gefängnisausbruch.«

Leie stand auf und trat vor die erste Bankreihe, auf die halbkreisförmige Plattform, wo das rechteckige Pult-Podium aus poliertem Stein stand. »Nachdem er verschwunden ist, haben die meisten von uns abwechselnd diesen Raum durchsucht«, sagte sie. »In der Hoffnung, daß wir irgendwelche geheimen verschiebbaren Fliesen oder etwas derartiges finden. Ich habe nicht versucht zu helfen, das wollte ich nicht mehr, nachdem sie Kapitän Corsh und seine Männer getötet hatten … und vor allem, weil ich glaubte, du wärst bei der Explosion umgekommen …« Leie schloß einen Moment die Augen, und ein schmerzlicher Ausdruck huschte über ihr Gesicht. »Hauptsächlich habe ich nach einer Möglichkeit gesucht, wie ich es Renna nachmachen und auch verschwinden könnte. Deshalb weiß ich genau, daß es keine geheimen Fliesen gibt. Jedenfalls keine, die ich erkannt hätte. Aber ein paar Dinge sind mir trotzdem aufgefallen.«

Maia war zu niedergeschlagen, um von ihren Händen aufzublicken. »Was ist dir denn aufgefallen?« fragte sie teilnahmslos.

»Heb deinen Hintern und sieh es dir selbst an«, gab Leie zurück und klang schon beinahe wieder so bissig wie früher. Stirnrunzelnd stand Maia auf und humpelte zu ihr. Leie wartete neben dem Pult, dann bückte sie sich und deutete auf eine Reihe winziger Gegenstände, die in die Seite des gigantischen Felsblocks eingelassen waren. Ein paar sahen aus wie Knöpfe. Andere waren winzige Löcher mit einer Metalleinfassung.

»Wozu sind die da?« fragte Maia.

»Ich habe gehofft, das könntest du mir sagen. Wir haben sie alle ausprobiert. Die Knöpfe klicken, als sollten sie eigentlich etwas bewirken, aber nichts passiert.«

»Vielleicht hat man mit ihnen die Beleuchtung eingeschaltet. Schade, daß es hier keine Energie gibt.«

Aus Zeitmangel hatte Maia in ihrer Erzählung die Einzelheiten der Militärkatakomben ausgelassen, die sie mit Brod erforscht hatte und in denen noch immer gigantische Energieressourcen schlummerten. Maia vermutete, daß zwischen den beiden künstlichen

Höhlennetzen keine Verbindung bestand, damit Einsiedler und Schatzsucher, die ins Reservat stolperten, nicht zufällig in die verborgene Verteidigungsanlage gerieten.

»Ich habe gesagt, es passiert nichts«, entgegnete Leie. »Aber das heißt nicht, daß keine Energiequelle vorhanden ist.«

Maia starrte ihre Schwester an. »Wie meinst du das?«

In diesem Moment peitschte wieder ein Schuß durch die Stille und hallte durch den Korridor bis in den Saal. Maia biß die Zähne zusammen, und die beiden Schwestern warteten eine Weile gespannt. Als keine weiteren Schüsse folgten, seufzten sie erleichtert. Mit der Fingerspitze deutete Leie auf zwei kleine Metallringe, die ungefähr einen Zentimeter voneinander entfernt an der Kante des Pults neben den Knöpfen angebracht waren. Die Ringe umgaben zwei schmale, tiefe Löcher. Maia drückte den Finger auf eines davon und blickte ratlos auf. »Ich spüre nichts.«

»Hast du vielleicht ein Stück Metall dabei?« fragte Leie. »Beispielsweise einen Geldstab? Ein halber Kredit reicht.«

Maia schüttelte den Kopf. Dann fiel ihr etwas ein. »Vielleicht geht das hier.« Mit der rechten Hand griff sie an den linken Unterarm und machte das Lederetui ihres Sextanten los. Behutsam zog sie das zierliche Instrument heraus.

»Woher hast du denn das?« fragte Leie und sah zu, wie der Deckel mit dem eingravierten Zeppelin aufsprang. Maia zuckte die Achseln. »Das ist eine lange Geschichte. Sagen wir einfach, ich konnte ihn gelegentlich sehr gut brauchen.«

Sie klappte das Gerät auseinander. Ein Arm endete in einer dünnen Spitze – gewöhnlich benutzte man sie als Zeiger beim Ablesen an einem Meßrädchen –, die nach außen gebogen werden konnte. Sie schien dünn genug für ihre Zwecke.

»Gut«, meinte Leie. »Also, ich behaupte nicht, daß ich als einzige auf diese Idee gekommen bin, nach Elektrizität zu forschen. Andere haben es auch versucht und nichts gespürt. Aber ich hab mir gedacht, vielleicht ist die Spannung zu gering, als daß man sie mit der Hand fühlen könnte. Weißt du noch, wie wir diese jämmerlichen schwachen Salzbatterien überprüft haben, die wir bei Mutter Claire in den albernen Chemiestunden basteln mußten? Na ja, dasselbe hab ich hier gemacht. Als keiner hingesehen hat, habe ich einen Geldstab reingesteckt und ihn mit der Zunge berührt.«

»Und?« fragte Maia mit deutlich mehr Interesse, während sie den Dorn in eines der kleinen Löcher schob.

»Und ich habe tatsächlich ein Kribbeln gespürt …«

Leie verstummte und starrte Maia an. Auch Maia blickte verblüfft auf ihren kleinen Sextanten.

Mitten auf seiner zerkratzten Oberfläche war ein kleines Fenster aufgeleuchtet, vielleicht zum ersten Mal seit Jahrhunderten. Winzige, unvollkommene Buchstaben, denen Ecken und Ränder fehlten, flackerten und wurden schließlich zu einem gleichmäßigen Glühen.

… finde, was verborgen ist …

»Große Mutter des Lebens!«

Der Ausruf ließ beide Mädchen aufblicken. Überrascht sah Maia, daß Kapitän Poulandres und einer seiner Offiziere in der Tür oberhalb der Bankreihen standen und sprachlos zu ihnen herabstarrten.

Maias erster Gedanke war pragmatisch. *Wie können sie den Sextanten von da oben sehen?*

»Ich …« Poulandres schluckte schwer. »… ich wollte euch Bescheid geben. Die Piraten sagen, sie wollen verhandeln. Sie sagen …« Er schüttelte den Kopf, unfähig, sich auf seine dringende Botschaft zu konzentrieren.

»Bei Lysos und allen Ozeanen, wie habt ihr beiden das geschafft?«

Allmählich dämmerte es Maia, daß der Kapitän die Schrift auf dem Sextanten *nicht* sehen konnte. Er starrte auf etwas anderes. Etwas über ihr, hinter ihrem Rücken. Gleichzeitig, wie von einem Faden gezogen, standen sie und Leie auf, drehten sich um – und schnappten hörbar nach Luft.

Dort auf der riesigen, zuvor leeren Vorderwand der Halle, lag jetzt ein enormes Gitterwerk aus dünnen, mikroskopisch feinen Linien, auf denen Myriaden vielfarbiger winziger Pünktchen tanzten. Ein orgiastisches, farbenfrohes Schauspiel fließender Muster, umgeben von Strudeln und Wirbeln, wimmelnden Dschungeln von simulierter Struktur und Konfusion … künstlichem Chaos und Ordnung … Tod und Leben.

Trotz aller Abenteuer, trotz aller neuen Erfahrungen gab es wohl manche Charakteraspekte, die sich nie änderten. Wieder einmal war es Leie, die zuerst die Sprache wiederfand.

»Oh«, sagte sie mit heiserer Stimme und warf Maia einen Blick zu. »Heureka … ich glaube …?«

Der Effekt war noch beeindruckender, als die Freibeuter eine Weile später das elektrische Licht abschalteten, um die Flüchtlinge einzuschüchtern. Sämtliche Glühbirnen erloschen. Inzwischen hatte sich jedoch die gesamte Besatzung der *Manitou*, abgesehen von den Wachen, in Rennas ehemaligem Gefängnis eingefunden, unter dem Wirbel der Formen und Farben, die sich langsam über die ›Lebenswand‹, wie sie sie getauft hatten, bewegten. Die Männer saßen in kleinen Grüppchen zusammen oder knieten vor dem tanzenden Schauspiel, schlugen in ihren kostbaren Handbüchern nach, blätterten im Licht des sanften multispektralen Glühens eifrig die Seiten um und diskutierten aufgeregt. Zwar hatten sie bereits festgestellt, daß die achtzehn Grundfiguren Komponenten der Pseudowelt waren, die sie hier vor sich hatten, aber dann waren selbst die versiertesten Spieler mit ihrem Latein am Ende. Niemand konnte sich den Sinn der vor ihnen wirbelnden Formen erklären.

»Es ist Magie«, meinte der Chefkoch voller Ehrfurcht.

»Nein, nicht Magie«, widersprach der Schiffsarzt. »Es ist viel mehr. Es ist Mathematik.«

»Wo liegt der Unterschied?« fragte der junge Leutnant, den Maia von der Manitou kannte, mit seinem vornehmen Oberschichtsakzent und versuchte, möglichst gleichgültig zu klingen. »Es sind beides Symbolsysteme. Die den Betrachter mit ihren Abstraktionen hypnotisieren.«

Der Arzt schüttelte den Kopf. »Nein, mein Junge, das ist falsch. Wie in der Kunst und der Politik geht es bei der Magie darum, andere dazu zu bringen, daß sie das sehen, was man sie sehen lassen will, indem man beispielsweise irgendwelche Beschwörungsformeln murmelt oder mit den Armen herumfuchtelt. Magie gründet sich immer auf die Annahme, daß die *Willenskraft* des Zauberers stärker ist als die Natur.«

Die Farben an der Wand huschten hell über die Glatze des alten Mannes. Er lachte. »Aber die Natur schert sich nicht um Willenskraft, gleichgültig von wem! Die Natur ist zu stark, man kann sie nicht zwingen, und sie ist viel zu gerecht, um sich bestechen zu lassen. Sie behandelt eine Clanmutter genauso grausam und konsequent wie die unwichtigste Var. Die Gesetze der Natur gelten für alle gleichermaßen.« Er schüttelte den Kopf und seufzte leise. »Und die Natur hat eine besondere Vorliebe für die Mathematik.«

Eine Weile betrachteten sie schweigend die ehrfurchteinflößenden kreisenden Figuren. Schließlich meinte der Leutnant verärgert: »Aber Männer haben kein Talent für Mathematik!«

»Das ist es, was man uns beibringt«, antwortete der

Doktor mit harter Stimme. »Genau das trichtert man uns von Kind auf ein.«

Nachdem Maia dieses Gespräch verfolgt hatte, war ihr klar, daß sie von der Besatzung nicht viel Hilfe erwarten konnte. Die Männer hatten ebensowenig Ahnung von den Künsten, auf denen dieses Wunder beruhte, wie sie selbst. Ihr geliebtes Spiel des Lebens war schön und gut – bis zu einem bestimmten Punkt. Aber die einfachen Spielvarianten, die sie auf den Schiffen und in den modernen Reservaten spielten, waren nicht viel mehr als ein Geheimnis gesammelter Tricks und Intuition. Es war wie eine Schüssel mit Wasser verglichen mit dem großen Meer, das hier vor ihnen lag.

Maia hatte versucht, einzelne Punkte zu erspähen, um aus der jeweiligen Position die Spielregeln zu entnehmen. Zuerst glaubte sie, neun Farben zu erkennen, die viermal so stark auf ihre nächsten Nachbarn reagierten als auf die daneben und so weiter. Dann sah sie genauer hin und erkannte, daß jeder Punkt aus einem Schwarm kleinerer Pünktchen bestand, von denen jedes mit denen ringsum im Austausch stand. Aus der Ferne vermischte sich die Kombination und vermittelte die Illusion einer durchgängigen Farbschattierung.

»Maia!« Leie klopfte ihrer Schwester leicht auf die Schulter. Maia wandte sich um, denn Leie deutete zum rückwärtigen Teil der Halle, wo ein Bote den Gang zwischen den Bankreihen herabgeeilt kam. Durch die ständig wechselnden Lichtverhältnisse war das nicht ganz einfach. Atemlos kam der Kabinenjunge zu Maia. Seine Botschaft umfaßte lediglich zwei Worte.

»Sie kommen!«

Maia konnte sich nur schwer von dem Schauspiel an der Wand losreißen. Bestimmt war sie hier nützlicher. Aber nach mehreren Anläufen schickten die Piraten nun endlich ihre Abordnung, und Poulandres bestand darauf, daß Maia mit ihm kam, um für die Flüchtlinge zu sprechen.

»Warum kannst du es nicht allein machen?« hatte sie ihn gefragt, und er hatte ihr eine reichlich verworrene Antwort gegeben: »Keine Reise geht ohne Kapitän an Land. Keine Fracht wird ohne Eigentümer verkauft. Es ist notwendig.«

Poulandres wartete an der Tür auf Maia. Da Maia noch immer humpelte, gingen sie ganz langsam zu der strategischen Ecke. Die wechselnden Farben folgten ihnen ein Stück weit, und Maia drehte sich immer wieder um, wie von einer greifbaren Macht getrieben. Sie mußte sich anstrengen, um ihre tranceähnliche Versunkenheit abzuschütteln. Die Aussichten auf eine erfolgreiche Unterhandlung waren nicht gerade rosig, das hatte sie dem Offizier schon gesagt.

»Aye. Keine Seite kann die andere angreifen, ohne selbst schwere Verluste einzustecken. Momentan haben wir eine Pattsituation, aber wir stecken leider am falschen Ende einer Sackgasse fest. Wenn wir ihnen genug Zeit lassen, gibt es für sie mehrere Möglichkeiten, uns rauszutreiben.«

»Also ist es ein Todesurteil. Worüber sollen wir verhandeln?«

»Da gibt es genug, Mädchen. Die Piraten wissen, daß hier unten irgend etwas geschehen ist. Sie werden nichts Voreiliges unternehmen, ohne vorher zu versuchen, uns zu überreden.«

An der Ecke trafen Maia und der Kapitän den Navigator. Gebückt, das Gewehr im Anschlag blickte er durchs Visier zu dem schwachen Licht, das von der fernen Treppe kam. Die Freibeuter hatten diesen Teil der Beleuchtung angelassen, um einen eventuellen Angriff der Männer rechtzeitig zu bemerken. Bei einem Handgemenge im Dunkeln hätten sie ihre Vorteile – bessere Waffen, zahlenmäßige Überlegenheit und bessere Position – leicht wieder verspielen können. Bis jetzt hielten alle still.

Zwei verschwommene Gestalten bewegten sich vor

dem fernen Halbdunkel. Obgleich Maias Augen an die Dunkelheit gewöhnt waren, brauchte sie eine Weile, bis sie die Silhouetten als zwei Frauen erkannte, die mit entschlossenen Schritten auf sie zukamen.

»Fertig?« fragte Poulandres. Zögernd nickte Maia, und sie machten sich auf den Weg, während der Navigator ihnen Rückendeckung gab. Jetzt, da es darum ging, seine Kameraden zu schützen, würde der Offizier sein ungutes Gefühl sicherlich überwinden, wenn es nötig wurde. Am anderen Ende saßen ebenso gewiß Scharfschützinnen, um ihre Gesandten abzusichern.

Allmählich nahmen die vagen Schattenrisse immer deutlichere Formen an, bekamen Arme, Beine, Köpfe und Gesichter. Beinahe hätte Maia kehrtgemacht, als sie Baltha erkannte. Die andere war ihre Assistentin, Togay. Aber Maia schluckte hart und ging weiter, einen halben Schritt rechts von Poulandres.

Als die beiden Paare nur noch wenige Meter voneinander entfernt waren, blieben sie stehen. Baltha schüttelte den Kopf mit den kurzen blonden Haaren. »Also, was glaubt ihr Dummschwätzer eigentlich, was ihr erreichen könnt?« fragte sie.

»Nicht viel«, antwortete Poulandres bedächtig. »Hauptsächlich wollen wir am Leben bleiben. Eine Weile jedenfalls.«

»Eine Weile, das ist gut. Ihr seid immer noch hier, also müßt ihr erst gar nicht so tun, als hättet ihr den geheimen Ausgang auch gefunden. Wie hättest du es gern, Käpt'n? Möchtest du deine Männer in den Flammen verbrennen sehen? Oder lieber im Wasser ertrinken?«

Maia raffte sich auf. »Fürs erste glaube ich, daß ihr weder das eine noch das andere versucht«, sagte sie, obwohl ihr Mund wie ausgetrocknet war.

»Halt du dich da raus, du Knirps!« knurrte Baltha. »Dich hat niemand gefragt.«

Mit leiser, eiskalter Stimme antwortete Poulandres: »Sei höflich zu unserer derzeitigen Kommissionärin.«

Im letzten Moment konnte Maia ihre instinktive Reaktion unterdrücken, sonst hätte sie sich blitzschnell umgedreht und den Mann angestarrt, der sprach, als verhandelten sie über eine begehrte Fracht. Bestimmt war es nur ein Trick, um die Gegner zu verwirren.

»*Das* da?« fragte Baltha und deutete auf Maia, genauso verblüfft, wie Poulandres es sich wahrscheinlich gewünscht hatte. »Dieser Sommermüll? Ich sag dir, die ist noch lahmer als ihre tote Schwester.«

»Baltha, streng deine Augen an«, entgegnete Maia ruhig. »Ich bin nicht *ganz* tot. Und überhaupt, wie kommt eine erbärmliche Diebin wie du auf die Idee, andere Leute zu beschimpfen?«

»… Diebin?« stieß Baltha mühsam hervor und starrte Maia an. Unwillkürlich machte sie einen Schritt nach vorn und fragte: »Du?«

Allmählich fand Maia Spaß an der Unterhaltung. »Du hattest schon immer eine schnelle Auffassungsgabe, Baltha. Meinen Glückwunsch.«

»Aber ich hab *gesehen*, wie du in Stücke …«

»Könnten wir uns vielleicht lieber wieder den aktuellen Angelegenheiten zuwenden?« warf Poulandres zu einem äußerst günstig gewählten Zeitpunkt ein. »Beide Seiten haben doch bestimmte dringende Bedürfnisse, aber auch solche, die nicht so wichtig sind. Ich beispielsweise habe den Wunsch, jede einzelne von euch Mistweibern in Ketten zu sehen, und daß ihr wie Lugars auf einer Tempel-Rehabilitationsfarm schuften müßt. Aber ich gebe zu, dieser Wunsch hat geringere Priorität gegenüber dem, daß ich, sagen wir mal, mit allen meinen Männern lebend aus diesem Schlamassel rauskomme.« Er grinste, aber ohne jede Heiterkeit. »Sag mir, was euren Leuten am wichtigsten ist und was ihr aufgeben würdet, um es zu bekommen.«

Doch Baltha starrte Maia immer noch unverwandt

an. Deshalb antwortete die andere Frau im gekünstelten Akzent der Méchant-Küste.

»Wir suchen den Outsider. Wir müssen ihn wiederhaben, darunter lassen wir uns auf nichts ein. Über alles andere können wir verhandeln.«

»Hmm. Es müßte natürlich Garantien geben.«

»Natürlich.« Togay schien ans Verhandeln gewöhnt. »Vielleicht einen Austausch von …«

Doch nun hatte Baltha genug über Maias Anwesenheit gegrübelt und unterbrach ihre Assistentin mit schneidender Stimme: »Das ist doch Blödsinn. Wenn sie wüßten, wo der Außerplanetarische ist, dann wären sie ihm längst gefolgt. Ich durchschaue deinen Bluff, Käpt'n. Ihr habt gar nichts zum Tausch anzubieten.«

Der Seemann zuckte die Achseln. »Dann schaut doch einmal hinter uns. Seht ihr das seltsame Licht? Selbst von hier könnt ihr Hohlköpfe erkennen, daß wir mehr erreicht haben als ihr nach fast zweitägiger Suche.«

»Nimm dich in acht, was du sagst!« Baltha warf einen Blick über seine Schulter auf das sanft flackernde Farbglühen an der fernen Wand. Ihre harten Züge konnten ihre Frustration nicht verhehlen. »Helft uns, ihn wiederzufinden, und wir lassen euch das Leben und die *Manitou*, wenn wir wieder in See stechen.«

Poulandres saugte an der Unterlippe. Dann nickte er, zu Maias Überraschung. »Damit wäre ich einverstanden … wenn wir euch trauen könnten. Ich werde deinen Vorschlag meinen Männern unterbreiten. Inzwischen könntet ihr eure Glaubwürdigkeit aufbessern, indem ihr das Licht wieder einschaltet. Danach unterhalten wir uns noch einmal, über Essen und Wasser. Ist das in Ordnung, Maia?«

Beim Teufel ist das in Ordnung, dachte sie. Doch sie antwortete mit einem kurzen Nicken. Bestimmt wollte der Kapitän nur Zeit gewinnen.

Baltha wollte schon mit einem Knurren reagieren, aber ihre Gefährtin schnitt ihr das Wort ab. »Wir besprechen das Angebot und sagen euch in einer Stunde Bescheid.« Damit drehten sich die beiden Piratinnen um und gingen, Baltha konnte es allerdings nicht lassen, Poulandres und Maia beim Weggehen über die Schulter giftige Blicke zuzuwerfen.

»Würdest du Renna wirklich ausliefern?« fragte Maia leise.

»Du bist ein Varling. Du hast keine Ahnung, was es bedeutet, für so viele Menschenleben die Verantwortung zu tragen.« Poulandres hielt für ein paar Sekunden inne. »Ich habe nicht vor, ein solch teuflisches Geschäft abzuschließen, wenn es sich vermeiden läßt. Aber ich kann nichts versprechen, Maia. Deshalb mußtest du zu diesem Gespräch mitkommen, damit du Bescheid weißt. Daß du deine eigenen Interessen wahrst. Sie sind vielleicht nicht immer dieselben wie unsere.«

Seemannsehre, dachte Maia. *Er warnt mich, daß er sich vielleicht gegen mich wenden muß, später irgendwann. Ein seltsamer Ehrencodex.*

»Du weißt, sie können es sich nicht leisten, euch gehen zu lassen«, sagte sie, um diesen Punkt ganz klarzustellen. »Ihr habt zuviel gesehen. Sie können nicht zulassen, daß ihre Identität bekannt wird.«

»Auch das hängt ganz davon ab«, entgegnete Poulandres geheimnisvoll. »Momentan ist das wichtigste, daß wir ein wenig Zeit gewonnen haben.«

Aber was passiert, wenn wir keine Zeit mehr haben? Wenn die Freibeuter die Geduld verlieren? »Verbrennen oder Ertrinken«, *das war Balthas Alternative. Und wenn das nicht funktioniert – wenn sie es allein nicht schaffen, uns rauszuschmeißen –, dann halte ich es für möglich, daß sie Hilfe holen. Vielleicht sogar bei ihren Feinden.*

Es war durchaus kein abwegiger Gedanke, daß die Bande mit ihren politischen Gegnern, den Perkiniten, einen Handel einging, um die Felszitadelle zu zerstören. Letztendlich hatten beide Extrempositionen mehr miteinander gemeinsam als mit dem Mittelweg.

Das dunkle junge Gesicht des Navigators entspannte sich merklich, als sie um die Ecke bogen, und er sicherte die Waffe. Leie umarmte Maia, und sie spürte, wie sich in ihren Schultern eine Verkrampfung löste, die sie bisher gar nicht bemerkt hatte. »Komm, machen wir uns wieder an die Arbeit«, sagte Maia zu ihrer Schwester.

Doch als Maia wieder vor dem Steinpult stand, fiel es ihr zunächst furchtbar schwer, sich zu konzentrieren. Abwechselnd blickte sie auf den kleinen Sextanten und die riesige Wand, die sich unablässig veränderte. Ihre Aufgabe war es, ein Wunder zu entdecken, einen Weg, auf dem sie Renna folgen konnten. Doch Balthas Angebot und Poulandres' Antwort gingen ihr einfach nicht aus dem Kopf. Angenommen, sie schaffte es. Würde sie damit womöglich nur erreichen, daß Renna geopfert wurde und am Ende doch alles vergeblich war?

Schließlich jedoch gewann die Faszination der stetig wechselnden Muster die Oberhand. Bald war sie so vertieft, daß sie es kaum bemerkte, als die Glühbirnen im hinteren Teil des Raumes wieder angingen und die Freibeuter damit ein Zeichen setzten, daß sie tatsächlich zu weiteren Verhandlungen bereit waren.

Leie war es, die den nächsten Durchbruch erzielte, als sie entdeckte, daß man mit Hilfe des Sextanten in das Geschehen an der Wand *eingreifen* konnte. Sie hantierte an den feinen Skalen herum, mit denen Maia gewöhnlich die relative Position der Sterne zueinander ablas, während das Instrument noch Kontakt mit dem Datenstecker hatte. Und als sie an einer bestimmten Justierschraube drehte, verschoben sich die Muster von links nach rechts! Bei einem anderen gingen sie nach oben und verschwanden am Rand, während von unten neue nachrückten.

»Großartig!« rief Maia und probierte es selbst. Es bestätigte ihre Vermutung, daß die große Wand nur eine Art Fenster war, das in etwas weit größeres führte – ein simulierter Bereich, der eigentlich weit über die Grenzen der Wand hinausging. Theoretisch konnte er sich noch Hunderte von Metern jenseits dieses Zimmers erstrecken. Vielleicht hatte er gar keine Grenzen.

Immer wieder suchte sich das Auge Analogien zu den wirbelnden Mustern. Im einen Moment waren es ineinander verschlungene haarige Finger. Im nächsten prallten sie aufeinander wie schäumende Wellen, die ans Ufer brandeten. Rollende, verdrehte Konfigurationen bewegten sich ungehindert über die Ränder hinweg. Wenn man an den Justierschrauben des Sextanten drehte, konnte man ihnen folgen, aber eben nur abstrakt, als Beobachter. Allein die Formen selbst kannten die wirkliche Freiheit. Sie schienen keine Bedürfnisse zu haben, nichts zu fürchten, sie akzeptierten keine Grenzen. Schon der Gedanke vermittelte Maia ein Gefühl unglaublicher Freiheit, die sie mit Neid erfüllte.

Hat Renna sich selbst irgendwie verändert? fragte sie sich. *Kennt er ein Geheimnis, wie man zu der Welt da drin vorstößt und Fels und Körper zurückläßt?* Es war eine phantastische Vorstellung. Aber wer konnte wissen, welche Kräfte das Phylum in den Jahrtausenden entwickelt hatte, seit die Gründerinnen auf Stratos eine Welt pastoraler Stabilität eingerichtet und sich vom ›Irrsinn‹ eines wissenschaftlichen Zeitalters abgewandt hatten?

Auf Verdacht drückte Maia auf die Knöpfe, die sie früher bei den kleinen Löchern im Podium gefunden hatte. Aber sie erwiesen sich als genauso nutzlos wie zuvor. Vielleicht hatten sie früher wirklich zu so etwas Banalem wie dem Lichtanknipsen gedient.

Dann machte Leie eine weitere Entdeckung. Wenn man einen Meßarm des Sextanten umbog, konnte man eine andere Bewegung simulieren. Von den Männern, die fasziniert zusahen, stießen einige ein lautes Stöhnen aus, als die gemeinsame Perspektive plötzlich *nach vorn zu rücken* schien, sozusagen durch die wogenden Bilder im Vordergrund hindurchsauste und Objekte durchstieß, die so unfaßbar waren wie Wolken.

Auch Maia fühlte es. Eine Welle von Schwindel, als fielen sie alle miteinander in die Unendlichkeit des Himmels. Sie schnappte nach Luft, mußte den Blick abwenden und merkte plötzlich, daß sie sich mit beiden Händen an dem Steinpodium festklammerte. Als sie zu den anderen schielte, sah sie, daß sie nicht die einzige war. Die bisherigen Veränderungen an der Wand waren verblüffend gewesen, aber längst nicht so wie das, was jetzt passierte. Noch nie hatte sie von einer dreidimensionalen Version des Spiels des Lebens gehört! Und die Geschwindigkeit des ›Fallens‹ beschleunigte sich noch. Formen, die bisher die Szene bestimmt hatten, wurden noch größer und enthüllten die kleinsten Details ihrer Struktur. Die Figuren im Zentrum bauschten sich auf, während die an den Rändern verschwanden.

Das Gefühl des Fallens war natürlich eine Illusion, und mit etwas Konzentration konnte Maia es zum Stillstand bringen. Aus der Vorwärtsbewegung wurde eine Übung in der Detailbetrachtung, dem Auge des Betrachters offenbarten sich immer feinere Objektstrukturen … und noch feinere. Die Möglichkeiten, eine Formation zu zergliedern, gingen ins Unendliche.

»Halt …« Maia schluckte schwer. »Halt, Leie. Probier es andersherum.«

Ihre Schwester wandte sich grinsend zu ihr. »Ist das nicht großartig? Ich hätte nie gedacht, daß Männer solche Wunderwerke haben! Hast du was gesagt?«

»Ich sagte, halt und zurück!«

»Du brauchst keine Angst zu haben, Maia. Du hast mir doch selbst erklärt, es ist alles nur Simulation …«

»Ich habe keine Angst. Halt einfach an und versuch es andersherum. Aber sofort.«

Leie zog die Augenbrauen hoch. »Ganz wie du willst, Maia. Wir drehen um.« Sie hörte auf zu drücken und zog dafür vorsichtig an dem kleinen metallenen

Meßarm. Die Vorwärtsbewegung wurde langsamer, kam zum Stillstand und begann sich umzukehren. Jetzt rückten die Muster in der Mitte zurück, wurden um einen zentralen Fluchtpunkt herum kleiner, während mehr und mehr helle, komplexe Objekte aus der Peripherie erschienen. Jetzt hatte der Betrachter das Gefühl, weggezogen zu werden, hochzusteigen, so daß mit jeder Sekunde eine umfassendere, gottähnlichere Sichtweise möglich wurde.

Es war ein glorioses Gefühl; so stellte sich Maia das Fliegen vor. Plötzlich fühlte sie sich Renna ganz nah, sei es auch nur dadurch, daß sie ein Schauspiel genoß, das auch Renna erfreut haben mußte.

Ein anderer Teil ihrer selbst war schlicht überwältigt. Renna hatte ihr erklärt, das Spiel des Lebens sei eines der simpelsten Mitglieder einer riesigen Familie von mustererzeugenden Systemen, die man zelluläre Automaten nannte. Als das Licht auf der großen Wand zum ersten Mal aufleuchtete, hatte Maia gehofft, die Seeleute würden mit ihren Büchern dabei helfen, dieses unendlich komplexere ›Ökoystem‹ zu analysieren, auch wenn keiner von ihnen ein Savant war. Aber wenn die Männer schon angesichts der ersten Version ebenso perplex gewesen waren wie Maia selbst, gab es jetzt, wo eine dritte Dimension hinzugekommen war, überhaupt keine Hoffnung auf eine simple Analyse mehr.

Tief im Herzen war Maia überzeugt, daß es nachvollziehbare Regeln *gab*. Etwas in den Mustern – ihre verschiedenen und doch seltsam gleichbleibenden Bewegungen – vermittelte ihr unmißverständlich diesen Eindruck. *Ich könnte das Rätsel lösen. Wenn ich statt des Sextanten ein elektronisches Spielbrett hätte und dazu soviel Zeit wie Renna, als er allein in diesem Raum war. Und etwas von seinem mathematischen Wissen.*

Leider hatte sie mehr Defizite als nützliche Talente. Frustriert schlug sie auf das Pult, daß der Sextant wackelte. »He!« schrie Leie und beschwerte sich darüber, es sei schon ohne Gewackel schwer genug, das Gerät so zu bedienen, daß nicht alles zu einem großen unscharfen Wirrwarr geriet. Die Justierschrauben und Meßarme des Sextanten waren alt und ausgeleiert, sie mußten dringend repariert werden. *Eine bestimmte Person, nämlich meine Schwester hat sich nicht ordentlich darum gekümmert*, deutete sie über die Schulter hinweg an.

Es ist ein Wunder, daß er überhaupt noch funktioniert, dachte Maia.

Zuerst war sie beeindruckt gewesen, daß ausgerechnet ihr altes, gebrauchtes Navigationsinstrument so benutzt werden konnte. Andererseits hatte sie schon auf vielen älteren Geräten, die an Bord eines Schiffs benutzt wurden, winzige helle Fenster gesehen. Sicher war es früher üblich gewesen, sich des öfteren in das Alte Netzwerk einzuklinken … obwohl Maia bezweifelte, daß solche spektakulären Wunderwände jemals zu den alltäglichen Dingen gezählt hatten, auch nicht vor der Großen Verteidigung. Oder auch vor der Gründung.

Maia beugte sich vor. Etwas hatte sich verändert. Bis jetzt hatten die neuen Formen, die von der Peripherie hereinschwärmten, stets eine gewisse Ähnlichkeit mit denen gehabt, die im Zentrum verschwanden. Aber jetzt griffen pötzlich dunkle Finger von den Rändern herein. Die Spiralen schienen sich immer enger zusammenzurollen, so daß sie schließlich die Form von riesigen Bällen annahmen, die nicht mehr als Wolkenwirbel, sondern als deutlich getrennte Einheiten nach innen gezogen wurden. Kugeln flogen von oben und unten, von rechts und links herein, wurden kompakter, zahlreicher, trafen aufeinander und prallten voneinander ab, während die Wand immer schwärzer wurde.

Der letzte und größte Kugelschwarm verband sich zu einer neuen Einheit – einer dicken, phosphoreszierenden Scheibe. Ein Stück schimmernder Farbe, die von rechts unten ins Bild kam, zitterte wie eine gespannte

Saite. Während die Perspektive der Zuschauer weiterhin emporstieg, schrumpfte die Scheibe. Noch mehr Farbenteile erschienen und verbanden sich, bis sie eine vibrierende, vielseitige *Zelle* bildeten, wie eine bebende Honigwabe. Weitere Zellen wurden sichtbar und häuften sich auf, bis ein Schaum schimmernder Farben übrig blieb.

Leie stand der Schweiß auf der Stirn, während sie vorsichtig den winzigen Meßarm bediente. Maia saß vornübergebeugt und beobachtete, wie das Schaumgebilde funkelte, verblaßte und einen Moment später plötzlich verschwand!

Die Wand war leer – und diese Leere war entsetzlich.

»Oh!« stieß Maias Zwillingsschwester erschrocken hervor, und ihr Gesicht schimmerte im schwachen Licht der Glühbirnen. »War das meine Schuld?«

»Nein«, versicherte ihr Maia. »Vorher war die Wand hell. Die Maschine ist noch in Betrieb. Mach ruhig weiter.«

»Bist du sicher? Ich kann es auch wieder in der anderen Richtung versuchen.«

»Nein, mach weiter«, wiederholte Maia mit fester Stimme.

»Na gut, dann ziehe ich mal ein wenig stärker«, sagte Leie. Ehe Maia etwas erwidern konnte, hatte sie ihr Vorhaben auch schon ausgeführt. Für einen Sekundenbruchteil blieb die Wand schwarz, gerade lange genug, daß man einen Schwarm von Lichtpunkten aufblitzen sah. Dann waren die Farben wieder da! Erneut fiel der simulierte Blickpunkt nach hinten, stieg gebieterisch auf, während von allen Seiten Regenbogenfarben wellenartig heranwallten. All das passierte in dem einen Moment, den Maia brauchte, um zu rufen: »Nein! Halt!«

Alle Bewegung kam zum Stillstand, außer dem langsamen Tanz der Formen und ihrer Einzelteile, die zusammenfanden und sich trennten wie Rauchschwaden. »Was?« fragte Leie und drehte sich zu Maia um. »Es funktioniert doch wieder …«

»Es hat nie aufgehört zu funktionieren. Geh zurück«, drängte Maia und mußte den Drang unterdrücken, ihre Schwester beiseite zu stoßen und selbst weiterzumachen. Leies geringfügig bessere Koordination konnte ausschlaggebend sein. »Geh zurück zu der schwarzen Phase.«

Seufzend wandte sich Leie wieder ihrer Aufgabe zu und drückte behutsam auf den kleinen Hebel. Wieder stürzten sie nach vorn, nach unten … wieder hatten sie das Gefühl zu schrumpfen, während alles um sich herum größer wurde und nach außen ragte.

Das Schwarz endete in einem Nebel und war noch schneller verschwunden als beim ersten Mal. Sie waren schon darüber hinaus und mitten in den schaumigen, funkelnden Honigwaben, ehe Leie anhalten konnte. »Das ist gar nicht so leicht, verdammt!« beklagte sie sich. »Die Hebel lassen sich nicht gleichmäßig bewegen. *Ich* würde ein Instrument nicht so vergammeln lassen.«

Fast hätte Maia gekontert, daß Leie ja so ein winziges Gerät auch nicht bei sich getragen hatte, während sie auf einem Pferd geritten war, in mehreren Zügen und auf mehreren Schiffen allerlei Abenteuer erlebt hatte, fast ertrunken wäre, gestürzt und auf Klippen geklettert war und um ihr Leben gekämpft hatte … Aber sie ließ die Sache auf sich beruhen, während Leie sich über das Instrument beugte und versuchte, den störrischen Meßarm wie in Zeitlupe zu bedienen. Wie zuvor verwandelten sich die Zellstrukturen in vielfarbigen Schaum und verschwanden in der Finsternis. In einer schwarzen, undurchdringlichen Finsternis, nur durchbrochen von einem gelegentlichen, plötzlich auftauchenden Fleck, der so schnell wieder verschwand, daß das Auge ihm nicht folgen konnte.

»Würdest du … mir vielleicht verraten …«, brummte Leie, »… wonach wir suchen?«

»Mach einfach weiter«, sagte Maia mit fester Stimme. Ringsum spürte sie die Verwirrung der Männer. Verstört über das Verschwinden der faszinierenden Muster, aber mitgerissen von Maias Enthusiasmus, drängten sie sich nach vorn und starrten auf die leere Wand, als spähten sie durch dichten Nebel und hofften, endlich das wunderbare Licht eines Hafens zu entdecken. Maia war froh, daß sie da waren, vor allem, als einer von ihnen »Halt!« schrie, ehe Maia das Wort herausbekam.

Diesmal reagierte Leie sofort. Der Lichtfleck, den der Mann bemerkt hatte, lag noch in der linken oberen Ecke. Auf den ersten Blick war er fast schneeweiß, mit hellblauen und rötlich-gelben Einfärbungen. Leie wechselte zu den feinen Rändelschrauben, mit denen sie die seitlichen Bewegungen kontrollierte. Ganz behutsam holte sie das Objekt näher.

Es hatte die Form eines Windrads. Ein ›Zyklon‹, nannte es einer der Seemänner. Ein Hurrikan, ein Strudel, schlugen andere vor.

Aber Maia wußte es besser. Der alte Bennett hätte es auf den ersten Blick identifiziert. Renna würde in ihm einen Freund, einen Wegweiser erkennen.

Andächtig starrte sie auf das majestätische Gebilde, das sich auf der Wand ausbreitete – ein galaktisches Rad, eine prächtige Sternenspirale.

Kapitel 25

Kapitän Poulandres ließ Maia ausrichten, sie möge zu ihm kommen. Es war Zeit für die nächste Verhandlungsrunde mit dem Feind. Maias kurzangebundene Antwort, die sie dem Kabinenjungen auftrug, lautete, der Kapitän solle bitte jemand anderen suchen.

»Ich brauche Zeit!« fauchte sie über die Schulter, als Poulandres daraufhin persönlich erschien. »Das letzte Mal war ich auch nur der Form halber dabei. Ich bitte dich nur, mehr Zeit rauszuschinden.«

Sein Versprechen, es zu versuchen, hörte Maia kaum. »Und schick deinen Navigator her, ja?« rief sie ihm noch nach. »Wir brauchen professionelle Hilfe.«

Der junge, dunkelhäutige Offizier traf, von seinem Wachdienst mit dem Gewehr befreit, gerade ein, als Leie und Maia es geschafft hatten, sich wieder ein Stück von dem Spiralnebel zu entfernen, und man sah, daß er zu einer Gruppe hauchdünner Galaxien gehörte. Diese Gruppe wiederum war nur eine glitzernde Welle in einem Bogen, der sich über den leeren Raum spannte, schimmernd wie eine kosmische Aurora. Bei diesem Anblick stieß der Navigator einen Schrei aus.

Auch Maia war beeindruckt, aber was hatte das Bild zu bedeuten? War es ein Hinweis auf den Weg, den Renna eingeschlagen hatte? Das war anzunehmen, denn sonst hätte nichts in der weitläufigen Spielsimulation einen Sinn ergeben. Sollten sie in diesem Makrokosmos ein bestimmtes Ziel finden und dorthin ›gehen‹? Oder waren die Strudel Wegweiser in einem ganz anderen Sinn?

Leider gab es auf allen möglichen Ebenen Hindernisse, die das Vorwärtskommen erschwerten. Die Meßarme des Sextanten zu bedienen, war, als wollte man einen Kohlenschlepper durch einen engen, kurvigen Kanal steuern, ein mühsames Hin und Her mit unendlichen frustrierenden Korrekturen. Mal war das Bild zu groß, dann wieder zu klein. Außerdem wurde Maia rasch klar, daß niemand, nicht einmal der Navigator, eine Ahnung hatte, in welchem ›Himmel‹ sie sich gerade befanden.

»Wir benutzen keine Galaxien, um unseren Weg auf See zu kartografieren«, erklärte er. »Sie sind zu verschwommen, und man braucht ein Teleskop. Wenn du mir *Sterne* zeigen würdest ...«

Maia konnte ihre Frustration nicht mehr zurückhalten. »Du willst Sterne?« brummte sie. »Ich zeig dir deine dummen Sterne!« Mit einem kurzen Rucken ließ sie die Perspektive direkt auf eins der galaktischen Räder zusausen. Mit atemberaubender Schnelligkeit bauschte es sich nach außen, so daß einige Zuschauer leise aufschrien. Plötzlich war die Wand voller scharfer kleiner Punkte, die den künstlichen Himmel mit Konstellationen füllten.

Aber um welche Konstellationen handelte es sich? Maia durchforschte ihr Gedächtnis, doch ihr fiel nichts Bekanntes ein. Keine vertrauten Markierungspunkte zeigten dem geübten Auge Länge, Breite und Jahreszeit.

»Oh«, murmelte der Navigator. »Verstehe. Sie sind unterschiedlich, je nachdem, ... wie wir draufsehen, und von hier ...« Er stockte und rang nach Worten für das, was die Wand ihm zeigte. »Das ist wahrscheinlich nicht mal unsere eigene Galaxie.«

»Was für eine große Erkenntnis!« schnaubte Leie, während Maias eigene Reizbarkeit schon wieder in Sympathie umschlug. Solche Konzepte waren für einen ganz in der Tradition verwurzelten Mann sicher schwierig. »Wir wissen nicht, ob *irgendeine* dieser Galaxien unsere ist«, bemerkte sie. »Vielleicht sind alles nur Modelle, die aus einem komplizierten Spiel entstehen und nichts mit dem wirklichen Universum zu tun haben. Aber ich hoffe, daß es nicht so ist, sonst wäre meine Idee jedenfalls sinnlos. Fahr wieder hoch, Leie. Wir müssen etwas suchen, das uns bekannt vorkommt.«

Während sich die Sternenlandschaft wieder zu den anderen zurückzog, wurde Maia klar, daß ihre Suche möglicherweise erfolglos verlaufen würde. Das einzige intergalaktische Objekt, das sie zu erkennen hoffte, war Andromeda, direkt neben der Milchstraße. Wie groß waren ihre Chancen, ausgerechnet diese Spirale aus genau dem richtigen Winkel zu treffen, gleichgültig, wie lange sie suchten?

Und immer angenommen, daß meine Vermutung stimmt ... und das Herummanövrieren in dieser komplizierten Scheinrealität tatsächlich etwas mit Rennas Flucht zu tun hat.

Falls Maia recht hatte, war es für Renna jedenfalls wesentlich einfacher gewesen. Der Besucher konnte sein elektronisches Spielbrett so programmieren, daß für ihn die spezifischen Eigenschaften der Milchstraße suchte. Eine besondere Spiralform, ein Farbprofil. War dies alles erst einmal definiert, erledigte die Maschine den Rest.

Aber ich habe kein solches Spiel. Und ich verfüge auch nicht über sein Wissen. Ich habe nicht mal eine Ahnung, wie all das mit seiner Flucht zusammenhängt.

»Ihr bewegt euch, indem ihr mit dem kleinen Sextanten rumspielt?« fragte der Navigator und beugte sich vor, um zu beobachten, wie Leie das winzige, widerspenstige Gerät bediente. »Muß es unbedingt dieses Gerät hier sein?«

»Ich denke nicht. Es ist nichts Besonderes, außer daß es einen Datenabnehmer hat.«

»Viele alte Geräte haben das. Wenn ich Bescheid gewußt hätte, hätte ich bestimmt eine Piratin überreden können, mir meines von der *Manitou* zu holen. Es ist größer und in wesentlich besserem Zustand.«

Maia verzog das Gesicht. Hier schien jeder der Ansicht zu sein, daß sie ihre Instrumente vernachlässigte.

»Was steht da im Datenfenster?« fuhr der Navigator fort. »Irgendwelche Koordinaten vielleicht?«

»Nein«, antwortete Leie, ohne sich umzuwenden. »Hauptsächlich Denkaufgaben. Tempelzeug. Rätsel der Lysos.« Ihre Aufgabe nahm sie ganz in Anspruch. Unterdessen beobachtete Maia die galaktischen Gruppen, die von links nach rechts über die Wand zogen, und suchte etwas Bekanntes. Geistesabwesend korrigierte sie ihre Schwester: »So sehen sie jedenfalls aus. Eigentlich denke ich eher, es sind Anordnungen. Startangaben für das Spiel, das hier gespielt wird, was immer es sein mag.«

»Hm«, meinte der Navigator. »Seltsam. Ich hätte schwören können, es sind Koordinaten.«

Maia wandte sich zu ihm um. »Was?«

Der Mann hatte das Kinn auf das Pult gelegt, direkt neben die winzige Skala, so daß er fast Leies Handgelenk berührte. »So was hab ich im Tempel noch nie gesehen. Die Zahlen ändern sich, wenn sie die Meßarme bewegt. Das scheint mir eher ...«

»Laß mich auch mal.« Maia versuchte sich dazwischen zu drängen. »He!« beschwerte sich Leie. Höflich zog sich der junge Mann zurück, so daß Maia die vier Gruppen von Symbolen auf dem kleinen Bildschirm erkennen konnte.

ACQO 41E+18 – 35E+14 69E+15

Abgesehen von der ersten rätselhaften Gruppe flackerten die Zahlen in stetigem Wechsel. Während Maia noch zusah, wurde aus der ›41‹ eine ›42‹, dann kurz wieder eine ›41‹, ehe es auf eine ›40‹ abrutschte. Maia warf Leie einen raschen Blick zu. »Bewegst du irgendwas?«

»Nein, ich schwör's!« Leie zeigte beide Hände vor.

»Na, dann leg mal los«, sagte Maia. »Ganz langsam.«

Leie beugte sich vor und nahm eine Justierschraube zwischen zwei Fingerspitzen. Sofort begann die zweite Gruppierung zu verschwimmen. »Halt!« schrie Maia. Die Zahlen stockten und pendelten sich schließlich auf **2E+18** ein.

»Noch mal. Mach so weiter.«

Maia stand auf und beobachtete die Wand, während Leie wieder anfing. Die Galaxien rollten mit zunehmender Geschwindigkeit von links nach rechts. Nur eine Zahlengruppe auf der kleinen Anzeige schien zu reagieren. Das ›E‹ leuchtete stetig, aber Maia sah, wie sich die ›+8‹ in eine ›+7‹ verwandelte ... und schließlich auf ›+6‹ umsprang.

»Du hast recht«, sagte sie zu dem Navigator. »Das sind Koordinaten. Ich frage mich, warum sie ersetzt haben, was vorher dort geschrieben stand.« Sie drehte sich um. »Leie, versuchen wir, es auf Null zu bringen ...«

Schockwellen unterbrachen sie mitten im Satz. Vom Eingang her hörte man ein lautes Krachen. Diesmal war es kein einzelner Warnschuß, sondern eine rasche Abfolge dröhnender Salven, gefolgt von schreienden Stimmen. Die Männer sprangen von den Bänken und eilten zur Tür, um ihren Kameraden zu helfen, die auf dem Korridor ihre Pflicht taten. Der Navigator zögerte nur eine Sekunde, ehe er sich ihnen anschloß.

Leie sah Maia an. »Ich gehe.«

Maia schüttelte den Kopf. »Nein, ich muß gehen. Aber wenn sie durchbrechen ...«

»Dann zerstöre ich den Sextanten«, ergänzte Leie.

»Sieh zu, daß du die Zahlen so klein wie möglich be-kommst!« rief Maia noch, während sie den Männern nachhinkte. Ihr Knie war angeschwollen und schmerzte mehr denn je. Hinter ihr setzte das Modelluniversum seine atemberaubende Jagd über die Wand fort.

An der Ecke des Korridors drängten sich die See-leute. Als Maia zu ihnen gelangte, war das Gewehr-feuer verstummt, und das Geplapper und Gewusel der Männer wirkte eher entsetzt und verstört, und nicht, als machten sie sich auf einen Kampf gefaßt. Maia mußte sich mit den Ellbogen einen Weg durch die Männermenge bahnen. Als sie nach vorn kam, blieb ihr fast die Luft weg. Der Schiffsarzt kniete neben dem am Boden liegenden Ersten Offizier und versuchte, das Blut zu stillen, das aus einer klaf-fenden Wunde strömte. Ganz in der Nähe lag ein bluttriefendes Messer. Von Kapitän Poulandres keine Spur.

»Was ist passiert?« fragte sie den Leutnant, mit dem sie sich schon des öfteren unterhalten hatte. Der junge Mann war ebenso bleich wie der Verwundete.

»Es war eine Falle, Maia. Vielleicht sind die Piratin-nen auch wütend geworden. Wir haben viel Geschrei gehört. Der Käpt'n hat versucht, sie zu beruhigen, aber dann haben sie offenbar ihm irgendwelche Vorwürfe gemacht. Dann hat eine ein Messer gezogen, während die andere den Kapitän getreten hat, ganz fürchterlich.« Noch bei der Erinnerung zuckte der Mann zusammen. »Sie haben ihn weggeschleppt und auf uns geschossen, so daß wir gar nichts machen konnten.«

Verdammt, dachte Maia und unterdrückte ihre natür-lich aufwallende Sympathie für Poulandres. Sie hatte sich auf ihn verlassen, daß er Zeit schinden würde, nicht daß er offene Kampfhandlungen provozierte! Was konnten sie jetzt noch tun, außer sich auf Balthas Angriff vorzubereiten?

Der Erste Offizier murmelte dem Arzt etwas zu. Maia beugte sich näher zu ihm herab.

»… hat gesagt, wir hätten bestimmt den Radis geholfen … Käpt'n hat gefragt, wie? Wie und warum wir einem Haufen Vars auf *unserem* Schiff helfen sollten? Aber sie haben nicht zugehört …«

Maia ignorierte den Schmerz im Knie, während sie neben dem Offizier in die Hocke ging. »Was hast du gesagt? Meinst du, die *Manitou* ist …«

»Weg …« – Der Seemann seufzte – »… haben nicht gesagt, wie, nur den Käpt'n genommen und …« Er verdrehte die Augen und wurde ohnmächtig.

Ein Augenblick bestürzten Schweigens folgte, dann begannen die Männer durcheinander zu reden. Einige schüttelten nur hoffnungslos und entmutigt den Kopf.

»Es gibt keine andere Wahl. Wir müssen uns ergeben!«

»Der Käpt'n hat etwas Falsches gesagt, jetzt sind wir erledigt. Wir sollten neue Unterhändler losschicken …«

»Sie werden uns kurz und klein schlagen!«

Jemand half Maia beim Aufstehen. Plötzlich schienen alle Blicke auf ihr zu ruhen.

Nur weil ich euch ein Stück weit aus eurem Gefängnis geholt und danach in noch schlimmere Schwierigkeiten gebracht habe, macht das aus mir noch lange keine Anführerin, dachte sie bissig, als sie die Panik in den Augen der Männer sah. Ihrer obersten Offiziere beraubt, fielen sie in die alten Gewohnheiten ihrer Kindheit zurück und suchten sich eine weibliche Autoritätsfigur. Die Jahreszeit machte das Problem natürlich nicht geringer. ›Waschlappig wie ein Wintermann‹, lautete ein geflügeltes Wort. Andererseits wußte Maia, daß die Jahreszeit nicht ausschlaggebend war. Die Crew hatte durchaus eine Chance, wenn jemand ihnen die richtige Motivation vermittelte, wenn sie richtig in Schwung kamen. Sie sah einen älteren Bootsmann mit dem automatischen Gewehr an der Ecke stehen. »Kannst du damit umgehen?« fragte sie ihn.

Der Seemann nickte grimmig. »Jawohl, Maia. Ich denke schon. Es ist zwar nur noch die Hälfte der Munition übrig, aber ich kann dafür sorgen, daß sie die zu spüren kriegen.«

Seine leidenschaftliche Bemerkung half, die Stimmung zu ändern. Auch einige andere Männer murmelten zustimmend. Maia streckte den Kopf um die Ecke und spähte den halbdunklen Korridor hinunter. »In den Räumen hier gibt es eine Menge Schutt und Abfall. Die Flinksten von euch könnten das Zeug in die Haupthalle werfen, nur müßtet ihr dabei sehr schnell von einem Raum zum anderen laufen, damit ihr in der Dunkelheit nicht zur Zielscheibe werdet. Vielleicht kriegen wir keine richtige Barrikade zusammen, aber es wird auf alle Fälle helfen, einen Angriff abzubremsen.«

Der Leutnant nickte. »Wir suchen uns auch Bretter und Steine … Alles, was wir als Waffe benutzen können.«

»Gut.« Maia wandte sich an den Arzt. »Was können wir tun, wenn sie versuchen, uns auszuräuchern?«

Der alte Mann zuckte die Achseln. »Stoffetzen zurechtreißen und anfeuchten …«

Ein lauter Schrei erklang hinter ihnen. Es war Leie.

»Maia! Komm her und sieh dir das an!«

Zwischen ihren Pflichten hin- und hergerissen, biß sich Maia auf die Lippe. Wenn die Männer jetzt nicht zusammenhielten, würde es zu einer Kapitulation oder noch Schlimmerem kommen, sobald die Piraten anrückten. Andererseits half selbst hartnäckiger Widerstand auf lange Sicht nicht viel, wenn keine umfassende Lösung gefunden wurde. Und die ganze Hoffnung dafür ruhte am Ende der Halle.

»Als dienstältester Offizier sollte ich bleiben«, sagte der Navigator zu ihr, und Maia wußte, daß er nach normalen Maßstäben ganz recht hatte. Nur waren die Umstände eben alles andere als normal.

»Bitte«, drängte sie ihn. »Wir brauchen dich unten.« Dann wandte sie sich an den jungen Leutnant. »Können sich deine Gilde und deine Schiffskameraden auf dich verlassen?«

Der junge Mann war etwa ein Jahr älter als Maia. Aber jetzt richtete er sich auf und straffte die Schultern. »Jawohl«, antwortete er und schien über seine Antwort ebenso erleichtert wie Maia. »Sie können sich auf mich verlassen!« wiederholte er mit fester Stimme und wandte sich zu den Männern, um ihnen Anweisungen zu geben, die Maias Vorschlag ergänzten.

»In Ordnung«, meinte der Navigator einigermaßen beruhigt. »Dann beeilen wir uns.«

Als sie losgingen, dachte Maia einen Moment, ihr Bein würde nachgeben. Der junge Offizier stützte sie und half ihr zurück in den Saal mit der Wunderwand. Hinter ihnen im Korridor war die vorherige an Panik grenzende Niedergeschlagenheit einer energischen, organisierten Aktivität gewichen. Auf dem kurzen Weg grübelte Maia. *Irgend etwas ist mit der* Manitou *passiert. Etwas, das die Piraten dazu veranlaßt hat, ihr Versprechen zu brechen, das sie Poulandres gegeben haben.*

Hatte der Erste Offizier nicht erwähnt, daß es etwas mit den Radis zu tun hatte? Waren Thalla und die anderen Gefangenen ausgebrochen? Der Gedanke freute Maia, aber auf seltsam hoffnungslose Art, denn alles, was die Piraten oben weiter in die Verzweiflung trieb, wirkte sich als verschärfte Bedrohung für die Menschen hier unten aus.

Doch zunächst einmal mußte sie ihre Sorgen verdrängen und sich von dem Navigator zum schimmernden Sternenlicht führen lassen. Einen Augenblick lang hatte sie eine wunderschöne Phantasievorstellung. *Es sieht aus wie eine riesige Öffnung in der Wand, durch die man direkt in die Winternacht hinausgehen kann.*

Als sie den Eingang erreichten, stießen sie und ihr Gefährte gleichzeitig einen Freudenschrei aus. Vor ihnen lag, wie ein großer dunkler Fleck auf einem glitzernden Firmament, der vielarmige Nebel, den sie als die Klaue kannten. Er war dabei, kleiner zu werden, und allmählich drängten sich von allen Seiten vertraute Sternbilder ins Bild.

»Hat ja lange genug gedauert!« schimpfte Leie, als sie die beiden kommen sah. »Sieh mal, ich kriege es einfach nicht näher ran!«

Maia blickte auf die kleine Fensterskala und sah, daß sich einiges geändert hatte. Die Zahlen rechts von jedem ›E‹ hatten sich weit mehr der Null angenähert.

ACQO −94E−1 13E+0 −69E+1

»Es ist tatsächlich ein Koordinatensystem!« rief der Navigator. »Und es muß auf Stratos zentriert sein. Kannst du die Zahlen nicht noch kleiner machen?«

»Wenn du so schlau bist, versuch's doch selbst!« fauchte Leie.

»Gute Idee, Leie.« Maia nickte. »Er hat sein Leben lang mit solchen Instrumenten gearbeitet. Leg los«, sagte sie zu dem jungen Mann, der ein unsicheres Gesicht machte, während er Leies Platz einnahm. Maias Schwester streckte sich. »Sei vorsichtig, Mann«, brummte sie. »Es ist empfindlich wie ein …«

Sie stockte, als die Szenerie abrupt wechselte. Das simulierte Bild des dunklen Nebels schwebte nach vorn, breitete seine Dunkelheit über die Szenerie und schwang dann so schnell zur Seite, daß den Zwillingsschwestern ganz schwindlig wurde. Die Zahlen auf der Fensterskala wurden größer. Leie lachte spöttisch, und der Navigator verzog das Gesicht. »Es ist ein bißchen störrisch«, meinte er. Dann beugte er sich näher über das Instrument und konzentrierte sich erneut. »Ich kann vielleicht verhindern, daß die Justierschrauben rucken, wenn ich den Arm ein bißchen biege, während ich an ihnen drehe. Dann ist der Rückschlag nicht so groß.«

Jetzt wuchsen die Zahlen nicht mehr, sondern wurden kleiner. Die Konstellationen, die sich aufgrund der veränderten Perspektive zu verzerren begonnen hatten, nahmen allmählich wieder Formen an, die Maia kannte. Der Klauennebel zog wieder auf und nahm seine übliche Stellung ein.

Dann erschien von links etwas so Großes und Strahlendes, daß das ganze Zimmer hell wurde. »Unsere Sonne!« rief der Navigator. Einen Augenblick später stockte ihm fast der Atem, denn von rechts tauchte ein kleineres Gestirn auf. Sein durchdringendes bläulichweißes Licht tat Maia in den Augen weh, und ein Prickeln lief über ihren Rücken. Doch dieser Effekt war offensichtlich gering im Vergleich zu dem, was der junge Mann spürte. Er fuhr zusammen, legte die Hand schützend über die Augen und stöhnte auf. »Der Wengelstern!«

Das Licht breitete sich im ganzen Raum aus, bis hinaus vor die offene Tür. Zum Glück schien keiner etwas zu bemerken, jedenfalls gab es keinen Aufruhr. Vielleicht fegten diese Strahlen ja auch die letzten Spuren winterlicher Unentschlossenheit weg und ersetzten sie mit dem hormonellen Selbstvertrauen des Sommers. Maia hielt es durchaus für möglich, daß die Männer nun die notwendige Energie für das bekamen, was ihnen bevorstand.

Inzwischen pendelten alle drei Werte in dem winzigen Skalenfenster des Sextanten rapide hin und her.

ACQO - 42E-0 17E-0 - 12E-0

»Ich bin gleich am Ende«, stöhnte der junge Mann, ganz auf die leuchtenden Ziffern konzentriert. Plötzlich hörte man von dem Sextanten ein seltsames Geräusch, ein lautes Klicken. Die winzigen Zahlen blieben stehen, das Skalenfenster blinkte.

ACQO 10E-0 10E-0 10E-0

Die Anzeige erlosch. Als sie einen Augenblick später wieder aufleuchtete, waren die alten Symbole verschwunden und eine neue Gruppe aufgetaucht.

PCRO - 1103.095 SIDERISCH

»Was bedeutet das denn …?« begann Leie, doch der Navigator unterbrach sie: »He! Am Steuermechanismus hat sich irgendwas geändert!«

»Wie meinst du das?«

»Ich meine, das Instrument reagiert ganz anders. Ich berühre es, und die Sterne bewegen sich kaum von der Stelle. Seht mal.« Er drehte an einer Justierschraube, und die Konstellationen reagierten zwar, aber minimal. Eine Minute zuvor hätte eine solche Aktion sie noch durch die Galaxie geschleudert. Maia blickte auf die Anzeige des Sextanten. Die neue Anzeige war unverändert. Plötzlich hatte sie einen Geistesblitz.

»Ich hab's!« schrie sie. »Es ist ein Test!«

»Ein was?«

Maia breitete die Arme aus. »Ein Test. Man muß jede Phase bestehen, um zur nächsten zu kommen. Zuerst mußten wir herausfinden, wie die Maschine angestellt wird. Dann, wie man ein Modelluniversum in einem riesigen Spiel des Lebens findet. Als nächsten Schritt mußten wir unser Sonnensystem im Universum entdecken.« Sie fügte nicht hinzu, daß alle dazu benötigten Fähigkeiten auf Stratos zur Zeit nicht sehr häufig zu finden waren. Sie konnten jederzeit an einen Punkt gelangen, der für sie unmöglich zu überwinden war.

Der Navigator atmete schwer, obwohl er sich noch immer mit der Hand gegen das Licht des Wengelsterns schützte. »Na ja … wenn es so ist«, meinte er, »müßte die nächste Phase leicht sein. Wir kennen beide diese Sterne. Jetzt ist bald Farsun-Tag. Mittwinter. Also wollen wir auf der dem Wengelstern entgegengesetzten Seite der Sonne sein.« Er beugte sich wieder über den Sextanten.

»Laß mich mal«, sagte Maia, denn ihr war klar, daß das Wengellicht ihn ablenkte. Vorsichtig nahm sie ihr Instrument in die Hand und probierte ein paar zögernde Bewegungen. Der kleine blau-weiße Gefährte der Sonne glitt zur Seite und verschwand über den Rand. Der junge Mann seufzte, halb bedauernd, halb erleichtert.

Nun begann ein steiler Abstieg zu dem größeren Feuerball, der sich rasch ausdehnte. Seine rötliche Oberfläche wurde größer, die Einzelheiten waren mit jeder Sekunde deutlicher zu erkennen. Ein Hochgefühl durchzuckte Maia, während sie hinabstürzten. Hitze, die nur in ihrer Phantasie existierte, rötete ihre Wangen, während die Sonne rechts an ihnen vorübersauste, anscheinend nah genug, um sie zu berühren. Leie japste.

Einen Augenblick später war sie ›hinter‹ ihnen verschwunden. Aus nächster Nähe hatte Maia bemerkt, daß die Details etwas verwaschen wirkten, so, als wäre die Simulation nicht dazu gedacht, wirklich jedes Flackern in der Chromosphäre des Gestirns zu zeigen. Das bestätigte ihre Vermutung, daß das Universum in dem Wandcomputer keine *perfekte* Kopie der Wirklichkeit war.

Aber gut genug. Wie aus langer Gefangenschaft befreit, schwirrten die Konstellationen jetzt über den Himmel. *Hallo, meine Freunde*, begrüßte Maia sie. Während sie die bekannten Winterkonstellationen suchte, hielt sie Ausschau nach dem blauen Glitzern eines Planeten, ihrer Heimatwelt. Bald waren alle Sterne in der richtigen Position. Maia drosselte die Geschwindigkeit, kreiste und vollführte eine spiralförmige Bewegung.

Aber so sehr sie sich anstrengte, keine blaue Murmel kam in Sicht. »Das verstehe ich nicht. Stratos müßte doch hier irgendwo sein.«

Gemeinsam starrten sie auf den leeren Himmelsfleck. Mit halbem Ohr hörte Maia, wie ein Bote kam und Leie mitteilte, daß die angespannte Situation draußen zwar stabil sei, es aber am anderen Ende des Korridors Anzeichen von zunehmender Aktivität gab, die die Männer beunruhigte. Es braute sich eindeutig etwas zusammen.

Unterdessen kämpfte Maia mit Frustration und Stolz. Früher einmal hatten sich wenigstens noch ein paar Bewohner ihrer Welt so weit mit der Raumfahrt ausgekannt, daß sie diese simulieren und in Spielen und Tests benutzen konnten. Wahrscheinlich wagten sie sich gelegentlich sogar selbst in den Weltraum hinaus – um nicht gänzlich aus der Übung zu kommen. Das bedeutete aber, Lysos konnte nicht gewollt haben, daß ihre Nachkommen auf ewig dem Boden verhaftet blieben. Es mußte sich dabei um eine spätere Neuerung handeln.

Auch der Navigator schien vor einem Rätsel zu stehen. Dann plötzlich streckte er den Finger aus. »Da! Ein Planet!« Gleich darauf runzelte er die Stirn. »Aber das ist nicht Stratos. Das ist Demeter.«

Er hatte recht. Der Gasgigant war ein vertrauter Anblick und ein dominanter Teil des Planetensystems. »Ja, es ist Demeter. Mitten im Fischschwanz. Ach, Lysos«, seufzte Maia.

»Was ist los?« fragte Leie. »Könnt ihr Demeter nicht zur Feinabstimmung benutzen …?«

»Es ist der falsche Himmelsbereich!« unterbrach Maia. »Vor ein paar Tagen stand Demeter im Trident. Das muß heißen …«

»Es liegt an der Zeit«, stimmte der Navigator zu und sah Maia an. »Die Zeit stimmt nicht mehr.« Seine Augen wurden groß, offenbar dachte er dasselbe wie

Maia. Beinahe wären sie mit den Köpfen zusammengestoßen, als sie sich über den winzigen Bildschirm des Sextanten beugten. »Siderisch? Ist das nicht ein astronomischer Ausdruck?«

»Ja«, erwiderte Maia. »Es hat damit zu tun, daß man die Zeit an den Sternen mißt. Dann muß die Zahl …«

»Eine Koordinate sein«, beendete er ihren Satz. »Ein Datum? Aber es ist eine negative Zahl.«

»Dann liegt sie in der Vergangenheit. Mit einem Datum in Dezimalen, nicht in Jahren und Monaten. Angenommen, es gründet sich auf denselben Kalender. Nach der Dezimalstelle kommt nur noch wenig, das bedeutet …«

»… daß das Datum kurz nach Neujahr sein muß, wenn die Sonne in der Frühlings-Tag-und-Nacht-Gleiche steht.«

»Dann liegen wir eine Viertelumdrehung und neunzig Grad daneben! Wir sollten nach einem Frühlingshimmel Ausschau halten!«

Jetzt übernahm der junge Mann das Instrument und Maia gab ihm Anweisungen. Allmählich hatten sie den Dreh raus und kamen blendend voran. »Langsam … langsam … zehn Grad backbord … fünf nach unten …« Sterne und Planeten fegten vorüber, bis Leie plötzlich einen Freudenschrei ausstieß. Die Sonne und der Wengelstern waren nicht zu sehen, aber ihr gemeinsames Licht strahlte von neuem, reflektiert von einem blau-, braun-, weiß- und grüngefärbten Globus, der jetzt rapide ins Bild kam, mit von den Polarkappen und stratosphärischen Wolken gesprenkelten Kontinenten und Meeren. Ein Gefolge silbern glänzender Monde schwebte vorüber, während sich der Blickpunkt dem großen blauen Ball näherte.

So muß es für Renna ausgesehen haben, als er mit seinem Raumschiff auf uns zuschwebte, dachte Maia. *Noch nie hatte sie solch tiefen Neid gespürt. Ich hätte sie mir nie so schön vorgestellt. Meine Heimatwelt.*

Für die Seele war es ein Fest, das weit tiefergehende Sehnsüchte befriedigte als den Hunger nach Essen. Trotz der Lehren der orthodoxen und ketzerischen Kirchen war die mütterliche Gottheit, die Stratos-Mutter, im Vergleich zu diesem Bild nur eine hübsche Abstraktion. Wie, so fragte sich Maia, wie konnte man eine Welt wirklich zu schätzen wissen, ohne ihr je direkt ins Gesicht gesehen zu haben? Von *menschlichen* Liebhabern verlangte man das jedenfalls nicht.

Wie konnten wir diese Schönheit je verlassen? wunderte sich Maia, die Charakteristiken von Weltkugeln und Atlanten wiedererkannte, ohne all die Linien und Aufschriften, die die Gegenwart von Menschen so dringlich erscheinen ließen. Tatsächlich sahen die weiten Gebirge und Wüstenlandschaften fast unberührt aus. Der Anblick war ein Heilmittel für jede eitle Selbsttäuschung.

Die Annäherung wurde langsamer, während ein subjektiver Übergang stattfand. Anfangs war die Bewegung horizontal verlaufen, auf den Planeten zu. Nun, da Ozeane und Inseln die ganze Szene ausfüllten, änderte sie sich und wurde vertikal. Sie hatten das Gefühl zu *fallen*.

Die Umrisse des Landungskontinents wurden größer und drifteten nach links. Die Méchant-Küste glitzerte unter ihnen. Einen Augenblick lang sah Maia das Schachbrettmuster der Felder und silberne Flüsse mit schmalen Brücken, ehe die Landmasse sich aus dem Bild verzog und die südlichen Meere erschienen, schimmernd im Sonnenlicht, dann beschattet von dicken Wolkengebilden. Im Südosten erhob sich eine Kette schmaler, spitzer Berggipfel, die aus der Entfernung eher daran auszumachen waren, daß sich das Meer in Tausende gekräuselter Bänder teilte. Stromabwärts von diesen steilen Klippen wechselte das Wasser die Farbe.

Anhand der Karte, die sie und Brod benutzt hatten,

als sie von Grimké Island gekommen waren, erkannte Maia die Umrisse des Archipels, auf dem sie sich befanden – die Drachenzähne.

»Wie kannst du das so genau aussteuern?« fragte Leie den Navigator. Statt eine Antwort zu geben, trat er vom Pult zurück und hob beide Hände hoch. »Vor ein paar Sekunden gab es wieder ein Klicken. Seither mache ich überhaupt nichts mehr. Vielleicht haben wir ein Zielflugprogramm aktiviert oder etwas ähnliches.«

Maia suchte Grimké an der Nordspitze der Inselkette. Doch die Gesteinsformation, auf der sie, Naroin und die anderen ausgesetzt worden waren, gekämpft hatten und entkommen waren, zeigte keine Spur von einem Krater, kein seltsam glasiges Loch gähnte in ihrem Zentrum. Statt dessen erhaschte Maia einen kurzen Blick auf Gebäude, die im Morgenlicht schimmerten, kurz bevor die Insel am oberen Rand des Bilds verschwand. In der Mitte hob sich ihnen inzwischen eine große Gruppe felsiger Bergspitzen entgegen.

Jellicoe.

Und doch wieder nicht Jellicoe. Nicht das Jellicoe von heute. Was dort mit jeder Sekunde größer wurde, war makellos schön. Eine hohle Sternform, ein Werk von Natur und Menschenhand. Jeder Gipfel war geschmückt mit Bauwerken aus glänzendem Stein oder dem metallischen Glitzern von dort verankerten Luftschiffen. In der Lagune zählte Maia drei große Kreuzer, mit Segeln, die nicht aus grober Leinwand gefertigt waren, sondern aus einem schwarzen, hauchdünnen Material, das das Sonnenlicht aufzusaugen schien und nichts davon reflektierte.

Alle drei Zuschauer zitterten, als einer der östlichen Gipfel Jellicoes auf sie zugeschossen kam. In atemberaubender Geschwindigkeit sausten Stein und Vegetation an ihnen vorbei, dann plötzlich war ringsum dunkler Fels, der wie Flüssigkeit vorbeirauschte. »Uff!« war Leies einziger Kommentar. Alle hielten den Atem an. *Das ist wirklich eine verdammt gute Simulation*, dachte Maia benommen.

In diesem Moment rief jemand aus dem hinteren Teil des Saals. Es klang ziemlich aufgeregt, aber sie hatten nur Augen für die strömende Bewegung vor ihnen, die allmählich langsamer wurde.

Mit einer Abruptheit, die sie alle zusammenzucken ließ, wurde es wieder hell, und alles kam zum Stillstand. Die drei jungen Leute starrten wie durch ein Fenster in einen Raum, der identisch mit ihrem Saal war. Allerdings eine jüngere, schönere Version. Rote Kissen lagen auf den Bänken, die Wände waren glatt und ohne Risse, blankpoliert und mit farbenfrohen Bannern geschmückt.

»Das ist lange her«, sagte Maia. »So hat es hier früher einmal ausgesehen.« Sie hustete hinter vorgehaltener Hand und beugte sich über den Sextanten.

PCRO – 1103.095 SIDERISCH.

»Die vierte Koordinate.« Der Navigator räusperte sich. »Die Zeit muß der nächste Schritt sein.«

»Wenn wir uns nach vorn bewegen, also in die Zukunft«, meinte Leie hastig, »wäre es dann möglich zu sehen, was jetzt im Moment draußen vorgeht?«

»Könnte man sehen, was in der *Zukunft* geschieht?« fügte der junge Mann leise hinzu.

Maias Gedanken drehten sich. Leies Frage setzte eine Maschine voraus, die Ereignisse speicherte und auch jetzt, während sie sprachen, alles beobachtete. Einen solchen Informationsspeicher anzuzapfen, wäre in ihrer gegenwärtigen Lage von unschätzbarem Wert. Doch sie bezweifelte, daß es sich um so etwas handelte. Was war mit all den Galaxien und so weiter? Maia konnte sich keine Maschine vorstellen, die in der Lage war, das *Universum* zu überwachen, ständig, über Jahrtausende.

Die Idee des Navigators war noch verrückter. Doch

seltsamerweise ergab sie mehr Sinn. Maia glaubte noch immer, daß es sich um eine Simulation handelte, um einen riesenhaften, gottähnlichen Verwandten des Spiels des Lebens. Falls es so war – falls diese Nachahmung wirklich jede Variable in Betracht zog – könnte sie dann fähig sein, mögliche Ereignisse in die Zukunft zu projizieren? Die Implikationen waren überwältigend und beeinflußten alles, von ihrer gegenwärtigen Zwangslage bis zu den religiösen Lehren über den freien Willen.

»Versuchen wir, etwas mit der vierten Koordinate anzustellen«, schlug Maia vor und rieb sich die brennenden Augen.

Der Navigator hustete und beugte sich vor. »Wir haben schon alle beweglichen Teile benutzt.« Sanft und vorsichtig berührte er den Sextanten, bis seine Hand an das Okular stieß, durch das man gewöhnlich blickte, um Messungen am Horizont und an den Sternen vorzunehmen. Das Bild vor ihnen wackelte leicht, und die Zahl auf dem Skalenfenster änderte sich geringfügig. »Natürlich«, sagte der junge Mann und hustete wieder. »Es ist die Einstellung der Tiefenschärfe. Macht mir bitte ein wenig Platz.«

Maia trat zurück. Ihre Augen juckten und sie roch Rauch in der Luft. Genau im selben Moment mußten sie und Leie niesen. Sie blickten sich an, und zum ersten Mal seit mehreren Minuten sahen sie sich im Saal um. Die Luft war heiß und rauchig geworden.

Hinter ihnen ertönten laute Rufe. Maia drehte sich um und sah den Kabinenjungen winkend den Gang herunterlaufen. Er preßte sich einen Stoffstreifen an die Nase.

»Der Leutnant und der Doktor wollen wissen ... hattet ihr schon Glück?«

»Wie man's nimmt«, antwortete Maia. »Wir hatten ein paar aufregende philosophische Erkenntnisse, aber bislang keine wirklich praktischen Erfolge.«

Der Junge sah Maia verwundert und beunruhigt an. »Sie wollen uns ausräuchern. Der Arzt sagt, es wird 'ne Weile dauern, weil wir unterhalb der Piraten sind, aber nach einiger Zeit wird die ganze Luft rausgesaugt sein. Möglicherweise greifen sie an, bevor die Sicht noch schlechter wird.«

Genauso hatte Maia es sich nach dem Brennen in ihrer Nase und ihren Augen vorgestellt. Sie erwiderte: »Bitte sag dem Doktor und dem Leutnant …« Sie wandte sich ab, um auf die Wand zu zeigen – und vergaß auf der Stelle, was sie hatte sagen wollen.

Das Bild der Vergangenheit des Raums veränderte sich von einem Moment zum nächsten. Was wie ein eleganter, gut ausgestatteter Vortragssaal ausgesehen hatte, begann rapide zu verfallen. Zuerst verschwanden der Wandschmuck und die Kissen. Dann erschienen in einem einzigen Augenblick Risse in der Wand. Das künstliche Licht, das bis jetzt den Raum erhellt hatte, ging aus, und das Zimmer war in ein seltsames Dämmerlicht gehüllt, das vom Fels selbst auszugehen schien. Im Zeitraffer sah man, wie sich eine Staubschicht bildete und sich ausbreitete, wie kleine Wellen, die ans Ufer plätscherten. Dann erstarrte sogar der Staub.

»Das ist es«, sagte der Navigator und stand auf. Auf dem Skalenfenster war zu lesen:

PCRO +0000.761 SIDERISCH.

Wieder hörte man ein Klicken. Zwei Sekunden lang erlosch die Anzeige, dann leuchtete sie wieder.

… finde, was verborgen ist …

Maia atmete tief aus. Halb hatte sie erwartet, daß sie sich, wenn die Simulation die ›Gegenwart‹ einholte, sich selbst gegenüberstehen würden, sozusagen ihren

Spiegelbildern. Aber der Raum vor ihnen war dunkel und leer. »Es geht nicht weiter, falls du dir das überlegst«, sagte der Navigator fast ein wenig enttäuscht.

Leie hustete. »Das ist alles sehr interessant. Aber wie soll es uns dabei helfen, hier rauszukommen?«

Maia preßte die Lippen aufeinander. »Ich denke nach!«

Sie warf einen Blick nach hinten. Der Botenjunge war verschwunden. Der Qualm, der bereits die Sicht behinderte, machte alles noch schlimmer, als er auch noch die Bindehaut so weit reizte, daß sie dauernd blinzeln mußte. Vom Korridor hörte man Husten und hektische Stimmen.

Planen sie einen Ausbruchsversuch? Wenn die Piraten bereit sind, solange abzuwarten, könnte es tatsächlich dazu kommen.

Aber wenn Rauch und Hitze hier unten schon schlimm waren, so mußte es weiter oben noch schlimmer sein, und der Holzvorrat der Piraten war begrenzt. Also war es vielleicht nur das Vorspiel zu einem Angriff.

Maia schüttelte den Kopf, in dem Versuch, nicht mehr im Kreis zu denken. Sie wartete vergebens auf eine Eingebung. Auf der Bilderwand vor ihnen regte sich nichts, aber sie zeigte – zwar nicht die heutige Zerstörung – so doch, wie es hier ausgesehen haben mochte, als die Simulation zum letzten Mal auf den neuesten Stand gebracht worden war.

Wir könnten herausfinden, wann das war, indem wir die anderen Steuermechanismen einsetzen, die uns nach draußen bringen, wo wir die Sterne betrachten können ... oder besser, wir zoomen uns über die nächste Stadt und lesen das Datum von einer Zeitung ab! Vorausgesetzt, die Simulation ist detailliert genug.

Bestimmt waren solche Ideen Ausgeburten des Sauerstoffmangels. Maia hustete und senkte den Kopf. *Wenigstens ist Renna sicherlich wohlbehalten, wo er auch sein mag.* Noch stärker trieb sie ihre stets gegenwärtige Sorge um Brod dazu, ein kurzes Gebet an die Allmutter zu richten und an den Gott der Gerechtigkeit, den die Männer verehrten. *Laß Brod hier herauskommen. Bitte laß ihn überleben.*

»Ich glaube ...«, röchelte Leie hinter vorgehaltener Hand, »ich glaube, wir sollten zu den Jungs gehen. Ihnen helfen, sich auf das vorzubereiten ... was als nächstes kommt.«

Die Luft verschlechterte sich schneller, als Maia erwartet hatte. Der Qualm war dick, und das Atmen tat ihr in der Brust weh. »Ich denke, du hast recht«, pflichtete sie ihrer Schwester bei. Doch sie zögerte immer noch. *Ich werde das Gefühl nicht los, daß wir nahe dran sind. Verdammt nahe!*

Leie streckte ihr die Hand entgegen. Mit einem grimmigen Lächeln drehte sich Maia um und wollte sie nehmen. Doch als sie ihr linkes Knie belastete, gab es nach, und sie stürzte auf den harten Steinboden neben dem Podium. Der Aufprall schmerzte höllisch in beiden Armen. Aber dann war Leie da, tröstete sie, half ihr auf, und Maia fühlte sich plötzlich sehr glücklich. Am Ende würden sie sich versöhnen. Sie sah ihrer Schwester in die Augen und fühlte sich erfrischt von der Liebe, die ihr von dort entgegenströmte.

Erfrischt? Tatsächlich spürte sie eine angenehme Kühle. Es war keine psychische, sondern eine starke physische Empfindung. »Merkt ihr das auch?« fragte sie ihre Zwillingsschwester. Verwundert nickte Leie.

»Was soll ich merken?« fragte der Navigator und hockte sich besorgt neben sie. »Wir müssen los! Sie rufen alle zusammen, damit ...«

»Sei still!« zischte Leie. »Woher kommt das?« Sie begann herumzukriechen und nach dem Ursprung des kühlen Luftstroms zu forschen. »Hier ist es!«

Mit Hilfe des jungen Mannes folgte ihr Maia, denn inzwischen war es die einzige Quelle guter Luft. Sie schien aus einem Riß zu kommen, dort, wo das tonnenschwere Podium auf die halbkreisförmige Plattform stieß. Aus dem schmalen Spalt wehte eine leichte Brise, die sie ohne Maias Sturz nie bemerkt hätten.

Über ihnen ballte sich der Rauch zusammen. Die Schwaden bebten sichtbar, als mehrere Explosionen die Luft erschütterten. Die Männer auf dem Korridor gaben Schüsse ab, entweder, um einen Angriff abzuwehren oder einen eigenen vorzubereiten. »Lauf zu ihnen!« drängte Maia den Navigator. »Sorg dafür, daß sie noch eine Weile durchhalten!«

Ohne ein weiteres Wort war er auf den Beinen und verschwand. »Hilf mir hoch«, bat Maia ihre Schwester, obwohl es ihr vorkam, als müßte sie sich vom Leben selbst losreißen, wenn sie sich von dem Luftstrom entfernte. Hustend griffen sie beide nach dem Sextanten. »Ziel nach unten«, japste Maia, als Leie eine der Justierschrauben berührte. Es wurde immer schwerer, das Bild des düsteren Raums zu sehen, das auf der Wunderwand erschienen war. Als Leie den Sextanten bewegte, geriet es ins Wanken und sprang dann ein Stück nach oben. Sie sahen ein Stück nackten Felsen, leere Dunkelheit, ein Aufblitzen von Farben und wieder dunkles Felsgestein.

»Sag es nicht!« fauchte Leie, beugte sich vor und konzentrierte sich auf Daumen und Zeigefinger, obwohl sie am ganzen Körper zitterte. Maia staunte über die Energie ihrer Schwester. Ihr selbst war so übel, daß sie sich am liebsten zusammengekrümmt und übergeben hätte.

Die Bildwand zitterte und ruckte.

Wir müssen den Sextanten zerstören, wenn die Piraten durchbrechen, wiederholte Maia in Gedanken. *Sie dürfen die Bilder nicht sehen … sie dürfen nicht wissen, daß die Wand lebendig werden kann.*

Weitere Explosionen waren zu hören, gefolgt von lauten Schreien. War ein Kampf ausgebrochen? Falls ja, war selbst die Vorstellung der Szene, die sich da draußen abspielte, schon eine Sünde … Männer gegen Frauen … ein perkinitischer Propagandatraum, der Wirklichkeit geworden war. Tatsächlich aber hatte das Geschlecht fast gar nichts mit dem zu tun, worum es hier ging – hier kämpfte das Verbrechen gegen das Gesetz, der Ehrgeiz gegen die Ehre. Das Geschlecht war dabei rein zufällig, auch wenn die Legende womöglich etwas anderes behaupten würde, sollte sich die Kunde über die heutigen Ereignisse je verbreiten.

Wieder ruckte das Bild. Ein heller Keil erschien auf dem oberen Fünftel der Wand, so grell, daß es den Augen weh tat. Leie grunzte und versuchte es von neuem; der helle Fleck schoß nach unten, so daß jetzt die untere Hälfte der Wand strahlte.

Als Maia mühsam durch den Qualm blinzelte, entdeckte sie etwas, das sie nicht erwartet hatte. Es war nicht das simulierte Bild eines Raums, eines Saals, der irgendwo unterhalb des ihren lag, sondern eine abstrakte Anordnung von Rechtecken. Sie hoben sich vor einem leuchtenden Hintergrund ab und trugen deutlich sichtbare Symbole – eine Schneeflocke, ein Feuerpfeil und ein Segelschiff. Als Leie die Szene Stück für Stück bewegte, bis sie die ganze Wand ausfüllte, begannen die Kanten um jedes Rechteck herum zu pulsieren.

Ein roter Punkt erschien. Leie ließ ihn wandern. Im selben Augenblick zogen die Schwestern den naheliegenden Schluß.

»Ich nehme das Segelboot«, sagte Leie. Aber Maia rief: »Nein!« Sie hustete und schüttelte den Kopf. »Zu simpel … nimm den Pfeil.«

Hinter ihnen wurde das Geschrei immer lauter. Schüsse peitschten, man hörte lautes Kampfgeheul. Leie runzelte die Stirn, von der die Schweißperlen tropften, hielt die Augen aber unablässig auf die Wand gerichtet. Mit vor Anstrengung pfeifenden Lungen führte sie den roten Punkt auf das Viereck, das Maia gewählt hatte.

Ein tiefes Grollen erscholl zu ihren Füßen. Ein Geräusch, noch dumpfer als der Lärm vom Korridor. Die Schreie kamen näher, während Maia und Leie vom Podium zurückwichen, das jetzt heftig zu beben begann. Rumpelnd und quietschend rollte ein uralter Geheimmechanismus den Stein zur Seite. Licht fiel durch einen größer werdenden Spalt, zusammen mit einem Schwall kühler, frischer Luft.

Maskierte Gestalten stolperten hinter ihnen den Gang herab. Der erste Schwung Männer traf geordnet ein, ihre verwundeten Kameraden bei sich tragend. Doch nach ihnen folgten andere, panisch, fast kriechend, die behelfsmäßigen Rauchmasken schief um die Gesichter hängend. Es war keine Zeit mehr, sich zu organisieren. »Hier hinein!« schrie Leie und führte die Flüchtlinge zu einer Treppe, die unter dem Podium erschienen war. Hals über Kopf stolperten die Seeleute nach unten. Plötzlich kamen Maia Bedenken.

Was habe ich getan?

Eine Nachhut von fünf oder sechs Männern kämpfte verzweifelt weiter gegen doppelt so viele kleinere Gestalten, die geübt ihre Fanghellebarden schwangen. Ein Schuß knallte; einer der Männer faßte sich an den Bauch und stürzte.

»Komm schon, Maia!« brüllte Leie und schubste ihre Schwester in die helle Öffnung. Wütendes Geheul erscholl von ihren Verfolgern, und drei Piratinnen rannten los, die Bankreihen hinab. Eine stolperte und fiel hin, dann jedoch war Maia zu beschäftigt, um sich noch einmal umzudrehen. Am Fuß der Treppe nahm ein wartender Mann ihren Arm und hinderte sie daran zurückzuschauen.

Es ist in Ordnung, Leie war direkt hinter mir, sagte sich Maia, während sie mit den anderen den schmalen Gang entlanghastete, unter einer niedrigen Decke voller Kabel und Leitungen. Der Gang schien sich mit Lärm zu füllen, alle schrien und riefen gleichzeitig. Bei jedem zweiten Schritt durchzuckte der Schmerz Maias Bein. Schließlich gelangten sie zu einer Doppeltür aus Metallplatten. Eine spontan zusammengestellte Gruppe Verwundeter nutzte alles, was sie finden konnte, um eine davon mit Keilen zu verschließen. Sobald Maia hindurch war, begannen sie mit der anderen. »Wartet!« schrie sie. »Meine Schwester!«

Sie schrie weiter, aber die Männer ignorierten ihre verzweifelten Versuche, sie aufzuhalten. Schließlich nahm der Schiffsdoktor Maias Gesicht zwischen die Hände und wiederholte immer wieder: »Da waren Piraten hinter dir, Schätzchen. Piraten, direkt hinter dir!«

Wie zur Bestätigung bebten die Türen lautstark, als sie von der anderen Seite mit heftigen Schlägen traktiert wurden. »Weiter!« drängte ein dunkler, blutverschmierter Mann und stemmte sich gegen das Portal. »Macht, daß ihr wegkommt!« Blinzelnd erkannte Maia ihren Forscherkollegen – den Navigator.

»Aber …«, klagte sie, doch in diesem Augenblick packte sie ein mächtiger Seemann, nahm sie ohne weitere Umstände auf den Arm und rannte los, blutrote Spuren auf dem kalten Steinboden hinter sich lassend.

Was folgte, zog an Maia nur verschwommen vorüber; sie hasteten durch die Gänge, bogen aufs Geratewohl ab, machten kehrt, rannten weiter. Doch zu den Schmerzen, der Angst und dem entsetzlichen Verlustgefühl gesellte sich eine seltsame Empfindung, die sie nicht mehr gehabt hatte, seit sie ganz klein gewesen war – von einem größeren Menschen getragen und beschützt zu werden. Obwohl sie wußte, daß die Männer in vielerlei Hinsicht ebenso zart waren wie Frauen – und oft noch zarter – war es ein Trost, sich so ganz dieser Sanftheit und Stärke hingeben zu können. Tief in ihrem Innern wollte sie einfach loslassen. Mitten in der verzweifelten Jagd durch die gespenstischen Gänge weinte Maia um ihre Schwester, um die tapferen Matrosen und um sich selbst.

Der Korridor schien sich endlos hinzuziehen, manchmal mit einem rampenartigen Gefälle, dann wieder ansteigend. Sie flohen eine steile, enge Treppe hinauf, auf der viele Männer sich ducken mußten und andere erschöpft zurückblieben. Die Geräusche der Verfolgung, die eine Zeitlang abgeebbt waren, wurden wieder lauter. Oben an der Treppe fand die stark dezimierte Gruppe der Flüchtlinge eine weitere Stahltür. Mehrere Männer legten ihre verwundeten Kameraden ab und scharten sich zusammen, um ein letztes Nachhutgefecht auf die Beine zu stellen. Sie schworen, bis zum letzten auszuhalten, während Maia, ihr Träger, der Schiffsarzt und der Kabinenjunge vorauseilten.

Wozu? dachte Maia resigniert. Die Männer schienen zu glauben, sie könne Wunder bewirken, aber was hatte sie denn erreicht? Dieser ›Fluchtweg‹ war sinnlos, denn der Feind konnte ihnen folgen. Höchstwahrscheinlich hatte sie es auf diese Weise lediglich geschafft, die Piraten zu Renna zu führen.

Zuerst glaubte sie, sie hätte einen Weg zu den alten Verteidigungsanlagen gefunden, die der Rat in Caria jahrtausendelang so sorgfältig instand gehalten hatte. Inzwischen wußte sie aber, daß sie viel zu weit gekommen waren und gewiß schon die Steinbrücken überschritten, mit denen die einzelnen Drachenzähne der Jellicoe-Gruppe miteinander verbunden waren. Außer Renna waren sie möglicherweise die ersten Menschen, die seit der Verbannung, seit dem Zeitalter der Könige diese Korridore durchquerten.

Nun war hinter ihnen Stille eingekehrt. Anscheinend hielt ihre letzte Abordnung noch an der Barrikade stand. Da sie an einem flachen Stück Weg angekommen waren, bestand Maia darauf, daß der Matrose, der inzwischen völlig außer Atem war, sie absetzte. Behutsam belastete sie ihr Knie; es schmerzte zwar, aber sie konnte einigermaßen laufen. Der Matrose beschwor sie, ihm Bescheid zu sagen, sobald sie seine Hilfe wieder brauchte. »Wir werden sehen«, meinte Maia und humpelte entschlossen voraneweg.

Bald erreichten sie die nächste Doppeltür. Dahinter blieb die Gruppe staunend stehen.

Vor ihnen lag ein riesiger Raum, größer als der Tempel von Lanargh, breit wie eine Lagerhalle. Maia konnte es kaum fassen, daß wirklich der ganze Berg ausgehöhlt zu sein schien. Der Anblick war so überwältigend, daß man die Einzelheiten etappenweise auf sich wirken lassen mußte.

Rechterhand war eine Reihe halbkreisförmiger Nischen aus dem Felsen gehauen, zwischen zehn und fünfzig Meter breit, in denen ramponierte mechanische Geräte oder aufeinandergestapelte Kisten standen. Aber die Wand auf der linken Seite war es, die Maia weit mehr faszinierte. Sie bestand aus einer einzigen Maschine, die sich über die gesamte Länge des Raumes zog und aus einer vielfältigen Kombination von Metallen sowie seltsamen, in Stein eingelassenen Materialien bestand. Außerdem ähnelten einige Teile in ihrer Kristallform dem riesigen, flackernden Apparat, den sie im Verteidigungszentrum entdeckt hatten. In bestimmten Abständen waren türenartige Vorrichtungen zu sehen, die jedoch nicht für Menschen, sondern eher für Materialien gedacht schienen. Als Maia dies dem Schiffsdoktor mitteilte, nickte der alte Mann. »So muß es wohl sein ... Wir dachten, es wäre längst verloren. Oder in Händen des Rates. Oder zerstört.«

»Was?« fragte Maia. Der ehrfürchtige Ton des Doktors weckte ihr Interesse. »Was war verloren?«

»Der *Former*«, flüsterte er, als hätte er Angst, einen Traum zu stören. »Der Jellicoe-Former.«

Maia schüttelte verständnislos den Kopf. »Was ist ein Former?«

Sie gingen weiter, und der Arzt suchte angestrengt

die richtigen Worte. »Ein Former ... ein Former *macht* Dinge. Er kann *alles* machen!«

»Du meinst, er ist eine Art von selbsttätiger Fabrik? Wo Radios hergestellt werden und ...«

Der Arzt zuckte die Achseln. »Der Rat hält ein paar von den Kleineren funktionstüchtig, damit man sie nicht ganz vergißt. Aber die Legende berichtet von einem anderen Gerät, vom Großen Former, den das Volk von Jellicoe betreibt.«

Allmählich dämmerte Maia, was das bedeutete. »Du meinst, das haben *Männer* gebaut?«

»Nicht einfach Männer. Die Alten Wächter. Das waren Männer und Frauen. Alle wurden nach der Rebellion der Könige verbannt, obwohl die Wächter nichts mit den Macho-Verrätern zu tun hatten.

Rat und Tempel hatten Angst, weißt du. Sie fürchteten soviel Macht. Sie benutzten die Könige als Vorwand, um sie alle zu vertreiben, aus Jellicoe und den anderen Orten. Allerdings waren wir in dem Glauben, Caria hätte die Geräte aufbewahrt, um selbst davon zu profitieren.«

»Das haben sie auch, jedenfalls einige.« In kurzen Sätzen erzählte Maia von dem Verteidigungszentrum, das sich ebenfalls in diesen ausgehöhlten Bergen befand und von Spezialclans instand gehalten wurde.

»Das haben wir uns gedacht«, meinte der Doktor nachdenklich. »Aber das hier haben sie anscheinend nie gefunden!«

Bis jetzt, dachte Maia unglücklich. Vielleicht wäre es besser gewesen, wenn sie im alten Reservat alle gestorben wären. Kurzfristig würde dieser Glücksfall Baltha und ihren Piratinnen zu noch mehr Macht, Reichtum und Einfluß verhelfen, als sie brauchten, um ihre eigene Dynastie zu gründen und auf der sozialen Leiter von Stratos bis ganz nach oben zu klettern. Doch wenn sie erst einmal etabliert waren, würden sie ebenso zu Verteidigern des Status quo werden wie jeder andere konservative Clan. Auf lange Sicht spielte es keine Rolle, daß es Kriminelle gewesen waren, die sich diese kostbaren Dinge angeeignet hatten. Rat und Tempel würden sie in jedem Fall kontrollieren.

Mit dieser Maschine müssen die Waffen hergestellt worden sein, die man gegen den Feind eingesetzt hat. Bald wird Caria in der Lage sein, alles herzustellen, was es sich wünscht, um Rennas Schiff und alle anderen abzuschießen, die sich in die Nähe wagen.

O Lysos, was habe ich nur getan?

»Wenn wir mehr Zeit hätten«, fuhr der Doktor fort. »Dann könnten wir alles mögliche herstellen. Waffen, um den Former zu verteidigen. Funkgeräte, mit denen wir unsere Gilden und ein paar Clans unseres Vertrauens zu Hilfe rufen könnten.«

Während sie weitereilten, drehte er sich noch einmal zu den Lagerbuchten auf der rechten Seite um. »Vielleicht haben die Wächter etwas zurückgelassen. Siehst du irgend etwas, das uns von Nutzen sein könnte?«

Maia seufzte. In den meisten Nischen lagen Maschinen oder andere Gegenstände, deren Verwendungszweck nicht mehr zu erkennen war. Doch aus dem, was sie hier gesehen und gehört hatte, erwuchs eine interessante Erkenntnis. *Lysos und die Gründerinnen haben sich nicht gänzlich von der Wissenschaft abgewandt. Sie hielten es durchaus für nützlich, diese Fähigkeiten zu bewahren. Erst eine spätere, verängstigte Generation hat die einschränkenden Maßnahmen erlassen, aus lauter Angst vor dem, was gebildete, unabhängige Menschen anrichten könnten.*

Ein Gedanke, der Maia wütend machte. Der Regierungsrat in Caria wußte nichts von diesem Ort – noch nicht. Aber die Savanten an der Universität hatten doch sicher Bücher, in denen das Wissen über diese Technik enthalten war. *Wie ist das nur möglich?* überlegte sie. *Wie konnten sich Menschen, die Zugang zu all diesem Wissen hatten, davon abwenden?*

Diese Frage lag auf dem Grund von Maias Kummer – so viele Menschen hatten ihr Leben in diesem vergeblichen Kampf lassen müssen. Zuerst Brod, dann Leie und nun so viele andere – eine Spur der Zerstörung verfolgte Maia. Und was lag vor ihr? Wo war Renna? War sie die Verräterin, die gerade seine brillante Flucht zunichte machte?

In den Nischen, an denen sie jetzt vorbeikamen, hingen Vorhangfetzen von windschiefen Stangen. Es gab Betten, Stühle, Kleidungsstücke. »Die Legende sagt, daß nach der Verbannung die Mitglieder einer geheimen Loge beim Former ausharrten.« Der Doktor seufzte. »Niemand weiß, weshalb. Irgendwann waren die Bewahrer des Geheimnisses ausgestorben.«

Auf Stratos war Kontinuität allein den Clans vorbehalten. Geschäftsunternehmen, Regierungen, sogar die Schiffahrtsgilden mußten neue Mitglieder aus den Nachkommen der Stämme anheuern, die Bildung, Erziehung und Religion kontrollierten. Die Nischen – diese traurigen Überbleibsel der Standhaftigkeit – waren dem Untergang geweiht gewesen. Obwohl sie vielleicht sogar mehrere Generationen überdauert hatten, war das zu wenig, um etwas zu bewirken.

Maia überlegte, ob Renna wohl in einer dieser Nischen geschlafen hatte. Mußte er gegen die Langeweile ankämpfen oder hatte er sich die traurige Geschichte dieser verlorenen Zuflucht voller Interesse zusammengereimt? Hatte er etwas zu essen gefunden? Maia fürchtete insgeheim, irgendwo seine Leiche zu entdecken. Dann hätte sie endgültig gewußt, daß alles umsonst gewesen war.

Als sie mehr als drei Viertel des riesigen Saals durchquert hatten, bemerkte der Kabinenjunge plötzlich ein Geräusch. »Hört mal!« forderte er die anderen auf. Sie hielten an, und Maia horchte angestrengt, um den Ursprung zu orten. Ein tiefer Ton, der irgendwo von vorne kam. »Kommt mit«, sagte sie.

Der Arzt blickte sehnsüchtig auf die gigantische Maschine, den Former, zurück. »Wir könnten doch versuchen ...«

Wieder war ein Geräusch zu hören, diesmal ein metallisches Klopfen und schrille, erregte Rufe. »Los!« drängte nun auch der große Matrose. Gerade als sie durch die Türen am jenseitigen Ende des Saals traten, sahen sie am anderen Ende eine Menge Frauenkrieger hereinströmen. Die Atempause, die die tapfere Nachhut für sie erstritten hatte, war vorüber.

Nun betraten die Flüchtlinge einen weiteren Korridor, diesmal einen, der so dunkel war wie ein Bergwerk. Nur ein Lichtschimmer weit vor ihnen erleichterte das Vorwärtskommen. Als Maia und ihre Begleiter sich ihm näherten, sahen sie, daß es ein Loch auf der rechten Seite des Gangs war. Sonnenlicht und frische Luft war allen hochwillkommen, und trotz der drohenden Verfolgung blieben sie einen Moment lang stehen und blickten hinaus auf die Lagune – und staunten.

Von den beiden Segelschiffen, die unter ihnen an dem schmalen Dock gelegen hatten, war nur noch eines teilweise intakt – die kleinere *Draufgänger*, mit verbrannten Segeln und angesengten Masten. Von der *Manitou* war nur der verkohlte Bug übrig, der noch am ebenfalls rußgeschwärzten Pier vertäut hing. Der Matrose und der Kabinenjunge seufzten laut. Aber es gab noch mehr zu sehen.

In dem geschützten Hafenbecken hatten sich mehrere andere Schiffe eingefunden. Maia sah deutlich, daß eines davon an seinem geschwungenen Bug die Galionsfigur eines Seelöwen trug. Noch während sie hinabschauten, wurden Beiboote zu Wasser gelassen, in denen Männer mit strengen Gesichtern zum Eingang des Reservats ruderten. Vielleicht war einer davon Brod, der es geschafft hatte, zu fliehen und seine Gildenkameraden zu Hilfe zu holen.

»Seht mal!« Der Kabinenjunge deutete nach oben. Maia reckte den Hals und konnte gerade die gegen-

überliegenden Bergspitzen ausmachen. Ein beeindruckender und wunderschöner Anblick bot sich ihr
dort: Über einem flachen, narbigen Gipfel schwebte ein
Zeppelin, weit größer als die Postschiffe, die Maia
kannte, und zerrte an seiner Leine.

Eure Anwesenheit wurde registriert ... Maia dachte an
das Schild im Verteidigungszentrum. Möglicherweise
wäre es doch das klügste gewesen, den Rat beim Wort
zu nehmen.

Unterdessen wurde das Trommeln immer lauter,
und inzwischen konnten sie die Vibrationen schon im
Boden unter ihren Füßen spüren. »Wir müssen weg
von hier«, meinte der große Matrose. Obwohl der Blick
nach draußen sie in seinen Bann geschlagen hatte,
nickte auch Maia. »Ja, beeilen wir uns.«

Sie hasteten vorwärts, das Licht jetzt im Rücken, um
das Ende des Gangs zu erreichen, bevor die Piraten mit
ihren langen Gewehren in Sicht kamen. Doch sie mußten all ihre Willenskraft zusammennehmen, um auf den
Lärm zuzugehen. Inzwischen waren es zwei Geräusche: Ein markerschütterndes, tiefes Dröhnen und ein
hohes penetrantes Pfeifen, das mit jeder Sekunde
schriller wurde.

Der Kabinenjunge stieß die Tür vor ihnen auf, und
Licht strömte herein. Sonnenlicht, diesmal von oben.
Sie starrten auf einen riesigen, zylindrischen Raum, an
dessen Wänden verschiedene Maschinen standen. Und
nun zeigte sich auch der Ursprung des Lärms – über
ihnen öffnete sich ganz langsam, Sekunde um Sekunde,
eine Iris aus blutrotem Metall.

Aber noch mehr faszinierte die vier Flüchtlinge ein
Objekt mitten im Raum, eine vertikale, vielfach gewun-
dene Spirale aus einem durchscheinenden kristallenen
Material. Ihr Anfang lag weit über ihnen, und sie
reichte, von Blitzen durchzuckt, weit hinab in die Tiefe.
In den Windungen emtdeckten sie ein schmales, spitzes
Objekt aus schimmerndem Gold, das sich langsam

durch die Röhre nach unten bewegte. Wenige Momente später war seine Spitze schon nicht mehr zu sehen. »Kommt, weiter!« rief Maia und humpelte voraus.

Sie näherten sich der Spirale, aber plötzlich hielt eine unsichtbare Kraft sie zurück und vereitelte alle Versuche, näherzukommen. Maia sah, daß der Schacht mit der Spirale in unermeßliche Tiefen führte. Und von ihr umschlossen, setzte das speerförmige Gebilde seinen Weg nach unten fort.

»Warte!« schrie Maia. »O bitte, warte auf uns!«

Durch den Lärm hörte sie kaum ihre eigene Stimme. Jemand zerrte sie am Arm und sie versuchte ihn wegzuziehen. Doch da bemerkte sie völlig perplex, wie ein seltsamer, winziger Gegenstand auf sie zugeflogen kam. Ein spitz zulaufender Metallzylinder, nicht größer als ihr kleiner Zeh, schoß von links heran, gelangte in den Bereich des seltsamen Widerstands und bremste ab, bis er völlig zum Stillstand kam. Dann machte er kehrt, schlug die entgegengesetzte Richtung ein und beschleunigte wieder, um mit einem lauten Zischen dorthin zurückzufliegen, wo er hergekommen war.

Das gleiche passierte gleich noch einmal. Jetzt erkannte Maia, daß es eine *Kugel* war, die ebenfalls umkehrte und zurückflog. Jetzt gab Maia dem Zerren an ihrem Arm nach. Begleitet von einem ohrenbetäubenden Dröhnen und einem überwältigenden Schwindelgefühl rannten die vier am Rand der Spirale und dem sie umgebenden undurchdringlichen Bereich entlang. Links entdeckte Maia kniende Scharfschützinnen, die auf sie feuerten, während andere, bewaffnet mit Hellebarden und Messern, sich vorsichtig heranschlichen. Ihre Gesichter waren erhitzt und verwirrt – Wut kämpfte gegen erschrockenes Staunen.

»Au!« schrie der große Seemann, stolperte und umklammerte sein Knie. Maia und der Kabinenjunge packten ihn am Arm und halfen ihm zu einer Tür am anderen Ende des Raums. Kugeln pfiffen um sie herum, und sie spürten, wie sich neben ihnen eine ehrfurchteinflößende Kraft aufbaute und einem gigantischen titanischen Höhepunkt entgegensteuerte.

Die Türen waren noch dreißig Meter entfernt, als der Matrose ein zweites Mal zusammenbrach. »Lauft weiter!« rief er heiser. »Macht, daß ihr hier rauskommt!« beschwor er die anderen Männer. Aber schon schlugen Kugeln in die Metalltür. »Hier rüber!« rief Maia.

Sie schleppten den Verwundeten zu einer Stelle, wo offenbar der Abfall aufgetürmt worden war. Ein Chaos von Schachteln, Kisten, zerbrochenen und ausgemusterten Maschinen. Schutt von dem Projekt, das dieses unglaubliche, rätselhafte Gebilde geschaffen hatte. Als sie sich gerade hinter den nächstbesten Abfallberg werfen wollten, stieß Maia einen Schrei aus. Ein stechender Schmerz durchzuckte die Rückseite ihrer rechten Wade wie ein heißer Schürhaken.

Der Doktor schleppte sie die letzten Meter. Eine Kugel hatte ihr Bein gestreift und eine tiefe rote Spur hinterlassen. »Ich komme allein zurecht! Kümmere dich zuerst um ihn!« bat sie den Arzt. Den Matrosen hatte es zweifellos schlimmer erwischt als sie.

Ohne auf die Blutung zu achten, sah Maia sich nach etwas um, das sie als Waffe benutzen konnte. Es gab genügend Metallstücke, aber keines davon in einer geeigneten Form. Da sie nichts anderes hatte, zog sie das kleine Messer aus der Jackentasche, das sie an Bord der *Manitou* gefunden hatte. Der Kabinenjunge half ihr aufzustehen, und so krochen sie beide hinter den Schutthaufen. Dann hörten sie Schreie. Und Schritte, die näherkamen.

Plötzlich erstarb der schrille Lärm. Das Brummen hatte schon eine Weile vorher aufgehört, als die Dach-Iris vollständig geöffnet war. Erwartungsvolle Stille kehrte ein. Dann, als hätte Maia es die ganze Zeit über gewußt, verschmolzen Hören, Sehen und jede andere Empfindung zu einer einzigen Sinneswahrnehmung, und es war, als hörte man die Stimme des Jüngsten Gerichts. Die Welt erbebte, und Kräfte, die ähnlich, jedoch unendlich stärker waren als das, was sie in der Nähe der Spirale gespürt hatten, breiteten sich aus, als wollten sie allen Raum für sich beanspruchen. Auch den, den Maia zuvor eingenommen hatte. Jedes Molekül mußte um sein Recht kämpfen. Luft, die sie zum Atmen brauchte, wurde einfach weggeblasen, als mit fürchterlicher Geschwindigkeit ein Objekt an ihr vorüberbrauste und in den Himmel hineinraste.

Auf dem Rücken liegend beobachtete Maia, wie das schlanke Gebilde über sie hinwegschoß, hinter sich einen blendenden Feuerstrahl.

Renna!

Die Luft kehrte zurück, begleitet von einem Donnerschlag. Der Schuttberg erzitterte, harte Metalltrümmer rutschten auf Maias zerschundenen Beine herunter. Doch sie starrte weiter nach oben. Sie ließ sich nicht von den fernen Schmerzen ablenken, sondern verfolgte den dahinrasenden, immer kleiner werdenden Funken am Himmel und wünschte sich von ganzem Herzen, dort zu sein ... hätte er doch eine Weile länger gewartet und sie mitgenommen!

Aber er hat es geschafft! dachte sie, innerlich jubelnd. *Sie kriegen ihn nicht. Jetzt ist er außerhalb ihrer Reichweite. Dorthin zurückgekehrt ...*

Doch ihr Jubel war von kurzer Dauer. Über ihr, inzwischen fast außer Sicht, schwenkte der funkelnde Punkt plötzlich abrupt nach links, wurde heller und explodierte in einer Orgie von Chaos, versprühte feurige, ionische Glut nach allen Seiten über das dunkelblaue Firmament von Stratos.

VIERTER
TEIL

Ist Ehrgeiz ein Gift? Ist der Griff des Phylum nach Macht und Vollkommenheit ein Synonym für Verdammnis?

In alten Kulturen warnte man vor Hybris, dem angeborenen Trieb des Menschen, die Macht Gottes anzustreben, gleichgültig, um welchen Preis. In ihrer Weisheit haben frühere Menschenstämme solch glühendes Streben gezügelt und ihm nur im geistigen und künstlerischen Bereich, im Abenteuer und im Gesang freien Lauf gelassen. Sie haben die Natur nicht nach Lust und Laune zurechtgebogen und drangsaliert.

Sicher, diese unsere Vorfahren führten in den Urwäldern der Alten Erde ein Leben, das nur eine Stufe über den Tieren stand. Ein hartes Leben, vor allem für die Frauen, doch es hatte auch seine guten Seiten – Harmonie, Stabilität, das sichere Bewußtsein, wer man war und wo man in den Plan der Welt hineinpaßte. All diese Vorzüge sind verlorengegangen, als wir den Weg des ›Fortschritts‹ einschlugen.

Verhalten sich Wissen und Weisheit umgekehrt proportional? Manchmal scheint es mir, als verstünden wir immer weniger, je mehr wir wissen.

Ich bin nicht die erste, die dieses Dilemma zur Sprache bringt. Erst in jüngster Zeit schrieb ein Gelehrter: »Lysos und ihre Jünger laufen dem Sirenengesang des Pastoralismus nach, wie zahllose Romantiker vor ihnen. Sie idealisieren ein vergangenes Goldenes Zeitalter, das es nie gegeben hat, sie streben eine heitere Gelassenheit an, die nur in der Phantasie existiert.«

Dieser Punkt ist absolut zutreffend. Aber sollen wir es deshalb nicht versuchen?

Das Paradoxon entgeht mir nicht – daß wir nämlich beabsichtigen, fortschrittliche technische Errungenschaften dafür zu verwenden, die Voraussetzungen für eine stabile Welt zu schaffen ... eine Welt, in der solche Errungenschaften kaum mehr vonnöten sein dürften.

Also kehren wir zu den anstehenden Fragen zurück. Sind die Menschen wirklich zur Unzufriedenheit verdammt? Gefangen in widerstreitenden Sehnsüchten mühen wir uns ab, Götter zu werden, obwohl wir uns doch noch immer danach sehnen, Gottes geliebte Kinder zu bleiben.

Soll dieses Streben doch den hektischen, gehetzten Phylumgesellschaften zum Schicksal werden. Wir, die wir uns auf diese Reise begeben, haben uns für eine wärmere, weniger feindselige Beziehung zum Kosmos entschieden.

– Aus *Mein Leben, von Lysos*

Kapitel 26

Daß Maia das Bewußtsein verlor, war nicht auf ihre Verwundungen zurückzuführen und auch nicht auf den durchdringenden Geruch der Narkosemittel. Ihre Moral war einfach unter den Punkt totaler Erschöpfung gesunken. Ferne Empfindungen sagten ihr, daß die Welt sich weiterdrehte. Es gab Geräusche – angstvolle Schreie und dröhnendes Gewehrfeuer. Als diese verstummten, erschollen laute Schreie – Triumph und Verzweiflung. Laute drängten sich an ihr Ohr, versuchten zu ihr vorzudringen, aber nichts brachte Maia dazu, sie aufzunehmen.

Schritte näherten sich. Hände berührten ihren Körper, schafften Gegenstände weg, und der Schmerz ihrer Verletzungen wurde ersetzt von dem Schmerz, daß man sich an ihr zu schaffen machte. Doch Maia achtete nicht darauf. Stimmen tuschelten ringsum, angespannt und eindringlich. Ohne sich darum zu scheren, stellte Maia fest, daß mehr als zwei Parteien eine erhitzte Diskussion führten, aber keine stark genug war, der anderen ihren Willen aufzuzwingen, aber auch keine genug Vertrauen genoß, daß man sie einfach machen ließ.

Sie konnte keine Spur von bösem Willen oder Rachsucht in der Art erkennen, wie man sie aus dem hellen, ozondurchtränkten Raum in dem hohlen Bergzahn wegtrug. Während sie auf der Trage durchgerüttelt wurde und mit leisem Stöhnen jeden Stoß in ihrem ausgelaugten Körper quittierte, war ihr abstrakt klar, daß ihre Träger es gut mit ihr meinten. Sie behandelten sie sanft und vorsichtig. Das mußte etwas zu bedeuten haben.

Sie wünschte sich nur, sie hätten sie in Ruhe sterben lassen.

Aber der Tod kam nicht. Statt dessen machte man sich an ihr zu schaffen, stocherte, schnitt, nähte und setzte sie unter Drogen. Irgendwann war es dann eine ganz simple Empfindung, die ihren Lebenswillen zumindest teilweise zurückkehren ließ.

Pfannkuchen.

Der Duft frischer Pfannkuchen stieg ihr in die Nase. Weder ihre Verletzungen noch die Apathie konnten verhindern, daß ihr das Wasser im Mund zusammenlief. Maia öffnete die Augen.

Das Zimmer war weiß. Eine elfenbeinfarbene Decke mit weißer Stuckarbeit an der Rändern ging über in Wände von der Farbe frisch gefallenen Schnees. Durch die Schlafmittel war Maia noch so benommen, daß sie die glatten Fläche nicht richtig fixieren konnte. Ohne daß sie sich bewußt dazu entschloß, begann sie in Gedanken mit einer der Wände zu spielen und stellte sich auf ihr ein abstraktes, sich rhythmisch veränderndes Muster vor. Maia stöhnte und schloß wieder die Augen.

Aber ihre Nase konnte sie nicht verschließen. Der lockende Duft ließ ihr keine Ruhe. Und das Knurren ihres Magens. Und eine Stimme.

»Na, bist du endlich bereit, wieder in die Welt der Lebenden zurückzukehren?«

Maia drehte den Kopf nach links und öffnete die Augen einen Spaltbreit. Eine zierliche, dunkelhaarige Gestalt erschien, die schelmisch lächelte. »Hab ich dir denn nicht gesagt, du sollst dich nicht ständig prügeln, Varling? Wenigstens bist du diesmal nicht ertrunken.«

Nach ein paar Fehlversuchen fand Maia ihre Stimme wieder. »Hätte doch ... wissen müssen ... daß *du* es schaffst.«

Naroin nickte. »Hmm. Ich bin's. Zum Überleben geboren. Du übrigens auch, Mädchen. Obwohl du es dir gern schwermachst.«

Unwillkürlich seufzte Maia. Die Gegenwart der Bootsfrau-Polizistin erweckte schmerzliche Gefühle, obwohl ihr Körper noch so unter Drogen stand, daß sie sich kaum rühren konnte. »Vermutlich ... hast du Kontakt zu deiner Chefin aufgenommen.«

Naroin schüttelte den Kopf. »Als wir gefunden wurden, habe ich beschlossen, die Initiative zu ergreifen. Hab mir den Lohn für frühere Gefallen geholt und neue Abmachungen ausgehandelt. Leider konnten wir nicht früher kommen.«

»Ja. Leider.« Maias Gedanken wollten sich noch immer nicht klären.

Naroin goß ein Glas Wasser ein und half Maia beim Trinken. »Falls du Zweifel hast, die Ärzte sagen, du kommst wieder in Ordnung. Sie mußten nur ein biß-

chen rumschnippeln und zusammenflicken. Du hast
'nen Agonpfropf am Kopf, also hau nicht dagegen,
jetzt, wo du wach bist.«

»... einen was ...?« Bleiern und schwerfällig ge-
horchte Maias Arm endlich doch ihren Wünschen, hob
und bog sich. Ihre Finger fühlten ein fast daumen-
großes Gebilde über ihrer Stirn. »Ich würde es nicht anfassen, wenn ich ...«, begann Naroin, als Maia auf das
Ding klopfte. Einen Moment lang nahm alles, was verwaschen und verschwommen gewesen war, wieder
feste Umrisse und leuchtende Farben an. Doch leider
ging damit auch ein heftiger Schmerz einher. Maias
Hand zuckte zurück und fiel wieder auf ihre Decke.

»Hab ich dich nicht gewarnt? Hmmpf. Ich glaube, es
gibt niemanden, der das beim ersten Mal nicht versucht. Ich denke, ich war auch ungefähr in deinem
Alter.«

Die betäubende Wirkung kehrte zurück, was Maia
diesmal sehr willkommen war. Benommenheit breitete
sich von der Kopfhaut über ihren Körper aus wie flüs-
siger Balsam. Sie hatte schon früher verwundete Frauen
mit einem Agonpfropf gesehen, obwohl die meisten ihn
zwischen den Haaren versteckten. *Anscheinend bin ich
schlimmer verletzt, als ich mich fühle,* dachte sie, nun eher
dankbar für die Betäubung. Denn auch eine andere
blockierte Empfindung war freigesetzt worden, die
noch furchtbarer war als körperlicher Schmerz. Einen
Augenblick lang hielt ein überwältigender Kummer sie
im Griff.

»Man kommt sich vor wie ein Zombie, stimmt's?«
meinte Naroin. »Sobald es dir bessergeht, wird die
Dosis herabgesetzt. Du müßtest schon wieder ein bißchen was spüren.«

Maia holte tief Luft. »Ich ... ich kann riechen ...«

Naroin grinste. »Aha, das Frühstück. Hast du Appetit?«

Ein seltsames Gefühl. Ihr Magen war so hartgesotten,

daß er sich nicht um die dumpfe Übelkeit zu scheren schien, die den Rest ihres Körpers durchzog. »Ja. Ich ...«

»Das ist ein gutes Zeichen. Sie halten sich auf der *Gentilleschi* mächtig was zugute auf ihre Kochkünste. Einen Augenblick, ich sehe mal, was ich tun kann.«

Die Polizistin stand auf. Ihre Bewegungen waren für Maia viel zu schnell, sie konnte ihnen nicht ganz folgen. Außerdem fielen ihr immer wieder die Augen zu, so daß sie nur bruchstückhaft und ruckartig wahrnahm, wie Naroin ein Stück wegging, stehenblieb und wieder zurückkam. Ihre Stimme wurde lauter und wieder leiser.

»Oh ... fast hätte ich's vergessen. Ich habe da eine Nachricht für dich ... Freund und deiner Schwester ... Tisch neben dem Bett. Dachte ... willst wissen, daß sie wohlbehalten sind.«

Die Worte mußten irgendeinen Sinn ergeben, doch sie schlugen über Maia zusammen, drangen durch Ohren und Haut und stießen irgendwo auf Resonanz. In ihrem Innern verwandelte sich eine Sorgenlast in Freude. Aber soviel Gefühl war zu anstrengend. Der Schlaf überwältigte sie, und sie registrierte kaum mehr, daß Naroin weitersprach.

»Was man leider nicht von vielen anderen behaupten kann.«

Maias Augen blieben geschlossen, und die Welt war dunkel für eine lange, stille Zeit.

Als sie das nächste Mal aufwachte, beugte sich eine Frau mittleren Alters über sie und berührte sanft ihren Kopf. Ein leises Klicken war zu hören, und Maia schien plötzlich klarer zu sehen. Heftige Gefühle wallten auf, und sie verkrampfte sich. »Es ist nicht zu schlimm, oder?« fragte die Frau. Ihrem Verhalten nach zu schließen, war sie Ärztin.

»Ich ... ich denke nicht.«

»Gut. Dann lassen wir es eine Weile so. Und jetzt sehen wir uns mal unsere Arbeit an.«

Energisch zog die Ärztin Maias Hemd zurück und entblößte ein Stück purpurrote Haut, die sie beide mit leidenschaftslosem Interesse betrachteten. Verfärbte Stiche zeigten, wo genäht worden war, unter anderem in einem Halbkreis unterhalb des Knies. Die Ärztin tat sehr ernst, gab ein paar besänftigende, herablassende und letztlich uninformative Laute von sich und verschwand wieder.

Als die Tür aufging, sah Maia eine große Frau in soldatischer Haltung Wache stehen; sie trug eine Milizuniform. Hinter ihr glänzten die dunklen, spitz zulaufenden Platten der Sonnenkollektoren. Maia hörte das leise Plätschern von Wasser an einem glatt beschichteten Rumpf. Das ruhige Dahingleiten des Schiffes deutete einerseits auf das Wetter hin, das hell und schön war, aber auch auf die ausgeklügelte Technik. Auf diesem Schiff reisten gewöhnlich hochgestellte Persönlichkeiten.

Aber die Persönlichkeit, die abgeholt werden sollte, hat etwas Unerwartetes getan. Sie hat ihr eigenes Transportmittel gewählt, und fast wäre ihr die Flucht gelungen.

Diese Wunde war noch zu frisch, zu schmerzhaft. Was ihr an dem Bild, das ihr durch den Kopf ging, am meisten weh tat, war die *Schönheit* der Explosion. Eine wunderbare Konvulsion von Funken und blitzenden Spiralen, die glühende Trümmer über den blauen, unschuldigen Himmel schleuderten. Bei der Erinnerung stiegen Maia die Tränen in die Augen, quollen über die Lider und rannen in salzigen Bächen über ihre Wangen.

Was sie erlebt hatte, als sie aus der langen Ohnmacht aufgewacht war, fühlte sich nicht wirklicher an als ein Traum. War Naroin wirklich dagewesen? Maia erinnerte sich daran, daß die Polizistin etwas von einem Brief gesagt hatte, und als sie sich umdrehte und auf den kleinen Tisch neben ihrem Bett blickte, sah sie dort ein ordentlich zusammengefaltetes, dickes Stück Papier mit einem Wachssiegel. Mit großer Anstrengung griff sie mit ihrer ungeschickten Hand danach. Dann ließ sie sich rasch wieder zurückfallen und wartete darauf, daß die Schmerzen etwas nachließen. Auf dem Brief stand ihr Name.

Von Brod und Leie, erinnerte sie sich. Jetzt fühlte sie die Freude … wenn auch abstrakt und farblos. Freude darüber, daß zwei Menschen, die sie liebte, noch am Leben waren. Es milderte das Verlustgefühl in ihrem Herzen ein kleines bißchen. Doch es wartete nur darauf, daß die Ärztin die Dosis im Agonpfropf verminderte, um sich wieder bemerkbar zu machen.

Zum Lesen sah sie noch zu verschwommen, also blieb sie liegen und streichelte das Papier. Es klopfte an der Tür. Sie ging auf, und Naroin streckte den Kopf herein. »Ah, du bist wieder bei uns. Das Frühstück hast du verpaßt. Willst du's noch mal versuchen?«

Ohne Maias Antwort abzuwarten, verschwand sie. *Also hab ich es mir nicht eingebildet*, dachte Maia und begann sich zu überlegen, was das bedeutete. Was hatte Naroin hier zu suchen? Wo waren sie überhaupt? Und warum half Naroin, Maia zu pflegen? Als Polizistin hatte sie bestimmt Wichtigeres zu tun, als irgendein dahergelaufenes Sommermädchen zu verhätscheln.

Es sei denn, es hängt irgendwie damit zusammen, daß ich so viele Gesetze gebrochen habe … daß ich an allen möglichen Orten war, an denen ich nicht hätte sein dürfen … daß ich Dinge gesehen habe, von denen der Rat nicht will, daß sie bekannt werden.

Wieder klopfte es. Diesmal kam eine junge Frau mit einem zugedeckten Tablett. Maia wischte sich die Augen und sperrte sie verwundert auf.

»Wo soll ich es hinstellen?« fragte das Mädchen. Ihre Stimme war weicher, ein wenig höher, aber ansonsten fast identisch mit der, die Maia als letzte gehört hatte. Endlich begriff sie.

»Klone …«, murmelte sie. »Ein Polizeiclan?«

Das Mädchen war jünger als Maia. Wahrscheinlich ein Winter-Fünfer. Doch in ihrem Lächeln lag bereits eine Spur von Naroins entspanntem Selbstvertrauen. Sie stellte das Tablett auf die eine Seite des Bettes und machte sich dann daran, die Kissen zu schütteln und Maia beim Aufsetzen zu helfen.

»Detektive genaugenommen. Freischaffend. Unser Clan bleibt absichtlich klein. Wir spezialisieren uns auf Aufträge, die wir einzeln ausführen können. Normalerweise sieht man nie zwei von uns gleichzeitig außerhalb der Feste, aber mich hat man losgeschickt, als wir Naroins dringende Botschaft erhalten haben.«

Das war nicht leicht zu verdauen. Die Fünfjährige sprach mit einem forschen Oberschichtsakzent. Sie hatte keine von Naroins Narben. Aber in ihren Augen lag das gleiche Funkeln, der gleiche Tatendrang.

»Vermutlich befürchtet ihr nicht, daß ich eure Tarnung auffliegen lasse«, meinte Maia.

»Nein, man hat mich angewiesen, offen mit dir zu sprechen.«

Klar, was kann ich schon anrichten? Maia vertraute Naroin bis zu einem gewissen Punkt – jedenfalls glaubte sie daran, daß Naroin die Fäden ziehen würde, damit Maias nächster Käfig angenehmer war als alle, die sie zuvor bewohnt hatte. Das bedeutete aber nicht, daß sie Maia frei auf Stratos herumlaufen und alles ausplaudern lassen würde.

Das Mädchen stellte das Tablett behutsam auf Maias Schoß und deckte es auf. Anstelle der Pfannkuchen erschien eine medizinisch abgesegnete Schüssel mit dünnem Haferbrei, aber er roch so köstlich, daß Maia ganz flau wurde. Der Orangensaft lief ihr über die Finger, als sie den Becher mit zitternden Händen hochhob. Die rötliche Flüssigkeit schmeckte wie ein Göttertrunk.

»Ich warte draußen«, sagte die junge Frau. »Ruf mich, wenn du etwas brauchst.«

Maia brummte nur. Sie mußte sich konzentrieren, um trotz des Zitterns den Löffel mit dem Haferbrei zum Mund zu führen. Während ihr Körper sich bebend den einfachen, animalischen Genüssen von Schmecken und Sattwerden hingab, blieb ein kleiner Teil von ihr losgelöst und grübelte. *Wie wohl ihr Familienname lautet? Ich hätte es wissen müssen. Naroin war immer viel zu kompetent, um bloß eine einfache Variantenfrau zu sein.*

Früher oder später mußte Maia anfangen, sich endlich über ihre Vor- und Nachteile klar zu werden. Lieber später. Eins nach dem anderen – so wollte sie von nun an leben. Sie hatte nicht vor zu resignieren, aber sie war auch noch nicht bereit, linear zu denken.

Trotz ihres Hungers schaffte sie nur die Hälfte der Mahlzeit. Plötzlich war sie wieder müde und bat Naroins jüngere Ausgabe, das Tablett wegzubringen. Kein einziges Mal sah sie sich den ordentlich gefalteten Brief direkt an, aber sie blieb in Hautkontakt mit ihm, als drohte sie zu ertrinken und als wäre der Brief ein Stück Schiffsplanke, an der sie sich festklammerte.

Als sie das nächste Mal aufwachte, war es draußen dunkel. Ein Traum verflüchtigte sich, wie ein Geist, der vor der elektrischen Lampe auf ihrem Nachttisch floh. Ihre Haut prickelte und war schweißnaß. Noch immer waren ihre Gedanken seltsam uneinheitlich – im einen Moment klar und zusammenhängend, im nächsten plötzlich ganz woanders, wie Blätter im Herbstwind.

Dabei mußte sie an den alten Bennett und seinen Rechen denken, wie er im Hof der Lamatia-Feste gestanden hatte. *Was würde er von dem halten, was ich erlebt habe ... was ich gesehen habe?* Wahrscheinlich lebte der Greis schon gar nicht mehr. Vielleicht war es auch am besten so, wenn man bedachte, was Maia getan hatte – sie hatte, wenn auch unabsichtlich, die Überreste der geheimen Hoffnung, die der alte Mann in seinem Herzen nährte, genau in die erzreaktionären Hände von Kirche und Regierungsrat geliefert. Im Lauf der Generationen, in denen geheime Logen ihn weitergegeben hatten, war der Traum verblaßt – wie sollten Männer auch jemals die Beständigkeit von Klonen aufbringen?

Renna, Bennett, Leie, Brod, die Radis, die Männer auf der *Manitou* ... es gab Platz genug auf der Ehrenurkunde derer, die Maia im Stich gelassen hatte.

Hör auf damit, schalt sie sich. *Die Karten sind vor langer Zeit gemischt worden. Gib nicht dir die Schuld an Dingen, die du nicht verhindern konntest.*

Aber genausowenig wie sie dem Wind und den Gezeiten Einhalt gebieten konnte, gelang es ihr, die Schuldgefühle abzuschütteln, und sie waren um so schlimmer, als sie gar nicht genau sagen konnte, was sie denn nun falsch gemacht hatte.

Sie blickte auf den Brief in ihrer Hand. Rote Wachsstückchen von dem zerbrochenen Siegel lagen auf der Bettdecke. Maia versuchte, den Brief mit der Hand zu glätten, dann hob sie ihn ans Licht und spähte zwischen den Knittern auf eine schöne, flüssige Schrift.

Liebe Maia,
ich wollte, ich könnte bei Dir sein, aber sie sagen, man braucht uns hier. Ich muß den Fremdenführer spielen und allen möglichen wichtigen Leuten das Verteidigungszentrum zeigen. (Sie benehmen sich ziemlich verrückt, also denke ich, viele hohe Mütter in Caria haben genausowenig davon gewußt wie die Öffentlichkeit.) Auch Leie hat Arbeit ...

Naroin hatte gesagt, daß sie beide am Leben waren, aber diese Bestätigung war viel unmittelbarer. Maia begann zu schluchzen, und sie sah nur noch Tränenschleier. Die lange aufgestauten Gefühle strömten heftig zurück.

... Leie hat auch Arbeit, und zwar führt sie die unglaubliche Simulationswand vor, die Ihr gefunden habt. Keiner

*von uns kann Dir das Wasser reichen – wie Du das alles
enträtselt hast! Aber wir helfen einander und freuen
uns schon darauf, mit Dir zu sprechen, sobald Du wieder
gesund bist.*

*Vermutlich hat man Dich inzwischen über alles infor-
miert, und ich bin ein wenig in Eile, weil ich den Brief
fertig haben will, bevor die* Gentilleschi *Dich wegbringt.
Also schreibe ich Dir nur noch schnell aus meiner Sicht,
was sich ereignet hat.*

*Als Du eine Stunde vor der Morgendämmerung noch
nicht zurück warst, habe ich das Seil wieder hochgezogen,
wie ich es Dir versprechen mußte. Ich wollte es nicht,
aber dann ist etwas passiert, wodurch ich meine Meinung
geändert habe. Kurz nach Sonnenaufgang begann der
Kampf unten auf den Schiffen. Später habe ich erfahren,
daß es die Radis waren, denen Du beim Ausbruch geholfen hattest ...*

Maia stutzte. *Was habe ich getan?* Sie hatte Thalla
nur ein Versprechen gegeben und keine Gelegenheit
gehabt, es einzulösen. Es sei denn, Thalla hatte es
irgendwie geschafft, die *Schere* zu benutzen. Als Diet-
rich vielleicht? Um die Ketten aufzuschließen und dann
die Wachen zu überlisten? Vielleicht hatten Baltha und
Togay die Wächterinnen aber auch schon abgezogen,
als absehbar wurde, daß ein Kampf mit den Männern
bevorstand.

*Zuerst verlief die Revolte erfolgreich. Aber dann stürzten
die Piraten doch noch herbei, ehe die Radis Segel setzen
konnten. Es kam zu einer Schießerei. Ein paar Radis ent-
wischten in einem kleinen Boot, nachdem sie beide Schiffe
in Brand gesetzt hatten.*

*Es schien mir kein guter Zeitpunkt zu sein, mich
abzuseilen. Statt dessen lief ich unruhig hin und her,
machte mir Sorgen um Dich, und schließlich landete ich
am Ostende des Berges, von wo man aufs Meer sieht.*

Und da sah ich die Flottille von Halsey kommen. Nicht bloß die morsche alte Wagemut, die im Dienst war, als ich das letzte Mal dort gewesen bin, sondern auch die Walroß und die Seelöwe! Vermutlich hatte die Gilde endlich die Nase voll von ihren bisherigen Kunden und war ausgelaufen, um die Sache ein für allemal zu regeln.

Ich rannte zum Aufzug, fuhr nach unten, von da ins Bad und zerschmetterte einen der Spiegel. Mit einer großen Scherbe rannte ich wieder nach oben. Die Sonne im Osten machte es ganz einfach, den Schiffen meine Anwesenheit zu signalisieren und sie ein wenig darauf vorzubereiten, was sie erwartete. Als sie in die Lagune einfuhren, wurde geschossen, doch dann brach die Seelöwe durch, etwa zum gleichen Zeitpunkt, als alle anderen auch eintrafen!

Zwei stolze Schiffe schwenkten mit wehenden Tempelbannern um die Südseite von Jellicoe. Oben im Norden sah ich mehrere schnelle Kreuzer auftauchen. Später erfuhr ich, daß sie von der Handelspolizei in Ursulaborg stammten! Zwar liegt Jellicoe nicht mehr ganz in ihrem Zuständigkeitsbereich, aber wen kümmert's? Anscheinend hat Naroin sie als Miliz herbeigerufen. Ehrliche Polizistinnen ohne Ratsverbindungen.

Gerade als diese Massen sich in die Lagune drängten und Rauch aus dem alten Reservat quoll, tauchte ein riesiger Zeppelin auf! Die Klonfrauen in der Gondel sahen alles andere als freundlich aus. (Sie waren nämlich entsetzlich wütend!) Also stellte ich die Winde an, ließ mich hinunter und kam rechtzeitig unten an, um meiner Gilde zu helfen, sich mit den Tempelnonnen und Naroins Truppe darauf zu verständigen, daß wir alle auf derselben Seite standen.

Wir brauchten eine Weile, um die Nachhut der Piraten zu überwältigen – sie sind höllisch verbissene Kämpfer –, dann rannten wir hinter ihnen her, während sie Euch verfolgten …

Die Schrift verschwamm vor Maias Augen. Obwohl Brods Bericht sie fesselte, war sie immer noch schnell erschöpft, und sie brauchte eine Weile, um alles zu verkraften. Deshalb wartete sie geduldig ab, bis sich ihr Sehvermögen wieder besserte.

Vor allem vor dem Auditorium, wo Eure Manitou-Leute gegen die Piraten gekämpft hatten, herrschte ein schreckliches Chaos. Glücklicherweise hatten wir mehrere Ärzte bei uns, die sich um die Verwundeten kümmern konnten.

Vor der Lichterwand blieben wir einen Moment wie angewurzelt stehen, und ich bekam einen Riesenschreck, als ich Leie sah, die stöhnend am Boden lag. Ich dachte, das wärst Du! Übrigens geht es ihr gut, aber das habe ich ja schon berichtet. Nur ein wenig benommen, von einem Schlag auf den Kopf. Sie wollte Euren Verfolgern sofort nachjagen. Aber ich bekam die Anweisung, sie nach draußen zu bringen, wo die Luft besser war, während Naroins Profis die Verfolgung aufnahmen.

Also humpelten wir hinaus und gingen erst mal zu Boden, weil es einen ungeheuren Donnerschlag tat. Als wir aufblickten, sahen wir, wie die Kapsel aus der Startvorrichtung in den Himmel schoß ... und was danach passierte.

Es tut mir so leid, Maia. Ich weiß, es muß schrecklich weh tun. Als sie Dich rausgetragen haben, dachte ich, Du wärst tot. Für mich war das wahrscheinlich so wie für Dich, als Du die Explosion gesehen hast, bei der Du Deinen außergalaktischen Freund verloren hast.

Wieder klaffte die Wunde in Maias Herz. Doch dieses Mal brachte sie gleichzeitig ein Lächeln zustande. *Guter alter Brod*, dachte sie. Es war das Romantischste, was je ein Mensch zu ihr gesagt hatte.

Leie und ich warteten draußen, während die Nonnenärztinnen Dich operierten. (Das sind die einzigen, von

denen ich nicht weiß, woher sie gekommen sind und
warum. Hast Du sie gerufen?) Inzwischen gab es so viele
Fragen. So viele Leute, die darauf brannten zu erfahren,
was die anderen wußten, auch wenn es bedeutete, daß die
gleichen Dinge eins übers andere Mal wiederholt werden
mußten. Bis heute kommen noch immer neue Teile der
Geschichte ans Tageslicht, jedesmal, wenn wieder neue
Schiffe und Zeppeline eintreffen.

Ach, zum Teufel! Jetzt werde ich wieder gerufen, also
muß ich Schluß machen. Aber ich schreibe bald wieder.
Werde schnell wieder gesund, Maia. Wir brauchen dich
wie immer, damit Du uns sagst, was wir tun sollen!

Mit herzlichen Wintergrüßen,
                        Dein Freund und Schiffsgenosse – Brod.

Dann kam ein Nachsatz in einer anderen Schrift –
Leies linkshändigem Gekritzel, das Maia sofort erkannte.

Hallo, Schwesterchen. Du kennst mich ja. Ich schreib
nicht gern. Aber denk dran, wir gehören zusammen. Ich
komm nach, egal, wo sie Dich hinbringen. Verlaß Dich
drauf. In Liebe, L.

Maia las die letzten Abschnitte noch einmal, faltete
den Brief zusammen und steckte ihn unter ihr Kopfkissen. Dann drehte sie sich um, weg von dem sanften
Licht der Lampe, und schlief ein. Dieses Mal waren ihre
Träume zwar immer noch schmerzerfüllt, aber weniger
einsam und verzweifelt.

Am nächsten Tag wurde Maia im Rollstuhl an Deck
geschoben, damit sie ein bißchen in die Sonne kam.
Zu ihrem Erstaunen merkte sie, daß sie nicht die einzige genesende Patientin an Bord war. Ein halbes Dutzend Frauen mit unterschiedlich dicken Verbänden
wurden hier von zwei Milizwächterinnen beaufsichtigt. Naroins junge Klonfrau – deren Name Hullin

war – erklärte Maia, einigen ginge es noch zu schlecht, um nach oben gebracht zu werden. Die verwundeten Männer wurden natürlich auf einem anderen Schiff transportiert, an Bord der *Seelöwe*, die man ein Stück weiter auf parallelem Kurs sehen konnte, so elegant und kraftvoll, daß sie fast mit dem weißen Rennsegler Schritt halten konnte. Zwar wußte Hullin nicht, wer von der Besatzung der *Manitou* den Kampf im Reservat von Jellicoe überlebt hatte, aber sie versprach, sich zu erkundigen. Es waren nicht sehr viele gewesen, soviel wußte sie immerhin. Da sich die Ärzte mit der Behandlung von Schußwunden nicht auskannten, waren mehrere Verwundete auf dem Operationstisch gestorben.

Maia starrte niedergeschlagen über das blaue Wasser und versuchte, die Nachricht zu verdauen, bis jemand sich zu ihr gesellte. »Hallo, Fräuleinchen ... schön, dich zu sehen.«

Die Stimme war ein blasser Abklatsch der heiteren, einschmeichelnden Stimme von früher. Die einst fast schwarze Haut der Radianführerin war verblaßt, beinahe bleich von Krankheit und Blutverlust.

»So heiße ich aber nicht«, gab Maia barsch zurück. »Und so hieß ich auch nie.«

Kiel nahm den Tadel widerspruchslos hin und nickte. »Na, dann hallo ... Maia.«

»Hallo.« Maia bereute ihre harsche Antwort schon wieder. »Es freut mich, daß du über dem Berg bist.«

»Hmm. Gleichfalls. Man sagt, Überleben ist die einzige Form der Schmeichelei, die die Natur uns angedeihen läßt. Ich denke, das stimmt, selbst bei Gefangenen wie uns.«

Maia war nicht in der Stimmung für Sarkasmus und schwieg. Mit einem tiefen Seufzer rollte sich Kiel ein Stück zurück, so daß Maia wieder freien Blick auf den Ozean hatte. Es gab eine Menge Fragen, die Maia hätte stellen sollen. Vielleicht würde sie es irgendwann auch tun. Aber im Augenblick waren ihre Gedanken ebenso unflexibel wie ihr Körper.

Kurz vor dem Mittagessen jedoch wurde ihre Langeweile so groß, daß sie nicht einmal vor sich hinbrüten mochte. Maia las den Brief von Brod und Leie noch ein paar Mal durch und dachte darüber nach, was wohl zwischen den Zeilen zu lesen sein könnte. Es gab Spannungen und Allianzen, die teils offen angesprochen, teils impliziert wurden. Polizistinnen und Priesterinnen? Handelten sie gegen ihre offiziellen Vorgesetzten in Caria? Hatte ihr Bündnis mit den Flossenfüßern sich nur auf den Kampf gegen die Piratenbande erstreckt? Oder bestand es weiter?

Was war mit den mysteriösen Militärclans, die ebenfalls nach Jellicoe gekommen waren, um ihr geheimes Hauptquartier zu sichern? Nun war es ja kein Geheimnis mehr! Dann waren da noch Kiels radikale Gefährtinnen auf dem Festland. Und natürlich die Perkiniten. Alle verfolgten ihre eigenen Ziele. Und alle fühlten sich durch Veränderungen der Verhältnisse auf Stratos gleichermaßen bedroht.

Die Situation hätte weit gefährlicher sein können, ja, womöglich hätte ein offener Krieg gedroht, hätte sich der Grund der Auseinandersetzungen nicht vor aller Augen buchstäblich in Luft aufgelöst. Nun, da das Herzstück des Konflikts nicht mehr existierte, hatte die Spannung vielleicht etwas nachgelassen. Zumindest hatte das Töten aufgehört.

Lange konnte sich Maia nicht mit so komplizierten Problemen beschäftigen. Deshalb war sie froh, als eine Pflegerin sie wieder in ihr Zimmer brachte, wo sie etwas aß und dann ein ausgedehntes Nickerchen machte. Als später Naroin klopfte und hereinkam, fühlte sich Maia etwas besser, und ihr Kopf hatte einen kleinen Fortschritt auf dem Weg zurück zum rationalen Denken gemacht.

Naroin brachte einen Stapel dünner, ledergebundener

Bücher mit. »Die hat man uns geschickt, ehe wir losse-gelten. Ich sollte sie dir geben, wenn du dich besser fühlst – Geschenke vom Kommodore der Flossenfüßer.«

Maia blickte Naroin an. Der Akzent der Polizistin war wesentlich weicher geworden. Zwar war er noch lange nicht das, was man als vornehm bezeichnen würde, aber er hatte viel von seinem rauhen See-fahrerklang verloren. Die Bücher lagen neben Maia auf dem Bett. Sie strich über den Rücken des einen, nahm es in die Hand und schlug die feinen Leinensei-ten auf.

Das Spiel des Lebens. Sie erkannte das Thema sofort und seufzte. *Wer braucht denn so was?*

Doch das Papier fühlte sich wunderbar an. Es *roch* sogar nach Luxus. Während sie einen kurzen Blick auf die Illustrationen warf, auf denen zahllose Anordnun-gen winziger Vierecke und Punkte zu erkennen waren, merkte sie, daß es in einem Eckchen ihres Verstandes sofort zu kribbeln begann – etwa so, wie ein greller Sonnenstrahl einen Niesreiz auslöst.

»Ich hab mir immer gedacht, daß es für manche Männer … na ja, daß es sie süchtig macht, wie eine Droge. Ist das bei dir auch so?« fragte Naroin in einem interessierten und respektvollen Ton.

Maia schob das Buch weg. Nach ein paar Sekunden nickte sie.

»Es ist wunderschön.« Ein Kloß in ihrem Hals hin-derte sie daran, mehr zu sagen.

»Hmm. Nachdem ich soviel Zeit unter Matrosen ver-bracht habe, sollte man denken, ich würde auch so empfinden.« Naroin schüttelte den Kopf. »Kann ich aber nicht behaupten. Ich mag die Männer und komme gut mit ihnen klar. Aber vermutlich gibt es Dinge, die jenseits von Sympathie oder Antipathie liegen.«

»Vermutlich.«

Für einen Augenblick herrschte Schweigen, dann trat Naroin näher und setzte sich auf die Bettkante.

»Deshalb war ich auf der *Wotan*, als du in Port Sanger zum ersten Mal an Bord gekommen bist. Meine
Erfahrungen als Matrosin haben mir die passende
Tarnung für meinen Auftrag verschafft. Kohlenfrachter
gehen überall an der Küste entlang vor Anker. So
konnte ich an den richtigen Stellen nach Hinweisen suchen.«

»Um einen verschwundenen Außergalaktischen zu
finden?«

»Lysos, nein!« Naroin lachte. »Oh, er war damals
schon entführt worden, aber mein Clan war noch nicht
an der Sache dran. Unsere Mütter wußten, daß etwas
nicht stimmte, das schon. Aber eine Außendienstarbei-
terin wie ich bleibt an ihrem Auftrag ... jedenfalls bis
man ihr ausreichende Gründe liefert, eine andere Richtung einzuschlagen.«

»Dann warst du also hinter dem blauen Pulver her«,
sagte Maia, die sich noch gut daran erinnerte, wie sehr
sich Naroin für die Ereignisse in Lanargh interessiert
hatte.

»Genau. Wir wußten, daß eine Gruppe das Zeug
entlang der Grenze wieder in Umlauf brachte. Das
passierte alle zwei bis drei Generationen. Wir kriegen
häufig ein paar Geldstäbe dafür, daß wir das Zeug aus-
findig machen.«

Da war sie wieder, die unterschiedliche Perspektive
von Vars und Klonfrauen. Was einem Sommerling
höchst dringlich erschienen war, mußte in den Augen
der stratoinischen Klonstämme weit weniger eilig wirken. »Dann ist das Pulver schon länger unterwegs? Laß
mich raten. Mit jedem Mal wird es ein bißchen milder.«

»Richtig«, nickte Naroin. »Schließlich hat die Stimulation im Winter keinerlei *genetischen* Effekt. Nur im
Sommer werden neue Varlinge gezeugt, und die Männer bekommen echte Nachfahren. Nun können die
Männer, die weniger stark auf die Droge reagieren, sich
etwas besser zurückhalten und haben bessere Chancen,

diese Eigenschaft weiterzugeben. Deshalb wird jeder durch das Pulver provozierte Ausbruch ein klein wenig sanfter und leichter zu bekämpfen.«

»Warum ist das Pulver dann illegal?«

»Das hast du doch selbst mitbekommen. Es verursacht Unfälle und Gewaltausbrüche in einer Zeit, die ruhig sein sollte. Es gibt reichen Clans einen unfairen Vorteil gegenüber armen. Aber es steckt noch mehr dahinter. Das Pulver wurde zu einem bestimmten Zweck erfunden.«

Maia runzelte nachdenklich die Stirn, dann dämmerte ihr die Lösung. »Manchmal … manchmal kann es nützlich sein, wenn die Männer …«

»Heiß wie Feuer sind, selbst im tiefsten Winter. Du hast es kapiert.«

»Der Feind. Wir haben das Zeug bei der Großen Verteidigung eingesetzt.«

»Das vermute ich auch. Lysos hat Mama Natur respektiert. Wenn man eine Eigenschaft in den Hintergrund schieben möchte, gut, aber das ist nicht das gleiche, wie wenn man sie mit Stumpf und Stiel ausmerzt. Besser, man stellt sie aufs Regal und bewahrt sie auf, für dringende Notfälle.«

Maias Gedanken waren bereits weit vorausgeeilt. *Die Herrschenden im Rat müssen Stratos während des Kampfes mit dem feindlichen Raumschiff praktisch mit dem Zeug überschwemmt haben.*

Wenn man sich vorstellte, daß jeder Mann ein Krieger wurde! Fast über Nacht würde die Kolonie um ein Vielfaches stärker und die Kompetenz und das strategische Talent der Frauen durch eine Wut ergänzt, die im Universum ihresgleichen suchte.

Aber was ist nach dem Sieg geschehen?

Die guten Männer – diejenigen, die in jeder Phylumwelt vertrauenswürdig gewesen wären, auch vor Lysos' Zeiten –, haben das Pulver sicher freiwillig wieder zurückgegeben. Oder zumindest kühlen Kopf bewahrt, bis es verbraucht war.

Aber es gibt alle möglichen Männertypen. Es ist leicht vor-
stellbar, daß in den Wirren einer Nachkriegszeit eine Epide-
mie wie beispielsweise die Königsrevolte ausbricht. Vor allem,
wenn sich Tizbes Drogen tonnenweise im Umlauf befinden.

Doch war das Grund genug, die Wächter von Jellicoe zu
verraten?

Maia wußte, daß der Rat nichts ohne Grund tat.

»Vermutlich hatte sich dein Auftrag geändert, als wir
uns wiedergesehen haben, richtig?« drängelte sie Naroin weiter.

Die zierliche Brünette zuckte die Achseln. »Ich hatte
etwas Seltsames gehört. Bekannte Söldnerinnen bekamen plötzlich überall an der Küste Angebote. Man berichtete von radikalen Agentinnen, die in die Gegend
um Grange Head eingeschleust wurden. Da brauchte
ich nicht lange nachzudenken, wo ich mich einquartieren mußte, um am Puls des Geschehens zu bleiben.«

Maia verzog das Gesicht. »Du hast nicht gemerkt,
daß Baltha ...«

»Daß sie eine Verräterin war und mit den Piraten
unter einer Decke steckte? Nein! Ich wußte natürlich,
daß es Spannungen gab. Rückblickend denke ich, daß
ich es hätte ahnen müssen ...« Kopfschüttelnd hielt Naroin inne. »Glaub einer erfahrenen Frau, Kind: Es ist
nicht gut, wenn man sich für etwas die Schuld gibt, das
man nicht verhindern konnte. Die Hauptsache ist, man
versucht es und gibt dabei sein Bestes.«

Maia preßte die Lippen zusammen. Genau das hatte
sie sich schon oft selbst klarzumachen versucht. Nach
dem Blick in Naroins Augen zu urteilen, wurde es nicht
viel leichter, wenn man älter war.

An diesem Abend erfuhr sie, wer überlebt hatte – und
wer gestorben war: Thalla, Kapitän Poulandres, Baltha,
Kau, die meisten Radis, die meisten Piraten, fast die gesamte Besatzung der *Manitou*, einschließlich des jungen
Navigators, der Maia und ihrer Zwillingsschwester ge-

holfen hatte, die Weltwand in ihrer überwältigenden Komplexität zu entschlüsseln. Eine grausige Liste. Selbst Naroin, die unzählige formelle und informelle Kämpfe erlebt hatte und ziemlich abgebrüht war, konnte kaum glauben, daß so viele in und bei Jellicoe ihr Leben hatten lassen müssen. *Ist das der Krieg?* überlegte Maia. Zum ersten Mal hatte sie das Gefühl, daß sie jetzt nicht nur abstrakt, sondern tief in ihrem Innern verstand, was die Gründerinnen dazu veranlaßt hatte, in diesem Bereich solch drastische Entscheidungen zu treffen. Dennoch war sie fest entschlossen, nicht zuzulassen, daß die Perkiniten den Vorfall für Propagandazwecke ausnutzten. *Wenn ich irgendwie die Möglichkeit dazu bekomme, werde ich dafür sorgen, daß die Tatsachen bekannt werden. Poulandres und seine Männer wurden zum Kampf gezwungen. Es war alles andere als ein Beispiel dafür, wie Männer die Beherrschung verlieren.*

Was war es dann gewesen? Bestimmt würde es Leute geben, die den Sündenbock in *Renna* sahen, dessen Gegenwart und schädlicher Einfluß zusammen mit der Drohung, daß noch mehr seiner Art kämen, in unterschiedlichen Schichten der stratoinischen Gesellschaft das Schlimmste ans Tageslicht brachte. In Maias Augen war das, als würde man dem Opfer die Schuld an allem zuschieben. Doch man konnte es zweifellos so hindrehen.

Nach dem Essen schob Hullin Maia noch einmal an Deck, und dort begegnete sie Kiel zum zweiten Mal. Jetzt sah Maia die dunkelhäutige Frau schon genauer, nicht mehr durch einen Schleier eines Grolls, der längst in die Vergangenheit gehörte. Kiel hatte alles verloren – ihre engsten Freunde, ihre Freiheit, die größte Hoffnung für ihre politischen Ziele. Plötzlich fiel es Maia ganz leicht, freundlich zu ihrer ehemaligen Hausgenossin zu sein, sie zu trösten und mit ihr zu fühlen. Was zur Folge hatte, daß die wilde, unzähmbare Kiel voller Dankbarkeit in Tränen ausbrach.

Als die Dämmerung hereinbrach, erschien am westlichen Horizont ein Glitzern. Maia zählte fünf, sechs ... und schließlich zehn sich langsam drehende Strahlen, deren rhythmisches Aufblitzen mit beruhigender Regelmäßigkeit meilenweit über den Ozean schweifte. Von den Landkarten, die sie als Kind studiert hatte, erkannte sie die unterschiedlichen Geschwindigkeiten und Farben und wußte auch die Namen: Conway, Ulam, Turing, Gardner ... berühmte Leuchtturm-Reservate der Méchant-Küste. Und hinter dem fernen Rucker Beacon entdeckte sie die sanft blitzenden Diamantenlichter eines Hafens und der ihn umgebenden Hügel. Das nächtliche Schauspiel von Ursulaborg.

Man brachte sie in einen Tempel. Nicht in das großartige, marmorverkleidete Bauwerk, das die Stadt von den nördlichen Klippen beherrschte, sondern zu einer bescheidenen einstöckigen Rückzugsstätte auf einem umzäunten Hektar Waldgebiet, einige Kilometer stromaufwärts vor der geschäftigen Metropolis. Wie Maia gleich erkannte, wurde die halb ländliche Umgebung künstlich erhalten, sorgsam gepflegt von den kleinen, aber wohlhabenden Clanfesten in der Nähe. Klare Bäche plätscherten an Gärten und Komposthügeln, an Windmühlen und kleinen Werkstätten vorbei. Hier konnten Generationen von Kindern spielen, aufwachsen und sich in aller Ruhe um ihre Familienangelegenheiten kümmern, im Vertrauen auf eine Zukunft, in der Veränderungen – falls sie überhaupt eintraten – zumindest in gemächlichem Tempo vonstatten gehen würden.

Das von einer Mauer umgebene Tempelgrundstück wirkte bescheiden. Die Kapelle trug die üblichen Symbole, mit denen man die Stratos-Mutter und die Gründerinnen ehrte, doch Maia vermutete, daß hier nicht alles orthodox zuging. Wächterinnen in ledernen Uniformen patrouillierten am Zaun entlang. Innen wurde die ruhig-heitere Atmosphäre, die man an einem solchen Ort erwartete, von einer Schicht knisternder Spannung überdeckt.

Außer Naroin und ihrer jüngeren Schwester glichen sich die Frauen untereinander nicht.

Als sie an der Kapelle vorüber waren, gingen die Lugars, die Maias Sänfte trugen, auf ein bescheidenes Holzhaus zu, das etwas abseits vom Hauptgebäude lag und von einer überdachten Holzveranda umgeben war. Die Ärztin, die Maia an Bord der *Gentilleschi* behandelt hatte, unterhielt sich mit zwei Frauen; die eine war groß, trug ein Priestergewand und sah sehr streng aus, die andere war rundlich und trug die Robe einer Erzdiakonisse. Naroin, die auf der kurzen Strecke von der Anlegestelle am Flußufer neben ihnen hergegangen war, machte eine schnelle Runde um das Haus, um sich zu vergewissern, daß es sicher war, während Hullin das Innere überprüfte. Bei der Veranda trafen sie sich wieder und nickten einander zu.

Mit Hilfe einer Krankenschwester-Nonne stieg Maia aus; die Schmerzen, die sich von ihrem Knie und der Seite ausbreiteten, ertrug sie stoisch. Man half ihr über eine kurze Rampe ins Haus. Unter der Eingangstür blieb sie stehen, denn die ältere Priesterin beugte sich zu ihr herab und sah sie an.

»Hier findest du Frieden, mein Kind. Bis du dich entschließt, von hier wegzugehen, wird dies dein Heim sein.«

Die rundliche Frau im Diakonissengewand seufzte, als wäre sie nicht damit einverstanden, daß ihre Kollegin Versprechungen machte, die sie womöglich nicht halten konnte. Trotz Schmerzen und Erschöpfung spürte Maia, daß sie durch diesen Austausch mehr erfahren hatte, als die beiden beabsichtigt hatten. »Danke«, sagte sie heiser und ließ sich von den Krankenschwestern über die Veranda in ein Zimmer mit einer Schiebetür aus hauchdünnen Holzpaneelen führen, von dem man einen Blick über den Garten und einen kleinen Teich hatte. Auf dem Bett gab es Laken, die weißer waren als die Wolken. Später konnte sich Maia nicht mehr erinnern, ob ihr jemand beim Hineinschlüpfen geholfen hatte. Das Plätschern des Wassers und das Rauschen der Zweige sangen sie rasch in den Schlaf.

Als sie erwachte, fand sie neben dem Bett die dünnen Bücher, die ihr die Gilde der Flossenfüßer geschenkt hatte, außerdem eine kleine Schachtel und einen zusammengefalteten Zettel. Maia strich das Papier glatt.

Ich bin eine Weile weg, Varling, stand darauf. *Ich lasse Hullin hier, damit sie ein bißchen die Augen offenhält. Die Leute hier sind in Ordnung, höchstens vielleicht ein bißchen verschroben. Bis bald. Naroin.*

Daß die Polizistin weg war, überraschte Maia nicht. Im Gegenteil, sie hatte sich schon gewundert, daß Naroin so lange blieb. Sie hatte doch bestimmt allerlei zu erledigen.

Dann öffnete Maia die Schachtel. In Seidenpapier verpackt, fand sie ein Etui aus duftendem Leder an einem weichen Band. Sie klappte es auf und entdeckte ein glänzendes Instrument aus Messing und Glas. Der Sextant war wunderschön, ja, er war so makellos und kunstvoll gearbeitet, daß sie nicht feststellen konnte, wie alt er sein mochte, abgesehen davon, daß er kein Skalenfenster besaß, also keinen direkten Zugang zum Alten Netz. Doch er war sicher wesentlich wertvoller als der, den Maia in Jellicoe zurückgelassen hatte. Maia klappte die Meßarme auf und strich mit den Händen über das Gerät. Trotz allem wünschte sie sich, Leie würde ihr altes Instrument wiederfinden. So widerspenstig und ramponiert es auch sein mochte, war es dennoch ihr Eigentum.

Traurig zog sie sich die Decke über den Kopf, rollte sich zusammen und wünschte sich sehnlichst, ihre

Schwester wäre hier bei ihr. Und Brod. Sie wünschte sich, ihre Gedanken wären nicht voller Rauchspiralen und sprühender Funken, die Ruß und Asche in stratosphärische Wolken schleuderten.

Eine Woche verstrich langsam. Jeden Morgen kam eine Ärztin, um Maia zu untersuchen und die Dosis des Betäubungsmittels herabzusetzen. Außerdem bestand sie darauf, daß die Patientin Spaziergänge auf dem Tempelgrundstück unternahm. Am Nachmittag, nach dem Essen und einem Nickerchen, machte Maia auf der Lugarsänfte einen Ausflug durch das Dorf und hinauf zu einer Stadt, von der aus man mitten ins Herz von Ursulaborg blickte. In ihrer Begleitung befanden sich einige grimmig aussehende Nonnen, die eisenbeschlagene ›Wanderstöcke‹ mit Griffen in Form von Drachenköpfen bei sich trugen. Maia wunderte sich über diese Vorsichtsmaßnahmen. Jetzt, da Renna verschwunden war, interessierte sich doch niemand mehr für sie. Dann merkte sie, daß ihre Aufseherinnen sich ständig umschauten, um eine Vierergruppe identischer, vornehm gekleideter Frauen im Auge zu behalten, die ihnen im Abstand von etwa zehn Metern folgten. Sie waren wie Zivilistinnen gekleidet, bewegten sich jedoch im ruhigen, geübten Gleichschritt von Soldaten. Ihre Anwesenheit störte das angenehm normale Gefühl, während sie durch die belebten Geschäftsstraßen zogen.

Zum ersten Mal, seit sie mit Leie in Lanargh gewesen war, fühlte sich Maia vom stratoinischen Alltag umgeben. Handel, Verkehr und Konversation strömten in alle Richtungen. Maia sah unzählige unbekannte Gesichter in dreifacher, fünffacher oder sogar in altersmäßig gemischter achtfacher Ausführung. Zweifellos wäre es zwei unschuldigen Zwillingsschwestern aus dem Nordosten schrecklich exotisch vorgekommen, wenn sie hier auf ihrer ersten Reise an Land gegangen wären. Inzwischen aber kamen Maia die kleinen Unterschiede zu Port Sanger banal und unwichtig vor. Was ihr auffiel, waren die Ähnlichkeiten, die sie nun mit neuen Augen sah.

In einer backsteinverkleideten Werkstatt, die zur Straße hin offenstand, sah man eine Familie von Handwerkerinnen, die feines Geschirr herstellten. Eine ältere Matriarchin studierte die Geschäftsbücher und feilschte um eine Ladung Ton, die gerade von drei identisch aussehenden Transportarbeiterinnen angeliefert wurde. Unterdessen schufteten hinter Maia mehrere Klonfrauen mittleren Alters am Brennofen, behende Jugendliche erlernten die Kunst, mit ihren langen, geschmeidigen Fingern den Ton auf der Töpferscheibe zu verteilen und dort zu den haltbaren, feinen Gefäßen zu formen, für die ihr Clan in der Gegend ohne Zweifel großes Ansehen genoß.

Maia mußte ihre Phantasie nicht anstrengen, um sich eine andere Szene vorzustellen. Die Mauern zogen sich in die Ferne zurück. Einfache Bänke und Töpferscheiben wurden von Maschinenreihen ersetzt, die exakt darauf eingestellt waren, den Ton in computergesteuerte Schablonen zu drücken, diese unter Glasurspray und Hitzelampen durchzuführen, bis sie in großen Stapeln fertig wieder zum Vorschein kamen, perfekt, unberührt von Menschenhand.

Die Freude am Handwerk. Die ruhige, heitere Gewißheit, daß jede Arbeiterin in einem Clan ihren Platz hatte – einen, den auch ihre Töchter ihr eigen nennen konnten. All das würde verlorengehen.

Während die Sänftenträger weitertrabten, sah Maia den Stand, an dem der Töpferclan seine Waren feilbot. Sie erhaschte einen Blick auf die Preise ... für ein einziges Gefäß wurde mehr verlangt, als eine Vararbeiterin in vier Tagen verdiente. So viel, daß ein bescheidener Clan einen angeschlagenen Teller mehrmals reparieren würde, ehe man sich einen neuen kaufte. Maia wußte Bescheid. Selbst in der wohlhabenden Lamatia-Feste aßen die Sommerkinder selten von intaktem Geschirr.

Wenn man das nun mit tausend Produkten und Dienstleistungen multiplizierte, die allesamt mit Hilfe angewandter Technik verbessert, vervielfacht und unermeßlich viel preiswerter wurden – *welche Gewinne entstehen auf diese Weise?*

Und außerdem – was passiert, wenn eine dieser Klontöchter zur Abwechslung einmal etwas anderes ausprobieren möchte?

Sie erspähte eine Gruppe kleiner Jungen, die um einen geduldigen Lugar herumhüpften und dann in Richtung Park davonstoben. Sie waren die einzigen männlichen Wesen, denen Maia heute, mitten im Winter, begegnet war. Die anderen hielten sich näher beim Wasser auf, obwohl sie zu dieser Jahreszeit keinen Einschränkungen unterworfen waren. Aber nachdem Maia so lange in Gesellschaft von Männern gewesen war, fand sie es plötzlich seltsam, sie nicht mehr um sich zu haben. Auch Vars wie sie bekam man kaum zu Gesicht. Außer auf dem Tempelgebiet waren sie ebenfalls eine verschwindend kleine Minderheit.

Als sie zum Park kamen, stieg Maia vorsichtig aus der Sänfte und ging eine kurze Strecke zu Fuß, bis zu einem ummauerten Felsvorsprung, von dem man auf Ursulaborg hinabsehen konnte. Zu ihren Füßen lag eine der größten Städte der Welt; sie und Leie hatten immer davon geträumt, sie einmal zu besuchen. Die Stadt überstieg mit Sicherheit alles, was Maia bisher gesehen hatte, aber jetzt kam sie ihr dennoch eng vor. Sie wußte, daß Ursulaborg in die Westentasche jeder echten Metropolis auf fast jeder Phylumwelt gepaßt hätte ... außer natürlich auf denen, die sich gegen das hektische Genie eines *Homo technologicus* und für den Pastoralismus entschieden hatten.

Renna hatte die Errungenschaften von Lysos und den Gründerinnen mit echtem Respekt betrachtet, obwohl er überzeugt war, daß sie den falschen Weg eingeschlagen hatten.

Und was glaube ich? fragte sich Maia. *Es gibt Kompromisse.* Soviel wußte sie. *Aber gibt es eine wirkliche Lösung?*

An Renna zu denken, tat immer noch schrecklich weh. In einer kleinen Ecke ihres Bewußtseins gab es eine Stimme, die sich weigerte, ihn endgültig loszulassen. *Die Toten sind schon einmal zurückgekehrt*, beharrte sie in Anspielung auf das wunderbare Wiederauftauchen von Leie. Andere Menschen hatten Maia für tot gehalten, und doch waren bisher alle Berichte über ihren Tod verfrüht gewesen.

Die Hoffnung war ein verzweifelter, schmerzlicher Funke ... und in diesem Fall absurd. Hunderte hatten zugesehen, wie das Schiff des Besuchers explodiert war.

Laß los. Sie redete sich ein, sie sollte einfach froh sein, eine Weile einen solchen Freund gehabt zu haben. Vielleicht konnte sie ihm eines Tages Ehre machen, indem sie hier oder dort ein Licht aufleuchten ließ.

Alles andere war Phantasie. Alles andere war Staub.

Während es ihr Stück für Stück besserging, bekam Maia immer mehr Besuch.

Zuerst erschien eine Abordnung aufrechter, graziler Klonfrauen mit weit auseinanderstehenden Augen und schmalen Nasen, gekleidet in feine, aber dezent gefärbte Stoffe. Die Priesterinnen stellten sie als die Mutter-Ältesten des Starkland-Clans aus dem nahegelegenen Joannaborg vor. Zuerst klang der Name nur vage vertraut, doch dann nahmen die Frauen gegenüber von Maia Platz und begannen von Brod zu sprechen. Da erkannte sie auch die Familienähnlichkeit. Seine Nase, die ehrlichen Augen.

Ihr Freund hatte nicht übertrieben. Der Bibliotheksclan kümmerte sich tatsächlich weiterhin um seine

Söhne und offenbar auch um die Sommertöchter, nachdem diese längst aus dem Haus waren. Die Mütter hatten von Brods Mißgeschicken gehört und wollten sich aus erster Hand beruhigen lassen. Maia war beeindruckt, wie sanft sie waren, wie ernst sie ihre Sorge bekundeten. Zur Bestätigung ihres kurzgefaßten Berichts über ihre Reise mit Brod zeigte sie ihnen seinen Brief.

»Schlechte Grammatik«, meinte eine von ihnen tadelnd. »Und seht euch die Schrift an!«

Eine etwas ältere Frau meinte: »Lizbeth! Du hast doch von der jungen Dame gehört, was der arme Junge durchmachen mußte!« Sie wandte sich an Maia. »Bitte entschuldige unsere Schwester. Sie ist Brods Geburtsmutter, deshalb reagiert sie so übertrieben. Aber erzähl doch bitte weiter.«

Nur mit Mühe unterdrückte Maia ein amüsiertes Lächeln. Anscheinend war diese forsche, ein wenig zerstreute Nettigkeit eine dominante Erbanlage. Jetzt sah sie vor sich, woher Brod einige der Qualitäten hatte, die sie an ihm bewunderte. Als die Frauen aufstanden, um zu gehen, drängten sie Maia noch, ihnen Bescheid zu geben, falls sie irgend etwas brauchte. Maia bedankte sich, entgegnete aber, daß sie sich vermutlich nicht mehr lange in der Stadt aufhalten würde.

In der vorhergehenden Nacht hatte Maia gehört, wie sich die Priesterin und die Erzdiakonisse unter ihrem Fenster unterhalten hatten. Vermutlich hatten sie gedacht, Maia würde fest schlafen.

»Du bekommst es längst nicht so direkt zu spüren wie ich«, sagte die rundliche Laiin. »Während ihr Varidealisten hier in eurer ländlichen Festung herumsitzt und moralische Standpunkte bezieht, bekomme ich den ganzen Druck. Die Teppins und die Prosts ...«

»Die Teppins machen mir kein Kopfzerbrechen«, entgegnete die Priesterin.

»Das sollten sie aber. Der Tempel von Caria dreht sich ganz nach den Launen ...«

»... der Kirchenclans«, vollendete die große Frau mit einem verächtlichen Schnauben. »Landpriester und Nonnen sind eine andere Sache. Können die Oberpriester über so viele den Bann aussprechen? Damit würden sie doch riskieren, daß in der Hälfte der Küstenstädte die Ketzer stärker werden als die Orthodoxen.«

»Wenn ich mir da nur auch so sicher sein könnte. Scheint mir ein ziemlich großes Risiko, nur wegen eines armen, übel zugerichteten Mädchens.«

»Du weißt, es geht letztlich nicht um sie.«

»Nicht nur. Aber in unserer kleinen Ecke eignet sie sich gut als Symbolfigur. Und Symbole sind wichtig. Sieh dir doch nur an, was mit den Männern passiert ...«

Mit den Männern? hatte sich Maia gefragt, als die Stimmen weiterzogen. *Wen meinen sie damit? Was geschieht da? Mit welchen Männern?*

Später, als die Starkland-Frauen aufbrachen, kam es zu einer Auseinandersetzung an den Tempeltoren, wodurch Maia zumindest eine Teilantwort auf ihre ungestellten Fragen bekam. Inzwischen war sie stark genug, um auf die Veranda ihres Gästehäuschens zu humpeln, und so bekam sie die erregte Debatte an der Straße mit. Die Vars, die als Wächterinnen einsprangen, beobachteten wachsam eine Gruppe von Klonfrauen, die denjenigen ähnelten, die Maias Sänfte durch die Stadt gefolgt waren. Diese wiederum wollten eine dritte Gruppe am Eintreten hindern, nämlich eine Abordnung von Männern in den förmlichen Uniformen einer Seefahrergilde. Auf den ersten Blick schienen die Männer sehr fügsam, und im Gegensatz zu den beiden weiblichen Gruppen trugen sie keine Waffen, nicht einmal Stöcke. Mit gesenktem Blick und verschränkten Händen nickten sie höflich bei allem, was die Frauen ihnen zuriefen. Unterdessen jedoch rückten sie langsam, aber sicher vor, einen schlurfenden Schritt nach dem anderen, bis die Klonfrauen plötzlich bemerkten, daß sie in die Enge gedrängt wurden und keinen Platz mehr zum Manövrieren hatten. *Eine seltsam effektive Taktik für Männer*, dachte Maia. *Da machen sie ihre winterliche Sanftheit einfach mit ihrer Körpergröße und ihrer Beharrlichkeit wett.* Kurz darauf waren die Männer durchs Tor und ließen die wütenden Klonsoldatinnen einfach stehen. Die Tempelpriesterin, die sich ebenfalls über den Vorfall amüsierte, hieß die Männer willkommen und bedeutete ihnen, Naroins kleiner Schwester zu folgen. Hullin schüttelte ihnen die Hand und führte sie zu Maias Häuschen.

Der Anführer der Gruppe trug die beiden Mondsicheln eines Kommodore auf der Armbinde seiner sauberen, wenn auch etwas fadenscheinigen Uniform. Er hielt sich aufrecht, obwohl er leicht hinkte. Unter seinem dichten dunkelgrauen Haar und den buschigen Brauen blitzten graue Augen, die Maia an ihr heimatliches Nordmeer erinnerten. Sie fröstelte und wußte nicht, warum.

Im Haus ließen sich die Männer auf den Matten nieder, während die Nonnen kühle Getränke servierten. Maia kramte in ihrem Gedächtnis nach den Höflichkeitsregeln, wie man Männer um diese Jahreszeit angemessen bewirtete. Damals in der Sommerlingschule war das alles so abstrakt gewesen, und selbst in den wildesten Träumen, denen sie und Leie in ihrem Dachzimmer nachhingen, hatten sie sich nie vorgestellt, einmal einer so ehrwürdigen Abordnung gegenüberzusitzen.

Zuerst war Konversation die Regel, angefangen mit dem Wetter, gefolgt von eher unoriginellen Bemerkungen über Maias Veranda und den hübschen Garten. Sie gestand, daß sie von exotischen Pflanzen keine Ahnung hatte, und schon erklärten ihr zwei Offiziere die Herkunft einiger Arten, die aus fernen Tälern eingeführt worden waren, um sie vor dem Aussterben zu bewahren. Die ganze Zeit über hatte Maia Herzklopfen.

Was wollen sie von mir? überlegte sie ständig, gleichzeitig erwartungsvoll und erschrocken.

Der Kommodore erkundigte sich freundlich, wie Maia der Sextant gefiel, den er ihr als Ersatz für den alten, der in Jellicoe zurückgeblieben war, hatte schicken lassen. Sie bedankte sich, und einige Minuten war die Kunst der Navigation ein durchaus faszinierendes Gesprächsthema. Als nächstes kamen die Bücher über das Spiel des Lebens an die Reihe – mehr als Beispiele der Druck- und Bindekunst, denn wegen der in ihnen enthaltenen Information.

Maia versuchte alles, um sich zu entspannen. Sie hatte diese Art Unterhaltung unzählige Male beobachtet, wenn sie im Gästehaus von Lamatia Getränke servierte. Das oberste Gebot war Geduld. Dennoch konnte sie einen erleichterten Seufzer kaum unterdrücken, als der Kommodore endlich zur Sache kam.

»Von Mitgliedern unserer Gilde, die an den ... an den Ereignissen in Jellicoe Beacon beteiligt waren, haben wir Berichte gehört«, begann er mit leiser, tiefer Stimme, während er sich mit einer Hand über die Sehnen der anderen strich. »Außerdem haben wir Flossenfüßer Beobachtungen mit unseren Brüdern von der Gilde der Fliegenden Seeschwalbe ausgetauscht ...«

»Mit wem?« fragte Maia verwirrt.

»Mit denen, für die der Verlust der *Manitou* ... von Poulandres und seiner Besatzung ... besonders hart ist.«

Maia zuckte zusammen. Sie hatte den Namen der Gilde nicht gewußt. Auf See, mit Renna, hatte das keine Rolle gespielt. Und als sie die Besatzung dann in den unterirdischen Gängen wieder traf, war keine Zeit für Fragen gewesen.

»Aha. Fahr fort.«

Der Kommodore senkte kurz den Kopf. »Unter den zahlreichen Gilden und Logen herrscht Verwirrung wegen dem, was war, was ist, und was getan werden muß. Zu unserem großen Erstaunen haben wir vernommen, daß der Jellicoe-Former wirklich existiert.

Doch nun sagt man uns, diese Entdeckung sei unwichtig. Daß sie lediglich für die Archäologen von Interesse sei. Legenden haben keine Bedeutung, behauptet man. *Echte* Männer haben nicht den Wunsch, etwas zu bauen, was sie nicht mit ihren eigenen Händen schaffen können.«

Er hob seine vom Leben auf See vernarbten und schwieligen Hände, ebenso faltig wie die Haut um die Augen, die ein Leben lang in die Sonne, den Wind und die Gischt geblinzelt hatten. Es waren traurige Augen, bemerkte Maia. Tief in ihnen lag Einsamkeit.

»*Wer* hat dir das gesagt?«

Der Kommodore hob die Schultern. »Diejenigen, die unsere Mütter uns als geistige Führer anzuerkennen gelehrt haben.«

»Oh.« Maia glaubte zu verstehen. Nur wenige Jungen wurden von alleinstehenden Vars oder in Mikroclans zur Welt gebracht. Für die meisten war die konservative Erziehung, die auch Maia mit Leie und Albert in Lamatia genossen hatte, die Norm. Dies war für den Plan der Gründerinnen ebenso wichtig wie die genetische Manipulation der männlichen Natur, und erklärte, warum Unternehmungen wie die Königsrevolte von vorneherein zum Scheitern verurteilt waren.

»Es gibt noch mehr«, fuhr der Kommodore fort. »Obwohl es für unsere und die Verluste der Fliegenden Seeschwalben Entschädigungen gibt, sagt man uns, daß keine Blutschuld mit dem Untergang des sogenannten Dummimanns verbunden ist. Er gehörte keiner Gilde an, keinem Schiff, keinem Reservat. Wir schulden ihm kein Gedenken, keine Ehrerbietung. So sagt man.«

Er meint Renna. Maias Freund hatte auf der *Manitou* den gemeinen Spitznamen erwähnt, den man ihm verpaßt hatte. Obwohl er die robuste, selbstsichere Kunstfertigkeit der Matrosen bewunderte, hatte Renna auch angedeutet, daß sie die Männer in ritueller Besessenheit gefangenhielt und ihren Ehrgeiz von vorneherein beschnitt.

Wie viele Generationen haben die hohen Clans gebraucht, um dies zu erreichen, nachdem Jellicoe unter Zwang evakuiert worden war? Es kann nicht leicht gewesen sein. Bestimmt hat die Legende zurückgeschlagen, bestimmt war sie nicht totzukriegen, obwohl sie praktisch auf den Knien jeder Mutter unterdrückt wurde?

Ob sie je die ganze Geschichte erfahren würde oder nicht – über einige Dinge war sich Maia bereits ganz sicher. Es hatte einmal eine große Verschwörung gegeben. Eine, die beinahe erfolgreich verlaufen wäre. Eine, die das Leben auf Stratos möglicherweise für immer verändert hätte.

Als der Rat den Vorwand der Königsrevolte nutzte, um sich Jellicoe Beacon anzueignen und die alten ›Wächter‹, wie der Schiffsarzt der *Manitou* sie genannt hatte, zu vertreiben, hatte er nicht ohne Grund gehandelt. Diese alten Hüter der Wissenschaft hatten etwas viel Subversiveres, etwas für den Status quo weit Bedrohlicheres vorgehabt als den letztlich dummen Putsch der Könige. Die Existenz der orbitalen Startvorrichtung, die Renna benutzt hatte, machte das sonnenklar.

Sie hatten geplant, erneut in den Weltraum vorzudringen. Und damit einen radikal neuen Weg einzuschlagen.

Noch bemerkenswerter jedoch war, daß die Wächter das Versteck ihrer riesigen Fabrikanlage, ihres ›Formers‹ geheimhalten konnten. Der Rat konfiszierte die großen Verteidigungsmaschinen, ohne je zu ahnen, wie nahe ein geheimes Überbleibsel weiter an der Vervollständigung des Planes arbeitete. Über Generationen war es so weitergegangen. Männer und Frauen, die sich zum Jellicoe-Former hinein- und wieder hinausschlichen, gewissenhaft für ihre Nachfolge sorgten, aber mit jeder Weitergabe etwas von ihrem Können verloren, bis schließlich die unvermeidliche Logik der stratoinischen Gesellschaft ihre tapfere, zum Scheitern verurteilte Verschwörung auslöschte. Tausend Jahre später war es nur noch eine Legende, mehr nicht.

Als Renna das Schiff und die Startvorrichtung gefunden hat, muß beides fast fertig gewesen sein. Er hat den Former benutzt, ihn aufgrund seiner Erfahrungen und seiner Kenntnisse programmiert, um die Teile herzustellen, die noch fehlten.

Eine bemerkenswerte Leistung, und das in wenigen Tagen. Vielleicht hätte er es geschafft, wäre er nicht gezwungen gewesen, früher zu starten, weil sein Versteck entdeckt worden war.

Wieder einmal waren die Schuldgefühle stärker als die Stimme der Vernunft. Aber Maia fühlte noch etwas ganz anderes – den Wunsch, sich zu rächen. Natürlich würde es vergeblich sein, vor allem auf lange Sicht. Doch hier war eine Chance, wenigstens einen kleinen Rachefeldzug zu starten.

»Ich … ich kenne nicht die ganze Geschichte«, begann sie zögernd. Dann hielt sie inne, holte tief Luft und fuhr mit festerer Stimme fort. »Aber was man euch gesagt hat, entspricht nicht der Wahrheit. Es ist eine Lüge. Ich habe den Seemann gekannt, von dem du gesprochen hast, der als Gast in unsere Gefilde kam … mit offenen Händen … nachdem er ein Meer überquert hatte, das weit größer und einsamer ist, als alle, die die Männer auf Stratos je gekannt haben …«

Es war Spätnachmittag, als die Männer schließlich aufstanden und sich verabschiedeten. Hullin stützte Maia, damit sie mit ihnen zur Veranda humpeln konnte, wo der Kommodore ihr die Hand gab. Seine Offiziere standen neben ihm, mit nachdenklichen und erregten Gesichtern. »Ich danke dir für deine Zeit und deine Klugheit, Lady«, sagte der Gildenmeister. Maia blinzelte verlegen. »Indem wir eins unserer Schiffe den Piraten überlassen haben, ist deinem Haus ohne unsere Absicht Schaden geschehen. Doch du hast Großmut walten lassen.«

»Ich …« Mehr brachte Maia nicht heraus. Sie war sprachlos.

Der Kommodore fuhr fort: »Sollte ein Winter kommen, in dem dein Haus gewissenhafte Männer braucht, die mit Stolz und Freude ihre Pflicht erfüllen, werden all diese meine Männer« – er umfaßte mit einer Handbewegung seine jüngeren Kameraden, die mit ernster Miene nickten – »gerne zu euch kommen, ohne dabei auf die sommerliche Belohnung zu spekulieren.« Er legte eine Pause ein. »Ich allein darf mich ihnen nicht einschließen, denn so wollen es die Gesetze von Lysos.«

Während Maia ihn noch immer wortlos anstarrte, verbeugte er sich noch einmal. In würdevollem Ton, unter dem er seine Rührung jedoch nicht verbergen konnte, fügte er hinzu: »Ich hoffe, wir sehen uns wieder, Maia. Mein Name ist … Clevin.«

In dieser Nacht fiel Glorienfrost, schwebte in einem Nebel weicher Fäden herab aus der Stratosphäre, und legte sich wie glitzernder Staub auf die Holzgeländer, auf die Lilien am Teich. Das meiste verdunstete sofort und erfüllte die Luft mit einem schwachen, verführerischen Duft. Maia sah zu, wie die feinen Flocken vorübertrieben, als stiegen sie durch einen mikroskopischen Sternennebel nach oben. Noch lange danach konnte sie nicht einschlafen, denn sie hatte Angst, was dann passieren würde. So lag sie im Bett, und ihre Haut kribbelte, während sie sich fragte, was sie wohl träumen würde. Wessen Gesicht würde sie heimsuchen? Das von Brod? Bennett? Die Männer der Flossenfüßergilde?

Würden die weiblichen Hormone wieder die Sehnsucht nach Renna heraufbeschwören, ihre erste, wenn auch keusche Liebe zu einem Mann?

Der Schock, daß sie ihrem leiblichen Vater begegnet

war, hatte noch nicht nachgelassen. Ihre Gedanken wirbelten im Kreis, während sie sich im Bett hin und her warf. Als sie dann endlich träumte, war es eine seltsam unfaßbare Phantasie – sie fiel und schwebte zwischen den abstrakten, sich stets wandelnden Figuren der Wunderwand von Jellicoe.

Bald nach der Morgendämmerung kam die Ärztin und stellte zufrieden fest, daß heute ihre vorletzte Visite sein würde. Als sie den Agonpfropf entfernte, hatte Maia endlich Gelegenheit, das kleine Kästchen aus der Nähe zu betrachten, das den körperlichen wie den seelischen Schmerz so lange von ihr ferngehalten hatte. Es sah eher bescheiden aus, Massenware, die selbst dem einfachsten Mediziner überall auf Stratos zugänglich war. Jetzt wußte Maia auch, daß das Gerät ein Produkt eines kleineren Formers war, dessen selbsttätige Fabriken noch immer unter dem wachsamen Auge des Regierungsrates in Betrieb war. Selbstverständlich waren manche Dinge zu wichtig, um sie dem pastoralen Puritanismus zu überlassen. Doch wenn der Perkinismus die Oberhand gewann, würden möglicherweise sogar diese überaus hilfreichen Kästchen abgeschafft werden.

»Du brauchst noch ein wenig Ruhe und Erholung hier in Ursulaborg«, erklärte Naroin später am Vormittag, als sie von ihrem dringenden Auftrag zurückkehrte. »Aber dann geht es ab nach Caria, und du wirst einem so schicken Publikum von Savanten vorgestellt, wie du noch nie eins gesehen hast. Was hältst du davon?«

Maia klappte die Meßarme ihres neuen Sextanten auf und richtete sie auf eine Grimmlippenblume aus. »Ich halte davon, daß du eine Polizistin bist und ich nichts mehr sagen sollte, bevor ich nicht mit einer Anwältin gesprochen habe.«

»Einer Anwältin?« Naroin runzelte die Stirn. »Wozu solltest du die brauchen?«

Ja, wozu eigentlich? Vielleicht war Naroin ihre Freundin, aber eine Klonfrau war nie ganz ihre eigene Herrin. Wenn Maia erst einmal in Caria war, gab es für die Mächtigen in Kirche und Rat viele Gründe, die sie vorschützen konnten, um Maia einzusperren. In einem richtigen Gefängnis diesmal. Ohne Geheimgänge, bewacht von Klonwächtern, die seit Jahrhunderten erprobt und genetisch zur Wachsamkeit auserkoren waren.

Maia hatte beschlossen, es gar nicht erst so weit kommen zu lassen. Sie wollte handeln. Ehe man sie aus Ursulaborg wegbrachte, mußte es eine Chance zum Entwischen geben. Vielleicht bei einem der täglichen Ausflüge. Wenn sie erst mal im Gewimmel der Großstadt untergegangen war, konnte sie irgendwo Schutz suchen, wo all die wichtigen Leute sie nicht aufspüren würden. *In irgendeinem ruhigen, abgelegenen Küstendorf. Dann werde ich eine Möglichkeit finden, Leie und Brod Bescheid zu geben, und wir machen einen Laden auf, in dem wir Sextanten reparieren, auf die faule Matrosen nicht ordentlich aufgepaßt haben.*

Vielleicht konnte sie Naroin überreden, im entscheidenden Moment wegzuschauen. Aber es war sicher besser, sich nicht darauf zu verlassen.

»Na ja, was soll's«, meinte sie jetzt. »Ich hatte einen Alptraum und kann ihn einfach nicht abschütteln.«

»Wer kann dir das verdenken, nach allem, was du durchgemacht hast«, sagte Naroin grinsend. Als Maia nichts darauf antwortete, beugte sich Naroin zu ihr. »Glaubst du, du stehst unter Arrest oder so? Ist es das?«

»Könnte ich denn zum Tor hinausmarschieren, wenn ich wollte?«

Die drahtige dunkle Frau verzog das Gesicht. »Ich glaube, das wäre momentan nicht sehr klug.«

»Genauso habe ich es mir vorgestellt.«

»Es ist nicht so, wie du vielleicht denkst. Aber gewissen Leuten liegt deine Gesundheit nicht so am Herzen wie uns.«

»Klar«, nickte Maia. »Ich weiß, du bist viel freundlicher zu mir als manche anderen. Vergiß, daß ich gefragt habe.«

Naroin kaute unglücklich auf der Unterlippe. »Du willst wissen, was da draußen los ist. Aber es verändert sich alles so schnell ... Sieh mal, ich soll dir eigentlich nichts sagen, bis diese Persönlichkeit hierherkommt, aber morgen trifft sie hier ein. Sie will mit dir reden und dich dann in die Hauptstadt bringen. Ich weiß, das klingt verdächtig, aber es ist nützlich. Kannst du mir vielleicht bis dahin vertrauen? Ich verspreche dir, dann ergibt alles einen Sinn.«

Ein Teil von Maia wollte an ihrem Groll festhalten. Aber es war schwer, gegenüber Naroin argwöhnisch zu bleiben, nachdem sie soviel zusammen durchgemacht hatten. *Ich will lieber tot sein, als niemandem mehr vertrauen zu können.*

»In Ordnung«, sagte sie. »Bis morgen.«

Naroin ging wieder. Später, als Maia gerade selbst mit ihrer Eskorte aufbrechen wollte, drückte Hullin Maia ein zusammengefaltetes, schweres Stück Papier mit einem Wachssiegel in die Hand. Maias Herz schlug höher, als sie Brods Handschrift erkannte. Doch sie wartete, bis ihre Sänfte über den Marktplatz der Stadt schaukelte, ehe sie den Brief aufriß.

Liebe Maia,
Leie geht es gut, sie läßt Dich grüßen. Wir vermissen dich beide und sind froh zu hören, daß Du in guten Händen bist. Hoffentlich ist das Leben schön und geruhsam für Dich, eine Weile jedenfalls.

Maia lächelte. Wartet nur, bis ihr meinen nächsten Brief kriegt! Leie würde heulen vor Eifersucht, weil sie Clevin nicht als erste kennengelernt hatte! Zwar gab es

ernstere Themen zu besprechen, aber es würde ihr gut-
tun zu berichten, daß wenigstens eine ihrer Kindheits-
phantasien Wirklichkeit geworden war.

Lysos, wie sie Brod und Leie vermißte! Maia sehnte
sich von Herzen danach, daß sie bald kommen würden.

*In letzter Zeit waren wir sehr beschäftigt. Die meiste Zeit
über stehen wir nur rum, während die Oberschichtmütter
mit den Armen wedeln und spitze Schreie ausstoßen.
Genaugenommen wundert es mich, daß Leie und ich noch
hier sind, denn es sind Savanten von der Universität
mit großen Computerkonsolen eingetroffen, die sie an
Deine Bilderwand angeschlossen haben. Damit haben sie
erstaunliche Dinge vollbracht. Sie fragen Leie nicht mehr
danach, also glauben sie vermutlich, daß sie das Rätsel
gelöst haben.*

Maia überlegte. *Warum werde ich eifersüchtig?* Jetzt, da
das Geheimnis gelüftet war, war es doch nur sinnvoll,
daß die Gelehrten die Wunderwerke eines anderen
Zeitalters erforschten. Vielleicht lernten sie dabei ja das
eine oder andere … vielleicht ließen sie sogar das eine
oder andere Vorurteil fallen.

*Inzwischen sind alle Männer weg, außer denen, die auf
den Proviantschiffen arbeiten. Auch die Vars und Polizistinnen, die geholfen haben, Jellicoe aus den Händen der
Piraten zu befreien, haben uns verlassen. Man hat uns
gesagt, wir dürfen nicht mit den Matrosen sprechen und
das Reservat und den Former nicht betreten. Die Männer
verbringen ihre Freizeit zwischen dem Be- und Entladen
der Kisten damit, daß sie auf der Lagune herumrudern,
Höhlen erforschen und sich die Gegend anschauen. Ich
glaube, ich werde keine Probleme haben, den Brief …*

Die Sänfte schwankte und Maia konnte sich nicht
mehr konzentrieren. Der Markt war heute ungewöhn-

lich stark besucht. Als Maia hinausspähte, sah sie ein paar Dutzend Meter vor sich ein Durcheinander. Drei Kundinnen stritten heftig mit einer Ladeninhaberin. Auf einmal packte die eine Frau einen Stoffballen und wandte sich zum Gehen, worauf die Händlerin wütend aufschrie. Im allgemeinen Aufruhr hörte Maia das Wort »Dieb!«; aus dem Gebäude hinter Maia stürzten Klonschwestern der Verkäuferin. Andere eilten herbei, um der Kundin zu helfen. Das Geschubse und das Geschrei eskalierten mit erschreckender Schnelligkeit zu einem unschönen Gerangel und schließlich zu gezielten Schlägen, während sich das Chaos immer weiter in Maias Richtung ausbreitete.

Die Tempelwachen versuchten zu vermitteln, während Hullin die aufgeregten Lugars zum Umkehren aufforderte. Sie schafften es, in eine Seitenstraße abzubiegen, die offenbar die einzige Fluchtmöglichkeit war, mußten sich aber unter den dort gespannten Wäscheleinen ducken. »Vielleicht sollte ich lieber aussteigen ...«, schlug Maia vor.

In diesem Augenblick stieß Hullin einen erschrockenen Schrei aus. Aus einem dunklen Türeingang hatte jemand ihr ein Tuch über den Kopf geworfen und im Handumdrehen festgezurrt. Die Lugars grunzten panisch und ließen eine Tragestange los, so daß Maia zur Seite gekippt wurde und vergeblich nach Brods davonflatterndem Brief zu greifen versuchte.

Und dann starrte sie auf einmal in das von blonden Haaren umrahmte Gesicht von – Tizbe Beller!

Es blieb Maia kaum Zeit, nach Luft zu schnappen, ehe auch sie ein Tuch über ihrem Kopf spürte, das von vielen Händepaaren zugebunden wurde. Dann wurde sie Hals über Kopf einen gewundenen Weg entlanggeschleppt. Alles tat ihr weh, und die markerschütternde Qual wurde nur von dem frustrierenden Gefühl übertroffen, daß sie sich nicht wehren konnte.

Endlich nahmen sie ihr das Tuch wieder ab. Maia holte röchelnd Atem und blinzelte ins grelle Sonnenlicht. Hände zerrten und schubsten sie, aber diesmal schlug Maia zurück, erwischte eine ihrer Gegnerinnen mit dem Ellbogen, eine andere mit dem rechten Fuß in der Magengrube, ehe jemand ihr einen solchen Schlag an die Schläfe verpaßte, daß sie Sterne sah. Durch das ganze Chaos erhaschte sie jedoch einen kurzen Blick darauf, wohin man sie brachte: Zu einer Treppe, die nach oben in den Bauch einer glänzenden vogelförmigen Maschine aus Holz und Stahl führte.

Ein Flugzeug.

»Entspann dich, Fräuleinchen«, sagte Tizbe Beller, als sie Maia auf einen gepolsterten Sitz warfen. »Genieß ruhig die Aussicht. Es gibt nicht viele Varlinge, die wenigstens einmal im Leben fliegen dürfen.«

Tagebuch des Peripatetikerschiffs
CYDONIA – 626 Mission Stratos
Ankunft plus 53.755 Megasekunden

Seit der Explosion habe ich unablässig Augen und Ohren offengehalten. Genaugenommen schon seit ich die Nachricht von Rennas verzweifeltem Versuch erhalten habe. Offizielle stratoinische Agenturen behaupten unterschiedliche, oft widersprüchliche Dinge, und dort unten scheint das Chaos ausgebrochen zu sein. Doch wenigstens das Kämpfen scheint aufgehört zu haben. Nachdem der Störfaktor verschwunden ist, haben die Splittergruppen ihre kriegsähnlichen Machenschaften gegeneinander bis auf weiteres eingestellt.

Hatte Renna recht? War ein Opfer notwendig?

Wird es ausreichen?

Es war wichtig, Stratos nicht noch mehr in Aufruhr zu versetzen. Doch manchmal verlangt die Pflicht mehr von uns, als wir ertragen können.

Auch ich muß meine Pflicht tun. Sehr bald.

Kapitel 27

Nach der anfänglichen Balgerei erwies sich diese Entführung als Maias bisher bei weitem angenehmste. Gefesselt, ohne Möglichkeit zum Widerstand, machte sie das beste aus ihrer Lage und blickte durch das Doppelglasfenster hinaus über die Weite des Landungskontinents. Bald verflüchtigen sich sogar ihre Kopfschmerzen.

Leuchtend gelbes und hellgrünes Ackerland erstreckte sich dort unten, soweit das Auge reichte, durchzogen von langen Fingern dunkleren Waldes mit Durchgangsschneisen für die heimischen Tiere, von der Küste bis hin zu den nebelverhangenen Bergen, die im Norden aufragten. Kleine Städte und schloßähnliche Clanvillen tauchten in unregelmäßigen Abständen auf, wie Spinnen im Netz von Straßen und kleinen Dörfern. Schimmernde Fischfarmen reihten sich an lange Seenketten, auf denen sich das Sonnenlicht brach und in Maias Augen reflektierte.

Kurze Lastkähne mit grauen Segeln pflügten träge durch Flüsse und Kanäle, während Schwärme flinker, glitzernder Nurdrachen in Formationen von hundert und mehr Exemplaren dahinflatterten, auf ihrem Weg zu brachliegenden Nistgebieten sorgsam die Farmen und Wohngebiete meidend. Schwerfällige Heptoide stapften durch Sümpfe und seichte Ufergebiete, die breiten Rückenfächer aufgestellt, um die Hitze des Tages abzustrahlen. Und dann gab es noch die Gleiter – die Schweber und ihre kleineren Verwandten –, die in der sanften Brise auf und nieder schaukelten, wie lustige bunte Ballons an den Baumwipfeln schwingend, an denen sie grasten.

In den letzten Monaten war Maia weit herumgekommen, aber nun wurde ihr klar, daß man nur von oben wirklich die richtige Perspektive gewann. Stratos war größer, als sie es sich je vorgestellt hatte. In allen Richtungen erkannte man, wie die Menschen in bäuerlicher Gemeinschaft mit dem Land lebten. *Renna hat gesagt, daß Menschen aufgrund ihrer Kurzsichtigkeit oft ganze Welten in Wüsten verwandeln. Diese Falle haben wir umgangen. Niemand kann Lysos oder den stratoinischen Clans vorwerfen, daß sie kurzsichtig denken.*

Aber Renna hat auch angedeutet, daß es andere Möglichkeiten gibt, bei denen man nicht soviel dafür opfern muß.

Maia sah zu, wie die Pilotin die Hebel bediente und die kleinen Skalenfenster kontrollierte, als das Flugzeug in eine kleine Wolkenbank eintrat und kurz vor den Bergen nach links schwenkte. Das Innere der Maschine war kunstvoll mit handgearbeiteten Holzpaneelen verkleidet und mit einer kompakten Anordnung von Instrumenten ausgestattet. Wäre Maia mit Freunden unterwegs gewesen, hätte sie jede Menge Fragen gestellt. Doch ihre gefesselten Hände erinnerten sie permanent an ihre Lage, und so schwieg sie, ignorierte Tizbe und gähnte demonstrativ, als die junge Frau zum vierten Mal ein Gespräch in Gang zu bringen versuchte. Was Maia damit ausdrücken wollte, war unmißverständlich. Schon zweimal war sie Tizbe entwischt und sie würde es jederzeit noch einmal tun. Maia spürte, wie sehr Tizbe sich über diese Einstellung ärgerte.

Ich lerne dazu, dachte sie. *Die anderen machen Fehler, und ich werde immer stärker. Wenn es so weitergeht, bekomme ich mein Leben womöglich doch noch in den Griff.*

Die Pilotin warnte die Passagiere, daß Turbulenzen bevorstanden. Kurz darauf begann das Flugzeug zu hüpfen, zu schwanken und zu ruckeln. Tizbe und ihre Schlägertruppe wurden blaß, was Maia natürlich mit Freuden registrierte. Sie bemühte sich, ihnen das Leben noch schwerer zu machen, indem sie die Beller-Botin anstarrte, als wäre sie ein abstoßendes Exemplar einer niedrigen Lebensform. Tizbe fluchte, und Maia lachte sie aus, ohne das geringste Mitleid zu verspüren. Seltsamerweise schien das Gerüttel ihr längst nicht soviel auszumachen wie den anderen. Sogar die Pilotin wirkte etwas mitgenommen, als sie endlich wieder in ruhigere Luftmassen gelangten. *Der Sturm auf der* Wotan *war um einiges schlimmer gewesen.*

Dann nahm ein goldener Lichtschein ihre Aufmerksamkeit in Anspruch, und sie kniff vor Staunen die Augen zusammen, als sie sah, was dort vor der Windschutzscheibe auftauchte: das Schimmern einer Stadtlandschaft, die dort, wo zwei breite Flüsse ineinanderflossen, eine weitläufige Hügelkette umringte und bedeckte.

Caria! Maia beobachtete, wie die Hauptstadt immer näher rückte, an den Rändern gelb von den Ziegeln zahlloser Dächer, mit der Krone aus weißem Stein am Saum des berühmten Plateaus der Stadtburg. Über all dieser Pracht kamen nun auch noch zwei majestätische Basiliken in Sicht. Jedes Schulmädchen kannte diese säulengeschmückten Bauwerke: auf der einen Seite die Universalbibliothek, auf der anderen der Große Tempel, der weltweiten Huldigung der Stratos-Mutter gewidmet. Ihr ganzes Leben hatte Maia gehört, wie sich Frauen über ihre Pilgerfahrten nach Caria unterhielten, wie sie unter der schillernden Kuppel zur Rechten mit ihrem riesigen Drachen aus Silber und Gold in ehrfürchtigem Staunen der geistigen Mutter des Planeten – und ihren Aposteln, den Gründerinnen – die Ehre erwiesen. Der andere Palast hatte zwar die gleichen gigantischen Ausmaße, war jedoch gänzlich ohne Zierde und wurde kaum jemals erwähnt. Doch auf ihn konzentrierte sich Maias Aufmerksamkeit, während das Flugzeug auf eine Landebahn südlich der Stadt zuschwebte.

Lysos hätte den Bau der Bibliothek nicht so dem Tempel nachempfinden lassen, wenn sie ihn nur als eine Art schäbi-

ges Clubhaus für ein paar selbstgefällige Savantenclans ge-
wollt hätte.

Maia betrachtete das großartige Bauwerk, bis es im Landeanflug hinter einem Hügel mit Mittelschichts-Clanhäusern versank. Von nun an bis zur endgültigen Landung konzentrierte sich Maia ganz auf die Pilotin, wenn auch zum Teil nur, um nicht hilflos über ihr Schicksal grübeln zu müssen.

Ihre Entführerinnen brachten Maia in ein Zimmer mit Blümchentapete und einem eigenen Bad, alles dezent und elegant. Über einen schmalen Balkon gelangte man zu einem eingezäunten Garten hinunter. Zwei gleichmütige Dienstboten-Wachen lächelten Maia an; sie ließen sie keine Sekunde aus den Augen, verhielten sich aber sehr diskret. Beide trugen eine Livrée mit hübschen Paspeln an den Schultern und einem aufgestickten goldenen P, das vermutlich für den Namen ihres Arbeitgeber-Clans stand.

Maia hatte erwartet, in eins der Freudenhäuser der Bellers gebracht zu werden, vielleicht sogar in das, aus dem Renna damals entführt worden war. Vielleicht wurde sie von dort an Tizbes perkinitische Klienten verkauft, als Rache für das, was sie vor Monaten in Long Valley getan hatte. Doch ihre jetzige Unterbringung sah nicht nach einem professionellen Etablissement aus, und die Hügel ringsum wirkten nicht wie ein Bordellviertel. Farbenfrohe Seidenbanner wehten von graziösen Feentürmchen, hohe Zinnen ragten über den Hainen altehrwürdiger Grundstücke auf. Dies war eine Gegend, in der noble Clans wohnten, auf der gesellschaftlichen Leiter von Tizbes hart arbeitender Familie ungefähr ebensoweit entfernt wie die Bellers von Maia. Jenseits der Gartenmauer hörte Maia auf einer Seite Musik von einem Streichquartett und Kinderstimmen, die alle in der gleichen hohen, abgehackten Tonlage lachten. In der entgegengesetzten Richtung, von einem

Turmzimmer, dessen Licht bis spät in die Nacht hinein brannte, drangen immer wieder erregte Streitgespräche, wobei die gleiche erwachsene Stimme verschiedene Rollen zu übernehmen schien.

Nach der Landung und Maias erster Fahrt in einem Motorwagen sah sie Tizbe nicht wieder und auch keine andere Beller. Nicht daß sie das kümmerte. Inzwischen war ihr klar, daß sie ein Bauer in einem Machtspiel war, das auf den höchsten Ebenen der stratoinischen Gesellschaft gespielt wurde. *Ich müßte mich geschmeichelt fühlen*, dachte sie zynisch. *Das heißt, wenn ich bis zur Tag- und Nachtgleiche überlebe.*

Als sie darum bat, brachte man ihr Bücher zum Lesen. Eins davon war eine Abhandlung über das Spiel des Lebens, das vor etwa hundert Jahren von einer älteren Savanten geschrieben worden war. Sie hatte mehrere Jahre mit Männern verbracht – auf See und auch als Sommergast in einem Reservat – und untersuchte die anthropologischen Aspekte der endlosen Turniere. Maia fand das Buch faszinierend, obgleich ihr einige der Schlüsse über ritualisierte Sublimation etwas weit hergeholt schienen. Schwieriger fand sie es, sich durch eine detaillierte logische Analyse des Spiels selbst zu kämpfen, die noch ein Jahrhundert früher von einer anderen Gelehrten abgefaßt worden war. Den mathematischen Erläuterungen konnte sie nur mit einiger Mühe folgen, aber im ganzen erwies es sich als systematischer und ergiebiger als die Bücher, die sie in Ursulaborg von der Flossenfüßergilde erhalten hatte. Diese legten mehr Gewicht auf Daumenregeln und Gewinnstrategien als auf grundlegende Theorie. Doch auch nach einem solch reichhaltigen geistigen Mahl fühlte sich Maia immer noch hungrig.

Die Bücher waren ein guter Zeitvertreib, während Maias Körper sich vollends erholte. Schritt für Schritt nahm sie ihr Körpertraining wieder auf, um zu Kräften zu kommen. Außerdem hielt sie die ganze Zeit über nach Fluchtmöglichkeiten Ausschau.

Eine Woche verging. Maia las und studierte, wanderte in ihrem Garten umher und machte sich unablässig Gedanken, was wohl mit Leie und Brod los war. Sie konnte nicht einmal fragen, ob noch weitere Briefe für sie eingegangen waren, da Brod offenbar bereits beim letzten gezwungen gewesen war, ihn herauszuschmuggeln. Allein die Frage konnte ihre Freunde schon verraten.

Sie ließ sich ihre Frustration nicht anmerken, weil sie ihren Gegnern nicht die leiseste Genugtuung verschaffen wollte, aber das Bild von Rennas fataler Explosion verfolgte sie in ihren Träumen. Mehrere Male schreckte sie aus dem Schlaf hoch, die Hände auf ihr pochendes Herz gepreßt, japsend wie in einem luftleeren Raum tief unter der Erde.

Eines Tages teilten ihr die Wachen mit, sie hätte Besuch. »Deine huldvolle Gastgeberin, Odo vom Clan der Persim«, verkündeten die Dienerinnen und verbeugten sich tief vor einer großen, schon etwas älteren Frau mit einem breiten Gesicht und aristokratischem Auftreten.

»Ich weiß, wer du bist«, sagte Maia. »Renna hat gesagt, du hast ihn in eine Falle gelockt, um ihn entführen zu lassen.«

Die Frau setzte sich auf einen Stuhl und seufzte. »Es war ein guter Plan, und du hast einiges dazu beigetragen, ihn zu vereiteln.«

»Danke.«

Odo nickte höflich. »Bitte. Möchtest du wissen, weshalb wir uns die ganze Mühe gemacht, weshalb wir das Risiko auf uns genommen haben?«

»Erzähl es mir ruhig, wenn du möchtest. Ich habe ja glücklicherweise nichts anderes zu tun«, antwortete Maia nach kurzem Schweigen.

Odo spreizte die Finger. »Es gab zahllose Einzelpersonen und Gruppen, die den Outsider aus der Welt schaffen wollten. Die meisten aus instinktiven, unüberlegten Gründen, als könnte seine Vernichtung die Uhr zurückdrehen und die Wiederentdeckung von Stratos durch das Hominidenphylum ungeschehen machen.

Manche haben sich vorgestellt, sein Verschwinden würde die Eisschiffe daran hindern, zu uns zu kommen.« Spöttisch und hoheitsvoll schüttelte Odo den Kopf. »Diese riesigen Schiffe voller friedlicher Invasoren werden erst eintreffen, wenn wir längst tot sind. Wenn wir uns an einem armen Boten rächen, würde das nur unsere Position schwächen, wenn der Kontakt später wieder aufgenommen wird.«

»Soviel zu den Motiven der anderen. Natürlich hattest *du* bessere Gründe, Renna zu ergreifen. Beispielsweise, daß du Informationen aus ihm herauspressen wolltest?«

Die alte Frau nickte. »Sicher, wir hatten zahlreiche Fragen an ihn. Unsere perkinitischen Verbündeten waren an den neuen Genspleiß-Methoden interessiert, die dazu führen könnten, daß man zum Selbstklonen keine Männer mehr braucht. Andere interessierten sich für eine verbesserte Verteidigungstechnik oder wollten die Schwachpunkte der Eisschiffe erfahren, damit wir sie aus der Ferne, weit weg von Stratos, zerstören können.«

»So weit weg, daß die Öffentlichkeit nichts davon mitbekommt, meinst du. Damit die Bevölkerung nie erfahren würde, daß wir Zehntausende unschuldiger, schlafender Menschen ermorden.«

»Man hat mir gesagt, daß du für eine kleine Var eine sehr schnelle Auffassungsgabe besitzt«, erwiderte Odo. »Doch das waren nicht die einzigen Ideen, wie man deinen außergalaktischen Freund und sein Wissen nutzen könnte.«

Maia dachte an Kiels Radikale, die gehofft hatten, die stratoinische Biologie und Kultur mindestens so weit zu verändern wie die Perkiniten, wenn auch in der entgegengesetzten Richtung. Maia wußte, daß Renna sich von beiden Seiten nicht hätte einspannen lassen wollen.

»Laß mich raten, was die Bellers sich vorstellten. Ihr Motiv war Bargeld, richtig? Aber ihr Persim, ihr hattet doch sicher eure eigenen Gründe.«

Odo nickte. »Seine Anwesenheit in Caria war ... zu einem Störfaktor geworden. Der Rat und die Kurie hatten wichtige Dinge zu besprechen, wurden in seiner Anwesenheit jedoch zunehmend unberechenbar. Wir hatten nicht erwartet, daß er sich im Sommer so ruhig und reserviert verhalten würde. Das hat viele von uns für ihn gewonnen, und uns wurde klar, daß die Lage im Winter und vor allem mit dem ersten Frost prekär werden mußte. Stell dir vor, welchen Einfluß ein vitaler, redegewandter Mann alten Stils auf diejenigen hätte ausüben können, die einen schwachen Willen und einen ebenso schwachen Verstand haben! So könnte man viele der sogenannten ›Gemäßigten‹ beschreiben, die sich immer mehr der Kontrolle unserer Fraktion entzogen. Aus politischen Erwägungen hielt man es also für notwendig, ihn zu entfernen.«

»*Was?*« Maia stand auf. »Was willst du damit sagen, du bornierte Schnepfe? Soll das heißen, aus diesem Grund hast du ihn ...?«

Odo hob die Hand und wartete, bis Maia sich wieder gesetzt hatte, ehe sie mit leiser Stimme fortfuhr. »Du hast recht. Es gibt noch mehr. Weißt du, wir hatten ein Versprechen abgelegt ... eins, das wir nicht einhalten konnten.«

Maia blinzelte verwundert. »Was für ein Versprechen war das?«

»Ihn zu seinem Schiff zurückzuschicken natürlich. Und seine Vorräte aufzufüllen, wenn seine Mission erledigt ist. Deshalb ist er überhaupt nur in einer einfachen Landekapsel heruntergekommen, statt andere Vorkehrungen zu treffen.« Die alte Frau atmete hörbar aus. »Monatelang haben diejenigen, die an ihn glaubten, an der Startvorrichtung gearbeitet, die nicht weit von hier liegt. Als die Maschine das letzte Mal vor ein paar Jahrhunderten benutzt wurde, hat sie funktioniert, das geht aus unseren Aufzeichnungen klar hervor.

Aber nun haben einige Teile versagt, und wir verfügen nicht mehr über das notwendige Wissen, sie zu reparieren. Deshalb konnten wir ihn nicht heimschicken.«

Odo sprach rasch weiter, als Maia ansetzte, sie zu unterbrechen. »Um alles noch schlimmer zu machen, stand er in dauerndem Kontakt mit seinem Schiff. Manche wollten ihn schon deshalb erledigen, damit er keine Informationen weitergeben konnte, die für zukünftige Invasoren womöglich nützlich sein könnten. Als er höflich darum bat, sich unsere Startvorbereitungen ansehen zu dürfen, wurden diese Forderungen immer lauter. Es hätte nicht mehr lange gedauert, bis er berichtet hätte, daß Stratos keinen Zugang zum Weltraum mehr besaß.«

»Aber Renna ...«

»Eines Nachts war er in sehr vertraulicher Stimmung und hat mir erzählt, daß die Peripatetiker – so nennen sie die interstellaren Kuriere – für entbehrlich gehalten werden. Der neue Kreuzzug des Phylum, bei dem der Kontakt zu verlorenen Hominidenwelten wiederaufgenommen werden soll, hat schon so viele Leben gefordert, welche Rolle spielt da eines mehr oder weniger? Ironisch, nicht? Seine eigenen Worte haben meinen Clan und einige andere endgültig davon überzeugt, eine Allianz mit den Perkiniten zu schließen.«

Ja, das sieht Renna ähnlich, dachte Maia traurig. Die seltsame Mischung von Weitblick und Naivität, die ihren toten Freund gekennzeichnet hatte, war eine seiner bezauberndsten und zugleich befremdlichsten Eigenschaften gewesen.

»Ich nehme an, daß die neue Startvorrichtung in Jellicoe einige von euch dazu gebracht hat, ihre Meinung zu ändern?«

Die Klonfrau legte den Kopf schief. »Ja, das sollte man denken, nicht wahr? Tatsächlich ist die Angelegenheit aber sehr komplex. Es gärt in der Politik. Der

Große Former und seine Begleiteinrichtungen sind heiß umstrittene Themen.«

Ach wirklich?! Ich sehe doch, daß ihr eine Höllenangst habt.

»Warum erzählst du mir das alles?« fragte Maia. »Warum kümmert ihr euch darum, was ein einfaches Varmädchen wie ich denkt?«

Odo zuckte die Achseln. »Für gewöhnlich interessiert uns das nicht sonderlich, aber jetzt brauchen wir deine Kooperation. Bestimmte Dinge werden von dir verlangt werden ...«

Maia lachte laut auf. »Was, in Lysos' Namen, bringt dich auf die Idee zu glauben, daß ich euch einen Gefallen tue?«

Die Antwort war offensichtlich vorbereitet. Odo zog ein kleines glänzendes Foto aus ihrem weiten Ärmel. Mit zitternden Fingern nahm Maia es entgegen und betrachtete Brod und Leie, die nebeneinander vor einer riesigen, kristallenen, spiralförmigen Röhre – dem Lauf der großen Startvorrichtung – auf Jellicoe Island standen. Maias Schwester zeichnete hochkonzentriert eine Nahskizze von einem Maschinenteil, während Brod den Finger auf ein mit Zahlen bedecktes Diagramm hielt und sich zu Leie herabbeugte, um ihr etwas zu sagen. Nur ihre hochgezogenen Schultern verrieten die Spannung, die Maia von diesem Bild ausgehen spürte. Unweit von den beiden hatten sich eigens für die Fotografin mindestens ein Dutzend Frauen aufgestellt, die ganz entspannt plauderten oder einfach nur beiläufig in der Gegend herumstanden. Fast ein Drittel waren Klone der Matriarchin, die Maia in diesem Augenblick gegenübersaß.

»Ich denke, dir liegt die Gesundheit und Sicherheit deiner Schwester und ihres gegenwärtigen männlichen Begleiters am Herzen. Das bringt mich zu der Überzeugung, daß du bereit bist, uns den einen oder anderen Gefallen zu tun.«

Maias unverhohlen haßerfüllter Blick schien Odo vollkommen kalt zu lassen. »Deine erste Aufgabe wird darin bestehen«, fuhr sie denn auch unbeeindruckt fort, »daß du mich heute abend begleitest. Wir gehen in die Oper.«

Die Eleganz der Umgebung war für Maia nicht vollkommen überraschend. Sie kannte das Theater der Hauptstadt aus zahlreichen Teleübertragungen und Filmszenen. Als kleines Mädchen hatte sie davon geträumt, in einem Prachtgewand, wie es die reichen Klonfrauen trugen, eine der großartigen Produktionen des Opernhauses anzusehen, während ringsum hinter bescheidenem Lächeln und vorgehaltenem Fächer die Intrigen der großen Clans gesponnen wurden.

Die Phantasie war schön und gut – aber es war etwas völlig anderes, mit den ungewohnten Verschlüssen und Halterungen zu kämpfen und mit den bauschigen, unpraktischen Stoffmassen fertig zu werden, die keinen anderen Zweck erfüllten, als den Reichtum und den Status der Trägerin und ihrer Familie zu demonstrieren. Schließlich erschienen zwei junge Frauen aus Odos Familie, um Maia bei den Vorbereitungen ihres ersten Abends der Heuchelei behilflich zu sein. Sie arrangierten die Puffärmel und die Faltenhose so, daß man kaum eine Narbe sah, aber als sie sich daran machen wollten, Maia zu schminken, verweigerte sie sich strikt. Hier war eine Grenze erreicht, sie fand es ekelhaft, sich anzumalen. Als Odo eintraf, erhielt sie von der alten Frau unerwartet Schützenhilfe.

»Wir wollen doch, daß man sie erkennt«, entschied sie. »Ein kleiner blauer Fleck oder auch zwei fallen auf. Außerdem sieht sie doch auch so hervorragend aus, nicht wahr?«

Maia drehte sich vor dem kostbaren Spiegel, in dem sie sich in voller Größe betrachten konnte. Und was sie sah, versetzte sie in Staunen. Ihre Aufmachung betonte, was sie bislang kaum wahrgenommen hatte, nämlich, daß sie einen Frauenkörper besaß. Sie war vier Zentimeter größer und viel voller als das magere, unbeholfene Küken, das sich vor einigen Monaten schüchtern aus Port Sanger hervorgewagt hatte. Am meisten überraschte Maia jedoch ihr Gesicht: von der schmalen, abheilenden Narbe unter dem rechten Ohr bis zu den Backenknochen, auf denen kein Babyspeck mehr zu entdecken war, und den braunen Haaren, die von Odos aufmerksamen Dienerinnen auf Hochglanz gebürstet worden waren. Und am erstaunlichsten waren die Augen: Um sie herum zeigte sich nicht das kleinste Fältchen, so daß sie auf den ersten Blick jung und unschuldig wirkten. Doch wenn man sie genauer betrachtete, schienen sie gleichzeitig skeptisch und doch heiter, und aus einer bestimmten Perspektive erkannte sie die Stirn ihres Vaters, dem Meister der Schiffe und der Stürme.

Maia hätte sich nie träumen lassen, daß sie einmal so aussehen würde.

Verdammt richtig! dachte Maia und nickte. *Nimm die Dinge, wie sie kommen. Und die anderen können sich auf etwas gefaßt machen, wenn sie dich einen Moment aus den Augen lassen.*

Leider war das nicht sehr wahrscheinlich. Leies und Brods Leben hing davon ab, daß Maia sich angemessen benahm. Dennoch drehte sie sich nun mit einem Lächeln zu Odo um. *Du hast einen Fehler gemacht, daß du mir diesen Anblick gegönnt hast. Wie viele Fehler dir wohl noch unterlaufen?*

Das Große Theater lag ein Stück vom Tempel und der Bibliothek entfernt an der Stadtburgpromenade. Pferdekutschen, Lugarsänften und auch einige Motorlimousinen fuhren an der Treppe vor, um die Crème de la crème der Gesellschaft von Caria zur heutigen Premiere der klassischen Oper *Wendy und Faustus* aussteigen zu lassen. Hohepriesterinnen, Angehörige des Rates, Richterinnen und Savanten erklommen die breiten Stufen. Viele Matronen aus den großen Clans erschienen in Begleitung jüngerer Klontöchter oder -nichten, die für echten Machtbesitz noch zu unerfahren, zur Fortpflanzung aber alt genug waren. Die jüngeren wurden ihrerseits von kleinen Männergruppen eskortiert, von großen, aufrechten Gildenvertretern in den offiziellen Uniformen. Die winterliche Hautevolee der stratoinischen Männer, die hier umworben und unterhalten wurde.

Maia beobachtete das Treiben aus der Kutsche, die sie mit Odo und einem halben Dutzend älterer Frauen aus verschiedenen Adelsclans teilte. Es herrschte eine ausgesprochen kühle Atmosphäre, und unter den verächtlichen Blicken der Klonfrauen kehrte Maias Beklommenheit zurück. Die Feindseligkeit beruhte auf sehr unterschiedlichen Ausprägungen von Fanatismus, aber was diesen Frauen ihre Macht verlieh, ging viel tiefer, bis ins Herz der Gesellschaft, die Lysos vor langer Zeit gegründet hatte.

Von dem Augenblick an, als Maia aus der Kutsche stieg, spürte sie, wie sich zahlreiche Blicke auf sie richteten. Geflüsterte Kommentare folgten ihr die Treppe empor, durch den reich verzierten Säulengang und die geschwungene Treppe bis hinauf in die Loge, in der sie auf Odos Anweisung ganz vorne, für jeden sichtbar Platz nahm. Zu Maias großer Erleichterung ging bald das Licht aus. Die Dirigentin hob den Taktstock, und die Ouvertüre begann.

Die Oper hatte durchaus ihre künstlerischen Höhepunkte. Die Musik war wunderschön. Maia achtete kaum auf das Libretto, dem ein reichlich abgedroschenes Thema zugrundelag: der uralte Kampf zwischen weiblichem Pragmatismus und dem sprunghaften, gefährlichen Enthusiasmus der Männer alten Stils. Zweifellos war das Drama auf Veranlassung bestimmter politischer Parteien wiederbelebt worden, als Teil einer Propagandakampagne gegen einen neuerlichen Kontakt zum Phylum. Maias Anwesenheit sollte Einverständnis signalisieren.

In der Pause wurde Maia von ihrer Eskorte in die glitzernde, elegante Lobby geleitet, wo Varkellnerinnen Tabletts mit Getränken und Süßigkeiten herumreichten. Hier wäre es leicht gewesen zu entwischen... wenn nur Leie und Brod nicht auf sie angewiesen gewesen wären. Maia schluckte ihre Frustration hinunter und versuchte, das zu tun, was man ihr eingeschärft hatte. Lächelnd ließ sie sich von einer der Bediensteten, einer Varfrau wie sie selbst, ein sprudelndes Getränk reichen, während diese sich mit untertänig gesenktem Blick vor ihr verbeugte.

Doch plötzlich wurde Maias Lächeln ehrlich, denn sie sah eine Gruppe auf sich zukommen, von der sie zwei Frauen kannte. Die kleinste war Naroin, energisch wie immer, in ihrem einfachen, dunklen Anzug etwas deplaziert wirkend. Neben ihr ging Clevin, Kommodore der Flossenfüßergilde, der sie beinahe um die Hälfte ihrer Größe überragte. *Mein Vater*, dachte Maia. Die Wirklichkeit schien so fern von ihren Kindheitsträumen, daß es ihr schwerfiel, ihre Gefühle einzuordnen. Aber das stolze Leuchten, das in seinen grauen Augen aufglomm, als er sie entdeckte, freute sie von Herzen.

In Begleitung von Naroin und Clevin befanden sich zwei Frauen – eine groß, silberhaarig und elegant, die andere von dunkler Schönheit, mit geheimnisvollen grünen Augen. Maia kannte ihre Gesichter nicht.

Als die Gruppe auf sie zukam, glitt Odo sofort an Maias Seite. »Oh, Iolanthe! Wie schön, dich wieder in der Gesellschaft zu sehen. Es war langweilig ohne dich.«

Die große Frau nickte. Sie trug ihre silbergrauen Haare schlicht frisiert und hatte ein feines Gesicht, das eine ruhige Intelligenz ausstrahlte. »Die Nitrocis-Feste hat um ihren Freund getrauert, der so weit durch die Galaxis gereist ist, nur um hier verraten zu werden und einen allzu frühen Tod zu erleiden.«

»Einen Tod voller Ironie – und durch eigene Hand«, betonte Odo. »Und dabei lag die Rettung nur wenige Meter entfernt, wenn er es nur gewußt hätte.«

Maia hätte Odo gern auf der Stelle umgebracht, ohne alle Gewissensbisse. Doch sie blieb einfach stehen und nickte nur kurz ihrem Vater und Naroin zu.

»Du fühlst dich also von deinem Verbrechen reingewaschen?« fragte die Frau namens Iolanthe höflich, mit der Gelassenheit einer Savanten. »Wir werden andere Zeugen, ältere Berichte finden. Ein Bündnis, dessen Mitglieder so unterschiedliche Interessen verfolgen, kann nicht von Dauer sein. Du spielst ein gefährliches Spiel, Odo.«

Odo zuckte die Achseln. »Möglicherweise kommt der Punkt, an dem ich mich opfern muß. Beim Makro-Schach kann eine Seite viele Damen verlieren und das Spiel dennoch gewinnen. So ist das Leben.«

Zur Überraschung der beiden Frauen mischte sich nun Clevin ein. »Eine schlecht gewählte Metapher«, bemerkte er in seinem prägnanten Bariton. »Dein Spiel ist nicht das Leben.«

Odo starrte den Mann an, als könnte sie seine Unverschämtheit nicht fassen. Dann brach sie in verächtliches Gelächter aus. Hinter Maia stimmten mehrere Mitglieder der Verschwörung ein. Der Kommodore jedoch ließ sich nicht einschüchtern. In seinem Schweigen spürte Maia eine größere Überzeugungskraft als im Lachen der anderen. Sie verstand, was er meinte, und teilte ihm dies durch einen Blick mit.

Naroin trat auf Maia zu. »Ich hab dich vermißt, Varling. Tut mir leid, mit einer solchen Aktion hatte ich nicht gerechnet. Anscheinend habe ich deine Bedeutung mal wieder unterschätzt.«

Genau das konnte auch Maia immer noch nicht verstehen. *Was ist an mir so wichtig?*

»Alles in Ordnung?« fragte Naroin.

»Ja«, antwortete Maia, fast flüsternd. »Und bei dir?«

»Auch. Man macht mir lediglich die Hölle heiß, weil ich deine Entführung nicht verhindern konnte. Aber woher sollte ich wissen, daß du schon zu Lebzeiten eine Legende wirst?«

Ihre Gruppe zog von ringsum neugierige Blicke auf sich. Maia spürte nicht nur die Blicke würdevoller Matronen, sondern auch die einiger Männer auf sich ruhen.

Nun sprach Iolanthe wieder. »So kann es nicht weitergehen, Odo. Sie kann nicht deine Gefangene bleiben.« Die Savante wandte sich an Maia. »Komm mit uns, Kind. Sie können dich nicht hindern. Wir beschützen dich wie unser eigen Fleisch und Blut, mit einer Macht, die du dir nicht vorstellen kannst.«

Aus irgendeinem Grund hegte Maia daran große Zweifel. Sie hatte Kräfte kennengelernt, die weit über das hinausgingen, was sich der konventionelle Intellekt dieser Frau vorstellen konnte. Außerdem hatten die Ereignisse der letzten Zeit dazu geführt, daß Maias Phantasie alle Fesseln abgeworfen hatte – ähnlich wie das Schwert der Lysos an der Spieluhr in Lanargh die symbolischen Ketten zerschlug.

Auf einer anderen Ebene zweifelte Maia nicht daran, daß das Angebot ehrlich gemeint war. Auch wenn Iolanthes Seite in dem politischen Konflikt wahrscheinlich den kürzeren ziehen würde, konnte sie Maia dennoch schützen. Maia brauchte nur zu ihr zu gehen.

Es gibt viele Arten von Gefängnissen, dachte sie bitter.

»Das ist freundlich von dir«, antwortete sie. »Vielleicht ein andermal.«

Die Savante zuckte bei dieser Ablehnung leicht zusammen, aber Naroin machte keinen überraschten Eindruck. »Aha. Gefällt es dir in der Persim-Feste? Sind sie jetzt deine Freunde?«

Zuerst dachte Maia, Naroin hätte das aus Verbitterung gesagt. Doch dann sah sie etwas anderes in den Augen der Polizistin. Ein wildes, verschwörerisches Funkeln. Ihr Sarkasmus hatte ein ganz anderes Ziel.

Maia nickte und holte tief Atem. »Oh – ja. Odo – ist – meine – Freundin … genauso – wie – sie – Rennas – Freundin – war.«

Man hatte ihr eingeschärft, sich in diesem Sinn zu äußern, aber sie sprach so hölzern, daß niemand, der einigermaßen bei Sinnen war, auch nur ein Wort davon ernst nehmen würde. Maia hörte, wie Odo vor Wut zischte.

Leie, Brod – habe ich gerade euer Todesurteil gesprochen? Vielleicht würde Naroin jetzt zwei und zwei zusammenzählen und erkennen, daß Maia erpreßt wurde. Vielleicht gab es noch ehrliche Frauen in der Regierung, auf die man sich verlassen konnte, wenn es darum ging, zwei unschuldige Fünfjährige aus der Gefangenschaft zu befreien. Das zu übermitteln, war es wert, daß sie die Geduld der Persim-Frau ein wenig strapazierte. Aber nur einmal.

Clevin brummte etwas vor sich hin. Maia sah, wie seine knorrigen Hände sich ballten und wieder lösten. Mitten im Winter spürte sie seine Hitze. Dieser Mann hatte keine Probleme damit, die Faust zu ballen, er mußte sich zusammennehmen, um seine Wut zu beherrschen. Naroin nahm seinen Arm und drückte ihn.

»Das wird den Streik nicht aufhalten«, knurrte er.

Den Streik? fragte sich Maia.

Odo lachte wieder. »Euer sogenannter Streik ist doch lächerlich, er löst sich ja jetzt schon auf. In ein paar Tagen, spätestens in ein paar Wochen ist er vorbei. Dann werden sich alle Frauen zu einem Boykott gegen die Teilnehmer zusammenschließen. Sie bekommen keine Sommerpässe. Keine Söhne mehr. Stimmt's, *Maia?*«

Nun unternahm Maia keine Anstrengungen mehr, Botschaften zu versenden, sondern nur noch zu gehorchen. »Ja«, stimmte sie zu, ohne zu wissen, was sie da bestätigte. Naroin und Clevin durchschauten ihre Zwangslage. Nur ihre Schwester und ihr Freund waren wichtig.

»Unsere früheren Differenzen haben sich zusammen mit dem Besucher in Luft aufgelöst«, fuhr Odo fort. »Jetzt möchte sich Maia der Bewegung anschließen, die Frieden und Ordnung in den Plan der Gründerinnen zurückbringen will.«

Zum ersten Mal öffnete die vierte Frau in Naroins Begleitung den Mund. Sie war dunkelhaarig, mittelgroß, gelassen, hatte ein ovales Gesicht mit ausgeprägten Zügen und durchdringenden Augen. »In diesem Fall würde es dir nichts ausmachen, wenn ich dich einmal in der Persim-Feste besuche?« fragte sie Maia.

Ehe Maia antworten konnte, wollte Odo wissen: »Welche bist du? *Welche* Upsala?«

In Maias Ohren klang diese Frage höchst seltsam – die Individualität einer Klonfrau spielte doch normalerweise keine Rolle.

»Ich bin Brill aus dem Clan der Upsala.« Die anmutige Brünette senkte den Kopf. »Ich führe Tests durch, für den Staatsdienst.«

Maia spürte Odos angespannte Reaktion, als wäre ihr etwas begegnet, was viel besorgniserregender war als jeder Angriff von Naroin, Clevin oder selbst von der aristokratischen Iolanthe. »Ich würde mich geehrt fühlen, Brill aus dem Clan Upsala«, platzte Maia heraus, und der kalte Schweiß fühlte sich unter dem schweren Gewand unangenehm klebrig an. »Komm, wann immer es dir beliebt.«

Die Lichter des Atrium verblaßten zum sanften Klingeln einer Glocke, die das Ende der Pause einläutete.

Odo nahm demonstrativ Maias Hand und drückte sie kurz und schmerzhaft. »Zeit, zu unseren Plätzen zurückzugehen«, sagte sie zu Iolanthe und den anderen. »Viel Spaß noch. Komm, Maia.«

Eisiges Schweigen herrschte zwischen ihnen, während sie zu ihrer Loge emporstiegen. Als sie sich setzten und die Lichter erloschen, fühlte Maia, wie Odo sich zu ihr beugte. »Wenn du noch mal so einen Trick wie heute abziehst, mein lieber junger versprengter Samen, dann wirst du es bereuen. Es hängt nicht nur dein eigenes Leben davon ab, daß du demnächst eine bessere Schauspielerin wirst.«

Maia hatte noch weniger Lust auf den zweiten Akt. Die Musik klang wie Maschinengedröhn, die bunten Kostüme kamen ihr affig und albern vor. Nur eins lenkte sie einen Moment lang von ihrem Elend ab. Während sie lustlos über das extravagante Volk unter ihr hinwegblickte, entdeckte sie zwei Gesichter, beide identisch mit dem von Brill, der Frau, die sie eben in der Lobby kennengelernt hatte.

Das erste gehörte der Dirigentin. Das zweite war die Tenorstimme, die sich einen künstlichen Bart ans Kinn geklebt hatte und mit pseudomännlicher Hingabe hüpfte und trällerte. Sie spielte die archetypische Opernrolle des betrogenen Herausforderers von Mutter Natur, den Inbegriff der Hybris – Faust.

Eine weitere Woche verstrich. Jeden Morgen ließ Odo Maia in neue Kleider stecken, ehe sie mit ihr in der offenen Kutsche eine Ausfahrt auf der Promenade unternahm. So konnte die Persim-Frau ihre Gefangene vor den Spaziergängern und Passanten vorzeigen, ohne erneut einen engen persönlichen Kontakt zu riskieren.

Anfangs war Maia überwältigt von den Sehenswürdigkeiten der Hauptstadt – das Rathaus, die Universität, der Große Tempel – sie kam sich fast wie eine ganz normale Touristin vor. Aber die Faszination dauerte nicht an. Jedesmal, wenn sie in ihr Zimmer in der Persim-Feste zurückkehrte, befreite sich Maia so schnell wie möglich von ihrem grotesken Putz und reagierte sich mit einem ausführlichen Körpertraining ab. Inzwischen waren die Wachen verschwunden, doch Maia fühlte sich hier eingesperrter als in Long Valley oder auf Grimké Island.

Am Fridinstag erlebte Maia bei ihrer morgendlichen Ausfahrt vor einem der majestätischen, säulengeschmückten öffentlichen Gebäude eine tumultartige Szene. Uniformierte Soldaten und Disziplinarbeamte versuchten, mehrere Demonstrantengruppen zurückzudrängen. Eine, die aus Männern in vielfarbigen Gildentuniken bestand, machte einen auffallend matten und demoralisierten Eindruck. Maia konnte nur einen Teil dessen lesen, was auf den schlaff herabhängenden Spruchbändern stand. *JELL ... RMER* war zwischen zwei Falten zu lesen.

Plötzlich begann Maias Herz zu pochen. Direkt vor ihnen, am Straßenrand, an dem die Kutsche gleich vorbeifahren würde, stand Clevin, ihr Vater, in ernstem Gespräch mit Iolanthe. Sofort raunte Odo der Fahrerin etwas zu, und sie schnippte mit den Zügeln. Die Pferde wechselten in Trab. In diesem Moment sah Clevin auf, direkt in Maias Augen, und hob die Hand, als wollte er ihr zuwinken.

Doch der Moment war viel zu schnell vorüber. Odo stieß ein kurzes, zufriedenes Schnauben aus, als Maia sich in die Plüschpolster zurücksinken ließ.

Die Männer brauchen Hilfe, dachte sie verzweifelt. *Wenn ich frei wäre, könnte ich ihnen vielleicht Mut machen. Wenn ich nur ...*

Sie schüttelte den Kopf. Nichts war es wert, dafür das Leben von Leie oder Brod zu opfern. Und schon gar nicht ein politisches Anliegen, das von Anfang an zum Scheitern verurteilt war. Egal wie sehr sie sich anstrengte, das Schicksal konnte sie nicht ändern.

Wortlos fuhren sie zurück zur Persim-Feste. Maia riß sich die steifen Kleider vom Leib, machte ihre Übungen und kroch ins Bett.

Am nächsten Tag fand Maia auf ihrem Frühstückstablett neben dem Orangensaft eine Zeitung. Ein einfaches, vierseitiges Blättchen, gedruckt auf feinem, glattem Papier. Nach dem Preis und der Auflage zu urteilen, die im Impressum vermerkt standen, war es eindeutig nur für Abonnenten gedacht, die sich an der Spitze des vielfältigen sozialen Spektrums von Caria befanden. Mehrere Teile waren herausgeschnitten. Aber der Leitartikel war dennoch interessant.

Streik vor dem Ende

Während der Schiffsverkehr in den meisten Häfen an der Méchant-Küste weiterhin chaotisch bleibt, sagen Analysen nun ein rasches Ende der Arbeitsniederlegung bei siebzehn Schiffahrtsgilden und ihren Partnern voraus. Schon jetzt haben Überläufer die Entschlossenheit der Rädelsführer geschwächt, deren Ziel – den Planetarischen Regierungsrat zu zwingen, das berüchtigte Jellicoe-Reservat wieder zu öffnen – kaum noch eine realistische Erfolgschance eingeräumt wird ...

So so, dachte Maia. Dies war der erste, wenn auch lückenhafte Bericht über die Ereignisse, den sie seit ihrer Gefangennahme erhalten hatte.

Die Piraten sind besiegt. Kiels Radis vernichtet. Lose Allianzen zwischen Liberalen wie den Tempelvars im Hinterland könnten für Veränderungen aufgeschlossen sein, aber es mangelt ihnen an Tatkraft. Die hohen Clans haben langfristige Erfahrungen mit dieser Art von Unzufriedenheit.

Aber es gibt eine andere Gruppe, die ihnen Angst einjagt. Die Segelgilden.

In Usulaborg hatten die Flossenfüßer von Propaganda gesprochen. *Der Große Former bedeutet nichts*, hatte man ihnen gesagt. *Der Dummimann war keiner von euch ...*

Ihren eigenen Beitrag wollte Maia nicht überbewerten. Die Matrosen hätten die offizielle Version womöglich ohnehin bezweifelt. Aber ihre Worte hatten sicher geholfen, vor allem, als sie ihnen erzählt hatte, was sie über die Alten Wächter erfahren hatte – über den aussichtslosen Kampf, den Männer und Frauen in grauer Vorzeit geführt hatten, um einen neuen Weg durchzusetzen. Einen Weg, der mehr umfaßte als einen runden Fleck Erde und Meer und Himmel im stratoinischen Märchen. Ein Weg, das zu verbessern, was die Gründerinnen ihren Nachkommen einst mitgegeben hatten, ohne es endgültig zu zerstören.

Und sie hatte von Renna gesprochen, dem tapferen Matrosen, dessen Ozean die Galaxis gewesen war. Ein Mann, der ins All fliegen konnte, wozu seit dem Bann kein Mann auf dieser Welt mehr in der Lage gewesen war. Als sie sich an jenem Tag getrennt hatten, war Maia sicher gewesen, daß die Seemänner ihren Sternenfreund kannten. Daß er einer der ihren war. Daß sie ihm eine Ehrenschuld ableisten mußten.

Die Persim haben mich hierhergebracht, um den Streik zu unterminieren. Deshalb führen sie mich in der Stadt vor. Die Männer in der Oper haben ihren Gilden Bericht erstattet. Wenn ich mit Odo zusammen bin, wie ernst kann ich es dann mit der Behauptung gemeint haben, daß ich die Gefährtin des Sternenmanns war?

Wenn man zwischen den Zeilen las, wurde einem rasch klar, warum die hohen Clans sich Sorgen machten. Die Aktionen der Seeleute machten ihnen schwer zu schaffen.

... die Hälfte der Stimulationssaison war vorüber, ehe der Streik ausgerufen wurde. Dennoch besteht kein Zweifel, daß die mangelnde männliche Kooperation das Fortpflanzungsprogramm des Winters beeinträchtigen wird.

Unwillkürlich mußte Maia lächeln, so stolz war sie. Clevin und die anderen hatten wirklich an alles gedacht.

Die perkinitische Priesterin und Juristin Jeminalte Cever forderte heute, »daß diejenigen, die diese ungeheuerliche Pflichtvergessenheit zu verantworten haben, dafür werden teuer bezahlen müssen«.

Glücklicherweise kam es erst nach dem Farsun-Tag zu dieser Radikalisierung, so brauchten die Politiker nicht zu befürchten, daß sich unzufriedene Männer an die Wahlurnen drängten. Ihre aufgebrachte Minderheit hätte vielleicht das eine oder andere Kopf-an-Kopf-Rennen bei den jüngsten Wahlen anders entschieden.

Wird dieser Faktor auch nächsten Winter noch eine Rolle spielen? Schätzungen, die auf die jüngsten Episoden männlicher Unruhen vor sechs, zehn und dreizehn Jahrzehnten Bezug nehmen, führen die Savanten vom Institut für Soziologische Trends zu der Annahme, daß dieses etwas ernstere Zwischenspiel nicht rechtzeitig beendet sein wird, um kurzfristige ökonomische Verluste unserer Abonnenten zu verhindern. Doch sie sagen vorher, daß bis zum nächsten Herbst nur noch eine geringfügige Restunruhe übrig sein wird, etwa vergleichbar mit ...

Weiter beschrieb der Artikel, wie die Gilden voneinander abfallen und schon bald faule Kompromisse akzeptieren würden, wie sie in einer Jahreszeit, in der das
Blut wieder abkühlte, nicht fähig sein würden, ihren
berechtigten Zorn aufrechtzuerhalten. Maia seufzte,
denn diese Voraussage war durchaus glaubhaft. Lysos
behielt stets die Oberhand.

Kein Wunder, daß man mich das lesen läßt. Der Bericht
war selbstverständlich unvollständig und voreinge-
nommen. Trotzdem war Maia deprimiert.

Odo kam, als Maia gerade mit Anziehen fertig war.
Sie hatte erwartet, daß die Persim-Matriarchin sich an
dem Artikel weiden würde, aber allem Anschein nach
hatte Odo andere Dinge im Kopf. Nervös schickte sie
die Bediensteten weg und forderte Maia auf, sich zu
setzen.

»Heute gibt es keine Ausfahrt«, erklärte sie. »Du hast
Besuch.«

Maia zog eine Augenbraue hoch, sagte aber nichts.

»Kurz und gut, du wirst Brill Upsala im östlichen
Wintergarten empfangen. Du bekommst Stifte, Papier
und was du sonst brauchst. Brill ist darüber informiert,
daß du bereit bist, dich nach den Bedingungen des
alten Gesetzes untersuchen zu lassen, aber daß du nicht
über Belange diskutieren möchtest, die mit dem Außergalaktischen zu tun haben.«

Odo sah Maia fest in die Augen. »Wir werden
zuhören. Solltest du uns der Lüge bezichtigen oder irgendwelche Schwierigkeiten andeuten, so kannst du
Upsala gleich begleiten, wenn sie geht ... und für
immer mit der Schuld am Tod deiner Schwester leben.
Ich überlasse dir die Entscheidung.«

Maia wußte, daß sie Odos Geduld schon einmal auf
eine harte Zerreißprobe gestellt hatte. Odo und ihre Ko-
horten waren damit beschäftigt, unzählige Fäden politischer, sozialer und ökonomischer Natur zu ziehen. Öffentlich und auch hinter den Kulissen. Wenn sie zu der

Überzeugung kamen, daß Maia und Leie und Brod als Bauern in ihrem Spiel mehr Ärger als Nutzen brachten, konnte man von ihnen nur Skrupellosigkeit erwarten. Deshalb nickte Maia und folgte Odo zur Tür hinaus.

Inzwischen kannte sie den Haushalt der Persim gut. Es gab Yuquinn-Dienstmädchen und Venn-Köchinnen und Bujul-Handwerkerinnen, die sich alle in ihren ererbten Nischen wohl zu fühlen schienen, fleißig arbeiteten und weder Anordnungen noch Ansporn brauchten, um den Persim jeden Wunsch von den Augen abzulesen. Warum auch nicht? Jede von ihnen stammte von einer Varfrau ab, die ohne Gefährtinnen gedient hatte und mit dieser Art von Unsterblichkeit belohnt worden war. Einer Unsterblichkeit, die jederzeit enden konnte, wenn die Persim ihre Schirmherrschaft zurückzogen. Keine Gewalt war dafür nötig, sie brauchten nicht einmal gefeuert zu werden. Die Persim mußten nur aufhören, die teuren Winterpaarungen für ihre Klienten zu finanzieren und dann ein bis zwei Generationen geduldig abwarten. Das war für sie keine lange Zeit.

War ein solches Verhältnis ausbeuterisch? Ungerecht? Maia bezweifelte stark, daß die Yuquinns oder Venns diese Ansicht vertraten. Würden sie zu solchen Ansichten neigen, wäre ihre Linie mit dem natürlichen Tod der ersten Varahnin ausgestorben. Doch in letzter Zeit hatte Maia immer mehr Rennas Haltung angenommen. All dies war durchdacht, so natürlich, wie man es sich nur wünschen konnte, und doch von einem anderen Standpunkt aus entsetzlich und widerwärtig.

Ich bin keine Tochter von Lysos mehr, merkte Maia. *Ich werde mich nie an eine Welt gewöhnen, deren Grundvoraussetzung ich nicht ertragen kann.*

»Hier herein«, sagte Odo und deutete auf eine Doppeltür. »Und benimm dich.«

Die implizite Drohung reichte aus. Odo drehte sich um und ging. Maia betrat den Wintergarten, wo die faszinierende dunkelhaarige Frau, die sie in der Oper ken nengelernt hatte, gerade ihre Papiere auf einem märchenhaft teuren Tisch auslegte, der aus fast makellosen, in Metall gefaßten Kristallplatten bestand. In einer Ecke stand eine von Odos jüngeren Schwestern und beobachtete sie. Brill deutete auf einen Stuhl. »Danke, daß du dir Zeit für mich nimmst. Sollen wir anfangen?«

Maia setzte sich. »Womit?«

»Mit der Untersuchung natürlich. Wir fangen an mit einem kurzen Überblick über deine Vorlieben. Nimm diese Formulare. Jede Frage nennt fünf Tätigkeiten ...«

»Äh ... entschuldige ... was ist das für eine Untersuchung?«

Brill setzte sich auf und betrachtete Maia, die das seltsame Gefühl hatte, in einen Abgrund zu blicken. Als sähe diese Frau durch sie hindurch und hätte gar keine Untersuchung nötig.

»Ein Berufs-Eignungs-Test. Ich habe Einblick in deine Schulzeugnisse aus Port Sanger genommen, die gute vorbereitende Arbeit zeigen. Gibt es da für dich ein Problem?«

Fast hätte Maia laut gelacht. Dann überlegte sie. *Ist das Theater? Ist Brill vielleicht von Iolanthe Nitrocis und ihren Verbündeten geschickt worden?*

Andererseits hatte Odo Brills Vertrauenswürdigkeit bestimmt genauestens überprüft. Der nicht sehr umfangreiche Staatsdienst von Stratos war angeblich politisch unabhängig, und seine Testerin hatte überall freien Zugang. Wenn ihr Auftritt Theater war, machte Brill ihn jedenfalls glaubhaft. Maia beschloß mitzumachen.

»Nein, kein Problem.« Sie sah nach links und nach rechts. »Wo sind deine Tastzirkel? Willst du die Beulen an meinem Kopf messen?«

Brill Upsala lächelte. »Phrenologie hat durchaus ihre Anhänger. Aber warum fangen wir nicht lieber mit etwas anderem an?«

Es folgte ein unbarmherziger Papierkrieg, ein

Kreuzfeuer von Fragen über Maias Interessen und Vorlieben, zu ihren Kenntnissen in Grammatik, in den Naturwissenschaften und der Meteorologie, ihr Wissen über ...

Nach zwei Stunden durfte Maia eine kleine Pause einlegen. Sie ging zur Toilette, aß einen kleinen Imbiß von einem Silbertablett und ging eine Runde durch den Garten, um sich die Beine zu vertreten. Geschäftig wie immer verbrachte Brill die Pause damit, die Ergebnisse auszuwerten. Falls sie geschickt worden war, um eine Nachricht von Naroin oder Clevin zu überbringen, so verbarg sie ihren Auftrag ganz hervorragend.

»Ich habe zwei deiner Schwestern gesehen, nachdem wir uns in der Oper unterhalten haben«, erzählte Maia, obwohl sie wußte, daß die Persim-Frau zuhörte. »Eine hat den Faust gespielt ...«

»Ja, das war Cousine Gloria. Und Suhrah am Dirigentenpult. Ganz schöne Angeber, die beiden.«

Maia blinzelte überrascht. »Ich fand, sie waren sehr gut!«

»Selbstverständlich waren sie gut!« Brill warf ihr einen scharfen Blick zu. »Aber es geht darum, worin man gut sein will, wofür man sich entscheidet. Die schönen Künste sind ein wunderbares Hobby. Ich spiele sechs Instrumente. Aber das ist keine geeignete Herausforderung für eine gereifte Persönlichkeit.«

Maia starrte sie an. Eine Klonfrau abwertend über ihre Schwestern sprechen zu hören, war mehr als seltsam. Noch seltsamer war das, was sich aus ihren Worten ableiten ließ.

»Hast du gesagt, wozu man sich *entscheidet?* Dann verlangt dein Clan nicht ...«

»Daß wir uns spezialisieren?« Brill sagte das Wort mit einem verächtlichen Unterton. »Nein, Maia. Wir müssen uns nicht spezialisieren. Können wir jetzt weitermachen?«

So kehrten sie auf neutrales Terrain zurück, und Maia konnte mit ihren Fragen nicht weiterbohren. Als nächstes zeigte Brill ihr eine Holzschachtel und bat Maia, zwei Hebel zu ergreifen, während sie in eine mit Leder ausgelegte Röhre blickte. Darin hüpfte eine horizontale Linie auf und ab, was Maia an das Instrument erinnerte, das sie bei ihrer Entführung aus Ursulaborg im Flugzeug gesehen hatte. »Das ist ein künstlicher Horizont«, erklärte Brill. »Deine Aufgabe besteht darin, Abweichungen auszugleichen. Ich steigere langsam die Schwierigkeit ...«

Eine Stunde später waren Maias vornehme Kleider durchgeschwitzt, ihr Nacken schmerzte vor lauter Konzentration, und sie stöhnte, als Brill die nächste Pause ansagte.

»Oh-oh-oh«, meinte sie, einigermaßen überrascht. »Das hat ja richtig Spaß gemacht!«

Brill antwortete mit einem kurzen Lächeln. »Das habe ich bemerkt.«

Nach einigen weiteren körperlichen Tests kam die nächste Pause, diesmal zum Abendessen im nächsten Speisezimmer, von denen es in der Persim-Feste mehrere gab. Zu Odos offensichtlichem Ärger ging Brill ganz selbstverständlich davon aus, daß auch sie zum Essen eingeladen war, was die Matriarchin dazu zwang, ebenfalls am Tisch Platz zu nehmen, um die Dinge im Auge zu behalten.

Sie hätte sich die Mühe sparen können. Die Unterhaltung an dem großen Tisch aus feinstem Yarriholz, der mit besticktem Leinen, feinstem Porzellan und blitzenden Kerzenhaltern gedeckt war, verlief alles andere als faszinierend. Die meiste Zeit über kramte Brill in ihren Papieren, nur wenn die Dienerin den nächsten Gang auftrug, bedankte sie sich ausgiebig bei ihr. Maia beobachtete amüsiert, wie Odo darauf reagierte. Zweifellos glaubte die Matrone, daß der Besuch der Testerin ein Schachzug ihrer politischen Gegner war, und sie versuchte verzweifelt, hinter seinen Sinn zu kommen. Ebenso deutlich war Odo anzusehen, wie sehr es sie ärgerte, daß sie sich um eine unwichtige Spielfigur wie Maia so viele Gedanken machen mußte.

War das alles? Eine Maßnahme, um die Zeit des Gegners zu verschwenden? Falls ja, machte es Maia große Freude, behilflich sein zu können. Die Prüfungen waren anstrengend, aber eine willkommene Ablenkung. Sie hätte sich nur gewünscht, Brill wäre etwas empfänglicher für Hinweise, was sie Naroin und ihrem Vater mitteilen lassen wollte.

»Die Upsalas sind ein seltsames Volk«, bemerkte Odo, während der Hauptgang abgeräumt wurde und sie ihr drittes Glas Wein austrank. »Hast du von ihnen gehört, Sommerkind?«

Maia schüttelte den Kopf.

»Dann will ich dich aufklären. Nach den üblichen Maßstäben sind sie ein recht erfolgreicher Clan mit etwa hundert ...«

»Achtundachtzig Erwachsenen«, korrigierte Brill und sah Odo mit ihren ruhigen grünen Augen an.

»Meine Quellen sagen, ihr Wohlstand ist gesichert. Nicht erstklassig, aber gesichert. Es gibt zwei Upsalas im Regierungsrat und neunundvierzig mit Savantenstellen in verschiedenen Institutionen. Neunzehn davon an der Universität von Caria, in mehreren Fachbereichen. Aber weißt du, was das Sonderbarste an ihnen ist?« Eine Dienerin füllte Odos Glas nach, und sie beugte sich vor. »Sie haben keine Clan-Feste! Kein Haus, kein Grundstück, keine Diener. Nichts!«

»Da komme ich nicht mit«, meinte Maia und runzelte die Stirn.

»Sie leben alle allein! In Häusern oder Wohnungen, die jede für sich allein kauft. Jede verdient ihren eigenen Lebensunterhalt. Jede trifft bei der Stimulation ihre eigenen Abmachungen mit einem einzelnen Mann!

Und weißt du auch, warum?« Odo kicherte. »Sie können sich gegenseitig nicht ausstehen!«

Als Maia sich zu Brill umdrehte, zuckte diese nur die Achseln. »Die typische stratoinische Erfolgsgeschichte verlangt nicht nur Talent, Bildung und das Glück, eine Nische zu finden. Geselligkeit, ein Leben in der Herde ist ebenfalls eine Bedingung ... Selbstaufopferung im Dienste des Stammeswohls. Schwesterliche Solidarität hilft dem Gedeihen eines Clans.

Aber Menschen sind nun einmal keine Ameisen«, fuhr sie fort. »Nicht jede Frau ist dazu geboren, mit anderen Frauen auszukommen, auch wenn sie identisch mit ihr selbst sind.«

Die Aufregung und der Alkohol hatten die gewöhnlich so distanzierte Odo verwandelt. Sie lachte laut. »Gut gesagt! Oft genug setzt eine kluge junge Var etwas in Gang, nur um dann zu erleben, wie ihre streitsüchtigen Töchter es wieder kaputtmachen. Nur diejenigen, die mit sich selbst in Frieden leben, können die Gabe der Gründerinnen nutzen.«

Maia erinnerte sich an zahllose Situationen ihres gemeinsamen Heranwachsens, in denen sie und Leie sich alles andere als selbstlos benommen hatten. Sie hatten dies immer auf ihre sommerliche Herkunft geschoben, aber war das wirklich der Grund? Würde sich ihre Beziehung mit zunehmendem Wohlstand womöglich *verschlechtern*, statt sich zu einer perfekten Zusammenarbeit zu entwickeln? Maia hatte das Gefühl, daß hier ein evolutionärer Imperativ am Werk war. Über die Generationen hinweg würde die Selektion die Eigenschaft verstärken, mit verschiedenen Versionen des Selbst auszukommen. Falls dem so war, waren die Pläne der Zwillinge vielleicht seit jeher zum Scheitern verurteilt gewesen und ihr Erfolg so wahrscheinlich wie Frost im Sommer.

»Es gibt Ausnahmen«, warf Maia hoffnungsvoll ein. »Dein Clan kommt ja irgendwie zurecht.«

Brill seufzte, als langweilte sie das Thema ungemein.

»Irgendwann haben wir Upsalas gelernt, wie wir die nützlichen Funktionen eines Clans aufrechterhalten können, ohne die ganzen Nachteile in Kauf nehmen zu müssen.«

»Sie meint damit, daß sie ungefähr einmal in einem alten Erdenjahr ein Treffen veranstalten. Die Hälfte nimmt nicht daran teil, sondern schickt eine Anwältin!« Odo schien das höchst amüsant zu finden. »Sie mögen nicht einmal ihre eigenen Klontöchter. Deshalb vermehren sie sich auch so langsam ...«

»Das stimmt nicht!« fauchte Brill und zeigte die erste Gefühlsaufwallung, die Maia an ihr gesehen hatte. Sie hielt inne und gewann ihre Fassung wieder. »Alles geht gut bis zur Pubertät, wenn ...« Sie stockte zum zweiten Mal und vollendete den Satz mit leiser Stimme. »Mit meinen anderen Kindern komme ich gut zurecht.«

»Mit deinen Varkindern, meinst du. Das ist was anderes. Die Upsalas bevorzugen die Sommerkinder. Das macht sie bei den Jungs so beliebt, jawohl«, meinte Odo mit schwerer Zunge und trank noch einen großen Schluck Wein.

»Auf dem Land würde eure Methode nie funktionieren«, sagte Maia zu Brill.

»Das ist richtig, Maia. In der Stadt hat man öffentliche Einrichtungen zur Verfügung, eine Menge Karrieremöglichkeiten ...«

»Erzähl ihr was von den Karrieremöglichkeiten! Sucht ihr euch nicht alle deswegen verschiedene Berufe, weil ihr euch nicht über den Weg laufen wollt?«

Wieder kicherte Odo, und Maia starrte Brill fasziniert an. Offenbar waren die Upsalas gut in allem, was sie versuchten, obwohl sie mit jedem geklonten Leben von vorn anfingen. Maia fragte sich, ob Renna, ihr toter Freund, bei seinem Aufenthalt in Caria diesem Wunder begegnet war. Wenn sie nicht von einer negativen Eigenschaft behindert wurden, konnte es sein, daß die Upsalas irgendwann einmal ganz Stratos beherrschten.

Kein Wunder, daß Odo nervös wurde, obgleich Brill diesen recht harmlosen Beruf gewählt hatte.

Im Fall der Upsalas hat das Genie über den Mangel an Harmonie gesiegt. Leie und ich sind keine Genies, aber wir hassen uns auch nicht. Vielleicht ist ein Zwischending möglich. Wenn wir beide diesen Schlamassel lebend überstehen, können wir vielleicht etwas von den Upsalas lernen.

Brill zog eine Taschenuhr hervor und räusperte sich. »Das war ein sehr angenehmes Abendessen, nicht wahr? Können wir jetzt weitermachen? Ich wäre gern bald fertig. Mein Babysitter verlangt nach zehn einen Aufschlag.«

Die nächste Testserie beschäftigte sich mit Maias ›kryptomathematischem Talent‹ – mit ihrer verborgenen Vorliebe für Dinge wie das Spiel des Lebens. Eine Stunde lang führte sie Miniaturkriege auf einem elektronischen Spielbrett wie Rennas und versuchte – meist vergeblich – das Gerät daran zu hindern, daß es ihre Muster zerstörte. Brill forderte sie immer wieder auf, neue Rekursionsregeln aufzustellen, Methoden, das Spiel zunehmend zu erschweren und irgendwann unmöglich zu machen. Es war eine schweißtreibende Übung, in der nicht nur Wissen, sondern auch blitzschnelles Kombinieren verlangt wurde. Maia war begeistert ... bis die Muster vor ihren Augen verschwammen und sie mit ihren Kräften am Ende war.

»Warum machst du das mit mir?« ächzte sie.

»Man vermutet, daß du für eine bestimmte Nische in Frage kommst«, antwortete Brill trocken und stellte das Gerät ab. Maia rieb sich die Augen. »Für welche Nische denn?«

Brill zögerte. »Ich kann dir sagen, was du *nicht* erwarten solltest. Du brauchst nicht darauf zu hoffen, daß du mit deinem Talent für Muster und Symbolsysteme an der Universität aufgenommen wirst. Wenn sich das Talent über mehrere Generationen hält, kann es sein, daß eins deiner Winterkinder sich auf dieser Grundlage bewirbt, aber für dich ist es leider zu spät, um noch Mathematikerin zu werden.«

Danke vielmals, dachte Maia und war selbst erstaunt über ihre Bitterkeit. *Wer hat dich denn überhaupt darum gebeten?*

»Außerdem scheinst du ein zu hohes Aktionspotential zu haben, um ein beschauliches Leben zu führen«, fuhr Brill fort, während sie einen Papierbogen überflog. »Das ist aber für meine Kundin kein Nachteil, obgleich andere Faktoren ...«

Maia setzte sich auf. »Kundin? Du meinst, das ist gar nicht für den Staatsdienst?« Sie spürte, wie die Persim-Frau neugierig vorrückte. Brill zuckte die Achseln. »Ich bin von einem Mitglied meiner eigenen Familie beauftragt, für ein neues Unternehmen Mitarbeiter zu suchen. Offen gestanden geht es um eine ziemlich riskante Sache, es ist ganz und gar keine sichere Nische.«

»Aber ...« Maia spürte den Ärger im gespannten Schweigen der Persim-Frau. »Odo hat vermutet, es wäre für ...«

»Für Odos Vermutungen bin ich nicht verantwortlich. Jeder Arbeitgeber kann den Testservice in Anspruch nehmen. So etwas spielt für die gegenwärtigen politischen Kämpfe der Persim keine Rolle, also braucht sich Odo auch keine Sorgen zu machen. Können wir jetzt fortfahren? Unser letztes Gebiet befaßt sich ...«

»Ich bin ein guter Navigator!« platzte Maia heraus. »Und ich kann auch ganz ordentlich mit Maschinen umgehen. Meine Zwillingsschwester ist noch besser. Wir sind Spiegel-Zwillinge, weißt du. Also könnten wir vielleicht ... zusammen ...« Maias Stimme erstarb, weil sie plötzlich merkte, wie peinlich dieser Ausbruch war. Irgendein kindisches Wunschdenken hatte sich bemerkbar gemacht und für eine Sache eingesetzt, die sie schon längst nicht mehr ernsthaft verfocht.

»Diese Faktoren könnten wichtig sein«, bemerkte Brill nach einer kurzen Pause. »Nun, die letzte Aufgabe ist ein Aufsatz. Ich möchte, daß du drei Ereignisse beschreibst, bei denen du Rätselschlösser geöffnet hast, um dir Zugang zu verborgenen Räumen zu verschaffen. Du weißt, wovon ich spreche. Beschreibe präzise, welche logischen und intuitiven Faktoren dich zur korrekten Antwort geführt haben. Beschränke jede Antwort auf hundert Worte. Nimm den Stift. Fang an.«

Maia seufzte und begann zu schreiben. Anscheinend wußte jeder von ihren Abenteuern auf Jellicoe Island. Inzwischen war die Insel wieder in der Hand derselben konservativen Kräfte, die das Verteidigungszentrum jahrhundertelang erhalten hatten. Aber das Geheimnis war endgültig gelüftet.

... deshalb war unser Erfolg an der Tür aus rotem Metall teilweise Glück ... schrieb sie. *Ich habe einmal zufällig etwas gehört, was mich darauf gebracht hat, wie die Worte in den Sechsecken zu deuten sein könnten ...*

Maia wußte, daß sie keine sehr gute Beschreibung ablieferte, aber sie schaffte es einfach nicht, ihre Gedanken zu organisieren und in einen vernünftigen Zusammenhang zu bringen. Wenn sie an Jellicoe dachte, erinnerte sie das an Probleme, die viel dringender und realer waren als dieser dumme Test. Wenn Leie und Brod doch nur gemerkt hätten, wie sich die Machtverhältnisse dort unten veränderten, und mit Naroins Freunden verschwunden wären, solange das noch möglich war! Jetzt war es anscheinend zu spät.

Maia beschrieb die rote Tür, die sie und Brod in der Höhle gefunden hatten, und ging dann dazu über, ihre Überlegungen im Vortragssaal des Reservats zu erläutern. Zuerst erwähnte sie, was Leie und der unglückliche junge Navigator zur Lösung des Rätsels beigetragen hatten, das sie schließlich zum Großen Former führte. Andererseits deutete sie damit natürlich auch an, daß die beiden mitverantwortlich waren für das, was folgte – das gewaltsame Eindringen in die krypti-schen Gänge, was wiederum Renna dazu gezwungen hatte, seine Vorbereitungen abzubrechen und den ver-frühten und tödlichen Start in einen schrecklich blauen Himmel zu wagen.

Es ist meine Schuld. Ganz allein. Maia schloß die Augen und atmete tief durch. *Ich kann jetzt nicht darüber nachdenken. Ich muß es verschieben. Auf später.*

Maia beendete ihre Zusammenfassung und legte das zweite Blatt auf das erste. Dann starrte sie auf das dritte und blickte verdutzt hoch. »*Welches* dritte Rätsel? Ich erinnere mich nicht ...«

»Das früheste. Als du vier warst. Und in die Vorrats-kammer deiner Mütter eingebrochen bist.«

Maia starrte sie verwundert an. »Woher weißt du ...?«

»Das laß nur meine Sorge sein. Bitte mach weiter. Dieser Test mißt die spontane Reaktion unter Druck, nicht das Gedächtnis oder die Vollständigkeit deines Erinnerungsvermögens.«

Maia hatte den Verdacht, daß sich hinter ihren Fach-ausdrücken etwas verbarg, irgendeine versteckte Be-deutung, aber sie entging ihr. Seufzend beugte sie sich über das Papier und schrieb auf, was sie von jenem Tag noch wußte, als der quietschende Speiseaufzug sie und ihre Schwester ein letztes Mal in die Katakomben unter den Lamai-Küchen trug.

In der Hand hatte Maia einen Zettel mit einer Skizze für den letzten Versuch, das hartnäckige Schloß zu öff-nen, Leie hielt die Laterne, während sie auf die Steinfi-guren drückte – umeinander gewundene Schlangen, Sterne und andere Symbole –, die eine nach der ande-ren mit einem klickenden Geräusch einrasteten. Beide Zwillinge hielten den Atem an, als die eisenbeschla-gene Tür endlich zur Seite glitt. Und was sahen sie?

Knochen. Reihe um Reihe ordentlich aufgestapel-ter Knochen. Oberschenkelknochen. Schienbeinknochen.

Schlüsselbeinknochen. Grinsende Totenschädel. Maia prallte zurück, und Leies Entsetzensschrei war so laut, daß die Weinregale hinter ihnen klapperten. Zitternd, mit vor Schreck weit aufgerissenen Augen betraten sie die Geheimkammer und starrten entsetzt auf Generationen verblichener Ahninnen ... von denen jede genetisch gesehen ihre Mutter gewesen war. Das Beinhaus war kühl und unheimlich still. Dankbar registrierte Maia, daß wenigstens keine vollständigen Skelette zu sehen waren. Dank ihrer sprichwörtlichen Ordnungsliebe hatten die Lamai die Knochen ihrer Vorfahren nach Kategorien gestapelt, und so hatte man wenigstens nicht dauernd das gruselige Gefühl, sie könnten plötzlich lebendig werden und sich an den neugierigen Kindern rächen.

Noch weitere Dinge waren in der Kammer versteckt gewesen. Schränke mit verstaubten Akten. Und ganz weit hinten entdeckten sie noch bedrohlichere Dinge. Waffen, Todesmaschinen, die eigentlich für Familienmilizen illegal waren, aber nach dem Clanmotto ›Sicher verstaut hat nie gereut‹ hier aufbewahrt wurden.

Danach wurden beide Zwillinge von schaurigen Träumen gequält, aber bald vertrieben sie ihre Skrupel mit spöttischen Scherzen über diese lange Kette von Vorfahren, die bis hin zu einem mystischen, verlorenen Großelternpaar zurückreichte. Die Zwischenform – die Lamai-*Person* – hatte die Zeit überdauert, würde aber ihre tief verwurzelte Unsicherheit wohl nie überwinden. Woran sich Maia am besten erinnerte, waren die Monate, die sie im Bann des Puzzles verbracht hatte. Sobald es gelöst war, stellte sich ein Rätsel, das ihr brennend interessant vorgekommen war, allzuoft als langweilig heraus, das merkte sie jetzt.

Nachdem Brill gegangen war, krabbelte Maia zwischen die Seidenlaken, erschöpft, aber unfähig abzuschalten. *Auch Renna war auf seine Art unsterblich. Lysos hätte seine*

Methode wahrscheinlich albern gefunden. Genauso wie er ihre.

Vielleicht hatten sie beide recht.

Schließlich schlief sie doch ein. Sie träumte nicht, aber ihre Hände zuckten wie unter dem vagen, aber mächtigen Drang, etwas zu ergreifen.

Der nächste Morgen dämmerte herauf, und Maia beobachtete, wie der Frost von den Pflanzen im Garten verdunstete und die Luft mit dem Duft von Rosen und Einsamkeit erfüllte. Als Odo sie zu der täglichen Ausfahrt abholte, sprachen sie kein Wort miteinander. Maia grübelte über das, was Brill Upsala gestern zum Abschied über das Projekt gesagt hatte, das von ihrem Clan unterstützt wurde.

»Ich kann dir nicht viel darüber erzählen«, hatte sie gemeint. »Außer daß es um Transport und Kommunikation geht, mit weiterentwickelten traditionellen Techniken.« Brill lächelte dünn und sarkastisch. »Unser Clan mag alles, womit wir uns noch weiter verzetteln.«

»Dann hat es also nichts mit dem Former oder mit dem Weltraumstarter zu tun?«

Brills grüne Augen leuchteten auf. »Wie kommst du denn auf die Idee? Oh, wahrscheinlich weil ich damals mit Iolanthe und dem Flossenfüßer in der Oper war. Nein, ich bin nur mitgegangen, um verschiedenen Leuten vorgestellt zu werden. Was die Funde in Jellicoe angeht, sind sie auf Befehl des Rates hin versiegelt worden.« Brill nahm ihre Tasche. »Du mußt doch gewußt haben, daß es keine andere Perspektive gegeben hätte. Man ändert die Trägheit des Drachen nicht dadurch, daß man ihn am Schwanz zieht.«

An der Tür stellte Maia die letzte Frage, wobei sie sich stets der Anwesenheit der Persim-Frau bewußt war, die nicht von ihrer Seite wich. »Ich verstehe immer noch nicht, woher du von unserem Ausflug in die Gebeinekammer von Lamatia wußtest. Die Lamai haben es nie erfahren, oder?«

»Soweit ich weiß.«

»Dann mußt du mit Le ...«

»Keine voreiligen Schlüsse«, unterbrach Brill. Nach einer kurzen Pause hatte sie Maia die Hand hingestreckt. »Viel Glück. Maia. Ich hoffe, wir sehen uns wieder.«

Es war nicht schwer zu erraten, was sie meinte. *Ich hoffe, wir sehen uns wieder ... falls du lange genug überlebst.*

Diese Worte gingen Maia durch den Kopf, während die Kutsche sie und Odo an dem marmornen Säulengang des Rathauses vorüberfuhr. Es gab noch weniger Demonstranten, und ihre Spruchbänder hingen noch schlaffer herab. Nirgendwo eine Spur von Naroin oder Maias Vater.

Der Streik verfehlt seine Wirkung, dachte Maia. Selbst wenn er an der Küste noch aktiv war, wie konnten lose organisierte Männer die großen Clans besiegen und die Dinge zurückgewinnen, die sie vor Menschengedenken verloren hatten? Was bedeutete einem Durchschnittsmatrosen die Wächter oder der Große Former? Wie lange kann die Empörung über ein Unrecht aufrechterhalten werden, das vor fast tausend Jahren geschehen ist?

Ein beunruhigender Gedanke schoß Maia durch den Kopf. Brills Prüfung hatte viele der Fähigkeiten umfaßt, die ein Pilot oder ein Navigator eines Schiffs brauchte. Gab es womöglich einen Plan zur Rekrutierung von *Streikbrechern?* Schließlich gab es genügend weibliche Matrosen, um ein paar Frachter zu bemannen. Ohne Offiziere würden diese Schiffe zwar bald sinken, aber was wäre, wenn die Frauen auch für die Offiziersposten Ersatz fanden?

Ich würde mich weigern, schwor sich Maia im stillen. *Selbst wenn sich herausstellen sollte, daß es genau das ist, wozu ich geboren bin, würde ich niemals dabei helfen, den Männern ihre Nische wegzunehmen, den einzigen Platz auf dieser Welt, auf den sie stolz sind. Da wäre die perkinitische Lösung noch barmherziger.*

Sie wußte, daß sie voreilige Schlüsse zog. Die Situation machte sie paranoid und deprimierte sie.

Sie sah, wie Odo lächelte, als sie die kläglichen Überreste des Widerstands betrachtete.

Am nächsten Tag öffnete der Himmel seine Schleusen, und die Ausfahrt fand nicht statt. Maia versuchte zu lesen, aber der Regen brachte ihre Gedanken immer wieder auf Renna. Sonderbarerweise fiel es ihr schwer, sich sein Gesicht vorzustellen. *Irgendwann wäre er sowieso weggegangen*, redete sie sich ein. *Ihr hättet auf Dauer nichts Gemeinsames gehabt.*

Wurde ihr Herz hart? Nein, sie trauerte noch immer um ihren Freund, und das würde sie immer tun. Doch sie hatte eine Pflicht den Lebenden gegenüber. Leie gegenüber. Und Brod, den sie entsetzlich vermißte.

In dieser Nacht weckten Maia laute Stimmen auf dem Korridor. Sie hörte Schritte, und Schatten verdunkelten für kurze Zeit den Lichtschein unter ihrer Tür.

»... ich *wußte*, daß es nicht halten würde!«

»Es ist noch nicht vorbei«, entgegnete eine vorsichtigere Stimme.

»Du hast die Berichte doch gesehen! Die Trottel werden das Angebot annehmen und sich sogar noch darüber freuen. Lange vor dem Frühling kriegen wir unsere Transporte wieder durch.«

Stimmen und Schritte verhallten. Maia warf die Decke zurück und eilte im Nachthemd zur Tür, gerade rechtzeitig, um drei Gestalten um die Ecke verschwinden zu sehen – alle Persim, jung bis mittelalt. Einen Augenblick mußte Maia gegen den Drang ankämpfen, sie zu verfolgen, doch dann wandte sie sich in die entgegengesetzte Richtung, mit ihren bloßen Füßen auf dem handgewebten Teppich vollkommen lautlos. Inzwischen wurde sie nicht mehr bewacht. Entweder fühlte Odo sich so sicher, Maia in der Hand zu haben, oder es kümmerte sie nicht mehr.

Ihr Weg führte sie durch das Hauptfoyer des Gebäudeflügels und in den nächsten, wo eine Treppe in einen alten Turm hinaufführte. Von oben näherten sich Stimmen. Blitzschnell duckte sich Maia in den Schatten, als ein zweites Paar Persim-Frauen in Sicht kam.

»... nicht sicher, ob es mir gefällt, daß so viele der Justiz geopfert werden, verdammt.«

»Zehn ist das mindeste, sagen die Reeces. Manchmal mußt du deinem Anwalts-Clan eben blind vertrauen.«

»Wahrscheinlich hast du recht. Zum Glück sind wir es nicht.«

Die beiden gingen an Maia vorüber, und die zweite Stimme fügte mit einem Seufzer hinzu: »Clan und Glaube, das ist es, was zählt. Lassen wir der Gerechtigkeit ihren ...«

Als die Luft wieder rein war, hastete Maia die Treppe hinauf, die die beiden Frauen gerade heruntergekommen waren. Auf dem ersten Absatz war es dämmrig, aber Maia hatte das sichere Gefühl, daß ihr Ziel weiter oben lag. Von ihrem Zimmer aus hatte sie oft gesehen, daß dort ein Licht brannte, und sie hatte streitende Stimmen gehört. Heute hatte jemand gejubelt.

Drei Stockwerke höher standen zwei Türen zum Treppenabsatz offen. Eine elektrische Glühbirne brannte unter einem Lampenschirm aus Pergament und tauchte die hohen Bücherregale in tiefe Schatten. Auf einem Holztisch lagen Papiere verstreut, um ihn herum standen unordentlich ein paar Ledersessel mit Messingverzierungen. Vermutlich wurde das Durcheinander irgendwann vor morgen früh aufgeräumt.

Zögernd betrat Maia den Raum. In ihren Augen war er noch beeindruckender als das Opernhaus. Voller Sehnsucht wanderte ihr Blick über die Bücher an der Wand, aber sie wandte sich zuerst den Überbleibseln der vertagten Versammlung zu, glättete zusammengeknüllte Notizzettel, stöberte durch anscheinend aus

Heften gerissene, vollgekritzelte Blätter ... bis sie etwas fand, das leichter zu verstehen war. Eine Zeitung, diesmal allerdings vollständig.

Anklageerhebung gegen Entführer
des Besuchers

Die tragischen Ereignisse, die sich in der Farsun-Woche bei den Drachenzähnen abgespielt haben, haben heute ihren Höhepunkt erreicht, als die Planetarische Anklägerin den Prozeß gegen vierzehn Personen eröffnete, denen die Entführung von Renna Aarons, dem Peripatetischen Gesandten des Hominidenphylum, zur Last gelegt wird. Dieser Vorfall, der zu dem tödlichen Unfall des Außerplanetarischen führte, hat die Lage in diesem ohnehin schweren Jahr noch verschlimmert, das damit begann, daß sein Schiff ...

Maia überflog die nächsten Zeilen und las dann weiter.

... wird erwartet, daß die verbrecherischen Elemente der Hutu-, Savani-, Persim-, Wayne-, Beller- und Jopland-Clans Schuldgeständnisse ablegen, so daß der Fall vermutlich nie vor Gericht gehen wird. »Der Gerechtigkeit wird Genüge getan werden«, kündigte Anklägerin Pudu Lang an. »Wenn das Phylum je wirklich hier herumschnüffeln sollte, werden sie keinen Grund zur Klage finden. Ein ungebetener Gast hat einige unserer Bürger zu höchst bedauerlichen Handlungen provoziert, aber nach den Traditionen unserer Vorfahren werden wir uns damit auseinandersetzen.«

Auf die Forderung nach einem öffentlichen Gerichtsverfahren antwortete das Hohe Gericht, es gebe keinen Grund, die derzeitig ohnehin gespannte Atmosphäre weiter anzuheizen. Solange die Schuldigen bestraft werden, dient zusätzliche Sensationslust nicht dem Gemeinwohl ...

Dies erklärte einiges von dem, was Maia belauscht hatte. Das Gute an der Sache war, daß selbst die Sieger des politischen Kampfs, also Odos Seite, nicht ganz ungeschoren davonkamen. Staatsbeamte sorgten dafür, daß die Gesetze befolgt wurden, nach engen stratoinischen Maßstäben.

Doch die ironischen Aspekte nahmen kein Ende. Das Gesetz verfolgte *Einzelpersonen*. Im alten Phylum wäre das vielleicht sinnvoll gewesen, aber hier wurden Aktionen oft von einer ganzen Clangruppe diktiert. Wie bei den Wahlen gab das Gesetz vor, allen die gleichen Rechte einzuräumen, während es in der Realität doch nur die Interessen der Mächtigen schützte.

Noch ein anderer Artikel erweckte Maias Interesse.

Zwölf Gilden akzeptieren Kompromiß

Eine Einigung scheint bei den Auseinandersetzungen erreicht worden zu sein, die momentan noch den Handel an der Méchant-Küste lahmlegen. Indem sie einige ihrer besonders absurden Forderungen aufgeben – beispielsweise eine Beteiligung an der Kontrolle über das neu geschaffene Technikreservoir auf Jellicoe – haben die Segelgilden sich endlich der Vernunft gebeugt. Als Gegenleistung ver-

spricht der Rat, zu Ehren des Besuchers
Renna Aarons ein Monument zu errichten und einen Erlaß zu verabschieden,
nach dem männliche Schiffsbesatzungen
in Zukunft auch auf Behelfsmaschinen
eingestellt werden, die bisher ...

Also hatte Brill recht. Die Männer und ihre Verbündeten konnten die Trägheit nicht bekämpfen, die Tendenz, daß auf Stratos die Dinge wieder in ihr ur-
sprüngliches Gleichgewicht zurückkehrten. Die Gilden
hatten das eine oder andere Alibi-Zugeständnis erreicht – Maia freute sich besonders, daß Renna geehrt
werden sollte –, und Odos Seite würde möglicherweise
ein paar Clanmitglieder opfern müssen. Dennoch war
Jellicoe wieder in Händen der alten Mächte. Nun würden die Militärclans in aller Stille ihre tödlichen Trai-
ningsmanöver wieder aufnehmen, bei denen sie übten,
riesige, unbewaffnete Eisschiffe abzuschießen.

Maia warf einen Blick auf das Foto neben dem Artikel.

***Kommodores und Investorinnen diskutieren neues
Projekt,*** lautete die Überschrift.

Man sah mehrere Matrosen mit Offizierstressen, die
sich von drei Frauen ein Modellschiff zeigen ließen.
Maia nahm das Bild genauer in Augenschein und
staunte. »Da soll mich doch ...«

Eine der Frauen auf dem Foto war eine jüngere Version von Brill Upsala, mit den gleichen leidenschaftlich
glänzenden Augen. Das Schiffsmodell kam Maia unbekannt vor; es hatte weder Segel noch Schornsteine.
Dann holte sie scharf Luft.

Es war ein Zeppelin!

*Ist das die Behelfsmaschine, von der in dem Artikel die
Rede war? Aber das würde ja bedeuten ...*

Aus dem Nichts kam eine Stimme.

»Aha. Immer bereit, die Initiative zu ergreifen.«

Mit schützend erhobenen Armen fuhr Maia herum. Hinter der Tür, in einer dunklen Ecke des Zimmers fläzte sich eine Gestalt in einem Sessel, eine Zigarre in der Hand. Ein langes Stück Asche hing am glühenden Ende.

»Schade, daß die Initiative nirgendwohin führt, außer ins Grab.«

»*Du* bist diejenige, die Drachenfutter sein wird, Odo«, entgegnete Maia. »Dein Clan läßt dich fallen, um das Gesetz zufriedenzustellen.«

Die Persim-Frau warf ihr einen wütenden Blick zu, nickte dann aber. »Man bringt uns bei, uns als Zellen in einem großen Körper zu sehen ...« Sie hielt inne. »Bis jetzt habe ich nie daran gedacht ... was passiert, wenn eine Zelle nicht für das elende Ganze geopfert werden *will?*«

»Das sind ja ganz neue Töne, Odo. Du bist ein Mensch. Tief im Innern bis du wie eine Var. Einmalig.«

Odo tat die Beleidigung mit einem Achselzucken ab. »Zu einer anderen Zeit hätte ich dich *angestellt*, du kluges Sommerkind. Und ein Notizbuch hinterlassen, in dem unsere Urenkelinnen gewarnt werden, jemals deine Nachfahren zu betrügen. Jetzt gebe ich mich mit einer unmittelbareren Form der Rache zufrieden – ich nehme dich mit zum Drachen.«

Maia trat einen Schritt zurück. »Du ... du brauchst mich nicht mehr. Und Leie und Brod auch nicht.«

»Richtig. Genaugenommen hat man sie schon freigelassen und zu den Nitrocis geschickt. Ihr Schiff wird in weniger als einer Woche hier im Hafen anlegen«.

Maias Herz wurde leicht, als sie das hörte. Aber Odo sprach weiter, ehe sie reagieren konnte.

»Normalerweise würde ich dich auch gehen lassen und mit Vergnügen zusehen, wie deine vornehmen Freunde sich plötzlich von dir abwenden, wie sie sich drücken, ihre Versprechen einzuhalten, wie sie dich mit einer winzigen Wohnung und einem Job und vagen Geschichten sitzenlassen, die du deinem einzigen Winter-kind erzählen kannst – darüber, wie du einmal mit den Mächtigen Bekanntschaft gemacht hast.

Aber ich werde nicht mehr da sein, um mich daran zu weiden, also muß ich mir eine andere Möglichkeit suchen, wie ich mich amüsieren kann. Das zumindest sind mir die Persim schuldig!«

»Du haßt mich«, flüsterte Maia. »Warum?«

»Willst du die Wahrheit hören?« erwiderte Odo mit leiser, harter Stimme. »Herzenseifersucht, Varling. Auf das, was du hattest, und was ich nie haben konnte.«

Maia starrte sie schweigend an.

»Ich kannte ihn«, fuhr Odo fort. »Männlich, sommer-wild in der Frost-Saison und doch von der Selbstbe-herrschung einer Priesterin. Ich dachte, stellvertretende Freude würde genügen, als ich ihn ins Bellerhaus brachte, mit den Bellers und meinen jüngeren Schwe-stern. Doch meine Seele blieb leer! Dieser Außerplane-tarische hat in mir den Neid auf meine eigenen Schwe-stern geweckt, und der hat mich krank gemacht!« Odo beugte sich vor, und ihre Augen glühten haßerfüllt. »Er hat dich nie angefaßt, und doch war und bleibt er dein. Das, meine brünstige kleine Jungfrau, ist der Grund, weshalb ich von meinem lysosverdammten Clan, dem ich mein Leben lang gedient habe, eine Entschädigung verlange. Daß du mich in die Hölle begleitest.«

Die Worte sollten Maia Todesangst einjagen. Aber indem sie versuchte, Maia zu erschrecken, hatte Odo ihr statt dessen etwas geschenkt, das wertvoller für sie war, als sie geahnt hatte.

… *er war und bleibt dein* …

Maias Schultern strafften sich, sie hob den Kopf und betrachtete Odo voller Mitleid. Dann wandte sie sich abrupt ab.

»Versuch nicht wegzulaufen!« rief Odo ihr nach. »Die Wachen haben Anweisung …«

Odos Stimme verklang, während Maia den Raum

und seine verbitterte Insassin verließ. Sie stieg die zugige Treppe hinunter, aber statt in ihr Zimmer zurückzugehen, ging sie bis ins Erdgeschoß hinunter und durchquerte ein weitläufiges, schwach beleuchtetes Atrium, geschmückt mit den Statuen mehrerer Dutzend identischer, freudloser Gesichter. Sie zog an dem Griff einer riesigen Tür, die sich langsam öffnete.

Kühle Gartenluft strömte ihr ins Gesicht und wusch den Gestank von Rauch und Wut hinweg. Sie trat hinaus auf einen breiten Kiesweg und blickte zum Himmel empor. Winterkonstellationen glitzerten dort, teilweise verdeckt von der erleuchteten Kuppel des Großen Tempels mit seinem hellen Nimbus, direkt über der nächsten Anhöhe. Die Lichter der Stadt breiteten sich glitzernd unter der Stadtburg aus, auf beiden Seiten des dunklen, von zahlreichen Brücken überspannten Flusses.

Der Weg führte sanft bergab durch einen offenen Park, dann durch ein altes Wäldchen aus Bäumen von der Alten Erde, bis er dann vor einem schmiedeeisernen, in einer hohen Mauer eingelassenen Tor endete. Ohne jede Heimlichkeit ging Maia darauf zu. Eine livrierte Wächterin trat aus dem Wachhäuschen hervor, verbeugte sich leicht und blickte Maia fragend an.

»Kann ich dir helfen, Miss?« fragte die untersetzte, muskulöse Frau.

»Ich gehe.«

Die Wache schüttelte den Kopf. »Ich weiß nicht recht, Miss. Es ist schrecklich …«

»Hast du Anweisung, mich aufzuhalten?«

»Äh … erst seit ein paar Tagen. Aber …«

»Dann hindere eine Tochter von Stratos bitte nicht daran, ihr Recht auszuüben.«

An diese Beschwörungsformel erinnerte sie sich aus einem ihrer Kitschromane, und sie schien hervorragend zu passen. Die Wache trat unentschlossen von einem Fuß auf den anderen, schlurfte aber schließlich gehorsam zum Tor. Als es aufschwang, dankte Maia der Frau und trat dann hinaus auf eine fremde Straße in einer fremden Stadt, barfuß mitten in der Nacht.

Natürlich wollte der Persim-Clan es so. Sie wurde nicht mehr gebraucht, ja, sie war ihm nur noch lästig. Aber sie zu ermorden, wäre riskant gewesen. Was, wenn ihr Tod den Streik der Matrosen wieder aufflammen ließ? Was, wenn ihr Verschwinden das träge Räderwerk der Justiz schneller in Gang brachte, als den Herrschenden lieb war, und die gewohnte Toleranzschwelle plötzlich überschritten wurde? Wenn Maia ging, konnten die Persim sogar ihr Dilemma mit Odo lösen, die ebenfalls ihren Nutzen für den Clan verloren hatte. Maias Flucht konnte ihr dazu verhelfen, die Angelegenheit zu einem sauberen Ende zu bringen, so daß allen das entwürdigende Ritual von Verurteilung und Strafe erspart blieb.

Ich werde noch immer benutzt. Aber ich lerne immer mehr, und ich entscheide mit offenen Augen, zu welchem Zweck ich mich benutzen lasse.

Und nun ... wie werde ich mich entscheiden?

Nicht dazu, eine unsterbliche Dynastie zu gründen, da war sie ganz sicher. Noch immer hoffte sie auf ein Heim und Kinder, die Wärme von Herz und Herd. Aber nicht auf diese Weise. Nicht nach den kühlen, leidenschaftslosen Rhythmen von Stratos. Wenn Leie diesen Weg wählte, wünschte sie ihr viel Glück. Maias Zwillingsschwester war klug genug, einen Clan zu gründen, mit Maia oder auch ohne sie. Aber Maias Ziele gingen über all das hinaus.

Sie hatte sich schon früher von der Pflicht gegenüber Lysos' Erbe gelöst. Diese Entscheidung hatte nichts mit einer Rückkehr zu althergebrachten sexuellen Verhaltensmustern zu tun, oder damit, daß ihr die Schrecken des Patriarchats lieber waren. Diese Themen waren in Maias Kopf längst erledigt.

Sie hatte beschlossen, wenn sie nicht in einer Zeit der

Offenheit, einer Zeit neuer, wagemutiger Ideen leben konnte, dann würde sie wenigstens so tun. So, als wäre sie eine Bürgerin des wissenschaftlichen Zeitalters.

Sie war nicht allein. Gewiß hatten andere das gleiche Ziel vor Augen. Das ›Alibi‹-Zugeständnis, das die Gilden erstritten hatten – daß die Männer wieder das Recht hatten zu fliegen –, würde Stratos allmählich verändern, und es gab zweifellos noch weitere Möglichkeiten, die Gesellschaft auf ganz subtile Weise in eine bestimmte Richtung zu lenken. Die Stoßkraft des schwerfälligen Drachens Stück für Stück zu verändern.

Renna hat die Dinge in Bewegung gebracht. Und ich habe dabei auch eine kleine Rolle gespielt. Ihm und mir zuliebe werde ich weitermachen.

Vielleicht waren die Upsalas und die Nitrocis über Maias Reaktion überrascht, sollten sie ihr tatsächlich ein Angebot unterbreiten. Sie würde höflich zuhören. Aber andererseits …

Warum soll ich zur Abwechslung nicht einmal das tun, was ich will?

Das war die größte Ironie. Sie war bereit, sich den Herausforderungen der Unabhängigkeit zu stellen, auf eigenen Füßen zu stehen, gleichzeitig aber auch willens, ihr Herz mit anderen zu teilen. In ihrer persönlichen Wiedergeburt war dies ein ganz natürliches Stadium, in dem sie endgültig erwachsen wurde.

Vielleicht brauchte *Stratos* ein bißchen länger, aber auch eine Welt mußte irgendwann aus der verträumten Illusion der Stabilität erwachen. Die Wiege, die Lysos gebaut hatte, war nicht länger ein Schutz, sondern ein Hemmnis.

Hinter einer Biegung kam Maia an einen Aussichtsplatz, von dem aus man weit nach Westen blicken konnte. Dort ging hinter den Bergen ganz langsam der große Staubnebel unter, den die Stratoiner die Klaue nannten – im Phylum als die Stirn Gottes bekannt. Irgendwo in den kalten, leeren Gefilden dazwischen näherten sich riesige kristallene Schiffe, um mit einer Isolation Schluß zu machen, deren Endlichkeit Lysos bewußt gewesen sein mußte. Erst dann würde sich zeigen, ob die Menschen hier eine Art von Erkenntnis gefunden hatten, ein neues Lebensmuster, das würdig war, seinen Beitrag zum größeren Ganzen zu leisten.

Plötzlich erstrahlte die Umgebung in einem grellen Licht, das von oben herabströmte. Maia sah hinauf, wo ein einzelner, sternengleicher Funke rhythmisch pulsierte, bis er heller schien als jeder Mond und sogar heller als das Licht des Sommers, der Wengelstern. Farbige Strahlen blendeten ihre Augen, und sie kniff sie staunend zusammen.

Zuerst hatte Maia das Gefühl, sie hätte dieses Wunder ganz für sich allein, mitten in einer Stadt von mehr als hunderttausend Seelen. Doch dann hörte sie, wie Türen aufgingen, wie Menschen aus Häusern und Festen strömten, einander zuraunten und mit himmelwärts gewandten Gesichtern nach oben starrten. Frauen, Kinder und gelegentlich auch ein Mann drängten sich auf die Straße, manche furchtsam, andere voller Ehrfurcht.

Es dauerte Stunden, bis sie sicher waren, aber bei Tagesanbruch war es allen klar. Der Funke entfernte sich. Und ließ das Volk von Stratos wieder allein.

Eine Zeitlang.

Nachwort des Autors

Dieses Buch begann damit, daß ich über Echsen nachdachte. Im besonderen über einige Arten des amerikanischen Südwestens, die sich parthenogenetisch vermehren – die Mütter gebären Klontöchter. Perfekte Kopien ihrer selbst.

Davon ausgehend entdeckte ich die Blattläuse, winzige Insekten, die mit zwei verschiedenen Fortpflanzungsmethoden ausgestattet sind. In Zeiten der Fülle und der Stabilität klonen sie sich selbst, bringen wie kleine Von-Neumann-Maschinen jede Menge Doppelgänger hervor. Aber wenn die guten Zeiten vorüber sind, greifen sie sofort zurück auf die altmodische sexuelle Paarung und produzieren Töchter und Söhne, in nicht-perfekter Vielfalt – die Überlebensstrategie der Natur.

Dieses Wunder der Unterschiedlichkeit drängte mir die Frage auf: »Was wäre, wenn Menschen dasselbe könnten?«

Das Thema des Klonens ist in der Fiktion nichts Neues, aber man hat es bisher immer als medizinische Technik mit komplizierten Maschinen behandelt – sozusagen als eine dilettantische Besessenheit der Superreichen. Dies mag einer verwöhnten, egozentrischen Schicht für eine Weile genügen, aber es ist kaum eine Methode, auf die sich eine ganze Spezies auf lange Sicht verlassen würde, in guten wie in schlechten Zeiten. Maschinenunterstütztes Klonen ist keine Lebensweise, sondern das biosoziale Gegenstück eines Hobbys.

Aber was würde geschehen, wenn das Selbstklonen

nur eine von vielen erstaunlichen Fähigkeiten der menschlichen Gebärmutter wäre? Eine interessante Prämisse. Aber nur weibliche Menschen haben eine Gebärmutter, und so wurde aus der Betrachtung des Klonens ein Roman über drastisch veränderte Beziehungen zwischen den Geschlechtern. Die meisten Aspekte der Gesellschaft von Stratos entsprangen dieser einen Idee.

Heutzutage ist nichts mehr politisch neutral. Die Echsen, die ich oben erwähnte, wurden kürzlich in einem zum Nachdenken anregenden radikalfeministischen Traktat zitiert, das die Frage aufwarf »Wozu brauchen wir Männer?« Immer wieder haben rebellische Philosophinnen vorgeschlagen, Unabhängigkeit durch rigorose Geschlechtertrennung zu erreichen. In Anbetracht der Lage vieler Frauen und Kinder auf der Welt kann man ihnen das kaum verdenken. Tatsächlich stammt die Bezeichnung ›Perkiniten‹ von Charlotte Perkins Gilman, deren Roman *Herland* zu den besten und prägnantesten separationistischen Utopien gehört, die je zu Papier gebracht wurden. Ihre Ausformung des sexuellen Isolationismus ist viel sanfter als die extreme Doktrin, die ich beschreibe und die mit ihrem Namen auf dem Planeten Stratos schändlichen Mißbrauch treibt.

Zum Leidwesen der Geschlechtssegregationisten – wenn auch vielleicht nicht zu dem der Männer – scheint die Biologie sich einer simplen Trennung jedoch zu widersetzen. Säugetiere brauchen die männliche Komponente auf einem tiefergehenden Niveau als Insekten, Fische oder Reptilien. Neuere Untersuchungen weisen darauf hin, daß ›männlich prozessierte Gene‹ bestimmte wichtige Abläufe der fötalen Entwicklung in Gang setzen. Selbst wenn das Selbstklonen ohne Maschinen Wirklichkeit würde, könnte für die Empfängnis immer noch die Beteiligung eines Mannes vonnöten sein.

Wie dem auch sei – Geschichten, in denen Männer

von vorneherein ausgeschlossen werden, sind fast so bombastisch wie diejenigen, in denen der Spieß in einer naiven Rollentausch-Phantasie einfach umgedreht wird. (Amazonenkriegerinnen, die um ihren Harem gigantischer, aber untertäniger Hurenmänner Kriege führen? Diese Gattung ist sicher eine Quelle der Erheiterung, hat aber nichts damit zu tun, wie die Biologie in unserem Universum funktioniert.)

Andererseits gibt es keine wissenschaftlichen Gründe, die dagegen sprechen, die Männer an den Spielfeldrand der Geschichte zu verbannen, sie als soziale Randerscheinung zu zeigen, wie es in unserer Zivilisation allzuoft das Los der Frauen gewesen ist. Auf Stratos sind die Männer, abgesehen von ein paar kleineren Veränderungen, immer noch Männer. Die Gesellschaft ist nicht dazu angelegt, sie gezielt zu unterdrücken, lediglich der uralten Dominanz und Aggression des Patriarchats soll endgültig ein Riegel vorgeschoben werden. Demzufolge entgeht dem Volk von Stratos die eine oder andere schöne Erfahrung, die wir im monogamen Familienleben suchen (und manchmal auch finden). Doch es werden auch viele uns nur allzu bekannte Schmerzen vermieden.

Würde das Klonen eine Großfamilie dazu bringen, ein Sozialleben wie Ameisen und Bienen zu führen, würden sie in ›Stöcken‹ mit genetisch gleichen Schwestern leben? Auch diese Idee ist bereits erforscht worden, oft, indem man ameisenhaftes Verhalten in zweibeinige Körper verpflanzt hat. Auf Stratos legen die Töchter der altehrwürdigen Clans ein Maß an Solidarität und Selbsterkenntnis an den Tag, das für Vars wie uns unvorstellbar ist. Aber das macht sie nicht notwendigerweise zu Robotern oder löscht ihre Menschlichkeit aus.

Versuchen wir, die Dinge einmal aus ihrer Perspektive zu betrachten. Unsere Welt fast unendlicher sexuell-genetischer Variation erschiene den stratoinischen

Klonfrauen womöglich viel zu chaotisch, um noch als zivilisiert anerkannt zu werden. Eine Gesellschaft von Vars wäre an sich schon unfähig, über eine einzige Generation hinaus zu denken – und genau dies ist nach Meinung zahlreicher Zeitkritiker heute unser Problem. Vielleicht wirkt zuviel Gleichheit auf dem Phantasieplaneten Stratos erstickend, aber zu wenig Gespür für Kontinuität könnte die wirkliche Welt des Hier und Jetzt endgültig zerstören.

Möglicherweise werden mir manche Leser vorwerfen, ich würde behaupten, unser Schicksal läge in den Genen. Weit gefehlt. Männer und Frauen sind frei geborene, selbstbestimmende Kreaturen. Die stratoinische Gesellschaft ist ebenso ein Produkt der sozialen Evolution wie der Biotechnik. Eine Lehre aus Maias Abenteuern besteht darin, daß kein Plan, kein System oder Stereotyp ein Individuum unterdrücken kann, das fest dazu entschlossen ist, anders zu sein.

Ins andere Extrem tendierten einige meiner ersten Leser, die meinten: »Frauen sind von Natur aus kooperativ. Sie würden nie so miteinander konkurrieren, wie du es dargestellt hast.« Ich antworte mit einem Verweis auf die Werke der Verhaltensforscherin Sarah Blaffer Hardy (Autorin des Buchs *The Woman That Never Evolved*) und anderer Wissenschaftler, die zeigen, daß Konkurrenzverhalten bei Tierweibchen ebenso verbreitet ist wie bei Männchen. Aus gutem Grund unterscheiden sich die Frauen von den Männern im *Stil* ihres Wettbewerbs, aber man müßte blind sein, um zu behaupten, daß es in ihrer Welt kampflos zugeht. Das Ziel der Stratos-Kolonie war es, eine Gesellschaft zu gründen, in der die natürlichen Verstärkungsmechanismen den unvermeidlichen Ausbrüchen von Egoismus *entgegenwirken*. Ihre Gründerinnen versuchten, das Glück zu maximieren und Disharmonie und Gewalt zu minimieren. Maias Heldentaten sind Ausnahmeerscheinungen, die nur unter ungewöhnlichen Bedingungen vollbracht werden können, aber sie veranschaulichen, daß eine Kultur, die auf pastoraler Stabilität beruht, ihre ganz eigenen Nachteile hat.

Mit anderen Worten: Ich habe die Stratos-Kolonie weder als ideal noch als durch und durch fehlerhaft dargestellt. Viele Menschen des westlichen Kulturkreises würden Stratos langweilig finden, aber nicht ungerechter als unsere Welt. Obwohl ich hoffe, daß meine Nachfahren unter angenehmeren Bedingungen leben, haben doch nur wenige von Männern dominierte Kulturen auf der Erde soviel Positives vorzuweisen.

Trotz dieses Gefühls ist es heutzutage für einen Mann gefährlich, sich an feministische Themen heranzuwagen. Hat jemand Margaret Atwood das Recht abgesprochen, sich in *The Handmaid's Tale* (dt.: *Der Report der Magd*) über religiösen Machismo auszulassen? Anscheinend gesteht man Schriftstellerinnen zu, daß sie Einblick in die männliche Seele haben – doch in die andere Richtung geht dieses Zugeständnis äußerst selten. Dies ist eine sexistische und ärgerliche Hypothese, die dem besseren Verständnis der Menschen untereinander keineswegs dient.

Der Autor dieses Buches erhebt lediglich den Anspruch, ein *Gedankenexperiment* über eine mögliche Welt des ›Was wäre, wenn...?‹ angestellt zu haben. Ich hoffe, es regt zur Diskussion an.

Ein auf anderer Ebene faszinierendes Thema ist das Spiel mit den sogenannten zellulären Automaten, das seine Erfinder ›Game of Life‹ genannt haben. Ich habe es aus unterschiedlichen Gründen in die stratoinische Gesellschaft eingearbeitet. Mit den Regeln, die Conway & Co. in den sechziger Jahren aufgestellt haben und die in den hervorragenden Büchern von Martin Gardner beschrieben werden, habe ich mir einige Freiheiten herausgenommen. (Handlung und Geschichte haben hier

Vorrang vor der wissenschaftlichen Genauigkeit). Dennoch bin ich dankbar für die Ratschläge von Dr. Rudy Rucker und anderen, die mir geholfen haben, wenigstens die schlimmsten Fehler auszumerzen.

Über seine offensichtlichen Gleichnisse bezüglich Reproduktion, Kreativität und Ökologie hinaus, erlaubte das Spiel auch eine Betrachtung von *Talent* und Überlegungen zum grundlegenden Unterschied zwischen Individuum und Mittelwerten. Es ist sinnlos zu behaupten, Verallgemeinerungen über Gruppen seien von vorneherein schlecht. Verallgemeinerung ist ein natürlicher Prozeß im Denken des Menschen, und viele Verallgemeinerungen treffen zu – im *Durchschnitt*. Was schlechte Verhaltensmuster unterstützt, ist die ungute Angewohnheit zu glauben, Verallgemeinerungen und Durchschnittswerte hätten irgend etwas mit Individuen zu tun. Wir haben kein Recht, von vorneherein das Urteil zu fällen, ein bestimmter Mann könne nicht fürsorglich sein oder eine bestimmte Frau könne nicht kämpfen. Oder ein Mädchen könne ein Spiel nicht meistern, nur weil dieses über Generationen hinweg in die Domäne der Männer gehörte.

Da ich nun schon einmal das Wort ergriffen habe, möchte ich noch auf eine Frage zu sprechen kommen, die mich seit längerem beschäftigt. Warum setzen sich so wenige Fantasy-Schriftsteller mit dem fundamentalen Dilemma ihrer Romane auseinander ... daß nämlich so viele von ihnen in rigiden, hierarchisch geschichteten und letztlich unterdrückerischen Kulturen angesiedelt sind? Was ist so anziehend am Feudalismus, daß so viele freie Bürger eines gebildeten Gemeinwesens wie des unseren so gerne über ein Leben unter einer Erbdynastie lesen?

Warum muß in jeder Klischeegeschichte der abgesetzte Prinz oder die Prinzessin dazu auserkoren werden, den Kampf gegen den Herrn der Finsternis anzuführen? Warum wählt man einen Anführer nicht nach seinen Verdiensten, warum klammert man sich an die Sprößlinge einer untergegangenen Königslinie? Warum bittet man den pompösen, herablassenden ›guten‹ Zauberer nicht auch einmal um etwas *Nützliches* wie beispielsweise eine Toilette mit Wasserspülung oder Rotationsdruck oder Elektrizität für jeden Haushalt im Königreich? Wenn man ihnen die Möglichkeit gibt, möchten die Bauernsöhne und -töchter später bestimmt nicht unbedingt Dienstboten werden. Es ist doch bizarr, daß moderne Menschen einem Lebensstil nachtrauern, dem unsere Vorfahren mit gutem Recht zu entfliehen suchten.

Allein Aldous Huxley hat ein Szenario für eine soziale Schichtung entworfen, die in sich vollkommen – wenn auch grausig – konsistent und stabil ist. In einer Gesellschaft, in der die Menschen für ihre jeweilige Aufgabe geboren werden, hat man nicht das Gefühl, unterdrückt zu werden, und man hat auch keine Chance zu rebellieren – genau wie in *Brave New World* (dt.: *Schöne neue Welt*).

Auch eine solche Entwicklung wäre auf Stratos möglich.

Schließlich bedarf auch noch das Thema *Pastoralismus* eines Kommentars. Zahllose schlechte Bücher – und sehr wenige gute – preisen die Tugend einer langsameren Gangart, in der das Landleben über die Stadt, die Vorhersehbarkeit über das Chaos und die Intuition über die Wissenschaft gestellt wird. Oft wird diese Anschauung zusätzlich eingebettet in die Kategorie weibliche Weisheit kontra Jagd nach Wissen in der westlichen (sprich ›männlichen‹) Gesellschaft. Ein höchst unglücklicher Auswuchs hiervon war die Tendenz, den Feminismus mit der Opposition gegen jeden technischen Fortschritt gleichzusetzen.

Der vorliegende Roman beschreibt eine Gesellschaft,

die vom Entwurf her konservativ ist, nicht etwa deshalb, weil das in einer von Frauen beherrschten Welt das Natürliche wäre. (Viele gute Geschichten spielen in technisch hoch entwickelten matriarchalischen Kulturen.) Auf Stratos war das Ziel der Gründerinnen eine pastorale Lösung des Dilemmas der menschlichen Natur – eine Lösung, die heute viele kluge und einflußreiche Anhänger hat.

Und sie haben gute Argumente. Jeder, der die Natur liebt – wie ich – möchte angesichts der Zerstörung, die die Menschen über den Globus bringen, vor Verzweiflung laut aufschreien. Der Stress des Stadtlebens kann entsetzlich sein, genauso wie die moralischen Probleme, die uns überallhin verfolgen, zu Hause ebenso wie über die Medien, unter deren ständigem Beschuß wir stehen. Die Versuchung, nach einer ganz unkomplizierten Sicherheit zu streben, läßt einige von uns in den Ashrams oder bei der Kristalltherapie landen, andere suchen Schutz im Fundamentalismus, und wieder andere sehnen sich nach besseren, einfacheren Zeiten. Auch bestimmte populäre Schriftsteller proklamieren die Rückkehr zu altbewährten, *nobleren* Lebensweisen.

Altbewährte *noble* Lebensweisen. Ein schönes Bild – aber leider größtenteils eine Lüge. In seinem Buch *A Forest Journey* berichtet John Perlin, wie jede frühere Kultur, von den in Stämmen lebenden, den pastoralen bis zu den städtischen Gemeinschaften, ihre Mitglieder und ihre Umwelt zerstört hat. Daß wir heute noch schlimmeres Unheil anrichten, liegt daran, daß wir mächtiger und zahlreicher sind, und nicht an der grundlegenden Schlechtigkeit der modernen Menschheit.

Der technische Fortschritt produziert mehr Essen und mehr Bequemlichkeit und sorgt dafür, daß weniger Babies sterben. Die Rückkehr zu den guten alten Zeiten würde einen Teil des Gleichgewichts wiederherstellen, aber eine Vernichtung von unsäglichen Ausmaßen hervorrufen, gefolgt von einem neuerlichen Elend, wie es diejenigen nie erfahren haben, die jetzt leichtfertig mittelalterliche Fantasy und steinzeitliche Abenteuerromane in Umlauf bringen. Die uns weismachen wollen, ein Lebensstil sei begehrens- und nachahmenswert, der in Wirklichkeit gemein und brutal war – und für Frauen fast immer eine Katastrophe.

Das soll nicht heißen, das pastorale *Bild* trüge keine Hoffnung in sich. Indem manche Autoren die Natur und eine mehr an der Erde orientierte Lebensweise preisen, können sie sicherlich dabei helfen, den Menschen genau zu der Weisheit zu verhelfen, die ihrer Ansicht nach in der Vergangenheit existiert hat. Vielleicht werden eines Tages wahrhaft idyllische pastorale Kulturen entworfen, mit dem Ziel, für alle Frieden, Gerechtigkeit und Glück zu sichern, während gleichzeitig genug Technik beibehalten wird, um eine menschenwürdige Existenz zu gewährleisten.

Aber um dorthin zu kommen, muß man *vorwärts* gehen und sich nicht in eine dunkle, dumpfige, elende Vergangenheit stürzen. Es gibt nur einen Weg zu dem freundlichen, ökologisch gesunden Pastoralismus, nach dem sich so viele Menschen sehnen. Dieser Weg führt ironischerweise über die erfolgreiche Bewältigung dieser unserer ersten und letzten Chance – des wissenschaftlichen Zeitalters.

Kommentare und Kritik von vielen Seiten haben dazu beigetragen, noch schlimmere Schnitzer auszumerzen, als sie der Leser in dieser nun veröffentlichten Version finden wird. Zu meinen verständnisvollen Helfern in dieser Phase gehörten: Bettyann Kevles, Carol Shetler, Jean Lee, Steven Mendel, Brian Kjerulf, Trevor Placker, Dave Clements, Amanda Baker, Brian Stableford, Eric Nilsson, Dr. Peter Markiewicz, Dr. Christiane Carmichael, Jonathan Post, Deanna Brigham, Joy Crisp und Diane Clark.

Mein Dank geht auch an die Mitglieder des Caltech Spectre, die einen unvollständigen Entwurf durchlasen und mir zahllose Kommentare zugeschickt haben, während meine Frau und ich in Frankreich lebten. Zu diesen gehörten: Marti DeMore, Kay Van Lepp, Ann Farny, Teresa Moore, Dustin Laurence, Eric C. Johnson, Gorm Nykreim, Erik de Schutter, M.D.; Steve Bard, Greg Cardell, Steinn Sigurdsson, Alex Rosser, Gil Rivlis, Michael Coward, Michael Smith, David Coufal, David Palmer, Andrew Volk, Mark Adler, Gregory Harry, D. J. Byrne, Gail Rohrbach und Vena Pontiac.

Für technisch-biologischen Rat sowie allgemeine Kritik danke ich Karen Anderson, Jack Cohen, D.Sc.; Professor William H. Calvin, Janice Willard, D.V.M.; Mickey Zucker, M.D.; sowie den Professoren Jim Moore, Carole Sussman und Gregory Benford.

Wie immer bin ich Ralph Vicinanza und Lou Aronica zu besonderem Dank verpflichtet, außerdem Jennifer Hershey, Betsy Mitchell und Amy Stout für ihre Geduld, Gavin Claypool für unschätzbare Unterstützung und vor allem Dr. Cheryl Brigham, ohne die keine der guten Passagen möglich gewesen wäre. An den schlechten bin ich selbst schuld.

Lois McMaster Bujold

Romane aus dem preisgekrönten Barrayer-Zyklus der amerikanischen Autorin

Waffenbrüder
Band 7
06/5538

Spiegeltanz
Band 8
06/5885

06/5885

06/5538

ELSTERCON 1998

"Zwischen Mars und Venus"
Viertes Leipziger SF-Treffen
und SFCD-Jahrescon
12. bis 14. Juni 1998

Ehrengäste:
Helga Abret (F)
Thomas M. Disch (USA)
Nancy Kress (USA)
Horst Pukallus (D)
Jesco von Puttkamer (USA)
Charles Sheffield (USA)
Thomas Ziegler (D)

Wir bemühen uns, wie schon bei den letzten Elstercons, um eine abwechslungsreiche und interessante Gestaltung des Cons und hoffen wieder für jeden etwas bieten zu können. Neben Lesungen mit einigen Ehrengästen wird es Diskussionsrunden zur Marsgeschichte und -forschung und zum Mars in der SF-Literatur geben. Auch die Erotik in der SF wird ein Thema sein. Diese Veranstaltungen werden u. a. durch die Hauptversammlung des SFCD, sowie durch die Verleihung des SFCD-Literaturpreises ergänzt. Auch unser 18. Buch- und Tauschmarkt für SF-, Fantasy- und Abenteuerliteratur wird das Conprogramm bereichern. Das alles und noch viel mehr wird es in der Zeit vom 12. - 14. Juni 1998 im *Schreberheim Holsteinstraße 46* in *04317 Leipzig* geben.

Anmeldungen bitte an folgende Adresse schicken:
Manfred Orlowski
Ernestistr. 6
04277 Leipzig
Ausführliche Informationen in schriftlicher Form erhält man unter der gleichen Adresse oder telefonisch unter der Nummer: (0341) 391 9442.
Aktuelle Infos im Internet unter folgender Adresse:
Http://www.uni-leipzig.de/~braatz/

HEYNE BÜCHER

Douglas Adams

Kultautor & Phantast

Einmal Rupert und zurück
*Der fünfte »Per Anhalter durch
die Galaxis«-Roman*
01/9404

Per Anhalter durch die Galaxis
DER COMIC
01/10100

Douglas Adams
Mark Carwardine
Die Letzten ihrer Art
*Eine Reise zu den
aussterbenden Tieren
unserer Erde*
01/8613

Douglas Adams
John Lloyd
Sven Böttcher
Der tiefere Sinn des Labenz
*Das Wörterbuch
der bisher unbenannten
Gegenstände und Gefühle*
01/9891

01/9404

Heyne-Taschenbücher